★

主　　编：朱向前

编写人员：

王永贵　边国立　西　元　吕益都　朱　红　朱航满

朱寒汛　刘　常　谷海慧　张　倩　张　鹰　张林民

陈雨薇　房　雷　洪　芳　祝建伟　聂眸书　徐艺嘉

龚　帆　程　倩　傅逸尘　廖建斌

（按姓氏笔画顺序）

1949 ★ 2019

中国军旅文学史

朱向前 主编

江西教育出版社
·南昌·

图书在版编目（CIP）数据

中国军旅文学史：1949—2019 / 朱向前主编. —南昌：江西教育出版社，2019.9（2020.4 重印）
ISBN 978-7-5705-1390-1

Ⅰ.①中… Ⅱ.①朱… Ⅲ.①军事文学－文学史－研究－中国 Ⅳ.①I207.65

中国版本图书馆 CIP 数据核字(2019)第 199558 号

中国军旅文学史（1949-2019）

朱向前　主编

江西教育出版社出版

(南昌市抚河北路 291 号　　邮编：330008)
各地新华书店经销
江西省和平印务有限公司印刷
720 毫米×1000 毫米　　16 开本　　53 印张　　字数 835 千
2019 年 9 月第 1 版　　2020 年 4 月第 2 次印刷
ISBN 978-7-5705-1390-1

定价：158.00 元

赣教版图书如有印装质量问题，请向我社调换　电话：0791-86710427
投稿邮箱：JXJYCBS@163.com　　电话：0791-86705643
网址：http://www.jxeph.com

赣版权登字-02-2019-561
版权所有　侵权必究

序

徐怀中

《中国军旅文学史(1949—2019)》涵盖了短篇小说、中篇小说、长篇小说、诗歌、散文、报告文学、理论批评、戏剧、电影、电视剧等10个门类,并附录了260余位作家的小传和一个9万余字的编年,全书共80余万字,是迄今为止最具规模性、学术性和资料价值的当代中国军旅文学大全,称得上是70年来军旅文学砥砺前行一步步铸就的一座历史丰碑。

记得2007年,由向前主编的《中国军旅文学50年》在京召开过研讨会,当时获得了业内的普遍认可,认为是"用力最勤、钻研最深、覆盖最广、内容最新、标准最高"的军旅文学研究著作。现在,《中国军旅文学史(1949—2019)》的出版,应该更当得起这个评价了。首先要讲,这是朱向前麾下两个团队,20年来接力奋斗共同创造的成果。然而,先后那么多本书出来了,总是显露出一般评论著作少有的论辩坚实而又不失华丽的那种咄咄逼人的锋芒,我不能不就此指出,这与居于主编位置上的朱向前教授是密切相关的。一位主编的气质、学养、风格,常常决定了一部书的基本样貌。当然,向前在军艺文学系执教逾30年,要讲课、要备课、要编教材,治史作论,顺理成章。但这只能说是外因,朱向前治学的特点在我看来,基于如下三点。

一、深入骨髓的军旅生命体验。朱向前14岁初中毕业下放农村当农民,16岁从军,是从睡地铺的新兵连生活开启他的军旅人生的。因此,他对这身军装特别珍惜,对基层部队生活从连、排、班直至每一个单兵从训练、操课到饮食起居特别熟悉,对周遭的战友兄弟的身世经历、愿景梦想、喜怒哀乐特别理解。因此,他和那些来自学院派的批评家们拉开了距离。也因此,他最早发现军门子弟和农家子弟出身的军旅作家提供的不同审美经验。前者表现出军人特有的英勇、强悍、谋略和智慧,后者表现更多的是中国乡村的传统道德激情和人格韧性力量。由此差异生发开去,进行"两类青年军旅作家的互参观照",提出了"寻找合点"的理论命题,进而是"农家军歌"所引发的讨论。这些思考命题也或深或浅地影响了许多他的同代或晚生代作家的创作主题与走向。同时,正是由于他发自内心对这支人民军队的热爱、对军旅文学和理论批评的热爱,才有可能取得如此突出的成就。否则我们很难解释,为什么他能在这样一个比较受限制的研究领域中,三十几年如一日地钻研不懈、写作不懈。我在评价向前时用了一个词,"死心塌地"。这个词也许不大悦耳,但我以为,只有这个词才足以说明向前对待军旅文学研究的真实状态。

二、真枪实弹的创作实践经验。由于向前是从文学创作转过来搞批评的,他深知创作的甘苦,他的短篇小说创作达到了一定的水平。他的批评不仅是参照理论书籍,还可仰仗自己切身的创作经验和艺术直觉,往往更接近文学的审美本质。由于有这方面实践经验打底,他的判断眼光堪称一流,连篇累牍甚至以数万字的长篇评论,向中国文坛隆重推出莫言、周涛、朱苏进"三剑客"。此后如朱秀海、阎连科、徐贵祥、柳建伟、陈怀国、李鸣生等人,基本上都是由他最早撰文大声疾呼,迅速引起全国性的关注。能否及时准确地发现好作家、好作品并予以推介,是衡量一个批评家的基本标准。而做文学史研究,则是将这些好作家作品经典化的重要过程。首先就是要选出经得起历史检验的经典作家与作品,如果你选不准或者遗漏了这个时代哪怕是一两个重要作家或者三两部重要作品,你说你的观念如何正确、方法如何先进,也都是没有用的。向前的理论谱系可能不是多么完整完善，但是他的历史眼光值得信任，这一点做到位了，这本文学史也就基本立在那里了。

本书不仅勾画了一幅完整的70年军旅文学宏观的历史图景，对代表性的文学现象及作家进行了集中分析，同时对一些"孤岛式"的军旅作家做出了重点评析。比如在新时期以来的长篇小说方面，既深入讨论了朱苏进、朱秀海、徐贵祥、周大新、柳建伟等典型军旅作家的创作成就，也浓墨重彩地描绘了邓一光、都梁、麦家、刘醒龙、肖亦农等非典型军旅作家的军旅长篇小说创作；在散文方面，不仅研究了周涛、王宗仁、朱增泉等比较典型的军旅作家的创作，还前所未有地充分关注到了影响广泛的"现象级"的刘亚洲、金一南的"跨文体写作"和余戈的"微观战史"写作，甚至还首次对一些将军诗人领衔的旧体诗词创作现象予以梳理、评说。尤其值得一提的是，对王凯、西元、裴指海、王甜、朱旻鸢、董夏青青、傅逸尘等新生代作家、评论家给予了充分关注与推重。

三、强烈敏锐的历史主义意识。雷达先生生前曾不止一次口头或书面称道向前，说他善于从大的历史走向着眼，敏于发现某种趋势并及时给出归纳、命名与提示，我对此也深有同感。所以，朱向前的名字总是与当代军旅文学的发展进程紧紧联系在一起的。很长一段时间，要想了解军旅文学的发展轨迹、最新态势，要了解重要的作家、作品和重大创作思潮，向前的文章是不可不看的。他特别敏感于新的思潮与现象的变化，富于宏观性的概括力，善于全局在胸地把握军旅文学整体性的潮汐变动，用属于他自己特有的、新鲜的、准确的、具象化的语汇，来描述创作的流向。这也是他区别于大多数同行的重要原因。从上世纪八十年代，他提出的"两代作家在三条战线作战""艰难行进中的农家军歌""军旅文学面对艺术变革的挑战"，一直到本世纪的"军旅长篇小说的第四次浪潮""警惕文学影视化的双刃剑效应""中国传统审美经验与军队现代化进程如何接轨""和平年代的英雄主义如何表达""新军事变革实践的图景如何描绘""最新军人形象如何塑造"等等，都是军旅文学必须面对的时代课题。

回想上世纪"前17年"，军旅文学创作堪称中国当代文学的半壁江山。但理论批评基本付之阙如,你要数点一下评论家,数到三五个就已经觉得很勉强了。直到进入新时期,情况才大有改观。我曾将创作与评论誉之为"两个车轮一起转",车辚辚,马萧萧,共同将军旅文学推向前进。但向前说,评论还是一只"失衡的轮子",这是谦辞,也是实情。真正跟创作比,评论还是明显弱势。尤其从二十世纪九十年代文学急剧边缘化以来,理论批评又成了只是少数人的事情。但就是在这样的低潮时期,还是诞生了《中国军旅文学史》这样厚重的大部头新著,这本身就是一个了不起的进步。尽管多少还存在不足和缺点,我都要为它点一个大大的赞!而且,通过这样的传帮带与集体攻关,向前还带出了一批年轻人,希望寄托在他们身上。

是为序。

目录

导言 / 1

第一章　短篇小说 / 11

第一节　概述 / 11

第二节　"前17年":在现实与回忆交织中勃发 / 13

一、人性与美的溯源:孙犁的《芦花荡》《荷花淀》/ 14

二、革命历史的阐释:王愿坚、峻青等人的短篇小说 / 16

三、现实主旋律的宣扬:任斌武、林雨等人的短篇小说 / 21

四、引起争议的个性:茹志鹃、刘真等人的短篇小说 / 25

第三节　二十世纪八十年代:在继承与创新中繁荣 / 27

一、断裂与延伸:两代作家并肩作战 / 28

二、英雄意识的继承与创新:徐怀中、石言等人的短篇小说 / 29

三、职业伦理意义的探讨:刘兆林、周大新等人的短篇小说 / 35

四、新历史与民间情怀:莫言等人的短篇小说 / 38

第四节　二十世纪九十年代:向生活里归隐 / 41

第五节　新世纪:沉寂中重生 / 45

一、徐怀中、裘山山、马晓丽等成熟作家树立标高 / 45

二、王凯、王棵等"新生代"作家群体的崛起 / 49

第二章　中篇小说 / 60

第一节　概述 / 60
　　一、"前 17 年"蓄势待发 / 60
　　二、新时期应时而兴 / 61
　　三、社会转型后余波绵延 / 64
　　四、新世纪波澜不惊 / 66

第二节　刘白羽等人的"前 17 年"军旅中篇小说创作 / 68

第三节　二十世纪八十年代：两代作家在"三条战线"作战 / 71
　　一、徐怀中等第一代作家老骥伏枥 / 71
　　二、李存葆的《高山下的花环》与"当代战争"战线的开辟 / 75
　　三、朱苏进的《射天狼》与"和平军营"战线的拓展 / 78
　　四、莫言的《红高粱》与"历史战争"战线的掘进 / 83

第四节　二十世纪九十年代：第三代作家的崛起 / 88
　　一、唐栋、张卫明、黄国荣等第二代作家承上启下 / 88
　　二、赵琪、石钟山、陶纯等第三代作家崭露头角 / 92
　　三、阎连科、陈怀国、徐贵祥等作家与"农家军歌" / 94

第五节　新世纪：老中青三代作家各显神通 / 100
　　一、朱秀海、周大新等第二代作家静水流深 / 100
　　二、麦家、衣向东等第三代作家渐成中坚 / 102
　　三、李亚、王凯、西元等"新生代"作家新语天成 / 104

第六节　女性军旅作家和非军旅作家的军旅中篇小说创作 / 109
　　一、裘山山、刘静、文清丽、王甜等女性军旅作家的军旅中篇小说创作 / 109
　　二、刘震云、邓一光、格非等非军旅作家的军旅中篇小说创作 / 116

第三章　长篇小说（上）/ 123

第一节　概述 / 123
　　一、长篇小说的蓄势与"两次浪潮" / 123

二、相对统一的美学特征 / 126
　　三、现实军旅题材小说的羸弱及其原因 / 128

第二节　二十世纪五十年代的军旅长篇小说 / 131
　　一、散文体长篇小说：孙犁的《风云初记》与杨朔的《三千里江山》/ 131
　　二、"英雄史诗的一部初稿"：杜鹏程的《保卫延安》/ 133
　　三、战争全景小说：吴强的《红日》/ 135
　　四、传奇叙事：刘知侠的《铁道游击队》与曲波的《林海雪原》/ 138

第三节　二十世纪六十年代的军旅长篇小说 / 141
　　一、梁斌的《红旗谱》/ 141
　　二、罗广斌、杨益言的《红岩》/ 144
　　三、冯德英的《苦菜花》《迎春花》《山菊花》/ 146
　　四、雪克的《战斗的青春》和李英儒的《野火春风斗古城》/ 149

第四节　其他方面的军旅长篇小说 / 150
　　一、少数民族的生活与斗争 / 150
　　二、徐怀中的《我们播种爱情》和陆柱国的《踏平东海万顷浪》/ 153
　　三、英雄成长传记：从高玉宝的《高玉宝》到金敬迈的《欧阳海之歌》/ 156

第四章　长篇小说（中）/ 159

第一节　概述 / 159
　　一、基本脉络 / 159
　　二、审美特征 / 165

第二节　二十世纪八十年代：复苏与探索时期 / 170
　　一、魏巍的《东方》及其开创性意义 / 170
　　二、莫应丰、刘白羽等人的军旅长篇小说 / 171
　　三、刘亚洲、朱春雨、海波等人的军旅长篇小说 / 175
　　四、黎汝清的《皖南事变》及其革命历史题材长篇小说 / 180

第三节　二十世纪九十年代：复兴与勃发时期 / 182

一、朱苏进的《炮群》等和平军营题材长篇小说 / 182

二、朱秀海的《穿越死亡》等南线题材长篇小说 / 185

三、韩静霆、乔良等人的军旅长篇小说 / 187

四、周大新、黄国荣、陈怀国等人的"农家军歌"长篇小说 / 192

五、柳建伟的《突出重围》和徐贵祥等人的军旅长篇小说 / 195

六、裘山山、项小米等女性军旅作家的长篇小说 / 200

第五章　长篇小说（下）/ 209

第一节　概述 / 209

一、"第四次浪潮"的滥觞 / 209

二、"个人化写作"的姿态 / 210

三、通俗化转向 / 212

第二节　徐怀中的《牵风记》、彭荆风的《太阳升起》等军旅长篇小说 / 214

第三节　徐贵祥的《历史的天空》和朱秀海、周大新等人的军旅长篇小说 / 218

第四节　麦家、都梁、邓一光、刘醒龙、肖亦农等非军旅作家的军旅长篇小说 / 228

第五节　马晓丽、王海鸰等军旅女作家及李亚等"新生代"军旅作家的军旅长篇小说 / 236

第六章　诗歌 / 249

第一节　概述 / 249

一、军旅诗溯源 / 249

二、"战歌"与"颂歌"/ 250

三、"李瑛模式"/ 253

四、突破与超越 / 254

五、落寞与坚守 / 255

第二节　二十世纪五十年代的军旅诗/ 257

　　一、抗美援朝战争诗群/ 257

　　二、公刘与白桦的西南边疆军旅诗歌创作/ 259

　　三、康藏高原军旅诗群/ 264

　　四、其他军旅诗人的诗歌创作/ 267

第三节　二十世纪六七十年代的军旅诗/ 269

　　一、郭小川的军旅诗歌创作/ 269

　　二、贺敬之的军旅诗歌创作/ 272

　　三、李瑛的军旅诗歌创作/ 274

　　四、周纲、韩作荣、石祥等人的军旅诗歌创作/ 277

　　五、闻捷的《复仇的火焰》及其他军旅诗人的长篇叙事诗/ 281

第四节　二十世纪八九十年代的军旅诗/ 285

　　一、雷抒雁、叶文福和军旅新诗潮/ 285

　　二、周涛的军旅诗歌创作/ 286

　　三、李晓桦、贺东久、刘立云等人的南线战争诗/ 289

　　四、李松涛、马合省、朱增泉、王久辛等人的"大诗"风潮/ 292

　　五、程步涛、李钢、曹宇翔等人的军旅诗歌创作/ 293

　　六、军旅诗人"新生代"/ 296

　　七、女性军旅诗群/ 298

第五节　新世纪以来的军旅诗/ 300

　　一、李瑛、朱增泉、程步涛等人的创作:现实主义传统的延续
　　　　与深化/ 300

　　二、刘立云、王久辛、姜念光等人的创作:坚实而丰富的中坚写作/ 302

　　三、董玉方、温青、马萧萧等人的创作:左奔右突的新生代/ 308

　　四、喻林祥、李栋恒、朱秀海等人的创作:古典诗词再出发/ 311

第七章　散文/ 321

第一节　概述/ 321

一、溯源与界定 / 321

二、迟开的花朵 / 322

三、"前17年"：纪实性与抒情性 / 323

四、二十世纪八九十年代：繁花竞放 / 324

五、新世纪：硕果累累 / 327

第二节 "前17年"：战地纪实与政治抒情 / 329

一、魏巍及抗美援朝战争题材散文 / 329

二、革命回忆录和史传性散文 / 334

三、刘白羽、孙犁、吴伯箫等老一辈作家的散文 / 336

第三节 二十世纪八九十年代：不同作家群各领风骚 / 341

一、杨闻宇、王中才等军旅散文家的散文 / 341

二、周涛、程步涛等军旅诗人的散文 / 345

三、李存葆、朱苏进、周大新等军旅小说家的散文 / 349

四、毕淑敏、庞天舒、唐韵等军旅女性作家的散文 / 353

第四节 新世纪：历史与现实平分秋色 / 358

一、王宗仁、裘山山、杨献平等人的西部军旅散文 / 359

二、徐光耀、郭建英、朱增泉等人的历史散文 / 363

三、朱秀海、王龙等人的军旅散文 / 368

四、刘亚洲的"跨文体写作"和张心阳等人的杂文 / 372

第八章　报告文学 / 377

第一节 概述 / 377

一、"前17年"：萌芽期 / 377

二、二十世纪八十年代：成熟期 / 378

三、二十世纪九十年代：发展期 / 380

四、新世纪：多元期 / 381

第二节 "前17年"：萌芽期 / 383

一、硝烟中的颂歌 / 384

二、和平里的热流/ 384

第三节　二十世纪八十年代：成熟期/ 386

　　一、南线战争题材报告文学/ 386

　　二、钱钢、江永红、袁厚春等人的改革题材报告文学/ 388

　　三、刘亚洲的国际战争题材报告文学/ 393

第四节　二十世纪九十年代：发展期/ 395

　　一、李鸣生、王宗仁、金辉等人的现实题材报告文学/ 395

　　二、徐志耕、大鹰、黄济人等人的革命历史题材报告文学/ 399

第五节　新世纪：多元期/ 402

　　一、徐怀中、王树增、彭荆风等人的历史题材报告文学/ 402

　　二、李鸣生、徐剑、党益民等人的现实题材报告文学/ 408

第六节　李延国、黄传会、邢军纪、王宏甲等人的非军旅题材报告文学/ 411

第九章　理论批评/ 422

第一节　概述/ 422

　　一、发展的脉络/ 423

　　二、研究的热点/ 427

　　三、收获与缺失/ 437

第二节　刘白羽、徐怀中等军旅作家的文学批评/ 439

第三节　韩瑞亭、黄国柱等人的军旅文学批评/ 442

第四节　周政保、张志忠等人的军旅文学批评/ 447

第五节　朱向前、汪守德等人的军旅文学批评/ 450

第六节　"中生代"的军旅文学批评/ 455

第七节　"新生代"的军旅文学批评/ 457

第八节　冯牧、雷达等非军旅批评家的军旅文学批评/ 459

第十章　戏剧 / 467

第一节　概述 / 467

一、"前17年":继承解放区传统 / 468

二、二十世纪八十年代:初步的艺术探索 / 471

三、二十世纪九十年代:稳定中渐进发展 / 474

四、新世纪:进一步创新开拓 / 477

第二节　"前17年":半壁江山看军旅 / 478

一、胡可剧作与风格 / 479

二、陈其通的史诗性追求 / 481

三、傅铎、所云平等人的追昔抚今 / 483

四、沈西蒙、刘川的题材创新 / 484

第三节　二十世纪八十年代:新的历史起点 / 486

一、丁一三、刘星等人的"领袖戏" / 487

二、郑振环、周振天等人对社会生活的大胆干预 / 490

三、白桦、赵寰等其他剧作家的探索与尝试 / 493

第四节　二十世纪九十年代:关注日常中积蓄力量 / 495

一、孟冰、燕燕、王海鸰等人的军营青春 / 495

二、姚远、蒋晓勤、邓海南等人的忧患意识 / 498

三、王树增、庞泽云、邵钧林、嵇道青等人的多元关怀 / 499

第五节　新世纪:拓展主旋律艺术表现空间 / 501

一、孟冰的厚积薄发 / 501

二、姚远的艺术探求 / 505

三、唐栋、绍武、黄定山、王宝社等人的创作 / 508

第十一章　电影(上) / 515

第一节　概述 / 515

第二节　"前17年" / 519

　　　　一、"前17年"军旅题材电影的创作原则 / 520

　　　　二、"前17年"军旅文学作品改编电影的缘由 / 527

　　　　三、"前17年"军旅文学作品改编电影的调整 / 529

第三节　二十世纪八十年代：前涉、郭小川、柯蓝、莫言等人的文学原著改编 / 535

　　　　一、二十世纪八十年代电影文化生态 / 537

　　　　二、军旅题材电影作品的突破性样态 / 538

　　　　三、《小花》《一个和八个》《黄土地》等文学作品改编的影片 / 541

第四节　二十世纪九十年代：史超、李平分、王军等编剧的创作 / 549

　　　　一、二十世纪九十年代中国文化地形图 / 549

　　　　二、《大决战》《大转折》《大进军》等主旋律影片创作的崭新样态 / 550

第十二章　电影（下） / 561

第一节　概述 / 561

　　　　一、新世纪军旅电影的边缘化的困境 / 561

　　　　二、从主旋律到"新主流" / 562

　　　　三、艺术性的探索 / 563

第二节　陆柱国、王兴东等编剧的重大革命历史题材影片 / 564

　　　　一、战争的史诗：《八月一日》《我的长征》 / 564

　　　　二、星光璀璨的献礼片：《建国大业》《建党伟业》 / 565

　　　　三、红色土壤中的新生：《血战湘江》 / 567

第三节　柳建伟、吴京、赵峻防、王戈洪等编剧的现实题材影片 / 568

　　　　一、"三惊"系列影片：《惊涛骇浪》《惊心动魄》《惊天动地》 / 568

　　　　二、现实题材的突破：《冲出亚马逊》 / 569

　　　　三、军旅题材的票房逆袭：《战狼》《红海行动》 / 569

第四节　刘恒、姜文、冯小宁、陆川等编剧的历史题材影片 / 571

　　　　一、历史的低语：《云水谣》《集结号》 / 571

　　　　二、炮火硝烟下的众生相：《紫日》《岁岁清明》 / 573

三、辛辣的黑色幽默:《鬼子来了》《我不是王毛》/ 574

四、"南京"故事:《南京！南京！》《金陵十三钗》/ 575

五、抗战时期地域文化多样性:《明月几时有》/ 576

第十三章　电视剧(上) / 579

第一节　概述 / 579

一、饱满昂扬的艺术底蕴 / 580

二、强烈鲜明的时代品格 / 582

三、风格多样的审美形态 / 584

第二节　军旅电视剧的起步和发展 / 587

一、战争历史的风云:《敌营十八年》《乌龙山剿匪记》/ 587

二、在和平的阳光下:《远离发射场的地方》《紧急起飞》/ 592

三、穿越局部战争的硝烟:《高山下的花环》《凯旋在子夜》/ 594

第三节　军旅电视剧的兴盛和繁荣 / 596

一、人民军队历程的史诗抒写:《潮起潮落》《壮志凌云》/ 597

二、大时代的壮阔画卷:《中国神火》《和平年代》/ 598

三、走向战争表现的广阔领域:《北洋水师》《西藏风云》/ 601

四、军营生活"新观察":《雪太阳》《兵谣》/ 605

五、军旅青春风景线:《红十字方队》《女子特警队》/ 607

六、光荣的后勤战线:《光荣之旅》《天路》/ 609

七、应答强军新课题:《虎踞钟山》《突出重围》/ 612

第十四章　电视剧(下) / 618

第一节　概述 / 618

一、大众文化下的荧屏狂欢 / 619

二、军旅题材影视剧的概念与划分 / 620

三、军旅文化阵地的坚守 / 621

第二节　王朝柱、邵钧林、赵琪等编剧的重大革命历史题材电视剧 / 623

　　一、中国革命的历史长卷:《长征》《延安颂》/ 623

　　二、史中觅"诗":《井冈山》《新四军》/ 625

　　三、人性书写与英雄重构:《三八线》《北平无战事》/ 626

第三节　兰晓龙、康洪雷、石钟山、尚敬等编剧的当代题材军旅剧 / 628

　　一、平民英雄的成长:《士兵突击》《我是特种兵》/ 628

　　二、军旅交响中的诙谐之音:《炊事班的故事》/ 631

　　三、革命年代的非典型爱情:《激情燃烧的岁月》《幸福像花儿一样》/ 632

第四节　朱苏进、江奇涛、都梁、麦家等编剧的英雄传奇题材创作及红色经典翻拍 / 634

　　一、个体命运与历史观照:《我的兄弟叫顺溜》《人间正道是沧桑》/ 634

　　二、自我意识的觉醒:《历史的天空》《亮剑》/ 636

　　三、不同军种奏响时代和声:《军人机密》《铁色高原》/ 638

　　四、谍影重重:《暗算》《潜伏》/ 639

　　五、红色经典翻拍剧主要编剧和剧作 / 642

附录 / 647

参考书目 / 647

中国军旅文学作家小传 / 655

中国军旅文学编年(1949—2019) / 719

后记 / 830

导 言

　　回望来路，新中国军旅文学所走过的70年历程，与中国当代文学的发展脉络大体合拍。如果省略其基本停滞乃至荒芜的"文化大革命"10年（1966—1976），并以文学生态环境的转换更迭来做区划的话，大致可以分为四个阶段，即"文化大革命"前17年（1949—1966）、二十世纪八十年代、二十世纪九十年代以及新世纪至今。它的繁衍昌盛和冷热沉浮，或深或浅地记录了人民军队和中华人民共和国成长壮大的艰辛步履，或明或暗地反映了中国军人70年的光荣与梦想，亦从诸多侧面折射出了当代中国社会和当代中国文学的演进轨迹。它是中国当代文学的重要组成部分，有着显著的地位和不可替代的价值。

　　全面回顾之前，首先需要对"军旅文学"的称谓略做辩证。一般看来，这只是个题材范畴，它指的是以战争和军旅生活为主要反映对象的一类文学，世界上较通行的说法叫"战争文学"。但是，在当代中国，"战争文学"的说法反倒较少采用。原因在于当代中国尤其是近几十年来的军旅文学，其描写对象更多的是相关的军旅生活而非直接的战争内容，套用"战争文学"一说，显然既不全面也不准确。因此，较长时期以来，在指称这一领域的文学时，常常是"军事文学"和"军旅文学"乃至"战争文学"（多是针对纯粹战争题材作品而言）三种提法交叉并用。三者中间，若以历史论，"战争文学"一说最为资深，纵可以追溯到古代战争文学，横可以旁及俄苏战争文学；"军旅文学"一说出现最晚，但后来者居上,当属新时期中国军旅批评家的成功创造;"军事文学"一说亦属中国特色,具体出自何时何人何文也不易考,但早于"军旅文学"则是无疑的。而三者之间的消长则与当代军旅文学四个阶段的嬗变呈现出某种对应关系。

第一阶段即"文化大革命"前17年,最活跃的军旅作家基本上都是战争年代入伍,他们经历过炮火的洗礼,和年轻的共和国一道成长,多以自己亲历的战争生活作为主要素材来进行文学创作,而且通常采用的体裁并获得重大成就的主要是长篇小说。譬如孙犁的《风云初记》,杜鹏程的《保卫延安》,吴强的《红日》,曲波的《林海雪原》,刘知侠的《铁道游击队》,刘流的《烈火金刚》,冯德英的《苦菜花》,李英儒的《野火春风斗古城》,雪克的《战斗的青春》,罗广斌、杨益言的《红岩》,等等。此外,一些著名短篇小说也多取材于战争年代,譬如王愿坚的《党费》和《七根火柴》、茹志鹃的《百合花》、石言的《柳堡的故事》、峻青的《黎明的河边》、徐光耀的《小兵张嘎》等。再加上收获于朝鲜战场的诗歌《把枪给我吧》(未央)、散文《谁是最可爱的人》(魏巍)、小说《团圆》(巴金)、《三千里江山》(杨朔)等一批声名卓著的战争题材作品,战争文学成了此一阶段军旅文学的主流。上述诸作由于发行巨量,或搬上银幕、舞台,或进入中小学课本,都影响深广,有的甚至达到了家喻户晓人人皆知的程度,成为"前17年"的经典之作。应该说,此一阶段是新中国战争文学的繁荣期,笼统冠之以"战争文学"也是比较恰切和名副其实的。但是,恰恰因为它的过于突出,不仅是军旅文学的主流,而且也是整个当代文学的主流,至少以庞大的数量和巨大的影响支撑了"前17年"文学的半壁江山,或者说在诸多方面还代表了当时文学的最高水平,所以人们反而不把它从当代文学中单独划分出来,作为"战争文学"予以特别的观照。换言之,在"前17年"的中国文学研究中,"战争文学"有其实而无其名,它作为一个独特的文学门类还没有"自立门户",对它异于他类文学的规律性的认识与研究也还没有真正开始。

第二阶段即二十世纪八十年代,套用一个政治性的概念即"新时期",具体说来就是七十年代末至八十年代末。在这个阶段中,固然有"复出"的成名于"前17年"的前辈作家如刘白羽、魏巍、徐怀中、李瑛、石言、黎汝清、叶楠、白桦、彭荆风等人的活跃身影,但比他们更为活跃而且人数更为庞大的则是一个突然崛起的以李存葆、朱苏进、周涛、莫言、刘亚洲、海波、刘兆林、乔良、钱钢、周大新、朱秀海、简嘉、苗长水等人为代表的青年作家群体。这批人出生于新中国成立前后,步入文坛时年龄多在30岁上下。他们带来了新的文学观念和手法,更带来了新的表现对象和题材。他们普遍缺乏战争经历,除了七八十年代之交深入南线收获少量的战争题材(如《高山下的花环》等)之外,主要的描写领域则是他们自己的军旅人生历程,即和平时期的军旅生活。这个领域的全方位打开,对于军旅文学来说是一次空前的开拓和极大的丰富,使人们无不惊讶于在战争之外,军旅文学还有一方如此辽阔的天空。反映天南海北的五彩缤纷的和平时期军营生活的《天山深处的"大兵"》《最后一个军礼》《兵车行》《敬礼,妈妈》《雪国热闹镇》《女炊事班长》《秋雪湖之恋》《将军吟》《射天狼》《凝眸》《山中,那十九座坟茔》《啊,索伦河谷的枪声》等一批优秀小说从新时期最初的几次全国评奖中脱颖而出,引起了全社会的普遍兴味和热切关注。它们与出自前辈作家之手的《东方》(魏巍)、《足迹》(王愿坚)、《湘江一夜》(周立波)、《我们的军长》(邓友梅)、《追赶队伍的女兵们》(邓友梅)、《西线轶事》(徐怀中)等获全国奖的战争题材小说相映生辉,构成了新时期之初文学园林中一道壮丽的风景线。这时候,无论是出于研究的目的,还仅仅是宣传的需要,都有一个对它们命名的问题。何以名之呢?战争文学?显然不妥。此时的军旅文学已非"前17年"可比,其题材的广阔与丰富已远非"战争"二字所能涵盖。于是乎,一个比照"农村题材文学""工业题材文学"而来的行业性称谓——"军事题材文学"出现了。"军事题材"当然包括"战争题材",当然也大于"战争题材",它可以泛指一切和战争与军事相关的领域,比如军队,比如军营,比如军人,比如非战争状态下军营的日常生活和军人的军旅生涯,如此等等,无所不包。"军事文学"从"军事题材文学"简化而来,它是对此前"战争文学"的发展与丰富,此一提法的出现并盛行,标志着富有中国特色的包含了战争和非战争的军旅题材的军旅文学形态的基本完成。

第三阶段即二十世纪九十年代,"军旅文学"的提法开始四处蔓延,尤其是在研究领域和业内人士的书面表达中(囿于惯性作用,相当一部分人在口头表达中仍然沿用"军事文学"),颇有取"军事文学"而代之的趋势。很能说明它的影响力和合理性的一个现象是,由此衍生出来的一批子概念和相关概念在各种媒体不胫而走,甚为活跃,譬如"军旅作家""军旅小说家""军旅诗人""军旅批评家""军旅小说""军旅散文""军旅诗"乃至"军旅歌唱家""军旅戏剧家""军旅摄影家""军旅美术家""军旅音乐""军旅戏剧""军旅美术"等等,而且听来读来悦耳悦目。相反,如果将"军旅"二字置换成"军事"二字,则多有别扭之感乃至不通之虞。譬如"军事作家",则容易让人想起军事理论家或从事军事研究的写家,而很难想到作家。稍加辨析词义,我们将会发现,二者之间确有明显差异:(1)"军事"指"一切直接有关武装斗争的事",而"军旅"指"军队",也指"有关军队及作战的事"。[1](2)前者指"事";后者指"军队"——武装集团——从事武装斗争的人群——军人,引申义隐隐指向人。(3)前者仅止于"事";后者同时也指"有关军队及作战的事",包含了"军队"和"战争"两个方面,正与我们所理解的包含了战争和军旅全部内容的"军旅文学"恰切吻合。(4)从字面上感觉,"军事"一词生硬、呆板,更具行业色彩;"军旅"一词软性、活泛,更具文学意味。

第四阶段即新世纪至今,"军旅文学"不仅被广为接受,并且已经实质性地开花结果。进入新世纪以后,军旅文学所处的时代境遇有了巨大的变化,可以概括为"政治语境淡化,商业语境强化,传媒语境变化,学术语境纯化"。具体说来,中国经过改革开放以来四十多年的发愤图强,综合国力大幅跃升,成为仅次于美国的全球第二大经济体。中国的发展正在铸就新的世界格局并且越来越深远地影响着历史的潮流。中国军队的现代化进程强势推进,实力与日俱增。军旅文学迎来了一次繁荣:徐怀中的《底色》《牵风记》,都梁的《亮剑》,麦家的《解密》《暗算》《风声》,朱秀海的《音乐会》,徐贵祥的《历史的天空》,周大新的《湖光山色》《预警》,柳建伟的《英雄时代》,马晓丽的《楚河汉界》,兰晓龙的《士兵突击》,邓一光的《我是我的神》《人,或所有的士兵》,歌兑的《坼裂》,王树增的《远东朝鲜战争》《解放战争》《抗日战争》《长征》系列,朱向前的《朱向前文学理论批评选》,温亚军的《驮水的日子》,裘山山的《遥远的天堂》,刘立云的《烤蓝》,王宗仁的《藏地兵书》,李鸣生的《震中在人心》,彭荆风的《解放大西南》等作品获得各大奖项或产生广泛影响,基本代表了这一时期军旅文学的最高水平。此外,李亚、王凯、西元、卢一萍、裴指海、王甜、李骏、曾剑、朱旻鸢、董夏青青等一批生于二十世纪七八十年代的"新生代军旅作家"崭露头角。他们的作品呈现出不同于以往的新质,为军旅文学新的发展提供可能。与此同时,军旅文学的外延还有进一步扩大的趋势,一个重要现象是网络"军文"的强势崛起。新世纪初,互联网兴起,文学互联网站崛起之迅猛、影响之巨大,令人惊讶。网络"军文"就是文学网站对与军事相关的文学作品的一种称谓,也是一种分类方式。这种分类方式与中国当代文学中的"工业题材""农村题材""军事题材"的划分标准不同,其背后的运行机制也不同。它是严格按照市场的接受程度来进行划分,并受到市场认可的文学种类。它按照市场规律进行大批量生产,而且通过市场渠道,拥有大量读者和具有十分巨大的社会影响力。反观多年以来传统意义上的军旅文学生存状态,其内部有一套完整的选拔、培养、评判、奖励、流通机制,有专业的指导、管理、教学机构,有专门的奖项,也有力度可观的扶持,还有数量相当多的文学杂志。但如果单就社会知名度、影响力等软实力而言,传统意义上的军旅文学的阅读量与网络"军文"天文数字的点击量相比,就相形见绌了。我们甚至有一种危机感,传统意义上的军旅文学的生存圈子正在缩小,正在成为"小众"文学。当然,对这种差距扩大的趋势要有所警惕,有所为,有所不为。军旅文学实际上正面临着一个命运攸关的问题:"我们从哪里来,将要向哪里去?"

其实,"军旅文学"最早见于二十世纪八十年代中期[2],虽然当时并未有人对它做出精确的理论界定,并与"军事文学"比较优劣高下,但它的天然的合理性保证了它的生命力,一经问世便蓬勃生长,而且悄悄地从"边缘"进据"中心",终于在九十年代大行其道。它为什么到九十年代才盛行于天下呢?表面看来,是时间的力量使然;深究起来,则另有一条重要原因不可不察,即在九十年代新的文学生态环境中军旅文学价值取向的悄然嬗变。众所周知,八十年代的"军事文学",作为一种文学观念形态,它的内涵和外延显然不止一种文学题材的划分与界定,还包蕴了一种特定的主流意识形态色彩。这种特点,就使它在八十年代中前期文学主潮与主流意识形态联姻或暗合之际,常常拥有一种先定的"政治优势",这种"优势"又进一步引导了"军事文学"的价值定位。然而,九十年代的情况则大为不同,市场经济的最终确定和中国社会的急剧转型带来了文学生态环境的遽变,政治语境迅速嬗递为商业语境,一元文化的格局裂变为经典马克思主义、西方现代思潮和中国传统文化的三分天下,政治主导下的写作演变为文化观照下的写作和回归艺术中的写作。而"军事文学"也在政治语境淡化和商业语境强化的双重夹击中努力寻求将政治的优势转化为文学的优势,深入开掘军旅题材自身特有的审美特点、文学品质和人文内涵以及相关的表意策略和操作技巧等。比如"军事文学"一向庄严辉煌、高歌猛进的英雄主义主旋律也在九十年代出现了耐人寻味的变奏——朱苏进的《醉太平》试图以军队的大院来透视文化的中国,他慨叹太平盛世之中只能寻觅到"英雄的碎片",在"祭奠英雄"的同时,他提出的问题却发人深省:在和平年代如何保持英雄主义的品格?以阎连科、陈怀国、徐贵祥、黄国荣等人为代表吟唱的"农家军歌"虽然有失高亢激昂,却也充溢着一种"视点下沉"的底层关怀精神,真切地反映了转型期农家子弟兵的生存景况,风格沉郁顿挫,引起了广泛共鸣,成为一个阶段内军旅小说的主旋律。此外,还有一部分军旅作家的价值取向,更加灵活也更加坚定。他们的题材选择就逸出了军旅范畴,步履坚定地直奔审美目标——周涛立于西部边陲,以天山长风般的大气、鹰隼般的锐利和哲人的睿智卓然成为九十年代中国散文一大家;周大新的"长河小说"《第二十幕》,阎连科的现代主义"突围之作"《日光流年》,柳建伟的现实主义厚重之作《北方城郭》,均非军旅题材,但都达到一定的艺术高度,将作家个人的艺术才华展现得淋漓尽致,实现了各自的追求目标,成为各自的代表之作,也成为中国二十世纪九十年代长篇小说的扛鼎之作。与此同时,由于军旅文学开放品格所焕发的独特魅力,也吸引了一批非军旅作家如邓一光、尤凤伟、阎欣宁、阿成等人的热情投注,写出了《我是太阳》《父亲是个兵》《生命通道》《五月乡战》《枪队》《枪族》《赵一曼女士》等军旅题材的佳作。而这些现象在八十年代都是难得一见的。

　　上述例证,都或近或远,或隐或显地证明着,军旅作家(军旅文学)正在告别昔日那个被浓烈的意识形态色彩所包裹过的"军事文学",逐渐走出政治化、走出宣传化,而回归与创造更加艺术化、更加审美化的军旅文学。提法的不同,多少反映了一种观念的变异。正是在此种情势之下,"军事文学"的淡出和"军旅文学"的凸显成为一种历史的必然。而从政治强势中降下来了的军旅文学,正在以一种更加平和的姿态,融入当代中国文学的多元格局之中。

　　上文在辨析"军事文学"的过程中,指出过它的"政治优势"和"主流意识形态色彩"。其实,推广开来看,这种"优势"和"色彩"深浅不同地贯穿于整个当代军旅文学之中。当然,中国文学有上千年的"文以载道"的深厚传统,只是近代以来"道"随时变,总是反映着某一时期的主流思想或主导情绪。二十世纪中叶,毛泽东提出文艺"为政治服务和为工农兵服务"的"二为"方向[3]。新时期之初,邓小平又将"二为"方向放宽为"为人民服务和为社会主义服务"[4]。总体看来,整个中国当代文学前40年(1949—1989)基本上都是在"二为"方向指导下运行的。但是,比较而言,《在延安文艺座谈会上的讲话》由于是在战争背景和战时体制下做出的,因此更多地可以理解为针对军队文艺工作而言。事实上,它对此后的军队文艺工作确实产生了深远影响。再加上军旅文学由于自身的特殊的规定性,对"二为"方向执行得更加严格、更加坚定、更加具体,甚至更加逼仄。反过来说,正是由于"二为"方向的规定路线,潜在地决定了当代军旅文学的三个总体特征。一是"为政治服务"决定了当代军旅文学内容的政治化与功能的宣传化。二是"为工农兵服务"决定了当代军旅文学风格的民族化与形式的大众化。三是军旅文学要关注时代、关注现实,现实主义始终是军旅文学的主干。所谓军旅文学特殊规定性的背景,包括了这样几个层面:一是军队作为无产阶级政党领导下的武装集团在社会主义阶段上层建筑中的重要定位;二是军旅文学作为意识形态在军队思想政治工作中的基本定位;三是一支数量可观的军旅文学创作队伍在编制序列中的特殊定位(据说,在军队中编入一支专业文学创作队伍,亦属中国特色,其他国家没有此例);四是"爱国主义、英雄主义、集体主义"作为军旅文学的主旋律定位。所述种种"定位",都或近或远地钳制了军旅文学与政治的密不可分的内在关系,以及它服务于政治的"革命的功利主义"(毛泽东语)。因此之故,"为政治服务"的方向性指导,在军旅文学中常常演变成"为提高部队战斗力服务"的可操作性倡导。从五十年代战争题材长篇小说创作中,"歌颂毛泽东军事思想和人民战争的伟大胜利"主题思想的普遍盛行,到五六十年代之交的《星火燎原》征文、六十年代的"四好""五好"运动征文以及七十年代的"自卫还击"征文,直到八九十年代的"抗洪抢险"征文,等等,军旅文学中的政治功利性、战斗性和宣传性总是得到鼓励和提倡。耐人寻味的是,一些批判性和反思性的作品,其思想锋芒也是直指高度敏感的政治性问题或题材,譬如话剧《曙光》(白桦)、诗歌《将军,不能这样做》(叶文福)、《小草在歌唱》(雷抒雁)、小说《高山下的花环》(李存葆)等,或受到非议,或得到肯定,原因之一都是涉及或"突破了政治禁区"。真可谓"成也政治,败也政治"。总之,内容的政治化与功能的宣传化作为军旅文学70年的总体特征之一,是毋庸置疑的。至于它作为一把双刃剑所带来的正负面影响,我们将在正文中具体展开论述。

军旅文学70年的第二点总体特征——风格的民族化与形式的大众化,亦决定于它的接受对象——"为工农兵服务"。事实上,在四十年代的解放区,这个"工"只是理论上的虚拟的或人数极少的服务对象,绝大部分或主体部分都是"农"与"兵"。而兵的主体又来自昨天的农民,今天的农民则有可能变成明天的兵。中国军队的农民军人主体性,乃是由中国新民主主义革命的"农民革命"性质和中国农业国度的国情所决定的。这一特点半个多世纪以来亦未有根本的改变。要说改变,只是随着时代的发展和社会的进步,应征农民的文化程度从无到有、从低到高而已,农民成分在总体比例中逐渐缩小而已。因此,在一个特定的历史时期内,"为工农兵服务"即可理解成"为农民服务"。"农民化"则可看作"民族化与大众化"的具体注释。歌剧《兄妹开荒》《白毛女》,诗歌《王贵与李香香》,小说《吕梁英雄传》等被视为此一阶段的典范之作。即便到了五十年代,"农民化"的审美趣味被大大提高,但"通俗易懂""为普通老百姓所喜闻乐见",仍然是绝大部分军旅文学创作者的不二法门。如果说,在八十年代以前,军旅文学和中国当代文学一样,除有限地向苏联文学做横向借鉴之外,主要是在民族化的道路上蹒跚前行而别无选择的话,那么,八十年代以后的情况就有了改变,因而也更能说明问题。从八十年代初期的"意识流""现代派"到中期的"先锋写作"直至九十年代的"女性写作"种种,"西风美雨"的洗礼,已经深刻地影响了当代文学的整体面貌,然而通观几十年来的军旅文学,却较少听到相应的回响。再举具体的门类——譬如以理论批评为例。从最初的尼采、弗洛伊德到晚近的福柯、杰姆逊,当代文学的理论批评也是上下寻觅,边走边学,到处"拿来";但军旅文学理论批评则不然,虽然较之以往有了较大繁荣和较大发展,却几乎无一家不恪守"社会—历史—审美"的传统批评套路。军旅文学审美风格的民族化和表达形式的大众化,是服务于政治的间接体现,更是服务于工农兵的直接结果。

军旅文学70年的第三点总体特征——关注时代、关注现实,始终以现实主义为主干,基本上贯穿于军旅文学发展的始终,虽有各种主义的借鉴与模仿,但都没有在军旅文学这块土地上长成参天大树。这一点有目共睹,就不再详细解释。值得注意的是军旅文学在新世纪以后遇到的新情况、新问题。改革开放以来的军旅文学基本上有着一条一以贯之的历史脉络,其核心精神、题材内容、写作方式和传播手段都没有太大的改变。但随着新的时代境遇的到来,军旅文学所面临的机遇与挑战便越来越突显出来。一方面,军旅文学仍然在创新发展,仍然不断创造着辉煌与新质;另一方面,在整个文学版图上,军旅文学却遭遇到日趋严峻的形势。矛盾主要表现为军旅文学的创新发展与新的时代境遇之间还不相适应。时代在进步在变革,但军旅文学的创新发展还远远跟不上形势,甚至是在萎缩在边缘化。我们把这种严峻形势概括为"三个失衡、四个挑战"。"三个失衡"主要表现为:一是题材失衡,即历史题材多,现实题材少。直面当下的作品,无论是质量还是数量都远逊于历史题材作品。如何以文学的方式及时而深刻地反映时代的新质和军旅生活的新变,已经成为新世纪军旅文学责无旁贷的历史使命。二是体裁失衡。如今,军旅文学中长篇小说繁荣,而中短篇小说佳作却很少见,诗歌、散文的情况则更加不容乐观。三是创作队伍失衡。军旅文学创作队伍年龄老化,人才流失,已成突出问题,长此以往,难以持续发展。"四个挑战"主要表现为:一是商业化语境对军旅文学的核心精神价值产生了潜移默化的销蚀作用,以至于军旅文学里的英雄气和血性越来越孱弱。爱国主义、英雄主义被遮蔽,英雄被矮化,对军旅文学产生了致命的伤害。二是军事题材网络文学的迅速崛起,极大地挤压了传统意义上的军旅文学的传播与影响空间。网络"军文"是一种新的现象,一方面它生产量大,接地气,读者爱看;但另一方面,它又是资本运作的结果,粗制滥造、没有约束、泥沙俱下的情况也非常严重。三是军旅文学与现实之间的血肉联系不再那么紧密。随着军旅文学文学性的提高,其现实容量和力度反倒在下降。读者想看到的,军旅文学不能提供;中国军队的现代化进程,军旅文学没有反映;强军路上的诸多问题,军旅文学也没有兴趣介入。在这种情况下,军旅文学想与读者产生共鸣就很难了。四是在非政治化和学术化的文学理论批评环境下,军旅文学在有意无意地被忽视无视,并且渐渐地边缘化,以至于在整个当代文学史中很难寻觅到军旅文学的影子。不得不说,这是一种极不正常的现象。针对"三个失衡、四个挑战",我们可以提出各种各样的对策,但最重要的药方可能还是:关注时代、关注现实,始终张扬现实主义精神。在一些时候,过于逼仄的现实主义可能成为束缚活力的枷锁；而在另一些时候，它却是治病救人的良方。

"只知诗到苏黄尽，沧海横流却是谁？"二十一世纪的第二个十年即将过去，历史总是在螺旋式上升发展。在我们关注着军旅文学所面临的严峻形势之时，新时代赋予军旅文学的历史性机遇似乎已经到来，并且隐隐预示着军旅文学一种全新的面貌与风景。近十年以来，中国社会发生了翻天覆地的历史巨变，中国军队的强军之路也正以磅礴之力推向壮阔深邃的未来。如果军旅文学能够在新时代找到新的表达方式，创造出新的美学风范，张扬新的精神力度，那么，一个新的军旅文学的辉煌篇章或将与这个新的伟大时代不期而遇。

注释：

[1]《辞海》，上海辞书出版社，1979，第372页。

[2]朱向前自二十世纪八十年代中期介入文学批评即开始使用"军旅文学"的提法。本书对军旅文学的界定一以贯之，即不以作家身份（军旅、非军旅）相区分，但凡以战争和军人、军旅生活为主要描写对象的文学皆为军旅文学。

[3]毛泽东：《在延安文艺座谈会上的讲话》，载《毛泽东选集》合订本，人民出版社，1968，第582页。

[4]邓小平：《在中国文学艺术工作者第四次代表大会上的祝辞》，《人民日报》1979年10月31日。

第一章　短篇小说

第一节　概述

大半个世纪过去了,和平的氛围早已消弭了战火和硝烟,军旅文学也经历了春华秋实。作为军旅文学中重要的一族,军旅短篇小说以其不可取代的特质书写了自身的成长与变迁、光荣与梦想、平凡与失落。

70年,本是一个量的概念,用来框定具有继承性和延续性的文学史,总有些削足适履之感。如果追溯当代军旅短篇小说的起源,应以人民军队的建立和短篇小说的传统为依据,况且,到目前为止,军旅短篇小说远远没有终结。但纵观当代军旅短篇小说的产生和变迁,当代70年,几乎囊括了所有重要的文学现象——在解放的凯歌中苏醒,在建设的激情中勃发,在"文化大革命"中沉默蜕变,在八十年代涅槃繁荣,在商业化时代走向边缘,在新世纪又现出新气象。70年的历程,汇聚了不同时代的短篇作家们丰富的创造力和生命感悟,也一定程度上反映出军旅文学总体的精神风貌,推进了富有特色的军旅文学的发展,并为其书写了光辉的篇章。

依时间为序,可做如下分期:二十世纪五十年代到六十年代,军旅短篇小说经过苏醒进入了勃发期。中华民族的解放和中华人民共和国的成立,为军旅文学营造出良好的生长环境。作为一种文体,此时的短篇小说备受重视,在文学界出现了"短篇小说作家"的称谓,包括茹志鹃、王愿坚、峻青等,都是在当代文学史上占据重要位置的人物,他们创作的一批军旅短篇作品成为这个时期短篇领域的经典。这一时期的批评界也给予了短篇小说充分的关注，郑重其事地召开了专题讨论会。而此起彼伏的批判运动，使宽松的文学大环境逐渐地被高度规范。六十年代到七十年代之间，"文化大革命"爆发了，国家遭遇了一场罕见的文化浩劫，文学环境变得相当恶劣，文本的艺术性遭忽略，文体的功能性被强化，文艺的生存权受到了威胁。而军旅短篇小说一度步入了"光荣期"，所有的文艺杂志相继停刊，《解放军文艺》却一枝独秀。短篇小说短、平、快的优势和军旅属性使它获得了特殊的礼遇。但这样的荣耀也只是昙花一现，军旅短篇小说也出现了空白和断裂，作家们在运动中沉默、反思并寻找释放的机会。七十年代末到八十年代，随着"文化大革命"结束，思想的"拨乱反正"，"百花齐放，百家争鸣"的文艺政策获得新生，文学开始呼吸自由的空气。一年一度的全国性评奖活动催化了创作，军旅短篇小说迎来了它的繁荣期。直到1987年全国性短篇小说评奖活动结束，这期间每一年都有几篇军旅短篇小说榜上有名。而"短篇小说作家"的称谓却不复存在，短篇似乎只是中、长篇小说的练笔和起步。荣誉的光环也像流星般易逝，获奖的作品大多难有持久的影响力。在八十年代浩浩荡荡的文学浪潮中，军旅短篇小说的繁荣是漂浮其上的最朴素的花朵。短篇小说评奖停止之后，军旅短篇小说走向了它的归隐期。随着越来越频繁的"文学边缘化"的感叹，市场和读者正共同打造新时代的宠儿——畅销文学。虽然军旅短篇小说的个别篇什像零星小雨一样从某一片天空里飘过，甚至还戴着某种奖项的光环，引起的注意却再也不能与五十年代和八十年代同日而语。从辉煌中走出来的军旅短篇小说创作从此开始在个人化与军旅属性以及读者三者之间寻找新的交叉与平衡，其尴尬自不待言。令人欣慰的是，"新生代"作家群的崛起和作品数量、质量上的不断攀升成为新世纪后短篇小说的新景观。在落寞之余，新鲜的血液正在蜕变中涌动，军旅文学短篇小说在沉寂多年后爆发出新的活力，一批开始从事文学创作的作家以群体面貌出现，并逐渐走向专业岗位。因此，新世纪后的短篇小说写作队伍大概来自两个方面：一方面是一部分老作家和较为成熟的作家（研究文本既包括军旅作家的军旅题材小说和重要地方题材小说，也包括非军旅作家的重要军旅小说），他们虽然所作不多，但艺术水准较高，部分作品获得诸如鲁迅文学奖等主流文学大奖的认可，如徐怀中、阎连科、裘山山、温亚军、马晓丽、陆颖墨、李浩、龙一等。这些作家在日渐凋敝的短篇小说写作环境中,摒除聒噪之音与浮躁之气,坚守在短篇阵地上。另一方面,由于成熟短篇小说家队伍的流散,也恰恰给了一部分年轻作家崭露头角的机会。以李亚、王凯、西元、裴指海、朱旻鸢、王棵、卢一萍、王甜、曾皓、曾剑、李骏、刘跃清等为代表的一批"70后""新生代"开始崛起,这个群体的短篇小说也成为支撑新世纪军旅短篇小说主干的重头戏,和新世纪以前的军旅短篇小说相比,更具有传承性。他们支撑了军旅短篇小说的新格局。

第二节 "前17年":在现实与回忆交织中勃发

正如当代军旅文学一样,当代军旅短篇小说也是在民族解放战争和国内革命战争的岁月中诞生的,对战争生活的反映以及有效地配合战争是它最初的使命。但它真正取得不容忽视的成绩并获得相当的地位却开始于战争结束的时候。当人们在凯歌声中油然而生对胜利的追问和对斗争的回忆,军旅短篇小说创作开始显露出勃勃生机。作家们经过艰苦卓绝的战争洗礼和艺术上探索性的铺垫,为创作提供了充足的储备,记录历史的强烈愿望弥漫在空气中。抗美援朝战争以及边疆剿匪等重大事件,使战争时期形成的文化心理惯性得到强化并突显出来。在这样的背景下,无论是"献礼文学""红军系列""边疆系列""训练文学",还是以抗美援朝战争为题材的短篇作品,都产生了相当的影响。其中军队举行的两次大型征文活动激发出的创作热情,为短篇小说的勃发起到了推波助澜的作用。同时,文学界内部也是"战事"不断,在"前17年"(1949—1966)里,批判运动此起彼伏,文学力量不断受挫与被淘汰,分化与合流,在动荡不安的氛围中逐渐形成统一的模式和固定的文学规范,最终走向"文化大革命文学"。大部分的军旅短篇小说汇进了文学的主流,虽然没有受到太大的波动,却仍然有挑剔与苛责的声音,区分出作品的细微差别,使其呈现出不同的流向。正是这些不同,使"前17年"的军旅短篇小说具有了丰富性与纵深感。

一、人性与美的溯源：孙犁的《芦花荡》《荷花淀》

如果比较"前17年"的军旅短篇小说和"五四"启蒙时期的短篇小说，会发现二者具有截然不同的特质。军旅短篇小说里听不到批判、揭露与痛苦的呐喊声，代之而起的是乐观的颂歌与喜庆的赞美；渗透在日记里的诗一样的内心独白与思想的狂风平息了，转化成了纯粹的对革命的执着与对理想的坚持；找不到被同情被嘲笑的可悲的阿Q、祥林嫂似的个体，浮现出来的是一座座高山一般崇高、无畏的英雄和典型群像……是什么导致了这些差异？众所周知，二者有不同的时代背景，有不同的文化渊源，有不同的作家群体。除此之外，还可以找到更多的造成差异的因素。但历史是连续的，断裂与突变都会有轨迹；历史也是单向的，演化必有其逻辑。

如果沿着历史的长河上溯，中国共产党的成立以及中国人民军队的建立已为当代军旅短篇小说的根基埋下了最原始的土壤。随着革命深入，四十年代进入历史转折期。1942年是必须提及的年份。这一年像一道分水岭，划分并改变了文学史的流向。这一年毛泽东发表了重要的《在延安文艺座谈会上的讲话》，从此以知识分子为主导的文学自由行为逐渐厘定权利与义务。文学自由行为受到冲击，文学界知识分子与工农兵的地位被调整，文学的目的、审美取向、表现对象等因素都被明确。《在延安文艺座谈会上的讲话》将三分天下的文学局面（沦陷区文学、国统区文学、解放区文学）统一起来，把于革命不利的情绪与作品比如像《陆康的歌声》[1]这样的军旅短篇小说从文学史里剔除，而迎出像《荷花淀》《芦花荡》一样的作品。

1945年，正在延安的孙犁写出了短篇《芦花荡》《荷花淀》，这是动荡岁月里不可多得的军旅短篇小说的成熟佳作。这一年，抗日战争结束，人民军队洋溢着胜利的喜悦。反映在孙犁的小说里，是轻松自如的对敌斗争、纯粹坚定的革命信心以及淳朴自在的人际关系。没有了陆康式沉重的使命负累与人际冷暖，更没有对革命终极目的不确定性的探讨，只有一派明丽淡雅、不温不火的生活和斗争画面。革命的胜利来之不易，农民群众是斗争的主要力量，他们在争取解放的非常行动中，爆发出了"人性美的极致"（孙犁语），孙犁的小说无疑是最好的代言。《荷花淀》里的水生要跟大部队走了,水生的媳妇既难舍又支持。孙犁就在简短而精练的言语间将两人之间的依恋与理解表露出来。

"你有什么话嘱咐我吧!"
"没有什么话了,我走了,你要不断进步,识字,生产。"
"嗯。"
"什么事也不要落在别人后面!"
"嗯,还有什么?"
"不要叫敌人汉奸捉活的。捉住了要和他拼命。"
这才是那最重要的一句,女人流着眼泪答应了他。

男人与女人之间的情义自然地在言语间流淌。在革命岁月里,夫唱妇随的和谐与置生死于度外的关切是硝烟战火中最温情、最浪漫的诗篇,闪烁着人性至美的光泽。男人对女人起到的带头作用和女人对男人的关心体谅都是革命战争胜利最珍贵的源泉。荷花淀里一场伏击敌人的成功战斗正是最好的说明。这一次行动中青年媳妇们不过只是误打误撞,但她们很快就会真正进入革命角色。末尾,水生媳妇学会了打枪,"敌人围剿那百顷大苇塘的时候,她们配合子弟兵作战,出入在那芦苇的海里"[2]。

人性美、对革命胜利的信心再加上积极的革命热情使《荷花淀》问世即获得好评。随着时间的流逝,战争已成为过往云烟,但荷花淀的人情故事历久弥新,来自孙犁的隽永雅致的笔调和对人间情感这一永恒主题的表现,开启了军旅短篇小说抒情一类的先河。孙犁的贡献已经逸出了军旅短篇领域,浓郁的乡土气息、谈笑间敌人灰飞烟灭的斗争场景、抒情性的人性表现感染了一大批后来者。在孙犁的影响下,"荷花淀派"曾是现代文学中重要的文学派别,孙犁也当之无愧地在现代文学史上占据了重要的一页。但在"前17年",孙犁的影响力大不如前,从此,抒情性与刻画人性的道路变得曲折而蜿蜒。

二、革命历史的阐释:王愿坚、峻青等人的短篇小说

鲁迅曾预言:"到了大革命的时代,文学没有了,没有声音了,因为大家受革命潮流的鼓荡,大家由呼喊而转入行动,大家忙着革命,没有闲空谈文学了。……等到大革命成功后,社会底状态缓和了,大家底生活有余裕了,这时候就又产生文学。这时候底文学有二:一种文学是赞扬革命,称颂革命……一方面对于旧制度的崩坏很高兴,一方面对于新的建设来讴歌。另有一种文学是吊旧社会的灭亡——挽歌——也是革命后会有的文学。"[3]其中的绝大部分已经得到印证,至于说"吊亡文学"暂时仙踪难觅。诚如鲁迅所言,称颂革命、讴歌建设成为战争结束、中华人民共和国成立后的两支文学主流。对于军旅短篇小说而言,阐释革命历史是最合情合理、势不可挡的主流之一。从文学创作的动因来看,"武装斗争历史的辉煌和现代军旅小说的暗淡二者之间的巨大失衡,构成了当代军旅小说蹒跚起步的现实基础和骤然腾飞的潜在张力"[4]。阅读的期待和讲述的迫切达到了前所未有的默契。再加上文艺方针的指导和促进,一支高亢的颂歌旋律奏响了。以王愿坚、刘克、峻青为代表的作家因为专注于某一地域或阶段的斗争生活而写出了几大系列:红军系列、西藏系列、胶东系列等。这些系列很好地体现出作家和评论者们对表现对象的历史性眼光,同时系列的规模性也引起了评论界对文体的关注。那些执着于短篇体裁的作家被冠以"短篇小说作家"的称谓,从而引发对短篇小说这种文学样式的理论探讨,深化了对文学形式的认识。这是"前17年"军旅短篇小说的一大收获。囿于篇幅,即使是一个系列的短篇也不可能有长篇那样丰富的包容量和再现能力,却可以发挥"以小见大"的优势,对革命历史做一针见血的阐释。有一些单篇借助于其他一些传播方面的力量,如拍成了电影的《柳堡的故事》(石言)、《黎明的河边》(峻青),或是收入中学课本的《七根火柴》(王愿坚),或是发行量大的《百合花》(茹志鹃),等等,在社会上产生的影响更加广泛而深远。

以革命历史为主要题材的短篇小说作家主要可划分为两个梯次。第一梯次的作家多少经历过战争,他们是孙犁、石言、彭荆风、峻青、茹志鹃、刘真、徐光耀、柯岗、立高等人。第二梯次是新中国成立前后入伍的小知识分子,以

王愿坚、刘克等为代表。第一梯次较第二梯次接触了更多的革命历史,有的在新中国成立前就已经写出了出色的革命战争作品。当周扬在第一次文代会上号召大家拿出描写革命战争的"伟大作品"[5]时,其实就预告了革命历史诉诸文字的时刻到了。这之后,革命历史题材的短篇小说开始勃发,其数量占据了"前17年"军旅短篇小说的绝大多数,发表时间集中在五十年代到六十年代之间。作品量多并形成相当规模的主要有王愿坚、峻青、柯岗、茹志鹃、白刃、立高、刘克等人。孙犁于1949年12月发表的《山地回忆》,无形中开启了军旅短篇小说书写革命历史的大门,但温情的回忆与激烈而高亢的意识形态基调似乎不能合拍。直到五十年代中期,抗美援朝战争结束,一批颇有影响力的短篇激起了"前17年"第一波的军旅短篇小说浪潮,主流的军旅短篇小说艺术特征才具体明确。其中峻青、王愿坚、刘克被称作这支队伍的典型性代表,他们分属两个梯次、三种创作背景。峻青是三个人中最早涉足革命战争题材的老将,在1942年即写出了他的第一篇革命战争题材的小说《马石山上》,这是英雄主义史诗性作品的先锋。故事多取自真实的历史事件,几乎与历史同步。王愿坚则是五十年代才开始创作,小说素材多从采访中获得,主要集中反映第二次国内革命时期的斗争生活,一出手即引起了广泛关注。刘克是少数几位钟情于边疆历史的作家之一,作品主要反映边疆地区和平解放的过程,与轰轰烈烈的革命斗争生活相比,既同属于革命历史的一部分,又有着截然不同的独特内容。他们最急于要回答、最迫切要阐释的共同问题就是:革命的胜利从何而来?革命的胜利意味着什么?王愿坚说:"我们今天走着的这条幸福的路,正是这些革命前辈们用生命和鲜血给铺成的。"[6]这几乎传达了所有作家的心声。每位作家都带着自己对幸福的理解和对前辈的感激与尊敬再现着那段烽火岁月,虽然篇幅短小,其群体的合力也具有了建构史诗的意义。

峻青来自胶东半岛,二十世纪四十年代开始创作,1955年发表在《解放军文艺》上的《黎明的河边》引起了关注,被拍成电影。1959年出版了短篇小说集《黎明的河边》(上海文艺出版社),另有短篇小说集《海燕》(作家出版社1961年版)。1959年出版了自选集《胶东纪事》(人民文学出版社),收录作品多取自胶东半岛革命根据地的历史事件。《黎明的河边》影响最大,是峻青的代表作。峻青擅长表现紧张的人物关系、惊险的斗争场面、曲折的战斗经过,以突出革命胜利的传奇性,如《黎明的河边》《烽火山上的英雄》《马石山上》等。《黎明的河边》讲述小陈一家掩护武工队员穿过敌占区的故事。在现实的困难面前——赶上暴风雨、与还乡团遭遇、小陈的母亲和弟弟被捉为人质、母亲与弟弟牺牲、渡河时被追击,小陈一家表现出了临危不惧、大义凛然、英勇不屈的英雄品格,终于将武工队员送过河,完成了上级交给的光荣使命,也为革命的顺利开展做出了贡献。作者以做报告为引子导出英雄的整个故事,暗合了民间说书艺术的文化心理,情节与叙述方式都透出浓重的民族风味。

王愿坚也来自山东,和峻青一样算是部队中的小知识分子,却有着不同的创作经历。在编辑《星火燎原》和帮助首长撰写回忆录的时候,王愿坚有机会采访到许多老红军、老干部,走访了革命根据地,积累了丰富的小说素材。"正是抱着为革命前辈树碑立传的信念,王愿坚开始了他的短篇创作。"[7] 1954年,《党费》的发表使王愿坚一举成名。此后,他先后出版了小说集《党费》(人民文学出版社1958年版)、《亲人》(人民文学出版社1959年版)、《普通劳动者》(人民文学出版社1959年版)等。《党费》讲述女共产党员黄新在艰苦的斗争生活条件下如何积攒党费(一堆咸菜),又在国内革命战争的危险氛围中如何保全党费、交纳党费的故事。这个短篇初步展现了王愿坚提炼主题纯粹度的能力。作者围绕艰苦斗争环境中交党费的过程,将既神圣又厚重的"党费"的内涵诠释出来。最能体现王愿坚以小见大、凝练简约风格的是《七根火柴》。在其中,作者将笔墨极度精简,采撷生活横断面,捕捉主人公的细微感受,在关键的一刹那主人公的精神境界得以升华,这是军旅短篇领域独树一帜的精品佳构。与峻青热衷于故事的情节性不同,王愿坚更注重故事意义的开掘,对短篇小说艺术也有更加独到的把握。他有大量谈短篇艺术的论文,由解放军文艺出版社收入了《艺海荡桨》,于1999年出版。二人也有一致之处:都有着很强的革命浪漫主义精神。在强调艰难险阻的时候,始终不离革命乐观主义的基调,并以英雄为唯一的表现对象。

以边疆题材著名的刘克与王愿坚和峻青在这一点上有些不一样,他在创作上侧重于革命现实主义的一面,作品时时透出凝重而哀伤的主观情绪。正是因为峻青、王愿坚、刘克统一而各异的风格,使他们从大量作家群中突显出来,进入了短篇小说创作的主力军行列。他们几乎代表了军旅短篇小说革命历史题材阐释的主要取向。刘克的短篇小说有明显的地域风格。他于新中国成立后随军进藏,见证了西藏的和平解放进程,写出了一系列有关西藏农奴生活与军事平叛的短篇作品,如《央金》《曲嘎波人》《巴莎》《古堡上的烽烟》《丫丫》等,并汇编成短篇小说集《央金》(解放军文艺出版社1962年版)。短篇小说《央金》足可以反映刘克创作特色,主要描述的是女奴央金解放前的苦难生活,表达了农奴争取自由与独立的自发愿望。作者深藏起对央金的同情,用现实主义的笔调,讲述了她经过反抗却无法改变的悲剧命运,语气平静而客观,表现出刘克纯正的现实主义创作理念。悲剧的根源是奴隶制度,多伦老爷是制度的执行者及维护者,是悲剧的元凶。同样是奴隶的旺堆(央金的丈夫)无意识地充当了帮凶,因为他在争取自由与争取老爷赏地之间摇摆,最后选择了赏地。央金的恋人扎西顿珠(后参军)鼓励她逃跑,去过自由生活,却没能助央金一臂之力,扎西顿珠的消失使央金本已苍白的情感生活变成真空。"金珠玛米"[8]的到来结束了这沉重而黑暗的生活。农奴解放了,央金的女儿过上了新生活。虽然先进的制度取代了落后的制度,却无法冲淡以央金为主角的整个故事的悲剧色彩。在人物塑造上,刘克以以少总多的手法突出人物的个性,以深化其命运的悲剧性。央金虽然"又笨又丑",在眼睛里,却有着"一种寒冷的压抑和孤独";扎西顿珠有着宽阔的胸膛和明朗的眼睛;而旺堆既没有宽阔的胸膛也没有明朗的眼睛,还喜欢殴打央金。在二元对立的维度上,多伦老爷与央金、旺堆是剥削与被剥削的两极;扎西顿珠、央金与旺堆是积极与消极的两方。虽然央金"再也没有人看见她了",且旺堆如愿以偿,但和平解放,农奴制崩溃,解放军实现了央金生前的愿望,悲剧的故事因制度的改变而终结。在悲与喜的二元转化中,刘克完成了对革命所具有的解放人权、获取自由特质的阐释。

另外,石言的《柳堡的故事》(《新华月报》1950年第1—6期)曾拍成电影,在当时达到了妇孺皆知的程度。《柳堡的故事》讲述了一个"革命加恋爱"的故事,是军旅短篇领域里为数不多的涉及恋爱的作品。主人公李进是新四军战士,随军进驻柳堡镇,二妹子的姐姐被当地恶霸虐待,二妹子又面临被恶霸欺侮的危险。李进在拯救二妹子的过程中,与二妹子产生恋情。但因为部队的纪律,两人没有结婚,而是深藏起感情,努力进步,继续革命。石言以接近于中篇的篇幅阐明了革命军人救民于水火、开辟幸福生活的道理。在淡雅而亲切的笔意里,描绘自然风景,设置故事悬念,将曲折的斗争过程与三方之间的复杂关系娓娓道来,塑造了一个革命年代的经典爱情故事。

纵览主流的革命历史题材短篇小说,在作家的个性之外有着清晰的共性。第一,从建构革命历史的角度来看,短篇小说有明确的阐释性。它没有宏大的篇幅,不寻求史诗性的效果,却能达到"见一斑窥全豹"的效果,为阐释革命尽一份力。第二,短篇小说的线索更为单一,结构更加简化。在表现敌我斗争时,短篇小说不可能提供多维的角度和空间,一般都巧妙地选择一条主线、一个故事或者一个人物来突出主题。这样,在革命历史题材里惯于看到的二元对立的模式就更为隐蔽。作家们将珍贵的笔墨主要用于我方,对敌方的描述倾向于简单化、符号化。在《党费》里,与"白匪"的两次面对面的接触,是阐释党费传奇来历的重要情节,却没有关于任何一个"白鬼"的具体描述,有的只是他们的人数和破坏革命的群体行为。相对于投注在主人公黄新身上的笔力,对敌方的描述真是少之又少,或者说只起到了衬托主人公大义凛然与机智英勇形象的背景作用。石言在注重情节曲折性的《柳堡的故事》里,也只是从二妹子的口中道出恶霸的恶行。即使是善于操纵敌我斗争情势变化的峻青,对敌方的描写也同样有限。而在王愿坚的《七根火柴》里面,敌人这个符号已经虚化了,只有长征途中不怕苦不怕死的红军个体以及对恶劣的生存环境的渲染。这种对二元的选择性表现,保证了作者的我方立场,对主题的明晰性有很好的突出作用。第三,在人物塑造上,敌我双方的不同角色会承载作者爱憎分明的情绪。正面的、褒义的词汇只能用来形容我方,负面的、贬义的词汇用来描述敌方,甚至在提到敌方人物时,还会运用仇视性字眼,以强化作者的情感状态。作者将主观态度强加给文本角色,有助于表明作者的立场以及胜负注定的革命结果。在"革命的现实主义和革命的浪漫主义相结合"的创作方针指导下,充分宣泄出浪漫的政治情绪。胜利来之不易,主人公也往往具有了超越常人的神性,他们专注于革命,抛弃个人的私心杂念以及基本的情感生活,即使是天经地义的亲情,也要让位于革命。他们是《粮食的故事》里的主人公,是《柳堡的故事》里的李进,是《党费》里的黄新,等等。第四,在情节的处理上,多数作品是在不断复制着从革命陷入困境到战胜的情节模式。如果主人公牺牲了,革命遭到挫折,必然会有活着的革命者预示胜利的结局。这不仅有助于使整篇文章保持乐观的基调,还符合阐释革命历史之所以成功的基本要求。它们的共性是可以用同一种逻辑将不同时间不同地点的事情串起来,保证复杂的革命历史的统一性和经典性,对可能的消极和不和谐因素起到规范作用。

三、现实主旋律的宣扬:任斌武、林雨等人的短篇小说

新中国成立后,国家百废待兴,人们怀着强烈的政治激情投入到生产建设和维护和平中,文学理所当然地担负起讴歌现实政绩的使命,而这并不是一种新的现象。早在战争期间,作者们还没有充裕的时间展开丰富的想象,发挥虚构的才能,就已经及时自觉地在记录着正进行着的战争。这些听着炮声在战马上写就的篇章,被誉为文学里的"轻骑兵",少之又少的篇什零星地记载着战争的片段。相对的真实性和时效性是这些军旅短篇小说的共同特点,因此和通讯纪实有着密切的胞连关系。1948年出版的《解放区短篇创作选》[9]编选的就是短篇小说和纪实通讯两种体裁。在延安整风中受到批判的刘白羽有一段时间停止了创作,当他调整好状态,重新提笔的时候,捧出的也是一系列具有纪实色彩的短篇,如《无敌三勇士》《战火纷飞》等。从此,这种关系就像与生俱来的胎记,如影随形地印在"前17年"军旅短篇小说的主体上。尤其文学组织及时安排了种种创作活动(比如深入战地生活,《星火燎原》征文,六十年代的"四好""五好"运动征文活动,等等),保证了它的传承。统一行动有助于扩大写作队伍的声势和实力,使作家们能迅速占领政治活动的宣传阵地,充分发挥文学作为一种颇有影响力的文字载体的功用。军旅作家作为有组织性的群体,更是责无旁贷地参与其中。这深刻影响着军旅短篇小说的写作方式和审美规范。它使个人化的写作纳入集体行为中,使个人的经验和表现对象融入社会性的历史事件,使文学的艺术个性受到牵制,而呈现出模式化的、相似性的特征,并形成相应的文学理论,影响着一个时代的文学创作。

共和国的成立、抗美援朝战争、大陆边疆剿匪、建军三十周年、东西方冷战、"解放全人类"的国际共产主义运动等重大事件和主题层出不穷,在"前17年"的军旅短篇小说领域都有敏感而及时的反映。刘白羽、巴金、和谷岩、白刃、魏巍、林予、白桦、寒风、史超、李大我等都可算是这一队伍中的尖兵。以抗美援朝

战争为题材的主要作品有刘白羽的《安玉姬》《渡口》《雪夜》、和谷岩的《枫》、巴金的《团圆》、寒风的《射手》、李大我的《同心结》等。其中巴金的《团圆》被拍成了电影《英雄儿女》，和谷岩的《枫》曾入选1966年的中学课本，都产生过较大的影响。反映边疆剿匪的有刘白羽的《早上六点钟》、史超的《擒匪记》、林予的《森林之歌》、白桦的《边疆的声音》等。在这些作家中，动作最快、涉及主题最广泛的非刘白羽莫属。刘白羽是一位早年受到"五四"传统熏陶，经历过战争，并接受了马列主义改造的老作家，曾经写过大量与战争生活有关的短篇作品。《早上六点钟》讲述10月1日早晨6点钟在南方丛林中的一次成功剿匪战斗，寓意着新中国成立后将无往不胜的美好前景；《于金合》《安玉姬》《渡口》《雪夜》等是一系列颂扬抗美援朝战争中的英雄人物和高尚精神的作品；《远方来信》则是借法国母亲之口鼓励中国人民志愿军抗美援朝，反对法西斯，树立"解放全人类"的理想……在挖掘这样的重大主题时，刘白羽的笔调是抒情的，文体是散文化的，充满了浪漫而丰富的政治想象，艺术技巧也比较多样。比如《一个明朗的早晨》力图摆脱全知全能的叙述模式，将三个人各自的回忆与现实交织起来。《远方来信》则表现出刘白羽非同一般的想象力，他虚构了一封法国母亲写给中国抗美援朝前线炮兵部队的信。法国母亲共有三个儿子，大儿子死在希特勒的枪炮下；二儿子因拒绝卸运美国人的军火，被关进了监狱；一张小儿子的照片夹在信封里表达着反抗帝国主义的呼唤，这封信大大鼓舞了朝鲜战场上志愿军的斗志。遗憾的是这些艺术技巧方面的创新没有凝聚成明确的艺术个性，相对削弱了作品的影响力，这大概是刘白羽的军旅短篇小说不及散文影响大的原因之一。更多的作者是浅尝辄止，他们或擅长于其他体裁偶尔涉猎短篇，或因为某种原因写过三两篇之后搁笔了，但累积的总数较大，展现出人们活跃的创作冲动，尽情地渲染着政治主题的缤纷色彩。首先，这些短篇都带有明显的战时文化特征，作家笔下的现实政治主题，往往被演绎为一场必定胜利的战斗，二元对立的结构、敌我分明的斗争经过及英雄主义精神渗透其中。其次，就题材而言，抗美援朝战争和边疆剿匪成为书写最多的内容。可见人们战时形成的思维惯性对创作的深刻影响。

随着战争的结束，一支和平之歌一直隐隐约约地在吟唱，虽然音量不如战争题材的高昂，但也是"前17年"军旅短篇小说中不容忽略的主旋律。它逐渐将人们的注意力投向军队和平时期的训练生活。在这里,没有战场上的生死考验,却有明确的先进与落后、成长与进步;没有英勇杀敌的紧张场面,却有克服现实困难与人性弱点的斗争。日常生活仿佛是没有硝烟的战场,透出剑拔弩张的气氛。这种氛围并没有引起精神的压抑和心理的恐慌,反而催化出积极向上的精神状态,高扬起乐观主义的旗帜,在绿色的地皮上站立起坚定自信"永远向着正前方"的身影。五十年代初有周洁夫的《新的开始》(《解放军文艺》1952年第11期)等;中期有王愿坚的《普通劳动者》(《北京文艺》1958年第7期)、海默的《新帽子和班长的琵琶》(《北京文艺》1957年第7期)等。五六十年代之交,作品越来越丰富,出现了专门描绘战士生活的作家峭石和张勤,他们分别以短篇小说集《沸腾的军营》(解放军文艺社1962年版)和《军营晨曲》(解放军文艺社1964年版)引起广泛关注,其中张勤的《民兵营长》《静静的小屋》和峭石的《热血贝》都是较为清新活泼的短篇佳作。冯牧恰切的评语是对他们创作特色最好的注解:"这是一些用真正的战士情感和战士语言写成的作品;这是一些对于战士生活了若指掌般的熟悉和深切的理解而写成的作品。"[10]在1963年的征文活动中,任斌武以《开顶风船的角色》(《人民文学》1963年7、8期合刊)、林雨以《五十大关》(《解放军文艺》1964年第2期)脱颖而出,在大赛中获奖。《开顶风船的角色》成为任斌武的代表作,林雨的锐利目光和思想锋芒在《五十大关》及以后的《刀尖》(《解放军文艺》1965年第1期)中得到了充分体现。征文活动的势头扩大了作品的影响面,激发了人们对和平时期军人的光辉形象和军营生活的兴趣,并冠以它们"训练文学"的称谓。稍后,徐怀中的《四月花泛》、刘澍德的《目标——正前方》也汇入了这支和平之歌的旋律。《四月花泛》虽然不曾赢得荣誉,却有独特的艺术魅力。作者采取了侧面的角度,采用了舒缓的笔调,读来亲切自然、韵味悠长。

五六十年代军人颇受尊敬,军人的生活方式几乎代表了人们理想的生活状态。军人不是一种职业,而是社会的榜样,毛主席精神指引下的模范。而作为军人,能够立功受奖,甚至亲眼见到毛主席,这就是至高的荣耀和无上的肯定,是一切行为的动力。在《政治委员》里,李英儒是这样让主角姜政委出场的:"办公室冷气飕飕空无一人,点着灯的桌面上摊着《毛泽东选集》,上面圈圈点点,一看就知是姜政委画的。"[11]无独有偶,张勤的《民兵营长》里也有相似的描述。

《开顶风船的角色》的普通士兵鲁牛子已经是射击高手,仍虚心进步,其动力就来自将军的这番话:"有一点要记住:对一个射手来说,五发五中不是目标,而应当是起点。"[12]将军高屋建瓴的点拨给鲁牛子指明了奋斗方向,加上他天生一股"开顶风船"的劲头,最终被选中参加海防射手比赛大会。同时,作者为了塑造感召人的典型形象,在做艺术打磨时,也是不遗余力的。任斌武在《开顶风船的角色》里将精神的着力点交给了将军,笔意的着力点则是鲁牛子的个性。正如作者比喻的那样,鲁牛子颇似《水浒》里的李逵,憨厚、倔强、暴躁、不服输。为使鲁牛子的个性更为典型化,作者铺张地描写了鲁牛子如何争当神枪手,又一意孤行要做失败者,用绣花针补袜子等情节,使一个"开顶风船"的神枪手鲁牛子的形象跃然纸上。与其说鲁牛子高超的政治觉悟打动人,不如说他憨直可爱的性格更感染人。在这短小的篇幅里,任斌武处处设置悬念,不遗余力地调动各个角度,精心布置了跌宕多姿的情节。从传闻鲁牛子不再是神枪手开始,再历述鲁牛子种种怪异的举动,在鲁牛子落败的重重疑云中将悬念推到了高潮,最后由"我"亲自揭开谜底,解除疑惑,使一次短暂的选拔之旅充满了传奇色彩,从而反映出了多姿多彩的训练生活,这篇小说堪称"训练文学"中的典范。张勤不像任斌武一样讲究故事性,他更喜欢自然地抒情,从而形成"训练文学"里的另一种风景。

1957年前后需要特别提及。1956年5月,毛泽东提出"百花齐放,百家争鸣"的文艺方针,这给文学界注入了兴奋剂,一度的紧张空气有所松动,"干预现实"是此时最有代表性的文学主张,暴露与批判的文学开始抬头。虽然为时短暂,军旅短篇小说也出现了小心翼翼的尝试者,路野的《不好领导的人》(《解放军文艺》1957年第6期)、李月润的《温床上的霉菌》(《解放军文艺》1957年第7期)就发表于这个时期。与当时文学界的短暂繁荣相比,其规模和突破性都微不足道,但也难逃棒喝。《温床上的霉菌》写一个偷奸耍滑、一心只想往高处爬的报社小编辑常祥高,不实事求是做工作,却处处精于算计表现,赢得了官僚主义领导的赏识和女朋友的好感,最终劣迹败露好梦成空的故事。同志队伍中的坏典型在新中国成立以来的军旅短篇小说中不曾有过,何况是直批当时日炽的官僚主义作风,在这一点上作者表现出了可贵的勇气,取得了一定的创新。有趣的是,文中不失时机地埋伏着"部长"这一条线索,最终站出来批评了滋生"投机拐骗活动"的官僚主义温床,使坏事得到有效遏制。作者委婉地肯定了领导者的英明,揭露的同时不离颂扬的主调。这个简单的故事说明了一个道理:恶行最终会失败。实际上,这与被广泛表现的主题——"正义会胜利"是一面镜子的两个面,由此看出,突破的底线并没有更改。

四、引起争议的个性:茹志鹃、刘真等人的短篇小说

军旅短篇小说遵循着某些主流的共性:洋溢着革命的乐观主义精神,塑造了传奇式的英雄或典型性的模范人物,以理想主义的浪漫热情为政治唱赞歌,努力建构神圣的革命史诗。这些因素不仅深深影响了一代人的思想行为和情感表达方式,也是军旅短篇小说传承的依据。发挥共性就意味着排斥个性。在"前17年"里,个性不是褒义词,它意味着与主流意识形态不合拍。它不指作家的风格和文笔,而是与共性相冲突的某种个性。因其不符合政治的需要,便不能在文学中表现出来。在那个经历了战争洗礼正在拓荒的文学时代,即使是有限的探索也会被敏感地寻找出来,引起一番争议,被扣上某种大而无当的政治帽子,并牵累作家。今天看来,这些争议之处,为"前17年"的短篇小说提供了更丰富的内容,弥补了主流文学过分的单一性。代价却是昂贵的,一次争议将导致不同程度的遏制效应。文学界就像不断被捆紧的布袋,最终被勒得严严实实。正因为如此,作者探索的勇气与诚实的创作心态显得弥足珍贵。这些引起争议的作品也有着某些共同特征:一是作者都擅长于抒发个人情感。在追求传奇的时代里,不仅逸出了政治激情的范畴,还与乐观主义的基调不谐调,往往被认为情绪消极,色彩灰暗。王愿坚、茹志鹃、刘真、萧平等都曾因此受到过批判。二是作品多集中在"百花时代",这与当时短暂的"解冻"政策有关。王愿坚的《亲人》(《解放军文艺》1957年第12期)、《妈妈》(《解放军文艺》1957年第4期),茹志鹃的《百合花》(《延河》1958年第3期),萧平的《三月雪》(《人民文学》1956年第8期)等作品都写于1957年前后。少数篇目游离于这个阶段。路翎的《"洼地"上的战役》发表于《人民文学》1954年第3期,刘真的《英雄的乐章》则发表于《蜜蜂》1959年第24期,似乎正说明居于次流的文学的顽强品格。三是引起争议的作品基本上保持了主流的创作思路,并没有反叛主流的动机。它们

基本上都是英雄主义的,也充满了革命的热情,对革命战争生活葆有肯定与赞美的态度,而且表情达意更为精致细腻。相较于那些粗糙的战争场面描写,更动人,更接近于文学的本质。

孙犁在抒情性方面的贡献和影响是巨大而深远的。正如刘白羽在军旅短篇小说主流叙事领域的地位一样,都有着奠基性的作用和意义。他们就像军旅短篇小说史上并峙的双峰,引导着两支不同的艺术流向。《荷花淀》《芦花荡》是描述革命时期的情感状态和人性关系的经典。写于五十年代的《山地回忆》传承了孙犁一贯的文风,却没有四十年代那样大的号召力,也许是《山地回忆》那浅淡的抒情不能适应激昂的基调,也许是新的潮流正在孕育新的审美趣味。但受到孙犁影响的作家们顽强地坚持着唯美的个人化抒情,路翎的《"洼地"上的战役》、萧平的《三月雪》、茹志鹃的《百合花》、刘真《英雄的乐章》都具有这样的特质,但都受到了不同程度的批判。刘真因《英雄的乐章》"宣扬资产阶级人性论"作为"反面教材"受到批判,并被迫暂时停止创作。[13]她以女性特有的细致与清纯的笔触创作了《长长的流水》,后转向儿童文学,有作品《核桃的秘密》《我和小荣》。实际上,这些受到批判的作品塑造的都是英雄的主人公,作者仅仅是在展现他们作为普通人的一面有所探索,便招来各种责难。在"前17年"里个人情感失去了进入主流文学的权利,究其原因,主要是削弱了英雄纯粹的神性,与狂热的政治激情格格不入,从而显得另类。

另类的探索会削弱主流短篇小说的模式特征,呈现出新的审美取向。从戴过"战争残酷论"帽子的《百合花》来看[14],题材的选取就与众不同。作者以一位女性卫生员的视角将全篇的人物活动聚焦于后方,正面战斗只作为背景。因为对敌人的虚化和对我方生活的专注描写,整篇仿佛涤尽了怒火与仇恨,只有忙碌的准备场面和忙里偷闲的舒缓气氛。作者不遗余力地塑造一位拖毛竹的小青年对生活的热爱,运用细节将他淳朴、憨厚、羞涩的青春形象尽情展露。即使是小青年的英雄举动,作者也是通过旁人之口道出。在那个以塑造英雄形象为宗旨的文学语境中,对人性普通一面的关注表明了作者对书写个性的坚持和对当时主流创作观的某种突破。同时,作者放弃了"胜利大结局",既没有直接陈述战争的结果,又没有用任何象征与隐喻暗示我方的胜利前景,而是以象征爱情的百合花祭奠年轻生命永久的遗憾,吟咏出一曲"没有爱情的爱情牧歌"。作者怀着同情与悲悯表达对生命个体最诚挚的敬意与尊重,体现出人道主义关怀的创作心理。这些与主流的革命历史小说不一样的个性,与周扬"重写历史"的号召并不冲突,而是作者在经历了一次又一次的批判运动后,"不无悲凉地思念起战时的生活,和那时的同志关系"[15]的产物。正是怀着这样的创作动机,在抒情的氛围中,茹志鹃表达着对人与人之间美好瞬间的追忆。生动的人物形象、细腻的描写与精致巧妙的结构使《百合花》在抒情一类的短篇小说中出类拔萃,还得到了茅盾的高度肯定:"这是我最近读过的几十个短篇中最使我满意,也最使我感动的一篇。"[16]这使得《百合花》的艺术成就被反复讨论研究,对短篇小说起到了示范性的作用。虽然《百合花》受到过各种批评,却仍然在文学界取得了很高的地位,在文学史上占据了重要的位置。

第三节　二十世纪八十年代:在继承与创新中繁荣

"前17年"的军旅文学在欣欣向荣中时断时续地感受到了批判运动带来的震动,军旅短篇小说作家或多或少地受到过牵连。短暂的"双百方针"后,从"反右"到"部队文艺工作纪要"的推出,军旅文学一步步走向了风雨飘摇的"文化大革命"时代。由于肩负着配合军队宣传的责任,军旅短篇小说获得了残存的光荣,除了最紧张的1968—1972年期间一度出现空白,其他时候时断时续地有作品发表。就在这个政治动荡、文学界沉浮的时期,军旅短篇小说作家潜在地进行着新老交替,孕育出新生力量。"文化大革命"结束后,受到压抑的文学活力从不同的角度向各个方向释放出来,形成了作者和受众相互呼应交织的空前繁荣的局面。新老军旅短篇小说作家一起赛跑,在延续文学传统的同时,也在探索中创新,他们是军旅短篇小说繁荣的主力军,书写着光辉篇章的同时,也在传递接力棒。八十年代末,热潮消退,文学走向边缘,军旅短篇小说生长出平常心,以坚韧的生命力沉入生活。

一、断裂与延伸：两代作家并肩作战

"精神文化尤其是文学作为广义的社会文化的直接体现，它也不得不受制于现代化或称现代性在中国的实现过程。"[17]战争时期，延安整风有助于鼓舞斗志，把人们从低迷的情绪中拉出来，让文学也为战争的胜利出一份力。和平时期，家园需要重建，文学需要拓荒，一次次的批判运动不仅没有发挥文艺对建设的作用，反而失去了对现实的观察和批判能力。战争中形成的文化心理已经很难成功移植，但其难以遏制的惯性引导着社会一步步走向"文化大革命"时代。"文化大革命"开始以后，部分军旅短篇小说作家失去了写作资格，如王愿坚、刘真、茹志鹃、峻青、石言等，多数人在"文化大革命"开始前的批判运动中也停止写作，军旅短篇小说传统亦面临着被割断的危险。但令人惊奇的是，仍有一丝文气在顽强地坚持。作为军旅短篇小说的主要阵地，《解放军文艺》1966年的11月号上发表了林和生的《向外拐》。此时，所有的文艺刊物最晚于1966年7月已经停刊，唯有《解放军文艺》一枝独秀，享受了军队文艺喉舌难得的政治荣耀。为获得生存的机会，《解放军文艺》积极地配合着"文化大革命"的政治运动。政治宣传内容激增，文艺作品的发表量锐减，发表的作品也内容空洞、形式粗糙，基本沦为运动的传声筒。1968年11月至1972年4月，《解放军文艺》也招致停刊，在风雨飘摇中一度沉默。1972年5月复刊之后，《解放军文艺》逐渐恢复军旅短篇作品的发表。因老作家还没有恢复创作，一批入伍不久的新人表现活跃。作品的文学性不再重要，关键看作者是否具有发表作品的政治资格。在许多作家尚身处逆境，且背负着各种政治罪名的情况下，这是无与伦比的荣誉，它说明了作者取得的政治地位。发表的作品延续了停刊前的主流审美取向，革命历史题材减少，现实生活题材增加，并将狂热的政治激情推向极致，为政治神话火尽薪传。

"文化大革命"结束，在思想解放的潮流中，文学界进行了拨乱反正，"百花齐放，百家争鸣"的方针重新被提出。作家们被压抑已久的创作冲动释放出来，应和着人们对"文化大革命"的深刻记忆、对社会政治的反思以及情感的宣泄，形成了空前繁荣的文学局面。文学思潮异彩纷呈，伤痕文学、反思文学、寻根文学、先锋文学一浪接一浪席卷而来,作家群体也在潮流中自动进行新老交替。受到限制的军旅老作家恢复了创作的资格,他们的复出延续着"前17年"的文学传统。另一批"文化大革命"前后入伍的新人幸运地躲过了"文化大革命"的冲击,秉持着一股饱满的锐气,活跃在文坛上。有的在"文化大革命"期间已经开始发表作品,比如李存葆、朱苏进、朱秀海、刘兆林、李斌奎等。从八十年代初直至中期,军旅短篇小说领域里基本是两代作家并肩耕耘的景象。其中,李斌奎、方南江、李荃、简嘉等人已于八十年代初获得了全国优秀短篇小说奖。随着作家新老交替、各种新兴文艺思潮影响的深入,先锋文学对整个文学界都产生了广泛深入的影响,军旅文学传统亦不断被创新和突破,军旅短篇小说甚至在八十年代中期跻身先锋文学的行列。"两代作家在三条战线作战"[18]是整个八十年代军旅文学的概括,也是军旅短篇小说较为贴切的写照。新老作家们在和平生活、革命战争以及想象中的历史战争三个方面拓展空间,拉长军旅短篇小说战线的同时,也深化了军旅短篇小说的艺术革新,从而在"英雄"意识的继承与创新、职业伦理意义的探讨以及革命历史的崭新想象三个维度上取得了丰硕的成果。加上一年一度的全国性评奖活动,军旅短篇小说达到了最为繁荣的状态。评奖使一些作家一夜成名,却没有能让"短篇小说作家"的称号延续下去。八十年代的作家们有了更丰富的学养和对艺术形式追求的热忱,他们不再只专注于一种体裁。短篇似乎成了创作中、长篇的预备式。短篇小说的篇幅也越来越长,终于为中篇的繁荣铺平了道路。全国性的短篇小说评奖活动停止之后,军旅短篇小说走出了获奖的光环,重新寻找自身的地位与价值。萌生于先锋意识下的"民间"倾向逐渐占据了创作思想的主流位置,向着"新写实"的状态过渡。在力求与当代文学大潮融合的同时,疏离也越来越明显,作家们在军旅属性与文学创新之间努力地寻找交汇点,虽然不断地在突破军旅短篇小说传统,但新的创作思想和审美规范还不具备涌立潮头的独特性。好在探索的品质和相对自由的创作态度不断得到强化,在寂寞中生长出了安宁的气氛。

二、英雄意识的继承与创新:徐怀中、石言等人的短篇小说

早在"文化大革命"期间,军旅短篇小说领域已经出现了两代作家共同作战

的景象。张勤、柳炳仁、王世阁等老一代作家仍有作品出手,与新人一起勉强支撑着军旅短篇小说的一方天地。"文化大革命"结束以后,新老作家更是同场竞技,老作家暂领风骚。曾经失去写作资格的作家陆续得到平反,并重返文坛。受到压抑的创作冲动爆发出来,王愿坚一连拿出了《足迹》《标准》《路标》《草》《歌》等多个短篇,刘白羽、徐怀中、任斌武、石言、胡奇、管桦、和谷岩、黎汝清等也坚持创作,以"第二度解放"后的激情延续着"前17年"军旅短篇小说传统的血脉。在前几届全国性的短篇小说评奖活动中,他们成为军旅短篇领域里的领军人物。王愿坚、徐怀中分别在第一届和第三届全国短篇小说评奖中一发中标。石言的《秋雪湖之恋》也于1983年获得了第五届全国短篇小说奖。无论是从创作思想还是艺术手法来看,"文化大革命"都没有阻断"前17年"的文学传统。第一、第二两届有六篇泛军事题材的短篇小说获得全国优秀奖,颂歌意识与英雄主义精神仍是主旋律,文学界在积极地呼唤并回应着传统的回归,以弥补"文化大革命"造成的断裂。但自五十年代以来受到错误批判的作品"落实了政策"后,也就意味着"前17年"里的"次流"获得了与主流同等的待遇。而正因为曾经受到过不公正对待,经过拨乱反正,"次流"的作品更容易引起关注,在一种"第二次解放"的氛围中,受到过排斥的作家也就更加活跃。王愿坚、徐怀中、石言、彭荆风都曾经被排除出主流,怀着对"文化大革命"不同角度的反思,他们在八十年代前后全国性评奖活动中先声夺人,先后获得全国性大奖,证明了他们文学生活中的梦魇已经结束,自由与人性的空气越来越浓厚。1980年,徐怀中的《西线轶事》以最高票数夺得当年全国优秀短篇小说奖第一名,被誉为"战争文学的换代之作",从而标志着军旅短篇小说新时期的真正来临。

徐怀中"不是一位以创作量的丰硕而骄人的作家,但他却是一位有着纯正的艺术感觉、扎实的文学修养和明确的美学追求的起点很高的作家"[19]。"前17年"里有短篇作品《十五棵向日葵》《卖酒女》《雪松》《阿哥老田》《四月花泛》等,已显示出他的艺术追求与品位。八十年代除《西线轶事》外,还有《阮氏丁香》《一位没有成功的老军人》等中篇,但都不如前者的影响大,1986年出版了短篇小说集《没有翅膀的天使》(昆仑出版社)。在军旅短篇小说史甚至是军旅文学史上,《西线轶事》起着承前启后的作用。作为二十世纪五十年代活跃在文坛上的军旅老作家,徐怀中身上融进了当时最基本的文学特质。首先,他以《西线轶事》再次证明了战争对军旅文学的催化作用,使军旅文学从"文化大革命"时期的政治轨道回到了军事轨道。《西线轶事》的成功号召着作家们以"集团冲锋"的方式深入南线战场,直接效果是为"自卫反击保卫边疆英雄赞征文"奉献出数量颇丰的作品,间接上促成了新作家的起步,也为军旅短篇小说开发出绵绵不绝的书写宝藏。其次,作者遵循了"典型环境中的典型人物"这一文学创作原则,突出塑造了刘毛妹这一典型人物,让他承载了相应的政治意义。同时,《西线轶事》体现出强烈的英雄意识。这群女通信兵虽然不是战场上奋勇杀敌的英雄,但也同样在冒着生命危险保障战斗的胜利,她们身上充分地体现出置生死于度外的牺牲精神。这些方面代表了老一代作家的创作特色。另外,《西线轶事》还展示了徐怀中另辟蹊径的慧眼,在军旅短篇小说领域具有开创性的意义。一是选材方面的独特,它以战争中的弱势群体——女性为主角,打破了一般以书写男性英雄为主的战争文学惯性,丰富了"英雄"的内涵。二是重点塑造了受到"文化大革命"创伤的士兵刘毛妹的乖张性格,表明作者正视悲剧的意识和反思"文化大革命"的态度,从而转变了以颂歌为主旋律的基调。三是从人性的视角关怀每一个人物,使全篇弥漫着浓厚的人情味,并将人物的英雄壮举和人性美的光辉完美融合。

再也没有比英雄与战争之间的关系更为紧密的了。当两军对垒,胜利是唯一需要争取的目标,人性面临着严峻的考验。战争就像一个多棱镜,折射出人性的丰富与多向;又像一个放大镜,将人性细微的差别凸显出来。勇敢与怯懦、恐惧与无畏、自私与忘我、高贵与卑琐、关爱与仇恨等二元对立的人性会凝聚成英雄与懦夫的品质。除了人性层面,英雄与懦夫还承载了政治意义。因为人性的多义与政治要求的确定,两个层面有时候重合,有时候会错位。"前17年"里以非常专制的方法解除了二者之间的错位,政治层面被设定为创作的旨归,所以,英雄的人性取向有单一、雷同的特征,否则,必引起争议。徐怀中就是因为对人性矛盾的探索招致了批判而隐身近20年。《西线轶事》令重出江湖的徐怀中撼动了文学界,它以生活轶事切入人性,显示出举重若轻的才能,军旅短篇小说传统从此发生偏移,英雄主义开始从神性的高度回到人性的平面。

随着文学思潮的演进,老一代作家已经很难再有持久的创作势头,一方面因为"文化大革命"的灾难销蚀了他们的文学激情,许多人的创作活动长时间停滞,创造力的高峰期已经过去;另一方面因为他们内在的创作结构——从文学思想、艺术观念到创作手法已经很难适应眼花缭乱的文学盛宴。"文化大革命"前后入伍的新人因其逃过了"文化大革命"的牵累,带着对军队生活的感激悄悄地包抄过来,迅速形成了强有力的阵势,撑起了老一代作家开拓出的局面。他们接受了军旅文学的传统,刚刚聆听过南疆的炮声,深谙军人的使命,也具有创新的活力与意识。其作品不以现代性与先锋性见长,而是在坚持重塑英雄和典型的基础上,做进一步探讨。自李斌奎的《天山深处的"大兵"》于1980年获得第二届全国短篇小说奖之后,简嘉、宋学武、王中才、刘兆林、海波、唐栋、周大新等人也都榜上有名,其中王中才、周大新曾两次登榜。他们不仅为军旅短篇小说的历史书写了光辉的一页,还为其繁荣起到了推波助澜的作用,带动军旅短篇小说进入鼎盛时期。只是与"前17年"相比,这些作家不再只专注于短篇体裁,而喜欢尝试多种文体,"短篇小说作家"的称谓不复存在。从横向来看,这些作品产生的影响远不如地方作家的作品,也难以在当代文学史上留下更深刻的足迹。其原因是多方面的,最主要的是,在那个文学对政治事件和社会问题进行反思并集中体现着对社会的认识作用的时代,这些作品尚不能达到相应的深度,也不能引起社会情绪的强烈共鸣。尽管如此,他们在军旅文学史上的贡献却是不可忽视的。

英雄和典型仍然是八十年代短篇小说里的主流人物,但他们多了人性,少了神性,人生基本的情感主题成为作家们普遍选择的突破口,以使人物形象更加有血有肉。在"前17年"和"文化大革命"里,革命激情是文学作品里压倒一切的情感内容,作者也很少融入个人化的抒情,人性里最基本的情感内容几乎被遮蔽。新时期到来,作家们急切地开垦这一片处女地,一些作品带有了抒情色彩,如《彩色的鸟,在哪里飞徊?》(海波,《解放军文艺》1982年第5期)、《三角梅》(王中才,《解放军文艺》1982年第6期)、《敬礼!妈妈》(宋学武,《小说选刊》1982年第11期)、《兵车行》(唐栋,《人民文学》1983年第5期)、《轻轻地说》(朱苏进,《解放军文艺》1986年第6期)等。因为不约而同地以情感的角度切入英雄的侧面,很快又形成"感情加理想"的新模式。一种是"恋爱加理想",以《三角梅》、《彩色的鸟,在哪里飞徊?》、《兵车行》、《天山深处的"大兵"》(李斌奎,《解放军文艺》1980年第9期)等为代表。它们通常以女主人公与男主人公的情感发展为线索,逐渐展现男主人公为国奉献的英雄主义理想,最终以女主人公对男主人公恋情的升华来肯定这一理想,实现情与理的结合。另一种则以亲情为引线,展现老一辈的英雄主义情怀对年轻一代的影响,从而表达对英雄主义的追求。如《母亲与遗像》(海波,《人民文学》1982年第4期)、《敬礼!妈妈》等。还有一种则以老一辈通过对一些日常琐事的回忆引发内疚、忏悔来反思自己对同志、对部下甚至对事业带来的伤害,如朱向前、张聚宁的《一个女兵的来信》(《小说选刊》1982年第10期)、《一个将军的遗嘱》(《作品与争鸣》1983年第4期),就是这一方面的代表,也算是当时军旅小说中的一声别调,引发了一些反响。实际上,在"情感加理想"的模式中,情感的所指已经不再是情感本身,而巧妙地被置换成对人生价值的选择,尽管常常充满了诗情画意,也不过是将政治热情巧妙地转移到浪漫的生活中,以希望实现二者的结合。其中,朱苏进的《轻轻地说》却实现了对这一模式的超越,闪烁着超凡脱俗的艺术魅力。

二十世纪八十年代的朱苏进以中篇小说见长,《轻轻地说》是朱苏进为数不多的短篇中的佳作,它将情感还原到本体,抒情意味浓厚。它以散文诗一般的笔调讲述了女儿的降生和陈伯家儿子的故事。作者以生(女儿)与死(丧钟)、喜("我"和妻子)与悲(陈伯夫妇)、幸福("我们"一家)与痛苦(陈伯一家)等鲜明的二元对立作为内在的逻辑线索,采取复调叙述的方式,将两个本无关联的事情糅合起来。作者不再对二元对立做出简单的价值判断,也没有掺入任何情绪化的爱憎,更不打算激化对立以求结果,只是以一种人间情怀关注发生在两个家庭里的情感事实,并升发出余韵悠长的哲理意味。女儿的故事轻快,陈伯家的故事沉重,不管孰轻孰重,作者都以浓郁的温情"轻轻地说",话家常一般地讲述着生命带给"我们"的喜悦和有英雄主义情结的陈伯的悲哀,对英雄主义者的失落表示了深深的同情,似乎情感是作家唯一表明的立场。

进入八十年代中期,社会普遍经历过情绪的宣泄后,一股理性力量成长起来,引导了反思思潮。受其感染,一部分军旅作家反观长期以来绵延不绝的英雄主义主流,正视并思考其蜕变的痕迹和现实的意义,如《他在拂晓前死去》(张廷竹,《解放军文艺》1985年第11期)、《一个女人和一个半男人的故事》(刘亚洲,《小说月报》1985年第5期)、《最后的堑壕》(王中才,《小说选刊》1985年第1期)、《那一仗留下个守墓人》(李镜,《解放军文艺》1986年第6期)、《半面阿波罗》(雷锋,《小说选刊》1987年第6期)等等。在这些军旅短篇作品中,英雄失落的过程越来越清晰。张廷竹在《他在拂晓前死去》里,探讨了英雄牺牲的悲剧性意义。男主人公宋长庚快上战场前,想为家里留下后代,他与女朋友私自约会未成,却因违反纪律受到处分。在战场上他表现英勇,壮烈牺牲,他的愿望成了无法弥补的遗憾。在对牺牲冠以"光荣"的正面意义的习惯思维下,作者挑战性地提出了英雄的个人得失问题,并对无法挽回的遗憾表达了深深的悲哀。王中才在《最后的堑壕》中还提出并回答了英雄的价值判断问题。李小毛不顾危险,独自冲进敌人的阵地,但影响了我军的指挥与进攻,被团长赵恂打死。李小毛的死虽然博得了战友的同情,却遭到了赵恂、军长等人从国家利益出发的最强烈的否定,李小毛的个人英雄主义不仅毫无价值,还有害于大局,从而对无条件地歌颂英雄提出了反面例证。什么样的英雄值得肯定呢?在刘亚洲(《一个女人和一个半男人的故事》)看来,英雄是男子汉的本性,他以天下为己任,铁骨铮铮,勇往直前,绝不退缩。懦夫则会恋家怕死,在战场上苟且偷生,只能算是半个男人。他们的品格和人生观截然相反,在战场上水火不容。最终在战场上,作为男子汉的陈淮海以极端的方式维护了英雄的神圣地位,打死了懦弱的战友罗一明,从而失去了人们的理解和心爱女人的崇拜,成为一位孤独者。英雄在维护国家利益的同时,也因为对战友的超常举动引起人们的质疑,从而失去了广泛的社会尊重与价值影响力。李镜在英雄被遗忘与漠视的环境中,执着地为他们守墓(《那一仗留下个守墓人》)。到了《半面阿波罗》,英雄的形象已经蜕变成了"半面阿波罗",独自在热恋情侣出没的公园徘徊,难以得到他们的理解与认可,英雄已陷于尴尬处境。

宋学武、何继青等人的"战争心态小说"已经完全卸下意识形态重负,不再关心英雄的壮绩,而是从心理的角度描述战场上的真实状态。《山上山下》(宋学武,《人民文学》1985年第6期)取自于南线战场。两军的一小撮力量僵持对垒,敌我关系紧张,作者却悠闲地在生活细节上扫描,微妙地表现双方的沟通与进退。胜败似乎并不产生强制性的精神力量,而是像两个棋手,劳心斗智,顺理成章地引导出敌方得逞的事实。作者将英雄主义观念和主观精神的目的性完全从战场真实中剥离,以冷淡的态度处理敌我关系,表现出突破传统的探索性。何继青的《遥远的黎明》(《解放军文艺》1986年第4期)讲述了一位前线战士与女大学生通信引发的情感故事。作者深入人物的内心,抓住稍纵即逝的幻觉,描写出前线猫耳洞中寂寞的生活以及对青春生活的无限渴望。最后因为为女大学生摘取花朵,战士意外地被炮击中,献出了生命。残酷的战争剥夺了一个人正常的情感需要,也毁灭了对浪漫的微薄希望,制造了一出情感悲剧。

从这些具有探索性的短篇作品中可以看到,许多创新与突破已经发生。它们产生于一批富有理性与探索精神的作家之手,这群人虽然只是短暂地接触甚至完全没有接触过战争,却仍然怀着英雄主义的理想,并清醒面对英雄遭遇到的现实问题与生存尴尬,重新探讨"英雄"的内涵。他们在塑造英雄形象与典型人物时更愿意展现普通人的一面,依照常人的标准正视英雄的价值所在与生存缺失,不时透露出人道主义的悲剧意识。这群作家在艺术手法的运用上也较为多样,能够发掘不同的叙述角度和方式,以丰富的感性或冷静的思考寻找新的审美焦点,展示出独特的艺术个性。这使得八十年代的军旅短篇小说无论是从语言、结构还是风格等方面都呈现出更为成熟与多样的特征,还出现了对形式创新较为先锋的尝试者。比如李镜的《那一仗留下个守墓人》,通篇以两个人的对话展开整个故事,在简洁精练中透出匠心独运。如果李镜是在做形式上的减法,那么海波则是在做加法。他的《彩色的鸟,在哪里飞徊?》则采用复调叙述的方式,扫描人物的意识流动和内在感受。无独有偶,何继青在《遥远的黎明》里也引入了意识流,展示主人公稍纵即逝而复杂多变的内心状态。

三、职业伦理意义的探讨:刘兆林、周大新等人的短篇小说

军人为国家建立的功勋是有目共睹的,他们有理由被歌颂、被赞美。在"前17 年"和"文化大革命"期间的军旅短篇小说里可以看到,军人为我们民族、我们国家创造了奇迹,书写了神话。他们是战斗中的英雄、生活中的模范,是道德理想的代表。"文化大革命"期间,军人仍然享有令人瞩目的政治地位。所以,即使是在"解冻"时期,军旅短篇小说里也没有太多负面典型或与规范冲突的形象。但军人受到的约束与人性的需要之间的冲突也是不争的事实。社会进入越来越稳定的和平生活,军人的职业特性显露出来。八十年代来临,文学有了更自由的表达权利。一部分作品已经反映出军人这种特殊的职业面临的矛盾

与困惑,并探讨军人本体的价值和意义。军人的职业伦理内涵包括两方面的内容:军队的制度、规范与使命,社会道德规范。军人的职业伦理意义指这些规范的实现程度以及对军人形成的约束作用。

在以英雄与正面典型为主流的军旅短篇小说传统里,军人的形象给予社会的影响已经远远超出了文学的范畴。他们通过各种媒介,被广泛阅读,产生了强大的号召力,起到过良好的社会示范与道德教化作用。八十年代以后,对军人关注的重心逐渐发生位移,开始有作品反映出道德规范与人性冲突的思考。八十年代初,道德意义上的模范仍然是军旅短篇小说里主流的艺术形象,只是出现了较为生动的对立面,以起到反衬的作用。作家一般不以神谕式的话语来启发一般人或后进者,而是从行为和心理方面增强表现力,大大丰富了后进者的形象,如《最后一个军礼》(方南江、李荃,《解放军文艺》1980 年第 11 期)、《女炊事班长》(简嘉,《小说选刊》1981 年第 10 期)等。《最后一个军礼》讲述了一位参谋送老兵返家途中发生的故事。老兵们离开了军营,宛如脱缰的野马,无拘无束,自私偷懒的本性暴露出来。与他们同行的已经转业的老指导员耿志却表现出了一名革命军人高尚的精神风范,处处严格自律,最后所有的老兵自发列队向耿志致以诚挚的军礼。毫无疑问作者肯定了耿志的表率作用,对其军人职业道德表达了尊敬与赞同。但是"我"和老兵们的个性与需要已经涵盖了相当广泛的生活真实,其意义不仅仅只是起到反衬作用,还反映出军队道德伦理实现过程中的阻碍与困难。简嘉的《女炊事班长》将眼光放在了军营内部,轻松幽默地讲述了女炊事班长薛钢对战士肖海的管理与教育。怀揣着一己私心的肖海时时忧虑个人得失,处处想投机取巧,暂时获得了信任,最后还是露出了马脚,在女炊事班长的教育下,转变了思想。实际上,这与"前 17 年"里常见的"先进感召落后"的模式如出一辙,只是以前的落后者没有太多人性自私一面的表露,他们有上进心,仅仅需要先进者(比如陆柱国的《一个炮手的经历》中的杨有才)以指导与带领。八十年代的作家们已经在先进者与落后者之间形成了相互参照关系,组成个人需求与道德约束之间交叉比较的坐标,确定道德模范的地位,反映出军人职业伦理性的意义。作家们仍然站在社会性的角度思考军人的伦理价值,流露出对军人的社会影响力无法割舍的情结。

进入八十年代中期,出现了关注军人本体的作品,它们将正反两种倾向置于同一个人物,从而消解了人物之间的精神距离与道德落差,如《雪国热闹镇》(刘兆林,《解放军文艺》1983 年第 7 期)、《将军的泪》(刘亚洲,《小说月报》1986 年第 2 期)、《汉家女》(周大新,《解放军文艺》1986 年第 8 期)、《小诊所》(周大新,《河北文学》1987 年第 4 期)等。这表明作家从浪漫的社会干预热情中挣脱出来,用一种现实主义的眼光直面军人面临的职业困境,关心选择时的两难和矛盾,探求人性的实现程度与意义。刘兆林以《雪国热闹镇》率先触及人性与规范的冲突。主人公牛犇憨厚淳朴,心地善良,有雷锋一样乐于助人的品格。他和六十年代的《开顶风船的角色》里的鲁牛子性格相似,都有一股我行我素的牛劲。只是二人的结局大为不同。鲁牛子是百里挑一的先进射手,牛犇则麻烦不断。先是好心给人介绍对象受到部队领导的"批评",后是做好事引起误会,最后误会冰释,却因为疏忽违反了部队枪支管理规定招致处罚。善良的牛犇本应该成为道德楷模,成为人们尊崇和学习的对象,却与部队纪律常常相违,上演了一出情法之间难以取舍的悲情戏。作者一直不忘牵动群体评判的眼光,营造人性的氛围,使结局更加有震撼力。在这个故事中,人性与社会道德的价值大于军队规定的价值,产生了人道主义的悲剧色彩。这似乎充分体现出军队规范对军人而言超越一切的专制性。而它细致入微又毫无回旋余地,军人随时可能面临冲突而难以抉择,牛犇的人道主义举动使他成为一位悲剧式的英雄。当社会道德与军队规范相一致,它们就会形成合力,加重对错误者的处罚。刘亚洲的《将军的泪》即阐述了这样一个悲哀的故事。孙二勇战功赫赫,是将军的贴身侍卫,因长时间性压抑,在行军途中强奸了妇女。将军为严肃军纪,判处孙二勇死刑,但执行枪决时,孙二勇侥幸没死,将军竟再一次将孙二勇活埋。刘亚洲选取的是"大义灭亲"的古老主题,在法与情两难选择时创造性地安排了和解的机会,使将军如钢似铁的坚决意志得到充分体现,体现出"胜利之师"的风范。同时又通过将军一系列试图安慰孙二勇的举动,刻画了将军人性的一面。将军的努力失败了,孙二勇带着对生命的欲望与渴求遗憾地死去,渲染出军人牺牲基本人性要求的必然性。这一类作品多叙述冷静客观,对容易引起冲突的人性一面报以理解与同情,但也保持了支持军人职业规范要求的立场。在以报告文学驰名的刘亚洲笔下,短篇小说艺术也发挥得淋漓尽致,树立了独特的风格。他简洁精辟的语言发散出刚劲的爆发力,更有力地适应了彰显军人风骨的主题,在小说中弥漫开一股阳刚之气。

一种具有民间色彩的个人化立场在八十年代中期以后萌芽。周大新的《汉家女》有意打破简单的道德定位,用平和的心态表现汉家女身上利己和利他的双重性,二者相生相克,也并行不悖。这消解了伦理冲突产生的社会震动与个人损伤,只关注军人在同时满足职业要求与个人需要时的存在状态。周大新以富有乡土气息的朴实文风为汉家女的军旅生涯树碑立传,回避了以军队属性对个人时时处处的价值判断,通过汉家女的女性家本位观念彰显出民间的心态,暗示出军人与民间的根本关系与回到民间的愿望。从此,军旅短篇小说职业伦理意义的探讨越来越深化到民间这片更加广阔的天地。

四、新历史与民间情怀:莫言等人的短篇小说

历史本无新旧,叙述者的认识和观念却在变化。八十年代初,"归来者"痛定思痛,针对"文化大革命"形成了一股反思潮。其中方之的《内奸》(《北京文艺》1979 年第 3 期)时代跨度近 40 年,涉及抗日战争时期的革命历史。作者塑造了田玉堂这个民间人物。在中国革命时期他是榆面商人,从开始警惕共产党到频繁出力相助,田玉堂以"同路人"的身份参与了革命斗争,"文化大革命"中却讽刺性地被打成"内奸"。在革命历史人物画廊里,田玉堂是一个崭新而独特的形象,作者选取他的个人命运为叙述角度,回避了正统的革命历史表述,体现出反思历史的民间眼光和态度,为认识革命历史提供了新标识。方之的民间立场没有立刻影响到军队作家,这一片领域还在等待更合适的表达契机。当作家们怀疑对"意义"的探询后,"寻根文学"向"先锋小说"和"新写实小说"两条路上分化。此时,全国性的短篇小说评奖已进入尾声。短篇小说开始走出光环,沉入民间。军队作家受到触动,民间意识浮出水面,莫言和朱向前都是其中的佼佼者。遗憾的是朱向前写出了《地牯的屋·树·河》之后便转向评论,停止了小说创作。莫言却以喷薄而出的气势在创作的质和量上都取得了骄人的成绩,跻身先锋小说作家的行列,书写了当代文学史上精彩的一页。崭新的历史和民间的立场是他们对军旅短篇小说最突出的贡献。他们摆脱了意识形态话语的束缚,突破了军旅短篇小说表现对象和艺术观念的局限,挑战业已形成的创作和

阅读习惯,从民间立场出发全新观照革命历史,丰富了军旅短篇小说的内涵。

莫言深受西方文学影响,有丰富的民间文化积淀,是一位高产作家。他在短、中、长篇领域都颇有建树,有中短篇小说集《透明的红萝卜》(作家出版社1986年版)、《爆炸》(昆仑出版社1988年版)、《欢乐十三章》(作家出版社1989年版)、《白棉花》(华艺出版社1993年版)、《怀抱鲜花的女人》(中国社会科学出版社1993年版)、《老枪·宝刀》(上海文艺出版社2000年版)、《苍蝇·门牙》(上海文艺出版社2000年版)等,收录了有代表性的短篇小说《大风》《秋水》《枯河》《老枪》《白狗秋千架》《人与兽》《断手》《黑沙滩》《苍蝇·门牙》等篇目。除早期反思"文化大革命"的《黑沙滩》外,其他的短篇都以高密县东北乡为背景,描绘了那里的历史和现实生活,用极富想象力和超常感性的笔寄寓了对红高粱土地的深情与厚爱。其中《秋水》《老枪》《人与兽》等属于"新历史"题材。"新历史"小说选取的多是民国时期爷爷辈或抗日期间父亲辈的故事,人物都是政治势力之外的民间个体,通过对他们自由无羁、敢爱敢恨的生命力量与个性的张扬,传达出莫言的民间生活理想。首先,熔铸在人物身上的生命激情远远大于政治激情。在生命意识的支配下,人物都生气勃勃,有着顽强的生存意识和强悍个性。他们听命于生命本体力量的召唤,相形之下,身份观念、民族仇恨会显得狭隘。《人与兽》里的父亲在日本做劳工,备受折磨,好不容易逃离后,一直躲在山洞里多年,像野人一样生存了下来,心中滋生出强烈的复仇愿望。可机会到来时,因为日本女人身上的一个补丁勾起了对亲人的回忆,仇恨竟烟消云散。补丁是否具有使情绪发生瞬间转换的强大魔力,这已经是一个关于细节虚构性的技术问题,但它明确地传达出莫言的人类观和消解政治仇恨的愿望。其次,莫言对艺术审美的追求超越了思想意义的探询。似乎是有意避开党和军队的战斗历史,莫言都是以虚拟家族回忆的方式涉及抗日战争,并尽量回避大型的政治事件。对与错、好与坏、先进与落后、高尚与卑微等社会价值和道德体系里的概念和词汇完全失去了效力,只有以个体为中心的原生态生活的传奇般展现。追求故事的传奇性,对自由的野性力量的迷醉,表明莫言继承了民间文化的审美趣味。"匪种寇族"是"我"对家族先辈的称呼,他们身上闪现着狂野烂漫的个性。《秋水》里的"我"爷爷和"我"奶奶,一个是土匪,一个是小姐,私奔到高密东北乡,像原始人一样开荒种地。在"我"奶奶生孩子的前后两天,随着洪水飘来的三个人竟离奇地上演了一场生死仇杀。《老枪》里的爹教训过柳公安,奶奶杀死了豪赌不休的爷爷。民国与抗日的历史在民间社会中呈现的是乱世状态,人物完全任性而为,透出一股草莽气,显示了莫言地域文化传统的深厚根基。在此基础上,莫言成功地实现了外来艺术技巧的嫁接。超感性语言和意象被莫言发挥到了极致。"一轮巨大的水淋淋的鲜红月亮从村庄东边暮色苍茫的原野上升起来时,村子里弥漫的烟雾愈加厚重,并且似乎都染上了月亮的那种凄艳的红色。"(《枯河》)四个修饰语,从质感、颜色、大小、美感描绘出奇异的月亮的意象,并在诡秘的变化中嵌进整个故事,和其他的意象一起调动感觉神经,酿造复杂的氛围,构筑故事的丰富美感。在短篇小说有限的篇幅里,莫言仍然采用旁枝斜出的结构,在时空之间随意跳脱,散漫中不失凝聚的神韵,通常一种意象会隐约串起全文。如《枯河》里的月亮、《大风》中的一根草、《老枪》里的老枪、《白狗秋千架》里的白狗等,它们寄托着作者丰富的情感。从中国传统文学里的意象观来看,莫言已经超常发挥其审美价值。而有时又会在一部小说里,出现看似无关的多个意象或情节,它们之间的审美距离被离奇地抽去,逻辑常规被打破,使小说透出一种荒诞感,如《苍蝇·门牙》对农民军人形象的描述。当短篇小说快结尾的时候,莫言喜欢以急转的情节给全篇一个绝响。如《老枪》开篇便是他在打野鸭子,中间历诉他手中老枪的历史,最后,仍回到他在打野鸭子的现实中。此时,情况急转,"随随便便勾了一下",老枪爆炸了,结束了它吞噬一家三代男性的血腥的历史。这偶然的一炸揭示出老枪嗜血的本质,也显示出莫言欧化的痕迹。

朱向前的《地牯的屋·树·河》(《小说选刊》1987 年第 4 期)被徐怀中认为是"一篇探索性的而显然又是深思熟虑的奇文"[20]。它同样是以民间立场重新叙述抗日历史。但与莫言不同的是,朱向前不挥舞西式刀斧雕琢文本的肌理,而是彻底扎根于民间,用纯正质朴的方言讲述地牯的生存状态和他的抗日故事。朱向前是军旅短篇小说领域中第一位方言写作者。如果说莫言是"寻根文学"的出走者,朱向前就是军旅短篇领域里"寻根文学"的吟唱者。作者沿着地牯的生命历程,不急不缓地从他受人歧视、可鄙可怜的生活状态娓娓道来,充分表现出在民间自然生活状态下地牯偏狭任性、毫无正经的鲜明个性。而在危难时刻,地牯的"痞性"转化成生命力的表征,焕发出强大的战斗激情。他毫无畏惧,英勇退敌,壮烈牺牲,爆发出潜藏着的民族自觉性。地牤成为民间英雄,人们开始编织地牤的神奇传说,那里的屋、树、河以及每一寸土地都有了关于地牤创造奇迹的记忆。地牤的故事,体现出作者的追求自然、率性的生命意识。鲜活生动的方言和民间传奇式的语调是该篇两个主要的叙述特色,它使得地牤的民间性更加纯粹可感。

"新历史"小说的作者们选择了非主流的军事题材,意图是除去凌驾在生活上的意识形态观念,还原被遮蔽的生活。同时,也表明了他们恋恋不舍的民间情怀。它预示着军旅短篇小说主流意识的蜕变,民间心态的萌生,文学观念内部发生了深刻的革命。这里找不到尴尬的战斗英雄,只有对豪情满怀的民间英雄的赞美;找不到个人价值的失落,只有对奔放个性的充分肯定,表达出作家对生命存在本相的认识,为反思军人的现实生存状态提供了参照。"新历史"小说的作者们不仅是题材选择上的创新者,还是追求艺术形式的先锋,从语言的采用、叙述的方式、西化或者民间文学式的结构到意象的运用等方面都体现了不凡的审美追求。

第四节　二十世纪九十年代:向生活里归隐

经历近十年的改革开放,中国社会进入了转型期,政治意识淡化,商业意识逐渐增强,文学面临着从创作观念到组织方式以及出版等各方面的调整。文学界出现了成功的商业运作模式。以精英意识为主导的文学思潮不再具有冲击社会的力量,开始向着自我反省的方向走,个人性的生存空间成为作家们关注的新对象。军旅短篇小说在英雄意识和伦理价值探讨的艰难处境中,生发出对民间立场的认同感,并从历史反思回到军旅和平现实,淡出宏大的主题叙事,向着平静的日常生活归隐。

持续的和平生活消磨了老作家的激情,他们带着颂歌意识和英雄情结隐退江湖。经受过"文化大革命"正视过悲剧的中年作家在叱咤风云后开始休整。

"新生代"就在这个空缺里无意间闯进了文坛,成为军旅短篇小说的生力军。作家们将笔伸进烦琐的生活角落,描述着与自己密切相关的人和事。从写典型、写英雄到走进民间再回到军营里的现实,军旅短篇小说就像打了一场迂回战,一步步甩掉了观念形态对历史和现实的层层遮蔽,褪去社会观念与宣传意识,关注军人作为人的生存需要和生存方式构成的生活现象,并冷静而客观地予以书写。阎连科、陈怀国、赵琪、石钟山、陆颖墨、陶纯、庞天舒、裘山山、王曼玲、衣向东、张慧敏、钟晶晶等加入了军旅生活"新写实"的大军。他们的青春与和平生活同步,也接受过新时期浪潮的重重洗礼,面对社会的转型,有一种淡定的平静与理智。"新写实"小说的文学手法也较为多样,审美趋向各不相同,呈现出个性化的特征。在对文学共性难以命名的形势下,对农民军人的关注成为军旅短篇小说里较为重要的文学现象。

中国的农业人口占据了绝对多数,农民们都盼望着过上他们羡慕的城里人生活。参军是逃离土地的一条出路,农民军人构成了军队的主要力量。军营寄托了逃离者最直接的生活梦想,也承载了他们的满足与失落、喜悦与悲哀。来自农村的作家深深体会到其中的酸甜苦辣,不约而同地用笔抒发他们的感受与情绪,吟唱出一首响亮的"农家军歌"[21]。反映了这一独特社会现象的作品有:《疏勒河故道的赶驼人》(陈怀国,《人民文学》1991 年第 4 期),《荒原》(陈怀国,《小说月报》1990 年第 6 期),《去服一次兵役吧》《兵洞》《农民军人》(阎连科,《朝着东南走》,作家出版社 2000 年版),《美丽家园》(陶纯,《解放军文艺》1991 年第 2 期),《5182 兵站》(石钟山,《山花》1996 年第 11 期),等等。其中阎连科、陈怀国、刘震云、衣向东、陶纯等人为主力军。从参军到服役再回到农村,农民军人的心路历程和生存状态有某种共性。他们没有高尚的人生目标,只有卑微的现实要求。为了参军,他们要承担心理压力和物质负累以及人情冷暖。作者往往以近乎冷淡的笔调描绘一种灰色的人生状态,表达对他们摆脱过程的艰难的悲悯。参军了又怎样呢?他们或者是像《去服一次兵役吧》所讲的那样,在短暂的喜悦之后,重新失落,并很快平静地认清自己的位置,再回去做农民;或者在部队里度过自己的青春,以高度的韧性坚持下来,还要面临回去的结局。心态的失衡使作品中多弥漫着悲凉感,尤其是在描写边疆生活的短篇中。在《兵洞》里,服役了 30 年未得到升迁的中士一直坚守着自己的岗位。事实上,他守卫的洞穴已经看不出有任何用途,唯一的意义就是和那里的一草一木建立了深厚的感情。他离开后,老鼠居然集体自杀。作者以这样一种超现实的结尾来深化悲哀的心理。《疏勒河故道的赶驼人》中的福山竟不敢告诉家里人他没有当上军官,死在了即将退役与妻子见面之际。死亡恰当地解除了福山的精神压力,也永久失去了释放的可能,使本已沉重的气氛变得凄凉。《荒原》也是相似的边疆生活写照。主人公长期与妻子两地分居,只有一条狗在荒原里与他相伴。不幸的是,连狗也死了。百无聊赖的边防哨所生活表现出农民军人本分的性格和顽强的生存能力。在逃离土地之后,他们体会更多的是失落。其间不仅要承受更大的心理压力和生存考验,还无法向对他们期望过高的父母与崇敬有加的乡亲交代。作家们不再对主人公的遭遇表现出主观的情感倾向和理性判断,而是保持着现实主义的心态冷静地讲述着残酷的事实,透出对生存本相的悲哀。在莫言的笔下令作者魂牵梦系、柔肠百结的土地,在这里已经是他们过上美好生活的阻碍。农民的身份成了他们怎么也甩不掉的包袱。这使得作品中的气氛沉重而压抑,还往往萦绕着一种"终点回到起点"的宿命气息,似乎现实的目标竟比以前人们心中的理想还要可望而不可即。因此,作品多凝重沉闷,也少有关于生命的快乐体验与巅峰感觉。

石钟山、赵琪等也不断有关于农民军人的作品问世,但叙述中没有了与土地的丝丝牵绊,而是关于军营小人物的众生相。石钟山的《兵舍三昧》(《上海文学》1990年第8期)、《新兵三事》(《萌芽》1991年第3期)、《半截子老炊》(《十月》1991年第3期)、《国旗手》(《长江文艺》1998年第3期)等讲述了与军营普通生活相关的人和事。作者擅长从平常小事折射出人物的内心感受,把玩他们的生活趣味、心理感受与细微想法。如《兵舍三昧》和《新兵三事》都是通过三件日常琐事,讲述士兵们的乐趣与烦恼。《半截子老炊》《国旗手》则以人物为线索,讲述了他们平凡的内心愿望与军旅生活中的情感波折,以及波澜不惊的生活历程里的故事与人际关系。作者以趋于"零度"的情感关注着自己笔下的人物和他们的存在状态,使作品笼罩着一股绝不张扬炫目的灰色。

八十年代女性作家群体以其独特的艺术特征引起了广泛关注,军旅女作家与之呼应,形成了一定的规模。到了九十年代,因为流失和分化,成员所剩无几,但裘山山、庞天舒、王曼玲等执着者已经取得了一定的成绩。庞天舒在八十年代就有"少年作家"之称,曾出版过小说集《大海对我说》《少女眼中的战争》等。九十年代,裘山山有短篇小说集《白罂粟》(长江文艺出版社2001年版),多以西藏军人的生活为描写对象。王曼玲有作品《寻找太阳》(入选朱向前主编的《军旅人生小说》,北京师范大学出版社1999年版)等,张慧敏有《红雨》(《解放军文艺》1992年第7期)、《蓝蝴蝶》(《解放军文艺》1998年第7期)等。女作家们带来一股新鲜的气息,打破了男作家一统天下的局面,丰富了军旅短篇小说世界。她们以女性视角观察军营生活,描绘女军人的方方面面,探视官兵们鲜为人知的情感世界和家庭生活,表达着女性对军旅生活特有的理解与感受。无论是对军营里温馨角落的发现还是悲情故事的演绎,女性作家都有她们得天独厚的先天优势。她们以细腻敏感的气质在作品中营造出温情和浪漫,如王曼玲在《寻找太阳》里对英雄的深情寻找,裘山山在《天天都有大月亮》(《人民文学》1992年第1期)里描写的一次意外的情感遭遇,等等。在对细节的把握上,她们能够精细地把握住纤毫入微的心灵震颤,以淡雅的工笔描绘出军人的种种情感状态,作品中普遍有一种散文化的抒情色彩。曾在军营生活过的毕淑敏也写出了大量反映西藏军人生活的短篇作品,并多次获奖,在军内外产生了较大的影响。较为著名的有《补天石》《转》《君子于役》《北飞北飞》,并出版了自选集《毕淑敏文集》(群众出版社1996年版)等。作者有着西藏军医生活的丰富体验,了解戍守边关的边防军人们的生活,深深同情他们的艰苦生活与现实困难。作品语言老到,思想锐利,有超越纤柔的大气象,同时也常常蕴含着女性特有的仁慈与悲悯的情感。作者离开军队后再对军旅生活进行审视,拉开了作品与作家军旅生活之间的距离,相对于正在军旅的女作家们,也就多了些理性与犀利,少了委婉与回避。这似乎正说明军旅文学在经过"向内转"与"向外转"多种方位的探索后,逐渐融入了文学的汪洋大海。

转眼间,人类跨过了一个世纪。和平生活以它强大的消解能力,改变了军旅短篇小说不断形成的价值判断体系和审美规范。在文学无名的时代里,军旅作家渐渐失去"军人优先"式的心理依傍,军旅评论家的目光也在疏远这一领域,军旅短篇小说越来越沉寂。1995年,阿成的《赵一曼女士》获得首届鲁迅文学奖短篇小说奖,为军旅作家提供了对革命历史重新认识和想象的新角度,引起了一定的关注。欣喜之余却让人感到文学评奖产生的轰动效应恍若隔世。

可喜的是作者们仍然坚持对军人生活的关照与审视,在安宁的气氛中,默默沉入这片绿色热土。

第五节　新世纪:沉寂中重生

一、徐怀中、裘山山、马晓丽等成熟作家树立标高

"政治语境淡化,商业语境强化,传媒形式变化,学术语境纯化"(朱向前语)等多重夹击的威力自二十世纪九十年代开始便愈发强劲地展示了它施予文学的巨大压力,军旅文学的权威叙事在新世纪伊始便受到挑战和质疑,短篇小说更是首当其冲。

短篇小说的生长土壤并不尽如人意,它既不易进入出版流程,也很难依据仅仅万字篇幅轻松改编成影视剧,文学刊物是它的主要存活阵地。然而新世纪后的纯文学刊物发行几乎都在滑坡,短篇小说的境遇每况愈下。尽管大部分成熟的小说家转向影视创作,但仍有少数作家坐得住冷板凳,依旧在短篇小说写作上不懈探索。

短篇小说要求作家具有更为高超的艺术水准、更精妙讲究的文章布局。优秀的小说家通常不愿放弃对短篇小说的经营,老作家徐怀中在新世纪仍笔耕不辍,从几篇颇为精妙的短篇小说新作便可看出他仍然葆有创作活力。

临近 2000 年之时,70 岁的徐怀中发表了短篇小说《来也匆匆,去也匆匆》(《人民文学》1999 年第 1 期),讲的是一个赤裸的神秘女人漂流到连队驻扎的小岛,后又投海自杀神秘失踪的故事。女人来去匆匆,文章也是以一个又一个悬而不解的迷局铺陈了现代人无法索解的绝望。小说风格奇诡,若说是先锋,但语词地道,简约凝练,一派现实主义作风;若说是传统小说,情节结构又出神入化、毫无逻辑。徐怀中的名字标在上面,让人甚感意外。一年之后,徐怀中又发表了短篇《或许你看到过日出》(《人民文学》2000 年第 1 期),全文围绕女孩脸上

"一抹极淡极淡"的微笑,以"妙园日出"为喻,写了一个军事学博士不期然间遇到却再难割舍的一段诗化情感。小说自然平淡到极点,直接使用谈话口吻,流畅朴实,不但与他以前的风格迥异,就是与《来也匆匆,去也匆匆》相比,也是大相径庭。[22]

裘山山是一位在短篇小说上颇有成就的女作家,也是军队少见的在短篇领域持续掘进的高产作家。她在2001年出版有短篇小说集《白罂粟》,西藏军人形象是她的主要描写对象。新世纪以来,她陆续收获了《勒师傅的太阳光》(《当代》2001年第5期)、《天不知道地知道》(《人民文学》2005年第10期)、《事出有因》(《人民文学》2007年第6期)、《我讲最后一个故事》(《北京文学》2001年第11期)、《周末音乐会》(《小说月报》2000年第9期)等一系列短篇小说,可谓成果斐然。她的作品取材广泛,语言明快、生动、潇洒。她注重小说的故事性,将情节编织得好看,能够用故事本身吸引人、打动人。

在平凡的生活中挖掘新意,并以女性独有的细腻和敏感去捕捉生活最动人的侧面,是裘山山短篇小说的重要特点。在书写军人生活的同时,裘山山的地方题材作品多选取社会中的边缘人物作为主角,挖掘他们身上富有人性美感的一面。如《周末音乐会》讲票贩子丁小力因卖票剩下一张,偶然进入音乐厅听了一场音乐会,却被音乐的魅力所感染和震撼,流下热泪。音乐会完毕,恍若南柯一梦,丁小力又回到现实世界的卑微身份当中。一个普通人最为动人的一个时间点,被作者捕捉住并呈现在读者面前。《致爱丽丝》(《作家》2009年第19期)把乡下的一位小保姆九香作为主人公,讲她如何圆音乐梦的故事。九香的女雇主自小就有的钢琴梦一直未能实现,便把希望寄托在女儿身上。奈何女儿对练琴丝毫不感兴趣,便与九香约定,练琴的时间女儿练舞蹈,九香练琴。几年下来,九香竟成为一个优秀的业余演奏家。女主人知道这个结果后,愤怒而懊悔。九香辞了保姆的工作,她做了音乐教师。而一日,她竟回到女雇主的家里,主动教这个早已脱离了音乐启蒙年龄段的女人弹奏钢琴,两人之间的嫌隙也由此弥合。在这个故事里,人与人之间的关系是平等与温情的。另外,裘山山作品的另一个特点是能及时迅速地关注当下社会的新鲜话题,并从中汲取创作灵感。

在新世纪十年中阎连科的军旅短篇小说并不多见,《1949年的门和房》(《长城》2000年第1期)是较有代表性的一篇。故事背景是置于军营当中的,但小说本身却以似真非真的梦境为主线展开。故事开端,十五岁的少年张旺泉在姐姐失踪后,被当连长的叔叔带到海岛上,他做了一个梦,之后的情节便都与这个梦有关。从他发现了布满弹药的神秘小屋,到他撺掇叔叔去小屋中查看却导致叔叔被捕,再到旅长勒令张旺泉枪决亲叔叔,可中枪的却是失踪已久的姐姐……故事穿插了大量的场景切换,读者始终也无法参透这些场景是真实出现的,还是只是主人公梦境和幻觉的延伸。作品延续了阎连科的超现实写作手法,脱离了生活真实,也许如雷达所说,作者把"真实推向一种陌生而警醒的程度,以至于大大超越了表象的真实性,进入到人性的和灵魂的深邃真实"[23]。

多年来,温亚军执着地在军旅短篇小说领域默默耕耘,他将自己创作的精神根系扎入平实而富有意味的生活之中,形成了自己独特的写作风格:注重细节,意境开阔,故事处理得去留随意、收放自如。他的短篇小说《驮水的日子》(《天涯》2002 年第 3 期)斩获第三届鲁迅文学奖,是新世纪军旅短篇小说的一个重要收获。《驮水的日子》是一个扎实、精致的小说,同时不乏空灵的味道。小说讲述的故事很简单:新疆地区的某个连队,由于地理位置特殊,所有吃用的水都必须借助牲畜从离连队八公里远的盖孜河驮运过来。司务长买回了一头不肯老老实实驮水的驴子,连长把任务交给了一位沉默寡言、性格内向倔强的上等兵,于是便有了一段上等兵与驴子相伴的日子。驴在上等兵的驯服下,渐渐接受了驮水的任务,并逐渐和上等兵建立起一种近乎人与人之间的心意相通的关系,衍生出一种相依为命的亲人般的情感。最后,上等兵考取了军校,要与朝夕相伴的驴分开了。作家对分离场景的感人描述细致入微,那种情感剥离之时的细腻笔力不禁让人潸然泪下。故事的主线十分简单,作家在淡泊朴实的叙事风格中给读者留有一种汪曾祺般"化外之境"的美感。温亚军的小说风格不是热烈的,他的故事多半具备内省式的思考,善于探究人与外界之间的关系(如《火墙》《划过秋天的声音》《游牧部族》《病中逃亡》等),有些作品运用象征性的隐喻(如《万克是一条鱼》等),具有言外之意。

陆颖墨的《海军往事》(《小说月报》2009 年第 6 期)同样在新世纪军旅短篇小说的舞台上绽放光彩,获得第五届鲁迅文学奖。授奖词写道:"《海军往事》看起来说的都是小事,一面'镜子'、一条狗、一扇舱门、一艘老旧的军舰,连接成一条记忆的河流,苍凉而不失壮美,深沉中闪射着理想的光芒。海军往事照耀着波涛汹涌的海面,深情地注视着我们今天的远航。"[24]从这段话中或可看出陆颖墨小说的风格，亦是善于在寻常事物中挖掘文学的意味。作品没有固定的人物和事件，分别以长波、彼岸、舱门、远航作为小标题连缀起整篇小说。文中融入作者对海军生活较为强烈的生命体验，文风似大海一般，于平静之中涌动着一股力量，写出了大海的壮阔与军人的阳刚之美，同时道出了作者对海军美好前景的热望与期盼。陆颖墨还出版了同名小说集《海军往事》（作家出版社2009年版），共由26个短篇小说组成，收录有《远航》《升腾》《理发》等作品。

马晓丽的短篇小说《俄罗斯陆军腰带》斩获第六届鲁迅文学奖。小说取材于一次中俄联合演习，通过讲述俄罗斯和中国的两个平凡军人短暂的碰撞，回答了这样一个问题：和平年代的军人正在经历着怎样的生活？马晓丽用简洁而细腻的笔触描绘了这样两个军人，进而映射出一代军人群体的生命状态。他们或许不会获得更多，却担当得起这样一个称谓：精神明亮的人。

李浩是近些年创作势头较为强劲的作家。他早年写过不少诗歌，中短篇小说集《谁生来是刺客》曾入选"21世纪文学之星丛书"，短篇小说《将军的部队》获得第四届鲁迅文学奖。诗歌写作为李浩的小说奠定了"诗性"特质，他的文字富有渲染力，有极强的抒情意味和哲理色彩，在叙事者视角的选择上也颇为精当。《将军的部队》（《朔方》2004年第9期）就从一个年迈的老兵视角，回忆他曾跟随过的将军的一生。小说中没有将军当年驰骋疆场的正面战争场景的描绘，将军的形象也始终是一个退休的老者，他的"部队"不过是整整两大箱已经发黄的刻着简单记号的木牌。小说通过开启老人穿越历史的尘封记忆，侧面展现了将军的戎马一生；而木牌上的每个人，都早已深入在将军的骨血里，成为他晚年生活的全部核心，从而道出了一个铁骨铮铮的军人内心的情感。《最后七日》（《红豆》2005年第5期）则细腻地陈列出一支被日军围困的部队全体阵亡前最后七日的生活景象，写出了人陷入绝境之中的彷徨、无助、慌乱。作者的触觉敏锐，在故事的叙述中融入了对人性形而上的哲学思考。

龙一的短篇小说《潜伏》（《人民文学》2006年第7期）讲述的是中共地下党员余则成潜伏在军统特务机构中的故事，小说后被改编为同名电视剧热播，家喻户晓。《潜伏》的叙事很有节奏感，故事张弛有度，环环相扣，在好看好读的同时兼具文学意味，把余则成、翠平、老马等人的形象刻画得入木三分。同时，龙一的"谍战型"特点也为军旅小说的写作提供了另一种可能性。

二、王凯、王棵等"新生代"作家群体的崛起

"新生代"的短篇创作是支撑新世纪军旅短篇小说的主体力量。

之所以将这个写作群体冠以"新生代"之名进行统一论述,是基于以下几个方面的考虑:首先,这批作家是在新世纪以来逐渐走入读者的视野,其所处的文学语境相较以往有新的变化;其次,鉴于这个作家群体的崛起和"50后""60后"等新时期军旅作家们有新老交替的意味,且"新生代"军旅作家主体大多为"70后"生人,论辈分在军旅文坛上尚属新人;再次,这些作家目前已经获得部队认可(均在近些年全军军事题材中短篇小说评奖中联袂获奖,王凯、朱旻鸢、西元还曾在鲁迅文学奖评选中提名),也说明他们的创作在当下军旅短篇小说领域具有代表性和可言说性,他们是一支颇具潜力的军旅文学生力军,也由此区别于其他业余写作者。

"新生代"军旅作家的短篇小说集中创作于新世纪以后,他们的作品带有与时代同步的成长烙印,既不同于五六十年代大批红色经典对宏大叙事的建构,也未沿袭新时期军旅文学对于战争书写的多元化探索,而是在文学审美上聚焦小人物的生存感受,偏好对个人体验的精确捕捉,突出个体的存在意义,并在叙事方式上有所创新,以此来完成文学理想和诗学空间的构建。这些鲜明的写作特质既体现在"新生代"军旅题材的小说创作中,也较为明显地反映在他们的社会生活题材的小说中。显而易见,比起前代作家来,他们受教育条件更优越,眼界更宽,有更好的知识储备、文学修养和写作训练,他们与生俱来的青春气息、同龄兵代言人身份等优势都是不可替代的,并已逐渐在创作中展示了与以往大异其趣的思想走向、审美情趣和语言风格,不由得令人眼睛一亮。无论是现实军营的书写还是对历史战争的架构,"新生代"的作品都显示出独属于这一时代和群体的艺术特色。

(一)聚焦小人物的生存状态:曾剑、李骏等人的短篇小说

小说中的主人公形象往往是作家的一部分自我映像,其观察生活的方式和言语动作都隐性地传达着作家对现实的评判。同样,在"新生代"的小说中,对军人形象的选择可以投射出创作主体对于军营文化的认知和理解。在军人形

象的塑造方面,"新生代"倾力刻画平民化的军营小人物形象:主人公多为普通军人,他们被琐屑、平庸的日常生活打磨得与平常人无异,较大程度上削弱了以往军旅文学对理想主义、英雄主义、爱国主义等崇高精神的表达力度。

"新生代"短篇小说中的主人公包含着作家对自身经验表达的诉求,同时也表现出他们对世俗人生的深切关怀,这种特质与"新写实主义"有着内在关联。其精神内核是显而易见的,即作家希望通过对普通人生活状态近乎白描式的描摹直抵小人物的精神世界。"新生代"的短篇小说写作有向军队最现实和真切的生活层面靠拢和回归的自觉意识,将目光聚焦于军营小人物的日常生活,倾力展示基层官兵的喜怒哀乐和苦辣酸甜。

在"新生代"作家中,王凯的小说富于生活灵性的美学特质。他的《正午》《一日生活》《沙之舞》等一系列短篇小说皆以军营小人物作为主人公,以个人化的视角为现实军营中基层官兵的生活蒙上了尴尬而无奈的色彩。比如,短篇小说《一日生活》(《西南军事文学》2008年第1期)以基层连队普通一天的日常生活为线索,表现了在军营的严格限制下指导员"我"和战士马涛各自苦闷的生活和濒临幻灭的爱情。在《一日生活》中,作者干脆直接以"起床""早操""整理内务和洗漱""早饭"等琐碎的生活内容作为小标题,串联起整个小说的叙事。看似无意义而单调的生活羁绊了"我"和马涛情感的延续,爱情由于军营生活的严格制度变得毫无浪漫色彩,如死水一潭,需要以无比冷静的眼光去考量和计算。当女友因为远距离恋爱而对"我"发出分手警告之时,"我"发出了如下一段感慨:

> 找一个男人并幸福地生活在一起,这是属于女人的幻想,女人通常都有数量巨大的幻想,丢掉一个算不了什么,差不多等于丢掉了一双鞋。而且就算打通了电话,我还是照样得待在沙漠,我们之间的距离照样还有两千五百公里,一公分都不会少。这就是现实。

这样的精神写照抓住了蕴含在日常生活当中的军营文化特质。日常生活中琐屑的事物汇合在一起,形成一股不可抗力,左右着小人物的悲欢离合。

对军营生活同样的感慨在"新生代"的小说中随处可见。

曾剑、李骏和刘跃清也是"新生代"中钟情于书写当代军营生活的作家。曾剑的《循着父亲的目光远行》(《解放军文艺》2007年第12期)颇具"农家军歌"的味道，写一个从小村庄走出来的军人燃起了当作家的梦想，他贪婪地观察生活、记录生活，白天发生的事时常在夜半的笔尖上流淌。他十年如一日地磨砺着自己，终于如愿当上了军官。父亲为儿子感到骄傲，却由于对儿子成才的期盼始终没与之见面。"父亲每年秋后都说来看我，却从没到我这里来过……他怕影响我的工作。我握着电话筒，久久说不出话。父亲立在风中，朝着北京方向眺望的目光，又出现在我眼前。我的眼泪涌出来，在这寒冷的冬夜，温暖了我。"《士官的白天和夜晚》(《解放军文艺》2009年第8期)讲的是士官"我"因为会写小说，被主任调去新闻报道组。在炮制新闻未果的一连串失败后，"我"见识了机关中为了赢得新闻报道数量急功近利的做法，于是决心返回基层。

李骏曾戍守新疆、西藏多年，那段生活也成为他重要的写作资源。小说《祝你幸福》(《解放军文艺》2001年第5期)写一位长期戍边的老连长因不能离开部队，多年没有回家，只能让妻子一人在城市生活。分居多年的尴尬境地让婚姻出现破裂，老连长好不容易回到城市，却是面临与妻子离婚的无奈境地。《北京再见》(《解放军文艺》2004年第5期)讲一对彼此相爱的恋人相处了三年，女孩却始终没有答应男孩的请求，最终没有走到一起。原因是这位来自新疆边防医院的女军医研究生毕业后毅然选择回乡行医，不得不因此放弃了爱情。刘跃清的短篇小说《遥远的手榴弹》(《战士文艺》2010年第6期)通过学习投弹的过程描绘了普通军人在军营的成长生活经历，《连队之河》(《解放军文艺》2008年第5期)则书写了一个群体在军营生涯即将结束之时的状态，道出"铁打的营盘流水的兵"的部队现实。两部作品融入了"军营新写实"的元素，均体现了作者对部队基层生活的细腻体验和真切感悟。王棵的《营门望》(《人民文学》2010年第6期)则选取了一个"他者"的视角，讲述一个在军营大门外做小生意为生的母亲终日张望着营门，希望有朝一日儿子能成为大院中的一员、一名光荣而具有崇高社会地位的军人的故事。

在"新生代"眼中，军营生活所包含的林林总总的事物和细节都可以囊括进文学视野中进行审美观照，无论是极端艰苦条件下基层生活的感悟，还是一段军营生活的记录或回忆，在作家笔下都得到了原生态的展示。

与日常生活审美化紧密相关的文学趋势表现在"新生代"的小说中,即是对日常生活的文学化建构。这种建构既是感性的,又是实用的。所谓感性,指的是小说将日常生活搬运和移植到文本当中,作家本人似乎也沉溺于生活当中,只客观记录人的生存状态,而不做过多理性思考,也不为主人公的尴尬处境寻求出路(如《连队是一条河》《拉练》等);所谓实用,指的是小说中的价值观更多从现实利益出发,职业上的困顿和外界无孔不入的肮脏欺骗、干扰着普通军人的心,传统的职业道德和社会公德已经被现实利益和物质追求所抛却和遗忘。

在摄取当下军营生活作为写作素材时,记录个体处于社会生活中的鲜活情态,彰显个体存在感,传递创作主体对于急遽变化时代的细微感受和认识,是"新生代"作家共同的情感立场和审美追求。社会的飞速发展给人带来便利的同时也带来了恐慌感,身处欲望都市的洪流,即便是身处军营的官兵也是如此,他们正经历着前所未有的内心嬗变。

包含《海戒》《对鱼说话》《暗自芬芳》《飞鱼》等军旅题材短篇小说在内的"守礁"系列是王棵对个体经验极致表达的印证,收录在他的中短篇小说集《守礁关键词》(作家出版社2006年版)中。这些小说皆以海上枯燥的守礁生活为背景,于细微处凝结着作者真切的生活体验。《海戒》表现年轻军人对严苛的职业环境的背离和反叛,作者倾力书写生命的搏动之于苦闷生活的美好,同时掺杂着压抑、挣扎和痛苦。《对鱼说话》和《暗自芬芳》中的战士是敏感的,他们面对一望无际的海洋,能够以特有的个体感受精准地牵引出海上生活中的细节和情绪。在这些小说的文字中,见不到以往同类题材中露骨的甘于奉献的誓言与口号。作者大胆正视守礁生活的严酷,表现了奉献者的沉重与无奈,将兵与兵之间由本能而衍生出来的残酷关系表现得淋漓尽致。在王棵的笔下,读者可以碰触到真实军营的一个角落:极端条件下对职业的坚守也有可能成为家庭矛盾的导火索,成为生活一蹶不振的缘由,某种情况下甚至成为生存的威胁。这样令人震动的描写直抵守礁战士生活的"原始真实",从人性的视角探寻生命价值,个人情感的力量被作家无限扩张,成为个人生活的主宰。

(二)"另类英雄"的悄然出场:卢一萍、曾皓等人的短篇小说

英雄主义和爱国主义一直被视为是军旅文学的核心母题。回顾自二十世纪五十年代至今的军旅文学历史,始终离不开写作主体对英雄人物的建构。经

过不断探索和拓展,每个时期都形成了较为固定的"英雄范式"。从"高大全"完美型英雄,到新时期军旅作家们开始尝试从不同维度塑造英雄,英雄形象从来都不乏必不可少的气节与风骨。然而,这种侠肝义胆、担当天下的精神品质到了"新生代"作家的笔下便有所变异了。如果说新时期作家对于英雄的塑造还是一种主动建构,那么到了"新生代"这里,英雄的形象和光环则是大幅消解和削弱了。

"新生代"作家对"英雄"概念有着个体化、私人化的定位和理解。卢一萍的短篇小说主人公就体现了作家对英雄的个人定义和解读。卢一萍曾在帕米尔高原及新疆、云南、西藏等地工作和游历多年,长期的边疆经历赋予他的一系列小说以浓厚的地域色彩,粗犷而富有张力。他笔下的故事多半发生在条件极为艰苦严酷的边疆地区,注重挖掘普通官兵在严苛条件下如野草一般顽强的生命力,各个短篇故事之间的人物往往有所关联。如《快枪手黑胡子》(《小说月报》2010年第2期)、《索狼荒原》(《上海文学》2011年第2期)等几个短篇小说,围绕女兵柳岚、索狼荒原立过大功的营长莽汉"王阎罗"王得胜,以及风情万种的女遣犯薛小琼三人之间的生活际遇和情感纠葛,表现荒原中军人真实的生命状态。作者并不完全从传统意义上家庭伦理道德的角度去关照人物。"王阎罗"这个人物具有"瑕疵型"英雄的一些特点,如粗鲁、莽撞;同时他又有常规意义上的道德缺陷,已经与柳岚结了婚的他却抵挡不住女犯人薛小琼的诱惑,与之发生关系。这样的错误在以往的英雄人物书写中是极力避免的,但作家从人情人性的角度出发去铺展人物的情感脉络,使故事读来合理,反而生出对主人公艰难处境的同情。

"新生代"笔下的英雄仍然是崇高的,他们不乏牺牲和奉献的精神,但军人的身份带给他们的孤寂和痛苦无法回避,也无须回避。作家们如实表达了英雄的困惑与无奈,有的是与亲人的长期分离导致的家庭纠纷,乃至家庭破裂,有的需要面对旁人的不解抑或讽刺,这些困境也让英雄人物自身对自我价值产生怀疑,陷入了信仰危机。

另外一些故事中,作家将英雄的称号冠于异化或弱势的小人物身上,出现了对"另类英雄"形象的书写。

此处有必要对"另类英雄"的概念做出界定。英雄是群体生活的产物,他们身上往往具备在智谋上或是体能上超出常人的特质,骁勇善战,且大多具有挽救人民于水火之中等重大经历,往往是众人之中的佼佼者或领军者。而此处所论的"另类英雄"却指涉的是小人物。他们并没有多么耀眼的光彩,有的甚至生存境遇极端困苦,"英雄"之名也不被人们所认可;或在智力上或在身材上有缺陷,是人群中的异类。之所以称他们为"另类英雄",原因是他们虽无英雄之名,却有英雄之实,为克服自身缺陷付出了比普通人更多的努力,最终取得了不凡的成绩。有的在战争中果敢勇猛、以一当十;有的不被领导重用,却在最底层的岗位上做出不平凡的创举。

曾皓的《看不见的军功章》(《解放军文艺》2001年第10期)中瞎眼老汉曾立过赫赫战功,然而在现实生活中,他既没有被认定为英雄,也得不到政府的补贴和帮助。但让军功章重见天日是他生活最重要的精神追求,老伴只好明知军功章早已丢失,却每日陪他"扯谎"。曾经的英雄对于英雄主义的坚守与残酷现实的巨大反差令人落寞、无奈。

还有的主人公被设置为群体中最不合群的异类。如朱旻鸢《斜坡》(《作品》2010年第12期)中的林先飞,具备英雄的优秀品质,但这种品质却在常人眼中被遮蔽了,或者说是被误读了。主人公智力上看似残缺的一面掩盖了他的光芒,只因发出了和大多数人不一样的声音而不被认可。即便林先飞因挽救物资的英雄举动而被人重新发觉和认识,从被认定退伍到重获机会留在部队,人生就此被改写,却仍旧无法消除人物本身经历的坎坷带来的落寞感。

再进一步,作家提出了"英雄是否存在"的命题,对"英雄"定义本身进行辨证式的思考,他们笔下的英雄是被遮蔽起来的"隐形人"。曾剑的《士官的白天和夜晚》中,基层连队的普通士兵滕金波就是这样的一个人物代表。滕金波是个聪明乐观的士兵,却因嘴角有疤让他看上去随时都是笑嘻嘻的模样,领导不喜欢他的"嬉皮笑脸态度",一直不让他转士官。滕金波想到资助贫困学生读书,借以提高知名度,被前去采访的"我"发现了他心里的小九九真相:滕的妹妹学习成绩优异,因为没钱不得不辍学,他拿钱资助别的学生,目的显而易见。在"我"的帮助下,滕金波调去了汽车连,有望提士官。关键节点上,滕金波在一次任务中因为救别的战友触碰了高压线,手指截肢,落下了伤残。因为条件不符合,滕金波没能转成士官,只能背着行囊返回家乡。曾剑此后的创作延续了对

"隐形人"的书写,他的短篇小说新作《一个人的战斗》(《芒种》2018 年第 15 期)写了一个护林人,因长期单调的生存空间甚至丧失了语言能力。尽管他曾为了前途、为了家庭试图放弃工作,但心中近似固执的坚守让他选择默默支撑。朱旻鸢《美女阿福》(《解放军文艺》2010 年第 3 期)中的战士袁大头也不能避免相似的命运。与美丽的城市教师兰子互订终身的袁大头热切地期盼着未婚妻的到来,却在大漠寻找战友的途中丧命,死后也没有得到任何功名。

作者想表达的正是时间、历史、体制、个人等因素之于"另类英雄"的不可抗力,任何一个偶然事件都可能摧毁英雄,埋没英雄。这里面的人物,往前走一步就是英雄,往后退一步便是个默默无闻甚至在军营中没有留下任何痕迹、无人提及和关注的人。作者的情感态度是复杂的,英雄也不是单一刻板的,作者不回避他们的私心,但更凸显他们作为英雄伟大的一面。读罢小说,读者的态度也是多元的,还有一些细碎的感觉掺杂其中,涉及体制,涉及人和人巨大落差,背后的诱因也许细微到不值一提。因巨大的、不可抗的外力施予的影响,"英雄"也必须无奈地接受命运沉浮。

多元的文化形态瓦解了作家对英雄形象的固有认知,"新生代"作家有着更为自觉的反思意识,除探究到以往军旅文学中关于英雄塑造的弊病和缺失,也在英雄主义书写的不断演变中努力发出独特的声音。反映在小说创作中表现出两个方面的特征:一是英雄形象的塑造带有荒诞色彩;二是英雄身上的荣誉和光环逐渐褪去,可看作是对"完美英雄"的反拨和戏谑。

(三)情感想象中的历史:裴指海、王甜等人的短篇小说

作为中国文学主脉之一的军旅文学是孕育于战争之中的,对战争的书写也理所当然成为军旅文学天然的使命。军旅短篇小说由于篇幅限制,无法彰显巨幅长篇小说气吞万象的美学风格,却也善于从细微、独特的角度切入,让读者管窥战争的一个侧面。

整体上看,"新生代"作家涉足战争题材的短篇小说并不多见。裴指海是一个例外,他对战争史有较为细致的研究,写下了《高人之死考》《苍蝇》等一系列历史战争题材的短篇小说。《高人之死考》以"我"追寻八路军作家高人枪杀"在华日本人反战同盟延安支部"军医佐藤川之谜为线索,层层剥茧,娓娓道来,揭露了日本侵华战争对中国人民造成的巨大伤害,反映出作者试图以战争的残酷与无情来揭示其噬血的本质。小说站在反侵略战争的立场上对战争进行人性思索,通过一个鲜活、善良、健康个体的毁灭与消亡,表达了对侵略者的切齿憎恨,对同胞的无限悲悯,对人性、对个体、对生命的无限关切。在裴指海的笔下,战争是复杂的,战争中的人也是复杂的,不但有着雄浑的英雄面相,亦有"哀怜伤病"的背影。他执着于以现代性的视角重新"发现"战争,试图触摸和描摹战争的血肉和灵魂,深度探索军人的心灵世界和情感空间。《苍蝇》是与众不同的战争小说,主人公经历了两场战斗,一场失败的,一场胜利的,在两场战斗之间,他回忆起自己参军入伍的经历,所有的这一切,和战场上的厚厚的硝烟一样,笼罩着挥之不去的荒诞感。裴指海用一种黑色幽默叙述方式,细致入微地描摹了既丑恶又美好、既残忍又诗意、既令人悲伤又会引起无限同情的战争现场,最大可能地让读者认识何为战争、何为战争中的人。大多数"新生代"在书写此类题材时,都惯于对战争场面做模糊化的处理,历史被冠以个人化的情感内核,成为"想象中的历史"。

王甜的《昔我往矣》(《文学界》2009年第8期)是这类小说的一个例证。作者选取解放战争中一个女军医和两个孪生兄弟之间的爱情故事为情感主脉,叙述了一个由于战争的阴差阳错导致的凄婉爱情故事。南雁和罗永明在后方的卫生所中偶遇并相爱,而后永明奔赴战场。战后二人"重聚"并成婚,晚年的"永明"患上了严重的失忆症,他趁着残存的记忆告诉南雁,其实自己是永明的弟弟永亮,哥哥永明早已在多年前的一场战役中牺牲了。南雁在巨大的震惊和恐慌过后,终于重新接受了永亮。南雁、永明、永亮三人的爱情构建起一段个人化的、充满了跌宕起伏的历史,渺小的个体命运由于战争的到来变得错位,且不可逆转。

同样是"以情筑史",曾皓的《篝火燃烧的地方》(《解放军文艺》2001年第10期)则用一个家族中几个神秘女人的故事串起了一段全家齐心抗战的艰苦岁月。故事的叙述者是一个小男孩,主线始终围绕男孩眼中外婆、表姐和厨娘胖丫几个女性的行动展开。小说的叙述充满了扑朔迷离的色彩,而正面战场上的爸爸、舅舅始终没有明晰的形象,抗战前线则以"篝火燃烧的地方"这一富有象征性的词语指代。即便如此,读者还是能从几个女人离奇的遭遇中感到正面战场的残酷与惊心动魄。《如烟》(《解放军文艺》2005年第3期)则通过母亲对画家张雨石的追思引发了一段有关战争的回忆,作品的立意和写作技巧与《篝火燃烧的地方》有相似之处,充满扑朔迷离的传奇色彩。

　　李亚的《水上演出船》(收入《幸福的万花球》,解放军文艺出版社 2005 年版)则是一个在古今交织的现实中寻找革命历史线索的故事。作品中上士池颜受正在创作革命战争题材作品的科长委托,要弄清一件史实,涉及新四军第四师师长彭雪枫在河南夏邑八里庄与日军作战时牺牲的事件。小说在历史与现实中编织故事的手段主要通过书信的形式完成。池颜在文化馆的征文中意外发现两篇文章,内容各自谈到了两名先遣联络员魏铁衣和任凤楼的下落,而这两个人正是揭开历史真相的关键点和突破口。小说的叙事视角在主人公和两个征文作者之间转换,征文的内容一旦得到呈现,故事的时间便回到了叙事者所处的历史时代,讲述了魏铁衣和任凤楼意外死亡的经历。作者如此架构小说的好处是:历史脉络和现实线索之间的推展进度可以按照作者的安排和喜好随意转换,主人公池颜的言行和思绪可自如而恰当地中断历史故事的叙述,便于清晰展示历史线索与结局的因果关系推理,也易于在人物的关系设计上使历史与现实发生关联。

　　回顾二十世纪的革命历史题材短篇小说,如王愿坚《党费》《亲人》等名声大噪的名篇佳作,用笔精简、角度也颇为精巧,都是紧紧围绕艰苦的战争环境展开故事。即便是孙犁《芦花荡》《荷花淀》等篇目,没有直接呈现战争场面,也从军属们不温不火的对话中侧面描绘了战争后方的生动情境。这些小说注重还原战争现场感,"新生代"则把历史改写成了片段式的、具体可感的生命过程与人生经验。小说中的战争烙下了鲜明的个人化印记,凸显了人对事件的绝对主导,小人物阴差阳错的经历对于战争的成败有决定性的影响。作家运用叙事技巧增强了这些短篇小说的故事性和传奇性,规避了对战争场面的直接描绘。一些小说有情感经验的呈现,却无战争文学的内核与实质。

　　与历史战争题材短篇小说的数量稀少所不同,"新生代"较于老一辈军旅作家表现出对地方题材的偏爱和书写热情。除王凯、朱旻鸢、刘跃清、李骏的创作几乎全部为军旅题材小说外,其余的"新生代"作家创作的非军旅题材短篇小说或是和军旅题材作品数量相当,或是前者的总量多过后者,他们驾驭起这些作品也是手到擒来。现实题材的作品多展示个人生存状态,抑或是家庭、职业带来的困惑,与他们书写的现实军旅题材小说特质有某些趋同性。

如果说"60后"更关注人物身上所承载的厚重社会内涵,那么"70后""新生代"作家在涉及地方题材短篇小说写作时,取材上更倾向表现出对庸常生活进行深入挖掘的热忱,表现人物丰富、驳杂的生命情态,对细节进行放大和夸张处理,探索个体的人情、人性与强大社会力量相碰撞和对抗之后给个体留下的伤痛。

王甜的小说集《火车开过冬季》、曾皓的《危险的拯救》《你吃过小米粥吗》等小说中,情感关系与社会关系都以个体经验的诉说方式得到呈现,并且表露出无序和混乱,立足于"本我"的个体感受似乎是"新生代"使自身写作和现实生活接轨的最为简易和直接的途径。"70后"在精神层面和审美趣味上与上、下两代作家的"格格不入",致使他们的许多小说在看似无意的戏谑和调侃中弥漫着强烈的焦灼感和彷徨感,也由此,作品中鲜有闲暇对人物自身以外的宏观世界进行描摹和建构。此外,"新生代"作家对特定地域的书写和农村题材短篇小说作品也较为常见。

注释:

[1]《陆康的歌声》(以下简称《陆》)是刘白羽发表于1942年的作品,小说直指国民性改造的主题,知识分子陆康以居高临下的眼光审视着麻木的革命群众,双方之间因对艺术的不同态度产生了深深的隔膜,启蒙的要求重新放在与革命同等重要的位置。小说以"我"思念陆康的歌声做结尾,委婉地肯定了陆康的艺术追求,并表达了对"五四"精神的怀旧与追忆。《陆》显得情绪低沉,小说一经刊登,便受到批评。为此,刘白羽不得不做公开检讨,并在《解放日报》上发表《我的宣言》,才幸运地过了危峰险滩。从此,《陆》从文学史中销声匿迹,直到《刘白羽文集》出版。这次事件对刘白羽的影响是深远且决定性的,导致他的创作取向发生了根本性的转变。

[2]孙犁:《荷花淀》,载孙犁《白洋淀纪事》,中国青年出版社,2000,第89页。

[3]鲁迅:《革命时代的文学》,载《鲁迅文集·而已集》,九州出版社,1998,第670—671页。

[4]朱向前:《军旅文学史论》,东方出版社,1998,第5页。

[5]周扬:《新的人民的文艺》,载中华全国文学艺术工作者代表大会宣传处编《中华全国文学艺术工作者代表大会纪念文集》,新华书店,1950,第90页。

[6]王愿坚:《后代·后记》,载王愿坚《后代》,作家出版社,1958,第171页。

[7]朱向前:《军旅文学史论》,东方出版社,1998,第33页。

[8]藏语里解放军的意思。

[9]周扬主编的《解放区短篇创作选》,2000年由解放军文艺出版社再版,入选"百年百种优秀中国文学图书"。

[10]冯牧:《战士作家张勤和他的创作》,《文艺报》1963年第6期。

[11]李英儒:《政治委员》,载解放军文艺社编《解放军文艺1951—1979小说选》〔上〕,解放军文艺社,1979,第485页。

[12]任斌武:《开顶风船的角色》,载解放军文艺社编《解放军文艺1951—1979小说选》〔上〕,解放军文艺社,1979,第515页。

[13]王子野:《评刘真的〈英雄的乐章〉》,《文艺报》1960年第1期;张洁:《战士批判小说〈英雄的乐章〉》,《解放军文艺》1960年第5期。

[14]孙露茜、王凤伯编《茹志鹃研究专集》,浙江人民出版社,1982。

[15]茹志鹃:《我写〈百合花〉的经过》,孙露茜、王凤伯编《茹志鹃研究专集》,浙江人民出版社,1982,第39页。

[16]茅盾:《谈最近的短篇小说》,《人民文学》1958年第6期。

[17]李书磊:《1942:走向民间·序言》,载李书磊《走向民间》,山东教育出版社,1998,第2页。

[18]朱向前:《军旅文学史论》,东方出版社,1998,第13页。

[19]朱向前:《军旅文学史论》,东方出版社,1998,第36页。

[20]徐怀中:《探索性的,又是深思熟虑的》,《青年文学》1987年第2期。

[21]朱向前:《乡土中国与农民军人》,《文学评论》1994年第5期。

[22]朱向前:《关于徐怀中先生的三个比喻》,《北京文学》2004年第8期。

[23]雷达:《权欲与情欲的舞蹈——评〈坚硬如水〉》,载中国小说学会编《2001年中国小说排行榜》,时代文艺出版社,2002,第795页。

[24]《第五届鲁迅文学奖获奖作品评语》,《文艺报》2010年11月10日。

第二章 中篇小说

第一节 概述

一、"前17年"蓄势待发

也许有一个当代文学现象人们习焉不察——在前30年(1949—1979)尤其是"前17年"(1949—1966)里,作为一种文学体式,中篇小说与她的姊妹长篇小说和短篇小说的发展相比较,存在着巨大的落差。当长篇小说蓬勃繁荣成为文学主流,当短篇小说佳作迭出引领一时风骚,中篇小说却还在蹒跚学步,呈现出严重发育不良的衰势。就此一情形而言,军旅小说也不能例外甚或还有过之无不及。军旅中篇小说领域里,既少《红日》《红岩》《林海雪原》式的名著,更无王愿坚、茹志鹃式的名家,仅有几部有较大影响者,也都是被改编成电影的缘故——但又因此造成了只知有电影(如《上甘岭》《小兵张嘎》《闪闪的红星》)而不知有中篇小说的尴尬。

究其原因,当然是多方面的和复杂的。往远里说,"前17年"军旅中篇小说这种特定题材的文学体式缺乏良好的承传与深厚的传统。"承传"一面指的是现代文学,"传统"一面指的是古代文学和外国文学。[1]往近里说,新中国之初的军旅小说家们,多是从战火硝烟中走过来的小知识分子(中学、小学文化者居多),战争经验丰富而文化(文学)修养欠缺为基本特点。战争结束之日正是战争文学的开始。他们对于战争的歌颂、咏叹、回忆、倾诉大多自觉不自觉地采用了两种形式。一是长篇小说。带有相当浓郁的自传和纪实色彩,艺术上也许幼稚、粗糙,但以生活扎实、感情真挚胜出,成功者不乏其例,如《林海雪原》《红岩》《铁道游击队》等。二是短篇小说。因其篇幅短小,易于学习和掌握乃至藏拙,攻其一点,不及其余,毕其功于一役者亦不乏其人,如王愿坚、茹志鹃、刘真等。如此一来,那不长不短、既需要生活(一定篇幅的容量)又需要技巧(如结构与语言)的中篇小说反而变得不易驾驭了。再加上整个当代文学对中篇小说艺术规律的认识和研究基本阙如[2],可资借鉴的名家名作亦难寻觅,故而敢涉足中篇小说的军旅作家少之又少。这一远一近的多重原因,最终导致了"前17年"军旅小说长、中、短三种体裁之间严重失衡的奇特现象。

"前17年"的军旅中篇小说在文学史上值得一提的主要作品有《火光在前》(刘白羽)、《长空怒风》(魏巍、白艾)、《活人塘》(陈登科)、《上甘岭》(陆国柱)、《地上的长虹》(徐怀中)、《辛俊地》(管桦)、《九级风暴》(陆俊超)、《小兵张嘎》(徐光耀)等等。

二、新时期应时而兴

准确地说,二十世纪中国中篇小说的大潮,启动于七八十年代之交。1978年的思想解放运动如春风吹拂文化的原野,坚冰解冻,万物复苏,知识分子重新获得了思考权和话语权,实现了从政治高压和文化桎梏下的"失语"状态向自由自主表达的"知识分子话语"转化。

学者们的"话语转换"成果"显露"为论文或专著,而小说家们的成果当然"显露"为小说了,而且尤其是中篇小说。[3] "忽如一夜春风来,千树万树梨花开。"时至1979年,已有鲁彦周的《天云山传奇》、从维熙的《第十个弹孔》、冯骥才的《铺花的歧路》等中篇名作面世。待到1980年,谌容的《人到中年》、王蒙的《蝴蝶》、张一弓的《犯人李铜钟的故事》、宗璞的《三生石》、刘绍棠的《蒲柳人家》、蒋子龙的《开拓者》等优秀作品声威大振,使方兴未艾的中篇小说势头更加如火如荼。据不完全统计,到八十年代初,中篇小说的产量已达到数百部之多,甚至超过了前30年的总和,而且不断增长。到八十年代中期,年产量已突破了千部大关。与此同时,中篇小说作家和中篇小说文体相互激发,相互促进,共同走向成熟。二十世纪的中国新文学,自1917年以降,经过半个多世纪的艰难跋涉,终于在八十年代迎来了中篇小说繁荣发展的黄金时期,并且以此修正了当代中国文学小说世界的长期失重,真正奠定了长、中、短篇小说三足鼎立的整体格局。中篇小说的热潮,伴随着"反思文学""改革文学""寻根文学""先锋文学""新写实文学"等旗号呼啸前进,滚动发展,涌现了一批批新人新作,直至九十年代中期长篇小说热卷土重来,中篇小说的旺势始见弱化而趋于平缓。

在当代文学中,军旅中篇小说的腾飞有一点滞后。虽然在七八十年代之交,先后有邓友梅、徐怀中等发表了《追赶队伍的女兵们》《阮氏丁香》等中篇名作,但毕竟还是单兵作战,形不成阵势。而且新时期军旅文学的主力军团——青年作家群尚未发动。真正标志着新时期青年军旅作家集团冲锋的"信号弹"是1982年问世的两部中篇小说——朱苏进的《射天狼》和李存葆的《高山下的花环》,一南一北,相继打响,震动全军乃至轰动全国。这不仅宣告了新时期军旅作家的集群崛起,拉开了新时期军旅文学进入高潮的序幕,而且以此为象征,开辟了反映"和平军营"和"当代战争"的两条战线,一大批青年军旅作家在这两个方面频频出击、大显身手。待到1986年,莫言的著名中篇《红高粱》又开辟了第三条战线——"历史战争",引导了一批没有战争经历的青年军旅作家写出自己"心中的战争"。至此,八十年代"两代作家三条战线"的格局基本形成,新时期军旅文学也借此进入了全盛时期,掀起了新中国军旅文学的"第三次浪潮"。

如果说,"前17年"军旅文学主要以长篇小说为标高,那么,八十年代军旅文学(小说)的突出收获则以中篇小说为代表。尤其是八十年代长篇小说的歉收,更加反衬与强调了这一现实。

大致可以这样说,八十年代的军旅小说紧随当代小说的步调,以思想解放为契机,汇入现实主义深化的大潮之中,在三个层面上急速向前推进。一是在思想深度上,一跃而过"瞒和骗"与"假大空"的屏障,向现实主义的纵深掘进,勇敢地突破"左"的束缚,大胆地揭露现实主义矛盾,正视"军人是人"的命题,寻觅和平时期军人的价值定位和战争中人性的裂变与闪光,反思战争,在颂歌与悲剧的悖论中摸索英雄主义与人道主义的辩证把握;二是在题材广度上,从雪山哨卡到火箭基地,从女兵王国到受阅方阵,从将军到士兵,从历史到现实,从天空、海洋到陆地,展开了广阔壮丽而绚烂的人民军队的生活画卷,尤其在表现现实军营生活方面,比"前17年"多了无可比拟的丰富与多彩;三是在艺术形式上,继承传统而超越传统,立足本土又面向外域,走出苏俄战争文学的单一影响而迎向八面来风,在西方的现实主义和拉美的魔幻主义种种新潮中吐故纳新,在叙事结构、表述语言和感觉方式等诸多方面不断接受挑战,实行变革。总之,八十年代的军旅小说挣脱了以往许多羁绊与桎梏,完成了革命性突进,涌现出了一大批脍炙人口的名篇和才华横溢的优秀作家,部分作家作品甚至已经表现出了努力与世界战争文学对话的意图与追求。军旅小说再度成为当代文学一个独具特色和无可替代的组成部分,为新时期文学的进步做出了自己的贡献。

八十年代,在军旅中篇小说创作方面有上佳表现的作家主要有徐怀中(《阮氏丁香》)、邓友梅(《追赶队伍的女兵们》)、刘克(《飞天》《康巴阿公》)、彭荆风(《师长在向士兵敬礼》《云里雾里》)、朱春雨(《沙海的绿荫》)、李存葆(《高山下的花环》《山中,那十九座坟茔》)、莫言(《红高粱》系列)、朱苏进(《射天狼》《凝眸》《第三只眼》《绝望中诞生》)、刘兆林(《啊,索伦河谷的枪声》)、乔良(《大冰河》《远天的风》《灵旗》)、苗长水(《冬天与夏天的区别》《染房之子》《犁越芳冢》)、周梅森(《军歌》《大捷》《国殇》)、韩静霆(《凯旋在子夜》《战争让女人走开》)、唐栋(《沉默的冰山》《愤怒的冰山》)、江奇涛(《雷场上的相思树》《马蹄声碎》)、张廷竹(《黑太阳》《支那河》)、雷铎(《男儿女儿踏着硝烟》)、何继青(《横槊捣G城》)、李镜(《冷的边山热的血》《重山》)、周大新(《走廊》《铜戟》)、王树增(《鸽哨》《红鱼》)、李本深(《沙漠蜃楼》《吼狮》)、崔京生(《一个军人和他的倒影》《神岗四分队》《第六部门》)、简嘉(《没有翅膀的鹰》)等。而女性作家刘宏伟的《白云的微笑,和从前一样》、成平的《干杯,女兵们》、王海鸰的《尘旅》、丁小琦的《女儿楼》、常青的《白色高楼群》、肖于的《绵亘红土地》、毕淑敏的《昆仑殇》、张欣的《遗落在总谱外的乐章》、曹岩的《棕色雪天》等清丽、柔婉之作,也不失为八十年代军旅中篇方阵中的万绿丛中一点红。

三、社会转型后余波绵延

进入九十年代以后,骤然加速的社会转型带来了文学的失重,更带来了军旅文学的失位。比较看来,在八十年代的中前期,军旅文学虽然慢半拍,却总是亦步亦趋地追随着当代文学的进程。但到了八十年代后期,情况已有了显著的不同。虽然同是陷入低谷,但"后先锋"与"新写实""新状态""新体验""女性写作""现实主义冲击波"乃至"长篇热""散文热""随笔热"等等新的文学旗号和实践,仍然或深或浅地划出了当代文学顽强推进的轨迹,显示出了它在文学环境巨变中的应变能力和灵活策略。反观军旅文学却不然。自从"两代作家三条战线"的基本格局在八十年代末逐渐瓦解之后,它作为自成一体的一个群落或煊赫一时的一个"运动",似乎已成为明日黄花,政治语境淡化和商业语境强化的双重夹击,使它面临着消解的空前严峻的挑战。这种消解来自两个层面。表层是经济的窘迫消解了八十年代军旅文学那种有组织、有计划、有领导的耗资甚巨的集群运作方式,取而代之的是更多的散兵游勇式的个人化的写作活动。深层的消解则表现为军旅文学作为一种有着特定内涵的文体出现意识形态色彩的淡化,它牵涉到军旅作家如何将政治的优势转化为艺术的审美优势。对此,作家们都需要有一个调整过程,以寻求新的出发点和新的定位。

辩证地看,来自组织形态和观念形态两个层面对军旅文学的消解过程,其实也正是当代文学对军旅文学的一个融合过程,换言之,军旅文学的蜕变不过是当代文学转型的缩影罢了。对抗消解正是军旅作家们面临的严峻课题,在挑战与机会并存、淘汰与新生同在的双向动态演进中,军旅中篇小说和作家队伍出现了新的分化和新的景观。

首先,一批崛起于八十年代初的青年作家,经过十余年的文学训练和人生历练之后,艺术技巧、思想修养和生活积累都臻于成熟,开始跃进一个新的境界,创作重心从中篇小说向长篇小说转移,先后创作出了《炮群》《醉太平》《穿越死亡》《孙武》《末日之门》《遍地葵花》《兵谣》《走出硝烟的女神》《仰角》《突出重围》《英雄无语》《亮剑》等长篇厚重之作,不仅弥补了八十年代军旅长篇小说歉收的缺憾,而且还使长篇小说取代了中篇小说成为九十年代军旅文学的主要风景,初步实现了长篇军旅小说继"前17年"之后的再度繁荣。不过,在这支人到中年的成熟作家队伍中,依然还有不少执着于中篇的作者,譬如张卫明(《英雄圈》《双兔傍地走》)、何继青(《兵道》《军营里的股民》)、黄国荣(《履带》《陌生的战友》)等人都写出了新的中篇代表作,而非军旅作家邓一光(《父亲是个兵》《大妈》)、尤凤伟(《五月乡战》《生命通道》)等人的加盟,亦在另一侧面支撑了军旅中篇小说阵容。此外,一些女性军旅作家不断地超越自我,也在中篇创作上有所作为,譬如庞天舒的《蓝旗兵巴图鲁》、裘山山的《结婚》等也都是九十年代的可观之作。

其次,一批六十年代出生的小说新人,在八十年代军旅小说的辉煌日渐黯淡的沉寂中脱颖而出,为九十年代军旅小说最初的艰难启动率先注入了生机和活力。他们以更加个体化的"青春角度"切入当下的军旅现实生活,以浓郁的自传色彩和个人人生经历或心灵历程,真实自然地传达出了行进在八九十年代之际的军队现代化进程中当代士兵的体验和情感,并以此填补了前代作家在追踪现实军营生活方面逐渐淡出的空白,再次印证了反映军队生活的文学必须在不同的时代找到不同的代言人的特殊性。而通过农家子弟入伍从军折射出农业文明与现代文明相碰撞的"农家军歌"则是一个阶段内新军旅小说的主旋律。这批小说新人出道或成名之作基本上都是中篇小说,因此,他们自然而然地成为九十年代军旅中篇小说创作的主力军,其"首发阵容"是:阎连科(《和平雪》《夏日落》《大校》)、陈怀国(《毛雪》《农家军歌》)、赵琪(《四海之内皆兄弟》《苍茫组歌》《穷阵》)、徐贵祥(《潇洒行军》《弹道无痕》《决战》)、张惠生(《旱舟》《少小离家》)、石钟山(《大风口》《父母大人》)、柳建伟(《王金栓上校的婚姻》)、陆颖墨(《白色潮汐》《战争寓言》)、陶纯(《坐到天亮》《营地之光》)、刘静(《父母爱情》《寻找大爷》)、衣向东(《老营盘》)。

就量而言,九十年代的军旅中篇小说比八十年代有过之无不及。比如像阎连科这样产量高达20余部的"中篇大户",八十年代就无人可比。但是,和整个军旅文学的声势和影响一样,九十年代的军旅中篇小说较之八十年代又多有不及。当然,其中文学生态环境的改变导致文学的边缘化是其主要原因,但作品的冲击力(包括思想的锋芒、艺术的创新和作家的激情等因素)的弱化也是不争的事实。如艺术形式上缺乏更多新颖独特的创造,以至于共性多而个性少,作家之间的"靠色"和作家自我的重复几成趋势。作家与作家之间、作品与作品之间甚至还不易辨识,有"农家军歌"式的丘陵连绵,而无《高山下的花环》《第三只眼》《红高粱》式的奇峰兀立,如此等等。

四、新世纪波澜不惊

新世纪近二十年的军旅中篇小说延续了二十世纪九十年代中后期发展余波,进入一个相对平稳时期。虽然较之二十世纪八十年代的鼎盛繁荣,新世纪以来的军旅中篇小说豪华不再,但其数量、质量与二十世纪五六十年代乃至九十年代相比,并不见得就输到哪里。衣向东的《吹满风的山谷》(《橄榄绿》2000年第1期,获第二届鲁迅文学奖)、朱旻鸢的《坝上行》(《解放军文艺》2009年第9期,入围第五届鲁迅文学奖提名作品)、裴指海的《亡灵的歌唱》(《西南军事文学》2010年第1期,获第二届"茅台杯"《小说选刊》年度大奖)、王凯的《终将远去》(《解放军文艺》2010年第8期,入围第六届鲁迅文学奖提名作品)、西元的《死亡重奏》(《钟山》2015年第1期,入围第七届鲁迅文学奖提名作品)等佳作的闪现为新世纪以来的军旅中篇小说增添了靓丽的色彩。

当然,新世纪以来军旅文学的语境已经发生了新的变化,呈现出新的特点。伴随着中国社会的飞速发展,从大方向到部队结构、细微处至军人内心,都在发生激烈的震荡。时代情绪投射到军人生活中,使得职业焦虑感日益增强,而纷繁多样的媒介形式更是强有力地左右着军旅作家的心态甚至写作方向。在军队推行多样化改革的同时,军人内心的丰富体验和多样的人生选择之间还存在着深层次的、尚待解决的矛盾。

在此背景下,新世纪军旅文学的格局也在悄然发生着变化。延续自二十世纪九十年代的军旅"长篇热"仍在持续,而军旅中篇小说的"孤岛现象"则进一步深化,军旅文学生态的不平衡愈发显见,制约了军旅中篇小说的生存空间。

"新世纪文学"不仅指涉的是时间层面,作为一个文学分期的节点,它还包含有文学新质的生成。受写作环境和写作资源变更的影响,新世纪的军旅中篇小说也表现出新的特质。最明显的一个标志是日常生活成为文学审美的引导,"日常生活审美化"这一概念被文学批评家提出。这一内涵表现为作家对生活本体的进一步开掘，试图选择与现实最贴近的微观视角切入生活，放弃了以往俯视生活的严肃价值立场，而是致力于在最普通的军人形象塑造中"掘一口深井"，挖掘日常生活的丰富意义。作家们更倾向于从日常生活和庸常琐事中汲取文学养分，在作品中如实呈现他们对军人职业生活的思考、内心的苦闷和人生的两难选择。

此外，大环境的变更给予了作家思想上和精神上的双重自由，作家们的创作心态也更为从容，因此无论是英雄形象的塑造还是军营文化的书写都愈发多元化。这主要体现在两个方面：其一，随着军队变革和人员的更替，新环境、新情况可供作家们攫取素材，一些描写老军人晚年生活的作品和表现当代军人内心面貌的作品应运而生，更有涉及军人心理健康层面的写作尝试；其二，军人的职业和其他职业属性愈发趋同，军人面临的挣扎和职业困顿问题显露出来，军人的坚守更为不易，使得和平年代另一种"英雄主义"得以凸显。并且，军旅作家的写作触角也更多向地方题材延伸，尝试军旅文化语境以外的中篇小说创作。

新世纪军旅中篇小说的创作阵营大概有三个方阵：第一方阵是以莫言、周大新、朱秀海、裘山山、项小米等为代表的二十世纪五十年代出生的著名作家。他们虽然所作不多，但艺术水准较高。第二方阵是以衣向东、石钟山、麦家、陶纯、温亚军、庞天舒、张慧敏、王曼玲、川妮、文清丽等为代表的"晚生代"作家，或称"第三代"作家。这些作家的创作与之前相比，更具传承性，也不乏新语境下的创新色彩，部分作品获得主流文学大奖的认可。第三方阵是以裴指海、王凯、朱旻鸢、李亚、王棵、卢一萍、王甜、西元、魏远峰、曾皓、曾剑、李骏、王瑞胜、刘跃清等为代表的一批二十世纪七十年代或以后出生的"新生代"。由于前两类成熟小说家队伍的流散，给了这部分年轻作家崭露头角的机会，他们逐渐成为新世纪军旅中篇小说写作的中坚力量。他们的作品在军内外重要文学期刊如《解放军文艺》《人民文学》《十月》等或各种文学甚至综合类选刊上频频亮相，在全国性评奖中也多有斩获或锋芒初现。[4]虽然说"新生代"作家无法与二十世纪八十年代"集团冲锋"的军旅作家阵营相媲美，但他们的中篇小说创作也各具特色。一些作家由于生活阅历所限，倾其笔力在较为固定的书写领域，形成了鲜明的个人风格，同时也预示着进一步拓宽书写领域的潜力。

综观当代军旅中篇小说70年,不难望见,前30年(1949—1979)沉寂蓄势,弯弓待发;新时期(八十年代)繁华一季,尽得风流;转型期(九十年代)高潮退后,余波绵延;新世纪静水流深,波澜不惊。其沉浮演变的轨迹,折射出了文学生态环境(时代)对一种文体兴衰的复杂影响,预示了中篇小说的广阔前景和深厚潜力。

第二节 刘白羽等人的"前17年"军旅中篇小说创作

长期的战争深刻地影响了当代的军旅小说创作。抗日战争、解放战争以及抗美援朝战争几乎占据了新中国军旅小说家们全部的创作视野,具体体现之一就是中篇小说创作题材的单一性——"前17年"屈指可数的中篇小说几乎都是以战争为背景或者直接表现某场战役的。

新中国军旅小说的开山之作当属刘白羽的《火光在前》(《人民文学》1949年创刊号)。这部写于解放战争胜利前夕的中篇小说充满激情地描绘了人民解放军某部在鄂西抢渡长江、追歼残敌的雄姿。无论是从表现战争的规模上还是在内容的丰富程度上,它都超过了以往的战争小说。作品生动具体地展现了宏大的战争场面,在遇到高山大河的阻挡、暴风雨的袭击、酷热的煎熬以及水土不服、饥饿、疲劳等种种困难时,战士们勇敢战斗、不怕牺牲,所表现出的顽强意志和乐观精神使人昂扬振奋。小说丰富细腻的战地实感和更加丰满的人物性格有效地避免了此前此类小说由于通讯或报告文学手法所带来的粗疏化和概念化,从而更具小说的品位与特质。另外,作品成功塑造了师长陈兴才、师政委梁宾等高级指挥员形象,开创了我国当代战争文学塑造高级干部艺术形象的先河。诸如此类,使《火光在前》成了当时军旅小说的标高。

《活人塘》(人民文学出版社1951年版),是陈登科在1948年写成的。小说以解放战争时期苏北敌后斗争中的一个真实故事为基础,描写了薛陆氏一家救护解放军战士的事迹。战士刘根生(人物原型是作者非常熟悉的一个战士)在转移阵地的时候，率领一个班负责掩护任务，因受重伤遭敌人俘虏并被活埋。薛陆氏为了救他，将自己在敌机轰炸中受重伤的小女儿与之调包而将刘根生带回家养伤。小说具有这一时期作品普遍的特点，如浅显的功利性、简单的二元对立和"胜利大圆满"的结构模式。然而小说不回避斗争的残酷性，也不掩饰主要人物的思想矛盾和变化过程，因此更增强了作品的真实性。

陆俊超亦从解放战争当中掘取创作的素材。《九级风暴》（作家出版社1959年版）叙述了1949年9月国民党商船"凯旋号"在大副彭涛和老海员李阿海的领导下，说服船长，在航行中冲破重重阻力，挫败了帝国主义和国民党反动派的阴谋，勇敢地扯起义旗的事件。作者以饱满的政治热情，描述了这一事件的始末，并通过波澜起伏的情节，塑造了一群性格鲜明的人物形象：有对革命事业无限忠诚的彭涛、李阿海，有粗鲁率直的鲁阿四，有忠诚的刘虎，有阴险狡诈的胡永谋，还有正直、动摇但仍回到祖国怀抱的林德厚。这些人物都跃然纸上，栩栩如生。小说的心理描写很成功，尤其是对林德厚内心世界的揭示充分展示了老知识分子面临抉择时的复杂心态。由于作者本身就是海员，对航海生活有着深切的感受，因而小说充满了浓郁的海洋生活气息。

陆柱国的《风雪东线》（人民文学出版社1952年版）以抗美援朝为背景，描写了中国人民志愿军一个连队在冰天雪地里穿插到敌后阻击敌人，最终炸毁敌人后退的桥梁，全歼被围困的美军的故事。作品气势磅礴，通篇所洋溢的英雄主义精神撼人心魄。真正为陆柱国赢得声誉的是《上甘岭》（《解放军文艺》1953年第3—5期）。小说以抗美援朝战争为背景，巧妙地避大抓小、以管窥豹——以一个英雄连队的战斗生活描写出了震惊中外的上甘岭战役。凭借着对战斗生活深刻的观察与体会，作者以简练、概括的笔触，巧妙地抓住人物性格的主要方面加以描写，通过人物本身的具体行动来展示人物心理，并准确地处理了正面描写战争的残酷与歌颂志愿军战士的革命英雄主义精神之间的辩证关系，因而所塑造的英勇顽强的英雄形象感人至深。长春电影制片厂于1956年拍摄了同名电影，在观众中产生了更加广泛强烈的反响。

徐光耀的《小兵张嘎》（中国少年儿童出版社1962年版）以抗日战争为背景，描写了冀中白洋淀地区一个农村孩子在革命队伍的培养教育下，从幼稚到成熟、从单纯要为亲人报仇到建立远大理想的成长过程，塑造了一个血肉丰满、性格鲜明的小英雄张嘎的形象。在刻画人物时,作者没有回避张嘎成长过程中的缺点。这些缺点既符合一个孩子的性格,又和他的革命热情紧密相连,真实地表现了孩子的想象力、情感、趣味和顽皮任性的特点。"枪"成为贯穿全篇的线索,以老钟叔送给嘎子一把木头枪开篇,以区队长奖给张嘎一支真枪作结,巧妙而有趣地写出了小主人公的成长过程。明快爽朗的基调,通篇洋溢着的浓郁的儿童情趣和战斗激情都成为这部小说的突出特点。小说曾获1980年第二次全国少年儿童文艺创作一等奖,并被译成英、德、韩等多种文字,1963年北京电影制片厂摄制成同名故事影片,风靡一时。

在整个"前17年"军旅中篇小说当中,管桦的《辛俊地》(《收获》1958年第1期)值得重视,小说摆脱了那种"高大全"的僵化模式,为我们展现了一个个性鲜明、鲁莽却又不乏勇敢果断的鲜活形象。辛俊地是个年轻的游击队员,但并不是一个完美的抗日勇士,从他的身上,我们甚至能嗅到一丝草莽英雄的味道:他因立功心切,冒失地将我们的关系人当成了汉奸打死;受到批评之后他赌气跑回村里自己抗日;伏击战中队长三令五申地强调不要过早开枪,他却在看到敌人指挥官时抑制不住冲动,先开了枪,使本来很有把握的伏击以失败告终;与地主的女儿桂香偷情,和张二嫂打情骂俏;等等。然而他也勇敢异常:只身伏击敌人,并像个连长一样处乱不惊,组织民兵打败进村抢粮的敌人;为了不连累张二嫂,他主动站出来,向敌人自首;为了能够继续抗日,他将计就计地假装答应向敌人投诚。对于这个充满矛盾的人物,作者在小说结尾写道:"白虹游击队的同志们和村里的人们,对辛俊地有各种各样的议论。这个中国北方普通的年轻农民,生前做了很多好事,也做了很多坏事。可是,他自己还没有来得及了解这一切的时候,就死了。他使人愤怒,也使人怀念。"然而,可惜的是,这篇小说的价值却并没有得到足够的重视,反而招致了许多不公正的批评。

从总体上来看,"前17年"军旅中篇小说多从大处着眼,将故事置于重大的历史事件或是战争背景当中展开,并在这种大背景下完成对不同于常人的英雄人物的完美塑造。归纳起来大致有以下几个特点:

一、重"表达什么"而轻"如何表达"。文本的字里行间我们总是能够感觉到为政治服务的创作主旨的影响,但值得指出的是,人们容易被作品中自然流露的那种朝气蓬勃、乐观向上的精神所感染,对于主流意识形态的颂扬也因了这份乐观和真诚而容易使人接受。

二、小说的主人公几乎都是农民军人,并且在小说的发展中陷入同一个模式——"苦大仇深参加革命,斗争中成长为英雄人物"。人物性格比较扁平,因而艺术成就不高。

三、重集体轻个人,重共性轻个性。大都高扬集体主义的主旋律,个人没有太多的展示空间。个性的东西往往显得不合时宜。作品所展现的多是由个性走向共性的历史,人物性格的单一化影响了人物形象的丰富性。

"文化大革命"中,在错误的文艺方针指导之下,这些"先天不足"不但没有得到重视与改进,反而变本加厉、走向极致,除了李心田的《闪闪的红星》等少数作品之外,基本乏善可陈。这种状况一直持续到十年"文化大革命"结束才得到了改善。从另一个角度来看,中篇小说留下的这一空白,却正好成为新时期军旅小说的一个爆发点。

第三节 二十世纪八十年代:两代作家在"三条战线"作战

一、徐怀中等第一代作家老骥伏枥

"文化大革命"结束,东方刚现一丝曙光的时候,一批成名于"文化大革命"前的老作家便破冰而出,携带着他们的作品,再次活跃在文坛上。令人欣喜的是,他们的作品并没有落伍——与"前17年"相比,无论是创作题材、创作手法还是人物塑造、语言运用上都有了突破,甚至可以说是质的飞跃。他们以自己新的创作成就为新时期的军旅文学起到了承前启后的作用。中篇小说领域中的老作家主要包括徐怀中、邓友梅、刘克、苏策、彭荆风、朱春雨等。

徐怀中是"一个情感型的、表现性的作家","一个以表现感情的流动见长的抒情诗人",他的著作"颇为精致、隽永、丰实"。[5]中篇代表作有《地上的长虹》《一个没有战功的老军人》《阮氏丁香》等。他总是以笔为触角,凭着极其敏锐的感知力,来拨响时代的最强音。《地上的长虹》(人民文学出版社1954年版)是徐怀中在二十世纪五十年代初写的一篇歌颂进藏筑路军队的作品。为了修筑康藏公路,更好地建设西藏,我们的军人不畏艰苦的自然条件、繁重的建筑任务,发挥自己的聪明才智,发扬艰苦奋斗的精神,毅然爬上了雀儿山。战士杨小林在工程师冯捷和部队领导、同志的帮助支持下,因地制宜,终于在严酷的自然环境中,创造性地用水和炸药混合灌入冻土中,将花岗岩般坚硬的冻土炸开,为建筑公路节省了大量的时间、人力、物力。作品通过这一具有历史意义的题材,反映出我军战士创造性的劳动精神和积极乐观的心态,以及为巩固祖国边防而不懈奋斗的高贵品质。小说轻快、流畅,如高原上流淌的雪水,沁人心脾,欢快地挑拨人兴奋的神经。

《一位没有战功的老军人》(《收获》1984年第4期)是一篇散发着淡淡泥土芬芳的中篇小说。身体硬朗的老军人余清泉离休后放弃了城市优越的生活环境,毅然决定回到自己故去妻子的家乡。余清泉在部队里一直从事着后勤管理工作,比起那些征战沙场的军人,他可以说是个没有战功的老军人。带着对妻子的怀念,他又回到和妻子大妹住过的房子,遇到了现在居住此屋的云先碧和她父母一家三口。云先碧是个曾经被当地一个"土皇帝"强娶过去的"皇帝娘子",但终因政府发现而没有结成婚并且被劳改半年,她回来后依然被村里人称为"皇帝娘子"。在帮助当地老百姓建设家园的过程中,余清泉这位"大军余同志"越来越受到当地老百姓的喜爱与尊敬。在一起生活的过程中,他也越来越发觉身边这位云姑娘像大妹,两人淡淡的感觉被周老师这位曾是他和大妹牵线人的红娘发现并最终又促成了他们的结合。故事是在余清泉现实和回忆里轻轻编织,把他对老百姓的爱和对活着的"大妹"——云先碧的感情描写得朴实、清淡,美如田园梦境。余清泉因为太怀念大妹,常常错把云先碧唤作"大妹",小说最后以云先碧的回答这样结束:"我晓得的,你喊大妹,就是喊我。"平中见奇,诗意绵绵。

作为《西线轶事》姊妹篇的《阮氏丁香》(《十月》1981年第1期)写的是一个与刘毛妹一样个性鲜明的角色——阮氏丁香。与刘毛妹不同的是,阮氏丁香是作为一个越俘的形象出现在我们的视界中的。小说穿插运用倒叙与插叙手法,通过阮氏丁香在战俘营中由对抗到沟通的转变过程,为我们塑造了一个活泼可爱、个性鲜明的女俘形象,真实地描写了阮氏丁香的命运及其心灵变化的历程,充满了人情味;独具匠心的角色设置,也使得读者与作者一起站在了一个新的角度和高度,公正客观地审视这场发生在两个同属于社会主义阵营的曾经以兄弟相称的国家之间的战争,借此抨击了那些邪恶好战之徒,宣扬了和平友爱等人类共有的美好情感。这样一篇有着极深的思想底蕴的小说不仅在当时,就是对于整个当代文学来说,也是不可多得的。它向我们展示了作家不竭的创作能力和深刻的洞察能力。合乎逻辑的人物性格发展轨迹使阮氏丁香摆脱了"前17年"文学人物片面、扁平的窠臼,"越南女俘"这一人物身份定位也在一定意义上突破了"前17年"军旅文学中简单的"非友即敌"的二元对立模式,为军旅文学人物长廊提供了又一个丰满、生动、独特的人物形象。作为承前启后的军旅小说家,徐怀中以为数不多的作品,婉丽隽永的小说艺术风格,确立了他在当代军旅文学乃至当代中国文学史上不可替代的位置。

邓友梅的《追赶队伍的女兵们》(《十月》1979年第1期)写的是在1947年华东战场的一次战略转移中,新四军文工团的三位女兵克服种种艰辛,突破重重围困,追赶上了自己队伍的故事。作者摆脱了概念先行的旧有模式,试图在矛盾冲突里展示人物的性格发展,因而三个出身与性格都不同的人物形象刻画得细腻、丰满。小说采用了中国小说的传统技法,按时序穿插情节,合而后分,分而后合,正叙、倒叙、回忆、联想交替运用,既增加了作品的容量,又在共同的追赶中表现出三个女兵不同的人生命运。山东方言被巧妙地融进作品中而没有一丝晦涩,对鲁南一带乡情民俗的描绘也真实生动,历历如画。对于一位被迫封笔21年的作家来说,这是难能可贵的。小说获得当年全国中篇小说二等奖,并被改编为电影《女兵》。

与前两位老作家的"中锋正笔"相比较,刘克的小说则更像是"带刺的玫瑰"——作家勇敢地以笔为刀,深刻反思人民军队自身的某些污垢。在小说《飞天》(《十月》1979年第3期)中,作者就自己的目力所及,伤心动情地写了一幕人生悲剧。作品在七十年代末大胆揭露个别部队高级干部的腐败,表现了作者的勇气和胆识。小说从一个独特的角度反映了三年困难时期到"文化大革命"这个时期的社会生活的一个侧面。在飞天这个人物形象中,作家融进了极其丰富而深刻的时代的、社会的内容,她不仅仅是一个单纯的农村姑娘形象,而且在一定程度上既体现了我们民族的优点和弱点,又体现了我们民族的理想和苦难。对于刚刚从"文化大革命"中走出却并未完全摆脱其阴影的中国文学界来说,这样的形象无疑成为争论的焦点,作者也因此而受到了不公正的待遇。然而刘克没有停下手中的笔,《康巴阿公》(《十月》1983年第4期)同样是这样一部震撼人心的作品。康巴阿公的悲剧是一个命运的悲剧:一个屡遭坎坷的硬汉子以其顽强的生命力与坚强的毅力躲过了伤病、饥饿、虐杀,自以为已冲出了命运的层层包围,却不知还有更大的磨难——自己的身份不被认可,远离了的社会不再容纳自己,连自己的亲人也都不再接受自己,掉队使他与自己的生活产生了错位,最后只有选择自杀。作者隐隐批评了军队组织工作中的形式主义问题。

朱春雨的《沙海的绿荫》(《十月》1981年第3期)讲述了研究员唐天虚与研究所中仅有的三名女性在事业、爱情上发生碰撞的一系列故事。作品以道德的力量作为生活的开掘点,它所要显示的主要不是人物在政治、科研、爱情等方面的失败与成功,而是道德上的崇高与卑下。并不漂亮的沈巧正是以她高尚的情操、无私的品格达到了崇高的道德境地——为了帮助唐天虚突破难关,她将自己多年的研究成果无私献出。作品总体上笼罩在象征的意味当中,"沙海"象征着荒芜动乱的年代,"绿荫"则蕴含了动乱岁月中高尚美好的道德和情操。贯穿始终的"绿荫"具象,使作品充满了诗意。作品获得了1981—1982年全国优秀中篇小说奖。

与"前17年"相比,八十年代初期军旅中篇小说的文体开始受到关注。老一代作家们凭借自己深厚的文学功底与长期的生活积累,厚积薄发,在人物塑造上突破了"假大空""高大全"之类的弊病,突破了"重'表达什么'轻'如何表达'""重集体轻个人""重共性轻个性"等五六十年代军事文学创作传统。作品由单一的对战争事件的关注,转化为对战争中个体"人"的关注,并开始着力描画战争对个人产生的重大影响以及战争中"人"的生存状态,为新时期的军旅文学创作开拓了新的写作空间。

二、李存葆的《高山下的花环》与"当代战争"战线的开辟

紧随老作家之后,中青年作家李存葆、朱苏进、莫言又分别以《高山下的花环》《射天狼》《红高粱》开辟了"当代战争""和平军营""历史战争"新领域,使得军旅小说创作"三条战线"迅速形成。在新一代作家及作品的引领下,新时期军旅中篇小说创作高潮迭出,蔚为大观。二十世纪七十年代末南部边疆的局部战争对于战争学研究也许并不具有多么重要的意义,但它从一定意义上来说却为军旅作家们提供了创作情境,无形中成为新时期军旅小说的策源。

《高山下的花环》(《十月》1982年第1期)就是李存葆深入南疆前线写出的一部中篇小说。它通过对1979年南线战斗中一支前线连队的曲折描写,将前方与后方、高层与基层、人民与军队、历史("文化大革命")与现实有机地勾连起来,不仅浓墨重彩地塑造了梁三喜、靳开来、梁大娘、韩玉秀等闪光形象,而且以"调动风波""臭弹事件"为靶子,大刀阔斧地揭示了军队的现实矛盾和历史伤痛,振聋发聩。作品结构大开大阖,人物命运大起大落,在紧张尖锐的矛盾冲突中完成人物性格的锻造和故事情节的演进,具有强烈的悬念和可读性。磅礴的激情、粗犷的行文和崇高的悲剧美感,形成了作品崇高悲壮的艺术风格。它以"欠账单"等著名细节真实地传达出了"人民—上帝"和"战士—万岁"的作者心声,博得了亿万群众感动的泪水,被时人称为"催泪弹"。改编成电影和译成多种外文后,更扩大了它的轰动效应。虽然它在艺术上还存在着某些粗坯化等诸多缺憾,但朴实无华的现实主义力量却使它为新时期之初的军旅文学赢得了巨大的声誉。[6]小说获1982年全国中篇小说奖第一名。之后发表的《山中,那十九座坟茔》(《昆仑》1984年第6期)延续了《高山下的花环》的创作风格,在1984年的全国中篇小说评奖中再次荣登榜首,但其影响远不如《高山下的花环》。

《高山下的花环》的文学史意义,不仅在于军旅作家思想上的拨乱反正,更在于军旅文学创作新局面的开始,意味着以李存葆为代表的新一代军旅作家已经崛起。从这个意义上来说,《高山下的花环》既是句号,又是冒号。在它的感召之下,"当代战争"题材的军旅文学创作呈现了勃勃生机,作家作品不断涌现,

其中较出色的有雷铎(《男儿女儿踏着硝烟》)、何继青(《横槊捣G城》)、韩静霆(《凯旋在子夜》《太阳万岁》《战争让女人走开》)、江奇涛(《雷场上的相思树》)、周大新(《走廊》)等。

素有"潮州才子"之称的雷铎是在南线用情较长、用力颇勤的一位作家。《男儿女儿踏着硝烟》(《昆仑》1982年第3、4期)是战后急就章,以杨羚、侯筱聪、鲍啸三个人在战斗中短暂的感觉为视角,通过联想,将以往年代对他们心灵的创伤,将战争的残酷,将他们对祖国的忠贞和爱淋漓尽致地表现了出来。小说虽重在写他们在战斗中英勇献身,却也不忘他们痛苦的过去,这样就使他们的精神升华有了更大的落差。小说对战场的描写是异常残酷的,炮火的余温可炙,透出一股高亢而单纯的热烈,不但写出了战争,而且写出了这一时代的风貌,写出了一个时代年轻人的心声。

《横槊捣G城》(《昆仑》1984年第2期)是何继青的成名作。这是他依据1979年南线战争经历写成的一部作品。作为第一部正面描写南线战役全过程的作品,小说中的战争场面写得大气磅礴,动人心魄。下至警卫战士、参谋,上至师长,都成为小说中高扬的革命英雄主义和爱国主义壮歌的一个音符:师首长警卫员李小龙,是带着未曾报答母亲养育之恩的遗憾走上战场的;师作训参谋季泓则背负着父亲三十年"右派"冤案的政治包袱,带着赎罪的心理血洒疆场;师长秦龙是作者塑造得尤为成功的一个高级指挥员形象,作为跨越革命战争年代、和平年代的军人,他不仅有老一代军人刚毅、果断的人格魅力,还有着当代优秀指挥官所必备的知识、素养、观念和意识。小说最后一幕,写秦龙专程路过烈士李小龙的家门口,并命令部队列队正步走过这位英雄母亲居住的草屋,更为他添上了重重一笔。

韩静霆的《凯旋在子夜》(《昆仑》1985年第2期)巧妙地将爱情与南线战争扭结在了一起——两个曾经热恋的人由于命运与时代的捉弄,劳燕分飞,最终却又在战场上相聚了。特殊时期特殊背景的情感纠缠有了特殊的味道,由此映衬出的英雄主义的赞歌更加高亢、响亮。与《凯旋在子夜》一样,《太阳万岁》(《北京文学》1986年第7期)写的同样是南线战争,同样是战争中的一群年轻人——以班长王长福与"我"为代表的刚刚走出"文化大革命"阴影的个性张扬的一代人。小说运用第一人称视角,对战斗场面及战争中的人物心理做了极其细腻的描写,向我们展现了战争的残酷以及在这残酷的战争中所表现出来的人性——在生死攸关的时刻,王长福却为救被蛇咬伤的越南女俘而牺牲。对于越南女俘的描写,使得作品具有了些许反战意味。题目是《太阳万岁》,写的却是军人万岁,是人性万岁、正义万岁。韩静霆另一个中篇《战争让女人走开》的不同之处在于没有直接描写轰轰烈烈的战争场景,而是侧重于写军人家属,写女人在后方承受的战争重负丝毫不逊于前方的军人。此一角度既掩盖了作者对前线生活体验的不足,同时又打开了文学沟通军人与社会的一扇窗口。

江奇涛的《雷场上的相思树》(《昆仑》1985年第5期)以一个学生官——军校见习生的笔记内容为叙述依托,通过对一场战役全过程的描述,生动而逼真地刻画了一批八十年代颇具代表性的青年军人形象:英俊潇洒的尹默涛、渊博多才的丛培民、活泼好动的季刚等等。作品择取了一些生动有趣的发生在前方后方的事件,向我们展示了新一代青年军人积极乐观、昂扬向上的精神风貌以及他们的爱情观、价值观、人生观。作为一个人,在英雄与生存之间,他们坦言选择生存;然而在责任与利益之间,他们却选择了责任。他们奉献了"生未尽兴,爱未尽情"的青春,用年轻的生命写出了"把那些残酷的记忆和想象全留给我们吧"的豪迈誓言。英雄主义的贯穿使得全篇飘荡着浓郁的阳刚雄壮的气息,读来使人荡气回肠。作品获得了1983—1984年全国中篇小说奖。他的另外两个中篇《杂货店》《马蹄声碎》也在题材选择、写作方式上做出了一些探索,显示出了作家的创作实力。

周大新也曾亲赴战争前线。然而,他却没有像何继青那样正面展现战斗场面,而是深入战争过程当中进行反思。《走廊》(《昆仑》1987年第3期)从一场败仗写起——某师一营把守的341高地失守了。为了夺回341高地,为了不被他人耻笑,为了自己的虚荣心,师长景凌耀竟不顾一营长曹大栓的建议阻拦,不惜牺牲战士的生命,越级下达命令指挥部队盲目冲锋,造成了极大的人员伤亡;而副团长富厚则贪功心切,为了让人们忘记那场败仗,他封锁消息,并让341高地保卫战中唯一的幸存者潘苏参加收复失地的战斗,意图灭口。与他们的猥琐形成对比的是营长曹大栓和战士潘苏两个人物:战场上营长曹大栓爱兵如子,为了不做无谓牺牲,他敢于违抗师长的命令,甚至要用自己的生命阻止师长的错误行为;而潘苏这个本不想当兵只想上大学的青年却偏偏走上了战场,并成为

341高地保卫战的唯一幸存者。战争使他由懦弱变得坚强起来,最后他为了完成牺牲的战友们的遗愿,不顾自己的伤势和战友的劝阻,再一次返回高地,壮烈牺牲。作品的可贵之处在于能够将人物性格发展过程准确而真实地表现出来,并在这一过程当中生发出关于战争与人、人性的深深思索。

当代战争题材,由人物塑造到心理开掘,从前沿阵地到战地后方,从战争到爱情,都得到了不同程度的关注与表达,军旅作家在这一领域取得了骄人的成就。然而南线战局的狭小和历史风云的远逝,都从客观上限制了作家们的微观感受与宏观把握,因而战争硝烟的消失使得这一题材渐渐地淡出作家们的视野,而和平军营生活渐渐成为中篇小说关注的重点。

三、朱苏进的《射天狼》与"和平军营"战线的拓展

1982年,《射天狼》和《高山下的花环》联袂获得全国优秀中篇小说奖,不仅一举奠定了朱苏进在新时期军旅文坛的地位,而且无形中开辟了和平时期军营生活的又一战线,它和南线交错展开,互为犄角,相映生辉。在这一战线上,朱苏进始终是一只高飞前行的"领头雁"[7]。

朱苏进的《射天狼》(《昆仑》1982年第1期)向读者展示了一个当代军人在和平时期的生活故事。作者慧眼独具,着力于揭示和平时期军人的牺牲及价值。小说中塑造的袁翰正是摆脱了单一性走向立体和复杂的军人形象。作为一个平凡的军人,他没有惊天动地的壮举,却有一颗职业军人所特有的事业心;他有他的痛苦、烦恼、负担,却不背包袱、不发牢骚,在痛苦中坚实前进。作品的可贵之处正在于作者从平凡的人物身上发现英雄的素质,开拓了塑造和平时期军队新人的路子。

在其后陆续发表的《凝眸》(《昆仑》1984年第5期)、《第三只眼》(《青春》丛刊1986年第2期)、《绝望中诞生》(《钟山》1989年第3期)、《祭奠星座》(《时代文学》1992年第2期)等中篇小说,均因角度新颖、立意深邃而在读者中引起很大反响。《凝眸》以福建海防分属我方和国民党军队的两个隔海相望的岛屿为背景,展示了长久处于一级战备中的军人们的特殊生活和心理状态。第一人称的叙述角度使所有的叙述和描写都带有了主人公古沉星的感情色彩。小说情

节调动随意自然,我方与敌方、历史与现实、客观与想象互相渗透,互相交错,构成一种复杂的民族情绪和广阔丰厚的艺术境界。"把新中国成立前后的一段中国历史加以压缩,拉到四十倍观察镜下,让人们于凝眸之间领略到了几十年来社会的巨大震荡和变迁,听到了时代前进的足音。而这一切,又主要是通过描写人物心态,传递人物内心感觉来实现的。"[8]《凝眸》的发表标志着朱苏进的创作已趋成熟。《第三只眼》揭示的是"平时人们不敢自视和他视,只能用第三只眼睛才可发现的人的深层心理矛盾,人的怯懦和人的刚强,人的心理困境和挣脱困境的努力。所有的人物都被推到无可遁形的灵魂'审判'席位,每一个心灵的强韧度和承受力都经受最残酷的戏弄和考验"[9]。《绝望中诞生》描述主人公孟中天在被军队冷藏期间构思出震惊全国学术界的地球大陆形成理论;《金色叶片》则揭露和批判了军队内部森严的等级秩序对普通官兵独立人格的无视与扼杀。《祭奠星座》描写的是被称作"星座"的卓蛮将军及南屈子、桑青等人在24小时战争中的命运、际遇,以及他们的感情世界和心灵历程。作品的叙述形态及传达方式拥有某种开创性质,属于严肃的"寓言小说"。它所涉及的一些人类生存课题,如威望与才能,现代爱情的选择,战争与人、人性,战争与政治等都得到了体现或探索。作品中荒诞的笔法与对人物、事件的现实主义的描述,首尾相衔的叙事结构,扣人心弦的悬念以及在叙述过程中纯熟的技术处理,都体现了作者对现代手法的成功借鉴与运用,并为军旅文学的创新做出了示范。

通观朱苏进的中篇小说,我们认同如下判断:朱苏进"是一位严格意义上的正宗的军旅小说家。支撑这种判断的主要依据来自三个方面。其一,约20年来,朱苏进的目光始终牢牢盯住脚下这方绿色的土地,在其间掘一口'深井',为军人照'正面像',其题材选择的专一性和坚定性罕有其匹。其二,作为一名军人后裔,他始终把塑造理想的职业军人当作自己的不倦追求,在和平环境中展开一系列军人的理想设计与现实失落、无私奉献与自我价值等职业悖论的追问,最终逼近人的根本生存困境的终极关怀,进而超越军人和军旅题材的局限,达到开阔的人生和艺术的境界。从此一意义上说,他又是一位因执着或偏执于军人职业意识而最终实现了跨越与升华的'职业军人代言人'。其三,先天的军人遗传与气质,和后天的军旅生涯与体验,使他对真正的军人获得了一种灵犀相通的亲和力,一种彻骨的洞察力和把握力,他能感觉钢铁的体温和枪炮的呼吸,以极富军人劲道、气韵和风骨的语言,创造了一种洗练传神、冷峻凝重的'铁蒺藜'式的艺术风范,在当代小说界独标异帜。因此,他虽然所作不多,但几乎是一部作品一个台阶,把反映和平时期军人生活的中国军旅小说稳健地推向前进。他的局限在于:对中国军队的主体成分——农民(或曰农民军人)相对隔膜;由于作家个性的强悍和自恋而造成主要人物的类型化(或曰朱苏进化)等等。这多少妨碍了他的作品对中国军队的概括面和传播面,而广度的牺牲有时候也要以深度作为代价"[10]。

紧随《射天狼》之后,一批以和平时期军营生活为描写对象的作品如雨后春笋,迅疾出现。其中较出色的作家有刘兆林、唐栋、李本深、李镜、简嘉、王树增、崔京生等。

在反映和平时期军营生活的画面中比较注意糅入地域文化色彩的军旅小说家有东北的刘兆林和西北的唐栋、李本深、李镜等。以自己的"雪国热闹镇"为创作根据地的刘兆林独辟蹊径,从军人关系中的人物心理摩擦与心理距离的微妙变化入手,"写'军人'而不拘泥于写'军事'","自觉地把军人真正当作血肉情感之躯来描写,既重视'兵味',又不失'人味'"。[11]为他带来巨大声誉的《啊,索伦河谷的枪声》(《解放军文艺》1983年第8期)将北国风情的描绘和对新时期军队政治工作的探索做了一次巧妙的嫁接,真实地反映出和平时期部队生活的酸甜苦辣,塑造了一位和平时期的基层连队指导员的形象。冼文弓是一名在精简中从机关下放到连队的基层军官,他通晓"战士心理学",懂得如何与战士联络感情。面对"鸡毛连",面对工作中诸多兵与兵、官与兵的错综矛盾,他耐心细致地排解疏导,关心体恤下级,与兵打成一片,以自己的行动为我们树立了一个新的基层指挥员形象。那个曾经声称"让我再去蹲监狱也行,要命也行,吃我狍子肉不行"的战士刘明天竟然亲手枪杀了狍子为指导员治病。这一情节设置不仅将作品题目的悬念解于枪响之处,同时也昭告了作者在主人公身上所寄寓的改革理想与新的政治思想工作观念在这一枪声中获得成功。小说获1983—1984年全国优秀中篇小说奖,并被改编为影片《索伦河谷的枪声》。加上《黄豆生北国》《船的陆地》《三角形太阳》等几个中篇,刘兆林与朱苏进南北呼应,成为反映和平年代军营生活的一颗璀璨之星。

"铁板铜琶唱大风"的唐栋是携带着他的"帕米尔"和"喀喇昆仑冰雪大坂"

进入军旅文学创作领域的。以"冰山"系列为代表的作品多以巍巍昆仑和皑皑白雪为演出的宏大舞台和独特布景,着力表现了和平时期军人的恪尽职守和不惜自我牺牲的献身精神。《沉默的冰山》(《昆仑》1984年第4期)以主人公杨福与四个女性的关系纠葛为主线,展示了在磨难中锤炼出来的一位革命军人深沉炽热的感情和坚忍不拔的英雄性格。第一、第二人称的自如转换运用,使得读者似乎直面着一个沉默不语的孤独跋涉者。作为第一人称的"我"在小说结构中巧妙地跨越了时空,引领读者走入了主人公过去的世界,将主人公与四位女性的故事巧妙串联起来。人称的简化更使得小说在一定意义上具有了散文诗的味道,"从生活的莽林中走过来的跋涉者,身上都会有被荆棘划破的伤痕,倘是伤口不能愈合,生命便从那里溃烂;倘是愈合了,那伤斑便是一朵花"[12]。

李本深与李镜在大漠戈壁上编织他们的人物和故事。李本深的代表中篇是《沙漠蜃楼》和《吼狮》。其中《吼狮》(《昆仑》1984年第6期)是以代号"吼狮"的沙漠军事演习为背景展开故事的。负责此次演习的军长马斯炜在视察工作时发现了围绕演习所存在的一系列问题:以军代政委伍文江父子为代表的军人身上所沾染的官僚主义、形式主义、裙带关系等等已经在部队中衍生并直接影响了战斗力,而以吕伯雄、郭二怀为代表的有能力的现代指挥人才却被打压和弃用。小说通过对这些矛盾的深入细腻的描写,大胆地触及了和平时期军队内部的尖锐矛盾,对于和平时期军营中新的问题做了发人深省的开掘。李镜的《冷的边山热的血》(《昆仑》1986年第3期)用充满感情的笔触对驻守于铁舰山上观察哨的官兵逐一点画,将戈壁与都市、苍凉与繁华、国与家、爱情与事业等等联结起来,在一取一舍之间,把驻守在大漠戈壁的官兵对于祖国、对于军队的热爱真实展现出来。他们身上所溢出的英雄气魄与宽阔胸怀令人心生敬意。李镜比较出色的中篇还有《重山》等。

《没有翅膀的鹰》和《鸽哨》都是1984年举办的"青年军人首都笔会"中涌现出的优秀篇什。简嘉谙熟基层连队生活,并擅长从中捕获趣人趣事提炼成简嘉式的"绿色幽默"。《没有翅膀的鹰》(《昆仑》1984年第4期)以"我"的眼睛做向导,以白描的手法,围绕着炮连的那匹叫作"大黑鹰"的马所发生的养马、护马、换马和卖马等一系列小事件,塑造出新时期军营中一个个个性鲜明的军人形象:倔强、憨厚却又有着细腻深情的班长麻权,软得仿佛没有个性却自成个性的副班长,老气横秋却又油得可爱的老兵张永红,还有贯穿全篇的第一人称的"我",都有着各自的"声口"。行文的流畅及使人忍俊不禁的小幽默使得小说轻快却又不失凝重,淡雅却又有所蕴含。王树增的《鸽哨》(《昆仑》1984年第4期)的独到之处在于它将构成小说要素之一的故事叙述放在了客位,而将从头至尾一以贯之的父子深情推向了前排。小说从卢旭东与卢和平父子二人的两个叙述角度来结构。父亲这一视角主要是虚写——用卢旭东的时断时续的回忆片段突出父子之间的感人深情;儿子这一视角则主要是实写——用卢和平的口气将整篇小说串联起来使之形成一个完整的故事,突出了作为战友的父子之间特殊的亲情。之后,王树增又分别于1985、1986年推出了《黑峡》《红鱼》等中篇,在创作道路上逐渐走向成熟。

崔京生有着"不安分"的艺术个性,这种不安分在他的中篇处女作《他就是他的倒影》(《收获》1981年第5期)中就有所表现。指导员田炜去烈士钱栓栓家里探望却意外知道了一件令他痛苦万分的事情:栓栓家收养的女孩子竟然是自己与夏晴偷尝禁果的结果,钱栓栓在生前一直默默地在为自己承担着父亲的责任,而自己却因为嫉妒处处为难他。钱栓栓的英雄形象完全是在田炜的探访与回忆中"倒映"出来的,而钱栓栓的清澈却又让田炜映照出了自己的倒影——内心猥琐、狭隘甚至是污浊。作品立意奇巧,曲折婉转,展示了较强的叙事才能。在《第Ⅵ部门》(《收获》1986年第3期)中,作者以放大的视角、变形的感觉和夸张的笔触写了发生在老鼠的世界——军舰上的"第六部门"与人类世界之间的战争,从中可以看出作者将外来叙述技巧融进自己故事所做出的尝试,然而分寸的把握有欠火候也是显而易见的。以平实手法写的《神岗四分队》(《解放军文艺》1984年第7期)被公认为其代表作。小说写了驻守在神岗岛上的海军四分队官兵们平淡而不平凡的生活。五名看守灯塔的干部战士的工作毫不起眼——看护一座老旧的灯塔。一个偶然的误会将出席"双先"会议的通知错发到神岗四分队。代表田产新怕说出真相会伤害战友们的心,便精心编造了一封封来自会议的信。"误会、巧合与突变,造成作品的波澜曲折,凸现了普通军人那不容易被重视的心灵深处的热和光。……在巧合的喜剧外衣下饱含着浓烈的悲慨。"[13]在这一行为中所表现出来的官兵们朴实、坦诚、"人不知亦不愠"的阔大胸怀与兢兢业业的敬业精神让人由衷敬佩。

四、莫言的《红高粱》与"历史战争"战线的掘进

"1986年对于中国当代小说来说,无疑是一个和1985年具有同等分量的重要年份。它的重要性不仅表现为一批优秀小说成果的持续丰收,更表现为对传统小说策略的深入反叛和颠覆。《红高粱》就是这场小说革命深入发展中一枚瓜熟蒂落的硕果。"[14]《红高粱》(《人民文学》1986年第3期)描写的虽然是生活于高密东北乡的祖辈们抗击日本侵略者的故事,然而,与以往同类题材小说不同的是,它没有把抗战生活当作一种孤立的内容来描绘,而是用独特的第一人称的全知视角,转述、追忆了父辈的旧事,向我们展示了生长于这片"地球上最美丽最丑陋,最超脱最世俗,最圣洁最龌龊,最英雄好汉最王八蛋,最能喝酒最能爱"的土地上的自在自为的人生与人性,绘声绘色地呈现出红高粱般质朴强悍的民族生命意识。

正如朱向前所指出的,《红高粱》至少有三重意义。第一,它"以当代意识和审美理想之光烛照历史,通过对生命伟力的张扬和对民族精神的呼唤,为今天我们重铸民族性格提供了一种参照"[15]。第二,从小说的纯技术角度看,"《红高粱》找到了一个传奇故事、地域文化与外来技巧三结合的成功范式,莫言在这个范式中将他前此作品里已初露端倪的'灵活多变的叙述方式、随意开放的结构方式、披头散发的语言方式、奇异超人的感觉方式'做了一次非常极端然而又十分和谐的集中展示"[16]。第三,以《红高粱》为发端"标志着历史战争题材的新的战线的开辟,直接引诱了一批没有战争经历的青年军旅作家写出自己'心中的战争'(如乔良的《灵旗》,苗长水的'沂蒙山系列',张廷竹的'国民党抗战系列'),并以此和'当代战争(南线)战线''当代和平军营战线'鼎足而三,最终形成了新时期军旅文学的基本格局和全面繁荣"[17]。

乔良也是一位军旅先锋小说家。在和平军营战线上,他已有不俗表现:《雷,在峡谷中回响》《大冰河》《远天的风》分别以雷特、江雪、杨克虎、李泽、宗亦强等一系列人物形象探索了八十年代改革时期新一代军人的精神世界,从而将一个变革时代在有血性、有责任感的青年军人灵魂中引起的震荡,细腻而生动地展现出来。他善于运用自己敏锐的艺术知觉翻空出奇,因而作品时时呈现出

独特面貌。以《大冰河》为例,一个屡见不鲜的军队抗灾救民题材,他写来却角度独特,意境深邃,文采飞扬。以直升机盘旋飞行的航线为线索来结构作品,角度既大胆新颖,又显得十分精巧,显示了强烈的形式探索意识和现代观念,但形式与观念的磨合多少还留有一点"两张皮"的痕迹。"真正给他带来文坛声誉的是他重走长征路所收获的中篇《灵旗》(获1986年全国优秀中篇小说奖)。作品以半个世纪前红军长征途中的湘江之战作为背景,用一种全新的历史视角审察人性、道义、战争三者之间的尖锐冲突,企图获得一种新的接近或诠释历史本质的途径。小说采用了复杂的立体结构,多重时空、多重叙述、多重人称的叠加与整一,体现了形式构成的张力与功能,使作品显得意境朦胧而主旨凝重强烈。"[18]

苗长水在经历了多年的摸索之后,1986年终于找到了自己,并将创作之根深深地扎在生他养他的"风水宝地"——沂蒙山。他以绵密细腻而新鲜灵动的体验与想象重现了几十年前老区人民在艰苦严峻的岁月里的斗争生活,着力展现美好的人性之花在残酷的生态环境中顽强绽放的真实过程。在《冬天与夏天的区别》(《解放军文艺》1988年第4期)、《染房之子》(《解放军文艺》1989年第2期)、《非凡的大姨》(《时代文学》1989年第1期)等"沂蒙山系列中篇"中,他回避战争场面,剑走偏锋,着意凸现人物自身的冲突,使得革命历史题材创作走向了心灵化、内在化和精神化一途。苗长水倾情于平凡普通的乡土儿女,他笔下的人物仁爱、坚忍,具有一种"带有独特魅力,像诗或歌一样耐人回味"的善良。在善良、深沉、厚道、幽默的农民李山,既刚强又柔弱的沂蒙山姑娘李兰芳,从污水中站起来的染布世家的女儿润儿等人身上,我们发现了平凡的历史当中潜藏着的人性的力量、情感的力量、精神的力量。苗长水的叙述质朴而不平淡,从容而意味蕴藉,扎实而意境空灵,颇为行家称道。

彭荆风是一个贴近现实又有着深刻反思人性意识的作家。他的《云里雾里》(《昆仑》1983年第4期)写的是这样一个故事:在云深雾重的云南边陲,某边防团前哨排战士高大壮被误认为同瑶家女娜娃有暧昧关系,参谋长派刘参谋和白洪、王小宝两名战士到前哨排所在地云爬坡将高大壮押解回团部处理。在押解高大壮回团部的路上,娜娃突然失踪。刘参谋和高大壮、白洪他们分析认为可能是境外敌人掳走了娜娃。经过商量,他们决定阻击敌人、营救娜娃。

高大壮不顾委屈,带领大家爬高山,钻密林,终于以少胜多,救下了娜娃,但自己却英勇地牺牲了。作者以细腻的笔触表达了对边防军人的崇高敬意和对极左现实的强烈愤恨。作品将呆板的"左"的思想和戍边战士淳朴的爱国热情做对比,突显了战士的朴实与可爱。作品从侧面表现了边境人民对军人的爱和军人保卫祖国、保卫人民的可贵奉献精神。

小说《师长在向士兵敬礼!》(《中国作家》1990年第4期)中,师长丁贵不受经验和权力的约束,敢于突破传统战法进行创造性作战。在前指作战会议上,他推翻军长的作战方案,以新的作战思路说服大家,最终赢得了战斗的胜利;他真诚、果敢,能将军长的儿子吴源放到战斗中打前阵的三营,有人劝他:"你不能只注意战场忘了官场呀!"他却想:"大不了打完仗,回去扛锄头。"吴源在战斗中得到了成长和锻炼,军长也因此改变了对他的偏见。可是,面对为了照顾领导面子而采取的一条佯攻路线上牺牲的士兵们,他的眼眶湿润了。他在烈士陵园里冲着那些新堆起的坟丘庄重地行了一个军礼。小说除了真实、生动地描写了南线战场以外,还对军队中出现的诸如趋炎附势、溜须拍马等不正之风给予了强烈的抨击,对战争本身的残酷和意义进行了深刻、严肃、触及灵魂的反思。小说激昂又不乏深沉,痛快又带着悲痛,是一部十分沉重的作品。

张廷竹作为国民党将领的后裔,经历坎坷,34岁被特招入伍。1987年开始确立"战史文学"的追求,创作了有一定史实依据的"国民党抗日系列中篇",写了"我"父亲所率领的一支赴缅抗日的国民党军队的几场惊天地泣鬼神的战斗。先是父亲带着他的团队在亲敦江畔伏击了日本人的汽车队,打掉了黑太阳,救出吉尔·梅塞维少校等十余名盟军飞行官之后,为了得到盟军的物质支援,父亲又同意盟军的请求去攻打日军酋长营,救出了盟军俘虏(《酋长营》,《解放军文艺》1987年第11期)。接着他又奉命配合皮特·里斯将军指挥下的第十九英印师强渡伊洛瓦底江进行大反攻(《支那河》,《解放军文艺》1988年第7期)。在这一系列中篇小说里,作者运用夸张的意象及历史与当下穿插的手法追忆父辈的战争历程,塑造了既粗犷豪放而又匪气十足的父亲形象,并在其中寓含了深沉的历史思考。在创造兼具史料性与文学性的战争历史小说方面,张廷竹做出了可贵的开拓与尝试。

张笑天的《离离原上草》(《新苑》1982年第2期)是一部试图表达人性和人

道主义力量的军旅中篇小说。故事讲述的是原黄百韬兵团的中将军长申公秋在淮海战役受伤后,在凤凰庄农村妇女杜玉凤家养伤,与同是在她家养伤的解放军女兵苏岩遭遇。两人以枪相向,子弹被杜玉凤挡住。在农村妇女杜玉凤的人性魅力和人道精神的感召下,两人由一对仇敌而尽释前嫌,化干戈为玉帛,并双双醒悟,变仇恨为仁爱。作品引起一些评论家的争鸣,有人认为作者"在人性问题上背离了马克思主义的阶级论,宣扬超阶级超历史的人性、人类之爱";有人认为作品"把我们的社会看成是异化的、非人性的、非人道的社会理论的图解";有人认为小说违背了历史真实,人物形象不可信;有人指出作品失误的根源"并不是什么技巧上的原因,主要是哲学思想和创作思想上的问题"。作品采用申公秋在平反后回凤凰庄探望路上的回忆的方式结构全篇,取得了较好的效果。作品抒情性强,兼有哲理意味。

《狼毒花》(《十月》1990年第3期)是权延赤极具传奇又相当有纪实性的一部作品,它主要写的是父亲警卫员常发的故事。故事发生在战争年代以及解放初期,常发是军旅小说中经常能见到的"莽汉"型人物,但他有胆有识,有时甚至可以说是足智多谋。他做事粗中带细,常能挽救事情于危难;他忠心耿耿,愿为"我"父亲做一切,甚至牺牲生命;他粗而不愚,鲁而不呆,很多女人因为和他接触过便不愿再离开;他嗜酒如命,大大咧咧,一身胆气与豪气都在酒后显现,曾因酒量巨大而赢得苏联军官的赏识和敬佩,又数次因饮酒而建奇功又因饮酒而误事;他胆子大到敢关军分区副政委的禁闭,又浑身是胆地为他舍命拼敌,是一个个性鲜明、为革命屡建奇功的"莽汉"。以沙漠上的"消积、杀虫,但有大毒,宜慎用⋯⋯"的"狼毒花"来形容他是再恰当不过了。他的形象丰富了军旅人物画廊。《第三代开天人》(《解放军文艺》1983年第1期)是一篇极有军事改革及探索意义的小说:军区一次军事考核宣告了有着光荣传统和无数金字招牌的"神鹰"师的失败。为了扭转这个老典型的被动局面,军区空军决定派邓剑泉担任新的"神鹰"师师长。邓剑泉临危受命,在"神鹰"师展开了大刀阔斧的改革。作品刻画人物手法细腻、功力深厚,善于调动多种不同表现手法把人物放到多种环境中去描绘。邓剑泉的果敢、正直、理性、从容以及他清晰的思维、科学的判断、强烈的进取心、优良的军政素质,与成凤涛的吏道纯熟、精于世故、老谋深算、城府莫测形成了鲜明的对比。两种性格代表了两种思想和势力,他们的斗争也为故事的发展奠定了良好的情理基础。作品中那种军人特有的雷厉风行、敢做敢当、不媚权势的精神令人神清气爽,读后让人有酣畅淋漓之感。

除此之外,还有苏策的《千言万语》《寻找包璞丽》、孟伟哉的《一座雕像的诞生》、公刘的《头人》等名家名篇,都为此一时期军旅中篇小说的发展做出了各自的贡献。

对于八十年代军旅中篇小说的发展、繁荣和式微,朱向前曾做过认真分析,他认为:"两代作家在三条战线作战"的基本格局,奠基于八十年代初期,形成并鼎盛于八十年代中期,而在八十年代末期开始瓦解,军旅中篇小说强劲的势头受到阻遏并逐渐走入低谷。式微的原因,除了大的社会和文学生态环境的改换之外,大致可以归结于军旅小说家自身的如下局限:

一、南线战争的短暂局促和历史烽烟的远逝缥缈,使作家(尤其是青年作家)的战争生活体验储存有限,难以支持他们在战争领域中更加长久的跋涉;

二、部分作家对和平军营生活的观照不能完全摆脱传统的思维惯性,常常陷于一种浅表功利主义的泥淖,形式技巧的花样翻新仍然无法掩饰内涵的苍白与重复;

三、作家们普遍存在的学养上的先天不足,经过几年消耗之后,开始露出了底气不足的内虚症,尤其在文学观念几经革命、小说手段几经改进之后,明显出现落差;

四、由于兵员成分发生变化,军门子弟锐减直接导致了军人家庭出身的小说家队伍后继乏人,加上改行者、搁笔者使之不断减员,这一支队伍已"溃不成军";

五、随着青年作家的出道成名和资历加深,他们纷纷进入专业创作队伍,开始疏离现实军营生活,急速旋转变化的社会和军营现实亦迫使他们不得不进入审视和沉淀的"二度准备阶段"。在题材选择上则出现了淡化军旅色彩的"向外转"(写军营以外)和"向后转"(写童少年经验)的倾向。[19]

第四节　二十世纪九十年代：第三代作家的崛起

进入九十年代后,军旅中篇小说形势大变,两代作家在"三条战线"的创作高峰过后,开始进入了一个青黄不接的时期:经历过战争的第一代军旅作家大都因年事已高逐渐隐退;而崛起于八十年代初的中年作家,创作重心开始从中短篇向长篇转移。六十年代前后出生的第三代军旅作家应时而出,崭露头角,登上了军旅文学创作的舞台,他们以更加个体化的视角贡献出了一批质量不俗的中篇佳作;"农民军人"主题在他们笔下又有了不同的景致,他们所合唱的"农家军歌"成了九十年代前期军旅中篇小说乃至军旅小说创作的一道醒目的风景,照亮了略显黯淡的军旅文学的天空。

一、唐栋、张卫明、黄国荣等第二代作家承上启下

作为八十年代中篇主力军的第二代军旅小说家,进入九十年代以后,失去集团冲锋依托的他们开始不倦地寻找与确立自己的新的小说世界,并以之衔接两个年代。唐栋、张卫明、黄国荣、周大新、何继青、张波等是其间的中坚。

唐栋走下了他的"冰山",《快速反应》(《人民文学》1993年第1期)借助一场演习中暴露出来的问题,对军队在选贤任能方面互相掣肘、迟缓滞后的现象表达了自己的愤慨之情,同时也为我们塑造了年轻英雄南雁双和正直公道的师长牟同的形象,在文学创作"非英雄化"的潮流中,表现了作者独到的眼光和独特的胆识。

张卫明是以"演习小说"闻名于军旅文坛的。在《英雄圈》(《昆仑》1994年第3期)中,他运用他擅长的缀满"绿色幽默"的语言,在虚拟的战争中塑造了自己的"英雄圈"——由演习总指挥古副司令员、坦克三团团长欧阳峰等人组成的我军中高级指挥员形象。小说写得简洁而大气,在一片平庸声中呼唤英雄,作为

少壮派军人优秀代表的欧阳峰身上所体现的现代军人意识思维与指挥能力展现了我军的新面貌、新活力。在《双兔傍地走》(《解放军文艺》1995年第2期)中，他笔锋一转，进入女兵世界，导演了一出现代版的"木兰从军"——林晓雁们参加了八十年代的南线战争，而战争在她们的心灵深处留下了深深的烙印，她们变得粗野、狂放，"女人味打没了"，即使面对爱情和婚姻也都无动于衷，直到对一个新生弃儿的看护过程才唤醒了女性的情感，完成了战后心理的转换。作品触及了战争后遗症的问题，重点挖掘了从战场归来的人们从战争状态转向和平生活的艰难过程，这或从侧面弥补了八十年代南线战争小说的一个空白。

黄国荣关注的是新的时代文化背景下具有良好军人职业意识的英雄。《履带》(《芙蓉》1996年第6期)"将这种人生思索同人物命运的跌宕起伏和人物心灵深处的激荡有机地结合起来，于平淡中见奇崛，于委婉中显力度，在平实的叙事中显出一种昂扬的精神气韵"[20]。关天庆是一个优秀的士兵，自己带的炮手都考上了军校，他却依然是一个普通车长。然而他却没有自怨自艾，一直兢兢业业，最后牺牲在运送坦克的途中。支撑他的世界的是简单的人生哲学："一个人活在世上，他在社会中的位置，就好比坦克上的各种零部件。各种零部件处在不同位置，有着不同的作用，有的看起来重要，有的看起来不那么重要；有的作用容易被看到，有的作用不容易被看到，有的作用甚至根本就看不到。其实呢，哪一个零件坦克都离不了。"因此，"坦克上的零件，他最欣赏的是履带。它坚强，不怕任何艰难险阻；它负重，几十吨的重量全由它承担，离了它，再加几台发动机，也休想让坦克移动半步；它忍辱，无论泥沙污水还是沟坎障碍，它都默默地忍受一切，为坦克前进铺下自己的身子，让负重轮碾轧着它的身子滚滚向前"。这种平凡军旅生活中所体现出的职业军人意识真实地反映出了新时代军人的新面貌，具有丝毫不逊色于战争时期英雄主义的魅力。《陌生的战友》(《上海文学》1997年第9期)通过"我"对一个未曾谋面的陌生的战友的寻访，于现实矛盾的深刻揭示中塑造了一个具有崭新时代特色的军人形象。作品中的那个陌生的战友，既非五六十年代军旅小说中那种高大完美的军人形象，也非朱苏进笔下那种孤傲的超人。处于现实矛盾旋涡中的他并非没有痛苦，但对事业的热爱又使得他无暇顾及。他的超然并非躲避或者耽于冥思，而是职业军人意识所赋予的一种精神气韵。

周大新除了在战争中塑造英雄（如前述的《走廊》）之外，更关注和平时期军营生活中的无名英雄。八十年代，他就创作了以大裁军为背景的《铜戟》，塑造了杜副营长这样的舍己为人的英雄形象。进入九十年代，在走过青藏线以后，他又创作了书写和平年代英雄形象的《碎片》（《当代》1997年第6期）。小说借助一份遗产清单，通过"现金与存折""艺术品书籍""照片""证件证书""信件""离婚协议书"等若干生活碎片，将驻守在青藏高原唐古拉山输油泵站的上尉虞西鸣的形象拼凑起来，描写了经年累月地坚守在青藏高原上的军人的生活，表现了当代军人在市场经济兴起之后，面对边陲与内地、风雪高原与繁华都市的反差所做出的选择和默默无闻的牺牲，真实地折射出了和平时期军人平凡而崇高的精神世界。

与北方作家相呼应，张波、何继青、范军昌等身处南方特区的作家们也开始关注自己的周围，并扛起了"特区军旅文学"的大旗，对处于特区这样一个全新的生存环境中的当代军人的行为方式和心灵历程，做出了深浅不同、角度各异的全方位的快速跟踪反映，塑造了一度缺席的当代军人形象。

张波一向善于写女兵男兵的日常生活，擅长于对普通军人的人情人性做细腻的发掘、描绘与把握。《白纸船》（《解放军文艺》1990年第1期）把特区生活作为军营生活的背景来写，通过看电影、涂指甲油、谈恋爱、跳舞等一系列小事件刻画了以范少珍和杨扬为代表的两代军人的不同人生观、价值观，从而将对军营传统的文化心理积淀的审视与鲜活的个人的人生反思结合起来。"舞会"一节中范少珍和连军最终加了难得的青春舞会这一情节，含蓄巧妙地表达了作者对于健全的、强有力的、具有现代意识的军人性格、军人灵魂的某种期待。另外他的《雨加雪》也是比较有影响的一部中篇。

何继青侧重反映市场经济大潮对于特区军营的冲击影响。《军营里的股民》（《当代》1993年第2期）向我们展示了炒股风吹进军营后，南方某大都市驻军警备区政治部一批校级军官的众生相：历来"含蓄温和"的李文斌顾不上再用温和来掩饰心里的"劲道"，而是"抱着电话机不停地拨号，样子像拼命，眼睛里血红血红的，嘴唇不住声地骂着，所用的词都挺狠"；吴社会、斯独白则钩心斗角，到地方上拉关系、找门路，使尽浑身解数，在炒股潮中大显身手，从而为自己捞取升迁的政治资本。在这个群落当中，何继青设计了一个颇有点理想化色彩的军官——不为股潮所动,一心执着于自己的文学世界的袁海韵,借此对那些在炒股风中暴露出来的共和国军官身上的弱点提出了批评。《兵道》(《莽原》1993年第4期)则通过隶属于部队的阳光集团总经理宋天明涉足房地产的故事来透视世态。宋天明是一个熟谙"兵道"的军人,在权力之争中败下阵来后,"兵家走商道",迈入了能"最大限度地挖掘出人的智慧"的生意场。围绕着地处南国海边的一块房地产的开发,银行老总、军界权要、商界精英等为争取自己最大利益展开了一场明里暗里的较量。最终宋天明明白了商场与战场存在着根本的不同:"交战双方在战场上取胜,凭借的是各自的力量、智慧、意志,对手是处在平等的竞争中。战争惩罚落后者、不努力者、软弱者!商场则不同,对手从根本上看是不平等的,取胜者凭借的是官道、投机、良心的毁灭!"因而放弃本可以通过投机得到的利益,从而成全了自己的"兵道"——"让灵魂行走在善良的宁静之中"。小说对人物的心理刻画得入木三分,节奏紧张,扣人心弦。

范军昌的《明天在今夜开始》(《小说月报》1991年第4期)写的是一场特殊的战争——作为中美军事交流的一部分,特区某师担任了为美方代表做真枪实弹的军事演习的任务,且任务比原定的时间提前了两天。可就在演习开始的前夜,师长的一次检查却暴露了演习部队中所存在的问题:战士刘松林为了一盒"万宝路"和五块钱竟然在集体看电影的时间跑到地方帮助老百姓割稻子;为了保证演习期间的电力供应,政委用自己一个月的工资补交了部队所欠供电局的电费;营房的"墙开裂得吓人,瓦烂得大雨小雨都漏水"……特区发达的经济条件与军营建设中捉襟见肘的局面形成了反差。但就是在这样的情况下,我们的军人依然克服了重重困难,最终出色地完成了演习任务。小说将军营中的各种矛盾放在了演习前夜集中展现,在紧张的氛围中将作品的主要人物突显了出来。

总体看来,正如朱向前所指出的:广州军区的作家们利用天时、地利、人和等得天独厚的条件,将处于社会转型期的特区军营生活描绘了出来,在一定程度上达到了近距离反映生活的"短、平、快"的效果。然而由于它与生活之间还缺乏一段审美的沉淀的时光,它对生活的评判也还来不及进行更加从容、审慎和深刻的把握等等,我们可以很明显地指出其中所存在的问题:一是以理性认识代替感性体验,多少有些从意念出发或图解某一主题(如"商场即战场")的痕迹,艺术手法上则容易受制于报告文学的思维和行文,显得比较粗糙。二是以表层感受代替深层体验,更多地依赖于采访得来的素材或对外部大环境的主观印象,而较少融入带有个体生理与心理历程的生命体验,难免有些浮光掠影式的现象堆砌之感。因此,部分作品还停留在比较粗和浅的水平线上,还未能脱离浮躁之气和功利色彩,离比较纯粹的艺术而又比较深沉阔大的境界尚有一定的差距。他们这个带有集体性质的文学只能是"尖兵行动",最终未能产生"集团冲锋"的效应。[21]

二、赵琪、石钟山、陶纯等第三代作家崭露头角

第二代作家的相对沉寂和注意力(向长篇)转移,给了第三代军旅作家崭露头角的机会。缺少了集团冲锋的气势固然使得冲击力大减,然而这种"独唱"的机会也使得他们的才情能够更多地展露。

赵琪的小说取材驳杂,从古代战争到现代军营,可谓兼容并蓄。然而,处女作《琴师》中所体现出的独特创作风格——在优美的情境当中呈现出一种淡泊沉静的调子却是一直贯穿其创作的。以古代战争为题材的《穷阵》(《昆仑》1995年第4期)从具象与意蕴的结合上体现了道家文化的风范。小说以形而上的观念表达了作者对于战争的理解。苏子在行军、杀伐的恐惧中长大,因而他讨厌战争。然而他却不能逃离战争,最终他把战争与人性融合起来思考,从不喜阵法到习研阵法最终到"穷阵"毁阵。在这个观阵、习阵、布阵、穷阵到最后挑起"替天行道,布示王化"的旗帜而毁灭阵法的复杂过程中,作者将战争中的阵法升华为一种精神文化,其中寓含了作者对于中国战争文化的一些思考,在"逸"的描写中凸显出了几分"玄"的色彩。《苍茫组歌》(《解放军文艺》1996年第10期)以红军长征为题材,用"出行""查询""争渡""肥瘦""滑落""抢粮""偷嘴""苍茫""崖上""尾声""余韵"等十几个部分围绕年轻团长肖良率领红九团渡湘江、翻雪山、过草地等战争场景,写出了一曲慷慨苍凉的长征组歌。与以往此类题材不同的是,作者采用了"平静的口吻来讲述战场风云和生生死死,以淡淡的忧思叩开历史之门"[22],因而作品具有了举重若轻的灵动。

石钟山最擅长的是在平淡中写出韵致,于无心处蕴藏精巧。他善于从一件

最不惹眼的小事、一个平凡的场景、一种普通的现象之中捕捉和提炼出一种"兵们"的情愫、心绪和机趣,用淡淡的而又富于韵味的语言渲染出一种氛围,不露痕迹地结成一个"扣子",到小说结束处再一下子抖动开,使读者怅然若有所思、若有所动、若有所失。《大风口》(《十月》1990年第2期)细腻地写出了一个由边防点点长、老兵、新兵三个人组成的边防巡逻站的日常生活。一次突发事件使得故事波澜顿生:在一次例行巡逻中老兵被"烟泡"夺去性命。而这个意外事件又昭雪了一件冤案——十年前被"烟泡"吹入大风口而牺牲了的战士长贵一直被认为是叛逃敌国,其父母也因此而活活气死。我们在唏嘘慨叹的同时不能不对我们工作中存在的一些问题做出反思。《热爱生活》以一种"低调"叙述,描绘了通信参谋李大亮的故事,记述了一位没有勋章的烈士和一段没有掌声的人生旅途,读来使人感伤。另外,他的《父母大人》《父亲进城》等父亲系列的中篇以父亲——一个戎马一生的老军人为主要描摹对象,回首历史,重现那段"激情燃烧的岁月",据此所改编的电视连续剧曾在社会上引起强烈反响。

陶纯和天宝的小说创作也有轻灵的特点。在他们的笔下,"'平常心'取代了'英雄气',却又不曾陷入到种种人间俗务的困惑之中,经常有一种对世俗生活的淡漠与超然,似乎在红尘之中,却又超乎红尘之上,'执'与'不执'之间,平平静静地诉说着没多少故事性、冲突性的军营风景"[23]。陶纯的《坐到天亮》(《人民文学》1993年第4期)讲了团参谋赵子清的一些生活琐事。制式化的机关事务,与李军长女儿李云茹之间朦朦胧胧的情感纠葛、婚姻上的小小插曲,都通过作者叙述方式和语言的巧妙铺排,变成了细波微澜。小说是一个没有故事的故事,作者似乎不在意故事,而重在传达一种淡然和轻逸的情绪与氛围。《营地之光》(《解放军文艺》1998年第11期)则更像一篇优美的怀旧散文,以"我"的回忆为线索,写了童年的"我"随当兵的父亲住在牛头山营盘时的所见所闻。小说写得波澜不惊,清新含蓄,朴拙睿智,几乎没有一个贯穿全篇的故事,笼罩全篇的是一种淡淡的感伤和对往昔美好生活的怀恋,称得上是一篇相当不错的散文化小说。天宝的小说与陶纯的小说比起来更擅长于调侃和不动声色的嘲讽。《记住汤米》(《解放军文艺》1992年第7期)中的汤米乐于助人,利用自己的小智慧时时为战友排忧解难,作者近乎漫画的笔法将人物点染得轻松诙谐;《副连级浪漫》(《解放军文艺》1993年第2期)中年轻军官杨纪元、苏格兰、宋疆们乐此不疲地谈婚论嫁等琐细的军营生活碎片都在天宝机智、幽默的语言编织下,渐渐整合成了极具生活底蕴的军营"浮世绘"。

阎欣宁的《座子》(《昆仑》1992年第2期)通过一名退伍军人对往昔军营生活的回忆,表达了作家对于人性的深沉思考与追问,第一人称的运用更加深了这种反思的深度。另一个中篇《第一列兵》(《解放军文艺》1993年第1期)则别开生面地表现了部队的改革开放:一名被称为"刑头"(本名刑汉)的勤杂工竟用电脑做《中国士兵录》的输入工作,试图把民国以来的凡见诸书籍史料的士兵都收进去。小说从这一点切入军队的改革现实,展开了军队广阔的生活面。李良的《"臭弹事件"始末》(《中篇小说选刊》1994年第5期)通过一次事件之后领导部门之间的相互推诿和宣传部门的巧妙遮掩,深刻地揭示了部队工作中所存在的各种问题,对现实问题做了大胆而深刻的思考。

三、阎连科、陈怀国、徐贵祥等作家与"农家军歌"[24]

进入九十年代,以阎连科、陈怀国、徐贵祥为骨干的一部分农家子弟,以他们敏感的笔触,在社会结构松动和社会利益调整的时代大背景下,从当代农民"逃离土地"的人生选择中,抓住了"农民军人"这个典型人物来进行深入剖析,从中考察和吟唱出了在现代化进程中艰难跋涉的"农家军歌",使"农民军人"这一主题经由八十年代初期李存葆式的"仰视观照"到八十年代中期莫言式的"俯视观照"之后,进入了九十年代的"平视观照",开发了与时代同步的新的思考层面和表现空间,实现了此一主题的深化与发展。

追根溯源,"农民军人"主题在九十年代的豁然展开和刘震云的小说《新兵连》密切相关。作为"新写实"小说的开山之作,它较早地体现了"视点下沉""正视恶""探究生存本相,展示原色的魅力"等一些"新写实"的基本美学特征。而这种种特征,给"农民军人"主题注入了新的生机与活力。这种题材取向直接影响了陈怀国的《毛雪》(《人民文学》1990年第3期)。《毛雪》主人公"我"这个农家子弟在参军体检过程中的挣扎与苦斗,既是惊人心魄的,也是具有普泛性质的。正如作者在另一部作品中所说的:"好多人家熬红了眼睛,盼着把儿子送到部队去吃皇粮长出息,这等好事哪能便宜到一家?""眼窝浅的,只指望孩子到队伍上去吃几年饱饭,用皇粮催催那还未长成的身子。眼光远些的……盼望孩子跑跑远门,见些世面,混出点名堂来,好让子孙们从此断了吃泥巴饭的命。"[25]——这就是时至今日,中国最广大的贫困地区农家子弟们最真实纯朴的入伍动机。明乎此,也就不难理解他们是带着怎样的精神、情感和心理的现实重负与历史局限走出土地、走向军营、走向现代化的,而他们企望以此来"逃离土地"的梦想又多半是要落空的。这固然有历史根性的制约,也有物质贫困所造成的文化匮乏的现实条件的束缚。具有讽刺意义的是,陈怀国恰恰把他那一群来自鄂西山区的农村"老粗"们置放在核基地之中——一方面是刚刚从土地和历史深处走出来的人群,一方面是最先进最尖端的现代化科学研究,这种遥远如天上星辰的反差已经决定了这群人难以进入这种事业的腹地,而只能在偏僻的边缘干一些诸如守场、烧砖,最好也不过是开车之类的工作。这样,他们黯淡的军旅生涯的结局就已经是先定的和不可避免的了。因此,《无岸的海》(《解放军文艺》1991年第1期)就成了一个多层象征。一是它象征核基地戈壁大漠的茫无际涯;二是它象征了农家子弟难以达到理想终点的军旅人生;三是具有更广阔的涵盖面及深刻性的象征,即象征了当代中国农民军人在漫长的现代化进程中的艰难跋涉和痛苦寻觅。而相当多的人在相当长的历史阶段内将难以找到他们的锚地和彼岸。他们别无选择,只好回头是岸——重新回到土地。

问题是回到土地以后的结局继续让人沮丧,《农家军歌》(《昆仑》1990年第4期)中的二哥、大哥相继退伍还乡,收获是"都从部队带回些习惯。二哥爱把那被子叠得有棱有角。……大哥乡音土语少了一些,的、地、得咬得清晰",并"趁还穿着军装先拾掇了个女人",再则因了复员军人与党员的身份当上了生产队会计,但最终又因为男女关系和经济问题自己把自己打倒了。一身军装的替换,几年军旅的历练,不仅没能把他们的肉体从土地上剥离出来,也没能将他们的灵魂从土地中超度多少。假设大哥们一旦在部队提了干、掌了权,他们又将如何导演他们的人生活剧呢?

阎连科笔下的农民军人恰恰从这里开始起步。如果说,从《毛雪》中的"我"开始,离开土地走向军营,经由在"无岸的海"一般的军旅岁月中的肉体并灵魂的挣扎与奋斗,最终又回到了土地,匍匐在土地上,陈怀国的"农家军歌"侧重唱出了一群农家子弟的肉体逃离土地的失败与悲哀的话,那么,阎连科的"农家军歌"集中咏叹的则是他们的精神逃离土地的失败与迷茫。

阎连科笔下的人物多半是一些和他经历相仿的农民中的人尖子，不仅凭着自己的聪明才智和狡狯提了干，而且一般都已当上了基层主官：连长或指导员。他们的目标是再往上爬半职，当个营官，解决家属随军，彻底地逃离土地——"能让老婆孩子进厕所用上卫生纸也就对得起这一世人生了"（《夏日落》，《黄河》1992年第6期）。祁连长最大胆的一次想象就是站在阅兵台上触景生情想象自己当上了团长——"那个时刻，是何等灿烂，何等辉煌，妻子为自己荣升团长而不知如何是好；孩子上学，兴许可以用小车接送；父母为儿子是一位团长，到镇里赶集时，镇长一定要拉到家中吃饭，到了县城，县长也要问一声，家里有什么困难……"（《和平雪》，《花城》1992年第4期）在阎连科看来，这已经有点想得太离谱了。实际上，从连队到营的半级对他们来说也总是高不可攀，似乎唾手可得而又遥不可及。这就是阎连科精心为他的主人公们设计的一道坎，这是两个阶层之间的一个衔接点，连长指导员们因它的诱惑和刺激而拼搏而跳跃，企图一举跃过龙门，而现实又常常使他们铩羽而归。在这个痛苦支撑的漫长过程中，土地的浓重阴影不仅压抑着他们的一言一行，更笼罩着他们的心灵和精神。

在常态环境下，祁连长和杨指导员是一对"爬坎"的好搭档。为了争任务，评先进，各自调半级，他们绞尽脑汁上蹿下跳，送礼、游说、拉老乡、封官、许愿、搞平衡，真可谓无所不用其极，配合得天衣无缝，指挥得游刃有余，农民的智慧与狡诈表现得淋漓尽致（《和平雪》）。与此形成反照的是，在非常态环境下，在一个战士盗枪自杀的突发灾难降临之际，赵连长和高指导员就成了一对"爬坎"的敌人，昔日生死与共的战友瞬间反目成仇，相互推诿，栽赃乃至陷害，或者下跪求情，或者金钱收买，以恶对恶，以毒攻毒。虽然最后仍是良心发现，义气为重，但其间自私到极点的种种无赖行径也足够让人触目惊心，毛骨悚然（《夏日落》）。然而，令人深思的是，阎连科的主人公们都为自己的行为找到了辩护的理由，这就是一种"农民逻辑"——炊事班长给连长下跪为的是转志愿兵，转了志愿兵就可以吃商品粮，可以找到老婆，而他兄弟八个有六个打光棍；连长给团长下跪时说的是："你不是农民不知道农民心里想些啥，我做梦都想把老婆孩子户口弄出来……"

我们看到，一方面阎连科对于连长指导员出于土地的压力而做出的全部努力给予情感上的同情、理解、宽容和鼓励；而另一方面，来自土地的引力——深厚乡土中所孕育了数千年的善良、正义、亲情等等民族美德的引力，又迫使他不得不在道德上一次一次地回归土地，《中士还乡》和《寻找土地》从题目到内容都明白无误地指示了这种倾向。中士旗旗同情一个"手骨关节粗大"像父亲一样的老农民，在关键时候放走了一个"贼"，同时也放走了立功入党提干——"逃离土地"梦想成真的宝贵机会，但沟口村父子的窘境和战友们无言的谴责又使他不得不皈依农民式的善良的道德规范。个人利益和集体（农民）道德的冲突，就造成了中士最终无功而返（乡）的悲剧。作品里中士的矛盾，其实是作家自身的矛盾。对传统道德伦理观的反叛与认同，就构成了阎连科"农民军人"主题全部创作的最大悖论。

客观地说，阎连科、陈怀国们的出现与努力，给"农民军人"这一主题带来了新的变化与气象。农民军人形象经过八十年代李存葆们的热情澎湃的"英雄化"与莫言们心理失落的"非英雄化"的两极描写之后，至此开始心平气和地接近了一个真实的自我状态，开始贴近了当今中国农民军人的生存环境、生命意识和生存景况，并且反映出了他们在此间复杂的变化过程。更为重要的是，他们都有意无意地把关注的目光瞄准了农民军人与乡土中国这一主要症结，既注意到了前者对后者的反叛，更注意到了后者对前者的制约，就在这双向逆反关系所构成的张力场中，展开他们的艺术世界。他们的"农家军歌"从表层考察看，咏叹的是当今大陆中国一代农村青年走出土地的人生道路的艰难；但从深层观测就不难发现，它通过对农家子弟进入现代军营的坎坷际遇的抒写，已然昭示了他们最终进入现代文明的艰难。"农家军歌"就是这两种艰难行进中的"二重奏"。这个"二重奏"给当前的军旅文学创作提出了一个十分严峻的挑战，即如何塑造与现代化进程相适应的当代中国军人形象和如何重铸与军人品格相一致的当代中国军人的民族魂，并以此给军队的现代化建设提供一个精神的参照或引导。

当然，既是"军歌"，则既应有委婉缠绵，更应有激越高亢，哪一个方面缺失，都构不成一首完整宏大的交响乐章。阎连科、陈怀国们的"农家军歌"刚刚唱了个开头，因此他们的创作中的稚嫩或缺憾也显而易见。比如他们过于倾心对生存状态的关注而放松了形而上的哲学思考;太着力于丰满与真实而忽略了对其根源与背景的挖掘;自传体角度的切入常常导致自我陷入太深而不易超越,知之深、爱之切又往往影响了批判的力度与锋芒,理解与认同相混淆,同情与妥协相伴生;抓住了农民军人与土地复杂的背反关系的同时也将自己置入了一个新的困境之中;显见的还缺乏英雄主义和理想主义的烛照;等等。这样的一种创作现实使得这支"农家军歌"唱得低回有余,嘹亮不足。或从九十年代中期开始,或在别的一些作家笔下,"农家军歌"开始出现变调。

在《大校》(《解放军文艺》1998年第2期)中,阎连科一举将他的主人公从"上尉"提升为"大校",从而一扫往日"农家军歌"苦涩和晦暗的基调,为主人公大校汪洋十余年的军旅生涯吹奏了一支在艰难困苦中不断奋发与凯旋的胜利进行曲。所有与土地的纠葛和来自乡村的沉重的人生包袱,在这里都变成了汪洋挑战自我、超越农民的正面驱动力。《大校》的定位,"在于完成了从穿着军装的农民向农民出身的当代军人的转化。这符合中国军队的发展走势和相当一部分读者的阅读期待,也表明了阎连科固执的理念的松动和转向"[26],因此它引起了军内外广泛的关注。

徐贵祥以凌厉豪放的风格立足文坛,主要中篇作品有《潇洒行军》(《昆仑》1991年第3期)、《决战》(《解放军文艺》1997年第9期)等。他的"农家军歌"代表作是《弹道无痕》(《解放军文艺》1992年第11期),"唱"的是激越高亢的旋律,后被拍摄成电影,影响较大。在《弹道无痕》中,徐贵祥又为我们贡献了石平阳这样一个独特角色。同样是一个来自农村想"穿四个兜的军服""当炮兵团长"的军人,石平阳业务极其优秀,但从军之途多蹇,阴差阳错,入伍十三年,最后还是一个"黑绒布四道黄杠"的上士。然而在他身上,我们全然看不到阎连科、陈怀国笔下的农民军人们的悲情,他似乎从来"不知什么叫愁,什么叫情绪",一直兢兢业业,支撑他的人生哲学很简单:"人的力气就像井水,舀了一瓢它还往外冒。舀得越多,冒得越欢。"徐贵祥笔下的农民军人不再戚戚哀哀,汲汲于"当兵、提干、家属随军"的农民军人三部曲,而是粗线条,大泼墨,粗犷豪放。因而在他们身上,作家少了批判,多了颂扬,开始了"农家军歌"与"英雄乐章"合奏的交响乐的前奏。

同样是来自农村,衣向东笔下的树五斤(《老营盘》,《解放军文艺》1998年第

9期)身上也没有了阎连科、陈怀国们笔下农民军人的狡诈与算计,而是一个老实、木讷,"有一些书生气,平时不善言辞",连礼都不会送的人。因而在机关里,"王主任为了推动某项工作,需要杀鸡给猴看"时,他就常被"提溜出来",他一直是逆来顺受。然而当机关里的同事们都在为留军营、分房子而想方设法的时候,他却放弃了老婆为他争取来的留下的机会而毅然选择了转业,"想证实自己的能力",甚至要放弃留京的机会而回自己的胶东老家。他眼里的故乡、土地充满了脉脉温情,而没有阎连科、陈怀国们笔下那么可怕,因而他所选择的不是逃离而是回归。

除此之外,张惠生、赵琪和李西岳等也在塑造农民军人形象方面做出了不同于阎连科、陈怀国们的尝试。在同样以农民军人为表现对象的中篇小说《旱舟》(《昆仑》1995年第5期)中,张惠生以其一贯的清新自然的叙述风格,写了舟桥连长郑天丰在生活与事业上所遭遇到的矛盾与困惑,并借此突显了当代军人在商品经济大潮中处境的尴尬和无奈。然而让我们感动的是郑天丰并没有因此回避,而是以军人特有的坚强与韧性积极去面对矛盾,在郑天丰身上我们看到了农民军人身上坚忍的一面。赵琪《四海之内皆兄弟》(《解放军文艺》1995年第9期)中的姚建华也是来自农村的优秀士兵,"当兵当得特别投入",然而与《中士还乡》中的旗旗一样,从军之旅波折多舛,最后亦是以中士的身份退伍还乡,独自一人放起了牛。在他身上,我们看不到先前农民军人形象中的怨艾与牢骚,部队所给予他的人格的升华和精神的历练使他时刻提醒自己要做个像"当过边防军班长的人","把山歌唱得像云彩一样亮丽"。可以说,赵琪用他的空灵轻逸的笔触挖掘出了潜隐于农民军人心中的诗意与美好。"农家军歌"摆脱了单调的重低音,始有亮丽的声部。李西岳的《农民父亲》(《清明》1999年第4期)更是着力将农民父亲身上的优点展露出来,其中所体现出的父亲的朴与实、韧与忍,让人顿生敬意。

在阎连科、陈怀国们之后的军旅作家对"农家军歌"的吟唱中,他们关注的是农民军人的当下性——让人物生活在现在进行时中,而很少牵涉到过去时,有意弱化农民身份及其文化背景对农家子弟的负面影响,更多地展现了农民军人身上坚忍、朴素与执着的特质。因而他们的创作为"农家军歌"注入了新的精神活力,使得"农家军歌"略显低沉的调子变得轻快起来,在一定程度上拓展了

"农家军歌"主题的表现层面,使得现实主义的深化和新的理想主义与英雄主义精神的重建成为可能。

第五节 新世纪:老中青三代作家各显神通

一、朱秀海、周大新等第二代作家静水流深

此处老作家特指二十世纪五十年代及之前出生的成名作家,他们正在或曾在军旅,但都在继续创作军旅小说。他们的创作没有烟火气,没有躁动感,但仍然气象万千,静水流深。代表人物有莫言、周大新、朱秀海、徐贵祥、裘山山、项小米等(女性军旅作家作品放到第六节"女性军旅作家和非军旅作家的军旅中篇小说创作"专题展开)。

朱秀海的《出征夜》(《战士文艺》2003年第3期)表现出他一贯的对于战争问题的智性思考。小说讲述在南疆战役打响之际的夜晚,"我"(一个从军区派下来的干事)眼看着身边亲密的战友一个个上了战场,却被首长安排在战争之外,在距离战争最近的地方远离战争。"我"接到的命令是按战争损失的规划负责在一晚上协助挖好1000多个墓坑。这个任务深深震撼到了"我",于是"我"便陷入了对战争和生死的思索,既身临其境又超脱于其外。小说的笔触是热烈的,将临战的气氛写得悲壮而热烈,但作家对战争的形而上思索同时又是理性的。

周大新等作家结合自己的资深军旅生涯体验,将写作视点深入到当代军人的生活中,探讨军人职业给个人和家庭带来的影响。周大新的《浪进船舱》(《北京文学》2002年第9期)讲的是军人后代与华裔女孩儿相爱的故事。小说写得活泼幽默。年轻的夫妻结婚后住在婆婆家,双方的教育背景、成长环境和文化观念南辕北辙,产生了一桩桩矛盾,险些闹离婚。经历了重重挫折后,这桩特殊的婚姻终于修得圆满。

莫言的《变》(《人民文学》2009年第10期)带有浓厚的自传性,是他新世纪以来为数不多的军旅题材中篇代表作。小说从主人公"我"的视角出发,通过"我"这些年在部队上的经历带出了家乡几个人的生活轨迹,讲述时代变迁中的个人命运。曾被勒令退学默默无闻的"我"变成了著名作家,而离经叛道、脑筋灵活的同学变成了富翁,"我"曾追逐暗恋的班花一眨眼变成了命途多舛的寡妇。作家立足于个人生命体验,同时又放眼于整个中国社会,将时代烙印浓缩、倾注于几个主人公身上,通过三个人的不同命运折射改革开放30年来中国的变化,使得小说愈发厚重,令人唏嘘感叹。小说风格自嘲而诙谐,读来趣味盎然。

徐贵祥新世纪以来以长篇写作见长,但近年来也创作了《识字班》(《十月》2015年第5期)、《三尺布》(《人民文学》2015年第8期)、《司令还乡》(《解放军文艺》2018年第6期)、《红霞飞》(《解放军文艺》2019年第1期)等数部军旅中篇小说,老到持重,尤其是《红霞飞》获得良好口碑。《红霞飞》以农民子弟何连田在革命战争中不断觉悟和成长为线索,讲述了红军一个文化艺术宣传队的"芳华"故事,着力塑造了杨捷慧、郑振中、马德等各具特色的人物形象。作者选取红军初创期的一支21人的宣传队作为描述主体,在写作角度上可谓独辟蹊径,杨捷慧、何连田、马德等宣传队员的形象性格鲜明,保持了徐贵祥塑造人物的一贯作风,即让看似有着明显缺点的人物在故事发展中成长,逐渐完成人物的蜕变与重生。在新时期军队调整改革的大背景下,作者对文化艺术工作在我军战斗与发展中的作用和地位进行的形象的表现和深入的思考,有一定现实意义。

另外,李西岳的《战友》(《小说月报》2001年第8期)、陈道阔的《连队纪实》(《解放军文艺》2005年第3期)、李忠效的《深海》(《芳草》2010年第2期)、中凤的《利斧之刃》(《解放军文艺》2002年第8期)和《军代表》(《解放军文艺》2009年第2期)也是老作家们的精心之作。以上军旅中篇小说有一个共同的特征,全部是当代题材,而革命历史题材或当代之前的内容竟无一涉及,这也是一个值得关注的问题。转业作家阎欣宁的中篇小说《鹰翼》(《集结号·铁血》第一辑,万卷出版公司2008年版),反而是一篇关于抗日战争的历史小说,所描述的故事也堪称独到。作家通过主人公"我"的视角叙述作为报社记者的小姨与美国"飞虎队"飞行员克莱因中尉的爱情故事,其对东西文化差异性的剖析是小说的另辟蹊径之处。

二、麦家、衣向东等第三代作家渐成中坚

军旅作家"晚生代"的提法最早见于朱向前的评论《平凡军旅 真实人生——作为晚生代军旅小说家的石钟山》[27],后来朱向前主编《中国军旅文学50年》时也把"晚生代"称为第三代军旅作家,特指二十世纪六十年代出生、九十年代崭露头角的军旅作家,是相对于以刘白羽、魏巍、徐怀中为代表的第一代军旅作家和以李存葆、莫言为代表的第二代军旅作家而言的。进入新世纪,"晚生代"作家作品更为纯熟,在数量有限的军旅中篇小说创作中,一批精品出于他们之手。这些作品从大方向上来说,指涉了军旅生活的两个层面:历史和现实。具体说,历史题材的作品,直面战争的少,而回忆类文字多。现实题材的作品取材较为宽泛,有讲述极端困苦条件下军人的职业坚守的,有探讨当代语境下军人的传统观念与当下价值观、道德观的磨合碰撞的,还有描写当下军人的婚恋情感、心理健康问题的,等等。可以说,"晚生代"作家是新世纪十年上半期军旅文学创作的中流砥柱,代表作家有衣向东、石钟山、麦家、陶纯、温亚军等。

新世纪伊始,衣向东的《吹满风的山谷》给军旅中篇小说创作吹来了一股清新的风。这股风征服了读者,也征服了鲁迅文学奖的评委。其实,任何成功都不是无缘无故的,衣向东二十世纪九十年代创作了《老营盘》等一批军旅中短篇小说,为他文学登顶打下了良好的基础。《吹满风的山谷》取材于一次采风见闻,乃是衣向东的感怀之作。小说以一种封闭式的创作手法记录了三个士兵在偏远哨所独特环境中的生存状态,诸如他们互为战友也互为亲人的奇特关系,以及小说中所描述的三个人从类似于儿童"过家家"的身份假设游戏中获得一种心灵的慰藉,但读来没有荒诞感,反而更增一种深刻的同情与尊敬。因此,这篇小说的成功之处在于它似乎客观地描述了军人在艰苦环境中的困境与挣扎,但实际上它以大胆的笔触接近了士兵的内心世界,特别是他们内心之中真实的柔软处。这一时期,衣向东还创作了《初三初四看月亮》(《中篇小说选刊》2001年第4期)、《我们的战友遍天下》(《解放军文艺》2002年第5期)等军旅中篇

小说。

麦家的《让蒙面人说话》(《山花》2003年第5期)延续了他的类型化"谍战"叙事风格,通过信件的叙述还原一个密码天才的一生。在作家看来,破译家的职业是神秘且矛盾的,看似牢靠的生命背后是生不如死的生存境遇,日日枯坐,夜夜冥想,生命不是用来生活的,而是用来等死的,有的只是暗无天日的沉重和煎熬。麦家用文学方式表现了破译家职业的枯燥与玄妙,以他一贯的叙事技巧和层层推进的叙事逻辑揭开了破译家的生存密码,同时也展示出作家个人的"夫子之道"。小说的叙事结构也值得称道,书信体叙事方式把几个人物之间的情感关系逐渐铺展开来,而主人公"我师傅"陈二湖生前最隐秘的惊天秘密也在不同人的书信中得以拼凑完整,如抽丝剥茧般一步步揭示。新世纪以来,麦家创作的军旅中篇小说还有《军中一盘棋》(《西南军事文学》2002年第2期)等。

石钟山在新世纪屡有军旅中篇小说佳作问世,作品多围绕军旅生活展开,读来也有强烈的时代感,显示了作家驾驭生活的娴熟笔力。《一人当兵 全家光荣》(《橄榄绿》2003年第3期)围绕"提干"话题展开。农村兵李学军爱上了村干部的女儿王桂花,王桂花提出必须提干才能结婚的要求。李学军好不容易提了干,在彻底俘获了王桂花的爱情之时,又攀上了团长的女儿,欲抛弃王桂花,却被王桂花反咬一口,虽侥幸提干了,却自此丧失了远大前程……李学军的个人命运与王桂花的爱恨纠葛紧密联系在一起,看似神圣的提干过程被赋予强烈的现实功利色彩,"光荣"除了表层的荣耀,更象征着利益、权力、地位。作家将这种现实与人的本性中的矛盾巧妙地交织在一起,情节入情入理。《文官武将》(《十月》2006年第1期)通篇同样暗含了"升职"这一线索,将两个放牛娃的一生编织在一起。文官胡伟岸与武将范业同是放牛娃,一个偶然的机会一起手拉手逃离地主家,加入了解放军的队伍。自此,二人的人生轨迹便不断地交叠、重合。二人一起经历了无数战争,从好朋友成为邻居、亲家,其间作家细致地刻画了彼此之间的友谊,也直面两人之间的差异与嫌隙。小说的基调温情、温馨,富有人性化色彩。《父亲离休》(《青年文学》2000年第9期)、《父亲和他的儿女们》(《十月》2003年第1期)和《父亲和他的警卫员》(《小说月报》2002年第4期)三篇题材比较近似,以对父亲晚年生活的回顾,刻画了刚正不阿、充满血性又倔强固执的老革命形象,在幽默之中蕴含了温情。

陶纯二十世纪九十年代的小说创作以轻灵见长。2000年发表的《子弹穿过头颅》(《解放军文艺》2000年第6期)风格似乎发生了一些转变,老将军韩天成的经历复杂多变,性格倔强,英雄气十足,颇多传奇色彩,其与丁子的战斗情谊,与小蔡、宋燕玲的爱情令人唏嘘不已。《雨中玫瑰》(《解放军文艺》2002年第4期)则表现了当代军人身陷职业困境的苦恼。主人公李明扬是年轻有为的机关干事,也是科里写材料的主力军。可与生意场上成功的妻子赵梅相比,机关生活的清贫与乏味就与现实生活中他人的富足形成巨大落差。妻子逐渐对李明扬的工作不满,甚至出轨。李明扬在绝望中遇到了让他心动的年轻女孩儿刘坤,可他不敢接受这份感情,因刘坤和当年妻子赵梅是那么的相似。在生活的困苦中,李明扬苦苦挣扎却找不到出路。近几年,陶纯从奋战了十余年的电视剧圈回归小说写作,接连发表了中篇小说《天佑》(《人民文学》2016年第7期)、《秋莲》(《解放军文艺》2016年第10期)等,反响良好。

另外,温亚军的《苦水塔尔拉》(《解放军文艺》1999年第11期)、《生物带》(《小说家》2000年第5期)、《咱们都是同龄人》(《解放军文艺》2003年第8期),写的都是较为纯粹的军营、军人生活,传达的是温亚军式的独特军旅生活体验。柳江南的《凤姑》(《解放军文艺》2005年第3期),把视角伸向鲜有人触及的新四军文艺兵故事,颇值一读。

三、李亚、王凯、西元等"新生代"作家新语天成

"新生代"指的是二十世纪七十年代及以后出生的青年军旅作家,代表人物有李亚、王凯、西元、裴指海、卢一萍、王棵、朱旻鸢、王甜(又归于"女性军旅作家和非军旅作家的军旅中篇小说创作"一节)、曾皓、曾剑、李骏、魏远峰、刘跃清等。他们在新世纪前后步入文坛,到2005年以后,逐渐成为军旅中篇小说创作新的中坚力量。

李亚自新世纪以来,佳作迭出,创作势头异常活跃。他的中篇小说《武人列传》《电影》《将军》《发痒的肋骨》等,在文学界与社会上引起了广泛的关注。在这些小说中,我们可以发现李亚创作的一个显著特点——题材广泛,风格各异。比如,《武人列传》写的是作者故乡的习武者及其故事,《电影》写的是童年时看

电影的往事，这两篇题材相近，但写法颇不相同；《将军》写的是一位将军的晚年生活及往事追忆，《发痒的肋骨》写的则是北京潘家园贩书者的故事，对这些不同题材小说的处理，显示了作者宽广的创作视域。更为难得的是，这些不同题材与风格的小说，在艺术上都达到了较高的水准，尤其是《武人列传》《电影》，不少评论者及读者都谈到这两篇作品唤起了他们的童年经验与美感，这可以说是对一个作家创作中肯的认可与褒扬。《激流中的岛屿》（《西南军事文学》2002年第1期）是其新世纪十年间为数不多的军旅中篇小说。作品着墨于某个小岛之"大虾"哨长和妻子端米、上尉肖技师、新兵费广、老王班长、一条叫灵耳的狗，以及海上日出、岩石、美酒等，文笔轻松活泼，将艰苦、枯燥的海岛生活写得情趣盎然，仿佛一首生活诗。然而，最后的结尾却让人大吃一惊，哨长在大雪纷飞的新年之际，杀掉了小岛唯一的那只羊，搬出窖藏了20年的一箱白酒，酩酊大醉之际，道出了惊天秘密——过完年，几代边防军人守了几十年的小岛就要移交给地方公司成为旅游景点了。由此，才透出作品名字喻示的深意：新的军事变革开始了，传统的守土方式有的已失去意义，当代军人正处于变革大潮汹涌澎湃的激流之中。

王凯是"新生代"军旅作家领军人物之一，仅军旅中篇小说就有《沉默的中士》（《当代》2006年第6期）、《塞上曲》（《西南军事文学》2008年第1期）、《蓝色沙漠》（《西南军事文学》2009年第3期）、《换防》（《西南军事文学》2010年第4期）、《终将远去》（《中国空军》2010年第8期）等多部，擅长书写西北地区基层军人的情感生活，有着扎实而深刻的生活体验，形成了"涩味"与幽默感相杂糅的写作风格。《沉默的中士》刻画了一名内向懂事、甘于寂寞、尽职尽责的战士形象。他不多言语，自愿到远离众人的车场值班，勤勤恳恳又遵守纪律，但结局却是他被发现入伍前曾参与过一起抢劫杀人的罪案，由"我"出面亲自逮捕了他。小说之前的情节铺垫，在结尾处瞬间土崩瓦解：人心灵的秘密，需要沉默来坚守，更需要喧嚣来遮蔽，车场的冷清环境恰恰凸显了主人公内心世界的波澜；而人与人心灵间的距离之遥远，是远远超出我们日常的思维和想象的，人的"存在"本质上是隔离而孤独的；但是，人与人的关系，以及对自我的认知又是可以通过交流与沟通达成理解的，而交流与沟通的过程是永无止境、永不停歇的。"《终将远去》描述了一位连长在老兵转退中面对现实的挣扎、退让和无奈，由此牵引出老指导员张安定宽阔而伟岸的军人胸怀。"[28]一盘炸馒头片承载着指导员"我"对过往的回忆、对老指导员的追思。作品以挽歌的形式表达了对现实生活本质的怀疑和思考——反正早晚都要走,军队要的就是一个人一辈子精力最好的那几年。纠结的情感,残酷的现实:军队在这里被刻画成一部机器,精准、强大、冷酷而又高效;而年轻士兵的单纯质朴、细腻敏感与之构成了巨大的反差。从上述作品不难看出,王凯对部队基层生活的熟稔可以说渗透进连队的每一个细胞、每一寸光阴、每一个角落。

西元在"新生代"军旅作家中是一个独特的存在。其父是著名军旅作家刘兆林(代表作《啊,索伦河谷的枪声》《雪国热闹镇》)。也许是耳濡目染的熏陶功效,西元少年时获过全国作文大赛一等奖,21岁在《江南》发表第一篇中篇小说《雪黑雪白》。其后在基层部队摸爬滚打多年,而后又取得中国人民大学的硕士学位、北京大学的博士学位。这一时期,他在文学创作上反而不显山不露水。直到36岁以后,西元决心以文学为安身立命之本,才开始发力。2013年以来,中篇小说几乎每年都有2至3部,如《遭遇一九五○年的无名连》(《当代》2013年第5期)、《界碑》(《解放军文艺》2014年第7期)、《Z日》(《西南军事文学》2015年第1期)、《壁下录》(《解放军文艺》2017年第5期)、《炸药婴儿》(《钟山》2017年第6期)、《胴寺》(《江南》2018年第4期)等。《死亡重奏》(《钟山》2015年第1期)更是入围第七届鲁迅文学奖前十,也是西元迄今为止军旅中篇小说的代表作。《死亡重奏》写抗美援朝战争中的七号高地阻击战。高地下面有条公路,被我志愿军包围的美军十来个师只有打通这条公路才能逃生,团长给连长魏大骡子下达的任务就是守住这个高地,不让敌人从山下的公路南逃,直到一二三师赶到接防。战斗极其残酷,魏大骡子、指导员王大心以及上官富贵、王尽心等死得惊天动地,等到友军艰难赶到,全连只剩下14岁的二斗伢子。小说借用西方交响乐的音乐形式结构作品,既非常严谨,又描写了不同的死亡情景和让人难以想象的残酷的战斗画面,交织成一曲错杂有致的"死亡重奏"。小说对战争场面和人物内心的描写极富文学性,形而上的思考特别丰富,在新世纪军旅中篇小说创作中别具一格。

裴指海新世纪以来军旅中篇小说数量不算多,但其作品内涵的广度和思想的深度,几乎无人能出其右,尤其是新世纪十年后半期的作品更为出色。中篇小说《勇士》(《解放军文艺》2008年第5期)是裴指海描写抗日战争中国民党正面战场战斗生活的一篇小说,而所描绘的主人公在常人眼中不过是一个傻子,但却是真英雄的勇士形象。这篇小说叙述流畅,采用了交叉追忆的方式进行叙述,一方面展现出和平年代抚今追昔的历史沧桑,赋予了战争极其残酷的真实性,许多场景读来几乎让人窒息,惊心动魄处更显出英雄本色;而另一方面似乎在告诫我们认识人性的丰富与复杂之处,因为这个不断以各种名义充当士兵的陈傻子却是真正的勇士,虽然他并不明白太多的精神大义,但其身上散发出来的却是来自大地深处的崇高与伟岸。《亡灵的歌唱》则是裴指海迄今为止最重要的中篇小说,作品看似荒诞,却揭示了极为现实的生活内容。看似写的是阴阳两界,实则无一不是灵魂与肉体迫人正视的现实情境。小说手法荒诞,内容却极其写实,直逼当下种种时弊。一个军校生因为游泳抽筋溺水而亡,这个亡灵在村子上空久久徘徊不去,看到了他生前死后的种种图像:姐姐因自由恋爱不成,发毒誓再不回家;全村人因一个看似站得住脚的理由——不能让以正常方式娶不上媳妇的人家绝后——竟集体默认拐卖妇女的行为,而帮助被拐卖妇女的军校生却成了全村公敌;死者的舅舅是县里的大官,动用权力,将游泳溺亡的军校生伪造成见义勇为的英雄,全村人再次集体站在谎言者一边,成了造假者的帮凶。无论是集体默认拐卖妇女的恶行,还是不约而同参与造假,遵循的都似乎是民间伦理和民间道德。而且如此集体无意识的落后愚昧,已经成为某一地域普遍因袭的一种民间伦理、民间道德、民间秩序,且无比强大,见怪不怪。这是该作真正令人惊心动魄之笔。作品叙述方法独特,通过孙国栋这个亡灵的视角,可以更加灵活、自由地表达,同时也更加客观、冷峻地表达。其新颖的视角,给当代写作者提供了一种新的参照。

卢一萍的《二傻》(《上海文学》2007年第5期)获第九届"上海文学奖",应该是他第一篇重要的军旅中篇小说,颇具荒诞、夸张色彩。文本的成功之处在于塑造了"二傻"这个生动的小人物形象。二傻本名张冒,是一个从农村参军的新兵。在最初的军营生活中,张冒时时犯错,屡教难改。开始人人都认为其呆傻无教,最后却立功获奖,小说展现了常人难以想象的滑稽经历,滑稽表象的背后其实饱含对美好人性的追索和呼唤。小说创作,贵在能以自己虚构的故事塑造出个性鲜明的独特人物,并通过人物命运的跌宕表现人性的曲折和幽邃。

卢一萍的《二傻》为中国当代小说创造了新鲜的人物形象。这篇小说幽默诙谐的风格，使我们想起了高晓声的《陈奂生上城》，也使我们联想起捷克作家雅罗斯拉夫·哈谢克的名著《好兵帅克》。《二傻》与《好兵帅克》的诙谐和幽默、漫画式场景、夸张的情节，可谓异曲同工。《好兵帅克》是一部讽刺小说，帅克看似呆傻，其实有别样的智慧，他内心充满对那些权贵者的鄙夷和憎恨，人物嬉笑怒骂，都是对丑恶势力的嘲讽。而《二傻》并不是讽刺小说，那些幽默和夸张，衬托的是人性的美——诚实、真挚、认真。这篇小说，可以说是卢一萍创作道路上的一个重要里程碑。另外，《七年前那场赛马》(《西部》2008 年第 23 期)、《孤哨》(《西南军事文学》2010 年第 2 期)、《索狼荒原》(《上海文学》2011 年第 2 期)亦可圈可点。

朱旻鸢是"新生代"作家中较为年轻的一个，起步也偏晚，但出手不凡。中篇小说《坝上行》颇有让人耳目一新之感，作者以王朔式的诙谐幽默语言描述了一群被认为是拉连队后腿的士兵，他们被作为编外班参加塞外坝上打靶演习。小说以生活流式的手法进行大量细节铺排，活灵活现地描述了这些编外士兵的立体丰富形象，而到结尾处又突然笔锋一转，使这些士兵成为演习中唯一的一群英雄。小说的成功在于作者以十分巧妙的方式揭露了部队存在的现实问题，诸如作品中指出的连队打靶频频中靶都是弄虚作假的结果，而到首长临时调换了报靶员后，一切真相才暴露无遗，倒是这些被认为是失败者的士兵却成为演习中的英雄。具有荒诞色彩的是他们特殊的身份和偶然性的成功同时成为反映部队问题的唯一方式，这是小说很有讽刺意味的地方。[29]最难能可贵的是小说的叙述风格，语言如武侠小说一般简洁，节奏明快爽朗，人物形象描写栩栩如生，把青年人的活力与智慧、青春期的激动与狂想，都无所顾忌地表达出来，这是那种刻板地模仿军营日常生活的小说无论如何也实现不了的。《坝上行》堪称新世纪十年后期中国军旅中篇小说创作最重要的收获之一。

曾皓在新世纪以获全军短篇小说一等奖的《篝火燃烧的地方》起步，而后在短、中、长篇领域都有建树，仅军旅中篇小说就有《连长树》(《解放军文艺》2008 年第 1 期)、《特种兵纪事》(《神剑》2009 年第 2 期)、《会飞的将军》(《四川文学》2017 年第 9 期)等。其中，《连长树》独辟蹊径，描写了一个热爱厨艺、爱练书法的连长赵志雄，这种看似荒诞不经的人物塑造意在穿透平淡甚至无聊的日常生活而建构一份精神的崇高与灵魂的坚守,通过"连长树"这一核心意象,勾连出一个英雄连长群体的历史,在今昔的对比中透出一丝淡淡的苦涩味道。

此外,李骏的《机关楼》(《西北军事文学》2010年第4期)、刘跃清的《连队之河》(《解放军文艺》2008年第5期)、魏远峰的《三多塘的哨声》(《广州文艺》2003年第3期)、曾剑的《花开四季》(《解放军文艺》2010年第11期)、海飞的《麻雀》(《人民文学》2013年第9期)、杨新华的《野百合盛开的时候》(《解放军文艺》2004年第6期)、王凤英的《黛色参天》(《橄榄绿》2009年第4期)、赵宇的《初次回忆的青春》(《解放军文艺》2008年第10期)、海存的《大雪满弓刀》(《解放军文艺》2007年第2期)、周继松的《金色弹道》(《解放军文艺》2007年第10期)、王伏焱的《青春树》(《解放军文艺》2008年第10期)、张艳荣的《父亲情深 母亲意浓》(《解放军文艺》2009年第1期)、张磊的《永不磨灭的番号》(《解放军文艺》2006年第9期)、流云的《铁马冰河入梦来》(《解放军文艺》2005年第1期)、王瑞胜的《父亲破耳》(《解放军文艺》2011年第1期)、吴刚思汗的《白马巴图儿》(《民族文学》2015年第9期)、王玉珏的《孤芳》(《解放军文艺》2018年第5期)等军旅中篇小说也颇值一阅。

第六节　女性军旅作家和非军旅作家的军旅中篇小说创作

一、裘山山、刘静、文清丽、王甜等女性军旅作家的军旅中篇小说创作

在整个"前17年"当中,军旅小说家队伍几乎由清一色的男性组成。女性军旅小说家的匮缺,至少使人们对军人尤其是女兵世界的观察与反映失去了一个重要而独特的"女性视角"。所幸此一态势到了新时期有所改观。尤其在八十年代前半期,一批30岁上下的青年女作者纷纷拿起笔来,描写自己的军旅生

涯和内心情感,出现了一批在当时颇有影响的女兵中篇小说。毕淑敏的《昆仑殇》(《昆仑》1987年第4期)、刘宏伟的《白云的笑容,和从前一样》、成平的《干杯,女兵们》、王海鸰的《尘旋》、丁小琦的《女儿楼》、肖于的《绵亘红土地》、常青的《白色高楼群》,加上稍晚发表的曹岩的《棕色雪天》等,多从医院、通信连、气象站、宣传队等角度切入女兵王国乃至女性的心灵世界,在金戈铁马的雄壮乐曲中糅入了几段曼妙的小夜曲,构成了一道军旅中篇小说创作的独特风景线,一时间,把军旅小说艺苑点缀得摇曳多姿、风情万种。

毕淑敏在西藏阿里高原严酷的生存环境中从军十年的经历为她提供了丰富的创作灵感,成为她不竭的创作源泉。处女作《昆仑殇》即是以其军旅生涯为创作背景,讲述了一个蕴含着象征意义和严峻哲理的故事:二十世纪七十年代,在杳无人烟的苍莽冰山上,一支队伍用近乎原始的方式进行长途拉练,以创造一种世界之"最"。小说虽然回溯的是一段非常时期的荒唐历史,但它却绝不止于肤浅的反思或批判,而是以一种"美"的眼光来审视那曾经神圣而又不乏蒙昧的信仰,审视那段荒诞却又着实令人怀恋的时光。一个个人物就在这种温暖的回眸中从历史深处走来:憨厚而真诚的炊事员金喜蹦,温和而聪慧的作战参谋郑伟良,单纯而善良的女卫生员肖玉莲,散漫而技艺超群的老司号长李铁,乃至这场拉练的指挥者——顽强而又刚愎自用的老司令员,作者对他们的褒贬扬抑都掩饰不住对他们的爱,甚至在笔墨间增溢了他们的美,可谓是"一枝一叶总关情"。在字里行间,作者作为女性的娇柔细嫩已经被打磨得差不多没有了,时时显示出一种追求气势的阳刚之美。《阿里》(《解放军文艺》1993年第8期)讲述了一出发生在阿里高原上的荒诞悲剧。作为副司令员的女儿,游星不顾自己严重的关节炎,遵从父亲的建议,参军到驻扎在"神圣而又残酷的"阿里的高原师里做了一名普通的卫生员。她活泼好动,坦率真诚,业务也很优秀。然而在那样的年代里那样的环境中,这种充满活力的性格注定要以悲剧结尾:因为和心爱的人"想坐着车看看夜里的高空",开车时忘了那是国境方向而被领导怀疑为叛国外逃,她被开除党籍。在父亲到达高原师的晚上,她投井自尽。游星的悲剧不是个人的悲剧,而是时代的悲剧,是那个已经成为历史的荒唐时代对于人性美的一种扼杀。作者细腻敏感的笔触为故事与人物都笼罩上了一层凄美的色彩,同时也令人感慨,引人深思。另外作品中所表现出的高阔的境界和雄奇悲壮的格调是女性军旅作家中所罕见的。

刘宏伟的《白云的笑容,和从前一样》(《昆仑》1983年第1期)通过捕捉生活中的诗情画意,展开一位老军人——导弹基地气象室主任齐振铎同一群女气象兵的故事。齐振铎对自己过去不曾努力学文化的悔恨和从头起步的决心,他的失败和让贤,他对女兵们由严厉的管束到父亲关怀女儿般的感情变化,他对亡妻的深切悼念和对老一辈军人的弱点的清醒认识——这一切都在他以钢铁般意志将一群自由散漫的女兵百炼成钢的锻造过程中,得到多侧面的立体表现。小说写得柔情似水,充满诗意。

成平的《干杯,女兵们》(《昆仑》1983年第3期)通过女主人公薛烨在连队的表现和遭遇,写出军队在他们身上所浇铸的力量、信心和勇气,所展现的是富于诗意的,纯洁、高尚和无私的友谊。在对女兵群的描写里也饱含着诗的激情和深沉的爱,从不同的人物的命运中开掘出迥然各异的性格、心理和感情世界。作者把纵的生活史和横的生活面严密而自然地结合起来,使现在和过去、军营和社会紧密联系,不但能使重点人物和次要人物纠葛在一起,而且反映的生活幅度宽、时间长,因而给人开阔而挺拔、丰富而俊逸、明朗而秀美等多重的感受。缜密的构思、优美的艺术形象、准确而又洒脱自如的表现力和对生活的透视力成为小说突出的艺术特色。

王海鸰的《尘旅》(《昆仑》1983年第6期)从复杂的历史和现实相结合的角度,通过对老干部群像的多镜头摄取,在对比中塑造人物形象。在这种对比下,狄易光和邹安同两个人的个性泾渭分明,精神境界高下立见:狄易光为人正直、眼光远大,富有进取精神;邹安同自私、浅薄,充满污垢的心理,处处令人生厌。丁小琦的《女儿楼》(《昆仑》1983年第6期)以部队白衣战士为描写对象,不落俗套,从一个全新的角度,生动而真实地描写了一个女护士细腻的内心世界,描写她在爱情婚姻上的精神苦闷,从而提出了对部队乃至全社会都具有普遍意义的道德伦理问题。

如果说以上几个中篇充盈着女性作家的阴柔美的话,那么肖于的《绵亘红土地》(《昆仑》1983年第6期)则为我们展示了一种异于前者的阳刚美。其行文很难令人相信是出自女作者之手。小说成功刻画了一个性格丰富而复杂的当代军人——连长罗辛的真实感人的英雄形象。一幅幅雄奇、悲壮的画面与主人公复杂的心理、性格、思想和感情的富于立体感的结合,使我们强烈地感受到激荡在他胸腔之中的那种对祖国对人民真挚而深沉的赤子之情。作品的最后刻画了罗辛和通信员牺牲的生动雕像:通信员的手指僵硬地伸着,青石板上留下一排鲜血写的暗红色的字:"我回来了……"罗辛的"半截衣袖在风中抖动,他的手一半还插在衣兜里,他是在寻找那半截烟。他在生命的最后一刹那,还在喃喃地向着那片熟悉的林子呼唤:'阿会儿,阿会儿书——'(越语:请抽烟)"。精巧的细节描写极具震撼力。

常青的《白色高楼群》(《解放军文艺》1985年第3期)紧密关注部队现实。陆亦坚在调到陆军总医院当院长后,顶着重重压力,对总医院进行了大刀阔斧的改革,撤换不称职的医生改而提拔有见解、有能力却被偏见压制不被重用的人才,使总医院面貌一新。然而具有讽刺意味的是他的这种领导能力一直不得施展,在爱人的活动下才意外得到升迁机会。小说引起我们对军队用人制度的深入反思。

与上面几位女作家的作品相比,显得稍稍有些特别的是曹岩发表于八十年代末的《棕色雪天》(《解放军文艺》1989年第12期)。作者不重讲故事,而重写感觉。她运用自己独有的敏感和细腻描绘了由棕色的军用水杯、棕色的军用腰带、棕色的长椅等组成的棕色的主观世界。从14岁懵懵懂懂地被父母送去参军到朦朦胧胧地恋爱再到婚后的生活,都在"我"的颇有些独特的感觉意识的流动中交叉呈现。小说在故事的讲述方式上所做的一些尝试从一定意义上也代表了八十年代后期军旅女性作家的创作倾向,即开始注重用女性独特细腻的眼光来观察世界。小说人称切换自然流畅,语言格调清新优雅。

然而,正如有的评论家所指出的那样,"这股势头未及深化和扩展就很快地被打住了,原因更多地来自女性作者自身,与文学大环境的弱化并无直接关系。因为早在八十年代末文学热潮降温之前,这支人数本来就不多的小说家队伍已经开始了流失和分化。有的转业或出国(如丁小琦、花晓平、严歌苓),有的改写影视、纪实文学或言情类的非军旅题材(如王海鸰、于劲、王苏红、刘宏伟、常青、曹岩等),有的则干脆搁笔不写了,如此等等,导致一度姹紫嫣红的女兵小说成了昙花一现的短促景观而令人慨叹"[30]。进入九十年代以后,依然执着于中篇小说创作的女性军旅作家大概只剩下庞天舒、姜安、刘静、裘山山、项小米、王曼玲、川妮、文清丽及"新生代"的王甜等屈指可数的几位了。

庞天舒虽然从15岁就开始发表作品并以"少年作家"而成名,并在八十年代出版了小说集《大海,我对你说》《少女眼中的战争》等,但更多的还是以一种少女清澈的目光、一种"蔷薇般温柔的憧憬与幻想"去观察理解军人与战争,不免失之于单纯和稚嫩。她在九十年代创作的中篇《蓝旗兵巴图鲁》(《昆仑》1990年第3期)注意从本民族(满)文化、历史、精神中汲取灵感,将勇猛无敌的镶蓝旗先祖充满血雨腥风和英雄豪情的征战史重新复活,开始显示了从纤弱清浅向阳刚与成熟的过渡。《战争体验》(《解放军文艺》1995年第6期)则进一步显示了其小说阳刚与成熟风格的确立。作品围绕我军的一场现代化军事演习的前前后后的过程描述,塑造了红蓝军双方军、师高级干部形象,通篇洋溢着浓郁的英雄主义气息,节奏紧凑明快。不足之处是她还不能完全打通中高级指挥员和基层官兵之间的联结,悬浮在半空之中,扎不进当下军营生活的实处和深处,对人物的处理显得粗犷有余而细腻不足。

姜安的《远去的骑士》(《昆仑》1994年第5期)讲的是高原骑兵连的故事。曾经辉煌的骑兵在缩编后只剩下了一个驻扎在青藏高原上的独立连的编制。协助地方拍电影成了他们的主要任务。然而,就在这样的一种尴尬处境之中,姜安为我们描绘出了颇具骑士风度的官兵群像:"辕马"郑勇为了能与自己心爱的军马待在一起,放弃了到别的营当营长的机会,而继续留在骑兵连当连长;"栗公马"扎西顿珠始终洁身自好,保持着骑兵所特有的品格而不为外界所动;讨人喜欢的"小公马"王炜虽然来自城市,却对自己的军马也是情有独钟……在作者笔下,这里的军人充满阳刚气和令人敬重的骑士风度。在他们身上,我们"蓦然感到了生活不朽的壮美"。

刘静从父辈那里找到了自己的创作源泉。《父母爱情》(《解放军文艺》1994年第10期)讲述了父辈的爱情故事:农民出身的父亲娶了资产阶级家庭出身的母亲,在那种特殊政治环境下产生的爱情在年轻一代人看来总是那么的不般配。出身不同导致两人不同的生活习惯、生活方式及处事方法在他们的生活中时时擦出火花,佐以作者轻松幽默的笔调,更使得这段印有鲜明时代烙印的"父母爱情"妙趣横生。接下来发表的《寻找大爷》(《解放军文艺》1996年第7期)除秉承了作者一贯的幽默笔触之外,还渗入了一丝悲情在里面:为了寻找因家境破败及战乱而失散的大爷,大姐想方设法。可最终因为她说了一句牢骚话而被检举后自杀,导致寻找大爷的努力落空。20年后,"我"又踏上了寻找大爷之路,虽然最后大爷的下落仍然没有得到落实,但在寻访过程中,"我"却寻觅到了久违的亲情。作者语言幽默、机智、锋利,是军旅女性小说家中的别调。

与刘静相比,裘山山笔下的"父母爱情"少了幽默诙谐,多了严肃庄重。她将自己的关注的重心放在了解放初期援藏军人的感情世界上。《男婚女嫁》(《中国作家》1995年第1期)中,她运用多重视角,深入到人物的内心情感世界,讲述了叶水根与林玉田两家父女两代人在不同时代背景下的爱情纠缠及悲欢离合。《结婚》(《解放军文艺》1999年第7期)在前者的基础上,采用了倒叙的手法,通过一个母亲的视角和口吻展开叙述,带我们走入父母的感情世界,把"父母爱情"细化放大,将发生在解放初期援藏部队中团长欧战军和女兵白雪梅之间的一桩特别婚姻及围绕这桩婚姻所牵扯出的一系列感人的故事娓娓道来。与《男婚女嫁》相比,《结婚》已慢慢摆脱了拘泥于个人情感纠葛的倾向,表面上写的是一桩婚姻,而实际上却是借此引领人们走入那段"激情燃烧的岁月",走进援藏运输队的高尚的精神世界,作品的境界也因此而变得阔大起来。新世纪以后,裘山山创作的《洪湖水,浪打浪》(《神剑》2001年第5期),充分回味了二十世纪七十年代女兵的真、善、美,也揭示了女兵作为普通人其人性的阴暗面。小说对人物性格、心理把握准确,描写细腻,人物形象生动亲切。此段时间,裘山山还创作了中篇小说《落花时节》(《花城》2000年第3期)和《正当防卫》(《小说家》2000年第1期)等。

项小米《葛定国同志的夕阳红》(《解放军文艺》2001年第12期)将话题锁定老干部的晚年生活。奋斗了一辈子的老革命葛定国同志晚年与女儿、女婿同住,缺乏关爱,于是想通过找老伴儿来缓解老年寂寞。在一系列的斗争之后,迎娶了新老伴儿,被迫父女分开;结果婚姻又以失败告终,重新和女儿一家住在一起。小说提出了老干部如何安度晚年的问题,引人思考。

王曼玲《如花似玉》(《昆仑》1996年第6期)写了"我"的伙伴和战友晏鸽——一个始终生活在梦想中的女兵形象。新兵训练时,她摸爬滚打,比男兵都刻苦;曾经因为得知陆军学院不招女兵而一直耿耿于怀;当医院撤销,别的战友都在找机会进条件较好的陆军总医院时,她却主动要求去条件较差的山沟医院。总之,她时时在寻找成为英雄的机会,即使结婚,她也是非英雄不嫁。这位不让须眉的巾帼身上所表现出的即使在男性军人身上也很少见的对于理想主义和英雄主义的执着精神着实令人感动。此外,《太阳升起》(《西南军事文学》1996年第6期)也是一篇较出色的中篇小说。

川妮在二十世纪九十年代的创作不紧不慢,新世纪却进入一个井喷期,仅军旅中篇小说就有《雾月霜天》(《解放军文艺》2000年第2期)、《我和拉萨有个约会》(《解放军文艺》2004年第3期)、《蒲草的天空》(《当代》2008年第4期)等。其笔触温婉深情,如歌如诗,充满着眷恋和神往,语言的质地有着丝绸一般的柔软和细腻,小说语言充满艺术的张力和弹性。她的小说结构有两个显著特点。一是情节的奇特和迷离。比如《我和拉萨有个约会》中的双重"骆驼刺",都是既奇又巧,且扑朔迷离。这也从某一侧面反映了作者叙述中的"迷宫"趋向和她骨子里不安于现状、不甘于平庸的浪漫气质。二是欧·亨利式的结尾,既出人意料,又在情理之中,均收获了四两拨千斤之功效。[31]

文清丽在新世纪十年之后,异军突起,连续发表了《桃之夭夭》(《青岛文学》2015年第11期)、《对镜成三人》(《作家》2018年第3期)、《咱那个》(《作品》2018年第10期)等十余部中短篇小说,且绝大多数被《小说选刊》或《小说月报》等选刊转载,让人眼睛一亮,在"晚生代"女性军旅作家之中可谓厚积薄发,渐显大器之象。文清丽笔下主人公以女军人为主,大多生活波澜不惊,也就是说,她们的故事不是以曲折、新奇取胜。她的这一系列小说最见力量之处在于,持久地、不舍地对人心进行深入拷问。从创作趣味上讲,她把主人公赋形或放入一定的故事情节当中去之后,便开始试图去分析这些女主角的所思所想,她们心思里的任何细微之处都不放过,以至于把她们内心世界的角角落落都展示出来。这时,你会发现,人的心原来也和外面的世界一样,竟然是如此曲折,如此庞大,如此丰富。[32]《咱那个》是一部非常有想法、文学性很强的中篇佳作,文中作为姑姑的"我"的老家有个风俗,离开人世的人,不能再叫他的名字,否则他在那边不得安息,所以她读军校时溺水而亡的侄子,在亲人们之间的称谓就是"咱那个"。侄子故去多年,突然有个自称"咱那个"的微信闯进"我"的生活,一会儿扮作亡故的侄子,一会儿扮作边关的一名排长,一会儿又似"我"的学生,给"我"发了323条微信之后不知所终。故事情节扑朔迷离,一波三折,曲径通幽,最终指向的还是某个不安的、渴望赎罪甚至被救赎的心灵。

王甜是"新生代"女性军旅作家中的佼佼者,新世纪以来发表军旅中篇小说十余部,代表作《集训》(《人民文学》2009年第8期)曾获得2010年全军军事题材中短篇小说评奖一等奖。小说以清新和时尚的风貌反映了部队变革中"大学生入伍"这一重要环节,选取了集训这样一段饶有趣味又充满成长印迹的生活加以描摹,围绕王远、肖遥和路漫漫等主人公展开,写出了地方大学生成长为军人的过程中的挣扎与蜕变。相较于以往宽松的大学乐园,大学生准军人们面对部队这个充斥着纪律与命令约束的陌生环境,难免不适应,并相应地产生了强烈的抵触情绪,于是有了有形无形、有意无意地与管理者和军营诸多因素的较量、冲突与挣扎。尽管这些冲突与较量并不一定太新鲜也并无太多曲折,但作家就是在这种不经意中道出了一群年轻人在军营中的淬火成熟。作品充满了浓厚的青春与生活气息,是一曲婉转悠扬的心灵咏叹调。王甜较重要的军旅中篇小说还有《传呼》(《西南军事文学》2001年第5期)、《毕业式》(《人民文学》2014年第8期)、《二声部》(《长江文艺》2015年第4期)、《笑脸兵》(《解放军文艺》2017年第3期)等。

苛刻而言,批评家们对女性军旅小说家还不甚满意,"新时期女性军旅小说家的出现对'前17年'是一个补充与发展,但所获成就有限,与全军数十万女性官兵绚烂多彩的火热生活不相称;与同时期男性军旅小说的辉煌战绩无法比肩;对不断深化女性意识几乎支撑了当代文坛半壁江山的当代女性小说家更不能望其项背。造成上述三个不平衡的原因肯定很多,但有一条却是独特的和重要的,即部队女作者的生活阅历都相对比较单一和狭窄。她们大多出身军人家庭,少小从军,在远离基层的医院等机关环境中从事某种比较安定、安逸的工作。这就从某种程度上限制了她们的艺术胸襟和文学气度"[33]。

二、刘震云、邓一光、格非等非军旅作家的军旅中篇小说创作

新时期以来,军旅题材领域所独具的魅力也吸引了众多非军旅作家关注的目光。许多行伍之外的作家进入了这个领地掘金,并创作出了一批优秀作品。他们各具特色的创作成了军旅题材中篇小说领域的独特风景。其中,刘震云、

乔瑜、邓一光、格非、周梅森、尤凤伟等人的创作成绩尤为引人注目。

刘震云是一个曾经身着戎装的军人。《新兵连》(《青年文学》1988年第1期)即是以其从军经历为创作背景。小说以第一人称"我"为视角,通过新兵的集训生活,写出了"文化大革命"期间,一个由刚穿上军装的农民组建起来的军事集体,在三个月的训练生活中所发生的战士之间钩心斗角的矛盾和争着往上爬的心态。作者通过近乎荒诞和滑稽但又平凡、惯常的新兵生活,写出了落后的农民心理在现代庸俗政治的培养下如何造成了人性的失落和人的异化,并将由此导致的一出出活剧真实地剖示出来:质朴和迂拙的"老肥"惨死,内向和心机颇深的"元首"为了一己之利告密,善良、狭隘的李上进为追求上进最终却锒铛入狱。到了军营之后,在对功名的追求中,农民的善良、纯朴和真诚消失了,人与人的关系变得冷漠,距离变得遥远,大家变得面和心不和,开始学会了虚伪和做作。小说通过一定环境中造成的人生悲剧,较为深刻地批判了带有深厚农民色彩的传统文化。被"追认"为"新写实"小说开山之作的《新兵连》不仅对地方作家的创作产生了影响,它的"视点下沉""正视恶""探究生存本相,展示原色的魅力"等基本美学特征也直接诱导了"农家军歌"现象的产生。

乔瑜也有过从军经历。乔瑜的《少将》(《当代》1987年第5期)讲的也是一个农民军人的人生悲剧:18岁从山村入伍的王满山,怀揣着一个将军梦参军了。他想当少将的目的只是为了满足自己"善良的虚荣"——像当了少将的叔叔一样能让饥饿的乡亲们"哟人哟"(一人一个)白馒头。为了达到这个目的,他在拉练中主动帮战友背枪并咬破舌头自戕,制造假失火案、假爆炸案以取得连干们的注意。然而最终他的善良而蹩脚的骗局都被拆穿,只能挑着满心的失落和两筐白馒头退伍还乡。小说的语言也极具个人特色,如敬礼叫作"甩五百",打人叫作"整编",为作品沉重的主题罩上了一种轻松而诙谐的调子。

与前几位作家相比,邓一光没当过兵,但作为老红军之子,他充分发挥了自己得天独厚的资源优势,在革命历史题材一域安营扎寨,并最终凭借《父亲是个兵》(《上海文学》1995年第8期)而一举成名。这部情节绝大部分真实的小说从父亲参加红军写起,历经抗日、解放战争、剿匪一直到年届八十解甲归田,通过今昔的穿插描写,将作为农民之子的父亲英雄的一生淋漓展现,塑造了一个光鲜夺目的活脱脱的英雄父亲形象。其中违抗上司命令拒绝撤退,以八千之卒抗击三万之敌，返乡后"替他的大哥、替他的二哥、替老邓家所有的男人"给"老邓家的功臣"——嫂子下跪，策划指挥"像战斗一样"地抢化肥车，对那个"不成气候"不断编织各种理由骗他的钱的侄孙有求必应等情节，将父亲的故土情结、慷慨好施，既仁义憨厚又暴烈叛逆的丰富性格令人折服地表现出来。《战将》（《青年文学》1995年第2期）塑造的也是一个张飞似的须发分明的草莽英雄形象。通过巧取倪家营子、释放逃兵、处决地主、为政委做媒、借用土匪的力量打破敌人铁桶合围等情节的刻画，一个有勇有谋、有情有义、有胆有识的充满个性魅力的英雄形象跃然纸上，令人难忘。《大妈》（《人民文学》1996年第11期）中的大妈范桑儿同样是一个令人难忘的形象。与英雄不同的是，她被人记住完全是因为她不公的悲惨命运遭际：在嫁给当了红军的大伯之后的三天就成了寡妇。然而她却一直对公婆尽心尽力，任劳任怨。为了保护公婆不被恶势力迫害，她忍辱嫁到了地主彭慎清家，用自己的贞节与名誉换取了公婆的安宁。改嫁之后，她依然利用自己作为地主家的媳妇的特别身份解救了白色恐怖中的18户红军家属。她的这番苦心却没人理解，并因为改嫁给地主而遭到了前夫家人的白眼与唾弃，新中国成立后又因地主婆的身份而在政治运动中一次次地受辱挨批斗，直到其死冤情也未得昭雪。小说的调子哀婉悲凉，使我们在悲叹大妈不幸人生遭际的同时，也看到了历史的另一个侧面、另一种模样。

　　格非没有从军经历，他扬长避短，避生就熟，将注意力放在了小说叙述技巧的"炫耀"上。《迷舟》（《收获》1987年第6期）是一篇历史题材的小说，乍看起来与一般小说没有什么不同：背景、时间、地理环境、人物身份、故事进程等方面都交代得很清楚。然而这一切"清晰"又都笼罩在暮霭似的神秘朦胧之中，使整个故事成了布满了谜团的"迷舟"。萧与警卫员的关系始终是一条暗线，而明线则是萧与杏的关系。在叙述中，格非始终让明线处于压倒一切的地位，使读者将看似无关紧要的警卫员置于脑后，转移了我们的注意力。这部小说在借鉴博尔赫斯小说技巧的基础之上，化有为无，以独具特色的语言、曲折多变的情节、扑朔迷离的悬念设置、神秘莫测的人物命运、明晰优美的意象为军旅小说创作昭示了另一种可能。

　　如果说格非是以小说家身份退出历史，以冷漠的叙述口吻、置身史外的叙述态度来讲述故事的话，那么周梅森则是以历史见证人的视角来叙述历史的。

在他的一系列小说中,历史脱去了古板的外衣,不再是历史教科书的知识补注,而是修正历史甚至是创造比已有史实更接近于真实的历史。"宏观地审视周梅森的战争题材小说,我们不难发现这样一种思路模式,即从他的战争观念出发,他总是无情地把战争中的人推向绝境",关注"处于'绝境'状态下的人的存在或人性存在的真实"[34]。《大捷》(《收获》1989年第5期)中,卸甲甸的老百姓只训练了三个月便拿起了武器英勇抗敌,与日寇殊死搏斗;然而国民党政府却在背后下毒手,对他们不屈的反抗进行逼杀。《军歌》(《钟山》1986年第6期)中,作者将人性置于特殊环境之中,生存成为人人必须面对的考验。于是以生存为中心,为了活下去,在彼此的竞争中,人变成了兽,抛却了良心、廉耻和尊严,人性被剥去了伪装,恶的本质得到了赤裸裸地展示。历史因人性的深入剖析而使人不得不重新认识。最有代表性的要数《国殇》(《花城》1988年第2期)。小说叙述了抗战初期国民党某军陵城保卫战的失败过程及其内部矛盾。然而作者之意却不在于对战争场面的描写,更重在通过军官们在战火和鲜血中的不同选择展开对历史的深沉思索。作者以白云森的死来暗示理想的历史模式的破灭,暗示了历史的铁血法则。小说在结构上分三个部分,每个部分都有各自的中心人物,从杨梦征到白云森再到杨皖育,都在生存与死亡、光荣与耻辱之间艰难地做出选择。这三个中心人物又都带来一段中心情节,并在情节中展示出他们性格的本来面目和发展过程。周梅森试图告诉我们:真正的历史从来不是一个个光鲜如"大捷""军歌""国殇"的名词,而是一段充满了光明与阴暗、鲜花与鲜血的冷漠残酷的蜿蜒曲线。真正的历史不存在结果中,而是存在于过程里。

与周梅森相似的是,尤凤伟创作的抗日小说系列也写出了历史过程的复杂性。不同的是,尤凤伟似乎更注重展现被放置于尖锐环境下丰厚复杂的人性内容。他"将对战争以及战争中人的命运与心灵的深刻揭示和对历史的冷峻深刻的反思有机地融为一体"[35],把人性和人类生存、民族大义交织在一起,写出了人的道德良心在面对战争时的痛苦、尴尬以及生存的艰难,写出了人物如何抗争自己的脆弱,呈现出悲壮的男子汉血气。《五月乡战》(《当代》1995年第1期)所表现的历史就与正史稍稍有别,它真切地表现了胶东乡间的自立自在的个体生命最终还是融入了历史的洪流当中。多种力量抗战的画面在作家的点染下栩栩如生。满怀家仇与国恨的地主之子高金豹、忍辱负重的地主高凤山们身上所表现出来的不屈不挠的硬汉子气概令人惊心动魄，敬意油然而生。高金豹为了一己之欲望而活，当其父变卖家产组织军队援救被日本人围困的李县长时，他却收买土匪，包围攻打自己的父亲，并要毁掉自家的祠堂。然而当父亲陷入危机之时，他却又出人意料地英勇杀敌，流尽最后一滴血依然屹立不倒。种种复杂矛盾集于一身也使这个人物变得丰富起来。《生存》（《当代》1996年第1期）中远离战争过着如世外桃源般生活的石沟村老少爷们进退维谷：村长赵五接受了游击队看押日军俘虏的任务，为了完成任务不让俘虏饿死，千方百计到处找吃的。而当上面下达命令要求就地处决俘虏的时候，却因全村人中找不到一个人来执行而迟迟下不了手。在他们朴实的道德观念里面，战俘也是活生生的命，杀害生命是要遭报应的。作家的独到之处在于将历史中的意识形态色彩剥离开，从而将其还原，从人性角度来描摹审视战争和历史。《生命通道——抗日战争胜利半世纪祭》（《当代》1994年第4期）中的主人公苏原医生也被迫卷入了类似的尴尬中：他是一个有着良知和爱国心的中国人，却被逼做了日本人的医生。从民族立场而言，他应该奋起反抗，宁愿牺牲自己也不能给日本人做事；然而从职业道德的角度，治病救人又是一个医生的天职。最终苏原选择了表面上丧失民族立场做汉奸的屈辱，加入了"生命通道"计划，并不顾妻子的误解，拯救了一个又一个日寇铁蹄下的同胞，最后死在自己的情报所造成的伏击战中。《生命通道》借助苏原这一人物形象，从一个新的角度完成了对战争及战争中人性的认识，从某种程度上来说深化了当代军旅文学对人性的探索。而构思"生命通道"计划的日本军医高田这一形象独具匠心的设计，超越了民族与国家的局限，使得人性这一主题带有了普泛色彩，作品的哲理性与表意空间也变得阔大起来。

通过以上分析，我们约略可以看出，非军旅作家的旁观者的姿态使他们具有得天独厚的优势，使他们的军旅创作具有较军旅作家更为浓郁的反思倾向，特别是在历史题材的军旅小说创作上取得显著成绩，与军旅作家们一道，遥相呼应，互为补充，共同将军旅文学的发展推向深入。

注释：

[1]朱向前:《"中篇合为时而著"》,《解放军艺术学院学报》2000年第4期。文中对"承传"和"传统"两个问题有详细论述。

[2]当代文学对中篇小说的问题研究甚弱,一直到二十世纪八十年代"中篇热"已然兴起,仅仅是为了评奖等操作性因素考虑,才勉强以"3万—12万字"的篇幅来界定中篇小说,此中情形,由此可见一斑。

[3]关于中篇小说在二十世纪八十年代初,由作者、读者、出版社三者互动同构形成的热潮分析,详见朱向前:《"中篇合为时而著"》,《解放军艺术学院学报》2000年第4期。

[4]朱向前:《新世纪军旅小说观察手记——以"茅奖"、"鲁奖"为背景》,《文艺报》2013年7月3日。

[5]雷达:《徐怀中风格论》,《解放军文艺》1985年第12期。

[6]朱向前:《军旅文学史论》,东方出版社,1998,第44—45页。

[7]朱向前:《军旅文学史论》,东方出版社,1998,第48页。

[8]徐怀中:《新作短评》,《文艺报》1984年第12期。

[9]雷达:《灵性激活历史》,《上海文学》1987年第1期。

[10]朱向前:《军旅文学史论》,东方出版社,1998,第48—49页。

[11]周政保:《论刘兆林小说的艺术魅力》,《解放军文艺》1985年第1期。

[12]唐栋:《沉默的冰山》,《昆仑》1984年第4期。

[13]张志忠、陆文虎、彭吉象:《生活的强化与艺术的强化》,《解放军文艺》1985年第12期。

[14]朱向前:《新军旅作家"三剑客"》,《解放军文艺》1993年第9期。

[15]朱向前:《新军旅作家"三剑客"》,《解放军文艺》1993年第9期。

[16]朱向前:《新军旅作家"三剑客"》,《解放军文艺》1993年第9期。

[17]朱向前:《新军旅作家"三剑客"》,《解放军文艺》1993年第9期。

[18]朱向前:《中国军旅小说:1949—1994》,《当代作家评论》1996年第4、5期。

[19]朱向前:《中国军旅小说:1949—1994》,《当代作家评论》1996年第4、5期。

[20]张鹰:《反思中国当代军事小说》,解放军文艺出版社,2000,第88页。

[21]朱向前:《九十年代:转型期的军旅小说》,《解放军文艺》1999年第2期。

[22]张志忠:《"军艺作家群"变奏曲》,《昆仑》1994年第5期。

[23]张志忠:《"军艺作家群"变奏曲》,《昆仑》1994年第5期。

[24]朱向前:《乡土中国与农民军人》,《文学评论》1994年第5期。

[25]陈怀国:《农家军歌》,《昆仑》1990年第4期。

[26]朱向前:《"农民军人"与"农家军歌"——新时期军旅小说主题的发展与变奏》,《文艺报》1999年9月9日。

[27]朱向前:《平凡军旅 真实人生——作为晚生代军旅小说家的石钟山》,《战士文艺》1999年第4期。

[28]朱航满:《为军人的生存证明——2010年军事题材中短篇小说读后》,《文艺报》2011年2月28日。

[29]朱航满:《聆听心灵的咏叹——2009年军旅中短篇小说读后》,《文艺报》2009年12月31日。

[30]朱向前:《中国军旅小说:1949—1994》,《当代作家评论》1996年第4、5期。

[31]朱向前:《小说是一种内心需要——序川妮小说集〈我和拉萨有个约会〉》,《当代文坛》2004年第4期。

[32]西元:《在空白处画上新的景色》,《鸭绿江》2018年第11期。

[33]西元:《在空白处画上新的景色》,《鸭绿江》2018年第11期。

[34]周政保:《"被炮火驱动的大碾盘"——谈周梅森小说中的战争与人》,《文艺争鸣》1990年第4期。

[35]张鹰:《反思中国当代军事小说》,解放军文艺出版社,2001,第91页。

第三章　长篇小说(上)

第一节　概述[1]

一、长篇小说的蓄势与"两次浪潮"

共和国诞生伊始,刘白羽的中篇小说《火光在前》捷足先登,发表于《人民文学》创刊号,无形中便具有了新中国军旅小说开山之作的某些意味,因而格外为当时文坛所关注。随之迤逦而出的还有马加的《开不败的花朵》、柳青的《铜墙铁壁》、孔厥和袁静的《新儿女英雄传》、陈登科的《活人塘》、石言的《柳堡的故事》等一批军旅题材小说。但是,它们并没有立刻带来军旅小说园地的百花争艳。最直接的冲击因素是抗美援朝战争的爆发,战争再度成为全中国的焦点,战争也再度显示了它对文学体裁的严格选择。尽管一大批作家赶赴前线并且迅速收获了《三千里江山》(杨朔)、《东线》(寒风)、《突破临津江》(海默)、《上甘岭》(陆柱国)、《长空怒风》(魏巍、白艾)等颇有分量的中、长篇作品,但它们对于文坛乃至全社会的震撼力,仍然不如魏巍们的战地通讯(如《谁是最可爱的人》)和未央们的战地诗歌(如《把枪给我吧》)来得深刻和广泛。当代军旅小说的真正繁荣,还在等待着一个更加安宁、稳定、祥和的生长环境。

抗美援朝战争的结束和中国大陆边境剿匪的胜利使新生的共和国最终挣脱了战争的阴影而走进了和平的阳光之中。人们在欢呼胜利之余,在以高涨的热情投入共和国的建设之余,也常常不免沉浸于遐思:人民共和国这个巨大的奇迹何以诞生？她穿越了怎样的血雨腥风和万水千山？人民军队又是怎样从小到大，从弱到强，摧枯拉朽所向披靡的？在这中间都发生了哪些惊天动地的故事和人物？……人们渴望详细地了解这一切。仅仅读那些精短的诗歌、散文、通讯和报告文学已经不能满足他们的好奇心和强烈愿望了，他们急切地希望能够看到更高、更深、更广、更生动、更传神地描绘历史风云，反映战争生活，塑造英雄人物的文学作品。质言之，五十年代中期的中国已然出现了一个巨大的军旅小说的阅读期待与市场。与此同时，一个庞大的军旅小说家群也正在悄然地形成并逐渐地成熟。他们大致由三个部分组成：一是一批有相当文学修养和创作经验的资深军旅作家，如刘白羽、魏巍等；二是一批担任过部队文化宣传或战斗团队领导职务的领导干部，如吴强、曲波等；三是一批新中国成立前后参军入伍的青年小知识分子，如徐怀中、王愿坚等。他们最大的共同点就是首先都是战士，然后才是记者、宣传干事、宣传队员、文化干事、文化教员或者部长、政委，他们和人民军队一道成长，是战争的亲历者，是共和国的创造者，是毛泽东军事思想的实践者。此前他们中间还少有人写过小说，甚至缺乏文学和文化的准备，更不存当作家之念想。但是，刚刚逝去的炮火硝烟日夜在眼前闪现，无数战友的呐喊常常在耳畔喧腾，他们要倾诉——倾诉对历史巨变的沉思，倾诉对人民战争伟大胜利的感动，倾诉对前赴后继的革命先烈的怀念，倾诉对某一个冬夜行军途中的那一串火把的刻骨铭心的记忆……他们都不约而同地拿起了笔，自然而然地进入了小说创作当中。五十年代中后期相继发起的大规模的纪念建军三十周年、建国十周年的征文活动和大型革命回忆录《红旗飘飘》《星火燎原》的广泛征稿，更给这些倾诉者们加油添柴、推波助澜，并且提供了更加开阔深入的原始素材和更加优良的写作环境。至此，人们的"倾听"热望和一支潜在的军旅作家的"倾诉"热情，完全形成了一种呼应、一种同构，为当代军旅小说大潮的喷涌而出做好了充分的蓄势。

1954年，杜鹏程的长篇小说《保卫延安》的出版，立刻震动了全国文坛，被称为"英雄史诗的一部初稿"（冯雪峰语）。它以高昂的激情、凝重的笔触和磅礴的气势展开了人民解放战争的壮丽画卷，把当代战争小说的水平提升到了一个崭新的高度。它是新中国军旅小说发展历程中的一块里程碑，它甚至代表了当时长篇小说的最高成就。以它的出现为标志，宣告了军旅小说开始成为当代军旅文学乃至整个当代文学的主流。汇入这一主流的重头——战争长篇小说先后有孙犁的《风云初记》、吴强的《红日》、曲波的《林海雪原》、刘知侠的《铁道游击队》、高云览的《小城春秋》等,以及中短篇小说《平原烈火》(徐光耀)、《五彩路》(胡奇)、《小英雄雨来》(管桦)、《黎明的河边》(峻青)、《党费》(王愿坚)等等。它们汹涌奔腾浩然作势,掀起了新中国军旅文学的第一个浪潮。稍后,时至五六十年代之交,围绕着"向新中国成立十周年献礼",又有一批优秀的战争小说蜂拥而至,其中长篇小说有冯德英的《苦菜花》、李英儒的《野火春风斗古城》、刘流的《烈火金刚》、冯志的《敌后武工队》、雪克的《战斗的青春》、李晓明和韩安庆的《破晓记》、柳杞的《长城烟尘》、丁秋生的《源泉》、陆柱国的《踏平东海万顷浪》、柯岗的《逐鹿中原》等,以及中短篇小说《辛俊地》(管桦)、《小兵张嘎》(徐光耀)、《七根火柴》《粮食的故事》(王愿坚)、《百合花》(茹志鹃)、《长长的流水》(刘真)等,它们共同掀起了新中国军旅文学的第二次浪潮。而战争题材长篇小说则是这两次浪潮中的波峰浪尖。

当然,所谓"两次浪潮"主要是从量的角度而言,究其实,它们不过是两个波次的平面展开,而并非质的纵深推进。做出这种判断,倒不仅仅因为后来的作品从成就到影响都还未超出此前的《保卫延安》《红日》《林海雪原》等,而更多的是关涉它们价值取向的同一性和强烈、鲜明而单一的时代特色以及由此带来的时代局限。它们成为一时的主流文学,在更大程度上是由于和当时激烈的社会情绪与高蹈的意识形态的严密契合。它们的基本主题是讴歌武装革命斗争的胜利,普遍旋律是乐观的英雄主义加浪漫的理想主义。在风格基调上多受益于苏联卫国战争文学的高亢与激昂,在情节结构方面则偏向于中国古典战争长篇小说的传奇与故事。相比较而言,对"五四"以来中国现代小说艺术营养的汲取与消化倒并不充分。在语言锤炼、意境营造、艺术感觉的开放和人物心理的掘进等诸多方面显得共性大而个性小,不少作品还不免粗糙和稚嫩。它们之所以风靡当时,首先是满足了人们急于了解革命历程的热情渴望;其次是表达了人们走出苦难之后对革命战争的感激心情;再次是以老百姓喜闻乐见的通俗形式适应了人们最一般的审美需求;最后是相当一部分代表作被改编成电影等艺术样式搬上了银幕和舞台,极大限度地扩张了它们的传播速度和覆盖领域。毫无疑问,它们是当代中国军旅小说的拓荒之作和奠基之作,它们不仅深刻地影响了"前17年"当代中国文学的整体面貌,而且远远逸出文学的范围,持久有力地导引了几代中国青年的思想、情感、信仰乃至行为规范,在新中国的精神历程上,打下了深深的历史烙印。然而,换一角度看,以一种更加文学的眼光、更加开放的世界性眼光——譬如反思战争、正视悲剧、开掘人性、铸造民族精神、解剖战争后遗症等尺度多方位、多层面地审视这批作品时,就无可讳言地要承认它们的封闭性、狭隘性和单一性。这大概也就是所谓的时代局限。

二、相对统一的美学特征

正如有的论者所指出的:"当身带硝烟的人们从事和平建设以后,文化心理上很自然地保留着战争时代的痕迹——实用理性和狂热政治激情的奇妙结合,英雄主义情绪的高度发扬,二元对立思维模式的普遍应用,以及民族主义、爱国主义热情占支配的情绪,对西方文化的本能性的拒斥,等等。这种种战争文化心理特征并没有在战后几十年中得到根本性的改变。"[2]因此,新中国成立后的军旅长篇小说,受战争文化心理的影响,而打上了鲜明的时代烙印,并形成了较为统一的美学特征。这一时期的军旅长篇小说,以其高扬的英雄主义主旋律、宏大叙事的史诗性追求和鲜明的民族特色基本奠定了我国当代军旅长篇小说创作的审美风范。

第一,高扬的英雄主义主旋律。早在1953年,周扬就说过:"我们的作家为了突出地表现英雄人物的光辉品质,有意识地忽略他的一些不重要的缺点,使他在作品中成为群众向往的理想人物,这是可以的而且是必要的。我们的现实主义者必须同时是革命的理想主义者。"[3]"前17年"的军旅长篇小说中出现了大批高大完美的英雄形象,形成了革命英雄主义和革命乐观主义的创作基调和美学风范。智勇双全少剑波、孤胆英雄杨子荣和宁死不屈的江姐、许云峰、齐晓轩、华子良等无数高大的人物形象长久而神圣地印在读者的脑海里。综观"前17年"的军旅长篇小说创作,让英雄更加完美是作家和评论家共同遵循的法则。当然,英雄不见得就是伟人,他可以是指挥员、指导员,同样也可以是炊事员、普通战士、地下工作者、游击队员,但无一例外的是,他们都具有坚定的政治信仰、高尚的品德、顽强的意志、英勇的斗争精神。即使写到他们的缺点,也大多只是行动鲁莽、遇事不冷静等近乎"可爱的缺点",并且还会在革命的大熔炉里逐渐改过。特殊的时代背景形成了读者对完美英雄形象的期待视野,也促成了作者对英雄人物不遗余力地尽情歌颂,社会整体的力量使文学作品中的英雄人物越来越脱离其人的品质而呈现出神的色彩,对英雄藐视困难的大无畏革命气概和革命的乐观主义精神的歌颂,使作家们忽视或有意回避了对战争苦难和残酷性的客观认知,使战争蒙上了一层浪漫、美好的面纱。然而,战争作为人类社会的非常态,最会暴露人性中最原始、最深层、最复杂的种种欲望和要求,每一个人的灵魂在战争面前都会呈现出它的多样性和复杂性,而文学也只有反映出了它的全部才可能拥有深厚持久的艺术魅力。

第二,宏大叙事的史诗性追求。"前17年"的军旅长篇小说作家大多都有意无意地追求最大的历史概括性,试图将时代风云和民族命运纳入笔端,从而把握住民族精神和历史风貌。这些作品,以宏大的斗争场景、壮阔的时代风云、决定民族生死存亡的重大历史事件,在较大的时间跨度和广阔的空间背景上,描绘民族的历史或现实生活。不论是《保卫延安》的宏伟结构,还是《红日》的阔大视野;不论是《红岩》的英雄群像,还是《红旗谱》的巨幅画卷,它们都不约而同地将长达数年乃至数十年的历史画面浓缩在特定时间中,通过加强内在的密度而获得时间的张力;而在作品空间上,则选取了并置性的多重空间,以表现特定历史阶段中的总体面貌,最终获得了史诗性的恢宏与壮丽。

第三,鲜明的民族风格。民族风格大一统局面的迅速形成,得益于三点:一是相对单一的民族民间文化背景;二是表现对象的中国化与民族化;三是"中国老百姓喜闻乐见"的审美要求。但是在民族风格的表现上,又形成两种套路:一种是在形式上直接采取了传统的章回体或传奇式叙事方法,形成了传奇化的叙事风格。另一种是在作品中塑造带有鲜明民族性格和精神的人物形象,并展现出本民族特有的民风民俗和生活风貌,这类作品在精神内涵上更多地展现了我们民族的气魄和本质。以传奇叙事的写作手法而取得较高艺术成就的作品有《林海雪原》《铁道游击队》《烈火金刚》《敌后武工队》等等。传奇叙事的作品由于叙事手法的相似而带来了一些共同特征:一是整部小说并不瞩目于对大事件的展开或大场面的铺排,而是由一个或数个小型的战斗故事构成,故事是小说的主体,无故事即无小说;二是叙述者在小说中充当作者的代言人,不仅以全知全能的视角讲述故事的细节和整体,而且能够按照自己的价值标准、道德观念和情感取向发表议论和评判;三是由于过于注重故事情节的曲折生动,而忽视了人物形象的塑造,缺乏对人物心理性格的揭示,而使人物显得单一、扁平。而另一类塑造具有鲜明民族性格的英雄形象、展现民族精神风貌的作品则更体现了时代的特色和中华民族坚韧顽强、百折不挠的精神实质。《红旗谱》《风云初记》是其中的优秀篇章。《红旗谱》中朱老忠的侠、义、忠、勇有中国古代许多英雄豪杰的影子,而他的勤劳、朴实、忠厚又浓缩了中国农民的优秀品质。《风云初记》则以浓郁的诗情画意取胜,人物勤劳朴实、乐观向上,并带有北方农民独有的豪爽、忠厚,场景描写则纯净、明快,富有浓郁的生活气息,展现了我国北方农村的民风民俗。

三、现实军旅题材小说的羸弱及其原因

在上述战争小说的主流之外,还有一条蜿蜒行进在"前17年"中的军旅小说支流,那就是反映新中国成立后和平环境中的军旅生活、军人情感以及军民关系的现实军旅题材小说序列。它们的出现,拓宽了军旅小说的题材领域,丰富了军旅小说的表现内容,给军旅小说带来了新的特质和新的美学情趣。较早取得成就的是一批在战争后期入伍、几乎和新中国同时起步走上创作道路的青年作家,题材面相对集中在西藏、云南等少数民族边疆地区。五十年代中期前后的代表作品有徐怀中的长篇《我们播种爱情》、中篇《地上的长虹》,刘克的短篇《央金》《古堡上的烽烟》,彭荆风的短篇《拉祜小民兵》,以及林予反映东北军垦生活的长篇《雁飞塞北》等。在1963年的全军性大征文活动中,又出现了任斌武的《开顶风船的角色》和林雨的《五十大关》等正面描写部队训练生活的优秀短篇。"文化大革命"前夕出版的黎汝清的中篇《海岛女民兵》和金敬迈的长篇《欧阳海之歌》,则为"前17年"的军旅小说画上了有力的句号。显而易见的是,这批作品无论是数量还是影响都远不足以和同时期的战争小说相抗衡。造成和平时期现实军旅题材小说创作薄弱的原因也许很多,但最主要的是两条。

第一是创作队伍的变化。由于军旅生活和军旅成员急速而巨大的流动性——所谓"铁打的营盘流水的兵",同时也就决定了它的文学反映必须在不同

的时代推出不同的代言人(作家),以保证作家对生活的亲历和体验,否则,势必出现"巧妇难为无米之炊"的窘迫与尴尬。新中国成立以后,一批相对成熟的军旅作家陆续转业到地方工作或者升到更高级的领导岗位,对现实军旅生活的逐渐疏离与隔膜迫使他们只能面对过去(战争),而无法关注当下。与此同时,更年轻的军旅作家还处在生长之中,作家队伍的这一断层,直接导致了现实军旅题材小说创作的贫弱。其实,再进一步推广开来看,"前17年"的军旅小说在题材上已然呈现出明显的"橄榄状"。以建军四十年(1927—1966)的历程来划分,反映前十年即红军题材的小说甚为稀少,反映新中国成立后17年的军旅小说也渐次萎缩,最大量的是集中反映抗日战争和解放战争的作品。这种现实和当时活跃的军旅小说家群构成的"橄榄状"恰成一种对应关系:红军出身的小说家几乎没有,新中国成立后参军的小说家尚待成熟,真正的主力绝大部分是八路军、新四军和解放战争期间入伍者。以此观之,是否也说明了"生活乃创作的唯一源泉"?

第二是创作路线的强化。这里所说的创作路线大体指的是毛泽东1942年在《在延安文艺座谈会上的讲话》中提出的"文艺为工农兵为无产阶级政治服务"的思想路线。这一路线在新中国成立以后由于政治一体化的推行与强化,也变成了普泛的基本原则与指导思想。文学的革命功利性和政治功能性不断地被加以规约和强化,从"两为"的文艺方针到"两结合"[4]的创作方法,乃至"写什么"(题材、主题)和"怎么写"(形式、风格),都有了不可更易的明确限制与强行规定。而军队作为高度政治化的武装集团,在这些方面执行得更为坚决和纯粹,不允许有丝毫越轨的倾向、情绪和笔调。五十年代初期到中期先后出现的略有探索的《洼地上的"战役"》(路翎)、《我们的力量是无敌的》(碧野)、《战斗到明天》(白刃)、《亲人》《妈妈》(王愿坚)、《英雄的乐章》(刘真)、《雪天》(张麟)、《三月雪》(萧平)等战争小说都一一被扣上了"战争残酷论""资产阶级人性论""丑化人民军队"等多种帽子而遭到过不同程度的批判与否定。有的作家还因此被迫搁笔。这也是造成战争小说"第二次浪潮"无从深化与发展的重要原因。相形之下,现实军旅题材就更为敏感和棘手,一方面是缺乏经验与参照,一方面是诸多矛盾难以回避。1957年前后,在"双百"方针的倡导下,在"干预生活"口号的鼓动下,触及部队现实矛盾的《不好领导的人》(路野)、《无风浪》(朱新楷)

等作品相继发表,但立刻就遭到了粗暴的无情棒喝。现实题材军旅小说创作在现实主义道路上刚刚起步就跟跟跄跄,致使不少作家或者不越雷池,或者绕道而行。进入六十年代,战争题材也开始衰微,现实题材受到鼓励,只是现实主义的因素不断稀释,而浪漫主义的成分逐渐膨胀,掩盖矛盾、粉饰生活成为一时的审美原则。"好人好事文学"普遍增多,即使写矛盾也是先进与更先进的矛盾。这方面的经典之作《欧阳海之歌》在塑造人物方面已然出现了某些"高大全"的苗头,虽然名震一时,其艺术性和生命力却因此而大受损害。截至1966年2月,《林彪同志委托江青同志召开的部队文艺工作座谈会纪要》出笼,便基本宣布了"前17年"军旅文学的"寿终正寝"。

现实军旅题材的羸弱与历史战争题材的强大,比照出了题材的不平衡。此外,还有一个体裁不平衡,即中短篇小说的歉收与长篇小说的丰收亦成巨大反差。如果说在短篇领域中,还有王愿坚的"红军系列"、刘克的"西藏系列"、任斌武的《开顶风船的角色》、林雨的《五十大关》等精品佳构甚为突出的话,那么,中篇小说则真是乏善可陈了。这与"前17年"当代文学中篇小说体裁普遍欠发达有关,更与文学手法的还不够多样、丰富与细腻有关。寥寥不多的几个中篇,基本上都是长篇梗概(或儿童题材)。若以今天的写法,加以铺排、渲染、营造氛围、强化感觉,差不多就成长篇了。中篇小说留下的这一空白,正好成为新时期军旅小说的一个爆发点。如前所述,在影响与局限"前17年"现实军旅小说健康发展与繁荣的两条主要原因中,创作队伍的变化是表象的,创作路线的强化才是实质的。而且,后一条不仅仅是针对现实军旅小说的,它对战争小说乃至整个当代小说的影响都是深刻的。在它的强力牵引下,"前17年"的军旅文学和当代文学一样,走过了一条曲折回环的艰难道路。但是,即使如此,军旅小说家们仍然做出了巨大的努力,甚至一度将军旅小说的成就推向了时代所能允许的最高水准,为军旅小说的深入发展积累了丰富的经验教训。至于那些根本性的问题,只能留给一个新的时代去予以解决。事实上,他们中间的优秀分子日后果然成为新时期最早打破坚冰的先锋与闯将。

第二节　二十世纪五十年代的军旅长篇小说

一、散文体长篇小说：孙犁的《风云初记》与杨朔的《三千里江山》

在当代作家中，孙犁和杨朔都以散文著称，他们涉足的小说，也都呈现出散文化的风格特征。孙犁的《风云初记》（人民文学出版社1951年版）描写了抗日战争时期滹沱河沿岸的两个村庄子午镇和五龙堂的生活变迁，展现出特定时期民族矛盾与农村各阶层矛盾错综交织的历史现实。小说围绕高庆山、吴春儿、田大瞎子、老蒋等几户人家在抗战时期的生活情状，细致地描绘出冀中抗日根据地各阶层的生活状况和精神面貌，通过他们对待抗日的不同态度，反映了当时复杂的民族矛盾和内部矛盾。这里既描写了农民群众保家卫国、坚持抗战的决心和乐观坚强的精神面貌，也描写了地主阶层内部在抗战问题上的相互勾结与分化；不仅有积极向上的两个农村青年——春儿和芒种的爱情故事，也有俗儿这样的开放、泼辣、追求享乐的女性对人生投机性的选择，还有像李佩钟那样的从封建家庭走出来的革命知识分子对光明与新生的追求。小说遵循现实主义的创作原则，将不同阶层、不同性格的人物在不同时期的思想状况真实地反映在读者面前，使我们看到了抗战时期冀中农村丰富多彩的人文风貌。

几位女性形象无疑是小说成功的重要因素。女主人公春儿坚强、乐观、活泼、真诚，追求自由、健康的爱情和平等、幸福的新生活，在她身上既有农村姑娘的朴实与羞涩，又有新时代女性的勇敢与泼辣，她是农村年轻女性的优秀代表。李佩钟是书中另一个富有新意的女性形象。由于出身的关系，李佩钟的性格较为复杂，她的夫家与娘家都是地主，她从双重的封建家庭反叛出来参加了革命，克服了种种压力与束缚，坚定地站在革命的行列里，在她身上既有革命者的坚强与热情，又有知识分子与革命要求不相一致的充满浪漫小资情调的生活追求。这个人物性格本身的丰富性给读者带来了阅读的新意，但由于作者对李佩钟内心的矛盾斗争与情感纠葛,并不像春儿那样进行了深入的开掘与展现,难免给读者留下了阅读遗憾。反面人物俗儿的形象无疑是成功的,也是那个年代农村有代表性的女性形象。在抗日风云初起的时候,她曾是抗战的拥护者和积极的活动分子,也尝试为抗日做过一些工作,但是风流多变的个性,追求享乐生活的愿望,最终使她跟随丈夫高疤走上了破坏抗战的道路。作者真实地刻画了这个人物不同时期的思想变化以及开朗、善变的性格,俗儿的形象丰满、生动、真实可信,给读者留下了深刻的印象。

《风云初记》的整体风格明快、乐观,富于浪漫气息,尽管作者选取残酷的战争作为表现对象,但是在作品中着重表现的并不是战争血腥、残忍的一面,而是努力展现战争年代抗日军民不屈的个性与乐观向上的品格。小说并不追求故事情节的完整与曲折生动,而是从故事情节的逻辑顺序向抒情性和意境营造方向转化,借用散文化的写作手法,呈现出诗与散文融为一体的诗化小说的倾向。作者的笔墨常常集中于生活中的一个画面、一段对话、一个场景的描绘与镂刻,用精练、细致的语言描写人物的情感与心理,并与自然景物的描写融为一体,营造出情景交融的美好意境。比如春儿与芒种的爱情描写,就常常采用这种手法,细致地描绘出两个农村青年乐观、真挚、自然的恋爱与成长过程。孙犁作为当代散文大家,对语言的把握和运用可谓炉火纯青,《风云初记》的语言保持了他一贯的风格,洗练、朴素、清新、优美,有浓厚的生活气息,充满了诗情画意,人物的语言则生动活泼、个性鲜明,高超的语言技巧为小说增添了艺术魅力。

《三千里江山》(人民文学出版社 1953 年版)是杨朔以散文化的手法描写抗美援朝战争的一部长篇小说,也是我国第一部较大规模反映抗美援朝战争的作品。正如作者在散文创作中一贯追求的从平凡中照见伟大、从小事件中显出大气魄的风格一样,《三千里江山》没有去塑造高大、完美的英雄主人公,而是选取了战斗中平凡而普通的小人物,并通过对这些普通的劳动者或战斗者内心世界的揭示反映出他们美好的心灵。《三千里江山》为我们展现了一支铁路工作援朝大队为保护江桥支援前线所经历的斗争,作者热情赞颂了志愿军英雄们崇高的爱国主义和国际主义精神,同时展现了中朝人民之间用鲜血凝结的真挚、深厚的友谊。作者以自己在抗美援朝战争中的亲身体验来抒写对英雄的理解和感受,在风格、观察战争的视角、人物形象的选取和塑造上都有自己的特点。

作者善于运用精练的语言刻画人物的性格。比如姚长庚的内心火热、外表冷漠，倔强、讷于言辞的性格通过他妻子富于个性化的语言介绍，一下子就展现在读者面前，同时又表现了姚大婶爱唠叨的性格特征和她对女儿和丈夫深沉的爱。同样是年轻的女性形象，姚志兰与小朱又各有不同，姚志兰外柔内刚、含蓄善良，小朱则泼辣好斗、开朗活泼。作者以充满诗意的语言和浪漫的场景表现了姚志兰与吴天宝的爱情，在姚志兰身上，作者细腻地刻画了一个刚刚尝到爱情的甜蜜却为了祖国的利益而不得不马上与恋人分开的年轻姑娘复杂、矛盾的感情，将人物崇高的品格和斗志与一个少女的恋爱情怀有机地统一起来，使人物性格丰满、生动、真实。另外，战争的对手在小说中基本缺席，因此谈不上反面人物。郑超人是书中略带批判色彩的人物。对这样一名在城市中长大的青年知识分子，作者着力刻画了他在战争面前的胆怯和软弱，以及讲究卫生、清高自傲的知识分子性格，并通过姚长庚一步步地帮助、感化，逐渐完成了他在战争中的成长和进步。因为有生活的实感，所以较少概念化的痕迹。

在观察战争的视角上，作者并不以宏大的战争场面或复杂的矛盾斗争来谋篇布局，而是散文化地选取生活中一个个感人、诗意的片段，来着力展现生活中平凡的事物和感情。作者总是截取生活中诗意和美好的一面来尽情抒写，营造优美、宁静、含蓄的艺术氛围。就算是表现战争中的残酷和血腥，作者的语言也总是平实、朴素，并不做刻意的渲染。强烈的抒情性是这部作品的显著特征，作者时常借助于人物的语言自然地流露出主观的感情。这部作品无论在思想或艺术方面都显示了杨朔创作上的新进展，特别是在人物性格的刻画上，给读者留下了较清晰的印象。作品语言清新朴实，宁静优美，具有一定的民族风格，也因此带来了与同期多数军旅文学作品迥然不同的人物形象和艺术品格。

二、"英雄史诗的一部初稿"：杜鹏程的《保卫延安》

杜鹏程的《保卫延安》（人民文学出版社 1954 年版）是我国第一部大规模正面描写解放战争的优秀长篇，也是当代第一部被评论家从"史诗"的角度评价的长篇——冯雪峰在《论〈保卫延安〉》一文中说："以这部作品所已达到的根本的史诗精神而论，我个人是以为它已经具有古典文学中的英雄史诗的精神；但在艺术的技巧或表现的手法上当然还未能达到古典杰作的水平。"[5]同时,《保卫延安》又是第一次在当代文学作品中成功地描绘了我军高级指挥员(彭德怀)的形象。另外,它还第一次基本实现了对战争的宏观把握和历史画面的整体描绘的有机统一。这三个"第一",便奠定了《保卫延安》在中国当代军旅文学史上开创性的显赫地位。

《保卫延安》的艺术成就首先表现在它以磅礴的气势、雄浑的笔触,为读者展现了一幅场面宏大的革命战争的历史画卷,形象地反映出人民解放战争的历史进程。作品以解放战争的第一仗"延安保卫战"为中心展开情节,描绘了在彭德怀指挥下,人民军队经过青化砭、蟠龙镇、榆林、沙家店等战役,以少胜多,最终取得了延安保卫战的全面胜利。小说以参加战争的周大勇连队为线索,细致地展现了这场战争的全过程,并侧面交代了陈赓兵团渡黄河、刘邓大军挺进大别山的战局,使读者了解了整个解放战场的全貌,展现了我军从战略防御到战略进攻的历史转折。

其次,《保卫延安》为读者塑造了一批高大的英雄形象。周大勇是作者浓墨重彩、倾心塑造的英雄典型。作者集中描写了周大勇在战斗中的机智、勇敢、顽强,在思想上对党的忠诚和坚定,在生活上对战友的关心和爱护,以及对人民群众真诚无私的热爱,在这个人物身上汇聚了众多的英雄特性,使周大勇带上了鲜明的理想化色彩。除周大勇外,《保卫延安》在人物塑造上最大的特点是全面地刻画了我军各个层次、各种身份的军人形象,这是《保卫延安》之前的军旅小说中所没有的。从西北野战军的最高统帅彭德怀到连队里的普通战士马长胜,从中高级指挥员陈兴允到李诚、卫毅,再到战斗班长王老虎、炊事员孙全厚,作者都做了较细致的刻画和描写。其中,政治委员李诚的形象值得关注。在"前17年"军旅文学中,政治委员的形象可以说寥寥无几,在战争年代,冲锋陷阵的英雄才是战争的主角,才是最能打动读者的艺术形象,专门拿出大量篇幅描写政治委员在一部军旅小说中几乎是奢侈的,但是,《保卫延安》提供了一个特例。作者通过李诚这样的政工干部表明党的政治工作在人民军队中的作用和力量,取得了相当的成功。

应该说《保卫延安》在文学史上的开创意义远远大于其艺术上取得的成就。在艺术表现上,《保卫延安》的缺陷是明显的,作为一部全景式战争小说,它反映生活的广度和深度都有局限,艺术表现手法单调,对国民党军队的描写也显得薄弱,在人物的塑造上有明显的刻意的痕迹,对人物心灵的开掘不够深入,对性格的展现也不够全面和多样,人物略显空洞干瘪。

三、战争全景小说:吴强的《红日》

吴强的《红日》(人民文学出版社1957年版)以其突出的艺术成就而成为"前17年"军旅长篇小说的代表之作。《红日》是继《保卫延安》之后又一部正面展现解放战争全貌的史诗性作品。如果说《保卫延安》反映生活的广度还略狭窄、人物的塑造还略单薄的话,《红日》则展现了解放战争时期更为广阔的生活画面和人物更为丰富的内心世界,在以艺术的形式表现重大战役方面做出了更全面深入的探索。小说取材于解放战争初期陈毅、粟裕统率的华东野战军粉碎敌人重点进攻山东的历史事实。它以敌我双方开展的军事斗争为主线,描写了我军在涟水战役中受挫,经过莱芜大捷,最后在孟良崮战役中全歼国民党"王牌军"第七十四师的全过程。作者以其对现实主义创作原则的深刻理解和运用,真实地表现了解放战争时期华东战场从战略撤退到战略反攻的历史演变,形象地再现了解放战争中人民军队气吞山河的英雄气概。《红日》以其在战争观念和小说美学上的创新性和探索性而带来与众不同的艺术风格和个性,成为中国当代战争文学中的重要收获。

首先,小说以高视角、俯瞰式的叙述方式展现了战争的全貌。《红日》把一个军作为战争描述的广角视点,而叙述者则像一个架设在空中可以随意转换角度的摄像机,时而俯瞰宏大的战场全貌,时而将镜头聚焦在某一个班排的小型肉搏战;时而面向地方,时而扫视战场;时而聚焦前线,时而照射后方。作者以高空视角的自如便捷,将自己的笔触伸向战争中所能展现的每一个场面,视野开阔层次分明。表现的生活容量丰富、细致,也给整部作品带来了气势恢宏的艺术效果。小说主要以涟水、莱芜、孟良崮三次战役结构全篇,作者在这三次战役的描写上有详有略,各有侧重;而我军的战果也有胜有负,显示出作者在当时与众不同的创作观念。作者采取先抑后扬的办法,以我军在涟水战役中的失利开篇,这样的开篇在艺术上一方面显示出国民党军队的强大和我军面临的严峻形势,为我军以后来之不易的胜利做了铺垫,另一方面增强了小说的吸引力,给读者造成了悬念。这样的结构方式明显与众不同,显得真实、可信,表现了作者对现实主义创作原则的独特理解。接着,莱芜战役的小胜作为一个转折和过渡,将读者的情绪从涟水战役的失利中调动起来,最后集中笔墨,重点描写了孟良崮战役歼灭国民党"王牌军"第七十四师的伟大胜利,从而表现出解放战争在华东战场的历史性转折。三次战役在描写上有主有次,在情绪调动上有的压抑沉重,有的痛快淋漓,有的紧张激烈,较好地把握了战役进展的节奏,表现了作者在结构上的独到匠心。

其次,在人物形象的塑造上做出了新的艺术尝试。小说刻画了从军队高级将领到普通士兵的多层次的丰富的人物群像,并细致地展现了这些人物丰富的情感世界和心理活动。作者注重突出人物人性化的特征而较少概念化的痕迹,无论是我军的正面人物,还是敌方的反面形象,都以突出其血肉丰满的个性特征为主导,人物的性格和情感都得到了较为丰富的展现。这样的写作方式,与同类小说中正面人物的崇高、完美和反面人物的凶残、丑陋特征形成了鲜明对比,从而丰富了人物的心理结构层次,提升了人物个性化的美学品格。

具体说来,作者在人物塑造上有如下几个特点:一是善于用细节展现人物心理,展示人物在不同时间、不同场景下真实的心理活动,表现出人物应有的情感和思想。如小说第十章结尾处,作者通过阿菊在送别丈夫时所发生的将马尾松当成丈夫队伍的一个视觉错误,细腻、婉转地表现了阿菊对丈夫杨军深深的爱恋和牵挂,以诗意自然的笔触将年轻妻子纯真美好的内心世界呈现在读者面前。再如,团长刘胜接到"停止战斗行动"的电报时,在上面画了个"花生米一样的小圈圈";五分钟后,在接到攻打孟良崮的战斗电报时,他兴奋地写上了一个"小鸡蛋大的刘字"。作者通过人物圈阅电报时"一大一小"两个细节,表现了他此一时、彼一时的心情,揭示了人物爽直、急躁的性格特征。二是运用心理描写凸显人物性格。小说成功地运用了大量心理描写来展现人物的思想、情感。对我军高级指挥员沈振新和梁波,作者通过他们在作战指挥中的思索和判断,表现出沈振新的沉着冷静、坚毅果敢,梁波的开朗乐观、幽默敏锐。此外,在同类作品里比较少见或作为点缀的女性形象,也在《红日》里得到了较充分的展现。如第二章,沈振新与妻子黎青分别前夕,作者通过对黎青心理活动的揭示,细腻地刻画了她丰富的甚至不满足的情感世界,将一位年轻、有文化的女性对爱情的渴望和苦恼真实地展现在读者面前。应该说,作者较早地涉及我军高层领导干部婚姻中的一个普遍现象,就是由夫妻间较明显的文化差异带来的生活、情感上的矛盾,遗憾的是作者没有将这矛盾深入地挖掘下去,而是采取了简单的、较为理想化的处理方式。三是注重对人物文化背景和历史的揭示。在人物塑造中,作者将人物的文化背景与人物性格相联系,展示出人物性格形成的文化心理基础,同时,不回避英雄身上存在的缺点,写出了人物的成长过程。在团长刘胜、连长石东根身上,既有我军基层指挥员的忠诚、坚毅的共性特征,又有作为农民出身的指挥员特有的民族个性和农民的文化局限。比如,刘胜对知识分子(政委陈坚)的偏见,石东根胜利后穿上敌军军服、醉酒纵马狂奔的得意忘形。这样的描写一方面体现了作者对现实主义创作风格的追求,另一方面,也表现了他对农民文化劣根性的批判。四是成功地刻画出反面人物的灵魂。小说对反面人物形象的塑造一反同期小说中"脸谱化""漫画化"的处理方式,将笔触伸入人物的灵魂深处,依照生活的本来面目刻画出有一定深度的反面人物形象。张灵甫、李仙洲、张小甫等反面人物,在书中首先是有着不同政治立场的军人,其次才是正义之师的敌对者。张灵甫带领的第七十四师是蒋介石的嫡系王牌部队,号称"天之骄子",因此,张灵甫骄横狂妄,不可一世。作者既写出了他刚愎自用的个性,又写出他深知国民党军队内部钩心斗角、互相残杀的内幕,而担心友军不能同心协力的忧虑,有层次地揭示了他掩藏极深的内心世界。营长张小甫也是小说中反面人物形象塑造较为成功的一个。书中一方面写了他对上司张灵甫的忠诚,同时,也写出了他对内战的思考以及反战的情绪。尤其值得关注的是作者通过一个反面人物形象情真意切地说出了战争给民族、给百姓带来的灾难,表现了其人性的良知,实属难能可贵。在《红日》中,反面人物不是作为正面人物的陪衬出现,而是有着独立地位的艺术形象,这样的创作手法提升了小说的艺术品格和魅力。

最后,展现战争生活中的爱情,也是《红日》的一大特色。作为一部全景式的战争小说,除了战场上的拼杀,作者还以细致、大胆的笔触描写了战争中几种不同的爱情。书中既写了高级将领沈振新与黎青这对结婚多年的夫妻间的体贴与温存,又写了梁波与华静之间朦胧、含蓄的恋情;既写了青年军官胡克与姚月琴之间短暂的恋爱,又写了战士杨军与阿菊这对年轻夫妻间纯洁、坚贞、朴素的情义。甚至,作者还写了小护士俞茜对战斗英雄杨军——阿菊的丈夫朦胧的崇拜与爱恋,以寥寥几笔将一个纯情少女的心事呈现在读者面前,体现了作者在情感创作方面的艺术探索。这些爱情场景的描写各不相同,又入情入理,为作品增添了阅读快感。另外,从整体结构上看,将幸福、甜美的爱情生活穿插在紧张、残酷的战争场面中,不仅使战争中的生活场景更加丰富生动,而且也表现了人们对和平幸福生活的向往和美好人性的呼唤,在节奏上也形成了张弛有致的艺术风格,增添了作品的艺术感染力,这是对"前17年"军旅长篇小说爱情描写的突破与发展。

《红日》的局限在于缺乏对战争本体的深层思考,这也是"前17年"战争文学的普遍问题。此外,《红日》对我军内部的思想矛盾与斗争揭示不够;相较于军事干部而言,政治干部普遍缺乏光彩;语言质地也略显粗糙。

四、传奇叙事:刘知侠的《铁道游击队》与曲波的《林海雪原》

粗略看来,"前17年"的战争长篇小说大致有两种路数:一是重横的展开,选取大事件,做大场面、大气势的铺排,从承传上讲,远承《三国》近学苏联,所谓"全景式",如前所述的《红日》与《保卫延安》;一是重纵的延伸,选取小战斗做小型化、精致化的挖掘,更富于民族特色的传奇性和情节性,即所谓"故事体"。《铁道游击队》和《林海雪原》即是"重纵"路数的代表之作。

刘知侠的《铁道游击队》(新文艺出版社1954年版)是一部因题材新颖、情节生动而被广为传诵的作品,尤其六十年代被改编成同名电影的成功更提升了小说的知名度。小说描写了抗日战争时期,鲁南枣庄矿区的煤矿工人和铁路工人,因不堪忍受日寇的蹂躏和屠杀,秘密组织起一支铁道游击队,以灵活、机智的斗争形式抗击日寇的故事。

小说塑造了刘洪、王强、彭亮、小坡、李正、鲁汉等英雄形象,其中游击队长刘洪是作者倾心刻画的战斗英雄。作者在刘洪身上突出了其勇敢、成熟、稳重、侠义的性格特征,他以高超的扒车技术、豪爽大度的侠义性格赢得了游击队员们的尊重和敬佩。在他的领导下铁道游击队搞洋行、打票车、扒铁路、拆炮楼、撞兵车,以各种秘密、神速的斗争形式,出其不意地袭击敌人,使敌人闻风丧胆、心惊肉跳,被人民群众传为神话般的英雄队伍。小说采用了拟话本的形式和传奇的笔法,将游击队神出鬼没的斗争刻画得神乎其神,有惊无险,每战必胜,传奇的故事情节和胜利的斗争结局迎合了读者的阅读心理,增添了作品的吸引力和诱惑力。在紧张惊险的战斗中,作者还穿插了队长刘洪与芳林嫂之间的爱情故事,使小说的结构曲折跌宕、张弛有序。小说借用了旧说书的传统形式,注重故事的传奇性和人物的传奇性格,但同时忽略了人物性格丰富性和复杂性的深入挖掘和刻画。刘洪与芳林嫂之间的爱情故事也更多地体现出战争中的友情和为了革命理想而走到一起的结合方式,缺少作为个性化的生命个体相互吸引的情节和因素。

曲波的《林海雪原》(作家出版社1957年版)同样是独特新颖的题材内容和曲折离奇的故事情节,不仅极大地强化了战争小说的传奇性,并且运用传统的民间文化因素和侠义小说中夸张、浪漫、通俗、生动的写作手法,将战争小说的传奇色彩推向了极致,提高了传奇化军旅小说的艺术品位。小说发表后立即受到了广泛的欢迎,被改编成电影、戏剧等多种艺术形式,"智取威虎山"的故事和杨子荣的英雄业绩被广为传诵,对中国当代文学乃至几代人的思维方式和文化心理都产生了较大影响。

《林海雪原》描绘了解放战争时期解放军一支36人的剿匪小分队,深入东北地区林海雪原,与数十倍的国民党土匪巧为周旋,并派孤胆英雄杨子荣化装成土匪,打入匪巢,深入虎穴,终于内外夹攻,全歼匪徒的故事。题材本身的惊险奇特,是以往的战争文学所从未表现过的。全书围绕奇袭虎狼窝、智取威虎山、绥芬草甸大周旋、大战四方台等四次战斗为主线谋篇布局,每一个战斗独立完整又相互联系,并在中间穿插了一系列曲折惊险、趣味横生的小故事,纵横交错,环环紧扣。在惊险紧张的战斗中又经常出现突发事件和意外变故,常常是一波未平,一波又起。在独特奇险的自然环境里,小分队以雪为衾,跨谷飞涧,攀壁跳崖、战胜天险,雪地追踪,除虎驱狼,深入匪穴,孤身作战,充满了跌宕曲折、波澜起伏的传奇色彩。作者在叙述战斗故事的间隙还安排了一些优美的神话传说和自然景物的描写,使全书的结构张弛有致,疏密得当。

《林海雪原》浓郁的传奇色彩,还得益于奇异神秘的自然环境的描写和渲染。整个剿匪活动发生在时值隆冬的长白山区,广袤无边的茫茫林海和巍峨险峻的崇山峻岭是主人公活动的主要场所,绥芬草原的冰天雪地和人迹罕至的林海雪原带给读者无限神秘的遐想。巨石倒悬的鹰嘴岩,险境奇出的奶头山和威虎山,表面幽静、内藏杀机的河神庙和阴险的定河道人,一望无际、沉寂无声的绥芬草甸,虎狼出没的原始森林,变幻无常的穿山风,都给这场奇特的战斗染上了神秘、恐怖、惊险的奇异色彩。作者不光描写了自然环境的险峻,也描写了大自然优美奇妙的神采,如明亮如镜的镜泊湖,风雪过后彩霞满天的奇景,使全书充满了浪漫主义的气质和氛围。浪漫传奇的美学风格以及将传统的审美心理推向极致的写作手法使《林海雪原》在"前17年"军旅小说中独树一帜,魅力四射。

塑造极具传奇色彩的英雄形象是《林海雪原》艺术风格的重要表现方式。少剑波、杨子荣、刘勋苍、孙达得、栾超家等,都是身怀绝技又各具个性特征的战斗英雄。有论者认为,这五位英雄性格的设置"受到民间传统小说'五虎将'这一隐形结构的支配。自从传统小说《三国演义》首设'五虎将'模式以后,五种性格构成的主要英雄人物常常是古典武侠小说的基本人物模式,《林海雪原》也不自觉地套用了这'五虎将'的结构"[6]。"五虎将"都是英雄,但又各具特色,少剑波智勇双全,杨子荣胆识超人,刘勋苍勇猛顽强,孙达得坚韧忠厚,栾超家粗俗诙谐、善于攀登,都给读者留下了深刻印象。作者在着力突出每一位英雄人物独有的性格特征的同时,又使他们相互补充、相互映衬。孤胆英雄杨子荣是作者倾力塑造和讴歌的英雄人物。在"智取威虎山"一节里,他只身入匪巢,以对答如流的黑话、镇定不迫的气质和从敌人手里缴来的"先遣图"赢得了座山雕的初步信任,并经受了敌人一次次的考验与试探。突然,形势急转直下,曾被杨子荣俘获的土匪小炉匠的出现将杨子荣置于危险境地。作者正是在这种紧要关头细致、严密地刻画了杨子荣临危不惧、机智超人、从容镇定的性格特征,从而产生了广为流传的"杨子荣舌战小炉匠"传奇细节。

故事情节的曲折离奇给《林海雪原》赢得了声誉,也奠定了它在"前17年"军旅文学中的地位。但是,用今天的美学观念来看,在人物性格的塑造上小说还存在明显的缺陷,对少剑波、杨子荣等英雄形象有拔高之嫌,对反面人物进行了妖魔化处理,从而使人物性格显得浅薄、单一,缺少对心灵的烛照与拓展,留下了概念化的痕迹。少剑波与白茹的爱情在小说的整体结构中显得颇不协调，几次恋爱场景描写有明显的重复感，语言单调、陈旧，使这场本来极具浪漫色彩的恋情不仅没有为全书增色，反而成为败笔，它固然反映出了作者不擅爱情描写的短处，但也从一个侧面暴露出了"前17年"军旅小说中爱情描写的局限性。

总体看来，以作家亲历的战斗生活为创作素材而采用偏向民族化的"纵线结构"还是比较容易把握和驾驭的，也更适应民族的审美习惯而易于成功。与《铁道游击队》《林海雪原》前后出现的冯志的《敌后武工队》、刘流的《烈火金刚》等长篇小说大致都是这种路数，并且也都因其通俗性和传奇色彩而受到了普遍欢迎，形成了五六十年代长篇战争小说的一股热潮。

第三节 二十世纪六十年代的军旅长篇小说

一、梁斌的《红旗谱》

梁斌的《红旗谱》（中国青年出版社1957年版）三部曲从酝酿到开始创作历时18年之久。二十世纪三十年代，作者根据发生在家乡的第二师范学潮和高蠡起义，写出了短篇小说《夜之交流》，后又创作了小说《三个布尔什维克的爸爸》、五幕剧《千里堤》《五谷丰收》等作品，而这些作品中的人物和情节成了日后创作《红旗谱》的素材。1953年，作者终于具备了构建《红旗谱》这一鸿篇巨制的条件。在创作的过程中，作者几易其稿，并注意了民族风格的选择和运用。作者在《漫谈〈红旗谱〉的创作》中说："要想完成一部有民族气魄的小说，我首先想到的是要做到深入地概括一个地区的人民生活。地方色彩浓厚，就会透露民族气魄。为了加强地方色彩，我曾注意一个地区的民俗。我认为民俗最能透露广大人民的历史生活。"[7]

《红旗谱》以宏伟的历史画面、丰满的人物形象、鲜明的民族风格，艺术地再现了民主革命时期冀中农民革命斗争的历史画卷，共有三部。第一部《红旗谱》，表现第二次国内革命战争前到"九一八"事变这段时间内的农民斗争历史；第二部《播火记》（作家出版社1963年版），写"九一八"之后到抗日战争全面爆发前以高蠡暴动为中心的农民革命运动；第三部《烽烟图》（中国青年出版社1983年版），写"卢沟桥事变"前后，北方农村阶级阵线的变化。全书共一百零九万字，从清朝末年写到抗战时期，时间跨度近半个世纪，作者以淋漓酣畅的笔触，描写了冀中人民"反割头税斗争"、"保二师学潮斗争"和"高蠡起义"的英雄业绩，并以质朴生动的语言反映了北方农村的生活色彩和情趣。三部小说内容丰富，气势雄浑，在内容、规模和气派上堪称一部新型农民革命的史诗。应该强调指出的是，诸多文学史家认为，小说只有第一部《红旗谱》艺术成就较高，后两部在艺术上远远没有达到《红旗谱》的高度。我们完全认同这种判断，但同时也认为，作为一部农民革命运动的壮丽史诗，如果只有第一部，无论是从时间的跨度来看，还是从内容的丰富考虑，都还不够史的雄浑和诗的宏伟；而且三部曲在思想内容和艺术风格上是基本完整和统一的，体现了一部史诗应有的丰厚内容和美学风格。

小说以朱老忠、严志和两家三代同地主冯老兰一家两代的斗争历史为主线，描写了中国共产党领导的农民革命斗争，一方面真实地反映了民主革命时期的风云变幻，另一方面又写出了农民的心灵演变以及他们在党的领导下走上革命道路的斗争历程。朱老忠是作者着力刻画的农民英雄。在他身上有许多古代英雄豪杰的影子，比如路见不平、拔刀相助的正义感，有胆有识、深谋远虑的智慧，正直无私、勇敢坚毅的气概，等等，都体现了中华民族精神中的优秀品格和英雄气质，呈现出鲜明的民族文化心理特征。自古"燕赵多慷慨悲歌之士"，作者首先以热烈、饱满的情绪描写了朱老忠性格形成的客观环境，他从小受父辈的影响，形成了豪侠仗义、刚正不阿的个性，20多年闯荡江湖的人生经验使他比父辈更深谋远虑，懂得斗争的方式和策略，显得深沉坚韧、乐观自信。他常说的两句话"出水才看两腿泥""为朋友两肋插刀"是极具个性化的民间豪语，小说从各个方面有声有色地表现了他这种极富民族化的个性特征。对严志和他给予兄弟般的深情厚谊，对春兰、运涛、江涛他给予父亲般的体贴和爱护。"脯红鸟事件"体现出他的豁达和开朗，"高蠡暴动"又表现出他的英勇无畏、刚毅果敢。人物性格丰满高大，充满了人性美和人情美的光辉。在作者笔下，朱老忠是承前启后的农民英雄,他既有传统民间英雄的侠肝义胆,又接受了共产党的革命教育,具备了一个革命者的基本条件。作者将他民族化、个性化的侠义性格与共产主义的革命理想相结合,既迎合了时代的呼声,同时也消除了人物概念化的历史痕迹。

除朱老忠外,严志和、朱老明、朱老星、朱大贵、春兰、张嘉庆、贾湘农、李霜泗父女、严知孝父女等形象也都刻画得各具特色,他们共同支撑起民族精神的大旗。严志和的善良朴实、勤劳本分、胆小怕事的性格特征与朱老忠形成对比,严志和的性格特征在中国贫苦农民中更具有代表性。在第二部《播火记》中出场的李霜泗,也以其充满传奇色彩的人生经历为全书增添了艺术光彩。李霜泗出身于土匪,但他本质善良、有正义感。他为环境所迫,被逼无奈,占山为王,但却一直坚守着"杀富济贫"的行为原则,行侠仗义,锄强扶弱。其妻子——一个女大学生,因爱慕其侠义性格而以身相许。其女芝儿延续了李霜泗的性格,泼辣、勇敢,独特的家庭出身和封闭的生长环境又使这个人物显得清新、美好并且与众不同,是书中女性形象塑造的一个亮点。严知孝是中国传统知识分子的典型代表,他清高、孤傲又坦诚正直,在黑暗污浊的社会现实面前,努力保持着知识分子的学士风度,不问政治,却有爱国心志,在民族危亡的关键时刻,表现了中国知识分子的节操和勇气。

反面人物冯兰池父子的形象刻画得颇具深度。旧式地主冯老兰的保守和顽固与受过资产阶级教育的冯贵堂形成对比,作者分别刻画了这两种不同类型的地主阶级在剥削农民的手段上所采取的不同策略:旧式地主冯老兰保守、顽固,他总是采用最保险的方式从农民身上获取利益;而受过西方教育的冯贵堂在剥削手段上有明显的资本主义色彩,以讲究"人道"来掩人耳目,带有更多的欺骗性。两种不同类型的地主阶级相互矛盾又相互依存,反映出中国封建地主经济向资本主义经济发展的历史趋势,同时表明在近代中国统治阶层内部存在的保守派和改革派的不同思想。

《红旗谱》取得了多方面的艺术成就,但民族化的美学风格是最引人注目的艺术特色。它在农民斗争的内容和方式上、在人物的塑造上都体现了民族的精神和气质。"朱老巩大闹柳树林""反割头税斗争""高蠡暴动"等农民斗争,都带有民族的传统色彩和中国北方农村的特点。书中描写的农民战争采取的也都是最地道的农民方式,如第二部《播火记》中,攻打冯家大院的场面非常鲜明地表现出农民战争的特色,毫无战争经验的农民一出场就乱了阵脚,作者将农民初上战场那种紧张、兴奋、害怕、惊喜的心理刻画得惟妙惟肖。在农民斗争的历史进程中,作者还着重刻画了中国北方农村的风土人情,从浓厚的地方色彩中透露出民族特色。作者曾在《漫谈〈红旗谱〉的创作》中说:"如果一本书深入地反映了一个地区的人民生活,地方色彩(当然不仅仅是地方色彩)浓厚了,民族风格、气魄就容易形成。"[8]小说以朴实、生动的语言真实地反映了我国北方农村的民俗风情和精神风貌。如过除夕、赶庙会、安机织布、架锅杀猪、耪地、捕鸟、相好、说媒等,都显示出地道的北方农村的地域文化色彩。小说还借鉴了我国古典小说的传统写作手法,故事情节传奇曲折,引人入胜,富有民间特色。

小说也存在明显的缺陷,其中最主要的问题是《红旗谱》中主人公朱老忠与主要事件缺乏紧密联系,常常游离于斗争的中心,每一个重大事件都与他擦身而过,他只是有如一个历史见证人,目睹着每一次社会变革,而江涛和运涛等知识分子作为斗争的领导者则占据了主要位置,一直到《播火记》朱老忠才开始成为真正的主角。主人公的游离使全书的结构显得疏散,故事情节缺少紧凑的衔接,失去了引人入胜的吸引力,同时江涛、运涛等人的性格特征尚不够鲜明、丰满。

二、罗广斌、杨益言的《红岩》

出版于1961年的《红岩》(中国青年出版社)是二十世纪中国文学史上最负盛名的作品之一,写的是罗广斌、杨益言两位作者亲历的故事。两位作者于1958年出版了革命回忆录《在烈火中永生》,在读者中引发强烈反响,发行量达300多万册,在此基础上他们创作了长篇小说《红岩》,并在不到两年的时间里发行400多万册,创下了当时长篇小说发行数量的最高纪录。

在"前17年"军旅长篇小说中,英雄是共同主题,但《红岩》却独具魅力。究其原因,我们认为正是作品塑造了具有坚定理想和崇高信仰的知识分子英雄群像。这些英雄有以往作品中英雄所具有的共同的品质,比如勇敢、机智、顽强、无畏,但更加可贵的是他们身上特有的知识者的光辉。作为有较高文化素养的革命者，他们既有革命斗争的实践经验，又有宏伟理想的理论支撑，两者的结合使他们拥有了超出一般革命者的个性魅力。江姐和许云峰们在革命的道路上经受了长期的锻炼，因此他们具备丰富的斗争经验和成熟老练的工作作风、知识者的智慧、革命者的坚强、对祖国深沉的热爱、崇高的人生信仰、坚定的革命理想等，这些美好的素质叠加在这些英雄身上，使他们放射出耀眼的光华。事实上，这些英雄人物的完美已经显出"高大全"的影子，但是由于作者在人物的塑造上采取了丰富多样的表现手法，并赋予人物以智者的高贵气质以及富于个性化的语言和行动，从而并不使读者感觉虚假和空洞，反而产生要成为"他"的强烈愿望，把"他"当作人生模仿和追随的目标。

许云峰和江姐是作者着墨最多、给读者印象最深的两个英雄形象。许云峰是一位经历过长期地下斗争的领导者，他一出场就表现出成熟革命者特有的光彩与魅力。他老练、机智、有较强的政治敏锐性，通过沙坪书店细微的变化而识破敌人的阴谋，做出了当机立断的处理；在茶楼为掩护市委书记李敬原，挺身被捕；在狱中唇枪舌剑战胜毛人凤和徐鹏飞，并用手指挖开地牢通道留给战友越狱。所有围绕他的细节描写生动地表现了许云峰的机警老练、远见卓识和自我牺牲精神。江姐是书中描写较为丰富并且在读者中反响强烈的一个人物形象。在她身上既有知识者的高贵，又有革命者的坚强；既有女性的精细，又有政治家的机警；既有纯洁高尚的情操，又有沉稳内敛的气质。在赴川北途中看到丈夫高悬的头颅，她隐忍着内心的痛苦继续战斗；在狱中面对种种酷刑，她依然保持着高贵的个性和不凡的气质，尤其是她牺牲的场面，给无数读者留下了难以磨灭的印象：她理头发，换旗袍，整衣拭鞋，吻别"监狱之花"，和战友们一一告别，从容而镇定地走向刑场。除许云峰和江姐之外，在英雄的谱系里还有爱憎分明、追求真理的刘思扬，长期隐蔽、忍辱负重的华子良，沉着老练的齐晓轩，埋头苦干的成岗，等等。在这些英雄人物的塑造上，作者运用了多种手法，比如仅仅描写他们在狱中受刑的场景，就有正面描写（如成岗），有侧面叙述（如江姐），有气氛烘托（如许云峰），如此等等，使他们的性格都放射出独特的光彩。

值得一提的还有书中对反面人物的成功塑造。叛徒甫志高尚是一名革命者的时候就表现出与众不同的特质。他有着知识分子的儒雅气质，对人关心体贴，讲求生活情趣，深爱自己的妻子。在被捕之夜，他还买了妻子最爱吃的食物。当他得知作为地下联络站的书店已被敌人查获,回家即有可能落入敌人的魔爪时,经过复杂的心理斗争之后,对家的依恋战胜了一切,终于,他选择了难以割舍的妻子,却不知已经踏上了走向背叛的第一步。作者通过细致的心理描写,表现了甫志高矛盾复杂的性格特征,使他成为"前17年"军旅文学人物长廊中鲜明的"这一个"。对甫志高被捕之夜的心理刻画丰富了这个人物的内心世界,也引发今天的读者更多深入的思考。

三、冯德英的《苦菜花》《迎春花》《山菊花》

《苦菜花》(解放军文艺社1958年版)是冯德英的第一部小说,创作历时6年,因第一次成功地塑造了一位革命母亲的形象,成为"前17年"军旅长篇小说中一部有特色、有影响的作品。此后,冯德英又创作了《迎春花》《山菊花》两部以战争为背景的长篇小说,与《苦菜花》一起并称为"三花"。

《苦菜花》突出的成就是塑造了一位平凡而感人的革命母亲的艺术形象。母亲是典型化了的中国北方农村妇女,作为一名普通的劳动妇女,做农活、操持家务和照顾孩子是她生活的基本内容,善良、慈爱是她性格的主要特征。作者着重描写了抗战初期母亲忍辱负重、逆来顺受的生活,但也正是这样艰辛的生活让人感受到了母亲性格里隐藏着的刚强。在女儿娟子的开导下,她开始看到了生活的希望。由最初的胆小怕事到支持儿女的革命行动,她最终自己也投身到了火热的抗日战争之中,最后为了保住八路军的兵工厂,她忍受了敌人的一切酷刑和巨大的悲痛,眼看着女儿小嫚被敌人杀害,母亲坚韧顽强的性格在这时得到了充分的展现。作为一个没有多少文化的普通农村妇女,母亲走上抗日道路不是由于革命理论的引导教育,而是出于其仁义、慈善的性格以及对家庭和亲人本能的爱护。这样的写作手法使革命母亲这一形象显得真实、自然、亲切。《苦菜花》中的母亲是中国当代文学中第一个比较完整、丰满的革命母亲的形象。

在艺术上,《苦菜花》表现了浓郁的民族风格。作者将王官庄作为一个相对独立的社会,充分展现了特定时期的山东农村各种势力、各个阶层的思想、生活状况,构成一幅丰富多彩的民间风俗画,不仅写了抗日战争时期的敌我斗争,也写了深受封建思想毒害的广大贫苦农民与旧传统和旧礼教之间的思想斗争。守旧、固执的四大爷无法忍受娟子像男人一样地工作和革命行动，与母亲进行了激烈的思想交锋，最终不觉悟的四大爷死在敌人的枪下。还有杏莉妈与长工王长锁之间曲折的恋情，花子对包办婚姻的反叛，反映了新旧变革时期，长期封闭的农村也渐渐滋生了自由恋爱的思想萌芽。这些细微的变化给作品带来了鲜明的时代感。阶级斗争、民族斗争和新旧思想的交锋在作品中相互交织，共同构成了山东农村在抗战时期丰富、复杂的社会状况和生活风貌，体现了浓郁的民族特色和强烈的时代感。

《迎春花》（解放军文艺社 1959 年版）以解放战争为背景，描写了胶东解放区人民为巩固后方、支援前线所进行的可歌可泣的斗争。小说以山河村为焦点，着重反映了村中以曹振德为首的革命者与地主蒋殿人及反革命分子孙承祖等人之间的斗争，并通过敌我双方的斗智斗勇，反映了当时北方农村的生活面貌以及不同阶层人们的思想状况。女青年春玲是书中的主要人物，这个年轻女性对革命事业忠诚、热爱，性格热情、开朗，乐于助人。作者通过她选择配偶时的矛盾心情，深入地揭示了一个少女面对爱情时的困惑和迷茫。青年儒春善良、正直、勤劳，不仅是她儿时的玩伴，而且是奉父母之命定下的未婚夫，然而由于其父老东山的保守、顽固，不允许他参加任何革命活动，在春玲眼中成了落后分子。与此同时，小学校里的文化教员孙若西却热烈地追求着她。在儒春和孙若西之间，这个尚未经历过爱情的女孩子迷茫了：她喜欢儒春的善良，却讨厌他的懦弱与落后；她为孙若西的执着追求而心动，却又不了解孙若西的为人。作者将主人公的矛盾心理娓娓道来，一波三折，最后通过一次征兵运动让春玲看清了孙若西的真面目，并坚定地动员儒春参了军，也解决了自己的终身大事。作者细致地描写了春玲的情感和心理活动，丰富了人物的性格。

此外，小说中的几个反面人物也都各具特色。地主蒋殿人狡猾多疑、善于隐蔽自己，通过小恩小惠和表面上的顺从赢得群众的同情，暗中破坏革命；冯寡妇则善于撒泼耍赖，公然进行破坏活动；由村妇救会长蜕化叛变的孙俊英则有着贪图享乐的本性和女人的精明；国民党特务孙承祖及其妻王镯子则冷酷、自私。书中正反两派之间的斗争时明时暗，使烧粮、强奸等事件扑朔迷离，引人入胜。

《山菊花（上集）》（山东人民出版社 1979 年版）、《山菊花（下集）》（解放军文艺社 1982 年版）的出版相隔三年，但读来并不感觉断裂。上部以三嫂一家为基点，通过大女儿好儿和二女儿桃子婚姻线索反映了整个胶东地区人民同地主恶霸进行的艰苦卓绝的斗争。下部延续着上部铺垫的情节继续发展：革命取得了初步胜利，也遇到了暴动失败的挫折，然而逐渐成长起来的胶东儿女在斗争中日益成熟，不仅大女儿好儿和二女儿桃子都走上了革命的道路，小女儿小菊也成了革命队伍中的一员。主人公于震海在一次次的对敌斗争中积累了经验，并越来越成为胶东人民抗日斗争的领导核心。

同《苦菜花》与《迎春花》一样，《山菊花》也将作品的重点放在了几位女性的描写上，书中出现的几位女性以其各不相同的性格特点给人留下了深刻印象，比如三嫂性格独立、有主见，桃子聪明坚强，好儿柔弱多情，小菊活泼聪慧，萃女热烈大胆，二妞则性情刚烈。尽管人物较多，却性格各异，作者主要通过人物对家庭、婚姻、恋爱的态度来表现人物性格。比如，小说一开头就写了一件让三嫂一家蒙羞的事。张老三在媒婆孔霜子的挑唆下，认定大女儿好儿和高玉山有了奸情，不问青红皂白就要处置好儿。三嫂在气急败坏的丈夫面前毫不畏惧，力主问明事情真相再做判断，并将整个事件分析得清清楚楚，以理服人，把张老三反驳得无话可说。开篇一件小事就将三嫂这个农村妇女独立、有主见的性格刻画得入木三分，给读者留下深刻印象。

小说中几对青年男女各有特色的婚姻恋爱故事也颇引人入胜。桃子与于震海的婚姻是农村婚恋习俗的翻版，七岁就由父母做主定了亲，丈夫于震海在共产党员李绍先的带领下进行革命活动，桃子也是这个家庭中最早成为革命者的坚强女性。好儿自小与表兄高玉山相爱，无奈在孔霜子的百般破坏下与孔霜子的侄子孔居任结了婚。孔居任虽是骗婚成真，却难得地对好儿一往情深；他在后来的革命道路中尽管有错误，却最终牺牲在革命的战场上。唱戏出身的萃女与长工于震兴大胆、热烈的恋情更是书中的亮点。死了丈夫的萃女不甘心做封建礼教守节的牺牲品，她敢于破除门第观念，大胆热烈地追求个人的幸福生活，成了偏僻、闭塞的胶东地区女性个性解放的先驱，最终与恋人于震兴双双殉情的结局引人同情、令人叹惜。二妞不顾一切地寻找因革命失败而痛苦失明的宝川并与之私订终身，让读者看到了一个从小习武的烈性女子对爱情的坚贞和执着。小菊与高玉水的爱情,常常令人想起她大姐好儿与高玉山的悲剧。然而,随着革命形势的发展,小菊与高玉水再没有了姐姐当年的阻力,两个年轻人朦胧的恋情让人看到了生活的美丽和希望。作者通过人物的情感经历突出了人物性格中最鲜明的特点,使之呼之欲出,栩栩如生。

四、雪克的《战斗的青春》和李英儒的《野火春风斗古城》

雪克的《战斗的青春》(上海文艺出版社1960年版)以滹沱河边枣园区为背景,反映了从1942年日寇发动"五一扫荡"开始的抗日战争。小说较之其他反映抗日战争作品的不同之处在于,将区委书记许凤这位女性革命者、抗日斗争的领导者作为作品的主角进行了较为深入、细致的刻画,并通过许凤的成长过程展现了枣园区抗日战争的曲折历程。许凤在作品中第一次出现时,是枣园区妇救会主任,一个充满革命激情、单纯、天真的年轻姑娘。也正是由于她的单纯和年轻,作为一名领导干部,她在政治上还不够成熟,斗争经验也不够丰富,作品遵循现实主义创作原则,真实地表现了她的成长过程。作品突出了她坚韧的斗争性格和善良的心地,在复杂的斗争中她顽强、果敢、坚毅,对同志有真诚无私的爱,对敌人有毫不留情的恨。她与叛徒胡文玉的曲折爱情既表现了她的善良和单纯,同时也反映了她复杂的内心世界,对胡文玉由爱而恨,爱恨交织,揭示了人物内心世界的情感变化,使她成为全书中较有光彩的人物形象。除许凤外,作品还刻画了勇敢、机智的游击队长李铁,风趣、侠义的地下工作者窦洛殿,乐观、成熟的县委书记周明等。叛徒胡文玉身上表现出来的知识分子的清高、浓重的小资情调、善于空谈而不务实际的性格特征在"前17年"军旅长篇小说中反面人物的塑造上有一定突破。但是作品在艺术上仍存在明显的缺陷,后半部的议论较多,作者用大段的篇幅来发表对革命的见解和赞美,大大削弱了作品的艺术性,故事本身的发展也不如前半部来得生动曲折。另外,情节结构上缺乏高低起伏的变化,语言也较直白。

李英儒的《野火春风斗古城》(人民文学出版社1962年版)是反映我党地下斗争的一部比较优秀的作品。小说以华北敌后根据地和日寇占领的城市中的斗争生活为背景,以主人公——团政委兼县委书记杨晓冬打入华北敌占区的一个古老省城,同敌特进行地下斗争的故事为主线,反映了我党地下斗争的复杂、曲折。作品着重刻画了我党地下斗争的领导者杨晓冬的形象,从人物的多个侧面表现了人物的性格。面对敌人的严刑拷打,杨晓冬大义凛然、坚强不屈;善于团结各阶层群众,积极做好群众工作则表现了他作为一名革命者的成熟与朴素;护送首长过境、智斗蓝毛、舌战吴赞东、奇袭伪司令部等情节,则体现了他在斗争中的机智、勇敢,并赋予作品传奇化的艺术风格。除杨晓冬外,作者还颇具才华地塑造了两位性格迥异的女性形象,即金环、银环两姐妹,两姐妹"一刀,一娇",性格鲜明、突出。姐姐金环泼辣、倔强,妹妹银环踏实、灵秀,在复杂的地下斗争中各显其能,各有所长。两者相互对比映衬,人物性格丰富、多样,也为全书增添了情趣。地下斗争的复杂、紧张、艰险,情节曲折生动,环环相扣,张弛有致,使得小说有一定的可读性和吸引力。

第四节　其他方面的军旅长篇小说

一、少数民族的生活与斗争

我国是多民族的国家,各民族都有自己悠久的历史和文化传统,在不同的历史时期,创作了独具本民族特色和艺术风格的文学作品。新中国的"前17年"间,少数民族的文学创作主要表现了中国共产党带来的历史性变革,以及各民族对新生活的歌颂。就军旅文学而言,玛拉沁夫的《茫茫的草原》、李乔的《欢笑的金沙江》表现了中国共产党领导下的少数民族为争取民族解放而进行的斗争,是影响较大的表现少数民族生活的军旅长篇小说。此外,乌兰巴干的《草原烽火》、扎拉嘎胡的《红路》表现了战争时期蒙古族人民的革命斗争。这些作品在广阔的社会背景下,真实地反映了不同民族生活斗争的历史画面,不仅描写了少数民族特有的生活方式、风俗习惯、文化传统和民族地区奇伟壮丽的自然风光,而且展现了少数民族在历史的转折点寻求出路和民族前途的斗争过程。

玛拉沁夫的《茫茫的草原》(人民文学出版社1958年版)以其浓郁的马背民族特色和气息浓烈的草原生活描写而成为较有影响的少数民族长篇小说。小说以青年牧民铁木尔和斯琴充满曲折、坎坷的爱情故事为线索,以蒙古族人民寻求民族出路为主题,描写了察哈尔草原上的蒙古族人民面对动荡的社会现实,面对国民党、共产党和脱离祖国独立的三种选择,为争取自由和解放而进行的艰苦斗争和历史抉择。小说以独特的民族形式和表达方式,真实地表达了蒙古族人民的思想感情、理想和追求。

抗战胜利后,蒙古人民面临着抉择和考验。热血青年铁木尔和沙克蒂尔满怀热情,却不知如何斗争。曾当过日伪警察大队长的反动上层分子贡郭尔在国民党特务刘峰的指挥下,打着保护蒙古民族的旗号,建立了明安旗保安团,为配合国民党的内战,四处散布谣言,制造事端,破坏共产党在民众中的威信和声誉。以苏荣为领导的共产党"内蒙古自治运动联合会"深入草原,发动牧民,成立了人民武装——明安旗骑兵中队,引领牧民进行民主革命的解放斗争。以大地主瓦其尔为代表的一部分上层人物,则准备走骑墙派的中间道路,他准备了一面红旗、一面青天白日旗,妄想谁得势就跟谁。小说真实、生动地描写了草原上这场不同道路的激烈斗争,反映出在民族命运面前,不同阶层、不同性格的人物思想上的倾向和变化。

小说成功地塑造了一批具有独特心理和性格的人物。青年牧民铁木尔是作者着力刻画的热血青年。在他身上有着鲜明的民族特点,他既有朴实、善良、正直、热情的一面,也有倔强、剽悍、冲动、易怒的一面。他机智、服从真理和自己的判断,同时又有牧民自由散漫的个性和狭隘的民族观念。作者以真实、丰满的笔触刻画了这个人物多面的性格。铁木尔与斯琴的爱情描写充满了浪漫色彩和民族风格,对美好生活的渴望和幸福爱情的追求丰富了人物的内心世界。斯琴是蒙古民族优秀女性的代表,她温柔、善良、勤劳、纯朴,对爱情执着、真诚,作者在她身上着力体现了女性外在的美丽与内在的美好。青年寡妇莱波尔玛是书中富有光彩的女性形象,她体现了与斯琴不同的另一种蒙古族女性的性格。她倔强、爽朗,在追求幸福的爱情生活上表现了大胆、热烈的个性,体现了马背民族炽热的情怀和开阔的胸襟。小说中反面人物的塑造也极有个性,野心勃勃、贪婪狡诈的贡郭尔,凶狠险恶、诡计多端的特务刘峰,老奸巨猾的土匪方达仁,爱财如命的瓦其尔等,都描写得有声有色。

鲜明的民族特色和强烈的抒情性是这部小说突出的艺术成就。作者以满怀诗意的笔触描写了蒙古族人民的民风民俗以及察哈尔草原绚丽迷人的自然风光,给作品带来了浓郁的地方色彩和生活气息。比如第二卷第七章里对马和歌声的描写,充分体现了蒙古族人民特有的性格和爱好。在广阔的生活画面中,作者常常是借景抒情,情景交融,带来了清新、浪漫、诗意的艺术风格。

李乔的《欢笑的金沙江》(作家出版社 1956 年版)被称为反映彝族人民历史命运的画卷,它通过描写凉山彝族人民从争取解放到民主改革、平息叛乱的艰难曲折的历程,反映了解放前后彝族人民生活所发生的翻天覆地的历史变革。小说围绕"政策过江"描绘了一场曲折复杂的斗争。全国已解放四年了,可是在金沙江对岸的凉山彝族聚居区的人民依然过着原始、落后的奴隶制生活。国民党胡宗南部队的残部流窜至此,利用历史上的民族矛盾,造谣惑众,对我党的政策进行诽谤,在彝族民众中破坏我党形象,阻挠彝人过江;并利用彝族"打冤家"的陋俗,挑拨彝族部落之间相互残杀,以达到统治彝人的目的。以彝族干部丁政委为首的凉山工作组克服了种种矛盾和困难,根据少数民族的特殊情况和独特风俗,努力宣传我党政策,启发彝民思想,挫败了敌人制造的种种谣言以及挑起冤家械斗的阴谋和伎俩,最终消除了民族隔阂,完成了解放凉山的任务。

丁政委是作者着力塑造的干部形象,他是受党教育的优秀的少数民族干部。作者突出刻画了他执行党的政策的坚定性和高度的原则性,在斗争中,由于国民党的挑拨而使沙马木札和磨石拉萨两家"打冤家",致使广大彝族民众包括他的哥哥和母亲都有可能被害,在此情况下,他依然按兵不动,坚持宣传、说服的政策。丁政委是高大、优秀的我党干部的形象,但是对于其人物个性化的内心世界的揭示还略显薄弱。

小说对彝族奴隶主和奴隶的刻画较为形象生动。三位"黑彝"(奴隶主)沙马木札、木锡骨答、磨石拉萨各有特色。面对国民党的拉拢和挑拨,他们的反应各不相同,沙马木札遇事稳妥、性格开明,木锡骨答耿直、风趣,磨石拉萨保守、顽固。在丁政委无私精神的感染下,三位"黑彝"终于消除了对共产党的敌意和恐惧,认清了国民党伪善的假面。阿黑火日是奴隶的典型代表。他质朴善良,忠诚可靠,未觉悟前是奴隶主沙马木札喜爱和信赖的奴隶;对党有了初步了解后，他产生了强烈的改革愿望并成为我党政策的积极宣传者。小说中不仅写了他要求革命的强烈愿望，而且也描写了他与果果之间美好、纯洁的恋情，使人物的性格丰满生动。

小说用质朴的语言把纷纭复杂的历史和现实斗争编织成一个个波澜起伏、迂回曲折的故事，情节较为引人入胜。小说比较自然地表现了彝族人民的生活风俗和习惯，并展现了祖国南疆的地理风貌。小说取得了一定的成就，但是也存在明显的缺憾，在少数民族文化心理的深入开掘上、在人物性格塑造的丰满生动上、在民族矛盾的提炼概括上都还不足，语言也略显粗糙。

二、徐怀中的《我们播种爱情》和陆柱国的《踏平东海万顷浪》

《我们播种爱情》（中国青年出版社1957年版）是徐怀中的处女作，也是徐怀中的成名作。一般说来，《我们播种爱情》并非严格意义上的军旅小说，但徐怀中是重要的军旅作家，而《我们播种爱情》又是他的重要作品，我们无法避而不谈。正如朱向前所注意到的："徐怀中不是一位以创作量的丰硕而骄人的作家，但他却是一位有着纯正的艺术感觉、扎实的文学修养和明确的美学追求的起点很高的作家。早在建国前后，他就尽可能地广涉中外名著。事后他回忆说：'入城以后，我把仅有的一点钱都用来买书，我最喜爱普希金和梅里美的短篇。在中国当代作家中，我很喜爱孙犁同志的作品。'[9]这种鉴赏眼光，在当时的部队青年作者中，不能不说是高雅的和超前的。在他28岁发表的长篇处女作《我们播种爱情》里面，已然可以依稀看出名著的熏染和浸润，譬如开篇他这样写景：'大约是初秋——西藏高原的四季确实不太分明——山岭上已经积了很厚很厚的雪。雪，在太阳照耀下闪射出强烈的银光，仿佛那层层大山不是坚硬的花岗岩，而是透明的水晶石。除去常青的云杉，坡地上的树木已在渐渐地被剥得赤身裸体了。群山所环抱的草原，也已在渐渐地褪去葱绿而显露出暗淡的本色，宛如山洪汇集的一片浑黄的、沉寂的湖水。'……这不啻一幅着色丰富而准确到位的'油画'，至今看来仍不觉'褪色'。当然，这部作品更以建设新西藏的火热生活和烂漫激情征服了广大读者，就连著名文学前辈叶圣陶先生也'一看就让它吸引住了，有空工夫就继续看，看完一遍又看第二遍'，并认定'是近年来优秀的长篇之一'。[10]这种共识,使它继1957年初版两年之后,又作为向建国十周年献礼的优秀作品由人民文学出版社再版,并被译成多种外文在域外出版,为徐怀中赢得了在当代文坛的一席位置。"[11]

《我们播种爱情》描写了藏族同胞在共产党的帮助下建立新生活的历史画面,同时表现了汉藏人民在建设新生活中所结下的深厚友谊。小说围绕西藏地区一个农业技术推广站从筹建到发展成国营农场的建设过程,广泛地反映了西藏和平解放初期的社会生活和发展变化,讴歌了为西藏的进步和繁荣而奋斗的人们。

小说以真实、细腻的笔触侧重描写了年轻人的爱情生活。天真开朗的林媛果断坚强,对爱情她有大胆追求的热情和勇气,但是,当她发现恋人苗康隐瞒了有女朋友的事实,她毅然放弃了这份感情,以更大的热情投入工作,来使自己忘掉这份令人厌恶的情感。与大胆、开朗的林媛相比,倪慧聪显得温柔含蓄。当她发现苗康背叛了自己时,她默默地痛苦,痴情地等待,直到在工作中一再发现苗康的自私与虚伪,才与之决裂。技术员雷文竹是热情、真诚、富于幻想的青年。与浮躁、自私、虚伪的苗康相比,他有强烈的进取心、脚踏实地的工作作风和忘我的工作热忱。对于爱情他不像苗康那样大胆和外露,尽管他第一次见到倪慧聪就爱上了她,但是当他发现她的恋人是苗康的时候,他退缩了,甚至去帮助她获得这份已经发生了转移的爱。雷文竹对爱情的处理方式,表明了他与苗康形成鲜明对比的道德标准。另外朱汉才、叶海与藏族姑娘秋枝的恋情描写也十分生动、独特。美丽、热情的藏族姑娘秋枝爱上了朱汉才和叶海两个人,并希望按藏族的习惯同时嫁给他们两个。面对藏族姑娘炽热的恋情,两个汉族青年没有相互排挤和争执,朱汉才以其善良的谎言成全了叶海与秋枝的爱情。

小说以农业站的活动为主线,既有曲折惊险的斗争,又有纯净美好的爱情;既有汉族青年为建设西藏忘我工作的热情,又有藏族群众接受新鲜事物的曲折过程。同时作品描绘了西藏高原特有的自然景物、政治制度、民族习惯和历史变革,从而构成极富民族特色和地域特点的风俗画,带来真实、自然、纯朴、明快的艺术魅力。

《踏平东海万顷浪》(解放军文艺社1958年版)是陆柱国的一部重要作品,它以浙江前线章雪松的团队为主要线索,描写了我陆、海、空三军配合,于1955

年1月一举解放一江山岛的历史画面。这部小说就其所取得的艺术成就而言,远远没有达到同期许多小说的水准,但是书中两个倒叙式的传奇情节却写得异常生动、感人,从而成为"前17年"军旅长篇小说中难得的亮点。后来经由其中一个情节——花木兰式的女英雄高山与雷震霖的爱情故事改编的电影《战火中的青春》的成功也说明了这一点。

在《踏平东海万顷浪》中,作者通过主人公章雪松在探亲途中回忆起自己苦难的童年和成长经历,带出了第一个传奇故事——他在部队当连长时,他的父亲在他手下当排长。作者一方面写出了作为排长的父亲对连长身份的儿子在工作中的尊重和服从,另一方面则较细致地刻画了这对父子间的深情。作者通过父亲明着找儿子借烟草,实则为儿子送口粮的细节表现了在生活中父亲对儿子的细心呵护,又通过在肉搏战中父亲从敌人的屠刀下救出儿子的细节表现了在战场上父亲对儿子默默无语的关注和保护。儿子与父亲之间这种独特的官兵关系和血缘情义,使这个情节传奇、生动,有较强的感染力。也许作者意识到这个情节并非全书结构的主干,因此,作者并没有深入细致地去挖掘这个故事的丰富蕴藏。侦察科长雷震霖出场后,作者又巧妙地带出了他的传奇故事。1946年雷震霖当排长的时候,连里给他们排配了一名副排长——高山。高山是新型花木兰式的女指挥员和女英雄,在书中充满了奇异的光彩,令人经久难忘。她女扮男装参加野战军,刚到雷震霖所在的"尖刀英雄排"时,她矮小黑瘦的体格、破烂的外衣都让雷震霖从心里看不起她,对雷震霖来说,"尖刀英雄排"不能因为这个不起眼的副排长有失声誉。高山看出了雷震霖的心事,通过捉俘虏、救雷震霖两个细节充分展示了她的机智和勇敢,令包括雷震霖在内的全排战士刮目相看。在描写她的勇敢之余,作者还表现了她作为女性的细致与耐心,渐渐地她成了全排战士最信赖的人。由于一次负伤的经历使她暴露了女性的身份,也俘虏了排长雷震霖的心。在这个故事中,作者通过人物之间的相互关系和一系列的误会、冲突展现了人物丰富、复杂的心理世界,人物的形象显得生动、鲜活。应该说,高山与雷震霖的爱情本来可以铺排成一部有声有色的战争加爱情的浪漫小说,但是,作者却在最为精彩之处吝惜了笔墨,转到对战争进程的描写上。毕竟,这个爱情故事在整个解放一江山岛的战争中只是一个斜逸出来的旁枝,但是,这个旁枝却成为全书中最为精彩动人的情节。从整体来看,小说的结构还显松散,解放一江山岛的主体部分中还缺少精彩动人的情节。除雷震霖和高山外,书中其他几个主要人物的心灵世界开掘不够,显得平淡、单薄。

三、英雄成长传记:从高玉宝的《高玉宝》到金敬迈的《欧阳海之歌》

在"前17年"的军旅长篇小说中,还有几部以英雄的成长经历为素材创作而成的长篇传记小说。比较有影响的有《高玉宝》和《欧阳海之歌》,两部作品均以生活中的人物原型为蓝本,描写了英雄成长的一生。

《高玉宝》(人民文学出版社1958年版)是自传体长篇小说,主要描写了贫苦人家的孩子高玉宝少年时期难忘的成长经历。少年高玉宝由于家贫而无法实现读书的愿望,就连在教书先生免去学费的情况下,也由于地主的欺压而不能读书,小小的高玉宝只有进地主家做农活,同时受着地主的折磨。高玉宝家搬到大连城后,少年高玉宝进工厂做了童工,在刘长德的领导下开始了与日本鬼子的斗争。书中的高玉宝形象朴实、善良、好学,小小的年纪却有着对人生美好的愿望和对读书强烈的渴求,生活化的语言和故事情节有一种朴素的艺术魅力。全书共十三章,每一章围绕一个主题展开故事情节,章节的标题鲜明地点出故事的主要内容,如"过年""我要读书""上工""放猪"等等,其中"半夜鸡叫"以其曲折、有趣的情节成为其中的著名篇章,并被收入小学课本。作者高玉宝是书中主人公的原型,在进行创作前仅读过一个月的书,因此,《高玉宝》的创作出版对作者来说非常难得,作者进行学习和创作的毅力鼓舞了众多的青少年读者并使该作品产生广泛影响。但从艺术上讲,作品在思想的提炼与升华上,在谋篇布局、写作手法和语言上都还显得稚嫩。

相较于战争长篇小说而言,反映和平军营生活的长篇小说创作在"前17年"中是一个明显的弱项,在这方面,最具代表性的例外是金敬迈的《欧阳海之歌》(解放军文艺社1965年版)。作为一部传记小说,它主要描写了战士欧阳海由普通士兵成长为英雄的主要历程。小说从欧阳海悲惨的童年写起,一直写到他当兵后为抢救国家财产而牺牲。作者不仅用细节展现了英雄的成长历程,而且表现了和平时期军营火热的生活场景和昂扬的精神面貌,塑造了一代新型军人的典型形象,有比较鲜明的时代特色,在一代青年中间引起了强烈反响。它浓郁的生活气息、扎实而巧妙的细节运用以及情绪饱满的人物塑造，都达到了一定的高度。但由于极左政治的影响，作品很大程度上满足了政治宣传的需要，不仅在人物塑造上体现了"高大全"的倾向，而且在创作方式上也体现了"三结合"[12]的要求，主流意识形态话语以及说教式、报告式的文字大量出现，都使作品的艺术水准和生命力大打折扣。

1966年4月，《林彪同志委托江青同志召开的部队文艺工作座谈会纪要》发表，纪要明确指出"要进行一场文化战线上的社会主义大革命，努力塑造工农兵的英雄人物"，遂使全军乃至全国的文艺走上了一条概念化、专制化的道路，一时间，文学成了政治的传声筒，丧失了独立存在的空间，导致"文化大革命"十年期间的军旅长篇小说乏善可陈，较为突出的作品大概只有郭澄清的《大刀记》、孟伟哉的《昨天的战争（第一部）》、前涉的《桐柏英雄》、黎汝清的《万山红遍（上）》、杨佩瑾的《剑》《霹雳》等寥寥几部，在此就不再一一论列。

注释：

[1]本概述系根据朱向前《光荣与梦想——军旅文学50年·导言》增删而成。增写部分为第二小节《相对统一的美学特征》。原文见张炯主编《新中国文学五十年》，山东教育出版社，1999。

[2]陈思和主编《中国当代文学史教程》，复旦大学出版社，1999，第6页。

[3]周扬：《为创造更多的优秀的文学艺术作品而奋斗》，《人民文学》1953年第11期。

[4]即"革命现实主义与革命浪漫主义相结合"的创作方法，人们简称为"两结合"。参阅潘旭澜主编《新中国文学词典》，江苏文艺出版社，1993，第898页。

[5]冯雪峰：《论〈保卫延安〉》，载杜鹏程《保卫延安》（第二版），人民文学出版社，1956，第22页。

[6]陈思和主编《中国当代文学史教程》，复旦大学出版社，1999，第65页。

[7]梁斌：《漫谈〈红旗谱〉的创作》，《人民文学》1959年第6期。

[8]梁斌：《漫谈〈红旗谱〉的创作》，《人民文学》1959年第6期。

[9]徐怀中：《爬行者的足迹》，载《徐怀中研究专集》，解放军文艺出版社，

1983,第12页。

[10]叶圣陶:《我们播种爱情·序》,载徐怀中《我们播种爱情》,大众文艺出版社,2003,第1页。

[11]朱向前:《军旅文学史论》,东方出版社,1998,第36—37页。

[12]"三结合"的创作方式即"领导出思想,群众出生活,作家出技巧"。

第四章　长篇小说(中)

第一节　概述

一、基本脉络

大致说来,新时期以来的军旅长篇小说的发展可分为两个时期,即:八十年代——复苏与探索时期,九十年代——复兴与勃发时期。

(一)八十年代:复苏与探索时期

虽然军旅长篇小说真正的启动是在七十年代末期,但数量有限,无法分章专论,所以此处沿用文学界通常的做法,把新时期和八十年代中后期这段时间统称为八十年代。在这个时间段,军旅长篇小说创作的主要特点表现为复苏和探索。

"前17年",军旅长篇小说创作战果辉煌;而"文化大革命"时期,军旅长篇小说创作与其他绝大多数文学样式一样,基本上处于停滞状态。进入新时期,无论是社会意识形态还是生活和思维习惯,并没有马上出现一种崭新的局面,而是在艰难地调整与探索。"文化大革命"结束后的一段时间内,作家的文学观念、取材内容和创作手法大都还在延续"文化大革命文学"的模式。直到1978年中共十一届三中全会以后,随着思想解放运动的开展和深入,文学才真正进入了所谓的"新时期"。军旅长篇小说的创作也不例外,新时期之初的作品少而不"新"。而且,由于受军旅文学特有的强意识形态色彩和长篇小说创作固有特点等因素影响，军旅长篇小说一开始并没有与当时的"伤痕文学""改革文学"等文学主潮同拍共进，其主要工作和努力方向是恢复"前17年"的优秀文化传统，并有限度地探索创作的新思维、新方法。

魏巍近80万言的《东方》（人民文学出版社1978年版）实现了"前17年"与新时期军旅长篇小说的成功链接。其思想内涵和艺术结构方面的显著成就，使其不仅具有军旅文学创作里程碑式的意义，也标志着新时期军旅长篇小说的发展揭开了一个新篇章。《东方》的出版赢得了社会的广泛赞誉，它代表了当时军旅长篇小说甚至是整个文坛的长篇小说创作的较高成就。随后，孟伟哉的《昨天的战争（第二部）》（人民文学出版社1979年版）以抗美援朝战争中，中朝军民粉碎以美国为首的"联合国军"企图在朝鲜半岛蜂腰部实现两栖登陆的阴谋为线索，塑造了团长周天雷等一大批从基层战士到高级军事指挥员的敌我军人形象，是一部不错的反映抗美援朝战争的作品。小说中，作者带进大段的议论和抒情，一方面形成了一定的哲理和思想特色，另一方面则使作品略显枯燥。寒风的《淮海大战》（山西人民出版社1980年版）以极其精练的笔墨描写了关系到中国历史命运的一场大决战。作品把主要篇幅放在敌我双方统帅部的描写上，刻画了我军刘伯承、邓小平、陈毅、粟裕及许多纵队司令员形象，也刻画了蒋介石、顾祝同、刘峙、杜聿明及其他敌兵团司令官形象。作品主要写的是蒋介石在徐州以西摆了三个兵团近30万人马，而我军北上迎敌的兵力则不足9万人，在这种紧张的局面下，我军集中优势兵力，变被动为主动，终于取得了战役的全面胜利。小说没有夸大敌人的庸碌无能，也没有把我军写成神明，而是写出了人心所向和不可抗拒的历史潮流，真实地描绘了淮海大战的历史面貌。

以上几部作品，在内容上主要取材于中国革命历史事件，这一点与"前17年"特别相似，而作品思想内涵、写作手法和表达水平又较"前17年"有所突破，应该说它们基本代表了新时期之初军旅长篇小说创作的水平，在当时整体文坛长篇小说创作格局中也占有比较突出的位置，在某种程度上延续了"前17年"军旅长篇小说的辉煌。但是，这个辉煌极其短暂。

1979年，南疆保卫战爆发，绝大多数军旅作家纷纷把目光投向南线战争，一时间，能快速反映这场世人瞩目的大事件的中、短篇作品得到极大的发展，长篇小说则因其容量大、耗时多等创作特点而暂时沉寂下来。期间，最重要的军旅长篇小说要数莫应丰的《将军吟》(人民文学出版社1980年版)。它写于1976年,是一部难得的直面军队"文化大革命"的长篇作品,深刻而尖锐地揭示了十年动乱给军队和社会带来的巨大冲击和深重灾难,是军旅长篇小说创作一次难能可贵的突破和提高。在首届茅盾文学奖评奖中,它与《东方》均榜上有名。

进入八十年代,西方各种文学思潮被相继介绍到国内,文学创作的理念随之发生翻天覆地的变化,探索之风大盛。军旅作家的创作观念和手法也为之一新,出现了一批探索性或者说较之以前军旅文学观念、思想及方法都有所突破、令人耳目一新的作品。如刘亚洲的《两代风流》(解放军文艺出版社1984年版),采用对比的手法,将新老两代军人置于历史发展的长河中,客观地塑造人物性格,开掘人物的内心世界,探究英雄的本质,小说所展示的社会背景广阔,主要人物李辰的刻画富有新意。同年出版的马云鹏的《最后一个冬天》(解放军文艺出版社1984年版),全景式地描绘了平津战役,宏伟壮观地展现了敌我双方统帅运筹决策和两军激战的真实图景,刻画了敌我双方从统帅到士兵的人物群像,尤其是对作为反面人物的傅作义的刻画做了可喜探索。李斌奎的《啊,昆仑山!》(人民文学出版社1986年版),是其继获全国优秀短篇小说奖的《天山深处的"大兵"》之后,写西部边关军人牺牲奉献精神的集大成之作,当时也引起较好的社会反响。另外,海波的《铁床》(百花文艺出版社1985年版)吸取了西方文学思潮的许多观念和技法,是一部给人深刻印象、有新意的优秀长篇。

八十年代中期开始,革命历史题材长篇小说又逐渐浮出水面。1987年,老作家刘白羽出版《第二个太阳》(人民文学出版社)。1988年,老将军萧克出版《浴血罗霄》(解放军文艺出版社)。小说以红军第五次反"围剿"为背景,写红军的一个游击兵团在罗霄山脉的一次军事行动,故事情节惊心动魄,人物个性鲜活生动,历史场景真实可信,被誉为"红军生活真实画卷"。这两部作品分获第三届茅盾文学奖和荣誉奖。另外,值得一提的是黎汝清从1987年起陆续出版的《皖南事变》(上海文艺出版社1987年版)、《湘江之战》(解放军出版社1989年版)、《碧血黄沙》(作家出版社1991年版)三部作品,它们第一次确立了军旅文学悲剧审美范式。而莫言以《红高粱》等系列著名中篇小说组成的长篇小说《红高粱家族》(解放军文艺出版社)也于1987年出版。

随着时间的推移,军旅作家们开始有时间和精力去总结和反思南线局部战争,以浓墨去再现英雄、追溯历史,但总体篇幅与数量均还有限,质量也不是很高,比较突出的只有朱春雨的《亚细亚瀑布》(人民文学出版社1986年版)、朱秀海的《痴情》(解放军文艺出版社1989年版)等少数几部。整个八十年代,其他军旅长篇小说还有李本深的《唐林上校》(花山文艺出版社1985年版),严歌苓的《绿血》(解放军文艺出版社1986年版)、《一个女兵的悄悄话》(解放军文艺出版社1987年版),朱春雨的《橄榄》(上海文艺出版社1987年版)、《血菩提》(作家出版社1988年版),李占恒的《中尉们的婚事》(解放军出版社1987年版),刘琦的《去意徊徨》(解放军文艺出版社1987年版),张廷竹的《阿波罗踏着硝烟逝去》(时代文艺出版社1987年版),李尔重的《新战争与和平》(武汉出版社1988年版),水运宪的《乌龙山剿匪记》(华夏出版社1988年版),陈沂的《辽沈战役三部曲》(吉林人民出版社1989年版),施放的《伤悼》(解放军出版社1989年版),魏巍的《地球的红飘带》(人民文学出版社1988年版),刘兆林的《绿色的青春期》(解放军文艺出版社1989年版),等等。

总体看来,八十年代军旅长篇小说取得了一些成绩,但问题也不少,尤其是整体数量太少,很难产生精品和大作。一些作品在军旅文坛尚可一说,但放在整个八十年代的文学大环境中,除了《东方》《将军吟》《皖南事变》等少数几部能真正立住脚外,其他基本乏善可陈。因此,八十年代军旅长篇小说在人们的印象中有歉收之感。

(二)九十年代:复兴与勃发时期

进入九十年代,军旅长篇小说创作格局为之一变,逐渐走向复兴与繁荣。其主要特征有如下三点:

一是创作队伍的壮大。突出的一点是一大批八十年代在中短篇小说领域取得辉煌成就的中年作家,经过更加充分的艺术积累和人生积淀之后,开始将主要精力转向长篇小说创作,如周大新、朱苏进、韩静霆、乔良、简嘉等,加之一些老作家如黎汝清、陈沂等的继续耕耘和一批"晚生代"如柳建伟、徐贵祥、陈怀国、裘山山、项小米等青年作家或新人的加盟,军旅长篇小说创作队伍显得空前壮大。

二是受重视和关注的程度增大,作品数量大幅度攀升。受文学自身发展的规律和政府关于加大长篇小说创作力度的精神影响,军队和地方出版社加大了对长篇小说创作的扶持与出版力度,既注意推出单个成熟的军旅长篇小说,如朱苏进的《醉太平》(上海文艺出版社1994年版)、朱秀海的《穿越死亡》(中国工人出版社1995年版)、韩静霆的《孙武》(解放军文艺出版社1995年版)、乔良的《末日之门》(解放军文艺出版社1995年版)、项小米的《英雄无语》(作家出版社1999年版)、徐贵祥的《仰角》(解放军文艺出版社1999年版)等作品,又花大力气以丛书的方式集群推出新人新作,如由何继青的《生命乐园》(八一出版社1994年版)等组成的"特区军旅长篇小说系列",由朱向前主编的包括陈怀国的《遍地葵花》(北岳文艺出版社1997年版)、石钟山的《飞越盲区》(北岳文艺出版社1997年版)等组成的"金戈丛书",由朱秀海的《波涛汹涌》(中国青年出版社1997年版)等组成的"金锚丛书",由简嘉的《兵家常事》(解放军文艺出版社1996年版)、黄国荣的《兵谣》(解放军文艺出版社1996年版)、刘增新的《美丽人生》(解放军文艺出版社1996年版)、姜安的《走出硝烟的女神》(解放军文艺出版社1998年版)、詹文冠的《恕我违命》(解放军文艺出版社1998年版)、王中才的《遥远女儿岛》(解放军文艺出版社1998年版)、师永刚的《西北望》(解放军文艺出版社1996年版)、苗长水的《等待》(解放军文艺出版社1996年版)等组成的"军旅长篇小说新作丛书",由裘山山的《我在天堂等你》(解放军文艺出版社1999年版)等组成的"军旅女作家长篇小说丛书",等等。这数十部长篇小说逶迤而来,让我们真切地感觉到九十年代长篇军旅小说大潮的形成。还有,过去一些主要发表中短篇小说、散文、诗歌、报告文学的大型文学期刊,如《当代》《十月》《昆仑》等不惜拿出大量篇幅用于刊登长篇小说,如朱苏进的《炮群》(江苏文艺出版社1991年版)首发在《昆仑》(1991年第2期)上,柳建伟的《突出重围》(人民文学出版社1998年版)选发在《当代》(1998年第2期)上,也是军旅长篇小说受重视程度提高的表现之一。

三是出现了一批在社会上引起重大反响的作品,作品整体质量有很大提高。朱向前最早指出,这期间比较有代表性的作品有朱苏进的《炮群》《醉太平》、朱秀海的《穿越死亡》、韩静霆的《孙武》、陈怀国的《遍地葵花》和柳建伟的《突出重围》等作品。这六部作品除有较高的艺术水准外,在题材上也有鲜明的独特性与互补性——《炮群》《醉太平》《遍地葵花》展现了当下军队现代化进程中的众生相和风情画;《穿越死亡》在南部边疆战争的炮火硝烟中推出了一组英雄群雕;《孙武》复活了两千年前风云际会血火迸溅的大时代;《突出重围》则对未来高科技战争做了一次逼真的模拟与预演。六部作品,四个角度——一从当代军营,一从当代战争,一从历史,一从未来,全面而深邃地展开对军人的塑造、对军人价值的沉重追问、对战争与和平的崭新思考。《醉太平》关注的是中国军人的英雄品格在当下面临的严峻挑战与考验中,一个一个英雄的理想与素质是如何在"和平年代"里日渐销蚀、软化与变质的生命过程;《穿越死亡》揭示的却是当代军人在战争环境中怎样锻造与铸炼出英雄品格,一个一个普通军人乃至懦夫的精神品位和人格境界又是怎样迎着死亡与炮火而走向了纯净、升华与腾跃的心灵轨迹;《遍地葵花》是一部吟唱农民军人在我军现代化进程中艰难蜕变的"农家军歌"的总结之作;《突出重围》则是一部叩问谁来保卫未来中国,中国军人能否和如何打赢未来战争的先声之作。它们在恢宏的时空中所包容的军旅生活的丰富性、多样性、反思性和前瞻性可以说是空前的。思想定位的高度和生活内容的广度的结合,就使得这六部作品从庞大的军旅长篇小说群落中浮现出来,自然而然地形成了一个立体、丰富而厚重的整体框架,既可以近察其态,更可以远观其势。它们不仅反映出了九十年代军旅长篇小说创作的最新动态,也把八十年代以来长篇军旅小说的整体水准做了一次提升。而且,我们还不难从中体察到军旅作家的中坚力量在经历了艰难转型的阵痛之后,重新面对军人、战争、社会和人类时所表现出来的一种新的文学姿态和艺术精神,它的某些坚守或扬弃、某些探索和回归。[1]

九十年代,值得一提的军旅长篇小说还有周大新的《走出盆地》(百花文艺出版社 1990 年版)、黄献国的《灵性俑》(北岳文艺出版社 1991 年版)、庞天舒的《落日之战》(人民文学出版社 1994 年版)、周梅森的《沦陷》(海峡文艺出版社 1995 年版)等。

另外,正如朱向前所注意到的,"作为军旅作家驾驭长篇小说艺术的腕力臻于成熟的另一个重要表征,是一批中青年作家开始涉足非军旅题材,或者说返回自己最熟悉的另一个领域,占领新的文学高地。周大新长达三卷的《第二十幕》(人民文学出版社 1998 年版),立足故土南阳,以尚家丝绸业的家族史为经线,精心编织出了 20 世纪中国民族工业的发展图景,进而对 20 世纪的中国历史做出了个性化的艺术透视,显示出了'长河小说'的史诗品格。阎连科的《日光流年》(花城出版社1998年版)以最洋的形式讲述了一个最土的故事,以最现代的方式表达了一个最古老的主题,在探索现代主义的中国化、域外小说的本土化、外语写作艺术经验的汉语化方面,都做出了有意义的尝试和大幅度的推进,是中国现代主义小说挣脱重重模仿阴影的一次成功突围。柳建伟的《北方城郭》(人民文学出版社1997年版)则以锐利的思想犁铧和推土机般的力量与气魄,深深地切入当下火烫水沸的中国改革现实,并且较好地完成了当下题材的艺术性转换,同时又保持了批判现实主义的锋芒和骨力,是批判现实主义的中锋正笔。几部长篇集中于1998年前后问世,显示了军旅作家的不凡的长篇创作身手,足可和地方最优秀作家相抗衡而毫不逊色。无独有偶,仿佛是作为回应,出自非军旅作家邓一光、阎欣宁等人之手的军旅题材长篇小说《我是太阳》(人民文学出版社1997年版)、《追水营》(解放军文艺出版社1998年版)等作品投桃报李,为九十年代活跃的长篇军旅小说平添了一抹春色"[2]。还有老作家李尔重的《新战争与和平》、周而复的《长城万里图》(人民文学出版社1993年版)、柳溪的《战争启示录》(北京十月文艺出版社1995年版)和王火的《战争和人》(人民文学出版社1993年版)等,这些紧扣战争主题的史诗性的军旅或准军旅题材的鸿篇巨制,更是为九十年代军旅长篇小说的繁荣锦上添花。

二、审美特征

应该说,"前17年"的军旅长篇小说虽然取得了辉煌的成就,但它们在审美上却是相对单调的,作品主题基本上是赞颂革命、状写英雄人物,创作手法则是现实主义或曰革命的现实主义加革命的浪漫主义一统天下。新时期以来的军旅长篇小说却打破了这种沉闷和禁锢,呈现出异常新鲜而丰富的审美特征。

(一)颂歌范式得到扩展与深化

自新中国成立伊始,以英雄主义、爱国主义的抒写为基本审美特征的颂歌范式,似乎就一直是军旅文学的正宗和中军。在此范式之下,老一代的军旅作家先后创作了《保卫延安》《红日》《林海雪原》《铁道游击队》等一批红色经典,在全国范围内两次掀起军旅文学的高潮,创造了"前17年"军旅长篇小说一枝独秀的辉煌时代。客观地说,这种辉煌的取得是应了当时特殊的历史背景,小说的艺术质量与小说取得的地位并不能完全相等,一些作品在思想深度、创作手法、语言锤炼、意境营造等方面都做得很不够,有些广有影响的名作在某些方面也还显得粗糙和稚嫩。尽管如此,大力表现英雄主义、爱国主义精神的颂歌范式却被人们普遍地接受下来,并成为军旅文学不可撼动的主旋律。到了"文化大革命"时期,颂歌范式发展到极致,成为军旅文学乃至所有文学样式唯一正确的审美要求,逐渐走向虚假和模式化。颂歌范式在达到"鼎盛"的同时,又呈现出令人悲哀的"浮肿"病态,这段时间的"颂歌"小说在艺术上基本上乏善可陈。进入新时期以后,随着政治、思想领域拨乱反正的启动,军旅小说审美上的颂歌范式也逐渐被扳回正确的轨道,从"瞒和骗""假大空"模式回归到严肃、朴素的现实主义道路上来。众多新、老作家在经受过思想解放、实事求是的洗礼之后,重新继承和学习"前17年"军旅长篇小说创作的优秀传统,并在此基础上,以更加开放的思想观念、更加纯熟的艺术技巧、更加饱满的创作激情、更加严谨的创作态度,进一步丰富了英雄主义、爱国主义精神内涵,完善和发展了英雄主义、爱国主义写作,使颂歌范式得到进一步的扩展与深入。如魏巍的《东方》表现抗美援朝战争将前线与后方两条线结合起来写的手法,大胆表现新美如画的爱情和揭露我军内部矛盾等多方面的创举;萧克的《浴血罗霄》对红军时期战斗生活原生态的描述;刘亚洲的《两代风流》大胆写出我军高级将领性格上的缺陷;邓一光的《我是太阳》既淋漓尽致地书写关山林的英雄气概,又毫不留情地揭示其某些落后的"农民性";朱秀海的《穿越死亡》写战士面对死亡的恐惧与杂念;等等。这些典型的"颂歌"小说写得很真实又很别致,让人耳目一新,又不失传统意义上的正面表达。

(二)初步确立悲剧审美范式

当军旅(长篇)小说中的颂歌范式顺应时代潮流,得到巨大发展的同时,悲剧作品却因为时代的"左"倾和幼稚,呈现出相反的态势。悲剧意识在新时期以前的当代军旅(长篇)小说中微乎其微,真正意义上的悲剧作品几乎销声匿迹,而悲剧范式的建立必须有一定数量和质量的悲剧作品支撑才能成立,所以更无从谈起。放眼整个当代文学,情况亦如此。原因有三:一是历史性的。我们的民族,本来就是悲剧观念比较弱化的民族,虽然经过"五四"文学的洗礼,有过一度的强化,但延安整风运动以后,把悲剧看成是不能指导人们斗争方向的消极因素,悲剧作品被有意无意地排斥。二是外来性的。新中国成立以后,我们的若干重要理论问题都是从苏联直接输入的,悲剧理论也不例外。在当时,苏联的学者对于悲剧的看法是:"在苏维埃社会中,由于深刻的政治和经济改造的结果,已经永远消除了大家认为是'永恒'的悲剧,千百年处于卑屈地位依赖剥削者的人民的悲剧和社会不平等的悲剧永远消除了。"[3]同为社会主义国家的中国几乎全盘接受了这种理论。三是自在性的。在文艺界,长期以来普遍地存在着一种出于真诚忧虑的思想,忌讳悲剧,怕谈悲剧,甚至把悲剧作为一个贬义词看待。新中国成立后,文艺界曾经几次关于悲剧的讨论结果是:在社会主义社会里,人民是国家的主人,人民可以主宰自己的命运,个人的利益和集体的利益完全一致,美的总是战胜丑的,正义的总是战胜邪恶的。把生活的悲剧、现实的悲剧与悲剧艺术、悲剧审美混为一谈。[4]事实上,中国革命历史进程和现实生活中永远存在着许多悲剧,而且悲剧审美同颂歌范式一样具有鼓舞人心、激昂斗志的作用。如《白毛女》动辄让千百战士痛哭失声,以致举枪射向扮演黄世仁的演员,从而爆发出巨大的战斗激情;南疆自卫作战时,部队出征前常放的几部电影就有《英雄儿女》《董存瑞》等英雄悲剧。但这类作品还不能算严格意义上的悲剧。所谓悲剧应具备的特征是"历史的必然要求和这个要求的实际上不可能实现"[5],"将人生的有价值的东西毁灭给人看"[6],社会上的正义力量最终被非正义的力量压倒,生活中的美好事物被摧残或者是先进的审美理想被毁灭,历史上完全可以避免的灾难因非自然因素终未幸免,才是真正意义上的悲剧。战争中相互对抗时的死亡在所难免,它可以说是悲壮,可以达到强烈的、深刻的震动效应,然而,不是任何牺牲都是审美含义的悲剧。《英雄儿女》中的王成和《红岩》中许云峰、江姐为革命英勇献身,《欧阳海之歌》中的欧阳海因公牺牲,都不能说是真正的悲剧。到了"文化大革命"时期,连流血、牺牲都很少写到了,悲剧艺术遂告退出(军旅)文坛。然而,世界文学史表明:不朽的名著多有悲剧,没有悲剧审美的军旅文学不可能是完美的。悲剧审美一度成为当代(军旅)作家心中隐隐的痛。

新时期"伤痕文学"的萌动宣告了中国当代文学悲剧审美的复苏,也直接影响了军旅小说的悲剧审美写作。八十年代初曾引起轰动效应的中篇小说《高山下的花环》,首次通过梁三喜、靳开来、"小北京"等几个人物来表现战争和社会生活的悲剧色彩——靳开来之死是为了给极度干渴的部队从敌方的田地里弄几棵甘蔗，以保持部队的战斗力，不幸踩上了地雷，他牺牲了，连军功章都没有，因为他违犯了军纪，而敌人的阵地上到处充盈着我们曾经支援过去的武器和粮食；"小北京"之死是因为连续两发臭弹，这是十年内乱带给我们的后遗症；梁三喜遗体中留给我们的居然是一张带血的欠账单，他和他的亲人为革命付出得太多太多，而要求回报和得到的却太少太少。在长篇小说方面，莫应丰的《将军吟》对"文化大革命"悲剧性的历史也做了惨痛的反思。但是，这种反思多是背景式的，而且是传统的"曲终奏雅""哀而不伤"，充其量还只是"具有悲剧意识"或称"悲剧引信"。直到黎汝清的《皖南事变》《湘江之战》《碧血黄沙》三部分别书写中国革命史一次全局性的、两次局部性的巨大灾难，而且是不该发生的大灾难、大失败的长篇悲剧作品的诞生，中国当代军旅（长篇）小说的悲剧范式才宣告确立。

（三）"军人是人"主题贯穿始终

军人是军旅文学的主体。囿于特定的历史环境，新时期以前的军旅文学作品中的正统军人的形象已形成一定模式：出身贫寒，苦大仇深，根正苗红，具有强烈的反抗精神和朴素的阶级意识；听党话，觉悟高，党叫干啥就干啥；不怕苦，不怕累，不怕流血牺牲，为革命鞠躬尽瘁，死而后已；临危不惧，大义凛然，智勇双全；不计名利，不贪图享受，绝少缠绵悱恻、儿女情长。活着的，伟大；死了的，崇高，如杨子荣、董存瑞、欧阳海等。这种形象设计在某种程度上是合理的，它成功、真实地表现了特定时代的军人的英雄本色和精神风貌，写出了他们的共性。但是，它又将军人形象简单化、模式化甚至于神化，不但远没有刻画出现实军人的丰富性与复杂性，而且显得不真实，在审美上流于片面性、表面化和机械化。

新时期以来，受"反思文学"和以"人的重新发现，人的觉醒和解放"为主旨的思想大潮的影响，军旅作家们也开始把目光转向军人自身，把笔触伸向军人群体的个案和人性深处，审视英雄品格的背面，正视军人作为审美个体的丰富多彩与酸甜苦辣，注意从社会关系的总和中去把握军人，辩证地表现军人的共性和个性、自然性和社会性，大胆地描写军人性格的二重性乃至多重性。这种对军人形象重新发现、重新塑造的自省方式，最早发端于中短篇军旅小说。刘毛妹、赵蒙生、靳开来等这些有"污点"的英雄人物的出现，引发了"军人是人"

"英雄是人"命题的提出,从此军人形象塑造的尺度为之一宽。也许可以说,"军人是人""英雄是人"的自省范式形成于中短篇军旅小说,但将这种自省方式进行深化并贯穿始终的则还是军旅长篇小说。比如,朱苏进《醉太平》中的军人,"他们或许本可以成为英雄,可是却没有一个真正的英雄,他们只是一个个英雄的碎片,你可以在这里看到英雄的一个耳朵,在那里看到英雄的一个脚指头,但你看不到一个完整的英雄"[7]。陈怀国的《遍地葵花》充分描绘了农民军人吃苦耐劳、憨厚朴实等优秀品质的一面,又对其封建思想、狭隘意识进行了无情的鞭挞。项小米的《英雄无语》则第一次写出了一个革命者身上并存的"红色"(革命性)与"黑色"(封建性与匪性)这两种截然不同的秉性。这些真实的军人形象,客观、辩证,读之令人震撼,令人深思、自省,艺术美感亦从中来。

(四)审美趋向开放和多元

新时期以来,"伤痕""反思""改革""寻根""新写实""新历史""先锋"等文学潮流的演进,使整个文坛呈现出一种开放和多元化的繁复状态。军旅文学在新时期文坛虽然总体上显得慢半拍,但亦步亦趋也呈现出相应的多元格局。受其影响,军旅长篇小说创作在颂歌范式、悲剧范式、自省范式之外,也出现了不同的审美追求和尝试,或在写作技巧上,或在表现形式上,或在思想内涵上,吐故纳新,别开生面,为军旅长篇小说带来新的艺术魅力。

如黄献国的《灵性俑》,借鉴《第二十二条军规》《百年孤独》等荒诞和魔幻现实主义手法,以荒诞的形式揭示军队"文化大革命"中一段令人啼笑皆非的历史;海波的《铁床》则把笔触伸向战士的心灵深处;刘兆林的《绿色青春期》透视特定历史时期军营文化的两面性,入木三分;乔良以《末日之门》首开军旅小说通俗化写作的尝试;而柳建伟的《突出重围》则第一次对我军建设现状表现出强烈的忧患意识,许多新型建设思想为军内外所关注和接受,作品"干预生活"的效果为军旅小说之前所未有;等等。虽然从数量上看,这些尝试多属"散兵游勇"型,还没形成集群规模,尚不够称其为某种范式,但它们表现出来的探索精神足够引起我们的重视,也许新的审美思想和特征就孕育在其中。

第二节 二十世纪八十年代：复苏与探索时期

一、魏巍的《东方》及其开创性意义[8]

《东方》是一部全景式反映抗美援朝战争的鸿篇巨制，全书近 80 万字，它以中国人民志愿军的一个英雄团为中心，把前线和后方穿插交错起来进行描绘，通过对朝鲜战场和我国农村阶级斗争的描写，展现了中朝两国人民进行这场伟大的反侵略战争的必要性和重要性。作者从 1959 年开始动笔到 1978 年出版，断断续续耗时近 20 年。[9] 可以说这是一个极为艰难的创作过程，作家不仅要面对来自艺术本身的挑战，更要不断地抵制或回避来自极左政治的高压与干扰，以便尽可能地忠实于生活，忠实于作家的观察与思考，忠实于现实主义的创作方法与原则。《东方》的成功，是现实主义的胜利，是现实主义在极左文艺路线严寒笼罩下顽强开放的一朵奇葩。所以，当它在"文化大革命"结束不久，文艺的春天乍暖还寒之际率先推出，立即受到了普遍激赏。丁玲称赞道："《东方》是一部史诗式的小说，它是写中国人民志愿军在抗美援朝战争中创造的宏伟业绩的史册，是一幅绚丽多彩的画卷，是一座雕塑了各种不同形象的英雄人物的丰碑。"[10]

《东方》作为新时期第一部杰出的军旅长篇小说，无论是在小说的思想内涵方面，还是在艺术结构方面，其开创性、里程碑式的意义都是不容置疑的。小说的艺术成就大致说来表现在以下几个方面：

一是它采取了将朝鲜战场几次重大战役的进程和国内农村土改、合作化发展"双轨同时推进"的写法，不仅显得时空阔大气势恢宏，而且深刻有力地揭示出了志愿军以弱胜强的雄厚伟力的源泉所在，向世界证明了中国人民必将在东方崛起的历史趋势。

二是它将战争进程和人物命运做了水乳交融的有机结合。数十个人物的故事从战争始展开,到战争终收束,有的人在战火的淬炼中愈加放射出英雄的光彩(如郭祥),有的人迎着枪弹从怯懦走向了无畏(如刘大顺),还有的人则被炮声吓破了胆,由人民功臣变为了战场逃兵(如陆希荣),等等,而所有人的命运又都服从各自的性格逻辑和心灵的辩证法,以及战争发展的铁血规律。战争演进的历史同时也是人物命运的历史。

三是大胆揭露我军内部矛盾,塑造出我军内部的反面人物典型。按照辩证法来说,任何事物任何人物都是发展的、变化的,即使在一个久经考验、战功卓著的红军团队中,出现少数像陆希荣这样的蜕化分子也是毫不奇怪的,但在"前17年"的军旅小说中,这样的暴露和批判是难得一见的。陆希荣的富有深度的蜕变过程是真实而典型的,是对虚假肤浅的"颂歌文学"的勇敢突破和反拨。

四是贯穿小说始终的新美如画的爱情描写,给作品注入了浓厚的生活气息与浪漫情调,弥补了以往军旅题材作品尤其是长篇小说中对军人爱情描写的不足。

但是,《东方》的缺憾也是明显的,如作家追求前后方结合,从政治、经济、军事全方位来反映战争的意图并未完全实现,相对而言,写后方的后半部明显薄弱;或者囿于写作时间的拖沓与断隔,文气也不连贯,后两部远逊于前四部;不少议论也过于直白和浅露,留下了散文化的痕迹,等等。毕竟,《东方》是特殊历史时期的产物,它在时代精神的主导性和现实生活的丰富性的统一上所达到的现实主义深度及其局限,都和《保卫延安》《红日》等有诸多相似之处。在此一意义上也不妨可以说,《东方》才是"前17年"军旅小说的终卷之作,同时它也是新时期军旅小说回归现实主义道路的先声之作。它的定位就在于"接轨",它的贡献亦在于兹。

二、莫应丰、刘白羽等人的军旅长篇小说

莫应丰的《将军吟》(人民文学出版社1980年版)是第一部直面军队"文化大革命"的长篇小说,一经推出即获广泛好评,后获首届茅盾文学奖。作者曾在广州空军部队从事文艺工作,亲身参加了部队领导机关的"文化大革命",并参

加过审查老干部的专案组。他便是根据自己的亲身经历和体会,逐渐认清"文化大革命"的性质,而坚决要求复员。尔后,在黎明前最黑暗的1976年春,他躲在一个小楼上"冒死"写出了《将军吟》的初稿,大胆地表示了对"文化大革命"的否定,反映了作家的历史觉醒,表现了作家对生活的真知灼见。作品在揭露矛盾的尖锐性和深刻性方面,达到此类作品前所未有的高度,是军旅长篇小说创作一次难能可贵的突破和提高。

《将军吟》的主要特点一是全面和系统地描写了"文化大革命"的全过程,从揪斗干部开始,包括抢材料、夺权和绑架、审查、处理干部等等,这在一般作品里很少见。二是作品如实地描写了当年的人物和事件,不像某些作品那样离开当时的具体环境去拔高或丑化当时的人物,因而给人以真实的印象。三是作品不单纯描写十年浩劫的灾难,而是以饱满的政治激情刻画了一系列经魔历劫、其志弥坚的革命者的形象。

作品的主人公彭其,是与错误路线斗争的老一辈革命家。他刚正不阿,临危不惧,在非常困难的境地里仍想方设法保护其他同志,努力维持部队的正常秩序。他对党、对军队赤胆忠心,以对军队负责的态度对"片面突出政治"的做法表示了不满,却因此成为野心家迫害的对象。对待上面的打击他是"大雪压青松,青松挺且直",不卑不亢;对待下面狂热而盲目的造反派,他始终保持着一个军队领导刚正的形象,敢于纠正他们不正当的行为,甚至不惜动用一定的武力,但更多的是爱护和劝喻,所做的一切不过是使他们更快地修正自己的航线。他苦口婆心地规劝造反派对待政治斗争要抱谨慎的态度,因为他们还不懂得真正的政治,不要轻易成为政治的牺牲品。他那孩子般的天真和赤诚,向人们展示了一个老人博大深沉、光明磊落的心胸;他那豪放豁达的大将风度,使许多造反者感动得热泪盈眶,并使有的狂热者开始了冷静的思索,逐渐认识到这场浩劫的灾难性质。与彭其相对照的是和他一起在浏阳参加革命"死结同心"的政委陈镜泉。和彭其一样,陈镜泉对革命忠心一片。在"文化大革命"的大混乱时期,他尽可能地保持克制和理性,不助纣为虐,尽力和险恶的环境周旋,尽力保护自己的同志,在此方面不失一个老红军的革命本色。但他又相对懦弱和迟疑,正是这些性格上的缺陷,使家庭、战友和部队遭受不幸。先是不能很好保护相濡以沫的妻子,致使妻子在"反右"中自尽;再是"文化大革命"中因盲从和轻信,被江醉章之流架空,使战友和部属在他眼皮底下,或遭非人虐待,或被迫害致死。其惨痛让人揪心,其不幸让人同情,其不争让人愤怒。话说回头,他就是和彭其一样起来抗争又会有什么好的结果呢?那是陈镜泉的悲剧,更是一个时代的悲剧。胡连生是和彭其、陈镜泉一起参加革命的老红军,文化不高、好认死理,看起来有些草莽,但他对革命、对人民忠心耿耿,老红军的革命精神在他身上体现得最为纯粹,因而人物形象十分鲜明,十分可敬、可爱。

赵大明是一个特别的人物。他先是受到"造反"大潮的影响,一片真诚地投入到狂热的"革命"行动之中,但是他又有别于一般盲目的造反者,始终保持着一定的革命信念和独立思索的能力。在"革命"的大潮中,他的灵魂受到真正的洗礼,逐渐认识到这场"革命"的实质,坚决地退出了"革命"的行列。赵大明的身上也许投射着作者的影子,那是一代青年从狂热、盲目走向清醒和思索的真实写照。范子愚则是一个地道的"文化大革命"牺牲品,他的下场让人警醒,可悲可叹。江醉章、邬中、刘絮云则分别代表了军内高、中、基层三个层面的反面人物,他们或野心勃勃,或卖身求荣,或见风使舵,灵魂龌龊,道德败坏,搅起一团祸水,害人害己,祸国殃民,也写得相当有力度。

小说不足之处是有些人物描写稍显模式化,语言文字尚欠精美,传统的"曲终奏雅"式的结尾也影响了作品最终的审美高度。

刘白羽早年以中短篇小说、战地通讯和散文闻名文坛,是"前17年"代表性散文家。《第二个太阳》(人民文学出版社1987年版)是他的第一部长篇小说,获第三届茅盾文学奖。小说以人民解放军某兵团从攻占武汉到进军湖南三个月进程为经线,以兵团副司令秦震一家三代人的历史命运为纬线,高度浓缩地绘织出了新民主主义革命从大革命失败到开国大典这20多年的漫长战斗里程的壮丽图景,对新中国这辉煌于人间的"第二个太阳"报以热烈的欢呼,同时抒发了对用生命和热血铸造了"第二个太阳"的无数革命志士、先烈和人民群众的深切的怀念和赞颂之情。

作品在审美上冲破以往革命历史题材的旧范,明显摆脱了某些类似作品从属于某种政治概念和其他非文学因素的陋习,用自己亲身经历和体验,以自主的、清醒的历史眼光审视和把握民主革命战争的历史生活,努力还原历史生活与历史人物完整的真实面貌,创造性地展示了中国革命斗争的历史真实和艺术真实。秦震一家三代致力于中国人民的解放事业,父母同为老同盟会员却为同盟会的继承者、变质走向反动的国民党黑暗势力所暗害;女儿白洁因革命需要,打入敌人内部核心机构,最终牺牲了生命,也牺牲了美好的爱情;秦震夫妇步入中老年,终于看到了革命取得胜利的这一天,然而早年失去了父母,胜利前夕又失去了唯一的女儿,其心也痛,其情也苦。作者不禁长叹:"历史,多么深情又多么无情呀!历史可以过去,岁月可以消失,但母亲撕裂的心是永远无法愈合的……"[11]"不管打开前面的哪一扇门,总是带着血污和眼泪的……"[12]红军初创时期的老战士黄松,在主力部队转移之后坚持在山区打游击,曾大义灭亲击毙出卖游击队的亲生儿子,自己也跳崖摔断一条胳膊,独自靠顽强的意志生存下来,又积极配合南下大军作战。这样的一位老革命,如秦震所言,当年若随主力长征北上,现在也许是他的老上级、老领导了,而最后只是一名普通的游击队员。历史对于人,并不总是公平的,而是带有极大的偶然性。对陈文洪的指挥失误,作者也不避讳,如实描写。事实上,中国新民主主义革命本就是错综复杂的,作者从多层次、多视点、多角度切入战争生活内核,力求立体、多元、全景地呈现这场持久的战争,是在审美观念上对以往那种纯粹从政治、军事对抗意义上的理解方式的超越,使作品在对革命历史战争的表现上融入了民族命运、人生寓意、人性内容等更为丰富的内涵。此外,作品对人物心理和感情的细致描绘,对自然环境的诗意描写,也显示了作者深厚的文化底蕴与审美功力。

马云鹏是解放战争时期参加革命的一位老战士。他亲自参加过辽沈战役、平津战役和抗美援朝战争,1954年开始发表作品,《最后一个冬天》(解放军文艺出版社1984年版)是他的长篇代表作。《最后一个冬天》是作者反映平津战役的长篇小说三部曲的第一部。作品从蒋介石由葫芦岛飞临北平进行军事部署写起,到傅作义的精编三十五军在新保安全部被歼结束,对平津战役的第一阶段做了全景性的描绘。作品具有鲜明的特色:其一是善于高屋建瓴从战略的高度表现战争,如对我军统帅部制定平津战役作战计划的描写,如对国民党的蒋系中央军与傅系察绥军之间既勾结利用又明争暗斗的矛盾的揭示,观之让人对整个战争态势了然于胸；其二是善于在战争进程中刻画人物性格，从双方统帅人物、各级指挥员到士兵，如毛泽东、周恩来、军长冠凤山、团长铁光子、战士抗老八，以及蒋介石、傅作义、郭景云、司机辛贵才等，都写得真实、生动。特别值得一提的是对傅作义的描写。他既是抗日战争时期的著名爱国将领，又是坚持反共的内战先锋；既依附于国民党中央政权，又想保持自己的独立王国；既想与我军抗争到底，战局不利时又暗地与我军接触，和美国方面秘密交涉，以不绝后路。作品既写到他谨言慎行的性格特点，又写出他精于算计的"商人"气质；既写到他欲擒故纵的权术手段，又写出他善于运筹、带兵的军事才能；等等。通过这些描写，傅作义的形象丰富、真实、立体，较好地做到了历史真实与艺术真实的统一。作品的不足是写敌我双方统帅部运筹决策的笔墨尚撒得不够开，领袖人物的刻画鲜明但不够丰满。

三、刘亚洲、朱春雨、海波等人的军旅长篇小说

刘亚洲的军旅长篇小说代表作是《两代风流》（解放军文艺出版社1984年版）。作品描绘了以李辰、耿爱国和菲菲为代表的我军两代人的英雄本质，并从中探索形成这种素质的内在依据。小说所展示的社会背景广阔，善于从多侧面、多方位去刻画人物性格，开掘人物的内心世界。其中，既有动人心魄的战争场面，又有柔情似水的恋爱故事；既有催人泪下的生离死别，也有复杂难言的家庭纠纷，构成一幅色彩斑斓的人生画图。

大军区司令员李辰一生的战斗生活，可谓一部风流史。他曾留学法国和苏联。解放战争中，他战功卓著；和平年代里，他又被视为"文武全才"请到北京。但他开放型的治军思想、实事求是的工作作风，不能投合有的领导人的胃口，因而受到了"不可不用，不可重用"的冷落。十年内乱，又遭关押。尽管如此，他仍然不坠其志。二十年后复出，在同某大国军事代表团巴索夫大将在机场进行的一场针锋相对的斗争中，他又显露出不可磨灭的"进击者"的锋芒。对于这样一个人物，作者敢于写出他的性格弱点——孤僻冷漠，写出他思想链条上带锈痕的链环——妒忌和自私。因为程参谋长曾是自己以前的部下，所以对他的车子

超过自己的车子而感到不快,对于程与他差距的缩短而感到愤愤不平。他还处处借口影响工作,对妻子女儿进行种种限制:不让妻子写小说,永远取消女儿的出国权利,坚决反对女儿的婚事等。实际上这中间或多或少地隐伏着他怕影响自己前途的私心。这种做法,深深地伤害了妻子和女儿的感情,因而受到了报复。他想安抚妻子,却被拒之门外;想讨女儿欢心,又遭百般奚落。在外一呼百应的将军,在家却落得了孤家寡人的地步。作者写出这些,并非适应一些人对于高干生活的猎奇,也并非要开辟一个新的阴暗面,而是严肃地思索一个哲理:"如果你希望往前走,一定要后退几步,退到内心深沉的境界,寻找你所寻找的品德。"[13]让巨大的感情冲击波震荡着李辰的心灵,让他产生痛苦的思想裂变,引发灵魂的净化,从而认识到革命了一辈子的人身上仍存在不少"个人"的东西。经过痛苦地反省,他在党委会上大声疾呼要有正视自己的勇气,并且肯定了女儿的观点:"我们的高级干部往往是在垮台后才被人们发现他们也有思想品质方面的问题。"[14]这实在是发人深省。作品对老一代的风流的书写,不是廉价的颂扬,不是阴暗的诅咒,而是一种庄严的景仰和思考。军事演习后,李辰主动让贤,让年富力强、更适合现代军队领导岗位的程剑接替了他,不失光明磊落。"有缺点的战士毕竟是战士",李辰的缺点并不使他的英雄本色暗淡,相反却使人觉得真实可信。

与老一代的风流相比较,作者对于青年一代的描写就显得稍逊一筹。尽管写了李辰女儿菲菲的未婚夫耿爱国捐躯沙场,他那短暂的风流生命之花里,灌注着老一代的风流精神,尽管也对菲菲的愤世嫉俗的自命风流进行了善意的批评,然而我们却很难咀嚼出如同老一代风流中所包蕴的沉甸甸的生活内涵。

海波的《铁床》首发于《小说家》1984年第3期,1985年由百花文艺出版社出版单行本,是作者唯一的一部军旅长篇小说。作为一名军内"先锋"作家,海波无疑是文学观念变革意识觉醒较早的一个,《铁床》大量运用意识流等西方现代小说手法和技巧,令人耳目一新。

一个"让人看了那么扫兴"的土丘上,坐落着空军一个编制三人的小导航站。站里的三名军人从不操练,连军容都不大整洁,有限的任务只是机场飞行时重复着无限循环的"三短两长"的导航信号。一切看起来简单、平庸、毫无趣味,然而正是这看似极其平静的表层下,却包蕴着极不寻常的内心情感的波澜,三名军人无一不背驮着心灵重负。透过这些心灵沉疴,折射的又是有关社会、历史和人性的深切反思。

　　站长杜炜曾经是航校毕业的优秀飞行员,正当他梦想着去蓝天自由翱翔的时候,却被狂热的政治运动推上了样板戏的舞台。经过半年多扛"麦包"的演员生活和微妙的感情经历,再回到飞行员岗位的他,头次飞行就神魂迷乱地扳错了电门,误投的副油箱燃烧酿成的烈火毁坏了一个妙龄少女的面容,为此他被罚在肇事地点旁边的小导航站服了九年心灵的苦役,而且这种服役的方式也由最初的被迫变成了出自内心的自觉自愿。年复一年,他日渐变得木讷少言,只会埋头干活。在正常执勤之外的大部分时间里,他像个地道的老农民一样,干的是养猪、养鸡、种菜、整理红薯蔓、搓玉米、编荆条筐的活计。只有在不间歇、超负荷的劳作中,他那种强烈的赎罪心理才能得到片刻的安宁。他想帮所有他能帮助的人;他明知不爱那个被毁容颜的姑娘,却永远在默默地等待;他也深知一个国家用金子堆出来的飞行员,沉溺于这种自毁式的赎罪方式中是何等的浪费、何等的不合时代发展的潮流,他还是要进行下去。这一切看起来是多么的不可理喻!然而唯其如此,方能显示作者探究心灵和人性所达到的深度。或许错误的历史和事件随着时间的推移,说过去就过去了,唯有心灵不行,只要这颗心还跳动着,深藏其中的伤痛就不会平息,一颗有良知的心就会为自己所犯的罪孽永远忏悔。

　　第二年兵孔天先,为了有朝一日穿上一双"将校靴",实现个人奋斗的梦想,伪造敌情,鸣枪自伤,不惜以性命换取功名。然而军功章到手之日,也是他背上沉重的心灵包袱之时。经过一系列的变故,尤其是暴风中的生死考验,他体验到一名军人真正的崇高与荣誉,他的心灵合乎情理地走向了觉醒。在向指导员坦白真相并上缴那枚三等功奖章的路上,面对飞机突然遇到的险情,他本能地用身体化解了灾难,用壮烈的牺牲完成了心灵的升华。

　　与杜炜和孔天先的情感内敛相比,孤儿出身、当了十四年大头兵的曾冠阳则用一种极为外露的形式表现情感,他动不动就乱发脾气、骂骂咧咧以发泄不满。他因为参加国家和军队的尖端试验付出了健康,却多年处在军队让他复员而地方又不接收的尴尬境地,他的心不能不苦。更有他在前途困窘、凄雨湿迷的故乡之夜,与一位地主女儿邂逅、相爱的隐私。那位姑娘把人生最美好的情感给了他,自己却悄悄地消失了——为了不连累他。他的内心无时无刻不在自责与思念。他用放纵的言行,消解内心真正的痛苦。该人物的刻画同样达到了揭示灵魂的高度。

三个军人中间,跳跃、飘荡的是孔天先的孪生妹妹孔天后和一个蒙面姑娘。孔天后无疑是新时代的代表,她敢作敢为,毫无心理负担,只要不犯法她什么都敢干,与三位军人的心性形成鲜明的对比。那个蒙面姑娘,作为假想的受害少女,像一座流动着的历史见证,时时提醒着人们莫忘过去的不幸。两位女性一横一纵,组成了心灵的十字架,上面钉着三名军人滴血的心灵……

还有那三张刻满士兵姓名、锈迹斑斑的铁床,象征意义耐人寻味。它象征着我们古老而多灾多难的国度,还是同样曲折、复杂的军队?也许都有一点,但它更象征着从苦难和矛盾中走过的战士和所有经风历雨的痛苦心灵。小说思想犀利,文笔老到,心灵刻画之外的美学观念、艺术风格诸方面,也都有独特、创新之处。

朱春雨的作品多以追求宏深的哲理意味见长,他的军旅小说往往超越单纯的军事内容延伸向更深更广的社会、历史和文化空间,以拓展军旅小说的表现时空和思考层面,获取更为丰富的审美享受。他是一位多产的军旅长篇小说作家。《橄榄》(上海文艺出版社1987年版)以莫斯科M饭店为轴心,通过中、苏、日、美四个家庭的人事沧桑,展示了一幅近代世界史长卷,表达了人类对于和平的呼唤与理解。《血菩提》(作家出版社1989年版)采用历史与现实两重时空交替进行的手法,通过描写"我"和妻子以及抗日战争时期隗喜涛支队在东北巴拉峪和蓝旗边外的生活、战斗经历,表现人类疯狂与蒙昧时代的血腥与残酷,以及对生活觉悟的来之不易。

《亚细亚瀑布》(人民文学出版社1986年版)是他的长篇代表作。《亚细亚瀑布》的聚焦点始于六连和雀门箐战斗。六连曾经是一支英雄的部队,一次偶然的失败,使六连在领导眼中变得几乎一无所长,而且一旦有了成见便很难改变。直到有知识、有理想、有创造力、有批判精神的陈隆华、金国庆、康乐等一批新型人才走上六连的连、排长岗位之后,才以一系列优秀成绩把六连带出了低谷。但就是这样一支连队,在战争来临的时候,却险些被思想僵化的领导剥夺了上战场的权利。攻打雀门箐战斗中,连队执行师长预定的方案严重受挫,连长陈隆华当机立断,置师长"强行突破"的命令于不顾,机动灵活地率领部队迂回突破夺取了胜利。可是,六连却因此背上了"擅自改变穿插路线"的"罪名",阴影依然笼罩在六连的头顶。在战场上三触地雷毫发未损的陈隆华被"请"去给调查组当向导,却意外地踩雷牺牲。六连悲剧性的命运,震撼人心,有如警钟,令人深思。六连和共和国一同成长的象征性意义,更令我们想到更深更远的东西。

围绕着六连和雀门箐战斗这个焦点,作品又散射出对军营和社会现实多方面矛盾的揭示。如有指挥才能、思想新颖、有正义感的副团长林树发被批被罚,而平庸无为的团长马驰却官运亨通;如古占江以"娘打儿子"的封建观念来阻挠历史上的冤假错案的平反,石二旺因如实汇报自己的战场经历而不由分说被打入另册;如"爽身粉事件"、"大卫像风波"、"清除精神污染"扩大化造成的负面影响;如雷电观测站为烈士后事的扯皮、折腾,以至立碑也要洋人赞助;等等。与之相反、相对照的是木九幺老爹终于从历史的阴影中挣脱出来,纳西民族的古籍也将重放光芒,雷电观测所的研究成果轰动世界。由此,我们看到了整个军营和社会生活中的陈旧观念、历史惰性和一切沉疴残渣必将被新时代大潮冲刷、涤荡的历史趋势。于是我们看到了"一道不可遏阻的瀑布!瀑布,有远古的影子,有悲凉的叹息,有电闪雷鸣,有六连的呐喊,有《列宁格勒交响乐》的旋律,有木九幺老爹的歌,有远方的战尘,有改革的欢笑,有大地的激动,宇宙的回声,有猛犸化石的粉屑,有争论'星球大战'的吵嚷,有八十年代中国的铿锵心音……"[15]。

《亚细亚瀑布》通过一次战斗、一支部队的深入剖析,折射出八十年代改革大潮中的社会性积弊,对阻碍时代进步的顽固保守思想进行了尖锐的批判,热烈地呼唤尊重人的创造力和革新精神,呼唤中华民族的伟大复兴,审美视点已远远超出了单纯的军事内容。其另一个突出成就是它的结构艺术,整部作品由"远古的影子"、"宇宙的回声"和"血与火的痕迹"三个相互映照的时空层面组成,寓过去、现在、未来于一体。这种多时空的写作方式影响了以后的许多军内外作家。

四、黎汝清的《皖南事变》及其革命历史题材长篇小说

黎汝清是军内一位成就卓著的老作家,一生主要致力于长篇小说创作,先后出版《海岛女民兵》《万山红遍》等近20部作品,其中多数属于革命历史题材。他成名于"文化大革命"结束之前,新时期以后作品更加量多质高,有代表性的是《皖南事变》(上海文艺出版社1987年版)、《湘江之战》(解放军出版社1989年版)、《碧血黄沙》(作家出版社1991年版)三大悲剧作品,它们初步确立了军旅长篇小说悲剧审美范式。

《皖南事变》是一部以发生在抗日战争时期,国共之间的一次著名的民族悲剧为背景书写的长篇小说,是作者长期从事革命历史题材创作的结晶,更是新时期思想解放和文学革命的成果。正如朱向前所指出的,"就作家个人的创作实践而言,它是黎汝清花甲之年完成的一次'衰年变法';对革命历史题材长篇创作的整体水准而言,它则实现了在'五老峰'[16]上空的一次成功飞越。毫无疑问,《皖南事变》以它宏大的构架、雄健的笔力和磅礴的激情所传达出的对特定历史悲剧的深邃洞见以及对历史人物命运的辩证把握,已然证明了它具有相当的史诗品格。首先,作家运用自己从历史资料的长期爬梳与研究中获得的历史理性和当代意识相结合,冲破了传统历史观念的束缚,大胆地追求'说真话,露真情,求真理'[17],穿透数十年来史学界弥布在皖南事变研究中的迷雾,求真辨伪,发隐抉微,做出了独树一帜的雄辩结论,为全书建构起了一个坚实有力的史实框架;其次,作家运用自己从历史烽烟中走过来的战争体验和人生经验熔铸而成的历史感性激活历史,从宏观到微观重现历史的场景和氛围,并且灌注生气和灵魂;再次,最主要的是把历史活动中的最小单位——一个个活跃在历史中的个人的动机和行为作为基点去重新审视、理解和塑造历史,栩栩如生而又深刻有力地刻画了项英、叶挺、周子昆、林志超等一系列人物在特定历史关头的复杂性格和内心世界,成功地用个人意志

的合力等'无数个力的平行四边形'合理地阐释了事变的悲剧发生轨迹。从而摆脱了把作品变成某种路线的图解,避免了对人物做出简单的道德判断,收获了主题的深刻与多义——'如果要问这部作品的凝聚点,它是9000人的大悲剧。通过这场大悲剧,展示人类的优点和缺点,展示历史悲剧和性格悲剧的密不可分,展示人类性格中的善良与丑恶并存,伟大与渺小并存……'[18]通过悲剧的抒写,抵达人类的根性,《皖南事变》将重大革命历史题材长篇创作水准推进到了一个新高度,显示了老一代作家在这方面的优势与潜能。小说的不足是作者站出来的议论太多太露,可做大幅度删节"[19]。

《皖南事变》之后,黎汝清又相继出版了《湘江之战》和《碧血黄沙》两部长篇,分别再现了长征途中万余红军喋血湘江,和红西路军在河西走廊为马步青、马步芳匪帮所围困以至全军覆没两大历史悲剧,并对悲剧形成的原因做进一步的深入反省和挖掘,是作者在革命历史题材悲剧创作上的延伸和掘进。同《皖南事变》一样,作者没有简单地把两大悲剧图解成所谓敌强我弱或路线斗争等陈俗论调,而是在力求真实再现当时历史环境和客观条件的同时,把更多的笔墨聚焦于人物性格,以悲悯之心和体恤之情追问人与历史与悲剧的深层因素。如《湘江之战》中,惨败原因之一,是战斗部队抬着庞大的中央纵队和臃肿的辎重这顶沉重的"轿子",用血肉开路,用人墙护道,致使整个部队行动迟缓,被迫与优势敌军作长时间的正面战。这个原因李德、博古这些指挥者不是不知道,可是弃之不管则必为白军所获,叫人于心何忍? 但是作为一个战略指挥者,又必须要权衡利弊,当机立断,否则就会全盘皆输。李德、博古、陈昌浩等的失败,不仅是时势所趋,也是个人性格的局限使然。

总之,"革命历史小说,不是重翻旧账,不仅仅是再现当时的战争生活场景,更不是像吃忆苦饭那样忆苦思甜,而是借助于一段特定的历史的时空内蕴,给当代人以哲学的启迪,引发对人生的新的参悟,唤起战争年代那种强烈的爱国热忱和为革命事业的献身精神,是对民族优秀品格和奋发精神的弘扬"[20]。黎汝清以这种"高视角、超时空"的写作境界,创作出《皖南事变》、《湘江之战》和《碧血黄沙》三部革命历史题材悲剧,首次确立了军旅题材悲剧审美范式,同时也将表现重大革命历史题材的长篇创作水准推进到了一个新高度。

第三节 二十世纪九十年代:复兴与勃发时期

一、朱苏进的《炮群》等和平军营题材长篇小说[21]

朱苏进是和平军营题材创作的重臣,八十年代他先后发表了《射天狼》《引而不发》《欲飞》等十余部中篇小说,曾获第二届、第三届全国中篇小说奖,可谓成绩斐然。九十年代开始涉足长篇,相继推出的《炮群》和《醉太平》,亦获巨大成功,成为和平军营题材长篇小说的重要代表。

《炮群》(江苏文艺出版社)发表于1991年,开笔写作却始于八十年代末,由于某种文学以外的原因,中途还曾搁笔一年。总体看来,它是朱苏进在八十年代中创作追求和艺术风格的一次总结,亦如他自己所说:"《炮群》是我的'青春梦'的一次总宣泄。"这个"青春梦"同时也是一个"将军梦",一个"英雄梦"。这个梦主要通过主人公苏子昂来体现。苏子昂其人就是作家一贯钟情的袁瀚(《射天狼》)、南琥珀(《第三只眼》)、孟中天(《绝望中诞生》)等一系列气度不凡、志向高远的硬派军人的一个总化身。不过,《炮群》给这个人物提供了一个更为开阔、更为复杂也更严峻的表演舞台,使他的军人素养、聪明才干和人格力量都得到了淋漓尽致的发挥和表现,同时也使朱苏进雄健的笔力、犀利的眼力和超拔的才力,以及扎实的军旅生涯体验、炽热的军人理想设计和深刻的军队现实批判得到了一次集中而典型的表达。就此而言,这部作品的力度和深度是令人赞叹的。它对苏子昂、刘华峰、宋泗昌等中高级指挥员的形神刻画与把握是准确到位的,对军营日常生活背景以及炮群受阅的宏大场面的描绘是精细入微而又富于劲道和神韵的,对我军现代化进程中所暴露出来的诸多弊病是富于洞察的,充满了沉重的忧患意识和严肃的责任感。飞扬的理想主义激情和严谨的现实主义精神的两极对立,使得苏子昂这个人物和整部作品自始至终都处于紧张的矛盾冲突和饱满的艺术张力之中。孤标傲世而又清醒入世的苏子昂总是被执着于高邈理想和认同世俗现实的双重诱惑与迫力撕扯得好不痛苦。矛盾的最终消解还是以理想的受挫作为代价,现实赢得了胜利。作家最终匆匆安排的圆满结局实际上既是苏子昂对现实的妥协,也是作家对世俗的认同。它宣告了朱苏进"青春梦"或"英雄梦"的幻灭,也预示了朱苏进沿袭了近十年之久的创作路向即将发生深刻转变。

这种转变很快在他 1994 年推出的《醉太平》(上海文艺出版社)中得到证实,它让我们看到了一个从剑拔弩张到随意放松、从慷慨激烈到娓娓而谈的多少有点让人觉得新奇的朱苏进。作品中,三位上校主人公不再为坚执于高远理想而牺牲现实享乐,而且恰恰相反,他们在旅途上、在舞场中都显得风流潇洒、其乐无穷,在太平盛世和歌舞升平中沉溺和迷醉。这个盛世的具体化,就是某军区机关大院的日常生活流程——早操、上班、开会、家宴、舞会、约会和偷情……表面看去平静似水或五光十色,但季墨阳、石贤汝、夏谷等部长、科长、干事们都在其中紧张地旋转,忙碌地活动,精心地算计,不动声色地较量与争斗。在权势或情理的驱动与诱惑下,他们或振作或清醒,或颓唐或沉醉。才华因此而变质,人格因此而萎缩,个性因此而扭曲。尽管朱苏进写来冷静客观,入木三分而又持平公允,并且常常悬置判断,不做丝毫丑化或鞭挞状,甚至不时流露出对某一人物某一举措某一偏差的赞赏与把玩,但这一卷当代军营的世态人心图的底蕴却振聋发聩,使人不得不深长思之。

朱苏进在这里的变化是显而易见而又令人吃惊的。首先,是支撑他的作品的精气神,已由强烈执着的理想主义呼喊让位于无可奈何的现实主义审视,或者说,是由批判取代了肯定,由消解取代了建构。《炮群》式的"青春梦"的破灭也带来了朱苏进英雄观的破碎。季墨阳、石贤汝、夏谷诸君都是从基层部队摔打出来的人尖子,也就是前天或昨天的袁瀚与孟中天们——"他们或许本可以成为英雄,可是却没有一个真正的英雄,他们只是一个个英雄的碎片,你可以在这里看到英雄的一个耳朵,在那里看到英雄的一个脚指头,但你看不到一个完整的英雄。"[22]"英雄无觅"的慨叹与发现是源自作家本人的成熟与深刻?还是因为世俗环境强大的同化力与侵蚀性?或者是由于英雄自身的精神世界和人格结构原本就存在缺陷?

这就涉及朱苏进的第二点变化。在过去的十年中,朱苏进在文坛上最好的口碑就是他的所谓给军人"照正面像",擅长在军营的方寸之地握取纵深,在绿色加方块的旋律里唱出别调。截至《炮群》为止,他也确实是主要致力于置身和平环境中的军人职业的价值评判与定位,以及在由此带来的一系列悖论方面大做文章。而《醉太平》不同。尽管它也通过对军人灵魂审视和拷问抵达了共同的人性的层面或深处,但作家的创作主旨却并不满足于此,他的意图是要借助一个大象征,从整体上超越军旅文学的樊篱,冲出铁丝网,走出军营而直指中国的社会机制和某一部分病态文化。朱苏进多次宣称"想写一写大院文化心态","这部小说写的是军区大院里的人和事,实际上指涉的是一种一切大院都有的文化心态,这样的大院在中国比比皆是"。[23]如果仅就这个作品自身而言,它或通过官场这个窗口的透视,或经由人际关系网络的辐射,确实把军队大院文化作为中国传统文化的现代权力分布的一个"场"的无形的杀伤力和窒息力揭示出来了。在这个"场"的作用下,人格的破碎、扭曲和畸形的过程是潜移默化的,又是触目惊心的。但是,以作家的创作意图来要求,它并没有达到预设的期望值。原因也许不完全在于作家。军队权力机制运作的特殊性、军营文化的封闭性和强固性、军队人员的快节奏的流动性等等,使得军队大院文化既有相同和相融于社会文化的一面,同时又具有不同或相隔于社会文化的另一面。总体看来,军队大院在当代中国社会中仍然是一个自成一体的在外人眼里显得不无几分森严、神秘、古板而坚固的"独立王国"。因此,它和非军队大院文化的"跨传通"还存在一定的障碍,还有一层天然的隔膜;也因此,朱苏进企图以"大院"的象征超越军营而涵盖当代中国社会某一部分文化心态的目的未能完全实现,至少没有取得广泛的反响和认同。

从《炮群》满怀激情地塑造与呼唤英雄,到《醉太平》冷静清醒地审视与肢解英雄,朱苏进变换了一个思考角度,但思维向度却一以贯之,他深切关注与忧虑的仍然是和平时期军队与军人的自身建设与自我完善。只不过是作者的思考随着九十年代社会进程的发展又向前做了大幅度的推进,继续显示出了他在这个领域中无人可及的深度感和超前性。

二、朱秀海的《穿越死亡》等南线题材长篇小说[24]

所谓"南线战争"是指1979年开始的中越边境局部战争。以此为背景创作的作品很多,但多集中在中短篇小说,长篇领域有所作为的则首推朱秀海。早在战争期间,他曾两次亲临前线进行广泛采访和深度体验,具有丰富的生活和情感积淀。1989年,他创作了《痴情》(解放军文艺出版社),通过对一个烈士母亲的悲剧命运的抒写,小心翼翼地展示了战争带给社会的心灵创伤是如何难以弥合,被誉为探索"战争后遗症"的先声之作。但是作品在艺术结构上的失衡和过量的形而上思考等缺陷,使作品整体影响不大。而他在1995年推出的《穿越死亡》(中国工人出版社),则把当代战争小说的水准推进到一个新高度,是迄今为止南线题材的总结之作。

总体来看,《穿越死亡》是一部严谨的现实主义精神和豪迈的理想主义激情相结合的厚重之作。它具有俄罗斯油画一般的沉甸甸的质感,又像中国的太极功夫,内蕴深邃,其绵绵掌力不绝如涌迎面逼来,写得绵密细腻而不乏大气,从容舒缓而又有力度,惊心动魄而又发人深省。具体而言,其主要艺术成就有以下三点:

第一,它建筑了一个最适合支撑或容纳一部长篇小说的容量的小全景式的故事框架。全书以一次收复失地的中型战役作为背景,细致而有层次地展开了从我前沿团指挥所到前线战斗排的丰富的画面。最具特色的是这个故事中间所出现的巨大的逆转和反弹:在最初的作战预案中毫不起眼的"634高地"随着战斗的纵深发展而逐渐成为整个战役成败的关键之地,而原先作为预备队的战斗力弱中之弱的二营九连三排竟然鬼使神差而又别无选择地成为能够去攻打"634高地"的唯一力量。矛盾的急转直下所形成的强烈反差和巨大张力,就这样紧紧地绷住了整部小说的情节发展,显得波澜起伏而悬念迭出。尤为难得的是,这种情节的设置和突变毫无牵强和人为编造的痕迹,它完全是按照战争的规律和逻辑环环相扣,层层推进,剥笋式地自然展开。从作战预案到战斗计划乃至每一个战士战术动作的精密和准确,使得这个风云变幻奇谲莫测的故事构架扣人心弦而又令人信服。它的真实性和传奇性保证了作品的可读性,提供了一部长篇小说走向成功的基本前提，同时又为展现主题和塑造人物提供了一个坚实而丰满的故事载体和广阔而自由的艺术空间。

第二，它直逼死亡这一战争中的主要矛盾和战争文学中的重大主题，并以死亡为镜子来洞察人物的灵魂和照取人性的深度。仅此一点，就大大丰富与深化了当代战争文学的思考层面。此前我们的战争文学在英雄主义的规范下，只注意突出与强化英雄人物英勇无畏的一面，似乎他们天生不怕死，而多少有些忽略了他们从平凡到伟大、从怯懦到无畏的转化过程。《穿越死亡》恰恰从这里进入，它将一个只有17岁的文弱少年上官峰担任排长的九连三排置于死亡之谷，就是为充分展现一个平凡的军人面临死亡的心灵裂变和人格升华。它勇敢地正视死亡带给人们生理和心理的恐惧，指出"生命的本能拒绝死亡"这一简单的道理，大胆地让主人公（上官峰）承认："死是具体的，突如其来的。它让我恐惧。这很可耻吗？不。……生是每一棵小草都无限渴望的……""战争中最容易剥夺的就是人的生命，但正因为如此，生命在战争中就应当受到加倍的珍惜……""战争的艺术不是死的艺术而是生的艺术。战争就是躲避和战胜死亡。"作者赋予上官峰过多的关于死亡的冥想和形而上思考也许有点强加于人，但他对死亡阴影的笼罩和氛围的渲染，对一个人恐惧心理的刻画和恐惧体验的触摸，是具体入微而准确到位的。把这一点写足了，一个个凡人向英雄的高度攀登的出发点才是真实可信和坚实有力的。小说的难度更在于让这些人物符合人性和性格的规律向前发展，为每个人都找出各自不同而又雄辩有力的行为动机和辩护理由——或从理智出发，或从情感出发，或从个性出发；或为了国家民族的整体利益，或为了军人的职责与荣誉，或为了个人前途和命运，或仍然是因为害怕（战后上军事法庭），最终都战胜了恐惧，穿越了死亡，成为"高地"上的英雄。

第三，它塑造了一系列富于个性光彩或人格魅力，同时又包蕴了丰厚的思想内涵和人性深度的人物形象。在从战士到军长有名有姓的近40人当中，团长江涛、副团长刘宗魁、排长上官峰等形象最为英武和丰满。江涛作为将门之子，刘宗魁作为农民之子，作者有意识地在他们之间进行对比，发现差异，寻找合点。他以江涛的职业军人精神和当代军人意识来反衬刘宗魁的偏颇与执拗，又以刘宗魁的坚韧踏实和奉献风格来修补江涛的好高骛远与华而不实。这种性格的反差不仅具有艺术的魅力,而且显示了作者对于中国军人素质修养和军队建设走向的深层思考与理论构想。从某种意义上说,朱秀海对两类青年军旅作家[25](军门之子与农民之子)各自的局限都有所超越,他对农民军人的稔熟显然为朱苏进所不及(一个刘宗魁足以说明此点),他对将门子弟(如江涛)的把握也许不如朱苏进深刻,但比其他农民军人作家却要稍胜一筹。而把这两类军人的典型写得势均力敌如双峰并峙、双水分流,在当代军旅文学人物长廊中也是不可多见的。至于以17岁的赢弱之肩挑起一个排"穿越死亡"重担的上官峰,就更是一个独特的创造了。

作品不足之处是在艺术处理方面还欠周密和精致,密实而不够疏朗,显得缺乏节奏感;后半部某些议论和思考显得太形而上和直白等。

三、韩静霆、乔良等人的军旅长篇小说[26]

韩静霆的《孙武》(解放军文艺出版社1995年版)展现的是公元前515年至公元前473年之间春秋战国时期悲壮凝重而又急速向前的社会生活。这个时期可谓是中国历史的大手笔挥洒出来的一幅风云突变、人物峥嵘的绚丽画卷。就此而言,历史是慷慨的,然而历史又是吝啬的。就像神来之笔不可再现一样,如此一个震古烁今的大时代,只剩得断简残编(如《史记》中的《孙武》篇,以及《吴越春秋》《越绝书》等),模糊漫漶,轶闻传说虚幻缥缈,一次惊心动魄的大战役、大事件甚至只留下寥寥数字而已。两千五百年的岁月之川滚滚东逝,历史烽烟早已杳不可寻。如何使孙武这位古代兵圣"复活"于当代?史料的稀有与"虚无"在这里严峻地挑战着作家的想象力和才华以及艺术修养。

韩静霆敢于应战,正如他在《我写〈孙武〉》中所言:"这倒正是本书作者要深谢司马迁大师之处,谢谢他老人家给后人留下了些许空白,谢谢他为我们留下了驰骋想象和文思的天地……历史小说创作的快乐之鸟,大抵起飞在这些历史的缝隙之间。"想象力激活了史料,给历史注入了灵魂。同时,艺文的相融和触类旁通,又保障了作家从多侧面多角度去感知历史、化开历史和复活历史。由于有了丰满灵动的历史感性,才赋予了他大胆想象的创造之鸟以灵气和血肉,使其快活地飞翔在"历史的缝隙之间"。但是,仅仅有历史的想象和感性也还是远远不够的。如果没有对于历史规律的洞见,对于人物命运的把握,对于社会发展和战争之辩证关系的独到见解,质言之,没有历史理性的烛照与统摄,历史的想象和感性将可能变成溢出河床的洪水四处漫漶。而在这一点上,韩静霆也表现出了一个历史小说家的冷静与睿智。他没有一味地沉醉在想象飞腾的快感中,也不恃才逞气凭艺术感觉包打天下。他不惮繁难,艰辛钻研《孙子兵法》,研究孙武与战争,战争与人性,人性善与恶的转化、沉沦与升华,企图从中发掘出中国古代文化传统中的精髓和积极价值,从而为今人思考现代战争提供某种参照和警示。

他研究的结果是孙武乃一悲剧人物。孙武的悲剧,有常人的一面,更有伟人的一面。作为一个大战略家,他为了著成兵书施展抱负而愈挫愈奋九死不悔;然而,当他领兵拜将小试牛刀一举夺得豫章、柏举之战的大胜之后,回眸战场,却不禁悲从中来。此一时刻,他仿佛从多年的杀伐征战中大梦方觉,原来人的最高智慧恰恰是以最残酷的方式来实现、来映衬,正所谓最优美的最野蛮,一将功成万骨枯!他的悲剧不是人性被战争所异化的悲剧,而是人性在战争中复苏和觉醒的悲剧。也许,从这一刻起,孙武"不战而屈人之兵"的"全胜"战略思想才进一步明朗和确立,他要在更高的境界上实现他的军事理想,即"慎战""以战止战",以战争求得和平,用和平制止战争。但是,他和好战、滥战的君王夫差的矛盾由此衍生乃至激化,最终导致了他命运多舛而不知所终。

乍看之下,孙武的人生跌宕似乎也落入"飞鸟尽,良弓藏,狡兔死,走狗烹"的老框子,走进了"功高震主"必殃及自身的历代功臣名将的悲剧归宿。不可否认,这里面确实有一种内在联系的殊途同归,但是韩静霆处理孙武的创意在于一个"殊"字。孙武不是"震主"而是"背"主而去,他走了一条习战而知战,知战而慎战、厌战、反战的"和平军事道路"。这在"春秋无义战"的时代无疑是一种不识时务、一种超前、一种理想主义。但就在这种理想中,融入了中国古代道德中的仁爱思想,体现了中华民族"自古知兵非好战"的战争态度。全书用一半(20万字)篇幅尽情塑造孙武朝着自己的理想境界飞蛾扑火般的心路历程。这就不仅为人们展示了他作为战略家运筹帷幄的英姿,而且也展示了他充满人情味而舍身取仁的仁者风范。孙武是矛盾的,但又是完美的:矛盾在于战争这个怪物带给人类的两难处境,使他不得不战,以战止战,首先成为战争的大师,然后才当上了战争的"隐者";完美则在于孙武集智慧和仁爱于一身,最终和人性恶分道扬镳,走向了一条完善的自我升华之路。孙武的悲剧中已然深深包含了作者对于战争的忧思——他虽然高声赞颂刺客专诸和要离慷慨赴死、逞勇斗狠的血性和雄悍,衷心钦佩孙武的杀伐谋略,但他更愿意肯定的,还是人的理性和人道主义的力量。

这就是韩静霆心目中的孙武,孙武因而更加符合中国古代的智慧和道德规范,而且也可能是更加忠实于历史本身的。这种韩氏判断和塑造,主要理论根据就是孙武兵书"十三篇"中传达出来的"兵凶战危"的和平倾向。更加重要的史料依据则是韩静霆通过寻幽探隐,发现在夫差兴兵伐齐之后,在著名艾陵之战中已不见孙武二字,由此推断君臣已经反目,根本原因就在"慎战"与"滥战"之分歧。韩静霆设计孙武从"诈死"到"断舌"再到"牧羊"的悲剧演绎,一半来自历史想象的灵感,一半来自历史理性的启迪。换言之,如果说是历史感性赋予了历史想象之鸟以双翼的话,那么,历史理性则赋予它以双眼,给它以导向,才飞得更高更远。唯其如此,我们也得以看到一个全新的孙武——为后世景仰的兵圣孙武实乃一个最终为"止战"梦想而遁世的悲剧人物。

乔良自认为《末日之门》(解放军文艺出版社1995年版)是一部"近未来预言小说",出版社把它定位为畅销书。而在西方,这二者常常是合二为一的,或者说,预言小说正是畅销书的主要样式之一。但在中国大陆,它是最早的。从此一角度出发也可以说,《末日之门》的意义是形式大于内容。因为它给我们的军旅文学乃至整个当代文学提供或"引进"了一个新的品种、一种新的小说范式、一种新的审美情趣和艺术风格。2000年的除夕,中国香港驻军中校参谋李汉,与一个名叫婵的具有预知未来能力的神秘女孩的邂逅,引发出21世纪之初的世界政治与战争风云。其间,总统被刺,多国首脑被扣作人质,恐怖分子利用电脑病毒企图毁灭整个人类的阴谋,等等,骇人听闻的突发事变和宏大背景,乃至毒枭兼亿万富翁奢侈而华丽的生活场景,莫不给人以眼花缭乱、应接不暇之感,再加之作者采用的"全息摄影"视角,简洁洗练而概括的行文,跳跃的、蒙太奇式的叙述,快节奏急速展现而又峰回路转的情节推进,以及由此带来的新鲜感和刺激性、神秘氛围和科幻色彩等,都大大强化了这部作品的可读性和诱惑力,使人一旦开读便难以释卷。这证明它在技术操作上是完全到位的,即便和域外同类型小说相比也毫不逊色。

然而,换一角度看,我们又可以说,《末日之门》的内容高于形式。它是一本成功的畅销书,但又超越了一般意义的畅销书,它同时还是一部严肃的警世之作,通过大众传播的方式,表达了作家超前的对于世界前途和人类命运的深切忧患和关注。首先,作家为这部预言小说锁定了一个"近未来"的前提,也就是说,预言的仅仅是几年之后的21世纪之初的世界和人类社会,它必须以当下的世界和人类社会作为基础、背景和参照系,因为"近未来"世界的政治、军事、经济格局无非是当下世界的政治、军事、经济格局的合理延伸与发展。"近未来预言"是建立在对当下现实的深刻把握之上的,所以说,这种"贴近"无疑是作家自己给自己出的一道难题。如果没有对当下世界的独特认识与理解,又凭什么去洞彻与预见未来呢。而恰恰在这里,乔良为自己找到了大显身手的最佳场地。他目光四射的开阔视野,纵横捭阖的时空思维,丰厚广博的军事知识和文化积累,多年来对天下大势潜心研究的心得体会……统统和他的聪明睿智与奇思妙想相交融、相碰撞,使他得心应手地勾勒出了未来世纪之初世界政治和军事态势的壮阔画卷,提出了一种至少能自圆其说并且能自成一家之言的假想与推断。虚拟的情节与真实的细节的和谐与统一,使乔良的"近未来预言"区别于空穴来风的妄测与臆想。其次,在以上背景下,通过对主人公叱咤世界风云、挽狂澜于既倒的精英形象的全方位塑造与检验,既表现了作家对抗"欧洲中心"的东方主义观点,也传达出了作家对于未来中国军人素质的理想追求与呼唤。再次,亦如该书题词所言:"作者虚构此书的目的意在警世……但愿这其中描述的一切劫难都不会发生。"这是对战争的预言,也是对战争的警号,它出自世纪之交的一位中国军旅作家的手笔是意味深长的。它的超前思考和忧患意识,是对当时中国物欲挤压下"眼前主义"泛滥的一种反拨,更是对地球村意识和人类终极关怀的一种回应。它作为全书的主旋律,保证了《末日之门》和乔良的"先锋"品位。

遗憾之处在于,全书前紧后松,亦有"半部杰作"之嫌疑。与前半部大气势、大手笔、大铺垫推出的大矛盾相比,结局过于轻巧和简单的"消解"就显得有点不堪重负了。此外,作家不时沉溺于"炫知"的快感之中,大量而密集的知识与信息的炫耀与轰炸,多少有点窒息了作家灵魂的呼吸,也干扰了我们对于作家心灵的声音的倾听。

简嘉的《兵家常事》(解放军文艺出版社1996年版)是一部打破了军旅文学定式的创造性作品。小说构思独特,文笔奇诡,以一个篮球队的生存贯穿了我军三个重要的历史时期,"大球"的风云变幻和"小球"的荣辱兴衰交织在一起,其内蕴耐人寻味。语言机智诙谐,富有兵趣兵味,又寓以哲理,让人捧腹之余不禁掩卷长思。特别之处有四:

其一是结构分段递进。全书按时间顺序分成"那个年代"、"若干年后"、"又过了若干年"和"以后的传说"四部分,篇幅长短不一。除最后象征性的一部分外,每一段之前都加有引文性质的"记忆碎片",记录本阶段有代表性的新闻事件,描述或提示故事发生的时代特征,既引导读者快速进入故事情节,又组成完整的时代背景,浑然天成。

其二是内容以小见大。全书以军队之间进行一场篮球比赛为主要线索,如题目所言,基本上描写的都是军中或社会最常见之事,丝毫没有军旅题材小说通常的剑拔弩张。然而,充斥全书的青春的躁动、炽热的爱情、啼笑皆非的人生命运、旺盛而又迷蒙的生命活力等等,使得作品看起来又异常的丰满。贯穿全书的篮球比赛,与"记忆碎片"关于全球时事的玩味,很容易让人联想到"小球"与"大球"的关系。老团长曹达梦寐以求打赢一场篮球比赛,实际上是时刻想提高我军的战斗力。

其三是人物惟妙惟肖。书中塑造了曹达、袁祖平、李京南、卢阿强、"大鸢包"、"大脚板"、侯顺发、魏槐松等一系列各具特色的军人形象,或高大坚毅,或圆滑世故,或踏实朴素,或卑劣猥琐,一人一面,形成一幅独特的军中"浮世绘"。

其四是语言生动幽默。不管是"记忆碎片"中关于江青有板有眼的说戏、某炮连连长的谜语,还是正文中李京南"八一"抒怀的打油诗,还是"大鸢包""大脚板"等人时常可见的对话,极富民间智慧,读之忍俊不禁,给人留下深刻的印象,也大大加强了作品的审美效果。

不尽如人意的是作品格局比较促狭。

四、周大新、黄国荣、陈怀国等人的"农家军歌"长篇小说

新时期以来的军旅文学总体上显得比当代文学思潮"慢半拍"。但也有例外的时候，那就是"农家军歌"与"新写实"思潮的同步共轨。这是因为"新写实"主义的奠基之作《新兵连》本就是一部军旅小说，它"视点下沉""正视恶""探究生存本相，展示原色的魅力"等写作风格，对于正处在军旅人生困境中的青年农民军旅作家们的诱导与激发是无可比拟的。原本就有浓厚的乡土、农民和军人文化生活积累的他们便飞快地爆发了，出现了陈怀国、阎连科等人的《毛雪》《农家军歌》《和平雪》《夏日落》等系列中篇小说，它们共同的特征是书写农民军人的生活和精神奋斗史。理论批评界也有了相应的回响。[27] 可以说，唱响"农家军歌"的主要作品是中篇小说，但《走出盆地》《兵谣》《遍地葵花》这些长篇作品亦是"农家军歌"的重要声部。

周大新的《走出盆地》（百花文艺出版社1990年版）是在他八十年代两个获奖短篇《汉家女》和《小诊所》的基础上，重新创作的一部长篇小说。作品成功地塑造了邹艾这个农家女军人形象，形成新时期以来具有鲜明特色的"这一个"，是"农家军歌"中唯一一部以女性为主人公的作品。

小说如它的副标题所示，写的是南阳盆地农家女邹艾的"生活和精神简历"，叙述她几起几落、反复无常的人生和她如何同命运抗争的故事。作品展示了邹艾的命运"三步曲"。第一步，写邹艾当兵以前在南阳盆地的日子。她出身于一个普通而畸形的农家，家庭和童年都非常不幸，然而身处逆境却铸就了她倔强和不安分的性格。穷困使她过早辍学，绣"忠"字的出色表现，使她的命运出现神奇的转机，当上了大队妇女主任。然而这种转机的代价是被大队革委会主任秦一可野蛮地占有。她失去了贞操，也因此结束了初恋的幸福，这使她的生活第一次跌入低谷。在好心的德昭伯的帮助下，她靠努力成为一名赤脚医生，并在公社组织的赤脚医生诊疗比赛中获得第一名。于是，她意外地得到了参军的机会，迈出了走出盆地的第一步。第二步，写她在部队的生活。靠勤奋和积极的进取心，在不长的时间里，她从卫生员变成了护士再变成了医生。更重要的是，凭着自身的美丽和精巧的心机，她当上了副司令员的儿媳妇。这种

转变,暂时使她登上了人生的顶峰,蜜月回乡一行,让她出尽了风头和尝得了权力带来的无上荣耀。但是,公公的猝死,丈夫的自杀,又让她从顶峰跌入深谷,她很快复员,带着女儿回到故乡盆地,完成了一次命运的轮回。第三步,写她办诊所和医院的经历。艰苦创业,一度辉煌,因一次仇视者的蓄意陷害,医院破产,她也险些进了监狱。一切努力又付之东流,她又一无所有。倔强的她依然不死心,准备从头再来。作品写出了邹艾不认命、不向命运低头、不断向命运抗争的坚强性格。同时,也刻画了她的报复心强、争强好胜、妒忌他人的人性劣根的一面。这些方方面面的揭示,使得邹艾的形象显得丰满、鲜活而真实。

作品在创作手法上,有较强的文体创新意识,注意不断变换叙事角度,渲染环境,把握叙事节奏和情调的变化。从结构上看,小说按女主人公生活道路上的"三步"分成三大部分,但每部分采取了不同的叙事角度。"第一步"采取的是"我"与"老四奶"对话的方式,大体上用第二人称和第一人称交错的叙事角度,这种叙事角度和追叙的手法,使人倍感亲切;"第二步"则完全采用第一人称的叙事角度向旧情敌金慧珍倾诉,大多是邹艾的自述,易于展示人物的内心世界;"第三步"的倾诉对象又更换成了邹艾的女儿茵茵,也采用追叙的手法,大部分用第二人称间或第三人称的叙事角度。由此可见,三个部分都注意到叙事角度、叙事人称、叙事语调和叙事环境的变化,同时又做到变化自然,使小说读起来丰富而流畅,弥补了单线纵向展示一个人命运容易单调的缺陷,创造了一种独具匠心的长篇小说文体。值得称道的是,作品三个部分都穿插与主线平行的神话故事。这些神话故事有很强的象征与启示意义,起到了深化主题与调节叙事节奏的良好效果。[28]

黄国荣的《兵谣》(解放军文艺出版社 1996 年版)是一部写得很朴素、实在的作品,着重刻画了古义宝这个个性鲜明、耐人寻味的农民军人形象。作品分为上、下两卷。上卷"入梦"主要写古义宝如何从一个普通士兵成长为军区模范指导员的经过,实际上也是写主人公追求欲望或为私欲所困的心路历程。他当兵的目的是明确和朴素的,入党提干,出人头地,永远摆脱面朝黄土背朝天的农家境地。他的行动是具体、有计划的,也是卓有成效的。他曾是一个好农民,纯朴忠厚、勤劳刻苦,又富有高智商农民所特有的心计。艰辛和贫困的农村生活的磨炼,给了他足够的生存智慧和吃苦耐劳的能力,一入军营便迸发出强烈的竞争意识和生命能量。为了实现人生梦想,他苦干加巧干,巧妙地把握时机,表现自己,很快就从同年兵中脱颖而出。但是,和许多"农家军歌"处理有所不同,他又不是那种为达目的不择手段,不惜损害他人利益的自私小人,在千方百计谋划实现梦想的同时,性格中善良的一面也让他感到犹豫和矛盾。比如在对待爱情方面,他爱的是尚晶,但从道义和部队纪律出发他只能选择林春芳。一方面,他忍着痛苦,在事业上一度攀上人生光辉的顶点;另一方面,他终究没能战胜欲望这个魔鬼,"一失足"又从英名远扬变成臭名昭著,几成阶下囚。下卷"出梦"写他如何从跌倒处爬起来的自新过程,本质上是揭示他由煞费苦心地为个人谋求出路到清醒自觉地实现自我超越、直面人生的心路历程。人往往只有在痛苦的时候,才能反省自己、认清自己,找回真实的自我。古义宝曾经得到的荣誉与地位得而复失,几乎回到原来的起点,他惶恐过,消沉过。然而,此时的古义宝已是受部队教育多年的老兵了,在正直的、好心的领导的鼓励下,他用行动洗刷了蒙受的不白之冤,以骄人的工作成绩,重新回到了先进的行列。此时的他已从一个农民变成了一名真正的军人,实现了人生的质变和升华,"兵谣"的旋律由此也唱出了强音。作品还塑造了刘金根、文兴、赵昌进等一系列活灵活现、有血有肉的军人形象,以及尚晶、白海棠、林春芳等各具个性的女性形象,他们共同演绎了军旅人生的甘苦与淳厚,明快与悠长。不足之处是写得过实,缺少"歌谣"应有的空灵与流韵。

陈怀国的《遍地葵花》(北岳文艺出版社1997年版)被誉为"农家军歌"的集大成者。作品通过一群背负沉重包袱的农家子弟步入军营演绎出的一个个令人心酸又意味深长的故事,书写了一部中国农民军人的心灵史。许家忠是故事的主角,在他参军之前,他的三个哥哥先后满载逃离土地、出人头地的期望入伍,终又失魂落魄回归乡土。哥哥们的失败,父母的耻辱,乡村的苦难,使许家忠有如神助般地早熟,工于算计的农民本性在他的身上发挥得淋漓尽致。本已绝无当兵机会的他,巧妙地利用"土皇帝"队长交给的拉排子车送接兵干部的苦差,依靠一出苦肉计,讨得接兵干部的欢心,"越级"穿上了军装。即将开拔之前,一个新兵酒后骑车遇难,他又机敏地为接兵干部开脱,赢得了接兵干部的信任。到了部队后,他的一举一动无不恰到好处,以实干加巧干的精神,从众多新兵中脱颖而出。从副班长到班长、排长、连长、营长,一直到团长,一步一个台阶,农民式的精明和谋略使他达到了辉煌的顶点。当了 6 年团长,他再也上不去了,农民的局限性和现代知识不足的缺陷最终阻碍了他的进一步爬升的梦想。于是,他开始搞特权,搞腐化,农民的劣根性一点点放大,他也从英雄变成了狗熊,从军营走进了监狱。"农家军歌"从最初的低沉、压抑经由高亢、激昂最终唱出了悲凉、无奈。

与许家忠一同入伍的还有黄氏三兄弟、刘社会和孙国庆,他们身上的农民特性更加明显,演绎出来的故事也更加耐人寻味。他们为了进步,实现逃离土地的梦想,或拼命做好事,或暗地把津贴倒补进首长的菜金,或投机取巧送礼、做假,或以百分百的真诚练兵习武,或为理解指导员的一句比喻而至于痴迷……许多感人至深的细节,足以让人叹息、让人落泪,农家子弟的勤劳、善良与狡诈、愚昧在他们的身上显露得一览无遗。最终,黄福山为救战友英勇牺牲;黄福地被俘后舍身跳崖;黄福田因私藏武器被开除军籍,成为一个隐姓埋名的人。刘社会、孙国庆复员回乡当了工人,可是一对在战场上生死与共的战友,却在商场上变成了你死我活的敌人,一个大发其财,过着花天酒地的生活,一个却被逼走他乡。"农家军歌"的咏叹又充满了失败与迷茫的情绪。

不难看出,《遍地葵花》以直面人生的写实主义精神,从朴素的物质决定意识的立场出发,既对农民军人们逃离土地、争取美好生活的渴望给予了充分的理解与尊重,又对农民军人身上的顽劣人性进行了不留情面的暴露与批判,更对农民军人与军队现代化、人的现代性之间的关系表现出了意味深长的思索与忧虑。它平视的角度,兼取农民军人的双面性,既超越了李存葆在《高山下的花环》中对农民军人"英雄化"的取向,又纠正了莫言在《金发婴儿》《苍蝇·门牙》中对农民军人"非英雄化"的偏颇,使"军人是人"的命题得到了实实在在的深化。小说发扬了作家一贯的优势,写得扎实绵密,不少独特而闪光的细节都是作家生命体验和想象力结合的神来之笔,充满了感人的力量。遗憾的是结尾写得比较仓促,对许家忠堕落的生活流程和心理历程挖掘不够到位。

五、柳建伟的《突出重围》和徐贵祥等人的军旅长篇小说

二十世纪九十年代末,军旅长篇小说再度勃兴的一个重要标志,是徐贵祥、

柳建伟、邓一光等一批长篇小说作家开始崭露头角，《仰角》《突出重围》《我是太阳》等一批军旅长篇小说，成为军旅文坛世纪末的压轴之作。

徐贵祥在九十年代初中期，除中篇小说《潇洒行军》、《弹道无痕》和《决战》外，在整个军旅文坛没有留下太多的痕迹。但沉默并不意味无为。二十世纪末，徐贵祥以长篇小说《仰角》（解放军文艺出版社1999年版）为突破口，随后几乎一年一部连续推出了《历史的天空》《八月桂花遍地开》《明天战争》《高地》等一系列长篇力作，成为新世纪军旅长篇小说的领军人物。

作为一名部队土生土长，有着多年军旅基层和机关工作经历，当过基层主官的作家，徐贵祥对现实军营生活有深入的了解，对部队建设的重大问题及矛盾始终密切关注。从《弹道无痕》到《潇洒行军》，徐贵祥涉猎的多是当下部队生活题材，《仰角》作为其喷发的"信号弹"，正是他以拳拳忧国之心，结合对部队建设长期的观察与思考，正面描写和平时期军营生活的一部力作。小说以士兵提干这一敏感话题为切入点，聚焦于W军区别茨山炮兵教导大队七中队63名预提干部苗子一年的训练、生活，进而考察中国军人德才素养、个人进退与强军备战的关系，无疑是对军旅文学表现领域的一次拓展。

八十年代初期，作为一项战略决策，军队进行干部制度改革，规定所有军官必须经过军校培训，不再直接从士兵中选拔军官。这对于作为部队训练骨干，已经进入预提干部花名册的老兵来说，犹如当头一棒。正当他们濒临绝望之时，军区萧天英副司令员（曾经的炮兵司令）从部队建设实际出发，力主采取挽救措施，想方设法从总部争取了63个士兵提干名额，随即从全军区几千名炮兵骨干中遴选出63名干部苗子，集中于炮兵教导大队接受为期一年的身体素质、军事技能、科学文化、思想道德等方面的准军校生活严格训练，使他们成为能够担负未来作战任务的高素质的基层军官。

成功突围进入教导大队的老兵们，欣喜若狂，踌躇满志。然而，当63名学员集体中突然插入3名同样是优秀骨干的所谓区队长时，他们猛然感到了竞争的威胁，尤其是自身素质相对较弱的学员们身心立即经受了一场私欲与理性的考验。随着形势的发展，当63个名额最终变成33个时，七中队无形中变成了一个没有硝烟的战场。63名战士或浴火重生，如谭文韬、凌云河、魏文建等，经过艰苦的磨炼与摔打，顺利进入我军基层军官行列，实现了人生的跨越和升华；

或不堪重负,如马程度、黄友华等,因身心疲惫无法经受考验被淘汰出局;或重新做出理性而艰难的抉择,如常双群尽管其他方面都很优秀,但是色盲,面对领导、教官、同学的爱护,他还是主动选择了退出,找寻最合适自己的生活坐标;如此等等。

作品取名"仰角",源于教导大队教务处副处长、教官祝敬亚关于德与才的论断。他别出心裁地画出所谓"祝氏坐标":把人的智能值作为横向坐标,品德值作为纵向坐标,任何自然人都在这一坐标体系中有其独特的射线。有才无德则为坏人,有德无才则为废人,才大于德或德大于才均为次佳人生射线,德才相当或德才兼备才是人生最佳选择。以此为标准,作品塑造了萧天英副司令员、韩陌阡副主任、祝敬亚副处长等一系列德才兼备的典型形象。可是德才兼备者往往事业并不顺利,萧天英作为年轻有为的帅才被压制多年;祝敬亚赤胆忠心、光明磊落,却从炮兵司令部参谋位置被下放到山沟沟的教导大队,多年为一普通教员。俗话说:江山易改,禀性难移。萧天英、祝敬亚不管在"庙堂之高",还是在"江湖之远",始终保持了职业军人应有的品质。更为难能可贵的是,萧天英以军队建设大局为重,急流勇退,在军区司令员任命的问题上主动让贤给更为年轻的继任者;祝敬亚为救治常双群的色盲,只身捕捉三鸟蛇,不幸献出宝贵的生命。韩陌阡比二者幸运,他有萧天英这样的伯乐的赏识和扶持。他没有辜负首长的信任,兢兢业业,有超前意识而不逾矩,树立起新时期部队建设的中坚形象。他们的人生轨迹如雨后彩虹,优美而灿烂,为祝氏坐标做出了最为精彩的阐释。

作品对教导大队三个女兵的刻画也很出色。丛坤茗洁身自好,如空谷幽兰,不走后门,凭本事安身立命,发射的亦是一条德才相当的最佳"仰角"直线。柳潋为救蔡德罕而受伤致残永久地留在了别茨山,楚兰考入军校走上了另一条专业道路。她们在祝氏坐标上都留下了女性独特而温馨的轨迹。

作品的最终落脚点还在于:谁能打赢未来高科技条件下局部或更大规模的战争?"中国军人,你们准备好了吗?"结尾点题,振聋发聩。不足之处是作品叙述比较平均,结构略显单薄,高潮点不够,而夏玫玫的形象有游离作品主题之嫌。

1997年,柳建伟的长篇小说创作开始发力,一部地方题材的《北方城郭》令文坛瞩目。1998年，他又推出军旅长篇小说《突出重围》，后改编成同名电视剧引起轰动，代表了此一阶段军旅长篇小说创作的新趋势。

《突出重围》（人民文学出版社1998年版）主要描写了一场模拟高科技条件下的局部战争的大演习。一个装备精良、代表目前中国军队主体力量的满编甲种师在与装备了高科技武器的乙种师的战术对抗中屡遭败绩，深刻地揭示了中国军队在二十世纪末世界军事、政治、经济格局中所面临的严峻的生存挑战。作品歌颂了当代优秀的中国军人在技术落后以及和平条件下长期滋养的观念陈旧、个人私欲膨胀和外界物质利诱等因素的重重围困中杀出一条血路的英雄气质。

作品中，满编甲种师A师三败于乙种师C师：首败于师长黄兴安的指挥无方和装备的落后上。黄兴安本身也算是一名传统型的优秀带兵人，个人军政素质过硬，部队也带得呱呱叫，但知识贫乏和战争观念落后，使他在演习中扮演了一名失败者的角色。再败于指挥机制混乱。首战败将黄兴安做了演习顾问，但还掌握着部队实际上的指挥权，并且越级指挥。演习司令范英明在个人能力上堪与C师朱海鹏对抗，可是有职无权，空有一身本事无法发挥；硕士参谋唐龙，能力很强，因为小毛病多，照样被弃之不用。部队还是按照黄兴安的老方法来，于是重蹈覆辙。三败于后勤物资供应脱节。由于和平日久，社会上的拜金主义等不良习气日渐侵入军营，加之军人极为窘迫的生存现状，使军队的一些中高级干部自觉不自觉地被污染。油料科科长王思平私欲膨胀，竟然置党纪军纪于不顾，把战备汽油卖给不法分子，从中牟取暴利。副师长高军谊明知有诈，可严酷的生存窘境，使他违心地睁一只眼闭一只眼了事。最终，A师的坦克、装甲车在关键时刻成为一堆废铁，再次败北。

总体看来，恰如有的评论家所概括的，《突出重围》具有以下特点：一、它是一部忧患之作，体现了中国作家对国家、民族前途和命运的认识水平和表达能力，呈现出沉郁、激越的美学风范，暗合了转型社会的时代精神。二、它是一部全景式描写当下部队生存境况的厚重作品，对新时期以来和平军旅小说的整体水准做了一次冲击。三、它的内在精神是属于正宗军旅文学的，在高扬集体主义和英雄主义的同时，充分展示了其他声部的强有力的存在。四、它是一部着力描画人物群像的作品，几十个人物分布在从普通士兵到大军区司令员这一广阔的空间里,错落有致,浓淡相宜。方英达、朱海鹏、范英明、黄兴安等人物形象富有独创性。五、它是一部称得上雅俗共赏的作品,结构完整,情节丰富。[29]

总之,作家以过人的胆魄与敏锐,站在谁来保卫二十一世纪的中国的高度,勇敢地直面世纪末中国军队的现实处境和可能面临的未来挑战,热切地呼唤"质量建军、科技强军",表现了对国家利益、民族命运深切的忧患意识和勇于承担的盛世危言品格,拨动了时代与民族最敏感的神经。尤其是出书不久,以美国为首的北约悍然用导弹袭击我驻南联盟大使馆,直接印证了该书的现实性和前瞻性,它的影响一夜之间突出文学界,激起了军方乃至社会的广泛反响。但该作品跨文学的成功多少也忽略了主题过于直露、语言稍嫌直白等艺术性的不足。

邓一光是一位地方作家,然而作为红军的后代,他对军人和军营却相当熟悉,创作的《我是太阳》(人民文学出版社 1997 年版)是九十年代军旅长篇小说方阵中极具分量的力作。作品用浓墨重彩叙述了关山林的传奇人生,刻画了一个钢筋铁骨、爱憎分明、性格鲜明、响当当的军人硬汉形象。关山林的形象在某种程度上,是邓一光获奖中篇小说《父亲是个兵》主人公"父亲"的翻版,但比之"父亲"人物形象更加饱满、传神。他似乎为战争而生,勇敢、好战而有点鲁莽。在东北战场上,他叱咤风云,横扫千军,曾辉煌一时。可是南下作战途中,因鲁莽和桀骜不驯终于导致了"青树坪"一战的失利,从此失去了领兵临战的机会,他辉煌的戎马生涯也戛然而止。在此后的半生中,他做梦都想重上战场,一洗失败的耻辱,重振斗士雄风。然而,难以捉摸的命运却偏偏不给他这样的机会,他的英武与豪气只能在反复的政治运动与磨难中消磨,因此又折射出新的光芒。在武器试射场上与苏联专家的较量中、在对孩子教育的独断专行中、在与阴谋家的顽强对抗中、在只身从造反派手里救出爱妻的神勇中、在指挥老家一群农民脸抹锅底灰哄抢化肥的行动中、在与死神与命运做最后的搏斗中,处处显露出强悍之气,实现了一个革命军人"革命到底,誓不回头!"的诺言,其永远燃烧的、凄婉悲壮的生命之光照亮了英雄的天空。

作品充分渲染了关山林英雄气概的一面,但又没有完全神化英雄。关山林在骨子里存留着不少的农民习气,这使他的一些举动既可爱又多少显得偏执。他的英雄气质带有浓郁的民间色彩,侠骨柔肠、豪气冲天、肝胆照人,革命几十年也没有学会圆滑世故。置身于复杂的政治斗争旋涡中,他又显得毫无城府,被人算计,最后虎落平川被人欺。唯其如此,人物形象反而真实、厚重。

作品的爱情描写也有新特点。关山林与乌云之间,也许当初的爱情火苗并不旺盛,但是一旦女主人公真正介入了英雄的生活和内心世界,很快为英雄的气质所折服,爱情之花显示出无比的灿烂与美好。这种爱情描写,既有对"英雄—美人"传统模式的超越,又起到了从侧面映衬出主人公的特殊性格的作用,两者相得益彰。当然,金可、吴晋水、邵越等一批英雄的群像也为小说增色不少。"典型性格的刻画,永远是艺术创造的中心问题"[30],《我是太阳》创造了关山林这个具有新时代特色的典型英雄形象,功莫大焉。此后军旅文坛出现的诸如石光荣、李云龙等具有鲜明个性的"瑕疵型"英雄人物形象,如果追根溯源的话,当始于《我是太阳》之关山林。作品语言凝练、质朴而富于抒情色彩,节奏感、分寸感把握准确。

邓一光的另一部长篇军旅小说《走出西草地》(中国青年出版社 1996 年版),是一部以崭新的角度描写中国工农红军二万五千里长征中数过草地经历的作品。主要人物是红四方面军中的一支特殊的人马,他们由一群"犯人"组成,被称为"改正队""甄别队",大都是极左路线下的受害者。他们在漫漫远征中,一面肩负保护部队物资的重担,一面勇猛作战,同时又忍受着精神上的沉重压力,但是他们从未放弃红军必胜和革命到底的信念,相互鼓励,走出茫茫的西草地。作品文字简约明快,人物个性鲜明,洋溢着顽强不息的理想主义气息,也是一部难得的佳作。

六、裘山山、项小米等女性军旅作家的长篇小说

八十年代,女性军旅作家在长篇小说领域有所斩获的寥寥无几,严歌苓可谓一枝独秀。她创作的《绿血》《一个女兵的悄悄话》分获十年优秀军事长篇小说奖、《解放军报》最佳军版图书奖等。《一个女兵的悄悄话》(解放军文艺出版社 1987 年版)通过陶小童——一个文艺女兵在生命垂危之时的内心独白,真诚地展示了一个淳朴而聪慧的少女在"文化大革命"动乱年月里的人生遭际:怎么锻炼都难以"成熟",怎么改造都难以达标,从而只能置身于更艰苦的锻炼和更

严格的改造中。作品在回溯中反思,在自述中自省,敏动的感觉与细腻的笔触相得益彰,苦涩的纪实与幽默的自审相互映衬,别具深刻启人的内力。但总体来看,作品稍嫌稚嫩,社会反响不大。

九十年代军旅长篇小说繁荣的一个重要特征是以裘山山、项小米、姜安、庞天舒等为代表的女性军旅作家的崛起。她们创作的《我在天堂等你》《英雄无语》《走出硝烟的女神》《落日之战》《生命河》等作品,摆脱时下女性文学流行的以小我为中心的桎梏,把目光投向历史和先烈,以女性视野、女性立场切入深层的社会、战争和军营,为女性写作开辟了新的领域,拓展了女性写作的视野和情感的蕴涵,为女性写作注入了新的活力。她们的出色表现,打破了八十年代军旅小说长篇领域男性作家一统天下的单调格局,为军旅长篇小说文坛增添了一抹绚丽的色彩。

《我在天堂等你》(解放军文艺出版社1999年版)是裘山山的第一部军旅长篇小说,也是其长篇处女作。小说以饱满的激情,在凸现老一辈进藏军人的战斗历程及精神世界的同时,巧妙地通过对欧氏"家族"三代人半个世纪以来极富个性形态的理想实践与生活追求的表述,以及与历史相关联的迥然不同的人物命运揭示,折射出历史进程中不同个体之间复杂的情感冲突、理解乃至认同的轨迹,极具终极关怀的人文力量和扣人心弦的艺术魅力。

小说从离休老将军欧战军得知最让他疼爱的三女儿木槿有"外遇"要闹离婚,而在他心目中认为"最有希望"的小儿子木鑫又被卷入了生意场上的"丑闻",为此他决定召开家庭会议发端,逐步揭开时隐时现于这个大家庭的谜团或困惑。欧战军因家庭会议不欢而散,突发脑出血,不治身亡。伴随老将军近半个世纪的妻子白雪梅,面对现实矛盾百感交集,不得不启封在心底埋藏了几十年的秘密,向后辈们讲述了十八军女兵进藏的故事,讲述了她们的激情、信念、苦难与牺牲,也讲述了自己的爱情与婚姻以及6个子女的身世等。在白雪梅作为当事人和历史见证人进行跳跃性贯穿全篇的回忆的同时,穿插叙述的是后辈们正面临着的动荡、迷茫乃至相对个人而言可谓严峻的人生挑战,两者形成鲜明的对比。其多视角、时空交错的结构和表达方式成为作品一大鲜明的艺术特色。

那些蒙上了尘埃却又历久弥新的回忆,使后辈们回到了那个充满苦难与牺牲的时代。那是一段激情燃烧的岁月,一段以生命火焰点燃理想的历史。特别是小说中的进藏女兵,她们承受了太多的苦难、太多的坎坷、太多的生存极限的考验,也正是因为这一系列常人无法承受和想象的苦难,造就了她们的坚强性格和无私胸怀。在欧氏大家庭中,欧战军、白雪梅夫妇所生6个子女一半因恶劣的自然条件而夭折,现存的6个子女中的3个则是进军西藏的战友、烈士及苦难藏族同胞的遗孤。欧战军夫妇对血缘之外的3个子女,倾注了比亲生骨肉更多的爱心和责任。其无私奉献的精神,向世人展示了有如高原天空一般洁净美好的人性光彩。

从欧战军、王政委、辛医生到白雪梅、苏队长、刘毓蓉,从男兵到女兵,无论是活着的还是死去的,他们经历了千辛万苦,可就如白雪梅的回忆所言,这些苦都是"自找"的。"没有人天生喜欢吃苦,吃苦本身也不值得骄傲",之所以自找苦吃,是因为他们把解放西藏、建设西藏当作了一名人民战士义不容辞的责任和义务。正是因为有了这种信念,燃起了他们的激情,激励他们一往无前地去牺牲和奉献。小说对高擎这个坚定信念或说信仰火炬的勇士,投入了无限的理解与尊崇。将革命前辈和先烈的壮举,与后辈们的或执着或迷茫或动荡不安的精神状态做对比,则不难发现,其实小说最想传达的,是充分肯定信仰在人们精神世界中的强大力量,以及对坚定、纯洁、高尚信仰的热切呼唤。

小说风格细腻,细节处理饱满,许多情节感人至深。小说出版后,分别被改编成话剧或影视作品,社会影响较为广泛。小说不足之处在于,分视角、多时空的结构和表述方式未能做到前后一致、水乳交融,时常又落入全知视角的表述窠臼;以"我在天堂等你"冠名,并不能统率作品整体内涵等。

项小米的《英雄无语》(作家出版社1999年版)是一部写英雄的小说,但又迥别于传统的英雄主义写作模式,它开创了一种新局,唱出了一种别调。概括而言,其新异之处有三:

其一,"紫色"英雄观深化了"英雄是人"的观念。新时期以来,受"反思文学"思潮的影响,军旅作家开始对传统的"高大全"式的英雄人物形象进行了认真的自省。但是,这种自省还多局限于英雄人物的性格弱点或某些工作失误,尚少涉及人物的思想品质和道德人格等深层因素,直到《英雄无语》的出现。项小米在《英雄无语》中把"说不清楚"的爷爷定位为紫色——红色与黑色混合而成的神奇颜色。爷爷既是坚定的革命者,是红色英雄,身上又蕴藏着黑色的封建性与匪性,两种截然不同的色彩在爷爷身上共生共存,此消彼长。这种对既定的英雄观所进行大幅度调整的写作尝试,既使作品展现了更为扑朔迷离的历史景观和人文景观,又为"英雄是人"的自省模式带来了新的审美内涵。

其二,低调式反思深化了革命历史题材的思想内涵。《英雄无语》在格调上既不同于《皖南事变》的哀婉悲歌,又不同于《我是太阳》的慷慨高歌,而是自始至终保持了一种低回又不失深情的咏叹基调,通过对人物命运和人物性格的悲剧性反思,揭示了革命历史某种意义上的混沌,以及人性不可捉摸的斑驳与复杂。面对这种混沌和复杂,英雄无语,观者黯然。《英雄无语》的低调反思从人物本身与社会历史两个层面交错展开。在感情生活上,爷爷虽然始终不少女人,但却从未真正拥有过女人,感情世界枯竭,内心充满孤独,可悲的是他对此毫无意识。在工作上,爷爷和他的白区战友,为了革命整日提心吊胆,与虎谋皮,血也流了,罪也受了,功也立了;可是革命成功后,他们却渐渐地成了革命的"另类",平时不受重用,运动一来一个个不得善终,成为革命祭坛上的牺牲品。就因为他们曾经在白区工作,存在可能上的不纯洁性,这种对革命纯洁性狂热的追求和近乎卸磨杀驴式的残酷,怎不叫人胆寒?爷爷是一个发育得不完全就上路了的畸形英雄,他伤害了几位奶奶,可是畸形发展的历史又伤害了多少人呢?显然这种低调反思的历史内蕴就远非一个"紫色英雄"所能涵括得了的。

其三,精练的语言和冷峻的叙事强化了作品的风格。应该说,《英雄无语》的故事性容量很大,爷爷作为一名"特科"中坚人物,有许多传奇事迹可以铺陈,如"枫林桥抢救彭湃""击毙叛徒白鑫""给中央红军送绝密情报""父子相见""与莫雄的会面"等情节,都极富戏剧性,如果铺开了写,既会增加小说篇幅,又会增强可读性,也会收到很好的效果。但是,项小米没有按这条路走下去,没有去刻意追求故事的惊险奇巧,而在干净、准确、精练、简约的语言叙述中,坚持贯彻了一种冷峻、沉着、从容、客观的叙事风格,克服了女作家中常见的絮叨、拖沓与琐屑,凸现了作家思辨的深邃与艺术追求上的大度,从而形成了一种在女性中难得一见的将柔婉与力量、抒情与思辨较完美结合的小说风格,较好地体现了"紫色英雄"或"英雄无语"的复杂、深沉和锐利的魅力。这是项小米的个性使然,也是她的修炼所致,是她长期经历编辑职业磨炼之后水到渠成的自然结果。

作品的不足之处是，爷爷、申建以及对作为客家文化之根的"迁徙诗"的发掘这三条线索没能做到很好地融会贯通，素材的真实性也在一定程度上局限了作者想象力的发挥。

姜安的《走出硝烟的女神》（解放军文艺出版社1998年版）是向新中国成立50周年献礼的三部军旅长篇小说之一，并被拍成电影、电视剧，引起广泛的社会关注。

作品写的是1948年秋天，第一野战军部分身怀六甲的女军人因不便随大部队行动，组成了一支特别的队伍——孕妇队。这支孕妇队由50名孕妇、两名护士、一名军医和一个警卫班组成。她们在队长陈大蔓的带领下，从1948年秋到1949年7月，历时9个月，冲破敌人的围追堵截，经历重重艰难险阻，终于走出战争的硝烟，胜利抵达目的地，同时新中国的50个同龄人陆续诞生，而护卫她们的警卫战士却全部壮烈牺牲。

其艺术特点主要有三：

一是取材独特，视角新颖。《走出硝烟的女神》虽然是一部革命历史题材作品，但它表现的历史却又不同于我们所熟知的五六十年代以"三红一创"为代表的革命历史题材作品，也不同于新时期以来的历史战争小说，而是带有明确的女性写作印记。作品把故事置于解放战争的大环境下，但没有正面去表现战争，而是叙述一群丧失战斗能力的孕妇军人，在生理的特殊阶段如何穿越生死考验，走向胜利的历程。并且通过展露这群特殊女兵各自的往事与现状、生活与心灵、精神创伤与严酷处境，从女性和新生命的孕育者的角度，揭示了战争的严峻和残酷，也为这些在特定历史时期承受比男性更多的痛苦和使命的巾帼英雄，谱写了独特的颂歌。

二是塑造了一群鲜明的革命女性形象。一般说来，战争生活中的女性既是伟大的，也是悲剧性的，这在许多作品中已屡见不鲜。而对于那些怀孕了的女性们，更是要承受许多常人想象不到的困难和危险。生死关头，她们必须凭借自身顽强的意志和对生命的热爱，勇敢地面对枪林弹雨，经历残酷的考验，拯救自己和所孕育的新生命。冰姑、刘雪鸣、孙志坚、梅子、水莲、小凤等人，出身不同，参加革命的时间长短不一，性格和感情经历各异，怀孕时的身体状况也好坏不一，然而她们所面临的考验是相同的。在队长陈大蔓的带领下，在与险恶环境和生理极限的较量中,包括受过严重心灵和情感创伤的陈大蔓,她们或由软弱变为坚强,或由狭隘变为宽厚,或由渺小变为高大,既安全产下腹中新生命,人格和意志也完成了一次洗礼和升华。

三是以特殊方式直面"生"与"死"这一军旅文学的重要主题,丰富了军旅文学的内涵。50名孕妇是新生命的载体,然而她们面对的却是无情的死的危险。这种危险有的来自敌人的子弹,有的来自难产或病魔的纠缠,还有的来自亲人噩耗的精神考验。50个鲜活的生命诞生了,可是,阿霞的丈夫在战斗中阵亡了,梅子的爱人在白区成为叛徒,刘雪鸣在政治上获得新生和女儿呱呱落地之际却因失血过多而死……还有负责保卫她们的16名战士以及担架员黑小等人也因此牺牲。作品以此为对比,描写了新生命诞生的艰难。这就让读者时时面对和思索战争中的生与死的问题,并通过生死对立的形式揭示战争最本质的内容,使作品具有了相当强的震撼力。作品的不足是视点有些分散,不够精练,篇幅尚可删节。

庞天舒少年成名,30岁以前主要写诗歌、散文和中短篇小说。而立之年过后相继推出长篇小说《落日之战》和《生命河》,分获中国人民解放军文艺奖、全国少数民族文学骏马奖及全国满族文学一等奖和全军文艺新作品奖一等奖,显示出她艺术功力的日渐成熟。

《落日之战》(人民文学出版社1994年版)以北宋末年汉族与契丹、女真、回鹘等少数民族之间的矛盾冲突与北方政权的兴衰更迭为背景,在杀伐征战中展现国家、民族和人物命运,生动具体地展现了那个毫无理性、自然竞争的混乱时代的历史进程。作品将血雨刀光、男欢女爱、颠沛流离、神话传说与宗教信仰糅合在一起,透射出淡而不疏的神秘色彩,有一定的历史文化底蕴,语言优美流畅,不失为一部沉重、悲壮但又灵动、飘逸,颇具特色的长篇小说。

北宋是中国封建社会的鼎盛时期,经济文化空前繁荣,却也是军事上最糟糕、最懦弱、最令人悲哀的时期。相反,北边的游牧民族却空前地强盛起来。少了汉人的威胁,少数民族之间的矛盾也成为其主要矛盾。契丹人建立的大辽国,在崛起的女真人面前,威风不再,土崩瓦解。契丹人东躲西藏,女真人东征西讨,汉人疲于应付、难顾首尾,征战、逃亡、迁徙、追逐,一时间北方广阔的天空飘荡着浓浓硝烟和滚滚尘埃。

在战乱中,辽军都统萧挞不野与夫人茋楚失散,失散的茋楚变成女真格格依尔哈,被女真大将斜也看中并被纳为福晋,不知情的萧挞不野却踏上了匹马单枪寻找爱人的漫漫征程。普速完公主爱上汉族出身的青年将领子衿,子衿却在一次战斗中下落不明。普速完无奈之下嫁给了勇猛但却粗鲁的朵鲁不,时时忍受着无爱婚姻的煎熬。公子夷剌在西迁途中爱上了大漠姑娘塔米尔·塔塔,唯一的美满婚姻却又迅速地夭折,给人留下无限的感伤。

在战火和爱情之外,我们感受到的是浓厚的宗教和神话的氛围。无论是契丹人还是女真人都会不时地念叨他们的天神,仿佛神灵就在离头三尺的地方时时注视着他们,种族的争斗其实也是神灵的较量。女真人萨满教的神秘、古朴的仪礼,既让我们看到了人们对生命原始图腾的顶礼膜拜,又让我们看到人类生命之初的蒙昧与血腥。

《生命河》(解放军文艺出版社1998年版)则是一部现实主义的当代军旅题材作品。小说的上半部《最后的童话》写的是南疆之战中以孟铁川任队长的一支侦察小分队的传奇经历,包括孟铁川与来前线实习的军医帕美的传奇爱情。下半部《永远的传说》写的是二十年后,成为将军的孟铁川与成为某植物研究所博士的帕美的邂逅,以及他们的后代蒙帕、孟铁儿、罗楚岩、唐小朋的人生追求与爱情纠葛。

这部作品凝聚着庞天舒的记忆和心血,应该说是经过沉淀积累的精心之作。当南疆战事打响的时候,十九岁的庞天舒就作为专业作家下到前线体验生活、积累素材。以后她也以南线战事写过一些中短篇小说,但总体影响不大。十几年过去了,《生命河》的推出了却了她的一桩心愿,也让我们看到了独特的"少女眼中的战争"。

侦察队长孟铁川和英勇的队员们——岩甩、浓布、松帕朋、张继武、范海明、郑兵、阿火在战火中一次次出奇兵,完成了艰、难、险的战斗任务,但也付出了惨烈的代价——除孟铁川和阿火外,其他全部壮烈牺牲。战场环境、战斗场面和战术动作描写逼真到位,显示了庞天舒十余年沉淀的成果,也显示出她对战争的把握走向成熟。作品高扬着英雄主义的精神,人物形象生动可爱,美中不足的是对人物的战争心态的复杂与深度刻画不够,一味地坚定乐观、视死如归,反而不如《穿越死亡》里的上官峰血肉丰满。爱情描写是庞天舒的拿手好戏,无论是帕美还是小护士依香浓、莫香蜜,庞天舒都写得如见其人、如闻其香。尤其是帕美和孟铁川的爱情遭遇,其中的深情和无情、无奈,不啻"最后的童话"。

注释:

[1]朱向前:《近察其态 远观其势》,《人民日报》1996年1月18日。

[2]朱向前:《长篇小说:新的文学风向标》,《中华读书报》1999年3月3日。

[3][苏]斯莫尔耶尼诺夫:《悲剧和喜剧》,吴行健译,上海文艺出版社,1958,第24页。

[4]黄政枢:《新时期小说的审美特征》,南京大学出版社,1991,第79页。

[5]中共中央马克思恩格斯列宁斯大林著作编译局编《恩格斯致斐·拉萨尔》,载《马克思恩格斯选集》第四卷,人民出版社,1972,第346页。

[6]鲁迅:《再论雷峰塔的倒掉》,载《鲁迅全集》第1卷,人民文学出版社,1991,第193页。

[7]朱苏进:《英雄的碎片——关于〈醉太平〉的对话》,《当代作家评论》1994年第6期。

[8]朱向前:《军旅文学史论》,东方出版社,1998,第25—26页。

[9]作者在书末注明:第一部至第四部第九章写于1959—1965年春;第四部第十章至第六部写于1974—1975年秋。见魏巍:《东方》(共三册),人民文学出版社,1978。

[10]丁玲:《我读〈东方〉》,《文艺报》1979年第7期。

[11]刘白羽:《第二个太阳》,人民文学出版社,1987,第447页。

[12]刘白羽:《第二个太阳》,人民文学出版社,1987,第434页。

[13]刘亚洲:《两代风流》,解放军文艺出版社,1984,第255页。

[14]刘亚洲:《两代风流》,解放军文艺出版社,1984,第256页。

[15]朱春雨:《亚细亚瀑布》,人民文学出版社,1986,第330页。

[16]"五老峰":人们对革命历史题材创作中一种旧有模式的形象概括,即老题材、老故事、老人物、老观念、老方法。

[17]黎汝清:《本来是一潭清水,为什么被搅浑了?——关于〈皖南事变〉创

作经过答编者问(代后记)》,载黎汝清《皖南事变》,上海文艺出版社,1987,第867页。

[18]黎汝清:《本来是一潭清水,为什么被搅浑了?——关于〈皖南事变〉创作经过答编者问(代后记)》,载黎汝清《皖南事变》,上海文艺出版社,1987,第871页。

[19]朱向前:《军旅文学史论》,东方出版社,1998,第39—40页。

[20]黎汝清:《长篇小说十题》,《文学评论》1992年第5期。

[21]朱向前:《九十年代:长篇军旅小说的潮动》,《文学评论》1996年第1期。

[22]朱苏进:《英雄的碎片——关于〈醉太平〉的对话》,《当代作家评论》1994年第6期。

[23]朱苏进:《英雄的碎片——关于〈醉太平〉的对话》,《当代作家评论》1994年第6期。

[24]朱向前:《军旅文学史论》,东方出版社,1998,第118—122页。

[25]朱向前:《寻找"合点":新时期两类青年军旅作家的互参观照》,《文学评论》1988年第1期。

[26]朱向前:《军旅文学史论》,东方出版社,1998,第122—130页。

[27]"农家军歌"作为理论命题的提出和阐释,最早见诸朱向前的《艰难行进中的"农家军歌"——陈怀国的小说成长暨意义》(《解放军文艺》1991年第1期)。此后,朱向前又陆续撰写了《乡土中国与农民军人》(《文学评论》1994年第5期)、《农民之子与农民军人》(《当代作家评论》1994年第6期),继续拓展和深化"农家军歌"的意义并为之辩护。其间,也引发出一些不同声音。

[28]何镇邦:《走出盆地——一个女人的生活和精神简历·序》,载周大新《走出盆地——一个女人的生活和精神简历》,百花文艺出版社,1990。

[29]朱向前:《突出重围的"文学推土机"》,《当代作家评论》1999年第1期。

[30]茅盾:《茅盾论创作》,上海文艺出版社,1980,第578页。

第五章　长篇小说(下)

第一节　概述

一、"第四次浪潮"[1]的滥觞

相较于地方文学于二十世纪九十年代后期发生的"断裂事件"[2]，军旅文学尤其是军旅长篇小说的跨世纪转型显然更加滞后。因为缺少文学思潮和创作观念的激荡，缺乏具有主导性的文学事件的刺激与标示，九十年代后期的军旅长篇小说看上去有点波澜不惊。进入社会转型期，既往单调整一的军营文化在市场经济大潮的冲击下有所松动，思维方式和价值观念开始多元化；既要积极适应时代的潮流完成自我的嬗变，又要保持住特有的本质属性和美学风格，军旅长篇小说开始了艰难的蜕变和转型。在世俗化、欲望化、低俗化等风气日盛的文化语境中，军旅长篇小说以崇高、阳刚的审美品格和勇毅且近乎悲壮的"亮剑"姿态，为二十世纪末的中国文坛坚守住了理想与精神的高地，挺起了世纪之交中国文学的脊梁，同时积蓄着裂变与生长的力量。

九十年代后期，朱向前敏锐地从《醉太平》《穿越死亡》《孙武》《末日之门》等相继问世的长篇小说中觉察到，"它们的出现，给疲惫日久的军旅文学注入了活力，而且把新时期以来长篇军旅小说的水准推进到了一个新高度……它还标志着自新中国成立以来，继老一代长篇军旅小说作家之后，新一代中年的长篇军旅小说作家已经趋于成熟，也为我们送来了长篇军旅小说创作大潮的隐隐涛声"[3]。

果不其然,进入二十一世纪之后,军旅长篇小说异军突起,一朝爆发竟势不可当,收获了一大批优秀作品。新世纪军旅长篇小说井喷式的爆发一方面标示出作品的数量之众,另一方面也蕴含着精品力作涌流的巨大空间。这种数量上的突破构成了丰富立体、繁复盛大的文学景观,彰显了新世纪军旅长篇小说作家们的创作实力和创造活力。以军旅长篇小说的全面繁荣为标志,中国当代军旅文学的"第四次浪潮"逶迤而来,英雄话语在新世纪军旅长篇小说作家的文体自觉和文本探索中实现了涅槃。

二、"个人化写作"的姿态

进入新世纪,伴随着强军兴军崭新实践的全面推进,军营文化、军人生活、军旅经验、军人形象等诸多方面都产生了新鲜而重大的变化。正像柳建伟所描述的那样:"在这十几年,我们军队的建军思想、指导方针,已经与时俱进地发生了深刻的变化甚至是变革,已从'不变质,打得赢',经过'三个提供一个发挥',发展到了今天的'能打仗,打胜仗';在这十几年,我们这支军队已经初步进入由传统的陆海空一体、陆军独大到陆海空天电五位一体协同发展的新时期;在这十几年,我们这支军队已经初步完成了由机械化时代到信息化时代的飞跃;在这十几年,我们这支军队官兵的成分,受教育的程度,接受新观念、新思想的能力和速度,已经发生了革命性的变化。"[4]处在新军事革命大潮中的新世纪军旅长篇小说,在上述因素的共同作用下,呈现出了丰饶繁复的文学面相。军旅长篇小说作家所面对的生活经验异常细碎驳杂,曾经被生活经验与文学观念的"共识"所统摄的"集群性写作"土崩瓦解,军旅长篇小说作家开始以"个人化写作"的立场与姿态展开对军旅题材的新一轮文学想象。

事实上,在当代军旅文学七十年的历史演进中,真正意义上的"个人化写作"非常稀缺。"前17年"军旅长篇小说虽然含有鲜明的作者主体生命经验,但政治话语强力规约了溢出主流意识形态之外的那部分属于作者个人的思想和体验。二十世纪八九十年代的军旅长篇小说创作虽然在当代中国文坛独树一帜,但是集群性的"写作冲锋"更多的是作为一个整体现象被关注和讨论。在政治色彩浓重的文学生态中,"个人化写作"是作为一种与主流意识形态脱节的写作伦理而遭到贬抑和排斥的。事实上,"一呼百应"式的召唤性写作也使得军旅长篇小说的模式化和同质化倾向比较严重。进入新世纪,"在商业语境强化和政治语境淡化的双重夹击下,军旅文学也急遽分化,当年'群体作战'的军旅作家队伍也飞鸟各投林,或通俗化,或影视化,人员流散、斗志涣散,只有少数执着的坚忍者仍在'商海横流'中显出英雄本色,像滔滔商海中的'孤岛'一样,岿然耸峙蔚成大家气象"[5]。"孤岛"现象的出现,既是"个人化写作"姿态的深化,也是新世纪军旅长篇小说的显著标识。

"个人化写作"姿态对以往政治话语主导下的集体文学思维方式的反拨,是基于对文学创作规律的深刻理解而对文学本体属性的回归。新世纪军旅长篇小说作家可以更自由、更灵活地切入部队当下生活,体验和表达军人情感,透析部队存在的各种现实问题,审视并重构历史时空,思索和前瞻军队发展前景。作家们可以根据各自的知识构成、生活阅历、关注兴趣、跟踪对象和认知角度选取自己熟悉的题材领域,以个性化的风格和技巧来写作;可以从日常生活中发现并强调意义和价值,开掘出新的叙事和表意空间,有效扩展题材边界。稍加梳理便会发现,新世纪军旅长篇小说涵盖了战争历史、现实生活、婚姻情感、军人伦理、英雄话语等等涉及军人与军旅生活方方面面的题材领域,且拥有更加独特的观察视界、思考角度和艺术个性,对剧烈变革和转型中的部队生活进行了更加及时而深刻地反映和探索。许多原先被一体化文学思维所遮蔽过滤掉的生活经验和情感体验,在新世纪军旅长篇小说中得以更好地发掘和表现。一批军旅女作家和"新生代"军旅作家的崛起更为新世纪军旅长篇小说开辟了新鲜且可持续发展的生长点,也使得作品更加贴近当今时代和部队现实。

整体而言,新世纪军旅长篇小说创作由突出经验到侧重体验,由反映生活到想象存在,由追求宏大主题到凸显语言张力,既往僵化单一的文学观念被彻底突破;史诗情结并未完全消散,它以哲学化、历史化、个人化而非"意识形态化"的形式继续演绎着历史、社会和时代风云,并在军旅长篇小说结构中占据着重要地位;从军营走向市场,从精英走向大众,从整一走向多元,从焦虑走向自信,从边缘走向中心,新世纪军旅长篇小说呈现出多样化的发展格局,获得了强大的生命力和广泛的关注度。随着现实主义的深化、人道主义的强化以及人本观念的确立，军旅长篇小说对人性和灵魂的关注，对军人精神和心理空间的探索进入了一个全新的阶段，英雄观念和审美范式亦呈现为多样化的主题变奏。

三、通俗化转向

新世纪以来的中国文坛，严肃文学在市场的推动与刺激下，被动地完成了历史转型，与大众文化之间曾经不可逾越的鸿沟被填平。无论是就作家心态、写作立场而言，还是从文学营销策略、小说叙事方式来看，面向市场、走向市场都是不可阻挡的时代潮流。2005年，以电视剧《亮剑》在全国范围内热播和《历史的天空》荣获茅盾文学奖为标志，新世纪军旅长篇小说迎来了发展过程中的转折点或曰分水岭。此前的军旅长篇小说聚力于形式探索和技术实验，文体意识的自觉性和文学性探索的深广度较之以往都显著提高。而此后的军旅长篇小说开始了通俗化转向，并越来越多地显露出类型化文学的审美特征。市场这只隐形巨手的全方位介入与高强度参与，带来了小说语言、叙事、结构、人物塑造、生活呈现、思想表达等诸多层面的变化，并深刻影响了作家的文体意识和写作伦理。文学生态的剧变为新世纪军旅长篇小说的变革前行提供了契机，同时也带来了挑战。

毫无疑问，文学生态的剧变是我们重新认识和理解新世纪军旅长篇小说的基点。大众文化是新世纪军旅长篇小说最重要、最核心的文学生态属性。置身其中，接受重新塑形，反身又参与到大众文化自身的建构当中，新世纪军旅长篇小说已成为当下大众文化最为重要的标签和组成部分。而新世纪军旅长篇小说之所以在当下社会上产生广泛而持久的影响（无论是小说文本的畅销还是改编电视剧的热播），正是得益于大众的热烈追捧和深度参与。当传统的文学生产方式、接受渠道、审美风格和评价标准都发生了偏移，当市场和读者都在共同打造时代的宠儿——畅销文学时，军旅长篇小说也开始在军旅属性、个性风格以及读者趣味三者之间寻找新的交叉与平衡。

军旅长篇小说的题材属性决定了它讲述的大多是大众读者在日常生活中不曾或不易接触到的军人生活，而大众对军人和军营的神秘感和好奇心构成了一种强烈的阅读期待。在猎奇心理的驱动下，大众读者已经不仅仅满足于知道军人有着怎样的爱国主义和英雄主义情怀,有着怎样崇高的精神追求,有着怎样坚强的战斗意志,等等;大众更想探究的是传奇历史的"解密"、未知领域的敞开、武器装备的变化,甚或是军人的日常生活、情感世界和个人隐私……从这个意义来说,石钟山的"父亲系列小说"、麦家的"军事特情小说"、刘猛的"特战小说"的成功和畅销,正在于从题材内容和审美风格上迎合了通俗化的大众阅读心理,而在叙事策略上又遵循了类型化小说的写作理路。类型化小说是标准化、公式化、可重复的产品,模式化是其最重要的特点。新世纪军旅长篇小说亦表现出了较强的模式化倾向,具体体现为情节的模式化、人物的扁平化、故事桥段的运用以及悬念模式的营构等等。

与市场接轨(商业出版)、与媒体联姻(电视剧改编和网络写作)成为当下军旅长篇小说主流的叙事伦理。这固然使得军旅长篇小说最大限度地收获了市场份额和经济效益,扩大了影响力,弘扬了主旋律,但同时也斫伤了作家的文学感觉和审美判断。"纯文学创作讲究意境、氛围、心理刻画、环境描写、性格塑造等等。当然,电视剧也有语言要求,比如人物对话要精彩,但那更多是为了情节展开,交代故事,设计悬念,要一环扣一环;而纯文学写作又可能重在心灵挖掘上。如此等等,不一而足。严重一点说,长期的电视剧写作对作家可能是有害的,最终导致对作家个人品质和艺术才华的腐蚀。有的作家说他先写几部电视剧赚些钱,然后再安心写小说,美其名曰'以文养文',这其实是自欺欺人。一旦尝到了电视剧甜头是很难收手的,只会越走越远、越陷越深。"[6]以纯文学的角度观之,高度的类型化对于军旅长篇小说而言是一把不得不警惕的双刃剑。因而,全面提升军旅长篇小说的文学性和思想性,也便成为通俗化转向进程中军旅长篇小说作家需要省思且无法规避的重要课题。

第二节　徐怀中的《牵风记》、彭荆风的《太阳升起》等军旅长篇小说

文学创作伊始,徐怀中就走着一条与众不同的道路。1957年出版的长篇小说《我们播种爱情》和1980年发表的中篇小说《西线轶事》是他的代表作,但这两部在军旅文学史上颇有影响的作品都没有正面描写战争。这当然和他的文学观念与审美旨趣有关。按徐怀中自己的说法,他是喜欢孙犁的作品风格的,甚至每次写小说前,都要将孙犁的作品找出来读一读,感受一下那既生活化又唯美抒情的语言和细节。也就是说,他的文风属于孙犁的"荷花淀派"这一脉。

在新近出版的长篇小说《牵风记》(人民文学出版社2018年版)里,徐怀中更是将这一文学风格发展到了极致。细腻入微的写实笔触、浪漫奇崛的历史想象共同建构起一个"有情"的世界。小说浓墨重彩书写的是战争背面的景致,是对悲剧美学的深入探索。人性的高洁与卑下、英雄与匪性、传统文化与现代文化等多种自然色彩的交织与缠绕,托举出战争背面的别样风情与生命剪影。

朱向前在与西元的对话《弥漫生命气象的大别山主峰——关于徐怀中长篇小说〈牵风记〉》中发出了这样的感慨:"这是一部在当代军旅文学史上从未出现过的作品!用一句话来概括我的感受:'惊喜超过期待,收获大于困惑,魅惑大于收获。'《牵风记》的启示性和创新性,一定会引起人们的沉思,但它又确实将中国当代战争文学引入了更大的想象空间。"[7]朱向前认为,《牵风记》所牵之风,既是《诗经》中《国风》里情牵一线、男欢女爱的"关雎"之风,又是二十世纪中叶——一九四七年人民解放军千里挺进大别山一举牵动了历史风向,开始了东风压倒西风之战争风潮。所以,《牵风记》之风,既有情爱风头,又有历史风潮,含蓄而大气。作品不仅大幅度刷新了徐怀中自己的创作高度,而且也震动了有关当代军旅文学的传统思维定式,拓展了整个当代军旅文学的格局,在多维度

上,堪与世界优秀战争文学平等对话。

"徐怀中主任一九四五年参加八路军,曾任晋冀鲁豫军区政治部文工团团员、第二野战军政治部文工团美术组组长。也就是说,他是千里挺进大别山行动的亲身参与者。一九六二年,他曾在北京西山八大处中国作协创作之家完成过一稿,名字就叫《牵风记》。后来由于电影剧本《无情的情人》受到批判,紧接着又是'文化大革命',直至二十世纪八十年代初,出任解放军艺术学院文学系主任,随后又升任总政治部文化部部长,成为军队文坛一时风头无两的历史弄潮儿,《牵风记》也就一再搁浅,一放就是六十年。而在这漫长的过程中,尤其是进入新时期,他经历了人世沧桑,洞察了人性隧道,也经历了艺术觉醒,并下决心与过去的创作窠臼彻底告别,将已完成的十几万字全部推倒,另起炉灶,来一次真正意义上的凤凰涅槃。"朱向前在梳理了徐怀中的创作历程以及《牵风记》的文学背景的基础上,将《牵风记》的突破之处概括为四个方面:"一是创造出了几个当代军旅文学的新人;二是凸显了美对战争的超越;三是突出了战争与爱的纵深;四是实现了当代军旅文学的美学突围……一部作品能贡献出一个新的人物典型就已经了不起了,而这里是'三个半人一匹马',对中国当代战争文学而言可谓功莫大焉!"[8]

《牵风记》将知识分子的形象置于前景,处处凸显文化的力量。女主人公汪可逾出身于北平一个颇有名望的书法世家。小说中,她的出场本身就是很神奇的。她的突然出现,挽救了一场本已尴尬结束的慰问演出。齐竞与汪可逾在黑暗的舞台上探讨古琴演奏技法和相关问题,这本身也是奇景,显露出齐竞这位解放军指挥员不同寻常的精英文化背景。古琴,既是物的存在,也是精神与灵魂的外化。小说中的某些情节设置看似有违日常生活经验,但却将文化的魅力烘托到了极致,小说的精英底色、优雅气质由此铺展开来。

中国当代军旅文学中鲜有浓墨重彩塑造知识分子形象的优秀作品。《牵风记》对战争中知识分子形象的塑造,对他们心理和灵魂的深刻解析,将文化、教养之于战争、军队、社会和人的意义提升到了前所未有的高度。徐怀中呼唤并倾力建构战争文学中的审美存在,敞开了一个新的文学世界,印证了一种新的叙事逻辑。他念兹在兹的正是文化的力量,是那种超越战争甚至超越时空、直抵人心的审美魅力。

在极致的审美之外,小说中还有审丑的向度,而审丑正是《牵风记》的批判性之所在。只有与丑相对照,美才能更加清晰地被确认。齐竞内心深处对女性贞操的执念是一种丑,对汪可逾造成的迫害和他极度自私的心性是一种丑,甚至已经成为恶。小说对曹水儿风流"丑行"的正视虽然也是一种审丑,但却反衬出了历史的乖谬和人性的光芒。美与丑同样需要审视,这种审视的立场源自作家的目光、胸怀和思想。事实上,无论是审美还是审丑,都互为镜像,在彼此的观照中迸发出了惊人的精神力量。

美与丑,在战争中都要经历最严苛的考验,这关乎理想主义的美能否最终超越战争,生命的伟力能否得以张扬,文化或曰文明之美的种子能否被珍惜和保存下来。小说的结局是悲剧性的,无论美丑,最终都没能逃脱毁灭的命运。这种幽微、尖利的痛感使得小说的主题更加复杂、深刻。小说主题层面的复杂和多义,与徐怀中的哲学思辨和超越意向密不可分。无论是古琴,还是水溶洞中持续千万年的地质演化,都隐喻着对时间和空间的超越。尤其是那些跳脱故事、阻断情节和时间链条的大段议论及知识介绍,使得小说中的时间和空间充满了想象的可能。

《牵风记》的故事并不复杂,矛盾冲突也谈不上多么激烈而跌宕,字数亦不算多,却写出了大河般宏阔辽远的感觉,显露出硕大丰沛的精神容量。这是一个承载着理想主义精神的叙事文本,是一种对生命自然之美的浪漫想象,是一种超越具体历史语境的新的建构。这有点近乎于书法运笔中的偏锋或侧锋,使得线条气象万千、瑰丽灵动,作品也因此呈现出中正伟岸之外的别样韵致。这种叙事风格在中外战争文学中都是不多见的,尤其在中国当代军旅文学中更是独树一帜,彰显了徐怀中几十年来对文学形式的先锋性探究,对传统文化观念的超越意向,对生存和死亡的形而上思考,还有对战争和人性的终极追问。

彭荆风的文学创作生涯很长,几乎与整个中国当代军旅文学史相当,他在各个历史阶段都留下了优秀的有影响力的作品。他写过长篇小说、中短篇小说、报告文学、散文、剧本等,无论哪类作品,都有着他鲜明的文学风格,那就是温暖、真实。短篇小说《驿路梨花》《当芦笙吹响的时候》感人至深,散发出浓浓的时代气息。纪实文学《滇缅铁路祭》《挥戈落日》《旌旗万里》热情讴歌为缔造和建设新中国而流血牺牲的一辈又一辈的英雄人物。《解放大西南》更是一部大气之作,不仅有亲历者的切身感受,也有研究者的洞察眼光,更有作家的敏锐发现,为后人研究那段历史提供了一个可信的、有温度的、富有启发性的文本。长篇小说《太阳升起》(作家出版社2018年版)虽然是彭荆风的遗作,但作家生前已经对书稿修改完毕,因而小说得以完整地呈现在读者面前。

《太阳升起》是一本用文学方式描述特殊的边地、特殊的历史事件和人物的书。彭荆风走遍了西盟佤山的大小部落和山林,接触了各式各样的人物,对佤山的自然风貌了然于胸,对佤族、拉祜族那些古老而独特的风俗了解至深。这些使得他的作品能够贴近所书写对象的心灵,也因此能够给读者带来似可触摸的真切体验,让读者重新回顾佤族人民从黑暗走向光明的历史起点,回望那艰难曲折的前进道路,倾听佤族人民进步史诗中的交响乐章。

《太阳升起》生动地描写了解放军进入佤山后所做的艰苦卓绝的工作,他们最终赢得了佤族人民的信任。佤族人民欢迎解放军进入佤山,也就开始了民族记忆的重构,开始了国家观念的建立。小说在描写这些内容的时候,写活了一群人的形象,他们大多有自己独特的个性。然而如果只是平面地展示了一群人的性格,而没有写出其中一两个重要人物的性格变迁,很难说是一部成功的作品。彭荆风以他对生活的熟悉,以他卓越的艺术功力,写出了窝朗牛等人物的情感变化与性格变迁,这种变化也象征着佤族人民艰辛曲折的心路历程。

就小说所表现的重大主题、历史转折、众多人物和生活幅面而言,《太阳升起》无疑具有史诗的气质。然而,不同于通常史诗小说巨大的时间跨度,《太阳升起》的叙事时间只有几天。彭荆风在几天时间里,浓缩了一段特殊的历史,交织了多重矛盾,写活了一群个性鲜明的人物。这是作家积淀多年、几经修改、融会了数十年创作经验的一部作品。清新简练的文笔以及波澜起伏、引人入胜的情节,给读者带来了非常愉悦的阅读感受。

中国当代军旅文学之所以能够形成一套完整、独立而且稳定的文学传统和价值观,离不开老一辈军旅作家对英雄精神的坚守和对美的不懈追求。他们所思考的、所书写和表达的都是比较宏阔、重大的史诗性的题材,传递出来的是比较高蹈深邃的思想,同时又具有强烈的个人化风格。彭荆风把那一段特殊年代的特殊历史事件重新打捞起来,同时又经过漫长岁月的淘洗和磨砺,使得沉淀下来的生活和故事都是经过精心剪裁的。小说写了许多生动的细节,没有经历过那一段历史的人很难写出这些细节。没有冗余的段落和多余的对话,文字里弥漫着深沉的现实主义和清朗的浪漫主义气息。彭荆风始终坚守写实的传统,同时具有高超的写实能力,在此基础上,又有对美的强烈追求,对爱、善意、温暖等美好精神的持续而深刻的表达。从小说中的众多人物身上可以看到作者对自由、对美、对人的尊严甚至是对生命乐趣的探索和发现,这一点恰恰颠覆了人们对于军旅文学的刻板印象。

第三节　徐贵祥的《历史的天空》和朱秀海、周大新等人的军旅长篇小说

徐贵祥在 2000 年后接连推出了《历史的天空》(人民文学出版社 2000 年版)、《明天战争》(人民文学出版社 2004 年版)、《八月桂花遍地开》(北京十月文艺出版社 2005 年版)、《高地》(长江文艺出版社 2006 年版)、《特务连》(作家出版社 2007 年版)、《四面八方》(安徽文艺出版社 2009 年版)、《马上天下》(人民文学出版社 2010 年版)、《对阵》(中国文史出版社 2017 年版)等八部长篇小说,在反映战争历史(抗日战争、解放战争、抗美援朝战争)与直面部队现实(和平年代军营生活、新军事革命实践)这两个向度上都进行了富于个性风格的探索。

英雄话语的构建作为中国当代军旅长篇小说最重要的叙事资源,早已成为主流意识形态的核心言说方式。然而长久以来,军旅长篇小说的英雄观念在特定的历史和政治语境中渐趋僵化和狭隘,因而饱受诟病。进入新世纪以来,军旅长篇小说对英雄形象的塑造由理想化逐渐向人性化回归,英雄叙事呈现出一个由理想化书写到本色书写再到另类书写的嬗变过程,由此也将人性的发现、个性的张扬提到了前所未有的高度。在《历史的天空》中,主人公梁大牙以原生状态登场,宛若赤子般,保留着生命的原始野性。他身上既有农民的狭隘和狡黠,又有出身草莽的粗鄙和匪性。由于历史的偶然性,他阴差阳错地参加了革

命,其动机不但没有半点革命者的味道,甚至是背道而驰。他行事乖张,甚至有时候很离谱;他个性张扬,甚至连军纪都无法约束;他思想大胆,甚至到了无法无天的地步。就是这样一个在自身人格、思想认识和革命觉悟等方面都存在较大缺陷的"另类"英雄,在爱情的引领下,经受住了战火的洗礼和政治运动的考验,完成了灵魂的洗礼和人格的升华,最终脱颖而出,化蛹成蝶。不同于传统的英雄形象,"另类"英雄是人格个性过度放大了之后的英雄。梁大牙参加革命虽然带有很大的偶然性,然而"英雄不问来路",这可以说是新世纪军旅长篇小说英雄观念的重要突破。

徐贵祥站在个人化叙事立场上重新展开对革命历史的理解和想象,将人物置于蜿蜒曲折的历史进程中,探寻个体生命不断成熟和主体意识觉醒的过程。从"梁大牙"到"梁必达",作家深入到历史的深处与细部,聚焦于错综复杂的人性欲望与人际纠葛,书写个人在命运失控状态下的茫然与无助,细腻展示了个体生命在变幻莫测的历史旋涡中的成长轨迹,进而将"历史的天空"遮掩下的各色人等驳杂的人性欲望充分挖掘出来,并对历史本体的外在偶然性和内在合理性进行了"自我形塑"和主观化阐释。这种历史叙事理念一方面植根于作家当下的生存体验,另一方面来源于创作主体对历史的多元性、复杂性和虚构性的个人化理解。徐贵祥突破了陈旧狭隘的英雄观念,并对战争形态的悲剧本质以及战争所包含的诸如复杂人性和多元价值判断等深层问题做出了新思考和新探索。《历史的天空》不仅在第六届茅盾文学奖评奖中折桂,更为英雄叙事的重建注入了新的美学精神。

英雄不仅"存在"于历史中,更"活"在现实里。新世纪新阶段,如何直面新军事革命伟大实践,怎样深刻反映时代的新质和军旅生活的新变?徐贵祥亦给出了自己的回答。在《明天战争》中,徐贵祥将关注的目光投射到了和平年代的军队和军人是否做好了应对"明天战争"的各种准备这一复杂而严峻的问题之上。以岑立浩为代表的新一代军人,在时代大潮的反复冲击下矢志不渝,对部队现实满怀忧患之情,时刻站在部队改革和发展的前沿等待"明天战争"的召唤。"新型高素质军人"对战争的焦虑和渴望在小说中得到了主题性的充分表达,这一主题所表现的爱国主义、理想主义和英雄主义精神亦在召唤和重塑着"当代英雄"的人物形象。

擅长塑造和刻画人物形象可以说是徐贵祥长篇小说创作的鲜明特点。从基层官兵到中高级指挥员再到战术专家，从政工干部到特种兵再到医务人员，徐贵祥之所以对敌、我、友军各色人等如此熟稔，说到底源于作家自身丰富的人生阅历和扎实的生活体验。他有着完整的部队履历，还两次参加了南线战争，经历了血与火的淬炼。这使他得以将高蹈纯正的军人情怀、深沉敏锐的现实忧患、厚重鲜活的军旅经验融会于自身的小说创作之中，带给读者的阅读直感就是徐贵祥笔下的战争历史和战斗场面都很像，显得很专业、很有生活。写得像虽然不是多么高的标准，但却因为稀缺而显得宝贵。尤其是置身承平已久的当下，战争历史随着年代的久远而越发模糊与混沌，能否对处于想象彼岸的"历史存在"进行富于主体性、时代性和真实感的新鲜叙述，着实考验着作家的文学智慧与写作伦理。徐贵祥笔下的战争场面包含着非常巨大的信息量和细节量，其中涉及战略战术、军事指挥、通信情报、单兵动作等一系列军事专业的知识，远远超出了一般作家仅靠查阅史料和主观想象所能达到的程度。长期的基层生活和南线战争经历使徐贵祥在描写战场环境、战斗进程以及塑造战争中的人物时，具有其他作家无可比拟的优势。

在《八月桂花遍地开》中，徐贵祥全景式描绘了抗日战争背景下一场局部战争的方方面面。从政治博弈、军事对峙、战争准备、文艺宣传，到战斗中的战略战术、军事指挥、敌后情报、离间策反，既有对整个战役的宏观呈现——共产党的天棻山游击队、国民党的一二五团、日军松冈联队、"皇协军"等多股政治和军事力量围绕着陆安州进行绞杀，又有对这场局部战争中的具体战斗场面的微观描写——"攥拳行动"的最后决战中敌我力量犬牙交错，包围与反包围，具体到士兵个体冲锋、肉搏、挣扎、死亡。徐贵祥既细腻刻画了战场形势的瞬息万变与战斗场面的悲壮惨烈，又深入个体人物的内心世界，发掘出人性的驳杂与历史的吊诡。尤其是将日军和汉奸这两个敌对范畴置入具体的历史语境中进行考察，塑造了松冈大佐、宫林济、沈轩辕、方索瓦等颇有新意的人物形象。和其他文学作品中惯于描绘的兽性凶残的日本鬼子形象不同，松冈熟知中国文化，城府颇深且善用权谋，极力用中国化的思维平衡日本侵略利益与中国人的反抗；宫林济作为汉奸头领，作者并没有一味地暴露他人性中的猥琐和丑陋，而是从国民性的角度深入剖析了"汉奸"这一独特的称谓背后所蕴含着的民族耻辱与求生本能之间的复杂矛盾;沈轩辕是个理想化的人物,能够在共产党员、国民党将领、伪市长等多重政治身份间自由转换,颇具传奇色彩;方索瓦无疑是全书中最为出彩的人物,临到结尾读者才发现如此极端的汉奸原来是个真正的抗日英雄,正是他的存在和成功表演使得小说的故事情节跌宕起伏、引人入胜。小说中的人物塑造视角独特,承载着作者对于战争的独特思考,也极大地丰富了中国抗战题材长篇小说的人物谱系。

整体而言,徐贵祥在故事编织和人物塑造方面显露出圆熟且扎实的功力。他的作品常常是几十个鲜活的人物、数十年的时间跨度,经历多个历史年代、纵贯人物一生的命运,读来一气呵成、催人泪下,掩卷思之,主要人物萦绕脑际,驱之不散。这就是现实主义小说方法的魅力,精彩的故事和丰满的人物能够提供给读者最直接、最深刻的阅读感受和情感刺激。但是"萝卜快了不洗泥","多看多思少写,慢一点再慢一点,就有可能挣脱已然明显的轻车熟路的既定故事结构模式和人物关系模式,就有可能使小说语言更精细、丰盈、饱满和空灵一点"[9]。这辆正面强攻战争文学的"重型坦克"还将带给我们更多的惊喜。

朱秀海是一位对战争有着丰富生活积淀和深度生命体验的作家,在1995年推出的《穿越死亡》中,他曾对战争环境下人的心理空间做出了精准把握和深度开掘。到了《音乐会》(解放军文艺出版社2002年版),朱秀海更加着力探索残酷的战争、严苛的环境与人的感官世界和精神空间的关联。

《音乐会》并未展开宏大的战争历史叙事,转而以个体性的主观视角聚焦微观的战场环境与独异的生命体验。幻听症使得金英子对战争的感受迥异于常人,枪炮声和音乐的节奏旋律在这个朝鲜孤女的灵魂经验中完成了转化和统一,因而具有了某种富含生命主体性的象征意义。音乐会的演奏与战争的进程相互穿插,经由少女视角和病态感受而融合为一种极具结构张力的复调叙事。个人想象和感官幻象成了推动情节发展的主要动力,作者通过这种浪漫写意的方式对战争与和平、博爱与人性、生存与死亡等一系列终极问题展开了新鲜的想象。朱秀海以采访记录的方式将金英子的回忆即主体故事情节人为地分割成若干章节,在其间插入采访记者马路的日记和给局长的报告等非叙述文字,而在金英子的回忆过程中也会经常插入作者的提问和与金英子的简短对话,这种结构方式极大地延缓了叙事的速度。此外,《音乐会》的语言也富有特色。大量附加性、修饰性语词的使用,延缓了故事情节的推进速度。那种汪洋恣肆的膨胀感使得小说语言具备了独立的审美个性,甚至使得整部作品带有了狂欢化的哲学意味。

"作者选择了两个异国少年(金英子和松下浩二)的角度来反思战争,并不拘囿于一个人、一个民族、一个国家,而是经由人性的普遍观照,获得了超越党派、民族乃至于国家进而达到人类共性的高度。那就是这场战争是正义与非正义之战,更是人性与兽性之战,而后一种定位因为少了相对性多了些绝对意义而更加接近了战争的本质,也从另一个侧面指出了人性胜利的历史必然性。劫后余生进入垂垂暮年的金英子接受采访时始终门窗紧闭,因为她心中有一块痛——她始终怀疑自己无意中也曾吃下了日本人烧烤的狼肉甚至是人肉!于是,全书结束处,她有如噩梦醒来般发出了'天崩地裂一般悲愤的呜咽'……我们为之无语,为之震撼,在谴责侵略战争的同时也隐隐悟到了作者对于战争所做的另一重思索:作为胜利的代表人性的一方同样需要对战争做出审视,即战争最终损害和异化的是人的本性。因而,整个人类都应该化剑为犁,珍视和平。"[10] 不同于以往战争历史长篇小说对"胜利大团圆"模式的激昂表达,朱秀海在对战争悲剧本质的探求和对沉郁悲壮的美学风格的建构上取得了突破。

周大新的小说一直以来给人的印象都是融悲悯的情怀、文体的自觉和温暖的笔触于一身。在小说《预警》(北京十月文艺出版社2009年版)中,周大新大胆地选择了以鲜见的"反恐"视角切入军旅现实生活,为新世纪军旅长篇小说开辟了"反恐"这一新的题材生长点;迥异于时下流行的谍战小说以编织故事为本位的类型化叙事伦理,周大新坚定地回归现实主义文学观念,倾力塑造"典型环境中的典型人物",为新世纪军旅文学留下了"孔德武"这一独特而重要的人物形象;周大新以忧患之心直面欲望与理性的冲突,对当下中国的社会现实和军人的精神世界发出了双重预警,显示出高度的思辨性和概括力。

从总体上来说,当下的中国文学真正缺少的是有力量、有思想、有高度的作家,缺少那种毛茸茸、活生生,充满穿透性和整体感的写作。很多著名的、成熟的作家已经丧失了对现实生活的认知和把握的能力,更遑论对更广阔的时代精神和社会面貌进行提炼、概括和超越。有些小说读过之后会令人心生疑虑和困惑,不知道作家为什么要把这样一桩无聊的事件写得如此热闹,而读者又凭什么要去读这样一个华丽但却虚妄的故事。对故事的过度依赖和过度消费所产生的直接后果就是小说的类型化。《预警》也有着一个近似谍战小说的类型化故事外壳,上阕讲述的是假象,下阕呈现的是真相。然而进入到文本的深层肌理我们就会发现,谍战故事并非周大新的叙事重点,当下军人的现实境遇和精神状态才是作家关注的核心。

孔德武是一个典型的和平年代的军人形象,其典型性并非源自敏感而重要的岗位,说到底他是一个并无多少传奇性的优秀军人,爱岗敬业、专业扎实、思想正统、心地善良、家庭和睦。尽管身处机关,面临职务的升迁和官场的竞争,但他的经历相对单一,思想较为纯粹。孔德武的自身形象、生活境遇和精神状态在当今部队中具有普遍的代表性。他与间谍之间的斗争,既不是武力的对抗,也不是智慧和权谋的较量,说到底是欲望与理性的冲突。在并不复杂的故事进程中,周大新以现实主义的笔触对当下军营的现实图景、军人的日常生活进行了原汁原味的扎实描摹,对孔德武内心世界的震动与变化、矛盾与挣扎进行了抽丝剥茧般的细腻刻画。在波澜不惊的叙事之中,积蓄着撼人心魄的力量。

小说的书名"预警"极富象征意义,既作为孔德武撰写的理论专著的主题隐喻着新军事革命实践的召唤,又作为理性与欲望冲突所引发的道德拷问纠结于孔德武的精神世界,更因其表露和揭示了时代的病症而弥漫于广阔的现实空间。周大新通过孔德武不无悲剧色彩的个人命运和包含英雄壮举的小说结局,对当今时代和军旅经验做出了细腻的书写、精准的概括和极富思想高度的表达,更以军旅作家的使命担当向全社会发出了一声振聋发聩的预警。

周大新对战争的想象和思索并没有止步于当下,亦向历史时空中延伸。《战争传说》(长江文艺出版社 2003 年版)以一个瓦剌女子的视角切入宏阔复杂的战争图景,作者并不试图还原和复现那场关乎明王朝命运的战争进程本身,而是以真实的历史为背景,运用圆熟的笔力和丰赡的想象建构起一个关乎人心的、耐人寻味的战争世界;在这个虚拟的时空中自下而上地考察战争中普通人的态度和感受,以个体的生命体验和心路历程来解构王朝的命运和帝国的兴衰。主人公娜仁高娃对战争由渴望到怀疑再到恐惧终至憎恶的态度转变,饱含着作者对战争的痛切体认和深刻反思。

新世纪军旅长篇小说更加注重人性的内在探索,注重还原军人的生命本色,展现他们真实的精神状态和心路历程。人性的异化和扭曲不再是丑化敌人的脸谱和政治斗争中攻击对方的手段,军人也不再是那种性格单一、立场单纯、信念纯粹的"一清二白"的政治符号,而是在历史发展的过程中真实鲜活、有血有肉的生命存在。

复杂而残酷的战争往往将军人置入极端的经验和情境之中,使之经受严峻而深刻的人性考验。李西岳的长篇小说《百草山》(解放军文艺出版社2004年版)中有这样一个震撼人心的情节:小说主人公贺金柱在参军前,为了给被日本军官川野奸污了的姐姐报仇,集合同村的伙伴企图用将川野的十六岁女儿惠美子也给"缺德了"的方式来为姐姐报仇。他们扒了她的衣服却又不敢"缺德"她,可是又不甘心放了她,于是就把她绑起来,塞住嘴,将头塞进裤裆里,弄成窝脖大烧鸡,让她在高粱地里滚,结果无辜的日本小姑娘就这样被活活地折腾死了。惠美子的父亲是残忍的,是中国人民的敌人;然而,他的女儿却是一个像贺金柱的姐姐一样纯净、善良的花季少女。原本单纯善良的少年,在巨大仇恨的控制下完全丧失了理性,在复仇的冲动中扼杀了一个同样美好、单纯、无辜的生命,做出了和日本鬼子一样惨无人道的行为。虽然这同日本人在中国犯下的滔天罪行相比微不足道,但也足以显示出战争对人性善的泯灭和对人性恶的放大。

类似的情节在"前17年"军旅长篇小说中是不可想象的,因为小说中的英雄形象必须自始至终是高大的、纯洁的,不能有道德和精神的瑕疵,更遑论这种人性层面的罪恶。而李西岳着力还原了英雄性格品德和精神信仰的形成过程,正视了战争给英雄造成的灵魂的荼毒和人性的扭曲。

石钟山是一个极擅编织家庭伦理故事的作家,父辈形象、父子关系一直是他长篇小说创作非常重要的着力点。《父亲进城》(群众出版社2001年版)改编成电视剧《激情燃烧的岁月》后在全国范围掀起了收视热潮。贺桂梅认为这部电视剧成功的原因在于:"以其关于一个军人家庭的历史书写,达成了多种意识形态功效。它以家庭老照片的方式连缀起了裂隙重重的当代中国历史,并通过选择性地重申共和国历史的辉煌时刻,强化了一种民族国家的自豪感。这样的自豪感事实上成为新世纪初年人们饶有兴趣地观看一部被镶上浓郁怀旧风格的电视剧所内在需要的。能够如此热情地观看'革命时代'的历史,似乎表明大众文化意识形态已经隐约摆脱了某种怨恨情结,或者被成功地组织到一种国家主义的想象之中。它尽管借用了'家庭'的表象,但所谓'激情'是超越了'家'这一私人领域的,而将其缝合到了更大的关于'党''国'的书写之中。"[11]和电视剧剧本相套写的痕迹在《父亲进城》中相当明显,小说语言较为匆促,对人物心理空间的开掘也嫌表浅,文学性的欠缺是其作为长篇小说并未在文学界产生太大影响的主因。

回到小说文本我们会注意到,在家庭空间内部,父亲形象被异化为一种抽象意义上的"精神之父",永远高高在上,象征着先验的真理和不容置疑的权威。而父子间的矛盾冲突作为小说叙事的原动力,既驱动并掌控着故事情节的走向,更对子辈的情感和生命构成了一种强有力的压迫与威胁。正像石钟山在《父亲进城》的前言中写道:"我的故事里,我的父亲、母亲的丈夫,是一台古怪的、过时的机器。人性的温暖与光辉在父亲那里是从来不曾存在,还是被无情吸走?这种冷酷无情的隔膜浸淫着我和我的母亲、我的兄弟姐妹。"石光荣的两个儿子,一个宣布与其断绝关系,一个患了精神病,唯一的女儿却像一个男人一样鲁莽,性别意识含混。在我们看来,石钟山"父亲系列"长篇小说中的父子冲突首先源于沟通的无效和被搁置。《横赌》(百花洲文艺出版社 2010 年版)聚焦极端情境下父子间的矛盾冲突,表现了抗日战争背景下东北大地上一对英勇、执拗、视承诺为生命的父子之间的惨烈战争。所谓"横赌"是指赌徒在赌场上不顾自己的性命,甚至将自己妻儿的性命也当作赌资的强横赌博方式。主人公冯山娶了文竹,菊香上吊自杀,儿子槐不择手段地弑父,冯山被儿子槐杀死。小说故事情节的发展似乎可以解释为内在人性的推动,但归根到底,父子间与生俱来的仇恨如原罪般无法逾越和消解。文竹、冯山、菊香、槐,他们在石钟山笔下都是英雄,他们没有一个是肮脏的、是该得到厄运的,可结果是:文竹永远失去了冯山,冯山到死也没能听到槐叫一声"爹",菊香上吊自杀,槐一生都将背负无法救赎的罪。整篇小说读下来,读者所能触摸到的唯有痛感,只剩沉默,父子间的有效沟通却始终未能达成。父与子的身份各自承载着的文化立场和价值判断的巨大差异,隐喻着新旧历史的断裂与演进。

歌兑的《坼裂》(解放军文艺出版社2011年版)在全景式还原抗震救灾现场的同时,又在文学之外延伸出一派洞察世事的哲学观和存在感。小说"对于灾难的认知,包括对人与自然、人与人关系的认识,主要是通过主人公的个人感悟来表现的,这种反思的启始不是出于人物的自觉,而是灾难对于惯常生活方式的破坏。男女主角在性格上都有专业精英的自恋和轻狂,作者没有规避他们的弱点,而是让他们在深入灾难的过程中找回人性的本真。作者揭露了现代化带来的'科学让人更近而技术使人更远'这一现实悖论,新文明的物欲负荷压迫下的人们懒得去爱,懒得去正视道义,懒得去敞开真诚,甚至对施救行为本身也很快心生厌倦,如果一旦世人竟懒得去反省了,那真是人类的灭顶灾难了。林絮跟俏妹儿讨论的'几下子'和'72小时'理论很真实,读来令人惊心动魄。即使在这么重的天灾面前,人跟人心灵的靠近也只是以小时计,更多地体现出一种疑惑,信奉的还是自我。林絮和卿爽之间一直有一条感情线在维系,即便他们彼此渴望,也无法摆脱孤独,无法走到一起,靠着近乎残酷的发泄方式在生活。这些都揭示出现代人的一种病态心理,也非常符合当下许多年轻人的心态。这部小说还注意把文学和自然科学包括医学从文学价值层面集结起来,从头至尾以医学为背景,把科学知识写得如此丰满细腻、准确到位,并且让所有这些东西'化'在小说里,成为提升文学艺术感染力的重要组成部分……歌兑在当下活跃的军旅作家中属擅于哲学思考的一位,哲理性和文学性结合得比较好,显示出一种文采和灵动。甚至在性爱描写方面也显得大胆、独特,写得深入彻底、淋漓尽致,又透出一种形而上的象征意蕴,确实比较少见"[12]。

作品里贯穿整体的"坼裂"文学意境更是颇值得玩味的。首先关乎身体:无论是女军人、女护士,还是女性雕塑,都是带有裂痕的。地震来了,女性雕塑从胸部裂开一道缝;卿爽原本洁白无瑕的身体在救灾中变得伤痕累累;护士长伤痕的设置具有某种荒诞感,她的乳房是假的,并且是误诊切掉的,这可以理解成更隐形的裂痕;更有地震时为护住丈夫而流产大出血死去的新娘、不得已被直接剖切的孕妇老师、要去找孩子而自断手臂的农村妇女、在截肢与保命间哭泣的女孩……很多裂痕均是借由女性的身体阐释的,在营造了勇于承受伤痛的母性壮美感的同时,反复强化了崇高的人类生命繁衍主题。其次是心理上的"坼裂"。从一开场,男女主人公一方面是带着心理上的现代病的被救赎者,另一方面又是无数灾民赖以求生的救赎者。他们和灾难是互生互存关系,于是,人们剥离灾难反思人性庸常的一面:即便没有现代性,你也一样是"坼裂"的;即使没有地震,你生活中也充斥着"坼裂"。因此可以看出这部作品的主旨其实远远超越了地震,甚至并不在主写地震,只是巧妙地搬借了偌大一个场景罢了。第三层意向,是更直观的大地的"坼裂",这也算是整部作品的前提和线索。作者不但写到了人体、精神和大自然的裂痕,并且阐释了三者之间的关系。

这部小说暗藏了大量供人掩卷沉思的寓意空间。如夹住腿的小赵和绊住腿的林絮、舍己保子的闵老师和舍子图新的卿爽,构成了一层层的暗喻。而"坼裂"就是当下现实中的行尸走肉状态,是美丽生存的对立面。让人们爱不到一起的不是命途多舛,而是存乎内心的"坼裂"。作品的潜台词已上升为"拯救"的人生态度,呼吁人们反思的意旨力透纸背。如果作者不历经真实困苦的冲击,绝不会有这么深的感触、这么强烈的诉求。所以,这部小说艺术上的成果,并不是文学赋予的,而恰恰是生活的磨炼所赐。通过大灾难的非常态,作家窥见了某些生命的奥秘和本质,并实现了顿悟。

新世纪以来的长篇小说普遍越写越长,越出越多,却离当下的现实生活越发疏离,与普通读者的生活和情感经验日益产生隔膜。现如今,很少再有作家愿意像杜鹏程、姚雪垠、草明等老一辈作家那样去深入和体验生活,并且有耐心、有兴趣去做田野调查和实地考证了;也很少有人能够像路遥那样,真的是扑下身子去观察和体验时代的变迁和生活的变化,深入生活本体、沉入生命本质去写作。而苗长水的《超越攻击》(解放军文艺出版社 2007 年版),恰恰是作家下部队体验生活,全程参加中俄联合军演的产物。作家以犀利又不失温暖的笔触揭示了新旧两种观念在部队改革发展过程中的冲突和军营中的种种现实问题和矛盾,对新军事革命背景下的部队改革、基层生活和官兵形象进行了细致爬梳和深刻洞察。正面塑造"当代英雄",以"写真实"的笔触打通文学虚构与现实生活间的阻隔是《超越攻击》的一大特色。苗长水所持守的深入生活、沉入生命的写作伦理,无疑是非常宝贵的,也是值得提倡的。

文体是意义在语言中的组织形态,文体的状况实际上正代表了长篇小说的意义状况。长篇小说总是用语言去建构一个想象的生活世界,呈现一种独特的生存体验,因此,对语言的探索在很大程度上标志着一个作家创作活力的旺盛程度。张卫明耗时十余年,打造出了长达一百五十万字的《城门》(解放军文艺出版社2006年版)。这部小说寄寓了作家独立的文学理想和艺术信仰,拒绝一切外来词汇,保护汉语的纯洁性,把这部反映冷兵器时代真正的血胆英雄主义的作品,写得呕心沥血、肝胆俱裂。《城门》的语言可谓字雕句琢,风格上显露出由描述性、外指向的线型和面型语言,向意向性、内指向的场性语言递变的景观。张卫明解构了传统历史叙事的"意识形态性"能指范式,传递出"狂欢化"的诗学诉求。"话语狂欢"贯穿了《城门》的叙事全过程。故事、人物、事件都被语言的狂欢所消解,语言成了小说叙事的本体,进而连宏阔的历史(小说故事描写的是中国最后一代弓箭骑兵在北方草原从抗日战争到解放战争再后来打入北京的历程)也被彻底文体化和语言化了,成了语言内部的自我指涉性存在。诚然,这种极端化的语言和文体探索显得过犹不及,但是作家强烈的个人化写作理念、具有独创性的甚至明显雕琢的词句,还有那些紧张、密集且又具有张力和诗意的语言,以及冗长甚至艰涩的叙述,彰显了张卫明强烈的文体自觉和独特的审美追求,令人印象深刻。

第四节 麦家、都梁、邓一光、刘醒龙、肖亦农等非军旅作家的军旅长篇小说

从《解密》(中国青年出版社2002年版)到《暗算》(世界知识出版社2003年版)再到《风声》(南海出版公司2007年版),麦家的长篇小说创作别开生面,另辟蹊径,其本人也被誉为中国"新智力小说"或"特情小说"的开创者。麦家的小说具有一种罕见的惊奇感,而这种惊奇感恰恰是当下的中国文学极为稀缺的。

惊奇感是"一种怀抱希望的结构,而这正是哲学家和人之存在特有的本质。在平凡和寻常的世界中去寻找不平凡和不寻常,亦即寻找'惊奇',此即哲学之开端"[13]。小说作为一种倚重和表呈想象力的虚构文体,进入新世纪以来却渐

趋单调乏味,鲜见凸显个性风格的叙事语言,缺乏活色生香的感官世界,为读者创造惊奇感的能力正在快速下降。正如大家所看到的,当下的中国作家编织故事的功夫最强,塑造人物的能力次之,而对"人"的书写却最为孱弱。当创作主体无法摆脱日常经验的圈限,当作品中普遍弥漫着作家私我的焦虑,人之为人的本质世界便被忽略甚至遮蔽掉了,小说也便没有了惊奇感。而麦家的独异之处恰恰在于,他的叙事始终围绕着"人"来展开,探寻人物的命运,追究心灵的隐秘,想象生命的可能。《解密》中的容金珍性格孤僻冷漠,命运幽深莫测。《暗算》抓住了人的欲望的不可遏制来写天才人物的悲剧命运。瞎子阿炳耳力神奇,能够搜索出难以辨别的敌台密码,却也能听出自己家庭内部的隐秘。黄依依具有超强的数学计算能力,却因桃色事件意外丧命。《风声》将绝望浓缩在一个狭小的环境中,将战争、杀戮、陷害等对人伦秩序、生命意志的冲击力表现得触目惊心。"老鬼"李宁玉冷静老练,能够通天遁地送出情报,但却保不住自己的性命。麦家对生命存在和人类命运的终极思考孔武有力,他试图窥破生命的秘密,揭示命运的本源,进而求得精神的解放并达至灵魂的自由。这种沉入生命而又超越肉身的写作伦理在新世纪中国文坛可谓独树一帜。这种对未知世界的发现和对生命"存在"的重审亦刷新了读者的经验,给人以惊奇、异样、华丽但却不失庄严、深沉、壮美的丰赡而立体的审美感受。

　　《解密》的故事情节并不复杂,结构上虽以"起承转合"来命名,但那更多的是对人物命运走向的一种概括。事实上,小说聚焦的是人本身,对密码背后的权力争斗、人性考验进行了重点描写。麦家并不满足于解密特情部门的日常工作,或是书写容金珍的传奇人生,他的叙事野心在于要揭穿一种悲剧性的人类生存,以及这种生存的宿命本质。一方面,破译家以超常智力破解对方密码,实现自我生命价值。另一方面,奇迹的发生源自世俗生命的溃败,在智力的极度膨胀中生命被无限拉长,细若游丝。易碎的天才一旦离开微观且边缘的密室,闯入混沌且乖谬的历史,人性的复杂与残酷必将酿就命运的悲剧。对这种极限性的生存状态进行有深度、有力度的揭示无疑存在很大难度,这是对作家智力的巨大挑战,更是一种心力的严酷较量。朱向前对《解密》的判断敏锐而精到:"剥离《解密》中的'解秘'的故事和人物的表层,作家所探索与传达的人类的'洞穴世界',正是先锋小说中怀疑与自由精神的根本之一。这种怀疑的自由精神,也正体现着先锋小说的某种本质所在。"[14]小说所审视和质询的不是现实中实在的东西,而是人类存在的种种可能性。在麦家的小说中,世上的人、事、物,解除了日常理性的粗壮枷锁,而被置于婴孩和智者的双重目光之下,他的创作也便成了作家主体与"真人"和"智者"的对话。

以富于智性的叙事搭建文学性与可读性之间的桥梁,用大众喜闻乐见的形式表达主流的思想和价值,对此,麦家的探索和实践无疑是成功的,但也存在着明显的问题。《风声》之后,看麦家小说的叙事,已难以逆转地走向了僵化,故事模式、人物类型、行为特点等复制现象严重,无法再提供新鲜的经验;小说的叙事逻辑和心理描写让位于欲望展示和感官刺激,一边倒的影视化倾向也损害了小说独特的艺术魅力。创作主体写作伦理的转型在因应大众消费潮流的同时,也消弭并瓦解了曾经强烈的文学性追求和先锋性姿态。

不同于以往的作品,麦家最新的长篇小说《人生海海》(北京十月文艺出版社2019年版)所书写的人物不再是隐秘战线上那些天赋异禀的英雄。尽管人称"上校"的退役军人蒋正南也曾阴差阳错在抗战期间做过几年军统特务,但他最本质的身份应该是军医才对。从抗日战争到抗美援朝,他依靠精湛的医术成为战场上不可或缺的传奇人物。但小说开场时,传奇已然落幕,成为平凡山村中赤脚医生般的角色。一贯擅长讲述传奇的麦家似乎有意要抹掉上校身上的传奇色彩,让英雄回归到日常生活的琐碎和庸常,着意探寻那些在谍战小说中难于伸展的文学和思想空间。

"人生海海"是闽南语,在小说里,它是"形容人生复杂多变但又不止这意思,它的意思像大海一样宽广,但总的说是教人好好活而不是去死的意思"。因此麦家确实无须讲述太多上校的传奇往事,便能让我们感觉到英雄的力量。他之所以为英雄,并不在于战场上的壮举,而因为长期从容受难的生活。而小说中几乎每一个人,也无不同样在艰难折磨中勉力地活着,因而构成一种独特的合力。麦家进一步追问的是,究竟是什么造成了这些人物的人生磨难?告密与羞耻感的复杂作用,或许才是这部小说的真正主题。也正是在这个意义上,麦家于题材和写法上的改变,或许正是一种纯文学意义上的深潜和回归。

新世纪军旅长篇小说创作与消费性大众阅读的有效接驳,早在2000年都梁推出长篇小说《亮剑》(解放军文艺出版社)时便开启了。《亮剑》以回溯式的视点,"在长达近半个世纪的炮火硝烟与血雨腥风中,饱含激情地讴歌了一个集勇猛、刚烈、草莽与智慧、正直、坦荡、忠诚与良知于一身的来自历史深处的中国传统军人的英雄传奇"[15]。作者都梁曾在军旅,转业后又有着成功的经商履历,熟悉军队和军人生活,又深谙市场运作。这使得他一出手就切中了军旅长篇小说跨世纪转型的脉搏,打造出一部兼具可读性、可视性与政治性的通俗文本。小说出版后,评论家纷纷叫好,读者大加称赞,继而风靡网络,成为一再重印的畅销书。

都梁自觉运用了蒙太奇的叙事方式,同时展开大量的对话和心理描写,集中烘托和打造"亮剑精神"这个核心主题。所谓的"亮剑精神"——"明知不敌,也要亮剑"既含有深刻的悲剧意识,又兼具心灵鸡汤的功用。一时间白领小资大谈"李云龙",公司企业热议"亮剑精神"。《亮剑》的小说文本内部糅合了多种叙事元素,成功融合了军旅题材的主题表达与通俗小说的叙事方法,追求一种顺畅无障碍的阅读快感,因而满足了不同消费群体的审美趣味,堪称新世纪军旅长篇小说通俗化转向的突围之作。然而,《亮剑》的文学史意义还不仅限于此,更在于都梁通过对英雄性格的独特塑造,达成了对中国当代文学中既有英雄话语传统的更新和拓展。这种重建源于作者对英雄观念的重新体认和阐释。英雄,不但应该具有顽强的意志和过人的胆识,还应该具有强大的不可战胜的精神力量,这是作者力图表达的重要内容。在小说中,作者通过田雨和母亲沈丹虹的对话,从宽泛的文化意义上对"英雄"一词做了界定,更以主人公的形象和行动为新的英雄话语做了注解。抗日战争和解放战争中的李云龙虽然具有英雄的举止,也具有英雄的秉性,但还不能说他就是一个英雄,因为他还不具备英雄的精神气质。为了活命而走向革命队伍的李云龙,身上具有农民的质朴与狡猾,却缺乏对革命的自觉且理性的认识。尽管解放后他娶了年轻貌美且书卷气十足的妻子,但他的内心深处却鄙视知识和知识分子,言行举止中他思维与个性上的偏狭亦表露无遗。有鉴于此,李云龙最终对死亡的自觉选择不但达成了"英雄性"向"英雄精神"的升华,也凸显了《亮剑》更深层次的文化内涵。与外力强加的生命悲剧不同,都梁让他笔下的人物自觉地走向毁灭。与生命的陨灭相伴随的,是英雄精神的超越和升华。毁灭并不是他唯一的结局,在生与死的选择中,李云龙有无数的生的机会,然而他毅然赴死。这表明此时的李云龙不但有着超乎寻常人的英雄意志和英雄业绩,同时还具备了大彻大悟的英雄的精神力量,尽管他也曾经有过思想上的迷惘与困惑,但他最后的死亡是对更加强大的外在力量的一种抗争,就是明知是个死也要宝剑出鞘的理智选择,至此李云龙这个英雄形象的塑造才最后完成。从李云龙的性格与品性来看,毁灭是他性格发展的必然结局。他是在以死来肯定生,张扬着生命的高贵与尊严。

《亮剑》可以说是一部真正的英雄悲剧,与英雄生命的毁灭相伴而生的不是凄美与悲怆,而是崇高与壮美的美学效果。在朱向前看来,"一个人在战场上冲锋陷阵披肝沥胆固然不易,但在和平时期(或如'文革'的政治高压,或如当下的金钱腐蚀)保持英雄的人性与情操亦属不易。都梁的英雄理想是属于军旅的,但又是超越军旅的;它源于现实,高于现实,而又指向现实,具有广泛的普遍性和强烈的针对性。使平庸如我辈者,获得了一次灵魂洗礼的机会。这也就是英雄主义在世纪之交的当下中国的特殊意义和巨大魅力的根源之所在"[16]。

邓一光的《我是我的神》(北京出版社 2008 年版)在某种意义上可以说是对《我是太阳》的拓展和深化。同样是张扬英雄精神,书写父子故事,然而经过十年沉淀,邓一光再出手时,小说叙事的向度和意旨都发生了根本性变化,从对父辈英雄传奇的叙写,转到了对自我主体的成长性建构。

在动荡的历史进程和难以掌控的命运沉浮中,邓一光试图建构一种抗争与不屈的英雄主义——一种在迷茫中冲撞、在沉沦中崛起、在彷徨中觉醒、在毁灭中涅槃的富于超越性的英雄主义。《我是我的神》集中塑造了以乌力天赫、乌力天扬为代表的二十世纪五十年代出生的人物群像,呈现了他们从迷茫、混乱到觉悟、抗争并最终走向成熟的过程,以及在这一复杂的精神成长过程中表现出来的理想主义和英雄主义的光芒。在《我是我的神》中,父亲的暴虐和儿子的叛逆在特定的年代彼此砥砺,那一条英雄的血脉因此而得到了奇特的延续。乌力天赫被深深的内心隐痛煎熬得苦不堪言。他想战胜成长道路上那些看到和看不到的对手,他想毁掉这个令他痛恨的世界。他对家庭的专制痛恨不已,对家庭规定给他的严肃的暴力教育痛恨不已。乌力天赫身上体现出与理想相伴的哲人气质和英雄主义情怀。他的精神追求是与生俱来的,早在少年时代,他便对这个世界充满了怀疑,杰弗逊和切·格瓦拉的观点指引了他的人生态度与成长道路。于是,他不再与父亲纠缠,选择了离家出走并且永不言归,在战争的极端环境中反思自己的灵魂,并逐渐进入更为深邃、高远的哲学层面审视人类生存的境遇和对自由的向往。通过超越肉体苦乐的灵魂求索,乌力天赫最终完成了自我的成长与主体的建构——"我是我的神"。相比起乌力天赫,乌力天扬在世俗的境遇中,在与命运的抗争中,体现出了更强的责任感和英雄色彩,他所寻觅的是一条经由生活本体而达至独立人格的完善之路。从战场上凯旋,他本可以开始相对稳定、顺利的人生,但是,面对失去生命、身体残缺的战友,面对破败的家庭,他选择了与残酷的生活现实抗争。在一次又一次挫折中,他从未放弃,从未止歇,从未想到为个人谋求利益。经历了"文化大革命"的混乱、战争的伤痛和改革开放的躁动,乌力天扬最终找到了自己的生活和人生,成为一个勇于承担生活责任的成熟男人,以一种平凡但却富于理想情怀的英雄主义精神完成了灵魂的救赎,在父亲即将去世时达到了自我的升华。

邓一光试图建构属于自己这一代人的历史——精神在宏阔时代和庸常生活之间觉醒、挣扎、存续、自证的历史,也是英雄主义持续滋养并升华的心灵史和成长史。

从《我是我的神》到长篇小说新作《人,或所有的士兵》(四川人民出版社2019年版)出版,这中间相隔了十一个年头。沉潜多年的邓一光,又捧出了一部重量级、超越性的长篇小说力作。《人,或所有的士兵》正面描写了太平洋战争中长达十八天的香港保卫战,以主人公郁漱石的传奇命运为主线,表达了作家对战争的哲学思考,同时书写了战争对人心灵带来的创伤。该书站在"人类命运共同体"的立场上,以宏阔的胸襟和视野重返历史现场,反思战争,祈祷和平,对个体生命的价值、个人行动的责任进行了富于痛感的思辨和省察。

为了创作这部小说,邓一光多次进出香港,翻阅和查证了上千万字的历史资料,对战争进程的描写可谓巨细靡遗,具体到十八日保卫战每天的天气情况,小说都给出了精准到位的表现。与邓一光以往创作的战争题材小说不同,在《人,或所有的士兵》里,邓一光不再执着于对硬汉精神和英雄情怀的极致张扬,转而沉入人性幽微复杂的内部肌理,探寻战争对人性的深层次影响。正像邓一光在接受记者采访时所说的:"这个故事不是赞美人类的,不是鼓励人们的,它的暖意是黑暗中的点点萤火,不会放大,而且我一直警惕它们被放大……它只想告诉人们,人最可贵的不是英雄品质,不是理性精神,而是具有软弱和恐惧之心,这是上苍给予人类阻止自我毁灭的最后法器,正是因为有了它,我们才有可能,或者说最终不会成为魔鬼。拥有捍卫恐惧的权利,人类才能继续前行。"这部长达 70 余万字的长篇小说,体量庞大,情节跌宕,叙事却并不冗长。在精彩扎实的故事之外,邓一光着力营构和探寻的是人物的心理时空,是人性的复杂性与可能性。在他的笔下,战争不仅仅是一种题材,还是人物的生存环境、场域、经历和经验。他试图以强悍的思想穿透历史的迷雾,以新鲜的艺术形象和真实的细节塑造出那个时代典型的人物形象,记录下战争中生命成长和消逝的过程,并以此触摸文明的伤痕。小说也因此跳脱了战争本身的胜负经验和人物个体的英雄情怀,而具有了可以通约的人类性,那种史诗般宏阔辽远的精神气质也由此得以确立。

刘醒龙耗时六年创作了长达 100 多万字的鸿篇巨制《圣天门口》(人民文学出版社 2005 年版),小说以武汉附近的天门口小镇为切入点,围绕着雪、杭两家的恩怨情仇,围绕着红军与白军、日寇的存亡之战,对二十世纪中国波澜壮阔的历史进行了一番个人化的另类讲述。刘醒龙将宗教的力量引入中国近现代的革命叙事中,借助于博爱、宽容、自省的宗教意识来救赎人性的泯灭和灵魂的迷失,赋予生命和生存以尊严,更赋予历史以超越性的精神向度。

小说从故事的层面来说充满了血腥与暴力,人的生命在特定的战争背景和历史时刻是那样的脆弱而无助,如同蝼蚁;但是,作家却并未正面描写战争与杀戮,而是将之虚化,借助于女性的平和与坚韧,借助于情欲的温暖和柔软,填补了革命暴力和权力争夺形成的人性裂隙。梅外公、梅外婆、雪柠、柳子墨等主要人物被赋予了神性,似乎有些天赋异禀,与世俗的生活场域和价值判断格格不入。梅外婆和雪柠作为主要人物被施以浓墨重彩,二人的心灵世界和思想过程被夸张和放大,并且自成体系,构成主体故事情节之外另一重故事空间。作者将对人物的心灵世界和精神空间的探微提升至和主体故事情节同等重要的地位,因而大段大段的心理描写和辅助心理叙事就割裂甚至淹没了小说的主体故事情节。这种叙事结构不一定很讨巧,但却显得另类而有效,它的直接叙事效果就是将宗教神性对人性的提升和救赎这一主题、将中西方文明在中国近现代革命历史中的碰撞这一独特视角诗性从容地展现在读者面前。作家这种自觉而深刻的历史意识、不拘泥于故事层面的超越性叙事构成了作品厚重但却不失灵动的主题表达。

《圣天门口》所呈现出的不仅是一段关乎革命与战争历史的宏大叙述,更是一场奇崛而瑰丽的浪漫爱情,小说所营构的不仅是围绕家族恩怨情仇而衍生的动人故事,更是一个由诗性语言、细腻情感、诡异氛围、奇幻风物搭建起来的文学性王国。作者对逝去历史的挽歌式书写与对残酷的现实生活富于超越性的价值判断,建构起了一种经由文学而至哲学、经由人性而通达神性的文学路径,同时也将中国现代小说的写意传统发挥到了极致。

肖亦农的《穹庐》(作家出版社2018年版)取材于100年前布里亚特草原蒙古部落在第一次世界大战和俄国十月革命背景下誓死保卫部族和最终东归祖国的宏大历史事件,它超越了一国、一党、一阶级、一族群的立场,也超越了我们惯常的思维模式,表现了一种更为宽阔、博大、深沉的爱国主义和英雄主义精神。

《穹庐》堪称中国版的《静静的顿河》,作家始终以文学、艺术、人道、人性的标准来塑造人物,来讲述故事。作品的地域文化和民族特色浓郁:首先是人物的对话。如嘎尔迪老爹的语言,特色十分鲜明,既深深地浸淫着蒙古族的文化汁液,又非常符合人物个性、人物身份和人物教养,符合此时此地的情境。其次是风物描写。全书起码有不少于20段对草原地理地貌的细腻描述,根据不同季节、不同时辰,或是主人公的不同心境,小说对草原风貌的呈现都不雷同,没有几十年的细致观察,作家是不可能有这么丰富多彩的发现的。

嘎尔迪老爹作为一个生长在大草原上的汉子,始终关注着部族、社会和时代的风云变幻,似乎具有强大的掌控力。他异常热爱生命,毕生守护生命,但内心也极为复杂,有时既是老虎,也是妖怪。他大气豪放,重情重义,热爱一切有活力、有生命力的事物,把布里亚特草原的一切掌握在自己手里。他识大势,明大义,全力维护布里亚特草原的生存权和发展权。他心胸十分开放,跟萨瓦博士交往、治疗草原上的疾病、拥护蒙汉团结等都说明了这一点;但他同时又有很强的封建意识,有时十分乖张、暴躁,几乎不近人情,是一个带有浓厚封建宗法色彩的人物。他的异常矛盾复杂的性格恰恰反映了自己与时代的关系。围绕这个复杂的人物形象,小说表达了那个时代的人们对人性、人格、尊严的追求以及对人生和未来的希冀与期盼。文化自信是更深厚、更广泛、更持久的自信,如果作品能在文化认同、文化底蕴的角度上再多着些笔墨,更加细腻充分地展开文化的深刻影响,那么这种回归祖国的原动力就会更大、更强、更具说服力。事实上,蒙古族、满族与汉族的融合都是自然而深刻的,仅从康、雍、乾三帝的诗文、书法修养就可见一斑。所以,在嘎尔迪老爹身上加上一条线甚至是一个物件,或许都会有意想不到的效果。

小说采用"穹庐"为题,意味深长。穹庐是一个独特的意象。天似穹庐,蒙古包亦形似穹庐,因此穹庐就是长生天,就是蒙古族的家园,就是中国背景,实质上也是一个文化符号。天地玄黄,天苍地茫,穹庐这一意象实际上也是在追问人的天地良心,追问人的初心本色与精神归宿。小说的意味也是深长隽永的,布里亚特人遵从祖先、良知、文化认同及归属的呼唤,坚定不移地回到了祖先地——中国。这无疑是一曲爱国主义的壮美华章。

在既有的对军旅长篇小说的理解模式中,我们已经难以看到新鲜的经验、新鲜的感觉、新鲜的认知,而只有在那些突破既定模式的新的写作方式与新的艺术形式中,我们才能看到新的生活与审美经验。恰恰在这个意义上,非军旅作家的军旅长篇小说创作,因为跳开题材的限制而更加专注于文学资源的开掘,因为少了观念的羁绊而显露出突破既往的新意,为新世纪军旅长篇小说的发展注入了新的动力与活力。

第五节 马晓丽、王海鸰等军旅女作家及李亚等"新生代"军旅作家的军旅长篇小说

不同于男性作家对战争历史和军旅生活的正面强攻,女作家们的军旅长篇小说创作往往会较多地从侧面切入军人的婚姻和情感生活,探索军人心灵和情感世界的丰富性和矛盾性。作品普遍格调清新、文字优美、感情充沛而又略带感伤色彩,立意和主旨往往直指人性和灵魂的至深、至柔之处,具有较强的艺术

和情绪感染力。

马晓丽的《楚河汉界》(解放军文艺出版社2002年版)兼具语言的细腻和思想的力量,通过主人公周汉的灵魂视角游走于历史与现实时空之间,经由缠绕纠结、回环往复的叙事打通了战争年代与和平时期,深刻解析了多层次、多向度的矛盾对立。小说的结构设计十分精巧,周汉昏迷之后,进入了纯意识的回忆和想象。这样,一方面可以回溯历史,超越现实语境的价值判断,以历史老人审视的目光对现实进行观照;另一方面,前史的叙事线索的展开,历史空间的架构也与现实世界形成了对立。周汉曾经面临的历史困境在现实世界中、在自己儿子的身上重演,这种历史与现实的暗合实际上生发出了新的矛盾,历史和现实的两难困境在不同时代人的心灵世界构成了尖锐对立。在这里,现实对历史构成了审判性的观照。

从故事层面来看,周东进和魏明坤围绕着职场升迁和个人进步的明争暗斗贯穿了小说情节的始终。周东进作为周汉的儿子,其骨子里继承了父亲正直顽强的个性,部队高干子弟的特殊家庭背景和与生俱来的浪漫特质使其具有了一种绝对的纯粹化的理想主义的职业军人情结,他对"军人"的理解是纯粹的、崇高的,无法容忍它受到污染;而在现实生活中,他的这种纯粹的个人化的理想则处处碰壁,时常使其陷入现实与内心的两难境地。归根结底,他的这种刚烈耿直的个性和他的价值观念中对"军人"这一职业的纯粹化、理想化的理解,是与现实语境下的世俗观念相排斥的,是与这种世俗的话语言说方式、思维方式和行为准则相矛盾的。在现实生活这个五颜六色的大染缸里,"一尘不染"的他是那么格格不入,"明知不可为而为之",周东进这一人物被赋予了一种悲剧色彩,而其理想更是无从实现。魏明坤这一人物的设置明显带有作者的主观意图。他出身于平民阶层,家里和军队大院一墙之隔,从小和周东进等部队高干子弟一起长大。他始终把周东进作为自己的对手与假想敌,试图超越他;然而,在他与周东进贯穿了全篇的对抗竞争中,丝毫看不出他人性中闪耀的光辉与人格魅力。在小说中他似乎是作为周东进的影子而存在,其人生目的也可以简单地概括为一要超过周东进,二要改变个人卑微的社会地位。军人家庭生活条件的优越,高干子弟的凌驾于平民子弟之上的傲慢与轻狂对于魏明坤幼小的心灵来说,是一种沉重的压力与巨大的刺激。对军人子弟的态度也由羡慕转为嫉妒,进而深化为一种改变个人命运、超越以周东进为首的军人子弟的强烈愿望和迫切要求。通过努力,他最终实现了自己的理想,最终在官职上超越了周东进;而在精神世界里,从周汉到周东进,他们的崇高人格和精神境界始终是魏明坤视野内的一座高山,必须仰望而又无法超越。在这场对抗中,周东进与魏明坤都显示了个性与人格的复杂性,由于隐含了不同社会阶层的对立,判断谁胜谁负是很困难的,但可以肯定的是,在社会转型的背景下,精神旗帜的高扬和人格丰碑的屹立更显得弥足珍贵。

王海鸰被誉为"中国婚姻第一写手",写感情自是其拿手好戏,但真正书写军人情感和生活在她的创作中却并不多见。《大校的女儿》(作家出版社2007年版)是一个特例。在《大校的女儿》中,王海鸰站在女性立场上,以敏感纤细的细节描写、家常般熨帖的叙述语气、扎实深厚的生活经验、鲜活而又富有哲思的生命体验,塑造了一个生动丰满、独具个性魅力的"女人"形象。以往的军旅文学大多是有意识地遮蔽了女军人的性别意义,将其作为"万绿丛中一点红"的点缀,突出她们的青春、美丽、活泼、可爱的一面。《大校的女儿》彻底颠覆了这种暴露在男性欲望与审视目光之下的女性书写模式。王海鸰从女性生命经验出发,耐心而冷静地书写了女军官韩琳从女孩到女人成长的全过程,通过对韩琳的爱情、婚姻、家庭生活抽丝剥茧般的描写,细腻展现了她首先是一个女人,其次是一个女军人的生活状态,建构起一段当代女性军人的心灵史。

这是一种女性意识自觉的写作,但并非是一种"女性主义"式的写作,小说对男性人物丝毫没有贬损、拒斥和嘲弄,反而充溢着理解和包容的美好情感,堪称绝妙。彭湛是一个外形俊朗、棱角分明、个性鲜明的男人,但其精神世界却一片混沌,对外在世界无力理解,对内在世界无力控制,这样的男人在现实生活中不可谓不多矣,但在文学作品中描写如此准确、到位的却并不多见。女主人公韩琳敏感脆弱、自负且自我,对生活有着足够的感受能力和悟性,对爱情怀有理想主义情结,既渴望、幻想又矜持、焦虑。

王海鸰在接受媒体采访时坦陈这是一部自传,有着自己生活经历的影子,作家凝望、记录并刻画了女主人公,也塑造了创作主体自身。相较于男性作家,女作家在军旅作家群体中处于数量上的绝对劣势,在"影响的焦虑"之下,和男性作家比着搞宏大叙事,因而女性意识向来比较淡漠。而《大校的女儿》恰恰显示出王海鸰鲜明而坚定的女性写作立场,以娓娓道来、口语化的方式讲述故事,以大量触手可及、贴近日常生活经验的细节支撑起作品,剔除了主题性的意识形态负载,代之以融合了女性生命痛感、人生体悟的形而上思考,建构起一个较为纯粹、具有本体意义的"女性军人经验"叙事文本。

刘宏伟是军旅女作家的代表人物之一,擅长驾驭宏大的题材,除了女作家特有的柔软与纤细之外,亦不缺乏力量。《大断裂》(长征出版社 2008 年版)可以说是刘宏伟耗费心血最多,也最有分量的作品。为了这部作品,她查阅了大量的相关资料,深入系统地研究了与地震相关的科技和专业问题,几乎成为一个地震问题的专家了。在当今"快餐化写作"成风的背景下,能如此严肃、认真、扎实、深入、细致地写作十分难得。在《大断裂》中,刘宏伟显露出笔力上阳刚与雄健的一面。在那些有关大场面的描述中,在那些对于历史事件、历史氛围的概略性描述中,她表现出了与宏大叙事这类小说结构相得益彰的语言驾驭能力。她追求一种从容沉稳的叙述风格,不急着直奔故事、直爆情节,常常不惜花费大量笔墨对景色、物体、氛围、场面进行冷静而精细的描摹,其中不乏诗歌所特有的奇诡意象和修饰语法。小说是以当年唐山大地震为背景的,出版后却正好遇上了汶川大地震,引发了社会层面的广泛关注。《大断裂》是刘宏伟多年来不断跋涉、自我提升结出的果实,也体现了刘宏伟作为一个军旅作家强烈的责任感和使命感。

刘静曾经以一部中篇小说《父母爱情》令文坛刮目相看。长篇小说《戎装女人》(解放军文艺出版社 2007 年版)除了保持了其一贯的犀利、俏皮、幽默、机智的语言风格之外,更强化了对现实的介入力度和对军旅生活的思考深度。刘静在小说中着力塑造了一位优秀的戎装女人——吕师。作为某通信总站女政治部主任,已经扛着大校军衔的吕师距离跨入将军的行列仅仅一步之遥。父亲吕振堂是老革命军人,以"班、排、连、军、团、师"来为子女们命名,虽有些滑稽,但也能看出父亲传承给子女们的军人血性,以及在子女身上寄予的自己未能实现的将军梦想。《戎装女人》重点对和平年代女性军人的内心世界进行了深度刻画,同时又以女性细腻敏感的眼光勾勒出一个充斥着男性本位主义和性别观念的男权世界。通过吕师身边的男同事们有个性而又有深意的话语,通过人物之间的心灵交流和性格碰撞,生动而真实地展现了军旅日常生活的方方面面。刘静着力于对各类人物形象的心理描画与情感捕捉,因此她笔下的每一个人物形象都很丰富饱满。然而刘静对于官场生态的描摹和把握还不够精准,正像朱向前所分析的:"作家的个性和人物的个性是统一的,作家在书中扮演了一个本色演员,而且扮演得很到位。但也正是这种本色的处理,由于作家本人缺乏领导岗位的历练,也使得人物的领导角色的分量还不够。"[17]

王秋燕的《向天倾诉》(解放军文艺出版社 2008 年版)是一部女性主义的情感挽歌,一部女性情感成长和成熟的心灵史诗。小说聚焦一位女航天气象工作者的事业、情感、婚姻和家庭,反映了航天人不为人知的精神世界和情感隐秘。物欲横流的年代里,纯洁、真挚、矢志不渝且带有浓烈古典主义、理想主义气质的爱情因为稀缺而更显得无比可贵。《向天倾诉》对纯真爱情的期冀、珍惜、经营和坚持,在军营特殊的环境中显得艰难而曲折。对于苏晴这样一个工作在特殊战线、承担着极端重要且繁重责任的女性军人来说,这种精神恋爱无疑是一种生命中不能承受之重,最后主人公以生命的消逝印证了对爱情的忠诚,不能不说是一出悲剧。作者以闪回和追忆的手法,从女主人公的视点出发,梳理其对人生、事业、情感和命运的选择。其实在每一个关键的人生节点,苏晴原本都可以做出更加符合世俗价值判断且更加容易的选择,但她的超凡脱俗、她的偏执和理想主义都使她注定将要跨进命运的窄门,将生命融入对事业、职责、使命的忠诚和对理想爱情的执着追求。

庞天舒的《白桦树小屋》(解放军文艺出版社 2002 年版)是一个散文化的小说文本。作者通过对边防连的动物们加以拟人化、卡通化的夸张描摹,建构起了一个动物世界的整体视角;通过人与动物的对话和互动,营造了一个浪漫奇美的童话世界;通过描写动物们可爱、单纯、朴素的思维和行动,映衬并赞美了边防连战士们质朴但却崇高的心灵。小说的故事极其纯粹、简单,作者并未对简单的故事做过多情节上的延展和深化,而是用散文化的语言营造了一个抒情写意的叙事空间,细腻地描绘出边防军人纯洁而又丰富的内心世界,将自然环境、动物世界和边防军人之间的和谐共处与互相包容编织进一个凄美苦涩的爱情故事,以展示人性的本真和美好。庞天舒通过对轻薄短小的故事主体加以散文化、写意性的唯美叙述,探索了军旅长篇小说以精神空间作为叙事主体的可能性。

文清丽的小说或浪漫唯美，透着小家碧玉的青涩；或热血沸腾，家国情怀贯穿始终。既有女作家的温情，也饱含思辨的力量。在《爱情底片》（中国文史出版社 2018 年版）中，文清丽以女性特有的感性，试图为那个大开大合、充满矛盾的时代赋形。小说抒发的是一种难以遏抑的怀旧情绪，亦是对混沌难明的二十世纪九十年代的某种隐喻。汪哲、张家伦、江天、张韵依、刘娴淑、刘虹等文艺青年的灵魂面影在文清丽的深情回望、细腻爬梳和严苛自省间渐渐显露，坚实矗立。

《爱情底片》浓墨重彩地书写了女主人公汪哲的情爱故事，细腻描摹了女主人公的情感世界和心路历程。来自西北某部的中尉军官汪哲，出身贫寒，曾在青年军官张家伦的家里当过保姆，并由此爱上了张家伦，爱上了军营。后来她入伍当兵、提干考学，成为京华艺术学院文学系的学生。在充斥着物欲与利益的都市生活中，她就像一股清流，在光怪陆离的世相百态中坚守自己的本心。才华横溢的诗人同学江天、背景深厚的官二代刘琦、富甲一方的商人朱鸣光等人的追求，都没有改变她对张家伦刻骨的爱恋，哪怕张家伦得了绝症，她也坚持与他结婚，陪他走完生命的最后一程。但作者并不想单纯地塑造一段纯美无瑕的爱情。通过汪哲的一封封书信和日记，我们看到了她内心深处的纠结与波动，在喧嚣浮躁的校园中也有过迷失与艰难的抉择。"不完美"的人性弱点，更烘托出坚守爱情的可贵与崇高，读之令人唏嘘感喟。文清丽完全沉入作品之中，将自己的生命和情感体验完全地注入在人物身上，小说也因之具有了一种感人至深、催人泪下的力量。

小说中最令人感动的是关于军旅生活的描写。在远离闹市的部队营区，生活着一群生气勃勃的军人，还有他们可爱的来队军嫂们。生活虽然平淡质朴，但那单纯而温情的日子，宛若悠远的笛声，把家长里短和真挚情感撩拨得生动起来，既烘托了军营生活的美好，又给作者自己和读者以期许，相信世间总有一处纯净的天空，留得下所有清澈的想象。为了让人物更加真实饱满，文清丽采用了一种讨巧却也恰切的方式——用主人公的作品、书信和日记剖析其复杂的情感和烦乱的思绪，隐晦的留白和零星的信息埋下层层伏笔；用"会议记录"和"处理决定"揭开面具背后隐藏的人性，反衬出主人公的纯真品性；引用不同人前后矛盾的说法，检视"社会底片"下的芸芸众生。特别是通过汪哲与张家伦各自的书信与日记，窥见主人公无法吐露出来的那些隐秘的情愫。在《爱情底片》中可以看到，文清丽的价值判断是逆向的，她所要建构的是一个关于军人、知识分子灵魂内省，关于时代精神批判的寓言。这则寓言故事中饱含纠结与困顿、失落与无助、决绝与彻悟等哲学层面的思辨。

军旅文学在各个历史阶段对女性军人的书写无论是从数量还是质量看都远远不能令人满意。直到进入新世纪，伴随着女性作家长篇小说创作的崛起，对女性军人形象的主体塑造和女性军人经验的正面表达才开始引发文坛的关注。女性作家们不再仅仅以战争为背景展开对女性命运的书写，而是秉承着强烈的女性自觉意识，不断探索女性军人独特的生命和情感体验，把女性军人内心世界刻画得更加细腻、丰满。在军旅文学昂扬大气、深沉厚重的既有风格之外，女作家们这种轻灵细腻、关注个体生命经验的写作风格，有效拓展和丰富了军旅长篇小说的美学内涵。

新世纪以降，"新生代"军旅作家迅速成长，并逐渐在文坛崭露头角。他们大都出生于七十年代以后，入伍伊始恰逢我军新军事革命浪潮开始涌动，军队从战术、武器、兵种到官兵的知识结构都发生了历史性变革。军营生活的新变和读者的阅读期待，无疑为"新生代"军旅作家提供了创新的空间和施展才华的舞台。

李亚的《流芳记》（作家出版社 2010 年版）是一部书写成长史、家族史、风俗史、抗战史的历史题材小说，但是作家并没有对战争过程做正面的直接描写，而是旁敲侧击，重在探索战争历史中个人的生存状态和情感世界。小说对日常生活场景、器皿什物、人物神态、言谈举止的细腻白描颇见功力。在李亚的眼中，庸常琐细的日常事象比大起大落的戏剧情节更能承载历史的真实，因而他不惜笔墨地对苏家大院乃至谯城百姓的饮食起居、衣着服饰、方言口语、群体性格、地域文化、自然风物进行了极富耐心的本体性书写。当时下的文学在以视听为强势标榜的新媒体文化面前卑躬屈膝时，当时下的小说放弃了对文学性的经营而渐趋沦为电视剧的故事梗概时，当作家们已经忘记如何写景状物，痴迷于编织故事、营造冲突时，当我们的阅读逐渐远离了丰赡多姿的感官世界而日益干瘪时，《流芳记》对生活本体的书写堪称视觉的盛宴，其华美和绚烂得以在每一个渴望湿润的心灵间氤氲开来。《流芳记》的语言就像它整体风格的诗化一样，富于诗歌的华丽韵味;但诗化本身也并不怎么重要,重要的是李亚的语言尽得中国古典文学之精神与风采,小说中精妙的比喻、动人的细节俯拾皆是,当然,还有写景状物、风俗俚语,尤其是人物描写,只用几句话,其音容笑貌已经跃然纸上。作家驾驭场面的能力很强,每个人的话语及表现绝不相同,且写得井井有条、津津有味。在结构上亦有章法,前面写得很"闹",接下来就写得很"静",尤其是小说中多线并行、前后勾连、环环相套的叙事,彰显了李亚在结构谋篇方面超凡的大局观。

在一个主观倾向占上风的文学时代,我们通常很难读到像生活一样真实、鲜活、饱满的客观性作品。于是乎,精确和真实也便成为极为稀缺的叙事能力。从某种意义上说,客观性、形象性和真实性正是优秀小说的显著特征。在王凯的长篇小说《导弹和向日葵》(北京十月文艺出版社 2017 年版)中,我们不仅能读到对沙漠天气、风物及环境的精确、优美的描写,还能清楚地看到人物的外貌、行动、言谈和性格,连同他们微妙复杂的内心世界。如果说,小说家在作品中成功地表现深刻的主题内容和博大的思想情感是一种有难度的写作,那么,追求小说真正意义上的客观性效果,就难上加难。因为,要写出客观性的作品,需要作者花费更多的心力,需要足够的耐心进行认真的观察、冷静的分析和慎重的判断。"王凯有着扎实完整的部队任职履历,他对基层与机关生活的体验可谓丰厚而深切。因此,王凯的小说善于挖掘、表现日常生活中人物丰富的生命情态和驳杂的心灵世界,对年轻一代官兵在军营与社会的急速变化中所面临的各种尴尬精神处境和命运遭际,王凯都在小说中进行了富于生命痛感和思辨意味的追问与批判。"[18]

《导弹和向日葵》在复杂的网络中展开矛盾冲突和情感纠葛。叶春风和他的军校同学们之间、同学与同学之间,机关层面的横向联系、与基层的纵向关系,凡此种种构成了一个错综复杂的关系网。故事的推进和人物的成长都需要在这重重交叉的网络逻辑中才能实现。而军营和沙漠宛若庞然巨物,矗立在小说的景深处,冰冷、沉默,悄无声息地吞噬着周遭的生命,也消耗着内部的能量。小说中的人物如同陷入了一个巨大的磁场,不管如何逃离,怎样回避,终究逃不开这无物之阵的笼罩。王凯洞悉外部世界对个体生命的影响和改写,并将这一过程书写得纤毫毕露、惊心动魄。的确,我们的文学应该从狭窄的个人视域和封闭的内心世界走出来了,应该以一种客观的态度面对丰富驳杂的外部世界。客观性不仅意味着人物形象的精确和真实,更意味着写作伦理的强健和美学精神的开阔。

"新生代"军旅作家的长篇小说,塑造了大量有个性、有光彩、有故事的新质人物,不仅丰富了军旅小说的人物画廊,真实展现了当代青年军人在思想观念、精神气质、行为习惯上的新特点,也让我们真切体验到新一代军人抗拒平庸、坚守平凡的生活态度和精神状态,同时也响亮地回答了青年军人应当如何实现自身价值,成长为不辱使命、勇立潮头的"四有"新时代革命军人这一重要课题。

进入新世纪,伴随着军旅文学在主流意识形态体系中的地位松动,军旅长篇小说创作获得了转身的可能与空间,得以真正意义上从集体叙事走向个人叙事,从现实真实走向虚构叙事。由此,新世纪军旅长篇小说创作开始了双重回归。"一是回归长篇小说的叙事性文体本源,开始注重形式创新和语言探索,文体自觉性显著提升;二是回归文学对象的生命伦理和生活本体,开始观照复杂人性和个人命运,重视日常生活经验的表达。前者呼应了建构叙事虚构的本体性以获得文学合法性要求,注重个人化写作、自由地虚构、强调叙事及叙事主体自身的意义等等,标示着新世纪军旅长篇小说的叙事观念的觉醒和文体观念的自觉;后者则反拨了长久以来'政治话语'对军旅文学的规训和异化,开始关注军人的个人命运和个体经验,在历史、战争和现实层面探寻更为广阔的人性空间和精神存在。原本被抽离了的'政治性结构'空洞,得到了叙事性伦理话语的填充……新世纪军旅长篇小说创作获得了新的更为广阔、深厚的精神资源,获得了新的观察、认识生活的角度,获得了新的叙事方向和动力。"[19]通俗一点讲,在讲述什么样的故事和怎样讲述故事这两个向度上的新变化,共同构成了新世纪军旅长篇小说的"属己性"特征标识和与其他文学史阶段区别开来的"新意"。

讲故事是小说家的本分,亦是中国小说的传统。千百年来,故事代代相传,叙事方法亦随之花样翻新,于是乎故事绵延不衰,常讲常新。正像时下文学界正在持续热议的一个话题"讲好中国故事",其在意识形态和文学层面的丰富内涵依然需要"故事"来承载。作为"中国故事"重要组成部分的"军旅故事",从题材上看,聚焦的是"中国梦强军梦"的进程,直面的是新军事革命实践,讲述的是军旅人生的喜怒哀乐,塑造的是新型高素质军人形象,关注的是战争进程或备战状态下军人的思想情感和精神命运;而从思想主题、价值判断、审美品格、精神向度、写作伦理等层面视之,则是与"中国故事"高度统一的,甚至在某种程度上说构成了对"中国故事"的重要支撑,也是不为过的。

要想讲好"中国故事"就必须立足"中国语境",直面"中国经验",而不能简单地理解成为了讲故事而讲故事。故事是一种外在的途径和载体,最终需要被内化的情感、思想和精神所超越。具体到军旅文学领域,如何把握和重述"战争历史"、处理和提升"军旅经验",是讲好"军旅故事"的关键所在,这对军旅作家的文学智慧和写作伦理亦构成了严峻的考验。囿于自身相对陈旧的文学观念和封闭单一的生活经验,当下的部分军旅作家缺乏宏阔的视野和整体性的文学思维,缺乏聚焦当下军队新变化、观察军营新情况的自觉意识,缺乏穿透事象直达心灵的锐利目光;部分军旅长篇小说对"战争历史"和"军旅经验"的重述与表达还停留在事象的表层和故事层面的起承转合,没能向着更为本真的"存在"之境深潜,向着更富于生命痛感和思辨高度的写作伦理挺进。很多作品中,既看不到我军新军事革命浪潮和信息化建设的图景,看不到我军战略战术、武器装备、训练方式和兵员成分的新变化,基于这些新变化所产生的新矛盾、新问题也没有得到及时反映,甚至连新型高素质军人形象在当下的部分军旅长篇小说中都是缺席的。很多作品所关注的并非当下军旅生活中最震撼人心、最带有趋向性的景观,所传达的思想观念和价值判断并非是当下军队发展的主流,所塑造的人物形象也并非是具有典型性和代表性的主体。

尽管预测了"第四次浪潮"的滥觞,但是朱向前早在2005年,新世纪军旅长篇小说创作蒸蒸日上、全面繁荣的情势下,就发出了早期预警,并将新世纪军旅长篇小说创作存在的问题与缺憾概括为创作题材与价值取向的"两种失衡"。"所谓创作题材的失衡,具体而言,就是现实军营题材相比较历史战争题材、地方题材的一种不平衡……此一倾向在随后的时光乃至十年以来的军旅长篇小说创作中愈益彰显直至成为天下大势——在一片'向后看'、'向外看'和'向前看'的大批作品包围之下,寥寥几部关注当下军营现实题材的长篇就多少显出了一种独木难成林的尴尬。如果说,一种简单的量的对比还显得武断的话,那么,我们还可以指出两点:一是部分优秀军旅作家其优秀长篇作品只有非军旅题材而无军旅题材;二是比较同一个优秀作家的优秀长篇,往往写过去胜过当下、写地方胜于军旅。如此看来,现实军旅题材的羸弱已然成为不争的事实……所谓价值取向的失衡,具体而言,指的是社会效益与经济效益之间的不平衡或曰精神追求与商业利润之间的不平衡……十年一路走来,情形一分为二。一是少数出道早而道行高的作家利用名气和实力抓住机遇迅速与影视联姻,依靠一部大戏一炮打响从而占得先机,从此片约不断,好戏连台,不搞工作室,不进行流水作业都不足以应付局面,为了赢得社会效益与经济效益双丰收,或小说与剧本套写,或先剧本而后小说,或先小说而后剧本,或联袂出台,携手上市,如此等等。此一类作家虽然当红,但与严格意义上的军旅文学和严肃的军旅长篇小说创作已基本无涉。二是有的作家虽然还在坚持写作军旅题材甚至是现实军营题材长篇小说,但其作品兵味稀薄,或英雄气短,儿女情长,或硝烟味淡,脂粉气浓,为了'卖点'、'看点'和'亮点',不惜损失甚至放弃军旅文学的基本品格,迎合时尚,认同世俗,引进暴力、滥情以及商界的尔虞我诈与官场的明争暗斗等商业元素,当代军营变成了'欲望化叙事'的又一个背景与空间。此类军旅长篇小说不过是打着军旅文学之名行与金钱媾和之实,与当下行进着的军营现实基本无涉。"[20]

回望来路,朱向前十几年前发出的早期预警可谓一针见血,切中要害。进入 2010 年代之后,由军旅长篇小说的全面繁荣所掀起的中国当代军旅文学的"第四次浪潮",已经显露出难以为继的颓势:无论是从质量还是数量上看,都进入了下行通道。由此,便又勾连起一个老生常谈的话题——生活。问题或许在于新军事革命与"中国梦强军梦"的伟大实践展开并深入的速度、深度与广度已经超越了作家们的认知与经验。部分专业军旅作家远离了基层部队,对当下的军营现实生活和正在进行中的军队变革并不熟悉,有的只知一些皮毛,有的甚至干脆不明就里。如此的生活体验、知识储备与素材积累自然难以支撑正面的叙写与表现,有甚者即便说是胡编乱造也并非言过其实。在这个流行"浅阅读"的时代,精彩好看的故事对于某些以市场反应和大众阅读为旨归的军旅作家来说,无疑是其写作成败的关键。然而,大量胡编乱造的"军旅故事"在图书市场上的泛滥,颠覆了我们关于军旅长篇小说的常识,更钝化了读者的心灵。毕竟,文学有其相对恒定的艺术评判标准,能够成为经典的长篇小说,必定是将优美精致的语言、细腻鲜活的细节以及对人物内心世界的深度刻画和对人物情感的细腻描摹集于一身,从而反映出作家深邃的思想和对社会生活以及人情人性的独特认知。要想达到这样的高度,文学的美学价值、作家真切的生命体验以及文学的精神性追求都是必不可少的维度。

注释:

[1]朱向前:《中国当代军旅文学的第四次浪潮——军旅长篇小说十年估衡》,《南方文坛》2005年第2期。

[2]1998年夏天,作家朱文做了一份问卷,寄给了70位约同年龄段的作家。9月,这一问卷及其答案以"断裂:一份问卷与五十六份答案"为名在《北京文学》1998年第10期上发表。同时发表的还有韩东的《备忘》。问卷在文坛引起一场轩然大波,以"断裂"为中心的话题在中国文坛持续发酵,进而在很大程度上影响了世纪之交中国文学创作与研究的走向。

[3]朱向前:《中国当代军旅文学的第四次浪潮——军旅长篇小说十年估衡》,《南方文坛》2005年第2期。

[4]柳建伟:《军队作家要迎接时代挑战》,《人民日报》2013年6月28日。

[5]朱向前、傅逸尘:《新世纪军旅文学:英雄主义精神向度与现实主义写作伦理》,《文艺报》2012年10月19日。

[6]朱向前:《单刃剑还是双刃剑——长篇小说的影视化趋向》,《人民日报》2010年4月26日。

[7]朱向前、西元:《弥漫生命气象的大别山主峰——关于徐怀中长篇小说〈牵风记〉》,《人民文学》2018年第12期。

[8]朱向前、西元:《弥漫生命气象的大别山主峰——关于徐怀中长篇小说〈牵风记〉》,《人民文学》2018年第12期。

[9]朱向前:《正面强攻战争文学的"坦克"——徐贵祥和他的战争文学创作》,《解放军报》2012年7月14日。

[10]朱向前:《炮火硝烟中的人性观照:读朱秀海的战争长篇小说》,《北京日报》2002年5月13日。

[11]贺桂梅:《以父、家、国重述当代史——电视连续剧〈激情燃烧的岁月〉

的文本分析及意识形态批评》,载贺桂梅《历史与现实之间》,山东文艺出版社,2008,第58页。

[12]朱向前、徐艺嘉:《英雄主义与浪漫主义的激情变奏——关于歌兑长篇小说〈坼裂〉的对话》,《文艺报》2011年8月31日。

[13][德]约瑟夫·皮珀:《闲暇:文化的基础》,刘森尧译,新星出版社,2005,第127页。

[14]朱向前:《〈解密〉:对先锋小说的修正和冲刺》,《南方文坛》2004年第2期。

[15]朱向前:《中国军魂的回溯与前瞻——从〈突出重围〉与〈亮剑〉谈军旅文学创作的几点启示》,《文艺报》2000年第4期。

[16]朱向前:《中国军魂的回溯与前瞻——从〈突出重围〉与〈亮剑〉谈军旅文学创作的几点启示》,《文艺报》2000年第4期。

[17]朱向前、傅逸尘:《新世纪军旅文学:坚守与突围》,《中华读书报》2007年7月27日。

[18]傅逸尘:《小说的生活质感与存在焦虑》,《文艺报》2013年8月19日。

[19]傅逸尘:《英雄话语的涅槃——21世纪初年军旅长篇小说创作论》,北京大学出版社,2014,第9页。

[20]朱向前:《军旅文学题材与价值取向的失衡》,《人民日报》2005年8月4日。

第六章 诗歌

第一节 概述

一、军旅诗溯源

新中国军旅诗歌是新中国诗歌的组成部分。它是以战争、军旅生活和军人情感作为主要表现对象的一种特殊题材的诗歌样式。它在审美内容上的别具一格也带来了它在审美风格上区别于非军旅诗的某些特质。虽然人们在新时期军旅文学运动自成一格以后才将军旅诗从当代新诗中划分出来加以特别的规范和观照,但它作为一种独异题材的诗歌类别,却是由来已久、源远流长的。从《诗经》(如《无衣》《出车》《破斧》等)、《楚辞》(如《国殇》等)、两汉乐府(如《十五从军行》《战城南》等),一直到唐(边塞)诗、宋(抗战)词等,或写战乱之苦,或言报国之志,或抒杀敌豪情,或唱猛士大风,沉郁顿挫,豪迈苍凉,慷慨多气,壮怀激烈,无不闪烁着人道的光辉,震响着英雄的呼喊。作为一个遥远宏大的背景或积淀,古代军旅诗歌毫无疑问都或多或少地浸淫和滋养了当代军旅诗歌的孕育和成长。

> 军叫工农革命,旗号镰刀斧头。
>
> 匡庐一带不停留,要向潇湘直进。

地主重重压迫,农民个个同仇。

秋收时节暮云愁,霹雳一声暴动。

毛泽东1927年秋冬写下的这首《西江月·秋收起义》,还有他1928年记述黄洋界保卫战的《西江月·井冈山》,以及朱德、叶剑英、董必武、陈毅、张爱萍等老一辈革命家在红军初创时期的一系列战地诗词,从某种意义上说,成了中国现代自由体军旅诗的源头。之后,才有大量脱胎于这些革命领袖和将帅的战地诗词与民歌民谣的红色歌谣,才有我们现在读到的现代军旅诗。我们查到了井冈山斗争时期写在墙上、可以说目前发现最早的一首现代军旅诗,只有两句,连题目都没有。它其实是两句顺口溜、一条标语:"不费红军三分力,打败江西两只羊。"反映的是1928年6月,朱德率领装备落后的红军,运用机动灵活的战略战术,打败国民党军杨池生、杨如轩两个师的七溪岭战斗。作品精短、明快、活泼、风趣,古体诗的七言句式、民歌民谣的直白风格,充满革命乐观主义精神。如果加个题目《七溪岭大捷》,就是一首完整的诗,既保留了古代边塞诗的痕迹,又显露出现代军旅诗的雏形。

当然,在切近的意义上说,当代军旅诗首先是现代军旅诗的合理延伸与发展。比如早期红军的歌谣;抗日战争时期艾青、田间、柯仲平等人"炸弹和旗帜"般的"鼓点式"的短章短句;解放战争时期毕革飞的快板诗,张志民、李季、阮章竞等民歌体的叙事诗等,都是现代军旅诗的萌芽或代表之作。但是由于多种因素的制约,从严格的诗学角度看,现代军旅诗的发育还是不够成熟和完备的,至少它在现代新诗的整体格局中没有取得独立的地位和太多骄人的成就。指出这一点并不能否定它在当代的连续性,甚至恰恰相反,它不仅在运用新诗的形式表现战争和军人等方面为当代军旅诗积累了许多有益的经验与教训,更在处理艺术与政治(战争)的关系等方面,为当代军旅诗的发展路线做了一个潜在的规定和导引,共和国成立以后军旅诗最初的繁荣正好说明了这一点。

二、"战歌"与"颂歌"

中国当代军旅诗歌的迅速崛起和两个几乎同时崛起的诗群是密不可分的。

当时,这两个诗群一南一北遥相唱和,就像两个璀璨的星座,一下子就燃亮了新中国诗歌的星空。这两个诗群一婉约、一激昂,又像两把不同的琵琶,分别弹奏着"战歌"和"颂歌",非常巧合地为此后相当长一个时期内当代新诗的整体格局做了一次暗示和指引。

所谓"战歌"就是来自抗美援朝战场上一群青年军旅诗人带着炮弹的呼啸和燃烧的空气的战斗呐喊。这一批诗人首先是战士,他们都是从战场走上诗坛的,未央、张永枚、柯原、胡昭等基本上都是以反映抗美援朝战争题材的诗从而在二十世纪五十年代一举成名的。他们从旧中国走向新中国的斗争经历,年轻而高涨的革命激情,都使他们毫不犹豫地把诗当成战斗的旗帜和武器,从观念、内容到形式,基本上承袭了现代的战时军旅诗的传统,多为简明上口的鼓点般的短章,及时抒发了广大农村战士朴实炽烈的爱国热情。这批诗作之所以被广泛传唱,与其说是艺术上的成功,还不如说是感情抒发和宣传巧妙结合的胜利。这一诗群带有明显的过渡色彩,既是战争军旅诗向和平军旅诗的过渡,也是军旅诗从比较单一的农民文化背景和审美观念向着更加丰富开放的文化背景和审美观念的过渡。

所谓"颂歌",则是发自遥远的西南边陲,它的歌手是一批差不多与前者同时崛起的,以公刘、白桦为代表的青年军旅诗人。在公刘、白桦等人的笔下,战争题材虽然仍旧占有一定比重,但更新鲜、更动人、更有魅力的旋律却是对和平的歌唱。也许不能说他们的诗学观念比前者有多么显而易见的区别或进步,但热带雨林的奇异风光、边疆民族的独特风情和美丽传说,以及开始脱离残酷的战争环境以后获得的相对宁静与宽松的学习条件[1],等等,都使他们较之于前者,在发现自己的抒情个性方面,在探索诗歌的艺术规律方面,拥有了更多的得天独厚的机遇和幸运。共同而特定地域的生活内容、自然景观和民间文化,使得他们有意无意地趋同于对一种新的诗美品格的追求。他们用豪迈、热烈、奇丽、清新的诗风,将对战士心灵的揭示和边民情感的表现相融合,将民族风情与时代风云相交汇,为二十世纪五十年代初期的中国诗坛吹奏起了一支又一支动听而优美的叶笛。由于政治和生活环境变迁的种种因素,他们虽然最终没有成为一个诗歌流派,但却毫无疑问地将现代军旅诗歌的艺术水准做了一次推进和提升,不仅开启了当代军旅诗歌发展的重要方向("颂歌"),而且还启示性地提供了某一种抒情范式。

但是,以两个诗群为代表的青年军旅诗人,在文化素养和艺术准备两个方面都明显不足。由于高度政治化的诗歌理念的设定,他们的艺术资源主要来自民间文化(如民歌、民谣类)和"五四"新诗,尤其是来自解放区的诗歌传统,而对于我国深厚的古典诗歌传统则缺乏有意识的系统的深入的研究和学习;对于二十世纪的世界诗歌艺术潮流,除了有选择地介绍与借鉴苏联和其他社会主义国家少数左翼诗人的革命诗歌以外,其他的基本上都处于隔膜状态。这种先天不足和后天封闭所造成的艺术资源的单一化,使他们日后的创作愈来愈表现出由于偏食而导致的营养不良。正是在这样的前提和背景下,1958年的"民歌运动"才在军营获得了广泛的响应,而由郭沫若、周扬领衔主编的《红旗歌谣》则成了一时的诗歌范本,不少更年轻的军旅诗人就是在这种激昂高阔的诗风鼓动下开始了他们的诗歌习作。与此同时,想象方式的简单化和象征体系的程式化(如青松、红日之类)也在军旅诗歌的发展道路上埋下了陷阱。

少数诗人是个例外。他们有更资深的革命经验和人生阅历,有更丰厚的文化准备和艺术修养,有比较富于个性的政治理念和诗歌追求。他们的声音没有被铺天盖地的"大跃进"民歌所淹没。郭小川以革命信念、战斗经历、政治热情与人生哲理为表达内容,以中国古典诗词严谨、丰富、独特的结构和民歌健康、朴素、粗犷的语言为表达形式,创作了军旅题材的叙事诗《白雪的赞歌》《深深的山谷》《一个和八个》《将军三部曲》等成功之作。与此同时,以边疆歌手著称的闻捷也写出了长篇叙事诗《复仇的火焰》(第一部、第二部)、《动荡的年代》、《叛乱的草原》,达到了当时长篇叙事诗的最高水准,征服了大批诗人和读者,促使不少有才华、有雄心的诗人总想在叙事诗方面一试身手。比如在二十世纪六十年代王致远就创作了长篇叙事诗《胡桃坡》、王群生创作了《新兵之歌》《红缨》等。和郭小川、闻捷宏阔深情的叙事诗形成对应的,是贺敬之高远豪迈的抒情诗。《雷锋之歌》取材重大,立意深远,高屋建瓴,气势磅礴,饱含革命哲理,极具时代风采,再加上采用马雅可夫斯基的"楼梯式"为形式载体,使其节奏更加铿锵有力,语气分外斩钉截铁,朗诵起来如沉雷滚滚。一时间,政治抒情诗风靡神州大地,仿效者此起彼伏,但多是东施效颦,得其皮毛,不见精神。贺、郭的军旅诗影响巨大,但在军旅诗坛却不见传人,原因何在?第一,贺、郭的艺术素养之丰和语言功力之深修炼日久,不易学得;第二,贺、郭的人生境界之高和革命胸襟之大出自天然,无法学到,稍有不及,即成"假、大、空";第三,贺、郭新中国成立后均已脱离军旅,与现实军旅生活只有精神联结,而无具象写真,难以学像;第四,因郭氏《一个和八个》等探索之作当时即遭到质疑,涉嫌"人性论"禁区而不敢学习。因此之故,贺、郭诗体虽然覆盖军旅诗坛,冲击军旅诗群,吸引军旅诗人,但最终并没有使五六十年代的军旅诗歌发生实质性的整体改变。

三、"李瑛模式"

真正使当代军旅诗歌艺术臻于成熟和规范,并使之产生广泛而久远的影响的还是李瑛。尽管李瑛也是从炮火硝烟中走来,早期也一直在战争题材领域辛勤耕耘,但由于他气质、个性等因素的制约,他的声音始终被另外一些更为强悍和激烈的"战歌"所淹没,直到五十年代中期才算是脱颖而出。这时候,他将自己主要的抒情形象明确定位为和平时期的战士,通过大量平凡生活(站岗、巡逻、潜伏、行军)中不平凡的发现,来表现一种近乎神圣的责任感、自豪感、爱国主义精神和英雄主义气质。在这里,他细腻的艺术感受和丰厚的诗歌素养也得到了理想的结合与发挥,使他有可能对公刘所开创的那种从具象描摹到哲理升华的构思与表达方式做进一步的丰富、完善与发展,从而以一批短诗,建构起一种优美而又刚健、雄奇而又委婉的,精致、单纯、严格、和谐而又主旨明确的个人风格,一种稳定而特征鲜明的"李瑛模式"。一方面,是这种风格的艺术品位在当时适应并引导了中国军队这支由穷苦人民组成的武装力量在取得胜利以后开始提高与变化了的审美需求;另一方面,是它所传达的健康明朗的思想感情与当时的时代精神比较趋于一致,把艺术与政治的均衡关系处理到了一种极致;再一方面,则是它的易懂、易学和易于把握的艺术方式。三者合一,使"李瑛模式"很快风靡一时,不仅将战时诗那种粗糙、直露的诗歌形式(枪杆诗、快板诗)取而代之,而且逐渐成为和平时期军旅诗歌的主导形式。从五六十年代之交到七十年代末,这种模式深刻影响当代军旅诗坛长达 20 年之久。

抗美援朝战争的结束,使北方军旅诗群自行瓦解;而 1957 年"反右"运动中公刘、白桦等人的先后受迫害,又使西南边疆的军旅诗群夭折。在这种情势下,

"李瑛模式"的和平军旅诗歌逐渐取得了垄断地位,尤其是"文化大革命"期间乃至此后的大批青年作者几乎都是以李瑛的诗集《静静的哨所》《红花满山》等作为自己学习写诗的蓝本。七十年代初《解放军文艺》作为最早复刊的刊物之一,曾以大量篇幅来发表诗歌,也给当时的学诗者提供了宝贵的发表园地。铁道兵、工程兵部队先后出版的几本诗集就是这些诗歌新人的最初收获。这些诗作虽然稚拙和简单化,但毕竟透出一股健康、明朗、活泼的情绪,充溢着一种粗犷、朴实甚至鲜活的生活气息,在当时百花凋零的诗坛上保持了一点生气和生机。这些具有广泛的群众基础的作品和陆续出版的李瑛诗集《枣林村集》(1972)、《红花满山》(1973)、《北疆红似火》(1975)、《进军集》(1976)相映生辉,形成了"文化大革命"期间的一个独特景观。表面看来,当时军旅诗坛似乎进入了一个繁荣期,甚至与渐趋沉寂的当代诗坛形成了一种极鲜明的反差。但是,略加考察便不难发现,如果从艺术个性和审美风格的角度出发去辨识不同的诗群已相当困难了,充其量只能从题材的划分来区别他们(譬如写空军的周鹤、宫玺、廖代谦,写坦克兵的纪鹏,写骑兵的石祥,写工程兵、铁道兵的叶文福、韩作荣、喻晓、峭岩……)。这是一个庞杂而单一的军旅诗群,繁荣背后埋伏了危机,活跃的表象掩饰了僵化的本质。从这种意义上说,此时的"李瑛模式"已经成为当代军旅诗群继续前行的桎梏。

四、突破与超越

当代军旅诗人们冲破和超越"李瑛模式"乃至整个"17年"军旅诗歌的努力是从新时期开始的。它的冲击主要来自如下四个方面:

第一,部分诗人超越惯常的军旅诗歌的思考视野和思维定式,进入到社会的、政治的、文化层面的反思和批判,将军人的职责与命运和国家、民族的前途联系起来加以重新审视和观照,勇敢地拨响时代琴弦的最强音。代表作品主要是几首政治抒情长诗,如李瑛的《一月的哀思》、叶文福的《将军,你不能这样做》、雷抒雁的《小草在歌唱》。他们热烈地呼应了当时的思想解放运动,为军旅诗赢得了新时期最初的声誉和影响。

第二,在思想解放运动的推动和南疆局部战争的感召下,更多诗人把关注的目光投向了军营内部和军人自身,或者在战争的背景下重新思考战争与和平的深刻命题,如《山岳山岳　丛林丛林》等,或者在和平的日子里重新寻找军人的价值定位,如《三十天》等。军人的人性觉醒导致了军旅诗人的抒发情感方式的根本变化,程步涛、杜志民、马合省、贺东久、刘立云、陈云其等人在开掘军旅生活更新的领域和更深的层面方面都做出了自己的努力和贡献。还有一部分女青年诗人如阮晓星、辛茹、尚方、康桥等则在军旅爱情诗方面进行了尝试和突破,为军旅诗苑增添了新的风景。

第三,二十世纪八十年代初崛起于西北边陲的"新边塞诗"的代表人物周涛把一股粗放豪迈雄浑的风气带进了军旅诗坛,在诗风上反李瑛而行之。它的近效应是带出了一批"豪放派";它的远效应则是陆续产生了一批千行"大诗",如马合省的《老墙》、李松涛的《无倦沧桑》、朱增泉的《京都》、王久辛的《狂雪》等。

第四,在诗歌形式探索上走得最远的是八十年代中期崭露头角的更年轻的一茬,如简宁、蔡椿芳等(也包括稍早的李晓桦、刘立云等)。他们基本甩掉了当代军旅诗歌传统的包袱,也排斥苏联诗歌的影响,他们直接从西方现代诗歌艺术中汲取养分,追踪着当代新诗潮的步伐,努力寻找诗歌本身所谓的"纯粹性",给当代军旅诗歌带来了一定程度的挑战。

上述四个"方面军",也许还不能各自被称为一般意义上的诗群,但他们的遥相呼应和交叉渗透确实造成了新时期军旅诗坛多元并存、生动活泼的新局面,从而作为一个以国防绿为标识的总的群体,在当代中国诗歌的整体格局中,显示出了它独异的风貌和蓬勃的活力。

五、落寞与坚守

二十世纪九十年代是中国当代军旅诗歌发展历程中的一个重要分水岭。在这个阶段,军旅诗歌随着诗歌写作的整体边缘化而陷入到了艰难的境地之中,曾经支撑起八十年代军旅诗坛的大部分诗人或者转向,或者鲜有诗作发表,落寞构成了九十年代军旅诗歌整体的生存特征。进入新世纪之后,军旅诗歌的发展依然处于低谷期,九十年代所形成的落寞的生存特征在这个阶段继续延续着并且变得更为凸显、醒目。从创作的数量上看,军事刊物上的诗歌园地日益萎缩或消失,偶有出现也几乎是美化版面的一种点缀;从创作的质量上看,新世纪以来获得鲁迅文学奖的军旅诗集仅有刘立云的《烤蓝》(如果可以将奖项作为某种衡量标准的话)。新世纪之后的军旅诗歌形成了共和国以来前所未有的窘迫的生存境况,一方面源于外部环境的变化(如部队优秀诗人的断档和流失[2],部队体制对军旅诗歌的创作重视程度不够[3]);另一方面,当然也是更为重要的原因,那就是内部环境的制约,其具体表现有二:一是进入军事现代进程新时期部队诗人知识层面受到新的挑战,二是军旅诗歌自身发展面临先天的局限性。

如果说"落寞"是新世纪军旅诗歌的一个令人刺眼的关键词,那么另一个关键词"坚守"的出现则赋予了军旅诗歌一种可贵的品质。在极为窘迫的生存状况下依然有一批诗人坚守在军旅诗坛,这批诗人主要是由四个群落组成的:第一个群落是由以李瑛、朱增泉、程步涛、峭岩等为代表的老诗人所组成的,在这个群落中既有现实主义写作传统的传承,也有现代意义上的全新思索。第二个群落是由以刘立云、王久辛、姜念光、辛茹等为代表的中间代诗人所组成的,这个群落从整体而言呈现出坚实的丰富性。第三个群落是由以董玉方、温青为代表的青年军旅诗人所组成的,这个群落从整体而言呈现出"小众写作"的特点。第四个群落是以喻林祥、朱秀海为代表的旧体诗词创作者们所组成的军旅旧体诗词的异军突起构成了新世纪军旅诗坛所特有的现象,军旅旧体诗词的创作群落从整体上而言呈现出既向古典传统回归,同时又兼具时代创新性的特征。值得一提的是在这个阶段出现了一些非军旅诗人积极写作军旅诗歌的现象,例如黄亚洲出版了诗集《行吟长征路》(浙江文艺出版社2006年版),在这些关于红军长征主题的诗作中诗人以饱满的激情和个性化的体验、奇特的想象力、奇崛的意象再现了惨烈悲壮的长征历史,为军旅诗作的诗意写作提供了新的经验。此外,2006年的首届"剑麻诗歌奖"[4]评选仿佛是空寂的军旅诗坛中一声响亮的呐喊,昭示着当代青年军旅诗人对繁荣与振兴军旅诗的强烈愿望与责任使命;也昭示出民间力量在军旅诗歌未来的发展中或许将会发挥越来越重要的作用。

新世纪军旅诗歌的写作特征从整体而言呈现为两方面:英雄主义母题的深化写作、多元并存的艺术探索。英雄主义依然是这个阶段最为重要的写作母题,对崇高感和英雄主义精神等理想境界的美学追求,使军旅诗歌拥有了迥异于其他形态诗歌的独特品质。新世纪之后军旅诗歌在政治、人性、历史、理想、命运和生命价值等多重主题的关注下进行英雄主义的纵深探索,通过塑造当代军人的英雄品格或借助回到历史的抒情策略,实现对当代社会精神中所匮乏的英雄主义精神的呼唤,从而构成了关于英雄主义复合式、立体式的写作态势。新世纪军旅诗歌就艺术探索方面出现了更为多元化的趋势,"散兵游勇"的整体状态一方面使得军旅诗坛很难出现集中的潮流写作,但是另一方面也催生了多元并存的艺术探索。在这阶段的军旅诗坛上既有现实主义的朴茂也有现代主义的迷离,既有史诗性的长诗也有机智灵巧的短篇,既有自由体诗的挥洒自如也有旧体诗词的庄重严谨。从这个意义上而言,新世纪军旅诗歌较之以往无疑拥有了更为宽泛的、自由的艺术成长空间。

第二节 二十世纪五十年代的军旅诗

一、抗美援朝战争诗群

1949年10月中华人民共和国成立,次年抗美援朝战争爆发,连年征战的战士尚未来得及卸甲安枕,便跨过鸭绿江赴朝参战。战争的连续性使得抗美援朝战争军旅诗也保持了战时军旅诗直白、浅近、急峻、强烈的诗风。"枪杆诗"这种产生于红军时期的群众性文化作品,在部队中具有强大的生命力和感召力,诗的作者和读者大多为战士,即便是不识字或识字很少的战士,也都加入创作、传诵的行列。一批年轻的诗人如未央、柯原、张永枚(三人均是1949年参军,1950年赴朝参战),以及一些成熟诗人如李瑛、胡昭等,都写了一批有关抗美援朝战争的诗篇。

未央在朝鲜从事文艺宣传工作,1953年回国,1954年出版只有11首作品的诗集《祖国,我回来了》(湖北人民出版社1954年版)。未央"以其简洁的构思、朴素的语言、饱满的爱国热情、富于个性的独白式的抒情风格,击中了当时的社会焦点和人们心灵的敏感部位,从而大受欢迎。作者的志愿军战士身份和口语化的诗歌形式相得益彰，不仅掩饰了艺术上的稚嫩，而且还强化了感情的打击力度。《把枪给我吧！》更是成为当时传唱一时的名篇"[5]。一身征尘，久别祖国的诗人乍回祖国，心情异常激动，"祖国，我回来了/祖国，我的亲娘"（《祖国，我回来了》），巨大的情绪通过直抒胸臆的喊叫宣泄出来，似乎没有经过任何艺术和思想的过滤。但未央的诗体和风格，又不是那种闪电般的鼓点如田间《战斗者》般的节奏，而是用朴实无华的语言去讲述一个动人的故事，去袒露一份爱国的真情。值得一提的是诗人在1953年10月所写的一首诗——《我的良心》，这在诗人抗美援朝战争题材的诗歌创作中，算是一个特例。面对一个敌人，诗人站在人性的立场上去想象对方，具有一定的时代超越性，"你也许是密西西比河上的农民/像我是长江南岸的农民一样"，诗人明白他们是帝国主义侵略战争的牺牲品，但是这片"血染的朝鲜大地和我的良心"却容不得怜悯敌人，如果他不投降就会杀死他！在此以后，诗人还写了不少缅怀革命战争和颂扬祖国建设等题材的诗篇，如《进韶山》《歌唱你，祖国的十月》等，也陆续出版了长诗《杨秀珍》（中国青年出版社1956年版）、《革命干劲歌》（1959）、《大地春早》（湖南人民出版社1959年版）等诗集，但艺术修养和文化准备不足的局限，使得未央的诗歌创作有如昙花一现，在诗坛很快地消隐了。

张永枚的第一部诗集《新春》（湖北人民出版社1954年版）就诞生在风雪弥漫的行军途中，诞生在朝鲜的防空洞里。这部诗集当时还不够成熟，但它所表现出来的叙事性和吟咏性的特点，却奠定了张永枚风格的基础。在《杏树》中，一个"头发斑白的老人"，在一棵杏树被炸断的地方，重新种下一棵杏树，"他要用暮年的汗水/叫杏树开花结果"。这本是对一件极其普通平凡细小的事情的叙述，然而读来却让人感到其中大有深意，我们可以感到仇恨和信心已经凝结成为一种不可战胜的力量。淡淡的抒情和缓缓的叙事构成了张永枚的诗风，但在这平静的外壳下却涌动着一种至刚至强的力。张永枚的诗歌，多是撷取一个闪光的片段，稍加构思和剪裁，便是一首战地诗，简洁朴素，活泼鲜明，朗朗上口，这也大致体现了诗人的追求——"什么是我的基调？部队气派，民歌风味，谱曲能唱，离曲可读，这是我的愿望。"[6]诗人在诗中塑造许多鲜明感人的艺术形象，其中有《将军》中骑一匹枣红马的将军，有《诺多尔江边》中在儿子牺牲后毅然离家支前的老年夫妇，还有那在《屋檐下》露宿而不扰民的朴实礼貌的三个志愿军战士,等等。可以说正是这些生动感人的形象支撑起了张永枚的诗歌创作,也很好地表现了张永枚诗歌的叙述性特点。归国后,他一直在南方部队从事专业创作,以表现海军边防战士生活为主要内容,到"文化大革命"前已出版了12部诗集,并参与了舞剧《五朵红云》和歌剧《红松店》的创作。代表性诗集主要有《海边的诗》(湖北人民出版社1955年版)、《骑马挎枪走天下》(中国青年出版社1957年版)和《螺号》(作家出版社1963年版)等。此一时期,轻快柔美成为张永枚诗歌的主要特色,如他从高原回来收获的诗《明星满天》:"在那世界屋顶上/战士子夜在站岗/内地的亲人们/请你抬头望/那满天的明星啊/都是他们的军徽在闪光!"从"明星"到"军徽",随着意象的转变,诗的主题也因此而升华,显得轻巧而别致。"文化大革命"期间创作了京剧《平原作战》和诗报告《西沙之战》(云南人民出版社1974年版)。

柯原的诗豪迈、风趣,具有强烈的英雄主义和乐观主义精神,是典型的战时军旅诗风(号角式、鼓点式、民歌体、快板诗)的延续。他在抗美援朝战场上写出的名句,"一把炒面一把雪/枕着石头盖着天"(《一把炒面一把雪》),真实反映了志愿军战士的艰苦和豪迈,当时在国内广为宣扬,影响深远。又如《我的汽车十一号》,用战士的幽默表达行军中不畏艰苦的乐观主义精神,"不怕山坡滑又陡,向下出溜坐电梯"。又如《照明弹》,"照明弹,挂空中/好像天上点灯笼/咱们大胆冲出去/气得敌机只哼哼",表达了战士们蔑视强敌、勇敢无畏的英雄主义气概。柯原的诗一般都是七言一句,韵脚整齐,朗朗上口,适于鼓动。概括而言,柯原的军旅诗是战士口语、民歌风味和古典韵律的有机整合。

当时,抗美援朝战争吸引了众多作家的目光,几乎所有诗人都写过抗美援朝战争题材的诗篇,比较有特色的有李瑛的《战场上的节日》(上海文艺出版社1952年版)和胡昭的《光荣的星云》(作家出版社1955年版)等。

二、公刘与白桦的西南边疆军旅诗歌创作

当志愿军在冰天雪地中冲锋陷阵的时候,西南边疆的亚热带雨林却是欢快明静的,充满了新生的欢笑,弥漫着深谷的幽香。"相比较朝鲜战场的军旅诗群而言,西南边疆的军旅诗群更具有诗学上的意义。那里的诗群生存环境——奇

特绚丽的自然景观、神奇深厚的民间文化等等,都是更加良性的,更加诗化的。"[7]刚从战火硝烟中走出来的军人面对眼前的祥和静谧,禁不住诗心萌动,以公刘、白桦为代表的一批知识分子青年军人在那里谱写了当代军旅诗歌更加清新的篇章。

五十年代前期,公刘带着天真的欣喜与青春的稚气,在西南边疆引吭高歌,应和了新中国的欢欣鼓舞,颂扬了人民军队对祖国的忠诚,赞美兄弟民族的翻身解放,抒写了在大西南这片土地上前所未有的社会变革和人民翻身做主的精神风貌。公刘的调子明朗清新,更兼亲切,就像一支叶笛在山涧林畔吹奏着欢快的晨曲。那个时候,年轻的诗人无比兴奋,就如同诗人在一首诗里说唱的那样:"我穿过勐罕平原/整个心灵都被诗句充满/每踩一踩这块土地/就感觉到音乐/感觉到辉煌的太阳/感到生命的呐喊。"(《我穿过勐罕平原》)诗人的创作激情如雨后喷泉汹涌勃发。1955年,《人民文学》连续发表了公刘表现新中国成立初期南疆边防战士和边疆各族人民丰富多彩的斗争生活的三个组诗《佧佤山组诗》《西双版纳组诗》和《西盟的早晨》。人们立即被他笔下的奇丽景象和独特风格所震慑。艾青称赞他的诗就像他的诗里所描写的一样,是"带着深谷底层的寒气,带着难以捉摸的旭日的光彩"而迎面扑来的一朵奇异的云[8]。

公刘的诗构思独特,凝练隽永,饱含哲理。譬如《山间小路》:"一条小路在山间蜿蜒/每天我沿着它爬上山巅/这座山是边防阵地的制高点/而我的刺刀则是真正的山尖。"边疆的奇异风情和瑰丽景象,在公刘的叶笛声中,如氤氲的地气慢慢蒸腾,最终都会汇聚成一朵奇异亮丽的云彩。又如诗人在《和平》中所写,在那边疆三月的夜晚,"忘记了睡眠的青年/正隔着窗棂儿谈情",天边偶尔划过一颗流星,爱管闲事的小狗,也昂首发出吠声……淡淡几笔就绘出了一幅幸福宁静的桃源月夜图。诗人咏叹完这美丽的夜晚后,收笔点题:"和平人人都热爱/理解最深的只有哨兵。"从具体意象到抽象哲思,这在他早期的诗中,成为一种典型的表现战士情思的诗路。"这种从现象描述到思想升华的表达方式不仅成了'李瑛模式'最初的坯胎,而且对此后的军旅诗产生了深远的影响。"[9]

在边疆的日子里,诗人时刻感受到各族人民对边防战士的热爱,《第一个傣族士兵》中这样写道:"然而男女老幼都敬爱他/因为他是第一个傣族士兵。"在姑娘们那儿,这种爱有时候会悄悄地转化为爱情。"有一个傣族姑娘/爱上了边防军士兵/……毛主席的人一般能/叫她挑哪一个/……有时她疯了似的唱歌/有时她哑了似的沉默/问她究竟为什么/她只是戳戳心窝……"(《心窝》)但是这种爱是隐秘的,是羞怯的,她们所爱的人是毫不知情的。在《自从来了边防军》中,有一位美丽的姑娘热恋着一位年轻的边防军士兵,可对方却毫不知情,痴情的姑娘就想变成一把枪,"跟你,跟你,不离身!"惟妙惟肖地表现了姑娘们对爱情的渴盼和羞怯,更传达了边疆人民对边防战士的无限热爱之情。诗人在这时期写的爱情诗清新灵秀,素朴自然,读来如饮山泉,甘甜怡人。

在云南期间,除诗集《边地短歌》(湖北人民出版社1955年版)、《神圣的岗位》(湖北人民出版社1955年版)、《黎明的城》(中国青年出版社1956年版)外,公刘还参与整理了叙事长诗《阿诗玛》(云南人民出版社1954年版)和《望夫云》(中国青年出版社1957年版)。1953年,公刘与黄铁、杨知勇、刘绮合作整理出了彝族支系撒尼人民口头流传的长篇叙事诗《阿诗玛》。该诗采用浪漫的具有神话色彩的诗性手法讲述了阿诗玛的出生、成长、拒媒、遭劫,阿黑的救妹、对歌、杀虎、射箭,阿诗玛兄妹的胜利返乡,以及阿诗玛最终的遇难变成回声,热情歌颂了撒尼人民的智慧、力量、勤劳、勇敢、善良与美丽。整理本于1954年初在《云南日报》全文发表后,引起广泛好评。长诗《望夫云》在1954年写出初稿,1956年于北京重写,该诗由引子、春闱、惊猎、讨箭、盘歌、私奔、寒衣、沉冤和化云等九部分组成,讲述了一个无名猎人和南诏公主为追求自由的爱情所经受的悲惨遭遇,揭露了南诏国王和僧人罗荃这些奴隶主头子的野蛮、残暴和丑恶,表现了白族人民对幸福生活的执着追求和对暗黑势力的奋起反抗,主题思想和艺术手法与《阿诗玛》颇为相近。

1956年,公刘调任解放军总政治部文化部,诗人手中的南方的叶笛换作了北方的唢呐,南北的差异使得诗人收获了诗集《在北方》(作家出版社1957年版)以及《夜半车过黄河》《运杨柳的骆驼》《上海夜歌》等脍炙人口的名篇,诗风渐趋成熟稳健,达到了五十年代抒情诗歌水平的一个高峰。面对北方扑面的风沙,诗人显然充满了对南方青山绿水的怀念:"入夜,也曾带着一身辛劳梦游南方/那里有过剩的水,过剩的春光/那里有庞大而喧哗的绿的家族/枝叶婆娑,织就一张温软的网……"(《白杨——赠参加西北建设的南方青年》)虽然此诗是为奔赴西北的南方青年所作,但又何尝不是诗人的南游之梦。之后,诗人在"反右"运动中受迫害。复出以后,公刘的诗如"久久深潜的地火冒出地面,火山爆发的岩浆滚滚奔流,他写的《上访者及其家族》《从刑场归来》《车过山海关》等,或写民间疾苦,或评是非功过,呼天抢地,椎心泣血,回肠荡气,振聋发聩,以诗人的全生命、全意识追问历史,震撼读者的灵魂"[10]。那朵升自西南边陲的"带着难以捉摸的旭日的光彩"的奇异的云,因被坎坷岁月所熬煎挤压,转而喷射出一片炽烈的情感之火。此一时期,《刑场》和《哎,大森林》更是成为公刘复出以后的诗歌代表作。炽热的情感,深刻的思考,坦诚的襟怀,沉郁的色调,以及强烈的忧患意识和思辨色彩,构成了公刘复出后的风格特色。

白桦是中国当代作家中为数不多的能进行多种文学体裁创作的作家,在创作上几乎尝试过所有的文学形式,在诗歌、小说、电影、戏剧、散文等方面均有不凡造诣。与公刘一样,白桦也是随着新中国的成立,在西南边疆吹着欢快的竹笛登上诗坛的。五十年代,他在西南边疆时期出版了诗集《金沙江的怀念》(中国青年出版社1955年版)、《热芭人的歌》(中国青年出版社1957年版),长诗《鹰群》(中国青年出版社1956年版)、《孔雀》(中国青年出版社1957年版),小说集《边疆的声音》《猎人的姑娘》等。诗人以单纯、明净的热情,通过新美的笔触,将斗争生活与边疆风物融汇一体,如《热芭人的歌》《小白房》《春天的嫩茶》《轻!重!》《滇池》《婚约》等风格清新的小诗,生动地描写了云南边疆藏族、彝族、傣族等各族人民以及边防军战士的斗争和生活。对于边疆的人民,诗人是满怀的祝福,祝福他们能在新社会有美好的前途,如《小白房》中的十个姑娘。对于我们的战士,诗人是满怀的骄傲,最具有代表性的一篇是《轻!重!》:"隐入绿色的边境森林/谁能比边防军士兵更轻/萤火虫飞过去也要闪亮一星星火光/蝴蝶翩翩起舞也要扬起霏细的花粉/我们活跃在深深的林海里/就像是一群无声又无息的黑影/迎着黑色的骤雨狂风/谁能比边防军士兵更重/千年不化的冰川也会在雷电中崩裂/万年凝固的雪山也会在暴风里震动/我们站立在神圣的国境线上/每一个岗哨都是一座不移的山峰!""士兵"与"萤火虫","士兵"与"蝴蝶",孰重孰轻,不难区分,但在巧妙的对比和兴奋的夸张中,诗人对边防军的赞誉之情洋溢笔端。"轻"与"重"这两极,在我们的战士身上得到了完美的统一。

《鹰群》和《孔雀》是白桦在云南期间收获的两部长诗。《鹰群》描写了滇康边境一支藏族骑兵游击队在革命斗争中的成长过程,结构庞大,情节复杂,人物形象鲜明,故事极具传奇色彩;但在叙事与诗歌的关系处理上,作者偏重于叙事,而忽视了诗歌的品性,所以给人的感觉更像是小说而不是诗歌。《孔雀》应该说是白桦最具代表性的一首叙事长诗,这首诗取材于傣族民间最有影响的召·树屯和喃·穆鲁娜的爱情传说,在这首具有深厚的民间底蕴和浓厚的南国风情的长诗中,白桦铺排挥洒的诗风得到了最大的表现,整个作品意象色彩斑斓——绿色的树、金色的湖、白色的浪、甘美的菠萝、美丽的凤凰,以及芭蕉、香瓜、椰子、金鹿、翡翠鸟……充满着森林气息,情景交融,感人至深。他将傣族的说唱艺术和现代的叙事手法相糅合,进一步演绎了这一爱情传说,深情地赞美了傣族人民对爱与美的追求和向往。

白桦可以说是"苦难一代"的突出代表,因对艺术的执着追寻和敢于直言而饱受忧患,历尽坎坷。1958年"反右"运动中,白桦被划为"右派",开除军籍、党籍。1964年重返军队,"文化大革命"期间又被流放新疆数年。诗人的境遇就像《白桦文集·自序》里那棵越冬的白桦,"昨天我还在秋风中抛散着黄金的叶片/今天就被寒潮封闭在结冰的土地上了"。白桦在1977年又重新开始创作,他的后期作品对社会现实、历史文化进行了尖锐批判,引起较大争议。诗人重返诗坛后,主要醉心于十四行抒情诗的创作。饱受生活磨难的诗人面对降临在自己身边的美丽和幸福,依然是心存疑虑,满怀忧伤,他的目光总是穿透现有之存在而直达未有之将来,仿佛诗人有一双通灵之眼,由生看到死,由爱看到伤,似乎一切都是时光的幻影,"当我闻见了桂花的芬芳/才猛地意识到流逝了的光阴/夏天壮丽的合唱还没结束/整个空间竟充满了秋日的悲叹"(《夏秋之间》)。万事万物在诗人的眼中都充满着悲苦和噩梦,猛烈的暴雨是众神的呼号(《在雷雨之中》),皎洁的月亮是痛苦的再生(《月》),诗人在那无望的期待和永远的孤独中,慨叹着美的短暂和生的艰难。

1986年以后,已近花甲之年的白桦,似乎逐渐挣脱那背负的十字架,在诗的王国叩问人生,缅怀古今。诗的境界渐趋开阔明朗,沉郁忧伤之气一扫而光。值得一提的是,诗人在1998年为纪念淮海战役五十周年而创作的长诗《雪原落日》(《白桦文集·诗歌散文随笔卷》,长江文艺出版社1999年版)中,从一个战争参与者和见证者的角度来重新审视那场战争,祭悼一名牺牲的年仅十六岁的年轻号兵。该诗完全超出了以往战争诗篇的具象铺排和浅表歌颂,意象层出不穷,哲思绵延不绝,写得厚实细密而又不乏大气,是一篇难得的战争诗佳构。

白桦诗才横溢,诗情绵密,如春回大地,万卉竞放。但白桦的诗有时枝叶太过繁复,密不透风,有欠疏朗,易将诗神遮蔽。

三、康藏高原军旅诗群

在西南边疆军旅诗群中,除在云南的公刘、白桦以外,西藏军旅诗群也显得别具一格,他们在解放和建设西藏的同时,开垦了西藏新文学的处女地。他们诗歌的内容主要有两方面:一是歌颂康藏公路筑路战士艰辛的劳动和英勇豪迈的乐观主义精神,二是反映西藏农奴的悲惨命运和翻身解放的历史进程。其中的代表人物有高平、杨星火、饶介巴桑、顾工、周良沛等人。

高平1949年参军,1951年初随军进藏。西藏和平解放后调回重庆,不久又重返西藏,先后参与修筑康藏公路和当雄机场的工程。他在西藏写了一系列反映西藏生活的诗作,编为《珠穆朗玛》(新文艺出版社1955年版)、《拉萨的黎明》(重庆人民出版社1957年版)、《大雪纷飞》(作家出版社1958年版)三本诗集。《珠穆朗玛》主要是对解放军进军西藏的生活写真和美好抒情,展现了人民军队战天斗地的壮丽场面和藏胞欢迎欢送的感人情景。"提起雀儿山/自古少人烟/飞鸟也难上山顶/终年雪不断",《打通雀儿山》一诗就记叙了当时开发西藏的历史事件,歌颂了解放军的英雄气概。该诗最初发表在1952年5月号的《解放军文艺》,引起社会强烈反响,继而为多家报刊转发,并被配曲传唱一时。该诗带有明显的战士顺口溜的痕迹,"战士的感情,战士的语言,成了这首歌的灵魂"[11]。短诗集《拉萨的黎明》是《珠穆朗玛》的续篇,进一步丰富了进藏人民解放军的开拓者形象,也进一步描绘了日新月异的西藏。诗集有四首关于拉萨的诗篇特别引人注目:《拉萨的黎明》《拉萨街的春天》《拉萨的一扇窗口》《关于拉萨》,宛如一组反映拉萨新生活风貌的画展,展示了康藏、青藏公路通车后拉萨的欢乐吉祥画面。《大雪纷飞》是叙事诗集,收录《紫丁香》《梅格桑》《大雪纷飞》三个长篇。《紫丁香》借怒江西岸的藏族小伙子藏布与怒江东岸的藏族姑娘巴珍的古老的恋爱悲剧来热诚赞颂中国共产党和解放军。《梅格桑》写的是尼马宗的女民工梅格桑和达瓦宗的男民工索朗多杰冲破狭隘的宗派观念,有情人终成眷属的故事。《大雪纷飞》是高平最具代表性的一首叙事诗,这首诗将在后面的叙事诗章节中论及。诗人的长诗集《西藏三部曲》(包括《古堡》《冬雷》和《望果》),分别写了解放前的西藏、西藏的解放和解放后的西藏,通过三代藏人的生活与斗争,展示了西藏近五十年的重大变化。

杨星火 1951 年随军进藏,是新中国成立后最早进藏的著名汉族女诗人,参加过修筑康藏公路、平叛、改革、边疆生产建设及中印边境自卫反击战。杨星火诗歌处女作是《叫我们怎么不歌唱》(《雪松》,上海文艺出版社 1959 年版),该诗发表后很快被高原音乐家罗念一配曲,又被译成藏文,成为当时人们最喜爱的歌。全诗四段,层次分明,步步深化,诗句形象,情景交融。这首诗唱出了西藏人民的心声,歌颂了西藏修公路盖楼房的变化,展现了人们举着美酒载歌载舞的欢乐气象,代表了翻身农奴的心声。《拉萨的姑娘出嫁到远方》,是公路修通引发出来的动人故事,诗人以细腻的笔触和激荡的感情抚今追昔,通过筑路前后西藏人民交通状况的鲜明变化,高唱了一曲新社会人民幸福生活的赞歌:原先,"拉萨的姑娘出嫁到远方/那道路哟山高水长/翻过了三道雪山呃/跨过了三条大江/走了三十三天啊/才走进了新郎的帐房";如今,"她顺着公路回家乡啊/就像小鸟在天空飞翔/高原的风啊在耳边响啊/一眨眼睛就不见帐房/一会就翻过三座雪山呃/一会就跨过三条大江/太阳还没有落山啊/她就回到了自己的家乡"。在这个新的时代,一切都变得那么美好,每一个细微的生活细节,都在诗人的笔下流泻出动人的诗篇:姑娘们听到打靶的枪声,说是"像听到手风琴一样"美妙动听(《打靶之前》);在拉萨通车的那一天,"老爷爷好像回到了黄金的年华"(《金色的拉萨河谷》);因为有了拖拉机,马儿也"睁着一双埋怨的眼睛/诉说着满腹牢骚话"(《拉萨的拖拉机手——女拖拉机手和马》)。所有的这一切都是来之不易的,是解放军战士用自己年轻的生命铺就的幸福光明之路,是川藏线上的"英烈团"铸就了有五颗星的"老西藏精神"(《年轻的雪山》)。杨星火热爱西藏更珍视西藏,几十年间为西藏笔耕不辍,也正是西藏这个第二故乡孕育了她的诗歌生命。

饶介巴桑 1951 年参军,是西藏和平解放后第一个成名的藏族青年诗人,康藏各地的藏族民歌孕育了饶介巴桑的诗魂,部队、草原、战士和藏族农牧民,是他主要的描绘对象。他善于捕捉形象,摄取细节,并且借助这些形象和细节创造出让人回味的意境。处女作《牧人的幻想》(《爱的花瓣》,人民文学出版社

1984年版）是饶介巴桑早期诗作中最有代表性、最有民族特色、最有艺术光泽，也是最有社会影响的一首。他自幼在草原上风里来雨里去，深知牧人的喜怒哀乐，天然地具备与牧人同甘苦共命运的感情，从而长于摹写牧民的精神世界，特别是牧人的绚丽幻想：解放前，"他对白云的幻想/用去了半生的时间/云儿变成低头饮水的牦牛/云儿变成拥挤成堆的绵羊/云儿变成纵蹄飞奔的白马……天空哟，才是真正的牧场"；解放后，"他对天空不再幻想/他骄傲地骑在马上/对天空傲慢地歌唱/……天空哟，你为什么/没有两样"。诗人通过解放前后贫穷牧民对天空态度的变化，巧妙地表现西藏的巨大变化。饶介巴桑尤擅精短小诗，浓缩纯净、醇香悠长是其诗歌的主要艺术特征，如表现战士放哨的《夜》："夜在旋转、旋转/好像正和江里的金鱼谈情的水碾/它低声地、低声地絮语/这声音灌满了我的弹仓/催我甜甜入眠/……催眠的声音灌满了我的弹仓/醒着的却是我的子弹。"诗人高平说，"他无异是一个新型的'热巴'（昔日民间流浪艺人），同样在弹唱，他发出的声音却更为浑厚"[12]，音调也由悲苦转为喜悦："每一组低音在重复/爱你，爱你：西藏/每一根琴弦在回响/我爱，我爱：边疆。"（《雪山之歌》）饶介巴桑"不仅在西南军旅诗群中，而且在整个当代军旅诗群中，都是有代表性的一位少数民族歌手"[13]。

与高平、杨星火、饶介巴桑等完全以西藏作为创作母题不同，顾工、周良沛、梁上泉等诗人则随军征战四方，在西藏待的时间较短，因而题材也较为宽泛，但在诗歌内容和情感基调上是与当时的时代同步的，都是时代大合唱团中的一员。正如顾工所说："一个辉煌的胜利，接着一个更辉煌的胜利；一个欢腾的节日，接着一个更欢腾的节日……这就是我们生活的主题，这就是我们诗歌的主题。"[14]在五十年代，顾工出版了《喜马拉雅山下》（中国青年出版社1955年版）、《这是成熟的季节啊》（作家出版社1957年版）、《寄远方》（上海文艺出版社1958年版）、《军歌·礼炮·长虹》（重庆人民出版社1958年版）等八部诗集。顾工作为《解放军报》的记者，到过许多地方，黄河两岸、康藏高原、天山南北都留下了他的足迹，也留下了他激情洋溢的颂歌。在顾工的许多诗歌中就存在典型的对比式时空结构，《我站在铁索桥上》就完全是以"当年"和"现在"来结构全篇，一系列对比的铺排如长江之水滚滚而来，表现了祖国建设的日新月异让人目不暇接。周良沛在大西南的岁月里收获有《枫叶集》（作家出版社1957年版）和长诗

《游悲》《猎歌》等。《枫叶集》共分三辑,包含了诗人在康藏高原、其他少数民族地区以及行军路途和边疆哨所写的诗。新生的拉萨百废待兴,繁忙而又生机勃勃,一切就如旭日初升,《红色拉萨》就形象地表现了重获新生后的拉萨城,在一个"特别的太阳"(中国共产党)照射下,"散发出春天醉人的香"。梁上泉著有《喧腾的高原》《云南的云》《开花的国土》等众多诗集,他随着边防军走遍西南边疆,目睹了边疆人民的生活新貌,感受了边防军战士的爱国热情,所以在他的笔下既有边防军的战歌,也有苗家姑娘的欢唱。

在新中国湛蓝的天穹下,他们呼吸着新鲜甘甜的空气的时候,那刚刚散尽的硝烟味和血腥气还会从记忆的深处飘来触动他们的鼻翼。抚今追昔,忆苦思甜,这也是那一时期几乎所有穿越两个时代的人们的共同感受。面对解放前后社会时代和人民命运的巨大变化,这一军旅诗群的诗人们几乎都不约而同地运用了对比这种鲜明的艺术手法,在过去和现在两个时空的纵向比较中来建构他们的诗歌体系,这就赋予了诗歌更为强烈的冲击力度。

在五十年代前期,对少数民族民间抒情诗和叙事诗的搜集、整理、出版,成为一个小的热潮,这实际上也成为当代诗歌创作艺术借鉴的重要构成。西南军旅诗人们也不同程度地受益于当地的民间传说题材或表现手法,这一文学现象一直延续到六十年代初。此后,西南军旅诗群逐渐解体。

四、其他军旅诗人的诗歌创作

韩笑在新中国成立后以诗集《歌唱韶山》(湖北人民出版社1954年版)而为诗坛所关注。韩笑在多方面都有所成就,既有反映部队、儿童、社会、山水、爱情、国际题材的短诗佳作,又在抒情长诗和叙事长诗方面有很深的造诣,著有抒情长诗《我歌唱祖国》(广东人民出版社1959年版)、自传体叙事长诗《松江浪》(北方妇女儿童出版社1990年版)以及于毛泽东100周年诞辰前夕出版的抒情长诗《毛泽东颂》,等等。他的诗歌气势豪壮,风格明快,节奏铿锵,笔墨洗练,笔力劲健。在军旅诗坛上,他自成一体,风格独特,"在运用节奏跳跃而铿锵有力的短句来表现南国军营生活,尤其是部队训练方面形成了与众不同的风格"[15]。譬如他的《夜老虎之歌》,写部队的夜战训练,气势雄伟,声色俱壮:"月冷、风寒/

山高、路险/铁流如战刀/我们是刀尖/轻挑夜雾/猛插敌胆/北斗心头挂/手雷背后悬/虎步轻轻/搜索向前/万里长征路/红旗谁敢拦?!"(《尖兵班》)节奏急促,杀气森严,形象鲜明地表现了战士们的勇猛劲。又如"晨登独秀峰/顿觉气势雄/看江山云集/队列千重/青峦举剑戟/风帆旗帜红/绿烟滚滚/水匆匆/如闻请缨声!"(《晨登独秀峰》),诗人登山观水写就的诗篇,也具有千军万马的气势,军人的情怀一览无余。诗人遣词造句,多用单词、3字句、4字句、5字句,对偶排列,参差错落,颇有词风。韩笑在诗的形式方面进行了多方面的探索,除学习借鉴古典诗词,还创造性地运用了马雅可夫斯基"楼梯式"的写作方法,是继郭小川、石方禹、贺敬之之后,又一位取得较大成就的诗人。

除韩笑之外,公木、蔡其矫、雁翼等也在此一时期留下了他们的军旅诗篇,虽然他们的成就主要是对于当代诗坛而言,但是他们对军旅诗的贡献也是其他人所不能替代的。公木,1910年生,河北束鹿(今辛集市)人,脍炙人口的《东方红》和《中国人民解放军军歌》的作者。公木1939年秋在延安创作了《八路军军歌》和《八路军进行曲》,后者在抗战胜利后被改为《中国人民解放军进行曲》,1988年建军六十一周年时又重新颁定为中国人民解放军军歌。之后的《英雄赞歌》(故事片《英雄儿女》插曲),"风烟滚滚唱英雄/四面青山侧耳听",更是风行数代人,至今不衰。公木的诗歌成绩主要是非军旅题材诗,但仅有的上述几首诗歌就足以令公木在军旅诗歌史上流芳百年。蔡其矫,1918年生,福建晋江人。新中国成立后,诗人为体验海军生活,一次深入舟山群岛,两次深入西沙群岛。1956年至1957年发表了许多诗作,这些诗分别收集在《回声集》(作家出版社1956年版)、《回声续集》(作家出版社1956年版)、《涛声集》(新文艺出版社1957年版)三个诗集里,主要是关于士兵、水手和渔夫的诗歌,诗人更自称是"海的子民"。诗人的诗风早期受艾青、惠特曼,晚期受聂鲁达的影响,也从祖国传统的诗歌以及民歌中吸取营养,接受了中外诗歌的多种表现方法,这就造就了其诗歌题材和形式的多样化。雁翼在新中国成立后,根据战时的日记和速写,重新整理了一些反映解放战争的诗篇。这些诗篇多是记录了一个个真实的历史瞬间,以及解放战争中一个个无名战士的英雄形象。这些诗篇最终合成了诗集《胜利的红星》(作家出版社1957年版)。

第三节　二十世纪六七十年代的军旅诗

一、郭小川的军旅诗歌创作

郭小川出身于河北省丰宁县凤山镇一个知识分子家庭,自小就追求进步,喜爱诗文。抗战爆发后,"带着泪痕投入红色士兵的行列走上前线",在八路军一二〇师三五九旅政治部"奋斗剧社"工作,写有《滹沱河边的儿童团员》(1939)、《我们歌唱黄河》(1940)等诗歌。1941年初到延安,在中央党校三部学习,参加了延安整风运动,诗作有《毛泽东之歌》(1941)、《老雇工》(1943)等。转业后,郭小川的创作热情主要转向对社会主义建设劳动者的歌颂,但他心中激荡的战士血液使他时时心系军旅,1961年和1962年的南行之旅使他创作出了诗集《甘蔗林——青纱帐》(作家出版社1963年版),其中不少诗篇如《走厦门》《茫茫大海中的一个小岛》《木瓜树的风波》等热情讴歌了海防战士生活的战斗性和政治上的自觉性。《厦门丰姿》是一首描写东南海防前线的抒情诗,借写厦门的丰姿来歌颂祖国,诗人来此寻找海防前线,却只见得"凤凰木开花红了一城,木棉树开花红了半空",但听得"鹭江唱歌唱亮了渔火,南海唱歌唱落了繁星"。待到诗人登上海岛却又发现"这里的每滴海水,都怀着深深的警惕","这里的每块石头,都流贯着英雄的血液","庄严和秀丽、英雄和美"在这里"是如此的一致而又谐和","后方是为了前沿的战斗,前沿是为了后方的欢腾的建设",正如诗人最后所言,"我们的厦门——海防前线呵,犹如我们的整个生活","象征着我们的祖国"。全诗构思精巧,节奏明快,铺排华丽。

其中,最具代表性和影响力的是两首感物咏怀的抒情诗,这就是1962年3月至6月写成的《甘蔗林——青纱帐》和6月至9月改成的姊妹篇《青纱帐——甘蔗林》。《甘蔗林——青纱帐》一篇主要是表现"我年轻时代的战友"——老一辈革命家希望继续在新时代建功立业的壮志豪情,以至于他们要"到甘蔗林集合,重新会会昔日的风云","唤回自己战斗的青春"。《青纱帐——甘蔗林》一篇则主要是在新旧时代的对比中,由"凛冽的白霜""炮火的寒光""心跳的声响""破烂的衣裳"到"大气的芬芳""朝雾的苍茫""欢欣的吟唱""节日的盛装",表现了新时代的欢欣鼓舞和革命事业后继有人的喜人景象,如今"我们的甘蔗林啊,已经是新时代的青纱帐"。诗人把"青纱帐"作为革命战争岁月和老一辈革命者艰苦奋斗精神的象征,把"甘蔗林"作为和平建设年代和新老两代共同从事的甜美事业的象征,以炽热的感情、奇丽的想象、丰富的联想、大量的铺陈排比和回环往复的吟唱,把昔日的艰苦、苦难、严峻和今日的繁华、香甜、芬芳联系起来,将历史与现实,战争与建设,现在和将来交织在一起,"看见了甘蔗林,我怎能不想起青纱帐/北方的青纱帐啊,你至今还令人神往/想起了青纱帐,我怎能不迷恋甘蔗林的风光/南方的甘蔗林啊,你竟能如此翻动战士的衷肠"(《青纱帐——甘蔗林》),诗人以此来呼唤战斗的豪情、永葆不衰的青春,奏出了一曲历史与现实的交响乐。《厦门丰姿》《甘蔗林——青纱帐》是郭小川学习楚辞、汉赋而创作的具有辞赋特点的自由体,这种诗体采用了集短为长的诗行和大量铺陈排比,节奏自由而富有韵律,风格壮美而婉转多姿,被称为"新辞赋体"。

1974 年郭小川在团泊洼写下了著名的《团泊洼的秋天》和《秋歌》两首诗,抒发了一个战士在特殊岁月里的革命情怀,"战士自有战士的抱负,永远改造,从零出发/一切可耻的衰退,只能使人视若仇敌,踏成泥沙/战士自有战士的胆识,不信流言,不受欺诈/一切无稽的罪名,只会使人神智清醒,大脑发达/战士自有战士的爱情,忠贞不渝,新美如画/一切额外的贪欲,只能使人感到厌烦,感到肉麻/战士的歌声,可以休止一时,却永远不会沙哑/战士的眼睛,可以关闭一时,却永远不会昏瞎"(《团泊洼的秋天》),诗人当时只能把它"埋在坝下",但相信"到明春必定会生根发芽"。这两首诗带有强烈的政论色彩,是政论和诗的有机结合。

但是总体看来,郭小川对军旅诗歌的主要贡献还是他的叙事诗创作,最能体现其思想探索成果的就是他于 1957 年完成的叙事诗《白雪的赞歌》《深深的山谷》和《一个和八个》。1957 年正是我国思想文化领域剧烈动荡的时期,这就愈显得郭小川在艺术领域的大胆开拓难能可贵,《一个和八个》对革命人道主义的探索更是为他引来不少严厉甚至是粗暴的批评。《一个和八个》故事情节非常奇特，讲述的是一个被当作罪犯的蒙冤的革命战士王金和八个真正的罪犯的故事，通过王金与八人之间的较量并最终将其大部转化的经历，刻画了一个正直顽强、含冤受屈却不放弃革命信仰的战士形象。该诗写出之后，受到猛烈批评，被认为表现的是人性论观点，模糊了阶级界限，是"右倾思想"和"不健康情绪"的表现，未及正式发表，便在文学界领导层内部受到批判。

1959年郭小川又写出了《将军三部曲》和《严厉的爱》两部长篇叙事诗。《白雪的赞歌》《深深的山谷》和《严厉的爱》三首诗描写的都是革命年代的爱情，体裁和格调大致相同，而且主人公都是女性。《白雪的赞歌》以第一人称的语气描写了一个英雄的县委书记的妻子——于植，在激烈的战争年代是怎样经受住了一次又一次生活和感情方面的考验，从而歌颂了她雪一样洁白纯美的品格。该诗感情充沛，构思精巧，笔法生动。《深深的山谷》情节比较简单，主要是通过虚写，即女主人公大刘和小云的对话，经过大刘的回忆，将那个跳崖自杀的"他"引出来。作者在此是想通过大刘和她爱人的恋爱悲剧，来批判男主角对革命的动摇，也批判那种顽固的个人主义思想。与《白雪的赞歌》赞颂对革命的献身和爱情的忠贞不同，也和《深深的山谷》批判对革命的怯懦和爱情的自私不同，《严厉的爱》则是通过女主人公王兰和已牺牲的丈夫的战友邵虎之间的相爱，来表现公而忘私的爱，是一种严厉的爱。该篇情节比较复杂曲折，但有些枝蔓众多，重点不够突出。《将军三部曲》（包括《月下》《雾中》和《风前》）在抗日战争和解放战争的背景下，从正面塑造了一个人民军队高级指挥员的形象，同时也反映了普通的人民战士的精神面貌和成长过程。《将军三部曲》是学习古代小令、散曲而创作的"散曲式"自由体，句型多变，长短参差，以短为主，节奏急促明快，跌宕起伏，活泼自由。这时，郭小川诗歌中的凌厉浮躁之气越来越少，开始变得越来越深沉蕴藉，思想更辩证，结构更讲究，语言更精练，在学习中国古典诗词的基础上，逐步形成了自己的独特风格。

不同于贺敬之长于采用一些宏观性的、概括性很强的命题，郭小川常常采用托物咏志的方式，在具体的抽象中开掘深沉的哲理，将抽象的哲理附丽于生动鲜明的形象之中，寄情于物，寓理于景，情景交融。普普通通的《乡村大道》在郭小川深刻的辩证思索中，获得了独特的意味，长远而险峻、宽阔而曲折的乡村大道使人联想到人生的道路和历史的进程，呼唤人们沿着困难曲折的道路，去开朗乐观地迎接新的挑战。冯牧认为,郭诗"往往像是不可遏制地喷涌奔流出来,这使他的政治抒情诗所具有的感染力量就显得分外强烈和深沉",他"是一个兼有革命战士和革命诗人两种气质,而且把它们融合得如此紧密的真诚坦荡的人"[16]。

二、贺敬之的军旅诗歌创作

贺敬之与郭小川一样,都是在抗日战争时期成长起来的革命战士,新中国成立后脱离军旅转入地方。他们经历了战火的洗礼,见证了新中国的诞生,目睹了火热的社会主义建设。不凡的人生境界和广阔的革命胸襟造就了他们高远阔大的诗风,并使之具有浓厚的政治色彩、鲜明的时代气息和深厚的民族意识。他们二人的诗皆以热情奔放、气势磅礴著称,但又各具特色,郭诗宏阔深情,贺诗高远豪迈。

贺敬之1940年奔赴延安,进鲁迅艺术学院文学系学习。1945年,根据四十年代初流行于河北阜平一带的"白毛仙姑"的民间传说,贺敬之和丁毅一起执笔创作了歌剧《白毛女》。该剧以鲜明的战斗主题和独特的民族风格,为五四运动以来的新歌剧的发展开辟了道路,荣获1951年斯大林文学奖。五十年代之前,贺敬之创作了不少新诗,收获有诗集《并没有冬天》《乡村的夜》和《朝阳花开》。这些诗有些记录了作者对旧中国农村悲惨生活的回忆,有的是他参加抗日战争生活的写照,有的则是对抗日根据地崭新生活的歌颂。

新中国成立后,贺敬之创作的诗集有《放歌集》(人民文学出版社1972年版)和《贺敬之诗选》(山东人民出版社1979年版)。吟咏辽阔壮丽的时代风云和表现社会生活的重大主题,成为新中国成立后贺敬之的主要创作趋向,鲜明的时代色彩和当代性也因此成为贺诗最突出的特色。贺敬之在这一时期的诗歌创作主要有两类。一类是具有民歌风味和古典诗词神韵的抒情短诗,如《回延安》(1956)、《桂林山水歌》(1959)、《三门峡歌》(1958)等,这类诗歌是在对自然景色的独特感受中,寄托对祖国河山和社会主义建设的热情。而另一类则是代表贺敬之创作成就的长篇政治抒情诗,即《放声歌唱》(1956)、《十年颂歌》(1959)、《雷锋之歌》(1963)、《西去列车的窗口》(1963)、《中国的十月》(1976)、《"八一"之歌》(1977)等。这类作品大都采用"长句拆行"的"楼梯式"形式,从比较开阔的角度去反映时代生活的重大问题,并以在生活中思考提炼带有哲理色彩的思想作为构思的线索。这种马雅可夫斯基式的"楼梯式"诗体气势大,容量大,适于抒发奔放的激情,在形式上往往把一个长句子依照音韵疾徐轻重的变化,分拆数行作楼梯式的排列,而将音调、顿数、强弱暗示给读者。

贺敬之对军旅诗歌的主要贡献就是《雷锋之歌》《西去列车的窗口》和《"八一"之歌》。《雷锋之歌》是一首1200多行的抒情长诗,与大量的歌颂雷锋和雷锋精神的诗歌相比,诗人并没有把大量的笔墨放在英雄生活经历的描述上,而是在"八万里/风云变幻的天空"和"亿万人/脚步纷纷的道路上"这样一个阔大的时空中,从对雷锋思想境界的广阔描绘上回答了"人/应该/怎样生/路/应该/怎样行?""什么是/真正的幸福呵/什么是/青春的/生命?"等重大的人生课题。诗人在雷锋平凡的小事中,在他"军衣的五个钮扣后面"发现,"却有——/七大洲的风雨/亿万人的斗争/——在胸中包容!"。诗人饱含着对雷锋的拳拳眷恋之情,在"履历表中家庭栏里"写下"我的弟兄/你的年纪/二十二岁——/是我年轻的弟弟啊/你的生命/如此光辉——/却是我/无比高大的/长兄!"。整首长诗一气呵成,显得大气、饱满、深情。《雷锋之歌》是贺敬之典型的马雅可夫斯基"楼梯式"诗风的体现,格调高昂,气势盛大,句子短促有力,节奏铿锵明快。诗人想象的天地广阔无极,在时空两个维度下极力地铺排渲染,但发散出去的缤纷的思维最后都以雷锋作结,因此在诗人的笔下,雷锋几乎成为一个宇宙平衡的支点,但也构成了一种紧张,那就是:在表现了雷锋的伟大的同时,也造成了英雄和凡人之间遥远的距离感。

《西去列车的窗口》是一首支边题材的抒情诗,写的是一名三五九旅的老战士带领一群青年离开上海奔赴塔里木,在列车上度过的几个不平静的夜晚,集中表现了人物不平凡的精神世界。通过西去列车这个窗口,我们看到了"祖国的万里江山"和"革命的滚滚洪流";通过西去列车这个窗口,我们看到了新老一代革命重担的胜利传接,"血染的红旗"和"汗浸的镢头"有了接班人。诗篇采取对比的方式,显得简洁明快。

《"八一"之歌》是为庆祝中国人民解放军建军50周年而作,诗人开篇就把笔触落在祖国万里晴空飘扬着的"我们灿烂的/军旗!"上,然后就紧紧围绕这面军旗,以"灿烂的军旗""血染的军旗""永不变色的军旗""不朽的军旗"等作为抒情线索,以"一个'地方同志',也是一个老兵"的口气,用一连串"我仰望你,我扑向你"的诗句,通过对我军发展的几个精彩片段的深情追忆,从正面来展开对人民军队的热情歌颂。无论是战争年代,还是在建设时期,只要遇到困难,人们首先想到的就是这面"灿烂的军旗",就呼喊着"找红军去!""找八路军去!"。在众多的歌颂军队的政治抒情诗中,独特的艺术构思和沸腾的火热激情使得这首《"八一"之歌》传诵一时。

五十年代之后,贺敬之诗作数量不多,但影响都很大,他融中国古典诗词、民歌民谣和马雅可夫斯基的"楼梯式"诗风于一体,创造了一种雄浑豪迈、高大壮丽、激情澎湃的政治抒情诗体。

三、李瑛的军旅诗歌创作

李瑛从二十世纪四十年代中期开始诗歌创作,出版诗集60余部,而且有不少名篇广为传诵,成为不同时期的代表作。一个诗人拥有如此巨大的体量,在当代诗坛都是罕见的。李瑛属于当代中国,但首先属于军旅。李瑛是开一代军旅诗风并影响广远的军旅诗坛的杰出代表。

在60余部诗集组成的庞大的李瑛诗系中,从题材上看可以分为五大块:一是描绘祖国大好河山,二是赞颂新时代与新生活,三是国际题材,四是政治抒情诗,五是军旅题材。而军旅题材的诗作所占比重最大,并且基本上可以代表八十年代之前李瑛诗歌的典型风格和艺术水准。其中的代表性作品主要收入《寄自海防前线的诗》(解放军文艺社1959年版)、《静静的哨所》(解放军文艺社1963年版)、《红柳集》(作家出版社1963年版)、《红花满山》(人民文学出版社1973年版)、《北疆红似火》(人民文学出版社1975年版)、《在燃烧的战场》(花城出版社1984年版)等集子。

在与共和国一起成长的军旅诗人中,李瑛大概是文化准备和艺术修养最为充分的一个。他在北京大学的四年里,广泛涉猎中外名著,深受中国古典诗词和现代新诗的熏陶,深入接触了西方从浪漫主义到现代主义的各种诗潮,并开始在朱光潜主编的《文学杂志》和杭约赫、陈敬容等主编的《中国新诗》上发表一些颇具现代意味的诗作。和绝大部分从战火中走来的青年军旅诗人不同的是,李瑛是带着深厚的文化底蕴和超前的诗学观念走进军旅诗群的。按理说,这种优势应该使他在年轻的当代军旅诗群中脱颖而出引领风骚,然而情况却刚好有些相反。优势似乎变成了"包袱",他最初的歌唱并不显得比别人嘹亮。五十年代前半期,他正在人生和诗歌的道路上进行着调整、适应和摸索。这主要由于三个方面:一是他虽然在理智上听从时代的召唤,响应革命的号召,融入了工农子弟兵的队伍,但他的从旧式大学带来的"小布尔乔亚"的思想感情却不容易一夜之间就和革命的严峻的外部环境完全合拍,他还必须主动或被动地接受"教育"。事实上,他由于缺乏真正的士兵的经历,在真实准确地把握他们的思想感情脉络方面还不能做到得心应手。二是新中国成立之初,从战时延续过来的带有浓厚的乡土文化色彩的诗歌形态(口语化的快板诗、枪杆诗等)仍然大受欢迎甚至占据主导地位,现代的自由体诗还处于从边缘向"中心"渗透的过程,李瑛的诗艺不仅不能尽情发挥并且推进,相反还得作出某种妥协。[17]三是李瑛温和、柔婉、纤细的个性与气质,与残酷激烈的战争环境和氛围并不十分相宜[18],他还在寻找与他最为契合的抒情对应物。抓住了以上三点,我们才可以解释,为什么在五十年代前半期,有"少年才子"之称的李瑛在军旅诗歌创作的影响和声望上,北不及未央,南不如公刘。

从五十年代后期开始,李瑛逐渐找准了自己的定位,开始建构并形成鲜明的个人风格,到六十年代中期臻于成熟与完美,把当代军旅诗歌提升到一个全新的境界和高度。李瑛之所以能完成这个过程,重要的就在于他跟随时代的脚步比较自然地实现了对上述三点局限的突破或者顺应。第一,经过长期的深入部队采访或体验[19],他逐渐由一名学生转变成了一名战士。正如张光年所指出的:"他学会了用革命战士的眼光来观察世界,观察人,用战士的心胸来感受、思考现实生活中许多动人的事物,并且力求作为普通战士的一员,用健美的语言,向广大读者倾吐自己认真体验过、思考过、激动过的种种诗情画意。"[20]质言之,此时的李瑛,在思想感情上已经获得了士兵代言人的资格。第二,西南边疆诗群的崛起并迅速得到当代诗界的广泛认可,实质上标志着当代军旅诗从题材取向到审美趣味都完成了向现代(战时)军旅诗告别的一种蜕变和过渡。这个事实对李瑛有一种"唤醒"的意味,帮助他结束了美学追求上的彷徨与徘徊,开始明确与坚定了自己的诗学目标。第三,款款而来的安定宁静的和平环境,使李瑛紧张的精神得到放松,蜷伏的天性开始舒张,进入了一种自由、兴奋和灵敏的创作状态。他在《早晨》后记中由衷喜悦地写道:"在我的祖国,阳光、大海、深谷、山峦,无一不跃动着蓬勃的生命;特别是劳动在她胸怀中的质朴的人民和保卫着她的忠实的兵士,他们的新生活、新感情,给了我极大的激动和美好的感受。"[21]李瑛的这种变化,在从战争中过来的青年知识分子里具有相当大的典范性。这一批人的变化,带动了五六十年代军旅诗群艺术眼光和表达方式的整体性变化。

　　这个时候,诗人的自身素质开始使他们显示了区别。李瑛对于中外诗歌艺术的丰厚修养和细腻敏锐的艺术感受力得到了前所未有的结合与发展。在他眼中,和平时期的军营生活——士兵的站岗、巡逻、潜伏,哨所的日出,边关的夜月……哪怕是一个微小的细节、一幅动人的场景、一缕稍纵即逝的思绪,都充满了诗情画意,都洋溢着当代士兵的爱国主义热情和英雄主义气概,稍加剪裁、组织和提炼,它们就是一首首诗。奇巧的构思,清丽的想象,优雅的语言;四节至六节不等,每节四行,大致整齐押韵;经由具象的描述与铺垫,最后进入哲理升华或情感爆发的思维逻辑。几方面特点的综合,大体就构成了所谓的"李瑛模式"。比如《哨所鸡啼》的最后一节:"看它昂立在群山之上/拍一拍翅膀,引颈高唱/牵一线阳光在边境降临/霎时便染红了万里江山。"又如《边寨夜歌》的最后一节:"边疆的夜,静悄悄/山显得太高,月显得太小/月,在山的肩头睡着/山在战士的肩头睡着。"

　　这些诗句和短章,几乎都成了当时的经典之作。它就像《哨所鸡啼》所写的,在一片军旅诗歌的合唱中,忽然"一个生命在快乐地呐喊","压住了千波万壑,吐出了满腔喜欢"。与这只"雄鸡"高亢、嘹亮的啼鸣相比,许多同时代人的声音多少显得有点黯然失色。比如蓝曼、杨星火、纪鹏、周鹤等等,在努力发展自己的个性和特色的同时,也或多或少要受到李瑛的影响。而五六十年代之交开始起步的一批青年诗人,如石祥、峭岩、喻晓、纪学、胡世宗、杜志民、瞿琮、曾凡华等等,就更是在"李瑛模式"的"光环"笼罩下走上诗坛的。或者说是"形势比人强",抹杀个性的时代需求把他们规范在"李瑛模式"里面而难以突破,以至于迫使不少人"改行另谋出路"[22]。由于李瑛非常熟练和机智地把握住了革命性和艺术性的辩证关系,再加上当时军队特殊的政治地位,在诗苑凋零的"文化大革命"时期,他的创作不仅没有中断,而且在七十年代出版的《红花满山》等诗集仍然能保持较高的艺术品位,这不啻是一个奇迹,也把"李瑛模式"推向了极致。它"哺育"了更年轻的一批军旅诗人,不过,这一批人真正唱出了自己的声音是在新时期以后。

从六十年代初到七十年代末,李瑛在当代军旅诗歌的影响和贡献是显著的、不可替代的。但是,他的局限也是显而易见的。比如诗风秀丽委婉有余而阳刚大气不足等,也许是属于他个人气质方面的局限,然而更多的制约,恐怕只能属于时代。比如战争主题,对人性、对军人心灵世界的揭示等方面,就没有超出当时所能允许的范围,这是令人遗憾的,又是不难理解的。

新时期伊始,李瑛发表了悼念周恩来的抒情长诗《一月的哀思》,引起强烈反响,从此开始了将主要精力从军旅短章转向长篇政治抒情诗的创作。这种转型是对军旅诗的超越,也是对他自己的超越。[23]由于时代的变动、社会的进步、人生阅历的加深和社会职务的升迁等等,他的诗获得了一个人生的历史的更高视点,变得取材广泛,视野开阔,情感深邃,并且显示了思想的锋芒。而《我骄傲,我是一棵树》《生命是一片叶子》等新作还实现了艺术把握与表达方式上的探索与新变,使他仍然站在了八十年代中国诗界的前列,并且将创作热情的活力延续到了九十年代乃至新世纪,直至91岁高龄去世。1999年他以数千行长诗《我的中国》迎接中华人民共和国成立50周年,赤子的诗心、充沛的诗情和炉火纯青的诗艺,再次赢得了人民普遍的钦敬。李瑛就这样成为中国新诗史上70年持续不断地活跃于新诗坛的常青树。

四、周纲、韩作荣、石祥等人的军旅诗歌创作

五十、六十年代之交,随着抗美援朝战争的结束和国内"反右"运动的平息,抗美援朝战争诗潮和西南边疆军旅诗群相继消歇。随着战事的结束,中国军队进入了一个相对安定的休整和建设阶段,大批军旅诗人们开始转向描写和平时期的军旅生活,日常的训练、站岗、巡逻以及支援地方建设等,也就成为此一时期军旅诗人们的表现内容。而且,相对于地方时起时伏的政治运动,军队因其特殊的政治地位,所受的冲击比较小,这就为军旅诗人提供了相对宽松的创作

环境。在"文化大革命"初期,大批青年作者几乎都是以李瑛的诗集《静静的哨所》《红花满山》等作为自己学习写诗的蓝本。在这种形势之下,"李瑛模式"的和平军旅诗歌逐渐取得了军旅诗坛的垄断地位。

在此期间,出现了一个庞大的军旅诗人阵容,如周纲、胡世宗、曾凡华、周鹤、宫玺、廖代谦、纪鹏、蓝曼、石祥、叶文福、韩作荣、喻晓、瞿琮、峭岩、纪学、邢书第等。军旅诗坛的热闹对于沉寂的当代诗坛也算是一种慰藉。这一军旅诗人方阵步调一致地正步行进着,无有出其轨者,如果从艺术个性、创作风格和审美追求的角度出发去辨识不同的诗群已经很困难了,充其量只能从题材的划分来区别他们。张志民在为喻晓的诗集《青春与海》(解放军文艺社 1986 年版)所写的序言中,就提到过当时军旅诗中存在的个性化缺乏的问题,他说:"如果要我说一点希望,那便是:都该在艺术个性上去多用功夫了!"[24]

周纲著有诗集《山山水水》(解放军文艺社 1959 年版)、《黄金马蹄》(工人出版社 1989 年版)、《绿帆》(解放军文艺社 1992 年版)等。他一直在铁道部门工作,随铁道兵转战南北,其诗作大都是歌颂铁道兵战士披荆斩棘开山铺路的英雄事迹,也有不少展现民族风情和礼赞山河的诗篇。他的诗语言精练,形象生动,沙漠中的车流是"一路载歌载舞"的由天外"飞来的大街"(《飞来的大街》),高射炮兵手中的高射炮是"旋转的大树"(《旋转的大树》),夜空中的月亮则仿佛是边防战士手中"提着的一盏灯"(《十五的月亮》)。他的诗是那个时期的人们的心灵写照,是那段历史的迫近的回声。

曾凡华在此期间描写洞庭湖畔军营生活的诗,最后结集为《洞庭军号》(湖南人民出版社 1979 年版),较好地表现了那个时代的人民战士对党和领袖的炽热情怀。在其以后的诗集《士兵的维纳斯》中,曾凡华的诗艺日渐精湛,如写边海要塞水兵生活的《泊》《天籁》以及北方十四行诗中的《边声》《五月》等诸多篇章,都写得很美,体现了他在语言和诗境方面对美的不懈追求。

喻晓著有《青春与海》(解放军文艺出版社 1986 年版)等,他的诗着力表现海岛士兵的海上生活,想象力丰富,言语直白遒劲。在他的笔下,"短短的哨兵线/折叠着长长的思绪/折叠着彩色的人生"(《月光下的小路》),一枚虎斑贝令他想起忠诚的战友(《一枚虎斑贝》),哨塔是一棵长眼睛的树(《哨塔》)。个别诗篇写得凝练形象,动感自然,如诗篇《赛》只有八行,"山峰举半个球场/青天垂一个篮筐/早晨投球——/甩出一个太阳/傍晚投球——/抛起一个月亮/只听哨声骤响/踩乱了一天云浪",其缺点是言语过于直白,不够含蓄。

胡世宗继第一本诗集《北国兵歌》(吉林人民出版社1973年版)之后,开始有意识地改变自己,他在诗集《鸟儿们的歌》(春风文艺出版社1981年版)中已经有所超越,不再拘泥于客观写实,开始有了独到的思考,想象开始飞腾。这是一部借鸟讽喻现实的作品,他在《笼中鸟的歌》中借笼中鸟的口吻来针砭世事:"我害怕变幻莫测的云朵/我害怕猛烈摇动的树梢/我害怕飓风把我刮到天涯海角/甚至怕雨水淋湿我的羽毛。""如今笼子已被砸个粉碎/我怎么办哪?多么叫人烦恼/我是飞向森林,飞向云霄呢/还是去把新的笼子寻找?"具有警时警世之意义,其关注现实和人生的艺术个性已经凸现。

瞿琮的诗构思别致,文笔清丽。他写的《啊,一千零四十座坟茔》,通篇用1040个××串起全文,围绕1040个烈士生前身后,铺展开1040个联想,使得诗篇具有了强烈的冲击力和感染力。他认为"诗应该努力做到'能唱',而歌词则应该努力追求'诗味'"[25]。在写诗的同时,他还致力于歌词创作,创作出了《我爱你,中国》《我爱梅园梅》《吐鲁番的葡萄熟了》《月亮走,我也走》《美丽的孔雀河》等传唱一时的歌曲。瞿琮同时还涉猎小说、散文、报告文学的创作,是一个高产的多面手。

周鹤、宫玺、廖代谦均是空军出身,都热衷于空军诗页的创作,分别收获有诗集《云里落下笑声响》(周鹤著,解放军文艺出版社1984年版)、《银翼闪闪》(宫玺著,江苏人民出版社1973年版)和《雪山云海》(廖代谦著,甘肃人民出版社1979年版)等,所抒发的大都是空军战士对蓝天的向往、对战机的热爱、对祖国的忠诚之情,内容相似,诗风也颇近。他们高兴地唱着"星星是你灿烂的贝壳/云彩是你翻起的波浪"的赞歌(宫玺《天空,我们的海洋》),着力地描绘"横滚、翻腾/掠过机场镜中天/绞乱了/一天雨线……"的飞行训练(周鹤《三月雨》),同时也表现雷达战士们戍守国防天空的警惕,如廖代谦的《雪山夜歌》,"雪山的夜多么宁静/湛蓝的天幕嵌满星星/黄羊睡了,雪鸡也睡了/我们的荧光屏睁着眼睛"。他们此一时期的空军诗颇为引人注意。

蓝曼是装甲兵出身,著有叙事长诗《坦克奔驰》(作家出版社1965年版)以及《蓝曼诗选》(解放军文艺出版社1987年版)等。蓝曼写诗淳朴厚道,波澜不惊。他的反映军民关系的诗篇《鼾》(《蓝曼诗选》),写部队夏季训练战士干渴爬进瓜园,看瓜老汉以为是"谁家孩子跑进瓜园/透过小窗细看/垄间红星点点……/翻身又鼾声一串",表现人民对解放军战士的信任拥戴,可谓"不着一字尽得风流"。纪鹏也是装甲兵出身,他的诗篇大都是描写边防战士的戍边生活,诗风质朴大气,表现了边防官兵人在哨卡心怀世界的广阔胸襟。

韩作荣、峭岩和叶文福都是工程兵出身。韩作荣的第一本诗集是《万山军号鸣》(黑龙江人民出版社1976年版),讴歌大山的主人——工程兵建设祖国的豪情。他此后的诗集《北方抒情诗》(百花文艺出版社1985年版)等开始脱离具象的描摹和直白的呐喊,渐渐空灵而写意,如《冬之忆》:"遮天的雪幕是压不垮大山的/而山,种植出无数/会移动的绿树/每棵树,都结出一颗火红的/能溶冰化雪的星星。"峭岩的诗,刚中见柔,情中寓景,如《朝霞,从枪刺上升起……》(《峭岩诗选》):"哨所的鸡鸣把炊烟引上云天/朝霞,从枪刺上升起……"他写的军旅情诗如《达子香笑了》《树是我,云是她》等,都深受青年人尤其是青年军人的喜爱。他的《绿色的情诗》《峭岩情诗70首》等诗集,在表现了军人拥有甜蜜的爱情的同时,也诉说着军人事业的神圣和沉重,从另一侧面讴歌了人民战士保家卫国的牺牲奉献精神。叶文福着力于表现工程兵部队遇山开路、逢水搭桥的英雄乐观主义精神,如诗集《山恋》(天津人民出版社1978年版)等。但他们三人在诗歌艺术上的觉醒和超越,都是在新时期以后才得以实现。

石祥为体验生活,在许多兵种都锻炼过,因此,步兵、骑兵、坦克兵、雪原巡逻兵等都成为他的表现对象。石祥的诗机智活泼,明快有力,多用战士口语,具有战士风格,魏巍说他的诗具有"力的节拍,力的音乐"[26],代表性诗集是《骆驼草》(河北人民出版社1981年版)。石祥描写骑兵的诗,最能体现他的诗歌追求,《塞上铁骑》对骑兵的训练描写极其夺人耳目,"一阵疾风/万箭齐发""猛虎跳涧/雁落平沙""飞上,腾下/左跨,右跨""嗖嗖嗖/甩出一串红花""叭叭叭/打碎一排飞靶""刷刷刷/削平一溜树杈""天头一朵流云/地尾一片飞霞",从他的用词上,我们可以看到其特色:语句短小精悍,多用成语,形象生动。石祥在写诗的同时,也成功地写出了《十五的月亮》等歌词。纪学的诗清秀而又有大漠的烟尘,明白却不乏诗之韵味,在他人生的行走中,诗"是爱激发的热,是情裂变的能"(《诗与我》)。他注意用诗的眼睛勾勒战斗的人生,记录下生命的体验。纪学著有诗集《东欧·东欧》(解放军出版社 1989 年版)、《窗口风景》(军事谊文出版社 1992 年版)、《生命体验》(华文出版社 2001 年版)等。邢书第著有诗集《行军集》(江西人民出版社 1975 年版)等。他的诗短小精悍,朗朗上口,富于鼓动性和感染力,如其最受战士喜爱的一首枪杆诗《行军》:"行军队伍一支箭/甩下群群南飞雁/大雁有双凌云翅/我们有一双铁脚板。"生动活泼,具有浓浓的战士生活气息。

总而言之,六七十年代的军旅诗都不可避免地打上了时代的烙印,但是一大批青年军旅诗人们在诗歌艺术的表现手法上,已经习得了李瑛的圆熟和精致。"李瑛模式"从具象描摹到哲理升华是其惯用的思维方式,讴歌和平时期的军旅生活是其主要的表现内容。对于初习写诗的青年军人而言,这是一种易于把握的艺术手法,也非常适用于表现和平军旅生活,这也是"李瑛模式"在当代军旅诗坛长盛不衰的重要原因。虽然此一时期的军旅诗人们在诗风上大体是相近的,但从语言风格上还是能找到些微的差别,同是"李瑛模式"的描写和平时期的军旅生活,曾凡华是柔婉细腻、敏感多情,喻晓是想象丰富、言语遒劲,瞿琮是精工细致、文笔清丽,蓝曼是淳朴厚道、风格清雅,纪鹏是质朴自然、干净凝练,韩作荣是明快刚健、激情四射,峭岩是清新婉约、柔中带刚,叶文福是欢快乐观、豪情满怀,石祥是机智活泼、明快有力,如此等等,不一而足。

五、闻捷的《复仇的火焰》及其他军旅诗人的长篇叙事诗

《复仇的火焰》是闻捷在 1959 年发表的长篇叙事诗,是新中国成立以来长诗创作的重要收获之一,是对军旅题材长篇叙事诗的重要贡献。这是一部宏伟的具有史诗性质的作品,格调高昂,诗风洗练,语言优美,富有草原特色。长诗分为三部:《动荡的年代》(作家出版社)、《叛乱的草原》(作家出版社)和《觉醒的人们》(未完成)。第一部、第二部先后于 1959 年、1962 年出版。第三部于六十年代写出初稿,其第五章和尾声,分别于 1962 年和 1963 年发表。诗人于"文化大革命"期间(1971 年 1 月 13 日)被迫害致死,未发表的第三部原稿也随之散佚,终不可寻。

这部叙事长诗以优美抒情的牧歌笔触勾勒出了一幅解放初期新疆巴里坤

草原哈萨克牧人生活的风云画卷,在广阔的时代背景下展开对刚刚解放的、发生在新疆巴里坤草原上的一场叛乱事件的描写,丰富而深刻地揭示了一个民族内部因时代矛盾所引起的激荡、分化和斗争,表现了一个民族只有同整个祖国的命运联结在一起才有出路和前途这一时代真理。诗人在多重矛盾和多种视角中立体地刻画人物、描绘历史。长诗围绕着帝国主义者与民族反动派发动叛乱、人民解放军向西北挺进剿匪和巴哈尔与苏丽亚之间的爱情纠葛三条线索展开描写,人物形象鲜明,情节生动曲折。

长诗塑造了20多个人物形象,如青年牧民巴哈尔、苏丽亚和叶尔纳,哈萨克族老人布鲁巴,解放军师长任锐、骑兵团长巴彦拜克、排长高克明和战士沙尔拜等。此外,还有帝国主义分子麦克南、叛匪首领忽斯满、部落头人阿尔布满金等。其中,巴哈尔是诗人着力刻画的主要人物,他是牧民在斗争中觉悟的典型代表。在女性人物的形象塑造上,诗人依然延续了《天山牧歌》对边疆女性的赞美诗风,诗中的青年女性苏丽亚和叶尔纳,大胆热烈地追求爱情、自由和光明,行动果敢决绝,巴哈尔这个人物形象与之相比就逊色许多,可见闻捷尤擅刻画女性形象。另外,长诗中如麦克南的阴险狡诈、尤丽对布尔什维克的仇恨、忽斯满的蛮横狂妄、阿尔布满金的狡猾善变等都被刻画得淋漓尽致。

《复仇的火焰》被称为"诗体小说",充分体现了诗人在叙事和抒情方面的艺术才华。诗人在叙事中抒情,在抒情中描写,使长诗的叙事、抒情、描写三者水乳交融地结合在一起,形成浓郁的抒情气氛。这部叙事诗不论叙事写景,还是刻画人物,都充分发挥了抒情的特长,如苏丽亚与巴哈尔幽会场面的抒写:"风呀,你要轻轻地吹,/青松呀!你要无声地摆动,/夜呀!你要保持永恒的静寂,/不要惊动年轻的恋人。/月亮呀!请躲进云层,/星星呀!请闭起含笑的眼睛,/雾呀!请挂起轻纱的帐子,/护卫这对幸福的恋人。"优美舒缓的抒情笔致在紧张的叙述中时而出现,使得全诗色彩浓烈,充满诗意。

此外,闻捷在诗中对少数民族地区的风土人情进行了大量的穿插描绘,注意借鉴吸收少数民族诗歌艺术。如长诗中出现的"冬不拉之歌""血泪谣""相思曲""鹿之歌"等,以及在叶尔纳和沙尔拜举行婚礼时哈萨克古老的"劝嫁歌"、民间歌手的"挑面纱歌"、青年男女风趣的"即兴对歌"等民歌的穿插,赋予了长诗鲜明的地方色彩和民族特色,丰富了长诗的主题内容,增强了长诗的抒情色彩,同时,对烘托环境气氛、揭示人物心理、推动情节发展、表现主题都产生了不可忽视的作用。可以说,长篇叙事诗《复仇的火焰》是当代诗坛一部填补史诗性叙事诗空白的重要作品,其影响是不可低估的,对军旅乃至当代叙事诗的创作都极具借鉴意义。

　　大体看来,二十世纪八十年代之前,除闻捷的《复仇的火焰》和郭小川的几部叙事诗之外,影响较大的叙事诗还有高平的《大雪纷飞》、周良沛的《游悲》《猎歌》、公刘的《阿诗玛》《望夫云》、白桦的《鹰群》《孔雀》、蓝曼的《坦克奔驰》、纪鹏的《铁马骑士》、王群生的《新兵之歌》《红缨》、王致远的《胡桃坡》、杜志民的《哨所风雪夜》、周涛的《八月的果园》、韩笑的《松江浪》等等。除以少数民族生活为内容创作的具有民族特色的叙事诗以外,其他的叙事诗并没有取得太高的成就。公刘、白桦、高平、周良沛、周涛等人的叙事诗都是以少数民族生活为创作题材,独特的少数民族风情为他们的叙事诗笼罩上一层别样的魅力。

　　高平的《大雪纷飞》故事情节非常简单:年轻的藏族女仆央金,受阴险狡诈的主人派遣,孤身一人到遥远的冈斯拉寻找"最好的羊群"。善良的央金没来得及与自己的男友江卡告别便上了路。风雪途中,她怀着对未来的美好憧憬,在返回故乡的欢乐梦幻里,在大雪纷飞中冻死。诗歌通篇采用女主人公央金的内心独白,使得主人公的感情心理活动随着差旅途中一层层被展示,脉络清晰,结构显明。全诗既没有悲欢离合的曲折情节,也没有精心雕琢的华丽词句,只是平白如话地娓娓道来,朴实无华的诗句却蕴含了感情的冲击力。周良沛在云南时期就忙于整理少数民族的歌谣,如《古老的傣歌》(1956)、《藏族情歌》(1956)等,对少数民族文化的研究和浸淫,使得周良沛写出了以纳西族古老歌谣《游悲》("游悲"是纳西语,意即"殉情歌")为基础的同名叙事长诗《游悲》。该诗写恋爱中的纳西族男女为追求自由的爱情而到玉龙雪山殉情的故事。诗人着力描写了一个理想中的玉龙第三国,那里的天上没有乌云,日月放光,彩云游动,山洁水清,那里雉鸡当晨鸣,黑狐当家狗,白鹿当耕牛,斑虎当马骑,通过对这个自由王国的描绘,诗人热情歌颂了纳西族人民对美好生活的向往。1979年4月,周涛写出了《八月的果园》(新疆人民出版社1979年版),这是一部反映新疆解放前后的农民生活的叙事诗,通过对艾山老汉在解放前后两种生活的描写、砍土镘和金唢呐前后两种生活的象征,热情讴歌了这"八月的果园"——解放后欣欣向荣的新疆。作者新疆风味的抒情化语言使得整部诗篇充满了浓浓的地域风情。这部周涛早期的作品以颂歌为基调，与周涛后期以思想和机智见长的作品迥然不同，但与同时代人相比，已经显出了周涛独特的语言功力。

纪鹏1952年曾经在装甲兵部队指挥所编辑报刊，对朝鲜战场上坦克手的战斗生活比较熟悉，他写出了反映朝鲜战场坦克手生活的《铁马骑士》（天津人民出版社1972年版）。蓝曼也于1965年写出了《坦克奔驰》（作家出版社1965年版）。两者都是描写坦克兵题材的叙事长诗，所不同的是，《铁马骑士》反映的是我军装甲兵部队在朝鲜战场的战斗经历，而《坦克奔驰》是反映解放战争时期我军第一支坦克部队的发展壮大过程，两者的不足之处都在于语言过于直白，人物形象略显单薄。王致远的《胡桃坡》（人民文学出版社1973年版）讲述了胡桃坡一带革命军民勇斗反动地主的动人事迹，笔触生动，文风简洁，情节复杂，出场人物众多，除了胡桃娘、胡桃女、冯灵秀等正面人物的形象塑造外，地主、匪兵等反面人物的形象也栩栩如生，是一部不可多得的革命题材的叙事长诗。王群生的《红缨》（解放军文艺社1958年版）情节曲折、文笔抒情，通过主人公王大中九死一生的奇特经历，塑造了一个为重返革命队伍而忍辱负重，对革命无限忠诚的英雄形象。但是众多不甚恰当的排比，使该诗显得冗长拖沓；过于曲折离奇的故事情节，在赋予该诗传奇色彩的同时，也消弭了一定的现实意义。王群生的另一部叙事长诗《新兵之歌》（人民文学出版社1973年版）描写了新兵赵向阳在残酷的革命斗争中逐渐成长起来的故事，叙事风格和艺术手法与王致远的《胡桃坡》颇为相近，甚至在某些情节上也有相似之处。如"母子相认"（胡桃娘与同飞虎，李大娘与赵向阳），在一定的程度上也反映了战乱年代所造成的诸多的骨肉分离，而革命战场上的母子相认又为诗篇画上一笔浓浓的喜庆色彩，这种情节的多次插入可以看出作者对传统戏曲的有意识借鉴。

韩笑的《松江浪》（《作品》1984年第1期）是以第一人称写就的自传体长诗。全诗长达3000余行，主要写东北伪满时期一群以主人公张春喜为代表的进步青年，勇于反抗，追求光明，经过短暂的迷惘和彷徨，最终走向解放区的艰难历程。故事情节曲折，人物个性鲜明。更为突出的是该诗在吸收古典诗词、民歌等语言风格的基础上，还借鉴了马雅可夫斯基"楼梯式"诗风，与现代口语熔为一炉，使得该诗特色新明，自成一家，成为当代军旅叙事诗的一个亮点。

当时的军旅叙事诗受当代叙事诗影响,多以诗的形式讲述一个故事,具有流行的写实倾向,其思想艺术价值虽说不可一概而论,但以诗的体式去承担小说、戏剧等体裁的"任务",确实显得不堪重负,因此也造成了诸多的缺陷和硬伤,如形式和内容的剥离,人物形象的简单化,故事情节的贫乏化,缺乏诗的质地和氛围,民歌民谚的强行介入,等等。这与当代叙事诗的弊病也是如出一辙。

第四节 二十世纪八九十年代的军旅诗

一、雷抒雁、叶文福和军旅新诗潮

新时期伊始,和南线战争诗相映生辉的有两位军旅诗人的政治抒情诗,它们犹如两颗重磅炸弹,给当代诗坛以极大震动,它们就是叶文福的《将军,不能这样做》(《诗刊》1979年第8期)和雷抒雁的《小草在歌唱》(《诗刊》1979年第8期)。这两首诗的创作时间竟然相差不过几天,很显然这是与当时的历史反思倾向合流的。从《将军,不能这样做》的前言来看[27],这是一首即事感怀的愤笔之作,全诗情绪激荡,直抒胸怀,采用"楼梯式"和反诘、对比的艺术手法,使得该诗具有很强的情感冲击力。《小草在歌唱》是众多有关张志新事件的诗篇中最为出色的一篇,该诗以"小草"的意象统摄全篇,不仅表现了对社会历史的反思和批判,更是一种自我批判和自我剖析,雷抒雁因此被称为"变革时代的抒情诗人"[28]。这两首诗的出现标志着1949年以来所形成的政治抒情诗传统开始由个体与社会、历史、政治的紧密契合转向自觉分离以及对社会对历史对自我的反思和批判。这两首诗"直面现实、反思历史和自我解剖的勇气,充分表现了一个战士诗人的良知和使命感,分别成为叶、雷二位诗歌生涯中最辉煌的一页。虽然由于种种非诗的因素,这种干预社会现实的诗歌的势头没有在诗坛上进一步展开与推进,但它对军旅诗歌的刺激和启示却是深刻而有力的"[29]。

二、周涛的军旅诗歌创作

自李瑛以后,对当代中国军旅诗的冲击和改造是从"新边塞诗"的兴起开始的。八十年代初期,在新疆的杨牧、周涛和章德益重振古代边塞诗的雄风,树起"新边塞诗"的文学旗帜,着力于表现雪山、荒原和戈壁中坚韧、粗犷和高亢的人生,以鲜明的当代意识和充满悲壮色彩的崇高美,为新时期的诗坛吹来一股豪迈奔放的天山长风。1982年,周涛在《新疆日报》上发表了《关于形成新边塞诗的构想》一文。到1986年,周涛的《神山》(解放军文艺出版社1984年版)和杨牧的《复活的海》(人民文学出版社1983年版)一并获得全国诗集大奖,标志着"新边塞诗"达到了巅峰时期。边塞诗的美学品性是阳刚大气、气势雄伟,充满了健硕的生命力和宏壮的民族精神。且自古以来的边塞诗莫不以边关热血为表现对象,由此可见"新边塞诗"的诗歌精神无疑与昂扬奋进的军旅人生是两相契合的,周涛就是在这里找到了解脱"李瑛模式"的钥匙,军旅诗豪迈壮阔的天性得以解放,被缚的"提坦巨人"自由了。

周涛是"新边塞诗"的代表人物,他性格狂放,气血慷朗,喜读历史,热爱自然,是极具文学个性的诗人兼散文家。周涛少小便随父移居边疆。在那里,周涛的人生姿态、天生秉性和地域环境、人文环境得到了天然的契合。如周涛所言,"大的反差和强烈的参照系,多种生活方式的影响和浮光掠影的知识结构,广阔的自然地貌形态及游牧人生活方式造成的易感性,维吾尔人的幽默感、哈萨克和蒙古人的长诗品格、柯尔克孜人和塔吉克人的传奇色彩,传说、寓言、民歌、音乐、舞蹈以及伊斯兰的拱顶、宣礼塔上的咏经诗,铺满丝绸和地摊的小土巷……都对我不能不产生心理上的、情态上的、整个素质和眼光上的深深的熏染"[30]。农耕文明和游牧文明在周涛身上的碰撞和融合使他从小便"学会了在各民族的对比中观照自己的民族"。马背民族的原始粗犷,改造了汉文化的圆熟精致,并为后者注入了新鲜的血液。两种文化板块的碰撞,孕育出了一个"西北胡儿周老涛",也造就出了周涛雄浑劲健、豪放悲怆的文学风貌。

周涛的诗有着浓浓的理想主义、民族主义和英雄主义情结。《神山》诗集开篇第一句就是:"世间需要这种奇伟的男儿/如同大地需要/拔地而起的群峰。"

(《猛士》)他喜欢与成吉思汗、努尔哈赤这些有风声的带拐弯儿的名字的人杰神交,甚至盛赞他们"有足够的体力彻夜狂欢/翌日爬起来照样驰骋阵前威风凛凛/仿佛一夜间/汲取了神秘的力量"。他鄙夷道学小儒,讥讽那些"广阔土地所养育的心胸狭隘的/八股先生们……酌指甲盖儿大的一盅酒/豪饮",嘲笑他们"缺乏性欲而又不减淫心/无屠狗之力而又清晨舞剑"(《绝境》),真个是辛辣无情,淋漓痛快。他崇拜雄性,在他的眼中,大西北是一个雄壮的男性,"是一个强壮粗野的汉子/浑身蕴含的精力无处发泄/肌肉似的绷起重重山岳"(《大西北》)。苍凉雄峻辽阔无边的大西北就是他正直、刚烈、严厉、暴躁、威严的父亲,他热泪盈眶紧抱着父亲那粗犷的胸膛深情地喊着,"我是属于你北方的儿子/我愿以短暂的死/换取你永恒的生!"(《我属于北方》)。他选取项羽、曹操等乱世枭雄作为他理想中的英雄原型,认定人杰"必先蒙受屈辱/起于荒草/拔剑四顾/欲哭无泪/感悟天地的神谕/萌动马鬃飘飞的雄心"(《人杰》)。他讴歌死之壮美:"只有浩瀚的天空才配做飞翔者的坟场/雄禽的死亡,本身就是一次壮美的终结/啊!让鹰像鹰那样地死去吧/再别让高飞的灵魂悲惨地夭折……"(《鹰的挽歌》)同时,又用《吴越春秋》中"覆船自沉于江"的渔父去讴歌无名的牺牲之美,赋予他理解的"英雄"一种复杂的令人深思的色彩。

　　周涛的诗充满了雄伟的意象、豪迈的气势和滂沛的激情,而这也赋予了他的诗一种地域性的华美。他的诗中雄山、广漠、大水、野马、猛禽时时出现,这使得周涛总是处于一种激情化的抒写状态中,他的诗篇就是力与美的舞蹈。"马"和"鹰"是他诗中频频出现的精灵,如《人杰》中纵横驰骋的马和《鹰之击》中年轻的与狼搏斗的鹰,前者代表了大地上驰骋的速度,后者代表了长空中搏击的力量。周涛30多岁入伍,半路出家,他写军人完全脱离了具象的描绘,而重在精气神的刻画,而其军旅诗的成功也恰恰得益于他对底层军人生活的"隔"。他写高山驻军的艰苦,"听说下山的战士见了一棵普通的树/竟会流泪而且抚摸得那样深情/调休的连长搂住万里探亲的家人/会因为想到山上的战友而愧疚/特别是驶进喀什河洗车的汽车兵/躺在沙滩上就仰望着柔云出神/我知道他们心里都是一句话——生活着该是多么好啊"(《朝拜你,我的神山和圣海》),一下就戳到人的心灵深处。他写军人对祖国的忠诚,"军大衣/为我证明/子弹只能穿过我的前胸/而绝不是背脊"(《冬天,我的军大衣》),又是多么巧妙而深刻。就一个军旅作家而言,周涛的诗歌创作中直接触及军人的诗篇并不多,然而他所写的诗却几乎无一例外雄奇刚劲,这完全符合军队这个雄性群体的精神气质,因此也可以说周涛所有的诗都在追求一种战士品格的塑造,是一种古典激情的现代演绎。

1984年周涛到南部前线体验生活,之后在三年的时间里,断断续续写成了一首长达2000多行的长诗,这就是引领军旅诗坛大诗浪潮的《山岳山岳 丛林丛林》。这是继周涛1979年出版《八月的果园》以后写的另一首长诗,时隔八年,他"终于从摹仿别人的深井里爬了出来"[31]。长诗分三次发表在《边塞》《昆仑》和《中国西部文学》上,这部反映南线战争的长诗,"无贯穿的情节和整饬的结构,它的思维呈'发散型',结构呈'网络状'"[32],宛若一幅战争碎片的斑驳拼贴画,深刻表现了诗人对战争与和平、生命与死亡、军人职业等一系列主题的复杂思考和深沉追问。参战前的心态是怎般真切,"恐惧的人嗅到了死亡临近的气味/那是一股长锈的生铁冰凉坚硬的味道/轻松的人嗅觉迟钝感觉却浪漫/他总以为打仗的时候都在拍电影/他要在电影中扮演英雄主角";战场上的窘境是怎般冷酷,"机枪火力的暴风雨压制住头顶/身体紧紧往地面上贴,恨不能薄如一张纸/而胸膛却硬邦邦被一颗地雷顶住";一场战役的后果是使一个人"从一米八零变成了一米零八",是山上又多出来的976座列阵的坟茔,是无数妇人的哭喊:"坟墓,把你里面的人还给我。"这首长诗不仅是对战争的反思,它更是对生命的追问和一首悲怆的挽歌:"一代又一代的死者并没有使大地腐烂/却是活着的人们使之拥挤混乱/……一切形式的死/目的都在于提醒和挖掘生的意义/死去的人已经不怕死了/活着的正怀着恐惧……"面对烈士死去的青山,诗人唯一的疑问是"我们活着吗"。这首长诗所表达的并不仅仅是与战争相关的思考,显然还包含了诗人在断断续续写作的三年中的其他考虑,因此有些地方显得枝蔓太多,略显累赘,但对于一首长达2000多行的长诗而言,出现些许瑕疵,并不妨碍它成为一首优秀的战争大诗。

周涛的诗总是硬汉式的、雄性的、激昂的,较少涉及内心的隐痛,"他也像一匹兀立'北方的狼',但只给你展示仰天长嗥的雄姿野性,却难得一见它蜷缩洞中时的舔伤呻吟"[33],也较少涉及像爱情这样私密性的主题。诗歌又是文学最敏感的前卫,周涛的诗歌显然是传统的,他崇尚的是"师法自然"和"生命本性"。

在同时代的杨炼、江河、西川、王家新等人新锐的语言表达面前,周涛有很长时间没有从精神困境和语言本体中挣脱出来。在诗歌形式的创新上,他既不如上述几人,更不如稍后的后新诗潮先锋们。在1994年写出《渔父》之后,周涛基本上已经撤离诗歌界,在喊出了"亲爱的诗坛已经离我很远了"以后,始终保持了"兀立荒原,任漠风吹散长鬃"的硬汉形象。

三、李晓桦、贺东久、刘立云等人的南线战争诗

随着1979年对越自卫还击战的爆发,大量的当时被称为"老山诗"的战壕诗,如雨后春笋般在南线战争的硝烟中蓬勃生长,在当时的老山前线(含东山前线),出现了许许多多的诗社,上至将军下到士兵,都在罐头商标上、在香烟纸盒上,在战斗的间隙写诗。这次战争引发的诗潮,到八十年代方兴未艾,与以前的战争诗相比,南线战争诗已经开始有所突破,它拓展和深化了军旅诗的表现内容,不再是表层地单纯表现我军英勇豪迈的英雄主义和爱国主义精神。诗的触角开始深入到八十年代普通士兵多层次的广袤无垠的心灵世界,开始进入个体的人的内心来表现焦土上的生活,开始有了对战争的反思和对军人命运的思考,开始表现新时期军人所具有的新的时代心理、道德观念、精神素质和性格特征。如周良沛所说,开始"表现出对生活和历史的责任感和清醒的沉思"[34]。可以说,南线战争诗是新时期军旅诗歌变革的先声。

杜志民前期的诗集《阵地上的小花》(解放军文艺出版社1984年版),大都是通过对现代化军事演习的抒写来反映当代军人的灵魂,其风格是热情而明朗的。到了抒写南线战争的诗集《山地风》(漓江出版社1989年版),他开始热衷于一种他称之为"前线纪实诗"的诗体试验,其风格就转而变得沉郁凝重了。他撕开以往战争诗故作豪壮的假面和粉饰荣誉的金色花环,真实再现了战场惨烈的血色景象和士兵复杂的心灵世界。《亡曲三部》记录了士兵在战场上的命运抉择,抒写了"地球人"与"诗人"之间的对话,但无论是军人之死还是诗人之死,诗的立意和指归都是对战争这一存在的沉思和探究。杜志民在此试图通过这些并非严格意义上的战争诗,来表达他对战争的独特阐释和对世界的另类理解。

李晓桦的诗往往超越对正义战争的渲染,超越对英雄人物的简单歌颂,直接面对战争的产儿:死亡和毁灭。南线归来后,他写下了《我的墓志铭》《遗书与情书》《士兵谈论死》《这里埋着一个女兵》等一系列"死亡诗"。"死/一下子离我们这样近/近得像/每次呼吸都能钻进肺叶的空气"(《死神·士兵》)。他毫不回避死神降临时的真正感觉,但是面对死亡的阴戾,他又是无所畏惧的,就像《一棵被削掉顶冠的大树》,"绝壁上/它裸露的根/有力地扎进山岩/风的火久久旋围着它/雷的锤不断锻打着它/雨/又为这冶炼扬起片片青烟/再造出一群新的/虽然稚嫩/但将更加锋利的/绿色的剑"。他著有诗集《白鸽子,蓝星星》和长诗《蓝色高地》(上海文艺出版社 1988 年版)。

贺东久著有诗集《带刺刀的爱神》(解放军文艺出版社 1984 年版)、《面影》(解放军文艺出版社 1992 年版)等,他想象力丰富,常有惊人之笔。在他的笔下,战士的头颅是"装满思想的炸弹"(《古战场抒情》),士兵的眼睛是"天生雄性的太阳"(《以太阳和月亮的声音,宣布》),士兵的钢盔是太阳下盛开的金葵般的"桂冠"《士兵的桂冠》,士兵的墓地是"庆贺战争惨烈的精制蛋糕"《墓地》。但是他的想象物毫无例外地"透出了军人粗犷豪爽,惨烈的质感"[35]。贺东久对待战争的态度是非常辩证的。一方面他炽热地礼赞军人的荣誉,面对军人的象征物——钢盔,他高唱:"哦!士兵的桂冠/太阳下,一丛盛开的金葵"(《士兵的桂冠》);面对战争的结果——即将截肢的伤腿,他豪迈:"再见啦/我的经脉如江河/肌肤如土地的腿呵/……/再见啦/我的生死与共的腿呀/迈开正步昂然向前/对准命运的大门/飞起一脚/把悲剧踢得很远 很远"(《大脑与腿的对话》)。然而对于战争,诗人是清醒而明智的,他盛赞军人却讨厌战争,他眼中的战争景象是:"遥远的地方/有无数战场/那里只有/流失的血海/翻不起波浪/泥土是嗜血的/灼热的血浆冷却了/变成无数石子/高贵的溅泼呵/坟墓如冷库/冷藏/不再需要鲜血的/欲望。"(《血库》)此外,贺东久在情诗和歌词上也造诣颇深。

在南线战争诗人中,将军诗人朱增泉特别引人瞩目,那时他已年届五旬,却是诗歌新秀,一试笔就是长达百余行的《猫耳洞人》(《地球是一只泪眼》,解放军文艺出版社 1999 年版)。住猫耳洞是南线战争自爆发以来一直没变的事实,因此也就涌现出了一大批有关猫耳洞的诗,但是朱增泉写猫耳洞人却并不局限于前线战士的猫耳洞生活,诗人将猫耳洞人与数万年之前穴居的蓝田人、元谋人相比,继而唱出中华民族"捍卫繁衍生息疆域的悲歌和浩歌"。从这一首诗歌中可以看出朱增泉的宏伟诗风,但其成就主要是以后的"大诗"和散文创作。

此一时期,除杜志民、喻晓、李晓桦、贺东久、朱增泉等人外,许多前一时期的知名军旅诗人也写出不少反映南线战争的诗作,如李瑛的《永不降落的旗》、胡世宗的《墓地,升起蓝烟一片》、瞿琮的《法卡山英雄速写》等。在他们的南线战争诗作中,我们还可以看到对传统军旅诗歌形式上的明显传承,那么在稍后的1987年,《解放军文艺》推出的"战壕诗会"诗人们,在诗歌的表现形式和思维趋向上就已经和传统渐行渐远了。

1987年夏天,《解放军文艺》杂志社召集刘立云、简宁、蔡椿芳奔赴老山前线,这次南线之行的收获,就是1987年8月号《解放军文艺》隆重推出的"战壕诗会",其中有蔡椿芳的组诗《南殇》、刘立云的组诗《红色沼泽》以及简宁的长诗《麻栗坡》。这三部组诗(长诗)在对战争的表述上,已经与传统的"李瑛模式"的主题明确的抒情式的军旅诗歌大为不同了。如果说南线战争诗是新时期军旅诗歌变革的先声,那么这次"战壕诗会"就是对传统军旅诗的一次直接挑战。

刘立云善于将战争中人的死亡瞬间表现出来,如《瞬间:A》《瞬间:B》《静物:A》《静物:B》等篇章,破碎的肢体、炸裂的头颅、漫天的血雨以及死前的幻觉,都被刘立云不带任何感情色彩地刻画下来,零度情感的写作方法恰如其分地表现了同样冷酷无情的战争和冷酷无情的死亡。在《红色沼泽》中,我们看到:"从断崖到断崖/是一片红色沼泽/我深陷其中/并且闻见了死水的气息/在那阵啸音响过之后/我的手和脚和其他部位/犹如鞭炮炸开后的碎片/飘落在沼泽地里"。残酷、血腥、碎裂、死亡,这就是刘立云笔下的战争。

蔡椿芳的组诗《南殇》由《红土高原》《弈者》《起雾了》《死亡是花朵,流在每个人的血液中》《高地之一》《高地之二》《寂寞的村庄》《你要常常注视自己的肢体》八首诗组成。诗人从北京来到这片燃烧的红色高原,正如这首组诗的名称"南殇"一样,面对着战火中的死亡和血腥,想象着亘古以来的征战和厮杀,悲叹着生命如朝雾一样的短暂和易逝,"战死者的尸体弃于棋盘之外的荒地/在草丛中堆积……直到野草,逐渐淹没他们的头顶"(《弈者》),最后只剩下嶙嶙的白骨和女人的哀嚎。诗人在最后提醒人们,"要常常注视自己的肢体",因为"所有活着的人/你们都是有福的"(《你要常常注视自己的肢体》),表现了诗人对人性与和平的呼唤和对战争的反思之情。

如果说在蔡椿芳和刘立云的诗歌中,如蔡椿芳的《弈者》(以棋局喻战场)、《寂寞的村庄》(以村庄喻烈士陵园),刘立云的《红色沼泽》(战场的血腥)、《安全门:一个幸存者的偶遇》(对伤兵的致敬),等等,我们还可以看到有一条意识(情感、意象)的脉络若有若无地流动,我们在其中还能捕捉到一些传统诗歌的影子的话,那么在简宁的《麻栗坡》那里,我们看到的是与传统的彻底的断裂,其诡秘的意象和莫名的象征层出不穷,除了对战场和烈士的凭吊和对战争和死亡的嘲弄之外,诗歌里面还包含诸多隐秘吊诡的意义。如果把有限的几个关于麻栗坡烈士陵园的段落去掉,读者极易陷入一种解读的困境,很难进入作者的诗境和内心世界,《麻栗坡》将对传统战争诗的挑战推向了极致。

四、李松涛、马合省、朱增泉、王久辛等人的"大诗"风潮

此一时期,以"新边塞诗"崛起于新时期诗坛的周涛,对新时期军旅诗坛做出了两点贡献:一是"他以天山的长风吹来一股强大的气流,用马背民族歌手强悍、粗犷的大气,冲击和改造了传统军旅诗歌形态的小气和精致";二是"周涛创造了一种'大诗'形式,甚至诱导军旅诗坛出现了一种'大诗'现象"[36]。在《山岳 山岳 丛林丛林》之后,还有马合省的《老墙》(上海文艺出版社1989年版)、王久辛的《狂雪》(解放军文艺出版社1995年版)、李松涛的《无倦沧桑》(中国华侨出版社1989年版)等长诗迤逦而来。《老墙》是以长城作为抒情对应物,作者在攀爬长城的过程中,在对砖瓦城墙草木风霜的喟叹中,在发散的思维中表达着对古今世事的感怀和对民族精神的忧思。《狂雪》则对南京大屠杀这一重大历史事件重新挖掘,作者在历史的想象中再现了当时惨绝人寰的疯狂一幕,指出唯有国家的强盛、民族的富强,才能避免历史悲剧的重演。《无倦沧桑》是借写施耐庵的《水浒传》人物来表达一个个体对中华文明进程中所遭受的沧桑和磨难的喟叹。三者都是以"庞大而厚重的历史来作为自己的抒情对应物,在历史岩层的坚实基座上来塑造民族之魂和军人之魂"[37]。

此外,马合省也有反映工程兵生活的短章诗集,出版过《问津草》(解放军文艺出版社1984年版)和《苦难风流》(北方文艺出版社1987年版)等诗集,在浓

浓的乡情萦怀中描绘戍边士兵对母亲、对情人、对故土的热爱,以及如何把这种爱转化为巡逻的动力和战斗的热情。王久辛也有《艳戕》《蓝月上的黑石桥》《魏公村》《云游的红兜兜》等长诗问世,诗人出入于历史与现实、战争与和平、文明与丑恶之间,不懈地进行着对人性道义、对人类命运的理性思考和终极追寻。李松涛则在和平的年代、和平的军营中,着力于对当代中国军人职业气质的把握,对当代中国军人心灵内涵的开掘,对当代中国军人的当代品格的塑造,著有诗集《第一缕炊烟》(上海文艺出版社1978年版)、《云影与松风》(解放军文艺出版社1984年版)、《凝固的涛声》(人民文学出版社1985年版)、《晴空:李松涛空军诗作选》(蓝天出版社1992年版)等。

在"大诗"创作队伍中,将军诗人朱增泉亦值得注意,他著有长诗集《前夜》(解放军文艺出版社1992年版)、《国风》(作家出版社1990年版)、《世纪的玫瑰》(北方文艺出版社1992年版)、《黑色的辉煌》(文化艺术出版社1990年版)等。朱增泉的诗风雄浑洒脱,联想丰富,富有深邃的哲理和浓郁的文化氛围。诗人的思绪经常上天下地,神游八极,如其代表作《奇想》,诗人的思维就大跨度地跳跃着:从猫耳洞到地球浅腹部的胎盘,从眼前的丛林战争到人类的进化史,等等。其诗作超越了一般意义上的军旅诗视野和范畴,体现出更深层次的时代精神、文化渊源和人类意识。这是他对军旅诗的超越,更是对自己的超越。《冬季,我思念天下战士》深切地表达了对和平的祈望,真诚地传达了诗人的良知。他写道:"每场战争结束/死去的士兵,在活着的士兵心里/继续活着;活着的士兵/在死去的士兵亡灵陪伴下/去重找人生。"[38]朱增泉巧妙借鉴现代诗歌的一些表现手法,逐步形成了成熟的独具个性的风格。

五、程步涛、李钢、曹宇翔等人的军旅诗歌创作

在新时期军旅诗人的队伍中,较为出色的诗人还有喻晓、元辉、程步涛、李钢、陈云其、孙中明、郭小晔、曹宇翔、吴国平、张雅歌、张力生、陈知柏等。与颠覆传统的"新生代"诗人相比,他们的作品中除了具有新时期军旅诗歌的变革之外,依然可以清晰地看到"李瑛模式"的抒情诗风的痕迹,他们与传统军旅诗有着明显的渊源关系。

喻晓在此期间也创作了诗集《翠绿的星》(解放军出版社1989年版),表达着诗人对战争与和平的思考,诗人关于战争的沉思如海潮般奔涌不绝,"子弹射穿了爱情/焦土掩埋了智慧/大地长出了青色的墓碑/羽化成晨空的鸽翅/奏响宇宙最悲壮的旋律",格调是悲壮的,情感是深沉的。诗集中的《军人的恋爱季节很短》《你和吐蕊的三月一起走了》等篇章表达了军人甜蜜而沉重的爱情:"军人的爱情好累好累/最难的是回到屋里/收拾残留的温馨/从凌乱的月光中/读出几许痴情/几许哀怨/几许迷茫/等待中蓦然回首/镜中已见鬓发斑/我已不再年轻。"

同样表现军人生活沉重的还有程步涛,他开始"淡化社会的政治的情绪,强化军营的人的情绪,从虚假夸张的激情转向真实普通的人情"[39],他的笔触开始转向探究军人的内心生活。诗集《爱·生·死》(解放军文艺出版社1985年版)中的那首描写军人探亲心绪的《三十天》堪称这方面的先声之作,它以"铅灰色的云层压着铅灰色的山脊"一句为全诗定下基调,毫不掩饰地揭示出当代军人在光荣和神圣背后的辛酸苦辣,以及那一份与荣誉相等的沉重。他时刻关注军人在当代社会的生存困境和内心世界,一则报道刚下火线的残疾军人因抱怨车门夹住他的断腿而遭公交车售票员拳打脚踢的新闻使他愤而执笔写出了《回声》:"在我们的同龄人/进行论文答辩时/在我们的同龄人嫌城市太乱/结队去郊外寻觅田园诗的时候/我们用头颅充填着一个个弹坑/我们用血肉浇铸着一寸寸边地。""我们需要的是理解啊/理解我们的生/理解我们的死/理解我们的勇敢/也理解我们的怯懦。"为国而战,别无他求,只求理解,仅此而已。"但和平/绝不意味着军人的贬值!"就此而言,程步涛是军人心灵的代言人。

成长于海军部队的李钢,在离开海军十年后逐渐写出了一批优秀的水兵诗,譬如"蓝水兵/你的嗓音纯得发蓝,你的呐喊,带有好多小锯齿"(《蓝水兵》),又如"我不敢合上我的本子/我怕合上了海水会溢出来/打湿了我的军服"(《水兵日记》)和"现在,舰长呵/命令你的车钟两车进三吧/让军舰全速驶向海洋/让我们把岸拖走"(《靠岸》)。深刻的生活体验,使得李钢的水兵诗语言质朴却构思奇特,感情真挚而不矫饰。他著有诗集《白玫瑰》(重庆出版社1984年版)、《无标题之夜》(上海文艺出版社1992年版)等。陈云其著有诗集《低下头并且记住》(解放军出版社1993年版)、《蓝色诱惑》等多部诗集,与李钢相类似,以一系列深受人们喜爱的水兵诗崛起于军旅诗坛。他在一首题为《遗嘱》的诗里这样写道："覆我以水,葬我以水/那样的时刻不可流泪/当灯光温柔地靠拢/请转告远方的朋友/在海里,我不再孤独。"在组诗《曾经蔚蓝》中,他把长眠于海的归宿写得如此美丽——让母亲归来,"抱走一个新生的婴儿/在珊瑚拥簇的世界"。很显然,诗人把富于现代色彩的诗歌技巧和出色才华进行了成功的对接,将生活、情感融合在诗化的道路上。孙中明的诗写得轻盈秀丽,哲思绵延,诗中充满了千红万紫的颜色,以及爱、美丽、善良和天真,如其所言"我是战士/我爱彩色的生活/我的心/是一个彩色的世界"(《彩色》),代表性诗集是《绿树与花》(解放军文艺出版社 1984 年版)。郭小晔著有诗集《隔河之吻》(解放军文艺出版社 1990 年版)等,他的目光穿过遥远的时空注视着那场南线的战争,注视着每一个或死或伤或存的军人,他总是以第二人称"你"来作为抒情主人公,探视着主人公"你"在战争中和战争后的精神世界和现实状况,隐晦地传达着他对这场战争的理解、认识和反思,亲切中透着感伤,反思中饱含赞誉。曹宇翔以组诗《家园》和《感恩》引起当代诗坛的关注,以此也成为新时期乡土诗人的代表性人物。他把深沉的挚爱和动人的歌唱全部呈献给了美丽的故乡,同时也从故乡和亲人那里获得了源源不断的创作灵感。他在故乡纯粹的阳光下和明媚的春光中不知疲倦地吟唱着家的怀想曲,其作品表达了人们内心深处潜存已久的对故土家园和过往岁月的怀念,其诗风纯粹明朗、清新温暖。他著有诗集《家园》(解放军文艺出版社 1992 年版)、《纯粹阳光》(明天出版社 1998 年版)等。吴国平著有诗集《山海交响曲》(百花洲文艺出版社 1992 年版),他为悼念其夭折的表弟而创作的抒情诗《少年之死》发人深省,其中畸形少年的不幸遭遇让人慨叹人世的苍凉和不幸。那个自出生之日就因长相丑陋而倍受歧视和冷遇的少年最终选择了自杀,追随人世间唯一疼爱他的外婆而去,这是一曲悲悯情深的挽歌,诗人不仅是祭悼其早夭的表弟,还心怀天下弱小苍生。陈知柏著有诗集《九级浪》(解放军文艺出版社 1990 年版),他疯狂地热爱大海,他热爱大海的广阔平静,也喜欢大海的暴怒严厉,他笔下的大海就是雄性与力量的象征,是一片"蓝色的土地"(《蓝土地》)。他坚信:"在人类不懈的征途上/真正有幸的/是在严峻的大风涛中/用生命完成峥嵘的杰作/我因此而值得颤栗呵/我是水兵/活着,我是弄潮儿/死,我的骨骼是圣洁的珊瑚一座。"(《珊瑚岛》)艰苦卓绝的水兵生活,严酷的海上人生,粗犷的男性世界,构成一幅幅浪漫而又现实的雕刻,力与美的诗篇在其笔下绽放。元辉著有诗集《英雄的画像》《绝响》,他的诗构思精巧,语言质朴,格调明快,笔触清新,往往以一个小小的细节烘托一个宏大的主题。如他的《哨所日出》:"你看/那肩起旭日的/不是青钢色的海面/而是拂晓巡逻归来/一队绿色的士兵。"他的诗主要是描写边防士兵的戍边生活,以及驻地人民对战士的热爱之情。张力生著有诗集《初航集》(解放军文艺出版社 1981 年版)、《扬波集》(长征出版社 1989 年版),他的诗主要是描绘海军的训练和战斗生活,以及海防军民共守边防的鱼水情谊,并着力塑造了一批海军战士的形象,如"帆缆兵""领航员""装填手"等,其诗朴实简练,明白晓畅。

六、军旅诗人"新生代"

军旅诗的"新生代"(相对于地方的"第三代诗人"),一般而言是指那些出生于六十年代,在八十年代中后期崭露头角的年轻诗人,他们中的佼佼者是简宁、蔡椿芳、史一帆、殷实、辛茹、阮晓星、康桥等人。他们是吸吮着更为新异的诗学观念登上诗坛的,在美学观念上与当代诗坛的所谓"后朦胧诗"或曰"第三代诗"是取同一步调的。"与前代诗人相比,他们的诗学观念更加远传统而亲现代,甚至不惜以西方现代思潮和诗潮作为自己创作的参照系或出发点,有意无意淡化传统意义上的军人责任感和使命感,切入军人世界的角度更加强调个人化和心灵化,在审美趣味上和'后新诗潮'有某些趋同之处。"[40] 新生代军旅诗人着重于内心情绪和生命体验的挖掘,语言运用上也更加特异、晦涩和复杂,意识之流恣肆蔓延,诗歌意象频繁变换。极度个人化的创作造成了公共语境的消失,而公共语境的消失又造成了巨大的阅读障碍,因此也降低了此类诗歌的辐射力和影响力。

正如新生代诗人杜红的研究所指出的,这批新生代诗人,按诗歌质地和精神追求,"主要可以分为以下四种类型:一是以简宁、蔡椿芳、史一帆等为代表,他们对现代诗学观念基本上是全盘接受的,作品明显受英美现代诗的影响;二是以殷实、屈塬等为代表,他们在诗学观念上与以海子、骆一禾为代表的'深度抒情诗人'十分相似,即反对毫无节制地使用象征、隐喻等修辞手法,主张在纯粹的语言中'坦率地说出真理';三是以刘立云、曹宇翔等为代表,他们的最大特点是保存、保留了'李瑛模式'中'叙述抒情'的典型风格,及表述上有一条明显的叙述线索,其中尤其突出的是刘立云,相比'李瑛模式'的诗歌,他的作品明显具有现代性的朦胧晦涩的特点,但基本上,在他的每一首诗中都具有一条使表述得以展开的线索;四是以阮晓星、辛茹等为代表的这一时期涌现的一批军旅女诗人,她们对军旅诗的贡献是发展了一个审视战争的崭新角度:从爱情、家庭等女性的角度抒发对战争的独特理解,写出了一大批抒情优美、情感独特、意象丰富的优秀作品"。他们的共同特点主要有以下两个方面:首先是非现实性。他们的作品"明显地区别于'李瑛模式'中'以景寄情'的现实主义的创作,具有鲜明的精神创造的特点,不再将抒情局限于现实世界中的具体事件或情景,而是在想象中展开想象,在思想中展开思想。其次是较强的个人历史感,无论是表现当时的南线战争或抗日战争或古代战争,还是表现具有历史积淀的主题如民族、生命、爱等等,自觉、积极地从个体而非群体的角度进入写作,重在表达个人化的思想、感觉和体验"[41]。

简宁著有诗集《倾听阳光》(解放军文艺出版社1990年版)、《天真》(华艺出版社1991年版)、《简宁的诗》(人民文学出版社1997年版)。他的《快乐婴儿:1987战壕报告》《麻栗坡》《反风景:秦时明月》《垓下》四首长诗,都属于军旅题材,《快乐婴儿:1987战壕报告》《麻栗坡》是南线战争长诗,《反风景:秦时明月》《垓下》是历史战争长诗,只是那神秘晦涩的主旨、令人眼花缭乱的语言和传统军旅诗大异其趣。蔡椿芳除反映南线战争的长诗《南殇》《环形堑壕》之外,还著有诗集《冈仁布钦及其它》(西藏人民出版社1988年版),这是一部不可多得的描写西藏的诗集,西藏的山、水、人在他的笔下淡然来去,呈现出了一种超脱的宗教情怀,语言古朴质拙,蕴含天意奥妙。殷实著有抒情诗集《妥协之举》(北方文艺出版社1993年版),这本诗集实践了他本人的诗歌理念,诗人在庸常的生活中,飞扬着年轻的激情,跃动着理性的哲思,具有一定的现实批判精神。史一帆的诗集结集较晚,诗集《生命的悬崖只有鹰能描述》(解放军文艺出版社2003年版)收入了他的主要作品,正如他的书名所示,他在没有"鹰"的年代梦想着鹰的飞翔,鹰就是他生命的图腾,他徘徊在生命的悬崖,寻找着被世人丢弃的纯洁,固执地进行着语言的突围。"鹰""悬崖""马""闪电"是他频繁使用的意象,他在这些高贵的、严峻的、有力的意象中构筑着他的诗的乌托邦。

毫无疑问,新生代军旅诗群对传统军旅诗构成了强大的冲击,他们在开拓新题材、挖掘新内涵方面进行了积极有效的探索,对诗歌结构和语言的革新也丰富了军旅诗的表现方法,一定程度上促进了军旅诗和当代诗的合流。

七、女性军旅诗群

在新生代军旅诗人队伍中,女性军旅诗人的代表人物是辛茹、尚方、康桥、阮晓星、小叶秀子、杜红、张春燕、谌虹颖等人,她们以女性意识和独特的生命体验与男性军旅诗人区别开来。作为女兵,她们有着不同于男兵的心路历程。男兵的粗犷、豪迈和强悍,在她们则变为细腻、纯情和温柔。不同于男性军旅诗人一般侧重于描摹军旅生活的艰辛,讴歌军旅人生的勇敢和豪迈,她们有意无意地淡化军营的物理空间,强化女性特殊的心理感觉和生命体验,以女性的敏感、多思、委婉和执着,来抒写军旅女性的特殊心态。爱情历来是女性生命体验的重要内容,她们自然也难例外,她们抒写的军旅爱情诗篇为单色的军营注入了一丝丝温软的柔情。

这群女诗人各有其声色:

辛茹著有诗集《寻觅光荣》(百花文艺出版社 1995 年版)等,她在四方的军营堡垒中刻画着女兵寻觅光荣的心理流程,"在不断地行走和升腾中/她眼里的泪水/渐渐凝固/……她仍旧伤感但从不低头/她依然叹息却永不停留"(《我的北方》)。但也有对战争的个性体验:"的确/战争是个奇怪的东西/它那张红润的脸/漂亮的如同婴孩的微笑/以晶莹而五彩的纸屑/遮盖令人毛骨悚然的记忆"(《我为什么总被征服》)。这种对于战争主题的真实性和具体性的深层次揭示,在军旅女诗人中是难得一见的。尚方著有诗集《红沙漠》(解放军出版社 1988 年版)等,执着于表达一个女人对身在军旅的爱人的无悔爱恋之情,是其诗作的重要主题。康桥著有诗集《寸草心》,其诗典雅清丽,褪尽浮华。她汲取着传统文化的乳液,以女性特有的母性本质,深陷在爱的哲思中不能自拔。组诗《血缘之源》柔美而犷放,激情充溢。张春燕著有诗集《梦你一生》,她以女性所特有的敏感,来抒写军中女儿的温馨,守望着爱情的营地,寻觅着原始的真实。

如"走进伤口盛开的美丽家园/让疼痛披散在戈壁的怀中/如歌的长发每夜为你挽起/以千古绝唱的姿态/爱抚边关永不消失的芬芳"(《绝对爱情》),写出了女军人与一般女性不同的爱情心理和个性。阮晓星著有诗集《天使》(长城出版社1993年版)等,她于平常中显露出洋溢着爱的晨露的女儿柔肠,她的诗以"刚中之柔与柔中之刚,把军人风情体现得极为明丽"[42],如《亲爱的人们》《重归幸福》等诗篇,清新的诗句散发着诗人对人生万物的浓浓爱意。小叶秀子著有诗集《天囚:小叶秀子诗歌集》(人民文学出版社1998年版)等,她的诗是灵魂与肉体的撞击所产生的悲凉的人世苍茫的回声。杜红著有诗集《红色》,她的诗格调清新,优美抒情,语言个性鲜明,富有张力和感染力。

总体看来,诗评家们在欢迎和肯定女性军旅诗人的同时,又对其总体成就不甚满意。有的论者认为,她们"诗歌意象的狭窄,表达语式的单一,组织结构的重复,逻辑思维的散淡,'兵味'特色的浅显与表层化等等,构成了这一代军旅女诗人们的通病"[43]。

概括而言,第三代军旅诗人在八十年代中期到九十年代的十余年的时间里,充分借鉴了西方现代派诗歌以及当代诗坛第三代诗人的诗歌观念,在拓展军旅诗的领域、扩大军旅诗内涵方面做出了积极有效的探索,在深度和广度两方面都有收获。同时,通过对诗歌结构和语言的革新,提高了文本的意义和价值,形成了新的语言模式,丰富了军旅诗的表现手法,促进了军旅诗的艺术化与个性化,革新和发展了以"李瑛模式"为代表的传统军旅诗,基本实现了军旅诗与当代诗的同步发展。虽然他们还缺乏更多的独立、创新和批判精神,但是不管怎样,这是一只新生的羽翼渐丰的大鸟,它的啼唱虽然略显稚嫩,却也是分外的清新洪亮,为行进略显迟缓的军旅诗带来了新的活力和生机。

第五节　新世纪以来的军旅诗

一、李瑛、朱增泉、程步涛等人的创作：现实主义传统的延续与深化

新世纪之后的军旅诗坛依然可见一些活跃了多年的身影,例如李瑛、朱增泉、程步涛、峭岩等。在二十世纪,他们或者以蔚为壮观的军旅诗支撑起一个庞大的创作体系,从而见证了共和国军人在民族自强历程中的昂扬奋进和迷惘失落,记录了共和国前行中的辉煌荣耀和艰难曲折；或者在滚滚硝烟和炫目血光中升腾起关于军人生命至大之境,历史、现世和未来的哲学思索。他们亲历了当代军旅诗歌70年的发端、发展、繁荣乃至落寞,他们或者是当代军旅诗歌的奠基者,或者是当代军旅诗歌发展历程中起到关键作用的领军者。进入新世纪,他们中的绝大多数已经步入了花甲之年,较之其他诗人,他们对战争、军队、军人等有着更为深邃的理解,对当代军旅诗歌的写作传统,例如国家民族立场的坚守、崇高英雄精神的弘扬等,他们也有着更为自觉的传承和固守。当然,在全新的历史时期他们也一直在进行积极的探索,他们试图运用最熟悉的现实主义创作方式传达出崭新的时代思索。这是一批值得尊重的诗人,因为他们的存在,新世纪的军旅诗歌拥有了令人敬畏的历史沧桑感。

李瑛是中国当代军旅诗歌史上极为特殊、极为重要的一位诗人,在刚硬和粗糙成为主流诗风的年代里,"李瑛模式"哺育和影响了一批更为年轻的军旅诗人。二十世纪九十年代李瑛重访革命老区,经历了一次独特的心理体验,创作出为数不多的军旅诗作(其中有一部分发表于新世纪)。[44]在这些诗作中,曾经被淘洗得异常纯净柔美的军营生活开始变得充盈刚劲,显示出军旅诗歌特有的血性和力度。例如,诗人从一只马蹄铁中看到了"飞扬的长鬃和奋起的四蹄"、"火光映红的河水"、炮声和枪声"嘶鸣着向前冲去"(《一只马蹄铁》),富有硬度的意象熔铸于灵动的诗感之中,营造出军旅诗歌特有的刚硬质地。再如《遗产》,诗人围绕遗留在将军身体内的两个弹片展开想象,"将军已经火化/朗朗的阔笑已经枯萎","狰狞的、卷曲的、锋利的"钢铁透过"骨灰缝隙,冷冷地/窥视着人间(此刻,它们在想些什么呢)/而在它们后面/一个黄金般辉煌的事业/正太阳般腾起",诗人摆脱了以往写作单向度的思维习惯,在发散型的想象中赋予军旅诗歌深刻的哲思。从横向角度考察,这部分极少数军旅诗作在李瑛后期庞大的诗歌体系中处于一个不起眼的角落,然而从纵向脉络考察,这些诗作的意义则显得非同凡响,李瑛在军旅诗歌写作中试图超越既往风格的努力传达的是一种丰富的意义,它不仅仅显示出一位孜孜不倦的优秀诗人在尝试中的创新,更辐射出军旅诗歌的某些特质在当代特定时代情境中被压抑与被释放的历程。

新世纪之后,将军诗人朱增泉出版了诗集《享受和平》(河北教育出版社2006年版)、《中国船》(四川文艺出版社2013年版)、《生命穿越死亡》(四川文艺出版社2013年版)、《忧郁的科尔沁草原》(四川文艺出版社2013年版),自1987年至今这位无心成为诗人的将军诗人在诗歌创作道路上一直充满韧性地前行着。与同时期所有亲历战争的军旅诗人一样,朱增泉从不讳言战争给军人带来的生死考验与残酷折磨,但是与此同时与其他军旅诗人们迥异的是,朱增泉一直试图穿越苦难的事实界限,努力做出一种艰难而富有意义的言说。对军人壮美生命形态的关注和体悟与其说是朱增泉的审美习惯,不如说是他的思维习惯,几十年的戎马生涯和挥斥方遒使他总是能够在惯常事物之中看到生命力量的阔大和刚硬,而这种阔大和刚硬不可避免地为他的诗歌笼罩上浓重的英雄主义气质。对域外重大军事事件的关注,是新世纪之后朱增泉军旅诗歌的另一个写作重点。例如,《底格里斯河在呜咽》一诗针对举世瞩目的伊拉克战争,诗人哀叹,"今夜/古老的底格里斯河依然从巴格达城下流过/她如一位悲愤的老妪/一路扶墙痛哭/彻夜呜咽/绞心的战争与文明啊……"他提醒人们在花团锦簇中不要忘却来时的道路曾经是一份沉重的震颤。"二次大战的废墟尚存,战亡者的白骨尚存/集中营生还者的,心灵伤痕已不可能抚平/战争恶魔又在时时向我们逼近/科索沃战争在远方,却有五枚精确制导炸弹/突然钻进中国人心中爆炸"(《享受和平》),忧患之情的存在使得朱增泉军旅诗歌在引领精神高标上升的同时,又总是能够朝向生命温暖和柔软之处出发,刚硬阔大而又温暖湿润,精神向度的无限向上延伸和生命向度的无限向内扩展,构成了一种奇妙的组合,它为朱增泉军旅诗歌赢得了持久的生命力和穿透力。

二十世纪八十年代,在"军人是人"命题的诠释过程中,程步涛是一位积极的写作者。新世纪之后,沉积多年的程步涛携《记住那些地方》(解放军文艺出版社 2011 年版)重登军旅诗坛。经过岁月的淘洗,作为归来者的程步涛似乎变得更为成熟,在他的诗作中一以贯之的警醒和忧思因此也愈发深沉、凝重。《记住那些地方》中的"那些地方",几乎涵盖了中国共产党所领导的早期武装力量战斗过的大部分地区,在诗人看来,这些曾经在历史上为中国革命做出巨大贡献的地区如今依然瘠薄、偏远乃至贫困,所以我们应该怀着感激、谦卑而忧伤的心记住这些地方,记住这"滚滚烽烟凝聚"的地方,记住这"英雄的生命终结"的地方。在引领读者进行集体回忆的同时,程步涛也瞩目当下的中国,"九十年/我们听惯了颂词和赞歌/现在/还能不能掂一掂投枪和匕首/当年曾把它们投向敌人的营垒/今天/我们能否经得起它们的质询和拷问……"(《我们的旗帜,我们的誓言》)在真诚追问中,诗人勇于担当的历史责任感令人动容。

自二十世纪六十年代就开始进行诗歌创作的峭岩是共和国第一代军旅诗人群落中的重要一员。新时期之后,峭岩的名字曾经一度被遮蔽在更具有鲜明创作个性的诗人之中,然而进入二十一世纪,已年迈的峭岩为诗坛奉献出长达 5000 余行的大诗《遵义诗笔记》(解放军文艺出版社 2011 年版),此时的峭岩令人刮目相看。遵义是一座历史古城,更是一座充满传奇色彩的革命圣地,2010年峭岩随中国作协组织的"走进红色岁月"采风团,深入贵州遵义老区参观学习,峭岩"把这次采风,作为精神还乡,作为灵魂回家"[45]。全诗由十歌(章)构成,采用屈原九歌的风格题写各章的篇头诗,以烛火意象贯穿全诗,构思宏大,气势磅礴。

二、刘立云、王久辛、姜念光等人的创作:坚实而丰富的中坚写作

新世纪军旅诗坛的中坚力量是由一批出生于二十世纪六十年代左右的诗人们组成,他们或是成名于二十世纪八十年代中后期,例如刘立云、王久辛、辛茹等,或是新世纪之后突现于军旅诗坛,如姜念光。从年龄构成而言,他们是军

旅诗坛的中间代;从写作质量上看,他们以日益成熟的写作为军旅诗坛奉献出数量众多、风格迥异的高品质诗作,从这个意义而言他们又是新世纪以来军旅诗歌当之无愧的中坚代。

在中国当代军旅诗坛上刘立云似一座渐渐隆起的高峰。2010年刘立云以其诗集《烤蓝》(解放军文艺出版社2009年版)问鼎鲁迅文学奖,成为新世纪之后唯一获得鲁迅文学奖的军旅诗人。从二十世纪七十年代至今刘立云以艰辛的跋涉和顽强的坚守诠释了一种文本蜕变的艰难轨迹,也诠释了一位优秀军旅诗人所应该拥有的坚韧品质。刘立云18岁参军,迄今为止40年的时间是在军营中度过的,正如诗人所言,"军事生活中所拥有的那种特殊的东西,肯定已通过我所经历的日日夜夜、点点滴滴,深入到我的骨子里、我的灵魂中,并左右着我的思想、行动和日常生活"[46]。这种"特殊的东西"被刘立云概括为"烤蓝",军人所用的军刀在制作过程中都必须经过烤蓝这道工序,军人的一生如同他们手中的武器被烈火烤蓝那样,始终都被烈火炙烤着,刘立云长久以来一直以自己独特的方式言说这种蓝。

如果说对战争中的死亡体验、战争之后幸存者的孤独体验和日常军营生活中的职业体验是刘立云对军人生命意义探讨的三个重点,那么新世纪之后,随着战争的远逝,军队生活日趋正常化,军人也成为众多职业中的一种。作为一位敏锐的军旅诗人,刘立云则更多地潜心关注和平状态下日常的军营生活,从中品味到军人职业所承载的艰辛与超脱、快乐与痛苦、热闹与孤独等复杂的情绪感受,提纯出军人所特有的炽热而深沉的精神品质。例如,《开放日》一诗以具体的形态刻画了日常的军营生活面貌,诗人以观察者的身份审视开放日中的军营,"所有的门　所有的窗/都开着　所有浸满青草汁液/叠着方方正正的被子/都仿佛用小炉匠或小木匠的小铁锤/一锤一锤　叮叮当当地敲打过"。在诗人看来,整齐划一、严谨单调的生活背后蕴含着的正是军营所特有的美:"啊　一种静止的美　潜藏的美/锋芒毕露的美/站立这里　你无法不屏声敛气/无法不把心里的某些东西/悄悄地藏起来。"

新世纪以来,对技艺的追求依然是刘立云军旅诗歌的努力方向之一。对刘立云而言,对技艺的追求为其文本带来了新颖性,然而不同于某些军旅诗人们追新逐奇的表演性试验,刘立云在对技艺追求的过程中力图保证文本意义的高度完整,对写作的题旨、构架和速度等进行有效控制,从而避免由纯粹文本的实验而导致的碎屑。

对于叙述的关注是刘立云在军旅诗歌创作过程中的一个重要举措,叙述策略的运用使刘立云的军旅诗歌更多时候处于一种克制的状态中;然而诗歌并没有因此走向无情和冷漠,相反它呈现给我们的是不动声色中的炽热,一如岩浆冷却后的石头,之所以如此,源于刘立云对叙述戏剧化效果的追求。刘立云的军旅诗歌中通常会存在多重的矛盾冲突,诗情在各种矛盾的多向度牵扯中延展、扩张,戏剧性效果由此产生。例如《我看见战区的耗子》,在诗中两类不同的意象构成了两个不同的世界,"耗子""白骨""射击孔""碎石"构筑了阴冷的战争世界,"城市""妻子""儿子""波斯猫"构筑了温馨的日常世界,长尾巴粗绒毛的耗子和豢养的娇柔的波斯猫颠覆了传统意义上的耗子和猫的关系,具有浓郁的隐喻色彩,"耗子"和"波斯猫"在隐喻中又形成了深层次对比。两个世界不同的相加叠印和矛盾冲突,构成了诗歌内在的紧张感,从而形成了较强的戏剧性。

诗歌语言速度的缓慢设置,也是刘立云所采用的一种写作策略。相对于"先锋"军旅诗人,刘立云诗歌的语言显得缓慢平稳,他喜欢娓娓道来。例如《给儿子的遗书》,即使在即将奔赴前线与亲人告别的非常时刻,即使诗人"泪水滂沱",他依然将语言的节奏控制得舒缓有致;诗人的思绪从"那座苍老的名山"流转到"山下的某一个洞穴"的男人们,从儿子"滑稽又可爱"的小模样联想到战争中"不可改变的人的命运",从"我会因为你而千百年地存活下来"的感慨到几十年后的某天某月"你带上漂亮而聪颖的新娘"来凭吊"我"的畅想,诗人的思绪缓慢流淌,每一个情感的触发点都被放大和减速。"死亡"在这里被反复言说、咀嚼,以包抄式的缓慢速度逼近读者的心灵。刘立云军旅诗歌语言速度的缓慢特质既是诗人内敛、凝重的气质在创作中的投影,也是诗人所采用的一种写作策略。"慢"体现出一种难度的设置,需要诗人从外在形式的刻意经营转向对词语本身和内在体验的关注,对刘立云来说自己弥补"慢"所带来的滞后性弊端的方式是强化诗歌的写作深度。刘立云习惯在大幅度铺陈之后采用突然的语意强调或者语意转换,使诗歌境界走向深邃沉实。例如在《黄土岭》中诗人叙述了日本侵略者屠杀中国同胞的情景,紧随其后的想象:"从此阴风四起/野狗踩出一条长长的血道/一个亡灵拦住路人说/你捡到了我的头吗?"以虚写的方式将死亡的氛围推向更为肃杀阴冷的境地。

2007年5月王久辛以长征事件为题材元素创作出了长诗《大地夯歌——谨以此诗为中国工农红军将士铸碑》(《解放军文艺》2007年第8期)。《大地夯歌》整部长诗借用了民间夯歌的形式,长征战士作为夯歌的主人在二万五千里的艰辛跋涉中,激越、雄壮的声音一直伴着他们豪迈的脚步声,就像创造世界的劳动歌声——夯歌那样在中国大地上久久回荡:"夯歌终于从人心/如岩浆般迸射出来了/赤红的岩浆如礼花的缤纷/把瑞金城点染得彤红彤红……"把新世纪的洪钟大吕/撞响 那是彤红的命运/谱写的彤红的绝唱/响彻云霄的钟声里/有无尽的热血/伴着理想在飞翔/所有为创业而打夯的人们/都把理想溶进了翅膀……"在诗中,诗人让夯歌伴随着长征的漫漫征程一路响起,让长征沿途中的所有物件与夯歌一起发出声势浩大、雄沉悲壮的夯歌交响曲,在夯歌本身所特有的"吭哟、吭哟哟、嗨哟、嗨哟哟、呼咳、呼咳咳、哎嗨嗨哟哟、哎嗨嗨哟、哟吼、呼儿嗨、呼儿嗨哟……"由轻微到厚重、由单调到丰富、由轻缓到急迫的声律节奏中,中国人民解放军曾经由小到大、由弱到强的发展过程也被形象地展示出来。《大地夯歌》是王久辛军旅诗歌中非常独特的一首,"诗人以厚重的笔触来渲染夯歌,以诗性的想象来赞美夯歌……使这首诗成为夯歌的海洋,这边唱那边和,那边落下这边又起",构成了诗歌"多声部的复调与民歌曲式,立体的交叉奏鸣,精致的音乐织体"[47]。

2017年军旅长诗《蹈海索马里》(《解放军报》2017年7月17日)的发表是王久辛对新世纪军旅诗坛的另一个重要贡献。《蹈海索马里》延续了王久辛一贯的抒情风格,以热烈饱满的情感气势和铺陈渲染的语言风暴,向在索马里战斗与牺牲的维和战友们致敬,彰显出当下中国军人为世界和平与发展勇于担当和牺牲的精神风貌,展示出在"一带一路"倡议中中国的大国风姿。就题材而言,《蹈海索马里》的出现无疑使中国当代军旅诗歌拥有了显著的国际化特点。另外,相对于王久辛之前的军旅诗歌创作,《蹈海索马里》也体现出诗人试图超越自我的种种努力,这种努力主要体现在两个方面:一是双重情感节奏的出现,二是密布全诗的宏大律动性。在《蹈海索马里》中诗人主要设置两个人物形象——恐怖事件中的索马里少女和中国军人张楠,诗歌的抒情主动脉也围绕这两个人物而展开,并由此走向两个不同的情感分叉。在张楠身上呈现的是诗人对英雄主义一如既往的激情颂扬,在索马里少女身上诗人则赋予了向下的沉思,向上的颂扬和向下的沉思拉伸了诗歌的情感空间,民族性和人类性出现了交相呼应。"从艺术创新的角度看,《蹈海索马里》给人最鲜明的感觉,就是密布全诗的宏大律动感。35个抒情语群,形成了涌动在索马里海域的情感波澜。这些情感的波澜形态丰富,韵致生动,无论是主体部分湍急的意象流动、序言中的慢拍抒情,还是第8章中描述张楠面对'一坨一坨/冒着烟的骨肉残渣'的滞缓细述,都给我们留下了难以忘怀的印象。"[48]

姜念光是新世纪军旅诗坛出现的一匹黑马。2014年、2017年姜念光相继推出两部诗集《白马》(解放军文艺出版社2014年版)和《我们的暴雨星辰》(中国青年出版社2017年版),这两部诗集以"含能量"的方式拓展当代军旅诗歌的写作疆域,言说了另一种可能性,这种可能性关乎军旅诗歌智性艺术空间的营建。军旅诗歌由于其特殊的题材性质,英雄主义的激情表达一直成为支撑它内在情感节奏的主旋律,而这种情感主旋律到姜念光的诗歌世界中则被碾成无数富有韧性的思想触丝,然后向外蔓延延展,超越了军旅的日常圈缚,慢慢伸向了无限渺远的哲思世界。姜念光军旅诗歌的写作无疑是克制而又有所指向的,例如《海防来信,说到了诗》中,诗人收到了海防士兵的三页来信,士兵提及"坐在海边看书"、"没有蔬菜,没有手机信号"、"风暴过境,海天狂吼"、"大发雷霆的坏脾气上级"、三天后"露出羞愧神色"的大海、"在面前欲言又止的祖国"等,诗人阅读战士的来信时心潮起伏,"听任波涛推进胸膛",然而该诗并没有因此滑向惯常的情感渲染,而是通过深刻的归纳将诗思收敛到向智的轨迹之上,"还有礁石啊!他们的心/怎么收纳那无穷的漩涡","在他们享有的孤独磁场/无用的诗歌变成了自负盈亏的明月"。在层层递进的追问和思辨中,诗人最后将诗歌的境界推向了更为阔大的哲学层面,这是对军人生命意义的终极概括,这是"英勇的、无名的感觉",这是"寂寞、忍耐、生死契阔"的生命存在。《败将》一诗也是如此,诗人舍弃了对败将具体生命经历的描述,而是将其放在历史长河的维度中进行观照,在强有力的思辨拷问中,最终指向了对人类恒久命题的判断:"所谓历史,不过是履约的命运/所谓胜利,不过是画地为狱的捉刀人/而败将,只把所有的英勇归结于沉默/在下个清早,打开世界的另一扇门。"

如果说智性是姜念光军旅诗歌显著的个性外壳,那么在这外壳之内贮存的则是诗人隐忍的炽热之情,情与智在姜念光的军旅诗歌中形成一种奇妙的审美呼应。例如《一枚弹壳》,诗人将一枚弹壳置于"书架之上",置于文明传承的历史长河之中,这是一种突兀的对比,也许"满架的图书都解释不清"弹壳曾经的命运,在"尽头闪耀的"虎头、马眼与"爆破""燃烧的痕迹"并列于偌大的时空,究竟谁是幸运的,谁又是不幸的? 在绵延不断的追思中诗人并非无情的,"永不回头的,绝望的/欣喜","我心中,也有呼啸无法收回",切身的军旅体悟和浓重的历史悲悯感交织在字里行间,构成了渺远的哲思诗境中清晰可辨的情感肌理,于是,情因为智走向豁达,智因为情而拥有温度。情智并存的审美效应体现了姜念光的双重努力,一方面他试图以智去拉伸、拓展传统军旅诗歌的表达范畴,另一方面军人本身的血性阳刚之气又赋予了诗歌难以消弭的情感底蕴,从而接续、暗合了军旅诗歌的某些精神传统,开拓与传统并蓄的探索也意味着姜念光的军旅诗歌写作将会拥有更为丰富的可能性。

新世纪以来,两位军旅女诗人辛茹和康桥的创作也格外引人注目。辛茹出版了《火箭碑》(解放军文艺出版社 2006 年版)、《杨业功之歌》(解放军文艺出版社 2007 年版)、《洞天》(解放军文艺出版社 2010 年版)等军旅诗集。如果说九十年代辛茹的军旅诗歌具有明显的温婉、深挚的女性写作风格,那么新世纪以来通过一系列的军旅长诗辛茹逐渐消泯掉之前诗作所明显具有的性别标识,大气、温婉、刚硬、细腻巧妙地组合在一起,构成新世纪辛茹军旅诗歌特有的气质。《火箭碑》《杨业功之歌》和《洞天》这三部长诗构成了一部诗化的中国战略导弹部队史——"火箭兵三部曲"。《火箭碑》全景式地叙述中国战略导弹部队全貌,《杨业功之歌》以杨业功为主角描述原第二炮兵常规导弹部队的成长历史,《洞天》从多维度再现了原第二炮兵工程部队所经历的 50 年光荣岁月。在这三部长诗中,辛茹以一以贯之的激情高度歌颂英雄主义,她试图构塑英雄精神以呼唤民族的雄伟之力,以英雄的存在作为日常庸常生活的支撑。这三部长诗也彰显出辛茹日益成熟的艺术驾驭能力,以《洞天》为例,在《洞天》中辛茹以物理时间为线索采用多方位的叙事视角,使全诗充满了渐次展开的恢宏大气的油画品质,令人耳目一新。

2005 年,康桥重走长征路,创作出全景式叙述长征的军旅长诗《征途》(解放军文艺出版社 2006 年版),这部长篇叙事诗共分 11 个部分,即序、出征前夜、夺路湘江、峰回路转、四渡赤水、云崖水暖、铁索飞渡、雪山高歌、穿越草地、胜利会师、余音。在这部具有史诗品格的长诗中,诗人的思绪穿越各种历史场景,从草地、丛林到渡口、沼泽,从跳动的篝火到滴血的脚印,既有支撑全诗的情节骨架又有血肉丰满的细节描绘,"《征途》以生者为逆旅、死者为归客的进军为示意中心,以时间的推移为经线,以仰天长啸的英雄传奇为纬线,织成了庞大的红色记忆之网"[49]。《征途》一个突出特征是女性视角的移入,诗人讲述了长征中众多女战士的故事,以温柔体贴的女性之心去还原历史令人动容的瞬间:"视死如归……草地含泪的歌/鲜花的泥淖……走过草地的鲜花/谁还能再喜欢玫瑰/死去的女红军赤身躺在路旁/身边叠放脱下的衣物/给缺衣的战友/赤裸的牺牲 赤裸的美/泥地上的字比石头的雕塑隽永";当临产的女红军进入草地,"羊水破裂/血顺着双腿直往下流……肿胀的双腿间 婴儿的头/慢慢显露……汗水一滴滴滚落/疼痛撕心裂肺"。细腻女性视角的移入使宏大壮烈的长征历史拥有了真切可触的痛楚。

三、董玉方、温青、马萧萧等人的创作:左奔右突的新生代

新世纪以来军旅诗坛出现了一批优秀的青年诗人,例如董玉方、温青、贾卫国、大兵、马萧萧、郭宗忠、刘笑伟、周承强、周启垠等(尽管其中的一部分诗人由于各种因素而中断创作)。与前辈诗人们不同,出生于七十年代之后的他们既没有太多的历史重负,也没有过多的现实磨难,他们更多时候是源于自身生命感觉去理解世界、现实、军队乃至军人生活。在艺术储备方面他们拥有比前辈更为丰富的营养资源,从这个角度而言,他们是共和国最为幸运的一代军旅诗人。生命的书写和文本的自足是新生代军旅诗人写作的重点,"他们的写作淡化了题旨的确指性,冲决了题材的严格界定而强化了诗的意蕴,拓展了诗意空间,从而获得了对人类生命存在状态的抚摸和探究的勇气"[50]。然而当自身生命感觉几乎成为这批诗人进行创作时唯一的体验基础时,必然会导致双重效应的出现,即一方面生命回避历史和现实的纠缠会呈现出异常的清澈和澄明,而另一方面生命失去历史和现实的托举也容易失重。与此同时,文本自足的探索一方面促进了军旅诗歌的个性发展,而另一方面过于浓烈的文本实验将会导致

军旅诗歌走向艰涩难懂的境地。因此从某种程度上来说，背负着中国军旅诗歌未来希望的新生代军旅诗人将注定步履维艰，在传统与现实、生命与使命、文本自律与他律的左奔右突中引领军旅诗歌走向全新的航途。

2008年，年仅24岁的董玉方出版了第一部诗集《一路锋芒如血》（四川美术出版社2008年版），在这部诗集中董玉方以年轻人特有的锐气刷新了读者对军旅诗歌特有的传统认知。如果说在以往的军旅诗歌写作中诸如战争、军队、军人等意象是以实体的形式呈现出来，那么在董玉方的诗歌中上述种种均被赋予了浓烈的想象意味。例如董玉方会将持枪的战士想象为人类历史艰难而执着的守护者："颤抖的脉搏，持枪歌者/傲然行走在历史的边缘，抱着石头/在一个又一个冰封的苦难中/你的歌声是草原上一株麦子的幸福。"（《持枪歌者》）再如军营中司空见惯的军礼在董玉方的诗歌中会幻化为一种如铁的坚硬存在："这块铁不是圆的，也不是方的/它那完整而标准的线条/构成一种超越几何的构图/构成锐气和杀气/关键是铁的内部/一千匹马在奔腾，一千棵骆驼草/在汲取太阳，却只有一个太阳/照耀。"（《军礼是一块铁》）在关于军营生活的种种想象中，"生命"成为董玉方理解世界的至关重要的切入点，牺牲、庄严、崇高、奉献、神圣、给予、美好乃至失落、忧郁等生命的复杂情感时时刻刻渗透在虚拟的战争、日常的军营生活中，甚至坚硬、冰冷的枪管和子弹在他的笔下也具有了生命的力量："杀人是存在的唯一意义/却忘不了，在枪膛里怀着的幽思、幻想/怜悯眼前一直迷途的梅花鹿，欣赏/野草或者树木的生长，枪口朝上时/还可以与蓝天白云对话。""可是，为什么/这里有那么多树、颓壁、土坯/四面八方辽阔的疆域，那么多空空的空/非要经过这蓬勃有韵的心跳。"（《哭泣的子弹》）因为生命的存在，董玉方的军旅诗歌拥有了钢铁与鲜血并存的坚韧与夯实。

出生于七十年代的温青新世纪以来一直以强劲的势头不断向上攀升。以写作长诗见长的温青拥有广泛的题材涉猎领域，军旅诗歌只是占据其创作的一部分，与温青诗歌整体创作特色不同的是，在写作军旅题材时温青所创作的一系列短篇反而尤为精彩。温青的军旅短诗往往充满细腻而敏锐的温情，例如在《感觉武器（三首）》中诗人以动态的感觉去想象军营中静态冰冷的事物："我听见弹药的呼吸/我在寂寞而幽深的洞库　突然听见/药的呼吸/那些神态各异的汉子　用一生的铁/在憋一声惊雷。""我听见弹药的呼吸/希望它是沉睡的婴孩/在梦中找到香甜的奶水/在休眠中仍然奔突不息。""我和光线在洞库内游移/一柄柄枪刺拥向无边的石壁/关闭洞门的一刹那/我闻到了枪刺的气息/一种辛辣,一种锋利/裹紧一丝丝冷透肌肤的快意。"在近乎痴迷、充溢热恋的描述中,温青为当代军旅诗歌赋予了一份难得的温软气息。

作为一位少年成名的优秀诗人,马萧萧在新世纪的军旅诗坛上依然以灵巧和机智见长。例如在《春望》中,诗人以奇特精巧的构思,诗意地描绘出军营生活中的常见一景:"我看到单人哨所/是扎在山上的小针管/山的脸色/正由白转红。"再如《我见到了水的骨头》一诗,诗人通过奇绝的想象将日常事物——水赋予了刚硬的军人智慧:"看,老天愈冷它骨头就愈硬/这大自然的知识分子/这运动战的高手/这打一枪换一个地方的农民军/这气态、固态、液态的伪装者——三窟的狡兔/水啊,水。"正如评论者章德益所言:"充满灵趣、灵思与灵感的马萧萧的诗,是一种由湘人灵慧的巧思与西北旷远的山川悠然契合的产物。它们流自一个带有童心的军旅诗人内心深处,恰成为中国犷悍雄烈的军旅诗的一个补充,一个在刀光剑影之外的多声部的奇妙和声。"[51]

在新世纪军旅诗坛上,周承强以其"坚实、朴茂的内在骨力与宁静、真实的生命温度"和"不时显现出的俏丽、活泼的自然情怀"[52]确立了一种独特的诗歌写作风格。在周承强的军旅诗歌中,朴实的叙述成为主要的情感传达方式,并且朴实的叙述往往渗透着感人至深的心灵细节。例如,《一个人的哨所》中诗人以毫无做作的语调描述一个人的单调枯燥、周而复始的哨所生活:"大雪覆盖的脚印留给自己辨认/自己给自己种菜做饭/自己给自己站岗巡逻/在早晨一个人围着小屋跑步出操/一个人正步踢响丛林山峦/(别以为这是多余动作)/作为延续三十年的先进哨所/一年只有一次机会接受检查/一年只有几分钟时间/能让上级明白岗位的重要。"再如《探家》一诗朴素再现了离家三载终于获得探亲假的战士复杂的情感世界:"给腰疼的父亲买瓶蛤蚧酒/捎条越南烟给劳苦功高的大哥/创造机会让女友喷喷西贡香水/柜台边的牛角梳质量上乘/那种轻便凉鞋妈妈特别喜欢/临付钱时才想起老人已去世半年。"

四、喻林祥、李栋恒、朱秀海等人的创作:古典诗词再出发

从《诗经》中慷慨豪迈的出征、忠诚不渝的戍守、同生共死的情谊、百战归乡的思绪,到《楚辞》中披坚执锐的雄强、冲锋陷阵的壮烈、铁血激战的酣畅、舍身报国的殇怀,从两汉乐府中巍巍皇皇的武功、魏晋歌行中捐躯赴难的风骨,到大唐诗篇里雄浑瑰丽的边塞、两宋词章中刀剑铿锵的强音,宏阔的雄略、飒爽的英姿、风发的意气、壮丽的军魂,民族精神中硬朗刚健的基因和昂扬向上的气韵,都融入中国古典军旅诗词一行行字句中、一页页华篇里,伴着岁月的打磨,放射出熠熠的光辉。

所谓中国古典军旅诗词,须是以文言语法写就的,与以白话写就的军旅诗词相互区别。中国古典军旅诗词,首先是中国的,这不单是地缘的概念,更是文化的范畴,凡此类诗词必是中国文法、中国气派。中国古典军旅诗词,还须是古典的,即必遵守古典诗词的格式声韵,可以是律诗未出之前的古体诗词,不拘字句、黏对,韵脚可平可仄;也可以是律诗即出之后的近体诗词,讲求格律音韵、文字声情。中国古典军旅诗词,亦必是军旅的,或出于军旅作者之手,或书写军旅生活情怀,或契合军人特有的精神风貌。回望新世纪中国古典军旅诗词不断走向复兴的历程,我们能清晰地看到两条线索:一是中国古典军旅诗词创作的方阵集结,二是中高级军官将领古典军旅诗词作家的星光闪耀。前者是中国古典军旅诗词创作兴盛不衰的基础和保障,后者是中国古典军旅诗词创作境界日新的亮点和引力。

成立诗社,订立章程,以诗会友,切磋技艺,是自古便有的文苑佳话。"盖文章,经国之大业,不朽之盛事"[53],当今中国古典军旅诗词创作的集团式复兴,正是国力军力强盛、文化自信包容的自然体现。循着集团式复兴的线索,首先进入我们视野的是成立于1987年的解放军红叶诗社。这是一支由1400多位社员、5000多位军旅诗词创作者组成的队伍,是军旅诗词作者们有组织、有计划地推动古典军旅诗词创作发展的一方重镇。红叶诗社的作者具有广泛的覆盖面,其中既有诗词创作功底深厚的老同志,又不乏勤于学习尝试的年轻人,从革命前辈、将军、士兵,到卸甲归田的离休同志、复转军人,可谓百花竞放,芳华满园。

作为中国古典军旅诗词作者创作交流的阵地，诗社出版《红叶》《中华军旅诗词研究》等诗词创作、理论刊物，选编诗集，开展有关军旅诗词的研讨、评奖、纪念会、吟诵会等活动。红叶诗社作者的创作大都贴近部队、贴近生活、贴近实际，他们共同弘扬中华文化的优秀传统，将中国古典军旅诗词的影响力不断扩大到诗坛内外。

除了红叶诗社，由国防大学创办，并由国防大学政治委员刘亚洲上将亲自担任院长和总编辑的中华军旅诗词研究创作院，也是中国古典军旅诗词创作的一方重镇。2013年，创作院成立伊始，便创办了季刊《中华军旅诗词》，设《军旅名家》《风雨征尘》《青史英名》《战地黄花》《漱玉飞珠》《神州放歌》《蒹葭秋水》《散曲今弹》《辞赋华章》《新诗撷英》《古韵新解》等栏目，对军旅诗词进行专门的整理和研究。中华军旅诗词研究创作院以"研究中华军旅诗词历史现状、作品特色、创作规律、现实作用等等，创作反映军队建设、军事斗争准备的诗词精品，发挥对军队文化的催化作用。通过不断探索与实践，积累知识，总结经验，延揽人才"[54]为己任，着力推动中国古典军旅诗词的复苏与繁荣。

喻林祥、李栋恒等将军诗人和朱秀海、汪守德等人的古典军旅诗词创作是新世纪军旅诗词创作中一处引人瞩目的方阵。官员从文，是中华文化的一个优秀传统。修齐治平的理想，格物致知的探索，正位行道的抱负，立功立言的追求，都在官员从文的传统中得到了延续。作为中华传统文化皇冠上璀璨的明珠，中国古典军旅诗词创作不仅需要作者精于格律、熟于典故，更要求作者富于生活阅历，深于思考和感悟。从士兵到中高级军官将领，峥嵘崎岖的军旅生涯赋予中高级军官将领诗人们更加宽广的视角、更加幽深的哲思，而凌峰观览的人生境界又使他们的诗句彰显着家国天下的大我之境。古人云"诗者，志之所之也，在心为志，发言为诗"[55]；又云"诗言志、歌咏言、声依咏、律和声"[56]，"一切景语皆情语"[57]。将军们笔下的家国天下，正是他们自我人格修炼、情感升华、意志磨砺、精神超越的现实写照。因此，中高级军官将领作诗的意义，是具有普遍的引领作用的，他们的诗词创作是纯粹文人的诗文所不可比拟、不能替代的。

回望新中国古典军旅诗词创作史，毛泽东、朱德、叶剑英、陈毅、张爱萍、萧克、郭化若、莫文骅、李真、贾若瑜、高锐、李栋恒、方祖岐、汪洋、喻林祥、周克玉、乐时鸣、周一萍、岳军、李文朝、岳宣义、周迈、兰书臣、严智泽、徐行、高立元、徐红、王育华、徐洪章、李桢、于志民、张鹏飞、陆恟、戴清民、朱秀海、柳科正、石理俊、萧永义、李静声、李翔、杨方良、胡志毅、皇甫国、韦善通、章国宝、方国礼、刘国范、范诗银、沈华维、王改正、周爱群、饶健华、姚飞岩、张桂兴、郝尉扬、赵京战、魏新河、廖开鉴、李玉清、江涛等名字映入我们的眼帘。在新世纪诗人中，喻林祥、李栋恒、朱秀海的创作以其在思想性、艺术性上的成就而具有一定代表性。

喻林祥上将笔名蒲阳，曾任武警部队政治委员，其代表作为诗集《戍楼诗草》（中国书籍出版社2014年版），其中收录诗作366首，记录了作者纵横南北、戎马一生的战斗历程。喻林祥将军的诗作，在形式与内容上将"大"与"小"进行了很好的结合[58]。其诗作内容之"大"，即作者继承中国古典军旅诗词的言志传统，在诗作中体现出强烈的献身精神和忧患意识。"少年从戎沐风雨，老来戍边御北风"，"莫道边关狼烟尽，羯鼓频传总有时"，其拳拳之心、殷殷之情，令人感动。其诗作内容之"小"，即作者发扬缘情的传统，从小处见慈悲心，见真性情。在其代表作《边关行》中，处处记录着将军对戍边官兵如待赤子般的怜爱，和对他们奉献精神的由衷赞美，"试问名利客，几人能戍边"，在"七月流火霜方尽，八月飞雪泉始干。莽莽雪原隐归路，萧萧战马悲天寒"的边关，他"寄语秦淮檀板客，改弦高歌唱边关"。其诗作形式之"大"，表现为诗人选择了大历史中为广大受众所乐于接受的古典诗体，自觉为民族文化振兴宣教助力。其形式之"小"，表现为立意取材、遣词造句、对仗用典、辨声用韵上的严谨和精致。无论思想品格还是艺术水准，喻林祥诗作都达到了一定高度，给人以精神上的净化和艺术上的愉悦。

李栋恒中将曾任总装备部副政治委员，代表作为《李栋恒诗词选》（解放军文艺出版社2014年版），其诗作字句文雅，风格清新，意象开阔，思想精妙，达到了艺术性与政治性的较好统一。从山乡学童到共和国中将，光荣的历程成就了一位戎马倥偬的歌者。李栋恒用他大气浓情的诗作，为我们展现出一位高级将领文韬武略的独特风采。作为军人，栉风沐雨的军旅生涯使李栋恒拥有了丰富的人生阅历；作为诗人，点滴积累的笔耕不辍使他具备了左右逢源的才情。在李栋恒的笔下，祖国的河山、生命的感悟、心灵的火花纷至沓来，一段段活泼跃动的文字、一幅幅引人入胜的画面,呈现出他缤纷的内心世界。李栋恒的诗作情真意切,联想丰富,襟怀壮阔,热情豪放,写景状物往往视角独特,寄情言理常常见识过人,充满对纷纭事务的洞察和对茫茫世路的感悟。如他在《南阳独山兼惜友人》中写道:"丘嫌岭嫉独山孤,雷击风抽立野芜。尘世为何容不得,只缘满腹尽璠玙。"写景状物与抒情寓理浑然一体,用语双关,寥寥数行充满哲理。再如另一首《无题》:"三人成市虎,众口能烁金。若无辨奸术,空有伯乐心。"用典平易,与古为新。军旅诗词独有的魅力和品格,与作者许身报国、淡泊高洁的志趣相互辉映。

  小说家朱秀海在新世纪第一个十年内异军突起,将自己的创作扩展到古典诗词领域,相继创作了包括五古、七古、五律、七律、五绝、七绝、杂言诗等各种诗体的作品和词作共350余首,并已结集为《升虚邑诗存》(辽宁人民出版社2014年版)。朱秀海创作古体诗词由来有自,查其"幼读古诗,如沐春风。然津渡难近,良师不接。有程门立雪之心,无江郎梦笔之遇","长而投足八荒,放浪天涯","自以为蓬山既远,青鸟不遇,今世何世,与诗难逢"。人至中年,尘心自敛,"改弦易辙,弃旧图新。披《文选》于冬月,诵《桃夭》于春日"[59]。他学诗于屈、陶,心存圹埌,意旨高远,其作品或感时纪事,或寄情山水,或咏史怀古,或酬赠唱和,在审美追求上务以简约清雅、闲淡悠然为大旨,与中国古诗词楚文化一脉隔千年而相吸呼,又自然洋溢出一种属于当代的、鲜明表现诗人个性的自然清新、与时偕行的独特气息。作为军旅诗人,军旅诗词在朱秀海的古诗词创作中占有重要的地位,其中的代表作如《五古·海上》记述诗人参加海军远航大洋的经历:"海声动寰宇,八荒共一色。晨惊云吐日,夜愕涛吞月。"意象浩大,幻想奇瑰,震撼人心而又令人向往。他的回忆亲身参加边境战争的作品《七律三首·寄远》,则以极具变化、充满豪情的诗句刻画了自己出生入死的几段战场经历:"初临战阵怯金鼓,复踏雷区忘死生。呼啸沙场血共雨,纵横尸塬泪和风。"出人意料而又感人至深。朱秀海的古典诗词作品典雅隽永,巧于用典,格律诗对仗工整,守韵谨严,时有佳句,表现了作者深厚的古典文学修养和古典诗词创作才情。2018年,朱秀海又推出了他的第二部古典诗词集《升虚邑诗存续编》(中国青年出版社2018年版),收录了自2013—2018年近五年的400余首新创作的古典诗词,涵盖军旅、讽喻、纪情、纪事、感怀等内容,所有诗词严守法度,表现出作者丰富的精神世界和高超的学术修养。作者在书中娴熟运用古典诗词的声律、句法、修辞,无论是五古、七古、柏梁体、奇句韵,还是入律的古风和古风式的律诗,都保持了古典诗词应有的体式和格调。在其中描写战争的《将进酒》一诗中,作者饱含居安思危的忧患意识,以军人特有的警醒与担当写下"太平安逸有几时,一朝闻警军檄移"的诗句,并歌颂了"中华存者五千载,称不朽者卒与伍"的尚武精神,其中充满了诗人对普通战士的热爱与礼赞;在现实题材诗作《哀街头》中,作者关注着繁华都市中平民大众的生活,"莫问家乡一万程,携包背袱到帝京","山西烧卖安徽饼,四川麻辣福建腥",看似以平实的诗句记录平凡岁月,实则讴歌了伟大时代中他乡奋斗者的开拓精神。朱秀海以升虚邑命名自己的书斋,取义于《周易·升卦》,卦爻辞为"九三,升虚邑"。象辞将此解为"升虚邑,无所疑",象征着升临空虚之邑的绝高之处,深具凌视寰宇的气象。朱秀海的诗歌正如他的斋号一般,是具备了高远情怀的诗人所创作出的气度不凡之作。

评论家汪守德在 2018 年出版了他的诗集《吾山伊水》(解放军文艺出版社 2018 年版)。在这部诗集中,汪守德将万里江山装入锦绣胸怀,用自己优雅的笔触描绘出祖国的大好河山和自己的游兴文思。在诗中,作者叹光阴之易逝,寄闲情于山水,"时光不磨青春老,静观山水此身闲";运用现代媒体传播手段即时发布和分享自己游历四方的所见所感,"更将手机拍万象,任谁不是摄影家"。诗中充满了闲适的意趣和自由的心境,兴之所至,发言为诗,在具体的创作过程中不拘格律约束,呈现出一派天然灵动的美感。除了纪游,诗人还长于怀旧,"少年无敌上高房,曾是邻家千杀郎",一首《忆少时》将洒脱不羁的少年形象描写得跃然纸上,使读者产生强烈的代入感,仿佛跟随作者笔墨回到了意气风发的少年时代;而《清明》诗中"泪眼父母墓上草……万千疼爱何处找"的描写更是写尽了游子的孝亲之情。在这部诗集中,诗人多以四、五、七言古诗形式进行创作,散文式的抒怀状物和诗词的句式声韵,更加便于作者自如地挥洒内心深处的体悟和情感,彰显了作者的文学修养和诗学品位。

毋庸讳言,相对于其他文种的"与时俱进",新世纪以来的军旅诗歌整体而言则稍显低调、迟缓,在日益热闹的军旅文学大家庭中显得"另类"而孤寂(尤其相对于军旅影视剧作、军旅长篇小说)。对军旅诗人而言应对新时代的挑战似乎是一个更为艰难的课题,如何运用诗歌的形式去传达出信息时代的军人精神,如何呼应时代进行创新式的写作等,都需进行更艰难的拓荒。军旅诗歌所面临的内部困境实际上指向的是一个共同问题:军旅诗歌如何在承载时代精神的同时实现文学综合维度的平衡?诚然,当代军旅诗歌以爱国主义、理想主义和英雄主义的核心价值伦理唤醒了人们麻木而低沉的神经,填补了目前中国当代诗歌在某种程度上所失却的人文精神,但是仅仅停留在对"民族／国家核心价值观"的伦理坚守层面是远远不够的,成熟的军旅诗歌应该能够有效整合独特的军人个体生命体验与军队群体经验,乃至宇宙世界的关系,在回归军营生活本体的同时应该观照人类共同性的情感和精神品质,建构对于历史和当下的生活富于穿透力和超越性的思想。与此同时,成熟的军旅诗歌并不应该只是提供一种包裹思想或者"哲学"的形式,而应该从文学的范畴呼唤思想性,寓思想性于文学性之中。唯其如此,中国当代军旅诗歌才能够走出"先天"预设的瓶颈,才能够走向真正的经典化进程。

注释:

[1]据徐怀中等人回忆,新中国成立初期担任西南军区文化部副部长的冯牧同志对部队青年作家最鼓励两条:一是下部队代职体验生活;二是广泛学习,大量阅读在当时并不受到十分肯定的多种世界名著。这种小环境使得他们受益匪浅。(参见徐怀中:《送冯牧归去》,《文艺报》1995年9月16日)

[2]九十年代至今军旅诗坛的创作队伍一直存在优秀诗人的流失现象,例如周涛转向散文的创作,李松涛转向生态题材诗歌领域的开拓,简宁转向影视剧本的创作,殷实转向文学评论的写作。新世纪以来,活跃在军旅诗坛的诗人主要有刘立云、辛茹、康桥、周承强、师永刚、王久辛、郭宗忠、李瑛、朱增泉、程步涛、峭岩、师永刚、曹宇翔、徐岩、大兵、宁明、周启垠、黄恩鹏、温青、马萧萧、刘笑伟等等。从这支创作队伍的组成来看,其平均年龄处于45岁左右,尚未形成老、中、青有效衔接的创作梯队。

[3]九十年代至今军队和地方出版社加大了对长篇军旅小说的扶持和出版力度。军队电视剧生产逐渐形成了较为健全的管理体制,拥有了一支由各大军区电视中心、军兵种电视中心、武警部队电视中心形成的专业创作队伍。对于

军旅诗歌而言,则似乎很少接受到来自体制的扶持与关怀。

[4]首届"剑麻诗歌奖"是一个完全自筹资金设立的诗歌奖项,它的组织者在评奖启事中这样表达特设此奖的目的:"此奖是部分诗人为奖掖在军旅诗歌方面做出突出贡献,并创作出有重要影响的军旅诗歌作品的军旅诗人,以推动军旅诗歌健康蓬勃发展而设立","首届参评作品为 2003—2005 年度发表或创作的反映军事题材的诗歌作品,为避免遗珠之憾,首届评选在时间上对往年作品参选适当放宽年限。评选对象为现役军旅诗人,这是历史上首次以民间方式组织的军旅诗歌评奖活动,也是唯一的军旅诗歌专项奖"。据悉,该奖共收到全国各地发来的应征作品 132 份,经初审,符合应征条件作品共 112 份。

[5]朱向前:《中国军旅诗:1949—1994》,载朱向前《军旅文学史论》,东方出版社,1998,第 65 页。

[6]张永枚:《将军柳·后记》,载张永枚《将军柳》,解放军文艺出版社,1959,第 79 页。

[7]朱向前:《中国军旅诗:1949—1994》,载朱向前《军旅文学史论》,东方出版社,1998,第 67—68 页。

[8]艾青:《公刘的诗》,《文艺报》1955 年第 13 期。

[9]朱向前:《中国军旅诗:1949—1994》,载朱向前《军旅文学史论》,东方出版社,1998,第 69 页。

[10]邵燕祥:《忆公刘》,《文汇报》2003 年 1 月 17 日。

[11]高平:《诗歌〈打通雀儿山〉的创作》,载高平《致诗友》,敦煌文艺出版社,1993,第 14 页。

[12]高平:《饶介巴桑印象》,载高平《致诗友》,敦煌文艺出版社,1993,第 39 页。

[13]朱向前:《中国军旅诗:1949—1994》,载朱向前《军旅文学史论》,东方出版社,1998,第 71 页。

[14]顾工:《〈军歌·礼炮·长虹〉后记》,载顾工《军歌·礼炮·长虹》,重庆人民出版社,1958,第 66 页。

[15]朱向前:《中国军旅诗:1949—1994》,载朱向前《军旅文学史论》,东方出版社,1998,第 67 页。

[16]冯牧:《郭小川诗选·序言》,载郭小川《郭小川诗选》,人民文学出版社,2000。

[17]据李瑛回忆,1951年,毕革飞主持《解放军文艺》诗歌工作,主要是编发快板诗,为刊发一首自由体诗,他们常常发生争执,由此可见当年的军旅诗风之一斑。

[18]李瑛写抗美援朝战争的《战场上的节日》(1951)和越南战争的《在燃烧的战场》(1980)都未能成为同一时期最有影响的诗作,多少也可以证明这一点。

[19]在这期间,李瑛还曾到福建前线某部连队当兵一年之久。

[20]张光年:《李瑛的诗》,载李瑛《红柳集》,作家出版社,1963,第1—2页。

[21]李瑛:《早晨·后记》,载李瑛《早晨》,作家出版社,1957,第118页。

[22]石祥、瞿琮等人以后歌词创作的成就远大于诗,分别写出了《十五的月亮》《吐鲁番的葡萄熟了》等优秀词作。曾凡华等人则转向了报告文学或散文创作。

[23]李瑛对军旅诗"告别"的重要原因之一,就是逐渐远离了部队生活和士兵体验。但他的"转向"仍然对军旅诗有一定的"诱导"作用,比如雷抒雁、叶文福等人的抒情诗创作。

[24]张志民:《找你自己的色彩(代序)》,载喻晓《青春与海》,解放军文艺出版社,1986,第2页。

[25]胡世宗:《瞿琮印象(代后记)》,载瞿琮《湖岸·抒情诗叙事诗卷》,武汉大学出版社,2002,第648页。

[26]魏巍:《骆驼草·序》,载石祥《骆驼草》,河北人民出版社,1981,第2页。

[27]据说,一位遭"四人帮"残酷迫害的高级将领,重新走上领导岗位后,铺张浪费,为自己盖楼房。

[28]牛宏宝:《变革时代的抒情诗人——雷抒雁创作略论》,载雷抒雁《激情编年》,解放军文艺出版社,2000,第354页。

[29]朱向前:《中国军旅诗:1949—1994》,载朱向前《军旅文学史论》,东方出版社,1998,第78页。

[30]周涛:《山岳山岳 丛林丛林·后记》,载《周涛自选集·诗歌散文卷》,

新疆人民出版社,1992,第 387 页。

[31]周涛:《山岳山岳　丛林丛林·后记》,载《周涛自选集·诗歌散文卷》,新疆人民出版社,1992,第 385 页。

[32]朱向前:《中国军旅诗:1949—1994》,载朱向前《军旅文学史论》,东方出版社,1998,第 80 页。

[33]朱向前:《新军旅作家三剑客》,《解放军文艺》1993 年第 9 期。

[34]周良沛:《老山诗·前言》,载周良沛《老山诗》,文化艺术出版社,1988,第 3 页。

[35]叶鹏:《面影·序言》,载贺东久《面影》,解放军文艺出版社,1992,第 2 页。

[36]朱向前:《中国军旅诗:1949—1994》,载朱向前《军旅文学史论》,东方出版社,1998,第 80 页。

[37]朱向前:《中国军旅诗:1949—1994》,载朱向前《军旅文学史论》,东方出版社,1998,第 80 页。

[38]朱增泉:《冬季,我思念天下士兵》,载宋增泉《地球是一只泪眼》,解放军文艺出版社,1999,第 6 页。

[39]朱向前:《中国军旅诗:1949—1994》,载朱向前《军旅文学史论》,东方出版社,1998,第 81 页。

[40]朱向前:《中国军旅诗:1949—1994》,载朱向前《军旅文学史论》,东方出版社,1998,第 84 页。

[41]杜红:《文本的觉醒与语言的爆炸——论第三代军旅诗》,《解放军艺术学院学报》2004 年第 1 期。

[42]谢冕:《移位中的寻求——评"百家军旅诗"兼论军旅诗的现状》,《解放军文艺》1987 年第 8 期。

[43]兰草:《火中舞者——军旅女诗人爱情诗选·编者的话》,载辛茹等《火中舞者——军旅女诗人爱情诗选》,解放军出版社,1997,第 553 页。

[44]参阅李瑛:《李瑛诗文总集》第七卷,中国文联出版社,2009。

[45]峭岩:《遵义诗笔记·后记》,载峭岩《遵义诗笔记》,解放军出版社,2011,第 267 页。

[46]刘立云:《烤蓝·自序》,载刘立云《烤蓝》,解放军文艺出版社,2009,第1页。

[47]黄恩鹏:《弓如霹雳弦惊——王久辛军旅长诗论》,《解放军艺术学院学报》2008年第1期。

[48]祁鸿升:《针尖与眼神:时空裂变中的大创造——王久辛长诗〈蹈海索马里〉赏析》,《文艺报》2017年9月20日。

[49]杨匡汉:《马嘶鸣心而过》,《文艺报》2006年10月12日。

[50]周瑞峰:《站在世纪航途上的瞻望——论军旅新生代诗群》,《西北军事文学》2008年第2期。

[51]章德益:《俊逸灵秀的军旅诗——诗集〈行军大西北〉》,《解放军报》2000年11月16日。

[52]参见2006年12月16日首届"剑麻诗歌奖"周承强的颁奖词。

[53]曹丕:《典论·论文》,载郭绍虞主编《中国历代文论选》第1册,上海古籍出版社,2001,第159页。

[54]刘亚洲:《中华军旅诗词·卷首语》,《中华军旅诗词》2013年第1期。

[55]《十三经注疏·毛诗正义》,上海古籍出版社,1997,第269页。

[56]《十三经注疏·尚书正义》,上海古籍出版社,1997,第131页。

[57]王国维:《人间词话·王国维词集》,上海古籍出版社,2016,第126页。

[58]朱向前:《"取势宏远,用事精微"——序蒲阳将军〈戍楼诗草〉》,《光明日报》2010年11月7日。

[59]参见朱秀海于2014年出版的《升虚邑诗存》序中表述。

第七章　散文

第一节　概述

一、溯源与界定

中国是一个诗歌的国度,也是一个散文的国度,从先秦诸子散文、《尚书》、《战国策》到汉赋,再到"唐宋八大家"散文,其中军旅(或战争)篇什也是洋洋大观。具体来说,从司马迁的《史记·项羽本纪》到诸葛亮的前后《出师表》、李华的《吊古战场文》、苏轼的前后《赤壁赋》等等,名篇佳构不胜枚举。但明清以降,文风随世风迁移,怡性娱情的小品文逞一时之盛,那种取材于战争的气势磅礴的黄钟大吕之音反倒日渐稀少,沉雄阔大的散文一脉式微。新文学运动的前二十年,散文成绩斐然,大家杰作迭出——有儒雅闲适的周作人式的小品,也有妙趣横生的林语堂式的议论;有丝丝入扣的胡适式的说理,也有匕首投枪般的鲁迅式的杂文;有意境俱佳的朱自清式的美文,也有言近旨远的许地山式的寓言;有郁达夫、徐志摩宣泄无遗的抒情,也有夏丏尊、丰子恺精简传神的记述……然而,铜琶铁板唱大江东去的军旅散文却依然少见,如果硬要按图索骥,茅盾的《白杨礼赞》之类大概可以归入其中。

这就牵涉到一个问题:如何界定"军旅散文"?这个问题恐怕只有做宽泛的理解才易解决。这"宽泛"包括两个层面的意思。一是就内容而言,它必须在"战争和军旅人生(生活)"之外再加上军人(军旅)"情感"二字,否则做过于狭隘的规定,新时期以后的军旅散文就难以成立——譬如二十世纪九十年代军旅散文的代表人物周涛,其写作内容几乎就没有或极少正面描写军人或军人生活。二是就形式而言,它应该取大散文的概念,即包括通讯、纪实一类文字,否则仅仅是指某种"艺术散文"(姑且借用这一概念),"前17年"的军旅散文大概就只剩下刘白羽等人的少许篇什而根本形不成阵势了。准此,我们就可以在以上共识的前提下,对当代军旅散文的发展脉络做一番梳理了。

二、迟开的花朵

我们对军旅散文的基本判断是:迟开的花朵。所谓"迟",是一个时间维度的概念,大体说的是从70年中的后30年开始即二十世纪九十年代,军旅散文之花才姗姗来迟,袅袅绽开,而在此前的40年中,或者发育不良,呈现普遍萎缩状态,或者一花独放,难成遍地风流之势。何以迟开?确实是一个大问题,原因也是多方面的,限于篇幅,在此择其要端,只试举两条略加阐释。

其一,是时代要求和文体的对位关系。大凡政权更迭(如新中国成立)之初或革故鼎新(如新时期)之际,其风云际会,情感跌宕,或歌颂之,或批判之,社会最需要的是历史的宏大叙事,是高歌猛进或长歌当哭。前者如五十年代的《红日》等颂歌小说,八十年代的《伤痕》等控诉小说;后者如六十年代的《放声歌唱》和八十年代的诗歌《小草在歌唱》等等。也即是说,此一时代的首选文体是小说和诗歌,论叙事之繁复和抒情之痛快,散文都有所不及。在这种时代,散文充其量只能敲敲边鼓,扮演忆旧怀人的边缘角色,而把舞台中心让给小说和诗歌。此乃特定时代对文体的选择之故,并非散文或军旅散文之过也。

其二,是作家心态和文体的对应关系。先哲有云:散文就是思想的散步,就是文学聊天,就是作家"胴体"的真切展示。它对作家心态的基本要求就是真实、自然、放松,要的就是性情的流露、心灵的敞开和自由飞翔。而恰恰就是这一点,在前40年尤其是前30年中是最难以做到。毛泽东《在延安文艺座谈会上的讲话》中提出文艺"为政治服务"和"为工农兵服务"的"二为"方向,深刻地影响了当代中国文学的发展路线。而由于"讲话"是在战争背景和战时体制下所作,实际上也可以更多地理解为针对军队文艺工作而言;再加上军旅文学自身特殊的规定性,它对"二为"方向执行得更加严格,更加坚定,更加具体,甚至也更加逼仄,它服务于政治的"革命的功利主义"(毛泽东语)色彩也更加鲜明。"二为"方向在特定的历史时期对于中国革命的历史功绩已有公论,但过于政治化对文学带来的伤害使之成为"传声筒"(恩格斯语)也是一个必须检讨的事实。故此,邓小平在新时期将其修正为"为人民服务,为社会主义服务"。过于政治化和功利性,显然影响了作家的创作心态,"前17年"当代散文中的"假声假唱"和"真声假唱"现象即是一端。而军旅散文则和当代散文殊途同归,在纪实和抒情两条路上越走越窄,必等到新时期为之一变(前者演变为报告文学)才求得新生。此乃作家心态异常之故,并非作家才情不逮。

三、"前17年":纪实性与抒情性

传诵一时的魏巍的《谁是最可爱的人》《依依惜别的深情》常常被看作是战地通讯,被纳入新闻的范畴,这当然不是没有道理的,因为它们完全符合通讯的要求,具有完备的新闻要素。但是将其视为当代军旅散文的发轫之作也毫不勉强,因为这二者之间本来就不存在严格的楚河汉界。更何况,魏巍是一位有深厚文学修养的成熟作家,他在通讯中自然而然地使用了更多的艺术笔法,倾注了更浓厚的个人感情。事件的真实性使它们像通讯,而表达的文学性又使它们成了散文,它们是"混血儿",杂交的优势是它们脍炙人口、风靡一时的重要因素。它们成功地开启了"前17年"军旅散文的先河。在这条河道上奔涌前进的还有刘白羽的中篇纪实散文《万炮震金门》以及《志愿军一日》《星火燎原》《红旗飘飘》等大型回忆性丛书。善于以个人角度的散文笔法记录下战斗历程而成为散文佳构的作家的还有巴金、丁玲、孙犁、吴伯箫、碧野、柯灵、杨朔、艾煊、黄秋耘、菡子、彭荆风、吴有恒等等。而巴金的《我们会见了彭德怀司令员》、方纪的《挥手之间》、吴伯箫的《歌声》等则是其中艺术性较高、影响较大的上乘之作。这一路散文发展到新时期,因思想的解放和题材的开放,进一步强化了新闻性和纪实性而从散文家族中彻底独立出去,蔚成报告文学一大国,又别有一番洞天。

与纪实类散文并行发展的是抒情类散文,主要代表人物是刘白羽。他的名

篇《日出》《长江三日》等并不以真实具体地记录重大事件见长,而主要以抒情著称于世——借用日出和船行三峡的壮丽景观,来抒发一个战士对人生、对社会、对历史进程所作出的如高天流云般的俯察与观照,抒发激流勇进、一往无前的英雄气概与必胜信念,显得胸襟阔大,格调高远,激情澎湃,文采华美,有一种交响乐般的气势与辉煌。它们成为一种抒发革命豪情与理想的范文,却又使人掩卷兴叹,难以模仿。刘白羽就是诗歌中的贺敬之,高则高矣,常人却无法企及。因而在军旅乃至当代散文界都少有比较成功的追随者。倒是剪裁精巧、构思精致的杨朔式的《雪浪花》《荔枝蜜》等更受青睐,熏陶了更多的人走上了学习散文之路。但是,总体来看,抒情类的军旅散文在"文化大革命"前17年中并没有取得太大的成就,甚至开不出一个像样的名单。究其要害,仍然在于政治理念对作家的束缚与过滤,从而导致所抒之情的空洞与虚假,最终使这一体裁呈现出某种病态或畸形。

四、二十世纪八九十年代:繁花竞放

新时期之初,为军旅文学重振雄风的首先是小说,其次是报告文学与诗歌,散文(或曰"艺术散文")则在前者频频获奖赢得的阵阵喝彩中湮没无闻。或者说,此一阶段的军旅散文和当代散文一样,正处在挣脱"前17年"传统窠臼,并向着更加良性的散文生态环境发展的过渡时期。尽管王中才、杨闻宇等人执着于散文创作,仍不免形单影只。王中才在写出《天涯觅美》之后就改弦易辙,被小说诱惑而去,痴心不改地在散文小道上坚韧跋涉的几乎只剩下一个杨闻宇。杨闻宇从"文化大革命"开始发表作品,先后出版了《灞桥烟柳》《绝景》《不肯过江东》等多部散文集,留下了艰难蜕变的履痕,也逐渐修炼出了一身"功夫型"的散文身手。对中国传统散文的精研和对典籍的谙熟,使他常常能稽古钩沉,发历史之幽思,愈到晚近,愈有走余秋雨的"文化苦旅"之趋向。但他长于短制,以精巧胜出,不过有时失之于紧巴。无论如何,他忠诚于散文,是军旅文苑中数十年如一日乐此不疲辛勤耕耘散文的唯一作家。真正打破军旅散文的沉寂局面是在八十年代后期,尤其到了九十年代,安定祥和的社会环境、多音齐鸣的文化格局,都使得作家们的精神和心态得到了空前的解放。于此,散文热潮的高涨也就不可避免了。有一个特点倒也与当代散文界相近似：从诗人、小说家队伍里杀出几员大将，才从根本上开出了军旅散文的新生面。他们是周涛、李存葆、莫言、朱苏进、朱增泉。

关于周涛由诗而文的原因，我们同意朱苏进的看法："他从诗走向散文，并不是作诗失败另谋生路，而是一条过于凶猛的河流漫出了河道，是生命力膨胀使然。"(《自然之子的痴笑》)朱向前在《新军旅作家"三剑客"》[2]一文中进一步认为，周涛在诗歌创作中的局限，恰恰有可能在散文中变为优长——散文所需要的那种冲淡平和、闲适超然的处世态度和那种拒斥工整对仗、反对节奏旋律的自由散漫的文体品格都是更适合于周涛的，干脆反过来说，周涛的本质更是属于散文的。周涛诗之大河十几年的漂流似乎就是为了一个目的：把他的散文送到入海口。周涛散文的最大的特点就是一个"大"字，它们气势沉雄，意蕴深远，笔力强健而汇成一股语言的雷鸣，夹带着西北的天风滚滚而来，使人如闻天籁，振聋发聩。这些大散文具有两个向度上的意义：从共时性看，它把周涛推上了当代散文化大革命的前沿；从历时性看，它和"前17年"的散文传统明显决裂，传送出了散文换代的先声。周涛创作于八十、九十年代之交的《稀世之鸟》《游牧长城》《兀立荒原》等散文集使他鹤立于军旅散文界，并和余秋雨、张承志、贾平凹、韩少功等优秀作家一起排列出了九十年代中国散文世界的最新风景线。

朱增泉和周涛的相似之处是都由诗而文，相异处在于周涛是一个"半路出家"，33岁入伍的"半吊子军人"。他的军人精神和战士品格主要来自他的个性和边疆马背民族文化的熏陶。而朱增泉则不然，他是一位真正行伍出身且有四十年军龄的老军人。因此，《秦皇驰道》的散文选材和思情走向有着更为鲜明和强烈的军旅定位。他关注一般的军营现实和戍边官兵，但他对古战场和历史名将投注了更多的目光。在抚今追昔之中，作品融入了他对民族文化传统、古代军事智慧和现实军队命运的交织思考，将尚武精神、载道传统和言志理路做出巧妙的嫁接，展示了一位将军散文家特有的气质与风范。

莫言将他小说中的奇诡和浪漫带入了散文创作，而且更突出了幽默和俏皮的一面。其风格一如他的散文集名：《会唱歌的墙》。与感觉成了莫言小说的重要特点不同的是，幽默成了莫言散文的主要特征。虽然明知他的想象和夸张的惯性在其中"作祟",添油加醋,口吐莲花,但基本素材的真实性仍然使人身临其境,和作者感同身受,获得了很强的现场感和参与感,并且常常因为作家出人意料的苦中作乐,或自嘲或调侃而忍俊不禁乃至捧腹大笑。而这笑又是带泪的笑,笑过之后,留下的是沉重的回忆。它在悲惨的情景中充分展示人的豁达与乐观的天性和作家幽默与机智的天赋,或者反过来说,它以乐写悲,长歌当哭,是一种严峻的调侃、深刻的反讽。高人一筹的幽默品格使莫言散文不同凡响。

朱苏进的散文创作却和他的小说特点基本吻合:一是锐利的思想,集中表达当代职业军人对战争、军人、死亡与和平的深度认识与终极追问,常常在形而上的层面升华为睿智的哲理,或者以理念的火炬照亮生活的发现;二是深思熟虑,出手谨慎,所作不多,作必精到。《天圆地方》和《独自散步》两本集子篇幅不大,却都有沉甸甸的分量。而万字长文《最优美的最危险》堪称其代表作,对作为战争组成部分的武器类别、性能的谙熟,对作为人类智慧结晶的枪炮的审美欣赏、酷爱与把玩,对作为以嗜血为目的的杀人工具的高度警戒、敏感与防范,都写到了极致,尤为精彩的是在这种尖锐的悖论中表达了一种高超而优美的艺术辩证法和辩证的艺术性。

李存葆介入散文较晚,但起点很高,从小说之后,经由报告文学《大王魂》《沂蒙九章》到九十年代中期才在散文界露出峥嵘头角。他的散文和他的小说、报告文学创作有同有异。同者皆为大题材、大气魄、大情感、大篇幅;异者则在于从"政治爆破"转向了文化观照,从对当下中国现实的紧密跟踪转向了对未来人类生存困境的终极关怀。《鲸殇》《大河遗梦》《祖槐》短则万余字,长则三万字,均是散文中的大制作。或从鲸群自杀下笔,或从黄河断流着眼,关注的是后工业社会中的环保问题和人类社会的生存危机,抓住的是现代文明进程中人们的普遍焦虑,表达了一种大忧患与大思考,比《高山下的花环》中所传达的"位卑未敢忘忧国"的情怀与眼界更见阔大,比《山中,那十九座坟茔》中所表露的政治反思与社会批判更见深邃。同时,李存葆又一反他的小说写作常态,粗中有精,在大处着眼、细处着笔,开始注重讲究语言,从遣词造句到排比、到对仗、到节奏、到韵律,无不精心斟酌推敲。虽然略有用力过猛、修饰过细之嫌,但自创其"新赋体"却在散文界别具一格。

与周涛、李存葆、莫言、朱苏进、朱增泉等人的阳刚大气之作形成呼应与互补的有两个方面军。一是来自女性王国的一批清新秀丽之作,斯妤、裘山山、燕燕、庞天舒、项小米、唐韵、刘烈娃、王秋燕、刘馨忆、文清丽等和前辈作家郭建英、杨星火等共同组成的军旅女散文家群。二是由诗人、小说家、资深编辑、报告文学作家组成的"混合军团",如叶楠、彭荆风、凌行正、朱亚南、峭岩、喻晓、程步涛、韩静霆、王宗仁、苗长水、金辉、阎连科、杨景民、卢江林、汪守德、张为、吴国平、姜宝才、师永刚、何况等。他们搂草打兔子式的散文写作,也收获了军旅散文的丰硕果实。再加上刘白羽推出的记录与总结自己一生的厚重长卷《心灵的历程》,就使得九十年代的军旅散文开始初具规模,有了基本阵容,有了代表人物,也有了重头产品。这是50年来的最好时期。也正是在这个意义上,才可以说,军旅散文是迟开的花朵。而且随着时代要求与文体的对位关系、作家心态与文体的对应关系的进一步调整,二十一世纪的军旅散文,绽放出了更加奇异绚丽和更加繁茂的花朵。

五、新世纪:硕果累累

以大散文观念衡量,二十世纪九十年代前的"迟开的花朵"——军旅散文,在新世纪已经花繁叶茂、硕果累累。仿佛一夜春风,新世纪散文花开千树,无论在题材领域、作家群体构成,还是在独特精神价值、内在精神气质上,都已经形成了自己的特点。虽然离开了战争这一最为独特的资源,但凭借多元叙事、正面价值、动人情感、清正之气,和平年代的军旅散文在当代散文领域独树一帜。

在硝烟散尽、和平安定的年代,战争叙事显然不会再是军旅散文的主角。早在二十世纪九十年代,军旅散文就已经在取材、风格上显示出多样性。在新世纪里,军旅散文的叙事进一步走向多元。边关军人生活、历史文化沉思、历史生活回忆、日常生活趣味,以及社会问题杂感无一不被诉诸新世纪军旅作家笔端。其中,收获最丰的是西部军旅散文。在这里,"西部"是一个笼统的概念,主要指新疆、西藏等西北部边疆地区。因为地处边远、地域广阔、人烟稀少、环境艰苦,雪域高原、沙漠戈壁上的西部军人有着不同寻常的生活,既具独特性,又颇带几分神秘色彩。以王宗仁、裘山山、杨献平、周涛、凌仕江、杨宣强为代表的行走边关的军旅作家,将自己不同寻常的见闻和体验书写成独特的西部军旅散文。

历史文化随笔是新世纪军旅散文另一个卓有成绩的领域,创作上的收获引人瞩目。新世纪,杨闻宇、李存葆、朱增泉等卓有影响的作家在历史文化遗存面前继续沉思,不断有佳作面世。而年轻的后来者王龙、唐韵等人,也以长篇历史文化随笔脱颖而出。同样面对历史,不同于历史文化的梳理者与反思者,徐光耀、郭建英、凌行正等老一代军旅作家面对的是个人亲历的历史。他们的历史回忆散文,不但为年轻一代提供当事人的亲历性资料,还展示了回首往事时的人生气度与襟抱。

有过战争经历的军人,战争经历自然会成为宝贵的写作资源;和平年代的军人则在凝视与思考战争外,不可避免地更多面对日常人生。在和平年代军人的日常人生中,有军人作为"人"的喜怒哀乐、奇思妙想,这是新世纪军旅散文经常涉足的领域。不但周大新、朱秀海、侯健飞、张国领等小说家、文学编辑兼顾散文写作,汪守德、朱法元等部队文艺工作者也迸发出创作激情,更有王凯、兰宁远、朱寒汛等年轻的"70后""80后"作家为反映日常生活的散文注入了新的活力。作家和文学编辑的散文写作手法成熟、涉笔成趣,老写作者显示出眼界、胸襟和睿智,年轻写作者的作品则不拘章法、多姿多彩。

从"大散文"观念出发,刘亚洲的"跨文体写作"和张心阳等作家的杂文也不妨纳入我们的研究视野。刘亚洲集情、智、事、理于一身的"跨文体写作"目光如炬、文气浩荡,可谓独此一家。新世纪军旅作家的杂文在指点文化江山、干预社会生活、参与时代问题上,也值得关注。新世纪以来,作为文体的杂文在整体发展上谈不上繁荣,甚至被认为陷入了困境,因为过多的"软性"时评淹没、代替了杂文。按照惯常期待,杂文应发挥"投枪""匕首"的功能。从这个意义上说,新世纪军旅作家的杂文写作成绩也比较有限。但是,如果我们能够放宽尺度,考虑到杂文的"困境"是本体性的,也许就不必为杂文的"困境"一筹莫展,并且能够看到军旅作家为杂文园地增添的生机。综合文艺性与战斗性要求,我们看到新世纪以来,张心阳、李庚辰、张雨生、杨庆春等军旅作家,在杂文写作领域取得了一定成绩。

检视新世纪以来的军旅散文,我们看到军人职业的神圣性与军人精神的高贵性在其中熠熠闪光。而这种内在的神圣和高贵,既是人类共通的正面价值,也是军旅散文内在的精神价值。很多军旅作家的散文并非为一人一事或瞬间情绪情感而作,而多为一组人物、一系列事件、一种情怀的再现,因此他们想要完成的,往往是对某个历史时代的复现或提供身处现实的目击。这种亲见亲历亲闻所提供的大素材和具有持续光辉的情感,使这类作品兼具文学性与史料性价值。无论是徐光耀、郭建英、凌行正等老作家的历史回忆散文,还是裘山山等西部作家的系列作品,其纪实特征都非常明显。除了纪实色彩,新世纪军旅散文还具有大多散文少有的清正气派。因为军旅作家不大热衷于书写独属个人世界的情绪情感,而多将目光投注于军人群体或家国命运上,新世纪军旅散文多题材重大、构思宏大、气势浩大,具有大气、厚重、磅礴的美学特征。还应注意的是,新世纪军旅散文是一种"行走"的散文,无论是周涛在新疆大地上一个人的漫游,还是王宗仁、裘山山在青藏线上走边防的感人见闻,抑或是杨献平在巴丹吉林沙漠贴近自然与大地的"原生态散文",都为军旅散文提供了更为充沛淋漓的元气,更增其清正气派。

第二节 "前17年":战地纪实与政治抒情

一、魏巍及抗美援朝战争题材散文

在共和国成立最初的几年,最激动人心的散文是通讯,反映抗美援朝战争的通讯特写是新中国成立初期文学园地中的报春花,也是本时期文学创作中的重要收获。巴金、魏巍、靳以、菡子、杨朔、黄钢等大批作家,都奔赴硝烟弥漫的抗美援朝战场,以饱蘸激情的笔墨,在三千里锦绣江山的宏阔背景下,谱写一曲曲志愿军的颂歌,及时向祖国人民报道志愿军抗美援朝的战争事迹和生活故事。围绕着抗美援朝,掀起了新中国成立后散文创作的第一次高潮。这些作品既有专业作家的通讯特写,也有专业作家和志愿军指战员的作品合集。前者如魏巍的《谁是最可爱的人》《依依惜别的深情》,菡子的《和平博物馆》《从上甘岭来》,巴金的《生活在英雄们的中间》《我们会见了彭德怀司令员》,刘白羽的《朝鲜在战火中前进》《对和平宣誓》,杨朔的《鸭绿江南北》,华山的《远航集》,靳以的《祖国——我的母亲》等,都是这类散文中的名篇;后者如《朝鲜通讯报告选》(一、二、三集)、《志愿军英雄传》《志愿军一日》《凯歌声中话友谊》等。这些作品真实地再现了中朝人民同仇敌忾、团结一致,同侵略者英勇斗争的壮举,表现了中朝人民血肉相连、唇齿相依的传统友谊。

大型专辑《朝鲜通讯报告选》是由丁玲作序,人民文学出版社 1952 年至 1953 年间出版的三集精选之作,收集了作家和记者赴朝鲜前线采访而写下的通讯报告 109 篇。其中的作品不管是从数量还是质量上讲,基本能够反映抗美援朝战争散文创作的总体面貌与成就。作为最早反映抗美援朝战争的通讯散文集,其发人先声的文学价值与政治意义是毋庸置疑的。

《志愿军英雄传》(人民文学出版社 1956 年版)真实地记录了中国人民志愿军的战斗生活。全书分三集共 60 篇文章,按故事发生的时间顺序排列,一集从中国人民志愿军入朝作战到第五次战役,二集从第五次战役之后到上甘岭战役之前,三集从上甘岭战役到朝鲜实现停战。全书记载了 64 位英雄人物的动人事迹,其中有大家熟悉的黄继光、邱少云、杨根思、罗盛教等英雄。这些作品洋溢着强烈的英雄主义、爱国主义和国际主义的崇高精神,是新中国英雄主义颂歌最初的奠基石。《志愿军一日》(人民文学出版社 1956 年版)是由志愿军总政治部 1956 年编辑的大型军事纪实散文集,共收录 500 多篇作品,100 多万字,分为四编,记载了前后方志愿军指战员的战斗情景和生活风貌。由于该书是从 13000 多篇、合计近千万字的浩瀚征文中精选出来,故而反映的生活画面十分广阔。这部由历史的创造者们集体创作的大型散文集,在当时产生了广泛影响。《凯歌声中话友谊》(解放军文艺社 1958 年版)是在 1958 年最后一批中国人民志愿军撤出朝鲜时,由解放军文艺社发起的"中朝友谊"征文,共收录报告文学、散文 120 篇。其中《不朽的纪念碑》《友谊花朵永不败》《姊妹血》《抢救》《战斗的火阵》等,都是较好的作品。此书可算是《志愿军英雄传》和《志愿军一日》的续篇。

如果说《朝鲜通讯报告选》《志愿军英雄传》《志愿军一日》《凯歌声中话友谊》等是以集体创作的方式"雕满了抗美援朝战争的英雄群像的丰碑",是由"创造历史的人们自己来做的历史的记录"[3]，在风格上大体趋向一致,那么巴金、魏巍、靳以、菡子、杨朔、刘白羽、黄钢等关于抗美援朝的散文佳作则以鲜明的个性色彩点染着"前17年"军旅散文园地,使其在同一中不失绚丽,严肃中不失清新。其中最有代表性的作家是魏巍。

魏巍17岁就参加了八路军,一直随部队出入于硝烟弥漫的战场。这种艰苦的环境,培养了他战士的品格。他后来回忆说:"正是那样的年代,民族的、人民的命运惊醒了我,使我在我们小司号员那样的年龄,走向了人民,走向了生活,走向了党,走向了诗。"[4]艾青曾评述过他的诗:"他的感情纯粹是战士的感情","通过战地生活的描述,刻画了战士美好的心灵"。[5]此一特征可看作魏巍诗歌、散文、小说共同的审美特征。

抗美援朝期间,魏巍曾先后三次奔赴朝鲜战场,陆续发表了《谁是最可爱的人》《战士和祖国》《汉江南岸的日日夜夜》《年轻人,让你的青春更美丽吧》《血与火》《前进吧,祖国》《依依惜别的深情》等作品。这些作品都有过较大的影响,《谁是最可爱的人》《依依惜别的深情》被选入大学、中学课本,"最可爱的人"成了人民解放军和志愿军战士的代名词。作者出入战火,亲历身受,对战士美好的品格和精神有深刻的了解和体验。丁玲说:"魏巍是钻进了这些可尊敬的人们的灵魂里面,并且同自己的灵魂融合在一块,以无穷的感动和爱,娓娓地道出这灵魂深处所包含的一切感觉。"[6]这是作品取得成功的主要原因。除散文集《谁是最可爱的人》(人民文学出版社1959年版)之外,魏巍一直笔耕不辍,随后又陆续出版了《春天漫笔》(作家出版社1959年版)、《壮行集》(河北人民出版社1980年版)、《魏巍散文集》(河北人民出版社1982年版)、《怀人集》(文化艺术出版社1987年版)、《这才是青春花开处》(石油工业出版社1991年版)等散文集。

《谁是最可爱的人》是魏巍的成名作,在1951年4月11日《人民日报》发表时,被标为"朝鲜通讯"。它选取了志愿军战士在朝鲜战场三个互不相关的典型情节,通过对三个典型情节的具体描写,由外及内、由表及里地开掘战士们的崇高心灵。这样选用典型细节的结构手段,有别于通讯的罗列材料,把新闻材料用文学语言进行生动传神的描写;同时以"我"的第一人称直接进入作品,倾注了浓烈的感情,使叙事与抒情紧密结合起来,作品就显得亲切动人。它的出现,促使通讯抒情化、散文化,更富有文学的色彩,以一种轻松、活泼、优美的情调贴近读者，拥抱读者。

魏巍的散文熔叙事、抒情、描写、议论于一炉，叙写真切，抒情热烈，充满了感人的力量。作品语言色彩绚丽，形象鲜明，诗情与哲理相结合，行文舒展自由，文学意味浓厚。尤其是自二十世纪三十年代中期以来，散文日趋通讯化，以致失去自己美文的特色，而《谁是最可爱的人》这种散文化通讯，对散文从通讯回复自身起到了很有力的促进作用。但与此同时，《谁是最可爱的人》的英雄主义基调以及"情、事、理"的三段结构法，与稍后的杨朔散文一起被人们强调到了绝对化的程度，使散文在后来一个历史时期又逐渐走向了单一化、模式化。

菡子于1952年赴朝，在朝鲜战场体验生活八个月，亲身经历了举世闻名的上甘岭战役。作为新中国第一代女作家，菡子给人印象最深刻的是她从硝烟弥漫的朝鲜战场发回的《从上甘岭来》《在胜利的前沿阵地上》《和黄继光通讯班相处的日子》《前方》《和平博物馆》《观察员的位置上》等战地通讯，对朝鲜这场保家卫国战争进行的绘声绘色、感人至深的报道。后来辑成《和平博物馆》（新文艺出版社1954年版）和《前线的颂歌》（人民文学出版社1959年版）。菡子不像魏巍那样以哲理的抒情著称，而是以诗意的叙述见长。"人生经受严峻的生活的考验，最能产生诗的情绪。"[7]她以女作家细腻敏锐的艺术感觉，把战争的艰苦和残酷通过渲染环境的气氛透示出来，从而捕捉到来自生活的诗意。她的以朝鲜战场为背景、以志愿军战士为主体的散文，具有鲜明的时代性、真实性、战斗性，浸透着对战士的爱和对侵略者的恨，风格清纯朴素、自然流畅。

反映抗美援朝战争的散文，在巴金散文中占有重要地位，也是巴金散文创作中的宝贵收获。"在中国人民志愿军中间找到了自己的家"，这对他"在生活上和创作上都有很大的影响"。[8]巴金曾两次赴朝鲜前线，亲自体验过枪林弹雨、烈火硝烟的战争生活，目睹了志愿军指战员前仆后继的英雄行为，这些都化成了强烈的创作驱动力。巴金先后写下了《我们会见了彭德怀司令员》《生活在英雄们的中间》《朝鲜战地的春夜》《金刚山上发生的事情》《坚强战士》《寄朝鲜某地》等抒情篇章，分别从不同的侧面、不同的角度真实而又生动地描写了"最可爱的人"无限宽广的胸怀、无比坚强的意志，讴歌了他们美的行为与心灵。《我们会见了彭德怀司令员》就是一篇最早描写我国志愿军最高指挥员的优秀散文，成功地刻画了志愿军指挥员的形象；他更为倾心的是去深入描写处在火热战场的战士的日常生活,努力挖掘新中国青年一代丰富而美好的内心世界。《生活在英雄们的中间》就是陈三、郭恩志、苏文禄等十位英雄人物的素描。《朝鲜战地的春夜》《金刚山上发生的事情》等具有浓郁的抒情色彩,抒情式的叙述、描写、议论,强烈地抒发了对战士的深切悼念和崇敬之情。巴金说:"我的任何一篇散文里面都有我自己。"[9]因此,巴金的散文以感情热烈取胜,文笔自然流畅,读他的散文,如围炉夜话、亲人互诉衷肠,于朴素中显出优美,于通脱中显出妩媚。

杨朔散文涉及的范围相当广泛,军旅题材的主要体现在两个领域。首先在抗日战争及解放战争期间,他曾以明快而热情的笔调描写人民子弟兵的英雄行为、献身精神和成长过程,这期间的散文创作主要辑入《潼关之夜》《铁骑兵》《北黑线》;其次,1950年他随中国铁路援朝大队开赴朝鲜战场,后又转入志愿军战斗部队工作,写了大量的散文,大部分收在《鸭绿江南北》(天下出版社1951年版)和《万古青春》(中国青年出版社1954年版)两个集子里。其作品或歌颂中朝人民友谊,如《鸭绿江南北》《平常的人》《上尉同志》;或赞美朝鲜人民的战斗意志和志愿军的英勇牺牲精神,如《春到朝鲜》《中国人民的心》《万古青春》《英雄时代》等,都感人至深。这一时期正是他创作走向成熟的时期,总是力图"从生活的激流里抓取一个人物,一种思想,一个有意义的生活片断,迅速反映出这个时代的侧影"[10]。如《不平常的人》《上尉同志》等,所写的人平平常常,所叙的事普普通通,但时代气息却从这"风云图画"的一角扑面而来。

除了上述作家作品之外,还有刘白羽具有粗犷、豪放、气势磅礴风格的散文集《朝鲜在战火中前进》《对和平宣誓》,为我们勾勒了空前激烈的抗美援朝战争全景(参见本章"刘白羽、孙犁、吴伯箫等老一辈作家的散文"一节);战地记者华山向国内报道了清川江畔的故事(《清川江畔》);黄钢以饱蘸血火的浓重笔触,描绘了杨根思惊天地、泣鬼神的悲壮形象(《在根思牺牲的地方》);靳以以火样的激情、诗一般的语言为美好事物唱颂歌(《祖国——我的母亲》);还有陆柱国的《中华男儿》、白艾的《鹰》、黄谷柳的《战友的爱》、刘岚山的《和英雄们相处的日子》、黎家健的《朝鲜停战前后见闻》等等,都是这一时期的名篇佳作。

二、革命回忆录和史传性散文

中国革命走过了漫长而曲折的光辉历程,写下了一页页艰苦卓绝、可歌可泣的斗争篇章,是一个极其丰富的革命文学宝藏。革命回忆录是富有文献价值的文学作品,是历史与文学结合起来的产物,具有文学的形象性、典型性、生动性的特色,是当代军旅散文重要的组成部分。

正如有的论者所指出,革命回忆录和史传性散文,在八十年代受到特别提倡自有其深刻的原因:一是历史的继承,二是时代的需要。它们与革命历史小说一起,成为以形象的手段来确立对现代中国历史的权威叙述的重要凭借。比起虚构的小说创作来,纪实体的回忆录或史传性散文,有小说所难以替代的直接性和影响力,因而其创作活动又不仅仅限于文学界。

革命回忆录和史传性散文有着鲜明的特色,其表现在高昂的爱国主义精神和优秀的革命传统,以讴歌革命前辈和当代英雄为己任,遵循纪实文学的真实性原则,成为确立对中国革命史规范叙述的依据和标准。在"前17年"的军旅散文史上,革命回忆录和史传性散文的创作发展大致可以分为两个阶段。

第一个阶段,从1949年到五十年代中期,革命回忆录的主要表现方式是传记文学,体现在两个方面。一方面是注重叙述"过往之事",讴歌革命前辈,教育一代新人。这种写作侧重于撰写英雄人物的故事。当时较有影响的作品有《把一切献给党》《革命母亲夏娘娘》《不死的王孝和》等。《把一切献给党》是中国保尔式的英雄人物——吴运铎自传体的传记作品。全书以生动的情节和富有生活哲理的语言,具体介绍了吴运铎的战斗生活,表现了其思想成长过程和忘我刻苦的奋斗精神。黄钢的《革命母亲夏娘娘》,人物形象生动,结构严谨。此外还有柯蓝的《不死的王孝和》、雷加的《海员朱宝庭》、韩希梁的《黄继光》、丁洪等的《真正的战士——董存瑞的故事》等也大受读者欢迎。另一方面则主要是反映抗美援朝的传记文学,以《志愿军英雄传》和《志愿军一日》为代表,为后世留下了许多极为珍贵的史料(参见本章"魏巍及抗美援朝战争题材散文"一节)。

第二个阶段,从五十年代中期到六十年代中期,其特点是比传记文学作品更为广泛的革命回忆录得到了普遍的发展。1956年8月,中国人民解放军总政治部发起了"中国人民解放军三十年"的征文写作活动,其目的是"清晰完整"地反映解放军的"出生、战斗、成长和发展"的历史;后来则是影响更大的大型丛书《红旗飘飘》和《星火燎原》的写作和出版。

《红旗飘飘》由中国青年出版社于1957年开始出版,至"文化大革命"前,共出16集。"文化大革命"结束后到八十年代中期,又出版至第29集。以革命回忆录、传记作品为主,也有革命烈士诗抄以及一些反映当年革命斗争生活的小说、散文和诗歌。《红旗飘飘》自始至终贯穿着一条红线,就是它充分体现中国共产党人和一切革命仁人志士为解放事业前赴后继、不屈不挠的斗争意志和爱国主义、国际主义精神。同时再现老一辈无产阶级革命家的光辉形象,描绘革命领袖人物的伟大人格,也是其中的重要思想内容。它突出的特点,是内容丰富多彩、感情饱满充沛、文字朴素清新、体裁多种多样。

《星火燎原》则由人民文学出版社于1959—1963年出版,当时编辑了10集,第5集和第8集未能出版。该书反映了中国人民和人民军队的英雄业绩,在体例上按建军和土地革命、抗日战争、解放战争和新中国成立以后等四个历史时期顺序编排。丛书一方面给我们展现了一幅党领导下各地风起云涌的武装斗争画卷以及中国人民解放军的成长历程,另一方面,它真实而具体地再现了毛泽东、周恩来、朱德、刘少奇、叶剑英、彭德怀、贺龙等老一辈无产阶级革命家的光辉形象,表现了他们与人民群众同甘苦、共患难,为革命鞠躬尽瘁死而后已的崇高人格以及在中国革命斗争中所立下的伟绩丰功。

总之,《红旗飘飘》和《星火燎原》均是这一时期革命回忆录的代表。但两相比较,《红旗飘飘》更侧重革命人物的塑造,丛书作者也更有群众性,既有高层领导,也有战争中的老战士、撰写战史军史的专业作者,以及革命烈士。《星火燎原》更侧重于具体事件的描述、历史史实的钩沉,主人公主要以党和国家、军队的高层领导为主。虽然丛书中有小说、诗词等体裁的创作,但大部分是纪实体的叙事文。"这种文体,连同作者的身份,在读者的阅读心理上,加强了历史叙述的可信性和权威性。"[11]

当然,文学史界对此也颇有保留意见,认为革命回忆录和人物传记也存在明显缺陷。除了主题单一、题材雷同、结构技法简单、语言粗糙、视野狭窄等外,更主要的是不少作品在反映历史的真实性上打了折扣,有的把握尺度不准,有的甚至失实错位。[12]这些问题虽然反映了时代的局限性,但后人阅读也不可不察。

三、刘白羽、孙犁、吴伯箫等老一辈作家的散文

在新中国军旅散文写作中,刘白羽无疑是一个重要作家。抗日战争之前,刘白羽曾发表过如《关于长城的回忆》《从黄昏到夜晚》《绿》等缠绵悱恻具有浪漫主义气质的散文。1938年奔赴延安后,刘白羽开始了军旅散文创作,审美风格也随之发生了变化。这种变化与他对散文功能的认识有关,他说:"在决定中华民族生死存亡的大搏斗中,中国人民需要更直接命中敌人的投枪,更直接激发民族精神的战鼓。"[13]《龙烟村纪事》(中兴出版社1949年版)、《幸福》(新群出版社1946年版)就是这个时期反映华北抗日根据地生活的散文通讯。此外还有散文集《延安生活》《游击中间》《血肉相连》《世界的新面貌》等。1946年解放战争开始后,他以新华社随军记者的身份,曾转战东北,横断中原,直下江南,写下了散文集《为祖国而战》(新文艺出版社1953年版)、《光明照耀着沈阳城》(新华书店1949年版)。抗美援朝战争爆发后,刘白羽又两次奔赴朝鲜战场,这一时期的创作主要有散文集《朝鲜在战火中前进》(新文艺出版社1951年版)、《对和平宣誓》(作家出版社1954年版)、《火炬与太阳》(作家出版社1956年版)。五十年代中后期至六十年代,先后出版的散文集有《早晨的太阳》(作家出版社1959年版)、《万炮震金门》(作家出版社1959年版)、《红玛瑙集》(文化艺术出版社1963年版)等。其中,《红玛瑙集》是刘白羽"前17年"时期散文的代表作。他的许多名篇如《日出》《长江三日》《灯火》《红玛瑙》《樱花漫记》等都收入到了这个集子。此外还有《冬日草》《平明小札》两组散文,《平明小札》中的《晨》《秋天》,《冬日草》里的《雪》《月》等,都写得诗意盎然,脍炙人口。这些作品以其突出的风格构成了五六十年代散文写作的三种主要模式之一,产生了广泛影响。[14]"文化大革命"结束后,出版有长篇纪实文学《心灵的历程》(中国青年出版社1994年版)。直到晚年,他也始终没有中断散文的写作。总体看,刘白羽散文创作数量多,题材重大,跟随时代步伐。

《英雄的四平街保卫战》《光明照耀着沈阳城》《记北京的胜利日》等作品气

势雄浑,因为这些作品摄取了历史场景中最富有意义的镜头,在惊天动地的保卫战中,"写下了人民最英雄的一页"。《万炮震金门》集中体现了刘白羽散文的壮美格调:"炮火日夜不停地纷飞叫啸,如果你走遍前沿阵地,你不但看到我们英雄炮身的壮大,而且你还会看到火炮身上的斑斓的战痕,那时,一种森然的英雄之感不由得不渗入到你的内心。"[15]而《万炮震金门》文集中,除《英雄岛》《万炮震金门》等篇什外,还有《这里永远是春天》《美丽的围头》《蓝色的披巾》等叙写战斗生活的如同抒情小诗或写景小品的作品。五十年代后期,刘白羽将创作重点转向文艺性散文。由《日出》《长江三日》《红玛瑙》等作品可以看出,抒情咏唱、彩笔绘景成为他这一时期散文创作的重要特色。刘白羽常常站在历史与现实的交接处思考展示今日生活怎样来自"暴风雨历史深处",歌颂"激流勇进"精神,故其散文在结构行文上,常常表现出今昔交织和顺逆转换的波澜起伏。[16]

《心灵的历程》,是作者以血泪和生命写出的一部长篇纪实文学,涉及许多重大历史事件和人物。作者以散文家优美的文笔,通过坎坷的人生抒写,刻画了一个旧中国的崩溃、一个新中国的诞生。这里面有良心的自白,有炽热的爱情,有对友谊的无限眷恋,有对自误的无情谴责,因此有大欢乐,有大悲哀,悲剧的结局令人泫然泪下,豁达的瞻望令人为之动容。无论是对人物形象的刻画,对自然风景的描写,还是对战争的陈述,都闪耀着独特的诗的美丽与光辉。

此外,刘白羽的许多军旅散文通讯,都将人物作为表现主体。如与王余杞合著的《八路军七将领》,对任弼时、彭德怀、彭雪枫、萧克等做了素描。后又写了《八个壮士》《记左权同志》《记范筑先将军》《记李贞顺》等,篇篇都洋溢着感奋人心的时代精神。而这种时代精神诚如刘白羽所说,"不是通过抽象的说理,而是通过形象来表达的,主要的也就是通过人物形象,人的内心生活、精神状态表现出来"[17]。

总的说来,刘白羽的军旅散文具有四个特点。第一,重大的政治题材。刘白羽经历了革命的年代,他把自己亲身经历的历史事件以雄壮的笔锋记录下来,仅从《万炮震金门》《英雄的四平街保卫战》《光明照耀着沈阳城》《记北京的胜利日》等这些气势恢宏的题目,我们就能够感受到他对重大社会主题和历史事件的特别兴致和高度关注。第二,鲜明的时代精神。刘白羽总是为新时代留影,给创业者立传,常常从历史的发展的高度、广阔的生活视野,去跟踪历史前进的步伐,去展示对时代、对生活的思考,对人生、对社会的思索。他曾表示:从英雄的战争到沸腾的建设生活,他的心随着时代的脉搏跃动,因此他也就一直继续写下去。紧跟时代,正是他长期追求的创作目标。第三,炽热的革命激情。刘白羽不仅是一名散文家,更是一名战士,一种革命必将胜利的信心常常使他饱蘸激情的墨汁,浓墨重彩地描绘壮丽的革命画卷。第四,华丽的散文语言。刘白羽的散文语言华丽绚美、五彩缤纷,善用修辞,有抒情诗的豪放与明亮,与作品的壮美风格相辅相成。

当然,也有不少论者都注意到了刘白羽散文的不足之处。比如有的篇什议论过多,语言粗疏;有的篇什不够精练,不够含蓄。在某些作品里,感情的表达显得激情有余而冷静不足,给人以言过其实、大而无当、情浮于物之感。

在当代作家里,许多人经历了革命战争血与火的考验。新中国成立后,虽然他们中的一部分人投入到地方建设上,但仍对过去的岁月念念不忘,"怀旧"成了他们创作的主要方式,写出了许多反映革命历史生活的散文。孙犁、吴伯箫、艾煊、叶楠、彭荆风等老一辈作家在这方面做出了杰出贡献。他们真诚地怀念那段难忘的岁月,对昔日发生的事情深情地咀嚼,以图获得新的领悟与思考。

孙犁的军旅题材散文散见于以对故土人事、战争岁月、同志友情、个人生活的回忆为主的"实录体"散文。作为一个经历了抗日战争和解放战争的老战士,他有着丰富的革命斗争生活,在他的记忆里,保存着许许多多感人的故事和不能忘怀的人,而写得最多的是对旧事、往事、琐事的回忆文字。出于对战友的深深怀念和爱意,他在《伙伴的回忆》《回忆何其芳同志》《夜思》《远的怀念》等作品中,真实地记录共同经历战斗的一些片段和战友留给自己的深刻印象,不夸饰,不护短,朴实亲切,将战友的音容笑貌和思想品格再现纸上,还他们历史的本来面目。出于对抗日战争和解放战争所经历的"美好的极致"的深切留恋和向往,他以最美好的感情,在《保定旧事》《平原的觉醒》《在阜平》《服装的故事》(《孙犁散文》,浙江文艺出版社 2003 年版)等作品中,怀念经历过的那个时代、生活过的那些村庄,以及作为伙伴的那些战友和人民,怀念那时走过的路、踏过的石块。他写的一系列以抗日战争生活为题材的散文,没有一篇涉及具体的战斗,也没有一篇描写具体的战斗英雄。根据自己对生活的独特体验和艺术选择,他把描写的重点放在发现、展示普通群众和普通战士在艰难岁月中所显露出来的美的行为、美的心灵方面。孙犁的散文以小喻大,以情感人,以淡美取胜。他惜墨如金,努力在每篇作品中写出自己的真情,写出自己的独特感受。前期散文朴素深沉、清新隽永、自然天成,后期散文苍劲古朴。他写美的人、美的事,用美的情操作为基石,营构了与众不同的散文风貌,对后世军旅作家的创作产生了不小的影响。

在当代散文创作中,吴伯箫是一位有理想、有追求、有个性的作家。他虽然没有直接写过军旅题材的散文,但写延安生活的作品,却深刻地表现了当时延安军民的战斗生活和精神风貌,如《记一辆纺车》《菜园小记》《延安》《歌声》《窑洞风景》等,后收入集子《北极星》(人民文学出版社 1963 版)里。这些作品不仅是一幅幅珍贵的历史剪影,更是一首首真挚深沉、感人肺腑的抒情乐章,反映了那血与火的革命战争年代的生活,倾诉了对革命圣地延安的眷恋,写出了抗日的烽火、人民的觉醒、抗日根据地的大生产运动等。那时延安的生活充实、壮丽,充满青春的气息。吴伯箫在延安生活了八年之久,亲身参加过轰轰烈烈的大生产运动,对于这段生活怀有深厚的感情,写得真切朴实,入情入理。作者总是将普通平凡的事物放在历史与现实交映的背景下,捕捉其蕴藉深厚的诗情画意。作品主题设计和创作基调单纯简练、峭拔明朗,展示的一帧帧画幅具有强烈的真实感和鲜明的时代色彩。这组作品问世于六十年代我国国民经济面临困难的时期,对鼓舞人民继承延安精神,克服物质上的困难,去夺取新的胜利,具有重要的现实意义。他的散文不论是怀念延安生活,还是倾诉对社会主义的热爱,都宣扬了继承革命传统、促人积极向上的主题,并从文化积淀中寻求到支撑民族延续不衰的构架,在深情的回忆中挖掘闪光的内涵。正如叶圣陶的评价:"我不敢说得夸张,我只想说如今的青少年读了集子里的这类文章,唱《没有共产党就没有新中国》的时候,感情就会更加真挚,更加饱满。"[18]吴伯箫的散文看似清淡,而细加品尝,却感人至深,具有一种荡胸涤肠的艺术力量。以趣动情,情以趣生,情趣盎然。文字淡雅舒缓,如谈往事,似扯家常,并且以一种清婉明丽或带感伤的笔调、凝练的语言,尽情地向读者倾诉,从而创造了一种意境悠悠、情思充溢的创作风格。

方纪的散文《挥手之间》(见《挥手之间》,作家出版社 1963 年版)是当代散文的名篇。作品记述的是 1945 年 8 月 28 日毛泽东离开延安,前往重庆进行和平谈判的动人情景。作品描写了延安的紧张局势、人们的焦急情绪,以及为毛泽东送行时依依惜别、难舍难分的心情。作品出色地描写了毛泽东向人们挥手告别的一个细节,概括了当时一个伟大的历史转折时刻,表达了领袖和人民的亲密感情与对革命的必胜信念,表现了一种深刻的历史进程。方纪的散文风格坚定、乐观、豪迈,能给人以强烈的感染。

彭荆风由于多年生活在云南边疆,作品大多以为国戍边和少数民族生活为题材,出版过散文集《驿路梨花》(云南人民出版社1978年版)、《泸沽湖水色》(上海文艺出版社1989年版)等。《驿路梨花》是彭荆风早期的作品,但至今读来仍然令人感动,善良的哈尼族小姑娘给人留下了美好的印象,作品有生活的情趣又具有深远的意境。《英雄知己》篇幅虽小,却蕴含了巨大的人生思考空间,硝烟战场方显英雄本色,也是灵魂的实验室;通过对李德年爱情故事前后的起伏变化,直指英雄背后人性的卑微与崇高、善良与无奈。故事虽已"圆满"收尾,但在简洁冷峻的文字描述下蕴含着淡淡的哀愁。这种哀愁在《寂寞陈圆圆》一文中显得更加深邃,历史与现实的追问是在对陈圆圆这个悲剧人物的探寻中不经意完成的。彭荆风的散文一向善于叙事状物,文字清新朴素,富于边地色彩,散文中的叙事往往一波三折,引人入胜。他笔下的云、雨、雾、风和森林、山峦,形态万状,变化无穷,很好地衬托出了在那美丽而又略带神秘的环境中生活和战斗的边民和战士的形象。

叶楠长期在海军工作,他是新中国最早的海军作家,以电影剧本创作为主,兼及散文,著有散文集《苍老的蓝——南沙群岛浮想录》(群众出版社1995年版)、《浪花集》(河南人民出版社1980年版)、《无梦时节》(海天出版社1998年版)、《海祭》(湖南文艺出版社1996年版)等。他的作品主要以海军为创作对象,《苍老的蓝》是从宏观上以散文手法检点中国的海上力量。《生与死浇铸的雕像》描写的是大兴安岭厚厚的积雪下顶出的一株小小的白头翁,花里还卷着一只僵死的蜜蜂,引发了作者对生命无尽的敬畏。《南沙垂钓》中,作者在讲述了跟随朋友海上钓鱼的经历后,表达了对自然与海洋前景的忧思。《海祭》是对逝去的第一代潜艇舰员的纪念。其笔调如海浪,无深弗及,波荡深远,史海钩沉,发人深省,有浓重的历史感和沧桑感。

艾煊著有长篇小说多部,但影响最大的还是他的散文。他有散文集《朝鲜五十天》(江苏人民出版社1954年版)、《碧螺春汛》(江苏人民出版社1963年版)、《雨花棋》(江苏人民出版社1983年版)等,其军旅散文《雨花棋》《西海水兵》《夜宿双堆集》《解放上海第一天》等,甚有影响。他的散文主体意识较强,以沉实、浑厚的情思,表现个人对生活内质的深度发现,他还着力挖掘普通士兵及普通劳动者的心灵美,风格优雅圆润,质朴中不失潇洒。

虽然属于老一辈散文家们的时代已经过去了,但他们的散文却与那些辉煌、壮丽的历史一起存封了起来,墨香四溢,历久弥新。

第三节　二十世纪八九十年代:不同作家群各领风骚

一、杨闻宇、王中才等军旅散文家的散文

随着时代的变革,军旅散文的大河流到了新时期,又注入了许多条水量充沛的支流,这条大河因此变得更加汹涌、浩荡。

杨闻宇是一位对散文情有独钟的作家,多年来一直在散文领域里辛勤耕耘。他的散文凝练严谨,讲究文采,有较大的思想含量。他以爱的目光注视脚下这片土地,记录它的沧桑变化,讴歌西部纯美的人性。但他更注重透过西部的自然景观、人文历史、风俗人情,思考西部人民的历史与命运,发掘西部文化的深层底蕴,寻找它与民族和人类文化的联系,以及它在当今时代的意义。杨闻宇先后出版过散文集《灞桥烟柳》(百花文艺出版社1986年版)、《野旷天低树》(百花文艺出版社1990年版)、《白云短笺》(敦煌文艺出版社1991年版)、《江清月近人》(解放军文艺出版社1991年版)、《绝景》(中国工人出版社1996年版)、《不肯过江东》(解放军文艺出版社1998年版)、《大风起兮云飞扬》(解放军出版社1998年版)等。杨闻宇的散文,正是借助于对西部的山川形势、名胜古迹、风土人情和历史风貌的再现,以细腻而委婉的笔触写下了自己的感慨、悲叹、呼唤和思考。同时,跨越时空去追索沉积在灵山秀水、鲜花峻石、古墓荒陵

之中的历史文化内蕴,可谓思深而境远。《登陵忆》《西岳行》《清凉解谛》《崆峒仙境》,就是这方面的代表作。《长城之魂》《黄河母亲》《大漠雄关》等,则以军人的眼光和胸襟,于常人熟视的景观中写出了西部魂魄。

杨闻宇直接写军人的作品虽然不多,但其作品蕴含的军人的血性豪气、慷慨胸襟却是无处不在,体现了对一种深沉阔大、巍峨雄伟的人生境界的追寻与向往。他的《六骏踪迹》《至今思项羽》《大风起兮云飞扬》等,通过从历史与人性的角度对李世民、项羽、杨虎城等进行解读,追寻那种"慷慨以赴,熔龙虎雄姿、壮夫意气于一躯"的军人精神。杨闻宇的散文,将史事与文学、文物、现实相映对照,浑然成趣,既是对项羽的血性豪气和虞姬的刚烈贞柔的追寻,也是对司马迁、李清照那豪气贯注、真情流露的文章风骨的追寻。

杨闻宇散文,还有相当大一部分是以故乡为题材,特别是那些怀乡忆旧的朴素文字,浸润着浓厚的乡土气息,使人产生对已逝去的那种略带浪漫情趣的诗意生活的向往。作家不仅展现给我们生活的画卷,还总是把浓浓的时代色彩注入民俗民情之中,从而使人物的音容笑貌、举止风度、心理状态,乃至于饮食服饰、结婚礼仪、求爱方式,甚至连同西北人民生活中的喜和悲、爱和恨、美与丑,都呈现出这个地域特定历史年代的真实面貌。除了深情的拥抱、热恋故乡故土以外,杨闻宇对当今时代的新生活更充满了炽热的激情,他在故乡古老而厚实的土地上寻找和发现新生活的亮光和绿意,满怀欣喜地予以肯定和颂赞。杨闻宇的散文,语言真纯自然,有着浓厚的古典文化的韵味和秦陇文化的印记,文风质朴,文笔优美,韵味悠长。

作为二十世纪九十年代以来军旅作家历史文化随笔创作的领军人物之一,杨闻宇在新世纪保持了对历史文化随笔的热情。为讨论的方便与集中,我们在此继续介绍杨闻宇新世纪散文创作情况。新世纪以来,杨闻宇出版有《历史文化大散文:明月松间照》(京华出版社2006年版)、《只有香如故:历史上那些动人的女人们》(崇文书局2009年版)等散文集。首先,在历史文化散文中,杨闻宇钩沉历史资料、评点历史人物,用当代眼光和胸怀重新打量、体会历史,在旧史料中阐发新思想。《绝景》《青阳岔》即是代表。其次,面对某些历史人物,杨闻宇常以出格的想象表达超常敬意。再次,人们往往喜欢知人论世,而杨闻宇则偶尔反其道逆推,以结果反推人物所受影响。《循美笔记》《昙花现后亦堪哀——从李清照谈到张爱玲》等都是有此意趣的作品。除了创作散文,杨闻宇还从自身创作体验出发,写下非常富有个性化的阅读与创作心得,出版了《漫谈军旅散文》一书,表现出一个散文写作者的文体意识和理性自觉。

王中才从七十年代中期开始散文创作,钟情的是戍边战士,喜欢在海岛的剑影与炸雷中、塞外荒漠的红柳和胡杨里,抒发自己对守卫祖国边疆的人民军队的无限热爱。多年来,王中才与北方的黑土地厮守,他的灵性、悟性、敏感都来自于此。丰腴诱人、神秘蛮荒的黑土地上,那梦幻般流淌着的大江大河、烟雾缭绕的苍山峻岭、恐怖骇人的严寒和风雪、迷人可爱的白极夜光自然值得驻足流连,但作者更钟情于北国战士火一样的热情赤诚和边地军民的豪爽、大度、坦荡、无遮拦。因此,他叩问每一块山石,剥寻每一处历史遗迹,考证每一个地名,端详每一位士兵的脸庞……他的散文集《何处觅天涯》(解放军文艺出版社 1984 年版)、《晓星集》(花城出版社 1981 年版)、《光斑集》(湖南人民出版社 1983 年版)、《战神的橄榄树》(春风文艺出版社 1991 年版)、《朔方履痕》(解放军文艺出版社 1998 年版),是献给这片黑土地最珍贵的馈赠。八十年代后,王中才逐渐转向小说创作,开辟了另一片天地。

王宗仁长期在青藏线上工作,他的作品,有三分之二是反映青藏兵站军营生活的。在军旅文学界,王宗仁有"昆仑之子"的盛誉。他以饱满炽热的激情、真实的生命体验,抒写兵站官兵特殊的高原生活,曾先后出版《青藏线上》(西藏人民出版社 1979 年版)、《雪山采春》(四川人民出版社 1982 年版)、《昆仑山上的爱情》(四川大学出版社 1989 年版)、《荒原与人》(解放军文艺出版社 1993 年版)、《季节河没有名字》(解放军文艺出版社 1998 年版)等十余部散文集。王宗仁笔下的西藏充满了生命的质感。他用他 40 余年青藏高原军旅生活的体验去抒写西藏,他的散文散发出生命的炽热与情感的芳泽,无论是叙事还是抒情,都让人感到他那颗深沉的心脏在跳动。他曾在《雪山无雪》中写道,"在高原上走,我也是高原的一部分","唐古拉山的野风把人的感觉刮到比高原还高的高度"。这就是他的切身感受。王宗仁的散文着重在青藏高原的风土人情中,在风雪、奇寒、缺氧、荒凉的严酷环境中,写出一个又一个生命之美被残酷毁灭的故事,但给人的却是崇高的美,是生命的诗意。像《雪山无雪》中的那五个查线女兵,出去后被大雪覆盖,再也没有回来。《传说噶尔木》中主要塑造了两个形象:一个是20岁出头的女军人,因不堪高原缺氧而死;一个是藏族老人,为保护女军人的尸体,最后打死了野狼,却因缺氧而耗尽了生命。尤其是老人与狼的形象更具有了某种象征性。人是自然的主人,也是自然之子,人既能战胜自然,也会被自然打败,这胜败之间就有了某种悖论式的悲怆与壮烈。也正是在人与自然的交融与撞击中,作为万物之灵长的人更能流露出人的本性,昂扬出生命的壮美。《世界屋脊上有一座坟茔》中那个年轻的妻子,本来可以在山下等丈夫下来度假,但她想着上山哪怕是给大家做顿饭、洗件衣服也好,坚决要到海拔5000多米的唐古拉山。虽然汽车兵已把汽车开得飞快,像箭一样,但她还是在中途因缺氧而死去。当年那个汽车兵就是作者自己。"因而我经常牵记着唐古拉山上那座坟茔。那是一个不会死去的灵魂,那是耸立在我心中的一座巍峨大山啊!"

在老一辈散文家渐渐淡出的时候,我们又欣慰地看到了一批散文生力军不断加入军旅散文的创作之中。金辉主要以报告文学创作为主,他的散文作品一般都是重大题材,如《黄河》这篇长达两万多字的散文,全面、细致、深刻地刻画了二十世纪黄河及其子民的灵魂,充满了忧患意识,具有宏伟的历史眼光,表现了金辉散文创作的基本特点。张为出身于军人世家,他的散文《历史的形态》《女兵郭蓉蓉碑记》《致戚继光将军》《寻找耻辱》《最后的哨所》《战争的间隙》《海盗的影子》《赣水那边》等,都以军人特有的目光去表现军人生活,并对战争遗迹情有独钟,对历史的追寻,处处留有作者思考的痕迹。他的散文充满阳刚之气,文笔优美,意蕴深远。姜宝才主要从事历史小说和散文创作,著有散文集《今日长缨在手》(解放军文艺出版社1996年版),其中《初雪圆明园》《只识弯弓》《女人碾》《头颅作花》《走进历史隧道》等很有特色。他的散文主要以中外历史上的战争悲剧英雄为创作对象,注重爱国主义情愫与民族精神的深度开掘,文字质朴,感染力强。

在军旅散文家队伍里,汪守德可以说是个特例,他左手写评论,右手写散文。他的散文诗集《倾听阳光》(解放军出版社1997年版)既有散文的形散神聚,又有诗歌的灵动、蕴藉。"在《倾听阳光》中我们可以读到扎扎实实、简洁传神的关于兵的生活的描写,可以读到真真切切、细腻入微的关于兵的感情的倾诉,可以领略到别具一格、清新壮丽的关于兵的韵味的体察,亦可以感受到沉雄大气、崇高弘毅的关于兵的境界的向往。作者的感觉神经似乎在贪婪地倾听着,捕捉着日常生活中的所有见闻和思绪……"[19]我们可以从《女枪手》中看到军营女兵的个性与人生的历练,从《接近兵器》中体会兵器之于男人的诱惑和对于力与美的赞叹。汪守德的散文诗"意象独特,情感凝练,语言讲究,但有若干篇什或流于浅白,或蕴含欠丰"。

二、周涛、程步涛等军旅诗人的散文

在当代军旅文学界,有许多作家不仅是优秀的诗人,也是写散文的好手,如周涛、朱增泉等都是由诗而文,并取得令人瞩目的成绩。他们用诗性的语言进行散文创作,把散文带入了一个新的境界。由诗歌走向散文或者诗文并行的大有人在,其中程步涛、峭岩、高洪波、王久辛、吴国平等都是其中的佼佼者。

八十年代中期以后,周涛由诗走向散文创作,著有散文集《稀世之鸟》(解放军文艺出版社1990年版)、《周涛自选集》(新疆人民出版社1992年版)、《秋风旧雨集》(解放军文艺出版社1991年版)、《人生与幻想》(上海文化出版社1992年版)、《游牧长城》(作家出版社1993年版)、《兀立荒原》(华艺出版社1993年版)、《周涛散文》(三卷本,东方出版中心1998年版)等。虽然周涛的散文直接涉及军旅题材的作品不多,但是他的每一篇文章都能让人感受到深切的军旅情怀与豪放的军人气质。走向散文的周涛,再次找到了释放自己生命感悟的文体方式,受到了评论家朱向前的热烈赞扬:"散文家周涛比诗人周涛更雄放也更俊美,更精微也更大气,更自信也更自然,因此也更具诗人的气质、魅力与品格。因为,他的散文是更加广义的别一形态的真正的诗。如予不信,请读一读《哈拉沙尔随笔》,读一读《蠕动的屋脊》,读一读《板坂村》、《吉木萨尔纪事》、《伊犁秋天的札记》和《游牧长城》……可以毫不夸张地在这些散文面前冠之以一个'大'字。这确实是一些大散文,我之所以称它们为大散文,绝不仅仅因为其中那一部分全景式的篇幅浩大格局恢宏的巨轴般的长篇散文(如上列诸篇,均在万字以上,有的竟长达十万字)——尽管这是一个重要原因,但不是唯一的。在大西北的巨川广漠间舒展开的关于自然、历史与人的博大主题的磅礴的吐纳和深邃的思索,固然容易直接给人以大气魄、大襟抱、大手笔之震撼。在另外一些精短篇什中,通过对一马(《巩乃斯的马》)、一鹰(《猛禽》)、一猫(《猫事》)、一鸟(《稀世之鸟》)的细微状绘和深情咏叹,同样传达出了诗人的真性情和大爱心,传达出了诗人在这些充满灵性的动物身上所灌输的关于人类自身的透辟认识和深切关爱。它们和前者形成一种互补和同构,共同生成了周涛散文世界的大气象和大境界。简单捷说,周涛散文的最大特点就是一个'大'字,它以气势沉雄、意蕴高远、笔力强健而汇成一股语言的隆隆的雷鸣,挟带着西北的天风滚滚而来,一扫当今散文界那些花前月下的虫鸣蛙唱、那些连标点都在叹息的无病呻吟、那些捏着鼻子发声的拿腔拿调,而使人如闻天籁,振聋发聩。"[20]

周涛在西北的土地上生活了几十年,他以一种当代人的思想和宏大的文化精神,对西北大地进行独具个性的文化思索,试图从西部的自然万物中寻找原初的美与人类失却已久的品质和精神。他把对生命现象的描绘和对生命本质的探索有机地融合在一起,喜欢描写西北大地的山川风物、大漠和具有"野趣"的动物。在周涛的散文里,有不少篇章是对活泼、坚韧、充满野性力量的生命激情的崇拜以及对生命理想的追求。如在《饮马》《猛禽》等篇章中,作者对这些"奔腾的诗韵""草原的油画""荒原上的小群雕""散铺在山坡上的好文章"的美丽形象和生命激情做了倾心的描绘,并发出情理融合的感叹:"马就是这样,它奔放有力却不任人畏惧,毫无凶暴之相;它优美柔顺却不任人随意欺凌,并不懦弱,我说它是进取精神的象征,是崇高感情的化身,是力与美的巧妙结合恐怕也并不过分。"(《巩乃斯的马》)他的散文已真正触摸到生命的底蕴。作品中给人印象最深的是无所不在的飞动感,但实际上真正控制节奏的,却是静静弥漫全篇的忧郁感。它像积雪覆盖的大地一样,默默承载着表面一切狂放奔突之物,构成巨大张力。

周涛的散文在表达生命这一主题时,善于展示其丰富的内涵,有一种英雄式的悲壮与高贵,展示了他对生命本质、意义的探索和参悟。周涛视野相当开阔,由物及人,由人及民族,由民族及历史,而且思考更为深邃,能够由表及里把这种思考提升至文化的层面。在周涛的心目中,生命是美丽的,美丽得如同那鲜艳的花朵。因而,他从窗台上的那充满了生命的夸耀和欲望的令箭荷花,感悟到"这就是生命","寂寞一季也要赢得一个美的透彻"(《令箭荷花》)。在周涛的心目中,生命又是顽强的。他对塔克拉玛干大沙漠那株近800年高寿的巨树深存敬畏之情,他从这棵树上看到了"伟大",认为"生命的最高境界正是这样"(《巨树》)。周涛敏锐的目光就这样掠过红的花、绿的树,从花的短暂生命和巨树的漫长生命中发掘出自己对生命的深刻理解。

周涛很少为了吸引大众的目光而去迎合大众的趣味。因此,他极少描写市井生活,也不以表现百姓的喜怒哀乐和审美趣味为己任,而是极力张扬自己个人化的人生体验,着意表现的是作为诗人纯净的理想和一个知识分子富有理性的精神旨趣。这一切使得周涛的散文既含有诗意的激情,也葆有理性精神,从而保持着高贵的品质,让人体会到一种人格的尊严,一种超拔气质与高贵之态氤氲满纸。总的来说,周涛散文大体有以下特征:

第一,周涛散文淡化对日常生活过程的记述,通过对自然景物、社会人生、作者心理感受的描写,形成作品的诗意情调。虽然写的是散文,但把握世界的方式却是诗性的,即以感悟代替对生活历时性的考察,而这在本质上与诗是一致的。

第二,周涛散文承袭了传统文化的精华,并融入现代意识,吸取了众多文体的特长,丰富了散文的特质,在文体上推动了散文的发展。

第三,周涛散文的语言颇具张力,文笔潇洒,道法自然,个性独特。

当然,周涛散文有时理性过强、思想太密,而难免使得构架粗疏空乏,寄托、附丽思想的底座(材料、具象)不够坚实有力。[21]

新世纪以来,周涛继续散文写作。为讨论的连续,我们在此一并介绍他新世纪的创作情况。新世纪以来,周涛出版有《山河判断:大西北札记》(学林出版社2000年版)、《蘸雪为墨》(河南文艺出版社2002年版)、《天地一书生》(上海人民出版社2008年版)、《虫子,爬吧》(新疆青少年出版社2008年版)、《我醉欲眠》(作家出版社2009年版)、《阳光容器》(作家出版社2009年版)等多本散文集。不过,这些作品集中以旧作居多。《虫子,爬吧》是周涛新世纪散文的佳作,保持了他一贯的诗意的睿智和深邃。《贪官九像》也可圈点。其他如《清晨狗会》《狗狗备忘录》《包包趣闻录》等宠狗系列散文,周涛一反偏于务虚的风格,在日常生活层面叙事,因而引起了关注甚至争议。事实上,即便是表现日常生活、看似无关军旅情感与气质的作品,周涛也保持了他惯有的奇异、丰富、强烈。周涛在新疆大地上进行着一个人的精神漫游。虽然他几乎没有直接描写过官兵生活，但其取材于新疆风光、民风及个人日常生活的作品，历来充满了军人情感、军人气质。苍穹、阳光、草原、河流、马群、雄鹰等，不仅仅是造化的杰作，更像一个个骄傲与悲壮的"英雄传奇"的主人公。借助人格化了的大自然，周涛表达的是一个旷古的英雄梦想，以及正义、坚韧、强大、劲健的英雄精神。由此，他散文中强健的主体人格精神便以压倒一切的力量令人过目难忘。

高洪波的军旅散文是作家告别军营多年之后，对当年部队生活情景的追忆叙述，让美的事物经过心灵的洗练而更有魅力，因而有了一种远距离的审美，同时又多了一份历史的厚重以及理性的思考。比如《高洪波军旅散文选》（解放军出版社1995年版）中的《伐木叮咚》《粮票》《书缘》等篇什，不仅使作家笔下的昔日生活浮现出了全新的审美意义，而且将一种可贵的当代意识和普遍的人生价值，注入了当代军人的思维。表现和平环境中的军营生活，成为高洪波军旅散文的底色。但是高洪波没有放弃对军旅文学应有的精神个性的探索与张扬。作家以和平年代一般社会成员正常的生命需求和普遍的心理状态为背景和参照，表现军人因职业影响、环境规范而产生的独特感觉、兴趣、习惯、性格，乃至灵魂嬗变、角色冲突等，由此完成了一种当代军人的精神空间和色调的熔铸。《哭聪士兵》《壮士吕鸣金》等篇，讲述了作家与几位战友的革命情谊，表达了军人那种质朴、深厚而丰富的情感。《北羊街》《好汉老汪》等作品通过对恋爱婚姻问题轻松自如的抒写，含蓄地揭示了革命军人在个人情感与职业角色之间的矛盾冲撞。还有《唱片年龄》《军犬三记》《山野听歌》等都是以普通军人为对象，或抒写其粗犷豪壮的性情，或披露其内心的躁动，着重写了基层士兵的人情美、品格美和英雄美。高洪波的军旅散文承载着浓郁的民俗色彩和边疆特征，在艺术手法上融描写、叙述、议论、抒情为一体，具有较强的感染力，表现方式多样，具有高度个性化的语感和笔调，朴实中见绮丽，清新里含诙谐，严谨而不事雕琢。

程步涛著有散文集《阅读土地》（北方文艺出版社1997年版）等，他的散文字里行间透着真情实感，如散文《九月授衣》中，一件小事将军民关系一直延续了20多年。他的散文往往抓住军营生活看似很平凡的小事，处处映现出时代的发展与变迁的痕迹，着意表现着平凡背后的伟大与神圣，读来亲切动人，富有情趣。峭岩主要有散文集《士兵的情愫》（解放军出版社1988年版）、《被遗忘的爱》（北岳文艺出版社1988年版）、《怀念那片水杉林》等。峭岩的散文与他的诗歌一样,用一腔澎湃的激情和昂扬的斗志,去关注军营生活与重大的社会事件,又经常以普通一兵的身份体察生活中闪光的细节,从而形成了积极向上、细节生动、个性鲜明的创作风格。

三、李存葆、朱苏进、周大新等军旅小说家的散文

自新文学以来,小说家散文已有之。鲁迅、茅盾、郁达夫、沈从文、巴金等既是小说大家,又是散文高手,留下了大量的散文经典。在当代军旅作家中,也有一批优秀的小说家,右手写小说,左手写散文,为军旅散文艺苑增添了一片郁郁葱葱的风景林。李存葆、莫言、朱苏进、韩静霆、周大新、阎连科等便是其中的代表人物。因李存葆新世纪以来散文创作成绩尤丰,为讨论的方便,我们将在第四节讨论其九十年代与新世纪的散文创作情况。

自二十世纪九十年代中后期加入历史文化随笔写作队伍以来,李存葆时有影响广泛的作品问世。二十世纪八十年代初,李存葆曾以小说《高山下的花环》而一举成名,九十年代以来李存葆继由报告文学创作,走上了大文化散文的写作之路,关注的是全球化带来的环保问题以及人类社会的生存危机,抓住的是现代文明进程中人们的普遍焦虑,表达了一种大忧患与大思考。《伏虎草堂主人》(1994)、《我为捕虎者说》(1995)、《鲸殇》(1997)、《大河遗梦》(1997)、《祖槐》(1999)等系列大散文产生了广泛影响。李存葆散文有一种特别鲜明雄迈的军人气质、悲悯的入世情怀以及对遣词造句的迷恋。

《鲸殇》,始终围绕着鲸与人类、人类与大自然的关系来写,从而揭示了"鲸殇"即"人殇"的深刻主题。他首先对鲸类"集体自杀"揭秘,把笔触伸进久远的历史中,去追寻人类祖先对这极大精灵的敬奉;同时又把笔触探进了人类的内心深处,指出人的欲海难填正是鲸厄运的开始。"面对大自然,人类若再不惭德愧行遏制无边的欲海,那么,人类无疑也正在进行着一场慢性集体大自杀。"这才是作者的真正旨意。《祖槐》长达三万字,从明代的移民切入,揭开了明初大移民沉重的史籍,其内涵的核心显然是"寻根",从一定意义上讲,是"寻根文学"的某种继续。但《祖槐》的主题却是多元的,通过寻根来思索我们整个民族乃至整个人类未来的命运及生存空间。

总体来说,正如有的评论家所总结的,李存葆散文有以下几个主要特征:

第一,人民性。李存葆多年来一直关注着中国社会的主体部分,不管是以前写小说、报告文学,还是今天写散文,他的目光从来没有从最广大的人民群众关注的事情上离开。在题材的选择上,他总是自然而然就找到了那些和人民大众易于沟通的题材,而且能够或以小见大,或借古喻今,适时地说出了人民群众想说而又说不出的心里话,从而引起广泛共鸣。

第二,时代性。李存葆散文创作贯穿了强烈的入世精神,浓墨重彩书写时代变化的指向,并因阅历、视野的改变而不断强化。在他的文学实践中,李存葆"与时俱进"转向了文化观照,从对当下中国现实问题的紧密跟踪转向了对人类未来生存困境的终极关怀。

第三,民族性。李存葆散文的民族性,主要体现在题材选择上。几乎所有的重要作品都表现的是中华民族最有特点的东西,都强有力地传达出了中华民族古老而坚韧不变的基本精神特征。李存葆在散文创作中对民族性的坚守和追求,恰恰体现了一个中国作家在当下历史方位中的良知与清醒。

第四,艺术性。李存葆散文在形式上追求气势磅礴和文辞华丽,讲究对仗排比和音韵节奏,读来抑扬顿挫,让人在吟哦间感受到一种雍容华贵、富丽堂皇的正大之美;在结构和叙事上,体现了论文、政论文乃至小说的许多特征;在遣词造句上,半文半白骈散结合,用词奇崛,色彩强烈,形成了独具特色的"新赋体"。[22]

朱苏进著有散文集《天圆地方》(江苏文艺出版社1995年版)和《独自散步》(解放军文艺出版社1997年版)等。朱苏进是书写职业军人的高手,他小说里的军人充满了英雄主义的气息,他把这种精神也带入了散文创作,在散文里洋溢着高昂的格调,并以其思辨的语言,常常在形而上的层面升华为睿智的哲理。他以其锐利的思想,表达当代职业军人对战争、军人、死亡与和平的深度认识与终极追问。流淌在血液中的军人意识,使他对军队有一种刻骨铭心的情结。这种情结化为迫切的关怀和深深的凝视、冥思,便时不时地迸发灿烂的思想火花,奇思妙想喷涌而出,事物被赋予不同的意义和形状:最优美的事物中潜藏着最危险的杀机,先进的科学技术造成未来士兵的尴尬。他当然不拘泥于军营,宇宙万物无不在他眼底:棋、酒、山、海、鸟,甚至尼克松……无处不在的狡黠牵引着智慧,敏感的心灵又时时在沉思。朱苏进散文的一大特点是冷峻。两本集子篇幅不大,却都有沉甸甸的分量,其中《最优美的最危险》《天圆地方》《还有一个生灵》《了不起的自行车》《背影》等皆是耐读的好文章。

莫言以小说名世,但散文创作也收获不菲,著有散文集《会唱歌的墙》(人民日报出版社1998年版)、《莫言散文》等。莫言的散文大都将笔触伸向他那"高密东北乡",对故乡的往事追忆,构成了他的部分篇章,《我的大学梦》《我和羊》《我与酒》《同年读书》《超越故乡》等是其中具有代表性的篇章。这些作品看似平淡无奇,但字里行间处处显露出自己的真情实感,看似幽默、乐观的背后凝集着生活的艰难与沉重。这些文字不仅有助于我们了解莫言的创作道路,也让我们看到了一个生活中真实的莫言。莫言的散文还有一部分是对人生世相状态的书写,如《杂感十二题》《吃事三篇》等。这些文字充满了夸张与想象,读来令人忍俊不禁,充分体现了作者的写作才华。莫言还有一些读书随笔,充满了智慧和不寻常的洞察力,《说说福克纳这个老头儿》《三岛由纪夫随想》《读书笔记三题》等都是其中的佳作,常有令人耳目一新的观点,体现了作者独特的文学观。莫言的散文是才华与真情的结合,是乡土与现代意识的糅杂,是幽默后面的长歌当哭,是调侃后面的深刻与无奈。

周大新著有散文小说集《捧给你们的都是爱》(黄河出版社1993年版)和散文集《去看战场》(解放军出版社1999年版)。他的散文有懵懂无知的青涩橄榄,有烟火人间的愁苦冷暖,有中年回首的恍然觉悟,有军旅情深的悠悠缅怀,有人生感悟的娓娓道来,更有对战争与和平的幽深反思……虽然每篇文字不长,却于有限的篇幅中囊括了无限的时空,看似普普通通的世间万物在作家的笔下都成了濡满感情、颇具意味的象征物,从而于一朵浪花、一片微澜之中挖掘出至深的人生哲理与艺术之美。作家在对错综复杂的生活发出同样错综复杂的感叹的同时,从一个军人的视角写出了对战争、暴力、和平、幸福、爱与美的态度和立场,展现出个体生命跃动的真相与对人类的深重关怀。文字平实不乏邃思,温婉冷静中饱含一腔热肠,作品的字里行间无不渗透着灵魂的声音与生命力的激情,使人于阅读中感到一种发人深省的力。《最后一季豌豆》《去看战场》《滇南战地见闻》《回望来路》《癸酉年自白》《中年男人》等是他比较好的作品。为集中与方便,周大新新世纪的散文创作我们在此一并介绍。新世纪以来,周大新文集《我们会遇到什么》(江苏文艺出版社2010年版)中收录的作品以及一些散见于文学期刊、报纸的作品,更是海阔天空,无所不谈,但多与文学创作体验相关。其中,《简论"窥视欲"》《摸进人性之洞》《关注人类的历史生活》《人的内心世界》等,围绕"文学是人学"的命题,深入浅出地论析人类历史、欲望与文学创作、文学接受的关系。《卡尔维诺的启示》《春夏阅读笔记》等,则从个人阅读体验出发,分享自己对小说叙事、结构、魅力、语言等的个人见解。《去看战场》《回眸"罗马和平"》等作品访古探幽,引发历史遐思、自由想象,进而表达现实关怀。《藏书的地方》《西安求学忆》《活在豫鄂交界处》《长在中原十八年》则是周大新的个人生活记录,从中最可见到亲切的作者本人。周大新散文更多呈现的是一个小说家看待世界、人类、人生和文学的方式,一个参与文学创作与建设的作家的独特文学思考和审美取向。作为小说家的散文,他的作品行云流水、笔到意到、文风活泼,形象感强,可读性强。

阎连科著有散文集《褐色桎梏》(百花文艺出版社1999年版)、《返身回家》等。他的散文绝大部分是对故乡的乡土社会的书写以及对乡土社会的理性批判:有对故乡的纯朴与美丽的放声讴歌,如《关于田野》《关于村落》《走亲戚》;也有对故乡的愚昧与落后的无情批判,如《麻木:农民生存的唯一武器》《孝花凋零》《桎梏的风俗》等。这些散文是爱与恨的交织,在真实展现乡村社会的生存状况的同时,也为工业化对乡村文明的破坏深深担忧。另外,他还有相当大一部分散文是对自己成长经历的回顾,特别是一些写亲人的文字,感情真挚,令人落泪。如一组写父亲的文字《想父亲》《我缩短了我父亲的生命》,在文字里作者深深地表达了自己的忏悔,对自己的灵魂作无情的解剖,而无情的背后是深深的大爱之情,并且能使人从另一个窗口直视和感知人性的美好一面,那就是爱与善、坦诚和勇气、奉献和无私。还有《早逝的两个同学》《尚姓一家人的命运》等散文关注的是小人物生存命运的艰辛和坚强的生命力。另有一些读书随笔,观点不俗,启人心智。为论说方便,我们不妨将阎连科新世纪以来的创作也纳入视野。新世纪以来,阎连科继续在叙事散文领域娓娓而诉,《我与父辈》(江苏人民出版社2012年版)、《北京,最后的纪念》(江苏人民出版社2012年版)、《一个人的三条河》(中国人民大学出版社2012年版)等文集里的作品保持了他一贯的风格,真诚、深挚又婉丽、灵动。

韩静霆著有散文集《太阳宫赋》(吉林人民出版社1979年版)、《男人和男人的巢》(时代文艺出版社1999年版)、《纯情》(海峡文艺出版社1993年版)、《丑人自白》(群众出版社1996年版)等十余种。韩静霆早期的散文,大都关注人间的世俗生活。但他最好的文章《爱的船,爱的岸》《黑·土·地》《家庭记事》等,都是写亲情与爱情的篇什。《丑人自白》可以说是他散文作品风格的浓缩品,人生的苦辣酸甜皆笑对,他那诗人、军人的豪放之气在文章中展现得淋漓尽致,在调侃自己的同时又把自己"丑"而不陋、"丑"而不恶的一面用诙谐、幽默的笔调描绘了出来。但在含笑与幽默背后却总有着一股淡淡的苦涩与感伤,引人莞尔又耐人寻味。新世纪以来,《病榻观叶》(《散文》2000年第3期)等作品,看似皆兴之所至,信手拈来,但皆耐读耐品。

同卷帙浩繁的小说创作相比,小说家的散文可能显得不够分量。可是,散文的作用却是不可替代的,小说讲究虚构,散文却一定要求真实,小说家要抒发自己内心真实的情感,也常常依靠散文这种自由、洒脱的形式。读他们的散文,真是别有一番滋味在心头。

四、毕淑敏、庞天舒、唐韵等军旅女性作家的散文

战争与女人,乍看似乎毫无关系,但搭配在一起却非常完美。在军队这个充满阳刚之气的群体里,女性的存在为它注入了阴柔的气息。她们很好地调和了象征着山的军队,用水一般的品质滋润着中国那巍峨长城的绿色。散文是最能直接抒发人心灵的文学体裁,军旅女性散文家们用她们手中如诗的画笔,以独特的女性视角描绘着血与火的战争,描绘着伟大、可爱的战士们,描绘着平凡中默默无闻的神圣,描绘着军人那一颗颗美丽的心灵。新中国成立后,同样经历过战争风云的女作家们也和男作家们一样,在散文的天地里书写起了自己亲历的战争和那些"最可爱的人"。郭建英、菡子、杨星火等是女性军旅散文的开路人,她们的散文创作题材多是回忆性的故事与经历。虽然她们的散文以细腻、优美的品格有别于男作家的作品,但总体上女性意识不强,女性身份也不明显,基本上是在按照男性作家与政治的审美标准进行散文的创作。总的说来,九十年代以前的军旅女性散文家寥寥可数,军旅女性散文未成气候。但她们却

无疑是新时期女性军旅散文的奠基人。新时期以来,尤其是八九十年代之后,一大批青年军旅女作家像是听到了一声共同的召唤,从海岛、高原、从山岳、丛林、从医院、哨所,从通讯班、演出队走了出来,她们共同的使命就是书写军营生活与人生况味……郭建英、裘山山、毕淑敏、庞天舒、项小米、燕燕、王秋燕、马晓丽、刘烈娃、文清丽、刘馨忆、唐韵等,这些多由士兵成长起来的女作家们,纷纷以不同的写作题材、各异的创作风格、自觉的女性立场,充实着军旅散文的园地,用同样丰满的画笔来描绘着自己,抒发既是军人又身为女人的独特心境。

郭建英是一位从抗美援朝战争中走出来的老一辈军旅散文家,因其始终保持创作活力,新世纪又有新作品集问世且影响更大,为讨论的方便,郭建英八九十年代的创作我们留待第四节集中讨论。裘山山的情况同于郭建英,她八九十年代的作品也留待第四节与新世纪的创作一并讨论。

杨星火是最早进藏的著名汉族女诗人,在西藏边防生活 20 多年,早年写诗,后来写散文。散文集有《雪山红杜鹃》(西藏人民出版社 1979 年版)、《唱给春天的歌》(四川民族出版社 1998 年版)等。其数量不多,但文字考究,感情细腻。由于作者曾参加过边疆生产建设及中印边境自卫反击战等,因此她的散文具有一定的传奇色彩,创造了一种与男性世界迥然不同的审美方式,在传达生命体验的同时,不仅致力于对命运的反抗,而且处处体现着对民族前景的思考。这也是杨星火、郭建英等老一代作家共同的特点。

毕淑敏的散文是最有军旅味的女性散文作品。当她还是少女的时候就参军到了藏北高原的军营里。在《从西部归来》(此篇以下作品皆选自《毕淑敏作品精选》,中国三峡出版社 1995 年版)中,她向我们讲述了在昆仑山当军医的岁月。恶劣的自然环境、恶劣的生存条件、一年一半时间大雪封山与世隔绝的困苦,这些都没有使这个女孩屈服,她美丽的心灵没被冻僵,依旧闪着迷人的光芒:在给一个牺牲的小战士换衣服的时候,"趁人不注意,我在他的衣兜里放上了几块水果糖","那个小兵被安葬在阿里高原,距今已经有二十多年了。我想,他身边的永冻层中,该有一小块泥土微微发甜,他在晴朗的月夜,也许会伸出舌头尝一尝吧!"从这些纯净的话里,我们可以看到她那一颗少女清澈、善良的心灵。昆仑山的吃、喝、眠都是常人无法忍受的,最平常的生活都成了和自然、和自己搏斗,在《昆仑山的吃》《昆仑山的喝》《昆仑山的眠》中,吃脱水蔬菜、奢侈地晒被子以及用酒和男兵们换罐头都变成了苦中作乐的美好回忆。在《葵花之最》里,她用一小袋南方小姑娘寄来的作为慰问品的葵花籽在海拔5000多米的高原竟然种出了葵花,暴风雪肆虐后,只剩下一株侏儒般的小葵花,被她们小心地用石头墙保护了起来,作为美丽的信念储存在冬天的高原。她说:"我不知道它是不是世界上最小的葵花,但我知道它是世界上最高的葵花。"其实,毕淑敏和她的战友们就是这株小葵花,她们才是世界上最美的葵花。虽然,毕淑敏回到北京后,又写了许多如《呵护心灵》《素面朝天》《生生不息》等反映自己工作、生活的散文,但我们仍旧能够从中发现她骨子里昆仑山般坚强的意志与精神。所以说,毕淑敏是昆仑山的女儿,不论走得多远,都长长地拖着一根昆仑山的脐带。

庞天舒是个温柔的女人,但她的文字却总是有股男人的味道。庞天舒的散文丝毫没有那种小女人的矫揉造作。这也许因为她是满族,血液里承载着祖先骁勇的基因。听惯了太多的喧嚣,看够了城市的钢筋水泥,厌倦了社会芜杂的侵蚀,她走进了自然。她描写壮丽的山,描写博大的海,描写秀美的河流,描写广袤的土地,描写旷远的草原,她的散文离不开自然。在《母性草原》里,我们仿佛看到了一只久别了草原的鹰,在草原的上空荡气回肠地思索:"我总觉着我与草原相识已久,与它有种血脉上的联系。"在草原上欣赏日出、日落的宁静与久远,感受草原狼的孤独与神秘,体验着成吉思汗横扫亚欧大陆那"驰骋,毁灭,再驰骋,再毁灭……"的冲天豪气。这是对人类强悍生命力的顶礼膜拜。草原才是庞天舒灵魂的家,是她旷远、安宁的寓所,是"把男人变得更男人,把女人变得更女人"的圣土。在《昭君》中,庞天舒写道:"我觉着,其实真正的昭君的故事应该是从她走进草原时开始的。"其实,昭君就是她自己,走进草原,她真正地找到了自己。庞天舒是一只草原的鹰,放眼千里,心属草原。

王秋燕作为为数不多的远涉南太平洋的女性作家之一,她的长篇散文《女人出海》(作家出版社1999年版)以其艰辛的经历和女性特有的视角,向读者展示了她对人生、对命运的新体悟。海上生活改变了她在陆地上生活时的很多看法,也使得作为女人的她生命承受力加强了,对生活也愈发自信了。作品描写了在远航太平洋的日日夜夜里,发生在航天远洋测量船"远望号"上的众多生活画面。作者置身其中,在那些日夜里,她仿佛与整个宇宙融为一体,心胸宽阔豁达,激情随着海浪飞腾翻滚又化为涓涓细流注入心中。作者以其细腻敏锐的观察力,抓住人们常见的景色之中所深藏的生活真谛,着力表现了当今军人的人性之美。通过对许多细节的描述,作品中的人物闪烁出军人善良而高尚的人性光芒。如在"中尉的父亲因病去世""机电长'老轨'失去五次做父亲的机会""台风来临,晕船录音'讲话'""开辟新航线""船远离卫星波束覆盖区通信中断"等章节中,作者自然地把写景与抒情糅合在一起,较成功地将激情与哲理熔为一炉,从而使这部散文的思想得以升华。王秋燕的这部散文,在叙写远航中对生命感悟、体验的同时,也着力对自己爱情婚姻生活做了自我诠释,完成了一次自我超越。

刘烈娃出版的散文集有《听雪》(新疆青少年出版社 1991 年版)、《菩提花》(文化艺术出版社 1996 年版)、《在雪地上跳舞》(百花文艺出版社 2000 年版)。这些多是注重反映新疆地域特征和文化内涵的西部文化散文。相对于《听雪》《菩提花》,《在雪地上跳舞》少了些娇柔气,多了份成熟,尤其是许多议论充满哲学意蕴。如:"勇敢是一种简单的东西,而态度是跟灵魂紧密相关的复杂的东西。""原先我们只知道昆仑山上最可怕的就是缺氧,那一刻我们全体都顿悟——光明比氧气更重要。"(《在雪地上跳舞》)在写法上,作者突破了传统的抒情散文和游记散文的写法,与她过去的散文相比也有了较大的超越,把自然、历史、文化、丰富的人文景观以及风俗人情融入理性的思考之中,具有较强的知识性和趣味性。这种写法既有女性散文的灵动优美,又有军人的豪迈气概。

我们了解燕燕大多是从她的《女兵连来了个男家属》等话剧开始的,殊不知,她细腻、果敢的性格同样能酝酿出像《女人独自上路》(解放军文艺出版社 1997 年版)这么灵秀、隽永、睿智的散文集来。燕燕早年的新兵生活是她散文创作主要的部分,文章清新、透亮、晶莹。在 14 岁的年纪,也许很多孩子都还依恋父母的怀抱,可是由于"文化大革命",父母为了不让她受牵连,从未离开过家的燕燕被迫离开上海到东北某个小山沟当了兵。这段女兵的经历,成了燕燕取之不尽的人生宝藏。她在自己的散文里把这段珍藏在心头的经历小心翼翼地分成一小块一小块,拿来细细品味,和读者共同分享她的痛苦、欢乐、青春、纯真,分享那段逝去的美丽时光,女兵生涯的点点滴滴在文章里都成了难忘、美好的回忆。她的另一个主要创作源泉就是自己的生活与工作,写她这样一个结了婚的女军人如何看待人生、社会,如何执着于工作不得不一而再再而三地"独自上路",如何热爱生活又必须对付生活里的琐碎杂事。燕燕的散文无所不谈,包罗万象,既有作为女人的细腻、柔美、孤芳自赏,又有作为作家的坚韧、思索和哲理,文笔智慧、优美而不乏犀利,短小精悍,灵活跳跃。

项小米早年也是一名军队的医护人员。她的散文作品不多,但篇篇都像她的小说,凝练、浓密、潮湿、充满思辨。《记忆洪荒》(《解放军文艺》1997年第11期)记录的是1975年夏天发生在豫南的一次重大水灾。作为部队的医护人员,项小米参加了当时的救护工作。面对灾害,她对人类的行为与文明进行了深刻的反思,感受到人类的无知、短见与渺小。尽管有了那么多的科技与发明,人类最终还是战胜不了自然,战胜不了死亡,甚至"经受不住造物主的一滴口水"。这段经历也同样记录了她和战友们在尸体遍地、野狗吃人的恶劣环境下由恐惧到习惯、到麻木、最后到悲悯人类的思想发展过程。在《还剩七千天》中,项小米通过自己还剩七千天左右的生命,反思着生命的价值与意义,并从朋友由震惊到最后随遇而安的态度,体会到了生存的意义就在生存的本身,关键在于无助的人类如何看待人生,表达了她对于生命终极意义上的思考与追问。文章平实、自然,富有哲理。为集中与方便,项小米新世纪以来的散文创作情况,我们在此一并介绍。项小米新世纪的散文写作建立于史料研究的基础上。在《长征——无法复制》《项南的沉浮人生》《邓子恢主政农工部的悲剧》《邓子恢主政中央农村工作部前后》等作品中,项小米关注着当代革命和建设的重大事件、重要人物,在翔实史料基础上讨论是非功过,深蕴了追昔抚今的良苦用心。

通常而言,相对于男作家,女作家对历史文化等厚重话题的兴趣较弱。军旅女作家唐韵却是个例外。唐韵的创作题材比较广泛,风格比较多样,既有表达细腻情感的轻盈文字,也有凝视历史文化的十足中气。唐韵主要的散文集是《我们的蜗居与飞鸟》(中国青年出版社1998年版),朱向前的序文对其做出了准确评价——这部散文集"记录了唐韵三上高原、再访敦煌、重又朝拜西藏的曲折心路和学医多年的生命体验以及久居都市的情感历程,取材杂多,意象纷繁"。这个题目概括了唐韵散文的全部内涵。在蜗居与飞鸟之间,也就是在现实与理想之间,在务实与浪漫之间,在冷静与热烈之间,在世俗与天国之间,在此岸与彼岸之间。唐韵散文关注的重心是人类生存的精神状态,因而她对民族心理和民族素质、生命与死亡的交接与融合以及人道主义和终极关怀等一系列"男性话题"投入了更深情的目光。唐韵还以医学的冷静和文学的浪漫热切地向我们诉说着死亡的崇高和美丽,这似乎是女性散文中的异调。唐韵糅合了文学和医学的滋养,表达出她对生命独特的体验和思考。书中几乎所有的游记散文都与青藏高原有关,西藏在作者的笔下不仅是审美对象,还是精神的天国、灵魂的牧场。"显然,在这些字里行间,表达了一个物化社会中的现代人,从审美、宗教、文化、生态等多角度,朦胧把握与理解西藏的普遍的价值认同和一般的精神深度;同时,它又确实包含了一个独特的生命个体由于和西藏深刻的精神连接所呈现出来的超乎常人的生命冲动和艺术激情。"[23] 为讨论的方便,唐韵新世纪以来创作情况在此一并介绍。新世纪唐韵出版有《左岸的黄河》(中国青年出版社 2001 年版)、《一个人的藏地》(青海人民出版社 2007 年版)、《北中国的另一种时间》(中国旅游出版社 2009 年版)、《人文青海》(广东旅游出版社 2009 年版)等文集。《谁为暴力屈膝》(《散文》2002 年第 7 期)是唐韵历史文化随笔中被关注最多的一篇,可视为其代表作。作品依据丰富的史料和历史复原的想象力,将一个在仇恨和耻辱中顽强成长,因而多疑、冷血、残暴的铁木真,形神毕肖地呈现在读者面前。虽然仅此已经足见作者内在的刚硬和犀利,但唐韵的最终目的是让历史服务于当下,在对成吉思汗英雄形象的重新审视中,完成对当代人的思想祛魅。

在军旅女性的散文王国里,还有刘馨忆、文清丽、于晓敏等人,她们也以自己独特的文采涂抹着女性军旅散文清新秀丽的画卷。

第四节 新世纪:历史与现实平分秋色

无论是沉思历史还是观照现实,新世纪以来,军旅散文在各个题材领域都发出了自己的声音,形成了稳定的多元叙事格局。在此格局中,军旅散文作家形成和丰富着自己的创作个性,既展现出多彩的军旅特色,也丰富了军旅散文的艺术底蕴。

一、王宗仁、裘山山、杨献平等人的西部军旅散文

新世纪,西部军旅散文是当代军旅散文最见成果的领域。这种判断不仅源于作品数量,更源于西部军旅散文对现实军营的深切关注,对当下军人精神世界的再现,以及以此为基础的独有的遗世独立的孤高精神、不易驯服的野性、不被牵绊的自由自在、无须雕琢的自然朴拙。

新世纪以来,王宗仁出版了《情断无人区》(军事谊文出版社 2000 年版)、《太阳有泪》(百花文艺出版社 2002 年版)、《藏地兵书》(解放军文艺出版社 2008 年版)、《可可西里的动物精灵》(中国友谊出版公司 2008 年版)、《与青藏线同行》(黄河出版社 2009 年版)、《藏羚羊的那些事儿》(学林出版社 2010 年版)等多部作品集。王宗仁散文是几代驻守青藏线的官兵生活与心灵的完美再现。他不但在"生命禁区"的青藏高原壮丽苍凉的自然景物中,展现藏民和士兵的精神品格,而且融入自己深沉的哲学思考。他不是在追求散淡自在,而是苦心孤诣地表现着自己对自然、生命的睿智沉思。青藏线上汽车兵的经历与当下边防生活见闻,让王宗仁的散文在时空穿梭中,找到了几代青藏线上的军人的共通情怀:战天斗地、甘守寂寞。翻开他的作品,我们看到一个个驻守在雪域高原的战士,在天和人的较量中怎样超常地坚忍、顽强,在自己的岗位上怎样默默地奉献、牺牲。新世纪,王宗仁继续体会西藏之"苦",在回忆新中国成立初期官兵执行任务的《枪口下的喇嘛庙——西藏忆事》《一个兵站三个兵》《西藏驼路》等作品中,渲染的是"险";而在讲述和平年代兵站故事时,突出的是官兵精神上的"苦"。在后一类题材中,王宗仁写出了《嫂镜》《五道梁落雪五道梁天晴》等一系列极富人性深度的作品。

王宗仁把高原当作人类生命的家园,力求表现出对自然、生命的关注。通过描述人的生存,进而追寻人生存的意义,沉浸于对人类的终极关怀中;在人的生命意蕴和高原军人与藏民族的交融中,在今与昔的对接、渗透与徘徊中,历史记忆、故事传说与现实情景相互沟通,令人感到一种生命的沧桑与对生命的反思,从而使作品的意蕴更加丰厚与深沉。王宗仁的作品带给当代军旅散文的,

正是这种沉雄的悲剧精神和美学风格。读王宗仁的散文,既能读到"险"和"苦",又能体会到战士们苦中作乐的精神,还能获得读小说的快乐,可谓一唱三叹,五味俱全。

  在当代军旅散文写作群体中,裘山山是一个独特的存在。如果从严格的意义上来区分散文和随笔的话,那么裘山山的散文基本上是随笔。她早期的随笔《女人心情》(四川文艺出版社1992年版)可以说是最能体现她散文风格的散文集。也许裘山山自己最了解自己:"我觉得写随笔就像是和读者聊天,比较亲切、随意;而写散文,总有些远离读者,给读者朗诵的感觉。大约我气质中艺术家的成分少,主妇的成分多吧!"的确,她的散文就像是个主妇在把自己的生活娓娓道来,细致却不啰唆,别有一番风味。在《黑白人生》里,她把丈夫和周围爱好围棋的亲朋好友对围棋的痴迷写得活灵活现,从黑白棋子中体味着重庆人生活中围棋般的感情、围棋般的节奏、围棋般的人生情调。《父母大人》是裘山山作为女儿献给二老的一篇分量很重的随笔。她用幽默、生动的语言把父亲的学识、固执同生活里的"呆"和母亲的才情、贤淑体现得淋漓尽致,亲切、感人。她的散文里的"主妇"特点还体现在她在随笔中对生活中吵架、重逢、离别等人生况味的思考、拿捏,写得智慧、风趣、耐人寻味。生活里的"一双眼睛""一件往事""一对老人""一声谢谢"都被化作了一点启示、一份感动呈现给读者。对自己的军人身份,她也诉说了那份特殊感情,把自己从未参军前对军装的向往,到当了兵又偷偷穿便装的刺激,再到最后身为军人又不得不变为没军装穿的文职干部的感伤传达给了我们。从裘山山穿越人生的作品中我们可以清晰地看见一名军人的感怀、一个女人的情愫。

  新世纪以来,裘山山在散文领域成绩斐然,先后推出了《一个人的远行》(远方出版社2003年版)、《百分之百纯棉》(四川大学出版社2004年版)、《遥远的天堂》(解放军文艺出版社2006年版)、《亲历五月》(人民文学出版社2009年版)、《从往事门前走过》(西藏人民出版社2009年版)等散文集。她的散文题材范围很广,童年趣事、游历见闻、人生感怀等,无所不包。但最有影响、最具感染力的还是取材于西藏官兵生活的作品。《遥远的天堂》是裘山山新世纪最具代表性的长篇纪实散文,也是当代军旅散文的力作。《遥远的天堂》是一本大书,因为在裘山山笔下,平凡的军营生活蕴含了胸怀的博大、精神的伟大。在这里,我们不仅看到平均海拔3600米的"山南"、57000米内就从4400米下降到2000米的L乡某边防营,而且看到:驻守西藏多年却从来没去过拉萨的战士们、事先写好数封家信请山下战友定期邮给家人及朋友的军医、为战友们一个个"带电话"的出公差的战士、回家探亲时想到正在受苦的战友而突然间泪流满面的政委……裘山山讲述这些战士不是故事的故事,动人处在于不说大话,只陈述事实。陈述这些事实时,裘山山的情感饱满真挚、深沉热烈,但显然,她是节制和压抑的,她不想渲染和夸张,只想用文字准确、生动地再现事实。而事实胜于雄辩,在广袤的雪域高原,"边界线不是纸上画出来的,是我们的士兵站出来的"[24]。他们的职业生涯看起来那么平凡,他们的日常生活看起来缺乏华彩,但他们的奉献与牺牲体现在对平凡的忍耐、对责任的担当。这使他们在精神上更单纯、更卓越、更接近"天堂"。就这样,裘山山的《遥远的天堂》写出了大境界,让我们看到了自然的天堂与精神的神性。

近年来掀起了一个"新散文运动",杨献平是"原生态散文"写作理念的提出者。新世纪,他的代表文集有《中国的匈奴》(花城出版社2010年版)、《沙漠之书》(天津人民出版社2010年版)。对于那些期望进入一个自己不知道的领域和体验中从而获得惊喜的读者,杨献平植根于巴丹吉林沙漠的个人成长史,无疑是一种适合的呈现。沙漠、戈壁、风沙、天空、时光、生命,这些有形与无形的事物,构成了杨献平沙漠中的个人生活,而他自己,"已经成为了沙漠的一部分,就像一个移动的,用风作为呼吸的沙丘"。《苍天般的额济纳》《巴丹吉林的个人生活》等作品,都可以被视为一场宁静的生命之旅和作者诗意的内心游吟。在一个大时空观下,对活着的状态的感知和书写,是杨献平散文的独特价值之一。由于不以完整故事为对象,杨献平行文跳跃、自由。白昼到黑夜,眼前到记忆,沙漠到故乡,在他笔下经常转换,但却不显突兀,而毫不夸饰的真诚情感与诗性的语言又让他的文字充满了张力。这些都成为杨献平独步散文界的重要因由。

同样行走于边疆大地,卢一萍以《世界屋脊之书》(解放军文艺出版社2009年版)再现了自己在新疆这片土地上的探察与思索。在《弥漫的香妃》《河流的勇气》《千年歌舞》等作品中,他仿佛是自然之灵的朝拜者,又如同一个历史遗存的考证者。他的作品为我们呈现了一片广阔、神秘的地域,一些罕见的风俗,一种独特生存方式与精神信仰,也向我们证明了他对生命的参照、对大地的亲近和对世界的感知。通过文字,卢一萍让我们看到,他不停地行走,不停地参悟,走向繁盛也走向荒芜,面对人间也面对神祇。

凌仕江是带着灵性去阅读和书写雪域高原的。他笔下的西藏是有灵魂的,《你知西藏的天有多蓝》(花城出版社2004年版)、《飘过西藏上空的云朵》(暨南大学出版社2005年版)、《西藏的天堂时光》(地震出版社2007年版)、《说好一起去西藏》(中央党校出版社2008年版)等作品集,无一不彰显着西藏的内在诗意和作者的情感纯度。在他笔下,不仅是西藏的天空,就连西藏的云朵、阳光、石头都有自己的个性和意味,都是易感心灵的托付。"阳光是青藏最动感的音符"(《青藏的阳光》),"阳光从不同方向炸在地面上溅起的星点与光线,看上去就像一张张隐形的网"(《我的西藏》),"我到纳木措,不是为看水,只为看一眼时间停在天边的皱纹"(《天边的纳木措》),这种属于诗人的感受和语言不仅再现了凌仕江的诗心,还为其散文带来了明澈和轻灵。而自然伟力的神奇、文化的神秘与军旅生活的艰苦,则造就了凌仕江朝圣者的灵魂。"西藏"与"军旅",当这双重背景与凌仕江的诗心相遇,我们就不难理解为什么他的文字有了生命和灵魂,即便苦难也带有唯美色彩。

作为长期工作在青藏线上的军人,在其20年军旅生涯中,杨宣强以对青藏线官兵生活状况、情感需求的切身体验和理解,将自己的爱与痛倾注在散文集《带着氧气上路》(解放军文艺出版社2010年版)中。祁建青、刘烈娃、刘馨忆、张春燕、周天白等人的作品也为西部军旅散文增添了光彩。

因为西部的存在,因为青藏线上官兵的存在,因为王宗仁、裘山山等作家的存在,新世纪军旅散文中有了最贴近大地、最坚实有力、最荡气回肠的篇章——西部军旅散文。在西部军旅散文中,人类原初的朴拙、战天斗地的勇气,当代军人甘守寂寞的奉献、保家卫国的牺牲,拨动着我们的心弦,涤荡着我们的灵魂。我们可以为西部军旅散文中的主人公找到诸多形容词——剽悍、坚毅、勇敢、柔韧,却只能找到一个最合适的动词:挺立。人的精神的挺立,必然成就西部军旅散文现在与未来的挺立。

二、徐光耀、郭建英、朱增泉等人的历史散文

历史是一部大书,它总要经由当事人记录、回忆,后来人翻检、续写、重写、点评。因此,在面对这部大书时,读者除了需要言之凿凿的"正史""大历史"外,还永远会保持对智慧化、形象化、传奇化的文学书写的情有独钟。在新世纪军旅散文写作领域,这类书写以历史回忆散文与历史文化随笔的形式存在。

作为老军人、老党员、老作家,新世纪前,徐光耀在文坛的影响主要来自小说创作。早在当代文学史上的"前17年"时期,中篇小说及同名电影文学剧本《小兵张嘎》和长篇小说《平原烈火》就奠定了他的文坛地位。而新世纪伊始,一篇近六万字的历史回忆散文《昨夜西风凋碧树》(《长城》2000年第1期)及同名散文集(北京十月文艺出版社2001年版),让人们看到这位老作家直面历史沧桑的勇气、以史为鉴的责任意识和坦荡、宽容的人格精神。这篇散文之所以引起关注,主要归功于其中的历史细节、知识分子情怀和生动叙事。首先,作为重要历史进程的亲历者,徐光耀以对历史负责的态度,复述了"反右"运动中中国文联和总政文化部创作室的"斗争"场景,那些鲜为人知的历史片段、历史人物、历史细节,在文字中获得了生命。其次,作者对个人与时代、人与人之间关系的思考,对困惑、无奈、无告情感体验的挖掘,对知识分子群体人格与家国命运的忧虑,都达到了一定深度。他对文人群体人格弱点的反省,显示出勇于咀嚼耻辱的知识分子的良知。再次,《昨夜西风凋碧树》的出发点和最终目的就在于提出警示,避免历史重演。最后,作品形象生动,叙事简洁,描写传神,笔法幽默。徐光耀新世纪出版的散文集《昨夜西风凋碧树》和《忘不死的河》,收录了他在此之前20年散文创作精品,两本文集中收录的作品有交集。《杀人布告》是他"抗日情结"的代表作,《千萌大队》《跳崖壮士》等与《昨夜西风凋碧树》共同再现了他的"反右"运动记忆。

徐光耀再现历史记忆的目的在于警醒后世,郭建英则更多在为青春、为时代定格。

郭建英14岁从戎,对部队和战士有着深厚的感情,出版过散文集《长城望不断》(河北人民出版社1979年版)、《关山集》(花山文艺出版社1983年版)等。

郭建英早期受杨朔散文的感染和鼓舞并开始创作,她的散文多是以个人回忆形式写成,有时也以别人的故事来展现战士的情怀。作为老战士,她接触了许多首长和战士,得到很多宝贵的历史素材。在这个基础上,她创作出了大量的人物通讯、人物小传体的散文作品,以饱满的热情表现着军人的人性美。可贵的是,郭建英不断调整自己的散文创作,审美情趣由以前的"诗意"的颂歌,转向了对人生、生命进行形而上的思考,不再停留在从既定的政治理念、时代精神出发,而是从自我感受出发,写自己对人生、自然的感悟。《月蚀》就体现了她审美转变的轨迹。《秋潮》《听叶》《我们的憩园》《遥远的舞圈》《信物》等堪称后期的佳作,这些散文都跳出过去那种战争散文的窠臼,以历史和生命及美的视角来重新解读战争生活经历。郭建英散文虽然有不少时代的印记,但她却以同时代少有的生动自然和情真意切感动着我们,她的散文可以说是那个动荡年代的一股沁人的清泉。经历了近50年的创作生涯,2006年,年逾古稀的郭建英为我们呈上散文集《战争的碎片》(解放军出版社2006年版)。《战争的碎片》是作者对自己大半生见闻、思想的集中检阅。全书分为六辑。六辑作品中最具军旅特色也最富情感的,当属第一辑《死亡地带的演出》。由16篇历史回忆散文构成的《死亡地带的演出》是战火中的青春记录,那些极端情境下的经历、体验具有不可替代的独特的历史和审美价值。《行行重行行》《死亡地带的演出》《战地浪漫曲》等作品既让我们看到了昔日朝鲜战场上的火光,见证了生死,也感受到了革命战士单纯、真诚的心灵和执着、坚定的信念。面对被历史照亮的人性,我们不能不肃然起敬。虽然多忆旧,但郭建英散文的叙事性并不强,而是以抒情笔法为主,更多书写心灵、情感。她的文字考究轻灵,有何其芳《画梦录》之风。荒村、孤窗、夜火、寒霜等经常出现的意象构筑了其军旅散文拥有的神秘空灵之境。

  同样是老军人、老党员、老作家,凌行正见证了人民军队的成长。他历任野战部队文工团团员、文化干事,军区政治部创作员、宣传部文化科科长,总政解放军文艺社社长兼总编辑,以散文的形式记录了自己几十年革命工作见闻。新世纪以来,出版有长篇散文"军旅青春三部曲":《感念西藏》(解放军文艺出版社2000年版)、《铁血记忆》(解放军文艺出版社2004年版)、《初踏疆场》(解放军文艺出版社2006年版)等。《感念西藏》反映了西藏高原平叛斗争生活;《铁血记忆》以参加抗美援朝战争经历为题材;《初踏疆场》则记述了"百万雄师横渡长江"之际,作者作为一名文艺新兵踏上战场后的战斗经历,经历包括解放战争时期的衡宝战役、广西战役,抗美援朝时期的釜城战役。2007年,凌行正又与黎品纯合作出版了《大决战:纵横中南》(解放军文艺出版社2007年版),生动地复现了1949年解放军挥师南下、进军江南的宏伟历史场景。凌行正的散文在具有宝贵的资料价值的同时,更为可贵的是展现了为信仰而奋斗的青春,表达了对和平的热爱与珍视。

除了徐光耀、郭建英、凌行正等老一代作家,个别年轻作家也钟情历史回忆散文。云南武警公安边防部队的作家杨佳富的散文集《走过边防线》,李钢林的《八根拉火绳》《逝去的老团长》《解放鞋飞上天》等"怀念步兵"系列散文,以及以美国退伍军人视角回忆抗美援朝战争中国部队勇敢无畏冲锋情景的《原木在移动》,也都是军旅历史生活的回忆。

徐光耀、郭建英、凌行正等老一代军旅作家在历史回忆散文中,力求更为自然、开放地还原历史情境,提供丰富感人的历史细节,以完成感情更饱满、文史价值兼备的文本,从而为革命历史叙事提供佐证。而当代军旅作家的历史文化随笔,则处处体现着当代军人的历史眼光、社会责任、文化关怀,彰显出宏阔清正的军人气派,因而在新世纪军旅散文中独放异彩。

朱增泉一向以历史文化随笔彰显创作个性。早在二十世纪九十年代后半期,朱增泉即因散文选材和思情走向的鲜明强烈的军旅定位而独树一帜。军营现实、戍边官兵以及古战场和历史名将都是他的创作对象,而民族文化传统、军事智慧和现实军队命运的思考则是他散文创作的理性内核。他的散文集《秦皇驰道》(解放军出版社1996年版)、《边地散记》(文化艺术出版社1999年版)中的大部分作品都与历史或战争相关,与沧桑变迁的社会文化沿革相关,如《观沧海》《香港,中国曾用这个膝盖跪下》《凭吊一处古战场》《边地散记》《兴隆山》《大漠诗魂》《西域之旅》等,都以军人特有的视角立场,以军人特有的血性和洞察力,观点鲜明地阐释历史,贯穿着一条爱国主义和历史理性主义的主脉,饱含着一股昂扬进取、荡气回肠的情感波流。

新世纪以来,朱增泉又出版有《西部随笔》(作家出版社2002年版)、《边墙·雪峰·飞天》(百花文艺出版社2003年版)等文集,既收录了其九十年代代表作,也有一些新作品。

朱增泉新世纪最有分量的历史文化随笔当属《战争史笔记》。这套系列战争史笔记分别为:《战争史笔记(上古—秦汉)》(人民文学出版社2009年版)、《战争史笔记(三国—隋唐)》(人民文学出版社2010年版)、《战争史笔记(五代—宋辽金夏)》(人民文学出版社2011年版)、《战争史笔记(元—明)》(人民文学出版社2011年版)、《战争史笔记(清)》(人民文学出版社2011年版)。《战争史笔记》洋洋五卷,进行了一次跨文体写作,显示了作家对历史材料的谙熟、对军事战略的洞见、对家国兴亡的沉思。在朱向前看来,《战争史笔记》的思想艺术成就主要表现在以下几个方面:首先,《战争史笔记》具有盛世危言的思想品格。它提醒人们"兵者,国之大事,死生之地,存亡之道,不可不察也"。真正的军人任何时候都要枕戈待旦,真正的将军须臾不可淡忘忧患意识。其次,《战争史笔记》具有庖丁解牛的艺术风范。"因为先有了高屋建瓴的眼光,处理庞大芜杂的五千年战争史材料,才能主脑突出,脉络分明,线索清晰,主次井然,详略得当;再然后才是运斤如风,大卸八块,游刃有余。"最后,在朱向前眼中,《战争史笔记》还只是"一条刚刚露出脊背的大鲸"。除了鸿篇巨制的中国战争史笔记,朱增泉取材现代战争,讨论海湾战事、中东危机、大国暴力的散文,指点江山,大开大阖,极具个性。而他创作于2002年的长篇散文《我惦记着两位西部士兵》则与上述作品风格迥异,通过描写自己与20年前采访过的两位士兵重逢的经历,表达了对战友的深情,对转业军人生活、精神状态的关注,以及对他们在平凡工作岗位上的敬意。无论是思维方式还是文化心理结构,朱增泉的散文都表现了军人宽广的胸襟。他把创作的目光投向边关将士,同时,西部高山大漠等雄奇瑰丽的自然景观,又使他的审美情趣偏向于崇高豪迈、昂扬向上。基于此,在解读古代历史人物时,其个人的审美情感与古代英雄的开放业绩、刚性雄风,很快达到了契合与共鸣。在朱增泉笔下,古代(或近代)战事是作者最重要、最敏感的观照对象。当然,战争不仅仅是战争,就如我们在不少作品中感悟到的那样,残酷的、触目惊心的但又不得不进行的战事背后,总是蕴藏着无比丰富的、永远值得后人倾听的政治文化声音。朱增泉在饱含激越情感解读古人的同时,也在用自己的开阔胸襟审视某些当代人的精神人格和文化品性。

新世纪以来,李存葆继续保持创作活力,不断有新作问世。世纪之交,李存葆相继发表的《沂蒙匪事》(《十月》2000年第1期)、《飘逝的绝唱》(《十月》2000年第3期)、《国虫》(《十月》2001年第2期)、《东方之神》(《十月》2002年第4期)等系列散文,受到愈来愈广泛的瞩目。《沂蒙匪事》是李存葆反映社会生态的代表作。他认为,土匪是中国古老历史之树上结出的一颗硕大的毒瘤,近代沂蒙匪事猖獗、杀人成性,用文字作解剖刀将这个毒瘤剖开,去探求滋生土匪的社会因子、地理环境、文化土壤,去探秘土匪的生存构架、畸形心态,进而探究人类文明的进步与退化,有些许鉴往知来的意义。《飘逝的绝唱》借对崔张经典爱情的解读,展开了对爱情、婚姻、两性关系以至历史变迁中的人性中诗性的巡礼,是对《西厢记》的美学阐释,是对美的礼赞,是捍卫美的宣言,是对神秘而又崇高的至真至诚、至纯至美的经典爱情的热情颂扬。《国虫》追索了蟋蟀这只"国虫"的历史足迹,对它的悠久历史做了一番梳理,透露着中国人几千年的精神与情趣、玩性与惰性,对物欲时代人类超越底线的自我满足、盲目的自我中心态度、缺乏自省的精神现状,李存葆以深沉的忧患意识担当起对自然生态、社会生态、文化生态、人性生态的思考与追问。

随后,李存葆相继出版了《大河遗梦》(解放军文艺出版社2002年版)、《绿色天书》(河南文艺出版社2006年版)、《最后的野象谷》(学林出版社2009年版)等多部散文集。其中以《大河遗梦》影响最大。这部散文集收录了他二十世纪九十年代的代表作品,同时也收录了他世纪之交的其他新作。近些年,他的长篇散文《呼伦贝尔记忆》(《前卫文学》2011年第6期)、《渐行渐远的滋味》(《十月》2012年第5期)再次引起反响。《呼伦贝尔记忆》以在呼伦贝尔草原上活跃过的少数民族历史为书写对象,并以鲜卑族建立北魏王朝、兼容游牧文化与农耕文化的历史贡献为重点,再现了马背上的民族那些铁骑征伐的人物、富民强国的智慧,以及北魏时期佛教造像、碑文书法的创新。在对草原文明、游牧文化的记录中,李存葆的"呼伦贝尔记忆"是民族文化记忆,是在传统文化失忆的年代守住中华文化之根的依托。《渐行渐远的滋味》呈现的也是一种文化记忆。在这篇长文中,李存葆通过味觉记忆回顾了家乡——齐鲁大地——各种食物的滋味。从节气到风俗,从味道到世道,李存葆历数造物主慷慨馈赠人类神奇创造的同时,一直在突出"渐行渐远"这个关键词。他的饮食文化记忆里饱含的是现实忧患,因为功利主义哲学不但破坏了自然的平衡,也破坏了社会的信任关系。从整体看,李存葆的历史文化散文是在大文化视野下,对人类文明进程中不文明现象的普遍考量,是为人类走出生态困境和实现精神自救探寻方向。深沉的情感、有节奏的叙事、考究的语言、精当的修辞,共同构筑了李存葆历史文化随笔独特的魅力空间。

三、朱秀海、王龙等人的军旅散文

军人也是人,尤其是和平年代的军人,除了与职业身份相关的经历,他们也有普通人的生活经验和情趣、颖悟。军营、家人、闲情、哲思,共同被纳入军旅作家散文创作视野。新世纪以来,以如此博杂面貌出现的散文创作不在少数。参与创作者有小说家或文艺杂志编辑,如周大新、朱秀海、项小米、韩静霆、侯健飞、陈可非、张国领、袁俊宏等人,还有"70后""80后"新生代作家王龙、王凯、兰宁远、朱寒汛等人,也有领导岗位上的业余作者,如蔡多文、汪守德等人。在尽可以随心、随性而写的日常人生领域,他们的作品杂花生树、生机盎然。

"中生代"军旅作家特指出生于二十世纪五六十年代、创作力旺盛且取得一定成绩的中年作家,他们是军旅文学坚实的中坚力量。

军旅"中生代"小说家中,朱秀海的散文丝毫不比他的小说逊色。他写人形象丰满,叙事富于张力,传情真挚动人,论学见地独到。朱秀海新世纪出版的散文集有《行色匆匆》(春风文艺出版社2011年版)、《山在山的深处》(人民文学出版社2015年版)等。首先,身为军人,不可复制的个人军旅经历和耳闻目睹的当下官兵生活是朱秀海散文题中之义。《一九七八年十二月二十日武汉大雪》和《海补南沙》是其此类作品的代表。《一九七八年十二月二十日武汉大雪》以作者1978年接受上前线任务后的心理历程为主体内容,写尽了生死一线间本能地回避死而后又告别生的自我疏导过程。没有迎着死亡而行的经历的人,是不会将这种真实而复杂的心理情绪写得这般深透的。《海补南沙》追忆了1998年作者跟随执行南沙补给任务的船只所目睹的惊心动魄的补给过程。其次,对那些驰骋疆场的前辈,朱秀海也给以深情的目光。《向时常想念的人告别——〈音乐会〉余绪》《杨靖宇将军的最后一战》是对东北抗联志士的纪念。注意,朱秀海用了"想念"而不是其他动词,因为他把他们当作自己的亲人。那种对亲人才有的亲近与动情，使作品在表达对血气、勇气、骨气的敬意的同时，还有格外深挚的柔情。以文字的形式向想念的人告别，其实是一次更为庄重的纪念。在对前代军人的缅怀中，朱秀海要完成的是一场为了忘却的纪念。再次，作为作家的朱秀海，在散文中还经常展现其文人、书生面貌。《三重印象下的俄罗斯》《走过冈察洛娃家的旧宅》《末世之鸣》《读〈孟〉》《天下无书，唯有闲书》等作品即为代表。在这些作品中，你会惊异于作者知识的渊博、学养的深厚、见识的不凡、出入的自如。我们看到的是一个文化人、一个艺术家在寻找自己的心灵对话者。他的对话属于文学又超越文学，在身份认同中等待隔代的回声。此外，朱秀海怀人忆旧的散文也极为动人。怀念母亲的《手印》，感情极为内敛，却在克制与收束中催人泪下。《行色匆匆》纪念的是挚友叶楠先生，字里行间不仅饱含深挚的友情，而且活跃着纯粹的文学理想和人生理想。总体看来，朱秀海散文在军旅"中生代"小说家中堪称翘楚。

  侯健飞《回鹿山》（人民文学出版社 2012 年版）既是儿子对父亲情感生活的记录，也是一个退伍军人平凡艰辛生活的再现，同时也可被看作是若干默默无闻的老兵的生活缩影。因为本着"不一定发表，就给自己看看"的出发点，这部近 20 万言的长篇回忆散文诚实、朴素。因回归农民本位的父亲贫穷、一事无成，儿子在成长过程中从未以父亲为傲；相反，他眼中的父亲充满问题和缺陷，他常常对父亲充满不满、怨恨甚至鄙视。也因此，他并不关心父亲的从军经历和退伍原因，而父亲也从不炫耀自己的经历。仿佛天生就该如此，父亲默默忍受命运给他的所有磨难，从不为自己辩白。这个历经抗日战争和第三次国内战争、中过两次子弹的老兵，为自己务农无能而歉疚，为因头疼"扎针"成瘾而低眉顺眼。当多少了解到父亲戎马生涯中的一些戏剧性遭遇，知道堂兄、二伯都是烈士等家族秘密时，父亲的日子已经不多，儿子也没有做更多追索。因为，在一个当过兵的普通农民漫长的日常艰辛中，过去的光辉无法照耀他现实的路，时代与命运造成的错失也无法被补救。我们看到的是这个老兵黯淡而坚忍的一生，他生命中最有光亮的时光从未获得关注，也从未在人前展示。而这，就是评论家殷实所看到的尘埃一样卑微的父亲们和"无功而返"的军人们。殷实说："本书最大的启发意义在于：我们当善待无名之辈。"[25] 的确，《回鹿山》价值就在于它以别样的视角，以一个儿子人到中年后的疼痛和悔悟，给无法获得历史郑重书写的无名之辈以深情凝视,以一个当代军人的情怀,给"无功而返"的老兵应有的敬意。

任何时代、任何类型的文学的发展,都离不开代际成长的推动。军旅散文领域,王龙、王凯、兰宁远、朱寒汛等"70后""80后"新生代作家新世纪的创作,繁荣了军旅散文生态,增添了军旅散文的活力与趣味。

作为后起之秀,王龙的历史文化随笔丝毫不逊于前辈。他的《迷途的帝国——康熙大帝和彼得大帝的治国差距》《大臣与首相的差距——李鸿章和伊藤博文的人生悲喜剧》《光绪皇帝向左,明治天皇向右——近代中日变革的关键时刻》等长篇历史文化随笔,以中西对比的独特视角,从历史钩沉中追思中华民族命运,角度新颖,视野开阔。由这些作品集结而成的《天朝向左,世界向右——近代中西交锋的十字路口》(华文出版社2010年版)一书,既可视为一部历史文化随笔集,也可以视为对国运民生的讨论录。他以丰富翔实的历史资料为依托,却未被资料淹没,而是自如驾驭史料,并从史料深处走出,让我们看到一个有着历史追问的冷静和文化关怀的热情的青年,以对国家民族命运的文化自觉,完成了自己激情内敛但深情无限的中西比照与强国呼唤。这些作品动辄几万言,但纵横开阖、气势磅礴、气韵生动、文笔流丽,全无赘述之感。

青年作家王凯是最近几年军旅中短篇小说领域升起的新星,他的散文数量虽不多,但皆故事丰满,情感深厚,叙事从容。无论谈创作还是生活,无论写战友还是家人,除了个性化的经历和感受,王凯作品最动人的是真诚、厚重却不动声色、含蓄节制的情感。《我那越远越清晰的连队》以概要笔法回忆了四年连队生活,逾假不归的新兵引起的焦急、愤怒乃至愧疚,首长视察时应对自如的小小骄傲,老兵退伍的无奈与感伤,作品发表时战士们胜过自己的由衷欢喜⋯⋯王凯的叙述不急不缓,情感内敛。即便写到最易放任感情的老兵退伍段落,他的忧伤也引而不发,显示出与他年龄不相吻合的稳健。《军校真是个挺适合成长的地方》不重写生活故事,而重写成长历程。作者以轻淡之笔,叙述了自己在被军校磨砺过程中渐渐产生认同感的心理过程,抱远观之态而怀感恩之心,但绝不渲染、放任。《陌生的故乡和熟悉的异乡》《父亲母亲姐姐以及与文学的关系》《无比巨大又让我爱恨交加的北京》等作品,也无一不情真意挚、静水流深。

朱寒汛是军旅"80后"散文写作者的代表。他的散文不重叙事重写心,心有多大边际，文字就有多长触角。无边的想象和梦境状态使得朱寒汛的散文在形式上更像自言自语。与其他军旅作家的作品相比，它们虽不乏内在的激情与豪迈，但更像是一颗敏感的心灵在与青春、梦想的对视中，对自己的诘问，给自己的安抚与交代。从2003年的《低下头是人间——感觉四篇》《幻听·幻视》、2004年的《醒》到2009年的《山中·梦》，我们看到一个少年天马行空的臆想，看到旺盛青春旁逸斜出的恣肆，看到梦境般的现实和现实般的梦境。而在《湘西行》《我看莫言》《柳建伟作品之我见》《给美好一记耳光》等评论中外作家的随笔中，朱寒汛以自己的文学心灵贴近了沈从文、莫言、柳建伟、陀思妥耶夫斯基等人的心灵。他力求热烈地应和，活跃地进出，耿直地判断，因此，他与这些大家的精神对话才充满灵动和趣味。作为军旅"80后"，由性别、年龄、职业共同造就的急于破笼而出的生命激情，赋予朱寒汛散文以蓬勃、自由的姿态，让他的文字充满了心绪高于细节的精神呼吸。

兰宁远是军旅剧作家，同时也是近年名声渐起的散文作家，他在新世纪出版有散文集《守望天堂》(中国文联出版社2007年版)、《霓虹烈焰》(海潮摄影艺术出版社2005年版)。出生、成长于呼和浩特的他，以故乡、草原为精神出发点，也以此为心灵皈依，成就了自己的"天堂"系列散文。其中，单篇作品《守望天堂》《依旧守望天堂》《草原在哪里？》是他散文视角、风格特点的代表作。兰宁远作品故事性强，人物、对话、神情、场景活灵活现，不过，这并非其作品的核心魅力。兰宁远散文的魅力根源在于：活跃在我们眼前的不仅是他的故土、乡人，而且是与草原相生相息的民族性格，是内心的勇敢、狂风和自由，是生命与草原精神的同构，也是军旅气质下的英雄向往。

除了军旅作家，许多从事与文学艺术或思想政治相关工作的职业军人，也在新世纪加盟散文写作队伍。广东军区蔡多文在《游目抒怀》(解放军文艺出版社2001年版)、《乡情如歌》(解放军文艺出版社2003年版)、《香江情韵》(解放军文艺出版社2004年版)、《人生悟语》(花城出版社2009年版)等文集中，娓娓叙述自己的人生经历、阐发自己的人生感悟，读来有"春风化雨、润物无声"的效果。武警系统张国领的散文集《和平的断想》(人民武警出版社2006年版)等则紧扣"和平"主题。部队文艺工作组织者、军旅文艺评论家汪守德自二十世纪九十年代涉足散文领域。新世纪，他的《从军行》《队列》《北国之秋》《在高原上行走》《江南雨》等作品,结集为《秋天的和弦》(解放军文艺出版社 2003 年版)。这些作品内蕴着以军人视角体味军人生活的细密情感和阅读祖国河山的疏放情怀,文工词丽,气韵生动。先后在军地两方工作的朱法元在新世纪以《沉默的军号》(解放军文艺出版社 2016 年版)回顾了自己军旅生涯中那些难忘的瞬间,从一个经历了二十世纪八九十年代部队改革的基层干部的视角"给没当过兵的人一个真实的军营;给曾经当过兵的人一段真切的回忆;给正在当兵的人一份真心的嘱托"[26]。

整体看来,当下生活的丰富多彩,为散文提供了取之不尽、用之不竭的写作素材。军旅"中生代"小说家在日常生活领域的散文式"散步","新生代"军旅作家饱含新鲜度和真诚度的自我表达,业余作者多样化的写作,使面向当下人生的军旅散文呈现出一派生机勃勃、杂花生树的景象。这些富含独特个人经历、情感体验和智性思考的作品,也丰富了当代散文题材、风格类型。

四、刘亚洲的"跨文体写作"和张心阳等人的杂文

刘亚洲以小说、报告文学创作为主,但也涉猎散文。他的散文篇数不多,却因"跨文体写作"而在当代文坛独树一帜。早在二十世纪九十年代,他就发表了《烟坟》《关于历史》《给儿子的一封信》等一系列有影响的作品。他的作品立意深远,文风刚健,严谨有力,明快开阔,富有军人气质。《烟坟》是一篇越南战争背景下的军旅散文,透出人性的真美与军人特有的气质,读来令人震撼。"《王仁先》(又名《烟坟》)中的爱情故事已远远不是单纯的道德意义所能够评价的。""它远远超出一般意义上的军人爱情演义,而抵达人性深处。"[27] 刘亚洲注重对散文细节的书写,常把意蕴深藏其中,给读者以极大的想象空间。

因为既是将军中的作家,又是作家中的将军,刘亚洲的所思所想、所谈所议远远超出了文学范畴。二十世纪九十年代以来,刘亚洲对军事战略思想、国计民生问题表现出浓厚、持久的兴趣,发表了一系列社会评论、演讲,这些兼及政治制度、军事战略的作品具有跨学科、跨文体性质。虽然在将其归类时我们很费斟酌,但其具备大格局、大气象、大见识的"跨文体写作"着实值得阅读和研究。

刘亚洲的"跨文体写作"具有三个特点。第一，讨论的都是大问题、真问题。我们不妨略观其作品题目：《金门战役检讨》《大国策》《信念与道德》《中国空军必须具备攻防兼备》《我愿意做自由思想的殉道者》《中国未来二十年的大战略》《甲申再祭》《美国真正的可怕之处在哪儿？》《美国论》《百岁空军》《农民问题》《谈谈教育改革》……仅这些题目，就能让我们看到一个思想家的韬略和作家的赤子之心。刘亚洲所关注和讨论的，都是有千钧之力的问题。这些问题无关一时一事，不是社会新闻或热点，而是关系中国军事战略、历史发展、国势民心、文化精神等具有持久价值的问题。第二，敢说真话，有胆有识。刘亚洲说过："我追求真实。真实是我的生命。我可以有讲不出的真话，但不能讲假话。"（《谈谈教育改革》）因为始终保持着革新意识、前卫思想、批判精神，刘亚洲作品从不说空话套话。面对问题，他从不蜻蜓点水，而一定会层层剥笋、直逼要害。第三，深情沉郁，文风雄健，文采斐然。刘亚洲的"跨文体写作"做到了情、智、事、理的统一。他的作品总是充满沉郁而又节制的感情。在夹叙夹议中，他对民族、国家、人民、军队的深情如水般自由流淌，填满了结构大开大阖后的文本缝隙。此外，刘亚洲还特别擅长用文学的手法评说历史，形象的修辞往往让历史叙述更为明晰生动，令人既忍俊不禁又拍案叫绝。因为格外宽广、锐利、博大、深邃，刘亚洲的系列作品也曾引来争议。不过，争议更多是关于思想认识上的学术讨论。在《甲申再祭》中，刘亚洲说，"克罗齐说：'一切历史都是当代历史。'我想说：一切当代史都很难跳出历史（一切当代史都会对应历史）。为了明天而逼迫历史"。这应该就是刘亚洲作品的核心意识，是其借助"跨文体写作"实现强军梦、强国梦的理想所在。

新世纪，张心阳出版了《带毒的亲吻》（文化艺术出版社 2002 年版）、《中国杂文百部 2：张心阳集》（吉林出版集团有限责任公司 2013 年版）等杂文集。张心阳的杂文紧扣主旋律，这是因为他对主旋律有自己的理解，他认为"是不是主旋律并不是看歌颂还是探讨或批评，而是看是否触及社会主流问题"，"杂文反映主旋律问题比任何文种都直接"。[28] 张心阳最富影响的杂文是重新审视苏联政治人物和政治生活的系列作品。从斯大林、日丹诺夫、莫诺托夫到勃列日涅夫、契尔年科等，张心阳一一点数、评议。虽然笔下写过无数苏联政坛上风云一时的人物，但写人并非张心阳的核心意图。这些政治人物只是张心阳分析苏联政治制度的凭借。张心阳之所以对苏联问题如此关注,原因在于他以史为鉴的历史责任意识和军人使命感。因为苏联问题不仅仅是一个国家的兴衰问题,它关系到人类一种社会制度的前途和命运,也是中国的一面镜子,所以张心阳才潜心研究苏联问题,并以杂文形式展开讨论。除了研究、讨论苏联问题,张心阳杂文还触及了当下民生状况、传统文化精神等更为广泛的话题。譬如《建房的土地是谁的》《崇尚愚蠢》等作品中,也处处可见张心阳敏锐的目光、犀利的发现、精准的分析、勇敢的呼喊。

李庚辰是军旅杂文界的一面旗帜。新世纪以来,他勤于笔耕,发表了《"喝酒"就是"工作"》《领导干部的涵义》《网络文化亟待建立道德规范》《当好民间"外交官"》《想起卢奇的狗》。此外,还有《太平洋战争日本战败秘史》(与赵尚朴合作)系列长篇纪实文学。在40年的杂文写作过程中,李庚辰杂文形成了"智、理、趣"特征鲜明的个人特色。读李庚辰杂文集,如同读一本文史社会知识百科书,他长于谈古论今、旁征博引。同时,他常怀忧心,敢于褒贬。而他之所以能写出知识性、思想性、形象性皆佳的杂文,是因为富于文体意识与杂文家意识。

张雨生在杂文写作上的贡献主要有二:第一,提出了"乡土杂文"观念,并身体力行,影响、带动了一批人的写作。《山水文脉》(福建人民出版社2005年版)等文集即其杂文观念的实践。第二,作品有个性、有见地、有趣味。虽然也借助时事新闻发议论,但他从来不纠缠于热点本身,而总是挖掘热点现象产生的原因,发现其背后蕴藏的某种认识、实践误区或文化心理、陋习。杨庆春也是有广泛影响的军旅杂文家。他出版了杂文随笔集《一种逻辑常有理》(黄河出版社1999年版)、《醒后吐真言》(商务印书馆2013年版)等。陈鲁民的杂文也有很好的口碑。他笔头快,创作勤,产量高。尤其新世纪以来,在公开刊物上发表的作品虽然减少,但个人博客里却百花争妍,杂文随笔数量蔚为大观,篇幅多短制,妙语常连珠。虽有过于贴近热点之嫌,倒也尤见作家赤胆热肠。

作为时代感应的神经、攻守的手足,军旅作家的杂文参与了对社会问题的讨论。这里,有勇敢的呐喊、真诚的热爱、冷静的思考、清醒的坚持。虽然有些作家的有些杂文与时评难分你我,在一定程度上削弱了杂文的文体特性,但在对正义良知的维护、对歪风邪气的匡正、对世道人心的补救、对文学元气的补充上,军旅作家的杂文依然功不可没。

注释：

[1]"概述"部分前四小节引自朱向前：《军旅散文：迟开的花朵——军旅散文五十年述略》，《文艺报》1999年9月9日。

[2]朱向前：《新军旅作家"三剑客"——莫言、周涛、朱苏进平行比较论纲》，《解放军文艺》1993年第9期。

[3]茅盾：《为"志愿军一日"而欢呼》，《解放军文艺》1956年第9期。

[4]魏巍：《黎明风景·后记》，载魏巍《黎明风暴》，作家出版社，1963，第181页。

[5]艾青：《中国新诗六十年》，《文艺研究》1980年第5期。

[6]丁玲：《读魏巍的朝鲜通讯——〈谁是最可爱的人〉与〈冬天和春天〉》，《文艺报》1953年第3期。

[7]菡子：《前线的颂歌·后记》，载菡子《前线的颂歌》，人民文学出版社，1959，第187页。

[8]巴金：《衷心的祝贺——献给第二次文代会》，《人民文学》1953年11月7日。

[9]巴金：《谈我的散文》，载辽宁师专中文中心组、辽宁师范学院中文系、沈阳师范学院中文系、锦州师范学院中文系、《中外名作家谈写作》编写组编《中外名作家谈写作》下卷（内部教材），锦州日报社印刷厂，1980，第413页。

[10]杨朔：《〈海市〉小序》，载《杨朔文集》，山东文艺出版社，1984，第642页。

[11]洪子诚：《中国当代文学史》，北京大学出版社，1999，第159页。

[12]王庆生主编《中国当代文学史》，高等教育出版社，2003，第202页。

[13]刘白羽：《形象之花是不会枯萎的》，载《刘白羽文集》卷五，华艺出版社，1995，第443页。

[14]洪子诚：《散文作家及其创作模式》，载洪子诚《中国当代文学史》，北京大学出版社，1999，第155页。三种模式主要是指杨朔、刘白羽、秦牧所代表的散文创作手法。

[15]刘白羽:《头顶青天足踏海洋的人们》,载刘白羽《万炮震金门》,作家出版社,1959,第32页。

[16]佘树森、陈旭光:《中国当代散文报告文学发展史》,北京大学出版社,1996,第79页。

[17]刘白羽:《再论报告文学》,载《刘白羽文集》第五卷,华艺出版社,1995,第116页。

[18]叶圣陶:《吴伯箫散文选·序》,载《吴伯箫散文选》,人民文学出版社,1983,第2页。

[19]徐怀中:《倾听阳光·序》,载汪守德《倾听阳光》,解放军出版社,1997,第2页。

[20]朱向前:《新军旅作家"三剑客"——莫言、周涛、朱苏进平行比较论纲》,载朱向前《军旅文学史论》,东方出版社,1998,第192-193页。

[21]佘树森、陈旭光:《中国当代散文报告文学发展史》,北京大学出版社,1996,第270页。

[22]李存葆散文特点参见朱向前、柳建伟:《散文的黄钟大吕之音——关于李存葆散文特征的对谈》,《南方文坛》2003年第3期。

[23]朱向前:《在蜗居和飞鸟之间:耿力印象兼序唐韵散文集〈我们的蜗居和飞鸟〉》,《西南军事文学》1998年第5期。

[24]裘山山:《沙盘》,载裘山山《遥远的天堂》,解放军文艺出版社,2006,第167页。

[25]殷实:《假如军人无功而返》,《中华读书报》2012年2月22日。

[26]朱向前:《在沉默中感受军旅旋律——序朱法元散文集〈沉默的军号〉》,载朱法元《沉默的军号》,解放军文艺出版社,2016,第5页。

[27]李晓虹:《走向个性写作的军旅散文》,《解放军艺术学院学报》2003年第3期。

[28]刘伶、张心阳:《看似迥然实一然——张心阳访谈录》,《杂文选刊(下旬版)》2008年第1期。

第八章　报告文学

第一节　概述

纵观70年军旅报告文学的发展脉络,可以说,它和当代报告文学的发展脉络和指向保持了高度的一致,都经历了理性精神从缺失到发掘和自觉运用的过程,都走过了由文体不成熟到成熟再到不断探索叙事方式的发展道路,都呈现出报告文学创作队伍从无到有再到呈现"孤岛现象"各自为战的成长历程。而军旅报告文学的成就也足以在当代报告文学的总体框架中占有重要的一席之地,就某些具体的时间段来说,军旅报告文学甚至是中坚力量。与之相应,军旅报告文学的繁衍、壮大和浮沉不但深刻地展现了时代进步的轨迹,而且也多角度、多侧面地标示出了我军现代化建设的艰难历程。按照时间段,我们将当代军旅报告文学的发展划分为四个时期。

一、"前17年":萌芽期

1949—1966年,即"前17年"时期,是军旅报告文学的萌芽期。1949年中华人民共和国的诞生是二十世纪中国人民政治生活中的大事,对军队乃至整个社会人们的心理状态和精神面貌具有重大的影响。军旅报告文学作家也和小说家、诗人、散文家一样,自然把反映这种状况作为他们的第一要务。军营中的细微波动、人们精神上的变化,无不在军旅报告文学作家的观照之中。驱动这种观照的是作家的责任、良心和义务,更是对新中国发自内心的热爱。于是在二十世纪五六十年代的军旅报告文学创作中,歌颂就成为作品的主色调。或者是歌颂战争中的英雄人物,或者是歌颂和平时期的建设者,或者是歌颂军队里的新人、新事、新气象。这一时期的军旅报告文学主要围绕两大主题展开:一是对国内尚未结束的剿匪战斗和抗美援朝战争的书写,一是对国内和平建设和军队现实的书写。而激昂、乐观的英雄主义则是这些作品普遍的基调和底色。和当代报告文学创作现状相似,这一时期是军旅报告文学的萌芽期,文体尚处于不成熟阶段,或是简单的一人一事的报道(英雄或者是英雄集体的报道),或是具有新闻特征的纪实散文,如魏巍的《谁是最可爱的人》《依依惜别的深情》等。除了如刘白羽等从小说转入报告文学创作的一类作家外,军旅报告文学还没有形成自己的作家群。尤其重要的是此一时期的军旅报告文学由于被整合到了主流的政治意识形态之中,文体本身所应有的批判性和反思性几乎消失殆尽,留存下来的只能是对现实的无怀疑的拥护和欢呼。比如勇征、崔家骏、魏继昌、王中才的《万物生长靠太阳》等,毛主席的著作成了作品构成的基本元素和作家结构作品的方式。随着当时国内政治形势的不断演化,进入"文化大革命"时期,这种为政治高呼、片面的图解现实政治的创作一方面越来越多(从整体的创作意图来说),一方面也越来越少(从创作的数量相较前期来说),公式化、模式化的创作现象越来越严重,军旅报告文学也就逐渐成了一个徒有其表的空壳。

二、二十世纪八十年代:成熟期

从1976年10月粉碎"四人帮"到1978年12月中国共产党十一届三中全会的召开,中国社会逐步走向改革开放的新时代,中国当代文学也由此进入了历史发展的新时期。这一时期是军旅报告文学的成熟期。所谓成熟既是从文体着眼的,也是从报告文学创作本身应具备的理性精神着眼的。以徐迟的《哥德巴赫猜想》为标志和起点,新时期的报告文学大潮蓬勃而起。以思想启蒙为内核,要求正视现实、呼唤变革成为这一时期的精神追求、创作的出发点和归宿。处在这一历史性巨变的转折点上的军旅报告文学作家自然也不甘人后,频频出手,其创作不但和同时期的军旅小说创作并驾齐驱,在整个新时期的报告文学创作中也处于领头羊的地位,充分表现了文学尖兵的优势和作用。由此本时期军旅报告文学进入全盛发展的时期。从"硬件"上来说,其一,和"文化大革命"前17年相比,这一时期拥有一批从事军旅报告文学创作的作家,如钱钢、李延国、江永红、刘亚洲、袁厚春等。这一大批军队新闻工作者长期练就的政治敏锐性、思想概括力、深入细致的采访手段和倚马千言的笔头功夫刹那间获得了用武之地。其二,创作发表的园地日益扩展,从《解放军文艺》《昆仑》《西南军事文学》《西北军事文学》等军队杂志到地方杂志,在任何一种文学报刊上,军旅报告文学都占据了相当重要的版面。其三,在各种文学研讨会和文学评奖当中,军旅报告文学都具有举足轻重的分量。从"软件"上来说,就是军旅报告文学的数量和质量都实现了飞跃,一批作品成了报告文学中的典范和代表之作。"全景式""卡片式""问题类"等多种类型的作品结构方式、叙述手段取代了早期的军旅报告文学创作中比较单一的结构方式和叙述手段,而且报告文学这一文体所必需的批判性和反思性的理性精神重新得到提倡和高扬。更重要的是"报告文学这一生动活泼的文学品种,已经由附庸蔚为大观"[1],成为和诗歌、小说、散文并驾齐驱的具有独立品格的文体样式。

在整个除旧布新的时代氛围中,此一时期的军旅报告文学作家从精神上拥有了"笼天地于形内,挫万物于笔端"的豪情和魄力,这一时期的作品从反映生活的深度和广度上来说都是空前的。反映在题材上就呈现出了多向度的选择:它们不但观照现实,而且注重从历史中挖掘经验教训;不但细致描绘这一时代巨变在军营中的影响和波动,而且把笔触伸展到了整个民族、国家的变化上,显示出了新时期军旅报告文学作家宏阔的视野、深刻的理性思考以及囊括一切的创作野心和笔力。这和整个八十年代知识分子所具有的精神启蒙的精英角色有莫大的关系。不管是钱钢的《唐山大地震》《海葬》类的历史祭文,还是李延国的《在这片国土上》《中国农民大趋势》《走出神龙架》等观照现实类的文章,或是刘亚洲的国际军旅题材类的报告文学等,莫不是以作家个人的眼光为基准,更加注重从历史的宏阔和纵深来构思和评价事件、人物,作品逐渐从政治意识形态主导下的简单的"歌颂—暴露"的二元对立模式,推进到具有人本主义色彩的人文关怀。它们以"全景式""集合式"等结构方式、口述实录等多样化的叙述手段,超越了过去报告文学片面单一的事件叙述和过于精雕细琢的人物特写,形成了全方位宏观描述、大规模信息量的汇聚以及时空感的延伸等特色,表达了作家反思历史、审视现实以及预测未来的个性化阐释。[2]但是也应该看到,这种短期的创作收获主要基于三点。一是创作本身符合了当时整个时代迫切需要从前期极左政治影响下解放出来的要求,从而和当时的政治意识形态保持了某种一致性,为作家的创作提供了必需的自由空间和氛围。二是八十年代虽然已经开始了一定程度的改革开放,但是整个社会还没有出现深刻的分化,还没有从政治意识形态主导中走出来,还没有形成多元共生的文化局面。由此知识分子的选择方向仍然非常单一,不存在大的物质和精神的落差。三是从这一时期的军旅报告文学作家的构成上来说,他们要么是报纸的编辑、记者,要么是部队的新闻干事,长期练就的新闻眼光和政治敏锐性,既保证也符合了时代反思性的历史要求,使得他们在这个风云际会的时代尽领风骚。

三、二十世纪九十年代:发展期

九十年代以来,军旅报告文学由兴盛逐渐回落到平稳发展。与前一时代相比,九十年代的军旅报告文学呈现出更为广阔的全方位发展,这突出地表现在文体上传统的人物型、记事体与全景式、集合式结构的并存,描写对象的多样化,对社会生活方方面面的真实再现,表现在"从宏大的社会问题回归到对人生价值和生命意识的探求,从现象透视转为历史观察,从二元判断改为多元思考,从强化主体意识变为强调客观实在,从煽情激越改为冷峻平静的叙述"[3],显示出作家把握生活的全新视野。

在主题上,此一阶段仍然继续和深化了前一时期的思考,例如对于军人价值的探究、关于军队现代化的思考等。但是它的批判性和尖锐程度大大减弱和降低,体现出军旅报告文学从"尖兵"到"殿军"的发展脉络。"这首先是出版物走向市场这个大趋势决定的,读者的胃口被市场竞争抬高了,和平时期的军营生活比起五彩缤纷的社会生活又单调得多,对作者和读者的吸引力都大大减弱;另一点,是军事题材的创作确有局限,这局限包括政策方面,宣传、保密纪律方面的,也有观念上的,作者在创作上会受到很多制约。"[4]随着老一批军旅报告文学作家的逐渐淡出,一批新人后来居上,他们从步履匆匆紧随时代大潮到驻足沉思潜入深水作业,从赶时效抢新闻到回眸历史,取材的价值定位发生了变化,作品的思考力量和理性批判色彩大大减弱;同时相对于八十年代,这一批新人各自逐步形成了相对稳定的题材领域或生活根据地。[5]八十年代的作家或者转行,或者罢手,代之而起的新的军旅报告文学主将,如李鸣生、金辉、徐剑、王宗仁、徐志耕、江宛柳等则从关注社会现实、批判社会历史现象,转入对历史的发掘,或者是纯粹军人品格的赞扬,并且形成了自己独有的创作领域,如李鸣生的"航天系列"、徐剑的"二炮系列"、王宗仁的"青藏系列"等等。视野的转换和缩小不但体现了时代发展所具有的特点,而且表明了文学作为一种精神创作现象本身应承担的历史任务。

四、新世纪:多元期

进入新世纪,报告文学的生态环境日益复杂,就如何规范命名也存在着多种声音,"报告文学""纪实文学""非虚构",读者分辨不明,理论界莫衷一是。有学者注意到,主旋律作品或"问题报告文学"一枝独秀的"共名"时代已成过往,新的环境下"报告文学"之命名难以涵盖既有的表达范围及叙事策略。也有理论家认为,应积极寻找报告文学不同表达对象范围之间的区别,而非不断扩展它的品种。[6]叙写这一时期,我们继续沿用"报告文学"这一传统命名:一方面,约定俗成已成范式,历届鲁迅文学奖等评奖活动依然按照惯例,将传记、历史题材作品归入报告文学(纪实作品)范畴;另一方面,从本质属性来讲,"纪实文学""非虚构"皆可被看作是写作方式、表现手法或作品属性层面的界定,实际上是时代变迁下报告文学在题材、叙述方式等方面的扩展。此两种提法并非新世纪有之,却集中展现了新世纪报告文学的多重面貌。这里取广义的"大报告文学"[7]之义,即对新世纪以来,以"不虚美、不隐恶"的品格、非虚构的方式,客观记录呈现史实、现实或事实的文学作品的统称。

整体看来,新世纪以来是报告文学坚持主流意识形态的同时,又充分尊重市场,并给大众更多开放性和多元性的时期。在文学被边缘的境况下,报告文学相对于黄金时代的二十世纪八十年代更为平静和缓,但相较于被评论者称为"盘整期"的二十世纪九十年代,数量和质量上都呈现出一派复兴的态势。整体而言,"一方面有祛知识分子写作的倾向,另一方面依然有作家坚守既有的文体写作理想,将报告文学设置成一种特殊的'社会预警'方式。一方面报告文学作家充分认知文体反映现实的独特功能,以报告文学记录新的世纪中国社会发展的重大进程和这一时段发生的重大事件等,另一方面作家又注意拓展报告文学的题材空间,写作大量具有史志意味的作品。一方面报告文学作家顺延这一文体的写作范式,以新闻、文学和政论建构文本,另一方面又努力于文体的新变,在新闻性渐次、主体性表达退位中,重构非虚构叙事本身对于受众的召唤力"[8]。由于社会发展、时代内容的不断丰富,同时也受到经济利益的驱动(长篇作品所创造的利益非短篇所能比拟),报告文学已进入了一个全面长篇化的时代,特别是对于以重大题材为主的军旅报告文学而言尤甚。"长风日盛"改变着报告文学"轻骑兵"的姿态,使新闻性、时效性大打折扣,中短篇作品不断式微,越来越多经过深思熟虑的回顾与总结的长篇大作纷纷呈现。

主题上,现实题材军旅报告文学以记录当代军旅生活、书写当代革命军人核心价值、呈现新军事变革下的高科技强军之路为主要内容,但真正获得广泛认可和影响力的军旅报告文学却凤毛麟角,在题材广度和思想深度上都作为有限,内容单一,无法与波澜壮阔、声势浩大的新世纪强军改革步伐相匹配,批判的锋芒、思想的光芒尤显缺失。和平年代为现实题材军旅报告文学带来了更大的挑战:一方面,军旅现实题材不易把控,如航母的建设与发展等涉密问题,黄岩岛、南海等热点争端问题,军队改革发展过程中出现的负面问题,因涉密或负面敏感而使得题材分寸难以拿捏;另一方面,新世纪以来中国军队的现代化进程之快,令一些高科技军事知识匮乏、军事素质普遍偏低的军旅作家无所适从。同时采写的难度、多媒体时代导致报告文学新闻性受辖制等因素,使得许多报告文学家纷纷向战争历史题材抛出橄榄枝,军旅报告文学家也由于得天独厚的创作资源和情感,更为倾向革命历史题材的报告文学创作。"由文字到文字"的历史题材创作模式反映着创作者避重就轻的价值取向,也可视为创作策略的调整。新世纪历史题材报告文学的走俏,消解着报告文学原有的现实性、鲜活性的同时,也客观上促使一向以题材取胜、"写什么"比"怎么写"重要的文体本身,第一次将"怎么写"摆到如此醒目的境地。较二十世纪报告文学重启蒙批判而轻叙述表达的实际,新世纪军旅报告文学的突出特点就是在叙事方式上的不断探索,历史题材呈现出比现实题材更为强劲的探索势头。此外,"启蒙唯一性"被消解之后,随着中国社会飞速发展、综合国力稳步提升,一批印有显著时代烙印的"时代报告"纷至沓来,成为新世纪报告文学的重要主题。对于军旅报告文学而言,这些由军旅作家创作的非军旅题材报告文学,也成为新世纪军旅报告文学的重要成绩和收获。

同报告文学的整体境况相似,伴随着强军改革的进行、专业创作室的取消,职业军队作家大幅减员,使报告文学这样一个需要大把时间"走出去"的文体面临挑战。随着钱钢、袁厚春、李延国、徐志耕等一批二十世纪在全国很有冲击性和影响力的军旅报告文学家淡出视野,至今保持一定创作数量且在当代文坛具有重要分量的,仍较为集中于李鸣生、黄传会、邢军纪、徐剑、王宏甲、党益民等几位二十世纪八九十年代就活跃着的跨世纪报告文学家,也有彭荆风、王树增等小说家加入报告文学写作阵容,他们的创作成绩基本上统领了新世纪以来军旅报告文学的半壁江山。而客观上后继乏人,虽有卢一萍、丁晓平等几位新生代创作者的涌现,但从创作数量、质量和规模来看,远不及黄金时代"集团冲锋"的创作态势。

第二节 "前 17 年":萌芽期

对于这一时期的军旅报告文学创作,有论者将其划分为两个阶段:二十世纪五十至六十年代是"硝烟颂歌"阶段,六十年代以后是"和平转型"阶段。前一阶段是对抗美援朝战争和国内逐渐转化为背景的战争中的英雄的赞美。后一阶段是指在和平建军的基本意向下,道德英雄及练兵主题的悄然展开。[9] 这种划分的依据是题材,当然也不乏对于军旅报告文学这一文体的思考。

一、硝烟中的颂歌

和当时国内尚未完全结束的战斗相比,抗美援朝战争显然具有更重大的意义。而在这场战争中孕育出的作品充分证明了这一点。

以魏巍的《谁是最可爱的人》《依依惜别的深情》等文章为发轫,相继有一批颂扬我入朝官兵英勇无畏的动人事迹的篇章汇入这股洪流。《谁是最可爱的人》无疑是这一时期的典范之作。作家在新闻事实的基础上,糅合了浓重的抒情色彩,使叙事和抒情水乳交融,描写和议论相辅相成,突破了一般新闻报道的写作模式,从而上升到散文的境界。此外比较有代表性的还有宋之的的《信念》、李庄的《被人们欢呼"万岁"的部队》、陆柱国的《上甘岭》、刘白羽的《胜利者》、杨育才的《直捣白虎团部》、王玉章和石峰的《革命英雄主义的旗帜黄继光》、戴煌的《不朽的国际主义战士》、巴金的《生活在英雄们的中间》、孙绍均的《向我开炮》、郑大蕃的《伟大的战士邱少云》等。这些作品,有的是以一支部队在战场上的经历作为描写对象;有的是在具体的战斗中展现英雄的风貌;有的把焦点对准一个典型人物,着力透视英雄人物的不平凡瞬间;有的则以作者的感受为线,抒发个人对英雄的崇敬之情。与此同时,国内战争仍在局部继续的现实,在报告文学创作中也有不同程度的体现。魏风和纪希晨的《把红旗插上喜马拉雅山》、黄幼衡的《大破双鼻洞》、丁芒的《英雄艇》、李拔的《炮击金门》、马中海的《在帕米尔高原上》、尉立青的《在唐古拉山上》、王愿坚的《东山岛》、彭荆风的《拉祜族小民兵》等作品,也都从不同的角度和方面,对共和国成立初期的边地战斗、剿匪反霸及与蒋军的对峙进行了描述,对于人物的英雄行为给予了深情的赞颂。

二、和平里的热流

越过1960年的大门,战争硝烟慢慢远去。和平建军、提高部队战斗力、加强思想政治建设成为军队面临的迫切需要。报告文学的重点也从战火硝烟中的英雄变成了和平军营里的典型人物和先进连队。甄为民、佟希文、雷润明的

《毛主席的好战士——雷锋》(《人民日报》1963年2月7日)是这一时期最有影响的作品。虽然作品中雷锋的道德内涵有具体的指向性——做"毛主席的好战士",但实际上由于雷锋的精神文化价值在民族传统文化体系中获得了高度认同,雷锋的价值已经远远超出了军队的范畴,而代表一个民族、一个时代的道德倾向。延续这一创作精神和思路的作品还有田成仁、赵志华的《"雷锋班"纪事》,勇征、崔家骏、魏继昌、王中才的《万物生长靠太阳》,高歌、郝斌、万岳的《张思德的战友》,赵鹜的《英雄的脚步》,白岚等的《欧阳海》,新华社记者的《一心为公的共产主义战士蔡永祥》,济南军区报道组的《王杰的故事》,李天、王宗仁的《年四旺的故事》,林雨等的《李文忠》,孔军的《杜凤瑞》,胡奇的《英雄的翅膀折不断》,广川的《一代新人的凯歌》,周尝棕的《大陈岛进行曲》,王孟强、李士君的《太平山上》,杨旭的《在海洋上》,廖代谦等的《志在雪山云海间》,陆扬烈、任斌武的《在新的征途上》,等等。

同样是宣扬典型的报告文学,连云山、甘耀稷、刘家驹的《郭兴福和他的战士们》(《解放军文艺》1964年第3期)和吕兴臣的《南京路上好八连》(《解放日报》1959年7月23日)则有点与众不同,它们除了赞颂主人公的优秀品质和高尚情操之外,更多的是从部队面临的具体问题入手。前者要解决和平条件下如何带兵和带出好兵的问题,后者则是探讨在新的环境中如何保持和发扬我军优良传统的问题。由此开头,相继延续和拓展这一创作思路的作品有贾晓晨的《硬骨头六连纪事》、马震的《神炮手戎金》、张谋厚的《姜春和他的"铁脚班"》、猛虎和江河的《硬骨头颂歌》、周大可的《攀登》、马国昌的《一颗闪亮的小螺丝钉》、周钢的《苗家三兄弟》、王照运的《神枪手四连》、李太松的《战地炊烟》、豁然的《炉火映丹心》、白振武的《风雪长白山》、黄牧和何龄的《飞行太行七百里》等。由于时代的特点和要求,突出政治因素在部队建设中的重要作用是这一时期军旅报告文学创作的主旨。在貌似理性精神的支配下,感情因素和盲目追随破坏了作品的深度,失去的恰恰是报告文学所需要的理性之光。但是报告文学所要求的贴近生活却得到了坚持和发展,题材上也有了大的拓展。

总体上来说,其实五六十年代的报告文学,严格说来只是新闻报道的一种延伸和扩展,宽泛说来则只是广义散文的一个分支,大抵是一些通讯、回忆录之类的纪实类文字。所谓军旅报告文学也大抵如此。这一时期,对现实生活反映的迅速和广阔,取代了个人经验和经历的表达,成为创作的主方向。纪实性的通讯、报告、特写占有绝对的分量。这一路发展到新时期,因思想的解放和题材的开放,进一步强化了新闻性和纪实性,才最终成就了报告文学一片天地。因此报告文学真正独立发展是在新时期以后,严格来说,它是新时期的产物。正因为本时期还处于向报告文学演变的过程中,因而明显存在一些不足和缺憾。一是缺乏文体自觉,文体形式单一,许多作品摆脱不了陈陈相因的范式。二是缺少理性眼光的烛照。许多作品只一味迎合政治形势的需要,缺少作者自己的理性思考和判断。三是语言粗糙,缺少融合,还没能从小说、散文、诗歌等文体中借鉴、吸收有益的语言养分,还没能形成独立的、有特色的报告文学语言。

第三节　二十世纪八十年代:成熟期

一、南线战争题材报告文学

1979年2月17日到3月16日的边境自卫反击战,无疑有力地促使了军旅报告文学的转变。它使得此前创作中对人生、理想、英雄的政治式图解和"假、大、空"等流弊,在血与火、生与死的考验中得到了清洗,引导和诱发了新时期之初军旅报告文学创作的两大主题。一则这场战争的时间恰好是十一届三中全会之后不久,改革开放刚刚拉开序幕,在新的思想、新的观念的冲击下,作家开始重新思考和观察英雄主义、军人的职业价值以及传统的道德观念。二则这场战争是最近的一场战争,是新一代的中国军人实实在在接触的战争。近在眼前的战争,迫使作家摈弃六十年代以来形成的片面追求人物精神的创作模式,转而细腻地描绘人的思想情感、具体行为,进而深入思量人性、人的内心世界,人的丰富性由此逐渐出场。而战争中暴露的我军存在的种种问题,被作家慢慢地体会和了解,军队改革主题也就成了后来军旅报告文学创作的重点。

雷铎的《从悬崖到坦途》(《解放军文艺》1979年第6期)以它的社会丰富性

和对英雄富有深度的追问成为此一时期的代表之作。作品并没有停留在简单的对英雄的赞美和歌颂上,而是把笔触延伸到了历史的深处。主人公由出了名的"打架大王"成长为战场上的英雄,历史的创痛和现实的比照,使人们不禁开始思考何谓"悬崖"、何谓"坦途"。"回头看看我这小半辈子,走了一条歪歪扭扭的路……'四人帮'把我推到了悬崖边上,党和人民又把我挽救过来了。爸爸来信说得好:你刚刚走上正路,千万别让杯盖大的一个英雄奖章又把步子压歪了。"在主人公自己的追忆中,人生的意义、英雄的价值也就得到了有力的阐释和说明。此外,这一时期还收获了杨笑影的《赤子之歌》、黄浪华和任斌武的《奇穷河畔的日日夜夜》、赵骜的《代乃阻击战的英雄们》、李存葆的《将门虎子——记战斗英雄兰方虎》《"战争之神"的眼睛》、罗运凯的《奋勇向前——记老英雄李培江》、袁厚春的《别有洞天》、理由的《威震峡谷七勇士》、张天民的《战士通过雷区》、肖允康和王国庆的《他的爱——英雄莫尤给妻子留下的记忆》、艾蒲等的《爱情的凯歌——一位边防军未婚妻的话》等。作品所要表现的人物不管是活着的还是死去的,不管是战士还是普通百姓,不管是群体还是个人,以战争为背景,追索人生的意义,赞美、歌颂英雄主义,是这些作品的共同追求和表达主题。正如有论者所说:"发生在20世纪80年代中国边界的这场民族战争,竟使中国军人血脉中的爱国主义、英雄主义基因达到了极度亢奋的状态。"[10]总体来说,此一时期的报告文学创作仍然没有完全逃脱或者超过五六十年代的创作,不管是感情的宣泄角度、作品的结构技法,还是语言表达,都沿袭了前代。而尤其关键的是作品依然徘徊在小制作里,缺乏相当的观照深度,也少有文体上的自觉。

　　随着战争的继续和时代步伐的迈进,关于南线战争的创作视点随着整个社会的变化而变化。和七十年代末的创作相比,八十年代关于南线战争的书写,表现出如下三个特点。第一,从作品的基调来说。尽管此一时期的创作对前线将士英雄行为的赞扬和歌颂仍然是作品的底色,但是由于时代的重心已经转移到了经济建设上,关于南部边疆、关于战争对于生活在和平环境中的人们来说,只是些遥遥或闻或见的声音或影子,前方、后方的对比反差,使得这种底色拥有了更多的复杂性和社会历史容量。由此作品不但染上了许多的英雄无奈和强自寻找精神平衡的悲壮,而且喊出了针对军人的"理解万岁"的口号。第二,从作品的题材广度来说。由于社会生活的巨大变化以及这种变化对军人的冲击,作家在创作时无法再把社会当作一个背景来处理,而是一定程度上突出了这个层面,由此这一时期的作品更加自觉地把军人放在整个社会的层面来表现,更加注重两者之间的互动交融。第三,从军人品格的建构来说。这一时期的创作突破了对纯粹的战场英雄行为的赞扬,而是注重在社会大环境的变动中,探讨军人这一特殊职业的存在意义和价值,把军人当人来写,深入挖掘军人的内心世界。建丰的《三十三座山峰和一寸土》(《解放军文艺》1985年第11期),同样是写军人对祖国和亲人的爱,同样是表达对新一代"最可爱的人"的敬仰、热爱之情,但作家却是从细部着手,通过对前线艰苦生活的描写,反映出前方将士对于生活的热爱,展示了他们的爱恨情愁,他们的理想、才华、志向和抱负。随后发表的肖于的《战区札记》(《解放军文艺》1986年第8期)以一路的见闻为主,没有多少空泛的说教和议论,更多的是即时的体验。作品的涉及面也更广,当代青年和当代军人的沟通、战争中小镇、战地餐馆的繁荣和前方将士的出生入死,战争前沿和除夕夜,等等,一一被纳入笔端。作品由此也就突破了单纯的对英雄主义的歌颂,进入到更深的社会、历史层面。这两篇出自女性作家的作品和男性作家的作品不同,它们可能缺少了宏阔的、纵贯的气势,却多了细腻的、温柔的眼光,多了和自身生命贴近的情感。在她们眼中,军人的生活像一首残酷的诗,既充满血腥、悲壮,而又不乏蔷薇般的温柔。由张卫明、金辉、张惠生共同创作的《中国大卫集群》(《解放军文艺》1988年第12期),虽然也是围绕猫耳洞的艰苦生活来写,"兵们说,洞中一年,把一辈子的苦吃完了",却处处点染上老山人的乐,以"乐景写苦景",苦中作乐,更显战士情怀的崇高。不写战士豪迈的保家卫国宣言,只是从最小、最贴近的地方去关注,以小见大,写出了真正的战地品格。

二、钱钢、江永红、袁厚春等人的改革题材报告文学

二十世纪八十年代是改革的时代。"如果我们把当代中国社会前进的音响喻为一部宏伟的动人心魄的交响乐章,那么显然,它的主题不是'田园',不是'月光',而是'命运'、'英雄'和'创世纪',投身改革,表现改革,深化改革,推动改革,已经成为我们当代的作家艺术家义不容辞的神圣义务和责任。"[11]百家期刊在全国范围内共同发起的以"改革"为主题的"中国潮"报告文学征文活动[12],

遂把文学反映改革之声势推向了高潮。改革所激起的对时代、社会的震动和冲击是全方位和多方面的,而这种影响又深深触动了军旅报告文学作家的创作神经,促使他们不停地深入历史的硬壳之中,寻找社会发展、时代进步、军队现代化的动力。他们或者是凝眸历史,或者是聚焦现实,或者是以外军为背景突出我军的困境,其目的无非是思变、求变。这是对历史和现实深刻反思后的呼喊,是在国内、国外的尖锐对比中的疑虑,是一代军旅作家在深重的现实遭际下的痛切表白。

以钱钢、江永红、袁厚春等为代表的新一代军旅报告文学作家,牢牢地把目光锁定在改革这一新事物上,以他们独到的眼光和敏锐的观察力,多方面、多角度地书写了改革在军营中引起的巨大反响,鲜明地表达了作者对改革独到的理解和深入的体察。其中钱钢堪称代表。八十年代初,钱钢与江永红合作相继创作了多部作品,这些作品均以改革开放背景下的军营现实为主要描述对象。作者以强烈的忧患意识,富有深度地批判了军营存在的种种矛盾和陋习,表达了对改革者敢为天下先的精神的肯定和赞颂。《"蓝军司令"》(《解放军文艺》1981年第8期)以主人公王聚生为线索,对极左思潮影响下的军事训练中存在的种种僵化陈腐的观念,进行了有力的鞭挞和嘲弄。《奔涌的潮头》(《昆仑》1984年第3期)以南京军区某师在新的条件下大胆改革部队干部任免制度为主要内容,肯定了新的用人观念。

八十年代中后期,钱钢为之一变,从直接呼唤改革转为着力于重大历史事件的描述,相继创作出了《唐山大地震》(《解放军文艺》1986年第3期)和《海葬》(《解放军文艺》1989年第1期)。这两部作品并非平面地再现历史,而是把历史和现实相互交融,充满了浓烈的以古鉴今的现实意识。钱钢报告文学以宏观把握和哲理意味见长的特征也得到了最终确立和充分体现。

《唐山大地震》是作者为纪念唐山大地震十周年而作的20余万字的长篇报告文学,是"一幅属于唐山人民也属于人类的'7·28'劫难日的'全息摄影'图"[13]。在总体构思上,作者仍然为我们展示了一幅自然灾害对人类施以毁灭性打击的悲剧场面。但作者突破了传统的单一描述自然灾害和抗震救灾主题的创作模式,而是宏观和微观交织,从人类学、社会学、心理学、地震学等各个角度,写出了人在地震面前表现出的种种心态行为、善与恶、美与丑,写出了大地震与当时政治环境的联系,以及人类在大灾面前表现出的勇气和生命力,表达了对于人和自然的深层次思考,出色地体现了作者写作此文的目的:"为明天留取一个参照物,以证明人类毕竟是伟大的。"[14]与这种宏阔性思维相适应,作品打破了传统的单一叙事视角和线型结构模式,代之以全景式建构。叙事视角上的第一人称限制视角和全知视角的转换,结构上的叙议结合的非线型方式,多角度、多方位地展现了地震中人与人、人与自然的复杂关系,使作者的主观评述和客观历史有机结合,有利于读者对整个事件做全方位的思考和审视。这部作品标志着钱钢的报告文学创作达到了一个新阶段;同时,它也作为新时期全景式报告文学的代表作之一,为中长篇报告文学走向成熟奠定了基础。

同样是祭文,在《海葬》一文,钱钢把视野拓展和延伸到了历史的更深处。以历史之镜反观今日中国之现状,实现了昨天和今天的交融互通,从而深层次地传达出了另一种改革的呼声。这篇为大清国北洋海军成军100周年所作的祭文,充分发掘历史的多个时空,全景式地介绍了北洋海军的历史背景。在纵览了北洋海军从建军到全军覆没的悲壮历史后,作者将目光投射到了现实改革上,两个相距百年的"八八年"的互为映照,使得呼唤改革,以改革而自强成为作品的主旋律。文体上多种形式的融合,历史画面的频繁跳接,富于哲理意味和激情的句式的运用,都使作品充满了现代感和时代气息。在涉及李鸿章以及整个洋务运动的评价时,作者并没有随波逐流,而是把他们置于当时和现在整个的历史时空中评价和思考,提出了自己独特的见解,保持了相当的理性自觉和对历史的清醒认识。

总体来说,钱钢的作品呈现出以下几个特点。第一,以思想性见长。从早期《"蓝军司令"》的紧跟现实脚步,到《唐山大地震》中的十年回望,再到《海葬》中对于北洋舰队的百年回首,他的报告文学作品呈现出"当下—历史—历史更深处"的发展轨迹。钱刚一步步地走向历史的远方,他似乎从历史中寻找到了某种理性和激情,看到了历史和现实的交叉互换,在对现实的观照中看到了历史或远或近的背影,这是一种历史的辩证法。第二,文体感强。钱钢的作品总是多方借鉴小说、诗歌、散文、电影等其他艺术门类的叙事方法,多种文体形式融合运用,再加上叙事视角的讲究,使得作品构架宏阔,包容面广,且极富有现代气息。第三,语言特色鲜明。从某种意义上来说,钱钢是政论家和诗人的结合体,由此他的语言充满思辨色彩又内含激情,洗练而又不乏沉重,流畅而又有节制,提高了作品的审美意味。需要指出的是,作者应该在主观评述的基础上,再多加注意结构的严谨和叙述的精练。

和钱钢不同,江永红始终把现实军营作为自己的思考重心和内核。从八十年代和钱钢的"双打",到随后的"独斗",《骄子》(《解放军文艺》1983年第10期)、《中国师》《黑马》《一军之长》(以上均见《解放军文艺》1986年第12期)、《看不见的回归线》(《解放军文艺》1991年第8期)、《好梦将圆时》(《解放军文艺》1995年第3期)等一系列作品,始终给人以"前沿俯视"的强烈印象。在军旅报告文学世界中,他是最关注现实进程,也是投入精力最多的作家之一。作为很有成就的军队新闻记者,江永红始终是带着新闻的眼光去触摸现实军营的,所以他的作品无一例外都深深地烙上了思考意味和问题意识。如果说八十年代的《"蓝军司令"》《奔涌的潮头》《中国师》等作品主要还在描写军队的改革进程,还在为军队的改革欢呼、摇旗呐喊的话,那么在九十年代发表的《看不见的回归线》《好梦将圆时》《不得不制造的"战争"》等作品,则重点反映出军队现代化建设中的现实矛盾。围绕作品展开的主线是九十年代的军官与士兵的素质,与此相关的,是如何接受现代化进程的挑战。在作品的字里行间,在作家的全部的叙述情调和表情中,弥漫和蒸腾的是浓烈的焦灼与忧患。即当军队现代化建设迎面而来的时候,我们究竟拥有多少精神的或物质的准备?我们到底具有怎样的承受力?最终能否担当起涉及民族存亡的历史重任?江永红前后期的作品虽然在叙述视角和叙事内容上有差别,但呼吁改革的心声是一致的。江永红的作品并非完美无缺,但作品的敏锐、及时乃至独到、犀利,却是当代军旅报告文学中不多见的。

相比而言,在对现实的批判力度上,袁厚春则多少有些淡化。从和朱秀海合作《河那边升起一颗星》(《解放军文艺》1981年第12期)开始,袁厚春接连抛出了《省委第一书记》(《昆仑》1984年第4期)、《百万大裁军》(《昆仑》1987年第3期)等几部力作。作品以改革中的人和事为出发点,题材涵括了地方和军队两部分。《河那边升起一颗星》写的是一个基层连队年青的指导员李随国的事迹。在他的带领下,一个出名的"老后进"连队,一变而为震动全团、全师甚至全军的先进连队。随着作品的渐次展开,我们看到了一个部队政治思想工作改革者的面貌。而李随国的"秘密"就是"不唯上,不唯书,要唯实"。作者正是从这里敏锐地、及时地传递出了部队思想政治工作在实事求是的指导思想下,进行具有时代特点的改革的新信息和新面貌。同样是写改革中的人物,《省委第一书记》虽然把视点扩大到对一个省的改革现状的描写,但是改革中的人物,或者说改革的中坚力量仍然是串接作品的主线。作品通过对主人公——高扬一连串生动丰富的细节描写,把人物的过去和现在,宏大的战略眼光与深入实际的质朴作风,鲜明的爱憎感情和全心全意为人民服务、大胆破旧与果断创新的品格融为一体,多角度、多侧面地反映出了改革者的气度和魄力,生动地传达了改革领导者的形象和境界。作者所要表达的观点和思考也就通过这一人物得到了具象化的说明。《百万大裁军》则以恢宏的气势,真实地再现了中国人民解放军精简整编这一历史性事件。作品采用复合的叙述视角,由面到点,从集体到个人,以该事件为天平,一边称出了我军官兵在面临走和留、转业或复员的人生选择关口,坚守军人本色的高尚品质,一边称出了在这场划时代的巨变中,一些人丑恶卑鄙的灵魂,充分展示出这场改革给处在和平年代的部队所带来的思想观念及行为方式等方面的冲击。总体上来说,袁厚春的创作注重人物、事件的展示,善于通过细节表达主题,而思辨理性则相对较弱。

循着这一思路,一批作品围绕改革展开了叙述。中夙的《侨乡步兵师》(《昆仑》1988年第3期)通过对驻扎在石狮的某部在改革开放的大背景中的描写,反映出军营面对改革浪潮和日益发达的物质文明所产生的落差和困惑。改革的浪潮所至,不但打破了军队高居社会之上的地位,更突出了部队亟须改变的一系列的落后制度和思想观念,呼唤的是如何在新时期建设一支现代化军队。与此相似,大鹰的《谁来保卫2000年的中国》(《解放军文艺》1988年第8期)尽管是站在未来的高度来思考现状,但是作品中所透露出来的浓重的忧患意识则是一致的。作者"本来是要写中国征兵工作的改革,但却翻开了中国的兵役史,对中国人、中国兵作了一番新的审视"。通过这番审视,作者向读者发问:2000年的中国我们有大批的剩余人口,但是否有兵可征?是否有高素质的兵?是否有具有国家观念的兵?是否有献身国家的兵?于是改革现有的体制、改革传统既有观念的呼声随之而来。同样是从加强部队现代化建设这一问题着手,杜守林的《瘦虎雄风》(《昆仑》1989年第2期)则从部队生产经营、自力更生这一角度出发,集中笔墨讲述了某集团军响应号召大抓生产、解决部队经费不足的悲壮而无奈之举。作品有力地刻画了我军官兵背负历史重担的承受力和良好的军人素养,而深埋于字里行间的部队的尴尬处境和艰难现实更使人掩卷长思。顺着这一点,饶洪桥的《大炮与对虾》(《解放军文艺》1989年第4期)反映的面和思考的方向更多。作品从一个靶场被虾池侵占说起,反映出了一个普遍而深刻的问题,即在和平条件下,经济发展与国防建设的关系如何处理以及由此而带来的一系列军队和地方的关系问题。作者没有停留在空泛的议论上,而是通过具体的事件向我们展示了部队的现状,引起我们的思考:新时期的军人该有什么样的地位?我们要建设怎样的一支军队?怎样建设?如果说以上的作品是展示矛盾、揭示问题的话,那么高建国的《本世纪无大战》(《解放军文艺》1988年第3期)就是某种程度的回答。作品首先把文章的基点归结到了邓小平提出的"二十年之内不会有大战"上,由此出发,在对军队现代化前景的忧虑和警醒中,通过对某集团军加强部队自动化作战水平和提高中高级指挥人员的素质的描写,体现出当代中国军人渴望军队现代化、渴望中国军队尽快赶超世界水平的迫切心情。而作品对该集团军改革风云人物——杨南征被迫离去的事实的描写,不但体现出作家的清醒,更说明了改革的艰难。

三、刘亚洲的国际战争题材报告文学

在新时期乃至以后漫长的时间里,刘亚洲的创作仍然是个"异数"。这不但是说由他开始的国际战争题材类的报告文学后继无人,而且也是指他所采用的小说式的写作方法,后人难以仿效。刘亚洲的创作除了《将军的泪》《黄植诚少校》《海水下面是泥土》等少数篇目是瞄准国内和现实题材之外,最有成就的报告文学,都集中于国际军旅题材。《恶魔导演的战争》(《解放军文艺》1983年第5期)和《这就是马尔维纳斯》(《解放军文艺》1983年第10期)是其中的代表作。刘亚洲的报告文学以选材的独特和刻画人物性格的丰富见长,再加上小说笔法的运用,使他的作品不仅耐读、耐看,而且颇能引起人们对战争和人性的深思。

《恶魔导演的战争》写的是第五次中东战争,也就是1982年以色列与黎巴嫩之间的那场著名战争。作者并没有单纯地把视点放在对战争进程的具体描

绘上,而是把目光紧紧地聚焦在了"导演"这场战争的"恶魔"——以色列前国防部长沙龙身上。和以前同类的军旅报告文学相比,作家没有根据"这是一场由以色列蓄意挑起的非正义的战争"这样一个道德价值判断一路写下去,而是把人物放在现实的战争条件下,还原为一个人来写。作品揭露沙龙的残暴冷酷,把憎恶之情埋藏得很深,在施之以严峻的历史审判、道德谴责时,绝不宽贷而又绝无"溢恶"之词。在表现其勇敢、有智慧的素质时,则照样予以精彩的细致描绘,并大胆地给予了应有的赞赏和肯定,最后仍不讳言他成功地"导演"了若干次非正义侵略战争的胜利。作者以血淋淋的事实,促使人们反省和认识军队中长期以来存在的盲目自信和盲目乐观的危险情绪,由此生发出正视现实、变革自身的强烈要求。可以说,作品对沙龙的描写,已经突破了在"左"的束缚下自欺欺人地写敌人的局限,达到了我们这个时代所能允许的历史深度,使得我们对于敌人的认识、审美意义的理解都推进到了一个更深的层次。作品告诉人们:"我们的敌人并不愚蠢,甚至很聪明。任何仅仅把敌人看成是愚蠢的人,才是愚蠢的。"[15]在《这就是马尔维纳斯》中,英、阿马岛之战的进程仍然只是作为背景出现,人物依然作为作品的主角。英国首相撒切尔夫人的"铁女人"形象,挑起战争的阿根廷总统加尔铁里果敢而又优柔寡断、自负而又自怨自艾的性格,都通过具体的语言和行为得到了体现。作品依然没有按照传统的关于战争"正义—非正义"的价值判断来构思,而是紧紧围绕马岛展开来,把战争对于个人勇气、毅力和智慧的考量放在中心点上,打破了我们长期以来对于战争和敌人的认知模式。

刘亚洲的报告文学是关于人的文学。他始终把"军人"放在"人"的位置上进行思考,力图恢复和重建对于人的本质的探究深度。不管是前期的作品,还是后期的《恶魔导演的战争》中的沙龙、《这就是马尔维纳斯》中的撒切尔夫人和加尔铁里、《攻击、攻击、再攻击》中的内塔尼亚胡、《萨达特之死》中的萨达特,都鲜明地说明了这一点,因而作品充满了现代感和时代性。而紧张的情节、丰富的想象力和传神的语言,都保证了刘亚洲作品的特殊魅力。

总体来说,刘亚洲的创作具有以下几个特点。第一是题材特异。刘亚洲对国际性战争题材的书写,多少带有"前无古人,后无来者"的味道,这不但开阔了报告文学的视野,而且使得军旅报告文学创作别开生面,异彩纷呈,同时也是他的作品经久耐读的原因之一。第二是语言风格鲜明,遒劲有力,简洁洗练,具有很强的表现力、感染力和冲击力。第三是文学性强。作为创作经验丰富的军旅小说家,刘亚洲的报告文学作品注重叙事节奏的控制、细节的把握、氛围的营造和复杂多变的人物心理开掘。从相当的程度来说,刘亚洲是把报告文学当作小说来写的,但是这却带来了一个很大的问题。对于报告文学来说,"真实"是这一文体之所以确立的第一要素;而刘亚洲报告文学中很多动人细节却并非原生态,大多带有想象和虚构色彩,这给报告文学真实性原则带来了尖锐的挑战,也给报告文学的理论研究和批评出了一个难题。

第四节 二十世纪九十年代:发展期

一、李鸣生、王宗仁、金辉等人的现实题材报告文学

随着二十世纪八十年代落下帷幕,钱钢、刘亚洲、袁厚春等一批当红作家逐渐淡出,李鸣生、徐剑、王宗仁、江宛柳、金辉等新的军旅报告文学作家开始崛起。他们不再以快速反映军内外的改革风云和现实生活为能事,不再以敏锐性见长,而是把笔触或伸向历史,或遥及边疆,但写默默无闻或是长期坚守的军人却是他们的共同点。这些人或许没有鲜花、没有掌声、没有人们的凝眸,他们在平凡中生老病死,在简单中完成了人生的旅程,但他们却把自己对于生命的理解、对于世界的认知刻在了时间前进的脚步中。新一批的军旅报告文学作家也就是在对这些人的关注中,形成了他们自己看待世界的方式,进而逐步拥有了相对稳定的题材领域或生活根据地。

李鸣生是他们之中的代表。他的开创"航天文学"先河的"航天四部曲"以及《中国863》等作品艺术地再现了中国航空航天事业、高科技计划的发展历程,艺术地诠释了先辈辉煌而又平凡的生命。作者立足现实放眼历史,以这几部作品很好地报告了这些行业的历史面貌,有论者称其为"史志性报告文学"。

李鸣生的"航天四部曲"完全可以看作是我国航天事业的一部形象化的史书。在这四部作品中,作者几乎把人类的飞天梦想从生成到在我国实现的发展实践过程做了最为具体真实、形象生动的报告。《飞向太空港》(作家出版社1992年版)是一部全景式反映"亚洲一号"卫星发射工程的长篇报告文学。围绕发射,作品既歌颂了为祖国争得卫星发射权的工程领导者和怀着振兴中华之宏愿、以心血和智慧铺设通向太空之路的老总们及工程技术人员,又烘托出一个奋然崛起的社会主义中国的形象。而对于中、美航天技术工作者合作的描写,则使读者看到了在不同政治、文化背景下的人是完全可能超越国家、民族等间隔,在科学的基础上团结协作,共同寻找和建造人类的新家园的。《走出地球村》(人民文学出版社1995年版)是一部人类的飞天梦想史。作品借助"东方红"卫星的研制和发射成功的描写,系统地追溯了人类的飞天梦及其反复实践的过程,描述了人类对这种梦想的坚定不移的追求。而围绕"东方红"卫星研制发射过程中的欢喜与悲苦、尴尬与辉煌,作者不仅深刻地批判了那一时期历史所呈现出的荒唐,更使人认识到从现实到美梦成真的曲折和艰难。在《澳星风险发射》(作家出版社1993年版)里,作者则通过对"澳星"发射的失败和成功的解剖,具体而深入地分析研究了不同文化背景下的人,在面对失败和成功时所表现出的截然不同的态度,因而具有相当大的形而上的价值。同样是写卫星发射,《远征三万六》(福建人民出版社1997年版)则把作品的重心落在了写人上。作品通过对各个人物的描写,把一段段的历史有机地连接起来,中国航天的艰难历程便清晰地凸显出来。且作者追求的已不再是发射事件的轰动效应,而是更接近人生本质的哲学意味,因而作品表现得更为冷静、客观,也更为细腻。在描写中国高技术领域的人物及高技术本身的研究发展过程的《中国863》(山西教育出版社1997年版)中,"863"计划仅仅是作者的一个叙事依托,更重要或主要的,这是一部写人的作品,是一部揭示中国科学家精神世界并从中感受到中国人的生存状态及情感走向的报告文学作品。人、精神、情感以及与此相关的人的追求或无奈,才是作品全部叙述所追求的彼岸。李鸣生和那些仅仅靠采访写作的报告文学作家的最大区别,就在于他是一个有"根"的作家,就在于他生活和生命的"根"深深地扎在他所报告的那块土地之中,他与他的报告对象之间具有一种"血缘"联系。他首先是一个航天人,他对航天人的那种理解,对航天事业的那份挚爱,以及为之积淀的那种生命体验,仅仅靠采访是得不到的。这不仅保证了他能敏锐及时地捕捉住每一次成功的机遇,而且还能投入感情,和他的报告对象同呼吸共命运。

同样是树碑立传,徐剑则把目光对准了另一类人。《大国长剑》(作家出版社 1996 年版)和《鸟瞰地球》(作家出版社 1997 年版),"献给用血肉之躯驱动着中国军队的现代化战车走向世界的战略导弹部队里的全体工兵将士"[16],是一篇祭文,"祭祀我的那些永远埋在了导弹阵地旁的年轻战友"[17]。作品以丰富翔实的材料和凝重悲凉的笔调,向读者娓娓诉说了在苍茫远山的岁月里,导弹部队为军队建设做出的重大历史贡献。人是作品的中心和主体。和传统的颂扬性报告文学所惯用的慷慨激昂的"高调"方式不同,悲壮感是这两部作品的基调和底色。作家在素材的处理上,没有回避矛盾或回避灾难,也没有回避命运之于军人的各式各样的挑战,而是始终贯穿着一种苦涩、一种悲怆、一种人的真实。因而人物身上所体现出的爱国主义和英雄主义精神就拥有了更广、更深的内涵和时代意义。

拥有自己的精神领地对于一名作家来说不但是重要的,更是幸福的。青藏线就是王宗仁的精神家园。由《青藏高原之脊》《死亡线上的生命里程》《女人,世界屋脊上新鲜的太阳》《日出昆仑》《源头桨声》(均见报告文学集《日出昆仑》,解放军文艺出版社 1998 年版)组成的"青藏系列"围绕着青藏公路线上的将士以及与这条公路线有关的人们展开,讴歌了他们无私奉献的精神。而作家的目的也无非是"发现这种美,享受这种美,传播这种美"。在严酷的自然环境面前,作者无须更多的修饰和夸张,只是把它描述出来,表现出来,已经深深震撼了读者的心灵。加之作家对细节、语言的讲究都增添了这种魅力。"从一定意义上讲这部系列作品是在'我写我'。"[18]除此之外,王宗仁还创作了再现 1949 年北平和平解放全过程的《历史,在北平拐弯》。历史事件的生动描述,历史人物的独特风采,加上作者散文诗般的语言,使枯燥的过去变成了栩栩如生的动人画卷。

作为一名女性军旅报告文学作家,江宛柳的报告文学是以女性特有的细腻、敏锐见长的。如果归类的话,她的报告文学无疑都属于讴歌类型,但她的讴歌却富有一种感人的力量。《没有掌声的征途》(所列作品均见报告文学集《没有掌声的征途》,解放军文艺出版社1998年版)中朝气蓬勃的坦克旅长的征途中,非但没有鲜花,没有掌声,反而是一路坎坷,一路荆棘。这种讴歌恰恰和现实生活的平庸世俗、无所作为形成一种强烈的对比和批判。而在对这种奋斗不息的军人精神颂扬的同时,也暴露出当下军营生活中的诸多矛盾。在《我在寻找那颗星》中,为了更好地传达出主人公崇高的心灵美,作家很适当地运用了双线推进的方式,即一是基于采访的事件过程的客观叙述,一是作为"自述"的妻子的回忆。这样的叙述方式使人情味和人物性格,都获得了真实可信的传达,增加了作品感人的力量。以日记体形式发表的《我们远航赤道》同样是对军人牺牲奉献主题的弘扬,但它的粗糙和不事雕琢,却更好地还原了事件的原生态,读来如过电影般清晰可见。总体上来说,江宛柳的创作非常注重叙述的情调,她一般不用慷慨激昂的方式,注重分寸感的把握。

九十年代中期,金辉以一部《西藏墨脱的诱惑》(东方出版社1995年版)赢得了读书界的喜爱。作品以作者的艰难跋涉为线索,第一次向世人展示了地处边陲绝域的墨脱风情,歌颂了那里的军人甘于寂寞、以苦为乐的精神。值得称道的是作品在形式的选择上独具匠心。"首先是'淡淡的自然的调子'的确定。这种淡淡的调子,不仅衬托了'严峻',而且很吻合对象的状态(即那种富饶的贫困、繁荣的洪荒、丰富的单调、美丽的忧伤、田园诗般的沉重,以及那种悠长的深层的震撼)。其次是叙述中很恰当地运用了仓央嘉措的情歌。从仓央嘉措的情歌中进一步找到了或确认了自己对于墨脱的感觉,使情歌的表达成为墨脱景况的一种意象。于是,情歌的介入,不仅有节奏地强化了或舒展了叙述的那种'自然的淡淡的调子',而且极吻合描写对象的底蕴,特别是对'多义性'的文学品位的提高。"[19]而作品对于题材的地域文化底蕴和人文精神内涵的挖掘,则显示了军旅报告文学作家超越军旅、超越现实,走向更加开阔辽远的创作时空的新的可能性。金辉另一部作品《恸问苍冥》(解放军文艺出版社1995年版)的别具一格,则在于真实地再现了抗日战争中日军在中华大地上犯下的滔天罪行。三个"备忘录"以翔实、准确的历史事实控诉了日本军国主义极端的反动性和血腥本质。而作品并不仅仅停留在单纯的"录"上,而是越过这些历史材料,在"一问苍冥"、"二问苍冥"以及"余篇 度尽劫波"里,作者对两个民族的历史、文化、心态、观念做了入木三分的分析,使我们不仅看到了这一页惨痛的历史,也看到了深埋于历史底层的积淀。

此外,任真的《边关》、卢萍的《吾甫浪巡逻》和《神山无言》(和张方、陈伍国合著)、张林的《感受寂寞》和《生存,在地球最孤寂的高地》、李广智的《阿里境界》、李荃的《中华之门》、江奇涛的《神秘王国的领衔主刀》、杨景民的《黎鳌》等,或写边防军人的酸甜苦辣,或写军人在和平环境中对于国家安全的使命感与责任感,或写军人的职业奉献,或从集体出发,或从个人着眼,但都不约而同地突出"寂寞"的主题。正如《神山无言》的题记所表述的,这里"没有硝烟的呼唤,没有炮火的辉煌",然而,他们奏响的旋律却又是那么"默默而又沉重"。从总体上看,这些作品都是和平时期军人这一特殊职业者的国防观念在具体职业献身中的体现。

二、徐志耕、大鹰、黄济人等人的革命历史题材报告文学

从二十世纪八十年代中期开始延续到九十年代,解放军出版社、解放军文艺出版社分别组织推出了大型丛书"中国革命斗争报告文学丛书""中国抗日战争纪实丛书""红军长征纪实丛书""中国解放战争纪实丛书""纪实文学精选系列"。这些丛书包括的作品多达近百卷,参与作家几十位,前后经营十几年,虽然泥沙俱下,但也收获了一批力作,如《南京大屠杀》(徐志耕著)、《恸问苍冥》(金辉著)、《上海:1949——大崩溃》(于劲著)、《将军决战岂止在战场》(黄济人著)、《志愿军战俘纪事》(大鹰著)、《西路军女战士蒙难记》(董汉河著)、《淮海之战》(江深、陈道阔著)、《鏖兵西北》(张俊彪著)、《历史,在北平拐弯》(王宗仁著)、《白太阳 红太阳——第二次国共合作启示录》(柳建伟著)、《东方大审判》(郭晓晔著)等均引起了较大反响。考虑到丛书性质和题材的相似性,也为了叙述的方便和统一,对这些作品的介绍和评价一律都归到了九十年代。

推出这些丛书是因为"历史永远是教科书,历史的经验总是为后来的人们提供启示和告诫"[20],是要"在改革开放和现代化建设的新形势下……用中华民族不畏强暴、自强不息、艰苦奋斗的历史,教育青年,教育人民,树立振兴中华、发展中国的民族自信心、自尊心和历史责任感"[21]。真实地记录和再现历史只是表象,实质目的是通过史实观照现在,观照今天,从历史中获得前进发展的

动力。

黄济人的《将军决战岂止在战场》（解放军文艺出版社1982年版）是对国民党战俘转化的历史的真实书写。作品以战俘邱行湘的经历和感受为线索，林林总总拉出了三四十个国民党战犯在被俘以后艰难新生的心路历程。作品在缓缓的时间流动中，借鉴了某些小说的笔法，为我们讲述了一个又一个从前的敌人如何在现实的真实中，通过自身的看、听、感觉和对比，比较出新旧两个社会的巨大差异，从而在这种差异中寻找到正义、真理，寻找到人生的第二个春天。作品的长处是把一个政治上的道理转换为文学上的问题，具有比较强的说服力和可读性。

柳建伟的《红太阳　白太阳——第二次国共合作启示录》（解放军文艺出版社1995年版）全面展示了抗战中国共两党的关系。作者基本以时间发展为线索，通过对一系列真实历史事件的记述和描绘，使我们看到了纠结在历史背面的深深浅浅。其中可以看见历史巨人充满个性色彩的烙印，看见毛泽东与蒋介石错综复杂的心理变化和行为举动，周恩来、叶剑英、林彪、潘汉年、张治中等国共两党高层人士的风采，罗斯福、斯大林、日本天皇的或远或近的影子；可以听见战与和的奇异交响；可以触摸到历史重大转折点上刻下的深深印记；可以认识到"顺民心则昌，逆民心则亡"的历史发展的必然。在"结语"中更是表达了中华民族统一是大势所趋的核心论点。

同样是让历史告诉未来，以历史为镜，郭晓晔的《东方大审判》（解放军文艺出版社1995年版）是对侵华日军战犯的审判纪实，展示了东条英机、土肥原贤二、板垣征四郎、广田弘毅、谷寿夫、冈村宁次等数千名大大小小的战犯，在战争的机器下，如何疯狂发泄人的兽行的一面。当然作者站在50年后的立场写作此书，一则为了警醒世人，历史事实不能忘；二则希望我们谨记历史教训，不要让前人的悲剧命运在后人身上重演，要让中日友好世世代代流传下去。

如果说，以上还是可说的历史，那么大鹰的《志愿军战俘纪事》（《昆仑》1987年第1期）和董汉河的《西路军女战士蒙难记》（宁夏人民出版社1992年版）都是对被遮蔽的历史的重新发掘的尝试，是对我们传统的道德观、价值观的一次反叛。"战俘"这个名称，在中国人的心中和"英雄"是决然相对立的，而前者通过对在异国土地上度过漫长囚禁生活的志愿军被俘者的痛苦经历与屈辱中的战斗的描写,高度赞扬了战俘们的爱国主义、英雄主义的气概,揭露了敌人的凶残、狡猾以及被俘变节者的暴戾和卑鄙。而作者基于客观事实的赞扬,本身就是对传统观念的一次反叛和清洗,作者在作品中对所提出的问题的追问和反诘,也强化了作品的哲理色彩和思考深度。后者同样是对我们多年避而不谈的历史的一段回顾,作者通过扎实的采访和饱含感情的笔触,为我们留下了一部珍贵的西路军女战士的斗争史。通过对她们的英雄主义的描写和不公正的现实遭遇的评析,作家正视的是这种难言的矛盾,反思的恰恰是我们的民族、我们的军队积存的心态史。

同时期,在还原历史真实这个层面做最初尝试的还有王玉彬、王苏红的《中国大空战》(《昆仑》1988年第1期)。作品没有盲目地遵从历史教科书的规训,以阶级论观点作为支撑,把事件做想当然的处理,而是把人物放在具体的时空背景中加以展现,努力发掘历史的残缺碎片。作品以中、苏、美三国飞行员在抗日战争中的英雄事迹为蓝本,极力书写了中国飞行员的英雄主义气概和保家卫国、舍生忘死的精神,以及苏联、美国两国飞行员的高尚的国际人道主义精神。作品的贡献或者说是吸引人之处恰恰在于打破了从前的一些禁忌,还原了历史的某些真实,给了历史一个比较公正的评价,从而引发读者对历史的重新思考和评价。

徐志耕的《南京大屠杀》(《昆仑》1987年第11期)也为我们还原了南京大屠杀的悲剧历史和灾难中人的真实的内心世界。基于历史责任感和作家的良知,面对历史,作者勇敢地涉足了当时极为森严的四个禁区。第一是勇敢地探讨了这场大悲剧的主要原因,推翻了过去在这一问题上的错误论断。第二是对"国际委员会"组织的重新如实的书写,矫正了过去的错误理解和判断。第三是对这场悲剧的自省和反思,告诉人们"懦弱一旦成了集团性的通病,成了国民性,那就会酿成灾难"。第四是正视战争赔款问题。当然,作者是立足于"前事不忘,后事之师"的态度,是站在中、日关系长久和平发展的立场上,书写历史正是为了不让历史重演。其实,早在八十年代,徐志耕就与程童一、陶正明合作创作了立足于时代呼唤人才的高度,从培养军地两用人才的角度反映中国军人在改革大潮中的观念变化的《"两用人才"的开发者们》,而赢得了最初的名声。随后又以一部描写驻守青藏高原官兵的《莽昆仑》(《解放军文艺》1991年第7期)引起反响,该作品以广阔的背景、宏大的断面,全面展示了在这一特殊环境中坚守十数年、数十年的高原军人的精神风貌。作家没有着意于琐屑的生活体验的精细描绘,也没有追求所谓生命本能的刻意张扬,而是从大自然到现代科学,从沉重的历史到鲜活的现实,架构起了一部极富史实色彩,又独具自然特色的作品,使读者感悟到"生存——因死亡而益加珍贵;因险恶而越发坚韧。人与自然的永恒母题,也因地势凌空而高拔雄奇,接近太阳而灿烂光辉"[22]。

第五节　新世纪:多元期

一、徐怀中、王树增、彭荆风等人的历史题材报告文学

新世纪,历史题材军旅报告文学创作数量和整体质量取得全面繁盛,涌现出了《远东朝鲜战争》《长征》《解放大西南》《枪杆子:1949》《苦难辉煌》《1944:松山战役笔记》《底色》等一批优秀作品。这些作品的共同特点是:一、叙事方式的不断探索,呈现出比现实题材更为强劲的探索势头;二、不拘泥于客观呈现历史,着意于革命历史进程的当代思考,以当代人的眼光重返历史现场,呈现出作者个人化的历史叙事。同时,作为一种以跨文体性作为重要规范的文体,此阶段报告文学显示出较强的交叉性与兼容性,作家型创作者成为这一阶段历史题材报告文学的主要输出者。如同为小说家出身的徐怀中、彭荆风、王树增,带着小说家特有的敏锐和艺术风格处理作品;再如《苦难辉煌》《1944:松山战役笔记》这样的党史、战史研究专著,因独特的文学性、艺术性和作者丰沛的创作激情,成为跨体裁写作的成功个案与类型被纳入报告文学视域。

进入新世纪以来,军旅文学整体态势中一个突出的现象,即"孤岛现象"。在商业语境强化和政治语境淡化的双重夹击下,军旅文学也急遽分化,当年"群体作战"的军旅作家队伍也飞鸟各投林,或通俗化,或影视化,人员流散、斗志涣散,只有少数执着的坚忍者仍在"商海横流"的环境中显出英雄本色,像滔滔商

海中的孤岛一样,岿然耸峙,蔚成大家气象。其中,以非虚构文学创作为主的王树增便是其中的典型代表。王树增以非虚构叙事的表达策略拓展报告文学的艺术表现力,作品可归纳为两个系列:"非虚构中国革命史系列"(包括《远东朝鲜战争》《长征》《解放战争》《抗日战争》在内的"战争四部曲"),以及"非虚构中国近代史系列"(包括《1901》、《1911》以及正在写作过程中的《1921》)。

以"战争四部曲"为例,其皆为读者最为熟悉的近现代革命战争历史,王树增的创作特色之一就是摒弃对革命战争历史的意识形态叙述,从历史真实的细节出发,以个人化的表达解读历史。可以看到,他所刻画的"英雄"并非精英文化观念里的英雄,而是占绝大多数的人民。如果说以往革命战争历史题材报告文学,以革命领袖等人物为主导谋篇布局,呈现出一种难以遏制的革命英雄主义、理想主义,那么王树增的作品则是以无数真实可感的"小人物"重塑革命战争历史,呈现出历史的别样真实。作者个人化的历史表达还体现在对于"信仰"的集中诠释与塑造。《朝鲜战争》[23](人民文学出版社2009年版)表现了中国人民志愿军在极其艰难的处境下,恪守精神高地,谱写了一曲壮烈的中华民族生命之歌;《长征》(人民文学出版社2006年版)突破了党派、阶级、国别、意识形态的局限,完整呈现了人类历史上的精神丰碑——属于中华民族更属于全人类的伟大精神征程;《解放战争》(人民文学出版社2009年版)诠释了人民解放军大无畏革命英雄主义背后,精神信仰的绝对力量;《抗日战争》(人民文学出版社2015年版)秉持了自觉的全民族抗战叙事,作者历时八年,东渡日本,再赴台湾,走访大陆各个战场,最终以三卷共计180万言,深切刻画了中华民族精神上站起来的历史,将民族顽强的精神意志、不屈的品格贯穿始终。可以看到,作品中无处不凝结着作者对于"信仰"二字的深刻认识。在物质文化高速发展的今天,最广大人民的英雄气节、铮铮傲骨,决定了执政党的走向和民族未来的发展命运。王树增笔下所诠释的信仰,不只是影响中国革命历史进程的重要因由,更指向了中华民族的今天和未来。

王树增另一创作特色就是其作品独树一帜的表述风格。他力避平白直叙的报道语言,不因军人身份的特殊立场平添浓郁政治色彩的空洞语汇,而是以务实求真的口语风格,最大限度贴近历史本真,同时又对环境渲染、人物描摹等这些历史空白处的细节,表现出比一般报告文学家更为敏锐、贴切的把握与运用,使作品呈现出与传统观念中社会新闻性报告文学截然不同的风格特征。"常常用小说的细节来刻画与塑造人物,用散文的语言来写景状物,用议论来表达思辨和评判,用诗情来营造意境和氛围,整体呈现出一种跨文体写作的风貌和独特的个人风格与审美特性。"[24]

王树增对于非虚构战争文学的阐释与创作突破了传统报告文学在创作观念、表达方式上的桎梏,以"去意识形态"化的表达,成功地实现了教育、感染、引导读者的意识形态化表达,引领了战争题材非虚构的创作和阅读热潮,使军旅报告文学成为"堪称与长篇小说并驾齐驱的新世纪军旅文学的另一重型文体"[25]。

张正隆八十年代以撰写历史题材报告文学而蜚声文坛,新世纪陆续创作了《枪杆子:1949》(人民出版社 2008 年版)、《雪冷血热》(长江文艺出版社 2011 年版)、《一将难求》(白山出版社 2011 年版)、《中国 1946》(白山出版社 2014 年版)、《无上光荣》(中国青年出版社 2015 年版)等历史题材作品。《枪杆子:1949》讲述了 1949 年中国这片古老大地上发生的改天换地的大变革,切取了这段历史中一些细小断面娓娓叙史。作者用了近 15 年时间遍访大半个中国,真实记录了辽沈战役后,东北野战军入关南下一直到解放海南岛的全过程,讲述了林彪率领的第四野战军(即原东北野战军)在 1949 年的征战历程,记录当年鲜为人知的战争细节以及战争亲历者用枪杆子打江山的刻骨记忆。张正隆将目光锁定战争岁月白山黑水间播洒热血的人们,虽非战争亲历者,却以亲历者的姿态敬畏历史、探寻历史。他始终秉持传统报告文学作家的风骨,遍寻战争历史亲历者,所写内容无不建立在大量考察访问的基础之上,因此得名"用脚写作的人"。他秉笔直书历史中的事实和真相,论述公正又具有极强的反思意识。当战争亲历者渐次离去,许多历史的真实也随之而去。张正隆能够以这样的品格进行有难度的写作,尤显可贵,也不失为对于历史题材报告文学写作中日益盛行的"由文字到文字"创作模式的有力反驳。

自九十年代,彭荆风将主要精力转入长篇纪实文学创作,新世纪陆续出版长篇纪实文学《滇缅铁路祭》(云南人民出版社 2002 年版)、《挥戈落日——中国远征军滇西大战》(上海文艺出版社 2005 年版)、《旌旗万里——中国远征军在缅印》(云南人民出版社 2016 年版)等。《解放大西南》(云南美术出版社 2009

年版)荣获鲁迅文学奖,成为其60年创作历程中的重要里程碑。作品可贵之处首先在于它的真实性,20岁的彭荆风曾作为一名解放军战士参加解放大西南战役,60年来荆风始终生活在大西南,踏访西南边陲的各个角落,这些均奠定了成就一部具有史诗品格的作品的重要基础。《解放大西南》以明暗两条线索结构叙事,国共两军在战场上的正面较量为明,国共两党内部高层之间的心理攻坚等一系列和平解放行动为暗,明暗交织、交相呼应,构成了全篇张弛有度的结构美学。作为一部全知视角的文学作品,《解放大西南》"以人代史,以人为中心转换叙史"[26],一定程度上秉承了司马迁开创的史传文学传统,其中对人物形象的成功塑造成为作品最大的艺术特色。作品运用小说技法淋漓尽致地描摹人物的音容笑貌、性格脾性,将人物之间的社会关系、微妙情感紧密相连,把"人心向背"这一战争胜负的决定性因素贯穿人物心理及实际行动中,思路清晰地对事件所处的国内外政治时局、中共战略部署、国民党内部利益集团的角力等繁复的人物事件关系展开叙述,呈现出立体多维的人物性格、跌宕起伏的历史真容。尤其值得关注的是,彭荆风能够以丰富的人生阅历与感悟实现一种平和的视角,提炼历史洪流中个体人物的内心世界和命运遭际,使读者感同身受,跟随作家笔触,追溯那段波澜壮阔的战争历史。

非虚构长篇纪实文学《底色》(人民文学出版社2013年版)是徐怀中先生亲历战争历史、酝酿了近半个世纪的心血之作,因其不可复制的独特经历、不容虚构的真实内容,以及丰富的文学价值、现代军事学术价值,奠定了其在当代报告文学中的突出地位,被视为新世纪军旅文学的重要收获。作品蕴含丰富的文学价值是显而易见的。"第一,就题材而言,《底色》是近50年前'中国作家记者组'组长徐怀中率组在越南南方战地采访的一部'战地日记',弥足珍贵……它真实地记录了上世纪六十年代中期一个中国军人作家、记者的思想、情感和心态。第二,就文体特征而言,《底色》是小说家徐怀中先生一次探索性的、深思熟虑而又水到渠成的跨文体写作,别开生面。素材'非虚构',但写法却融小说、散文、通讯、政论于一体,底蕴却又是长期的知识储备、文化修养和战争思考,因此,它所呈现出来的风貌迥异于此前我们常见的报告文学、纪实文学乃至'非虚构'之种种,别出手眼而又浑然天成。第三,就语言风格而言,《底色》的总体基调更偏于小说,细节扎实,妙喻传神……作品中融进了作家深切的战争体验、心理感受和情感记忆,它是更加人性的、人本的,也是更加小说的。第四,就主题而言,《底色》以战争来反观和彰显人性,睿智、通达、深刻、犀利。"[27]从亲临一线的战争见证者,到拉开距离冷静回望的思考者,作者经历了一个对所采访过的战争不断认识、加深认识乃至重新认识的过程,同时也是一个对人民战争的思想、对现代战争的模式认识升华、理论升华和境界升华的过程。作品将严谨的纪实写作与严肃的军事思想研究融为一体,赋予了作品丰厚的现代军事学术价值。"46年的时空距离,我们看到作品的内容特别是涉及军事方面的内容与意识形态渐次剥离,而与现代军事变革和新战争形态的理论则有着内在的关联。从上个世纪六七十年代至今,世界上还没有哪一场战争经历的时间、动用的兵力、阵亡人数,能与越战相比,《底色》所做的第一手战场记录无疑是一部现代'战争启示录',即使今天来看,不仅没有过时,而且还能感受到强烈的新鲜感和现实感,对于我军年轻一代指挥员,称得上是一部生动形象、深入浅出、发人深思的军事必读教程。"[28]

战略研究专家金一南创作的《苦难辉煌》(华艺出版社2009年版),以长征为主线,聚焦大革命伊始至红军长征结束的20年历史,以战略思维、散文化语言、丰沛的情感对中国共产党人在各种力量交互作用的国内外大背景下,将苦难铸造为辉煌的艰辛历程进行全景式记录剖析,力图从党的历史上最为艰难、曲折、彷徨的岁月汲取精神力量,站在前人创造的高度上,为国家和民族"往哪里去"这一重大命题求解。作为研究国防战略问题的专家学者,金一南始终不忘追溯和探寻国家和民族命运,在作品中将民族、国家、党、个人命运紧紧联系在一起。在叙述方法上,打破传统党史研究以时间为线索的表达定式,以重大事件为纲,采取时空跳跃的写作技巧,综合运用倒叙、插叙、联想等方法。特别是以议论为主导,通过对比手法把中国国民党、中国共产党、联共(布)与共产国际、日本昭和军阀集团这四股力量综合在一起,分析理解中国革命现实;通过对斯大林、孙中山、蒋介石等历史人物思想、经历与历史作用的对比,孙中山、毛泽东、蒋介石等代表人物信仰与人性的对比,李立三、博古等人在面对同一历史时期、历史课题,因不同思想方法、领导方法、工作作风所导致完全不同结果的对比,呈现了中国革命在特殊时期所面临的纷繁复杂的局势,展现了中国共产党历经苦难成就辉煌的艰苦历程。在表达方式上,注重以问题为牵引,长于议论,语言极具散文化特色。作品通过一个个具体的设问以及大量议论分析,回答了中国革命能够取得最终胜利、中国共产党能够最终夺得政权的奥秘所在。《苦难辉煌》散文化语言特色打破了传统党史作品语言严谨单一的表述规范,呈现出灵活自由、清新自然、贴近读者的表达风格,同时也使作品饱含深厚而真挚的民族情感。

余戈历时十余载,先后完成并出版了"滇西抗战三部曲":《1944:松山战役笔记》(生活·读书·新知三联书店2009年版)、《1944:腾冲之围》(生活·读书·新知三联书店2014年版)、《1944:龙陵会战》(生活·读书·新知三联书店2017年版),以"微观战史"的研究方法翔实叙事,填补了这一重大历史题材的空白[29]。余戈在《1944:松山战役笔记》中首次提出"微观战史"的概念,运用战场"日记体",按日推进,每一场大小战斗发生地的方位坐标、敌我的进退迂回、各股战斗力量的人员构成、双方得到的空中打击与支援情况、阵亡官兵的数字及修订,甚至日军残兵的逃亡路线,都得到了详细的追踪呈现。叙述中同时涉及敌我双方的战斗作风、战斗意志,每一次局部战斗的进退得失,双方指挥员的良苦用心,欲达成的军事目的等,通过翔实的历史细节还原出了一幅"真实战史的血腥拼图"[30]。作者以微观视角还原战场真实,聚焦一系列看似琐碎的战争要素,在对战争双方技术层面深入描写分析中,探求我方取胜之道和可汲取的实际作战经验,思考当时与先进国家的差距所在,相对于以往以主要人物、主要事件为线,从政治、外交等宏观角度切入的战史题材报告文学作品有很大突破。作品的考据同样具有示范性。作者将作品定位为"私家战史笔记",在战争亲历者在世者寥寥、档案馆原始战况过于简略粗糙的情况下,从民间记忆着手,搜集"县一级文史资料选辑、新闻报道、网站专题、博客这样的为专业研究者所轻蔑"[31]的"低端"文献,做史料的"拓荒"工作,在行文中进行比照、推理、分析和勘误,基本实现了"无一事无来历,无一处无根据"[32]。作者用去除想象、演义、杜撰的"非文学化"方式书写出令人信服的战争历史,以鲜有的学术规范性提升了历史题材报告文学的品格,创作出有作战价值的军旅报告文学。"因此说余戈的研究带动了一个方向,'滇西抗战三部曲'的出版推动了一种历史著作'品类'的兴起,或许并不为过。"(杨奎松)

与此同时,新世纪以来,军旅报告文学家创作出一批优秀历史纪实作品《中国秘密战》《原子弹调查》《罗布泊丰碑》《八千湘女上天山》和传记题材历史纪实作品《笔记开国将帅》《司徒眉生传奇》等。这些作品还原历史真实的面目,生动呈现中国近现代革命战争历史或共和国建设发展历程以及为此付出艰辛努力的人们,以不同程度的叙事探索和当代思考,构成了与现实有意味的对话。

二、李鸣生、徐剑、党益民等人的现实题材报告文学

记录当代军旅生活、书写当代革命军人核心价值,呈现新军事变革下的高科技强军之路,始终是当代军旅报告文学家的不懈追求与重要责任,也是现实题材军旅报告文学的题中应有之义。

"航天文学"的开创者、领军人物——李鸣生,自二十世纪九十年代创作"航天四部曲"(《飞向太空港》《走出地球村》《澳星风险发射》《远征三万六》)。新世纪,李鸣生继续沿着这一军事高科技领域创作出《风雨长征号》(人民文学出版社2003年版)、《千古一梦》(江西人民出版社、百花洲文艺出版社2009年版)、《发射将军》(十月文艺出版社2010年版),共同构成作者不间断反映中国航天事业发展进步的完整文本序列,统称"航天七部曲",为现实题材军旅报告文学的题材开拓做出了独特贡献。作品虽都事关航天事业,却又各具特色。如《风雨长征号》真实记录了中国"长征号"火箭走出国门,与世界接轨的历程。《千古一梦》采取双声叙事的手法生动记录我国载人航天事业曲折辉煌的发展历程、举世瞩目的成就。《发射将军》将叙事焦点集中于酒泉基地司令员李福泽,以多重叙事的方式对其人生命运和人格魅力做出形象、细致、生动的刻画。这种重复书写航天事业,但每一部又不曾重复的创作历程,反映了李鸣生在航天文学领域的执着追求,也考验着作者从不同角度驾驭同一题材的能力。李鸣生驾驭航天题材作品的重要突破在于作品视野的开阔、思想的深刻。他并未把航天事业仅仅作为国防高科技重要领域来讴歌颂扬,而是不拘泥于一人一事,将其视为民族、国家、军队的命运、荣誉和尊严,甚至是关乎人类文明发展进步的重要事业,这一开阔的视角决定了其关于航天科技题材作品的独特表达,同时也构成了其作品的价值意义。《震中在人心》(《中国作家》2009年第11期)是李鸣生"航天文学"之外的最具分量的作品,他以作家、军人、家乡人独有的三重身份捕

捉鲜活生动的细节,从人心的角度,深情而深刻地揭示了汶川大地震对于人心的震撼与重创,真诚而真实地发掘了地震现场和精神废墟上的人性之美、人性之善、人性之勇、人性之爱及人性之复杂与微妙,厚重而灵动地讲述了大地震如何粉碎、历练、重构并升华着人心、人性、人情、人缘和人品的诸多感人故事。《震中在人心》成为迄今为止关于汶川大地震最优秀的报告文学作品,在"灾难报告"这样一个主旋律写作中实现了个性、深刻、有价值的叙事。

服役于火箭军部队(前身为"第二炮兵")的徐剑,九十年代创作出《大国长剑》《鸟瞰中国》等作品,并始终以战略导弹部队为创作阵地、精神家园,与火箭军部队血脉相连,长期深入部队生活,积累了大量一手素材,新世纪陆续创作出《砺剑灞上》(中国青年出版社 2001 年版)、《大国重器》(《中国作家·纪实版》2018 年第 7 期)等以战略导弹部队为素材的军旅现实题材报告文学。《大国重器》以宏大视角和激情澎湃的语言全景再现战略导弹部队发展历史,以 52 万余言系统梳理火箭军从无到有、从低端到尖端的发展历程,刻画了几代党和国家领导人、科学家、军队负责人的心血与努力,反映了无数普通士兵和建设者的无私奉献。作品的独特立意在于视这些鲜活英雄为真正的"大国重器",书写他们的风骨、风度、风采、风范。可以说《大国重器》既是一部火箭军建设发展史,也是一部鲜活生动的英雄史,被评论界誉为"作者一次集大成式的重要写作"。除此之外,徐剑一系列围绕重大题材刻画、反映新世纪时代发展进程的"非军旅报告"同样成绩斐然,此部分在另一节专论。

20 多年间 40 多次入藏,将西藏作为灵魂栖居地与写作阵地的党益民,用心灵和生命感悟记录西藏武警交通部队官兵无私奉献、敢于牺牲的伟大精神,创作出《川藏线上生死劫》(《报告文学》2001 年第 9 期)等感人至深的作品。《用胸膛行走西藏》(解放军出版社 2005 年版)讲述了常年为维护新藏、川藏公路畅通,付出巨大代价的武警交通部队官兵鲜为人知的故事。《守望天山》(《北京文学》2009 年第 6 期)通过作者手记与相关当事人讲述实录,讲述了老兵陈俊贵出于对牺牲战友的感恩之情,转业后自愿放弃平静安逸的生活,重返遥远天山,在物质、精神生活赤贫的艰苦环境下,执着坚守战友陵墓 24 年的感人故事。这两部作品,前者树立了一个和平环境下,用年轻生命、高尚灵魂捍卫军人信仰的英雄主义集体;后者塑造了一个老兵永不褪色的战士精神、一个不着军装的军人光辉璀璨的道德形象。党益民并非专业作家,而他的写作实绩值得当下报告文学创作者思考。一句"用胸膛行走西藏"表明了他对于文学的执着,对于精神栖居地西藏的热爱,对于西藏武警官兵战友们平凡而崇高灵魂的虔诚敬畏之情。他的语言朴实真挚,写作手法亦无太多新奇,却深情道出了当代军人崇高的精神境界和思想信仰,发挥了报告文学以真实性感染人、教育人的作用。

张子影的长篇报告文学《试飞英雄》(安徽文艺出版社2017年版)是作者跟踪采访中国空军试飞员队伍16载的心血之作。作品全面揭示了这一充满挑战的职业,也是和平年代距离死亡最近的职业;记录了中国空军试飞员队伍成立初期老一辈试飞员白手起家、艰苦创业,推动飞机国产化步伐的历程,更刻画了以黄炳新、雷强、李中华等为代表的第二代、第三代试飞员,德才兼备、智勇超群,瞄准世界航空发展的前沿,不断向世界尖端技术发起冲击的光辉形象;丰富拓展了强国强军梦的深厚内涵,充分体现了歌唱祖国、礼赞英雄的时代主题。曾在二十世纪八十年代与钱钢共同撰写新时期反映军事训练改革的滥觞之作《"蓝军司令"》的江永红,2018年以一篇《蓝军旅长》(《解放军报》2018年5月7日)再度横空出世。作品刻画了被誉为"草原狼"的中国第一支专业"蓝军旅"旅长、新一代"蓝军司令"满广志,聚焦满广志扎根军营、务战思练、守定初心、一心为战的精神,为新时代军人和平军营建功立业提供了鲜活的样板。

此外,伴随"神舟"飞船一次次壮美腾飞,高科技飞速发展的中国一次次令世界瞩目,以反映新军事变革和国防高科技发展成就为核心的报告文学创作渐次展开。以总装备部的"航天系列"创作为代表,集中展现了以新军事变革和国防高科技发展为核心的现实题材"军旅报告"的创作成果。大型报告文学集《中国载人航天——从梦想到现实》《飞天梦圆》《中国飞天梦》等一批"航天文学"佳作涌现,作者们以专业而独特的视角、敏锐而前瞻的目光为新世纪中国航天事业的蓬勃发展写史,为无私奉献的国防科技工作者立传。还有《和平执子》《那一年,这一生》《绝对士兵》《生命使者》《今生无悔》《游牧天界》《寂寞是一条河》《往来香港的军车》等倾情书写当代革命军人的优秀作品。可以看到,新世纪军旅报告文学家笔下的当代革命军人虽有军事专家、士兵楷模这样的典型人物,但更多的还是默默奉献青春甚至生命的普通战士,这也从一个侧面呈现出新世纪军旅文学英雄主义的嬗变。

新世纪新阶段,遂行多样化军事任务成为我军核心军事能力的重要体现,特别是在抗震救灾等任务面前,军旅作家亲历一线,创作出一大批作品,促成新世纪现实题材军旅报告文学的一个创作高潮。2008年汶川大地震,军旅作家们先后创作出《遍地英雄》《在天府的苍穹反复吟唱》《我亲历,我看见》《万里长空》《大国不屈》《英雄唐家山》《跨战区行动》《三日长过百年》,成都军区政治部汇编了《重兵汶川》,总政宣传部组织58位专业作家和业余作者跟随部队深入汶川、北川等灾区一线,冒着余震危险采访完成了《惊天动地战汶川》等作品。从这些作品中可以看到,责任感与使命感不但赋予了军旅作家对现实敏锐的艺术感受力,也赋予了他们勇往直前、不畏艰险的战斗精神。

第六节　李延国、黄传会、邢军纪、王宏甲等人的非军旅题材报告文学

军旅报告文学作家的首要任务自然是创作关于军队、军人的作品,这毋庸讳言。但是作为社会中的一分子,他们也有责任和义务书写社会中的人和事,这同样是军旅报告文学作家的题中应有之义。这一类作品,我们将其归入非军旅题材报告文学类。从二十世纪八十年代到九十年代,先后有李延国、李存葆、邢军纪、黄传会等一批作家融入了这一创作流向,他们以一名军人的敏锐性和强烈的爱国忧世情,充分地反映出时代变化的速度和频率,极大地拓展了军旅报告文学创作的题材领域,和同时期的军旅题材报告文学几乎打成了"平手"。新世纪,军旅报告文学家的"非军旅报告",在关注社会现实问题、民生热点问题,聚焦弱势群体等问题上,更具现代意识、问题意识,批判更为理性、客观,呈现出新世纪报告文学的全新审美品格,也集中呈现了新世纪现实题材军旅报告文学创作的两大特点:宏大叙事与理性批判。这些作品集中体现了军旅报告文学家关注现实、感受现实、参与现实的强烈意识和艰辛努力,是记录中国社会现

实的重要档案。

李延国无疑是这一路向的先行者。李延国是个善于把握时代变化和社会前进脉搏的作家,从八十年代早期的《敢立军令状》《废墟上站起来的年轻人》(《泉城》1981年第8期)到后来的《在这片国土上》(《解放军文艺》1983年第10期)、《中国农民大趋势》(《解放军文艺》1985年第5期)以及《走出神龙架》(《解放军文艺》1988年第1期)无不表明了这一点。他总是在广阔的历史背景中,挖掘为大众所关注的焦点问题,通过塑造形形色色的人物形象,掌握生活发展变革的走向,多角度地写出时代前进的乐章。但他并不简单地停留在对时代的歌颂上,而是从历史的深层,对现实生活做审美的观照,恰如其分地对这一切做出充分的展示与反思,因而作品具有了某种深刻的历史剖析和文化反省意味。但真正奠定他在报告文学领域地位的,还是后面的三篇。

《在这片国土上》《中国农民大趋势》《走出神龙架》虽然题材各不相同,但在宏观把握当代中国经济改革和社会进步这一实质上则是相同的。《在这片国土上》是新时期较早出现的全景式报告文学。作品从古人张择端的《清明上河图》的构思中得到启发,对引滦入津工程做出了既有全局性,又有历史感的反映。作者并没有拘泥于工程建设的具体技术细节,而是把笔触对准了人。作者写了40多个人物的命运,上至市长、将军,下到普通百姓、士兵。透过这些具体的人物形象,可以让人充分感受到中国人民身上的无穷的智慧和创造力以及无私的奉献精神,激起读者对这片国土无尽的热爱和沉思。以胶东农村为背景的《中国农民大趋势》辐射面更为阔大。作品采用新旧对比的方式,每一章都以"褪色的画"做引子,来转换现实生活的巨大变化。作者深入人们的文化、心理、精神领域,通过改革前后反差的描述,深刻揭示出商品经济大潮对于农民从物质到精神、从肉体到心灵的巨大冲击,也反映出了改革的艰难之路和必然前景。《走出神龙架》则从历史、民族和文化等不同层面,深入探究了我国重要的汽车生产基地——十堰第二汽车制造厂的艰难发展轨迹,发出了倡导民主与科学、"走出神龙架"、实现民族腾飞的呐喊。全文共分一百个小节,节节内容相对独立,长短不一,上下节之间也无必然联系,人称"卡片式报告文学"。这使作者获得了艺术表现上的充分的自由度,也让读者和作品之间产生了更强的共鸣。

李延国的作品从总体上来说有以下几个特点。第一,选材以大胜。他非常善于描写大时代、大环境中的大事件,从一个极其宏观的角度俯视今日之中国的沧桑巨变,所以作品显得大气磅礴,纵横捭阖。第二,文体创新能力强。他在近20年的中国报告文学界都是最强调或者说最注重文体感的人,他积极探索和实践了一系列的文体形式,如全景式、集合式、卡片式等等,极大地丰富和拓展了报告文学的文体样式。第三,诗意化的语言。李延国身上始终弥漫着一股诗人气质,而这种诗人气质不但表现在他敏感而多情的心灵,同时使他的语言充满激情,瑰丽而又富有想象力,语式铺排杂陈,具有动人心魄的美。不足之处是某些作品对人物或事件的取舍还不够精练,有重复之感。

社会生活的丰富变化和改革在军营外的进程,同样吸引了更多军旅报告文学作家关注的眼光。何晓鲁的《江西苏区悲喜录》(《昆仑》1988年第2期)和尹卫星的《中国体育界》(《花城》1987年第6期—1988年第2期),都是部队作家描写地方改革题材的优秀作品。前者通过对江西这一革命老区过去对中国革命成功所做出的巨大贡献和牺牲,及今朝依然贫困落后的事实的对照、比较的描写,突出地反映了改革的艰难和势在必行。后者顾名思义是对中国体育发展的一个扫描。而作品的立意在于"对于今天的我们来说,与其写一部体育史,不如写一部体育启示录"[33]。作品从中国体育界的历史和现实的对照、存在的问题和症结入手,详细剖析了原因,大力疾呼体育界的改革。而作家对于体育"美"的凝思和深虑,则升华了文章的品位,使其具备了更多、更强的艺术性和思辨力。

作为新时期最有影响的小说家,李存葆发表的报告文学力作同样引人关注。八十年代末期李存葆和王光明合作发表了《大王魂》(《人民文学》1988年第8期),作者把目光锁定在了山东,在对历史巨变的感受和描绘中,以事件为依托,注重深层魂魄的发掘,全篇以"幽魂""驱魂""换魂""正魂"四节结构文章,深刻地反映出大王人在改革开放前后从物质到精神的全方位转换。和王光明再次合著的《沂蒙九章》(《人民文学》1991年第11期),在某种程度上可以说是对《大王魂》创作精神的继承和发扬。作品叙写了沂蒙山区人民在改革开放时期的伟大业绩。作品的用意并不在于浅层的两极对立的歌颂或是批判,而是注重于对沂蒙精神的触摸与挖掘,是对沂蒙人人生况味的提取与凸显。在人、历史、现实的有机衔接中,将现实的存在倒映在宏大的历史场景中,用以实证今日沂蒙的巨变的根源就在于沂蒙精神的历史性积淀。正如编者所云,"这战栗发烫的文字,是血的潮动与真实的结晶"[34]。

九十年代,程童一等人先后推出了《鼓浪世界》《开埠》两部力作。由程童一、陈光明、何光喜三人合著的《鼓浪世界》(《解放军文艺》1992年第3期),是"关于一个城市、一个小岛和一个连队"的书写。作品以凸显"鼓浪屿好八连"的精神为创作指归,从鼓浪屿的历史铺排开来,注重作品的纵深感和历史感。如果说这部作品还只是一种尝试,试图在历史的整体背景中为"鼓浪屿好八连"的精神找到生成的理由的话,那么由程童一、江奇涛、江前明、何光喜、葛逊合著的《开埠》(《昆仑》1996年第3期),则更加注重历史的本来面貌,更加注重一系列真实的历史片段的实录。作品洋洋洒洒54万字,以鸦片战争前后上海南京路由西方殖民主义者的马蹄踏成,直至150年来这片独特地域的历史变迁、精神文化走向为主要线索,生动形象、深入浅出地演示了一部以上海为舞台,包括李秀成、康有为、孙中山、胡适、陈独秀、毛泽东以及蒋介石、杜月笙、赛金花等众多历史人物的历史活剧。从某种意义上来说,这就是一部浓缩了的中国近现代史。

邢军纪是一个专事报告文学创作的作家。从八十年代的创作开始,到九十年代出版有《疯狂的盗墓者》(与曹岩合作,《十月》1991年第3期)、《商战在郑州》(与曹岩合作,中华工商联合出版社1994年版)、《北中国的太阳》(与曹岩合作,河南文艺出版社1999年版)、《锦州之恋》(与曹岩合作,解放军出版社1995年版)等作品,新世纪创作有《第一种危险》(《报告文学》2001年第3期)、《中国精神》(解放军文艺出版社2002年版)、《风雅大郑州》(解放军出版社2010年版)、《最后的大师》(北京十月文艺出版社2010年版)等作品。作家始终能及时捕捉社会生活的脉息,《商战在郑州》记录的是随着我国经济体制逐步转向市场化,在河南郑州爆发的激烈"商战"。在这里,"商战"只是一种作品外在的表现形式,更深层次的是在改革开放时代,人们观念、习惯、思维方式和行为方式的冲突和改变。这是对一个时代转变期的深刻记录。在随后发表的《北中国的太阳》中,作者转而开始了对"三北"防护林的书写。在赞颂防护林所取得的伟大历史成就的同时,作家更是凝重地道出了环境污染对中国的巨大破坏。作品以翔实而又丰富的资料,以大量生动而又具体的事例,毫无回避地揭示出当时中国存在的巨大的环境隐忧。在一定程度上,可以说这是一篇警醒世人的作品,更是站在历史发展的高度具有前瞻性的回望。新世纪法制题材报告文学作品《第一种危险》,披露了震惊全国的郑州张金柱恶性交通肇事案,迫于媒体、民众情绪和权力的压力,法院在"众声喧哗"的不良影响下误判张金柱死刑。作者通过大量一手资料,以冷静客观的笔调深入案件实质,以作家的理性、良知深入反思这一案件表面上是顺应民心,实际上是不依法治国的一场悲剧,揭示了对于一个文明国家和民族来说,真正的危险是一种社会无序状态,以至无法无天,草菅人命,这也是当代文明社会最大的危险。作者敢为罪犯辩护,勇敢还原事实真相的品格值得尊敬。应该看到,作者对于这一案件的揭露和剖析具有深刻的反思批判价值,特别是对于网络舆论盛行、言论更为自由、真相更易含混的今天而言,尤其具有启示意义。长篇传记报告文学《最后的大师》,讲述了中国现代物理科学的奠基人,杰出的物理学家、教育家叶企孙先生的故事。叶企孙才学过人、品格高尚,引导培育了钱学森、钱伟长、钱三强、王淦昌、李政道、王大珩、康世恩等著名科学家,深刻影响当代中国科技与教育的进步和发展,被称为"大师的大师"。然而就是这样以一颗拳拳之心报效中国科技与教育事业的大师,在特定时代饱受不公平待遇,在屈辱和病痛中度过大半生,谢世多年后成就贡献仍未能被世人所知,可以说叶企孙先生是二十世纪中国知识分子群辉煌贡献与坎坷命运的一个缩影。作者应钱伟长之邀,历时十年写出了这部向叶企孙先生致敬的诚意之作。作者运用优美持重的语言、细腻生动的细节刻画和心理描写,探寻叶企孙先生的精神世界,以翔实的史料和丰沛的情感匡正叶企孙先生的生命位置,是一个知识分子站在另一个知识分子的角度,"对于中国社会历史的回溯与勘误;是在一个大师的人生形迹上对于一种作为、精神和人格的肯定和记忆"[35]。作品以一种隐喻的方式引发人们对于当代知识分子命运和现状的思考,"对于当代知识分子人格精神的重塑与指引,对于探究民族科技原创力损伤的根源都具有深刻的启示意义和重要的现实书写价值"[36]。

  黄传会军旅题材作品和非军旅题材作品皆有突出成就。军旅题材有反映海军百年历史的"海军三部曲"(《龙旗——清末北洋海军纪实》《逆海——中华民国海军纪实》《雄风——中国人民海军纪实》)等作品。非军旅题材作品始终怀着关切的目光注视社会弱势群体,特别是以底层叙事为主的"反贫困题材"成为其创作的主要内容。自1989年"希望工程"实施第一年起,黄传会走过六个省份二十几个国家级贫困县,创作出长篇报告文学《托起明天的太阳》,引发强烈社会反响,后陆续出版"反贫困三部曲"——《"希望工程"纪实》(《当代》1993年第1期)、《中国山村教师》(《当代》1994年第4期)、《贫困警示录》(中国社会出版社1996年版)等作品,被称为"反贫困作家"。与八十年代的反映教育题材的报告文学相比,黄传会的"反贫困三部曲"反映面更加开阔,其视点由主要关注教师拓展到既关注教师更关注学生,而且作者将教育与贫困勾连相接,反映出中国社会存在的"另类"景象。作品以作家扎实、艰苦、细致的采访和强烈的社会责任感,以原生态和丰富的真实性深深撼动了读者的心灵。《"希望工程"纪实》以极其质朴的笔墨叙写了具有特殊意义的教育工程情形。《中国山村教师》是"献给用自己的脊梁负载着中华民族重托的山村教师们"的。山村教师们精神伟大而物质困顿,他们用自己的生命支付着社会的欠账,以自己的清贫换来了山村文明之光的传承。敬佩、感动之余,我们又不得不对作品所提供的与此相对的若干细节深思和愤慨。《贫困警示录》不是仅仅写贫困现状,更是写贫困地区的人民为了摆脱贫困,一直与命运做百折不挠的抗争的精神。尽管"反贫困三部曲"没有对儿童失学、山村教师的艰辛以及贫困现象做出更深层次的揭示,但其现实意义却是沉重而多元的。新世纪以来,黄传会继续以强烈的社会责任感创作出一系列"反贫困题材"作品。《我的课桌在哪里》(人民文学出版社2006年版)深入发掘在大都市摸爬滚打的农民工子女的教育问题。《为了那渴望的目光》(安徽教育出版社2008年版)全景式展示了中国"希望工程"20年所走过的不平凡历程,是作者对"希望工程"20年的总结之作,也是作者对自己20年内持续关注、笔耕不辍记录"希望工程"这一重大题材所思所获的总结之作。《中国新生代农民工》(人民文学出版社2011年版)对农民工这个数以亿计的群体存在的教育、就业、生存等诸多问题进行深入探索和大胆揭示,可贵的是同时提出了解决问题的对策和建议。可以看到,黄传会始终聚焦人情冷暖,直面社会现实,以一名作家的社会责任感为民众代言。尽管仅以一个作家的责任感和理性追问并不能完全解决由贫困衍生的种种现实问题,但作者以他的坚持不懈,证明了一个现实题材报告文学家所能发挥的作用:以理性思考反思社会现实,用心血之作参与社会现实,让越来越多的读者关注社会问题,从而实现影响现实社会的终极目的。同样关注中国扶贫工程的庞泽云和孙晶岩,也先后写出了长篇报告文学《中国：与贫困决战》《山脊》，作品让我们感受到了时代脉搏的跳动，倾听到了贫困中的底层百姓的呼声，看到了他们告别苦难的信心，见证了一个贫穷落后的国家是怎样步履艰辛走出困境的。同时我们也从那种诚实朴素的描述中，领悟到了历史行进的坎坷与推动社会进步所必需的耐心和代价。

徐剑自九十年代末就开始专注于反映社会重大事件、重大工程的时事题材，新世纪以来先后创作出反映青藏铁路工程建设的史诗性著作《东方哈达》（百花洲文艺出版社2005年版），反映灾区军民和国家电网职工坚守本职、抗冰抢险、奋力保电的《冰冷血热》（中国电力出版社2008年版）。徐剑作品主要呈现以下特色：一、作品内在的文学性、艺术性。在现实题材军旅报告文学家中，徐剑是较为注重语言文学性、作品形式美和艺术表现力的一位。以《东方哈达》为例，作者用仓央嘉措的诗为每一节做引子，将铁路"上行"、"下行"及"岔道"作为作品结构叙事，赋予作品唯美的阅读感受和独特的表现形式。二、思想方面，以社会重大工程建设、重大事件为主要描写内容的报告文学虽以新闻性、真实性见长，却易于陷入旨趣不高、"政绩颂歌"的窠臼，而徐剑作品的最大特点就是能够以丰富的信息含量、深厚的人文情怀、独特的思想见解，使"时政报告"摆脱人物事迹、时事材料的堆砌与浅显。《东方哈达》将现实中领导人、专家、普通修路工与青藏铁路的情缘、筑路的感人故事，同文成公主西行、西原东归以及仓央嘉措的传奇浪漫人生等这些历史、文化、宗教传说熔为一炉，将青藏铁路工程建设引向历史纵深，传达了青藏铁路的来之不易和重要作用意义。三、徐剑作品最为动人的特质就是对普通人的真诚塑造。《东方哈达》将普通人置放于这项史无前例的工程建设和历史舞台之上，体现了作者对个体生命价值的敬重与仰视。《东方哈达》以独具匠心的诗意表达、丰富的信息含量、深厚的人文情怀，成为共和国报告文学中有关重大工程建设的厚重之作、大气之作。

孙晶岩是一位以现实重大题材作为创作源泉的军旅报告文学家，二十世纪八十年代最早涉足体育题材报告文学，新世纪陆续创作出描写西气东输工程建设史的《中国动脉》（人民文学出版社2005年版）、全景式描写中国筹办2008年奥运会的《五环旗下的中国》（人民文学出版社2008年版）、首部对上海世博会进行文化解读的《珍藏世博》（当代中国出版社2010年版），以及"看守所系列"[37]等多部大型作品,涉猎题材广泛、鲜有交叉,且多为重大题材、全景式写作。应该说,孙晶岩作品最可贵之处在于,始终具有胸怀家国天下的情怀,关注弱势群体、祖国前途。尽管孙晶岩的作品还或多或少存在着材料剪裁欠妥、文学性欠佳等问题,但更需肯定的是,她始终以行动者的姿态,为记录行进中的中国,为新世纪现实题材报告文学在题材上的丰富做出了积极贡献。

王宏甲是新世纪最具分量的报告文学家之一,新世纪以来先后创作了长篇报告文学《智慧风暴》(新华出版社2001年第2版)、《中国新教育风暴》(北京出版社2004年版)、《贫穷致富与执政》(北京出版社2006年版)等多部作品。凭借前沿、深刻的角度和观点,丰富的知识含量,融入学术体的报告文学表达方式,王宏甲的作品形成了个人鲜明独特的创作思路和风格。《智慧风暴》是第一部以中关村科技园区为背景,记录中国当代新兴先进生产力诞生和崛起历程的报告文学作品。书中描写了知识经济风暴如何渗透并改变着我们的生活,所涉及的问题包括中国的市场经济体制、改革、科技、管理、教育等多个领域。《中国新教育风暴》记录了经历重大转型期的当代中国教育,是一部有关素质教育和中国教育改革的长篇报告文学。教育关系国计民生、千家万户,王宏甲没有停留于对中国现行教育体制的声讨和批判,而是把中国的教育问题放置于世界文化背景下进行观察思考,探索其根源、走向及未来发展趋势,寻求中国新教育之路。接续王宏甲的二十世纪九十年代成名作《无极之路》的探索内容,《贫穷致富与执政》一书再次探讨了新世纪中国发展的重大主题——农村、农民与执政党问题。以浙江慈溪为例又不止步于慈溪,探讨如何构建执政者与人民之间、三大产业之间、城乡之间、企业之间,企业领导层与员工之间的和谐关系。作品从贫富差距、劳资矛盾等问题出发,揭示和谐发展的现实需要,进而从文化与精神层面深度思考文化振兴与经济发展的意义,揭示文化传承与振兴才是致富与执政的根本要义。叙事风格上,王宏甲的作品以理性启蒙为主线,将叙事、写人与议论相结合。由于题材开阔、线索众多、人物情节交织,王宏甲在作品中摒弃一人一事的线性叙述,以主题结构全篇,融汇预叙、倒叙、插叙等手法,并配以"相关思索"等形式,改变了传统报告文学淡化叙事结构创新的固有面貌,在报告文学的叙述方式上同样具有极强的创新和个人风格。王宏甲不只是发现、提出问题,更注重揭示所探讨内容的本质及发展趋势。例如在《智慧风暴》一书中提出的"商人也是生产力"等许多观念令人警醒甚至振聋发聩。《中国新教育风暴》延续《智慧风暴》在作品结尾增加"相关思索"的体例,但更集中于就一个问题进行深入思考,几乎是一篇篇独立完整的议论文。可以看到,王宏甲的作品已经从知识分子的责任、忧患意识层面,上升为理性思考,进而上升为文化研究,开启了报告文学学术体的全新范式。他的作品是知识经济时代"以观点革命和思维革命为核心的,以现代性为指导的报告文学"[38]。

可以看到,新世纪以来,军旅报告文学"问题报告"基本被社会现实题材所垄断,这些现实题材作品注重多角度发现问题、认识问题、探索问题,不同于新时期报告文学激进、不容置喙的启蒙姿态,以全新的理性思辨进行启蒙。尽管有的学者认为彰扬宏大叙事正是报告文学在新世纪应对各种困境的振兴之路,也有人认为反思批判意识与忧患意识才是报告文学最宝贵的精神特质,但值得肯定的是,伴随着社会生活的不断丰富和军旅报告文学家的执着探索,现实题材军旅报告文学在歌颂与批判中发出了时代的强音。

注释:

[1]张光年:《社会主义文学的新进展——在全国四项文学评奖授奖大会上的讲话》,载中国作家协会编《全国优秀报告文学评选获奖作品集1981—1982》,人民文学出版社,1984,第5页。

[2]王庆生主编《中国当代文学史》,高等教育出版社,2003。

[3]杨颖、秦晋:《不倦地探索与创造——报告文学面面观》,《光明日报》1996年12月19日。

[4]周政保:《与江宛柳对话》,载周政保《"非虚构"叙述形态:九十年代报告文学批评》,解放军文艺出版社,1999,第153页。

[5]朱向前:《从"尖兵"到"殿军"——五十年军旅报告文学一瞥》,载朱向前《初心与正觉》,作家出版社,1999,第66页。

[6]丁晓原:《报告文学的关联指称与新叙事策略》,《文艺报》2012年3月21日。

[7]"报告文学有狭义与广义之分。狭义报告文学指的是切近当下现实,形

象描写新近发生的人和事的纪实性作品,具备鲜明的新闻性、信息性和时效性。广义报告文学可谓'泛化的报告文学'或'报告文学的泛化',其外延很广,包容性很强,等同于非虚构类纪实作品。"见李朝全:《报告文学的范畴泛化及创作底线》,《南方文坛》2012年第1期。

[8]丁晓原:《"复调"与"复式":新世纪十年报告文学观察》,《文艺争鸣》2011年第7期。

[9]许福芦:《新中国军旅报告文学》,解放军出版社,2002。在"前17年"的报告文学归类上本章基本是以此为依据的,但在时间幅度上有所变化。

[10]江永红:《中国师(中篇)》,《解放军文艺》1986年第12期。

[11]小尘:《深化和发展改革文学创作》,《解放军文艺》1987年第11期。

[12]由《解放军文艺》《人民文学》等百家期刊共同发起,活动从1987年11月1日起,截至1988年9月30日。

[13]徐怀中:《凝神于北纬40°线的思考(代序)》,《解放军文艺》1986年第3期。

[14]王居瑞主编《中国当代文学》,东北师范大学出版社,1999,第341页。

[15]王震:《恶魔导演的战争·序》,载刘亚洲《恶魔导演的战争》,解放军文艺出版社,1984,第1页。

[16]参见徐剑《鸟瞰地球》(作家出版社,1997)中的作者题记。

[17]参见徐剑《鸟瞰地球》(作家出版社,1997)中的作者题记。

[18]王宗仁:《写在前面的话》,载《王宗仁青藏系列文学作品精选 报告文学卷 日出昆仑》,解放军文艺出版社,1998,第1页。

[19]周政保:《与金辉对话》,载周政保《"非虚构"叙述形态:九十年代报告文学批评》,解放军文艺出版社,1999,第135页。

[20]王震:《中国抗日战争纪实丛书·总序》,载《中国抗日战争纪实丛书》,解放军文艺出版社,1995,第3页。

[21]王震:《中国抗日战争纪实丛书·总序》,载《中国抗日战争纪实丛书》,解放军文艺出版社,1995,第3页。

[22]燕燕、张卫明:《雪域战神》,《十月》1991年第5期。

[23]《朝鲜战争》原名《远东朝鲜战争》(解放军文艺出版社1999年),因接近新世纪,且与《长征》《解放战争》不可分割,故将三部作品作为"战争三部曲"

整体纳入新世纪军旅报告文学研究视域。

[24]朱向前、傅逸尘:《新世纪军旅文学:英雄主义精神向度与现实主义写作伦理》,《文艺报》2012年10月19日。

[25]朱向前、西元:《只知诗到苏黄尽　沧海横流却是谁——新世纪以来军旅文学形势研判》,《解放军艺术学院学报》2014年第2期。

[26]柏桦:《纪实文学中的鸿篇巨著》,《文学自由谈》2010年第4期。

[27]朱向前:《遥远而深邃的"底色"》,《中国艺术报》2013年3月29日。

[28]张西南:《一部弥足珍贵的非常态战地文字——徐怀中新作〈底色〉阅读笔记》,《文艺报》2013年5月29日。

[29]云南的松山、腾冲和龙陵,是1944年中国远征军在滇西对日军实施战略反攻作战的核心战场。中国远征军滇西反攻作战是抗战以来正面战场唯一一次获全胜的大规模进攻作战。以滇西战场的胜利为先声,中国的抗日战争拉开了胜利的序幕。但这段历史却不广为人知,公众认知程度仍然较为落后。

[30]乔良:《真实战史的血腥拼图》,载余戈《1944:松山战役笔记·序二》,生活·读书·新知三联书店,2009,第4页。

[31]殷实:《微观战史的价值》,《文艺报》2010年9月29日。

[32]乔良:《真实战史的血腥拼图》,载余戈《1944:松山战役笔记·序二》,生活·读书·新知三联书店,2009,第5页。

[33]参见尹卫星《中国体育界》(花城出版社,1988)中的题记。

[34]见《沂蒙九章·编者按》,《人民文学》1991年第11期。

[35]孙海霞:《不该让遗忘成为馈赠》,《文艺报》2012年1月4日。

[36]孙海霞:《不该让遗忘成为馈赠》,《文艺报》2012年1月4日。

[37]孙晶岩的"看守所系列"包括《中国女子监狱调查手记》(作家出版社2002年版)、《重绽芬芳——中国女子监狱纪实》(长虹出版公司2002年版)、《女监档案》(文汇出版社2008年版)。

[38]雷达:《以观点革命和思维革命为核心的报告文学——雷达在王宏甲〈中国新教育风暴〉研讨会上的发言》,中国作家网2007年1月18日。

第九章　理论批评

第一节　概述

与当代军旅文学创作相比较,军旅文学批评研究一直处于滞后的状态,尽管新时期有徐怀中的"两只轮子"说(见《两个车轮一起转——〈军旅文学史论〉序》,《军旅文学史论》,东方出版社1998年版),但这更像是一种期待,或者借用朱向前的一句评判:军旅文学批评是"一只失衡的轮子"(见《一只失衡的"轮子"——当代军旅文学理论批评检讨》,《初心与正觉》,作家出版社1999年版)。综观当代军旅文学史,"前17年"的军旅文学批评乏善可陈,这是时代的政治背景及诸多因素所造成的。到了八十年代军旅文学批评曾一度崛起与繁荣,与创作形成两只同时滚动的轮子,一起营造了军旅文学创作与批评的蜜月期。但好景不长,到了九十年代,伴随着文学语境的突变,军旅文学批评再度式微。新世纪以后,这种态势没有根本好转,但在困境之中出现了一次重建。

在本章中我们试图对70年来军旅文学批评的发展脉络、重要思潮、收获缺失以及重要军旅评论家展开论述,论述中对新时期以来的军旅文学批评有所侧重。[1]

一、发展的脉络

(一)"前17年":理论批评的缺失

1949年新中国成立,新的国家政权的诞生也就意味着新的理论形态的诞生,它势必造成理论批评研究的规范与环境的改变。洪子诚在《中国当代文学史》中对于"前17年"的批评环境有过较为细致的整理研究:"在大多数情况下,文学批评并不是一种个性化的或'科学化'的作品解读,也不是一种鉴赏活动,而是体现政治意图的,对文学活动和主张进行'裁决'的手段。它承担了保证规范的确立和实施,打击一切损害、削弱其权威地位的思想、创作和活动的职责。一方面,它用来支持、赞扬那些符合规范的作家作品,另一方面,则对不同程度地具有偏离、悖逆倾向的作家作品,提出警告。"[2]在这种文学批评的文艺标准和政治标准出现严重偏差的历史环境下,我们读到的军旅文学理论文章大体有三类:一类是针对文艺作品而写的短评,另一类是作家的创作谈,第三类则是一些火药味浓重的批评文章。这些文章今天大多已经不可卒读,许多都带有强烈的批判意味,远远超越了文艺争鸣的范畴。

徐怀中在一篇文章中曾对这个时期的军旅文学评论有过一段总结:"回想50年代至60年代初,军事文学创作有过一片郁郁葱葱的好风景。其中经过时间冲洗得以流传下来的文学作品,相当一部分出自军队作家之手,或出自曾经是一位军人的作家之手。作为军内外相映生辉的军事文学创作队伍,我可以随手拉出一张长长的名单。而那个年代的文学评论和创作状况相比,则根本不能构成对应关系。那时,军内立得起来的评论家,真可说是屈指可数,你数到第二、第三个名字,便已经觉得勉强了……"[3]事实的确如此,当我们重新翻阅这一段历史,不难发现为数不多的一些评论往往是出自诸如丁玲、刘白羽、魏巍、王愿坚等作家之手,这与他们部队文艺工作的历史也有很大的关系。出于历史的原因,部队文艺队伍的文化素质相对较低,理论素养更为匮乏。与批评队伍的缺乏一样严重的是理论批评阵地的缺乏,在"前17年"期间,全国仅有《文艺报》《解放军文艺》《解放军报》等少数报刊可供发表军旅文学批评,军旅文学理论批评的发展受到严重制约。

(二)二十世纪八十年代：理论批评的崛起与高涨

1978年，党的十一届三中全会的召开，标志着思想解放大潮在中国的出现。思想的坚冰一旦融解则是波涛滚滚的激流，各种文艺思潮顿时成为时代最新的热点，西方文艺理论思潮的引进也为文艺理论研究提供了新的方法。正如一位理论家在回顾"新时期文学"发展的辉煌岁月时写下这样的文字："20世纪的中国文学之中，'新时期'曾经是一个激动人心的断代命名。这个名称刚刚出炉时的光泽和明亮风格，许多人记忆犹新。尽管文学史的分期依据不无歧见，但是，多数人都愿意承认，某种意义重大的巨变，出现于1978年前后。这时开始，文学汇入了思想解放的文化气氛。人们置身于'新时期文学'之中，亲历种种大大小小的文学事件，参与激烈的争辩，投入地阅读一系列成熟或者不成熟的作品。"[4]批评家不再小心翼翼如履薄冰，而是大刀阔斧高歌猛进。军旅文学批评研究也顺应时代思想大潮，开始了自己新的历史征程。

从1978年开始，一批具有全国影响的军旅文学作品产生了[5]，军旅文学创作上的巨大成功同时也相应地促进了军旅文学评论的发展。一方面，这些优秀的军旅文学作品促使一些批评家开始关注军旅文学的研究，并且写下了为数较多的研究文章，当时全国活跃的评论家几乎都曾经为军旅文学作品写下批评文章，甚至开始出现了一些不乏深入思考的理论文章，诸如关于英雄主义和人性问题等一些热点的研究。另一方面，军旅文学的重新崛起也为军旅文学批评家的诞生提供了良好的环境，他们顺势而生，脱颖而出。

另一个值得注意的现象是在八十年代初，一批从高等院校毕业的专业研究人才补充到部队来，极大地促进和活跃了军旅文学的批评与研究。正如徐怀中所指出的："……军内一批评论家，大多是全国各著名大学输送来的。他们受过系统化的良好教育，戴着硕士、博士头衔走进军营。其中一部分人，原来就是从部队考进大学的，他们重返军队，即刻就进入了状态。与此同时，又有相当多的部队作家，考进军内外高等学府深造。今天说来，这或许已经并不值得夸耀，却也未可等闲视之。作家、评论家知识结构发生了历史性的变化，整体素质提高到了一个新的层次，便保证了部队文学事业进一步走向良性循环。从某种意义上是否也可以说，因此而为造就优秀人才，为推出精品大作准备了必要的条件呢？"[6]看看活跃在八十年代中国军旅文坛的批评家，诸如韩瑞亭、范咏戈、黄国柱、张西南、王炳根、周政保、陆文虎、张志忠、朱向前、丁临一、叶鹏等等,就足以证明徐怀中所言不虚。[7]

1982年,大型军旅文学刊物《昆仑》杂志诞生。这份杂志致力于发表最具有时代感和探索性的军旅文学作品,使活跃的青年军旅作家和批评家找到了一个重要的精神家园。它与已经创刊多年的《解放军文艺》以及地方众多文学评论刊物一起为军旅文学研究提供了较大的空间,使得军旅文学批评与研究能够呈现出较为繁盛的局面。

(三)二十世纪九十年代:理论批评走向式微

进入九十年代后,文学及文学研究也进入了一个新的历史空间。市场经济浪潮使得文坛浮躁不堪,以"坐冷板凳"为职业的理论研究在这种大环境下急剧暗淡。刚刚结束的政治风波也使理论研究与探索的空间被放置到一个很狭窄的地方。这种由市场经济与政治意识形态所造成的双重夹击也使得军旅文学批评研究出现式微的局面。对此,朱向前有过精彩的论述,他指出这种双重的夹击造成了军旅文学的双重消解。表层的是经济的窘迫消解掉了八十年代那种耗资甚巨的集体运作方式,呈现出孤掌难鸣或捉襟见肘的窘迫;深层的消解是军旅文学作为一种有着特定内涵和浓厚意识形态色彩的淡化,相比八十年代文学主潮常常与主流意识形态暗合与联姻,军旅文学总能占有优势,但到了九十年代后,伴随着意识形态语境迅速向商业化语境的转换,军旅文学原有的庄严与神圣面临被销蚀和掏空的危险(《从建构辉煌到对抗消解——转型期的军旅小说》,《解放军文艺》1999年第2期)。这种双重夹击所造成的双重消解使得军旅文学的创作与批评研究遇到了新的严峻挑战。

首先,八十年代所形成的批评队伍开始出现分流,一部分人员逐渐成为领导者,一部分转业到地方或者因为年龄等逐渐淡出了批评界;他们要么很少有时间顾及军旅文学批评,要么视角已经开始投向其他的领域。最关键的是新的批评队伍没有及时跟上,造成了评论队伍的青黄不接,活跃在九十年代中后期的青年评论家只有张鹰等寥寥几人。这种局面的造成正如朱向前当时所指出的,"军旅批评家队伍的青黄不接,成名者或改行或搁笔或知识老化,后来者又几乎不见踪影,而从80年代跨越至今的活跃者也不过周政保、张志忠等三五人而已。与90年代中期以来逐渐回升的军旅文学创作势头形成了新的反差和更严重的失衡"[8]。如果仔细研究这个批评家的名单,会发现远比朱向前说的更加糟糕,曾经活跃在八十年代的批评家队伍已经风流云散,仅有朱向前、张志忠、周政保等人还在坚守,但到了九十年代末期,这一支队伍已基本流失了。

其次,九十年代后,曾经以较大篇幅刊登理论批评文章的《昆仑》杂志逐渐缩减了版面,到了1997年《昆仑》杂志停刊,一个可供发表理论批评的重镇消失了,这对于军旅文学批评也是一个莫大的损失。《昆仑》杂志的停刊是一个现象,一些地方理论批评报刊诸如《作家报》《当代文艺思潮》《批评家》等也相继停刊,这对于萎缩中的军旅文学批评来说无异于雪上加霜。

(四)新世纪:在困境中重建

新世纪以来,尽管中国政治文化语境错综复杂,我们仍然可以从极为严峻的形势中,发现其中孕育着一股新的潜在力量。一方面,随着中国综合国力的迅速提升,民众的国家归属感、认同感空前强大,国家意识形态保持相当强的号召力。另一方面,随着大众文化/消费文化与国家意识形态之间关系的调整,文化形态在不断发生变化。中国政治文化语境一方面更加包容多样,另一方面作为一种反拨,呼唤国家认同、呼唤崇高精神的声音渐成民众的心声。这些积极的因素给军旅文学批评研究重新认识自身,旗帜鲜明地弘扬爱国主义、英雄主义传统,重构崇高、雄健的美学范式,提供了一次难得的历史机遇。

中国当代军旅文学从哪里来、往何处去,这是军旅文学批评研究者们普遍焦虑的问题。军旅文学批评研究遭遇了不断边缘化的深刻困境,出现了前进方向困惑、人才队伍流失、自律自觉淡化、理论工具迷失等诸多问题。虽然前行的步履极为艰难,形势不容乐观,但通过细致的观察,却可以发现军旅文学批评研究的内部孕育着一次新生,发生了转折性的变化,一定程度上完成了一次理论的转型与重建。如果说二十世纪九十年代,军旅文学批评研究者们还在"对抗消解"中苦斗,字里行间不觉透露出一些激愤、迷惘、悲情,那么,进入新世纪以后,军旅文学批评研究的理论姿态逐渐走出这种状态,从态度到理论都重新加以调整,在中国当代政治文化语境中有了明确的立场,开始旗帜鲜明地弘扬爱国主义、英雄主义,大胆地对崇高之美、雄健之美进行新的探索,体现了崭新的风貌。其中涉及了军旅文学在当时中国政治文化语境中存在发展的一系列重大问题,诸如,军旅文学该如何看待自身与国家意识形态之间关系的问题,如何调适与强势崛起的大众文化/消费文化的关系的问题,如何重建英雄主义的问题,如何把握国家与军队建设所处真实历史境遇的问题。我们可以看到,军旅文学批评研究经过了一段时间开放式的调整,甚至可以说是一个砸碎重建的过程。除了出生于五十年代至七十年代的一批军旅文学批评研究者在军旅文学理论重建中取得了创新性成果之外,几个诞生于二十世纪八十年代初的年轻人,他们的身上历史重负较少,能够轻装前行,反而显得更加令人注目。朱向前、西元共同完成的《重铸具有时代特色的军旅文学美学风范》一文(《文艺报》2013年8月30日),可算是一篇代表新世纪军旅文学批评研究新的理论姿态的宣言。

二、研究的热点

(一)对于英雄人物塑造问题的跟踪研究

英雄主义是新中国70年军旅文学创作中的基本母题,因而如何塑造英雄人物和如何表现英雄人物始终是军旅文学创作者和评论者所面临的一个关键性问题。而对于英雄主义主题的热衷,一方面是因为现实生活的感召,一方面则离不开文艺理论工作者的引导与鼓动,这在新中国成立初期表现十分明显。陈荒煤在1951年发表《创造伟大的人民解放军的英雄典型》(《解放军文艺》1951年第1期),针对文学创作中光反映从落后到先进的转变过程,对于新的英雄典型塑造不够的问题进行分析。胡耀邦在1952年发表《表现新英雄新人物是我们的创作方向》(《西南文艺》1951年第1期),文章强调作家要创作出新中国社会主义建设中不断涌现出来的新英雄人物,同时还指出这样的作品应组织力量集中完成。刘白羽、魏巍等人也曾就如何写落后到转变以及暴露与歌颂,写英雄人物的缺点论述过相同的观点。

"前17年",对于英雄主义人物以及主题的创作随着时间的推移不断掀起高潮,1963年《解放军文艺》举办"四好连队、五好战士、新人新事"征文可以说是对于英雄主义题材在行动上的一次集体深化。艾克恩的《为革命英雄唱赞歌——喜读"四好连队、五好战士、新人新事"征文》(《文艺报》1964年第8期)对征文中的作品给予了积极热烈的评价,但文章重点是强调文艺作品的政治意识首先要明确,反映出部队英雄人物的精神亮点,为部队和社会主义建设"立标兵、树榜样"。

矫枉过正,新时期的军旅文学创作逐渐摆脱了种种不足,英雄人物的塑造体现出新的时代气息。王春元在《关于写英雄人物理论问题的探讨》(《文学评论》1979年第5期)、缪俊杰在《努力塑造当代军人的英雄典型(浅谈军事题材文学创作中描写社会主义新人问题)》(《昆仑》1982年第4期)中都曾指出,表现英雄主义人物应塑造出当代军人的独特个性与鲜明性格,同时要处理好表现英雄人物与普通人之间的关系,即反对将两者割裂和对立起来以及可以使用多种艺术手法去探索英雄人物的塑造问题。王炳根在《新时期军事文学英雄人物特征初探》(《中国现代、当代文学研究》1984年第11期)中针对新时期军旅文学创作中所涌现出的一批性格鲜明的英雄人物形象,指出军事文学在对英雄的观念、价值、内涵、气质和精神世界诸方面进行了有益的探索:如英雄人物同样具有普通人的情感,但又有一种强烈的克己精神;他们的奋斗道路艰辛沉重,却在其中获取升华;他们内心世界丰富,却在复杂丰富中寻求统一与完整。黄国柱在《英雄长在 崇高永存》(《昆仑》1997年第5期)一文中指出英雄主义和崇高美作为军旅文学创作的基本主题在新的历史环境下依然具有强健的生命力,这是军旅文学创作语境发生变化后批评家所及时做出的思考与呼吁。张鹰的《英雄神话的解构与重建——对中国当代军事文学一个现象的剖析》(《西北军事文学》1999年第5期)一文在分析了"英雄神话"在半个世纪以来的构造、解构与重建的流变后还进一步探讨了得与失,系对这一问题的总结之作。

(二)对人性问题的集中研究

八十年代对于"文化大革命"期间人的生存问题的反思与批判,社会上出现了讨论"人道主义和异化"的思潮(1980—1984年)。刘再复将这一思潮归纳为新时期文学的大潮之一,他在文章中写道:"新时期文学的感人之处,就在于它以空前的热忱,呼吁人性、人情和人道主义,呼唤着人的尊严与价值。"[9]在军旅题材的小说创作中也出现了大量关于人性问题的小说,这也同时引起了批评家的关注。可以说,这种思潮的出现是理论带动创作,创作同时又促进了批评研究的掘进,这是一个互生的理论生态。理论家们纷纷重申文学的基本理念就是"文学也是人学",那么军人也首先是人,军旅文学就必须要描写军人作为人的人性美与人情美,抒写军人作为人的觉醒与解放,这是对"文化大革命"中军人高大全形象缺乏人自身意识的反拨,使军旅作品获取一种自由、平等的思想,尊重人的个性、潜能与价值。

顾骧的《军事题材文学的人性描写》(《文艺理论》1983年第6期)最早关注到军旅文学创作中的人性描写问题,指出小说创作要真实地再现符合生活真实的人物的人性、人情,塑造出典型环境中的典型人物。思忖的《军人的美与美的军事文学》(《文学评论》1983年第4期)从审美的角度来论述要表现军人的美与美的军事文学,就必须着力去刻画军人作为人的性格中的人性之美。管卫中的《军事文学中的人道主义——换一种眼光看新时期军事文学的发展及其意义》(《当代文艺思潮》1987年第1期)全面分析和探究了军事文学中关于人道主义问题的研究,指出我国军旅文学由爱国主义到英雄主义再到人道主义的一个发展趋向,认为当人道主义与英雄主义交相辉映、相得益彰时才具有真正的美学风格。丁临一的《"军人是人":一个永恒的创作命题——关于新时期军事文学发展走向的思考》(《当代作家评论》1987年第4期)呼吁军旅文学创作不断深化"军人是人"的理念,自觉地将作为"人"的军人的性格和灵魂予以解放和觉醒。

在这一研究领域,陆文虎、周政保、张鹰等批评家也有过论述。陆文虎在分析徐怀中、石言等作家的作品时发现他们取得成功的一个相同的特点就是反映人性之中的美丽,他还指出人道主义与英雄主义、爱国主义一起构成了军旅文学写作的主题。张鹰在《世纪之交军事文学的历史进路》(《昆仑》1997年第1期)分析九十年代小说创作上的收获与成就时,指出军旅文学创作中对于生活缺乏宏观的把握与理性的审视,"对人及人性的理性审视与观照仍然被不自觉地漠视了",因而军旅文学的创作的历史任务就是对人性在更深层次上的挖掘。周政保则分析了小说创作中将人处于生死绝境中对于人性的审视以及所展现出来的扭曲或者高洁。

(三)"两类作家"论及"农家军歌"论的提出与争鸣

朱向前最早发现了军旅作家中一个醒目但长期不被注意的现象,即在新时期军旅文坛上活跃着两类青年作家:一类出身于军人家庭,如朱苏进、刘亚洲、乔良、海波、钱钢、简嘉等;一类出身于农民家庭,如李存葆、莫言、宋学武、唐栋、雷铎、周大新、朱秀海、陈道阔等。根据这个军旅文坛现象,朱向前写成了论文

《寻找"合点":新时期两类青年军旅作家的互参观照》(《文学评论》1988年第1期)。在文章中,朱向前发现两类作家在自我优势的前提下都存在着自身的局限,他敏锐地指出:"由于过分地强化军人意识,或忽略民族心理素质的溶渗,由于过分的凸现出当代意识,或不善于以历史眼光来观照当代军人,就容易使得军人家庭青年军旅作家给他们所钟情的'职业军人'头上戴上虚幻的理想化光圈。再加上欠节制地借鉴外国军事文学,又渐次滋生了某种'洋化'倾向,而把某些表层次的现代生活方式、外部特征当作传统心理嬗变或观念更新来大加吹涨。""与之相反的是,农民青年军旅作家们还缺乏用当代意识观照历史,缺乏一种与现阶段民族进取风格相一致的军旅生活观念审视农民军人的自觉性。"根据这一特性,他指出军旅文学的发展前景应该是这两类青年作家寻找合点,即寻找军人与农人的合点,寻找军营文化与乡村文化的合点。可以说,这篇论文敏锐地从分析现象入手,在归纳两类青年军旅作家的特点与缺失的同时还建设性地为军旅文学未来的发展寻找新的出口。

九十年代初,朱向前在《艰难行进中的"农家军歌"——陈怀国的小说成长暨意义》(《解放军文艺》1991年第1期)一文中最早提出了"农家军歌"的理论命题,开始为人们所关注。依据这一思路,朱向前于1994年发表了《乡土中国与农民军人:新时期军旅文学的一个重要主题的相关阐释》(《文学评论》1994年第5期)。该文堪称朱氏"农家军歌"理论的进一步深化与完善,它在分析了李存葆、莫言、阎连科等人的创作之后指出了"农民军人"形象演变的三个阶段以及局限性,呼吁军旅作家和评论家们"必须大力加强对'农民军人'这一文学主题的深度创作与研究,加强对乡土中国与农民军人这一复杂关系的辩证把握与理解"。循着这个论点,朱向前又先后对众多农家出身的军旅作家进行了作家本体研究,如《农民之子与农民军人——阎连科军旅小说创作的定位》(《当代作家评论》1994年第6期)、《"农民军人"与"农家军歌"——一个军旅小说主题的发展与变奏》(《文艺报》1998年8月30日)等。

针对朱向前的这一观点,文坛上产生了一些争鸣和交锋。吴然在1995年发表的《选择中的"农家军歌"及其面临的挑战:对军事文学创作的一种现象的思考》(《昆仑》1995年第5期)一文中对于"农家军歌"这一现象进行了反思,指出这种创作现象中所存在的缺陷与不足,诸如"主人公失落意识之于作品阳刚之气实现的障碍""狭隘的自我意识之于作品的大气风范实现的障碍"等。《文艺报》在1998年7月28日发表贺绍俊的质疑文章《"农家军歌"依然是军歌》,1999年5月18日曾辟专栏发表廖建斌、郑颖、蒋泥等人的文章进行争论。1999年第5期的《西南军事文学》发表张志忠的争鸣文章《对军事文学现状的几点思考:兼议"农家军歌"论》,该文指出文学评论的倡导导致大量反映农民自私狭隘作品的出现。《文艺报》于2001年又发表孙伟科、张乐林的《我不能苟同"农家军歌"的说法》,将这一争论引向高潮。

(四)对重要军旅作家的跟踪式研究

批评研究与文学创作是密不可分的,优秀的文学作品往往带动着文学评论。在中国军旅文学评论的大环境下,我们不难发现一些影响较大的作家和作品形成了研究热点,产生了跟踪热潮。这类作家主要有魏巍、刘白羽、李瑛、王愿坚、徐怀中、黎汝清、李存葆、朱苏进、莫言、周涛、阎连科等。

魏巍作为老一辈的作家,早期以战地散文和报告文学著称,主要评论有丁玲的《读魏巍的朝鲜通讯》(《文艺报》1953年第3期)、吉悌的《战斗热情最可贵——漫谈魏巍同志的抗美援朝时期的散文》(《解放军文艺》1960年第8期)、蔡葵的《重读〈谁是最可爱的人〉》(《文学知识》1959年第7期)、冰心的《〈依依惜别的深情〉读后》(《语文学习》1960年第3期)等等。七十年代后,魏巍又创作出了具有史诗性的小说《东方》《地球的红飘带》等,对于魏巍小说创作的评论与研究先后有丁玲的《我读〈东方〉——给一个文学青年的信》(《文艺报》1979年第7期)、张炯的《英雄的人民和人民英雄的壮丽颂歌——读长篇小说〈东方〉》(《当代文学研究丛刊》1982年第3期)。

王愿坚是我军最重要的短篇小说作家,对于王愿坚的批评研究也是军旅文学研究的题中应有之义。从五十年代开始一直到八十年代产生了许多比较有影响的批评文章,诸如叶圣陶的评论《〈普通的劳动者〉是一篇很好的小说》(《人民文学》1958年第11期)等。朱向前在《中国军旅小说:1949—1994》(《当代作家评论》1996年第4期)一文中对王愿坚的小说创作进行了专论,对其艺术特征进行了总结:"它们一般都主题单纯、明朗而集中,常常是撷取一个典型的生活片段、场景或细节,饱含激情而又凝练简约地勾画出人物性格的最闪光之处,'都不着力写人物性格的形成和发展过程,而是捕捉性格发出耀眼光辉的那一刹那，英雄人物完成自己性格的那一瞬间'。结构精巧，篇幅精悍，文字精练，意境精美，是它们的艺术特色，说明作家已颇得短篇艺术之个中三昧。"

刘白羽在小说、散文和报告文学领域都有重要作品并且都获得了评论家的关注。陈涌的《刘白羽近年的小说》（《人民文学》1949年第4期）系对刘白羽在解放战争中创作的《战火纷飞》《火光在前》等小说集的评论，指出其塑造新人物形象具有的教育意义和鼓舞作用，但同时还指出这类小说存在概念化、单一化以及违背现实等诸多缺憾，以及在语言中存在"欧化"的瑕疵。韩瑞亭的《华采流溢的心灵咏叹——读刘白羽〈心灵的历程〉》（《文学评论》1995年第5期）系对刘白羽的长篇散文《心灵的咏叹》的评论，指出其散文中带有自传的色彩，在艺术上吸纳了新闻特写和政论等文体的特征。

对李瑛的军旅诗歌评论具有代表性的有张光年的《李瑛的诗》（《文艺报》1963年第3期），该文系李瑛的诗歌《红柳集》的序言，指出李瑛诗歌"细致而不流于纤巧"和"善于挑选独具特色的语言，来描绘、渲染各种不同的景致和形态"等艺术特征。朱向前在《中国军旅诗：1949—1994》（《解放军文艺》1996年第2期）一文中对李瑛的军旅诗歌进行了专论并总结出了"李瑛模式"，即"奇巧的构思，清新的想象，优雅的语言；四节至六节不等，每节四行，大致整齐押韵的道白调性；经由具象的描述与铺垫，最后进入哲理升华或情感爆发的思维逻辑。几方面特点的综合，大体就构成了所谓的'李瑛模式'"。这可算对李瑛军旅诗歌特点的总结。

徐怀中成名于五十年代，以发表长篇小说《我们播种爱情》（中国青年出版社1957年版）而确立在文坛的地位，不久因为发表电影剧本《无情的情人》（《电影创作》1959年第11期）而受到批判。新时期，他又发表《西线轶事》（《人民文学》1980年第1期）使得军旅文学创作风向为之一变。对于徐怀中的研究与评论在五十年代就已经开始，老作家叶圣陶在六十年代初就曾发表《读〈我们播种爱情〉》，给予热情的鼓励和积极的肯定。到了八十年代，先后有雷达、陈骏涛、范咏戈、陆文虎等军地著名批评家发表专论。雷达的《徐怀中风格论》（《解放军文艺》1985年第12期）是一篇全面的作家论，指出作家在小说创作中忠于现实化的心灵，忠于植根于生活的激情和敢于"越位"的叛逆与冒险精神，也分析了作家在艺术探索上的变化以及所面临的挑战。

黎汝清擅长革命历史题材的长篇小说的创作且成绩斐然。叶鹏的《历史的纪实与悲剧的再现》(《文学评论》1992年第6期)选择了黎汝清具有代表性的三部长篇小说《皖南事变》《湘江之战》《碧血黄沙》进行论述，指出了小说中的悲剧意蕴，分析了历史悲剧、社会悲剧与人物性格悲剧之间的内在联系，同时也指出作品中所存在的"失衡的矛盾现象"。

1982年第2期的《十月》杂志刊发了李存葆的中篇小说《高山下的花环》，随即引起轰动，各种不同声音的赞扬与争议也相伴而生。最早给予积极肯定的是冯牧发表于《十月》杂志1982年第6期的《最瑰丽的和最宝贵的——读中篇小说〈花环〉》，之后著名作家丁玲1983年在《中国现代、当代文学研究》杂志发表了《我读〈高山下的花环〉》，阎纲在1983年第8期的《鸭绿江》发表了《军事文学与〈花环〉》，等等，一时间对于这部小说的评论几乎是铺天盖地。随后李存葆又接连发表了小说和报告文学，均取得巨大成功。这一时期，军旅批评家才逐渐浮出水面，如张志忠的评论《花环与坟茔前的美学思考——论李存葆笔底的英雄悲剧》(见《天涯觅美》，北岳文艺出版社1995年版)等。

莫言因1985年在《中国作家》发表中篇小说《透明的红萝卜》以及随后的"红高粱"系列一炮而红，此时的莫言还是解放军艺术学院文学系的学员。最早对莫言小说进行评论的是他的同学朱向前，因近水楼台之便，朱向前快速及时地在《解放军报》《人民日报》等报刊发表了《〈红高粱〉穿透历史的悠长召唤》(《解放军报》1986年4月18日)、《深情于他那方小小的"邮票"——莫言小说漫评》(《人民日报》1986年12月8日)、《莫言论——在传统堤岸与现代潮流之间构筑自己的世界》(《当代作家评论》1986年第4期)、《天马行空——莫言小说艺术点评》(《小说评论》1986年第2期)等系列文章；张志忠几乎同时对莫言的小说进行了关注，连续发表评论，后来又写成专著《莫言论》(中国社会科学出版社1990年版)。地方著名批评家的评论，代表性的有雷达的《历史的灵魂与灵魂的历史——论红高粱系列小说的艺术独创性》(《昆仑》1987年1月)、季红真的《忧郁的土地，不屈的精魂——莫言散论之一》(《文学评论》1987年第6期)等。

对于朱苏进的研究与评论在八十年代与九十年代都是军旅批评研究与追踪的热点。1990年第1期《当代作家评论》专门开辟"朱苏进批评小辑"，发表三位批评家的文章《军事以外的文学的世界——评朱苏进的几部中篇小说》《非战争经验的叙述——关于朱苏进小说创作发生的假定性判断》《战争之外——朱苏进小说的价值取向》。朱向前在批评小说《炮群》的文章《半部杰作的咏叹——朱苏进和〈炮群〉联想录》(《当代作家评论》1992年第1期)中指出小说前半部气势浩大而到后半部笔力衰减,造成小说结构框架的严重倾斜,同时还指出作为一名体验型作家而造成人物性格塑造上的单一化。而朱向前的近4万字长文《新军旅作家"三剑客"——莫言、周涛、朱苏进平行比较论稿》(《解放军文艺》1993年第9期)则对朱苏进进行作家本体研究,以及与莫言、周涛两位军旅作家进行交叉平行比较。有见地的评论还有王彬彬的《醉与笑——漫话朱苏进》(《文艺争鸣》1993年第6期)、柳建伟的《孤独玄想创作道路的终结——重评朱苏进兼与朱向前商榷》(《当代作家评论》1997年第4期)等。

对于周涛评论的代表作有周政保的《超越具象》(《昆仑》1985年第4期)、黄国柱的《接近周涛》(《文学评论》1995年第1期)等。另外朱苏进对于周涛的评论《自然之子的痴笑》(《解放军文艺》1991年第1期)为周涛个人所爱,曾作为其文集的序言。军旅作家阎连科从八十年代末期开始活跃于文坛,对于他的最早专论也来自他的老师朱向前,朱向前先后对其发表了数篇系统论述的文章,如《农民之子与农民军人——阎连科军旅小说创作的定位》(《当代作家评论》1994年第6期)等(朱向前以老师身份还曾为陈怀国、柳建伟、李鸣生等一批青年军旅作家写过第一篇重要评论)。另外丁临一的《阎连科小说创作散论》(《文学评论》1993年第4期)、张志忠的《从"小河小村"到"瑶沟故事"——阎连科创作道路探踪》(见《天涯觅美》)都是较早关注到阎连科的创作的重要评论文章。值得关注的文章还有张西南对于阎连科创作批评的《仅仅仰仗土地文化是不够的——关于长篇小说〈生死晶黄〉致阎连科》(《小说评论》1998年第5期)。这是一篇尖锐批评作家创作的文章,在当代军旅文坛中这种推心置腹和凌厉的批评文章还是不多见的。

对于军旅作家评论比较集中的还有周大新、朱秀海、徐贵祥、乔良、黄国荣、柳建伟、石钟山等,在此不一一赘述。

(五)对新世纪以来热点现象以及"新生代"军旅作家的关注

新世纪以来,随着中国文化政治语境的变迁,以及军旅文学"第四次浪潮"的兴起,军旅文学呈现了一个与二十世纪八九十年代大不相同的面貌,这给军旅文学的批评研究带来了巨大的挑战和焦虑。军旅文学的批评研究也正是在一次次的介入过程中,逐渐完成了自身的转变。

一是在新的历史条件下思考军旅文学的核心价值。爱国主义、英雄主义一直以来是军旅文学的核心价值,是我国军旅文学现代性的一直没有改变的价值追求。但是进入新世纪以来,随着大众文化/消费文化的兴起,随着市场的力量越来越介入军旅文学发展,批评研究如何适应新的形势,又如何坚持原有的核心价值呢?在这方面,军旅评论家做出大量的努力。世纪之交,朱向前撰文进行了"军事文学"与"军旅文学"之辨(《"军事文学"与"军旅文学"辨——兼论当代军旅文学的三个阶段》,《光明日报》1999年8月5日),通过分析军旅文学发展的三个历史阶段,说明了"军旅文学"这一命名的积极意义,实际上开启了在新的时代背景下,重新对军旅文学的独特价值进行思考的思潮。在这个方向上,新世纪以来诞生了许多富有创新性的成果。例如,对"中国战争美学的文化历史探究"[10],关于"军事文学的理论命题及其美学品格"的归纳总结[11],关于"军旅文学的本土观念和气质"的思考[12],关于"军旅女性写作"的梳理[13],关于"重建英雄叙事"的理论建设[14],关于"英雄形象"重构问题的思考[15],等等。尽管一些军旅文学批评研究者仍在使用"军事题材文学""军事文学"等概念,但其内涵与外延较之二十世纪八九十年代,已经有了相当大的不同。对于这一过程,我们将其看作是在新世纪以来的中国历史境遇下,军旅文学批评研究在当下政治文化语境中,重新寻找自身位置,重新诠释"爱国主义""英雄主义"等的时代内容,重新回答"我们是谁?从哪里来?向哪里去?"等一系列重大问题,并探索新的历史条件下军旅文学美学特殊规律,以获得突破方向。

二是对重要作家和重要作品价值的阐释。随着相当多的军旅题材影视剧引起社会反响,军旅作家在茅盾文学奖、鲁迅文学奖等国家级大奖中荣获桂冠,以及"新生代"军旅作家的崭露头角,相应的军旅文学批评研究也步步跟进,及时地挖掘了他们的价值,给予了文学史评估。其中比较重要的有对《亮剑》(电视剧及长篇小说)、《士兵突击》(电视剧)、《集结号》(电影)、《历史的天空》(电视剧及长篇小说)、《激情燃烧的岁月》(电视剧)的集中推介及评价,对麦家系列作品、徐贵祥系列作品、柳建伟的《英雄时代》、周大新的《第二十幕》《湖光山色》、王树增系列作品、裘山山小说散文的推介及评价,对李存葆、周涛、朱增泉、李松涛诗歌散文的推介及评价,以及贺绍俊对青年作家王甜作品、傅逸尘对青年作家王凯作品的推介及评价,等等。如果从《南方文坛》《当代作家评论》《文艺争鸣》等一线文学研究期刊的相关文章数量、质量来看,则阎连科系列作品和麦家系列作品的研究力度较大。而军旅文学研究论文数量相对集中、质量相对较高的期刊则为《解放军艺术学院学报》。

三是对军旅文学发展趋势的批评反思。这一类批评研究主要集中在两个方面:一方面对军旅文学当中某一核心价值的嬗变进行梳理,从发展变化之中发现问题,总结规律;另一方面对军旅文学发展过程,尤其是当下发展之中存在的重要问题进行批评性反思。前者主要有对"英雄主义写作"(唐韵)、理想主义(傅逸尘)、英雄形象(周徐)、"父性文化"及其秩序(胡玉伟)、叙事伦理(傅逸尘)等等的梳理,后者主要有对题材与价值取向的失衡(朱向前)、世纪初长篇小说创作窘境(周政保)、审美精神的缺失(张鹰)、世俗化倾向(傅逸尘、彭丽萍)、文学性缺失(李美皆)等问题的反思。由朱向前(后又有傅逸尘、徐艺嘉加入)于新世纪十年初期开展的年度军旅文学综合述评,以及总政艺术局于新世纪十年末期主持的年度军旅文学分题材述评,具有较强的针对性和较大的影响力。

新世纪以来,李亚、王凯、西元、卢一萍、裴指海、朱旻鸢、王甜、王棵、李骏、曾剑、曾皓、王龙、董夏青青等一批生于二十世纪七八十年代的军旅文学作家开始崭露头角。他们的创作与上一辈军旅文学作家相比呈现出不少新质,也孕育着军旅文学发展的新可能。这是时代使然,也是军旅文学发展的必然。如何去看待这一批"新生代"军旅作家的创作,并且使之走向军旅文学发展的大道,甚至是开一时风气之先,是理论批评面临的重大课题。傅逸尘于2010年在《解放军报》刊文,首倡对"70后""80后"军旅作家做整体研究。徐艺嘉以硕士论文为基础,于2012年发表《新世纪文学语境中的审美"新质"》(《文艺报》2012年11月28日),较为全面深入地分析了"新生代"军旅作家的创作肌理。之后,"新生代"军旅作家得到了较多的关注。朱向前主编的《新世纪军旅文学概观》(解放军文艺出版社2017年版),第一次对这批军旅文学作家进行了代际研究与介绍。

三、收获与缺失

检阅70年来军旅文学发展的轨迹,我们在种种的兴奋或遗憾中平静下来,发现军旅文学理论研究收获了许多积极与建设性的成果。

首先是形成对军旅文学及时跟踪研究与推介的局面。批评研究与文学创作是密不可分的,优秀的文学作品往往带动着文学评论。在中国军旅文学评论的大环境下,我们不难发现对于一些影响较大的作家和作品出现了研究的热点,产生了跟踪式研究的热潮,许多作家的作品一旦问世就会形成较大的反响。由于及时研究评论,新时期军旅文学创作与批评形成了互相促进的良好局面。如朱向前提出的"两类作家"论以及"农家军歌"论对于创作产生了很大的影响;他对于长篇小说《炮群》的批评《半部杰作的咏叹》也是对作家创作缺失的指认。与此同时,批评家对于军旅文学的热情关注与评论,使得一些青年军旅作家的作品能够及时得到关注和重视,一些有潜质的作家迅速脱颖而出,很快在文坛甚至在社会上产生影响。

其次是总结和归纳出军旅文学研究的理论成果。新时期以来,军旅文学有了新的局面,特别是在军旅文学的研究与批评方面,甚至有一部分还是非常具有学术价值的理论成果。这些理论成果的出版极大地促进了军旅文学研究的深化,先后形成了对军旅文学创作中的"英雄人物塑造问题"、"人性问题"、作家本体研究以及"农家军歌"、爱国主义、战争文学等集中研究的热点,对于新时期军旅文学的发展与深化很有建设性的意义。在此基础上,先后出版的主要史论专著有《中国革命军事文学史略》(陈辽、方全林著,昆仑出版社1987年版)、《新时期的军事文学》(范咏戈著,辽宁大学出版社1987年版)、《冲浪:在军事文学的海面——中国军事文学走向深化的理论构想》(蔡桂林著,山东文艺出版社1994年版)、《军旅文学史论》(朱向前著,东方出版社1998年版)等。与此同时,朱向前还先后应邀参与了中国社会科学院文学研究所主编的《中华文学通史·当代卷》(华艺出版社1997年版)、《新中国文学五十年》(山东教育出版社1999年版)等书的撰写工作,承担军旅文学部分,使当代军旅文学的研究开始被当代中国文学史界所接纳。

再次是初步建立和规范了军旅文学批评与研究体系。军旅文学研究作为一个学科开始初见雏形，这是军旅文学研究一个非常大的收获。由于一些具有远见的评论家和学者的推动，军旅文学研究由原先的零敲碎打到现在初见学科体系，并且已经收获了一系列的成果，如由解放军文艺出版社主持完成的"新中国军事文艺大系（1949—1999）"即以前所未有的庞大规模对整个50年的军旅文学进行了一次系统的整理与遴选，另外诸如对于50年内军旅文学各种体裁的研究已经成为当代文学研究的组成部分。值得一提的是解放军艺术学院作为全军乃至全国唯一一所进行研究和培养军旅文学创作和研究人才的院校，培养出一批军旅文学研究的专门人才，并且已经取得了初步的成果。

从时间上讲，新中国成立以来的军旅文学到二十世纪末，已经有了半个世纪的历史，具备了回顾总结的历史跨度。另外，新世纪以来的政治文化语境使得军旅批评与研究者们能够更加公正、客观地看待新中国成立以来军旅文学发展历史，也有利于诞生高质量的军旅文学史专著。新世纪以来，诞生了若干部军旅文学史著作。朱向前主编了《中国军旅文学50年》（学习出版社2007年版）、《新世纪军旅文学概观》，前者用力最勤、规模最大、立论最深、影响最广，荣获国家社会科学基金项目优秀成果奖并入选"国家社科基金成果文库"，是一部里程碑式的军旅文学史专著。其他富有创见性的军旅文学史著作（或具有历史跨度的专项研究著作）包括张鹰《反思中国当代军事小说》（解放军文艺出版社2001年版）、陈先义《军旅小说50年》（解放军文艺出版社2002年版）、周徐《英雄在途：祛魅·消解·重构——新时期以来军旅小说英雄形象嬗变论》（解放军文艺出版社2011年版）、洪芳《中国当代军旅诗歌论》（世界图书出版公司2012年版）、陈思广《战争本体的艺术转化——二十世纪下半叶中国战争小说创作论》（巴蜀书社2005年版）、徐东亚《继承·突破·超越——二十世纪80、90年代军旅小说论》（中国社会科学出版社2009年版）、傅逸尘《英雄话语的涅槃：21世纪初年军旅长篇小说创作论》（北京大学出版社2014年版）等。

相比军旅文学所取得的成就与收获，我们发现在军旅文学批评这块还没有被完全开垦的领域里，却有许多不尽如人意的地方。

第一是缺乏形而上的思想探究与理论建构。我们不难发现在军旅文学批评研究中，对于作家或者作品甚至是文学现象的研究，感悟式或鉴赏式的研究多,深入的思想探讨与理论建构式的文章少。由于没有上升到哲学的层面,批评也就多止于批评,无法在更深层次为理论研究发掘出新的领域和成果;没有形成形而上的归纳与总结,就难以对整个军旅文学研究与创作进行宏观把握与前瞻指导。

第二是理论批评研究方法单一。军旅文学理论批评研究大多属于传统的社会历史和审美批评,而对于二十世纪以来新的各种理论批评方法的借鉴运用则很少。相对单一的批评方法妨碍了在军旅文学批评中形成百花齐放的局面,也使军旅文学研究缺少了更多的参照。

第三是囿于东西方文化传统、意识形态和价值取向的迥异,当代军旅文学研究难以在世界战争文学的广阔视野和背景中进行比较分析与深度反思。

第四是批评和研究对象过于集中。多数评论家的关注目光都投向了军旅小说特别是长篇小说,而对于散文、诗歌或者报告文学等其他体裁则有点熟视无睹甚至视而不见,致使有的体裁的研究几乎呈现为空白状态。因此,各种文学体裁的批评研究不平衡也成了军旅文学理论批评的一个缺憾。

第二节　刘白羽、徐怀中等军旅作家的文学批评

军旅文学的研究一开始就得到了许多老一辈作家和理论家的热情关注。从二十世纪五十年代、六十年代一直到新时期,他们对于军旅文学的创作与研究倾注了大量的心血,无论是撰写批评文章还是引导批评工作方面都做了大量的工作,诸如茅盾、丁玲、冯雪峰、陈荒煤、魏巍、刘白羽、冯牧、徐怀中、陈涌、李希凡等都写过相关的批评文章。身在军营的魏巍、刘白羽、冯牧、王愿坚、徐怀中、石言等老一辈军旅作家的批评文章的影响尤大;新时期以来作家周涛、朱苏进、柳建伟等人在创作的同时也兼顾评论并产生了一定影响。此节专门就他们的批评特色进行简论。

刘白羽曾长期担任军队和国家文化部门的领导工作,因此他的军旅文学理

论批评文章多是站在宏观视角上来发言,具有很强的针对性与指导性,对于军旅文学创作和理论建设在很长时间里具有很大影响。早在1951年他就在《解放军文艺》发表长篇理论文章《将部队文艺创作提高一步》(《解放军文艺》1951年第1期),高屋建瓴地分析了部队文艺创作的形势,指出部队的文艺工作者应该努力塑造解放军中的英雄人物形象,创作那些"能够广泛教育战士、教育人民,能提高阶级觉悟,提高爱国主义与国际主义思想,提高他们的战斗意志,坚定他们永远做战斗队的思想的作品"。到了新时期,《努力建设我国新的历史时期的社会主义军事文学——在军事题材文学创作座谈会上的发言》(《人民日报》1982年4月21日)系刘白羽在军事题材文学座谈会上的发言,指出除了要进一步塑造鲜明、生动的人物,提高作品的思想境界和作家要深入生活之外,他还指出创作要反映矛盾、构思真实感人的情节。这无疑是对部队文艺创作的一个重要的新的创作启示,特别是在意识形态刚刚开始解冻时期。在文章中,他还指出要积极发出军旅文艺评论的声音,矫正在文艺创作中的不健康和不高尚的写作格调。《奔涌的浪潮(三中全会以来的军事题材文学鸟瞰)》(《中国现代、当代文学研究》1984年第17期)则对于新时期刚刚涌现的有争议的小说创作如《西线轶事》《高山下的花环》《射天狼》等具有推波助澜的作用,使作家的创作积极性为之一振。

作为新时期军旅文学的开路人,徐怀中在军旅文学批评上的贡献值得我们关注。早在二十世纪中叶,徐怀中因为《我们播种爱情》《无情的情人》等而遭到了严厉的批判,"打棍子、扣帽子"的简单粗暴的文学批评让这位作家深知健康的文学评论的重要性和必要性。1984年,徐怀中组建解放军艺术学院文学系,邀请全国著名的作家和评论家来授课指导,并热情为学员的作品进行鼓与呼,先后为李存葆《山中,那十九座坟茔》、莫言的《透明的红萝卜》召开了研讨会。在开学伊始的座谈会上,他发现朱向前的发言很具有思辨性与逻辑性,鼓励其整理成文,并推荐到《文学评论》发表,这对于朱向前走上理论批评之路可以说至关重要。从军艺调到总政文化部担任领导后,他更是文学批评的热心推动者,先后多次就军旅文学的现象与突出的作品组织研讨,有规模和影响的是1986年他在《解放军文艺》杂志社所组织的"书库:关于战争文学的对话",邀请首都活跃的青年批评家、作家畅所欲言。他提出了文学创作与批评应该是"两个轮子"一起转动的观点,最早最积极地肯定新时期军旅文学理论批评的重大作用,将其和军旅文学创作并称为"两个轮子"。九十年代,他在《两个轮子一齐转——〈军旅文学史论〉序》中对这一观点进行梳理,勾画出当代军旅文学理论批评发展的基本脉络;他先后为数十位军旅作家、评论家撰写序言,每一篇都是言之有物的精彩评论文章。《无须等待托尔斯泰——关于战争文学的自言自语》(《当代作家评论》1985年第4期)是激励人心之作,在文坛影响甚广。他指出军事文学创作应该摆脱束缚,指出生活体验有直接经验也有间接的经验,军事文学创作通过间接的生活体验也可以完成优秀的作品;同时还指出军事文学创作要脱离原有的战场和营区的具象描写,要"善于在并非永恒的军人生活中发现永恒的因素,力求有限的篇章具有无限的生命力"。

石言长期从事军旅文学的创作,短篇小说《柳堡的故事》等作品影响广泛,鲜为人知的是他为数不多的评论文章对军旅文学的发展同样提出了独到见解。《"中子星"——关于发展和深化中国军事文学创作的对话》(《解放军文艺》1986年第9期)就是其代表作,这篇文章采用自问自答的形式来揭示军旅文学创作中的几个疑问,具有很强的针对性和应用性。更重要的是这篇文章具有理论探寻和横贯中西的学术胸怀。该文想象力丰富,在批评的方式上很有创新思想,采用对话形式就战争本质等问题进行了有意义的阐发,并提出了许多具有创见的观点。

以诗歌和散文闻名的周涛无意于批评文章的写作,不过他的创作谈、问答访谈和序跋文章倒是具有理论批评的意义和价值,且其不拘一格、潇洒恣意的行文和理念常常引起文坛的注目。周涛的文字既有狷狂疯癫的一面,也有其真诚与勇敢的一面,他给众多未曾成名的作家撰写序言,文章多洋溢激赏之情,也不乏评论的佳作。同样是以胆气见长的军旅作家还有李存葆,他在介入批评时一如他在写作小说时那般笔锋雄健。在早期的批评文章《努力描绘新一代英雄的风采》(《解放军文艺》1979年第8期)中,他敏锐地把握住了时代的潮流,将自身对于现实的思考以理性的文字加以表述。此后,他在创作的同时及时将自己的心得形诸文字,先后写下了《文学不会给历史留下空白——谈〈山中,那十九座坟茔〉的写作》(《小说选刊》1985年第2期)、《在变化中寻找自己》(《中国现代、当代文学研究》1986年第4期)等创作谈,为我们留下了一位著名军旅作家成长与蜕变的记录。与周涛和李存葆的大气豪迈不同,军旅小说家朱苏进在介入批评领域时好用"第三只眼"对文本做出精细的洞察。朱苏进常常将自己"铁蒺藜"式的小说写作风格带入他的批评文字当中。异常犀利的目光,职业军人的视角,作家灵动的思维,这些都使朱苏进在进行文学批评时笔触圆转、出语不凡。朱苏进的批评文字中有军人气概,他总是把感性作为自己批评的出发点,同时辩证地对事物进行解读,他的审美判断往往产生于优美与崇高的融合。柳建伟向文坛进军的号角是从文学批评开始的,他短暂的批评历程引起时任军艺文学系老师朱向前的注意并主动写信动员其报考文学系,成为文学系历史上的佳话。柳建伟后以创作名世,但他为数不多的批评文章常常能够独辟蹊径,言他人所不能言,文章气势与才气交相辉映。《孤独玄想创作道路的终结——评朱苏进兼与朱向前商榷》(《当代作家评论》1997年4期)是对朱苏进一片赞扬声中的一次反弹琵琶。《文化背景·个性视角·时代精神——朱向前论》(《西南军事文学》1996年第6期)则被文坛称为一篇奇文,借评论朱向前的同时对军旅文坛的走向与发展进行了一次个性化的判断与解读。

第三节　韩瑞亭、黄国柱等人的军旅文学批评

在新时期军旅文学批评家的队伍里,有这样一处独特的方阵:身处其中的批评家大多接受过大学正规教育和专业批评训练;同时,这些批评家都曾有过基层文化工作的经历,最后到了编辑岗位上,又都情不自禁地拿起自己手中的笔,开始了军旅文学批评的生涯。人生阅历中的许多相同之处(如都是编辑出身)使他们拥有了文学批评实践中的诸多相似:首先,他们都有着开阔的批评视野;其次,他们的眼光和思想都极具穿透力;再次,他们都能对文本做出即时的跟踪;最后,他们的批评语言都具有平直明快的特点。划入这一类别的批评家主要包括思忖、黄柯、韩瑞亭、范咏戈、黄国柱、丁临一、叶鹏、张西南等人。

新时期之初,思忖、黄柯等人较早地发出了军旅文学批评的声音。身为《解

放军文艺》理论编辑的思忖做出了统一美感与意念的努力,他为自己的理论批评集取名《军人的美和美的军事文学》(人民文学出版社1984年版),强调了将审美作为批评标准的文艺主张。思忖用审美的目光关注着军旅作家的创作动态,对军旅文学中美感的开掘和阐释在他的一系列文章中得到了递进式的深化:"美是文学艺术的基本特性,是文学赖以征服读者心灵的神箭。不美的文学是不能称作真正的文学作品的。'艺术以美为目标,我们的任务就在发现而且表现这种美。'"《军人的美和美的军事文学》(《文学评论》1983年第4期)。通过对军旅文学作品中动人美感的层层过滤,思忖坚定地守护着自己的文学追求。思忖在自己的批评实践中不断从文本中剥离出美感,并逐渐将批评视线向戏剧文学、影视文学等领域延伸。他是较早关注电影文学的军旅批评家之一。

与思忖同属一代的批评家是《昆仑》的理论编辑黄柯,他与思忖分别在《解放军文艺》与《昆仑》两块阵地上共同完成了军旅文学转型期的批评责任。身为《昆仑》的理论编辑,站在军旅文学战线最前沿的批评家黄柯坐拥地利之便,资深作家的新近之作、文学青年的投石之篇、军旅文学的前行态势、艺术思潮的隐隐涛声,黄柯总是较早地报道出军旅文学打动人心的消息。黄柯的军旅文学批评具有即时性的特点。身为编辑,对文章的动态把握是必须的职业素质,而跟踪阅读则是实现对文章动态把握的有效手段。在作品发表的现在进行时段对其做出准确而细致的平行扫描,这对批评家来说无疑更加具有挑战性,诚如黄柯所言,"一个作家的心,始终跳在历史的最前面;而他的笔,却笑在历史的最后面"(《跳在最前的心和笑在最后的笔——评〈非常的日子〉》,《昆仑》1984年第1期)。正是这种敏于发现、善于思考的批评精神,为黄柯的文学批评灌注了动力与活力。

在二十世纪八十年代军旅文学批评的转型期和成熟期,韩瑞亭是承前启后的一位重要过渡者,他的批评实践联结起军旅文学批评史的两个时期,并在一定程度上预言了军旅文学在新时期之初的辉煌。历史文化批评、心理学批评以及对长篇小说创作一以贯之的关注,构成了韩瑞亭军旅文学批评的主要特质。韩瑞亭开始批评实践时正是"百花齐放,百家争鸣"的学术思想自由期,因而他得以在不同的批评方法和思想流派之间相对自主地做出取舍与选择;从地方大学直接进入军队文化机构使他的经历中缺省了基层军旅的生命体验,造成了他的劣势——感性的生活阅历不足,同时也成就了他的优势与特性:他得以处在一个更高的视角,冷静而深刻地对间接生命历程进行察看与评说。进入解放军文艺出版社工作后,韩瑞亭获得了一个恰当的批评位置,他的文思开始酝酿,他的书写开始自觉。此后韩瑞亭先后出版了《艺廊探胜》(花城出版社1990年版)、《长篇的辉煌》(十月文艺出版社1994年版)、《大叙事品格论:茅盾文学大奖论集》(作家出版社1994年版)等文学评论集,其批评风格由早期的轻盈多思一变为深沉浑厚。从韩瑞亭为自己的批评文集所取的名字中我们不难看出,作者在求索的道路上历经了一次次的蜕变,这其间有过怀疑、有过挑战,但作者在追寻的终点上为自己找到了两处栖居之地:一是久远的历史,一是切近的灵魂(《灵魂褶皱里镌刻的历史》,《昆仑》1985年第6期)。从历史来反观当下,韩瑞亭获得了洞若观火的深刻,表现在他的批评文字中,便是字句之间充塞着的开阔大气;以灵魂来烛照历史,韩瑞亭获得了格物推类的智慧,他总是从零散的现象切入,将理论的品格从驳杂的叙述中剥离开来。韩瑞亭的批评文字是丰满的、生动的,其中有色彩、有音律,其背后则深藏着一颗美丽的心灵。韩瑞亭的批评实践横跨了将近半个世纪,这正是批评家韩瑞亭在军旅文学批评舞台上拥有长久生命力的有力明证,同时也构成了我们对韩瑞亭军旅文学批评进行历史定位的主要依据。

在二十世纪八十年代前期的军旅文学批评界,范咏戈大致也处在一个承前启后的位置。一方面,特定的历史际遇使他与老一代军旅文学批评家们拥有共同的话语背景;另一方面,独特的个体经历又使他在价值取向、学识储备上与新一代军旅文学批评家彼此相通。范咏戈最先予以关注的是《西线轶事》《天山深处的大兵》《高山下的花环》《在这片国土上》《女炊事班长》等作品,文本中的历史观、崇高感,都在某种程度上给批评家以感召与启示。[16]他对军旅文学做出最具时效性的跟踪,但更为看重的是透过一个个散点所窥见的全面,他善于从全局出发来观照军旅文学的走向,以严密的逻辑思维编织出蕴含激情的文字。另外值得一提的是,范咏戈于二十世纪八十年代末出版的《新时期的军事文学》(辽宁大学出版社1987年版)是较早勾勒新时期军旅文学总体轮廓的著作。

黄国柱也在二十世纪八十年代之初开始对军旅文学进行跟踪阅读和即时批评,而敏锐的感悟和理性的思考又赋予了他独特的批评视角,使他对作家论、作品论式的批评文字驾轻就熟。同时,批评家强悍的个性和真挚的情感又使他选择了"英雄主义"作为自己的文学主张。在文学批评的初期,黄国柱笔下的文字表现出一种冲撞的激情,文字中所有的力量都呈现出放射的状态,让人感到一种蓬勃向上的朝气。伴随着军旅文学的发展,黄国柱的批评也开始逐渐成熟。新时期以来,整个中国当代文学经历了伤痕中的反思,军旅文学也开始有意识地在过程中寻找意义,一些军旅文学作品的成功在很大程度上得益于它们对传统军旅文学观念的突破。对于这种变化,黄国柱是了然于心的,他不时地跟踪批评,荐举新人新作。但直到二十世纪八十、九十年代之交,黄国柱的批评话语才开始真正引起人们的注意。在军旅文学焕然一新的景致中,黄国柱适时提出了"英雄主义"的军旅文学观,并对"英雄主义"在新时期的含义进行了递进式的阐释。在一个以娱乐和消费为特征的年代,如何回视革命历史,如何回归传统文化,如何把握批评标尺,如何重铸国民精神,进而保持与强化军旅文学对社会的影响力,在黄国柱看来,这些问题都可以在英雄主义的复兴中寻得明确的答案。在思维的探索与文字的实践中,黄国柱运化着自身的才学,积蓄着爆发的力量(《革命英雄主义内蕴的丰富和深化》,《解放军文艺》1985年第1期)。随着批评实践的逐次展开,经过长期的批评写作,黄国柱以"英雄主义"的文学观为基础,确立起自己"崇高美"的批评标准(《英雄长在 崇高永存》,《昆仑》1997年第5期)。在《困惑与选择:现实主义面临挑战》(解放军出版社1988年版)、《北国的辉煌》(白山出版社1990年版)、《苍凉的历史》(解放军文艺出版社1990年版)、《圣土并不遥远》(军事谊文出版社1991年版)、《寂寥长天唱大风——黄国柱文学评论集》(白山出版社2000年版)等几部批评文集中,英雄主义的文学观与崇高美的批评指向已经进入了批评家批评性格的深层——即便不是信笔直书,我们也总是可以从黄国柱批评文章的字里行间读出英雄主义的纵横文气和崇高严正的审美取向。

继思忖之后,丁临一成为《解放军文艺》的理论编辑。丁临一在长期的批评实践中将"文本批评"与"现象批评"相结合,进而提出了"军人是人"的创作命题和"宏观取势"的批评理念。"军人是人",从这一视角出发,批评家更容易进入作品的深层表意结构;"宏观取势",对于整体的透彻理解必然关联着对于局部的精微探寻。从《阎连科小说创作散论》(《文学评论》1993年第4期)到《大时代的音响,建设者的丰碑——评莫伸的报告文学〈大京九纪实〉》(《文学评论》1997年第6期),丁临一对作品的关注始终基于他对作品文体的关注。新世纪以来,丁临一发表了有关军旅长篇小说、报告文学、影视作品等相当多的评论文章,在小小说领域也多有声音,为军旅文学的实时推进和发展做出了贡献。他的理论批评眼界开阔,不拘一格,尤其能够把握时代的脉动,力图在艺术与时代之间进行深入的理论沟通,以发掘军旅文学的价值所在。在《三十年军事题材长篇小说漫评》(《文艺报》2008年11月27日)一文中,他力图通过30年来军事题材长篇小说的内容分析,寻求一条脉络清晰的发展轨迹和对前进方向的预测。

叶鹏继黄柯之后出任《昆仑》理论编辑,他用深入浅出的语言为军旅文学批评沟通了批评话语的两个维度:广度和深度。从大处着眼,他写作了《新潮中的军旅诗》(《文艺报》1987年9月26日)、《穿国防绿的缪斯,请注意》(《解放军文艺》1985年第3期)、《艺术感觉浸润着的中国军人》(《解放军文艺》1985年第9期)等篇章,其批评视界铺展到了军旅文学的边缘;从细处切入,他又分别对作家刘亚洲、乔良、苗长水、刘兆林、毕淑敏等人一一评介[17],其批评触角探入了文学与美学的深层。叶鹏的评论意韵隽永,可读性强。他将作家作品、创作思潮加以有机整合,并善于从中发掘美学价值,启发读者对文本做出进一步的思考。

从农民、战士到大学生,独特的人生经历使张西南的批评文字与众不同。具体而言,张西南的批评文字平易简洁、晓畅明快,他把深刻的理念化作平直的语言,然后用恰当的语速娓娓道来。之所以会有这样的特点,除了批评家举重若轻、造艰难于平易的美学追求之外,更多的则是为了契合接受者的阅读习惯。作为一名军旅批评家,张西南首先要面对的读者是基层的广大官兵,因此他选择了切近平易的语言风格和思维角度。这种写作取向扩展了文本的横向影响力,同时扩展了语言的张力和思维的空间,使得张西南总能对军旅文学的走向做出宏观思考和全局把握。与作家推心置腹、严肃探讨的《仅仅仰仗土地文化是不够的——关于长篇小说〈生死晶黄〉致阎连科》(《小说评论》1998年第5期)一文,则反映了批评家的锐利和责任感。

第四节　周政保、张志忠等人的军旅文学批评

在军旅文学批评界,一度活跃着一批带有浓厚学院风采的批评家,诸如周政保、张志忠、陆文虎、王彬彬(第八节另述)、吴然、蔡桂林、张鹰(第六节另述)等人。他们大多是在二十世纪八十年代进入地方大学读书,接受了较为系统的专业训练,并且拥有硕士或博士学位。他们一进入军旅文学批评界就呈现出一股不同于以往的批评风格,呈现出视野开阔、思辨性和学理性强等特征,在开掘军旅文学批评的广度与深度上呈现出了较高的水平,一度为军旅文学批评与研究带来了繁荣的局面。但他们由于自身经历和研究兴趣等,也大多呈现出"脚踩两只船"的现象,这也妨碍了他们在军旅文学批评上取得更大的成就。

周政保于1980年考入新疆大学中文系就读研究生,毕业后在新疆军区创作室专职从事理论批评工作。八十年代初,周政保以一批重头文章引起文坛关注,诸如《为严峻的生活奏起深沉有力的乐章》(《十月》1983年第3期)、《中国当代军事文学的长进与开拓——评近年来军事题材短、中篇小说的创作》(《当代文艺思潮》1983年第5期)、《走向开放的中篇小说的结构形态》(《文学评论》1984年第6期)等,这些文章来自遥远的边疆却视野开阔和雄浑有力。在二十世纪八九十年代,周政保曾一度相当活跃,这一时期也是他对军旅文学批评深情而执着的时期,结集出版有《独特的精神家园》《战争目光》等多部军旅文学批评集。

周政保的批评特点就是能够敏锐地发掘与跟踪作家作品,呈现出很好的文学感觉。他的文章出击快,文采好,有激情,大多是对于作品或作家的直接评判,但往往能够直指核心。《超越具象——论周涛的诗歌艺术》系对周涛诗歌较早进行研究的理论文章。该文分析了周涛诗歌中的几种代表性的具象,以及这一具象更为广阔的审美意境。他的《新边塞诗的审美特色与当代性》(《文学评论》1985年第5期)是早期一篇重要文章。在这篇文章中,他将杨牧、周涛、

章德益的诗歌创作纳入"新边塞诗"的概念之下,分析诗人在审美追求上的共性特征。《中国当代军旅诗的新生界》(《当代文艺思潮》1984年第6期)一文系他对新时期之初军旅诗歌繁盛局面的及时命名和总结,他在将这些集中出现的军旅诗歌的新面孔命名为"新生界"的同时,总结出其在高度、力度、深度和厚度上所呈现出的基本特征,展示了批评家对文学现象良好的把握与分析判断能力。周政保对于报告文学也有较为密切的跟踪研究,曾发表过一系列评论文章并有相关专著出版。《寓意超越意识的滋长与强化——新时期军旅小说创作的一种判断》(《文学评论》1987年第2期),指出了新时期军旅文学审美特征上由战场到对战场上的人性冲突抒写的寓意超越、主题开掘上由对战场的描写到对民族意识以及整个社会意识的审查与理解,这种大视野的对于军旅文学创作思潮的观察与回顾,体现了批评家良好而敏锐的感悟能力,以及专业思辨的理论研究归纳能力。

张志忠先后毕业于山西大学和北京大学。八十年代初,他与黄子平、季红真一起师从北京大学教授谢冕先生。也许是学术渊源的缘故,张志忠的军旅文学批评常常能散发出一种自由与真诚的气息。张志忠对于军旅文学批评的主要贡献是论文集《执剑的维纳斯——军事文学纵横谈》(解放军文艺出版社1991年版)、《天涯觅美》(北岳文艺出版社1995年版)等。

张志忠的军旅文学批评可分为两个部分,一是理论上的思索与探询,一是作家作品的评论与研究。他在军旅批评界引起注意的则是发表于八十年代《昆仑》杂志的一组关于战争文学的系列文章(《战争观念的演变与战争文学的发展》《战争、思维定势、文体》《艺术视角、历史感、当代性》《战争观与观战争》等)。这些文章从各个角度对军旅作家进行研究,又对战争文学的本质进行探讨,显示了理论批评上的建设性与创新性。

张志忠对于新时期军旅作家及作品的评论,往往是连续发出声音,诸如对于朱苏进、莫言、周大新、庞天舒、李存葆、袁厚春、王中才等作家作品的论述,以独特视角进入,以优美笔调写出。《花环与坟茔前的美学思考——论李存葆笔底的英雄悲剧》(《当代作家评论》1985年第4期)一文指出李存葆创作中的英雄悲剧意识,以及由此采取的古典的、封闭式的戏剧结构。文章对作家的英雄悲剧进行追寻,发现其中心是建立在对"文化大革命"的沉重而又庄严的反思上,认识到军旅文学与"伤痕文学"的内在相与一致。《在限定中掘取纵深——评朱苏进的小说创作》(《读书》1985年第12期)较早指出朱苏进小说一个明显的特点,就是职业军人在战争中获取成功的生命价值与期待和平的历史使命之间的矛盾所造成的巨大张力。《单纯而蕴藉的美学追求——再论朱苏进》(《当代作家评论》1988年第4期)指出作家在应用素材、人物以及结构和语言上单纯而蕴藉的美学追求。在结构上采取了三点支撑的方式,"一点是通向自己的战友、自己的同类,显示出性格上不同的层次,在同中见异;一点是通向人物的对手和敌人,在彼此的较量中显示出性格的强度和力度;一点则指向高出自己的领导"。(《天涯觅美》,北岳文艺出版社)在语言上则拥有一种分析性,以及在语言上所存在的超越性与象征性的倾向。《一个人的诞生——〈兵谣〉简评》(《文学评论》1997年第5期)指出近年来军旅文学创作上过于宣泄和描写农民军人如何摆脱自身命运的人生积郁,过多地张扬了农村文化的影响力,而恰恰忘却了部队文化对于人的改造的积极意义。这个论点与作者对于"农家军歌"创作现象的反思与批评(《对军事文学现状的几点思考:"农家军歌"论》,《西南军事文学》1999年第5期)是一脉相承的。张志忠作为军旅批评家的另一个特点就是对于军旅诗歌以及军旅诗人的关注与研究,他先后发表过对贺东久、峭岩、刘毅然、王久辛等活跃的军旅诗人的评论。这些文章锐角尖利,洋溢激情与浪漫色彩,对薄弱的军旅诗歌评论是一个很难得的补充。

  吴然曾工作于西北,他在调到北京之前曾紧密跟踪过军旅文学的发展并写过不少文章,其中以宏观把握军旅文学现象和对西北军旅作家的评论文章引起关注。吴然的评论文章往往有自己独到的见解,且能较为深入地追究问题的所在。他的《回顾与反思:再度振兴军事文学的必要性与可能性》(《解放军文艺》1990年第7期)一文在九十年代初就能敏锐地认识到军旅文学面临的冲击和急需解决的问题,同时还提出了建设性的思考。《新时期军事文学的地域特色》(《解放军文艺》1990年第12期)在分析了西北军旅作家地域性的创作特色之后,指出由于军旅文学创作对象高度集中而造成了地域色彩格外突出的内在特质。《世纪目标:军事文学的智慧与精品战略》(《昆仑》1997年第4期)指出军事文学必须吸纳中国传统军旅文学中的智慧美学,同时认为军旅作家需要有面向未来的眼光。

蔡桂林对于军旅文学理论批评的贡献是他历经三年准备的发愤之作《冲浪：在军事文学的海面——中国军事文学走向深化的理论构想》（山东文艺出版社1994年版）。这是新时期较为系统的军事文学理论专著。论著首先以较大的篇幅对中国军事文学和外国军事文学分别做纵与横的扫描，可以作为军事文学史的纲要来参考，其最见勇气的是在这两部分的基础上探讨和回答"中国当代军事文学如何走向深化"的问题。作者阐述了自己的答案，有他对于传统积弊的批判，也有对于理想境界中的军事文学的高扬，还有对新时期军事文学的期待，均闪烁着思考的建设性、批判性与反思性的光彩。但作为一本系统的研究专著，因其抒情热烈的书写风格以及阅读视野的狭窄造成了不完全归纳的研究方式等不足。

第五节　朱向前、汪守德等人的军旅文学批评

纵观文学史，一个批评家的名字之所以能够为历史所记取，得力于其对于以下五个客观标准的自觉完成：审美判断力、抽象思辨力、理论综合力、文本结构力、现实影响力。这五个标准既相互平行又逐次递进，共同为批评家在批评史中的定位提供出立体的参照。历史的评判是平实而公允的，传统的延续与时间的流转会证明批评家价值的所在。

在二十世纪八九十年代的军旅文学队伍中，朱向前兼具了作家和老师双重身份。在开始文学批评之前的七十年代，朱向前最初是以战士诗人的步态涉足文坛的，其后又先后从事过散文和小说创作，其短篇小说《一个女兵的来信》《地栀的屋·树·河》《一个将军的遗嘱》都出手不凡，引起过相当反响或争鸣。[18]一定的创作经验和纯正的艺术感觉使他熟知作家并深得作家之心。也因此，当1985年莫言横空出世之时，朱向前以同学之便成了莫言最早的评论者之一，并借此迅速完成了从创作者到批评家的角色转换。此外，朱向前在解放军艺术学院文学系执教多年，又有缘成为许多青年军旅作家的处女作或成名作的第一读

者、评论者、作序跋者。[19]他历任解放军艺术学院文学系教师、系副主任,学院训练部部长、学院副院长等职务,在军旅文学教学研究模式上做了诸多创新,培养了一批优秀的军旅文学批评研究专业人才,对军旅文学批评研究的可持续发展功不可没。

准确的审美判断力和敏锐的艺术直觉,使朱向前得以对军旅文学的发展动态做出适时的抽象思考,他善于从凌乱的现象中发现本质,进而对军旅文学的历史做出理论综合。恰如王蒙所言:"他对军旅文学整体态势的快速扫描和敏锐把握,对青年军旅作家群体的带有本体性质的研究与分析等等,都触及到了一些颇有深度和学术价值的课题,为新时期军旅文学理论批评和创作的繁荣发挥了积极的作用。"(《我看朱向前论文——序〈灰与绿〉》,《解放军文艺》1992年第2期)朱向前较早地实践了"作家本体论研究",把美感作为文学批评的第一要义,同时把汉语文字的灵动优美融入批评文本的典雅庄重之中,其动辄数万字的批评文本开创了军旅文学"大批评"的模式。他的近四万字长文《新军旅作家"三剑客"——莫言、周涛、朱苏进平行比较论纲》(《解放军文艺》1993年第9期)全文入选当年的《中国文学年鉴》(中国社会科学院文学所主编),并且引来徐怀中的击节赞叹:"似乎还少有哪位批评家做这样正面强攻式的大刀阔斧的比较研究。值得一提的是,作者既深入剖析了各位作家的优势和创作个性,也尖锐指出了他们各自的局限性。称颂作家的成就和艺术才华,唯恐遣词不够重量。触及其病症,又出语激烈,不留余地。所持论点是否有当,大可讨论。但如是坦诚相见,直言不讳,足以显示了一个批评家应有的品格。"[20]在二十世纪八十年代中期军旅文学全面辉煌的时候,朱向前最早提出了"两代作家在三条战线(历史战争、当代战争、和平军营)作战"的概括与架构(《新时期中国军旅文学的基本格局》,《当代作家评论》1995年第2期),并对新时期青年军旅作家进行了"两类划分"与"互参观照"(《寻找"合点":新时期两类青年军旅作家的互参观照》,《文学评论》1988年第1期)。在八十、九十年代之交他又率先提出了"农家军歌"的理论命题,并进一步阐释与强调了"农民军人"主题的深刻意义。最后,朱向前的这些理论成果经由他的整合与提升,又先后汇入《中华文学通史》等文学史著作,标志着当代军旅文学史论研究与当代中国文学界的接轨。[21]

进入新世纪以来,朱向前的军旅文学批评研究又进一步向纵深发展。主要体现在几个方面。

第一，对新世纪以来军旅文学批评研究整体理论风貌的转变施加了积极而深刻的影响。他预见到中国当代历史境遇和当下政治文化语境已经发生了重要的变化。新世纪初，他借电视剧《突出重围》和长篇小说《亮剑》产生广泛反响大胆提出"中国军魂的回溯与前瞻"的理论命题，发表《中国当代军旅文学的"第四次浪潮"——军旅长篇小说十年估衡》(《南方文坛》2005年第2期)，进行了中国当代军旅文学"第四次浪潮"的命名，从总体上肯定了二十世纪九十年代中期至新世纪以来当代军旅文学繁荣这一事实。

第二，新中国成立以来军旅文学发展的总结与回顾。朱向前主编的《中国军旅文学50年》(学习出版社2007年版)和《新世纪军旅文学概观》(解放军文艺出版社2017年版)标志着他从"识人""辨势"转而最终完成了"治史"工作，实际上也是他个人长期从事当代军旅文学批评实践的结晶。尤其是前者，堪称当代军旅文学发展史研究的里程碑著作。其一，具备一定规模。在军旅文学发展50年的历史跨度里，对中短篇小说、长篇小说、散文、诗歌、戏剧、理论批评、报告文学、话剧、电影、电视剧等诸多文体进行了深入研究，在占有大量史料的基础上，勾画出一幅军旅文学发展的可靠历史图景，奠定了当代军旅文学史研究的学科基础。其二，拥有相当多的富有创新性的史论。这部著作体现了朱向前作为批评家的鲜明个人特色，把他从事文学批评实践过程中的历史洞察力融入其中，表现出相当强的穿透力。一些具有突破性的理论命题和命名，例如，"军事文学"与"军旅文学"之辨，"乡土中国与农民军人"框架，纯文学、教化文学、通俗文学三分法，"三个阶段和四次浪潮""两代作家和三条战线""新军旅作家'三剑客'""军门子弟与农家子弟的划分""农家军歌"等命名，都能有机地表现在文学史叙述之中。其三，鲜明的军魂意识。他对文学史的基本勾画，对文学作品价值的判断和他所借鉴吸纳的理论方法，都始终牢牢地有着一个灵魂的统摄。综合以上三点所述，《中国军旅文学50年》在规模广度、史论深度和自律自觉方面，奠定了当代军旅文学批评研究的学科基础，堪称是里程碑式的军旅文学史著作。

第三，军旅文学研究领域的拓展——毛泽东诗词的文学解读。2005年至今，朱向前已在国防大学、北京大学、中国现代文学馆、中央电视台等单位以"毛泽东诗词的另一种解读"为题发表演讲逾 300 场,反响强烈;出版了《诗史合一——毛泽东诗词的另一种解读》(人民出版社 2008 年版)、《诗史合一——另解文化巨人毛泽东》(湖南文艺出版社 2015 年版)等专著。

汪守德兼有军旅文学批评家和全军文艺工作职能部门行政领导双重身份。一方面,他通过发表文章对军旅文学前进走向深入分析、发出警示、提出对策;另一方面,他又通过评奖、研讨班、规划会、访问交流等组织形式,对军旅文学发展施加积极的影响。汪守德的军旅文学批评研究从整体风貌上讲,宏观判断目光敏锐、立论稳健,常常能够觉察问题于未然;微观研究细密扎实、温婉体贴,常常能够道出人所未道的独特价值。以《文学应给战争中的智性描写一席之地》(《解放军文艺》1986 年第 9 期)、《对战争与和平生活的拥抱求索》(《昆仑》1995年第 1 期)等为代表,这些文章在分析军旅文学的基本特征时往往能够给作家提供具有建设性的意见;后者以《悲与喜交织出的青春之歌——评严歌苓的长篇小说〈绿血〉》(《解放军文艺》1987 年第 10 期)、《女子有才便是诗——王秋燕小说创作析》(《解放军文艺》1991 年第 1 期)等作品论为代表,这些文章均以分析作品中的艺术特色为主且较为恰切。新世纪以来,他的主要著作有《中国战争诗歌》(解放军文艺出版社 2009 年版)、批评文集《点燃与盛开》(解放军文艺出版社 2013 年版),在军旅文学批评研究领域所做的工作主要体现在三个方面。其一,对军旅文学美学规律的研究。在这方面,他超脱于当下军旅文学短期走向,放眼中国文学史,聚焦于中国战争诗歌,力求从多个方向,探求中国古代战争美学的特点。其二,对当下军旅文学发展的判断警示。汪守德较为钟情于具有厚重历史且充满人道主义关怀的苏俄文学,并在分析看待中国当下军旅文学发展态势时,通过对比,以期取人之长补己之短,催生中国军旅文学尽早诞生足以面向世界的大作品。其三,对当下军旅文学作品的细读。汪守德对军旅文学走向的判断大多建立在对一个时期内作品的大量细读基础之上,无疑也使得这些判断更加准确。新世纪以来,汪守德以"军旅文学经典重读"为主旨,细读了超过 100 部军旅文学各类文体作品,撰写了相当多的专栏文章,出版军旅文学批评集《点燃与盛开》。这些文章眼光独具、富有深度、生动准确,描画了一幅较为可靠的军旅文学断代历史图景。

在批评界,对于陆文虎的认识可能更多的与钱锺书相关联,他的"钱学"著作《围城内外——钱锺书的文学世界》(解放军出版社2004年版)、《〈管锥编〉〈谈艺录〉索引》(中华书局1994年版)在"钱学"研究中有一定影响。陆文虎的军旅文学批评,有三点值得关注。首先是强调作家综合素质的提高。他在《提高军事文学创作质量》一文中指出军旅文学缺少大作品的同时,还"脱离军队实际,缺乏军事常识,作品中鲜有战争智慧"。其次是倡导军旅文学的阳刚之美。他在《一个新的文学现象的出现所引起的思考》中指出:"军事文学,一般来说,其主题是严肃的,风格是崇高的,内容是朴实的,多数可以归入史诗的范畴;军事文学,就主流来说,是表现一种雄伟、豪迈、壮丽、慷慨、磅礴、劲健的阳刚之美,它能使人惊心动魄,能使'顽夫廉,懦夫有立志'。"最后是对人道主义精神的张扬。军旅文学往往强调作品中的英雄主义和爱国主义这两个永恒的主题,陆文虎在《爱国主义、英雄主义和人道主义——当代军事文艺的思想特质》(见《荷戈顾曲集》,解放军文艺出版社2003年版)中还大力张扬一种"社会主义的人道主义精神",并且指出,"爱国主义、革命英雄主义和社会主义的人道主义,这就是当代军事题材文艺创作的思想特质"。在《论破除战争文学的八股气》中则指出:"战争文学中最感动人、最能引起广泛共鸣、最富于生命力的,便是那些人道主义的内容。""战争是摧残人的,但战争文学却是最适合于表现人道主义的。"而在论述徐怀中的创作时,就以社会主义的人道主义作为主旨来细致地分析了小说成功之处就在于始终贯穿了人道主义精神。类似的观点还见于石言的创作论中。

陈先义笔耕不辍,先后出版了军旅文学批评集《寻觅真诚》(解放军文艺出版社2001年版)、《仰望崇高》(金盾出版社2004年版)、《为英雄主义辩护》(蓝天出版社2007年版),以及军旅小说史论集《军旅小说50年》(解放军文艺出版社2002年版)。他先后担任《解放军报》文艺副刊记者、编辑及文化部主任等职务,因此他的军旅文学批评研究文章的整体风貌具有鲜明特点。在文体上,大多数文章短小精悍、直入主题、及时跟进,对部队当下文学创作动态进行及时跟踪、点评得失,并提出相应的对策。在立论上,他作为中央军委机关报文化部门编辑、领导,具有鲜明的党性原则,对爱国主义、英雄主义的理论阐释具有相当的原则性。在语言上,他充满热情,毫无保留地对军旅文学作品所体现的爱国主义、英雄主义进行赞颂与讴歌,又时有金刚怒目之语,对不良风气和写作倾向给予毫不留情的批评。总体上讲,陈先义的军旅文学批评对党和军队的文化、文艺工作政策进行了富有原则性、创新性和实践性的理论阐释。

第六节 "中生代"的军旅文学批评

张鹰毕业于南京大学并取得了博士学位,在二十世纪九十年代中后期以"昆仑鹰"的笔名在《昆仑》杂志连续发表了数篇理论批评文章,在军旅文学批评之声寥落之时甚为引人注意。张鹰能够对于宏观的军旅文学现象做出分析判断,并常常能够提出自己的理论观点,反映了其敏锐的理论触角和新颖的批评方法。张鹰有着很强的问题意识,而且往往能够根据问题开出自己的药方。她的这些文章视野开阔,功底扎实,显示了较好的理论素养与研究意识。张鹰的史论专著《反思中国当代军事小说》(解放军文艺出版社 2001 年版)是一部处在世纪之交的标志性著作。或许是出于学者著书立说的严谨本性,或许是出于作者特定历史条件下表现出的理论直觉,这部著作集中提出了有关军旅文学内在规律的一系列重要理论命题。这些命题在其他军旅文学批评研究者那里得到了回应,实际上也潜在地影响了他们的军旅文学批评研究。该著作有如下特点:一是理论体系的完整严谨。张鹰对马克思主义传统文艺理论有着较为深入的领悟和把握,把原则性和灵活性结合在一起。二是具有相当大的历史容量。历史的容量并不能简单地以时间跨度衡量。《反思中国当代军事小说》的历史容量体现在史料占有的扎实和对文学史把握的力度两方面。三是对作家作品缺点问题的有力批评。

李美皆的批评不是一种纯粹意义上的军旅文学批评,甚至不是一种纯粹意义上的文学批评。但是她在 2004 年底以《文学自由谈》为平台,以评余秋雨事件为发端,一时间引文坛侧耳,后又继续以评苏童、王小波、陈思和、夏志清等文坛重量级人物的系列文章树立了自己独特鲜明的文学批评形象。如果从文学批评内部因素分析,李美皆实际上创造了一种她自己独有的文学批评文体。这种文体有鲁迅杂文的修辞方法,有时评政论的社会内容,少有一二三四、甲乙丙丁等八股标题,大多顺着情绪波动行文。李美皆的女性批评更多的是层层揭示,她不寻求置对方于死地,但务求把对方高尚的、卑劣的,高大的、矮小的,阳光的、阴暗的,一笔一画描摹出来,或让大家赞誉,或让大家唾弃。在这一笔一画描摹之间,李美皆道出了许多人所未道,或不愿道出的东西,也显示了她的鲜明风格。与此同时,李美皆的文学批评不以理论之深刻见长,而是以表达感性、直觉的准确见长。李美皆的主要建树是对丁玲的女性主义研究,其"中国新时期军旅女作家研究"被遴选为国家社科基金项目。

殷实的批评文章主要收录在《当小说成为哲学的仆役》(解放军文艺出版社2011年版)一书中。他的文学批评思想不大容易为人所把握,一方面缘于他的理论资源的复杂多样,另一方面也缘于他诗化的语言。简而言之,殷实的文学批评思想世界里,有着极端充满张力且难以抉择的两极:艺术和历史。艺术这一极大致代表着形式、语言自身的魅力,而历史这一极则代表着与人的命运攸关,又不以人的意志为转移的有时间性的外部世界。他对当代中国军旅文学(尤其是诗歌)的批评研究也大致在这两极之间不断寻求突破。殷实还从中国古代哲学精神中寻找军旅文学的精神价值,认为"天道""王化"的思想与远古的大同社会理想密切相关。此外,殷实还对大众文化/消费文化熏染下的文学生态环境进行了深入考察,对去历史化、碎片化和精神的物化给予了相当超前、尖锐和持久的批评。

郑润良的军旅文学批评主要以作家作品论为主,对军旅文学新人新作展开跟踪式的批评、观察,主要聚焦军旅文学新生代作家作品,基本涵盖了当今活跃文坛的中青年军旅作家。在评论具体文本的同时,他能透过文本镜像,去探寻当下军旅文坛的前沿话题,并在不断的评论写作中思考,提出自己创造性的文学观点。比如,他指出"历史感"这一对于当代作家而言至为重要的问题,"70后"作家出生在承平时代,对于二十世纪中国历史尤其是新时期之前的历史,更多只能通过阅读、想象等间接经验获得,因此在历史感的生成方面确实有一定的难度。但是,这并不意味着"70后"作家就无法形成自己的历史感。历史感是作家对自己身处的时代与历史、与未来的关联的认识,说到底是史识的问题。只要作家有这方面的意识,直接经验的不足仍然是可以弥补的。郑润良更注重发现真正秉持现实主义创作精神的作品,《军旅现实主义已蔚然成风——近期军旅小说创作倾向观察》(《神剑》2016年第2期)一文传达了他的思考。在新媒体兴起的时代,郑润良敏锐意识到学院派与媒介批评的差异与优劣,自觉以鲜活的语言书写学理性的话语,充满逻辑性与批判性的同时,也深入浅出,而并不似大多数文学评论的繁缛与炫技。

朱航满出版的著作有评论集《精神素描》《遥远的完美》《书与画像》等。他的文章关注二十世纪中国思想史及当代军旅文学研究,文论多从史的角度予以切入,或注重细读文学作品。他对当代军旅文学发展做了一些独到观察。例如,他曾对北京大学、复旦大学、南京大学三所高校中文系的三部具有代表性的文学史中的军旅文学部分进行了量化分析(见《战争缺席的文学史——从近年来三部"当代文学史"考察军事文学创作》,《文艺报》2011年10月31日),发现曾经占当代中国文学半壁江山的军旅文学已经所剩无几,只有少数篇什得以关注。此一观察得到了军旅文学研究与批评者的重视,得到了回应,引发了思考。

第七节 "新生代"的军旅文学批评

傅逸尘可算是"新生代"军旅文学批评研究者的代表,集中体现了他们身上的新质。这种新质之新,在傅逸尘的军旅文学批评研究中表现为:新的态度、新的眼光、新的理念和新的标准。一、新的态度。这里的态度是指一代人对当下中国历史境遇的总体理解,以及融入其中时所采取的情感态度。傅逸尘对于国家意识形态,对于伴随新兴媒介发展起来的大众文化/消费文化不再采取绝对拒斥的态度,而是吸纳其中积极因素,在批判中参与,在合作中重建,在与各种力量保持张力中不断壮大自己。二、新的眼光。在对新世纪以来军旅文学的整体审视中,傅逸尘看出了更多的新质,看到了军旅文学发展潜力巨大的一面。三、新的理念。傅逸尘把自己的努力归结为"重建英雄叙事"。既然是重建,就必然包含变革。比如,他改造了恩格斯"充分的现实主义"概念,提出了"充分而强健的现实主义"概念。[22]另外,他认为军旅文学精神价值之中,除了爱国主义、英雄主义,还应该有理想主义(朱向前、傅逸尘《爱国主义、英雄主义是军旅文学的价值追求》,《文艺报》2007年7月28日)。这样,我们可以看到,傅逸尘的批评理念大体上围绕着两个关键词:"强健"和"理想主义"。四、新的标准。傅逸尘对新世纪以来军旅文学所处的历史境遇和文学生态环境有着深刻的理解和把握,并且形成了一套较为完整而务实的批评理论框架。对"新生代"军旅文学作家所做的开创性研究是傅逸尘的另一个主要贡献。他不仅于2010年在《解放军报》发表文章,首倡对"70后""80后"军旅作家做整体研究,并且发表了相当多的文章对"新生代"军旅文学作家进行了作家作品论。傅逸尘主编的三卷本《"新生代军旅作家"面面观》(作家出版社2018年版)问世后,产生了较大影响,使"新生代"军旅作家得到了更多的关注和较为全面的认识。这部著作体例新颖、资料全面,既收录了作家评论,也收录了作家作品,为更深一步的研究提供了坚实基础,是一部了解"新生代"军旅作家不可或缺的著作。

徐艺嘉曾在《新华文摘》《解放军报》《文艺报》《西南军事文学》等报纸杂志发表理论批评文章。她的理论文章一部分聚焦于军旅名家的作品细读,而《"新生代"军旅作家中短篇小说创作态势研究》(系其硕士论文)等系列文章则侧重于对新世纪军旅中短篇小说的研究和对"新生代"军旅作家作品的推介。关注新世纪文学语境对军旅文学的影响是她理论文章的写作特色,尤其是对"新生代"军旅作家的新质的研究具有独创性。

周徐诞生于军人家庭,在军事院校接受军事指挥专业训练,获军事学学士、硕士学位;后又转身研究当代军旅文学,获博士学位。他的博士学位论文《英雄在途:祛魅·消解·重构——新时期以来军旅小说英雄形象嬗变论》有两方面特点。一是充满感情。周徐对部队的感情,更多的是对在新的历史条件下,他所感同身受的、对他的生命塑造起着决定性作用并寄托着他的深切希望的那支新型军队的感情。二是视野开阔。综观这部专著,周徐非常重视军旅文学外部因素的研究,重视对当下历史境遇的观察。

朱寒汛的军旅文学批评研究显得敏感、细腻、传神,又独具慧眼,这与他同时写得一手美文且具有纯正、准确的艺术感受力是分不开的。一方面,朱寒汛的军旅文学批评研究自觉地追问一些带有根本性的大问题,表现出相当宏阔的思想视野。他写的《青年沈从文军旅小说略论》(《解放军艺术学院学报》2008年第2期。此文也是其硕士论文)等长文,不与当时主流军旅文学研究为伍,显示出其独具之匠心。朱寒汛在军旅电影批评研究方面用功深、考察范围广、追踪时间长、建树多,多有精彩论断,值得给予认真关注。

解放军艺术学院文学系培养了一支深具潜力的理论批评队伍,如廖建斌、刘常、张倩、李墨泉等人。如朱向前所说:"如果说军艺文学系以前是以创作立身的,那么从现在开始也要搞理论批评啦。"(《意象之美与人性之痛——关于长篇小说〈天瓢〉的对话》,《当代文坛》2006年第4期)遇到合适的土壤和气候,这些新人将显示出不同凡响的活力。朱向前也希望军旅文学批评研究新生代能够尽量把握军人与学者的平衡,加大强化作家作品的解读,努力沉入军旅生命的体验。另外,文学批评家白烨指出"80后"批评家存在的两个问题:一是学者型的研究多于批评性的评论;二是当下意识不强,建议增强把握时代情绪的能力,以及大量阅读文学作品,增强对文学作品的审美体验。南帆则更具体地希望看到形式文本的分析,或者语言学的分析,"但是都没有发现"。(金涛:《80后批评家,他们为何姗姗来迟?》,《中国艺术报》2013年6月7日)对于这些药石之言,新生代军旅文学批评研究者应谨记在心。

另外,如果搜索国家学位论文库,我们可以发现新世纪以来,有一些地方大学攻读硕士、博士学位(以硕士学位居多)的学生把研究目光聚焦在军旅文学领域,这说明军旅文学作为一个研究的对象,在当代文学中是一个重要且有特殊价值的领域,总能以其魅力吸引人们的关注。但其中存在的问题也不可忽视,尤其是在中国院校规模迅速扩张的大背景下,有些问题就显得尤为突出:一是为做论文而做论文,二是现实感弱化,三是艺术鉴别力粗糙,四是理论吸纳不加鉴别。我们应该防止军旅文学批评研究的过度学院化倾向。

第八节　冯牧、雷达等非军旅批评家的军旅文学批评

纵观各个时期,军旅文学在中国当代文学中的地位不尽相同。但整个文学

批评界一直给予军旅文学以高度重视,非军旅批评家的贡献对军旅文学批评研究发展形成了较为重要的补充。

冯牧对军旅文学批评的贡献在今天依然具有重要意义。以他的名字命名的文学奖以褒奖文学新人为宗旨,专门设立了文学新人奖、军旅文学贡献奖和青年批评家奖。作为成就显赫的批评家,他的批评文章注重自己的艺术直觉,强调作品的艺术感染力,语言朴实真挚,注重对于作家创作特色的归纳和提炼。尽管冯牧对于军旅文学的专门论述并不是特别丰厚,但他对于军旅文学的实际关心及其贡献是非常显著的。《有声有色的共产党员形象》(《文艺报》1959年第1期)对王愿坚小说的艺术特色进行了细致的分析与归纳,特别是对人物塑造的分析颇为精确。《战士作家张勤和他的创作》(《文艺报》1963年第6期)系冯牧在昆明军区工作期间所写的关于战士作家张勤的一篇文章,在充分肯定其小说创作的特点的同时诚恳地指出其创作上的不足。冯牧在昆明军区文化部担任领导期间提携了不少军旅文学人才,不少后来都成为著名的作家和诗人,诸如公刘、白桦、徐怀中、彭荆风等。1982年中篇小说《高山下的花环》发表后引起争议,冯牧第一个发表评论文章《最瑰丽的和最宝贵的》(《十月》1982年第6期)对其给予积极热情的肯定评价,称赞其"确实是一部好作品,一部充溢着崇高的革命情愫、能够提高和净化人们的思想境界的作品,一部真实地挖掘和再现了我们英雄战士身上所赋有的那种瑰丽而又宝贵的精神品质的作品"。特别是针对那些批评小说给部队抹黑的观点,他予以反驳,并给予作家充分的理解和支持,"它描写了我们生活当中尖锐的矛盾和冲突,包括了我们部队生活中的不同人物之间的不同性格和不同思想的矛盾和冲突。我以为这种尊重客观实际和尊重生活真实的描写,不但没有给我们的革命军队生活涂上不谐调的色彩,反而使作品中的人物和生活显得更加绚丽多彩,更加真实可信。当然,作者在这方面所取得的成就,离不开他对我们的革命军队所怀有的那种诚挚的、由衷的真情实感,离不开他对于所反映的部队生活的全面而不是局部的、深刻而不是浮泛的认识和理解。这种对于部队生活的认识和理解,唯其出在一位年轻的战士作家身上,就格外使人感到高兴"。这样的理解与鼓励对于一位成长中的作家是弥足珍贵的。综观冯牧的军旅文学批评,不难发现其强调对新人的爱护培养,尤其是对于具有探索和创新的作家的偏爱与保护。

谢冕是改革开放以来新诗思潮的重要推动者。他于1980年在《光明日报》发表的论文《在新的崛起面前》，引发了关于新诗潮的广泛讨论，对推动中国新诗的发展，产生了积极的影响。谢冕年轻时曾在福建入伍参加增援南日岛的军事行动，这是他军旅生活中最为接近战争状态的一段岁月。在谢冕的中国百年新诗研究中，军旅诗一直是这块版图中的重要内容。他在《一个独特的诗歌世界——论当代中国军旅诗》（《当代作家评论》1985年第4期）中写道："军队是社会的一个现实。军队当然不能与军队以外的世界隔离，因而'有关军旅的诗'本身并不狭窄，它拥有一个规定的但却宽广的时空。在论及中国新诗近四十年的发展时，人们都确认现代军旅诗所给予它的积极贡献。"该文从士兵身份、抒情主体、文化心理、抒情形象等方向，论述了军旅新诗的发展，对李瑛等重要军旅诗人给予了深入研究。这之后，谢冕一直关注着军旅诗的发展，对王久辛、刘立云、马萧萧、峭岩等军旅诗人都有关注和点评，一定程度上起到了推动和扶植的作用。

在二十世纪八十年代之初，军旅文学创作兴起而评论落后，一些地方批评家对军旅文学投来关注的目光，从而弥补了此一时段军旅文学批评的空缺。雷达即为代表人物之一，他先后出版了《小说艺术探胜》（湖南人民出版社1982年版）、《文学的青春》（湖南人民出版社1985年版）、《蜕变与新潮》（中国文联出版社1987年版）、《民族灵魂的重铸》（中国工人出版社1992年版）、《重建文学的审美精神：文艺评论精品》（北京师范大学出版社2010年版）等多部文论集。虽然他不以批评军旅文学为主业，但纵观起来，我们自然可以清晰地望见，雷达总是以热情的目光关注着绿色群落，在观察与评价军旅文学的过程中既能入乎其内，又能出乎其外。入乎其内，他凭借的是扎实的理论素养和准确的批评判断；出乎其外，他凭借的是恰当的审美距离和开阔的批评视域。在新时期军旅文学最初的辉煌阶段，在军旅批评家新老交替的过渡时期，身在军旅之外的雷达总是能够及时地对军旅作家作品进行追踪批评。他的批评文字时而如散文般优美，如他在《徐怀中风格论》（《解放军文艺》1985年第12期）中写道："我朦胧看见，在开满鲜花布满荆蔓的高原上，白云悠悠，一只鹰隼扇动着翅膀缓缓远去；在洒满月光的坪坝上，夜雾四起，隐约传来藏女合唱仓央嘉措情歌的声音；在人头攒动的贸易集市，一对无情的情人不期而遇，闪动着火辣的、敌视的眼光，旋即展开了一场中世纪式的情与愁的戏剧;在弥漫着硝烟的战场后面,似有一个更为广阔的士兵心灵的战场,当代青年男女军人正仰起沉思的醒悟的面容。"他的批评文字时而如史诗般深沉,如他在评价莫言"红高粱"系列小说的《历史的灵魂与灵魂的历史——论红高粱系列小说的艺术独创性》(《昆仑》1987年第1期)中写道:"历史有没有呼吸、有没有体温、有没有灵魂？历史是一堆渐渐冷却的死物,还是一群活生生的灵物？它是随着岁月的流逝而终结,还是流注和绵延到当代人的心头？它是抽象的教义或是枯燥语言堆积的结论,还是一代又一代人的心灵不断温热着、吸纳着因而不断变幻着、更新着的形象？人和历史是什么关系？人是外来的观摩者、虔诚的膜拜者、神色鄙夷的第三者,抑或本身就是历史中的一个角色？历史和现实又是什么关系？是隔着时空的断层,还是无法切割的连结？仅仅是一般意义上的'承继',还是精神上的'你中有我,我中有你'？"一连串的叩问中包蕴了无限的哲思。

早期的王炳根曾发表了一批具有较高理论水准的军旅文学研究文章,诸如二十世纪八十年代中前期的《新时期军事文学英雄人物特征初探》《更新战争描写的艺术观念——对军事文学长篇小说创作的思考》《浅谈军事文学的现状与未来》等。这些文章都能站在宏观的角度上来思考问题,以中西军事文学的横向比较为参照,对于军旅文学创作的现象和规律进行了深入的总结与归纳,均显示出批评家较好的理论修养。如《更新战争描写的艺术观念——对军事文学长篇小说创作的思考》(《文艺研究》1986年第3期)一文,以中西文学进行横向比较的方式来揭示军旅文学创作需要面对和解决的难题;《浅谈军事文学的现状和未来》(《当代文艺思潮》1983年第5期)一文对于军旅文学创作第二次浪潮进行了总结并提出了三点建议,分别是以兵的美学规范去创作艺术、突出军事文学的主旋律、致力于战场生活的开拓。另外他对于一些军旅作家的评论也是才气与见识交相辉映,在《诗情与力度的律动——谈王中才的艺术个性》(《昆仑》1985年第2期)一文中,通过对王中才创作艺术的精彩分析就可见一斑。

陈骏涛在担任《文学评论》编辑期间通过与军旅作家的沟通,搭建起了军地互动的批评平台。他将自己的批评位置确定于社会历史批评方法之上,关注军旅作品的当代性和思想锋芒。他的《徐怀中创作漫论》(《文学评论》1981年第10期)以及与徐怀中的对谈文章《透过弥漫的硝烟——答陈骏涛同志》(《十月》

1981年第6期)和《关于阮氏丁香——致徐怀中同志》(《十月》1981年第6期)比较深入地呈现了徐怀中军旅文学创作的多方面特点。《在理论和创作之间——谈朱向前〈黑与白〉》(《当代作家评论》1994年第5期)则阐释了文学创作对朱向前军旅文学批评的影响。

曾镇南始终实践着作家本体研究与作品文本分析相结合的批评方法,从李存葆(参见《评中篇小说〈高山下的花环〉》)、朱苏进(参见《读〈第三只眼〉随想》)到乔良(参见《乔良和他的中篇小说》)、刘亚洲(《慧眼向洋看世界》),军旅作家作品一直吸引着曾镇南的批评视线。

王彬彬更多的关注于中国的思想文化领域,在军旅文学批评上的成绩不是特别突出,值得一提的是他的《醉与笑》(《文艺争鸣》1993年第6期)。这篇文章在论述朱苏进创作道路的同时将作家的创作用"醉与笑"进行了归纳与概括,在具有哲思和诗意的语言中阐述了他对于这个归结的理解,这种高度浓缩的概括是在审美和哲理的高层次的挥发。文章并没有就此停留,而是更进一步提出朱苏进小说中一个值得关注的倾向,即"非道德化和'唯美'倾向",并将其追溯到尼采,认为朱苏进与尼采相通和一脉相传。可惜的是他没有就这个问题深入探讨下去。

洪芳的学习、工作、生活都不在部队,但她却以《中国当代军旅诗歌论》为题,完成了博士论文,并且出版。《中国当代军旅诗歌论》(世界图书出版社2012年版)有以下三个特色:一是突出了军旅诗歌的特殊性;二是对军旅诗歌现象进行了较为理论化的解释;三是出色的军旅诗人个论。语言富有文采和张力,立论准确鲜明生动,文字之精彩,甚至超过总论部分。

此外张炯、陈辽、阎纲、管卫中等人的军旅文学批评也都特色鲜明,各有独到之处,他们的批评文字下笔动情、析理透彻、文思缜密、意境优美,其中题涉军旅作家作品的文章都是可圈可点的批评佳作。

总之,军旅文学批评研究在新世纪以来遭遇了空前的困境,做出了突围的努力,也一定程度上完成了一次自我变革。但是,从实际情况来看,新世纪以来中国新的历史形态对军旅文学提出了诸多问题,对这些问题的回答,大多还没有令人满意的答案。这也大致反映了军旅文学批评研究的整体状况。今后发展的方向,恐怕仍然离不开对当下所处历史境遇的深切理解和对军旅文学美学特殊规律的持续探索。

注释:

[1]研究70年的军旅文学理论批评,需要指出一个不容忽视的客观原因,由于军旅文学具有一定的封闭性以及各种非文学因素,因而这个领域在地方批评家的研究视野里较为贫乏;而军旅文学批评又没有专业的队伍和阵地,因而又使得军旅文学理论批评显示出后天失调的特征。我国当代文学研究的格局大体有这样一个系统:一是全国的各类文科高校中文系都设有当代文学教研室,培养的在读学生也是不可小视的生力军;二是从中央到地方的社会科学院也均设有专门的文学理论研究所;三是当代文学理论研究的报刊也有相当多的编辑人员,他们也都是具有一定研究能力的专业人员。与之相比较,军旅文学理论批评从来就没有专门的机构和人员,仅有的一些活跃的批评家也都是寥寥可数的文艺工作的管理者、高校教师或报刊的编辑等,他们都是业余时间从事军旅文学的研究与批评。另一个值得关注的现象就是当代文学的批评与研究很少将军旅文学纳入视野,常使得军旅文学研究处于一种被忽略的境地,这与军旅文学作为当代文学的一个重镇以及所取得的辉煌成就不成正比。这些都应该引起理论工作者的注意和重视。

[2]洪子诚:《中国当代文学史》,北京大学出版社,1999,第25页。

[3]徐怀中:《军旅文学史论·序》,载朱向前《军旅文学史论》,东方出版社,1998,第3页。

[4]南帆:《双重的解读——八九十年代中国文学的一种描述》,《文学评论》1998年第5期。

[5]我们从1978—1984年全国中短篇小说评奖活动中可以看出军旅文学创作的成就,仅1978年至1979年两届短篇小说评奖中就有六篇军事题材作品榜上有名。八十年代初期,徐怀中、李存葆、宋学武、钱钢、朱春雨等人的作品先后获得各类全国大奖并在社会上引起较大的反响。到了八十年代中期,一批军旅文学新人崭露头角,其中莫言的"红高粱"系列小说给中国文坛带来了很大震动。

[6]徐怀中:《军旅文学史论·序》,载朱向前《军旅文学史论》,东方出版社,1998,第5页。

[7]如果考察一下这些批评家的教育背景,就不难发现他们大体属于两类。一类是地方高校毕业后入伍的。如周政保1980年考入新疆大学读研究生,毕业后在新疆军区创作组专职从事文学评论;张志忠1983年获北京大学文艺学硕士学位,毕业后在总政文艺局工作,不久即调到解放军艺术学院文学系从事教学与研究工作。另一类则是从部队考入高校深造后进入理论研究工作的。如陆文虎1968年入伍,1982年从厦门大学研究生毕业,先后在解放军文艺出版社和总政文艺局工作;朱向前1970年入伍,1984年考入解放军艺术学院首届文学系,随即开始了他的文学批评,后留校从事教学研究工作;这一类的批评家还有黄国柱、范咏戈、王炳根、丁临一、叶鹏等。

[8]朱向前:《一只失衡的"轮子"——当代军旅文学理论批评检讨》,载朱向前《初心与正觉》,作家出版社,1999,第69页。

[9]刘再复:《论新时期文学主潮》,《文学评论》1986年第6期。

[10]汪守德:《中国战争诗歌》,解放军文艺出版社,2009,第123页。

[11]张鹰:《反思中国当代军事小说》,解放军文艺出版社,2001,第8页。

[12]殷实:《军旅文学的本土观念和气质》,《解放军艺术学院学报》2000年第1期。

[13]参见李美皆主持的"十一五"国家社会科学基金项目"中国新时期军旅女作家研究"的研究成果。

[14]傅逸尘:《"强健而充分"的现实主义》,载傅逸尘《重建英雄叙事》,作家出版社,2009,第213页。

[15]周徐:《英雄的重构》,载周徐《英雄在途:祛魅·消解·重构——新时期以来军旅小说英雄形象嬗变论》,解放军文艺出版社,2011,第35页。

[16]参看《从〈地上的长虹〉到〈西线轶事〉》,《新华文摘》1982年第8期;《展现当代军人丰富而崇高的精神世界》,《人民日报》1980年12月3日;《初读〈高山下的花环〉》,《光明日报》1982年12月9日;《题材与时代精神》,《人民日报》1983年12月12日;《切身,切事》,《小说选刊》1981年第12期。

[17]参看《敏感区的人生意识与军人性格》,《当代作家评论》1985年第4

期;《在题材超越中寻求艺术平衡》,《中国现代、当代文学研究》1988年第7期;《深情地营造美的世界——论苗长水的小说创作》,《小说评论》1991年第2期;《军营文化的青春效应——评刘兆林的长篇小说〈绿色的青春期〉》,《当代作家评论》1990年第4期;《生命极限与灵魂极限——读中篇小说〈昆仑殇〉》,《当代作家评论》1987年第5期。

[18]朱向前的小说处女作《一个女兵的来信》(和张聚宁合著)发表于《星火》月刊1982年第8期,随即被《小说选刊》第10期转载,曾入围当年全国优秀短篇小说评奖候选篇目,获得江西省政府纪念新中国成立35周年优秀作品一等奖。《一个将军的遗嘱》(和张聚宁合著)发表于《福建文学》1983年第1期,随即被《作品与争鸣》第7期转载,随后《福建文学》为此开辟专栏长达半年之久,刊发十数篇争鸣文章。《地牯的屋·树·河》发表于《青年文学》1987年第2期,同期刊发了徐怀中的评论《探索性的,又是深思熟虑的》。随后小说被《小说选刊》第4期转载,入围1987年度全国优秀短篇小说评奖候选篇目,获《青年文学》创作奖。

[19]朱向前1986年至1997年在解放军艺术学院文学系执教和掌管教学工作长达11年,自1997年开始,作为军队代表出任"二十一世纪文学之星丛书"编委,其间发现、扶植了一批青年军旅作家,成了他们处女作或成名作的第一读者、评论者,以及第一本书的编辑者、作序者,几十篇序跋于2001年结集为《黑白斋序跋》由解放军文艺出版社出版。

[20]徐怀中:《军旅文学史论·序》,载朱向前《军旅文学史论》,东方出版社,1998,第3页。

[21]朱向前先后应邀参与《中华文学通史·当代卷》(中国社会科学院文学研究所主编,华艺出版社1997年版)和《新中国文学五十年》(张炯主编,山东教育出版社1999年版)的编著工作,承担其中全部的军旅文学章节。朱向前还担任了多届鲁迅文学奖、茅盾文学奖、冯牧文学奖等奖项评委。其自选集《朱向前文学理论批评选》获第三届鲁迅文学奖,为解放军系统填补了全国性文学理论奖的空白。

[22]傅逸尘:《"强健而充分"的现实主义》,载傅逸尘《重建英雄叙事》,作家出版社,2009,第218页。

第十章 戏剧

第一节 概述

在所有艺术门类中,军旅戏剧是与当时社会发展形势配合得最为密切的一个门类,其在宣传和教育方面所发挥的作用是不可低估的,甚至可以说,宣传性与教育性已经成为军旅戏剧的一个突出特色和显著传统。

中国当代军旅话剧的源头,可以追溯到二十世纪三十年代江西中央苏区的"红色戏剧运动"。所谓"红色戏剧运动",主要是指在战争背景下为了配合战时需要而形成的一种灵活的舞台艺术形式,以独幕剧为主,所表现的也是当时的战争生活,其主要目的就是鼓舞官兵士气。为了适应这一目的,戏剧的演出者与组织者们自然地要选择为广大官兵所喜闻乐见的艺术形式,可以说,"红色戏剧运动"在苏区根据地的"反围剿"以及其后的长征中都发挥了重要的作用,也为解放区的戏剧运动奠定了基础。1942年,毛泽东《在延安文艺座谈会上的讲话》(以下简称《讲话》)重点阐述了两个方面的问题:其一是文艺的功用问题,其二便是文艺的大众化问题。就军旅戏剧而言,在二十世纪五十年代直至其后很长的时间内,作家们都在有意识地实践着《讲话》精神,不但将艺术当作配合当时政治需要的工具,而且在艺术手法上也不断尝试发展,以适合不同时代观众的审美需要。军旅话剧在思想性、时政性和艺术性的结合方面走出了一条独具特色的道路,开创了一个承载着光荣与梦想的军旅话剧时代,在中国当代话剧史上占据着重要地位。随着历史时期的更迭延伸,军旅话剧在艺术上一直保持着勇于探索、锐意进取的姿态，表现手法和审美风格在不同时期亦有流变和创新。

一、"前17年"：继承解放区传统

无论思想内涵还是美学风格，二十世纪五六十年代，即"前17年"的军旅话剧都延续了解放区戏剧的传统，其题材指向也更加集中表现共产党领导下的战争与军旅生活。中华人民共和国的成立为作家们的创作提供了较好的物质保障，各个军区都成立了专业的文工团和话剧团，也有了专业的作家队伍。他们实践《讲话》精神，深入生活，深入部队，将正在发展中的军队与军人生活作为主要表现对象。胡可的《战斗里成长》、傅铎的《冲破黎明前的黑暗》、所云平的《军人的性格》（又名《在前进的道路上》）、陈其通的《万水千山》、沈西蒙的《霓虹灯下的哨兵》等，无论是思想的开掘，还是艺术形式上的探索，在当时都给人以耳目一新之感，并产生了强烈反响。这些作品的成功在很大程度上得益于剧作家们对过去战争生活和当时军队生活的熟悉。这种对生活真实而细腻的表现和描摹也与当时社会的政治情绪与审美取向不谋而合，但是这种遇合并非对当时政治生活的简单反映。当然，按照现在的艺术标准来审视，也不难发现艺术上的缺欠。比如过分强调人物所处阶级或所在团体的群体特征，而忽略了艺术形象所必须具备的丰富的性格特色，这在一定程度上也妨碍了剧作家对人性深度的挖掘。后来，随着"左"倾思潮影响的不断加深，这种创作上的缺陷呈现出日益严重化的趋向。以先验的观念代替丰富的现实生活，以观念的冲突代替戏剧的冲突，将丰富的现实生活简单化，似乎成了这一时期军旅话剧创作难以摆脱的集体症候。

就题材而言，"前17年"的军旅话剧主要有革命战争生活和军队问题与矛盾两个方面的内容。

对于二十世纪五六十年代的作家来说，战争生活并不遥远，这些作家本身就是从战争中走来，刚刚挥去昨日的征尘。对于战争生活，他们有着丰富的积累、鲜活的感受，所表现的战争生活也比后辈戏剧艺术家们要更为真切、自然。胡可的《战斗里成长》《英雄的阵地》和《战线南移》都是得益于他作为中国人民解放军中的一员对这支部队的熟悉和了解。陈其通的《万水千山》同样时间跨度大,表现内容丰富,但与《战斗里成长》所不同的是,它的戏剧线索更为复杂,所表现的社会生活也更为广阔,这是作者试图以史诗的方式表现长征的一次尝试。《井冈山》也是陈其通创作的具有史诗风格的话剧,表现了我党从1927年大革命失败到秋收暴动、建立革命根据地的过程,表现了革命的艰难以及革命党人的胆识与气魄。与以上两剧或侧重于表现革命战争的恢宏史诗,或侧重于表现农民军人的成长历程所不同,傅铎的《冲破黎明前的黑暗》表现的是人民子弟兵与人民的血肉深情。

中华人民共和国成立之后,中国人民解放军也面临着由战争到和平环境的转折。在这一重大的转折面前,必然会存在许多新问题,出现许多新矛盾。《军人的性格》与《霓虹灯下的哨兵》就是当时具有代表意义的两部重要作品。前者表现了我军在前进道路上所必然遇到的各种问题,而后者所表现的则是一群经过了长期战争生活的军人在进城后如何对待传统的问题。

从艺术上来看,"前17年"的军旅话剧一方面进行着现实主义戏剧艺术手法与浪漫主义激情的磨合,另一方面有着民族化与大众化的美学追求。

现实主义戏剧艺术手法与浪漫主义激情的结合熔铸出中国当代军旅话剧独特的美学风格。浪漫主义激情是当时普遍存在的一种民族情感,作家们在这种情感的激励下,进行文学创作的时候总是自觉不自觉地挖掘与宣扬我们民族大无畏的英雄气概与豪情,表现出一种坚信革命必然胜利的昂扬斗志和革命乐观主义精神。因而洋溢于他们作品中更多的是一种慷慨赴死的激情、献身于理想信念的虔诚与圣洁、革命者之间的坦诚与信赖的素朴情感——这一切构成了中国当代军旅话剧的总体风格基调:凝重大气、慷慨激昂。

中国当代军旅话剧在现实主义戏剧的艺术表现手法之上所承载的正是这样一种浪漫主义的激情。然而我们所说的"浪漫主义激情",在一定程度上也表现出了某种异质性,既不同于文学史上的浪漫主义流派和浪漫主义艺术表现手法,也与真正的现实主义有抵牾之处,它是特定年代赋予作家并通过剧中人物的舞台动作所表现出来的一种情绪,这也是作家们无法超越的时代局限。作为刚刚穿过昨日的战火与硝烟的一代军人,他们自然会为自己亲历过的那场惊天动地,并最终取得了胜利的革命而情绪激昂。对于往日的革命战争和正在进行的社会主义建设,他们往往热情多于理性,激情洋溢的颂扬多于冷静理智的思索。一方面,他们有着丰富的战争以及部队生活经验,对生活的敏锐感知能力使得他们能够及时地捕捉战争或和平时代的军队生活所面临的问题,并对生活做出鲜活而生动的表现,从某一角度揭示了生活中的真实;另一方面,胸中时时涌动的激情又妨碍了他们进一步向着生活与人性的深处拓展。表现在作品中,他们更多地以群体的情感代替个体的情感,对艺术形象阶级性的揭示超过对他们丰富心灵世界的揭示,即便有的作品涉及较为隐微复杂的个人情感,但还没有完全来得及展开便被湮没在阶级性或群体性之中。这不能不说是"浪漫主义激情"对现实主义戏剧的一个损害。

"浪漫主义激情"对现实主义的另一个损害,表现在戏剧结构的编排以及戏剧矛盾冲突的营造上。戏剧矛盾冲突方式在一定程度上反映着剧作家对世界的认识,中国当代军旅话剧也在一定程度上反映着军旅剧作家们对于过去的战争生活以及正在发展中的部队现实的认识与理解。我们回溯"前17年"的中国当代话剧,就不能回避这样一个问题,那就是军旅剧作家们对人民军队的历史与现实的激情投注——在这种激情的投注下,无论是历史还是现实,都加进了一层理想主义的色彩,而这种理想主义反映在作品中,便或多或少地削弱了现实主义艺术应有的力量。在对历史发展的客观规律的描述中,作家们更多地注意到了革命必然胜利的社会总体发展趋向(几乎每一部作品都有一个"革命胜利大团圆"的结局),而忽略了革命战争中流血与牺牲的惨烈悲壮;在对革命者的情操揭示上,更多地突出他们的英雄壮举而忽略了他们丰富的内心世界,这也在一定程度上减弱了艺术形象本身的魅力。也正是基于此,阶级矛盾在剧中代替了戏剧矛盾冲突,其他的矛盾冲突都是围绕阶级矛盾冲突展开,或者以观念的冲突代替戏剧的冲突,这在一定程度上削弱了作品的艺术力量。这种矛盾冲突方式发展到"文化大革命"时期,变成了以概念图解生活。整个舞台上除了政治斗争便是政治口号,这已经是对现实主义戏剧艺术的戕害了。

民族化与大众化的美学风格是继《在延安文艺座谈会上的讲话》发表之后的解放区文学直至"前17年"的中国当代文学共同的追求。中国当代军旅剧作家们也以自己不懈的艺术追求,实践并确立了中国当代军旅话剧民族化与大众化的美学风格。

民族化与大众化的艺术风格,首先表现在戏剧结构上。胡可的《战斗里成长》时间跨度长达十几年,截取了最具表现力的几个生活片段;陈其通的《万水千山》所截取的也是长征中的几个片段;傅铎的《冲破黎明前的黑暗》的戏剧结构所依赖的则是一个具体事件的发展过程。在"前17年"的军旅话剧中,很少采用锁闭式的戏剧结构,而开放式的戏剧结构则被广泛运用。这样的戏剧结构因其符合民族的审美习惯而被大众所接受,在追求民族化美学风格的同时也实现了戏剧艺术的大众化。其次,"前17年"军旅话剧所展示的"革命胜利大团圆"的结构方式以及惩恶扬善的道德评判,也与传统的审美习惯相吻合。《战斗里成长》《万水千山》《冲破黎明前的黑暗》《豹子湾的战斗》等战争题材的作品,无一不是以一次战争的胜利或主人公重新踏上革命的征途来作为戏剧的高潮;《军人的性格》《霓虹灯下的哨兵》《南海长城》《我是一个兵》《女飞行员》《第二个春天》等,也以一个事件的终结(作者所颂扬的代表社会前进方向的主人公的思想或观念的胜利)作为戏剧的高潮。作者所颂扬的人物,不但代表着社会发展的前进方向,同时也是符合民族传统理想的正义与道德的化身,作者所批评与讽刺的,除了落后于主流社会思想观念的人和事外,便是不符合传统审美的道德理想。《霓虹灯下的哨兵》中陈喜之所以在当时引起了那么强烈的轰动,是因为即便抛开剧中的阶级斗争不论,这一形象也与传统戏曲中的"负心汉"多有吻合之处,剧作家对其做出的批评也符合中国传统的道德批评标准。此外,剧作家对民族化、大众化的美学追求还表现为对民俗、民风的有意展示。《战斗里成长》中的民俗民风更多是通过富有人物个性色彩和地域色彩的台词来展示的,通过细腻描摹赵钢、赵石头等主要人物带有地域文化特色的言行举止,冀中平原的民俗风情也迎面扑来。《冲破黎明前的黑暗》中的乡土风情的展示,《霓虹灯下的哨兵》中春妮个性化的动作和语言,《我是一个兵》中具有浓郁民间特色的诙谐与机智,等等,都无不显示着这一时期军旅话剧所具有的浓郁的民族特色与大众化的清新素朴的美学风格。

二、二十世纪八十年代:初步的艺术探索

八十年代戏剧是以对"文化大革命"的反拨拉开序幕的,作为这一时期开山

之作的《于无声处》以及其后的一批剧作,都是以特定时期政治情绪或政治情感的表达为特征的。因而,这一时期戏剧的短暂繁荣仍然无法直指戏剧艺术本身。直到八十年代中后期,戏剧界发起了戏剧观的讨论,伴随着艺术家们的探索与实践,一批具有探索意义的话剧应运而生。传统的现实主义话剧创作也在一定程度上吸收借鉴了新的艺术表现手法,这大大丰富了戏剧艺术的表现力并使戏剧艺术出现了繁荣发展的局面。但随着人民物质文化生活水平的提高以及电视艺术的普及,进剧场看戏不再是人们主要的娱乐方式,戏剧观众严重流失。因此,尽管戏剧界内部戏剧观的争鸣搞得轰轰烈烈,"探索戏剧"也演得红红火火,却很难像五六十年代的戏剧那样在社会上产生重大的影响。这一时期的艺术家们也不再把大众化当作艺术上的必然追求,戏剧演出越来越成为小圈子内部的事情。

八十年代的军旅话剧毫无疑问也受到了整体社会思潮与艺术思潮的影响,戏剧观的讨论和"探索戏剧"的出现必然对军旅剧作家们的创作产生或大或小的影响。但是,特殊的政治任务也使得军旅话剧在吸收、借鉴当时的社会艺术思潮以及同时代剧作家创作经验的同时顽强地保持着自身的特色。在追求艺术性的同时,军旅剧作家所要承担的社会责任以及对政治情感的抒发始终规约着他们的创作。但异于五六十年代的是,军旅剧作家的政治情感不是简单地停留在表层的、直露的颂扬与讴歌,而是更多地体现为基于对党和国家、军队的热爱而生发出的深沉而自觉的忧患意识。冠潮的《向前向前》,王仁的《这里通向云端》,刘川的《生者与死者》,王培公、李东才、刘惦晨的《火热的心》,沈福庆的《流水的兵》,等等,将艺术探索的笔触伸向正在进行的改革以及"左"倾思潮对人们思想的戕害。可以看出,剧作家们是以一颗火热的心投入正在进行的改革,作品也凝聚了他们对国家和民族命运的独特思考,而这一切也正是五六十年代革命历史题材军旅话剧创作所缺乏的。但是,对于正在发展中的社会现实,剧作家们"人乎其中"有余而"出乎其外"稍欠;在以艺术反映生活的过程中,拘囿于生活的表层而没能向着艺术与人性的深处拓展,没有提炼出更多的具有哲理意蕴的艺术形象;在戏剧矛盾冲突的营构上,也多以观念的冲突代替戏剧的冲突。因而,这一时期的作品从整体上来说艺术性并不突出。但这些作品所体现出的忧患意识是难能可贵的,也对以后的创作产生了深刻的影响。八十年代中后期,这种忧患意识体现为从个体生命出发对军队的发展进行思考,出现了一批无论在思想内涵的开掘还是艺术风格的张扬方面都颇具分量的作品。它们不但在戏剧舞台上塑造了具有崭新的时代特色的军人形象,也把军旅话剧凝重大气的美学风格发扬光大。

八十年代以来,"戏剧观"的讨论以及"探索戏剧"的实践,给中国当代戏剧带来的一个明显的变化,就是彻底打破了易卜生戏剧的一统天下和"三一律""第四堵墙"等传统的舞台框范,国外各种流派和风格的戏剧,如象征主义、表现主义、荒诞派戏剧等的艺术手法都被大胆拿来,为我所用。就军旅戏剧而言,由于题材本身的特殊性,虽然说完全运用西方现代派艺术手法的作品并不多见,但戏剧革新却并非没有在军旅戏剧舞台上掀起一点涟漪。军旅剧作家们在以现实主义原则为主体的基础上,也吸收、借鉴了戏剧革新浪潮中的一些新的戏剧观念和新的艺术表现方式,使军旅话剧出现了一些新的风貌。首先,传统的戏剧舞台时空的打破使得戏剧结构更加灵动自如。《九一三事件》被作者命名为"自由体戏剧",可见其艺术追求之一斑。这场人物众多、场景转换频繁的戏剧,如果用传统的戏剧表现手法很难想象是什么效果,作者完全打破了"三一律""第四堵墙"等传统的现实主义话剧表现手法,而将中国古典戏曲的假定性原则和虚拟性原则加以运用,并以一位解说者的视角将不同的生活场景贯穿起来,既避免了凌乱感,也给观众以审美的新异性。《她们没有墓志铭》通过女战士们在狱中的想象将过去的时空与现在的时空有机地联系起来,不但戏剧结构更加灵动,也使人物的内心世界得以外化,大大丰富了舞台语汇和戏剧艺术的表现力。其次,对现实主义之外的戏剧艺术表现手法的借鉴也丰富了军旅话剧的艺术表现力。《她们没有墓志铭》以摇曳的油灯象征被俘的红军女战士们的生命;《中国·1949》一剧连舞台造型都颇具象征意味,倾斜多变的九根立柱、起伏断裂的平台、一架钢琴、一把椅子……尤其那把椅子,既是可以休息的用具,也是权力、地位的象征,结尾处毛泽东、周恩来、刘少奇、朱德等领袖用椅子抬着老大娘向着天幕走去时,其象征意蕴就更加明显,舞台的艺术表现力也就更为丰富了。正是这些新的戏剧观念与手法在八十年代军旅话剧中恰到好处的运用,丰富了中国当代军旅话剧的艺术表现力。

三、二十世纪九十年代：稳定中渐进发展

跨入九十年代之后，话剧面临着更加严重的危机，这不但表现在人们娱乐方式的多样化以及文化需求的多元化，更表现在商品经济对话剧的挤压与冲击。各个话剧团体都在焦灼地寻求着自己的生存之道，商业的需求压倒了一切，艺术家们似乎也无暇再做八十年代中后期那样的探索，即使偶一为之，也更多的是出于商业考虑而不是艺术本身。与地方的许多话剧团体相比，军队话剧团体倒是享有了得天独厚的优势。军队话剧团体特有的体制优势使得戏剧艺术家们无须在商品经济的大潮冲击下为了商业而牺牲艺术，但另一方面，他们又必须承担起以艺术为当前部队需要服务的重任。不过，经过了几十年发展的中国当代军旅话剧已经逐渐摸索出了一条政治与艺术的平衡之路，戏剧艺术家们也有了更多可资借鉴的艺术经验。因此，军旅话剧进入九十年代以来倒是显得颇为从容不迫，表现在艺术创作中，作家们通常都是选取那些与当前部队现实有密切关系的重大题材。但是，在结构这类题材的同时，作家们又不是急着从重大题材入手，而是从生活中的普通人的情感与命运入手，以小人物命运与情感的沉浮表现重大的社会题材。

九十年代军旅话剧主要有以下几个方面的特色：

第一，在生活的沃土上反映军营现实。自觉以艺术配合当时部队发展的现实需要仍是九十年代的军旅剧作家所必须面临的问题，对于他们来说，这是别无选择的选择。不过，经历了几十年历练，加之不断地从前辈艺术家的创作中学习借鉴的剧作家们已经可以很从容地处理现实需求与艺术之间的关系了，比之八十年代作家甚至"前17年"的前辈作家，他们以戏剧反映现实更为快捷。紧密配合军队发展的需要，把表现重大的政治或社会题材作为创作宗旨，艺术视角始终追随着军队建设中所发生的重大问题，成为九十年代军旅戏剧创作的一个主要特色。随着改革开放的进一步深入和经济的发展，军队也进行了一系列的改革，如精简编制、装备更新等，"科技强军"的战略被提上了议事日程，话剧创作中也出现了把"科技强军"作为主要表现内容的作品。郑振环的《摸天》以"神天六号"的研制为中心，通过我军科研战线上知识分子的精神风貌和情感

纠葛,表现了部队在"科技强军"的过程中所遇到的新矛盾、新问题。庞泽云的《炮震》则是通过一个摩托化步兵团装备的更新所带来的思想观念的更新,揭示了部队要不断适应"科技强军"的新形势的主题。燕燕的《男人兵阵》以女参谋张扬在一个因军事训练过硬而闻名的连队的考察为主线,并通过张扬和男友——一心想争第一的连长战龙——之间的矛盾以及矛盾的解决过程表现了中国军人的理想与追求,并从一个侧面表现了"科技强军"的主题。1998年的抗洪,也成为九十年代末军旅戏剧的重要主题。王海鸰的《洗礼》便是这一时期优秀的话剧创作。此外还有姚远、蒋晓勤、邓海南的《"厄尔尼诺"报告》,韩静霆的《远的云近的云》,王焰珍的《空港故事》,王树增的《都市军号》,刘星、王嘉翔的《苏宁》,陈志斌、殷习华的《徐洪刚》,孟冰的《热血甘泉》,吕绍莹、王元平的《兵妹子》,邵钧林等的《虎踞钟山》,等等。这些作品或配合了部队发展的现实需要,或颂扬部队涌现的先锋模范人物,或表现军人们在商品经济大潮中思想观念的嬗变与内心深处的矛盾,大体勾勒出了九十年代部队发展所走过的历史足迹。但是,这类作品又不是直接地配合政治需要的应景之作,剧作家们在政治与艺术、表现重大社会问题与艺术个性的展示方面探索出了一条行之有效的发展之路,那就是坚持现实主义创作原则。这在很大程度上得力于剧作家们对生活的了解与洞悉,也正因为如此,他们的艺术视角才能始终敏锐地对准正在发展中的社会现实,并从现实的发展中提炼出具有哲理意义的人生命题。在艺术创作表现手法方面,他们也不再从先验的观念出发,而是将艺术关注的重点对准生活中丰富多彩的人,并从中提炼出具有典型意义的戏剧矛盾冲突。

第二,在矛盾冲突中塑造典型人物。善于从生活中提炼丰富复杂的矛盾冲突,并在紧张激烈的戏剧矛盾冲突中塑造艺术形象,是九十年代话剧的一个显著特色。王海鸰的《洗礼》没有从先验的观念出发,概念化地演绎抗洪官兵的英雄壮举,而是将抗洪与当时的社会状况、军队状况相联系,通过一个军人家庭的矛盾与纠葛表现出来。剧情主要围绕李家的家庭矛盾和自然界的洪水两条矛盾线索展开,在两条矛盾线索的相互消长中展示一场洪水对这个军人家庭的每一个人精神上的洗礼。姚远、蒋晓勤、邓海南的《"厄尔尼诺"报告》中的郭海也是九十年代军旅话剧舞台上塑造得较为成功的一个艺术形象。在这部剧中,作者完全采用了"三一律"的结构方式,展现了发生在离休老干部郭海一家客厅里的故事,故事发生的时段也集中在从当天清晨到第二天黎明的24个小时内,但这高度凝练的戏剧结构所传达的内容却是非常丰富的,有限的舞台空间表现的是无限丰富的社会内容。因此,人物也才具有了现实主义的厚重之感。

第三,在艺术创新中追求史诗品格。经过八十年代的探索,九十年代的军旅剧作家在艺术上表现出更为成熟的心态,他们不再像八十年代那样为某一艺术形式表现手法而激动,而是注意兼收并蓄,并在不断借鉴前人艺术经验的基础上形成自己独特的艺术风格。

植根于火热的军营生活,在血与火的阳刚与豪放中渲叙青春的激情与浪漫,是燕燕剧作的一个重要特色。《女兵连来了个男家属》和《男人兵阵》有如燕燕戏剧创作道路上的并峙双峰,同时也形成了燕燕戏剧创作的独有风格:对现实的深刻揭示中充溢着浪漫主义的激情,浪漫精神的抒发中又蕴含着凝重的现实内涵。孟冰的话剧创作具有浓郁的抒情色彩和昂扬诗意的舞台构造。姚远、蒋晓勤、邓海南早在八十年代就开始了他们在话剧创作上的合作,《迷人的海湾》《青春涅槃》等剧就是他们创作的较有代表性的作品。无论表现历史,还是表现现实,他们都立足于艺术上的创新,其风格既有现实的冷峻,也不乏热烈的抒情。进入九十年代以来,他们的创作呈现出明显的回归现实的趋向,《"厄尔尼诺"报告》集中体现了其在九十年代的创作风格。在这部剧中,作者严格地按照"三一律"的创作原则,戏剧矛盾高度集中、凝练,并在激烈的戏剧矛盾中塑造了具有典型意义的艺术形象,显示了扎实的艺术功力,并初步确立了平实、洗练的现实主义风格。王树增的贡献更多地建立在题材选择上的独辟蹊径以及对生活中的哲理意蕴的挖掘上。唐栋的作品大都具有较强的历史感,《岁月风景》和《宋王台》是其代表作,他的作品大都能从大处着眼,并注重挖掘故事背后所隐含的哲理内涵,剧作大都有一种史诗性的美学追求。

剧作家不同艺术风格的确立显示着九十年代话剧的成熟,因此,尽管九十年代军旅话剧没有像八十年代那样出现某一题材上的热点或对某一艺术表现手法上的趋同,但艺术家们却以他们各具艺术风格的创作丰富着中国当代军旅话剧的天空,也标志着军旅话剧进入了又一个稳步发展的新阶段。

四、新世纪：进一步创新开拓

进入新世纪以来，虽然创作数量不菲，军旅话剧的整体艺术水准却不乐观。所幸一些探索者一直在努力，通过大量的艺术实践，创作了一批既能有效弘扬正面价值，又能走进大众审美视野的军旅话剧作品。

首先，自二十世纪末期以来，军旅话剧就开始了艺术视角的拓展。这种拓展既表现在展现军人情感世界时放弃提纯、还原真实的努力，也表现在发现问题、解决问题的胆识上。探索军人丰富情感世界的剧作，一方面开始将爱情故事作为主体，且关注人类情感的复杂性，并不以打造爱情神话为目的；另一方面直面革命者多样的革命动机，放弃刻意的提纯，还原人物个体性原初困境，展现人物从自发到自觉的革命成长历程。《爱的牺牲》《我在天堂等你》《马蹄声碎》等作品在这方面表现尤其突出。一旦放弃提纯，还原真实，我们就会发现无论革命历史时期还是和平年代，部队生活都面临过或小或大的问题。小到战友间的日常矛盾，大到纪律意识、理想信念。无论大小，说到底，都是价值观念的问题。以往，军旅话剧只展现部队生活积极的、正面的、令人感佩和振奋的一面，仿佛部队是真空，不受任何私心私欲的影响。新世纪以来，军旅剧作家开始直面问题，在问题的讨论中进行价值的重塑和确认。绍武、会林合作的《爱的牺牲》与姚远的《马蹄声碎》等剧作不回避部队内部问题，大胆暴露战友间的矛盾，暴露主人公的缺点，从不同角度审视当下社会病灶，以及这些病灶对军人生活的负面影响。在一向以肯定、歌颂为主调的同类作品中，这两部作品表现出难能可贵的"问题意识"。从军营到社会，再从社会回到军营，面对新时代文化语境中，我们精神领域出现的价值模糊、理想褪色等问题，姚远、孟冰、王俭等剧作家以诚实的态度不避矛盾，而是从矛盾和问题中确认主流价值的现实意义，为我们的精神生活指明方向。

其次，配合人性化主题、日常视角和"问题意识"，当代军旅话剧弘扬主旋律的艺术方法也丰富起来。二十世纪九十年代以前，我们的军旅话剧保持的是正襟危坐、语重心长的正剧传统。除了《霓虹灯下的哨兵》，我们几乎找不到其他的喜剧性作品。近些年，姚远、王俭、王宝社、孟冰等剧作家，在处理严肃话题时,普遍采用了轻喜剧手法,以重话轻说的方式来讨论问题。当军旅话剧一改凝重面孔,武警部队政治部文工团的王宝社的《独生子当兵》《独生女——让你任性》等纯喜剧作品不仅广受好评,作为艺术手段的喜剧手法,也受到军旅剧作家的普遍青睐。我们看到:面对《"厄尔尼诺"报告》的沉重主题,郭鲁兵的调侃起到了举重若轻的作用;《我在天堂等你》中,白雪梅与欧战军的第一次见面,也非常俏皮、有趣;姚远的《马蹄声碎》中,在艰险环境里轻微耳聋的田寡妇和口无遮拦的张大脚制造了不少笑料;《毛泽东在西柏坡的畅想》中,毛泽东始终睿智而幽默,使"政论剧"充满生活色彩,笑点很多;《这是最后的斗争》也有多处调侃、反讽。对军旅话剧而言,喜剧手法的使用不但意味着一种形式解放,尤为重要的是产生了寓庄于谐、妙趣横生的艺术效果,起到了亲近大众审美的作用。

再次,新世纪以来,军旅话剧创作者还格外注重话剧艺术的本体特征,从话剧本体性而非工具性价值出发,寻求以最有效的艺术形式去碰撞、去打开接受者的心灵。诗化抒情是近年来军旅话剧显示艺术魅力的另一个有效手段。事实上,诗化抒情历来是舞台艺术重要的表达手段。近年来,军旅话剧广泛吸纳了当代话剧舞台表现的写意手法,努力探索舞台艺术空间,让色彩、造型、音乐、灯光都参与叙事,充分发挥戏剧艺术的综合性特征,增强舞台表现力和情绪感染力。诗化意象和仪式化场景,是近年军旅话剧较为常见的强化抒情效果的艺术手段。《生命档案》《我在天堂等你》《毛泽东在西柏坡的畅想》《马蹄声碎》等作品都恰当运用了唯美的诗化意象和神圣的仪式化场景。因为善于使用抒情性舞台语汇,近年军旅话剧在传达主流正面价值观时,便不再过多使用主人公独白、旁观者评论等宣讲模式,而是追求以情动人、情大于理。这样,从剧情构思到舞台创意,被作为艺术品经营的剧作,便既是艺术的,又是文化的。

第二节 "前17年":半壁江山看军旅

1949年中华人民共和国的成立对于军旅话剧来说具有重要的历史意义,它不但标志着一个新的历史时期的到来,同时也标志着中国人民解放军的文艺工作由业余化向着专业化、正规化的转变。仅1949—1958年之间,我军就在整合战争时期文工团的基础上先后建立了总政话剧团以及海空军和各军区的十几个话剧团,军队话剧力量渐成规模。在1956年全国话剧观摩演出会上,参演的军队戏剧有多幕剧30个、独幕剧19个,其中《万水千山》《战斗里成长》《保卫和平》《冲破黎明前的黑暗》《杨根思》等获得了演出一等奖。在1959年总政治部举行的全军第二届文艺汇演中又涌现出了《槐树庄》《东进序曲》《南海战歌》《将军当兵》《年轻的鹰》《遥远的勐垅沙》《三八线上》以及歌剧《柯山红日》等一批优秀剧目。此后,解放军总政治部又于1963年、1964年、1965年连续三年组织优秀剧目授奖会,受到表彰的作品主要有《我是一个兵》《霓虹灯下的哨兵》《井冈山》《第二个春天》《南海长城》《海防线上》《南方来信》《赤道战鼓》《女飞行员》《带兵的人》《豹子湾的战斗》等。其中不少作品,都代表着当时全军乃至全国戏剧创作的最高水准,引起过强烈的社会反响,记录着中国当代军旅话剧曾经拥有过的辉煌。毫不夸张地说,这一历史时期的军旅话剧是中国话剧的半壁江山。

一、胡可剧作与风格

胡可是成长于战争年代,并在中国当代军旅戏剧史上发挥过重要作用的军旅剧作家。早在1940年,他就开始了戏剧创作,先后有多幕话剧《清明节》《戎冠秀》等,独幕剧《枪》《喜相逢》《水流千里归大海》等,新中国成立后创作的军旅题材剧作主要有《战斗里成长》《英雄的阵地》《战线南移》等。胡可的剧作多取材于革命战争年代的部队生活,并多为配合特定时期的革命形势而作,因此时代感很强。对于文艺作品而言,时代感是一柄双刃剑。它一方面有可能在特定时代为作品带来特定的光荣,并使该作品在未来的时代具有一定的史料价值;另一方面又易于因时代的变迁削弱作品在新时代阅读视野中的"当下"意义,从而使作品受到冷落。胡可剧作的可贵之处在于既发挥了前者的优长,又通过艺术探索较为有效地消除了后者的负面影响。这种艺术探索表现在讲究戏剧结构与注重人物塑造两个方面。胡可剧作多以人物和人物关系的发展为纲来安排情节,在情节安排上又格外注意"情理之中"与"意料之外"的结合。譬如《战斗里成长》的第二幕,石头与父亲相见却不相识,正见得剧作家的匠心。这种结构设计服务于表现人物的需要。生动、深入的人物性格的刻画是胡可剧作魅力不衰的另一要素。胡可长于运用传统现实主义手法塑造人物,往往为人物寻找一个最能显露其性格的处境,以此为具有说服力的形式,在典型环境中揭示典型性格。由此,确立起了以人立戏的"胡可风格"。不过,胡可剧作的不足也恰恰在人物塑造上,由于肩负革命使命,其人物有时轻感情而重大义,"革命性"压倒了"人性",人物形象稍有符号化之嫌。

《战斗里成长》代表着中华人民共和国成立之后当代军旅话剧最初的收获,创作于1949年,1950年1月由华北军区政治部文工团首演。在这部剧中,剧作家以赵家的命运作为主要结构线索,写了赵钢和赵石头父子两代由一心想报私仇的农民军人成长为为全民族的解放事业而献身的战士的历程。赵钢一家的悲惨遭遇,实际上是半殖民半封建社会被压在社会最底层的农民命运的一个缩影,无法按照正常的生活轨道生活下去,揭竿而起走上革命道路也是大部分农民军人所经历的共同的道路,因而,赵家父子的命运是具有典型意义的。赵钢(铁柱)从一心追求小康生活的农民成长为解放军指挥员的历程也是大部分农民军人在革命队伍里所走过的共同历程。赵钢的成长,也表明一个农民军人必须超越个人的恩怨情仇才能成长为真正的革命战士,赵石头作为赵钢形象的一个补充,从另一个方面揭示着这一主题。显然,这在当时是一个具有重要的教育意义和现实意义的主题,但是,剧作家并没有机械地揭示这一主题,而是将艺术形象置于激烈的爱恨情仇的情感旋涡中加以展示,对于生活的熟悉和现实主义地观照现实并描写现实的手法再次让胡可获益匪浅。话剧《战斗里成长》一开始就将观众拉入紧张激烈的戏剧情势中,原本应该打赢一场土地官司的赵家的败诉,正是农民阶级与地主阶级激化的阶级矛盾在舞台上的发展。随着故事的进展,老一代农民赵忠因遭遇不公而毁灭了自己的生命,也将整部剧的悲剧氛围推到了极致,复仇的种子从此种在了赵家父子两代人的身上。这一幕为全剧情节的发展奠定了基础。赵钢再次出现在剧中的时候,他已经成长为解放军的指挥员,从表面看,他是冷静的、睿智的,同时也是坚定果敢的。但偶然的契机展示,十几年前那仇恨的烈焰仍在他的心中燃着。与他的过去,抑或是现在的赵石头所不同的是,他已经可以控制自己的情感,将对杨有德父子的仇恨转化为对他们所代表的那个阶级的仇恨。在这里,赵石头的形象是赵钢形象的一个对比,也是一个补充。正是由于有了这个对比和补充,赵钢十五年的成长历程得以栩栩如生地展现在舞台上,同时也预示着赵石头的未来。《战斗里成长》一剧不但显示了胡可高超的戏剧结构技巧,同时也显示了其塑造艺术形象的功力。不但赵钢和赵石头的塑造是成功的,连赵妻和仓婶子这些着墨不多的人物也鲜活地展现在了舞台上。

《英雄的阵地》和《战线南移》也是胡可军旅话剧的代表作。《英雄的阵地》创作于1950年,作品以解放战争时期我军某部钢铁营在战斗中和团部失去了联系,但仍主动承担阻击任务的过程为主线,表现了我军在敌我力量对比悬殊中不畏强暴的精神和崇高而矛盾的心灵世界。作者善于在激烈的战斗和尖锐的矛盾中表现戏剧人物的心灵世界,并塑造成功可信的艺术形象,如朱营长、梁教导员、秋来、秋来娘、小花等艺术形象都生动可信。《战线南移》表现的是抗美援朝时期我军战斗生活的一个侧面,全剧围绕能不能摧毁敌人设置的反斜面上的工事以及去敌后的观察组能不能完成任务等展开戏剧矛盾冲突,并在冲突中刻画了周金虎、余健等艺术形象,显示出胡可现实主义的戏剧艺术功力。

二、陈其通的史诗性追求

陈其通是在革命战争年代成长起来的一个剧作家,16岁参加红军,并在红军队伍中就开始编写一些鼓舞革命士气的小话剧,如《拔萝卜》《送郎上前线》《游击队》《红岩》《黑暗里的红光》等。1935年,他随红军踏上了二万五千里长征的征途。到达延安后,他一直想把长征在舞台上再现出来。1938年,他便创作了三幕话剧《艰苦路程两万里》。1948年,他重写这部剧本,更名为《两万五千里长征记》,三易其稿后又定名《铁流两万五千里》。1954年,陈其通在以上三剧的基础上完成了话剧《万水千山》,实现了在舞台上表现长征的愿望。

《万水千山》是中国当代军旅戏剧史上一部少见的史诗性的话剧,时间跨度大,人物关系错综复杂。但剧作家经过长期的艺术实践,终于解决了这些难题,从而在舞台上成功地表现了震惊中外的二万五千里长征。剧作以时间线索作为纵的发展脉络,截取了长征中的几个片段,采用纵横交错的方式,不但艺术地再现了波澜壮阔的长征,而且塑造出了红军指战员的英雄群像。李国有是剧中塑造得最为突出的一个艺术形象。作为一名政工干部,他循循善诱,对人讲革命道理,对己身体力行。受伤后,他拒绝了团长让八个同志抬他的好意,拖着发烧的身子在草地上艰难地行走。为了鼓舞士气,他还不断地和战士们竞赛,表现了革命的乐观主义精神。即使在生命的垂危时刻,他还坚持着指挥了一场战斗。"让革命骑着马前进!"是他说的最后一句话,这位共产党员的临终遗言表现了他对革命的忠诚和信念。其他像罗顺成、赵志方、李凤莲等艺术形象刻画得也比较成功。正是这些艺术形象,构成了一幅无产阶级革命战士的集体群像,也使这部剧显得更为气势恢宏,很好地传达了革命英雄主义与浪漫主义精神,并具有了史诗风格。

《井冈山》也是陈其通创作的具有史诗风格的话剧,这部剧表现了我党从1927年大革命失败到秋收暴动、建立革命根据地的过程,表现了革命的艰难以及革命党人的胆识与气魄,具有激昂慷慨的美学特征。除此之外,陈其通的其他剧作也大都是通过革命战争年代的斗争生活营造具有浓郁的革命浪漫主义与英雄主义色彩的艺术氛围,并在这种艺术氛围中表现历史,塑造革命战争年代的英雄人物,如歌剧《柯山红日》、歌舞剧《两个女红军》等。革命战争年代不但赋予了他丰富的生活经历,也赋予了他昂扬的革命激情,这也使得他创作的话剧总是呈现出浓郁的革命诗情和凝重大气的艺术风格。

陈其通的革命战争题材剧作长于英雄形象,尤其是英雄群像的塑造,具有英雄主义色彩,同时集中表现英雄的革命理想、革命信念、革命热情,洋溢着革命乐观主义精神。为塑造英雄形象,其剧作往往设置若干惊险性场面,在紧张激烈的场景中表现人物的机智、勇敢、镇定。而革命乐观主义精神的高扬,则一方面落实于人物的对白、行动中,一方面实现于抒情性因素的增加。譬如《万水千山》中,作为舞台提示的布景一项,加入了与客观布景无关的大量文字,对石岩间斜生的老松树的赞美、关于草地"厉妖"的传说,无疑是剧作家主观情感的流露;而贯穿全剧的愉快、昂扬的歌声,包括凤莲一段段鼓舞人心的独唱,以及开场和剧终时作为画外音的战士们的合唱,更是一种直接抒情。抒情性因素赋予作品以内在的崇高感、悲壮感,让剧作在塑造英雄形象时,除具备典型事例的说服力外,还兼具情绪上的感染力。不过,过于关注英雄们的英雄行为与英雄精神,使得陈其通剧作的英雄们性格单一,始终饱含着英雄的激情,而缺乏更为丰富的内蕴,为其剧作带来了一定的局限,即英雄群像的塑造偏于"神化"而疏离了"人化"。

三、傅铎、所云平等人的追昔抚今

傅铎是在抗日战争与解放战争的烽火中成长起来的剧作家,在战争年代,他就创作过独幕剧《顽固派的真面目》、话剧《有理有力》《逃出阎王殿》以及歌剧《王秀鸾》等。新中国成立后,他又先后创作了话剧《冲破黎明前的黑暗》《地下长城》《首战平型关》《南方来信》等。他最具代表性的是《冲破黎明前的黑暗》和《首战平型关》。

《冲破黎明前的黑暗》创作于1950年,由二○五师火线剧社首演。这部戏所表现的是冀中军民在党领导下反击日寇"五一大扫荡"的斗争生活,其突出特色在于将各色人物置于错综复杂的人物关系和丰富曲折的情节中加以展示,勇敢、坚定的八路军排长阎志刚,善良、机智的李大娘婆媳,白皮红心的联络员,仗势欺人、外强中干的汉奸歪脖子李等形象都刻画得恰到好处。这样,解放区军民反"扫荡"的斗争生活、军民团结的鱼水情深以及解放区军民的精神风貌便通过这些真实、生动的艺术形象表现了出来。由傅铎与白云亭合作、首演于1962年的《首战平型关》,以平型关大捷为原型,在与国民党军队的比较中展示了我党领导下的人民武装对敌斗争的英雄气概。这部剧的特色也是以情节推进矛盾,并在矛盾的不断推进中塑造人物性格。傅铎的其他重要作品,如《有理有力》《逃出阎王殿》《地下长城》《海防前线》、歌剧剧本《王秀鸾》等,既有表现革命战争题材的,也有表现当时的军营生活或正在进行的军事斗争的,显示出傅铎深厚的生活积累及开阔的艺术视野。在革命战争题材的话剧创作中,傅铎剧作的特色表现为以险慑人和以情动人。以险慑人指的是他善于在最惊险处起笔,一进入他的剧情,读者或观众的心即被紧紧抓住、高高悬起。以《冲破黎明前的黑暗》为例,第二幕中群众拼死保护阎连长以及活捉日军的两个场面选取的都是千钧一发的时刻,情节的每一次进展与转折都扣人心弦。以情动人是说剧作家在写战争险恶的同时,还着力于表现同志间、军民间的真挚情谊,他们不是亲人胜似亲人的情感、众志成城的精神产生了温暖人心的动人效果。

所云平1940年高小毕业后就参加了胶东孩子剧团,随后便开始了戏剧艺术活动,不过他的戏剧创作成就主要集中在新中国成立后到二十世纪八九十年代,主要作品有《东进序曲》(与顾宝璋合作)、《我是一个兵》(与白文合作)、《军人的性格》《东进!东进!》(与史超合作)、《针锋相对》、《朱德军长》等。在中国当代军旅戏剧史上,他无疑是艺术生命最长的剧作家之一。

《军人的性格》表现的是一群参加过长征,后来又从抗美援朝前线抽调到军事学院学习的高级干部的军校生活。作品以他们从进入军事学院一直到毕业这三年作为主要结构线索,截取了他们学习生活的几个片段,写这群功勋卓著的高级干部在新的学习生活中面临的各种矛盾与困惑以及对自我的超越,塑造了王景山等成功的艺术形象。王景山在入学前已是志愿军某军军长,其身体多处负伤,学习上遇到了困难,而小女儿又被美军的飞机炸死。但他克服了身体与情感上的各种困难,顺利完成了学习任务,在一个全新的领域表现了军人勇往直前和不可战胜的精神力量。这部戏的选材在当时给人耳目一新之感,而"落后就要挨打"的主题揭示在当时也是难能可贵的,对当时乃至以后的军旅戏剧创作都产生了一定影响。二十世纪九十年代南京前线话剧团演出并获得了很好社会反响的《虎踞钟山》,无论从题材的选择到戏剧结构的编排,甚至某些人物的设置上,都可见出《军人的性格》一剧的影响。

所云平与白文合作的《我是一个兵》也是表现和平时期军营生活的一部优秀之作。全剧围绕一对相貌相似但性格迥异的孪生兄弟在部队成长的经历结构戏剧矛盾,并紧紧抓住兄弟二人不同的性格特点,让人物在行动中显示出独特的个性。全剧充满了轻松、活泼的喜剧特色,而剧作家所要完成的对美的颂扬和对落后的劝诫便在充满诙谐的笑声中得以实现。

四、沈西蒙、刘川的题材创新

沈西蒙是我军卓有成就的剧作家,曾创作《战线》《杨根思》等,与漠雁、吕兴臣等合作创作的话剧《霓虹灯下的哨兵》在1962年由南京军区前线话剧团演出后获得了极大的成功。《霓虹灯下的哨兵》一剧以南京路作为主要的社会场景，通过在这条路上站岗的解放军战士与活动于这条路上的各色人等的关系，揭示了军队在新的历史条件下如何坚守自己的理想与信念的问题。陈喜是这部剧塑造的主要人物，他是一个打过仗、立过功的英雄，但这位英雄却在南京路上的"香风"熏拂下差点丢了本色。他甩袜子、扯线等细节表现出他思想情感的变化。除了陈喜之外，这部戏中的成功艺术形象还有春妮、鲁大成等。在各种矛盾的冲突与交织中塑造人物、表现主题，是这部剧最显著的特色；而其所表现的主题，不仅在当时，即使在今天也有一定的现实意义。在结构上，为了更广阔地表现社会生活，该剧采取了多场次、多时空的结构方式，并运用了电影的闪回。这些艺术手法的运用，在当时是难能可贵的。沈西蒙是"前17年"时期在话剧题材的拓展与舞台语汇的丰富上都做出了巨大努力的剧作家。首先，以《霓虹灯下的哨兵》为标志，沈西蒙开拓了当代军旅题材话剧的表现领域。此前，人们都将军事题材锁定在再现革命战争的恢宏历史、表现英雄行为与塑造英雄形象上，《霓虹灯下的哨兵》第一次将军旅话剧的着眼点由战场、军营转移到城市生活中，并触及了军队内部思想的分歧和英雄人物思想情感的动荡。其次，沈西蒙在人物塑造上注重生活感与分寸感。他笔下的军人不再是符号化形象，而是优缺点并存的、有真实感的"这一个"。而涉及人物缺点的笔墨，他把握得又恰到好处，譬如陈喜在面对资产阶级"香风"时的心神摇荡，增墨则过，减墨则损。再次，沈西蒙尝试了分场制而非分幕制的形式，扩展了话剧舞台时空，并且早在六十年代，他就在话剧舞台上运用了电影的闪回、镜头切换、画外音等艺术手段，丰富了话剧舞台语汇，增加了话剧的艺术表现力。尽管受限于时代语境，沈西蒙的剧作有着浓厚的意识形态色彩，但题材与艺术上的经营突破了意识形态的规范，使其成为"前17年"中较为罕见的思想教育与艺术享受并行不悖的作品。

刘川在青少年时代曾业余参加新中国剧社的演出，二十世纪五十年代开始从事戏剧创作，主要作品有《我要做人民的好儿子》（与人合作）、《青春之歌》、《烈火红心》、《第二个春天》、《红旗飘飘》、《理想还是美丽的》、《生者与死者》等。其中，《第二个春天》在当时引起了强烈反响。

《第二个春天》是中国当代戏剧舞台上第一部把我军科研人员作为主人公

的戏剧。值得一提的是,在这部剧中矛盾的双方不是敌我对立的两方,而是造船厂内部科研人员之间不同的想法或情感,并在矛盾的不断解决中塑造了刘之茵与冯涛的性格。与同时期的戏剧相比,这部戏在塑造人物性格方面是颇具功力的。冯涛的坚定、沉着、乐观,刘之茵的热情、大方、思维敏捷,无不真实自然地展现在观众面前,在感染观众的同时也给人以艺术震撼。作为"第四种剧本"称谓的提出者,刘川以自己身体力行的实践支持了"第四种剧本"的创作。他不但突破了流行于当时话剧舞台上的工、农、兵三种剧本的题材领域,将知识分子作为自己剧作的主角,而且匡正了新中国成立以来话剧舞台上被歪曲了的知识分子形象。以往剧作在描绘知识分子形象时的公式化、概念化倾向在刘川这里得到了克服,以现实主义态度对待知识分子并大胆歌颂知识分子是刘川在特殊时代话剧创作上的特殊贡献。换句话说,刘川剧作的题材价值大于其他意义,也因此,其剧作难免在认识上还嫌浅显、艺术上还嫌粗糙。

以抗美援朝战争生活为背景的话剧作品在"前17年"的话剧创作中也占有一定的比例,其中产生过较大影响的除胡可的《战线南移》、沈西蒙的《杨根思》外,还有杜烽的《英雄万岁》,王颖的《友谊》,马融的《凯歌行进》,高德华执笔、丁里、白云亭等创作的《三八线上》。杜烽的《英雄万岁》通过上甘岭战役中不畏强敌坚守坑道的志愿军英雄壮举,谱写了一曲英雄凯歌。而王颖的《友谊》则是通过志愿军某部侦察排长和战士们与朝鲜大嫂金顺玉生死与共的友谊,表现了中朝两国人民的深情厚谊,全剧具有一种浓烈的悲剧氛围。

第三节 二十世纪八十年代:新的历史起点

八十年代军旅话剧的发展与复兴,是随着1976年"文化大革命"的结束而开始的。1977年7月,解放军总政治部举办了全军第四次文艺会演,这是"文化大革命"结束后举行的第一次文艺会演。这次会演昭示着一个文艺新时代即将到来。到1979年庆祝中华人民共和国成立三十周年演出时,短短两三年内便创作并演出了多幕话剧五十多部,显示了改革开放初期军旅话剧创作的实绩。进入八十年代以来,随着思想解放的进一步深入以及戏剧观念的讨论,军旅艺术家们的思想观念和艺术观念也得到了不断的拓展。在1987年总政治部组织的第五届全军文艺会演和1992年的第六届全军文艺会演中相继出现了一批无论在思想方面还是艺术方面都具有较高水准,且在当时引起过较为强烈的社会反响的作品。总体看,历史题材的"领袖戏"和反映基层官兵生活的现实题材作品在八十年代都引起了广泛社会关注。

一、丁一三、刘星等人的"领袖戏"

七十年代末、八十年代初的话剧舞台上,出现了"领袖题材热",其中军旅题材的"领袖戏"占了相当大的篇幅。这一戏剧现象的出现,与当时特殊的社会文化环境有着密切的关系。经历了十年"文化大革命",许多为世人所爱戴的无产阶级革命领袖纷纷辞世。出于对领袖及革命先辈的怀念,观众们希望在舞台或影视作品中重新看到领袖们的身影,剧作家们在很大程度上迎合了他们的要求。白桦的《曙光》,第一次在舞台上塑造了贺龙元帅的形象。随之,《秋收霹雳》《四渡赤水》《陈毅出山》《朱德将军》《转战陕北》《一代英豪》《平津决战》《彭大将军》等剧相继上演。(另有一部分作品,主要内容是揭批林彪、"四人帮"罪行的,如《历史的审判》《神州风雷》《九·一三事件》等,由于有大量的领袖人物出现,我们也将其纳入领袖题材剧中)这类作品也经历了一个在艺术上由不成熟到成熟的发展过程。最早的领袖题材剧只追求领袖人物在舞台上的露面,他们或作为力挽狂澜的英雄,或作为正确路线的化身,仍然不同程度地被神化着。进入八十年代以来,随着思想解放的进一步深入和人道主义的宣扬,领袖人物的形象也进一步丰富,作家们不但注重表现他们在历史发展的重要时刻产生决定性影响的一面,也表现他们作为生活中有着七情六欲的普通人的一面,领袖人物的性格不断地得以丰富与拓展。

丁一三是新时期军旅剧坛比较活跃的剧作家。早在五十年代,他就开始从事文学创作,1964年,他与冯德英、黎静合作,创作了表现我国第一代女飞行员生活的《女飞行员》。不过,丁一三戏剧创作的主要成就还集中在新时期,其中以《陈毅出山》和《九·一三事件》最为突出。

《陈毅出山》是新时期剧坛上出现较早的反映无产阶级革命家陈毅形象的一部作品,剧作家善于在矛盾斗争的旋涡中刻画人物。剧作一开始,主人公陈毅便面临一个纷纭复杂的环境,一方面是国民党顽固派冯子焕企图趁混乱之机铲除江南各省的游击队,另一方面是长期困居深山的卧虎岭游击队司令韩山河不了解抗日民族统一战线政策,这样,人物就处在了一个非常困难的戏剧情势中,而陈毅的雄才大略以及风趣幽默的性格特征就在困难的戏剧情势中展示了出来。善于在重大的历史事件中刻画人物是丁一三戏剧创作的一个主要特色,这一特色在其后创作的《九·一三事件》中再次得到了淋漓尽致的发挥。在这部演出时间长达五个小时的话剧中,作者塑造了众多的历史人物,不但无产阶级革命领袖的形象被塑造得栩栩如生,而且,林彪、叶群、江青等反面人物也没有像过去那样被概念化与脸谱化。剧作家以现实主义精神审视历史,并将艺术形象放在现实与历史的发展中加以刻画。作者很善于从题材本身的特点出发构筑戏剧矛盾,并在紧张激烈的戏剧矛盾冲突中通过人物的外部行为展示其内心世界。在真实地反映历史人物的精神风貌的同时,作者用富有表现力的细节,将人物最突出的性格特征表现出来,有效地传达了戏剧主题。剧中有一个林彪划火柴的细节:在黑暗的舞台上,一根根火柴被他划亮了,他便久久地盯着手中微弱的火苗,眼中闪烁着奇异的光彩,仿佛那一根根火柴便是他所点燃的罪恶之火,他甚至可以想象那罪恶之火正奇迹般地蔓延开来。这里,剧作家并没有游离于剧情之外对人物做政治的或道德的批判,而是将戏剧人物的内心世界展示出来,呈现出"不着一字,尽得风流"的艺术魅力。

刘星的革命历史题材话剧创作起步较晚,也未能赶上七十年代末、八十年代初的"领袖题材热"。八十年代初,他更多地从事现实题材的创作,先后创作了《她含笑死去》(与孔凡祥合作)、《浪花上的红星》、《特区的兵》(与刘印平合作)等。到八十年代中后期,他开始转向革命历史题材的创作,1987年首演的《决战淮海》便是他与前辈作家所云平、王朝柱合作编剧的重要作品。在这部表现重大题材的剧作中,剧作家们巧妙地从纷纭复杂的历史事件中提炼戏剧矛盾冲突,并在激烈的戏剧矛盾冲突中塑造了毛泽东、邓小平等历史人物。这部作品,不但有纵横捭阖的气势,也有传神地展示人物性格的细节,从而实现了领袖形象塑造的新突破。其后,刘星单独创作了《中国·1949》,并作为庆祝中华人民共和国成立四十周年的剧目演出。这部剧以1949年10月中华人民共和国成立的历史进程作为主要的结构线索,围绕着新中国成立前夕所面临的诸多问题塑造了毛泽东、刘少奇、周恩来、朱德等艺术形象。在这部剧中,作者仍沿用了《决战淮海》一剧的创作风格,将宏观的历史进程的展示与传神地揭示人物性格的细节有机地结合起来,于平淡、自然中写出伟人们超出于常人的风采与智慧,也体现出了剧作家驾驭宏大历史题材的功力。

八十年代中后期,领袖题材军旅话剧无论在思想内涵的开掘还是艺术手法的运用上,都比八十年代之初有了长足的发展。所云平、王朝柱、刘星的《决战淮海》善于从错综复杂的历史事件中提炼矛盾冲突,并将领袖人物置于特定的舞台情境中,在展示他们作为革命家的雄才大略的同时也充分展示了他们各自不同的性格魅力。剧作家紧紧围绕着淮海战役总指挥毛泽东、前委书记邓小平和正、副司令刘伯承、陈毅等对待作战方案意见的不一致来结构矛盾冲突,主要人物都被卷入了这一矛盾冲突中,并在这一矛盾冲突中将内心深处的波澜充分地展露。这样,领袖人物形象便不再是演绎历史事件或表现剧作主题的简单符号,而是作为典型环境中的典型人物,使得整部剧作都有了凝重与厚重之感。刘星的《中国·1949》也是以有限的舞台空间展示出大的历史事件,剧作家以恢宏壮阔的历史事件作为背景,从生活中的日常小事入手,刻画领袖人物在中华人民共和国成立前夕各自的精神风貌。这部剧更像是一篇散文,在结构上,它不以紧张激烈的矛盾冲突见长,而是用特定的时间脉络将不同场景中的不同人物串联起来。毛泽东进京赶考,蒋介石败走台湾,讨论国旗、国歌,刘少奇访丈人,前门火车站接宋庆龄,天坛问天等情节看似互不连贯,却保持着一种有机的内在联系,它们共同表现着共产党的领袖们在新的考验面前的沉着、机智与乐观。这是一部从小处着眼、从大处落墨的优秀之作。从小处着眼,艺术形象的塑造才更加真实、生动,但领袖人物又毕竟不同于生活中的普通人,因此,剧作家又必须从大处落墨,这样,艺术形象作为无产阶级革命家的魅力才能够得以形象化的舞台展示,也才可以营造出恢宏壮阔的史诗风格。由这两部话剧也可以见出,领袖题材的军旅话剧发展到八十年代中后期,无论就思想内涵还是艺术风格来说,都已经比较成熟了,并且为九十年代领袖题材电视剧的发展奠定了基础。

二、郑振环、周振天等人对社会生活的大胆干预

紧密配合当前政治形势和部队现实发展的需要,仍然是八十年代军旅话剧的一个主要任务。与"前17年"的军旅剧作家相比,他们直接以作品干预社会现实的倾向更为明显,对现实的反映也更为快捷。这一方面是由于剧作家们在十年"文化大革命"中对国家、民族命运的长期思索;另一方面也是因为思想解放的时代思潮带给他们宽松的创作环境。表现在创作上,剧作家们在作品中更多地思考各种问题并力图从深层次挖掘这些问题的历史文化根源。剧作家们的思索品格和忧患意识进一步增强。冠潮的《向前向前》,王仁的《这里通向云端》,刘川的《第二个春天》《生者与死者》,王培公、李东才、刘惦晨的《火热的心》等作品,几乎都因其对现实问题揭露的敏锐与大胆而引起了强烈的反响,彰显了作家们关注现实的热情以及对现实主义创作手法进行深入探索的努力。但是,我们必须看到另一个方面的问题,那就是作家与其所表现的生活还没有能够拉开一段距离,也还无法站在历史与哲学的高度对其做出理性的审视与评价。因此,在戏剧矛盾冲突方式上,剧作家们还没有来得及从纷纭复杂的社会现实中提炼出具有哲理意蕴的戏剧矛盾冲突,作品中仍然存在着以观念冲突代替戏剧冲突的倾向。然而,从戏剧史的角度来看,这些作品毕竟表现出了剧作家们力图冲破"左"的思想观念和艺术观念的桎梏,向着现实主义进行开掘的努力。

八十年代中后期,随着思想文化观念的进一步嬗变,剧作家们在向着现实生活的深处掘进的同时,也逐步地走向了现实主义,创作出了一批反映部队现实生活的优秀作品。

郑振环1965年毕业于解放军艺术学院戏剧系,1969年到兰州军区生产建设兵团、军区战斗话剧团等任职。长期的西北生活经历使他对大西北的戍边生活情有独钟,故而他的作品大都以戍边的西北军人的生活作为主要表现对象。郑振环是九十年代以来最早将军旅生活纳入社会人生的大框架中去表现的剧作家之一,他的剧作展示了军营生活的丰富性与复杂性。其笔下的军人不再是英雄的代名词,他们每个人都是有着七情六欲、有个人私心的普通人。由此,郑

振环剧作中的军营便不仅仅是军营,而是一个小社会,不同成长背景、不同社会经历、不同价值观念的年轻人汇聚于此,社会人生的矛盾便自然集中于此。在解决矛盾的过程中,郑振环将笔力倾注于生活化描写,尽量消除了军旅话剧一向以来所受到的政治化影响,为军旅话剧的创作提供了新的艺术可能。稍显遗憾的是,其剧作在矛盾的解决上还存在过分理想化之嫌,这与其立足于还原生活原貌的努力相背离。

《天边有一簇圣火》是郑振环的戏剧代表作。它根据李镜的小说《冷的边关热的血》改编,但在改编过程中,剧作家融入了自己对生活的价值判断和审美理想。全剧围绕驻守在西北边陲铁舰山哨所的一群军人的人生与理想、奋斗与追求、生活与爱情结构戏剧矛盾冲突,并在一系列的矛盾与冲突中刻画了新时期戍边军人的群像。蓝禾儿是剧作家在这部剧中塑造的主要人物,也是中国当代军旅话剧中塑造得比较成功的一个艺术形象。这位出生于农家、长期在基层工作的老排长没有太多的豪言壮语,他只是把一腔的爱都投入了黄沙漫漫、人迹罕至的戈壁滩。除了爱国土、爱工作外,蓝禾儿也有着对相濡以沫的妻子巧巧的爱,他最大的心愿就是努力工作,早日提升为连级干部把妻子接出来。可是,由于种种原因,他的希望总是变成泡影。直到最后,在部队实行"知识化、现代化、年轻化"的大潮下,蓝禾儿被确定为转业。他痛苦、失落,但终究战胜了自己,在事实面前,他认识到自己的知识结构已经不再适应部队现代化建设的需要,从而拒绝了战友托人为他找到的较好的工作,主动要求带着妻子巧巧回到农村,建设家乡。在这里,剧作家巧妙地将蓝禾儿对于部队的爱转化为对国土、对人民的爱,人物的思想情感也在这种转化中得以升华。这是一部歌颂新时期军人默默奉献的戏,但剧作家不是就奉献而写奉献,而是将军人的奉献同爱国精神、人格完美的追求有机地结合起来。《冰山情》也是郑振环创作的具有代表性的反映西北军人生活的一部剧作。与《天边有一簇圣火》正面表现军队生活所不同的是,《冰山情》通过一个军人家庭写军人,故事发生的地点也由边陲转向了城市。远在"冰山"的边防团长耿魁回家探亲,但一系列他所意想不到的事情正在等待着他:老父亲的病故,女儿的离家出走,妻子的离婚报告和一把旅馆的钥匙……戏一开始,便将人物推到了由现实的矛盾而引发的激烈的内心矛盾中:一方面是对家庭的爱,另一方面则是难以割舍的事业。就在这重重矛盾之中,作为军人的耿魁的内心世界得以展露无遗,并给观众以心灵的震荡。郑振环的戏剧大都情绪饱满,人物形象鲜活,且能将外在的矛盾冲突迅速地转化为人物心灵深处的冲突,具有很强的抒情性和激昂慷慨的美学风格。

周振天是一个擅长于写海军生活的剧作家,他的剧作《天边有群男子汉》《海军世家》《远岛之光》等,从不同的方面反映了海军的人生与理想、奋斗与追求。

《天边有群男子汉》于1985年由海政话剧团首演。剧作以驻守在海军某边防巡逻哨所的军人们的生活为主要表现对象,通过他们的理想与人生以及婚姻与爱情辐射出一个更为广阔的世界,并在小岛世界与小岛外面世界的对比中展现守岛军人以苦为乐、敬业爱岗的男子汉精神。巡逻队长韩朝阳是剧作家所塑造的具有一定的典型意义的艺术形象。在剧中,韩朝阳被置于激烈的戏剧矛盾冲突之中以及与战友和家人的各种关系中,他英勇顽强、无私无畏的性格特点以及深沉的情感内涵也在这种矛盾冲突中得以展现。周振天的剧作取材于海军生活,将海防官兵所面对的大自然的挑战与生活的考验呈示给我们,多集中表现自然条件的恶劣与现实生活的困顿,在常人难以承受的肉体与精神的折磨中凸现军人坚定的意志品质与崇高的精神境界。在礼赞官兵们的精神操守的同时,还表达了对官僚主义、不正之风等社会腐败现象的义愤以及对庸俗市侩哲学的否定。如原基地司令员杜秉奎为了把女儿调回基地,竟不顾守岛战士的安全,以扣发远红外仪作为交换条件,终究酿成重大事故。剧作家通过一系列最能揭示人物本质的细节表现了官僚主义、以权谋私以及自私、贪婪的性格特点,也使整部剧作具有了强烈的批判性。以此为反衬,洋溢于剧作中的奉献精神及英雄理想就不流于空洞,并显得格外具有现实意义。不过,这种构思也给其剧作带来了一定局限,即缺少出人意料之笔,很难突破读者或观众的期待视野。

冠潮是较早触及部队改革题材的剧作家,他的八场话剧《向前!向前!》于1979年由南京军区前线话剧团首演,一经演出便广受好评。《向前!向前!》通过长征先锋团在军事演习中出现的一系列事故,揭示了多年来存在于部队军事训练中坚持"解放思想,实事求是"与形式主义、僵化思想之间的斗争。围绕长征先锋团是沿袭"刺刀、手榴弹"等老一套训练方式还是转向"实事求是,解放思想",使训练为我军现代化建设服务等两种不同的训练思想展开矛盾冲突,塑造了团长周继武、排长向来位等改革者的形象,表现出了新时期军人强烈的社会责任感与使命感。对于因循守旧的师长关天雄,剧作者也没有简单化处理,而是深入人物的心灵深处,揭示他思想僵化、行动保守的社会与历史原因,并写出其在事实面前的警醒,使这一人物具有了一定的厚度,也进一步深化了剧作的主题。

王培公、王仁的《这里通向云端》也是较早反映部队改革的剧作,1979年由空军政治部话剧团首演。这部剧所表现的是某飞行团长周铁为了把"文化大革命"中耽误的时间夺回来,建议在训练中开展"低气象训练",但他的建议却遭到了卫副师长的反对。后来,周铁被任命为师长,他加快了改革的步伐,同时也打破了固有的四平八稳的生活。剧作围绕着周铁的改革展开了改革与保守之间的矛盾,揭示了改革的艰难和习惯势力的强大,以及"左"倾教条主义给军队建设和军事训练所带来的种种危害,并展示了希望和未来。王培公、李东才、刘恺晨的《火热的心》通过主人公梁子如在工作中遇到的各种矛盾,反映了革命队伍内部存在的不正之风以及"文化大革命"对人们心灵造成的戕害。这些作品,几乎每一部都因其对现实问题揭露的敏锐与大胆引起了强烈的反响,彰显了作家们关注现实的热情以及对现实主义创作手法进行深入探索的努力。

三、白桦、赵寰等其他剧作家的探索与尝试

白桦主要致力于小说和诗歌创作,从事戏剧创作较晚,但其戏剧作品却极具特色。七十年代末创作《曙光》,引起了强烈反响,接着又创作了《今夜星光灿烂》,八十年代又创作了大型历史剧《吴王金戈越王剑》。白桦话剧创作的一个突出特色就是不拘囿于成规而独辟蹊径。写作《曙光》的时候,"四人帮"刚刚被粉碎,作者便以其强烈的艺术敏感,通过描写"左"倾路线对洪湖苏区造成的毁灭性破坏,揭示出"左"倾路线的实质,并在斗争中塑造了老一辈无产阶级革命家贺龙的形象。以史为镜、借古喻今是这部作品的主旨,作者以激烈的戏剧矛盾和成功的人物形象塑造实现了这一主旨,并有效地渲染了全剧的悲剧氛围。其后,《今夜星光灿烂》在艺术上更给人以耳目一新之感。在这部表现战争的剧

作中,剧作家选取了一个独特的、贫农女儿杨桂香的视角看战争,并将她对这支军队的认识与少女的朦胧情思有机地结合起来。这样,战争在舞台上不但显示了其残酷的一面,也表现了战争中的人们的人性美与人情美,给人以温馨之感;而且,残酷与温馨在作家艺术创作中的有机结合赋予了这部剧作独特的艺术魅力。

  赵寰大学毕业后即投身革命,同时从事戏剧运动和创作,五六十年代显示出戏剧创作的才华,创作话剧《南海战歌》(与梁信合作)、《红缨歌》、《南海长城》等。新时期以来,他更是焕发了艺术青春,先后创作出《秋收霹雳》(与庞家兴合作)、《神州风雷》(与金敬迈合作)、《十年一觉神州梦》、《马克思流亡伦敦》等。赵寰的创作,大都取材于重大的历史题材。《秋收霹雳》以大革命失败后错综复杂的形势为背景,表现了毛泽东于革命危急时刻力挽狂澜的胆识与气魄,以及觉醒了的农民的斗争精神。《神州风雷》则是以"四人帮"的覆灭过程为主要线索,表现了其倒行逆施和灭亡的必然性。《十年一觉神州梦》以一个家庭的悲剧表现了林彪、"四人帮"一伙对人们心灵所造成的戕害。《马克思流亡伦敦》以《资本论》的写作贯穿全剧,写了马克思写作这部巨著所付出的艰辛努力以及家人对此所做出的牺牲,也表现了马克思与燕妮之间高尚的爱情。全剧结构严谨,生动地再现了马克思作为革命领袖,同时又作为普通人的丰富多彩的性格特点。结构严谨,激情澎湃,是赵寰剧作的主要特点。

  综上可以看出八十年代军旅话剧现实主义回归的趋向。军旅作家强烈的责任感与使命感和"前17年"的剧作家们是一脉相承的;与前辈作家所不同的是,他们面对的是一个更为宽松、自由的文化氛围和多元的文化环境,尤其是经历了十年"文化大革命",从民族的苦难中萌发的忧患意识大大增强了。作家们对于现实生活少了几分浮泛的热情与理想主义,而多了几分冷静的审视与思考。人道主义精神的宣扬也使得作家们更多地关注社会生活中的人以及人的情感世界,并在舞台上予以淋漓尽致的展示。在戏剧矛盾冲突方式的营构上,剧作家们不再从先验的理念出发,而是从生活中提炼出具有典型意义的人物性格,在充分展示紧张激烈的性格冲突和丰富多彩的性格矛盾的基础上构建戏剧矛盾冲突。至此,八十年代中后期的军旅现实主义话剧发展到了一个新的阶段。

第四节 二十世纪九十年代：关注日常中积蓄力量

进入九十年代以来，一方面，随着社会主义市场经济体制的进一步完善，人们的思想观念和价值观念也发生了很大的变化，这种变化也影响到了部队，使官兵们的思想观念和精神风貌出现了一些新的特质。另一方面，随着国际局势的变化和部队发展的需要，科技强军成为部队所面临的主要任务。军旅剧作家们敏锐地捕捉到了这一时代变化，并以他们的作品对这一变化加以反映，出现了一批优秀的话剧作品。《女兵连来了个男家属》《都市军号》《"厄尔尼诺"报告》《男人兵阵》《炮震》《虎踞钟山》《洗礼》等是这一时期具有代表性的作品。这些作品不但以鲜活的艺术形象表现了重大的社会问题，而且在艺术上也不再随波逐流，表现出了一种逐步成熟的文化心态和戏剧形态。

一、孟冰、燕燕、王海鸰等人的军营青春

孟冰、燕燕和王海鸰同为总政话剧团的作家，尽管他们在艺术风格和审美趋向上具有不同的特点，但他们的作品却体现了某种共同的美学追求：于平凡的日常小事中挖掘人生哲理，于庸常的现实人生中表现浓郁诗情。孟冰在同龄人中是出道比较早的剧作家，早在八十年代，他与魏敏、李冬青、林朗等合作的《红白喜事》就获得了好评，与李冬青合作的《她们没有墓志铭》则引起了不小的争议。其后，他又创作了《来自滹沱河的报告》《郝家村的故事》《热血甘泉》《绿荫里的红塑料桶》等剧。在九十年代，最能代表孟冰话剧抒情风格的还是《绿荫里的红塑料桶》。《绿荫里的红塑料桶》于1999年由北京军区战友话剧团首演，在表现军旅题材的话剧中，它开了一个新的生面，那就是反映参加军训的女大学生们的生活。严格说来，这些大学生还算不上是真正的军人，但既然来到部队参加军训，她们的身上就必然会濡染上一些军人的精神特质。这种濡染，甚

至是潜移默化、不知不觉的。孟冰充分抓住了地方大学生的一些特点,写她们的自负、她们的敏锐、她们的骄傲,自然也有她们的天真与善良。这样一群女孩子来到部队,必然会对部队产生自己的看法,也会给军营带来一些新的气象,作品就围绕着女大学生们在军训过程中所产生的一系列情感的变化,折射出了当代军人的精神风貌。全剧充满了喜剧色彩,但它给人的却不是嘲讽,而是活泼与轻松,还有浓郁的青春气息。所有这一切,完成了具有浓郁的抒情色彩和昂扬诗意的舞台构造。

燕燕也是创作成就颇丰的剧作家,她的戏剧创作开始于八十年代,主要作品有《戴国徽的人》(与贾鸿源合作)、《你还等什么》、《女兵连来了个男家属》、《男人兵阵》等。

《女兵连来了个男家属》于1995年由总政话剧团首演。这是一部洋溢着浓郁生活气息和部队生活情调的青春浪漫剧。作品以来部队与雪妹结婚的男家属到雪山兵营后所遇到的各种问题展开戏剧冲突,并在这种矛盾中展示了两种不同的人生观与价值观的差异,以及雪山与都市的不同文化所造成的不同的精神追求。在洁白的雪山兵营里,男家属仿佛是一个异类,正是他与女兵们完全不同的生活经历、人生观念与价值观念构成了全剧的喜剧格调。但喜剧的背后却隐藏着更为悲壮、厚重的人生内涵,那就是母女两代军人对于雪山的爱,以及生活在艰苦的自然环境下的军人们对理想与信念的追求与坚守。在剧中,雪山与女兵也构成了一个奇妙的对比。雪山象征着凌厉与严峻,而女人一般却代表着柔弱、缠绵;可雪山上的女兵又不一样了,她们似乎赋予了女人以更深的内涵,也只有她们看似柔弱的身体里包裹着的那颗坚韧的心才足以迸发出与雪山相抗衡的力量。将女性置于严酷的自然环境中加以表现,并在这种严酷的自然中展示作为军人的女兵内心深处不可战胜的强大的精神力量,是这部剧独特的艺术魅力之所在,也赋予了这部洋溢着浪漫青春气息的剧作特有的刚劲与力度。在其后的《男人兵阵》中,燕燕有意识地加强了其作品中的刚劲与力度。与《女兵连来了个男家属》的构思遥相呼应,剧作家在《男人兵阵》一剧中以女参谋张扬的视角表现了一个充满了阳刚之气的男性的世界,并通过张扬在考察过程中与男友战龙之间的一系列矛盾,展示了当代军人的精神追求以及军人所独具的精神特质。在艺术上,《男人兵阵》延续了《女兵连来了个男家属》的热情洋溢的抒情,也具有一定的浪漫情调。总之,《女兵连来了个男家属》和《男人兵阵》就像燕燕九十年代创作中的双峰,以一定的内在联系和不同的艺术个性标识着它们的存在。

王海鸰的戏剧创作开始于八十年代,成熟于九十年代,尤其是为1998年抗洪而创作的《洗礼》,引起了热烈反响,也成为王海鸰的代表作品。在这部带着任务创作的《洗礼》中,作者并没有从先验的观念出发,而是将抗洪与当时的社会状况、军队状况联系起来,并通过一个军人家庭的矛盾与纠葛表现出来。剧情主要围绕两条线索展开来:其一是李家的家庭矛盾,其二是自然界的洪水。剧作家巧妙地将这两条矛盾线索交织起来,在两条不同矛盾线索的相互消长中展示一场洪水对每一个人的精神洗礼。李东航是作品中塑造得比较成功的艺术形象。作为一个军人,他热爱自己的事业;可是,他却接到了他所在的师缩编为旅的命令,个人的出路一下子便没有了着落。妻子南佳急着让他回家,找关系解决出路问题,就在这个时候,他接到了抗洪的命令,不顾妻子的劝阻甚至冒着给原本就有些紧张的夫妻关系雪上加霜的风险,带着部队上了抗洪前线。这个时候南佳的医疗队也上了前线,在紧张的抗洪斗争中,她终于理解了丈夫的理想与追求。而他们的儿子、接到了军校的录取通知书却不愿意上的李海洋也参加了抗洪,并在抗洪中理解了自己的祖辈和父辈,从而立下了献身国防的决心。就是这样,与自然界的洪水相伴随,李家每个人的心里都经历了一场荡涤灵魂的洪水,并在这场洪水中经受了洗礼。剧作的整体思想内涵,也就在人物灵魂深处的洗涤中表现了出来。王海鸰剧作主要关注的是作为普通人的当代军人的生活问题,并将他们的生活问题具体到婚恋、家庭关系上。以往的军旅剧作中,军人的婚恋与家庭关系虽然也经常被触及,但并非主要矛盾。在王海鸰这里,军人因职业因素或非职业因素而产生的事业与家庭的矛盾,上升成了一个重要的话题。其剧作沿着人物的情感脉络,在展现当代军人所面对的常规性的事业与爱情的选择之际,不仅探讨了家庭关系的平衡、人的尊严意识等富于时代感的问题,而且推进了军旅话剧将"神化"的英雄"凡人化"的进程。或许受制于话剧文体的动作性,与其小说创作相比,在情感的丰富性、细腻性的表现上,其剧作显得还不够充分。

二、姚远、蒋晓勤、邓海南等人的忧患意识

姚远、蒋晓勤、邓海南是南京军区前线话剧团的剧作家,早在八十年代,他们就分别以丰硕的创作成果奠定了在中国当代军旅剧坛的地位。姚远的《下里巴人》《天堂里来的士兵》《李大钊》《商鞅》、蒋晓勤的《带血的谷子》《强台风从这里经过》、邓海南的《征婚启事》等,都取得了较高的艺术成就,并引起了一定的反响。九十年代以来,这三位剧作家开始了他们的黄金搭档时期,先后合作了《"厄尔尼诺"报告》《迷人的海湾》《青春涅槃》等。他们善于关注普遍存在于社会上和军营中的问题,作品常常流露出可贵的忧患意识。

《"厄尔尼诺"报告》由南京军区前线话剧团首演于1995年。这部戏不但在当时引起了一定的反响,而且也是三位剧作家艺术上成熟的一个标志。作品从老英雄郭海的"黄昏恋"开始,随着故事情节的层层深入,郭家两代人之间的各种错综复杂的矛盾展现于舞台上,它涉及在商品经济大潮中人们的生活方式与价值观念的变革。作为曾经有着光荣与梦想的老军人郭海,也不得不面临着市场经济对家庭的冲击和严峻考验。他与他的五个子女,不时地发生着人生观念、价值观念等各个方面的冲撞;而他的子女们本身,也在商品经济的大潮下经历着人生以及婚恋方面的各种变故。尤其是他曾经最欣赏的二女婿刘春田经不住市场经济的诱惑,成为一桩经济犯罪案的主犯。而他的小儿子郭鲁兵,也因对人生的选择和理想色彩的淡化而对这个家庭产生叛逆。作品的可贵之处就在于真实地表现每一个人物内心深处的激荡,并在这种激荡中各自展现其人性的深度,在错综复杂的矛盾纠葛中展现老军人郭海对理想的坚守与执着。对于郭海,剧作家也没有简单化地处理,而是写了他面对亲情与原则的两难处境和他内心深处的强烈的矛盾;而最后,正是内心深处的理想,对于过去光荣岁月的缅怀,才使他真正战胜了自己,人物也才具有了现实主义的厚重之感。新时期以来,在大多数军旅剧作以歌颂官兵们的奉献、牺牲精神为主调时,姚远堪称问题意识最强、揭露矛盾最为尖锐的军旅剧作家。他的剧作着力于暴露出当时社会的种种病灶以及这些病灶对军人思想、生活的影响。社会病灶及其影响具体表现为种种现象,但姚远剧作不满足于对现象的描摹,而是立足于展示身处

某一现象中的人们的内心世界,以分析病灶、解剖思想。无论以军人家庭生活为内容,还是以战争为背景,姚远都将笔力集中于对人物心灵话语的复述,以及人物心灵话语承载着的由私心、利欲等带来的各种问题。在对问题的探讨中,剧作家放得开又收得拢,未流于对市场化阵痛所带来的社会弊端的大而无当的评说,而是将社会弊端与军队建设、军人素质培养等问题紧密联系在一起,既做到了统揽全局,又做到了有的放矢。

三、王树增、庞泽云、邵钧林、嵇道青等人的多元关怀

王树增是八十年代较为活跃的小说家,后转而从事话剧创作,在九十年代取得了丰硕的成果,他的话剧作品往往能够独辟蹊径,从人们习以为常的题材中挖掘出新意。《都市军号》是王树增话剧中比较有代表性的一部。在这部作品中,剧作家将军营置于丰富多彩的广阔的社会生活中加以比照,并在这种强烈的比照中塑造了连长程成这一艺术形象,而这一艺术形象本身也是充满了矛盾的:一方面他对五光十色的社会生活充满了向往,另一方面他又对军人这一职业满怀崇尚;一方面他坚守传统,另一方面他的观念又不得不在现实生活一次又一次的冲撞中发生着裂变;一方面他是铁骨铮铮的军人,另一方面他又是柔情似水的丈夫。正是这许多个矛盾对立面的统一,显示了这一艺术形象的丰富性,并真实、自然地体现了当代军人的精神风貌。在王树增的另一部剧作《桃花崮》中,剧作家一反以往作品中写军嫂必是凄凄惨惨的老套,塑造了一位既具有农村妇女的传统美德,同时又具有现代女性不断进取、顽强拼搏精神的桃花形象,体现了当代女性的时代精神。在与莫言共同编剧的《霸王别姬》中,他们又进行了大胆的探索,将当代精神融入到古代人物身上,并对众所周知的霸王别姬的故事进行了新的阐释,显示了在艺术上的大胆探索精神。

唐栋的作品大都具有较强的历史感,《岁月风景》和《宋王台》是其代表作。在《岁月风景》中,剧作家用散文化的戏剧结构,截取了某部步兵第一连在七十年代、八十年代、九十年代的几个片段,表现了军队变革的历史进程,并将军队与国家的变化和个人命运紧密地联系起来,从平凡的日常生活中提炼出生活的哲理,显示了剧作家对大的历史题材的驾驭能力。在另一部历史题材的话剧

《宋王台》中,剧作家仍然选用了散文式的戏剧结构,通过具有象征意义的宋王台在不同的历史时期的变迁表现了中国人民不屈的反抗精神,塑造了代表中华民族的民族魂魄的艺术形象。由于唐栋的作品大都能从大处着眼,并注重挖掘故事背后所隐含的哲理内涵,故他的剧作大都有一种凝重、大气的艺术风格。

庞泽云的作品也呈现着凝重与大气的美。其凝重大气不但体现在对于现实中所存在的重大问题的把握与揭示,也表现在对于戏剧人物形象的塑造上。《炮震》1995年由沈阳军区话剧团首演。该剧围绕某摩托化步兵团迎来新装备展开戏剧矛盾,蕴含在戏剧人物内心深处的新旧观念的冲突、光荣与梦想的渴望与追寻也随着矛盾的不断揭示而得以一一展现,并由此揭示了戏剧人物灵魂深处的搏击与冲撞。凝重大气而又兼具幽默风趣可以说是庞泽云话剧创作的鲜明特色。

殷习华也是九十年代比较活跃的剧作家之一,八十年代开始戏剧创作,近20年来创作了《当月亮升起的时候》、《早晨》(与于景合作)、《绿色基因》、《弹指一挥》、《长河远上》(与陈志斌合作)、《徐洪刚》(与陈志斌合作)、《老兵》、《神圣方舟》等,其中比较有代表性的是1997年首演的《老兵》。在这部作品中,剧作家以三个老兵近30年的军旅人生经历,表现了三个老兵在变革时代所经历的生活历练以及灵魂的考验。剧作的可贵之处在于能够走进人物的心灵深处,从他们貌似平凡的言行中表现其内心深处的闪光之点,并挖掘其具有哲理意蕴的人生内涵。善于用极具表现力的细节表现人物内心深处灵魂的搏击,是这部剧作突出的艺术特色,也使得这部剧具有了平淡、自然的现实主义戏剧风格。

进入九十年代以来,革命历史题材的军旅话剧在数量上明显处于低落趋势,也未形成八十年代那样的规模,但在艺术上却有了明显的提高,且呈现出较为明确的艺术追求。这些作品在真实地反映历史的同时注意寻找历史与现实的相似之处,并从中挖掘出具有哲理意蕴的美学内涵,努力实现"史"与"诗"的结合。邵钧林、嵇道青等人的《虎踞钟山》主题指向是相当明确的——科技强军。但剧作者却把这一在当时颇为前瞻性的主题隐含于对历史的抒写中,作者所选取的是离当代生活并不久远的一段历史:刘伯承解放初期在南京创办高级军事学院。尽管时间过去了几十年,但又都处于历史的转折期——历史与现实的关系一下子便拉近了。随着舞台上刘伯承走进军事学院,那段历史便活灵活现地出现在了舞台上。剧作者一方面注重历史与现实之间的内在联系,另一方面更注重于历史真实在舞台上的艺术呈现。随着剧情的推进,杨震、崔宝山、甘有根、黄茅、吴觉非等人带着那个时代所特有的气息——地展现在了舞台上,每个人物都按照他们固有的性格与心灵轨迹,在特定的舞台时空内追求着、憧憬着、迷惘着也痛苦着……舞台上的每一声叹息都是那个特定时代所具有的,这是剧作家对于历史真实的一种追求。但与此同时,剧作家也注重舞台上的诗意呈现,无论是舞台布景还是戏剧人物内心深处美好心灵的呈现,都具有一种诗的内蕴与境界。

第五节 新世纪:拓展主旋律艺术表现空间

新世纪以来,军旅剧作家创作出了一批有创新价值的作品。它们是:绍武与会林合作的《爱的牺牲》,王俭的《爱你不容易》,黄定山根据裘山山小说改编的《我在天堂等你》[1],姚远根据江奇涛小说改编的《马蹄声碎》,姚远的《沦陷》,孟冰的《毛泽东在西柏坡的畅想》《这是最后的斗争》(又名《大过年》)、《生命档案》(合作),王宝社的《独生子当兵》《独生女——让你任性》,王宏、李宝群、肖力的《兵者,国之大事》,李宝群、王宏、肖力的《从湘江到遵义》,等等。这些作品在情感意义的挖掘、价值意义的确认、风格意义的拓展三个方面,进行了有益的尝试与示范。同时,大多军旅话剧还存在一些共性问题,亟须我们认清和修正。

一、孟冰的厚积薄发

作为当代军旅话剧的领军人物之一,孟冰在新世纪表现出惊人的创作爆发力,不但题材宽广,而且体裁多样,涉及话剧、歌剧、京剧、影视剧等多种艺术类型,尤其在话剧领域,产生了广泛影响。《桃花谣》、《老兵骆驼》、《黄土谣》、《辛亥魂》(与王元平合作),《白鹿原》、《圣地之光》、《士兵们》(与王宏、李宝群合作)、《生命高度》(与王焰珍合作)、《毛泽东在西柏坡的畅想》、《生命档案》(与王宏、肖力合作)、《这是最后的斗争》、《谁主沉浮》、《开天辟地》、《寻找李大钊》、《生命宣言》(与王焰珍合作)、《索菲亚教堂的钟声》《公民》等剧作,除《白鹿原》改编于陈忠实小说外,其他皆属孟冰原创。这些作品不但展示了孟冰源源不断的创造力,而且拓展了主旋律艺术的内在魅力。

对于那些坚持革命理想信念、保持精神纯洁的人物,孟冰总是投以敬重的注目,给予真诚的礼赞。尤其在着眼军营现实、正面描写当代军人生活时,孟冰总是从道德至上的理想出发,仰望那些在平凡人生中保持质朴与洁净的军人,向他们致以精神上的注目礼。《老兵骆驼》《黄土谣》《生命档案》可以被视作孟冰此类作品的代表。

《老兵骆驼》聚焦普通士兵,讲述的是边防线上的大沙漠里拉着骆驼为哨所运送物资给养的老兵赵大贵的故事。这个平凡的老兵,眼下面临无法凭借个人能力、愿望、信念克服的问题:"骆驼队"要被汽车队取代,他和他的骆驼们都要转业了。这是部队现代化建设需要,是不可逆转的大势。他和他的驼队在现代化进程中就要退出历史舞台,除了拉骆驼搞运输,平凡、忠诚的赵大贵没有其他技能,这使人物命运笼罩了悲剧色彩。这普通一兵的故事其实是千千万万个普通士兵的故事,它看似平淡无奇,缺乏戏剧性冲突,但它所展现的,正是和平年代军人默默无闻的奉献和牺牲。

《黄土谣》讲述的是一则勇于承担责任的现代神话。老支书临死前迟迟咽不了气,是因为他惦记着全村 18.2 万元的债务。这笔债务是他带领全村人致富失败而欠下的,分摊到他个人头上 4 万。在大多数人尽量逃避责任时,老支书即将转业的大儿子建军不但向父亲承诺 18.2 万的债务由他一人承担,而且决心放弃城里的工作回乡完成父亲的遗愿——带领村民寻求致富之路。之所以说《黄土谣》是"现代神话",是因为建军这个人物的确有"高、大、全"之嫌。然而,剧作中强烈的现实批判精神以及对城乡贫富差距的反思,却确实具有振聋发聩的作用。并且,当我们概括而言时,剧作的意旨和人物形象就都被简单化了。事实上,剧作家也非常注意避免直露,而尽量将赞美、歌颂之情内化于情节性与生活性极强的故事叙述中。

《生命档案》取材于真人实事,是剧作家为落实党中央关于开展向刘义权同志学习重要指示,配合全军大力培育当代革命军人核心价值观主题教育活动,进行的"命题作文"。刘义权同志是解放军档案馆原馆员,他从事档案工作38年,从全国各地收集党和军队珍贵档案83万余件,为建设军队档案资源体系做出了重要贡献,被誉为"军档收集第一人"。他在身患绝症后,仍以顽强的意志和奉献精神坚守在档案工作第一线。这是一部英模题材作品,创作起来有相当大的难度。分寸把握不当,就会因过分美化人物而产生失真感,从而难以打动人心。剧作家避开用矛盾冲突构筑情节的戏剧原则,而选取了一个以情动人的巧妙角度,为我们塑造了一个平凡、朴素、真诚的民间英雄。在艺术表现上,《生命档案》则极尽戏剧的综合性,将剪影、投影、抒情歌曲、信天游等多种艺术形式、手法融合在舞台表演中,强化了剧作的抒情意蕴。

对不同话题的选择和不同类型人物的塑造,孟冰现实军营题材剧作尤具创新意义的表现是显示出了难得的"问题意识"。他经常思考的问题是:在物欲横流的时代,道德的位置在哪里?而对这个问题思考最深的剧作当属他的《这是最后的斗争》。

《这是最后的斗争》将矛盾的开始作为结局,反映了金钱利益对理想信念的腐蚀,提出了关乎我们时代精神出路的尖锐问题。大年除夕,离休老干部何光明的孩子们都回来了。三个儿子中,他最欣赏长子、国防大学教授何大明,因为大明喜欢思考,心怀理想,相信未来;他最不喜欢的是外企驻华代表二明,因为了解国内投资大型项目的黑幕交易,二明总是批评社会;而他最担心的是小儿子晓明,晓明跟人合伙做生意,钱没少赚但个人私欲太强。老爷子的担心不是没有道理,这个除夕,晓明正打算在团圆饭后携2800万集资款逃往国外。我们看到,这个大家庭就是一个小社会。以何光明夫妻和长子何大明为代表的军人,保持着对理想信念的执着。而以何晓明为代表的物质主义者,则在利益驱使下放弃了精神价值追求。这个家庭里出现的矛盾,就是当下社会问题的投影。那么,何光明夫妻及何大明的价值观念是否能够对何晓明形成影响呢?

以往的军旅话剧,我们很少触及如此尖锐的社会问题,很少直面利己与利他两种价值观念冲突。为引起观众思考,《这是最后的斗争》并没有给我们特别明确的答案,而是将问题暂时搁置起来,设置了一个富有深意的结局:何晓明悄悄离开了家,怀着满心的愧疚与罪恶感,在机场登机前,给父亲打来了告别电话。电话这端,父亲沉默不语,耳边响起童年晓明《我们是共产主义接班人》的歌声。最终,剧作并没有明确晓明是否回来,而是让父亲在《国际歌》的背景音乐中静静等待,等待儿子回来。在讨论了诸多社会问题,直面了剧中人的精神危机后,"这是最后的斗争,团结起来到明天",传达的便既是一种忧患,又是一种力量。

因涉及权钱交易、社会分层等敏感话题,《这是最后的斗争》被称作"批判现实主义"话剧。在演出过程中,作品的批判精神与忧患意识打动了无数观众,产生了极大的社会反响。

在中国当代话剧舞台上,以"政论剧"的形式编创"伟人戏"是孟冰的独创。"政论剧"是出现于苏联十月革命时期的戏剧类型。从1999年的《突围》开始,孟冰就尝试了"政论剧"体式。几年后,在《辛亥魂》《圣地之光》《毛泽东在西柏坡的畅想》《谁主沉浮》《寻找李大钊》等系列作品中,孟冰继续自己的"政论剧"思路,让那些处于大历史时代的大人物在戏剧中进行直接、激烈的政治思想交锋,以展示伟人超凡的智慧、理想、情怀及其在历史关头发挥的作用。

《圣地之光》是孟冰为纪念红军长征胜利70周年创作的。作品选取1935年至1948年毛泽东在延安生活的若干片段,再现了中国革命的伟大历程。作品主题重大,人物众多,事件繁复,时间跨度长,同时涉及历史真实与艺术真实的恰当统一,对任何剧作家都是一个考验。孟冰的高明之处在于,选取那些最能见得历史人物见识、情怀的历史事件或生活场景,一方面让领袖走下神坛回到日常生活中,另一方面在对待重大事件的态度上凸显领袖之不凡。

在《圣地之光》的基础上,《毛泽东在西柏坡的畅想》更进一步,有更为宏大的规模和更加雄伟的气魄。不避被喜欢"剧情剧"的观众排斥的危险,《毛泽东在西柏坡的畅想》明确给自己贴上了"政论剧"标签。在中国革命取得胜利之后,毛泽东和党中央就要告别西柏坡,进入北京城,建立新型的人民民主政权,迎接全中国的解放和新中国的诞生。在这样重大的历史时刻,毛泽东思潮翻涌,围绕"得民心者得天下"的问题,剧作表现了毛泽东在新中国成立前的一系列政治构想,有诸多历史人物出场。写"伟人戏",一怕神化伟人,二怕让伟人泯然众人。孟冰之所以能够恰当把握历史真实与艺术真实的尺度,是因为他既有洞察历史风云的敏锐,更有对伟人进行心理透视的胆识。他善于在大历史中进行散点透视,抓住伟人身上最富光辉的戏剧点,将伟人的思想、精神推向高峰,但又借助日常化剧情设计让这种处于云端的思想和精神有现实落脚点,避免将其架空。因此,他的"政论剧"才在当代话剧界独树一帜,显示出艺术创新与突破性价值。

由以上剧作可见,孟冰的优长在于他能够驾驭各种题材,思想宽阔,眼光独到,情感真诚。看到问题,他眼里不容沙子,必批之而后快;遇到楷模,则生高山仰止之敬意,感动自己后必去感动他人。真忧思与真歌颂成为他创作不同类型剧作的基础,也成就了孟冰丰富的艺术个性。

二、姚远的艺术探求

姚远是一个成熟的剧作家。早在二十世纪八十年代,他便在历史剧领域取得了突出成绩。作为部队专职剧作家,姚远的军旅话剧作品数量虽不多,质量却非常高。新世纪,他独立创作了三部军旅话剧——《马蹄声碎》《裁军进行时》《沦陷》,创作合作话剧一部——《陀螺山一号》(与佟冰一、孙文学合作)。姚远剧作之所以具有非常高的艺术质量,是因为他在情境设置、人物塑造、细节刻画上,都极富创造力。

在戏剧情境设置上,姚远善于在"绝境"直面人物的心理挣扎,从中洞察人性幽微。因此,他的作品的戏剧性、可读性、画面感、超越性价值都很强,处处可见剧作家"绝处逢生"的智慧。

《马蹄声碎》剧本最初发表于 2005 年,根据江奇涛同名小说改编。南京军区政治部文工团第二年公演,引起了广泛关注。公演后,姚远又发表了《马蹄声碎》的修订稿。事实上,早在 1996 年,《马蹄声碎》还有一个改编和演出版本。1996 年的版本由汪遵熹导演,总政话剧团演出。但是,"它演了两场之后就被'冷处理'了"。又经过近 10 年时间,这个剧本才重获青睐,公开发表与再度排演。《马蹄声碎》命运的多舛,主要原因在于其以微观视角处理宏大主题的反常规方法,在 1996 年还未获得普遍认可。

剧作选取的是一个很容易落入铁血冰河式正面描写的话题——长征。姚远的独创性在于选取了一个非常独特的角度——几位掉队的红军女战士追赶大部队的艰难过程以及为之付出的代价。《马蹄声碎》之所以在同类题材作品中出类拔萃，不仅仅因为其主题的先进性——女战士信念的坚定、战胜困难的勇气、自我牺牲的行为等，更在于剧作家对各种艺术表现方式的熟练运用。

首先，剧作家将"绝境"作为全剧最大的看点，在作品中多处设置绝境；而后在有限度的牺牲下，让人物绝处逢生。无论自然环境的险恶还是敌人的威胁，大概都不及女战士的"追"与大部队的"弃"之间的矛盾更动人心弦。何况在如此巨大矛盾下，通信班内部又时有摩擦。重重绝境的设置强化了戏剧冲突，使这个险象环生的故事极为引人入胜。其次，剧作节奏疏疾有致，情绪张弛有度。虽然从整体上看，故事的进展始终是紧张的，但过于紧张容易使读者、观众疲惫。作为一个深谙受众心理、创作技巧成熟的剧作家，姚远巧妙地插入了一小段传错口令的笑料及两段爱情故事，舒缓了剧作的节奏和情绪。再次，在塑造英雄群像时，剧作家强调他们的个性，尽量使每个人物都个性鲜明、血肉丰满。在善良、真诚、勇敢等共性前提下，五位女战士性格特征各异：冯贵珍沉稳，张大脚直率，田寡妇执着，霞妹子羞怯，隽芬善妒。除冯贵珍形象淡薄一些外，剧作家在其他四人身上使用的笔墨几乎是平均的。对主人公们各自的悲惨身世——孤儿、寡妇、童养媳等，剧作只做简单交代，目的在于说明其参军动机的真实性、可信性，初衷只在个人解放。这样的叙写显示出作者刻意不去"提纯"革命的意图。这些描写，为我们塑造的是在爱与痛的漩涡中挣扎的英雄，他们不是"天生"的，而是"长成"的。因为上述几点，《马蹄声碎》成为新世纪以来同类题材剧作中的佼佼者。

借助微观视角探究处于绝境中的人的情感、心理挣扎，是姚远处理宏大历史题材时的又一成功经验。取材于南京大屠杀的剧作《沦陷》，也是姚远富于创新价值的佳作。故事发生在1937年12月的南京，起笔于中产家庭史家逃难前的慌乱与紧张，他们必须赶上最后一班船，成功与否事关生死。接下来，剧情进展的每一个环节都让人物命悬一线，他们或舍生赴死，或绝处逢生。所有这些人都在自己或他人的生死面前展现出人性的高贵或卑贱，勇敢或软弱。正如主创人员介绍的那样："以往以南京大屠杀为背景的作品主要写民族仇恨，而我们这个戏写人性。"为弥补非常态情境与观众日常经验的裂痕、缓冲人物性格逆转的突兀感，姚远善于采用微观视角，为人物安排丰富的生活背景和心理活动，以常态化生活细节和细腻的心灵表达,来避免其话剧太像戏的可能。同时,由于他每部剧作所探讨的都是关乎人的本能欲望与社会责任、理想信念冲突的人文话题,如果没有丰富的生活本身做支撑,没有对现实中人的心灵的体察,便很容易成为空洞的理论或流于形式化说教。深入生活细部和人物内心的微观视角也成为他探讨超越性话题的根基。

新世纪现实军营题材剧作中,如果说孟冰的作品聚焦于军人精神生活的日常性和外部影响,姚远等剧作家则更关注的是来自军营内部的、新军事变革形势下军人个体性困境与精神成长。

《裁军进行时》就是这样一部作品。[2] 作品以2003年中国人民解放军大裁军为选题,目标锁定传统光荣、信念坚定但观念保守、技术落后的部队及其中层干部群体,通过对他们面临裁军时心理困境的分析,完成了对其精神成长的展示。有着优秀传统与光荣历史的钢八团传言要成为被裁军对象,部队情绪整体很不安定。团长李诚不相信"撤师改旅"的说法,更不相信钢八团会受影响;某处副处长武俊奇却觉得撤掉钢八团合情合理。李诚和武俊奇的不同想法,代表了两种观念的交锋。最终,钢八团被整改,钢八团荣誉称号由两栖装甲团延续。在新军事变革的时代语境下,在军人的天职面前,在领导的开导下,在与武俊奇的争论和交流中,李诚接受了自己不适合再留在现代化部队中的现实,脱下军装转岗到预备役防空旅。从不相信到抵触、从不甘心到接受,对钢八团和个人命运的理解,在李诚精神成长的过程中,国防现代化这一宏大主题获得了具体生动的讨论。《裁军进行时》意在告诉人们:国防现代化不仅仅是技术装备现代化,而且需要人思想观念的现代化。在这一宏大主题下,剧作也提出了具有现实意义的问题:当军人经历了训练场上的"苦"后,如果他转业到地方,他能干什么?他的专长何在?这些问题是对军人现实困境的深切理解,也是对军人牺牲奉献精神的无声歌颂,更是富于忧虑的人性关怀。更为关键的是,剧中,从老首长张豫到现任团长李诚、营长杨超、战士顾小明,每一个钢八团的成员都经历了从不解、痛苦到理解、释然的心理历程,每一个人都经历了精神成长。在他们精神成长的道路上,国家利益是始终的路标。这些人物完成精神成长之际,剧作第二层主题变得清晰:国家利益面前,军人没有选择。这个主题再次诠释了军人的天职,升华了军人的牺牲奉献精神。这种奉献精神原本天然存在于剧中每一个人物身上,但当它面临考验、通过了考验后,才变得更为可知、可感、可信。

整体看,《裁军进行时》构思细密周到。在深入军人精神世界时,触及军人职业荣誉、军人选择困境、军人家庭情感、军人道德情操等多种精神活动;在设计人物类型时,兼顾保守派、少壮派、铁腕领导、老首长、普通战士、军嫂等不同背景和身份的人物;在呈现钢八团集体面貌时,既有史料性历史记忆又有官兵现实生活细节,甚至还开辟了议论纷纷的网络空间;在设置矛盾时,注意到矛盾的尖锐性与多重性——以李诚为代表的保守派和以武俊奇为代表的少壮派的观念对立,军人忠孝不能两全、家国难以兼顾的现实尴尬,老首长张豫起初对外孙女与武俊奇恋情的反对等。在军人生活中,这些矛盾都极具代表性。

面对新军事变革的时代语境,新世纪军旅话剧跟进的速度比较缓慢,因此,姚远在创作中舒展的敏锐的现实触角,无疑是对其他军旅剧作家的鼓励和示范。

总体看,姚远新世纪以来的几部军旅话剧,都因其反常规写法和深沉的人性关怀而富含相当大的创新价值,为军旅话剧的精神走向、题材选择、人物塑造、表现方法提供了新的思路。

三、唐栋、绍武、黄定山、王宝社等人的创作

在推动新世纪军旅话剧发展的剧作家名册上,唐栋、蒲逊、绍武、黄会林、黄定山、王宝社、王俭等名字必然不会被忽略。他们或从革命历史中汲取资源,或从当下军人日常生活中发现戏剧性,创作了一批题材多样、风格迥异、多姿多彩的作品。

唐栋、蒲逊一向以创作革命历史题材剧作见长。他们的作品历来以题材、主题重大著称,但他们最擅长的却是"大题小做",从小处入手,小中见大。

《天籁》就是将宏大主题内化于个性人物和情感化故事的有益尝试。这部带有纪实色彩的作品以保护和抢救一部留声机为线索,讲述的是部队文艺战士鼓舞士气的努力和牺牲的故事。通过剧社边行军、边宣传、边战斗的经历的复现,《天籁》让我们看到,我们的文艺队也是战斗队。他们宣传革命理想,鼓舞士气、推动战斗,以自己的作为凸显革命文艺在我军战斗力构成中的位置——一

个有特殊意义和特殊作用的战场。同时还让我们看到,长征,不仅仅是军事意义和政治意义上的长征,也是一次精神和文化意义上的长征。

《红帆》是唐栋、蒲逊新世纪革命历史题材剧作的另一代表。剧作再现了1959年前人民解放军突破琼州海峡天险、一举解放海南岛的历史,表现了人民军队英勇奋战、不畏艰险、不怕牺牲、"将革命进行到底"的革命信念和战斗精神。以话剧形式展现渡海战役,在话剧舞台上还是首次。面对大历史、大场面、大主题,为了不仅仅将作品作为对战役过程的临摹,而让作品成为既有"肉"又有"灵"的生命,唐栋和蒲逊在海南岛战役大背景下,精心描写了一组人物:爱摔碗的团长王朝海、抽旱烟袋的政委宋福成、嚼橄榄的营长何琼生、胸前插三支钢笔的转业干部樊刚、纳布鞋的支前模范金凤、偷渡过海的琼崖纵队女指导员冯英、手上不离酒壶的渔民冼伯、唱着"二人转"与敌人同归于尽的战士张二豆和黄细妹……这些人物性格各异,但都具有同样的革命理想和信念。在刻画这些人物性格的同时,剧作家"试图通过人物在这场战役面前,对于生活、对于死亡、对于友情、对于爱情的态度",展示他们"将革命进行到底的精神"。[3]而这种"红帆精神",就是历史与现实的融汇点,是剧作家在历史题材剧作中注入的现实目光,是历史题材的当代意义所在。

这里,我们还要提及唐栋、蒲逊2010年、2012年创作的两部作品——《共产党宣言》和《支部建在连上》。《共产党宣言》借女共产党员林雨菲保护、宣传《共产党宣言》的个体故事,让我们看到具有理想信念的共产党人就是活的《共产党宣言》。

《支部建在连上》是广州军区为迎接党的十八大召开创排的剧目。剧作取材于秋收起义部队攻打浏阳失败之后,从文家市转兵到井冈山会师的艰苦卓绝的斗争历史,艺术地再现了毛泽东性格转折时期显示的领袖眼光、领袖情怀。正如朱向前所说:"它的主要特点在于为我们塑造了特定历史时期从一个'指点江山,激扬文字'、富于'书生意气'的教书先生的青年马克思主义者,向一个叱咤风云、指挥若定的不乏'霸蛮之气'的武装领导者转变的、既符合历史逻辑和现实处境又符合毛泽东性格的毛泽东形象。"[4]

同样取材于革命历史,绍武、黄会林的《爱的牺牲》[5]将生活化人物、情感化故事和人性反思作为重点,在艺术构思上正题反做,为新世纪革命历史题材话剧探索了新的叙事视角和叙事方式。

《爱的牺牲》故事来源于一个真实的历史事件。抗战时期,黄河边的黄土高原上,战功赫赫的我军某师旅长曾克强在恋人周倩兰要与其分手,努力挽回无果的情况下,射杀了周倩兰,随后受到了法律、党纪、军纪的制裁,被判死刑。将这样一则我军历史上的"污点新闻"和"冰冻新闻"作为选材,在军旅话剧创作中,尚属首次。而依据副标题的交代,剧作家的动机却是"为纪念红军长征胜利六十周年而作"。按照通常的理解与想象,纪念长征胜利的剧作似乎应当与超常的苦难、不懈的斗争、坚强的意志、无上的光荣等内容相链接。《爱的牺牲》却恰恰相反,非理性、狭隘、自私、强权、罪恶等是解读它的关键词。它书写的不是一个军人的高大、奉献、荣光,而是他的冲动、固执、懊悔,以及他所造成的他人与个人的悲剧。这使《爱的牺牲》超越了关于红军、长征的英雄叙事的常规,角度极为新颖,也极为大胆。

对主人公心理行为的多层次分析,是剧作最见深度处。这种分析是以间接辩驳的方式展开的。通过层层剥笋式的分析,剧作摆出了这样一个事实:无论曾克强愿意承认与否,副师长一句"封建时代的独裁、专断的恶习"道破了曾克强犯罪的潜在动因。如果剧作只写到这里,虽然够得上机智,但还算不得深刻。事实上,通过辩驳,当曾克强的潜意识被洞穿后,矛盾的真正焦点才浮现出来——对这样一个可恨又可怜的人物,对这样一个立过功又犯了罪的人物,是否能够给以赎罪的机会?尤其对他最后提出的死在与日寇搏斗的战场而非自己人法场上的愿望,能否给予满足?公审会场上,"给他一支枪"的呼声并非不高;陪审员讨论时,持同类要求者也与处极刑论者势均力敌。最终,军事法庭为维护法律的公正判处曾克强死刑。对这个审判结果,如果还有人心存遗憾的话,行刑前一刻送达的毛泽东的信给出了最有说服力的解释:"以一个共产党员、红军干部而有如此卑鄙的、残忍的、失掉党的立场的、失掉革命立场的、失掉人的立场的行为,如被赦免,便无以教育党,无以教育红军,无以教育革命者,并无以教育每一个普通的人。"借毛泽东的这番话,剧作的深刻性获得了表达:在纪念长征胜利60周年之际,为保持共产党员的先进性,缅怀与歌颂自然必要,警示与反省则更为必须。至此,《爱的牺牲》选材之新颖、立意之高明、用心之良苦方全面显现出来。

黄定山编导的《我在天堂等你》根据裘山山同名小说改编。剧作故事时间跨度达50年之久，借一个家庭揭开子女身世之谜的契机，讲述的是共和国两代驻藏军人无私奉献与牺牲的故事。

想在一个半到两个小时之间的话剧中完成历时50年的两代人的故事，当然不是一件容易的事。剧作借助白雪梅的意识流动，让故事自由游弋在50年前的西藏雪域高原、50年后欧战军居所，若干当下时空以及50年前与50年后剧中人的心灵空间里。有意味的是，如同"戏中戏"，剧作设置了意识流中的意识流。每当青年白雪梅面临生活转变、精神困惑的关节点，剧作家便让老年白雪梅以上帝的姿态出场与之展开心灵对话。这既可以看作是老年白雪梅回顾自己年轻时的选择的重新判断与自我肯定，也可以被解释为青年白雪梅迷茫时所面对的自己的使命与宿命。对意识流手法驾轻就熟的运用，使剧作不但跨越了今昔，而且沟通了虚实。

与以往的军旅剧作相比，《我在天堂等你》没有去刻意"提纯"、刻意美化，而是通过人性化的日常视角来塑造英雄。剧作中，白雪梅与欧战军的结合是组织介绍的；此前，她已心有所属，爱上了随队医生辛明。当需要在欧战军与辛明之间做出选择时，白雪梅经历了痛苦的心灵挣扎。比起以往那些简单、透明、定型的"神化"英雄形象，白雪梅的形象更为"人化"。她在革命选择和爱情选择之间存在一条裂缝，让我们看到白雪梅将欧战军作为事业、理想的化身，将忠诚献给欧战军，却把爱情留给了辛明，作为一辈子的秘密珍藏。而爱情上的牺牲，更彰显出她对理想、事业的忠诚。因为这是一份不是爱情的爱情，更是一份超越爱情的爱情。剧作借此突显出理想信念的超越性价值，同时展示了人类情感的丰富性、多向性、超越性，留给接受者非常宽阔的阐释空间。

在新世纪现实军营题材剧作中，同样关注当下官兵面临的现实问题，王宝社、王俭的作品虽各具独特风格，但都格外钟情于喜剧手法，喜欢以谈笑破敌的方式讨论和解决问题。

在军旅喜剧中，王宝社的作品无疑是独特的。他的《让你离不成》和"独生子系列"作品以喜剧形式，表现了当代军营充满矛盾与趣味的生活。《让你离不成》讲述的是驻守在西北戈壁的武警某中队指导员仲宝，因彼此误会要和来队探亲的妻子离婚。这事惊动了连队的战士和驻地的群众，于是大家挖空心思决心不让他们离成。最终，两人误会消除，言归于好。王宝社的喜剧是非常纯正的结构喜剧，因为剧情设计一环套一环，人物在知情与不知情间连环误会，产生了独特的审智乐趣与喜剧效果。因为对独生子女战士群体的关注与表现，王宝社的《独生子当兵》《独生女——让你任性》受到了基层官兵的欢迎和来自社会的多方肯定。我们知道，当下基层部队的主体是"80后""90后"官兵，这个群体又是被称为"中国小皇帝"的独生子女，往往会形成以自我为中心的性格。当来到部队这个高扬集体主义精神的群体时，他们如何自处，如何与人相处，这的确是值得关心和讨论的问题。《独生子当兵》就表现了主人公任友友在挫折中经历的精神成长。任友友从一个娇生惯养、虚荣心强、喜欢沽名钓誉的新兵成长为能够自我反省、修正错误、真正获得荣誉的战士的故事，在喜剧性外壳下，讨论的是非常严肃的主题。这个主题在王宝社接受创作任务时就被提出："教育好一个独生子，幸福一个家庭；教育好一批独生子，决定着一支部队的战斗力；教育好一代独生子，决定着一个民族的未来。"几年后，《独生女——让你任性》再度关注部队中的独生子女群体，通过九个性格各异的军校女学员，更为全面地展现了当代军营中独生子女的生活矛盾及相处之道。

多年喜剧创作实践经验的积累，使王宝社善于运用误会法，借助特定的舞台道具、滑稽的肢体语言等，尝试从人物性格逻辑、故事情境中，让观众发出会心的笑声。《让你离不成》《独生子当兵》和《独生女——让你任性》的出现令看惯了正剧形式的军旅话剧的人们耳目一新，清晰地显示了军旅话剧喜剧精神的生长，也让一向严肃的军旅话剧在喜剧类型上有了创造性收获。

作为一部军旅话剧，王俭的《爱你不容易》剑走偏锋，选择了对婚恋伦理的探讨。特级飞行员汪月琴中秋节傍晚临时回家，意外面临了女儿爱上有妇之夫、丈夫有了婚外恋情的家庭问题。该话剧探讨了家庭关系的平衡、人的尊严意识、两代人的价值观念的差异等富于时代感的问题，同时侧面展示了欲望张扬时代的婚恋景观。有意味的是，剧作不是以矛盾的解决，而是以一个家庭面对"爱你不容易"的矛盾的开始作为结局，将思索的自由留给了读者和观众。而汪月琴与女儿争论时丈夫的调侃，女儿满嘴前卫时尚的爱情理论，则进一步冲淡了站在汪月琴立场上的接受者可能产生的悲愤与焦躁，在笑声里中和、平衡了可能的冲动与激情。这更有利于他们去思考"爱你不容易"这个人生课题，而避免简单的价值判断。

兰晓龙的《爱尔纳·突击》将一个"孬兵"许三多作为主人公,通过他艰苦自我磨炼后成长为一名合格战士乃至"兵王"的故事,反映了一个经过部队锻造的战士的精神成长,高扬了人物"不抛弃、不放弃"的坚持、合作与努力所产生的精神力量。许三多这个人物无疑是剧作最成功的塑造。这个人物身上的韧性与钝感,是强军目标下的战士最可贵的品质。通过许三多的精神成长,兰晓龙讨论了转型期军队战斗力的来源,即"80后""90后"战士何以保持人民军队光荣传统,何以自我砥砺和成长,何以承担责任与使命的问题。

《红星照耀中国》是兰晓龙另一部代表作。剧作取材于埃德加·斯诺那本著名的《红星照耀中国》和另外一本作品《复始之旅》,通过一个外国人冷静的目光,复现了年轻的中国共产党和领袖毛泽东为中华民族解放事业所持的执着信仰、坚定信心、乐观精神,贯穿了对正义、公平、美好和高尚的赞美。全剧没有一句教条的说教,通过斯诺从抱着"看一看"的态度到被看到的一切点燃激情,顺利完成了对观众的精神感染和净化。

新世纪,王宏、李宝群、肖力三位剧作家在合作中也创作出了有影响的作品。《兵者,国之大事》是一部富于问题意识的现实主义剧作。剧作聚焦强军目标,着眼"和平积弊",以强烈的忧患意识暴露了"演习如演戏"的问题,在保安全与练精兵两种观念冲突中,表达了深重的历史与现实思考。《从湘江到遵义》是一部具有深层次悲剧感的作品。虽然流血牺牲是军旅话剧经常表现的内容,但流血牺牲通常会换来胜利的结局。《从湘江到遵义》则不然,这是一部表现失败的作品,取材于我军历史上一次重大的失败——湘江之战。然而,惨烈的牺牲虽然是舞台再现的历史事实,却不是创作者表现重点所在。创作者是要在历史牺牲面前,就政治路线和军事路线的争论,再次探求中国人民解放道路上的信仰、主义、观念。由此,那些年轻的生命发起的自己为之牺牲的革命信仰、理想有没有实现的追问才格外具有意义。除了历史价值与当代意义,这部叙述体话剧在艺术处理上也有大胆的创新。作品时空跨度大,推进速度快,采取整体写意局部写实的艺术手法,追求再现与表现的结合。其中,人物穿越生死界限的设计可谓神来之笔。从毛泽东两次点"阴兵"到新中国诞生,英烈灵魂始终在场的旁观,让历时性历史过程变成了共时性参与。他们关于理想、信仰的当下追问也因此更有力量。因为没有人比他们更有资格质疑，他们为之付出生命代价的理想是否已实现。英烈灵魂参与当下的追问，让我们意识到：他们没有离开，他们还在，在看，在期待。这跨越生死的追问是《从湘江到遵义》的戏核，而时空处理对于深化主题无疑起到了关键作用。

综而观之，较之于以往的现实题材军旅剧作，新世纪里，军旅话剧虽仍然以牺牲、奉献、担当精神为内在血脉，但已不再将这种精神作为话语真空里的抽象道德存在，而是在充满偶然和矛盾的世俗生活中阐释这种精神的现实价值。在对确立正面价值目标的理解上，这些剧作未局限于理想化构想中的同向印证，而钟情于发现问题、揭示问题后的反向推证。它们不但回归日常，让平凡人世情态进入军旅话剧视野，而且不避问题，在对问题暴露与分析中阐扬主流价值观。借此，新世纪军旅话剧完成了从"神化"到"人化"、从解决问题到悬搁问题、从庄严到诙谐的转向，它的神圣空间渐次开放。

注释：

[1]话剧《我在天堂等你》有两种舞台改编版本。其一为2003年成都军区战旗话剧团舞台演出版，孟冰、王焰珍编剧，王群导演；其二为2003年解放军艺术学院舞台演出版，黄定山编导。

[2]姚远的《裁军进行时》发表于《剧本》2006年第8期，目前尚未搬上舞台。作为文本，该作品同样具有不可忽视的艺术价值。

[3]唐栋、蒲逊：《〈红帆〉与"红帆精神"——话剧〈红帆〉创作谈》，《剧本》2009年第12期。

[4]朱向前：《深刻的历史洞见与丰富的性格塑造——话剧〈支部建在连上〉的两点主要贡献》，《中国艺术报》2012年11月26日。

[5]绍武、黄会林的《爱的牺牲》于1998年由北京师范大学北国剧社首演，因是校园戏剧，社会反响不大。后剧本公开发表于2000年后，引起关注。

第十一章　电影(上)

第一节　概述

如果说对文学的文本,我们可以从"考古学"的角度给予观照,那么站在新世纪初叶,拉开一定的时空距离,我们回望军旅文学 70 年的历程,可以从历史的变迁中论述文学的发展,寻觅其踯躅前行的步履。同时,作为一种以"文学/艺术性叙述"存在的"历史述本",我们又可以从这些述本中,窥见实存历史的发展轨迹,照见那些闪光的时段中的光荣与梦想。

这些军旅文学作品就像一棵棵参天大树,繁茂葳蕤,把根深深地扎进缤纷多姿、丰富厚实的社会生活当中。而作为艺术的母体,文学这棵大树上,又有许多其他的艺术样态从中汲取营养,得以开花、结果——电影就是一种重要的艺术形式。在 70 年的历程中,应该说新中国电影的发展与中国当代文学的发展是息息相关的,而作为主旋律影片重要支撑的军旅题材影片,又与中国军旅文学的律动相契合,许多电影都是由军旅文学作品改编而成,得益于文学蓝本的出色而花开朵朵、果实累累。电影对文学作品的呼应、借鉴、成功的发挥与创新,往往能创作出具有典型意义的时代经典;同时,又有许多军旅文学作品因电影媒介的广泛传播而立身扬名、香飘悠远。军旅文学之树与电影艺术之果相互辉映、相得益彰,一起为时代艺术的发展推波助澜、引领风骚,形成了一片郁郁葱葱、错落有致的风景。

当然,文学与电影毕竟属于不同的艺术形态。文学是以文字和时间的流程制造故事,而电影是影像以空间具象在时间中的流淌来完成叙事。因而,在将军旅文学原著进行改编再搬上银幕的过程中,两种艺术形式会表现出不同的艺术特质。更重要的是会因改编的各种不同动因,而呈现出不同的叙述角度、文化态度、主题意蕴及社会文化内涵。这样,改编的电影作品与原著之间会产生或多或少的艺术变形,这种变形往往体现了时代对于书写历史的述本的需要。军旅文学作品是时代主旋律的敏感的音符,而电影更是意识形态宣传的重要手段,经改编的军旅题材影片往往比单纯的文学作品更浓郁地透露出时代的气息与氛围,被深刻地打上时代精神的烙印。

军旅电影的论述分为上下两章,以 21 世纪作为分界点:1949—1999 年的军旅题材电影通过清晰的时间脉络勾画发展的历史轨迹;进入 21 世纪后,电影工业的蓬勃发展促使电影的类型化特征更加凸显,对于 2000—2019 年的军旅题材电影则分为重大革命历史题材、军旅现实题材、抗战历史题材加以论述。本章将以军旅文学发展的三个主要阶段——"前 17 年"(1949—1966)、八十年代(1976—1989)、九十年代(1990—1999)作为贯穿线索,依此来划分与考察新中国军旅题材影片,特别是根据军旅文学作品改编成功的经典影片。本章将把文学述本与电影述本放置在其产生的时代文化背景中,通过相互对照,来聆听实存历史那或激越昂扬或云淡风轻的回声,来触摸几缕变幻诡谲的历史与文化的烟云,来领略其中的社会文化内蕴与独特的艺术魅力。

"前 17 年"是军旅文学及根据军旅文学改编的电影的丰收时期。刚刚走出炮火硝烟的新中国,其政权的确立是一个天翻地覆的历史性转折,新确立的意识形态无疑需要一种全新的宣传表达形式。在"前 17 年"军旅文学及其改编影片中,都存在着共同的思想依据及艺术创作规范,像政治性、通俗性、戏剧性、趣味性、明朗性等原则。这些原则使得历史在被"叙述"时,其表现"历史性"符码的选择成为一种既定的"语言"格式,因而这样的"历史述本"呈现出符合这一时代主导意识形态规范的样态。电影文本由于"观众对作者的历史解释的接受程度,往往取决于其对作品的历史表现符码的认同程度……人们在消费那直观、生动的艺术形象的同时,也在接受着作者所赋予的对历史的解释……"[1]正是基于这一原因,"前17年"军旅题材的电影作品不仅仅让革命历史成为浮现于记忆屏幕上的影子,更树立起一系列深入人心的英勇斗争的事件及光辉的英雄形象,使文本成为最有效的、最形象的历史教材,成为一个个被树立与宣扬的"神话"、一种民族经历的经典记忆。

"前17年"军旅文学及其改编的影片,很大程度上奠定了新中国军旅文学及军旅题材影片的创作基调,其中的经典作品对于一个时代人们主体性的建构、文化秩序及精神进程都产生了深远的影响。而其作为叙事艺术的种种内在创作模式与技巧更成为其后军旅题材创作借鉴与超越的标杆。

"文革"十年,政治权力因素在文艺中极度膨胀,艺术作品被扭曲变形,甚至成为单纯的政治附属品。八十年代,由于政治气候的变迁,思想解放运动为文化环境带来强烈、富有冲击力的震动。这一时期的文艺作品在主题及题材上开始突破"前17年"及"文革"文艺的种种禁忌与桎梏,而在表现技巧上,一方面"回归"到"五四"的文艺传统,从"前17年"文艺圭臬的局囿之外汲取民族性的成分;一方面学习与"补课",广泛吸取借鉴西方各种新思潮、新流派。这一时期的文艺作品呈现出思维大胆、技巧创新的繁荣局面。

八十年代的军旅文学及其电影改编作品,同样表现出在主题上诗意的洞察与犀利的探索。特别是将笔触深入人性与情感领域进行细腻的描绘,突破了"前17年"军旅文艺在此主题上一贯的回避与隐晦,同时,开始揭示军队中种种现实矛盾。相对于"前17年"军旅文艺对革命军队纤尘不染的正面描写,这是一种大胆的突破。在叙述技巧上,根据军旅文学改编的电影表现尤为明显,如果说"前17年"军旅/战争影片多以曲折的情节和光辉的人物在银幕上和观众的心灵中留下难以磨灭的经典,八十年代的军旅题材电影则在叙事形式上开拓出一片崭新的天地——它们迎合着追求形式的时代潮流。从国外电影流派及对民族文化的反思中汲取创作灵感,以文本时间和空间维度上的变异及刻意的形式感,敲击着观众既定的"观影模式"。影片中"历史性"符码的意义和"前17年"文本与政治密切关联不同,而是更多地将"历史"与"文化"关联,影片借助军事背景,往往闪烁出深沉睿智的思想火花,情绪饱满的力量往往大于情节及人物形象的力度。同时,恪守艺术"共性"规约的坚冰被打破,个性化的声音及表征在文本中呼喊与闪耀,这些电影文本往往承载着对历史/文化的反思与创作者个人真挚情感的融合,渐行渐远的革命战争抑或发生在该时期的南线战争都在文本中鲜明地凸显历史/文化的裂痕与转折,而不仅仅是单纯的"历史教科书"。"战争/历史"在这些作品中是"当代史"与"心灵史"。

八十年代末,国内政治风云产生了一些变幻与波动,使得主导意识形态再次关注到文艺宣传不可替代的功能。九十年代初期,集中出品了一大批重大革命历史题材的战争史诗巨片[2],填补了中国电影战争史诗篇的空白。同时,银幕所营造的恢宏壮阔、全景多维、可歌可泣的"历史感",有力地支撑了主导意识形态的宣传策略,"历史性"符码再次与政治相关联,成为为历史作证的必要的"银幕述本"。

九十年代中后期,"弘扬主旋律,提倡多样化"及"思想性、艺术性、观赏性"的"三性统一"成为文艺创作和电影创作的指导方针。"主旋律电影"也调整了创作策略,力求凸显多样化及"三性统一"。根据军旅文学改编的影片,都回避了宏大叙事,而选择小角度叙述及形式上具有新鲜感的原著来建构电影文本。相对而言,九十年代的军旅文学,特别是长篇小说,无论是主题立意的深度、对尖锐现实问题的感悟,还是对人物与社会关系描写刻画的深入都比以往有了更进一步的发展,而在叙述技巧及文体探索方面则有了更进一步的开掘。九十年代借助长篇军旅小说蓝本改编的影片,也多以独特的视角或切入点将"历史性"符码与远距离回望战争的现实性思考相关联,并与"如何讲述"的文本形式的探索相关联。但是这些影片从新鲜的视点切入后,内涵与形式的挖掘并不深入,且表现出向"前17年"及八十年代军旅影片经典叙事模式回归的倾向。然而,与"前17年"及八十年代同类影片相比,它们又显得个性不够鲜亮、叙事张力及韵味不足,很大程度上既缺少"前17年"作品理想主义的清晰流畅、纯真浪漫,又缺少八十年代文人式的探索及呐喊的力度。九十年代后期的这些作品在主旋律既定框架里的叙述/形式调整,多少显出局促与平庸,难以形成经典。

第二节 "前17年"

新中国的诞生标志着一种全新的意识形态和历史观的确立,电影作为新兴艺术生产力的载体,成为重要的宣传手段。新中国的电影艺术理论及实践路线,主要受两大方面的影响:毛泽东《在延安文艺座谈会上的讲话》和苏联电影。前者确立了文艺为工农兵服务的思想,文艺要从群众中来,到群众中去,因而在确立了权威话语下的艺术思想观念的同时,也基本确立与决定了艺术实践的方法。由此,电影银幕上开始涌现出大量的工农兵形象。而从历史的继承关系上看,这一艺术实践形式及服务对象的针对性是三十年代左翼电影以人民大众为主要受众对象、以现实主义为主要创作方法的电影传统在新时代的延伸与发扬。后者出自第一个建立无产阶级政权的苏联,其社会主义现实主义的文艺观,必然会深刻地影响新中国电影艺术的创作形态。

因而,新中国军旅题材的电影创作不仅书写了艰苦卓绝与辉煌壮阔的革命斗争历史,承载着新中国成立后人民的记忆与激情、仰慕与向往,更肩负着主导意识形态确立与表达的重任。作为一种对历史的正面书写,这些影片要被置于宣传革命、巩固政权、歌颂英雄、鼓舞人民的权威话语下,通过银幕形象与富有意味的叙述表达,来展示可歌可泣的斗争历程。

从《中华女儿》(1949)、《新儿女英雄传》(1950)、《钢铁战士》(1950)、《赵一曼》(1950)、《翠岗红旗》(1950)、《关连长》(1951)、《南征北战》(1952)、《渡江侦察记》(1954),到《董存瑞》(1955)、《平原游击队》(1955)、《上甘岭》(1956)、《铁道游击队》(1956)、《柳堡的故事》(1957)、《万水千山》(1959)、《战火中的青春》(1959),再到《林海雪原》(1960)、《哥俩好》(1962)、《野火春风斗古城》(1963)、《小兵张嘎》(1963)、《红日》(1963)、《英雄儿女》(1964),这批具有经典意义的军旅题材影片,有许多改编自当时深受群众喜爱的军旅文学作品。像根据同名长篇小说改编的有袁静和孔厥的《新儿女英雄传》、知侠的《铁道游击队》、曲波的

《林海雪原》、李英儒的《野火春风斗古城》、吴强的《红日》,而《战火中的青春》则截取自陆柱国的长篇小说《踏平东海万顷浪》。根据中短篇小说改编的主要有陆柱国的《上甘岭》、石言的《柳堡的故事》、徐光耀的《小兵张嘎》,而《英雄儿女》则改编自巴金的中篇小说《团圆》。应该说,这些军旅题材影片在"前 17 年"电影史中占有了绝对性的题材优势,成为新中国电影最具代表性与最有分量的创作样态。

同时,这批作品无论是作为文学的"述本"还是作为影片的"述本",无论是战争历史题材还是现实军旅题材,都以一种累叠的、共通的"时代的共鸣"体现出"前 17 年"军旅/战争文艺的基本创作原则与审美规范。

一、"前 17 年"军旅题材电影的创作原则

(一)政治性原则

毛泽东 1942 年发表的《在延安文艺座谈会上的讲话》明确指出"文艺要为政治服务,为工农兵服务"。"'为政治服务'决定了当代军旅文学内容的政治化与功能的宣传化。"[3]电影是意识形态领域中重要的宣传工具,"从新中国的电影政策看,电影不主要是艺术的,或者是商品的,而是意识形态的、宣传教育的,甚至是政治斗争的工具……中国共产党在电影与意识形态的关系上态度一直是十分明确的。意识形态在哲学上是指人们(主体)与生存环境的一种想象的关系,而主流电影正在于询唤观影者进入这种想象关系"[4]。就"前 17 年"电影来说,新生政权、新的主导意识形态的确立,必然要求电影调整创作视角,来顺应新时代的需要。因而电影,尤其是根据军旅题材改编的电影,无疑更是将政治性原则放在创作的首位。这里就不仅包含着满足人民群众了解新生政权如何建立、人民军队如何壮大的渴望,即展示中共政权如何打江山的过程,更要通过意识形态的询唤确立新的政治规范、巩固新生政权。针对新形势下的电影创作,夏衍曾在《写电影剧本的几个问题》中明确指出,在影片的一开始就要以准确性、鲜明性、生动性来介绍故事的时代和政治气氛——这应该说是对当时电影创作的清醒认识与中肯的要求。[5]

(二)通俗性原则

"文艺为工农兵服务"就决定了文艺服务的对象是广大的工农兵群众。这一阶层的文化水平及文艺素养决定了文艺形式的通俗、浅显、鲜明、朴素。更重要的原因是,文学与电影的作用是配合主导意识形态的传输,而不是以"五四"式的文化启蒙为主旨。因而我们在军旅文学作品中看不到"五四"以来中国现代文学各流派的繁茂枝蔓,而浓郁凸显出的是四十年代延安文学/解放区文学的风貌,并渗透着苏联文学的影响。这样的作品的故事结构、叙事技巧、人物的塑造及对白的运用多表现出现实、乡土乃至浅露直白的特点。因而无论是自下而上的受众百姓的需要,还是自上而下的意识形态的需要,都使得军旅电影作品中不会出现知识精英"俯视"的视角与自我陶醉式的"文艺腔"。"前17年"军旅影片普遍呈现出通俗、单纯、明朗的基调与风格。

在新中国刚刚成立后的1951年的"国营电影厂出品新片展览月"上,军旅题材及其他题材的影片,像《钢铁战士》《中华女儿》《新儿女英雄传》《翠岗红旗》《桥》《白衣战士》《白毛女》等,普遍体现了这一创作原则,散发出独特的"新中国人民艺术的光彩"[6]。而其后的战争片像《林海雪原》《铁道游击队》《小兵张嘎》等更承袭原著对结构、语言及人物塑造上的民族民间韵味,并通过明白晓畅的电影语言来叙述出符合大众想象的场景与段落。比如在《林海雪原》中,表现杨子荣在座山雕大本营里的出场亮相,电影中的场面调度借鉴了民间戏曲营造场景及刻画人物的手法:杨子荣在见座山雕之前先有诡秘、阴森的"威虎厅"环境的展示,接着是虚张声势的"叫板"——"进坎子喽——带溜子喽——",被带进来后摘掉眼罩,又有山大王式的架起刀枪阵等着杨子荣去钻;待杨子荣面无惧色地闯过之后,又有"坎子礼"和座山雕与八大金刚用凶恶的眼神施下马威。这一系列仪式化场景表现都是原著中没有的,而电影却借鉴了民间戏曲烘托渲染主角/英雄人物出场亮相所惯常的表现手法,将杨子荣身处险境却临危不惧的英勇气概做了"造势"的处理,并使观众从欣赏思维定式中获得了通俗化的对英雄形象的期待与满足。

而在"献上先遣图"这一场景中,小说里并无具体的场面调度与人物位置调度的描写,但在电影中却可以明显地看出,杨子荣处在一个主导性的位置上,他从来是气宇轩昂地位于画面构图的中心;座山雕与八大金刚则弓身弯腰地跟随着杨子荣亦步亦趋,他们听着杨子荣的讲述,适时地随声附和,座山雕的虎皮椅竟然也让给杨子荣坐了。杨子荣在镜头中被"仰拍"、面部"明亮",座山雕与八大金刚在镜头中被"俯拍"、面部"阴冷灰暗"。影片通过一系列通俗直白的造型表现及台词刻画,本应小心谨慎的杨子荣却俨然成了大本营中的潇洒主人和控制者,而敌匪则被贬为不堪一击的乌合之众。通过直露的电影视听语言,敌我之间的二元对立、主次关系更加一目了然。

(三)戏剧性原则

这主要是针对电影作品的叙事形式而言。夏衍1958年发表的《写电影剧本的几个问题》是对新中国成立十年电影创作的总结,并成为这之后很长一个时期内电影创作的指导性文献。在书中的《结构》一节,夏衍特别强调故事讲述的戏剧性,要有冲突、有高潮,他在"淡入淡出"的分段方法中举折子戏《庆顶珠》《西厢记》为例,强调"这一片段中,也是有情节、有人物、有冲突和斗争的。把这种结结实实的片段组织起来,成为整本戏,那么这个整本戏必然也就结实了"[7]。他又举《祝福》的分场段落技巧为例,依然强调故事情节要安排妥当,"每一个大段落也应该各有特点,各有起伏,各有引人入胜之处"[8]。夏衍还引用张骏祥《电影剧本为什么会太长》中的图表,指出《渡江侦察记》与苏联影片《马克辛的青年时代》相比,场景为202∶38,显然多了,这样"'戏'就散了"[9]。夏衍这位曾写出《春蚕》《上海二十四小时》《林家铺子》等充满了文人气息作品的剧作家,在这篇经典文献中却反复强调"戏"的重要性、"戏"的忌松散、"戏"的凝练与集中,各种电影手法技巧全都要服务于戏剧性的结构安排——这不能不说是夏衍在大量实践的基础上对时代赋予电影创作规约的提炼与认同。

以《写电影剧本的几个问题》为标尺,我们做前后对照可以发现,根据中国军旅文学作品改编的电影绝大多数遵循了戏剧性的创作原则,在依据文学原著的叙述风格的同时,有些作品还做了进一步的戏剧性加工。比如《红日》浓缩了长篇小说,影片叙述衷其精华、抓住主线,将涟水、莱芜、孟良崮三次战役中各具戏剧性的场景段落提纯,改编成戏剧性的情境,删略了许多枝节性、小规模的战斗,集中表现有代表性、典型意义及战略意义的战斗,突出了军事战略的整体感与明晰感,在保持了史诗气魄的叙述风格的同时,戏剧冲突更加集中。电影《林海雪原》是"前17年"军旅题材影片中以戏剧性、情节性结构影片的代表作。根据小说改编的影片采用斩截式,选取了原著第十节"雪地追踪"到第二十一节"小分队驾临百鸡宴",完整地表现了"智取威虎山"的故事情节。这一段落故事情节曲折完整,人物形象鲜明突出,所涉及的情境氛围——林海、雪原、林场、道观、土匪窝等具有一定的特殊性与典型性,其中的"杨子荣献礼""百鸡宴"等段落更成为全片的华彩乐章与高潮段落。戏剧性的故事结构不仅使影片情节环环相扣、引人入胜,而且还表现出人物孤胆英雄、大智大勇的光辉形象。影片不仅仅在纵向的情节线索里曲径通幽,糅合了悬念、惊险、动作性等元素,而且还在横切面中涉及了前方与后方、军队与百姓关系、土匪与国军的勾结等政治因素及军事策略,因而呈现出整体感和深层的内涵意义,突出了原著的叙事风格及主题内涵。而影片《英雄儿女》则将原著《团圆》中的散文气息置换成炮火硝烟中紧张的战斗氛围,在亲人于朝鲜战场相认团圆的戏剧性之外,更将含蓄的亲情与三千里江山上浓烈的战争氛围、英勇的对敌战斗等情节环环相扣地糅合在一起,突出了整体结构的戏剧性。

(四)趣味性原则

审美趣味很大程度上体现为一种社会范畴,社会条件和外部力量对于审美趣味的"习性"有很大的影响。许多表面上看似与受众无关的文化现象,其实最终往往以不同的方式和趣味范畴密切联系在一起。而且历史和现实表明,社会每次发生巨大变迁,不仅会导致政治伦理上的分化,也会产生各阶层趣味的分化。因而趣味范畴就像一个晴雨表,敏锐地昭示出社会变迁及其内在矛盾,而群体或集团趣味的发展与变化,也最典型地反映出社会文化的变迁。[10]因而"前17年"文学与电影作品中所体现的趣味性原则,包含着在当时的时代背景下所存在的、特定规约中的、品质独特的创作技巧,以及由读者/观众与作品间的"时代的共谋"所达成的会意的体悟。它充分体现出与时代脉搏、政治氛围相符的创作与审美原则。

这里要涉及几种趣味形式,首先是正统趣味。"正统趣味乃是体制文化的必然产物,它反映了政治对文化的必然要求……正统趣味在能指和所指之间,更加关注所指的构成及意识形态倾向性。"[11]在"前17年"政治导向的文化体制中,正统趣味是强势的且具有权威的合法性。它的最终目的不在文化自身,而在于教育功能、意识形态询唤功能与巩固现存社会制度的功能。正统趣味将塑形、铸造主导文化,在"前17年",主导文化必然覆盖成为社会文化的主流。因而这种文化会压抑雅文化/精英文化,而倡导通俗性原则,并会发扬民间文化/大众文化的艺术创作形式,将主导文化的政治意识与民间文化所喜闻乐见的形式融合起来,为工农兵大众服务,并使正统趣味的目标——"对社会所有受众有所作用"[12]——得以实现。

因而考察"前17年"的正统趣味,或者说"前17年"的审美文化趣味,应该从审视"融合"的视角来看,这样我们可以发现在正统趣味的内核里有着丰富的民间趣味元素,间或也还会有文人趣味的雅韵从罅隙间流露出来。

比如叙事,戏剧性的创作原则自不待言,在叙述中还会有许多具有民间/民族叙事原型/母题的内容被表现出来——神兵天降、英雄美人、八大金刚、五虎上将、替父报仇、女扮男装、失散亲人戏剧性的大团圆等等。而英雄人物的塑造亦有偶像性原则:光彩照人、文韬武略、神机妙算、有情有义、飞檐走壁、巾帼不让须眉等等。同时,人物塑造也有对应于戏曲"行当"的程式化、脸谱化倾向:老生、武生、小生、花脸,秀才、侠客、军师、差役,人物形象在朴素明朗的同时也显得不够立体。上述叙事与人物塑造元素在原著文学作品中显得十分鲜明,成为作品脍炙人口、广为流传的重要原因。而电影中会因影像时空的创作样态而做出一些调整,有些会更含蓄,有些会更突出,还有的会被删节与改写,但影片基本上保留了原著叙述的风貌及原著中人物的基本性格色彩。比如在《林海雪原》中,电影对原著大量的语言对白段落做了筛选,保留了"黑话对答""舌战小炉匠"等精彩段落。特别是电影中的这些台词对白几乎是按照原著"描红",将原著中语言的韵致原汁原味地呈现出来。像"天王盖地虎,宝塔镇河妖"等黑话、得先遣图的绘声绘色及舌战小炉匠的口吐莲花等,无论是在小说还是在电影中都以其生动机智甚至"生猛刺激"对读者/观众形成极大的吸引,成为精彩独特的趣味点与注入情节中令人愉悦的因素。

上述这些都体现了民间形式/趣味与革命内容/正统趣味的融合,观众/读者可以在正统趣味的引导下,自得其乐地去会意、发掘、享受民间趣味的乐趣,同时也可以去体悟与领受正统趣味的规约。

(五)抒情性原则

抒情段落在军旅题材影片中,往往为影片带来情节留白或隽永回味,这是一种颇具民族色彩的表现手法。在"前17年"军旅电影作品中,抒情性都非常浓郁,有政治上的抒情——用大段的对白或独白来展示政治思想工作,表露人物的觉悟与决心,也有民间性的、充满意趣的、带有意象性的抒情。后一种抒情多以小道具、小细节的形式来传达微妙与细腻的情感。这些物件不仅仅是简单的小道具,更成为传情的闪光的意象,包含着含蓄、真挚的情感。并且在以戏剧性为原则的故事结构中,它们往往会成为叙事线索上重要的联结环扣,成为叙事过程中一个情节/情感投注的焦点。比如《战火中的青春》中雷振林送给高山的战刀,这一细节透露出意味深长的内涵,因为中国古典文学及民间风俗中,常以男女赠物的方式,借助物件的表象蕴含亲密的情意,所赠之物往往是重要的情感意象,这是叙事文学言情的常见手法。因而,当雷振林将贯穿全片的重要细节——这把随身佩带、象征他个性的战刀赠予高山时,别离的情境中就包含了更加丰富的情感信息。而在《小兵张嘎》中老钟叔送给嘎子木头手枪,"枪"在影片中是被刻意突出的贯穿性细节,它在小嘎子的心目中占有特殊的分量。"老钟叔赠枪""与胖墩争枪""用木头枪缴获真枪""领到了属于自己的小手枪","枪"的每一次出场,都在不同的情境中有不同的作用,使人物的性格、身份被赋予不同的层次及内涵,并使人物的情感与个性获得了真实的流露。

另外,还会有文人式的抒情,最主要的方式是"借景传情"。在文学作品中会写到景色、景物来传情,而电影则会通过镜头来展示与加强这种抒情意味。像《中华女儿》《柳堡的故事》《英雄儿女》《小兵张嘎》等影片都有非常经典的景物抒情段落,它们一般运用在战斗胜利、英雄牺牲、美好的情感交流中。情景交融、诗情画意,景物早已超出一般意义上的环境的展示,而成为富有灵性与情感的"并非冷漠的大自然",成为影片抒发意绪的段落,为影片增添了富有民族特色与文人气息的色彩。像影片《柳堡的故事》,导演对景物意境的追求作为一种"有意味的形式"运用在影片中,并贯穿全片,为影片带来江南水乡如诗如画的婉约韵致。同时,电影非常注重将男女主人公朦朦胧胧、若即若离的美好情感放置在一种细腻、抒情与诗情画意的氛围中。与原著对景物环境的烘托并不浓郁相比,影片中有大量优美的景物"空镜头"——"大堤笔直,大河宽广,白云在田野上飘过,留下过云影的地面又明亮了。云影倒映在河里,河堤上彩花松开的影子,也倒映在河里,旭日照着,绚灿夺目";"风车的白帆在月光中转动,车轴咿呀地唱着。柳条银链似的在风中遥曳着,远处青蛙咯咯";"东方一片桃红,霞光万丈,映着水田稻秧,翠绿鲜红……"[13]。转动的风车、翻滚的麦浪、弯弯的河道、垂柳依依、清水涟涟,这些空镜头在影片中已不仅仅是一般环境的展示,而往往和人物的心境密切地映衬起来,将人物辗转彷徨的心理熨帖得更显缠绵、惆怅,并在许多段落中自然地延伸了人物的情感、升华了情节意境,引导观众体味到其中的余韵。

中国战争影片的另一特色,是插曲的运用。在"前17年"军旅题材的影片中有许多插曲段落,这些段落对叙事往往是一种"延宕",它的功能即为停顿叙事专来抒情。《上甘岭》中的"一条大河波浪宽",《红日》中的"谁不说咱解放区好",《铁道游击队》中"西边的太阳就要落山了",《英雄儿女》中的"烽烟滚滚唱英雄",《柳堡的故事》中"九九那个艳阳天"……一时间广为传唱、影响深广。这些插曲既体现出创作者文人式的抒情态度,又和大众/民间趣味中对歌曲的热爱结合起来,一部影片诞生了一首歌曲,而一首歌曲又带动传扬了一部影片,它们往往同时成为时代的经典。

(六)明朗性原则

"前17年"军旅文学及其改编的电影,总体基调都是明朗昂扬的。这里由于写作年代(即"讲述故事的时间")与炮火硝烟的历史(即"故事发生的时间")相距并不遥远,而且新中国成立后又接着进行了抗美援朝战争,因而战争在当时并非"非常时期",而恰恰属于经典情境、常规情境。在经历了解放战争和抗美援朝战争的胜利之后,全中国人民的自信心、自豪感都空前高涨起来,"战争"在整体社会氛围中即意味着胜利。而作为胜利者的叙述视角,是不具时代距离感的叙述角度。在这样的语境中,对战争情境就无法给予冷静的审视与客观的回望。

根据军旅文学改编的电影总会有大量的镜头去渲染战前充满信心与欢快的氛围,上战场上火线,绝不意味着死亡与牺牲,而是意味着憧憬、荣誉与进步。战士们总是摩拳擦掌、舍我其谁,战斗前的氛围绝大多数是乐观向上、喜气洋洋。在这些电影文本中,战争褪去了苦难、恐惧、悲伤的色彩,萦绕的是明朗、昂扬、欢快的旋律。而作战后影片总是以抒情性的景物镜头或盛大的群众场面来烘托胜利的热烈气氛。即使有牺牲与损失,镜头语言都会运用一系列"关系镜头"将这一段落升华为一种力量、一种抒情,而不会过分沉浸在悲痛的情绪中,从而使整部影片的基调保持昂扬与明朗。

比如在影片《英雄儿女》中,王成的牺牲被做了浓墨重彩的渲染,电影充分发挥银幕渲染的优势,将冒着枪林弹雨奋勇作战的人物形象通过"高速摄影"、镜头角度的选取、画面构图、音乐配诗歌朗诵等视听元素,将这一战斗情境反复渲染,进行了浪漫诗意的颂扬。而在万丈光芒的背景中,手握爆破筒跃入敌群的王成的形象,"浑身闪闪披彩虹",被赋予了神化般的光环。他牺牲后大段的景物空镜头更以一种民族性的抒情手法对这一血洒疆场的英雄人物做了深情的赞颂与怀念。这是一个理想化的英雄化身,他的形象被电影文本定位于需被仰视与缅怀的"大理石与青铜的雕像",因而对勇士的景仰代替了对一个捐躯生命所流露的悲伤。

二、"前17年"军旅文学作品改编电影的缘由

上文虽已论述了"前17年"军旅文学及电影作品的基本创作与审美规范,从中我们可以辨识与触摸到那个时代军旅文学与电影作品与时代律动相契合的脉搏,看到创作原则对文艺作品的塑形作用,但要透彻理解与考察"前17年"军旅文学作品被大量搬上银幕并成为"电影史"中重要的创作题材与形式的根源,还应该从当时电影艺术本身所面临的社会环境及自身艺术特质等方面来给予观照。

第一个是这些应运而生、烘托着时代氛围的军旅文学作品适合于改编成电影作品。夏衍在《写电影剧本的几个问题》中将文学作品改编成电影的基本条件概括为三点:思想、情节和人物。[14]思想即"作品对广大观众有教育意义,这是先决条件"。"前17年"军旅文学中鲜明的思想性完全符合新生政权及意识形态宣传的需要,其中成功的文本已在广大群众中广为流传,改编成电影,借助电影这一迅速、有力、生动的传播媒介,更可以加大宣传教育的力量。这里要着重指出的是,新中国意识形态的文艺所要宣传的不仅仅是解放前的苦难、无出路,更要强调"枪杆子里面出政权",要表现共产党、毛主席的英明伟大包括一系列正确的路线、方针、军事策略,要展现我党我军的战斗历程、胜利果实的来之不

易,要通过战斗前后、解放前后的对比,来表现人民百姓的翻身做主、扬眉吐气与实际受惠,而这些思想内容恰恰在军旅文学作品中有最充分的表达。情节即"要有比较完整紧凑的情节,要有一个比较完整的故事,即要有矛盾、有斗争、有结局"。军旅文学,特别是表现战斗生活的战争文学作品,往往以敌我之间泾渭分明的二元对立来展开叙述,矛盾、冲突不断,斗争尖锐而激烈,加之戏剧性原则的运用,故事大多起伏跌宕、引人入胜。像《林海雪原》《铁道游击队》这样的作品,更带有了惊险与传奇的色彩。而这些故事的结局必定是通过我军的胜利来突出共产党与毛主席的英明伟大,证明历史发展的必然趋势。人物即"要有几个(至少一个)性格鲜明、有个性特征的人物"。在"前17年"军旅文学的人物画廊中,有一系列令人过目难忘的形象:《林海雪原》中的杨子荣、《踏平东海万顷浪》中的高山、《小兵张嘎》中的小嘎子,甚至《红日》中的反派人物张灵甫⋯⋯这些文学作品中性格鲜明的人物形象为电影的改编提供了极好的模本。综上三个主要方面,"前17年"军旅文学作品成为电影改编的首选题材。

  第二个是新中国成立初期出现了"电影剧本荒"。1951年3月,为了检阅新中国人民电影的初期成就,曾轰轰烈烈地举办过"国营电影厂出品新片展览月",展出了20多部优秀的故事片。但"新片展览月"后不久,就开始了对电影《武训传》的批判。"惊怵之余,也不免使人产生一种错觉:原来电影就是政治。竟更有甚于此者:除政治,无电影。"[15]也就是从这时起,电影界开始流传一句名言"不求艺术有功,但求政治无过"。而"对电影《武训传》的批判导致电影指导委员会的建立,电影特别需要一个'指导'它的'委员会',这本身就说明了电影的非凡性质"[16]。这个指导委员会"在实际工作中,它根本违背了艺术创作的客观规律:来自各方面的意见和要求,无论是善良的还是苛刻的,都使得创作人员陷入无所适从和无法摆脱的茧缚之中,结果严重地甚至粗暴地干扰了创作⋯⋯这种过于集中统一而又琐碎具体的领导方式,势必造成电影创作生产的死气沉沉局面,不仅不能达到加强思想领导的作用,反而由于控制得过严过死,使得电影剧本的成活率很低。在一年多时间内,被电影指导委员会否定的剧本达40多个,还有一些剧本因无法满足各方面的要求,几经修改最终流产,致使这两年的电影生产陷入了无剧本可拍的窘境。实践证明用这种方法领导艺术生产是行不通的,因此,电影指导委员会于一九五二年结束了活动"[17]。

这样一来,在电影厂无剧本可拍,而专业电影编剧人才不够且又噤若寒蝉的情况下,改编当时知名度高且已经过主导意识形态与广大工农兵群众检验过的军旅文学作品,就不失为一条可行、可靠的出路,并且也符合当时电影创作"写工农兵电影"的要求。[18]

第三个是银幕的"殿堂效应"。每一个时代、社会都会有一种相应的文化样态体现着人们的价值观,并形成相应的主流趣味及情感方式。电影作为大众媒介的自身特质,要起到组织感观经验、传达心理认同的作用,特别是电影的观看放映形式将形成"殿堂效应"。与当下豪华影院的"小厅放映""包厢座位"所追求的个人化、私密化的享受趣味不同,"前17年"电影的放映是在"大厅"广众之下或露天放映的空场之上,观者如云。银幕上的影像是工农兵题材,观众心理产生的是对相似的生活/战斗经验的认同,或者是对自己所喜爱的人物形象的关注。电影银幕上下无形中就形成了呼应关系,而且在人群密集的场所,将形成巨大的"能量场",相互汲取、释放出巨大的热情,配合银幕上激烈的战斗、偶像化的英雄、仪式化的种种场景,观众的情绪随之相互感染,产生一种强烈的参与感、宣泄感,银幕上是战斗的辉煌再现,而银幕下则形成一种心灵的重温、强烈的灌输与思想情绪的认同——这就是电影媒介所形成的银幕的"殿堂效应"。这是一种具有煽动性、集合性和感染力的群体效应,它远比单纯的文学/文字更富冲击力。因而当人民群众了解战斗历程的渴望仅仅通过文学/文字已不能够满足时,加之解放初期工农阶层中还有大量文盲,直观化、形象化的电影就成了最广泛、有效且有魅力的传媒。

三、"前17年"军旅文学作品改编电影的调整

"前17年"军旅文学作品共同表露和体现出一致的政治观念、时代激情、民族性的审美趣味观念。在这些经典的军旅文学作品改编成电影的过程中,由于电影媒介的特殊性,更重要的是由于它作为大众化的、意识形态控制下的媒介,因此电影作品有许多方面体现出对文学作品的调整,大致有以下几点:

(一) 突出思想性

改编文本在保留原著风格基调与文学气质的同时,普遍在政治性、思想性

方面更加鲜明与突出。这可以从叙事情节的安排与人物塑造两个方面来看。前者在改编的过程中会采用缩略式、截取式与重写式来集中原著的精华段落,一方面适应电影放映的时间长度,另一方面来加强与突出党的决策及军事战略思想对影片的统领性。比如对长篇小说《红日》的改编即采用缩略式,在保留史诗风格和文学原著的故事跨度的同时,浓缩了有代表性的华彩篇章,情节线索简练完整,保留了重要的军事事件。影片大量删节了原著中刻画细腻的儿女情长,像军长沈振新与妻子黎青的相濡以沫、副军长梁波与华静的含蓄恋情等,在电影中这些情节及女性形象被彻底"擦除"。"银幕书写"以符合时代创作的原则性烘托的是军事大片的阳刚与主题——凸显了党对军队的正确领导及军事指挥方针的英明伟大,描绘了人民军队的成熟壮大、无坚不摧。

影片《林海雪原》则采取截取式,截取了原著中既具拍摄的可操作性又富于戏剧性、传奇性的"智取威虎山"一段,既展现了茫茫林海、皑皑雪原的神秘环境,又描写了剿匪小分队的神出鬼没、所历事件的与众不同,更突出了孤胆英雄杨子荣的智慧英勇。影片以悬念丛生的情节,展示土匪窝中种种怪诞、诡秘色彩为"外装饰"的同时,突出的核心是人民军队的骁勇善战、革命战士对党的信念与忠诚。

影片《英雄儿女》则对原著进行了重写式的改编,将原著中倏忽一闪的王成的形象放大渲染,并将激烈的战斗氛围浓墨重彩地描绘出来。王成在战斗中的地位是举足轻重的,他孤身一人坚守阵地,一夫当关,屡屡击退敌人的进攻,一个高大的英雄形象被树立起来,而那句"为了胜利,向我开炮"的呼喊更成为一个时代经典的豪言壮语。一个偶像式的英雄人物被通体光亮、完美无瑕地烘托出来,并以这样一个典型的人物形象反映和代表了一个民族的精神气概。而对女主角王芳的描写也与战斗紧密结合起来,原著中大量的侧面描写、心理描写被改编为带有鲜明的动作性与展示性的情境画面。这几种改编样式都是为了更好地去突出具有时代感、民族正义感的主题内涵,去突出影片的政治性与思想性。

在人物形象的塑造上,这些影片最大的共性就是将原小说中的人物再做进一步的雕琢,在放大与渲染原著人物的优秀品质的同时,也往往表露出人为拔高的痕迹。在根据《踏平东海万顷浪》以截取式改编的《战火中的青春》中,高山的形象比起原著中的人物更显完美。像人物的出场——小说里是"从连长的大衣后面,应声走出一个人来……小个子……面孔那么瘦……鼻尖和耳垂都统统冻得发青了……小手那么粗糙,并且冻肿了,可怜啊,像小叫花子一样"。显然小说采用先抑后扬的写法,而人物的英勇战斗业绩即坚守阵地直至最后一人的事件,是由连长的转述交代出来,高山此时在读者心里应和书中雷振林的感受一样,并不高大、完美。而改编后的影片则在一开场就将高山在父亲、战友都牺牲的情况下仍坚守阵地的场景用大量的"叙述时间"给予描绘与铺垫,首先为人物定下了一个英雄的基调,将这一高大的形象推到了观众的面前。

再比如《林海雪原》中,杨子荣孤身闯入座山雕的大本营,小说里有一些杨子荣忧郁、担心、害怕的心理描写——"一阵激烈的思索,使他全身有些紧张""发觉自己由于紧张而紧握的双手,出了两把冷汗""这三分钟里,杨子荣像受刑一样难受,可是他心里这样鼓励着自己'不要怕、别慌、镇静……'",多少反映了人物真实的心理活动;而电影中的杨子荣却只有沉着冷静、处乱不惊,从来就没有恐惧过,是完美无瑕的英雄偶像。

在《小兵张嘎》中也有对人物"贴金式"的处理。"《小兵张嘎》到崔嵬(影片导演)手里,后半部几乎是重新编写。他认为小说写嘎子在狗尾巴上点鞭炮,引起日本军营的混乱是儿戏,违背生活真实。这个细节的不真实使整个作品高潮的构成全部失真。看起来是改变一个细节,但这个细节正在要害处,动一枝连百枝。围绕这个细节的前前后后,重新编写了许多戏,嘎子被抓进炮楼,嘎子同伪军斗智、放火……这些小说里都没有。"[19]然而,这种置换情节不真实的改编却使故事与人物落入了另一种情节的不真实。小嘎子被抓进炮楼后,以一个儿童之身制服看管他的"白脖",将炮楼点着,堵住鬼子的退路,正因为他这一决定性的步骤,才使得外面一筹莫展的区小队获得战术主动,最终消灭了敌人。这样的情节将人物抬举到大智大勇、孤胆英雄的地位,这实际上与人物的年龄身份、斗争经验并不相符。这种"善意"的改动与所谓的"真实"已脱离了人物真实朴素的性格基础,给人物贴上了符号化的标签,使人物被人为拔高,落入了时代创作原则性的局囿与窠臼。

实际上,上述这些塑造人物的方法都体现出提纯与拔高人物的思想性、政治意识的目的,从而确立起影片高蹈的意识形态含义。

（二）突出愉悦性

电影文本在注重将革命的激进内容与民族美学趣味相结合的同时，将战争影片特有的对观众的主导性愉悦因素更加鲜明地突出出来。在这一点上，首先影片会更多地发挥与运用银幕空间造型的优势，将影片题材的特殊性——军事、战斗、战争场景做充分的渲染与铺排。在"前17年"战争影片中，战争场面不一定是恢宏壮阔的，但总是痛快淋漓的。这些影片非常注重战前情节的铺垫、氛围的渲染，烘托起战士们跃跃欲试、将敌人一举拿下的情绪场面，同时赋予观众的就是想一睹为快的关注情节的心理情境，像《林海雪原》中的百鸡宴、《红日》中的孟良崮决战。这些影片一方面在战斗中总有生动或富于悬念的细节与情节环扣，像《战火中的青春》里雷振林躲在磨盘底下，《小兵张嘎》中小嘎子以孩童的力量抓住汉奸、缴了手枪；另一方面，影片往往以我方部队或战斗英雄居高临下的态势来打击敌人，以一种仪式化的场景渲染和释放一种痛快淋漓的情绪，比如《英雄儿女》中的经典段落，王成在阵地上如入无人之境地向山下的敌人投掷手榴弹、向敌人扫射，最后在万道光芒的背景下跳入敌群。在炮火硝烟中，银幕空间的具象将上述情境深深地印入观众的脑海中，并带给观众满足与升华的心理愉悦。

银幕空间的优势除了渲染战斗氛围，还会在影片中烘托抒情的意境。影片中往往会有大量的景物空镜头来调整影片情节的节奏，并营造特殊的环境氛围与表达人物的心理状态，起到借景传情、立像尽意的抒情效果。这样的景致刻画在文学原著中有些是已存在的，有些则根本没有或仅仅一笔带过，电影叙事却将其具体地空间化、场景化，根据剧情将其充分渲染出来。像《小兵张嘎》中，一场战斗之后，小嘎子在玉英家养伤，有一场荷花淀中的抒情场景。在电影文学本的《小兵张嘎》中有如下描写："小船荡出'小巷'，转个弯，来到荷花淀。碧叶接天、荷花映日、燕子点水，一片蛙声。"意境优美，令人产生丰富的联想，但"叙述语式"是简洁的，"叙述时间"近乎零。在电影中却将这一抒情段落以"叙述时间"几乎等同于前面战斗场景的"叙述时间"来细腻地刻画，展现碧波荡漾、菡萏亭亭、舟帆点点、微风徐徐，充分对应与渲染出优美和谐的喜悦之情。

银幕空间的造型优势在"前17年"战争片中还树立与凸显了一个经典情境，即盛大的群众场面。这一场面在文学作品中不一定被描写到，但在影片中却常常运用。它往往用于战斗胜利之后，特别是影片的结尾，在与敌人决战之后、在大获全胜之时。像《红日》《林海雪原》《铁道游击队》《战火中的青春》《小兵张嘎》等，不论文学原著以什么样的情境收尾，电影都选择结束在一个盛大的群众场面中。这一场景充分迎合了民族性的求团圆、求完满的心理。这一场景中不仅包含了胜利后的荣誉感、军民一家鱼水情深的欢乐氛围及对更大胜利的憧憬希望与信心，更包含了一种大家庭般的归属感、一种结束苦难的温暖与安全感。这些元素都在将影片的情节、情境推向高潮的同时，迎合了主导意识形态，并在更深的层次上迎合着民族心理的潜意识，因而它同样构成了一种审美的愉悦性因素。

（三）突出家庭/集体观念

此处的"家庭"并不是影片中某个人物的个人家庭，与原著中对军人的个人小家庭有所涉及与描写不同，在电影文本中通常回避对军人个人小家庭的描写。但非常有意味的是，影片往往将军队描写成有着大家庭般氛围的集体，并形成了一种集体化/家庭化倾向的叙事模式。影片《小兵张嘎》中，失去了奶奶/个人家庭的嘎子曾有一句经典台词——"老罗叔、老钟叔都是我的亲人，军队就是我的家"。与文学作品的结尾暗示小嘎子将和玉英建立个人的小家庭不同，影片的结尾是小嘎子在百姓中间穿梭跑动，接受他们的慰劳，又领了枪在区队长、老钟叔、队友和小胖中跑动。这样的场面调度喻示了小嘎子永远是百姓的子弟兵，永远是军队与人民大家庭中的孩子和战士。影片《战火中的青春》则以高山为战士缝补棉鞋、替战士查铺等细节及雷振林的赞叹："总算来了个当家的！""你还真是个好当家的！"将高山巧妙地置换到母亲/女主人的位置上，使得雷振林所在班的战斗集体充满了温暖的大家庭的气息。《林海雪原》将小说中作为少剑波爱慕者的"小白鸽"置换为小分队中"集体的妹妹"。作为"家庭中的一员"，她的热情是针对每一个战士的。《铁道游击队》中也因有了芳林嫂这位女性，才使得战斗的集体有了一个落脚的"家"，她以女主人的身份照顾每一个兄弟般的队员，更和队长扮成夫妻来展开地下工作……大量的"前17年"军旅题材影片，都在注重群像塑造、注重集体意识与集体精神的烘托时，将叙事情境巧妙地放入一个类似于家庭的模式中，不仅突出了战士们之间的亲密关系，更将叙事带入了一种大众/百姓熟悉亲切的样态中，被赋予了人情味与个性化的色彩。

（四）调整叙述者

从叙述学的角度来说，叙述者的存在越明显，读者/观众与所叙故事的距离就越大；而叙述者越不明显，读者/观众与故事的距离就越靠近。由于"前17年"军旅题材影片的意识形态宣传的特殊性，必然要求所述之事与观众心理之间的亲近感，因而在选择叙述角度及叙述时态的方法上是比较统一的，即不论原著以第几人称的方式来叙事，在电影中几乎完全是第三人称的全知视点；不论原著的叙事时间如何安排，在电影中几乎全是顺时性的叙述方式。这种叙述方式在时间维度上具有单纯性、明晰性，而且这是一种符合民族/民间传统审美趣味的叙事时态，可以让观众自然"入戏"，起到消除文本与观众间心理距离的作用。实际上，绝大部分"前17年"经典战争片都采用了这种叙述手法。这种含着叙述的权威性、主导性甚至灌输性的叙事手法，是一种极为自信的、带有普遍意义的创作原则。

比如《英雄儿女》的小说原著用平静从容的叙述语言把一段极富传奇色彩的故事讲述得既生动又"真实"，这其中很大的原因就是叙述人称与叙述角度的选取。小说文本设定"我"是一个采访者，因而大量的故事情节是通过其他人的转述来完成的，"我"的视点是一个旁观者的视点，同时也成为一个能从多个角度观察主人公的客观而又全知的视点。"我"/采访者的视点也因而能够游移、逡巡在所有"当事人"及整个事件进程的各个部分，并能够以"旁观者清"的立场做出一些合理的推断与分析，因而"散点透视"的视角使"我"的娓娓讲述获得真实性与合法性。

电影文本保留了王文清（王主任）与女儿王芳在朝鲜战场的"团圆"作为贯穿线索，但取消了小说文本第一人称"我"的视点，而采取第三人称全知全能的视点，这是一种隐匿叙述者叙述身份的视点。在电影中，这种叙事方式使观众在叙事性蒙太奇镜头的剪辑中快速"入戏"，叙述视角的转换就将原著中"散点透视"的从容散淡的风格置换为突出与强化"戏"的内容的戏剧性的叙述风格，使观众沉浸于故事情境中，并接受其所传输的价值判断。

总结以上可以看出，由文学到电影改编的调整在很大程度上是倚重于文学原著的，而调整后的银幕叙事又以更加鲜明的形象和直观的艺术样态满足了广大观众的心理需求。这些改编后的电影文本都以其更加纯净化、理想化的形态,符合了善良人们的初衷及美好的愿望——对胜利历史的了解、对军队与新政权的信任、对新树立的时代偶像的渴慕与景仰。改编后的电影作品以时代的同步性和效应的及时性、针对性,很大程度上填补了人们想象的空间、渴望的空白,而且符合了当时意识形态的需要,成为一个个经典的"时代的寓言"。

同时,这些军旅题材影片更以智慧的叙事方式弥合了时代急遽变动所产生的历史与思想的裂痕,像其中的传奇叙事模式、家庭叙事模式、大团圆情境、偶像式的人物都迎合了大众百姓的想象与认同。巨大的时代落差、血与火的战争、天翻地覆的思想改造都在这些令人熟悉的叙事方式和话语情境中,以明朗朴素的基调喻示了苦难的永远结束和人们从此将被带入温暖幸福、充满激情与归宿感的新时代。

从文化意义上来讲,"前17年"军旅题材影片不仅使意识形态得以迅速传播,它们单纯、明朗、和谐的艺术风格更在中国电影银幕上树立了一种经典的电影类型规范。它们的叙事样态、内涵表述不仅在"前17年"军旅题材影片中独领风骚,更影响深远,成为中国主旋律电影创作的重要模式。

第三节　二十世纪八十年代:前涉、郭小川、柯蓝、莫言等人的文学原著改编

1966—1976年的"文化大革命"是中国历史上的非常时期。在这十年中文艺遭到空前浩劫,或者呈畸形发展的状态,电影更成为"重灾区"。1966年2月,江青、林彪抛出了《部队文艺工作座谈会纪要》,以此为标准"看电影、找黑线",全盘否定了"前17年"的电影创作。在"文革"开始后的相当长的时期内,全国人民所能看到的电影只有三部:《地道战》《地雷战》《南征北战》。这之后"三突出"("在所有人物中突出正面人物;在正面人物中突出英雄人物;在英雄人物中突出主要英雄人物")又成为文艺创作必须奉行的原则。"文革"期间的电影创

作先是集中于"样板戏"电影,"八亿人民看八个样板戏",1973年才又开始故事片创作。但在"三突出"原则的支配下,影片多表现出公式化、概念化、雷同化的倾向。而其中的军旅题材影片像重拍片《南征北战》《渡江侦察记》《平原游击队》等也由于"三突出"原则的指导而显得虚假、缺乏时代气息和生活气息。"'四人帮'时期重拍的彩色片总体质量上远远不如过去的黑白片。"[20]

1974年以后出现了两部比较好的影片《海霞》和《闪闪的红星》。它们都是根据军旅文学作品改编的影片,前者改编自黎汝清的小说《海岛女民兵》,后者改编自李心田的同名小说。影片《海霞》突破了"三突出"原则,塑造了多位生动的女民兵形象,并且在视觉造型上也显出一定的追求与特色。然而影片却招致"四人帮"查封,实际上围绕影片的艺术问题,展开的是一场复杂的政治斗争。影片《闪闪的红星》具有一定的"轰动效应",虽然也带有"三突出"的痕迹,但人物形象生动鲜明,影片场景情景交融。在当时的情况下,这部影片成为"难得的既有教育意义又有审美价值的优秀影片"[21]。

八十年代是一个文化触角的探索异常敏锐,并且在深度与广度上都有所开拓的时期。这一时期文学题材从主题到表现内容都开始"冲破禁忌",一些曾被尘封的"不合规范"的作品也相继浮出历史的地表。而形式上的锐意求新更使一批作品异峰突起,显现出有棱有角的先锋姿态。文学脉络在八十年代经过短暂的"伤痕"与"反思"之后,基本上稳定于"寻根文学"与"现代派"的律动之中,文学大潮的波澜壮阔不可避免地渗透、带动与影响其他艺术思维观念的更新。其中同为叙事艺术的电影,在八十年代也强烈地表现出在主题、内容及形式上的突破与更新。而军旅题材影片也呈现出与"前17年"经典战争片不同的观念嬗递、形式特质及文化诉求。

而如果把这一时期的军旅文学与同时期的电影艺术相连,则应该看到,与"前17年"两种艺术形式藤蔓缠绕、密切相连的"合作关系"发生了极大变化。八十年代涌现出大量的原创性的电影剧本,而且军旅题材的电影作品也与军旅题材的文学作品一样,不再是唯一的"热门",它开始成为文艺百花园中的一朵。

一、二十世纪八十年代电影文化生态

电影创作经过 1976—1978 年的恢复期后,迎来了八十年代创作的高潮。1979 年是重要的转折性的一年。这一年放映了不少"前 17 年"解禁的影片,还拍摄出一些冲破"三突出"原则束缚的新作品,不仅恢复了中国电影的现实主义创作传统,还有更高层次的标新立异的艺术追求。像王炎执导的《从奴隶到将军》,以史诗般的气魄讲述了一位将军的传奇一生,"通过一部影片描写一位将军的一生,这在中国电影史上似无先例"[22]。而《小花》与以往军旅题材影片单纯朴素的叙事风格及镜语体系不同,它在电影语言的突破与刻意创新上显得耀眼夺目。[23]

八十年代更有学院派、经过大量西方艺术电影熏沐的年轻一辈导演的迅速成长。以 1984 年的影片《一个和八个》为标志,第五代导演横空出世[24]。他们在八十年代的作品像《黄土地》(1984)、《猎场札撒》(1984)、《黑炮事件》(1985)、《孩子王》(1987)、《红高粱》(1987)等,都以独特的思想文化内涵、突破常规的镜语风格体系,标志了一个崭新的创作时代的到来,标志了一股强劲有力、充满生机的力量注入了中国影坛。

在当时总体文化背景"向传统看"与"向外界看"的双重影响下,电影界在七十年代末八十年代初还发动了关于"电影语言的现代化""电影中的'戏剧性'与'文学性'"等问题的讨论。与此同时,开始大量引入西方经典影片及电影理论著作,这些论述及相关实践,都以崭新的视角与样态,打开了中国电影理论与创作的视野,对当时的电影创作(包括军旅题材影片)、电影观念都产生了极大的影响。

1987 年是中国电影史上重要的一年。在同年 2 月全国故事片厂厂长会议上,针对前一阶段娱乐片拍得太多太滥,且有"娱乐片主体"的倾向及"淡化政治""远离政治"的观点,会议明确强调:要用社会主义和共产主义的思想内容来巩固电影这块阵地,电影作为国家上层建筑的一个部分,应有负载主流意识形态的责任;并指出,体现时代精神的现实题材和表现党和军队光辉业绩的革命历史题材是弘扬民族精神的"主旋律"作品,要采用有效措施繁荣这两大题材影片的创作。"今年是建军六十周年,明年是辽沈、平津、淮海三大战役胜利四十周年,1989年是建国四十周年的大庆之年。中国影坛必须推出同这些节日相匹配的影片,否则我们将负疚于党和人民,我们将无以做出交代"。[25]1987年7月4日,经中央批准成立了"重大革命历史题材影视创作领导小组",并从1988年1月1日起由广电部、财政部为其提供专项资助基金。正是在这种明确的政策导向和资金支持下,1988年推出了《巍巍昆仑》和《彭大将军》两部影片,1989年又有《百色起义》《开国大典》等作品问世。由此,在八十年代末隆重揭开了重大革命历史题材影片及战争史诗片创作的帷幕,并为其在九十年代的主导与繁盛打下了良好的基础。

应该说,八十年代在中国电影史上是一个相当缤纷多元的重要年代。在这一时期我们看到了各种思想火花的涌现、撞击与融合,看到各种创作力量的此消彼长。这一时期为中国电影的发展增添了动力,为其后的走向世界开辟了道路,也为主旋律影片的创作延伸了思路,积累了经验。

二、军旅题材电影作品的突破性样态

这一时期军旅题材的电影作品主要有《曙光》(1979)、《从奴隶到将军》(1979)、《吉鸿昌》(1979)、《啊!摇篮》(1979)、《归心似箭》(1979)、《小花》(1979)、《今夜星光灿烂》(1980)、《南昌起义》(1981)、《西安事变》(1981)、《廖仲恺》(1983)、《一个和八个》(1984)、《喋血黑谷》(1984)、《黄土地》(1984)、《高山下的花环》(1985)、《血战台儿庄》(1986)、《红高粱》(1987)、《晚钟》(1989)、《巍巍昆仑》(1988)、《彭大将军》(1988)、《百色起义》(1989)、《开国大典》(1989)等。

这些作品的特点表现在以下几个方面:

(一)题材的突破

"文革"时以"三突出"为原则的极左文艺路线使得作品在题材选择上有种种禁锢,"前17年"军旅题材的作品也是以胜利、高大、完美、正面等作为选取题材的标尺。八十年代军旅题材影片开始在创作中表现出突破禁区的勇气,涉及了以往创作中所遮蔽的部分。比如《曙光》表现了"左"倾路线给我党我军造成的重大损失;《今夜星光灿烂》表现出战争的残酷性;《高山下的花环》将笔触伸向揭示部队矛盾、展现军人复杂人性的方面;而像《一个和八个》《晚钟》这样的题材,力图表现战争中的人性与人道,去揭示历史的复杂性。题材选取的角度是尖锐而敏感的,特别是根据郭小川同名长诗改编的《一个和八个》。作为"第五代"的开山之作,选择这样一部被"前17年权威话语"批判与尘封的作品来加以改编,恐怕正因其对历史反省的力量,才触发了年轻的带着反思意识的学子的创作冲动。[26]更富有意味的是像《南昌起义》《西安事变》《血战台儿庄》《百色起义》《开国大典》这样的影片,站在客观和真实的角度——相对于"前17年"革命战争历史"述本",多以我方立场为主要与正面的出发点,遮蔽敌方的视角——注重以近乎纪实性的手法,来客观观照双方的视角,通过对比让历史自然地凸显出来,并且这些影片多选取重大历史事件,突破了以往军旅题材影片只表现一般革命战斗场景及不出现真实领袖人物的禁锢。区别于以往军旅题材影片中领袖人物被"后景"处理或只做"配角"不同,八十年代的重大历史题材影片将领袖人物发展为贯穿全戏的主角。对于历史事件的细节与当事者在其中所起的作用,影片给予充分挖掘和有分寸的把握,对敌方将领的塑造也不是脸谱化的。比如《开国大典》这部题材厚重的影片,以对称的平行交叉的叙事格局来表现决战双方。对于蒋介石的塑造在视听语言上采用隐匿"倾向性"的手法,多以冷静客观的大远景、全景来处理。影片整体叙述样态表现出较客观的立场,人物形象不被涂抹强加的色彩,观众可以通过自己的视角去分辨与判断。

(二) 情感的开掘

军旅题材影片尽量淡化与隐蔽个人的人情与人性,而竭力去烘托群体性及人物品质的共性特征和战友情、同志情。八十年代的军旅题材影片(非重大历史题材)则更多将战争放置到背景,而在"前景"中工笔细绘,细腻而深刻地去表现战争中的人情与人性。像《归心似箭》以优美抒情的笔触、富于民族性的抒情写意刻画了浓郁的人情之美。电影《小花》舍弃了原著中大量的军事内容描写,而专心在"情"字上大做文章,以富于新意的时空结构及视听语言,渲染了兄妹情、姐妹情、母女情及战友情。《高山下的花环》则突出了原著对人情人性的表达,不仅赋予了伦理层面的煽情渲染,更将特殊战争背景下的战友情、夫妻情、母子情给予了进一步的拓展与挖掘,使人物的情感不仅限于个人私情,更与国家紧密相连,从而获得了更高视角的提升,并带有了悲壮色彩。而《一个和八个》《黄土地》《红高粱》这样的作品,集中凝练了原著中人性/情感元素,或者将个人的命运放置在极端的环境中以凸显品格的力量,或者以生命的象征凝聚成对民族与历史的叩问,或者奔放张扬地挥洒出生命的热力与激情。在这些影片中,"军事、军旅"更多成为一种故事的背景,最重要的不是战斗谁胜谁负、路线谁对谁错,人物命运与人性的闪光成为影片内蕴的核心与表达的重点。因而这批影片所传达的强烈的文人式/精英化的姿态与信息,也远远多于影片所负载的对主导意识形态的传播功效。而作为鲜明主导文化正统趣味的影片,像《彭大将军》《廖仲恺》这样的人物传记片及《南昌起义》《西安事变》《百色起义》《开国大典》这样的重大历史题材影片,对于人物的塑造也十分注重掘取生动的、富有人情味及生活气息的细节来折射与反映人物丰富复杂的内心世界。比如《开国大典》中解放军开入北平时,毛泽东与女儿关于"进城赶考"的对话,大陆失守后蒋介石与孙子过寒食的情节,等等。这些细节不仅喻示了时代的兴衰交替,与主题内涵相契合,更还原了领袖人物/大人物作为普通人的一面,使观众在对历史的感悟中体味到人伦亲情与命运的苍茫。

(三)形式的创新

在八十年代中期以前,一个突出的、有代表性的文化特质,就是知识分子更多以精英的立场和身份来创作属于精英文化的艺术作品。他们以艺术的引领者、文化的启蒙者的姿态来面对大众,并且在当时思想解放的前提下,个性、文化创新、探索精神及艺术创作的锋芒都被展示与袒露出来。这在电影艺术上也有比较突出的表现。像《小花》在叙述与造型上是学习借鉴了外国影片的经验,并在艺术形式探索上做出了刻意的追求。当时任影片副导演的黄健中曾总结说:"很久以来,我们在电影理论上的探讨,只讲内容决定形式多,却很少研究形式对内容的反作用。""《小花》在内容上尽管力求围绕着人物命运去写战争,以求新意,但是它的故事毕竟是个老故事,并不给人以新鲜感。如何讲述这个故事,绘之以声色,动之以情感,使观众产生兴趣,这正是我们在形式上所要探索的问题。"[27]的确,"自莎士比亚之后,一切故事皆成滥套"。更重要的是如何讲述故事,而不是讲述何样的故事。这在第五代及第五代以后的电影艺术创作中,越来越成为一种共识。像《一个和八个》,导演"张军钊和他的合作者们力图把《一个和八个》拍成中国第二代战争片"[28]。让影片的魅力不仅在于它的题材与主题内涵,更在于它的形式创新——以一种崭新有力的视听语言来叙述故事、冲击观众的思维与观念,这恐怕就是与"第一代"战争片的最大区别。具体来说,即"前17年"经典战争影片多注重在时间维度上故事的流程发展与人物形象的塑造,而《一个和八个》则从影像造型表现力上,让空间维度上的景别、色彩、构图等元素来讲述故事与表达内涵。这样影片空间向度上的厚重及影片形式感的分量就超出了影片时间向度上的情节与故事,这种形式样态及叙述方式对观众的观影思维是一种挑战与扭转。《黄土地》同样以探索求新的姿态、以"怎样讲述"的震撼力,将一个传统的"兰花花"式的故事转换成对民族、历史的深沉的爱与反思。《红高粱》更是将"革命加传奇"的"前17年"战争片的常规手法铺垫成背景,却以浓烈泼辣的笔触渲染出民俗的斑斓诡谲,以怪异的讲述方式烘托起一种人性的张扬。

从八十年代中、后期开始,精英文化经过了短暂的繁盛之后,大众审美趣味渐趋分化,主导意识形态也开始加强对电影创作的引导,社会文化景观渐呈"分层设色图"。其后涌现的体现主导意识形态的重大革命历史题材影片,更以其题材选取——重大战争历史事件、叙述视角——全景式史诗式、人物塑造——领袖人物/大人物成为主角等方面,表现出与以往战争片样态上的不同,体现出一种形式上的创新与崭新的战争片叙述方式的开辟与铸型。

三、《小花》《一个和八个》《黄土地》等文学作品改编的影片

八十年代根据军旅文学作品改编的影片主要有根据前涉长篇小说《桐柏英雄》改编的《小花》、根据李存葆同名中篇小说改编的《高山下的花环》、根据郭小川同名叙事长诗改编的《一个和八个》、根据柯蓝散文《深谷回声》改编的《黄土地》、根据莫言同名中篇小说改编的《红高粱》。

这些作品与"前17年"根据军旅文学作品改编的电影的最大不同,是"叙事代码"在文学和银幕里显现出较大差异,呈现出不同的品质与作用。"前17年"军旅题材影片更加倚重文学原著,在情节线索、人物性格及作品基调上充分尊重原著,影片自身作者/导演个人的标记并不突出。影片所体现出的时代共性

的风格是文学原著的基础框架所大致限定的,其中文学作品的"叙事代码",比如叙述顺序、所含场景、主要人物、情节结局等,在电影的"叙事代码"中也是大体保持一致的。而八十年代的这几部影片在改编原著时,更多的是将原来的文学作品作为一种"原始素材",其中的"叙事代码"发生了很大的变形、错位与调整。实际上,这种更改正标示出影片在能指的"形式代码"上的探索,并由此标记了导演/作者自身的视角与风格。

其实,这种改编的方式正是电影改编创作的一种基本规律。"一位电影工作者并不是一位有成就的作家的翻译者,他是另外一位有自己的意志的作家,而且是一位不折不扣的作家。"[29]这是美国电影学家乔治·布鲁斯东的一句名言。而匈牙利电影美学家贝拉·巴拉兹也曾说:"电影家在把小说搬上银幕时把原著仅仅当成是未经加工的素材,从自己的艺术形式的特殊角度来对这段未经加工的现实生活进行观察,而根本不注意素材所已具有的形式。"[30]尽管对文学作品的改编一直是见仁见智,尤其是对经典文学作品的改编更显难度和艺术追求的差异,但可以明确的是,"前17年"电影对军旅文学作品的改编受到当时主导意识形态与审美趣味的规约,原著绝不可能是"原始素材",而是一个时代文艺作品的标尺。"尊重原著"很大程度上也仅仅是把原著的情节简单地"银幕化",影片导演/作者个人的风格基本被隐藏,时代的"共鸣"使得"怎样讲述"变得单一与"齐声"。正是八十年代特定的创作氛围才能使文学作品的改编获得多样化的表现,导演与作者的风格才能走出文学原著的荫翳,在汲取的基础上结出属于自己的果实。

(一)《小花》

《小花》原著初稿创作于1960年,因而作品是以"前17年"军旅/战争题材的创作原则为准则的,其创作手法因而也大体被限定,小说风格明显流露着"前17年"文艺规范下的气息与痕迹。而电影文本拍摄于1979年,时代的转换、不同的艺术领悟,面对同样一部原始素材时,会显露出不同的艺术视角。"曾经有三个导演要拍摄这部小说……第一个是潘文展同志。他是在革命队伍中成长的文艺工作者,熟悉战争生活。所以他看小说《桐柏英雄》,最吸引他的是在宏伟的战争背景下,表现毛主席从战略防御到战略反攻的伟大战略思想,把战争推到前景。我觉得从这个角度改编不能说就不可能成功,也可以相当成功,就象苏联的全景小说,气势磅礴。这是潘文展,他的生活、他的素质,使他对这方面敏感。谢添同志看这部小说,更感兴趣的是在土改中发动群众民主建政的一段。他认为土改中人物的色彩非常丰富,变化多端,敌人打入我们内部,利用我们的政策,分化瓦解,矛盾错综复杂。他想体现党和人民群众的关系,表现群众的觉悟。我觉得他从这个角度改,同样能搞得很成功,而且可以想见一定情趣横生,引人入胜。张铮同志要改编拍摄这部小说,已是三进宫了。从张铮的角度考虑,我个人认为,她不具备前两位的那种素质,但她有她自己的素质。尽管她也经历过战争……但是,我觉得她作为一个女导演,应该选择自己所长,譬如写战争中三兄妹的命运,写悲欢离合、生离死别……可以更细腻处理兄妹之间的情感。我们先写了个剧本提纲给作者,他接受了,于是开始着手作第三次的改编。到拍摄时,战争就越来越推向后景,而三兄妹的命运推到前景。"[31]这样一来,电影文本实际上只是采撷了原著中的一朵"小花",并将其不断放大与融化。原著的军事与土改斗争被抒情性的人间真情所替代与覆盖,我们在电影中只能捕捉到原著的一个微弱模糊的背影。

电影文本的《小花》在中国电影史上占有独特地位。它是1979年中国影坛上的一朵奇异之花,比较鲜明地体现了解放思想、大胆探索、创作形式勇于突破的艺术创作姿态。这部影片的突破性主要表现在两个方面:

第一个方面是表现内容及主题。影片舍弃了原著的战争主线与土改斗争,而专心致志地围绕兄妹情、战友情、母女情等人间真情来做文章,基本上是以虚笔点染战斗,而以实笔来描摹人物。人物的情感、心理、思维成为影片刻画描写的重点,而对人性的探索也就成为影片的主题。

第二个方面,也是最主要的方面,即影片在叙事手段及配合内容的形式上的探索。影片在叙事方法上主要以倒叙、闪回等叙述时态来叙述故事。这种"时序"打破了以顺叙为主的中国电影(包括经典战争片)特有的叙事惯性,使故事讲述的时间维度上的探索被凸现出来,叙述时态表现出刻意叛逆的形式感,为电影文本带来令人耳目一新的艺术气质。

电影中有12次在彩色片中插入黑白片的形式,来展开倒叙、回忆、联想、幻觉,并以26次短促的时间倒错(比闪回的叙述时间还要短的倒叙方式),表现出一种银幕意识流的效果。这些倒错几乎没有提示性镜语,而是直接切换,像周医生看着睡在身边的赵小花,有两次倒错闪现婴儿在母亲怀中的镜头,这类镜头的切换表现人物的内心状态、心理联想,是一种硬朗、鲜明的叙述语式。

电影文本在其他视听语言上也有相应探索。比如表现人物情感的抒情性,利用插曲,停顿叙事,把一个情节点不断放大,反复渲染,像何翠姑跪抬担架的戏,影片用了392英尺的胶片,比影片中三次战斗相加的时间还要长,以此达到一种煽情的抒情效果。而在表现战斗场面时,影片用了全红的单色来处理,画外不是枪炮的效果声,而是抒情音乐。当翠姑中弹时,影片还动用了高速摄影。这样的视听效果将这一段落烘托得浪漫、悲壮,被赋予了理想化的光辉。

影片副导演黄健中自己总结认为,正因为这部影片从内容到形式的探索都带有一定的"叛逆性质",所以它在产生一定反响的同时,也被人认为是一朵有唯美倾向的工匠精致的"纸花",而不是生活土壤中生长出来的鲜花。

然而必须承认的是,这部影片对于叙事手段,尤其是叙事时态中闪回、倒错的运用,在中国电影史中是一个坐标点,因为从它之后才有了更多有意识的实践与更加自然从容的表现。实际上从《小花》中可以明显看出对国外电影模仿的痕迹,因为七十年代末,外国电影特别是现代电影新颖的叙事手法对当时中国电影人产生了极大的震动;而当时中国文学对西方文学各创作流派的模仿,也侧面影响了电影艺术对叙述方式求新求变的创作心理。正因为《小花》中所携带与蕴含的诸多"背景"因素,这部在今天看来颇显拙朴与极端,并处处流露出模仿痕迹的影片,才成了有代表性的八十年代艺术创作的一叶"标本"。

(二)《高山下的花环》

根据同名小说改编的电影《高山下的花环》,挖掘与扩展了原著中的两个方面。其一是对社会政治背景的表现。谢晋导演的影片往往表现出对时代和社会的敏锐感受,表现出对"政治—命运"的思维与见解。影片《高山下的花环》在抓住原著文本及时性地反映南线战争这一军事背景的同时,也将原著中对个人—军队—国家的关系加以凝聚与深化。因而像"曲线调动""馒头扔进猪食缸""雷军长甩军帽""欠账单"等具有现实意义的、经典的情节/细节在电影中都被保留,并做了更加细致的描画,特别像"靳开来的军功章"在电影中更是突出表现了其中的无奈与悲凉。而影片更有力度的表现是通过"家庭关系"来完成的,这也是电影文本扩展表现的第二个方面。

影片导演谢晋是一位十分注重观众观影心理的导演,在擅长编织戏剧性情节的同时,也擅长刻画典型性的细节,并把它们融化进具体的、纤微可见的、"毛边"化的生活场景中。特别是"家庭"在谢晋的影片里更被构筑为"家/国同构"关系,以此来塑造人物形象、抒写悲喜交织的情节冲突与人物命运,掀起观众极大的心理共鸣与情感波澜。"家庭"往往成为一个时代的缩影或喻示国家命运的载体,从小家庭中衍射的不仅仅是个人的悲欢,更有与社会千丝万缕的关联,其中蕴含着丰富的人性人文"景观"。

电影对原著提供的梁三喜、赵蒙生、靳开来等人物的家庭线索,都做了不同程度的"放大",特别是着重将梁三喜的家庭背景、家庭生活做了细致的刻画与渲染。梁三喜与韩玉秀之间细腻的情感铺染,使人物战前的幸福、温馨反衬了人物牺牲后的悲壮,更以一种鲜明的情感落差,将梁大娘失去亲人时的坚韧、玉秀的压抑衬托出悲剧性的苍凉。而到了玉秀哭坟、军长敬礼等段落,叙事就以层层推进的波浪,将久蓄的、饱和的情感冲破,这是一种以情贯穿、以情动人的叙事手法,浓郁的情感脉络在情节间从细细地流淌到汇集成一片汪洋,形成情感的高潮,带来强大的艺术感染力。

另外,电影消解了原著中戏剧性极强的梁大娘对赵蒙生曾有的养育之情,这样梁家与赵家就是毫不相干的两个家庭,因而影片是通过更平实的叙述来表现梁三喜家庭生活的种种艰辛,梁大娘对痛失爱子的坚强、对"欠账单"的坦然——某种程度上这个农民家庭具有了一种普遍意义与代表性,它有力地表现出一个农民的儿子与一个将军之子家庭生活及命运的差异、一位沂蒙山老区母亲的高尚的胸怀,及由此而升华的平凡如土地般百姓/人民的无私与牺牲。应该说,这种改动并没有削弱原著的内涵,而是以更平实的笔触烘托出深厚的人民的恩情与博大的情怀。影片通过对比性的手法,对梁大娘一家的着重塑造,使之与国家/民族的命运联结在一起,强化了影片的主题与立意,并带出令人沉痛的思考与深深的喟叹。

应该说,导演谢晋将原著的叙事结构融入其特有的反思历史、直面现实的社会/政治寓言中,充分发挥了镜头语言渲染情景的特点,把原著中的抒情笔墨更加煽情地"放大"与"化开",给人以极大的心灵震撼。导演正是通过由"文学叙事代码"到"电影叙事代码"的转换,力图把人伦/战争的主题纳入经典的"谢晋模式"中。

如果说上述两部影片的改编更多的还是在时间维度上去体现叙事代码的变化，并凸显导演的个性与风格——影片中明显的标志是有大量的跳接、倒叙、闪回等叙述时态的运用，来区别于"前17年"战争影片顺叙为主的叙事方法，那么第五代导演的影片像《一个和八个》《黄土地》的改编则更多体现了从空间维度上改造叙事代码并体现内涵的创作主旨。

(三)《一个和八个》《黄土地》《红高粱》

作为文学原著的长篇叙事诗《一个和八个》及散文《深谷回声》，空间化的意象与形象化的隐喻关联并不突出。而电影作品则弱化表现时间流程上的故事情节，战争状态也从文学原著中的背景弱化为电影时空中几缕氤氲流动的气息，影片更注重以大量象征与隐喻性的镜头来突出空间环境，表达超出战争背景的人文思索。

电影文本《一个和八个》出品的时间是1984年，这一年是中国电影史上重要的一年。第五代导演在这一年奉献出了《一个和八个》《黄土地》《猎场札撒》。《一个和八个》是"第五代"的第一部作品，它最初的"双片送审"就震惊了在座的电影界前辈及评论家。整部影片放映时是一种窒息般的寂静，结束后又使人木然失语。面对这样一个崭新样态的文本，人们竟一时找不出合适的语汇来评价它，面对它更多的是失措、茫然甚至是失落的复杂心境。

现在看来，电影文本《一个和八个》强大的艺术"陌生化"力量大致在于以下两个方面：

1. 主题的定位

影片导演张军钊认为，"这是一种特殊的人物关系——八路军指导员王金因受叛徒诬陷而蒙受冤屈，与八个罪犯关押在一起；一种特殊的规定情景——在当时严酷的战争环境中，他们都即将被处死。通过王金和八个罪犯在生死关头所发生的错综复杂的人物关系和性格撞击，表现了共产党人的无限忠诚和献身精神。我喜欢长诗中这种特殊的人物关系和规定情景，感到在这个基础上进行挖掘，有可能发展成一部好作品"[32]。作为八十年代第一批学院派导演，时代所赋予的精神气质，使他们以标新立异、有所突破为创作原则，这样从情感上他们就本能地亲近于这样一部曾被主流文化所排斥的作品。如果说原著是纯净无瑕地表现了一个共产党员在极端环境中的精神气节、成全集体事业及民族大义的自觉自愿在很大程度上还是倾向归属于主导意识形态的话,那么,电影文本所选择与中意的则是同一主题中所含有的抗争、人性的尊严、人格的撕裂感等元素,这在很大程度上体现的是人文精神的关怀,是精英文化个性化思维的流露。

2. 电影语言风格

影片在造型表意、镜语体系上有着突出的个性。在色彩运用上避开所有鲜艳的颜色,以版画般的黑白对比表现出富于沉重与力度的雕塑感;在画面构图上大量采用"静态构图"及不均衡的不规则构图,打破观众的视觉定式,形成一种心理的紧张与压迫;"光线主要用于表达感情,而不仅仅是保证曝光。那种在技术上似乎无懈可击的'亮堂堂'画面,与本片的基调是格格不入的"[33]。影片大量使用两极镜头,前半部以特写为主,在室内空间形成压抑、窒息的氛围,强化人格的扭曲感;后半部分以远景、全景为主,以渐渐舒展开阔的旷野与人性的转醒、复苏相映衬。这些电影语言已不仅仅在交代环境、氛围,展示规定情境,而是成为一种对主题意蕴的阐释。与原著长诗在韵律与时间的流淌中叙述故事不同,电影文本显然以"响亮的"空间形式感体现着大于时间叙述的空间表意。

《一个和八个》以标新立异的内涵与形式树立了"第五代"的存在风格。其后的《黄土地》虽然明面上讲了一个黄土高原上的女子投奔革命的故事,但其"说文化、谈历史"的主体意蕴与深刻的空间意识也无疑超越了原著的内涵及一般军旅题材影片的表现手法——土地与人的关系、精神迸发的力度、历史感与人生感的气韵,被独特的景别、构图、色彩所支撑,带来震撼性的表意风格。它呼应了同时期的《一个和八个》,它们共同传达了新一代导演对叙事形式及哲理表意的追求与风格。影片中两极镜头的运用、定镜长拍的长镜头——镜头语言的力量往往打破正常叙事的流畅与连贯,使镜头中"物像"的含义在超越情节的同时被凸显出来,"苍茫的大地""厚实的黄土""汤汤的流水"都成为镜头与情境中的"主角"。而对人物塑造也往往呈现出"雕像"的方式,"布满刀刻般皱纹的脸""麻木呆滞的表情",人物的命运也更多地与周遭空间环境融合起来,凸显出来,而非被时间向度上的情节所描绘。影片诗化抒情的浓烈气息,远远超出了一个普通故事的情节性的叙述。

从选择改编的对象上看,这两部影片选择的是诗歌、散文,而不是小说。并且它们都显现出淡化情节、诗意浓郁的特点。初出茅庐的第五代导演力求将电影拍成"诗电影"或"散文电影",这也表明了他们反叛传统、锐意求新的艺术理念与实践。

影片《红高粱》在空间意象的表达上虽不如前两部作品鲜明,"叙事代码"在时间维度上的故事性与戏剧性有所凸显,但影片充分挖掘了原著中丰富斑斓的意象,并以极具感受性、渲染性的视听语言,转化为新异的银幕仪式化场景。影片在空间造型上的突出表现,树立起了导演张艺谋最具代表性的个人导演艺术风格,即注重空间的"造势"和"仪式化场景"的运用。这在他其后创作的影片像《菊豆》《大红灯笼高高挂》《英雄》中都有突出表现。

第五代导演的几部影片,另有一相同的特点,即不论文学原著的叙述时态如何——《一个和八个》是顺叙,《深谷回声》是倒叙,《红高粱》在时态的运用上有闪回、倒叙,灵活自如——电影作品却都采用了"保守"的"顺时性叙述",这更表现出他们创作中对时间维度上的克制与对空间维度上的特别关注。

今天看来,第五代导演"反传统"的追求在艺术上难免留下刻意与粗糙的痕迹,但作品在中国电影史上的开拓性地位是不容怀疑的,这也使第五代导演根据军旅题材改编的作品呈现出独特的气韵与内涵。

总结八十年代根据军旅文学作品改编的影片,可以发现它们更重要的意义,在于形式上的创新及超出一般战争意义上的对人文及哲学层次上的精英式的思想探索。这些作品与传统意义上的军旅题材对主导意识形态的负载功能相比并不明显,而这一功能在八十年代是由大量的原创性的军旅题材电影剧本完成的。这种原创性的电影剧本及影片的完成为九十年代大量的军旅题材影片的拍摄打下了坚实的基础。

第四节　二十世纪九十年代：史超、李平分、王军等编剧的创作

一、二十世纪九十年代中国文化地形图

九十年代，中国的文化状态是一个多元文化并存的结构。具体来说，在九十年代的文化表征中共同地存在着不同的亚文化，以及相应的意识形态与价值观。而在这种多元的文化格局中，首先是主导文化、大众文化和精英文化的三元并立与相互渗透。

九十年代代表主导意识形态的主导文化依然是一支重要的文化力量。而且与八十年代相比，主导文化是以鲜明与强势的话语姿态出现的。这种文化现象应该说是与特定的时代政治背景密切相联。九十年代的精英文化相对是一种弱势文化，它丧失了八十年代那种"文化启蒙"的地位。而中国的大众文化是从七十年代末到九十年代末蓬勃发展起来的新的文化形态，与主导文化和精英文化相比，它更多地受到全球文化背景的影响。虽然关于什么是"大众文化"以及如何理解在中国这块土地上滋生蔓延的"大众文化"，学术界一直存在分歧和争论，但基本可以明确的是，中国二十多年的改革开放在社会及文化基础上形成的最有冲击力的，当属大众文化。

中国近二十年内大众文化构成与扩张的历程正表现了中国二十多年内文化的分化与变迁轨迹，一定程度上反映了人们的审美趣味、欣赏心理及对文化的社会认同规范的分化与变迁。大众文化的兴起使得都市大众审美趣味的变化主要表现为：文化产品强化能指的作用，具体作品的内容更关注一般情境的描述，压缩所指的政治意蕴，避免具有强烈意识形态特征的联想；选择具有娱乐性质的题材和内容，避开对现存社会的激烈干预和指涉；世俗化的观念、削平深度的轻松快慰效果取代内在升华与可能的批判性……从历史角度看，中国经历了近代以来特别是新中国成立以来持续不断的政治运动和政治变革，淡化政治

倾向,在某种程度上是一个物极必反的必然倾向与过程,大众文化的发展,正顺应了这样一个过程。就电影来说,"新时期来,随着电影从既定政治的绝对制约下摆脱出来,随着电影创作自身潜能与特征的掘进,我国多数观众在审美心理上发生了重大变化,即不再纯粹以'政治'来评判影片,对那些图解政策、图解政治的影片表现了冷淡,甚至厌恶"。[34]

那么九十年代,在创作具有明确意识形态倾向性的主旋律影片,包括军旅题材影片的时候,必然面临着观念更新、手法突破的问题。显而易见的战略部署是继八十年代末提出"突出主旋律、坚持多样化"后,在1996年的"长沙会议"上确立实施精品工程。此次会议明确提出"弘扬主旋律的影片不仅思想内容要好,而且艺术水准要高","要充分体现中华民族的特色,反映中华民族的精神,以中国观众的需要为第一需要"。[35]这实际上是为主旋律影片的创作确立了一个科学与宽泛的创作定位。

二、《大决战》《大转折》《大进军》等主旋律影片创作的崭新样态

正是在电影文化战略部署的确立及策略性转变的背景下,九十年代拍摄出了许多崭新样态的、受到大众普遍认同的军旅主旋律影片。它们主要包括《大决战》(《辽沈战役》《淮海战役》《平津战役》)、《大转折》、《大进军》(《席卷大西南》《南线大追歼》《解放大西北》《大战宁沪杭》)等。这批反映全国解放战争的史诗巨片的拍摄贯穿了整个九十年代,此外还有《弹道无痕》(1994)、《横空出世》(1999)、《黄河绝恋》(1999)、《冲天飞豹》(1999)、《英雄无语》(2000)等。

九十年代的军旅题材影片中有一个重要的创作支柱,即《大决战》《大转折》《大进军》这样的史诗性的重大革命历史题材影片,这些影片是九十年代主旋律影片的重要维度。由于其题材与形势的特殊性及这部分影片重要的历史地位和较成熟、出色的创作手法,尽管它们不是由文学作品改编的电影,但依然有必要对它们做出分析。

(一)全国解放战争史诗系列

《大决战》《大转折》《大进军》系列共八部影片,作为重大革命历史题材,将

艰苦卓绝、决定中国前途与命运并改变了世界格局的全国解放战争艺术地搬上了银幕。这批影片是我国电影史上从未有过的大制作，填补了战争史诗巨片的空白，而且宏大的叙事架构在世界电影史上也不多见。应该说这八部影片的完成标志着以史诗巨片的形式来反映全国解放战争暂时告一段落。作为一种对历史的"述本"，这批影片是在九十年代——这一具有特定的社会文化内涵的时代背景下，对全国解放战争史的银幕书写。因而它们的特色、风格是在上述条件的共同融合下形成的，具有了独特的美学品格与文化意蕴。

这批影片的产生除了得力于工业机制的成熟与完善，更是文化时机成熟的结果。八十年代文艺作品的许多方面就已开始打破以前被认为是"不合规范"的"禁忌"，产生了像《西安事变》《南昌起义》《血战台儿庄》《开国大典》等站在历史唯物主义的客观角度去反映重大历史事件的影片。而九十年代随着建设有中国特色社会主义文化方针的确立，主导文化逐步加强了文化引导，尤其在经历了八十年代末的政治风波后，主导文化的引导就显得更加必要与重要。因而在积累了一系列初具史诗规模的影片拍摄经验之后，1991年才会出现像《大决战——辽沈战役》这样的战争史诗巨片。而革命战争史诗巨片横贯整个九十年代，也体现了艺术本体的成熟并杂糅融会着半个世纪岁月汰洗之后的历史史实与特殊转型时代的文化精神气质，从而使影片显露着政治化、社会化的脉络与肌理，在气势贯注的叙述话语背后凸显明确的文化含义和精神指向。

《大决战——辽沈战役》为系列影片奠定了风格与基础。这部影片深入刻画了国共两党两军最高统帅在东北战场上关乎全局形势发展的斗智斗勇，以历史唯物主义观点客观地描绘历史风云包括有争议的人物；叙述历史不再以单线条的个人化面目出现，而是全景多维，历史的呈现具有了厚度与体积感；镜头语言大气磅礴，有大量壮阔恢宏的人民战争的大场面。九十年代初期这部影片以其新鲜的"审美距离"所造成的"陌生化效果"，调动了观众的好奇与认同，产生了巨大的社会反响[36]，大众以一种新的"期待视野"的满足比较顺利地接受了文本的意识与内涵。

当然，随着时代的发展，影片的创作也要考虑适应九十年代的文化背景，特别是至九十年代中后期，社会文化的分层现象愈加明显，人们的审美趣味也在不断变化，因而影片在采用史诗格局这一审视历史的视角时，如何处理社会/历史层面与心理/审美层面间的距离与关系,是影片需要恰当把握的地方。通观这八部影片后,可以发现影片在保有史实自觉、尊重《大决战——辽沈战役》所体现的形式上的审美特质的同时,也在不断寻求突破,形成了适应时代与文化形式需要的表述风格。主要表现在以下几个方面:

1. 叙述视角的转换

叙述者在《大决战》中以旁白的方式出现,无所不知地评骘事件、臧否人物,它以一种居高临下、俯瞰全局的视角显示着自己的存在,带动和引领着观众的思维。这种叙述者斩钉截铁式的旁白阐述虽然有力地支持了影片文献性风貌的呈现,却透露出叙事上的灌输感、单向度的说教感,这样容易和观众产生心理距离,"述本"不易被观众自然接受。因而到了《大转折》中,叙述方式发生了变化,旁白被取消,叙述者以人民爱戴的领袖邓小平的几幅照片配以他家常式的语气来为观众讲解,而且,叙述者只在影片的开头与结尾出现,这样在故事的演进中,观众不会因叙述者的突然出现而"出戏"。到了《大进军》,叙述者完全以隐身的方式出现,故事脱离指定的叙述者,以全景的视角展开灵活的叙述。而作为收山之作的《大进军——大战宁沪杭》则采用多个叙述人讲述某一段或几段历史的方式,使历史面目的呈现更具客观性,并与观众形成较强的交流感。总之,这些影片的叙述视角由距离感很远抑或权威性很强的旁白叙述引导,到逐渐客观化、纪实化逼近故事与人物,都是为了拉近与观众的心理距离,将更多的思索留给观众自己,从而使意识形态传输能够自然地被表达与接受。

2. 情绪化的感染

纵览八部影片,从最初以叙述领袖人物的运筹帷幄为重点,到突出表现他们亲情化、人伦化的情节;从刻画领袖大人物的谋略见长,到赋予他们情绪化、情感化的场景与细节;从主要描绘战略战术的实施,到地图越来越少,情感铺垫、情绪渲染越来越浓,由战术谋略的情节张力过渡到情感的张力——上述场景表现在影片中往往成为华彩与经典段落。像《辽沈战役》中毛泽东与萧三一路畅谈一路摘酸枣,毛泽东妙语解颐、意趣盎然,大决战的序幕已经拉开,作为决策者的毛泽东却在秋色爽朗、红叶霜染的优美环境中与少年时代的挚友叙旧、摘枣。这一段落将伟人的胸襟信心、领袖人物诗人统帅的风范及充沛饱满的情绪状态烘托了出来。《大转折》中,刘邓强渡汝河,千钧一发之际,战士们跳下水去用身体搭起浮桥,刘邓两位首长在纷飞炮弹炸开水面的红色火光的映衬下,以泰山崩于前而不惊的从容气度,大步流星、面色坦然地走过浮桥,高速摄影将这一时刻"放大",人物形象具有了雕塑感与升华感,"谈笑间,樯橹灰飞烟灭",两位大将临危不惧、狭路相逢勇者胜的轩昂气概与神采被出色地刻画出来。《大战宁沪杭》中攻克南京总统府,毛泽东激动地挥毫赋诗,英雄成就大业的气势、积郁于胸的感怀被酣畅淋漓地抒发,荡气回肠。而蒋介石在蛰居台湾后过端午节,小孙子一句"粽子没有老家的好吃",童言无忌却令蒋怅然若失,画外传来闽南口音的《武岭校歌》,乡音已改,此刻蒋的心境怎能不悲凉感慨、思绪万端……应该说,这种叙述及塑造人物的方法,不仅前所未有地在银幕上树立起一系列历史"大人物"的形象,更形成了影片融史入诗的风格,使战争巨片被赋予了浓郁的浪漫激情与诗情意蕴。而其中的情感策略避免了宏大格局的形式粗糙感及对战略战术的枯燥图解,从而使观众的情绪容易被影片所感染。

3. 事件的揭秘性

从《辽沈战役》到《大战宁沪杭》,影片由直接给出与展示事件发展的前因后果,到在描绘过程中有意留出空白与余地,让观众自己参与到事件的思考中来;从表现重大事件到表现某些客观存在的、以前被划归"历史的暗区"的事件,使影片带有了浓厚的揭秘色彩。这是一种调动与迎合观众观赏趣味的叙述角度。像《大战宁沪杭》中涉及了"紫石英号军舰""渡江第一船""毛泽东从未进过故宫"等花絮与轶事。

总结以上几点,这批战争史诗巨片受到九十年代政治/文化氛围的影响,在保留强化正统趣味的同时,在叙述样态上相应做出了一些策略性的调整,找到了与观众建立情感沟通的方法,并以符合九十年代观众审美心理及相应时代文化背景下所认同的"历史概念",完成了辉煌壮阔的全国解放战争的银幕"述本"。

(二)根据军旅文学作品改编的影片

在九十年代的电影创作中,特别是军旅题材的创作中,大量采用的是原创性的电影剧本,根据文学作品改编的影片比较少,主要有《烈火金刚》(1991)、《弹道无痕》(1994)、《走出硝烟的女神》(2000)、《英雄无语》(2000)等。

《烈火金刚》取材于"前17年"主流军旅文学的经典作品,但却被放置在九十年代的文化语境中。在当时重大革命历史题材及战争史诗性巨片已经开始"升温"的情况下,我们是在当年的"娱乐片排行榜"上找到了这部影片的定位。但实际上,这部影片并不具备经典重读的特质。它的"娱乐性"被理解为"传奇故事"加"明星演员"。但是,影片的内核依然是与文学原著相同的主导意识形态。这样来看,这部影片与"前17年"军旅题材影片散发着极其相似的气息,它们有着脉络相承的关系。从影片的叙事手法、人物塑造及其对原著改编的技巧上都能够清晰地辨认出"前17年"战争经典模式透过时间的烟尘,以原型/源头的力量在它身上打下的深深印痕。

《弹道无痕》改编自徐贵祥同名中篇小说,影片文本集中于小角度叙述,截取了一名士兵十余年的"士兵史",揭示了和平时期军人个人命运与军人职业、理想与现实、奉献与回报的关系,塑造了"铁打的营盘钢铸的兵"。主人公于挫折中坚守,于艰难中奋斗,于绝望中重生,苦尽甘来,终至人生辉煌转折。该作是九十年代初展现和平时期军营励志的较有影响的作品。

到了九十年代中、后期,军旅文学特别是长篇小说的繁荣与崭新叙述视角的开掘,又为电影艺术提供了丰腴的土壤。九十年代的军旅题材长篇小说,不仅仅展示恢宏的重大历史事件,更有人格心灵细微处的触探;革命斗争史不仅仅有波澜壮阔的全景史诗,更有单纯的女性视角与拂落烟尘的"家族史"。《走出硝烟的女神》与《英雄无语》就是这样两部在切入视点及文体探索方面进行了有益尝试的军旅题材作品。

前者在结构框架上借鉴了苏联小说《这里的黎明静悄悄》的模式,在孕妇队艰难的转战过程中,插叙与倒叙每一个战士/母亲的生活与心路历程。小说特别以女性化的视角剖析了战争环境中的死亡、爱情、亲情等主题,在叙述中力图张扬女性/女权意识,但它更多通过女性在战争的特殊环境中孕育生命、在战火纷飞乃至敌兵追堵中诞生生命的艰难困苦,将女性从传统的依附、弱小的境地提升为圣洁、伟大的象征。小说最终把母性的光辉定位为超越战争、死亡,通向宁静、崇高的源动力。

在电影改编中,影片汲取了原著特有的女性视角,突出了特定情境中人物的特殊心境,用导演的话说就是想"在改编过程中尽量写人性的美好","一部以解放战争为背景的女性电影,真正引起震撼的不是全景式描述战争的过程,而是……将镜头的焦点对准处于战争状态中的人,浓墨重彩地描写她们的精神、情操和命运。主要想借战争表达人性的美、母爱、亲情"[37]。电影文本注重女性视角的展示,并进行了诗意化的氛围渲染,这在很大程度上提取了原著的精神内核。但是,电影在叙述形态上刻意将孕妇队放置在重重战火的包围之中,以不断地突围和绝境中的生育作为戏剧性的元素。与原著在叙事中更注重细腻丰富的女性心灵展示相比,电影更突出了情节戏剧性的集中与凝练。因而影片文本叙述样态是在戏剧性的总体架构中携带、烘托出诗化写意的风格。这部影片出现在1999年全国解放战争史诗系列影响广泛且全部拍摄完成的文化时间坐标点上,它的意义更在于,对于战争题材的创作,叙述角度开始从宏大的全景式,转向了"小角度"叙述,并体现出了别样的内涵境界。而深入这部影片的肌理则可以看出,在挖掘战争状态下人性的表现有所深化以外,它与"前17年"经典战争片及八十年代描写人情美的军旅题材影片,在叙述风格、表现手法上依然一脉相承,形成了呼应的关系。

《英雄无语》通过"我"在福建老家"认祖归宗"并寻找"我爷爷"人生轨迹过程中的种种发现,来勾带出一段段惊心动魄的革命往事。小说在文体的探索方面表现突出,将大段的方言考证、地方志引语、奇崛的家族传说等穿插在保卫红色政权的革命故事中。而文本的叙述视点也是多变的,"我爷爷"的形象是靠了"我奶奶"的讲述及他身后留下的有限资料堆砌起来的,因而这个人物形象是模糊的,他时而高大、时而卑劣,时而可敬可仰、时而可恶可疑。他因不曾被作者"亲历"及当事人的逐一消亡而"无从谈起",又因其工作诡秘的性质而恪守了"终生无语"的诺言——这是一个崭新的革命者的形象,一个出身闽西客家子弟、为革命做出过重大贡献的英雄,就在小说时明时暗的故事线索及阴凉诡谲的氛围烘托中任人评说、沉默不语。

电影的改编着重提取了原著中情节的精华来编织故事,以曲折动人的情节,突出了人物周旋于都市中的地下党工作和智送情报的光辉经历。影片尾声处以不大协调的抒情笔墨渲染了为革命痛失爱女及壮士暮年沉默孤独的无奈与悲凉。与原著相比,电影文本丧失了叙述的力量,多声部的叙述角度也被改编为传统的全知全能视角。"如何讲故事"中那种叙述者自身探寻、反思、诘问的力量也被削弱,而且,影片中的英雄人物形象远比原著中高大完美,那个全新的模糊的"我爷爷"在银幕中消融了,取而代之的是一个令人十分熟悉的、接近于"前17年"经典文本中的地下党员的形象。应该说,电影的改编更是以对戏剧性情节的突出,弱化了文学原著叙述的力量,影片着力的是借助类型片模式来凸显故事的故事性。虽然影片结尾的情节中保留了对"英雄无语"的惆怅与感伤,但在全知视点的故事讲述已经全部完结之后,结尾的大段抒情段落就与全片的风格出现了裂隙,对内涵深意的提升显出牵强与生硬。而细辨影片叙述模式的相关元素,比如对地下工作的种种样态描写依然可以映照出与"前17年"经典文本的源流关系。

这两部影片都因原著提供了戏剧性元素及惊险曲折的故事素材而被改编,又因分别被切入女性视角及套用惊险片模式,而在九十年代的主旋律影片中呈现一定的新意。前者基本凸显了原著的精神内核,但其叙述形式却是戏剧性框架;而后者刻意借用惊险片的类型元素,其叙述形式并无创意。如果说原著小说在文本形式上做出了一定的探索,打破了军旅题材长篇创作的某些固有形式,那么这两部电影文本则在其叙事形态上都明显流露出对"前17年"经典战争文本的借鉴,表现出向传统的戏剧性叙事类型的回归。而且人物形象塑造上也呈现出向程式化的"英雄"尺度的靠拢与倾斜。当然这两部影片也在九十年代军旅题材影片以全景史诗铺展银幕的主旋律中,以清新、求变的小角度叙事为银幕展露出一片新的空间。因而它们也以一定的叙事策略拓展了一种新主旋律影片的模式,为今后更加完善成熟的军旅题材影片奠定了基础。

综上看,在九十年代,根据军旅文学作品改编的影片比较注重以小角度叙述来表现具有一定新颖含义的内容,即切入角度富有新意。但这些电影文本又都展现出对"前17年"经典战争影片叙述模式的借鉴,与八十年代军旅题材影片追求以空间维度造型的力量来拓展讲述方式的个性有所区别,这几部影片在视听语言上都选择了更有利于情节讲述的"叙事性蒙太奇"而非"空间性"的"隐喻性蒙太奇",即影片更多流连在故事性的时间维度上,这些都体现出"前17年"经典战争影片的强劲渗透力及中国战争片原型/母题元素在文本间的回声与延绵。

军旅文学作品改编的影片整体呈现出对新中国成立前后光辉历程的隽永壮阔的银幕抒写。电影胶片不仅记录下了军旅文学中那些闪光的形象与动人的故事,更记载了一个民族一个时期的文化与社会表征。

从军旅文学作品改编为电影艺术的创作,经历了"前17年"特定时期的特殊繁荣,奠定了中国军旅文学及中国军旅题材影片的基本创作规范;又经历了八十年代从主题内容到形式模式的突破性发展,开辟了全新的创作领域;及至九十年代长篇小说文体的自由又为传统的现实主义提供了变革的契机,军旅文学做出了有益的初步探索,而银幕上也进行了初步的移植实践。

军旅题材影片注重捕捉与撷取那些具有时代代表性的军旅文学作品,成为表达特定时期时代的呼唤及民众内心体验的敏锐回应。电影文本在叙述形式、叙事样态上进行了有益的尝试与大胆的创新,广泛涉足了文学体裁的众多领域:长篇小说、中短篇小说、诗歌、散文、传统古典章回式小说;并在改编过程中打破了文学/电影两种艺术形式叙事特性的壁垒,许多电影文本在时间/空间维度上的锐意探索及独到表现为中国电影史镌刻下了具有经典意义的铭文。众多军旅题材影片在表现出原著菁华内涵、风骨气质的同时,也因银幕媒介的传播效应而将反映社会生活的领域进一步拓展与延伸,文学与电影往往在文化互动中同时成为时代的经典。

回顾50年来根据军旅文学作品改编的影片,应该说,在取得了辉煌成就的同时也有一些不足,有许多影片文本仅仅是原著的银幕图解,或仅仅把握了原著的情节肌理却不能表现出原著的气韵神采。电影改编文本应作为一个"崭新的文本",在当代精神与对战争/历史的哲思中,表达出独特的文化内涵与品格。而就军旅题材的叙事手法来说,如何突破经典作品的叙述模式以更新颖的角度来传达思想性、艺术性与观赏性的统一,恐怕也是军旅题材影片需要努力的方向。

可以相信的是,军旅文学这棵参天大树一定会不断地抽枝发芽,而根据其改编的电影艺术也必将会结出更加丰硕的成果。

注释:

[1]钟大丰:《作为叙事和表象的历史——历史写作与历史题材创作》,《北京电影学院学报》1991年第2期。

[2]重大革命历史题材战争史诗巨片的拍摄贯穿整个九十年代,只不过前期的出品数量比较集中且具有更大的社会影响力。

[3]朱向前:《光荣与梦想》,载朱向前《新中国文学50年》,山东教育出版社,1999,第607页。

[4]胡菊彬、姚晓蒙:《新中国电影政策及其表述》,《当代电影》1989年第1期。

[5]夏衍:《写电影剧本的几个问题》,中国电影出版社,1980,第22—25页。

[6]"新中国人民艺术的光彩"是周恩来总理为"新片展览月"题的词。

[7]夏衍:《写电影剧本的几个问题》,中国电影出版社,1980,第44页。

[8]夏衍:《写电影剧本的几个问题》,中国电影出版社,1980,第49页。

[9]夏衍:《写电影剧本的几个问题》,中国电影出版社,1980,第52—53页。

[10]周宪:《中国当代审美文化研究》,北京大学出版社,1997,第204—207页。

[11]周宪:《中国当代审美文化研究》,北京大学出版社,1997,第204—207页。

[12]周宪:《中国当代审美文化研究》,北京大学出版社,1997,第211—212页。

[13]石言、黄宗江:《柳堡的故事》(电影剧本),载《石言文集》(第二卷),解放军文艺出版社,2001,第472—499页。

[14]夏衍:《写电影剧本的几个问题》,中国电影出版社,1980,第104—105页。

[15]钟惦棐:《电影文学断想》,《文学评论》1979年第4期。

[16]钟惦棐:《电影文学断想》,《文学评论》1979年第4期。

[17]《当代中国》丛书编辑部:《当代中国电影(上)》,中国社会科学出版社,1989,第70—71页。

[18]当时有"写工农兵电影"与"写重大题材"两个口号。前者曾催生了一大批军事题材影片,但也造成了创作上题材领域视野的狭窄;而后者曾一度成为衡量并要求电影作品的唯一标准。

[19]黄健中:《改编应注入导演的因素》,载《电影艺术》编辑部、中国电影出

版社本国电影编辑部合编《再创作——电影改编问题讨论集》,中国电影出版社,1992,第15页。

[20]舒晓鸣:《中国电影艺术史教程》,中国电影出版社,1996,第151页。

[21]舒晓鸣:《中国电影艺术史教程》,中国电影出版社,1996,第155页。

[22]舒晓鸣:《中国电影艺术史教程》,中国电影出版社,1996,第166页。

[23]1979年《小花》与《苦恼人的笑》《生活的颤音》被称为当年影坛上"解放思想、大胆探索、艺术形式上勇于突破"最为突出的三部影片。参阅舒晓鸣:《中国电影艺术史教程》,中国电影出版社,1996,第166页。

[24]第五代导演一般指北京电影学院导演系1982届毕业生及1983年导演进修班、1984年导演干部专修科毕业的一些具有相同艺术观念及创作风格的毕业生。

[25]石方磊:《迈出新的更为坚实的步伐——在全国故事片厂厂长会议上的讲话》,《电影通讯》1987年第3期。

[26]《一份丰富的精神档案——关于〈郭小川全集〉的对话》,《南方文坛》2000年第3期。

[27]黄健中:《思考·探索·尝试——影片〈小花〉求索录》,《电影艺术》1980年第1期。

[28]舒晓鸣:《中国电影艺术史教程》,中国电影出版社,1996,第230页。

[29][美]乔治·布鲁斯东:《从小说到电影》,高骏千译,中国电影出版社,1981,第68页。

[30][匈]贝拉·巴拉兹:《电影美学》,何力译,中国电影出版社,1978,第280页。

[31]黄健中:《改编应注入导演的因素》,载《电影艺术》编辑部、中国电影出版社本国电影编辑部合编《再创作——电影改编问题讨论集》,中国电影出版社,1992,第16—17页。

[32]张军钊:《一个和八个》(电影完成台本),载上海文艺出版社编《探索电影集》,上海文艺出版社,1987,第13页。

[33]张军钊:《一个和八个》(电影完成台本),载上海文艺出版社编《探索电影集》,上海文艺出版社,1987,第14页。

[34]章柏青、张卫:《电影观众学》,中国电影出版社,1994,第262页。

[35]丁关根:《多出优秀作品 繁荣电影事业》,《电影艺术》1996年第4期。

[36]王志敏:《开拓革命历史题材电影创作的新局面——丁峤同志访谈录》,《北京电影学院学报》1991年第2期。

[37]王薇、杨恩璞、童道明,等:《〈走出硝烟的女神〉:人性和生命的礼赞》,《电影艺术》2000年第6期。

第十二章 电影(下)

第一节 概述

中国电影在经历了二十世纪九十年代的阵痛与低谷后,于新世纪近二十年产业化改革进程中蓬勃发展:创作主体、制作方式、主题思想、叙事模式和电影语言均呈现出多元庞杂而又激烈纷繁的新格局——龙精虎猛、活力四射,前程似锦;同时,又在某些层面不可避免地被打上了毛躁不安、飞扬激越、急功近利的时代烙印。应该说,作为国家文化战略调整的重要组成部分,电影产业的市场化和商业化倾向来势之猛、速度之快、影响之大在之前任何一个时期都未曾有过。

新世纪以来的中国电影所经历的发展及断裂等诸多变化带给军旅电影的启示、冲击和挑战也愈加清晰、猛烈和严峻。

一、新世纪军旅电影的边缘化的困境

军旅题材电影尤其是战争片作为一种对历史的正面书写,通过生动的银幕形象与富有意味的叙述表达,重现波澜壮阔的战争图景,塑造一批英雄人物群像,实现了宣传革命、巩固政权、歌颂英雄、鼓舞人民的话语权威。[1]军旅电影从诞生之时就被打上了宣传精神文明建设的时代烙印。然而,随着改革开放的逐渐深入,"前产业化时期"形成的商业电影、主旋律电影以及艺术电影三足鼎立

的整体局面已经被彻底打破,形成商业化类型主导的新格局,主旋律电影中的军旅题材影视作品被迫陷入一种边缘化的困境之中。以美国大片为表征的西方文化强势来袭,国有制片单位长期擅长的命题式、教育式的创作基调经历了很大挑战,也遭遇了诸多阻力,传统的、教条化的主旋律电影已经远远不能满足电影观众的审美需求。从九十年代中期到新世纪初期,中国电影的整体票房滑坡到不足10亿元人民币,其中一半以上还是来自分账发行的进口票房。[2]

在文化价值观上,军旅题材电影尝试借用儒家文化的资源塑造出低调、悲情的英雄楷模,用人物的忍辱负重与鞠躬尽瘁来软化僵硬的教育宣传与死板教条的概念。虽然有少数创新之作昙花一现,出现了一批有影响力的影视作品,但是大量的军旅题材电影的创作没能完全缝合过去与现在、感性与理性、道德英模与政治英雄之间的裂隙,也没有跟上世界电影蓬勃发展的时代潮流。

二、从主旋律到"新主流"

新主流电影之"新"在于完成主流价值观与主流市场的统一,被主流市场接受、认可、欢迎的大众电影,是国家意志与民众需求的精神汇聚,是未来中国的主流电影。随着大众文化的价值取向深入人心,国家主导意识形态仍是军旅题材电影的核心表达,军旅题材创作者们不断在历史性、艺术性与商业性中寻求新的突破,艰难摸索。国家意识形态本身也表现出多样化的弹性面貌,不再重点强调"报阶级仇,雪民族恨"的使命必然,人物角色的行为动机更侧重于内化于心的职业精神,在叙事手段上体现出军旅题材电影在商业模式下的成功探索,出现了《战狼》《明月几时有》《红海行动》等一系列优秀电影。值得一提的是,在军旅电影中出现了中国女性主义的文化景观高峰,体现在一批有实力的女性创作者与学者参与电影生产的话语建构。

与此同时,专业生产军旅题材电影的国营制片厂,在继承传统的基础上,也进行了一定程度的创新,开始寻求叙事的突破与转变,力图在弘扬国家意识形态的同时具有一定的艺术品位和思想深度,但核心属性依然是意识形态而非商业属性,其艺术表达策略都以服务意识形态为前提。如八一电影制片厂的《冲出亚马逊》《惊天动地》《惊涛骇浪》《我不是王毛》以及西安电影制片厂的《钱学森》,都不失为以大胆的艺术手法认真思考与诠释新时期主旋律作品表达方式的探索之作。军旅题材电影力图在总体上整合中国文化的精神架构,实现中国电影在文化核心价值观方面的互通与共识,为目前的电影发展提供了一些思路和途径。

三、艺术性的探索

在创作主题上,我们首先看到了继《大决战》《大转折》《大进军》之后的对重大历史事件史诗化的银幕书写,这些作品不仅具有磅礴大气、诗情画意的独特美学品格与文化意蕴,而且在特定社会文化内涵的时代背景下,在军旅影史中起到重要的衔接和启发作用;其次,也正因宏大叙事的惯常逻辑或创作捷径遭遇瓶颈,我们又看到了《紫日》《集结号》等一批以人物情感命运为镜,折射和再现人性主题与个体意识回归之作;同时,由于和平环境中"敌人"的缺失和人民军队职能的转变,军旅题材电影为了完成一种对自我窠臼的突围和模仿西方的挣脱,又出现了一种放映当下重大军事行动的新类型片。

在叙事层面上,军旅题材电影带有鲜明的主流意识的同时,另辟蹊径的故事主线与无处不在的戏剧张力,在叙事手法和语言风格层面进行多样化探索,在文学文本的基础之上构建一个张弛有度、扣人心弦但不违背历史发展走向的故事,小制作电影《岁岁清明》《罗曼蒂克消亡史》为观众管窥尘封中历史的浮生冷暖打开了另一扇瑰丽的窗口。

在影像表达上,军旅题材电影表现出了明确的对具有震撼力的视听效果甚至视觉盛宴式的高级审美追求,在不消解崇高的同时又满足了观众的欣赏需求。以市场盈利为首要目的大型商业制作《集结号》《金陵十三钗》《智取威虎山》,有着世界一流的制作水准、强有力的商业竞争性,精良的制作使军旅题材影片的历史质感与艺术质感达到了令人震撼的审美高度,故事、风格和对白吸引观众互动反思,计算机后期制作的声画奇观使故事更加生动饱满,时空的暧昧性与多样的现实世界让观众得到了别样的审美感知和审美体验。

总的来说,新世纪近 20 年期间,尽管困难重重,军旅题材电影依然出现了一批深具意义的不凡之作,也有过颇具个性和争议的个性探索。

与二十世纪以前的军旅电影不同,新世纪军旅题材电影经历了从戏剧叙事到视觉盛宴的奇观化发展,中国内地电影长期以来受到戏曲和文学叙事的影响,军旅电影更是以军旅文学为依托。新世纪伊始,随着电影工业日趋成熟、好莱坞电影的引进,军旅作家编剧受到西方三幕式剧作结构的影响,形成不同类型与不同风格的军旅电影,在各种题材百花齐放,掀开了中国军旅电影进入类型化创作的影像狂欢。尽管军旅题材影片未能全然达到严格意义上的类型片标准,但从受众接受的角度参照惯用的类型片概念加以定位更易于理解,因此文中将军旅题材影片分为重大革命历史题材、军旅现实题材、抗战历史题材,并从编剧创作的角度加以整理归纳。

第二节　陆柱国、王兴东等编剧的重大革命历史题材影片

一、战争的史诗:《八月一日》《我的长征》

八一电影制片厂原副厂长、曾经创作过《战火中的青春》(1959)、《闪闪的红星》(1974)的资深军旅编剧陆柱国在新世纪再度出发,创作了《太行山上》(2005)、《我的长征》(2006)、《八月一日》(2007,与赵琪、刘星、李平分、宋业明联合编剧)三部电影剧本。

重大革命历史题材电影一直是八一厂电影的标签,即正面强攻革命历史进程中的重大事件。自二十世纪八九十年代《大决战》系列首开先河,到《大转折》《大进军》呈集团式冲锋,对于普及党史军史、振奋民族精神均起到了正面作用,它们以鲜明的中国印记,贯注一种中国军魂和民族气魄,体现出鲜明的主流意识。《太行山上》等三部革命历史题材影片又一次将决定中国前途与命运并改变了世界格局的重大战争、战役和历史事件艺术地搬上了银幕。

《八月一日》以1927年八一南昌起义为主题和主线,表现了第一代中国共产党领导人在波诡云谲、千钧一发的革命形势中最终选择以武装斗争拯救中华

民族于水火的历史事件,其壮阔的进军场景、厮杀惨烈的巷战场面较以往场景描述有所突破。同时,《八月一日》企图从纷繁错杂的历史细节中寻找个性化语言与节奏,为重大革命历史题材电影的叙事手法提供了一种有益的推进。

《太行山上》通过描述八路军总司令朱德和其他将领率领三个整编师自1937年至1940年几次重大对日战役,艰苦备尝、石破天惊,对人民军队战无不胜的根本原因进行了重新审视解读和深入思考,显示了主旋律影片较以往同类题材电影相对弱于展现的宏大视野。

《我的长征》不同于《八月一日》和《太行山上》的宏大叙事,而是选取当年红军小战士视角,以其情感命运为镜,折射和再现了长征历程的艰苦卓绝,深入细致地展现了一个普通农村少年成长为英雄的心路轨迹。

上述三部重大革命历史题材影片的思路和取向应可作为经验在今后发扬。半个世纪以前,陆柱国创作的影片《海鹰》等及时反映了现实生活和火热斗争,塑造了革命英雄主义群像,令无数观众热血沸腾,深深地影响了几代国人。此外,他在不同历史时期创作的《闪闪的红星》《席卷大西南》《太行山上》等作品都是中国电影史上的宝贵财富。然而不容忽视的是,新世纪前后他的几部作品依然是在长期擅长和遵循的创作模式中创作、摄制完成的,在新世纪以来的制作营销方式、观众审美趣味、叙事节奏的突破性,以及人物的立体感等为表征的中国电影生态整体提升的语境下,这几部作品或多或少地存在着突破不足等问题,因而不免稍显缺憾。

二、星光璀璨的献礼片:《建国大业》《建党伟业》

继《孔繁森》(1995)、《离开雷锋的日子》(1996)、《法官妈妈》(2001)等佳作之后,著名编剧王兴东创作了一部全新模式的主旋律影片《建国大业》(2009,与陈宝光合著)。该片表现的事件时间跨度长达四年,"围绕第一届人民政协会议,国共两党展开了大阻截和大集会、大暗杀与大团结的生死较量,看起来仅是开一个会,然而这是决定中国命运的大会,始终笼罩着惊险搏杀和危机四伏的悬念,是一场以毛泽东为代表的中共领导与蒋介石独裁统治集团,在中国政治舞台上导演的最富有冲突、最富有表现力的史剧"[3]。中华人民共和国成立60

周年之际,影片《建国大业》172位明星参演,豪取4亿元票房,这一票房在当时已属天文数字,成为当时电影资本运作的一个经典案例。然而,稍加注意便可发现,群像式的故事片很难做到角色饱满、故事紧凑,众多的角色分散了影片的力量,这部影片因多线叙事和庞杂的人物难免显得剧情有些凌乱。

由董哲、刘英学编剧的《建党伟业》(2011)与《百团大战》(2015)延续了《建国大业》在中国社会文化语境下的叙事风格,旗帜鲜明地引入了"中国式"大片的模式以及从内容叙事到视听叙事的变革。《建党伟业》电影结尾艺术化地选择用江南水乡和船坞歌声的象征手法表现中国共产党的成立,很好地消融了重大革命历史题材的枯燥感。这一诗意的处理,象征了中国革命的小船沿着民意汇聚的江河向着美好生活的愿景驶来。

《建国大业》与《建党伟业》在重大革命历史题材产业化发展上有了长足的进步,一定程度上突破了以往如《西安事变》(1981)、《开国大典》(1989)、《重庆谈判》(1993)、《大决战》(1992)等重大革命历史题材影片那种A事件导出B事件"只见树木不见森林"的时代局限,而较敢于以宏大的企图心、庞杂的细节来综合地表现事件前后的历史全景,展现出了当代电影人理应具有的厚重、深刻和不断发展的对革命历史的叩问和谛听。

此外,由刘英学编剧的《夜袭》是电影频道和八一电影制片厂共同摄制的"共和国名将"系列数字电影中的精品和扛鼎之作,描写了抗日战争时期八路军一二九师七六九团团长陈锡联率部夜袭阳明堡日军机场的故事,情节紧张刺激、引人入胜,人物性格鲜明且异常真实,战斗场面酣畅淋漓,充满阳刚之气,剧情干净利索,无半点拖泥带水,更无枝蔓横生,颇有新意。"共和国名将"系列数字影片在电影频道与八一厂通力合作、多年努力之下,已成为一个品牌,其中《曾克林出关》在2004年荣获华表奖和金鸡奖。"共和国名将"系列的表现对象是从开国将军中遴选出的,具备很强的传记片特征。在剧本创作方面,选取了每位将军具有代表性却并不一定广为人知的经典战例,通过类型化的艺术加工,将之投影到银幕上。目前,已制作播出了《曾克林出关》《四平保卫战中的白衣将军孙仪之》《徐海东喋血町店》《夜袭》等数十部影片。该系列以八一电影制片厂为拍摄主体,与国营、民营制片单位或企业共同制作,共有韦林玉、张玉中等14名导演,王强、刘英学等26名编剧参与其中,形成了一个稳定的创作团队。

三、红色土壤中的新生:《血战湘江》

八一电影制片厂的陈力导演自从事影视行业以来的30多年的时间里,执导电视剧100多集、电影40余部,近年来拍摄了《爱在廊桥》(2012)、《周恩来的四个昼夜》(2013)、《血战湘江》(2017)、《古田军号》(2019)等。作为一名女性导演,她众多的影视作品中主旋律影片占了很大比例。陈力导演在她所执导的电影中时常是编导制合一,全程参与影片的整体创作过程。正如"电影作者论"所提出的,一个电影作者最好是编导制合一的全面的角色,并且能压制住演员的噪音,以便使导演的声音贯穿全部。

《血战湘江》取材自中国革命史上残酷而悲壮的一段历史——土地革命时期,中央红军突围最壮烈、最关键的一仗——湘江战役,红军与优势之敌苦战,损失惨重,中央红军和军委两纵队,由出发时的8.6万人锐减到3万人。红三十四师全体指战员浴血奋战,直至弹尽粮绝,几乎全军覆没,最后成功掩护了党中央渡过湘江,粉碎了蒋介石围歼红军于湘江以东的企图。《血战湘江》作为一部军旅题材电影,并不仅仅是靠真实的战场环境和敌我双方激烈厮杀的场面来吸引眼球,更是以艺术的辩证法,在情感与历史的结合、宏大叙事与底层人物命运的结合等方面做出了有益的探索。与《血战湘江》的宏大叙事不同,《古田军号》回归到陈力导演更擅长的叙事领域,从生活画面中捕捉毛泽东、朱德、陈毅的人物性格,更加侧重细节刻画,将个人命运与国家命运捆绑,从历史真相中挖掘到沧海遗珠。

近20年内,重大革命历史题材电影中比较重要的编剧和作品还包括龙平平、高屹、丁荫楠编剧的《邓小平》(2002),邱怀阳、齐昕、蔡德华编剧的《我的母亲赵一曼》(2005),李乃毅编剧的《谁主沉浮》(2009),钟韧、胡雪杨编剧的《可爱的中国》(2009),刘正龙、李钧龙编剧的《腾越殇魂》(2009),赵峻防、邵均林、沈悦、宋健编剧的《忠诚与背叛》(2012),刘星编剧的《开罗宣言》(2015),史凤和编剧的《难忘的岁月》(2016),李海江编剧的《信仰者》(2018),等等。

第三节　柳建伟、吴京、赵峻防、王戈洪等编剧的现实题材影片

一、"三惊"系列影片：《惊涛骇浪》《惊心动魄》《惊天动地》

改革开放尤其是新世纪以来，我国周边环境相对和平，以经济建设为中心，实现中华民族伟大复兴方针无疑对人民军队的职能产生了巨大影响。但到了人力不可预知和控制的自然、疾病灾害发生之时，尤其是诸如1998年特大洪水、2003年"非典"、2008年"5·12"地震等灾害给人民群众生命财产带来巨大威胁时，人民军队的价值和意义便格外凸显。人民军队总是以最快的速度抢到救灾抢险的第一线，官兵们不顾个人安危，见义勇为，舍生忘死，谱写出了一曲曲惊天地泣鬼神的英雄交响。这些事迹通过电视报纸等媒体第一时间呈现出来之后，感动和鼓舞了全体国人。八一电影制片厂往往及时、敏锐地捕捉到了这种转变，立足于部队"打得赢不变质"的本色，大力挖掘军事变革进程中"人民军队为人民"的时代内涵，在这些重大事件发生后的极短时间内，推出了相关影片，后形成"三惊"系列——《惊涛骇浪》《惊心动魄》《惊天动地》。

"三惊"系列影片中以《惊涛骇浪》和《惊天动地》最为突出。《惊涛骇浪》以1998年全国性特大洪涝灾害为故事背景，以当年英雄人物事迹为原型，讲述了三个家庭和几组人物在洪峰到来时的情感与事迹，并且赋予了剧中人物以各自不同的时代特征和情感纠葛，亲情、爱情、友情与光荣、尊严、民族情感在洪峰到来时集体爆发。《惊天动地》讲述"5·12"特大地震时，正在率部演习的解放军某部旅长唐新生在与上级失联的状况下，毅然决定带领部队突破重重险阻奔向灾区进行救援工作的故事。片中受灾群众高呼"解放军来了！"的一组镜头令人热血沸腾。该片地震场面大量运用电影科技合成镜头，使人有身临其境之感；同时通过正面描绘，展现了新时代青年军人的丰富情感和舍己为人的大无畏精神。

"三惊"系列影片开拓了新路,为中国的军事电影类型片带来了一股活力,在震撼观众的同时也带来了更多的预期,随着电影技术和意识的改革的不断深入,当有信心在不久的将来看到他们创作完成更加成熟丰满的同类作品。但必须指出的是,"三惊"系列影片由于创作拍摄时间与历史事件本身间隔过短,从而导致主创人员沉淀积累不足,尚未完全做到艺术与现实的水乳交融,某些局部和细节之处还存在粗糙甚至龃龉现象,一定程度上势必影响影片的艺术效果和情感力量。

二、现实题材的突破:《冲出亚马逊》

由赵峻防、王戈洪编剧的军事动作类型片《冲出亚马逊》(2002)讲述了我国两位军人胡小龙和王晖的动人故事。电影前半部讲述两位中国军人如何在南美热带雨林中接受猎人学院的残酷训练,为中国军人争得了尊严与荣誉;后半部讲述了来自各国的学员通力协作,战胜了国际贩毒集团。该片训练打斗场面紧张刺激,以假乱真的外景充满南美风情,使影片具有了很好的观赏性。除了军旅题材影片的常规类型因素外,该片还设置了不同肤色人种的多国部队训练这一规定情境,把人类生理极限的挑战、意志精神的考验和爱国主义精神融合起来,使得影片内容更厚实。《冲出亚马逊》始终围绕军人的心灵成长展开,叙事节奏明快,视觉冲击强烈,以超凡和跌宕作为叙事基调和策略,给观众留下深刻印象,一方面体现在新奇的视觉体验,一方面丰富和满足了爱国主义情怀。我们的军旅电影中,这样的军事类型片屈指可数,堪比《英雄虎胆》(1957)。在军事电影历史中,类似题材的电影发力不多,让人由衷期待更多佳作。

此外,司马未韬编剧的《枪手》(2002)也产生了一定影响。

三、军旅题材的票房逆袭:《战狼》《红海行动》

《战狼》《战狼Ⅱ》在2015年和2017年震撼了中国影坛,尤其是《战狼Ⅱ》在中国大陆获得了奇迹般的57亿元票房,成为国产电影历史上票房第一名的影片。《战狼》系列将好莱坞的商业动作片成功落地到国产军旅电影的叙事中,从越野车、坦克到军舰,正、反派角色之间的搏斗与厮杀构成了影片呈现的主要情节,赋予故事强烈的动作性和激烈的矛盾冲突;重视爆炸、特效的视觉刺激与动作场面,实现了国产军旅电影的好莱坞式升级,但在角色和故事上稍显扁平。这两部在国内市场大获成功的电影,却在 IMDb 和烂番茄等国际著名电影批评网站遭到国际评论家的口诛笔伐。

《战狼》系列像平地一颗巨雷,炸出来的是一直以来不健康的中国电影市场。作为近年来中国模仿好莱坞工业化制作最为成功的动作大片,《战狼》出现得太晚了,导致观众对于国产电影的需求恶性爆发。但这也是导演兼编剧吴京的过人之处,他发现且迎合了观众心中关于战争题材类型片高涨的期望,呼应了主旋律的需求并且孤注一掷地冒险突破国产军旅电影的窠臼,在题材上大胆突破,最终取得了巨大的成功。

如果说《战狼》系列的爆炸性成功是好莱坞叙事对传统主旋律电影的挑战,那么《红海行动》(2018)则用港式主旋律宣告了中国军旅题材影片建立一个有别于好莱坞也有别于西方电影文化的新主流文化和电影产业系统是完全可能的。中国军队现代化这一主题一直在经典主旋律电影的表达中被忽略与延宕,军事题材似乎总是擅长回望过去而缺少着眼当下。但《红海行动》浓墨重彩地将中国军队现代化的"样子"展现在观众眼前,且不吝于大尺度地触碰战争残酷真实与血腥的一面,替换了此前主旋律作品中关于经典战争人山人海的表达方式。相比于一味追求单打独斗的美式个人英雄主义,《红海行动》审慎地对战争进行思考、对人性进行观照,在英雄群像的集体叙事中展示了每一名成员的气质与魅力。同时本片所表达出的人道主义援助与反战思潮也更能彰显出国家意志。

《战狼》系列和《红海行动》的有益尝试打开了主旋律的另一扇通往新时代的大门,它们不是首次尝试此类题材的影视作品,但它们的成功代表着一种新主流登上了军事电影史的舞台。不管是以"人类命运共同体"为牵引开掘深度,还是以观照人性的悲悯增添厚重,当代军旅题材电影都能以更广阔的视野、更符合电影工业制作的规范流程、更深刻的人性思考呈现在银幕上。

第四节　刘恒、姜文、冯小宁、陆川等编剧的历史题材影片

一、历史的低语：《云水谣》《集结号》

著名小说家、剧作家刘恒在新世纪创作了几部高度成熟并带有鲜明个人印记的作品。其中，《张思德》《云水谣》《集结号》皆为新世纪军旅题材电影的标志性作品。

影片《张思德》以扎实的生活细节和场景塑造了一个憨厚质朴的农村战士形象。"硬不成一块铁，想当马掌还当不上哩！""走进革命队伍是为了吃饱肚子，吃饱肚子长了觉悟，就该让更多的人吃饱肚子……"木讷甚至有些笨拙的农村士兵张思德，却有着对理想的捍卫和水滴石穿的努力。当他因事故倏然离世，身边的人才恍然明白了其平凡的伟大，使得"为人民服务"这一根本宗旨显得生动而厚重，具有很强的感染力。

爱情片《云水谣》改编自张克辉创作的电影文学剧本《寻找》。该片制作精到，画面唯美，注重地域文化的展现。影片中进步青年陈秋水离开台湾来到大陆参加革命，与恋人王碧云从此分隔。陈此后多方寻觅未果，便与战友王金娣成婚，不久夫妇二人在雪崩中丧生。王碧云在台湾苦苦守候，孤独终老。以好莱坞类型片的观点，该片在人物设置上障碍重重，男主人公陈秋水动能薄弱，激情不足，转折乏力，因此显得煽情意味浓重；从另一角度来看，该片表达了海峡两岸无法割舍的连接和情感共生性，符合东方观众含蓄克制的审美传统。

改编自杨金远的小说《官司》、2007年上映的《集结号》是一部以解放战争和抗美援朝战争为背景的人物传记片。解放战争时期，连长谷子地率部执行掩护大部队撤退任务。在惨烈的阻击战中，全连除谷子地外全部阵亡，此后谷子地与部队失散。由于战事激烈、部队番号更迭频仍，谷子地再次入伍；同时努力寻找老部队，试图破解心中最大的疑惑——大部队撤退，该连血流漂橹之际，团长

传令后撤的集结号到底吹没吹？

《集结号》的热映引发了两极化评价和广泛讨论，从某种角度说，它不啻是一部杰作：首先，语言极为流畅，烟火效果一流，表演酷劲十足，传统的英雄叙事自此改头换面，焕发了青春活力；其次，很多具体的战斗细节都充满了悬念和张力，让观众有带入感和窒息感；再次，个人主义的意蕴使得这部战争片撑破了主旋律叙事的森严壁垒。从另一角度说，《集结号》以一种几乎跳脱和叛逆的视角，借战斗英雄谷子地的嘴喊出"你们怕被咬死？我们呢？九连呢？"的质疑，进而瓦解了以集体主义为核心的基本叙事伦理，违背了新中国成立以来中国战争电影的基本精神，反映出一批造诣精深的电影家内心的自然主义审美和自由主义倾向。突围也好，迷失也罢，《集结号》终究显示着中国的军旅题材电影走向了一种创作的自觉和反弹；光芒也好，阴暗也罢，《集结号》的矛盾设置以及故事的深层用心，都是未来军旅题材电影无法绕行的巨大存在。

最优秀的编剧往往是最复杂和难以归纳的，总的来说，除了稔熟的文学技巧、扎实的生命积淀，刘恒还具备同代编剧不多见的下笔即分镜头能力，不仅左右了作品的风格质地，甚至在一定程度上启发和预设了场面调度和镜头语言。此外，刘恒的编剧作品还具备三个鲜明特性：第一，从文学剧本来看，所有作品都是以人为本，以底层视野持续关注劳苦大众的生存现状与困境，在酷烈的生存境遇中，以肉体与精神的双重挣扎，留下了一份份珍贵的人间标本，体现了优秀编剧的社会良知、人文情怀与自我意识；第二，他将碎片化、模糊化和标签化的人群具体化、个体化和性格化，如张思德、谷子地、王进喜的战友们，这是一种另类的集体主义精神，然而这背后更多地呈现出愚忠和创伤，反映出作者在红色历史的凭吊中体现出的强烈的情绪体验甚至深深的愤懑；第三，从《云水谣》到《铁人》，刘恒的叙述结构往往围绕着两个时空发生，通常这种叙事策略并无高深之处，甚至有些老套，但刘恒的时空置换和闪回往往烛照着一个民族精神与情感的双重撕裂，显得特别揪心，体现了其文学理念的蜕变和延伸。

二、炮火硝烟下的众生相:《紫日》《岁岁清明》

《紫日》(2001)是导演冯小宁"战争三部曲"[另两部是《红河谷》(1996)、《黄河绝恋》(1999)]的收官之作。影片讲述了抗日战争接近尾声时,一个中国农民、一个日本中学生和一个苏联女战士的瓜葛。富有戏剧性的是,正当他们刚刚共同走出原始森林、建立起互信和友谊时,摆脱了军国主义思想的日本中学生秋叶子竟然被自己的同胞——疯狂的日军——残忍杀害。这种角色类型的复杂化趋势代表了新时期以来国内对抗日战争的新的态度和看法。抗日战争作为惨绝人寰的反人类战争对中日人民都造成了惨痛的伤害,从这个角度出发塑造出相对复杂的加害者角色,使得电影文本在表现历史和人性上显得更加真实可信。

冯小宁身兼导演、编剧、摄影,使得作品得以很好地呈现,整部作品十分完整和谐,画面如诗如画,对白精到,剧情不紧不慢,恰到好处。巨大的森林和紫日充满了隐喻和象征的意味,三个人物的内心变化自然而然,水到渠成。相比于同类题材的《晚钟》,同样的沉痛与忧患,同样的人性挽歌,《紫日》似乎多了一份国际视野和空灵姿态。

与冯小宁的"战争三部曲"同样值得一提的是编剧程晓玲的"抗战三部曲":《大劫难》《岁岁清明》《兰亭》。其中《岁岁清明》以其特有的婉约格调,演绎了杭州城的茶道、人道,电影的情节设置、台词编写方面在某种程度上成了杭州风物展示的平台。电影中湿漉漉的石板路、葱郁盎然的茶园,宁静隽永的田园牧歌式生活是中华民族传统理想生活。在这些恬静影像的背后隐藏着即将遭遇日寇惨无人道的暴虐与践踏的悲剧内核,编剧用大量的笔墨极尽所能地描绘茶园少女阿敏与尹少爷之间朦胧美好的情感与江南风光的诗情画意。小桥流水虽然无声无息,江南儿女同样继承了炎黄子孙的血脉,担起民族大任,将江南柔美飘逸的自然风光与天下兴亡匹夫有责的民族觉醒统一在同一个历史维度下,其精神层面的含义远远超过了物质表象。

三、辛辣的黑色幽默:《鬼子来了》《我不是王毛》

姜文新世纪前后编剧的《阳光灿烂的日子》(1994)、《鬼子来了》(2000)等都具有鲜明的类型化特征。由姜文执导,姜文、史建全、述平、尤凤伟编剧的《鬼子来了》是一部极端风格化的战争喜剧,至今未在国内公映。《鬼子来了》以黑白胶片拍摄,低调用光和高反差凸现了侵略者的颠顶丑态和被侵略者的惊恐扭曲。影片情节跌宕,思想尖锐,从叙事节奏和表现手法上可以看到黑泽明、今村昌平等知名日本导演和昆汀·塔伦蒂诺等好莱坞新锐导演的影响。

《鬼子来了》的超前意识不仅体现在对军国主义的血泪控诉,更体现在对民族劣根性的猛烈批判。

由冯小宁执导兼编剧的《举起手来》(2003)和由管虎执导兼编剧的《斗牛》(2009)同样是令人捧腹的喜剧,可以看到《鬼子来了》的影响,然而却缺乏前者的尖锐和深度。

同样是黑色幽默,由李海江编剧的只有270万成本的国产电影《我不是王毛》(2016),在某种程度上是向姜文导演的致敬。影片以一种"反套路""反常规""去英雄主义"的个性化表达方式和逆时代的黑白影像,从历史时空中名不见经传的小人物入手,在嬉笑怒骂的黑色幽默中完成了自身主旋律内核的呈现。《我不是王毛》将每个角色都塑造得十分成功:主角狗剩从军三进三出,为的是攒够20块大洋回家娶杏儿;狗剩的养父为了保护自己的傻儿子王毛,让狗剩替他去参军;杨三觊觎杏儿,利用征兵威胁王家。影片将战争对人性的异化展示得淋漓尽致。影片在后半部分峰回路转:狗剩的干爹在日本人杀死他亲儿子之后仍然对狗剩的去向守口如瓶;杨三面对自己造成失控的场景,舍弃自己的生命去保护杏儿;狗剩独自闯入军营为全家人报仇,与日本人同归于尽。村口的红布条代表的是喜庆,也预示了鲜血,在看似荒诞不经、玩世不恭的态度下却呈现了更为沉痛的历史悲剧。李海江有意识地将"黑色幽默"的喜剧加入抗战题材中,虽未力透纸背,但是很大程度上摆脱了传统主旋律模式下隔靴搔痒的一贯表达。

影片没有刻意美化什么,也没有刻意回避什么。作为一部战争电影,《我不是王毛》没有居高临下地教育观众,而是用一种旁观者的冷静与克制、荒诞与讽刺讲述了那个徘徊在黑暗与明亮、蒙昧与彻悟之间的时代下的浮生百态。

四、"南京"故事:《南京!南京!》《金陵十三钗》

导演、编剧陆川在新世纪以《寻枪》《可可西里》《南京!南京!》三部作品震撼了当代影坛。

《可可西里》(2004)记录了记者尕玉和巡山队员为了保护国家一级保护动物藏羚羊,自发组织,与盗猎分子英勇搏斗直至流血牺牲的故事。该片镜头语言极为真实生猛,辽阔而神秘的自然景观极大提升了该片的思想深度,饱含着对生命的尊重、对信仰的追寻、对人类自身生存境遇的反讽和思考。

以南京大屠杀为叙述对象的《南京!南京!》(2009)显示出高超的制作水平和国产影片中不多见的审美水准,但它竟以宽容到没有任何立场的文化心理去解释侵略者的兽行,以冷静的历史眼光去追忆民族的剧痛,而难以见容于大多数中国观众。

张艺谋执导、改编自严歌苓长篇小说《金陵十三钗》的同名电影,同样是"南京"故事,但吸取了陆川《南京!南京!》的前车之鉴,避开了后者的"文化雷区"。著名作家、编剧严歌苓在《金陵十三钗》《小姨多鹤》《陆犯焉识》等长篇小说中形成了不同于以往被宏大叙事所覆盖的主流历史叙述,也区别于"他者"的第三人称视角,严歌苓将自己以隐含的方式存在于文本之中,用一个不时出现却又看不见的"我"的身份讲述带有浓厚个人色彩的"中国故事"。在南京大屠杀的背景下,十三位秦淮河边的妓女、一群教会学校懵懂天真的女学生、为了逃命假扮神父的外国人、孤军奋战的李教官汇聚到一间小小的教堂,严歌苓用这些边缘人物给观众展开了一段悲伤沉痛的历史截面。从日军闯进教堂的那一刻起,这些女性的遭遇就被赋予了更深刻的内涵,旧中国遭受的苦难与耻辱的民族集体记忆通过这种隐秘的方式被赋形。但这种以女性身体来再现并承担国族创伤的方式,其性别书写的意味昭然若揭,教堂里依然有着清晰的性别、种族和阶级秩序。这是披着女性主义外壳的父权意识霸凌,至今在影视评论界仍备受诟病。

虽然陆川与严歌苓有着不同的文化诉求,但还是产生了相同的意识形态效果,以中国和中国人为主体位置的论述依然没有建立起来,他们都选择借助他者(强者)的目光来讲述中国故事。因此,中国要想在"南京故事"中形成带有文化自觉与文化自信的叙事形态依然任重道远。

五、抗战时期地域文化多样性:《明月几时有》

《明月几时有》是为了纪念香港回归20年的电影,取材自香港著名人士"方姑"的真实事迹。她所带领的香港抗战史上著名的东江纵队,曾在香港沦陷之时护送了八百多位文化名人安全离港。《明月几时有》填补了抗战电影史上的香港抗战故事的空白,呈现了大时代背景下香港平民的挣扎与抵抗,做出了在日常生活中构建平民英雄的有益尝试。何冀平编剧与许鞍华导演将历史进行散文化的碎片处理,生死救援的故事被润物细无声地剖白,电影表达得更多的是对生活化的场景不遗余力的渲染和反戏剧化、反模式化的细节处理,这不失为我国军旅题材电影寻求审美突破与叙事创新的有效途径。

在影片中,方伯母携带传单被轮渡上的印度巡捕告发,直接导致了方伯母和张小姐被枪杀的惨剧,这一细节化的描写也反映出内地电影很少涉及的种族意识。但也因为《明月几时有》的与众不同,使之区别于内地的社会语境与历史表征。香港的抗战活动不能够被简单地理解为内地抗战历史的延伸,而应该放置在香港百年反殖民运动的背景下思考。香港与内地有着相同的反殖民化诉求,是密不可分的命运共同体。电影最后的长镜头,刘黑仔与方兰的告别,画面从群山峻岭缓缓摇到现在高楼耸立的现代都市,用具体的影像语言打破了时空界限;光线也从黑暗到明亮,折射出香港电影中自觉意识与民族身份认同感的增强。

此外,新世纪产生过较大影响的历史题材类型片还有由史建全、杜晓鸥编剧的《血性山谷》(2001),由裘山山、邓家慧编剧的《我的格桑梅朵》(2001),由冯小宁编剧的《嘎达梅林》(2002),由传真法师、郑方南编剧的《栖霞寺1937》(2004),由李弘、魏微、阿年编剧的《对岸的战争》(2008),由王兵、叶大鹰编剧的《天安门》(2009),由佛罗瑞·加仑伯格编剧的《拉贝日记》(2009),由苏小卫编剧的《沂蒙六姐妹》(2009)，由宁浩、邢爱娜、岳小军编剧的《黄金大劫案》(2012)，由黄建新、徐克等编剧的《智取威虎山》(2014)，由程耳编剧的《罗曼蒂克消亡史》(2016)，由李芳芳编剧的《无问西东》(2018)。

新世纪以来，中国军旅题材电影在蜕变中思考，在艰难中勇猛精进，至今形成了一些轮廓模糊然而痕迹鲜明的精神气质，在艺术上敢于自我创新和突破，一定程度上实现了电影模式的蜕变和升华。

然而，两副枷锁却深刻地扼住了中国军旅题材电影的创作。第一，缺乏敌人。由于很长一段时期以来我国周边的环境相对和平，抗美援朝、中印边境自卫反击战、对越自卫还击战等题材皆受限而无法深入展现，于是多只能在平常的军事斗争准备中寻找题材。假设没有了性命相扑的厮杀、运筹帷幄的决战，既无暴力的实施者，又无正义的伸张者，生活取代了竞争，搞笑肢解了严肃，权谋扼杀了天赋，一个骨子里的战将只有生不逢时的喟叹和百无一用的伤感，那么，军旅题材电影又该到哪里去寻找国之干城的光荣与梦想？第二，迷失阵脚。中国军旅题材电影与西方战争电影最显著的不同便是前者既不善于也不喜欢以个体的共鸣来取代教化的向往，说到底，是不同文化影响下的世界观差异。然而，因为中国电影与西方电影显而易见的差距，中国电影家极力想获得创作空间，而作品往往走进了故步自封和重复说教。这固然是缺乏自信和才能的表现，然而意识的飞跃、语言的创新，往小处说是系统性工程，往大处说是世界性难题，绝不仅是一个英雄对着另一个英雄的墓碑怒骂能够解决的，也不仅是模仿《全金属外壳》《拯救大兵瑞恩》或《父辈的旗帜》的一些拍摄技巧能够解决的。

首先考虑的不是中国电影与其他国家电影在技术、意识等领域的差距，而是必须认真思考中国电影市场在近20年间，尤其是2007年以后所取得的跨越式发展背后的深层动因。譬如，这种繁荣有多少来自美国好莱坞大片内核中的意识形态强势裹挟？有多少来自消费主义时代吸引眼球的商业噱头和观影人群的兴奋盲从？又有多少来自网络等新媒体围追堵截所必然激发出的电影科技胜利？说到底，一部真正具有优秀素质的军旅题材电影与上述因素几乎毫不相干。

利用自身优势，有意识地打造本土优势，才是中国军旅题材电影的立足点和着眼点。以战争/历史类型片为例，应深入挖掘党史军史中丰富的战争母题，弄清历史真相的来龙去脉,借鉴其他国家如美国、俄罗斯同类电影中较为成熟的类型片套路,以洗练的电影语言、相对封闭的环境、急迫的时间节点、全新的视角组合人物和故事,以独特的民族、个人命运思考,着力追求用电影本身使观众心中一颤而不是触目惊心的特效。只有坚持独特定位、独立思考、独到眼光、朴素情感和持久热忱,充分发掘人民军队、军人、军营、军属在各个时期内与众不同的精神气质和人文内涵,在古今战役、战线、战场、战斗内外找寻人民英雄的灵魂成长和蜕变轨迹,在友情、亲情、爱情、信念、尊严中探索具有永恒意义的人性光辉和道德范式,才能具有更为广阔的深度、更为灵活的视角、更为波澜壮阔的想象力和更为感人至深的表现力。追寻并做到这些标准,才能逐渐从容应对大片时代的市场机制,充分利用当下电影产业的契机,在各种媒体的围追堵截之下以"反类型化"的主旋律电影异军突起,实现中国电影在文化核心价值观方面的互通与共识,进而赢得国际市场的普遍认同,为目前的主旋律电影发展提供一种切实可行的文化路径。

注释:

[1]吕益都:《壮阔隽永的银幕书写——新中国根据军旅文学改编影片述略》,《解放军艺术学院学报》2003年第4期。

[2]尹鸿、梁君健:《新主流电影论:主流价值与主流市场的合流》,《现代传播》2018年第7期。

[3]王兴东:《电影〈建国大业〉编剧谈》,《三联生活周刊》2009年第33期。

第十三章　电视剧(上)

第一节　概述

中国的电视剧萌生于二十世纪五十年代。1958年,北京电视台(中央电视台前身)摄制的直播电视剧《一口菜饼子》播出,标志我国萌芽形态的电视剧诞生。从此,我国电视剧这种新的艺术样式走上一条曲折发展的道路。同时期,《红缨枪》《小八路》等萌芽形态的革命历史题材电视剧、《老列兵站岗》《雷锋》等萌芽形态的现实军营生活题材电视剧陆续出现。这些剧都是单本剧或短剧。1966年"文化大革命"爆发前,全国共以直播方式播出电视剧180余部,形成中国电视剧的萌生期。这个时期的电视剧基本上服务于各种宣传教育。限于技术条件和摄制经验,这个时期电视剧制作简陋粗糙,作为新的艺术形态,远未完备,但电视剧的表现内容努力与时代环境合拍,成为一种传统和被传承的美学精神。

1981年2月,九集电视连续剧《敌营十八年》播映。这是我国拍摄的第一部电视连续剧,也是中国军旅电视剧的起步之作。到世纪之交,年轻的军旅电视剧艺术刚刚走过20年发展历程。军旅题材文艺作品历来以战争生活表现为显要标志,战争主题也是军旅电视剧创作的一个基本主题,其题材领域包括古代战争、近代战争、现代战争、革命历史战争、和平时期的局部战争等。它们以正面的战场表现为主或以战争为背景反映社会、折射人生。军旅电视剧的又一个基本主题,是和平时期军队建设主题,这是一个基于我军宗旨的涵盖广泛的主题,主要表现在军事训练、各种勤务、医疗、科研、文化生活等相交叉相渗透的军(警)营本体生活题材方面。它们融汇着军队现代化建设过程中军人的追求和军队建设的风采,有南疆局部战争的反映,有对各条战线军人牺牲奉献的深情赞歌,有新时期军营各种新现象的快速映现,有军营青春风景的亮丽状绘,有后勤战线的多彩篇章,有执行各种特殊任务官兵的生动写照,有时代强军新课题多层面、多侧面的有力抒写,等等。这两个基本主题不同程度地贯穿于军旅电视剧八十年代和九十年代两个发展阶段,呈现着不同的题材特色,传播着极具时代性的黄钟大吕般的雄浑交响。

军旅电视剧的论述分为上下两章,本章的论述重点为二十世纪八十年代至世纪之交的军旅电视剧。新一时期的军旅电视剧在摸索中前行,走过了从无到有的创建道路,经历着逐步走向自由和成熟的艺术审美历程,取得明显成果。无论是刻画战争风云,还是描绘和平岁月,它更注重历史的认识价值,注重在历史描述中注入当代意识;更自觉追踪和再现军人形象变迁中不变的本质光彩;更注重军营与社会多样性的情感联系,更注重深入军人的心灵;创作题材领域不断开阔,意蕴性追求走向自觉,样式风格更加多样。在电视剧语言的运用方面,在追求观赏性、艺术性和思想性统一方面不断努力,美学品格诸方面有了愈加新颖、坚实的铸造。

一、饱满昂扬的艺术底蕴

八十年代初期,战争题材电视剧创作刚刚起步,与时代紧密结合,就出现了表现和平年代局部战争的三集电视剧《高山下的花环》(1983)。这部改编自同名小说的作品代表着新兴战争电视剧的较高水准。八十年代初中期正是军旅电视剧从起步到初步发展的阶段,电视剧生产渐成气候。[1]到八十年代中后期,军旅电视剧进入探索发展阶段。相对一个长时期里以政治需要为唯一准则的题材"传统",新兴战争电视剧的题材选择就有着特别重要的意义。随着一些禁区的破除,题材选择开始走向多样,表现新中国成立初期湘西剿匪斗争的《乌龙山剿匪记》(1987),表现南疆保卫战的《凯旋在子夜》(1986)、《汉家女》(1988),以及表现国共两党共同抗战的《忻口战役》(1988)等电视剧陆续出现。1987年起,全军首次举行电视剧汇映和评奖,此后全军各大单位陆续成立电视剧艺术中心,从体制上保证了军旅电视剧创作的持续发展。

艺术地表现我军军史战史是战争题材电视剧的主要内容之一。进入九十年代,以《潮起潮落》《雪震》等一批有分量的长篇电视剧的出现为标志,军旅电视剧呈异军突起之势,陆续出现了一批代表性作品。战争题材电视剧创作始终基于这样的事实:过去、现在和将来,我们的民族、国家、个人都站在一个又一个历史的连接点上,负有继往开来的使命,从而决定着艺术书写历史的着眼点不是考古,而是有益温故知新,激发历史主动性。对此,战争题材电视剧创作经历了一个逐步自觉的过程:从记录和忆述历史、赋予艺术中的历史以教科书的使命,到以多种题材选择满足日益增长的观赏性需求,直到以现代人的眼光开掘历史,在加强综合观赏性中增强对历史的意蕴性追求,成为最突出的价值取向,让历史为现实服务的宗旨越来越明确。而历史的距离使艺术在反映历史中不断有新的发现。战争电视剧的表现内容越来越丰富,注意发现那些能够超越历史而具有恒久价值的方面,注意表现中国革命战争的复杂性、多义性以获得现实启示性,赢得历史主动精神成为意蕴性追求的主流。在这方面,超越已往作品的显著标志就是走历史的人格化和个性化表现的道路,让更多走进"历史"的观众被那生动的历史人物塑造、丰富的人物个性魅力和饱满的精神底蕴所征服。

八十年代,军旅电视剧的和平时期军队建设主题得到初步开掘,并特别注重于表彰英模和赞颂奉献牺牲精神,主要推出了一批以反映军营英模先进事迹为主的短篇电视剧,它们反映着军人角色所履行的职责是站岗放哨,是执行各种特殊任务,是在军校学习和军事训练生活中把自己从德智体技各方面锻造成一个随时能听从战争召唤的军官和士兵。在这里,基层干部的家庭问题、集体与个性的矛盾、艰苦枯燥环境的煎熬等等都是军人平凡生活的常见内容,而他们从戎习武、守土戍边的本领,有许多并不与他们将来的角色转换发生联系。平凡常常与荣誉相遇,荣誉则常常带着悲壮色彩与奉献和牺牲相连。如《远离发射场的地方》通过表现远离发射场的维护线路的哨兵的生活,歌颂八十年代青年战士的情操;《紧急起飞》讲述人民空军一个模范机组的模范事迹;《风雪大突击》讲述解放军某部汽车团抢运过火林木的故事。这些作品都贯穿着沿袭长久的革命英雄主义和乐观昂扬的精神主旋律。

九十年代以来,军旅电视剧的和平时期建军主题在与变化着的时代联系中得到更广泛的表现,在这个传统视点中融入了更多价值探寻内涵,揭示军人的价值不仅在战场,成为军旅电视剧创作的一个基本方面而被荧屏广泛关注。如反映军体队员训练比赛生活的《神圣的军旗》,反映守卫水库武警官兵生活的《情感的守望》,反映为特区站岗执勤官兵生活的《鼓浪屿的兵》,反映导弹部队、测绘官兵和家属生活的《姊妹坡》《坐标》,反映军校学员生活的《红十字方队》,以及表现五十年代初青藏公路筑路大军和九十年代汽车兵继承前辈精神的《天路》,表现边防检查站官兵生活的《雪太阳》,表现武警特警队训练值勤生活的《女子特警队》,等等,均从各自独特的视点,展现了军人各种体能素质、技能素质、战术素质和精神素质,不同程度触及着和平时期特别是改革开放环境中军人的价值所在、价值寻求和价值坚守。最具代表性的长篇连续剧《和平年代》达到一个高潮。这部剧立足和平年代的一个新阶段——改革开放以来的社会大背景,将两代军人对军队的热爱、对军队建设和军人职责的忠诚做了高度情感化的表现,表明在不打仗的和平年代,军人仍然要时刻锻造保卫和平、忠于职业的精神气质,并通过秦子雄等军人命运历程生动表达了"和平是对军人最大的奖赏"的创作主旨。

二、强烈鲜明的时代品格

军旅电视剧的美学品格——追求阳刚即崇高与奉献的精神本质美和与时俱进的文化先进性,决定着它始终要求所反映的内容努力做到时代的历史性和历史的时代性的统一。因此,回顾军旅电视剧作品创作,有两条基本轴线可以作为参照系。

一是将作品置于历史进程这个纵向轴线上,在历史长河的追溯中,关注历史意蕴与时代的联系,挖掘历史的厚重处和永恒处。看作品在所表现的历史内容中是否灌注了人民军队过去坚持、今天不变、将来也会继续高扬的建军宗旨,抒发为国家和民族奉献牺牲的军人情怀,进而张扬历史的时代价值。这是军旅电视剧创作坚持自身美学品格,始终把握着的一个基本价值取向和应有的感召力。从历史题材这个军旅电视剧极具韧性的表现层面来看,从历史情境中开掘出更多的思想内涵、人性内涵和文化内涵,而对历史有更多回眸和审视意味,即作品应有的感召力。例如,长征距离今天生活远矣,但《长征》、《长征岁月》和《特殊连队》等电视剧超越一般历史叙事层面,驱动人类生生不息的斗争意志在历史陈述中升华,又使它贴近了时代,有了很强的现实性。

二是将作品置于现实这个阶段性的横轴上,置身时代语境,贯注与时俱进思想,看作品是否努力做到在推动社会进步和军队事业前进的观念表现上富有新意。实践表明,构成任何题材要素的生活本身都不会过时,选择了恰当的艺术视角并深入开掘,就会从任何题材里发现足够多的值得品味的东西。业已走向成熟的军旅电视剧创作始终把握着的又一个基本价值取向,即在历史进程各个阶段的横轴显现点上,关注接受现状,与时俱进地写出生活的新意来。世纪之交的《突出重围》就以其强大的观念冲击波领风气之先,惊世骇俗,亦可以为这类作品点上一个醒目的冒号,期待更多创作者调动透视生活的能力,不断有新的发现。我们还可以从20年间文学主题与军旅电视剧主题的趋同性方面观察时代主题与军旅电视剧创作指向的一致性。军旅电视剧的成长也是吸收、融入20年前和20年间中外军事文艺各种养分的过程,例如电视剧对军旅文学作品的改编。如果说,八十年代军旅电视剧的一个美学特征突出表现为历史和时代的革命颂歌,也包括对时弊的批评,那么,我们不能忽视它们的一个重要基础是军旅文学的基础,而军旅文学作品的文学品格同样与社会思潮的影响密切相联系。九十年代以来,经济潮动中的军旅电视剧更多接触文化层面、人性层面,其荧屏效应亦得益于与社会思潮相联系的改编军旅文学作品的时代品格,如反映新的历史时期军人成长主题的《兵谣》等。由一批军旅作家集团性投入产生轰动效应的《和平年代》是又一个显例,表明融合着时代内涵的军旅电视剧创作的生命力。其他由军旅作家创作并投入拍摄后产生较大影响的军旅电视剧也无不是与时代环境相契合的产物,它们的轰动效应则因为创作者能够站立在时代思维的高处,产生了有意味的思想发现。

三、风格多样的审美形态

八十年代中期以来,艺术综合美学思潮逐渐影响到影视创作。军旅电视剧也有一个不断吸取文学、戏剧、电影的养分为主,到逐渐走上较高层次的综合艺术道路的审美历程。众多军旅电视剧展现的军营阳刚美与青春律动美、奉献牺牲美与个性光彩美、传统精神美与现代人格美、内容质素美与表现形式美的融合丰富了其作为一种先进文化形态的审美品格,并使这种美学品格所要求的审美形态走向多样化。标志之一是更多结构样式色彩,标志之二是更多风格化追求,标志之三是军旅情感表现和艺术情境构筑达到某种程度的自觉。

其一,从结构样式方面看,更趋多样化色彩。在 20 年军旅电视剧创作道路上,讲究创作和观赏范式性的情节剧的逐步发展,固然是向电影经验学习的一个有效成果,借鉴各种文学叙事形态也是一种基本的创作思维。其中,《高山下的花环》就成为八十年代影响较大的借鉴小说式结构方式的军旅电视剧,也表明电视剧大众文化品格的不能忽视。结构样式的愈加多彩更是市场经济进程中军旅电视剧多样化的一个显在标志。如以散文笔法抒情的《中国士兵谣》三部曲,就一再打破传统的戏剧性情节方式,在简约的人物关系中做戏,在军营日常生活表现上悉心铺叙,细腻地刻画当代士兵美好的心灵世界。那融入荧屏之中的散文和诗歌交融的创作气质,使观众在清新美的享受中,仍能剥离出理性的内容,得到宽容、善良、利他等中国军人精神美质的陶冶,而我们在获得各种理性启示的同时,又自然地被那时时溢出的诗情所感染。

史诗样式探索亦有所进步。军旅电视剧的史诗样式并无定规,从实践来看大体可以分为三种。第一种是要求大事件、大人物、大跨度,蕴含哲理,更侧重于史的品格的重大题材剧,如《中国命运的决战》。第二种是以小人物、小角度,折射大事件、历史进程和历史风貌,更侧重透视感的叙事剧,如《潮起潮落》。这部剧在家庭命运悲欢离合中、在源于人物的各种价值观念和自身矛盾冲突生成的剧作情节中铸造自身的史诗品格,在对两代海军人的深情讴歌中实现对新中国海军历史的透视和折射。第三种是以较大规模、较大跨度正面抒写一个军种的历史并交织时代的变迁和军队建设的步履,如《壮志凌云》。如果说,诗更注重想象/写意和情感的律动,军旅电视剧史诗样式共同强调的一点则是历史的情感化书写与历史叙事的结合,更具历史沧桑感。

对军旅电视剧喜剧性的追求是九十年代以来军旅电视剧创作发生的一个新趋向。《士兵今年十八九》《尉官二十刚出头》等电视剧,将严肃的军营生活内容置于比较轻松、带有诙谐性的艺术情境,增强了观赏性的同时也增强了可接受性,为迎接更丰富的军旅电视喜剧样式新局面的诞生做了准备。

其二,军旅电视剧更多风格化追求。在军旅电视剧艺术风格表现方面,20年间有前后相连又相交融的三个进程。一是不断打破唯美化程式化壁垒,逐渐甩掉"文化大革命"膨胀起来的矫饰美的重负,在历史的生活真实与艺术表现相融合的基础上,追求军旅电视剧的真实感和历史风貌感。从《特殊连队》《湘南暴动》《浴血罗霄》到《壮志凌云》等许多剧中有颇具代表性的展现。除了叙事内涵选择的因素,创作者着眼各种观众的观赏先在结构,注意不同层面观众的变化及其现实心理状态,刻意遵循革命历史剧创作增强感染力的各种方式,努力制造对远离历史的人们也都不可抗拒的观赏引力。例如通过追求历史风貌感,吸引观众不由自主浸润其中,让观众在逼真的时代氛围里感悟人间沧桑,在感染力中收获感召力。二是在现代电影艺术强有力的影响下,一些军旅电视剧创作者开始不同程度地注意影像本体性追求和综合元素表意作用,注意以丰富的视听语言表达思想、冲击情感和烘托意蕴。《大漠丰碑》中有这样一个场面:过春节了,郭安团长仍然战斗在工地大帐里。那满目金黄的画面色调,将身材并不高大的郭安塑造成一尊烈火中的金刚,印证着共产党员是特殊材料制造的理念。三是风格追求的个体性在加强。多年以来,一些创作者在军旅电视剧美学风格的主体性方面获得许多经验。一些编剧和导演在追寻和展现军营阳刚之美的道路上迈开脚步的同时,整体性地显示着自己富有个性化的追求,诸如走历史的情感化抒写与性格的个性化表现相结合的路子,注意影像表意与情节表意的融合等方面,都出现一些有自觉追求且有新意的作品。

其三,军旅情感表现和艺术情境构筑达到某种程度的自觉。随着艺术单一政治教化功能向多重审美功能的转化,电视剧艺术的情感本色愈加鲜明,军旅电视剧与历史进程的本质联系,也愈加显现为丰富的情感状态。其观察角度可依循三个纵横交错的基本方面。一个方面是对既定的军人情感——立足于军人天职的奉献和牺牲精神的赞颂。在整个军旅电视剧创作中赞颂这种情感都是一个不衰的意义所指。然而,对军人个体来说,奉献既是一种理想高度、一种自觉的职责意识,也是一种情感磨炼历程,因而决定着第二个方面愈益突出——对情感/心路历程揭示的必要。军队存在的意义决定它永远有自己的独特价值标准——某种社会精神的标杆意义和生存方式,投身于军队就意味着投身于这个高标杆队伍之中。对于创作者来说,"军人价值标准是确定的……我们要用电视剧反映一个群体和个体,怎么走向终极标准的不同路径和心路历程"[2]。八十年代末以来,由于军营环境与外部现实反差加大,一批剧作注意在铺展军人的情感世界——昂扬、悲壮、阳刚、乐观、奋斗的精神风貌中,与现实形成丰富的潜对比。"奉献"这个主旨愈加自觉地在艺术世界中得到更为情感化的表现。第三个方面是描绘军人的纯洁善良、爱美之情。军人也是有着丰富人性的人,平凡生活中的连队官兵也始终保持着一颗美的心灵。《昆仑女神》中常年在雪域高原孤寂戍边的战士们复员离队前要看一看医疗站的女兵的这一情节,成为绝妙的一笔。镜头透过那些黑红的面孔对女兵/女性的欣赏,高度情感化地表达出战士纯洁的情感和情感的美质:他们就是在为美好的形象、美好的情感、美好的生活而站岗、牺牲。如此,美在军人身上同样被作为一种人类崇奉的理想高峰、一种人类倾心的终极情感,显现着强烈的召唤力。

作为审美形态构筑一个重要方面的艺术情境表现也开始引起注意。军营固然与社会生活有着千丝万缕的联系,军队的性质和任务却决定着它的岗位环境的偏僻性和高度封闭性,构成相对纯净的军人"净土"世界。因而,《姊妹坡》《坐标》《昆仑女神》《女电话兵》《小哨所》《情感的守望》《一个姑娘三个兵》《两个姑娘两个兵》《三个姑娘一个兵》《大漠丰碑》等剧的环境选择就既是真实的又具有丰富的意蕴性。那些人迹罕至的大漠高原、崇山峻岭和苍凉的河滩草地,那辽阔的海边防线以及整肃冷峻的机房、阔大沉静的水库,既与喧闹的外部世界形成强烈反差,又为在特定艺术情境中展现军人和军属的喜、怒、哀、乐、思,展现军人对最为看重的荣誉和高尚精神境界的追求做好铺垫。那些由此生出的令人陶醉的兵情之美、理想之美、情操之美,无疑有着催动众生崇仰净土的力量。

军旅电视剧走过的 20 年不是一般的时间段。其间,整个社会发生了巨大变化。九十年代中后期,国际环境进一步变化,全面素质建军的大课题提上日程。《驱逐舰舰长》《笑傲苍穹》《西线兵车行》《光荣之旅》《虎踞钟山》等电视剧从不同侧面反映着军队面临的严峻现实。新世纪开篇大戏《突出重围》的出现是电视剧反映和应答这种现实的一个新收获。这部电视剧讲述的主要内容是在一场军事演习中,一个使用了高科技手段的"蓝军"乙种师竟屡次战胜一个代表目前中国军队主体力量的"红军"甲种师,"红军"通过转变思维最终打了一个翻身仗。在这个过程中,老、中、青三代军人逐渐认识到"科技兴军、质量建军"的紧迫性,共同思考着我军未来发展趋势。全剧鲜明提出中国军队在二十世纪末的军事、政治、经济格局中面临的严峻挑战,显示着强烈的忧患意识,因而成为军旅电视剧在九十年代的高峰,并推动着一个新的开始。

第二节 军旅电视剧的起步和发展

军旅电视剧创作的勃兴和繁荣是人民军队建设事业的需要,也是时代潮流和变化着的社会文化环境推动的结果。八十年代初,没有思想解放的宽容环境,一些军旅电视剧对生活的深入开掘和对社会矛盾的批评锋芒,是不可想象的。军旅电视剧创作,从蹒跚起步到有所发展的八十年代,一开始就是在战争与和平两个基本主题方面从题材选择到意蕴开掘并驾齐驱。虽然作品质量参差不齐,但从各方面积累了许多经验。

一、战争历史的风云:《敌营十八年》《乌龙山剿匪记》

(一)蹒跚起步"敌营"中

"文革"结束后,我国电影艺术有一个开始复苏的阶段,其时我国的军旅电视剧与整个电视剧艺术却都还处在初生阶段。1980年,美国电视连续剧《加里森敢死队》在中央电视台播映。同年,中央电视台开始拍摄九集电视连续剧《敌营十八年》。这部电视剧讲述的是第二次国内战争时期我军侦察员江波潜入敌人内部,在虎穴中艰苦战斗18年的故事,主题是"歌颂共产党人威武不屈、富贵不淫、贫贱不移的高风亮节"。不料,该剧在1981年初播映后,在引起轰动的同时也受到许多严厉的批评。有的当年地下工作者指出,按照江波的做法,在敌营18天就会暴露。诚然,这部剧粗糙之处不少,有一些明显的漏洞,质量不高,但在中国电视剧艺术发展历史上,这却是一次"吃螃蟹"的尝试,是一个新生的事物。创作者又是在非常困难的生产条件下,在十分缺乏经验的创作环境里,为让观众看到一种新的电视剧艺术样式尽着努力,揭开了我国电视连续剧创作的大幕,推出了我国军旅电视连续剧的开山之作。这部电视剧在当时能引动亿万观众竞相观看,反映了观众对电视剧这种通俗艺术的强烈呼唤,也反映着观众企盼军旅情节剧的热切心情。1985年,反映抗战时期日伪统治下的哈尔滨地下斗争生活的12集连续剧《夜幕下的哈尔滨》播映。该剧表现的是中共东北满洲省委配合抗日游击战争在哈尔滨展开的地下抗日斗争,属于战争题材电视剧范畴。剧中游击战争是背景性的,主体是哈尔滨地下党组织的活动,从一个侧面反映着伟大的抗日战争。全剧着意塑造了有鲜明性格的各种人物形象,有较强的情节吸引力,又显现着纯文学和正剧的特征。应当特别强调的一个重要意义是,这部剧的热播再次证明电视剧通俗性品格对情节剧样式的青睐。这部剧的不足之处,是一些人物和情节在一定程度上偏离了剧的中心。

(二)追寻历史前行的脚步

在军旅电视剧起步和初步发展的八十年代,战争历史是一个重要的题材领域。在这个领域追寻历史前行的脚步是一种创作自觉,其基本含义是:既从重要人物和重要事件等方面表现中国共产党领导的革命斗争途程,也从重要人物和重要事件等方面表现旧民主革命的历史和伟大民主革命家的革命业绩。前者如《少奇同志在东北》(1985)、《上党战役》(1983)、《中原突围》(1986)、《朱德》(1986)等。其中,为纪念朱德元帅一百周年诞辰拍摄的六集连续剧《朱德》,从"投笔从戎""军旅生涯""重九起义""居安思危""辞官拒禄""万里求索"六个主题方面表现朱德对真理的求索历程。作为人物传记电视剧,《朱德》注意从朱德生平洞悉他忧国忧民的情感世界,并以此形成叙事基调,阐发一代伟人的精神内核,引起观众共鸣。朱德为寻求救国救民道路历尽坎坷而意志如钢则是全剧的人物动作线。后者如同期拍摄的12集电视连续剧《黄兴》(1986),着力表现了黄兴这位辛亥革命领袖人物崇高的人品和他为推翻清廷统治屡挫屡起的奋斗精神。全剧也是以每集内容为一个主题情节,分为"磨剑东海""试刃湘江""毁家纾国""孙黄同盟""碧血黄花""豹隐南山""首义拜将""汉口鏖兵""鄂江血潮""高风亮节""砥柱中流""共和之光"等12个情节部分,围绕三大情节高潮展开。作为人物传记电视剧,《黄兴》以主人公黄兴的情绪跳动点形成线型结构,交叉着一系列历史事件,是又一部充盈着阳刚气和悲壮感的浓缩了的艺术的辛亥革命史。

追寻历史前行的脚步还包括表现中国共产党与中国国民党在民族危急关头携手合作抵御外侮的历史回顾。较早将国共两党在民族解放战争中联合战斗面貌给予呈现的电视剧是《忻口战役》(1988)。忻口战役是抗日战争初期中国军队在晋北抗击日本侵略军的一次大规模战役。战役从1937年10月13日开始,历时20余天。这次战役是由第二战区(司令长官阎锡山,副司令长官朱德、卫立煌、黄绍竑)指挥实施的太原会战的中心战役。参加作战的部队有阎锡山的晋绥军、国民党的中央军和中国共产党领导的国民革命军第八路军(简称八路军,又称第十八集团军)等。该战役创歼敌逾万的纪录,是国共两党团结合作、在军事上相互配合的一次成功范例。剧中通过对中央军、晋绥军、川军、陕军在忻口正面抗击日寇,八路军在侧后积极配合作战——首战平型关、雁门关伏击战、夜袭日军阳明堡机场,晋绥军恒山失利、原平激战等一系列战事表现,从史实的再现中讴歌中华儿女同仇敌忾团结御侮的民族精神。这部电视剧是继电影《血战台儿庄》(1986)之后,再次正面表现了国民党军队爱国将士抗战功绩的影视作品。从军旅电视剧题材选择角度看,也是较早的思想解放的产物,反映了创作者站在新的时代高度回顾历史的应有态度。

追寻历史前行的脚步的又一层含义,是对历史带有审视意味的初步回眸。在这种回眸中,历史开始被打破习见的面貌,如解放战争题材电视剧《半岛黎明》(1988),通过刻画敌我双方将士的性格和多种个性特点揭示出历史进程本身的复杂性,在壮烈昂奋的基调中,构筑悲壮的艺术意境。展现在观众面前的就不再是若干代表人物的传统样式的"表演",而是表达着任何个人、任何落后的因素终究不能改变历史大趋势的深刻意蕴性。当我们从屏幕上目睹了先辈们艰苦卓绝的斗争历史,最后与辽南支队的战友们一起听到毛泽东在天安门城楼上发出那震撼世界的声音时,充溢心头的是那种历尽沧桑的大事业成功感。8集连续剧《湖南和平起义》(1989)表现的是解放战争时期的重大历史事件湖南和平起义。程潜、陈明仁等国民党爱国将领在历史转折关头以民族大义为重,顺应历史潮流,率部起义,加速了解放战争的进程。电视剧对这个历史进程的再现,特别是对程潜、陈明仁以及顽固派将领白崇禧等主要人物的性格刻画和心理表现,给后人以思考的空间。

(三)人性与情感的战场显影

长期以来,作为主流文艺形态之一的文学作品对于人性的揭示,通常或主要采取与阶级性相联系的表现视角,着重于对纯洁的革命情感的肯定,着重于革命情谊的赞颂,着重于解除阶级压迫也就使人性得到了解放的社会内涵。年轻的军旅电视剧在起步时期也曾发出人性的闪光,如《高山下的花环》中副连长靳开来在战地执行任务时还想念着妻子和孩子,他还对连长梁三喜说:你不应当牺牲,因为你是独生子。这种战地人性表现在过去是少见的。其后《汉家女》(1988)的人性表现更加强烈。七十年代后期,一个名叫"汉家女"的农村女子,找到征兵干部的住处,表示她不想再在农村吃黑馒头,她甚至用"性"的方式来威胁征兵的副连长,强烈要求入伍。汉家女入伍后当上一名卫生员,她踏实勤快的工作态度受到好评,被提升为护士长。但她帮助一名超生干部的家属阻挡上级的调查,受到警告处分。自卫反击战开始了,她在战地救护站努力工作,尽心照顾伤员,安慰负伤的战士们,给他们唱歌。从战士身上,她感悟到自己的差距。她的工作事迹被反映上去,报社来采访她,她却说这山里柴火多,真想给乡亲们背两垛。临战前她在帐篷里洗澡时,被参加了突击队的二班长偷看了几眼,她打了他。二班长在道歉信中说:"……临死,还没能见过女人的身体是啥样子的。"后来,她给他送上一个热吻。汉家女最后牺牲在抢救伤员的路上,没有留下一句豪言壮语。

《汉家女》是最早涉及人性的生理、心理层面的军旅电视剧。对剧中的人性表现,评论界有争议。肯定的意见认为,汉家女爽直的性格和坦荡无私的人性美寓英雄于平凡普通之中,展示了汉家女"合乎人性的成长"、实现了从人性的真向人性的善和美的转化。作为对一个禁区的初涉,这种表现尽管还不够深刻,也不全面,但对于特定艺术情境中人物性格表现又是适合的。批评意见认为,《汉家女》中几乎所有重要的情节链条都以性意识贯穿,这并不符合部队实际,在审美情感导向上也有错误。

表现解放初期湘西地区剿匪斗争的 18 集连续剧《乌龙山剿匪记》(1987),是一部有一定新鲜感的显现着电视剧通俗性品格的战争电视剧,它有几个明显特点:一是注重情节观赏性,在传奇式情节剧框架里,剿匪斗争过程表现得一波三折;二是注意奇观景象的摄取,剧中湘西山区险峻环境的表现很有吸引力;三是将视点瞄向战争中的人,着力塑造各色人物性格和表现人物情感。与以往同类题材影视片有较大不同的是,这部剧不再满足于塑造叱咤风云、充满神奇色彩的英雄形象,我军剿匪小分队官兵是作为个性不同的群体形象出现的。编导不仅展现了他们赤胆忠心救民于水火的共性思想品格,更注意开掘人物的性格侧面。队长刘玉堂质朴宽厚,爱憎分明,有勇有谋。剿匪初期,限于经验,他一败再败,在战斗中增长了才干。排长何山英勇善战但有好吹牛的毛病,在残酷的斗争中成长起来。石头等几个战士也都个性鲜明,使人产生十分真切的感觉。反面角色也有独特的性格特征,如惯匪田大榜的狡诈和工于心计,钻山豹的凶残和末路心态,猴二的癫相和愚顽不化,独眼龙的贪滑和趋炎附势,等等,都被揭示得淋漓尽致。

《乌龙山剿匪记》最突出的特色是做到了情节性和情感表现的统一,努力营造浓重的情感氛围和表现正反两方面人物的情感世界。一方面,以壮烈、崇高的悲剧美构成全剧情感基调,以富有意味的情感方式抒发对先烈的崇敬、惜别之情,这在以前着力突出英雄业绩的战争影视片中尚未有过。小分队的战士一个个倒下,屏幕一再响起动情的歌声:"也有老母亲,也有心上人;也有生死情,也有离别恨。进山就爱山长青,行路最恨路不平。染尽热血含笑去,高山流水猎人魂。"令人闻听有荡气回肠之感。剧终不是习见的欢庆胜利场面,而是何山的情感流动形成的幻象。牺牲了的战士小东、刘喜、石头、队长刘玉堂、秀姑说笑着向他走来,并一再从他身边走过,他们牺牲的情景也再次浮现出来,表达着深深的缅怀意味。另一方面,大胆触及了反面人物的情感世界。钻山豹这个形象给人印象尤深。循踪查迹,这是一个特定社会环境中酿造出的劣种,一个酷爱土匪生活杀人不眨眼的恶魔。同时,他又有着作为一个具体人的内心世界。他有一颗豺狼心,但也不乏一种变态的"爱"。这种"爱"既表现为野蛮的对人妻的占有欲,又充满着山野土腥味儿的自私情欲。当他不能继续霸占福贵妻时,便宁可杀死她;而对颇有姿色的女特务四丫头,决不放过肉欲的苟合。他有十足的自负,也有末路土匪的十分颓丧。眼看无路可走,他允许匪众自愿离去,自己则一步步走向崩溃。相比于以往那种对敌人形象简单的"兽"性加点儿人情味的表现,这无疑更为具体、可信。

二、在和平的阳光下:《远离发射场的地方》《紧急起飞》

中国共产党领导了多年革命战争,建立了新中国。到八十年代初,已历30多年总体和平环境。30多年间,军队没有生活在真空里,他们和祖国一道品尝了甜酸苦辣,人民军队全心全意为人民服务的宗旨和保家卫国的根本使命从未改变。背负着庄严的使命感,通过塑造各种军人形象特别是英模形象赞颂奉献精神,是八十年代军旅电视剧的一个基本主题——和平时期建军主题的突出创作特征,并主要以短篇电视剧的形式表现出来。在这些作品里,虽然尚未有明显的艺术超越之作,但可以看作是八十年代一种时代风貌的集体映像,我们略做扫描式概览。

颂扬老干部的高风亮节。《道是无情却有情》(1983)的叙事线索是司令员陈岩将军突发心脏病住院后,战友、亲人、部下抱着不同的目的探望他。电视剧就在老将军如何面对这些"关心"的过程中表现出他热爱人民、热爱战士、严以律己的言行和情感。他将战争年代为革命做出贡献的老奶奶接到家里居住,视如亲人;他对连队战士爱如亲子,但对儿子、儿媳提出的个人要求,一概不答应。在这种种行为中塑造了一位老军人、老干部看似无情实为有情的可亲可敬形象。值得注意的是,陈岩将军的屏幕形象是在粉碎"四人帮"后大力恢复党的优良传统的背景下,被作为一种理想的老干部形象和时代精神的象征塑造的,有着较强的现实意义。

颂扬战士的美好情怀。这是那个时期最常见的一个军营生活主题,围绕这个主题产生了一批精短作品。如《远离发射场的地方》(1987),讲述的是在远离卫星发射场的偏远山区,有三名维护发射场通信线路的战士,他们在这周围没有人烟的地方忠于职守,踏踏实实工作。他们一个重要的精神享受就是能在电话里与卫星发射场通信站的女兵说上几句话。这部短剧在歌颂八十年代青年战士的理想境界时着意融入一个别致的情感角度,他们朴素的心灵世界给人以美好的感动。

颂扬英模事迹。这也是那时最常见的一个富有时代性的军营生活主题,并且常以原型为依据进行创作。如《紧急起飞》(1983)就取材于人民空军一个模范机组——刘晓英英雄机组在执行紧急抢险任务中,团结一致、舍生忘死完成任务的模范事迹。虽然以真人真事为基础,但编导做了概括和虚构。这部剧采用"生活—抢险—生活"的生活层面与"平凡—英雄—平凡"的内涵层面相融合的艺术构思,运用各种艺术手段,例如用长镜头表现紧急起飞前飞行员的日常生活,铺展生活气息;用短镜头表现紧急起飞和飞机碰撞灯标钢架,渲染气氛,将机组成员临危不惧的精神面貌比较自然地展现出来。再如《白兰》以中央军委命名的某部先进卫生科为原型,以外科医生白兰的事业和爱情为主线,讴歌医生20多年为战士服务、为前线服务、为群众服务的事迹,展现平凡中见伟大的英模风貌。又如《风雪大突击》讲述大兴安岭森林大火被扑灭后,解放军某汽车团抢运过火林木的故事,颂扬的是军人在和平建设时期做出贡献的一个重要方面。围绕这个主题的还有从女飞行员、飞行表演大队、守礁战士、导弹官兵、军队舞蹈艺术家等各种角度进行的创作,它们贯穿着高昂的爱国主义主旋律,张扬着当代解放军官兵专心奉献的精神风采。

八十年代后期,这个主题的表现得到一定程度的深化。例如电视剧《重返沂蒙山》(1988)讲述的是部队领导干部郭海松因为老区人来"要账"受到触动,主动到沂蒙山挂职当武装部长,帮助和带领山东老区人民改变山区贫困面貌的故事。这部摄制于八十年代后期的电视剧,虽然仍在颂扬老干部,颂扬老区人民的纯朴、善良和对革命的奉献,但已不止于此。剧中通过对沂蒙山落后现状的各种表现,对人的素质亟须提高的时代课题做了思考和表达,显现着剧中人和创作者的忧患意识,是向社会发出的一声饱含情感而又沉重的呐喊。

总体上看,这个时期军旅电视剧的宣教性仍然十分突出,甚至有重于艺术性的倾向;同时,叙事性大于影像层面,电视剧视听语言的运用还未引起足够的重视。

三、穿越局部战争的硝烟:《高山下的花环》《凯旋在子夜》

在荧屏上表现1979年爆发的对越自卫还击战争,是八十年代初期刚刚崛起的军旅电视剧创作态势时代性的一个鲜明显现,有两部代表性作品,其中一部是产生振聋发聩之效的《高山下的花环》(1983)。它通过对越自卫还击战这场总体和平环境下的局部战争爆发前后发生的故事,将七十年代末八十年代初中国社会和军队、军人和军属、工农干部和干部子弟、不正之风和凛然正气、经济的贫穷和精神的富有、勇敢与懦弱、耻辱与光荣等复杂的关系和尖锐的矛盾交叉呈现出来,尤以对中国军人"位卑未敢忘忧国"的民族文化心理的真诚赞颂和对社会不正之风的抨击撼人心魄,以浓重的时代气息引起广泛共鸣。它有如下几个特点:

颂扬了崇高的爱国主义精神。1979年的对越自卫还击战是在"文化大革命"结束不久,国家和人民仍然承受着各种时代重负之际爆发的。为了保卫祖国领土,参战解放军指战员英勇作战;军长也把儿子送上战场,牺牲在战场。连长梁三喜牺牲后,他的母亲梁大娘和妻子韩玉秀啃着干粮,走160多里山路来到部队,用烈士抚恤金和卖猪的钱为三喜还账,为战士们洗衣服,然后默默返回家乡沂蒙山。他们极富典型性地表达了蕴藏在人民心中的爱国主义情感。

冲击了传统的英雄观念。这部剧引起观众对英雄观念的思考。连长梁三喜为掩护战友牺牲,无疑是英雄,但上级派来的政治干事搜集他的豪言壮语时,只找到他留下的620元欠账单,似乎缺少思想境界的高度;干部子弟赵蒙山原是想当逃兵,在雷军长的当众责骂下他羞愧难当,决心要"为将军后代争回起码的尊严",眼看一个个战友牺牲在面前,他终于抱起炸药包冲上去,炸毁了敌人洞穴,算是知耻而后勇的英雄;副连长靳开来的形象则有独树一帜的味道。他被认为是个有名的"牢骚"大王,总给上面"挑刺",不得提升,战前才被提升为副连长。在确定突击队带队干部时,他爽快地说:"既然送了个死在前面的官,我就要在这位置上死出个样来!"他在为部队搞"战斗力"——砍甘蔗时踩上了敌人的地雷牺牲了,因为他违反了战场纪律,连三等功也不能立,而在观众心中他已成为英雄。塑造这样一个有牢骚的英雄形象理应是创作观念上的一个突破,但也正是在这一点上,还有明显不足。靳开来的牢骚,其实很难看成是什么缺点,因为它恰恰是"这一个"靳开来特有的正义感和志趣的表露,是对于谬误的痛快淋漓的嘲讽。正如面对"走后门"现象,他愤愤地对连长说的:"只要共产党坐天下,谁敢在部队上前线的时候把儿子调回去,我不自费上北京告状,就算我不是靳开来!"显然,他的"牢骚"没有掺杂个人的私心杂念,处处是对不正之风的率直抨击,所以后来赵蒙生喊出了:"都像他那样说真话,我们国家的事情就好办了!"靳开来是一门多么可爱、可贵的大炮啊! 也因此,靳开来的那些"牢骚"更多表现出来的是那个时代的一种社会群体意识——对不正之风不满思想情绪的共性反映。诚然,有这样"牢骚"的外壳,已属难能可贵,观众心理仍然可以从中获得替代性满足。

塑造了新一代军人形象。这部剧的一个亮点是雷军长牺牲了的儿子"北京"(雷凯华)。他给父亲的信中写道:新中国初期,你们正是中年,如果那时研究军事科学,将是另一番风采! 这是"北京"的认识,也是作者对生活的认识和具有时代前瞻性的一声呼唤。这个有着超前思想的战士的牺牲是因为连续使用了两发"批林批孔"年代生产的臭弹错过战机,被敌人的子弹击中。他是最早出现在军旅电视剧中有新意的悲剧性军人形象。

作为文学改编作品,《高山下的花环》删除了小说中赵蒙生发现梁三喜的母亲是哺育过自己的养母的偶然性情节,使作品减少人为的痕迹,更具生活和艺术的可信性。总之,这部电视剧不仅成为观察七十年代末八十年代初中国社会的一个窗口,而且在一个长时期内仍能以其强烈的时代性和饱满内蕴,对某些具有恒久性价值观念的肯定和张扬不断发力。

另一部代表性作品是11集连续剧《凯旋在子夜》(1986)。全剧从十年蹉跎岁月走过来的知识青年命运的角度,将一代人的情感经历与保卫祖国疆土的使命感相联系,塑造了血肉丰满的年轻一代军人形象。主人公童川和江曼曾有一段曲折的经历,他们在"文革"期间插队生活时相爱,童川参军后在新兵连集训时,因枪走火误伤他人被判刑两年。江曼回城后日想夜盼,等到的却是一封绝情信。在邻居的热心介绍和母亲的一再催促下,江曼与军官林大林结识,林大林爱上了美丽的江曼,但是江曼难忘旧情又不忍言明。婚礼喜庆之际,童川被提前释放回京,他临行前写给江曼的信被林大林看到,林大林顿时感受到极大侮辱,愤然离去。对越自卫还击战开始后,童川被补充到昆明部队,分在连长林大林的连队当战士。在铁血战场生死关头,两个男子汉摒弃宿怨,与敌作战。林大林为掩护童川战死。江曼毅然从北京大医院参军,来到前方,担任野战救护所护士长。童川、江曼战地重逢,阵地上一首《月亮之歌》更让那段铭心刻骨的记忆长存心间。童川率部坚守四号高地时,双眼被敌军炮火炸瞎。江曼日夜守护,发誓再不分离。仗打完了。子夜,沉寂的都市中,行进着威武的凯旋大军,江曼扶着童川肃立路旁致敬。童川对身旁的战友深情地说:"不要去影响后方人民,不要让后方人民在睡梦中也想起战争。"全剧在此完成了一代军人情感的升华,不仅令一代人心潮难平,也令后人嗟嘘感叹。综观全剧,《凯旋在子夜》在更广阔的历史背景中塑造不同于战争年代过来的新一代军人形象,抒发了新中国一代同龄人历尽磨难矢志爱国的高尚情怀,有艺术首创性。在电视剧语言运用方面也有新的追求。对《凯旋在子夜》也有不同意见,诸如,没有真实地塑造出热爱祖国、有理想、有追求的八十年代青年形象,主要人物童川、江曼心理委琐,上前线是为了"在炮火中寻求解脱";林大林也被歪曲了性格;剧中没有写出前方与后方军民心心相印的动人情景;等等。

八十年代中期,理想主义仍然是社会主流精神之一。显然,《凯旋在子夜》与《高山下的花环》一样,都是以和平大背景中的局部战争——南疆保卫战为中心,采取将个人命运、祖国安危交织起来的艺术构思,都追求一种艺术理想的极致性。其创作效应的产生有时代背景的原因,也是社会心理使然,并且作为一种创作态势被延续下来,还在很大程度上成为正在萌发的商业意识的对立面。

第三节　军旅电视剧的兴盛和繁荣

进入九十年代,时代语境进一步变化。商业经济蓬勃发展,"弘扬主旋律,提倡多样化"成为艺术创作的共识,影视技术水平大幅度提高,军旅电视剧呈异军突起之势。其中有人民军队的史诗抒写,有对战争表现领域的不断拓宽,有注重各种人物形象塑造的多彩篇章,有深情的诗蕴之作,有悲怆的民族战歌,等等,逐渐形成壮观的战争电视剧创作局面,和平时期军队现代化建设的主题也得到更广泛更深刻的表现。

一、人民军队历程的史诗抒写:《潮起潮落》《壮志凌云》

尽管八十年代已经摄制了不少革命战争题材电视剧,但尚未出现对人民军队史诗性表现的重量级作品。人民军队发展历程的史诗抒写在九十年代开始出现并逐渐形成多样化面貌,其开山之作是20集长篇连续剧《潮起潮落》(1993)。这部剧反映了人民海军从初建阶段到九十年代初走向现代化的历史途程。有意味的是,这种历史途程的反映是采用从家庭命运透视历史的方式完成的。全剧的叙事主线是一对渔家儿女鲁明宽、简小荷近半个世纪的生死恋情和三个海军家庭、两代海军军人的生活经历。命运性使这部剧有较强的观赏性,同时在家庭叙事中逐渐隐现着人民海军组建、新中国成立后的几次海战、毛主席视察海军、核潜艇研制、赴越南扫雷、发射导弹实验等海军历史上的重大事件,隐显着人民海军45年的发展历程。这种创作思路和范式在此前尚未出现,因而在军旅电视剧创作中有开创意义。沧桑感作为一种美学风貌也在这部剧中显露出来。如果说,艺术中展现历史的沧桑,首先是令观众产生对历史的感慨,那么,这部剧还能够让观众从感慨中获得对人民海军精神品格的激励和鼓舞。固然,这种采用以家庭变迁史透视军队(海军)历史的史诗方式,还未入佳境,但却实现了对一个新的艺术样式的有效探索,也显现着创作者对电视剧艺术通俗品格更趋自觉的把握。《潮起潮落》因此以其长篇样式和新的叙事特色成为军旅电视剧进入兴盛时期的一个标志。

1999年,为纪念海军建立50周年,海军电视中心、中央电视台影视部摄制了12集连续剧《波涛汹涌》。这部剧以一支潜艇部队20年的发展为纵线,通过七十年代一起海难事故的调查和对一位已故海军舰长的重新评价,以及"郑和水道"的再次开辟,揭示了一个重要的时代主题——不能忽视国家的海洋意识。"郑和水道"的再次开辟是由江白等新一代海军潜艇指挥官来完成的,从中反映着改革开放以来人民海军的新的发展。

九十年代后期,出现了人民军队史诗抒写的又一部代表性作品——20集连续剧《壮志凌云》(1999)。与《潮起潮落》不同,《壮志凌云》是正面展开人民空军发展历程的抒写,有一定程度的文献性和揭秘性。观众可以为它长篇铺叙式地演进中国人民空军从创建以来不断成长壮大的历史所激动,也可以为它饱含的三代空军将士火热的创业激情和奋斗不息的壮怀人生所感叹,但从创作观念角度看,这部剧最宝贵的观赏价值点是自觉的历史传承意识。它对人民空军三代飞行员身上体现出来的传统革命气概与科技强军观念的撞击、遇合的表现显现着丰厚的时代底蕴,使观众为创作者簇新而有深度的创作观念深长思之。

剧中浓墨重彩表现的年轻一代空军飞行员的成长和进步使观众兴味盎然。烈士的后代李亮是一个突出代表。这个有大学双学历的九十年代的飞行员和他的父辈相比,有更多个性而并不自私。他不乏英雄气,却不想成为父亲那样的英雄。他还多了一点洒脱、豪气和傲气。他笃信:只要我起飞,空中就没有王牌!这个"我",其实既是一个个性的我,也代表着空军许许多多情系蓝天的李亮们共性的我。尤为宝贵的是,在民航黄金航线的厚禄诱惑面前,李亮毫不犹豫将高薪、车子、房子远远甩到空军飞行事业之后,显示了健康思想乳汁滋养的年轻一代的坚定和成熟。纵观全剧,贯穿于三代飞行员奋斗途程而使他们不断有所觉悟有所进取的,是他们逐渐明确的现代战争意识,而将此意蕴串联起来的是全剧贯穿性人物——驾机起义教官姚建业。他忠诚于祖国的空军建设,有很强的敬业精神和责任感;他更懂得掌握先进技术对建设强大空军的重要性,为此在西北航校几十年如一日做着育人工作。海湾战争爆发后,李亮阔论现代战争中高技术军种的优势和集中空中力量制胜的观念,刺痛了在座的军区空军司令员贺怀德,赢得了副参谋长姚建业的掌声。那一刻,历史进程的必然因素在一个历史途程中凸显了,在老一代和年轻一代飞行员的观念认同中遇合了。这使会心的观众看来十分亲切。它所包含的历史的又是现代的意蕴性,以及《壮志凌云》作为一部厚重的空军史而富有启示性的部分。

二、大时代的壮阔画卷:《中国神火》《和平年代》

从历史的揭秘中挥洒时代的豪情和气概,是这个时期一个重要的创作取向。10集连续剧《中国神火》(1991)第一次以编年的方式纪实性地展现了中国"两弹"研制成功的壮阔历程。剧情从1955年1月中央决策向核能世界进军开始,到1964年10月16日罗布泊爆出惊天巨响终篇,生动塑造了为新中国国防事业献身的军人和知识分子的艺术形象,并以主要人物58人和逾3万群众演员构成了一组中国现代创业者的群像。在这部气势恢宏又不乏精雕细刻的艺术画卷里,可以看到新中国的领导者们在动荡的国际风云面前决策"两弹"上天的远见卓识;可以看到抱着赤子之心的一代知识分子,从大洋彼岸、从祖国各地汇聚戈壁大漠,不懈努力,勤勉创业;可以看到解放军官兵们在大漠深处的艰苦拼搏,百折不挠,同心同德创造了人间奇迹。《中国神火》在对历史揭秘中描绘的"两弹"创业历程和倾力刻画的"两弹"创业者崇高的爱国情怀,是具有恒久贯通性的中华民族精神和伟大气魄的一个集中表现。

从历史回眸中更深邃地审视历史的意蕴,是九十年代中后期军旅电视剧创作的一种自觉,也是重大革命历史题材电视剧创作的一个走向。[3] 在这个题材领域里,经过十余年创作经验积累,以新中国成立50周年为契机,水到渠成地推出了长篇连续剧《中国命运的决战》(1999)。全剧表现1945年8月15日中国人民浴血抗战打败日本帝国主义后又面临两种命运、两种前途的大决战。作为一部有着大人物、大事件、大场面和大内涵的革命历史题材电视剧,《中国命运的决战》首次将中国革命置于世界政治格局中来表现,将中国命运的选择置于三国四方高层首脑人物之间的国际政治舞台上展开,气势恢宏,引人入胜。这部剧是重大革命历史题材影视艺术的一个重大收获,也是重大革命历史题材影视作品长期积累的创作经验的结晶。它有高度的历史真实性,但它全景式展现的中国革命历史上这辉煌的一页,已不再是单面地颂扬领袖气魄、展现革命形势变化和英雄战绩,还着力于揭示依循历史规律的意义,表现国共双方的较量不仅仅着眼武装斗争层面,还努力表现意味深长的文化较量和人心较量。如此,《中国命运的决战》就既是一部精湛的艺术品,也是形象化的党史教科书,留给后人的不仅有鲜活的人物性格,更有历史的启示和感悟。

将军队建设的面貌融入改革开放的时代格局并给予艺术展现是军旅电视剧的一个丰硕收获。33集连续剧《和平年代》(1997)因此成为九十年代最有分量的军旅长篇电视剧之一。这部剧的创作者置身于九十年代中叶的时代大潮,以八十年代以来国家经济建设为大背景,以一支特种部队的成长壮大为情节框架,反映了改革开放近20年间军队建设的精神面貌。在这部充满大时代情感的作品里,作者将对生活和理想的痴情饱蘸笔端,铿锵写来,始终将军人的命运与社会历史进程相胶合,将军人的情感与社会变迁相交融,逼近观众心曲,不追求"一个贯穿全剧的完整故事,有的只是人物生活命运的变化和心灵情感的流动"[4]。全剧从1979年以来一大批从战场走进和平年代的军人经历社会转型、改革大潮、百万大裁军的冲击和磨炼中,凝聚浓深的军人情感,揭示当代军人的心路历程,展现他们在剧烈社会转型中心灵的动荡和平衡,做出各种情感选择时的坚定、困惑和全部喜怒哀乐思,从各种人物丰富细腻的情感世界中揭示奉献也是人生的永恒主题。全剧以高亢的基调,通过各种军人形象特别是秦子雄这样带有极端色彩的军人形象塑造,包括秦子雄与闻璐的爱情关系和婚姻失衡的真切表现,将当代军人对军人职业痴迷的爱、对理想近乎固执的追求以及对物欲的鄙视做了一种近乎极致的表达,将我军军人以苦为乐、以苦为荣、甘愿牺牲的情怀抒发得荡气回肠,为我军军魂一个恒久不变的本质方面——无私奉献立起一根引人注目的标杆。这部剧还以开放的思维和开阔的心怀对和平年代军人的多样性选择给予积极评价。军长闻浩夫、大队政委闻勇、教员慕容青、教导员章大军、文工团干部慕容秋等人都有着积极的人生定位,即使转业到地方工作,军人的情思不变,军人的气质、精神和品性不变,并且继续迈开他们进取的脚步,因而使得军人群体形象塑造既是对军人传统形象的价值肯定,更包含着在新的历史条件下对军人群体形象的价值开掘、价值融合和价值张扬。从这个意义上可以说,《和平年代》是对社会生活的深度介入、本质渗透。它昭示着,时代的变迁不会遗弃那些坚持理想并为之献身的各种英雄模范,《和平年代》也就在实际上回答了和平年代是否还需要英雄和英雄的价值内涵是什么的历史询问。我们曾经有过宽泛的战争年代英雄观,今天也需要宽泛的和平年代英雄观。为战争而生存和准备的人是英雄,为保卫和平而生存的人也是英雄。"和平是对军人最大奖赏"的主旨亦使这种传统的军营奉献主题剧有了某种划时代的参照意义。

三、走向战争表现的广阔领域：《北洋水师》《西藏风云》

九十年代以来，越来越多的创作者逐渐认识到在荧屏上再现战争不应止于复述战史，也不仅仅是为了比较哪一场仗打得更精彩，甚至不再将颂扬革命战绩作为第一位创作取向。战争电视剧创作者观察战争的新的历史态度引领观众穿越战火硝烟，显现战争的复杂面貌，汲取历史的经验教训，从古代、近代到现代战争都以大批量作品做了集团性表现。

从古代、近代战争作品方面看，产生了一批佳作。中央电视台摄制的84集连续剧《三国演义》(1994)，将《三国演义》这部中国最负盛名的古典历史战争小说搬上了荧屏，堪称一大文化盛事。电视剧以罗贯中的小说为基础，做了更精练的加工。作为历史战争剧，《三国演义》对一些历史人物的把握并未完全依循原作的正统观念，例如，曹操不再被作为单面的大奸形象，而是被投之以历史主义的审视目光，被视为对推动历史前进有贡献的奸雄并存的人。曹操扫除封建割据局面，统一了北方，一展其雄才大略。虽然他常常很自负，但不乏礼贤下士的胸怀及顽强的斗志。他的"奸"，包括其很重的猜疑心、诡诈和狠毒，则是其性格个性的显现。演员鲍国安的表演将曹操身上的多面性生动融合起来，在荧屏上塑造了形神兼备的一代枭雄形象。作为大型战争剧，《三国演义》堪称一曲激烈、雄浑的古代战歌。编导通过"官渡之战""赤壁之战""彝陵之战"等大战役和各种中小型战役，将古代战争与环境、战争与人的表现密切结合，比较充分地展现了冷兵器时代的战争智慧。战争表现与政治斗争表现相得益彰，战争与谋略的紧密结合成为全剧的突出特色。该剧还塑造出一批古代将领、政治家、谋略家的形象，如诸葛亮、关羽、张飞、周瑜、司马懿等许多人物形象都颇有光彩，许多小人物也塑造得栩栩如生。《三国演义》还有许多方面的成就和启示，如：作为古代战争剧，创作者在营造战争场面上下了功夫，尽管有的战争场面的表现尚不尽如人意，但总体上颇具气势感；诸葛亮七擒孟获的攻心术、诸葛亮鞠躬尽瘁的古代忠臣人格仍然有烛照现实的意义。

冯小宁编导的16集近代战争连续剧《北洋水师》(1991)，堪称一部出色之作。它不同于六十年代拍摄的同题材电影《甲午风云》。全剧以更宽阔的视野将近代中国第一支海军——北洋水师从建立到覆灭的过程给予了相当完整而沉重的描述。这种沉重感是从对中国社会自身弊端的揭示中、从中国与日本的多层面对比中产生的,例如日本天皇带头捐款购买军舰,清朝统治者慈禧太后却用发展海军的款子修建皇家园林,等等。这些对比让黄海大战后北洋水师军官那些"假如我们的炮弹足够"等"假如"的悲愤慨叹格外发人深思。全剧每集结尾以字幕方式让剧情从历史回到现实,进一步激发着观众的思考。两部同题材长篇电视剧《鸦片战争演义》(1997)和《林则徐》(1997)则以比较准确的历史描述超越五十年代和九十年代同题材影片,努力将中国近代历史沉重的一页及其复杂面貌呈现出来。可贵的是,在《鸦片战争演义》、《林则徐》和《北洋水师》等电视剧中,人物做到了在更大程度上是历史的人物,不回避其局限性,历史尽可能做到是历史的历史,不回避清晰的战争态势表现,从而具有较高的认识价值和审美价值。[5]

从现代战争作品方面来看,表现我军历史功绩始终是革命战争电视剧的主要内容。九十年代以来,战争电视剧与军旅电影创作交相辉映,几近反映了中国共产党领导的全部革命战争历史,形成较为壮观的战争电视剧创作局面。在表现红军时期、抗日战争时期、解放战争时期以及描绘解放西藏历史进程等题材内容方面都陆续有了代表性作品。这些电视剧不仅有着激烈的战斗场面,大力颂扬我军战绩,有些剧还跨越了战争的一般叙事性阶段,有了比较丰富的意蕴性收获:有历史面貌的刻意展现、历史经验的艺术总结,如《特殊连队》《遵义会议》《长征》等;有民族团结抵御外侮英雄气概的展现和民族团结精神底蕴的灌注,如《忻口战役》《西藏风云》(1999)等;有革命英雄主义的赞颂和呼唤,又努力融入当代人的思考,在重现革命途程的悲壮和曲折中,弘扬百折不挠艰苦拼搏精神,如《长征岁月》《七战七捷》《济南战役》《喋血四平》《四保临江》《飞兵襄阳》《黄土岭:1939》《大渡桥横铁索寒》《朱德上井冈》《少奇同志》《血战万源》《豫东之战》《英雄孟良崮》等等,它们以总体上不断进步的态势呈现了革命战争电视剧的整体面貌;有敌我战场血肉搏战,我军人物形象塑造和敌人形象塑造也有了一定新意,在一些作品中还出现了对敌军将领多样的性格表现、心灵刻画和人性揭示。从以纪念我军建军70周年和孟良崮战役胜利50周年为契机拍摄的《英雄孟良崮》(1997)来看,就可谓显现着一场真正的敌我对阵。在6集的中篇长度里,编导以平行手法叙事,战役进展层次分明,一面是装备优良的敌人的疯狂进攻,一面是我军将领沉着冷静的应战,敌我双方态势得以清晰表现。更有妇女们跳入水中用身体为解放军增援部队顶起人桥的感人场面,凸现人民群众对我军的倾力支援。敌军名将张灵甫形象刻画在较大程度上突破了脸谱化。他的出场是穿着共产党军队的军装进见蒋介石,借此讲述双方在装备等方面的优劣得失。战役中观众既看到国民党其他指挥官的离心离德,又看到张灵甫对领袖的忠勇、自信以及他对家人的情感。比较来看,敌人内部矛盾的揭示也更深刻一些了。粟裕将军的杰出将才,则是在接受中央正确指导和发挥主动性中显现出来的。陈毅、粟裕"百万军中取上将首级"的气魄在复杂多变的战争进程中获得令人信服的展现。看这样一部剧,就比过去让人单纯看一场胜券在握的战争戏有兴味得多。

进入九十年代,包括歌曲艺术等在内的"红色经典"改编现象渐成气候。九十年代中期以来,电视剧"红色经典"改编现象开始发生。"文革"前17年曾产生较大影响的一批"红色经典"军旅小说也被改编为电视连续剧,如《敌后武工队》等;六十年代曾被改编为影片的《野火春风斗古城》则再次被改编为电视连续剧。"红色经典"改编电视连续剧的出现,给军旅题材电视剧增添了新的话题。

谱写民族解放的篇章。中国是多民族国家,在推翻阶级压迫的斗争中常常交织着民族斗争。在屏幕上表现阶级斗争的同时谱写民族解放的篇章,是九十年代军旅电视剧创作一个有成绩的方面。1994年,饶有新意的12集电视连续剧《雪震》有两个突出的美学特色。其一,认真践行艺术反映生活真实的美学原则。首先体现在全剧突出了斗争的艰巨性、复杂性。作为剿匪题材剧,《雪震》在选材上与同类作品有明显不同。这部剧的背景内容是我军五十年代初在川西北地区剿匪的"黑水之战"。这个战役对稳定当时西南西北局势起了重大作用,特别是对如何处理好少数民族地区一系列复杂问题积累了很好的经验,为此毛泽东、周恩来高度评价此战役是军政双胜。作为电视剧,《雪震》的重点就没有放在军事斗争上,也不靠制造一些外在的刺激元素吸引观众,而是从生活真实出发,在我军剿匪部队、国民党残匪和藏民之间铺展情节线,将复杂的阶级、民族、国共之间的矛盾集中在黑水这个点上交织展开,将剿灭国民党顽匪的军事斗争与政治斗争、阶级矛盾与民族矛盾相交错,在反映生活的复杂性中表现我党、政府和军队一心为人民谋利益的宽广胸怀,表现军地干部的政策水平。剧中有十分感人并耐人寻味的情节,如人民政府驻黑水联络组受到被敌人挑动不明真相的藏民围攻,生死关头,以罗吉政委为首的工作人员牢记"每个民族的进步和解放最终都要依靠他们自己",坚守岗位,最终全部牺牲。其次,这部剧从多侧面揭示了历史前进的艰巨性。如《雪震》的一条主线是争取黑水地区藏民大头人贡布的觉悟。在错综复杂的环境中,贡布几次反复,后来终于彻悟,与人民政府贴了心。剧中表现的这个艰苦工作过程,颇富启示意义。这些都源于作者对生活的思考和对生活开掘的深度。《雪震》的第二个美学特色在于对综合观赏价值观的践行。编导有意识地采用了"双层结构":既保持《乌龙山剿匪记》那样的传奇性,讲述一个引人入胜的故事,塑造几个有个性的人物;还着意提供耐人寻味的内涵、发人深思的哲理和难以忘怀的文化氛围,体现着保持综合观赏价值构成不可剥离状态的必要性。《雪震》庶几做到了:作为军事片,剧中有激烈的战斗场面;作为一部政治含量很高的民族历史题材作品,剧中又有精彩的政治较量和尖锐的思想交锋,两者又都融入跌宕起伏引人入胜的故事情节,耐人咀嚼。剧中还充溢着独特的自然人文景观,调节着故事节奏,给观众带来美的享受。藏族地区的壮美风光和古朴风俗,神秘的宗教文化(藏传佛教)——风中飘动的猎猎经幡、朝夕陪伴着祝祷声低哑厚重的号音随风飘散、那群马奔腾人声呼啸传达出来的藏胞们勇猛顽强的气势,以及那富有寓意的光影画面,都极富观赏性;音乐处理独具匠心,12首民歌贯穿于每集故事中。加之来自黑水地区藏族民歌歌手天然去雕饰的歌声,保持了原始感和质朴的魅力。每集片尾动听的藏族音乐,烘托着浓郁的藏族地域文化氛围,令人神往。可喜的是,所有这些做到了比较自然地相互渗融和勾连,使人在饶有兴味的观赏和陶醉中,还乐于品味其中丰富的含义。

九十年代末,第一部全景式再现西藏和平解放、平息叛乱和民主改革历史画卷的大型纪实性电视连续剧《西藏风云》(1998)播映。这部具有宏大叙事特征的重大历史剧有两个层面。一个层面是历史真相的解密,对西藏问题的来龙去脉有清晰表现。在这个表现过程中塑造了众多历史人物,有毛泽东、周恩来等老一辈中共领导人,有阿沛·阿旺晋美、班禅等西藏上层爱国人士,有达赖等宗教人物。另一个层面是始终贯穿着民族团结、祖国统一的思想,表现藏汉人民在共同建设新西藏的过程中结下的深厚友谊。在这个层面更多的是张国华、谭冠三等解放军高级将领、普通的解放军官兵、西藏同胞的历史活动,在复杂的人物关系中反映出人民解放军在为解放西藏、建设西藏途程中做出的巨大贡献。全剧同样在展现西藏的自然风光和雪域高原的神奇景观中寄予和抒发着浓厚的爱国情怀,表达着曾在西藏长期生活和工作的翟俊杰等创作者对那片美丽土地和人民的挚爱情结。

四、军营生活"新观察":《雪太阳》《兵谣》

当经济建设成为中心,商品意识日益深入人心之际,剧烈的社会转型给军营带来的冲击是极具震荡性的,每个军人也就处在一个必须做出明确的价值选择和人生价值定位的时代。许多军旅电视剧在军队与新的时代生活的联系中揭示军人的价值选择和军人的情感世界,展现军营独特价值观念的魅力,表现军营生活与现实各种生活观念、精神格局的相遇、矛盾、撞击和较量,着力塑造焕发本质光彩的当代军人形象,宣扬保持和发扬我军光荣传统中所显现的为社会安定所需要、为社会发展所需要、为人类进步所需要的奉献精神的同时,显示出我军将士在经受市场经济考验中出现的许多新情况、新矛盾,因而发生着艺术对生活的种种新观察。

长期以来,最具代表性、最能整体性反映和平年代我军使命感的题材之一是军人戍边生活。九十年代,军旅电视剧与军旅文学一样,生存的大环境发生了很大变化。当生活越来越多地在荧屏上被渲染为商场拼搏、酒绿灯红、软语俏言和侠光剑影时,还有一批军旅电视剧创作者想到我们的官兵每天都在与生活和工作的严酷环境搏战,惦记着这些官兵的喜、怒、哀、乐、思,为创作他们的艺术形象不倦拼搏。《雪太阳》《昆仑女神》……一个个剧名听来不乏诗意,而剧中所表现的都是相当严酷的环境,或者是位于生命禁区海拔高度5380米的世界第一哨卡,或者是苍凉贫瘠成百上千里无人烟的所在,或者是一年有6个多月可以把人冻得灵魂出窍的严寒气候,或者是无边的空旷和冷寂……我们的官兵就在这种恶劣的条件下值勤,进行夜间野外潜伏训练,并且日复一日,年复一年。是什么力量使他们忍受着超常的严酷条件,昼夜与界碑相伴,在枯燥和艰苦的值勤中默默度过青春年华而无悔无怨?《雪太阳》等剧给予了生动的答案,为这些有强烈职业责任感的军人赢得了宝贵的荣誉。最终使人们懂得:军人高尚充实的精神境界所体现的更富时代气息的阳刚气概,反映着和平年代军人的价值在于他们的不可或缺。

尤有兴味的是有些电视剧还让我们看到了军营"五湖四海"的内容也有了许多变化。例如富裕兵入伍现象就给军队建设带来颇具时代色彩的新问题,对此,艺术没有简单化处理。8集连续剧《有这么一群兵》(1998)以一群富裕地区的腰缠万贯的青年跨进军营开场,实现着对新生活现象的敏锐捕捉和大胆触及,进而构成强烈的有意味的时代反差。这个与我军任何时期兵员都不同的"款兵"群体的生活方式与价值观念,一开始就同部队传统是对立的。他们带着在市场经济环境中形成的对人生和社会的最初认识来到军营。他们有的大吃斗富;晚上熄灯号响了,他们要去吃消夜;有的用钱交换周末外出的机会;连队开展"学雷锋"活动,有的竟花钱买头毛驴为连队改善生活……而入党提干、考军校、转志愿兵等已不再是困扰他们的人生目标。从宏观方面看,富裕兵现象从一个侧面反映了中国改革开放的成果,有必然性;而怎样正确对待金钱和军人的价值,怎样看待等价交换与奉献牺牲精神,却成为生活的也是艺术的新课题。编导以带有喜剧性的表现方式对待这看来十分严峻的带兵新课题,避免了对新的生活现象的绝对化理解和简单化表现。两年后,军营炉火锻造出又一批意志坚强的合格军人。当这些士兵提着入伍时带来的密码箱将要离开军营时,陈旅长问叶政委那密码箱里装的是什么,叶政委笑答两个字:"收获!"表明剧中人最终明白金钱的价值不能代替一切,人生有比金钱更宝贵的东西。其创作典型意义还在于鲜明地表现了时代的实质性冲突不可避免,军营虽然是封闭式管理,却必须采取开放式教育,从而达到让生活走进军营,让理想之花盛开军营,让理想的馨香飘出军营的艺术审美效果。

《兵谣》(1999)的出现有着突破意义。这部连续剧着力塑造了一个超越长期以来农民军人"英雄化"取向的"新"的农民军人形象,以一个传统的军营成长主题的新时代演绎实现了对现实和历史的双重深度开掘。全剧表现的是九十年代农民的儿子古义宝入伍后的成长经历。古义宝是为了跳出农门、脱离贫穷落后的生活而离开父母和未婚妻来到部队的。他为自己的前途"设计"各种好人好事,以引起领导重视,果然成了先进典型,从饲养员、司务长、副指导员到提升为指导员,还赢得了女民办教师尚晶的好感。一次他因责任过失受到处分,被调到农场当场长。到农场后,面对破败的营房、荒芜的土地、消沉的战士,他痛定思痛,逐渐对人生有了感悟,决心以实际行动做一个合格的部队干部。在他的带领下,农场发生很大变化,他又成为后勤工作的典型。对生活有了新认识的他没有接受妻子给他重新选择爱情的机会,而是把妻子和孩子接到了身边。创作者贴近生活,深入生活,使电视剧直面生活,富有浓郁的现实气息。入伍动机多样化是一个很现实的问题,古义宝并非个例。像古义宝这样煞费苦心为个人谋出路和前途,到能够真诚面对现实和人生,不断修正动机、自我调整,终于获得精神超越,无疑能够引发许多观众对自身的思索。《兵谣》因此给予观众很多回味的同时又有很强的精神导引力量,也有很强的激活思维作用。同时,揭示"古义宝"们的心理变迁又是尚未结束的历史课题。

《兵谣》的出现吸引了部队官兵,同样吸引了地方各种观众。有评论认为,它表现了"社会主义新人形象应该有这样几个特点:第一,不回避人物起点的质朴与卑微;第二,不回避人物思想上的坎坷和思想上的起伏;第三,不回避复杂的社会矛盾;第四,指出一个人经历了种种曲折后必然走向完美的人生方向。古义宝,就是这么一个人。可以说,这个形象对于如何塑造社会主义新人形象提供了许多有益的启示"[6]。

五、军旅青春风景线:《红十字方队》《女子特警队》

军营是以青年人为主体的阳光世界。军旅青春电视剧最初是以向全社会表达奉献牺牲精神为主旨的面貌出现的,如《军校毕业生》(1995)是军旅电视剧,也是一部当代社会生活主题剧。它力图探讨的是九十年代商品经济大潮中军人的价值取向,也是人应该具有什么样的人生价值观这样一个已被淡忘甚至遭到歪曲的人生课题的社会询唤。它开篇就以强烈的视觉反差,画出大大的问号:九十年代的大学毕业生还要不要服从祖国的需要到艰苦地方去工作?主人公军校女学员雪蒙做出了响亮的肯定回答。作为一名外语专业高才生,雪蒙又是怎样站在了时代的前头？综观全剧，编导没有对雪蒙的行为给以简单的结论，而是站立于军校这个军营育人中心、青年人实现理想的殿堂，从价值内化角度，采用铺叙的方式，以主人公的个性内涵为着力点，从内因和外因两个方向以及两者的交叉点上寻求答案，引领我们追寻她那坚实有力的人生脚步，呈现她作为一个成功者的人格素质，引发观众去体味她渐渐走向成熟的心灵历程。有心的观众会从中寻求到令人信服的答案，铸就自己可靠的人生价值支柱。雪蒙形象也为加强青年精神素质建设做出了有力的呼吁。

第一部全景式反映军医大学学员生活的长篇电视剧《红十字方队》（1997）产生了较大影响。这部剧靠什么抓住了观众？首先是扑面而来的青春气息。这部电视剧是校园青春剧，又是军校青春生活剧，其新鲜感不言而喻。除了青春生活风貌和人物的清新感，触动观众的还有剧中蕴含着的鲜明时代感——对人生价值定位的探求。全剧以一群年轻军校大学生的成长历程为经线，以同样年轻的学员队队长赵志伟、教导员罗芸、医学博士林克凡的感情纠葛为纬线，将社会与军队两个生活层面同构，让观众看到年轻的当代军人同样遇到许多时代课题的考验，诸如如何面对理想和各种生活的挑战、如何面对金钱的诱惑，是无条件服务部队还是将个体需求放在部队需要前面，等等。最终，江南在短暂的生命中升华着生命的意义；骆青藏奔赴西藏，志在边疆；肖虹实现了对自我中心的超越；丁惠敏走出了爷爷的光环，到大西北寻找人生的坐标；司琪在对奶奶的关爱和困境中锻造着自强奋斗精神……这些都给观众留下了深刻印象。正如剧名"红十字方队"所提示的，"红十字"工作和"红十字"精神地方和军队都有，"方队"却是军人列队和军队风貌的显著标志。这部剧既展现了新一代青年军人在与时代的联系中获得的社会化成果，又使观众从他们的成长中看到军营熔炉冶炼的力量，感悟军营环境对情感陶冶和精神品格形成的强化作用。

年轻的武警部队担负更多的特殊使命，《女子特警队》（1999）将这种使命感通过一些年轻女孩子如何成长为担负特殊使命的女子特警的青春步履别有意味地表现出来。在九十年代的时代环境中，一批背景不同的女青年来到女子特警队参加训练。她们中有娇生惯养的大款的女儿，有在警营长大的总队副政委的女儿，有朴素倔强的山村姑娘，也有来自父母离异的家庭。她们共同经历了艰难而又难忘的成长过程，提高了精神素质和技能素质，完成了解救人质、押解罪犯等特殊任务。执行特殊任务常常就是踏上另一个随时准备牺牲的战场,在执行任务中,总队副政委的女儿杨继军献出年轻的生命。这部剧有自觉的观赏追求,找到多个艺术融合点,如采用纪实性与情节性相结合的方式,以职业演员与非职业演员一起表演女特警生活,将崇高的精神取向与青春的壮美相互结合,将坚韧精神、格斗功夫与女特警的飒爽英姿融为一体,在富有新奇感的观赏面貌中融入牺牲和奉献的主题,有较强的可接受性和审美共享价值。

六、光荣的后勤战线:《光荣之旅》《天路》

在商业经济日益发展的九十年代,军营与社会各利益群体的关系疏淡了,人们不再特别关注军人的命运,而军人的价值观念却没有改变。以中央军委命名表彰的"喀喇昆仑模范医疗站"先进事迹为原型的八集电视剧《昆仑女神》(1999),表现的是五位风华正茂、不同性格的医疗队女军人在昆仑山区与恶劣的自然环境斗争、工作和生活的一段不平凡的经历。她们中有的人初到医疗站,并不安心;有的人抱有个人目的。但是,在有激情且敬业的医疗站站长费明的影响下,在纯洁的边防官兵的感染下,在为官兵服务的过程中,她们战胜缺氧、荒凉等自然环境险恶的困难,涤荡着灵魂,净化了心灵,完成了人格的升华,如女神般矗立在昆仑山上。在她们心中流贯着、传递着的是所有守卫昆仑山的不知姓名的战士的共同心声:"只要我站在这里,中国这个大鸡的版图就不缺胳膊不断腿。"为了这个"不缺""不断",她们和他们一起自觉投身于"生命禁区",坚守岗位。在这里,医疗战线这个重要的后勤岗位以对军人个体的自觉服从和甘愿牺牲的艺术颂扬得到高度肯定,艺术实现着与生活的潜在对比,同时也强化了这种高格调生活自身的显在意义。

与以往表现后勤战线的电视剧不同,20集连续剧《光荣之旅》(1999)首次比较全面地展现了我军后勤工作在现代化建军和现代战争乃至现代高科技战争中的重要性,鲜明地提出现代战争就是打后勤的观念。这部剧主要价值在于以主人公贺援朝的经历为主线折射了军队后勤改革的必要性、迫切性和社会的各种问题。一次军事演习时,因油料保障不畅,炮兵团长贺援朝的部队未能按时到达指定地点,于是他向上级直言后勤保障工作存在的弊端。后来他被推荐进入高级指挥学院深造,再进入总后机关。由于他眼界开阔、思想超前、正直敢言,受到一些人的嫉妒,在群众评议时得票较少没当上副局长。在后勤分部代职期间,他大胆提出改革后勤供应体制的设想,冒着风险推进后勤应急分队建设。这部剧采用家国一体的叙事模式,并广泛感应着各种社会生活层面。贺援朝父亲贺太平是志愿军后勤老战士,弟弟贺建军也在部队工作,但兄弟俩志向不同。贺援朝为部队建设尽心尽力,贺建军转业后犯了经济错误。贺援朝全心全意工作,对家庭却不能尽职尽责,加上两地分居,身为军医的妻子张洁和他离了婚,妹妹贺超英也下岗。但家庭困难没有阻碍他继承父志,贺援朝最终担任了军区联勤部长,成为新一代后勤高级指挥员。就个体形象看,贺援朝的形象塑造向现实昭示着军人应有的道德素质、业务素质和在时代大潮中应该保持什么样的精神状态;从军队后勤工作机制建设方面看,贺援朝的经历又有着许多不容忽视的现实启示性。

青藏公路创业史曾经以新中国人民发奋图强的一个榜样留在整整一代人的记忆里。五十年代,国家决定修建青藏公路,不仅能打仗,还能执行各种特殊任务的人民解放军领受了这个艰巨使命。九十年代,随着《青藏高原》那激扬高亢的歌声,再现那段英雄历史的电视剧《天路》(1998)进入观众视野,奉献了一支感人至深的英雄颂歌。从剧中可以看到,当年慕生忠将军接受任务后,率领筑路大军将士爬雪山、越戈壁、过激流、滚沼泽,到达荒凉的格儿木地区。在这里,骆黑子、茹静等男女官兵和许多民工住着简陋的板棚,使用简陋的工具,吃着营养不足的饭菜,战胜了各种各样的困难,经受着感情的波折,付出巨大的牺牲,共同修筑成功这条"离太阳最近"的名副其实的"通天之路"。剧中多次出现的"天路"景象成为一代人艰苦奋斗精神的象征。从剧中我们还看到他们的后代——九十年代的汽车兵、兵站人继承父辈的事业,发扬前辈特别能吃苦、特别能战斗、特别能忍耐的精神,继续在青藏线上战斗,献出一腔青春热血。电视剧《天路》以艺术的方式追溯两代军人艰苦奋斗的历程,将壮美的昨天刻印在屏幕上,意义深远。同时,这又是一部西部风格电视剧。全剧追求凝重悲壮的历史氛围,诸如筑路初期大军鏖战戈壁滩的壮丽图景,探路队官兵以身体滚越沼泽的场面,有较强的震撼力。

军队后勤战线有许多英雄模范,军旅电视剧的一个根本使命便是在塑造各种各样的军人英模形象中追踪、开掘和再现我军军人本质精神的多样性表现,张扬其独特的价值。特别是进入九十年代,我们已处在一个物欲与精神相对立、相依存、相较量的时代大潮之中,这是一个崇奉和探寻价值多元的时代,而军人价值体系中为时代发展所需要的恒久内涵——奉献牺牲精神不变。一些编导在创作中努力改变铺叙好人好事的面貌,追求更艺术地宣传英模和塑造英模人物形象,从艺术形象的感染力中强化思想的感召力。当许多人在崇奉的金钱面前背负着沉重的十字架而失却精神家园时,编导塑造的英模形象却拥有和享受着最宝贵的生命绿洲,并树立起时代不可或缺的精神风范。后勤战线题材电视剧《张培英》和《大漠丰碑》是值得关注的两部作品。

《张培英》(1993)是反映优秀共产党员张培英模范事迹的写实性英模剧。六十年代,张培英在某实验室工作时,因发生爆炸事件,她的脸部大面积受伤。她在平凡的岗位工作20多年后退休了。退休后,当她看到院里的孩子没地方玩时,就自己花钱买了许多书籍,为孩子们办书摊。但孩子们害怕她被烧伤后的相貌,有的孩子还骂她,张培英没有气馁,她把家里的电视搬到活动室,热情欢迎孩子们,渐渐赢得了孩子们的喜爱。她越来越红火的"事业"为许多在岗的军人解除了后顾之忧。这部以真人真事为基础的电视剧朴实真诚的叙事,和演员陶玉玲朴素真诚的表演,产生了较强的感染力。

《大漠丰碑》(1996)是根据被中央军委授予"模范团长"称号的北京军区给水团团长李国安的事迹改编的电视剧。因为改了主人公名字,算是一部准写实性英模剧。然而,这部电视剧要告诉观众的绝不仅仅是一个打井队的故事。在商业经济大潮汹涌的时代环境里,拍摄这样一部电视剧,编导并不着意于抨击生活的某些负面,而是从社会历史进程层面、从人的生存价值观念选择等根本处着眼,以表现军营内部生活为主,揭示普通人身上的英雄本色。它也不是一般地赞颂英模的奉献牺牲精神,全剧四集划出四个大的板块:郭安率部队开进沙漠死亡之海,为边防战士打甜水井;官兵勒紧自己的腰带为草甸子村民打井;郭安带领部队克服重重困难,为内蒙古金川经济开发区打井;郭安带病奔赴华北战区进行八千里水文地质资源考察。它们完成了敢"冒险"、讲科学与讲奉献三位一体的郭安人格塑造。全剧引人关注自身,关注那种在社会发展进程中不为一己之利悲喜的高尚精神,从而为我们的竞争社会注入一种英雄气概,使奉献精神永远成为我们民族不衰的正气歌。

七、应答强军新课题:《虎踞钟山》《突出重围》

军旅电视剧创作在现实主义精神的深化中前进着,集中体现在所映射的时代征候方面,一个焦点是:时代强军新课题成为军旅电视剧创作的新课题。对这个课题的应答是从历史回眸开始的。《虎踞钟山》(1998)将新中国成立初期开国元帅刘伯承创办南京高等军事学院的一段经历再现荧屏,让那段距今半个世纪的往事触动今人的心怀,让历史回答今天。

如果说,革命历史题材电视剧的一个要义是讲究未知效果,提供观众不知道或不熟悉的内容,让观众在清除自己的"认知盲点"中获得欣赏满足,那么,《虎踞钟山》的题材选择本身——我军第一所军事学院的建设历史就足具这种新颖性因素。我们看到,中国人民解放军军事学院大门的首次敞开是在全国刚刚解放的昨天,走进这个大门的各级指挥员还带着满身硝烟味,由此推出了进行正规化、现代化军队建设必须加强学习这一我军面临的急迫任务,将每个军队指挥员都置于一个历史的转折处。但这还可能仅止于表层的引力,真正诱使观众深入其中的,是这部剧经过创作者以现代意识重新审视和选择的历史着眼点和现实意蕴性。全剧围绕学习新知识这条主线引出一个个精彩的戏剧矛盾,在人物性格碰撞中突出了不同观念的落差。骑兵司令崔保山在知识殿堂骄狂无礼,在课堂上与教员吴觉非顶牛,表面上是不服败军之将,实质上暴露了他因打过胜仗而藐视一切的自满和浅薄。师长杨震是另一种姿态,在曾经是战场敌手和给他带来失去恋人痛苦的吴觉非面前,他清醒地摆正自己的位置,刻苦求知。曾参加过100多次战斗、7次负伤、15次立功的老红军学员甘有根的退学,作为我军建设史上的一个历史现象在荧屏上被首次表现,是这部电视剧情与理撞击和交融的一个高潮。这三个人物形象从三个方面告诫我们,每个时代的人都有自己的局限性,历史无情,现实无情,每个人都站在历史的关口,不具备相应的素质,就不能适应现代化军队建设的需要。要做时代的勇士而不是逃兵,就要顽强学习新知识。全剧倾力塑造的刘伯承元帅则为我们从审视昨天的生活中汲取力量确立了一个独特视角。新中国成立伊始,战功卓著素有"军神"之称的刘伯承元帅就辞去西南军政要职去创办军事学院,绝非仅仅是止戈讲艺,坐而论道,而是源于一个共产党人的胸襟大志和崇高责任感,源于一个知古晓今的军事家的高瞻远瞩和忧患意识。在变化的历史条件下,他清醒地看到:我们这支军队是以农民为主体的,更需要现代化的训练;我们只有不断学习新的东西,跟上时代的发展,才能永远立于不败之地。

《虎踞钟山》将作者的思考借历史故事和人物表现出来,督促我们用历史进步的眼光吸取经验教训,在新的历史条件中审视我们自身,告诉我们胜利之师要永远成为胜利之师就必须学习,学习,再学习。这就是历史属于未来的一个永恒处。因此《虎踞钟山》虽是军旅历史剧,但对当今社会有强烈的现实观照性;虽是军旅题材,但对各行各业均有普遍指导意义。

《驱逐舰舰长》(1997)讲述的是九十年代发生在两艘导弹驱逐舰的两代舰长相互竞争和帮助的故事,其价值不仅在于展现了舰机协同、舰空对抗、舰潜对抗、海上受阅、军舰远航等现代海军景观,更在于将当代军人的追求、理想、奉献、牺牲以及智慧的较量放在现代化建设的大背景中,将人物的理想、情怀、境界放在时代进步的大格局中熔铸和展现,将对军人的赞颂、讴歌与他们推动进步的现实努力相胶合。例如,老舰长严同山面对迅速更新的现代化装备,逐渐清醒到自己面对现代化、面对高科技的差距,找到自己的位置,这表明今天军人职责所要求的最大的奉献是能够抛弃个人得失、胜任和富有创造性地干好本职工作,跟上时代的步伐。值得一提的是剧中有一个引起现实海军官兵强烈认同的"倒面条事件",从一个小的侧面表明现代军人接受新挑战要提高自身全面素质的必要性。

我们国家正处在前所未有的历史转折期,回首昨天是为了应答今天和未来。世纪之交播映的22集军旅大戏《突出重围》(1999)就展示了一个新的开始。它瞩目新军事变革的世界格局,将英雄主义的讴歌融入科技强军、质量建军之大势,以"打得赢"和"科技强军"时代内容的凸显,领这一时期军旅电视剧创作风气之先。如果说,《和平年代》与现代新生活相联系,主体是对商业潮动中军人奉献精神的赞扬和挚爱军营的赞歌,从而达到对军人某种恒久价值的肯定,正所谓"和平是对军人的最大奖赏",那么,《突出重围》的振聋发聩处就在于它以演习中的蓝军"自做主张""打败"红军为契机,通过红蓝两军反复"冲杀"

（包括现代科技手段的运用），让官兵感悟我们不能再"自己打败自己"，而将新形势下军队建设如何迈开新步伐作为一种生活观念和艺术观念来聚焦；如果说，《和平年代》以秦子雄形象塑造为代表，将一代军人痴心不改的军旅情怀和对物欲的鄙视做了近乎极端的表现，令人荡气回肠，那么，《突出重围》具有超越性的一个重要方面就在于在塑造具有时代特质的军人人格形象方面也突出了"重围"，它在"谋打赢"的艺术内涵表现中着眼于塑造真正现代意义上的有着更丰满现代人格的军人形象，揭示出当代军人要在科技强军中做出应有的贡献，思想品质要过硬，业务技术要过硬，眼界应开阔，胸襟更应开阔，还要丰富自己的谋略思想。创作者以强烈的民族忧患意识在剧中诱发着、重申着、张扬着、聚焦着"军人是为战争而生存的"观念，在我们军队历经半个世纪的和平年代后发出了一个深刻的警号。这正是一些人渐已淡漠的我军军魂的又一个本质方面。这种创作观念的获得则是创作者渗入和认识新的时代语境的结果，并且体现着前瞻的胆识和勇气。至此，以往荧屏对当代军人种种非军事本体的表现有了重大变化。以是观之，朱海鹏，一个好发奇思异想的陆军学院教研室主任，一个掌握一定信息化手段的中层指挥员，一个不甘平庸的现代军人，为"谋打赢"冲破惯性思维，宁可舍弃自己的前程，竟一再"出格"，不为程式化的演习束缚，指挥蓝军用电子战等手段打败红军，实在是时代的弄潮儿。显然，朱海鹏和他的"后台"——师长常少乐、战友——参谋唐龙的异动思维有别于传统类型军人，但他们又仍然是传统奉献牺牲精神的继承者，不过他们是从军队生存的根本目的着眼而采用了自己继承方式。红军师长黄兴安三个阶段的变化以及该师团长简凡的退伍转业，则使这场"战争"更多了值得品味的思想性内涵。

总之，创作者洞悉生活现象、提炼生活本质的能力使"朱海鹏、常少乐、唐龙"们准确地站立在历史和现实交叉的坐标点上，并由此闪现出富有时代内涵的精神光彩。这些军人也是有着各种弱点的凡人，但他们又有着不凡的军人品格。这种品格冲击着淡忘战争的"和平"观念，冲击着种种习焉不察的思维惰性，也冲击着盲目自满、保名争利的道德人格，显现出创作者在创作观念方面深刻的把握和内蕴着的与时俱进的精神品格，最终让我们看到："一个强大的民族后面必定站着一支强大的军队！"这也是艺术必须关注的一个有着强大生命力的时代主题。

20年的中国军旅电视剧只能说是刚过成人纪念日。回首军旅电视剧创作道路，既有可喜的成绩，也留下不足和缺憾。就作品看，有两个主要问题：

一是一些剧的现实主义品格不足。军旅电视剧现实主义品格的欠缺主要因为现实主义精神灌注不够，对生活开掘和洞识不足，表现在若干方面，如在人物塑造方面，有的剧所谓正面人物、反面人物呈现单面性和符号化，正义情感与邪恶情感的表面化还未很好克服，一定程度上存在着人物心灵浅表化，感情的性情层面不足，人性的多层面不足，人格心理动因模糊，文化心理苍白；有个性光彩的人物和有意蕴性的性格个体和性格冲突表现不足。表现在英雄形象塑造方面，具有恒久价值的古典式英雄的某些品格铸造较强，对英雄形象做适应新时代嬗变的新质提炼不足，军人形象的本质光彩和个体丰富性的统一不足。又如有的剧缺乏生活气息，主题相似、情感方式相似、矛盾设置重叠现象已露端倪。有的剧对军营生活矛盾的独特性、对军队建设的新情况，缺少敏感和前瞻性，缺乏应有的深邃感，特别是缺少对时代里层的深度开掘，在对军队内部各种矛盾有所表现基础上，对社会前进的阻滞力量批判较少触及我们自身精神领域，使生活和艺术的本质性表现都少了一些应有的分量。总体看，在军旅电视剧现实主义精神的灌注方面，九十年代作品比八十年代作品有了较大加强，但问题仍然存在。

二是一些剧观赏性不强。商业化进程所带来的娱乐潮动理所当然，夹杂着世俗化倾向的审美要求与多样化观赏心态不可避免。作为主旋律主力军之一的军旅电视剧拍给谁看，又怎样引人来看的问题越来越突出。一些电视剧在观赏性方面尚不自觉，远未臻于化境。诸如有的剧缺乏新颖构思，叙事形态陈旧；有些作品在综合视听语言方面还比较薄弱，音乐和音响运用、色彩基调把握、画面构图、镜头调度等方面还不够讲究，缺少创意，作品精致化程度比较低；有的革命历史题材剧在史实考据方面失之粗疏，漏洞不少，或该实处不实，该虚处不虚，缺少新的表意方式；有的作品存在着环境失真、人物形象失真、服装失真、群众演员失真等制作粗疏现象，缺乏有感染力的历史氛围的营造。对电视剧通俗艺术本性的研究尚未引起高度注意，对电视剧艺术大众观赏特性和观赏认同机制研究也不够，导致作品社会感应程度较低，缺少广大的观众层。应当说，军旅电视剧观赏面貌在九十年代有了较大的总体性改观，但问题也仍然存在。

面对变化着的时代语境，清醒分析变化着的接受现状，是继续前进的前提。

这20年中，军旅电视剧不断发展，一个主要方面是军队电视剧生产逐渐形成较为健全的管理机制，各级领导给予高度重视，全军电视剧金星奖已评了多届，拥有了一支由各大军区电视中心、军兵种电视中心、武警部队电视中心组成的专业创作队伍。他们在追求高质量的作品方面不断努力，不仅形成军旅电视剧创作的"地域"特色，还成就着一批思想性强、艺术水平不断提高和具有创新能力的艺术家、事业家。他们踏着军人生涯的步履，带着深切的生活体验和对军队事业的洞识，将对官兵的情感融入创作之中，交汇形成全军荧屏兵之歌大合唱。他们的辛勤劳动，使新兴的军旅电视剧事业得以茁壮成长，走向繁荣兴旺。在市场经济不断发展的现实面前，则要增强电视剧创作的市场观念，保持开放着的思维视野；抛开宣传上的急功近利，注目现实，也着意于其他题材特别是革命历史题材这座金矿的开掘。在军旅题材电视剧保持健康品格，以厚重的意蕴性满足大众理性期待的同时，调制更多的观赏品位，不断增强作品的艺术感染力，满足大众的审美期待和娱乐要求，也日益成为军旅电视剧创作亟须解决的课题。我们有理由相信，年轻的军旅电视剧事业愈益成为社会主义文艺主旋律的一个强音，因为它属于军人，也属于亿万观众，更属于伟大的时代。

注释：

[1]1983年底，国家广播电视部委托中国电视剧艺委会、中央电视台、中国电视剧制作中心联合召开了全国电视剧1984年选题规划会，全国各级电视台和制作电视剧的社会文艺团体共81个单位近百名代表参加了会议。

[2]参见周振天在《军事题材影视创作面面观》中的发言，《军营文化天地》1998年第7期。

[3]1987年7月4日，经中共中央书记处批准，在北京成立了革命历史题材影视创作领导小组，后经中央批准正式更名为"重大革命历史题材影视创作领导小组"。

[4]张波、赵琪、何继青、文新国：《时代需要精神理想》，《文汇电影时报》1997年8月30日。

[5]鉴于本章主要论述范畴是现当代军旅题材电视剧，对这部分内容不再

详述。

[6]参见陈建功在《新的突破 新的收获——电视剧〈兵谣〉座谈会摘要》中的发言,《解放军报》2000年4月7日。

第十四章　电视剧(下)

第一节　概述

新世纪以来,在消费主义语境下,后现代思潮进一步催生了中国的泛娱乐化时代。新的消费主义建构成型,视觉文化的转向已经成为一种不可逆转的趋势。人们越来越偏重以画面和影像来理解世界,当代文化呈现出图像压倒文字的形势。影视文化作为大众文化的典型代表,成为主要文化消费方式之一。纯文本文学被直接或间接地蚕食与替代,抑或陷入精英文学与消费文化、振警愚顽与娱乐狂欢、精神追求与感官刺激的二元对立之中。近20年来,军旅文学影视化改编以及军旅作家由文学进入影视剧行业、从作家到编剧的身份转变一度成为当代军旅文化研究的热点议题之一。军旅小说文本借由影视化的艺术表现形式而引发的热潮并未牵引军旅文本的趋热,反而出现了军旅影视剧作品家喻户晓,而其蓝本的军旅文学却陷入不为人知的窘境。军旅电视剧走过的20年伴随着影视产业的发展,发生着形态和体量上的变化,经历着电视语言的审美经验塑造和大众传播历程。2000年至2019年,涌现了一大批令人惊艳的军旅题材电视剧,如《亮剑》《潜伏》《我的团长我的团》《士兵突击》《风筝》《红色》等。新世纪的军旅电视剧无论是在编剧队伍的构成、创作理念的更新、叙事内涵的升华、美学风格的嬗变,还是在受众群体的年轻化、传播途径多样化等方面都发生了翻天覆地的变化。

一、大众文化下的荧屏狂欢

随着市场属性的日益凸显,电视剧无法脱离大众文化和消费背景而独立存在。军旅电视剧的发展经历了二十世纪八十年代以单本剧、短剧为主题的起步阶段和二十世纪九十年代军队提供强大创作助力、向长篇电视剧突破的发展阶段。进入二十一世纪,军旅电视剧进入到主旋律与多类型杂糅的繁荣期。2000年前后,精神文化需求随着市场经济发展日益增长,中国电视频道迅速增加,各省市台的陆续上星,客观上为大众文化的产生和发展提供了现实可能。2000年,中国电视剧年产量已超过了1万集;到2010年全国电视剧年产量为405部,约1.4万集,为五年来最高,稳居世界第一[1]。2000年以前"军事题材电视剧年产量只有100集左右,而2005年已经增加到了400多集……为军事题材电视剧寻找更广阔的播出渠道,已经成为迫切的现实问题"[2]。可以说,播出的竞争压力在很大程度上推动和促进了军旅题材电视剧的类型丰富和形态成熟。2008年前后,影视从业队伍急速扩大,在网络视频、交互点播等新媒体的强势裹挟下,大量民间资本自由组合,准入门槛越来越低。这些都在改变着中国电视剧的制作方式、运营方式和收视形态。

2010年以来,中国电视剧保持着每年1.5万集左右的产量,平均每天制作完成45集。2017年全国全年电视剧制作投资额达到242.26亿元,国内销售额达到265.41亿元,电视剧的广告收入、付费收入、海外收入总计达到1020亿元。[3]

且不论数字背后隐藏的惊人损耗,中国电视剧行业在新世纪前二十年出现爆发性增长是一个基本事实。作为电视剧中最受关注、最引话题、最领风气的军旅剧,其艺术性、思想性与大众性、商业性也势必在进行着一次摩擦和交融。影像世界里的审美狂欢,裹挟着军旅题材电视剧在多维媒体中的爆发式增长,也成就了军旅题材电视剧创作者在视听艺术上的话语表达。实物经济经历资本化、货币化的过程也意味着洞开门户,多元选择的文化环境给军事题材电视剧带来蓬勃生机,也决定了其受商业利益影响的呈现形式。事实上,随着军旅题材电视剧生产数量的增加,制作和营销的矛盾已经日益突出。

二、军旅题材影视剧的概念与划分

南京师范大学的白小易副教授在其著作《新语境中的中国电视剧创作》中,对军旅题材电视剧的概念做出界定:"军事题材这一概念更多包含有军事斗争的含义……由于战争的缺失,军事题材创作的重心开始了两个转向:向内转向了关注军人思想情感和内心世界,向外转向了军营以外的广阔生活,即在整个社会大变革的背景下来塑造军人。因此,人们将这种经过如此转换的军事题材称为军旅题材,以区别以往的那些以战争为表现对象的军事题材的文本。"关于军旅题材电视剧的分类,很多专家学者都提出了自己的看法,但大同小异。综合军旅题材电视剧的概念,本书将当前军旅题材电视剧分为以下四种题材类型,即重大革命历史题材、当代军旅题材、英雄传奇题材、红色经典翻拍题材。[4]

第一类,重大革命历史题材,以重大革命事件为主要创作内容,突出展现伟人领袖的宏韬伟略或革命将士的英勇忠诚,如《长征》(2001)[5]、《新四军》(2003)、《延安颂》(2003)、《八路军》(2005)、《雄关漫道》(2006)、《井冈山》(2007)、《解放》(2009)、《辛亥革命》(2011)、《开天辟地》(2011)、《三八线》(2016)、《热血军旗》(2017)、《太行山上》(2017)、《换了人间》(2018)、《共产党人刘少奇》(2019)等。

第二类,当代军旅题材,以当代军队建设、军人生活为主要创作内容,如《突出重围》(1999—2000)、《导弹旅长》(2002)、《DA师》(2002)、《最后的骑兵》(2004)、《士兵突击》(2006)、《沙场点兵》(2006)、《青春正步走》(2007)、《炊事班的故事》(2002—2007)、《战争目光》(2008)、《我是特种兵》(2011)、《火蓝刀锋》(2012)、《成长》(2012)、《战雷》(2013)、《利刃出击》(2018)、《激情燃烧的岁月》(2001)、《军歌嘹亮》(2002)、《血色浪漫》(2004)、《幸福像花儿一样》(2005)、《大校的女儿》(2006)、《战火中的青春》(2009)、《金婚风雨情》(2010)、《全家福》(2013)、《父母爱情》(2014)等。

第三类,英雄传奇题材,主要表现我党我军各级将领及广大战士的传奇革命经历,塑造具有鲜明个性的英雄人物,如《历史的天空》(2004)、《亮剑》(2005)、《狼毒花》(2007)、《人间正道是沧桑》(2009)、《生死线》(2009)、《我的团长我的团》(2009)、《战北平》(2009)、《战长沙》(2014)、《最后一张签证》(2017)、《长沙保卫战》(2015)、《暗算》(2005年)、《五号特工组》(2007)、《羊城暗哨》(2007)、《英雄无名》(2008)、《潜伏》(2009)、《黎明之前》(2010)、《悬崖》(2012)、《红色》(2014)、《麻雀》(2016)、《和平饭店》(2018)、《风筝》(2017)等。

第四类,红色经典翻拍题材。这类题材主要是对红色经典影视作品的翻拍改编,以经典剧目的再现重唤观众内心深处对当年战斗生活的深切怀念,如《野火春风斗古城》(2005)、《铁道游击队》(2005)、《英雄虎胆》(2006)、《冰山上的来客》(2006)、《闪闪的红星》(2007)、《小小飞虎队》(2011)、《地雷战》(2015)等。

从1981年2月我国第一部电视连续剧《敌营十八年》播映至今,已有30余年。应该看到,新世纪以来,军旅题材电视剧无论是价值追求、时代气息,还是故事风格、形式和质地,抑或是表演方式、电视剧语言以及表现手法、制作手段,都在迅速地走向精美和成熟。单单从形式上看,即便是普通观众,重看2000年以前出品的军旅题材电视剧,也往往能够发现其拍摄和制作的简单甚至粗陋。这从一个侧面上真切反映出电视剧行业与我国近年的文化产业发展实现了高度契合,同时也对这一大众艺术门类的表现形式提出了越来越高的形式和娱乐性要求。

三、军旅文化阵地的坚守

中国当代军旅题材电视剧作为弘扬国家主旋律文化、体现国家主流意识形态的重要展示窗口,在体现国家意志、宣传国防安全、树立军队形象上发挥的巨大作用,是其他任何题材的电视剧都无法与之相比的。题材上的特殊性决定了中国当代军旅题材电视剧背后是国家的倡导、政府的扶持和军旅文学创作者们的坚持。

中央电视台是当代军旅题材电视剧播出的重要平台。作为中国最重要的新闻舆论机构,中央电视台在中国人民心中有举足轻重的地位。新世纪的开端,中央电视台就陆续播出六部军事题材电视剧,《突出重围》《光荣之旅》《女子特警队》等接踵而至。2006年开播的《士兵突击》掀起了全民观看的热潮。2019年上半年,《共和国血脉》《无名卫士》《共产党人刘少奇》等八部军事题材电视剧在中央一套占据了半壁江山。

除此之外,军旅作家的不懈创作对军旅题材电视剧的创作与发展也功不可没。在市场经济发展和文化产业繁荣的背景下,主旋律势必会受到大众娱乐某种程度上的冲击,但是在新世纪,军旅题材影视剧的创作数量与质量都呈现上升趋势。军旅文学源源不断地给影视提供了发展的沃土,赋予了影视剧极强的文学底蕴。影视剧改编以优秀的文学作品托底可以达到事半功倍的效果,不论影视剧如何对原著进行改动,但大多在精神内核上都继承了文学文本中深厚的爱国主义、集体主义和人文主义精神。在这样一种时代潮流下,越来越多的军旅作家、艺术家相继进入影视圈。在各种力量的交互作用下,近20年来军旅题材电视剧风格样式急速趋于成熟和类型化。

当代军旅作家由纯文学创作进入影视剧改编的状态大致可以分为四种:第一种是曾经创作过优秀作品,但进入影视行业之后专心改编他人著作而再难延续文学创作的辉煌,成为专职影视编剧,比如曾经创作出《琴师》《苍茫组歌》的军旅作家赵琪;第二种是先有影视剧后有文学小说,在创作出红极一时的电视剧之后由剧本套写小说,如创作了现象级电视剧《士兵突击》《我的团长我的团》的著名编剧兰晓龙;第三种是专职的军旅影视剧编剧,没有从事过文学创作,但是军旅影视剧的成就斐然,如《炊事班的故事》总编剧、导演尚敬;第四种是全心全意写小说,将影视版权卖出,始终拒绝参与影视创作,创作过《高地》《历史的天空》《八月桂花遍地开》的徐贵祥就属此类。

总的来说,新世纪前20年的军旅电视剧蓬勃发展。在产业结构上,初步呈现了数据细化和受众分化状态,为运营传播机制的发展完善打下了良好基础;在类型探索中,摸索出了不同风格、质地故事的叙事方法和荧屏语言创新,积累了一些可贵经验;在表现对象上,更注重当代意识的融入和杂糅,基本完成了不同时代军队、军人形象的差异和具象。上述因素表明,新世纪军旅电视剧取得了巨大的商业效能和一定艺术成就。下面我们主要以新世纪以来电视剧类型及代表编剧为主要线索做出梳理和回顾。

第二节　王朝柱、邵钧林、赵琪等编剧的重大革命历史题材电视剧

一、中国革命的历史长卷：《长征》《延安颂》

以中央电视台为主要播出平台的重大革命历史题材电视剧，长期以来作为表达国家民族主流意志的中流砥柱，着力塑造了以毛泽东为核心的党和军队第一代领导集体的伟岸群像，引发了广大观众对于革命历史的极大关注和深情回望。

剧作家王朝柱曾表示："我一生立志，想用电视剧展示从辛亥革命到新中国成立的这段历史。"[6]从二十世纪九十年代末《开国领袖毛泽东》起，年届花甲的文艺老兵开始了20年征程，踏出了如下一串光辉足印：《长征》、《延安颂》、《张学良》、《八路军》(任总编剧；编剧：孟冰，王元平)、《周恩来在重庆》、《解放》、《解放大西南》、《走过雪山草地》、《太行山上》、《换了人间》。其作品数量之丰、表现之巨、跨度之大、流传之广、影响之深，在当今主旋律影视创作队伍中罕有匹敌；从作家本体角度观察，其发力之晚、力度之强、间隔之短、雕刻之精、从者之众，即便是放眼新中国成立以来整个文艺家队伍，亦不多见。

2001年建党80周年之际，由唐国强、金韬、陆涛、舒崇福执导的24集电视连续剧《长征》以史诗性的磅礴勇气和全景式的美学目光重现了这一人类战争历史上的壮举。澎湃的激情、坚定的信念、激越的理想、诗性的移情、艰辛的拍摄等诸多因素铸就了《长征》异乎寻常的感人力量。如王朝柱所言："长征精神是共产党人和中华民族最精粹的精神……我们所塑造的毛泽东、周恩来、朱德等历史伟人也是艺术典型。"《长征》在中央电视台首播时受到观众的热烈追捧，全国收视率高达10%。

40集电视连续剧《延安颂》表现的是1935年冬至1945年春，以毛泽东为核心的中国共产党第一代领导人以超凡的伟人胸怀和领袖韬略，引导中国革命从

抗日战争、国内战争迈入民族解放战争的历史伟业。50集电视连续剧《解放》则通过对中原突围、延安保卫战、孟良崮战役、三大战役(辽沈、平津、淮海)直至渡江战役的描写,重现了解放战争惊天动地的历史,展现了从1946年6月底到1949年10月1日中华人民共和国成立的全过程。

2011年,辛亥革命100周年之际,由王朝柱编剧的41集电视连续剧《辛亥革命》深刻揭示了革命发生、发展的伟大历程,热情地讴歌了以孙中山先生为代表的一大批革命先行者的崇高品格与牺牲奉献。据王朝柱自述:"我写《辛亥革命》就是要旗帜鲜明地还原历史,调动一切艺术手段歌颂那些抛头颅、洒热血的英雄儿女,赞美二十世纪第一个伟人孙中山,以孙中山、黄兴等革命者的革命活动为主线,再现那一段波澜壮阔的伟大的革命历史。"

2018年,一部以毛泽东同志所写诗句"换了人间"为名的大型史诗电视剧——《换了人间》在央视一套的黄金时段播出。该剧聚焦于1949—1954年的中国,正如片名所言,这是改天换地、波澜壮阔的五年,国共两党在政治、经济、统战等各个领域之间进行殊死较量。该剧成功地再现了这一承前启后、继往开来的伟大历史时期,展现了新中国艰辛的诞生史和老一辈无产阶级革命家富有传奇色彩的奋斗史。

总的来说,王朝柱编剧作品在革命历史题材电视剧中的指标性意义体现在以下三点:第一,以大事件、大人物为经纬,几乎不间断的大板块对接,完整清晰地呈现了自二十世纪初叶到新中国成立期间近半个世纪波澜壮阔的革命斗争史,为长篇连续剧这一体裁贡献了开阔辽远的历史观照,以及承接有序的创作路径。第二,对伟人、父辈的敬爱和深厚情感,以及其唯物史观、人民史观、革命史观的坚定不移和创造性推进,一方面表现在对历史的强烈激情与珍视,一方面又体现在对细节的大胆想象与审美嫁接。他特别长于拿捏和运用虚实之间、以点带面、以小搏大、以大证小、以人写史、以史证人等艺术分寸和规律,流畅地实现了厚重的现实主义表现手法与悲怆的浪漫主义审美诉求的结合,构建出非凡的荧屏表现力和强大的英雄主义磁场。第三,中央电视台和天津、重庆等地电视媒体提供了稳定的播出平台,中央文献研究室、党史研究室和军事科学院等权威机构给予了强大的史料支持,加之如唐国强、陈道明、刘劲等国内一线艺术家长期互信的创作团队提供了高水准的技术艺术支撑,形成了良性的、充满活力的创作机制和氛围。

二、史中觅"诗":《井冈山》《新四军》

相较于专注于重大革命历史题材剧作的王朝柱,南京军区编剧邵钧林的发力点更为宽泛。他创作了革命历史题材佳作《井冈山》(2007)。《井冈山》以青年毛泽东带领秋收起义队伍到井冈山建立革命根据地为主线,精微地刻画了毛泽东、朱德等革命领导人创建人民军队的艰难历程,剧中对罗荣桓、林彪的成长经历亦有清晰勾勒,尤为令人深受触动和耳目一新的是该剧毛泽东对王佐、袁文才的精神感召。现实题材军旅剧《DA师》(2002)讲述的是东南军区为打赢未来战争,组建了一支带有试验性质的"王牌师"。特种大队大队长龙凯峰从候选人中斜刺里杀出,经过许多挫折,率领着他的DA师阔步前行。该剧拍摄中实景使用了大量军事演习镜头,演员阵容豪华,制作成本过亿元,在当时十分精良,王志文饰演的龙凯峰引发了来自民间的一股军旅热潮。传奇剧《战北平》(2009)虽是以北平和平解放前后的战役过程为历史主线,但笔墨却是顺着一对革命队伍中的孪生兄弟展开。

广州军区作家赵琪的剧作呈现出了与其小说创作颇为迥异的风格和形态,似不再以诗性主题和精美语言取胜,而是以改编故事和结构人物见长。重大革命历史题材剧《新四军》(2003,赵琪、方雅森编剧)表现的虽是新四军故事,但并非简单地聚焦叶挺、陈毅、项英等革命伟人,而是通过黄江河、余秀英、梅青等虚构的基层指战员的爱情纠葛来推进剧情,高扬了革命英雄主义的崇高精神,以小人物与伟人虚实呼应的创作手法带给广大观众以新奇视角。新时代军旅变革剧《战争目光》,它传递给观众较为前沿的战争信息化的走向,以此为基点,提出了富国就必须强军的深刻命题。其最大亮点是对以往同类剧易于淡化和模糊的信息化进行了一番深入描绘,初步勾勒出了信息战的最真实形态。还有改编自徐贵祥同名长篇小说的《高地》(2009),该剧着力于男性力量的对抗。除此之外,根据师永刚长篇小说《天苍茫》改编的《最后的骑兵》(雷献和、赵琪编剧)是一曲战马挽歌。该剧情节曲折,一方面呈现了西部壮阔优美的自然景观,另一方面又展现了骑兵将士的英姿飒爽和浪漫情怀,从伤感和诗意的军人角度宣告了传统战争和军事对抗形态的终结。

兰州军区编剧雷献和在世纪之初创作的短篇连续剧《仰望昆仑》(2001)引起较大反响。他与仲跻敏合作的《在那遥远的地方》(2009)的突出特点有两个：一是整体情节在一对姊妹的相对不识以及与军人父亲的微妙互动中推进；二是塞外边陲壮阔的自然环境和恶劣的工作、生存条件形成强烈反差，贯穿全剧的"昆仑山精神"令人动容。

三、人性书写与英雄重构：《三八线》《北平无战事》

《三八线》(2016)是由王海平编剧的近年来首部正面反映抗美援朝战场的电视剧，打破了以往用领袖人物作为主人公的创作习惯，从普通的底层士兵李长顺的叙事角度出发，真实重现了在极度艰苦条件下志愿军战士秉持着的保家卫国的爱国热情和英勇无畏的战斗精神。二十世纪五六十年代我国曾制作过《上甘岭》《英雄儿女》《奇袭》《三八线上》等以抗美援朝为题材的影片，之后此类题材就鲜少出现在观众眼前，普通国人认识这场战争的最直观方式也被打断。近年不断有人打着"还原历史"的旗号，大肆质疑抗美援朝战争以及战场上的英烈，怀疑邱少云、黄继光等英雄人物的真实性。《三八线》的播出不失为一次有力回击，通过有史可依、有据可查的动人故事还原了战争的历史必然，基于人性的深层表达，解释了人与战争的关系：战争不是最终目的，而是为了让家人和自己过上和平安宁的生活。正如魏巍那篇《谁是最可爱的人》中写道："拿吃雪来说吧。我在这里吃雪，正是为了我们祖国的人民不吃雪。他们可以坐在挺豁亮的屋子里，泡上一壶茶，守住个小火炉子，想吃点什么，就做点什么。"剧中对敌国将士的刻画也给予了应有的尊重。韩军军官朴弘哲为了不让更多士兵白白牺牲，做出了撤退的决定，他本人因此被送上军事法庭。将情感与人性放归在敌方将领身上，在同类题材中十分少见。

2014年热播的电视剧《北平无战事》被誉为近年来最具评论价值的影视作品。它与《雍正王朝》《大明王朝1566》同出自编剧刘和平之手。《北平无战事》讲述了1948年到1949年间中华民族的一次重大转折，以及蒋家王朝注定倾覆的历史必然。从媲美电影质感的画质，到细节的考究，展现的是超出一般国产电视剧的制作水准。倡导"文化诗学"的文艺理论家童庆炳曾说:"真正的作家总是面临一个困境:历史理性与人文关怀的悖反。在这两者之间,不是非此即彼或非彼即此,而应是亦此亦彼。"刘和平的作品一直追求以历史理性和人文关怀的双重光束来烛照现实,以批判审视的目光还原历史的本质,为处于价值迷茫中的当代社会提供价值参照。

军旅编剧、作家马继红创作的36集电视剧《彭德怀元帅》曾获第31届中国电视剧飞天奖重大革命历史题材优秀电视剧奖,她本人也凭此片入围飞天奖优秀编剧奖。作为近年来重大革命题材的创新之作,该剧以彭德怀生平经历为主要内容,从平江起义、抗日战争、解放战争到新中国成立后的抗美援朝、庐山会议,塑造了一个有血性、正直、一心为民的彭德怀的形象。在视角的选择上,它集中展现了彭德怀元帅金戈铁马的军旅生涯,再现了这位伟大的军事家不凡的际遇与人格魅力。

近20年间,重大革命历史题材电视剧中比较重要的编剧和作品还包括黄亚洲编剧的《日出东方》(2000),朱景和、鲁文浩、樊昊、胡三香编剧的《朱德元帅》(2001),邱对编剧的《中国远征军》(2011),张法纯编剧的《海棠依旧》(2016),等等。这些电视剧大都是以伟人一生当中某个有意义的历史时期为表现对象,挖掘特殊年代独有的精神气质和伟人崇高的理想追求。但是随着新世纪电视剧数量的增加,很多作品不可避免地存在重大革命历史题材影视剧的通病,即创作中忽视了人性的复杂性与深刻性,人物动机简单化,人物形象概念化,人物对白较粗糙,因此在此类题材电视剧上无法再取得巨大的突破。重大革命历史题材所面临的叙事桎梏不仅与当代重大革命历史题材的特质有关,还涉及远比电视剧复杂得多的维度,既与当下的电视剧生产体制和运营机制发生关联,还牵涉着今天如何再现与书写革命故事并将其成功吸纳的文化逻辑。

第三节　兰晓龙、康洪雷、石钟山、尚敬等编剧的当代题材军旅剧

一、平民英雄的成长:《士兵突击》《我是特种兵》

2006年岁末,由康洪雷执导、兰晓龙根据自身同名小说改编的军事动作、青春励志类电视剧《士兵突击》在陕西电视台某频道悄然首播。本该像许多同类型电视剧一样黯然收官,但出乎所有人意料,这部没有俊男美女出镜,甚至没有一个大牌明星加盟的当代军旅剧在互联网上迅速传播,并在2007年年中倒掀一轮收视热潮。剧中主人公许三多的形象深入人心,他的扮演者、形象质朴的王宝强从此一炮而红,成为影视界备受追捧的性格男演员,其他主要演员也纷纷崭露头角。该剧叙事主线沿着农家子弟许三多的从军经历逐步展开,从参军入伍的那一天起,他恪守着"好好活就是有意义"和"不抛弃、不放弃"的简单人生信条,在军旅道路上历经下放、改编、撤番、选拔等挫折和机缘,屡遭困境、屡克艰难,最终柳暗花明,成长为一名出色的特种侦察兵。

从情节布局技巧来看,该剧在军旅剧中其实并无太多新意,上、下半部跨度过大,甚至不时流露出作者的一些游离于主题之外的茫然与含混,但其优长却显然鹤立鸡群。首先,前半部体现出强烈的现实主义风格。编剧借用下基层代职锻炼时的真实经历,对基层官兵生活点滴观察,让剧中人物每一个动作、每一句对白,达到了情感和表现的双重真实,每每让人不禁莞尔,产生了一种亲切而稳定的表现力。其次,该剧有着永恒的主题和社会意义。该剧脱胎于二十世纪八十年代至九十年代《雨人》《阿甘正传》《美丽心灵》等美国影片的反智主义内核,给了奋斗且迷茫着的一代中国青年观众以情感抚慰和精神激励。正如阿甘、雨人一样,那些其貌不扬的普通人甚至看起来智力有些缺陷的人,通过心灵的专注和肉体的砥砺,以不变应万变,同样激发出高超的智慧,创造出惊人的成就。由于上述两点,该剧超越了军旅剧的一般性意义,在大量绵软无力的和千

人一面的影视作品中,像一颗炮弹,在观众尤其是深受互联网影响的中国青少年心目中留下了深刻印记。许三多在他们身处转型期的现代化社会遭遇种种困境和挑战时,成为一个标志性的精神符号,提供着借鉴和参照,并引发了至今犹存的喝彩和思考。

此后,兰晓龙与康洪雷再度合作,根据其同名小说改编的《我的团长我的团》(2009)以独特视角展现了军民共同抗击日本侵略者的历史全景图。其特色在于:第一,该剧大量战斗场景的描写几乎涵盖了中国远征军历史上遭遇的所有战斗形态,显示出一种令人震惊的残酷与真实,为此前军旅题材影视剧所鲜见;第二,该剧塑造了一批来自天南海北、性格各具特色、人生观迥异的人物群像——龙文章洞穿了人性的软弱和刚性,孟烦了以玩世不恭来掩饰内心空虚,张迷龙则呈现出一类人与生俱来的乐天与坦然;第三,该剧折射出作者关于反侵略战争的探索与叩问,它既突兀考验和恣意嘲弄着生命的脆弱与人性的卑劣,又试图以高蹈的理想主义色彩冥冥中鼓励参与者们直面内心的良善与真实,实现自身价值的回归与突破。

兰晓龙的另一部小说《零号特工》早在2009年就已被改编成同名电视剧。兰晓龙在拍完了"兵团线三部曲"(《士兵突击》《我的团长我的团》《生死线》)之后,名声大噪,便拉来"三朝元老"张译,想重写《零号特工》,同时另开一个"好坏丑"系列(《好家伙》《坏家伙》《丑家伙》),《好家伙》便是由兰晓龙的《零号特工》另起炉灶改编而成。该片讲述了1940年"皖南事变"后,共产党的"种子"历经劫难辗转于大西北与大上海之间,并在沿途遭遇土匪、国民党、汉奸、日军等各色人物的狙杀的故事。《好家伙》用冷峻幽默的影像风格代替了语重心长的刻板说教,展现其江湖侠义的独特气质。《好家伙》弥补了兰晓龙以往"硬汉"作品中女性形象的缺失,片中塑造了两位女性人物以影响主角的成长,丰富了人物情感。本片在一定程度上继承了兰晓龙剧作的一贯风格,通过一个个鲜明的人物形象,表现出他们摇摆与挣扎的内心,同时又进一步丰富了对革命英雄主义的饱满认知,从侧面展现恢宏的历史、世事的艰辛,以及惨烈的厮杀和社会秩序的分崩离析。

兰晓龙无疑是新世纪军旅电视剧的一颗明星。从《士兵突击》到《好家伙》,兰晓龙急速成熟,佳作不断。与当下大多数由士兵转向作家的成名编剧不同,他因编剧科班出身,技巧显得比较正规:他似不钟情民族视域下的宏大叙事,也不擅长战斗群像式的集体俯冲,相反,他笔下的故事结构大多孤独甚至偏执,从中可以看到好莱坞类型叙事的影响。他的作品有其明显的个人特色:聚焦性格鲜明的"草根"人物,虽然普通却不平凡,虽不高大却深入人心。没有惊天动地也没有轰轰烈烈,为了生存、为了国家、为了亲人与兄弟,这些"草根"英雄英勇赴死,虽然历史记不住他们的存在,但兰晓龙记录下了他们在历史里流过的血泪。"生死相扶,患难与共"的袍泽情谊成为他作品中亘古不变的话题。兰晓龙带着平等与尊重的姿态来理解这些人物,用真实而饱满的人性展露,在无数观众的内心掀起情感的波澜。

刘猛,青年导演、作家、编剧,在文学方面他摒弃了传统军事小说的写作手法,突破了以往军事小说立足历史事件或情感纠葛的题材局限,也不似徐贵祥站在全局高度遥望与评论战争。刘猛立足于新世纪以来军事政治的革新,以和平军营背景下军人执行对抗恐怖分子、维护国家安宁的新任务,填补了传统军事题材小说中精英式军人形象与现代军事技术结合的空白。

2009年,刘猛编剧并执导的《狙击生死线》讲述了两个原本有着深厚友谊的狙击高手,因为境遇、爱情等现实因素从兄弟情深到反目成仇的故事,有比较强的题材特色和视觉冲击力。刘猛初次"触电",由于缺乏电视创作的经验,导致该剧在播出后并未引起过多反响。2011年播出的《我是特种兵》是刘猛军旅电视剧创作的重大转折点,该剧全景式展现了陆军精锐部队——狼牙特种大队残酷悲壮、铁血精诚的军旅传奇,揭开了中国特种兵的神秘面纱。《我是特种兵》一炮而红,刘猛开始了"特种兵"系列电视剧的创作,聚焦特种兵题材也成为他军旅题材电视剧的鲜明特征。刘猛先后创作并执导了《我是特种兵之利刃出鞘》(2012)、《特种兵之火凤凰》(2013)、《特警力量》(2015)、《特种兵之霹雳火》(2016)、《利刃出击》(2018)等多部军旅题材电视剧。"成长""信仰""爱国主义"这三个核心创作母题贯穿了刘猛的军旅影视剧的创作。

二、军旅交响中的诙谐之音:《炊事班的故事》

2002年起,由尚敬总编剧并执导,陈满秋、陈保生、徐君东、赵建潮编剧的中国第一部军旅题材情景喜剧《炊事班的故事》首播之后,迅速赢得了全军官兵乃至全国观众的喜爱。由此,该剧自2002年至2007年共拍摄了80余集,均保持了较高水准。《炊事班的故事》以空军某场站连队炊事班(战士宿舍、操作间)为主要场景,以充满基层兵味的炊事员的日常小事为叙事策略,把鲜活真实的军营生活演绎得谐趣横生、充满时代特点,热情讴歌了空军官兵的精神风貌。可贵的是,该剧对与基层军人切身攸关的如考核、评比、婚恋中普遍存在的一些传统痼疾和现实弊端,没有采取以往影视作品经常出现的绕道回避或简单化处理,而是巧妙地制造矛盾、聚焦冲突,先以正面讽刺,再用智巧化解,既不隔靴搔痒,又非剑锋直指,在满足观众的娱乐心理同时,给人以回味和思考,达到寓教于乐的效果,为主旋律军旅影视创作提供了一条不可多得、举重若轻的类型化路径。更值得留意的是,第一,该剧拍摄场景简单,演员在当时大多是青年演员,属于典型的低成本、小制作,体现出对美剧《成长的烦恼》《老友记》和英剧《办公室》的精妙借鉴,以及对我国情景喜剧《编辑部的故事》《我爱我家》等剧的进一步发展;第二,在创作该剧之前,三位编剧均非专业编剧,而分别是空军基层单位的飞行员、教员和医生。这充分体现了人物即冲突、性格即情节、感受生活、挖掘生活等基本艺术创作规律。导演尚敬和主演沙溢、范明、洪剑涛、姜超等正是在《炊事班的故事》创作、拍摄、表演方式等方面磨合成熟之后,于2006年合作古装喜剧《武林外传》,给中国电视剧行业增添了一道亮丽风景。2008年,作为《炊事班的故事》的姊妹篇,情景喜剧《卫生队的故事》同样获得了观众认可。

由海军资深作家周振天总编剧的《水兵俱乐部》(2005)是反映海军基层官兵真实生活的首部长篇现实军旅题材轻喜剧。全剧在码头俱乐部实景拍摄,也是一次大胆探索。

三、革命年代的非典型爱情:《激情燃烧的岁月》《幸福像花儿一样》

2001年,一部《激情燃烧的岁月》点燃了新世纪观众的怀旧激情。人们在主人公石光荣和褚琴相濡以沫的爱情模式中倍感温暖,一时万人空巷。石钟山是原著被改编成电视剧最多的军旅作家之一,此后一批改编自他的以革命时期的爱情为主题主线的电视剧纷至沓来。

《激情燃烧的岁月》根据中篇小说《父亲进城》改编,由康洪雷执导、陈枰编剧。该剧虽是以爱情和家庭作为主线,但处处展现的是石光荣对国家、军队、人民的爱。作为一个从战火中出生、在战争中成长、被战场赋予所有光荣与梦想的高级军事干部,他在和平年代遭遇了种种时代赋予他的格格不入。他的固执、专横,一方面是出于对妻子儿女追逐个人理想的不满,另一方面是英雄无用武之地的不适和失落。然而,他毫不利己的崇高情怀、对党和国家的无限忠诚,深刻地感染和影响着所有家庭成员。在急功近利的商品社会,《激情燃烧的岁月》的出现,满足了一般观众对单纯的、充满激情的心灵生活的渴望。朱秀海、石钟山、王兴浦根据《父母大人》《父亲离休》改编的《军歌嘹亮》也受到了观众的关注,但由于剧中高大山人物类型的交叠、女主角秋英的张力不足等,并没有完全再现《激情燃烧的岁月》的成功。

由王宛平编剧的《幸福像花儿一样》虽同样是爱情主题,但讲述的却是一位美丽的部队文工团女演员杜鹃在错过一次初恋后走入了平淡的婚姻生活,而此时中国社会发生的天翻地覆的变化,给所有人的心灵带来了巨大的心灵冲击;由《遍地鬼子》改编、周力执导并编剧的《遍地英雄》(2006)中的抗战英雄,是东北大地上从自发保家到自觉卫国的一群普通百姓;由石钟山同名小说改编,王坪执导,陶可、王洛编剧的《玫瑰绽放的年代》(2007)是一部以女战士柳秋莎为主角的红色史诗。此外,根据石钟山小说改编的还有由张永琛编剧的《幸福还有多远》(2009),由汪遵熹、汪启南编剧的《大院子女》(2009)等。

石钟山自任编剧的《天下兄弟》(2008)描写了一对1960年出生的孪生兄弟。一个成长在农村,一个被干部家庭领养,成长环境的巨大差异使他们入伍在同一部队后尖锐对撞,产生了较强戏剧冲突,从而使该剧弥漫着一股纠结和忧伤之气。此外,石钟山编剧并有一定影响的作品还有《军旗飘扬》(2009)和"幸福三部曲"收官之作《幸福的完美》(2009)。

新世纪以来,石钟山小说产量惊人,他本人在《幸福的完美》中担纲导演、编剧和制片人,在谍战剧《大陆小岛》中担任编剧。他在电视剧领域如鱼得水,取得了很大成绩。

有"中国婚姻第一写手"之称的总政话剧团编剧王海鸰堪称家庭伦理剧创作的杰出代表。她从女性视角出发,对婚姻家庭伦理,尤其对其中的女性角色及心态进行了深入的思考,其作品展现出强烈的女性意识。自电视连续剧《牵手》(1998)产生轰动效应以后,王海鸰以冷峻视角和感性叙事切入当下婚姻与爱情的核心腹地。其产生影响较大的作品《不嫁则已》(2002)、《中国式离婚》(2004)、《新结婚时代》(2006)中许多情节一剑封喉、直达病灶,每每令人无言以对、横生感慨。王海鸰创作的军旅题材爱情剧《大校的女儿》(2006)由同名小说改编,该剧深情而又不无幽怨地再现了一个时代爱情的纯真与无奈;《相伴》(2009)集战争、爱情、亲情于一体,沿着巩天棚从一个旧社会民间艺人转变为军队文艺工作者的人生轨迹,刻画出一个跨越半个世纪的相互搀扶、相濡以沫的爱情故事,充满了于平凡中温暖人心的力量。

王海鸰的军旅爱情剧的风格与其现实题材作品的刁钻刻薄有所差异,大概由于带有浓厚的自传色彩和情感经历,这些作品的基调是温情而浪漫的。《大校的女儿》中只有简单的信念、纯真的追求、遗憾的错失,而没有现实剧中经常看到的功利的算计、蛮横的占有和情感的漠视,而且自然而然,荡涤人心,浓缩了伴随新中国成长的一代人的爱情观,是新世纪军旅爱情剧中的上乘之作。

由刘静编剧的《父母爱情》(2014)是一部剧情朴实、叙事温婉的家庭剧,讲述了二十世纪五十年代海军司令江德福与资本家的小女儿安杰携手相伴、相濡以沫的一生。本剧娴熟地结合叙事的大小空间,创造出非同凡响的艺术效果。江德福、安杰二人的爱情被安排在特殊的历史时期——"文革"年代,这是作为背景的大空间;而小空间在本剧中指他们生活的松山岛。大空间必然地要对小空间产生影响,"文革"这一特殊的历史时期对二人婚姻的影响是有利有弊的。在二人的相遇问题上,阶级斗争的社会大空间发挥了"积极"作用。正是在这种背景下,"资本家小姐"才会被迫叫去舞会上充数,为了摆脱"资本家"的标签不得不嫁给与自己生活习惯差别很大的大老粗半文盲军官,而江德福也才能娶到虽然出身不好但却漂亮的"文艺小资女"。但是当"文革"这一社会大空间要发挥消极作用时,编剧努力将这一负面作用降低到最低程度,将叙事小空间转移到远离大陆的岛上,而且江德福又是岛上的军官,可以最大限度地保护安杰。"岛"在本剧中的文化寓意是保护伞。作为近年来观众认可度较高的家庭情感剧,《父母爱情》的温柔叙事像春风般抚平了人们的心田,摆脱了悲剧式"苦菜花"叙事模式,兼具价值引领的功能。《父母爱情》的出现使我国家庭情感剧发生了可喜的转变,由"苦难曲折"转向"温润敦厚"。

另外,蒲逊、宇龙、刘岩编剧的《归途如虹》(2003),王佳宁、吕一丁、阎魏、安龙编剧的《沧海利剑》(2005),石投、熊早编剧的《零号国境线》(2011),徐君东编剧的《大学生士兵的故事》(2011)等,也在不同的题材和领域上展示出了当下军队发展建设的忧虑与思考,反映出当下军旅的精神面貌。

总体上看,从当下现实题材军旅剧中不难发现"危机""变革""演习"等关键词。这一部分作品具有谋求打赢、敢于担当、求新求变的强烈责任感和忧患意识,亦不乏直面现实问题的勇气,很好地展现了人民军队的现代化建设历程和新时代军人的气息。让人不无遗憾的是,由于"敌人"的缺席和弱势,"现代化""高科技"有时流于外在,作品难以在更高的思想艺术层面形成尖锐突破。

第四节　朱苏进、江奇涛、都梁、麦家等编剧的英雄传奇题材创作及红色经典翻拍

一、个体命运与历史观照:《我的兄弟叫顺溜》《人间正道是沧桑》

南京军区作家朱苏进是军旅作家由纯文学创作彻底转型的代表人物。一方面,他不再痴迷和平时期军魂的浇铸,纠结于军人和战争的苦痛、残缺和信

仰,令人横生错愕与惋惜;但另一方面,他以《康熙王朝》(2001)、《江山风雨情》(2003)、《朱元璋》(2006)、《郑和下西洋》(2009)等历史大剧走进了更让人瞩目的大众领域,出手不凡,又令人由衷瞠目。他以史料为依据,以自身的逻辑判断和审美经验为基础,创造出了一批介乎官方、民间、学术之间的帝王和领袖形象,大多表现出传统的伦理遵循、强大的人格魅力和中华文化的正统意识。其中佳作如《康熙王朝》《朱元璋》饱含着历史的激情和文明的宣泄,气度恢宏。作者隐藏于作品中的感喟或赞叹,不时闪动着智慧的火光和深厚的功力。

朱苏进同名小说改编并编剧的《我的兄弟叫顺溜》(2009)中,主人公顺溜是个愣头愣脑的小兵,凭借着超人的狙击天赋,多次为战斗赢得胜利。这部作品是典型传奇剧,虽产生了一定影响,但因节奏拖沓等并未出类拔萃。新时期以来关注和了解朱苏进创作的人们不难发现,电视剧《我的兄弟叫顺溜》无法诠释他那种标志性的才具与热血、思辨与偏执、冷峻与尖刻水乳交融的华丽风格。还有创作了《波涛汹涌》《军歌嘹亮》《乔家大院》的编剧朱秀海,除了在军旅题材的主峰阵地之外,他们都曾创造出红极一时的古代战争剧与商战剧,体现了他们深厚的传统文化底蕴、"命题作文"式的强大结构能力以及极高的美学格调与艺术水准。

从二十世纪八十年代的《马蹄声碎》《雷场相思树》到九十年代的《红樱桃》《红色恋人》,南京军区小说家江奇涛已经在大银幕上充分证明了他的编剧才华。进入新世纪,他先是以一部改编自胡玥小说《危机四伏》的悬疑剧《追踪》(2004)获得关注,其后,《汉武大帝》《亮剑》《人间正道是沧桑》三部大剧确立了其知名电视剧编剧的地位。

其中,由张黎执导的50集长篇电视连续剧《人间正道是沧桑》采用家国同构的叙事经纬,通过自大革命时期到新中国成立年间杨氏兄弟姐妹大相径庭的人生轨迹,将深刻的主题思想与鲜活的人物造型、丰富的故事巧妙相融,将国共分裂合作、合作分裂后云谲波诡的政治纷争和石破天惊的战争画卷加以鸟瞰式呈现,令人信服地证明了共产党人顺应时代潮流、取得最后胜利的历史必然。广州起义、南昌起义、"四一二"反革命政变、万里长征、西安事变、卢沟桥事变、重庆谈判、三大战役,几乎每一个重大历史事件在剧中都有呈现。该剧冷静客观地演绎了代表国共两阵营的瞿、杨两个家族人物的精神谱系和行动轨迹。

该剧是编剧江奇涛的用心之作,也是心血之作。从剧作结构上看,该剧至为精巧老辣。每一个人物的背后,都有不尽相同的理想信仰、政治立场、利益诉求。一般来说,阵营对垒,很难有中间状态,但该剧在这一点上,却表现出一种张力和胶着:信仰、理想、主义不同,最终分道扬镳,哪怕感情深沉真挚;反之,信仰、理想、主义不同,亦没有阻碍感情的沟通。此外,该剧摄像、剪辑、美术技巧突出,曝光和色调显示出电视语言不常出现的精致和美感,大量渲染情境、烘托气韵的长镜头及虚焦的表意画面贯穿全剧,将历史的波涛定格,映照出人物刹那间具象的情态,别致得犹如油画般令人神往。

二、自我意识的觉醒:《历史的天空》《亮剑》

新世纪以来,随着电视剧类型化的愈加成熟,军事题材电视剧在表现力和思想性等方面的突破、创新显得尤为显著。特别是在抗日战争60周年纪念日之际,《亮剑》《历史的天空》热播,这一创新后的类型化模式得到了广大观众的认可。它们一改主要人物不食人间烟火的标准化英雄模式,转而走情感和家庭化的叙事路线,浓墨重彩地表现中国军人丰富的情感、日常琐碎的生活细节。从《历史的天空》中的姜大牙,到《亮剑》中的李云龙,他们都是人性化的英雄。他们就像是身边人,触手可及,小毛病虽有一大堆,却生动有趣,某种程度上正好印证了人们对英雄人物的想象。过去的战争剧常常是只有战争没有人,英雄人物被空洞化、理想化,如今英雄们终于"落地"了。

2004年,由徐贵祥同名长篇小说改编的长篇电视连续剧《历史的天空》开启了英雄传奇的序幕,自此,姜大牙、李云龙、常发、杨立青等一批极富性格魅力和传奇色彩的军旅英雄开始从小说中的文学形象植入荧屏,为广大的观众所熟悉、认可、喜爱。徐贵祥等编剧的作品对走过战争年代的英雄们的诠释有了以往文艺作品难得一见的自由性和开放性,具体体现在以下两点,第一,编剧大多是成名的军旅作家,有着丰富的创作经验和扎实的文字功底,对表现对象的历史有过深度挖掘,曾经创作过相似题材的文学作品,因而提炼出了独到见解,并且从大处着眼的同时,较自如地从小处入手,体现出雄厚的史料储备和不凡的结构技巧;第二,不甘于屈就和沿袭,在英雄主义、爱国主义等向度和意蕴上继承和推进,专注于丰满和强化英雄们的个性,不仅使这些人物的形象变得异常丰满,并且更进一步以弱点为基点,促成故事的情节衔接,往往表现出复杂的矛盾性、鲜明的男性气概和极强的观赏性。以上两点不仅很好地体现了创作者的艺术个性和美学诉求,更满足了新世纪观众对特殊的战争年代的心理期待,进而在客观上完成了一种对战争英雄们的集体崇拜。

《历史的天空》是一部从抗日战争初期到新时期开端长达40年的军人史诗:抗日战争初期,主人公流氓无产者姜大牙(小说原著为梁大牙)想去投奔国民党军队,接受了革命思想的陈墨涵向往新四军。而命运这只看不见的手却同他们开了个玩笑:姜大牙参加了新四军游击队,同时开始了战争的磨炼和洗礼,渐渐向一个无产阶级革命者和高级军事指挥员转变;而陈墨涵却加入了国民党军队,经历派系斗争,不断晋升,率部投诚。两人在解放战争时成为战友,又在动乱时期被下放到一处,一同经受了道德的终极审判和情感的隔膜,最终达成和解,并一起走进新时期。诚如该剧总策划李洋所言:"在那些看不清的模糊地带,因为有了《历史的天空》,我们有了往前推进或者挖掘这个题材的纵深度。《历史的天空》,一马当先,也功莫大焉。"[7]在两党、两军、两阶级的表述上,该剧均大胆地继承了原著中强烈的对抗又合作的意识,体现出了雄浑的英雄主义美学诉求,以及阶级性、人性渊薮下所必然产生的悲怆的宿命色彩。

《马上天下》(2015)根据徐贵祥2010年出版的同名小说改编。乡绅子弟陈秋石纵跨抗日战争和解放战争,与导师分道扬镳却又殊途同归,与拒绝相认的儿子从陌生到和解,在战场上谱写出一段感人的传奇故事。剧本暗藏机锋,伏笔层层嵌套,悬念含而不露,情节一波三折,从父子离别、夫妻陌路到与敌人斗智斗勇,可见徐贵祥对剧作技巧已经掌握得炉火纯青。他在纵跨抗日战争和解放战争的大小十几次战争书写中,勾连起主人公陈秋石跌宕起伏的传奇人生,真所谓"莫言马上得天下,自古英雄尽解诗"。本剧塑造了一个不同于《亮剑》的李云龙、《历史的天空》的姜大牙这样粗犷血性的英雄形象,一个足智多谋的战术将领。陈秋石在徐贵祥的笔下熠熠生辉,也为我国军事文学人物画廊增添了一个新的角色。另外,由徐贵祥作品改编的《兵变1938》(2008)、《仰角》(2008)、《历史的进程》(2009)均获得不俗的反响。

由都梁同名小说改编,都梁、江奇涛编剧的《亮剑》,时间横跨抗日战争、解放战争和新中国成立初期,塑造了以李云龙为主要代表的一批农家子弟出身的开国战将群像,将他们富有传奇性的战斗经历、爱情故事和趣闻逸事进行加工提炼、浓缩整合,让人们曾经仰望的星辰变得近在身边、亲切可爱。该剧首播后好评如潮,李云龙电光火石般的战斗天赋、不加掩饰的喜怒哀乐、敢作敢当的英雄气概、大是大非面前的坚毅果断、追逐爱情的真诚炽烈和他那略显夸张的农民式的精明狡黠与土匪般的桀骜不驯,深深感染和融化了绝大多数观众的心,其影响涵盖并且超出了军旅题材影视作品,辐射到了社会各个领域。李云龙与政委赵刚的性格互补和理想差异、与国民党军队将领楚云飞的亦敌亦友和惺惺相惜,充满了矛盾的张力,也为人们所津津乐道。

《亮剑》成功的原因是多方面的,最大的成功体现在文化意义。"亮剑"不仅是旧中国从积贫积弱、任人宰割的绝境中奋发惊醒的民族血性,也是中国共产党领导的人民武装能够以弱击强、扭转乾坤的军魂所在,更成了当前功利社会所稀缺的阳刚正气的代名词,准确地击中了当今中国的集体缺憾。李云龙在最后一集中的一段台词可作为注解:"纵然是敌众我寡,纵然是身陷重围,但是我们敢于亮剑,敢于战斗到最后一个人!一句话:狭路相逢勇者胜!"尽管由于原作结局过于惨烈、电视语言不便展现等诸多因素,这一定程度上限制了作品在人性深度和悲剧气魄上的进一步发挥,但它有意无意间勾连了历史和当下,在英雄主义的艺术表达上进行了一次勇敢的飞跃,极大地传递和弘扬了民族正能量,依然无愧为新世纪军事影视最具代表性、话题性和影响力的精品力作。

都梁叙事简约、语言老辣、轻重得所、有侠有情,颇得话本真味。他的创作具备两个鲜明特征:第一,长期的生活磨砺和敏锐观察让他勘通世情,从而特别善于三教九流的白描造像,既充盈最真实的自得与平实,又不乏超脱的自由与酣畅;第二,强烈的悲剧意识让人既每每震撼于他关于苦难与死亡的执迷和痛切,又仿佛能隔空听到丝缕不绝的思古幽情和英雄挽歌。

三、不同军种奏响时代和声:《军人机密》《铁色高原》

如果把目光聚焦在新中国成立以后的某一历史时期的某支部队的发展历程上,《军人机密》(2005)、《国家使命》(2004)、《神舟》(2005)、《铁色高原》

(2004)、《沧海》(2009)等剧则就不得不提。

由海波编剧的《军人机密》以两位战功卓著的老将军在从战争年代到和平时期横贯半个多世纪的时光里为海军现代化建设奋斗的历程为叙事主体,以他们的爱恨纷争为情感主线,深刻而睿智地展现出中国军人在不同历史时期的使命职责和在面临情感与理智、梦想与现实时的百感交集及艰难抉择。《神舟》讲述的是从二十世纪七十年代到新世纪中国载人航天工程艰辛而又充满了执着和渴望、最终迎来辉煌胜利的发展史。此外,海波编剧的另一部力作《共产党人刘少奇》(2019)在央视一套首播。本剧讲述了刘少奇同志从苏联学成归国,抗战时期进入中央领导核心,新中国成立后在国家的政治、经济、文化、教育等方面发挥重要作用,并用一生寻"实事求是、每求真是"这"八字真经",矢志找寻救国真理和建设新中国道路的故事。

衣向东、李心安、陶纯、陈怀国编剧的《我们的连队》(2001)以及陈怀国、陶纯、李心安编剧的《红领章》(2006)的叙事从某部官兵生活入手,讴歌了平凡军人为部队建设奉献一切的感人精神。

由高翔长篇小说《风洞》改编,姚远、高翎、刘红焰编剧的20集电视剧《国家使命》讲述了在极特殊的历史时期,一批专门研究空气动力学的科研军人的负重前行和艰难跋涉。

何署坤、李本深(执笔)编剧的《铁色高原》是迄今为止第一部追忆老铁道兵战斗生活的电视剧,该剧饱含深情地讲述了在二十世纪六十年代20万铁道兵将士奔赴西南边疆,修建云贵战略大铁路的大背景下,某团参谋长秦群和他的战友们的艰苦卓绝的筑路事迹。

陈可非编剧的《天啸》(2008)以中国战略导弹部队40年的发展历史为背景,讲述了几代火箭兵将士在戈壁深处的守望与奋斗。

根据翟晓光小说《红海洋》改编,翟晓光、张晓亚编剧的《沧海》是首度试图全景展示中国海军80余年发展史的电视剧。

四、谍影重重:《暗算》《潜伏》

2002年播出的《誓言无声》剧情新颖、制作精良,让人耳目一新,引发了谍战剧新世纪的第一个高潮,片中的叙事策略和闪回风格给以后的谍战剧很多启发。此后,由麦家的茅盾文学奖获奖作品《暗算》改编的同名剧继承了新中国成立后一系列的"反特片"传统,并在其基础上增加了更多看点,逐渐摸索出自己的生存模式,在叙事上形成了独特的"符号标识",开创了谍战剧的新门派。《暗算》使得谍战剧有了卧底、特务、情报交换、悬疑、爱情、暴力刑讯等元素,其精彩的谍战形式、惊险的美学特征、错综复杂的烧脑剧情使其备受欢迎,已经成为一道独特的文化景观。

《暗算》是中国第一部直接讲述反间谍部门核心工作的电视剧,情节扑朔迷离,悬念刁钻,扣人心弦。全剧分为《听风》《看风》《捕风》三部。和小说一样,电视剧一改以往特情片中着重渲染英雄人物坚强意志和革命理想的叙事习惯,而更着力于展现敌我之间智力与专业技能的较量。《暗算》的类型探索与哲思的交融、智能极限与异禀的消长、平凡肉身与桎梏的牵拉,均帮助国产谍战剧生长出一种内敛的爆裂感,以及于悬念中深呼吸的冷峭与吊诡。正是《暗算》的成功,引发了谍战这一类型的创作高潮。

改编自龙一同名短篇小说,由姜伟、付玮执导,姜伟编剧的《潜伏》主要讲述的是1945年,国民党军统总部情报处的余则成弃暗投明,成为潜伏的地下党并为解放事业做出重要贡献的故事。该剧细腻而准确地刻画了余则成对于信仰追求的心理变化,和左蓝、翠平在地下工作中结下的深厚情感,以及最后为了党和人民做出的英勇牺牲,等等。如学者丁亚平所言:"在《潜伏》中,大量的仪式化的场景,通过一种近似于宗教仪式化的手法,将革命神圣化、情感神圣化、谍战神圣化,通过这种革命的神圣化获得对革命的宗教式的情感,从而获得一种对革命的认同、对英雄的认同……更可视作这个剧集主旋律、叙事策略上成功的一种运用……"[8]

柳云龙蛰伏八年之后执导的谍战剧《风筝》仍然由他的老搭档杨健女士担当编剧,于2017年的年末悄然走进观众的视野。该剧讲述国共两个王牌特工"风筝"与"影子"命定一生的较量,这部剧在东方卫视、北京卫视双台连播,跻身收视排行榜前三名,与之前大热的谍战剧《伪装者》不分伯仲。《风筝》的过人之处在于试图在激烈的谍战情节之下探讨更深层次的问题,在触碰哲学观念方面做了有益的尝试。人何以为人?信念与信仰有没有可能是一个人的本质需求?

"信仰至高无上,到底至高无上到什么程度,高到什么层次,才能够让你有一个决心,能够牺牲到你最淳朴人性中的基本关系。"这是《风筝》对那些摇曳在历史缝隙中无名者的提问,沉痛又真实。

如果《风筝》的故事止步于 1949 年,也只是一部中规中矩的谍战剧而已。在 20 集之后,开始讲述新中国成立后的这些特工们陷入了身份缺失的困境,国民党远逃台湾但反攻大陆之心并没有死,精彩才刚刚开始,命运的洪流开始显露峥嵘。过往的谍战剧大多将重心放在"战"上:不同势力的火并,不同信仰的斗争。而《风筝》则将更多的笔墨放在了"谍"上:作为一名优秀的特工不仅要面对外在的斗争,更要面对自己内心的矛盾与纠结。诚然郑耀先具有坚定的信仰,但解放后因为种种历史原因,他的身份无法恢复,只能作为周志乾苟且生存,他平静地接受了组织的安排。无论是潜伏时期遭到自己人的追杀暗算,还是新中国成立后被关押监狱、打成"右派"、"文革"中被劳改,以及来自自己亲生女儿的批斗,他都默默承受着,身心虽遭受着非人的折磨、敌我双重摧残,却一心只想找到潜伏我党的"影子"。

由李雪导演、张勇编剧的电视剧《伪装者》自 2015 年播出以来备受观众喜爱,成为国内首个网络日播量过亿的谍战推理剧,是国产谍战题材电视剧中的佼佼者。其强大的吸引力,源于该剧人物塑造在审美意境上的传承和创新。《伪装者》中的主要角色,不仅品德、意志、能力都出类拔萃,还充满了蓬勃的生命力,秉持了中国主流审美标准,迎合了观众对英雄兼具国家民族大义和人文情怀的期盼,满足了观众审美情趣的同时赋予了电视剧飞扬的艺术感染力和历久弥新的强大生命力。

《伪装者》的成功不是偶然,它在创作语境下嵌入了符合现代审美的视觉元素,在没有脱离故事发生的时代背景下,打破了以往谍战剧中低成本的"服化道",做到了迎合现代观众审美的同时也没有扭曲对红色文化的解读,这一点实属难得。《伪装者》从两条主线上共同展开故事。一条线是以明氏三兄弟与日伪特务的斗争为主,展现的是谍战推理剧中最常见的残酷和凛冽,以及正面人物明楼的气度和智慧、明诚的忠诚和手段、明台的阳光和敏锐。三兄弟机智默契,一次又一次地化解危机,圆满完成自己的对敌任务。另一条线以四姐弟相互之间的关系为叙事点,通过对亲情的描述,使明家大宅成为敌后残酷斗争中明家姐弟灵魂的栖息地。编剧选择难度更大的双线叙事并重的策略,两条线时而并行时而交叉,有利于剧情凸显悬念,丰富戏剧张力,扩充人物关系。在矛盾的冲突与碰撞中,观众的情感与剧中人物一起经历起落激荡。

2014年由徐兵编剧的《红色》播出后,引发了以年轻观众为主的一致褒扬,国内知名评分网站甚至打出了9.2分(满分为10分)的高分,超过了《士兵突击》《暗算》。《红色》将时代背景下谍战情报题材与上海弄堂里的家长里短巧妙融合在一起,故事发生在1937年刚刚沦陷的上海,主人公徐天是一个曾在日本受过特训、智慧超群但如今只想过平淡生活的菜市场会计,两耳不闻窗外事,一心只想过普通人的生活。在山河沦陷的战争岁月中,《红色》却呈现一个不一样的上海:徐天和妈妈经常操着一口浓重的上海口音相互斗嘴,讨论收租子、裁衣服,传传街坊闲话的日常话题;"小市民"十足的邻里街坊,平日互损,但敌人来袭时团结起来,一致对外;徐天表白自己爱慕的姑娘田丹时,由平时的果断机智变得畏畏缩缩,呈现"萌"态十足的形象;只想过平淡人生苟且度日的徐天甘心为了田丹出生入死,而田丹经历了日本人杀父弑母的血海深仇之后,凤凰涅槃。《红色》中蕴含的烟火气息超过了以往任何一部谍战剧,就连配角的形象都丰富饱满,虽然没有描写正面战场的气壮山河,也没有反映敌后战场的艰苦卓绝,但是凭借其草蛇灰线的情节安排、细腻动人的感情描写,仍然征服了广大观众的心,成为2014年国产电视剧的一匹黑马。

此外,钱滨、易丹以我党隐蔽战线传奇人物阎宝航事迹改编的《英雄无名》,石小克编剧、讲述我党地下党员成功策反国民党军队起义的《勇者无敌》,潘军编剧的抗日谍战片《五号特工组》,汪奕升、傅琦然、李蔚玮、张建编剧的红色经典电影翻拍剧《羊城暗哨》,梁振华编剧的当代谍战剧《密战》,以及黄珂编剧的《黎明之前》,等等,均在不同程度和层面上有所开拓,获得了良好的口碑,产生了一定影响。

五、红色经典翻拍剧主要编剧和剧作

以革命往事为叙事主体的"前17年"的银幕红色经典,激励和温暖了几代人的成长与奋斗,片中主演孙道临、王心刚、王晓棠等表演艺术家光彩照人的银

幕形象，早已成为影迷心目中恒久的偶像。人们珍视这些作品和它们的主创，就像珍视一个时代的光影流转和不可复制的青春梦想。新世纪以来，一批翻拍自红色经典的电视连续剧以相同的题材和主题，引发了大量中老年观众的关注。对于大部分翻拍作品，观众表示认同的是：第一，它们均回避了影片中意识形态色彩浓厚的银幕说教，让主要的人物的情绪状态和内心世界走向了真实化、随机化和多元化；第二，大多数翻拍之作在调度、剧作、表演方面均有可圈可点之处，摄影、剪辑、录音技巧也十分严谨工整，使这些作品在形式上显示出长足进步。然而，由于既要重塑经典作品的内在气质，又要注入新时代的精神解读，时代背景和阐述角度的双重隔膜使得继承性创新的难度巨大，翻拍之作再成经典的机会不多。

自1999年电视剧《钢铁是怎样炼成的》热播后，红色经典的翻拍几乎成为荧屏的热点，《林海雪原》《红色娘子军》《沙家浜》《冰山上的来客》《敌后武工队》《野火春风斗古城》《苦菜花》《铁道游击队》《小兵张嘎》《夜幕下的哈尔滨》《红日》《洪湖赤卫队》《江姐》《永不消逝的电波》等作品都先后被翻拍成电视剧。新时期的红色经典翻拍出现了由经典化到去经典化、由建构到解构的趋势，颠覆自身的宏大叙事，从对人物的个人成长史和日常生活场景入手，以点带面地反映战争以及革命的宏大命题。戴锦华曾这样讲过改编片："重要的是讲述神话的年代，而非神话所讲述的年代。即，阐释改编选取的依据，不仅是原作自身的审美或社会意义，而且是改编片自身所提供的不同审美趣味与社会意涵。"红色经典的改编既要符合原著的精神内核，也要符合时代精神，用适当的方式演绎与解读。其中，徐兵编剧的《野火春风斗古城》(2005)，郎云编剧的《这里的黎明静悄悄》，李世明编剧的《铁道游击队》(2005)，耿旭红、彭三元、田雁宁编剧的《冰山上的来客》(2006)，赵瑞勇编剧的《红日》(2008)等剧都在尊重原作的基础上有所创新。

从2007年开始，《敌营十八年》《保密局的枪声》《夜幕下的哈尔滨》等电视剧陆续播出，再造经典。因为有原作品好题材的基础，加上现在更加优良的制作模式，一系列翻拍经典电影和电视剧的谍战作品在荧屏上热播，它们都借用了原作的标题和人名进行再创作。

2010年，由北京唐德凤凰影视传媒公司制作的红色经典翻拍谍战大戏《永不消逝的电波》在央视首播。这部翻拍于经典老电影的谍战剧,在弘扬时代精神主旋律与当前收视市场的融合统一上,找到了一个最佳的契合点。整部作品基调高亢,没有空洞刻板的说教和泛泛而谈的政论,而是用缜密的情节、细节建构感人的故事。英雄精神、献身精神和革命的理想爱情通过生动具体的故事表现,给观众以强烈的心灵震撼。

新世纪军旅电视剧的整体繁荣,是该文艺形式从摸索发展到逐步成熟数十年的成果展现。一方面,影视市场从制作、营销机制根本上策动了这次空前的爆炸式发展,由此,在大的文化产业背景下,一些新的创作思维和制作手段应运而生,军旅题材电视剧市场的生态格局已然呈现出集团化、模式化、多元化、类型化、特色化、精品化等引人关注的景象,一大批以军旅题材电视剧为主攻方向的中青年导演、编剧、演员脱颖而出,成为行业翘楚和领军人物;另一方面,随着观众欣赏品位的提高和变化,消费成为创作的主导因素,倒逼军旅电视剧不得不一刻不停地适应、迎合、消融、转换和引领当下的审美情趣和情绪共鸣点。成绩有目共睹,不容抹杀,但是,全面深入市场化走向,直接导致了许多创作者走向了全面深入的急功近利,一些问题亦愈发明显,具体体现在以下三个方面:

第一,行业的爆炸式发展一方面固然快节奏地推动类型丰富和产能扩大,一方面亦带来了价值标准的紊乱。尘埃未定,资本不眠,创作者在政治的、艺术的、娱乐的、技术的各个层面的反思沉淀还远远不够,就马不卸鞍再出发。人们当然指望速度和量能带来艺术和商业的皆大欢喜,而事实上这与文艺创作的基本遵循背道而驰,最直观的副作用就是产能的严重过剩。而面对焦渴的播放平台和网络时代的巨大商机,慢生活、慢思考、慢创作已在很大程度上由真理变成了抽象。

第二,由于军旅剧门槛降低,一些毋庸置疑的军事外行、文化程度不高和艺术修养不足的从业者主导创作,由此带来的误导和混乱是难以避免的:一方面没有充裕的时间精力进行前期筹划,亦缺乏扎实调研、步步为营的平和心态,导致一些剧中出现了脱离现实、史料失真、改编僵硬和戏说轻浮的尴尬,有的剧中甚至出现常识性错误;另一方面,明星的票房号召力被无限放大,资源(明星)的稀缺直接导致了片酬的暴涨,严重挤压制作经费,进而恶化了电视剧行业的整体生态。毕竟,只有思想、艺术、形式才是衡量一部作品创造多少价值的唯一标准。当必要的形式尚难以顾及时,思想深度和艺术诉求自然无法保全。

第三,就剧作来说,卓尔不群的思想、犀利稳健的目光、独树一帜的语言、不舍昼夜的定力,加上契合当下的敏感嗅觉与收视受众的内心共振,是所有荧屏经典的相似点。然而,投资和收益之间的过激互动已较明显地干扰了创作者的激情和才华。譬如,许多"个体"成功之后,跟风之作一拥而上,将某种令人惊喜的倾向和独特的个性急速演绎为一轮世俗化快餐和同质化梦魇。编剧工匠化,获得尊重不足,权益缺乏保障,署名不时混乱,地位亟待提高。更不容乐观的是,不少成片与剧作出入甚大,甚至扭曲了剧作者的真实意图和情感指向;而一些极具天赋、有机会冲击大师桂冠的优秀作家,在制片方的金钱诱导下选择了炮制和逢迎,直至某种程度的沉醉和迷失。

不论是特定历史时期的情境定格,还是当下军旅的快速聚焦,人们渴望军旅电视剧的审美演变与情感召唤能齐头并进,推动整个文艺风格的超前推进和全民情感的波澜起伏,进而使得某种价值标准得到确立而不是模糊,某种美学追求真正美化而不是硬化,某些蕴藏潜力的创作动机能够破茧而出而不是被揠苗助长,某些行业底线真正不可碰触而不是水银泻地,具象的"英雄"能够成为荧屏上的从各个向度发起的不间断的艺术冲锋甚至全民共识。这些美好愿景不仅检验着电视剧市场的自我净化机制,也挑战着体制的引领调控能力。

军旅电视剧的繁荣无疑是中华民族向文化强国进军的重要表征。能预见目的地的跋涉,至少不是盲动。但显然,我们不应忽略这途中的迷雾和荆棘、魅惑和动摇。有多远,如何走?历史出题,未来作答。

注释:

[1]方芳:《2010年剧产量创五年新高》,《大众日报》2011年3月3日。

[2]汪泾洋:《军事题材电视剧创作走向成熟》,《解放军报》2005年12月2日。

[3]储钰琦:《改革开放40年中国电视剧产业探索之路》,《中国艺术报》2018年11月28日。

[4]分类参考李洋:《军旅题材电视剧要始终坚持弘扬主旋律》,《文艺报》

2008年3月6日;杨旦修:《我国军旅题材电视剧的概念、分类及创作的历史沿革》,《电视研究》2010年第3期;李治安:《当前军旅题材电视剧的四大类型》,《当代电视》2006年第6期;高明:《浅析新世纪军旅电视剧中的人物形象》,《解放军艺术学院学报》2008第3期。

[5]电视剧后缀年代以首播时间为准,下同。

[6]夏帆、何方:《编剧王朝柱心血之作〈解放大西南〉还原历史真相》,《重庆日报》2012年9月26日。

[7]王倩:《军事传奇剧的突破》,《新民周刊》2007年9月12日。

[8]《〈潜伏〉:谍战剧的一大突破》,中国作家网2009年4月28日。

附　录

参考书目

[1][苏]安德烈·塔可夫斯基:《雕刻时光》,张晓东译,南海出版公司,2016。

[2][匈]贝拉·巴拉兹:《电影美学》,何力译,中国电影出版社,1978。

[3]边国立:《中国军事电影史(1905—2001)》,中国电影出版社,2012。

[4]蔡桂林:《冲浪:在军事文学的海面》,山东文艺出版社,1994。

[5]曹文轩:《20世纪末中国文学现象研究》,北京大学出版社,2002。

[6]曹文轩:《中国八十年代文学现象研究》,作家出版社,2003。

[7]陈辽、方全林:《中国革命军事文学史略》,昆仑出版社,1987。

[8]陈平原:《小说史:理论与实践》,北京大学出版社,1993。

[9]陈顺馨:《1962:夹缝中的生存》,山东教育出版社,2002。

[10]陈思和主编《中国当代文学史教程》,复旦大学出版社,1999。

[11]陈先义:《走出象牙之塔》,解放军出版社,1996。

[12]陈晓明:《表意的焦虑》,中央编译出版社,2002。

[13]陈晓明:《现代性与中国当代文学转型》,云南人民出版社,2003。

[14]陈志昂:《审美文化与电视艺术》,北京广播学院出版社,2000。

[15]程德培:《当代小说艺术论》,学林出版社,1990。

[16]戴锦华:《电影批评》(第二版),北京大学出版社,2015。

[17]戴锦华主编《光影之忆:电影工作坊2011》,北京大学出版社,2012。

[18]戴锦华主编《光影之痕:电影工作坊2012》,北京大学出版社,2014。

[19]戴锦华:《隐形书写——90年代中国文化研究》,江苏人民出版社,1999。

[20]丁帆、王世城:《十七年文学:"人"与"自我"的失落》,河南大学出版社,1999。

[21]丁景唐主编《中国新文学大系1949－1976·史料·索引卷一》,上海文艺出版社,1997。

[22]丁临一:《踏波推澜》,解放军文艺出版社,1992。

[23]丁晓原:《中国报告文学三十年观察》,作家出版社,2011。

[24]丁亚平、吴江主编《跨文化语境的中国电影——当代电影艺术回顾与展望》,中国电影出版社,2009。

[25]丁永淮:《贺敬之诗歌论》,华中师范大学出版社,1988。

[26]董健、丁帆、王彬彬主编《中国当代文学史新稿》,北京师范大学出版社,2011。

[27]范咏戈:《在戎谈文》,解放军文艺出版社,1985。

[28]冯牧:《冯牧文学评论选》,湖南人民出版社,1983。

[29]冯牧:《但求无愧无悔》,人民文学出版社,1995。

[30]傅逸尘:《重建英雄叙事》,作家出版社,2009。

[31]傅逸尘:《英雄话语的涅槃:21世纪初年军旅长篇小说创作论》,北京大学出版社,2014。

[32]傅逸尘编著《"新生代军旅作家"面面观》,作家出版社,2018。

[33]葛一虹主编《中国话剧通史》,文化艺术出版社,1990。

[34]龚举善:《报告文学现代转型研究》,中国社会科学出版社,2012。

[35]韩瑞亭:《躁动与蝉蜕》,解放军文艺出版社,1994。

[36]何寅泰、丁茂远、吴秀明编《中国当代文学研究资料丛书:王愿坚研究专集》,解放军文艺出版社,1983。

[37][日]河竹登志夫:《戏剧概论》,陈秋峰、杨国华译,中国戏剧出版社,1983。

[38]洪子诚:《1956:百花时代》,山东教育出版社,1998。

[39]洪子诚:《中国当代文学史》,北京大学出版社,1999。

[40]洪子诚、孟繁华主编《当代文学关键词》,广西师范大学出版社,2002。

[41]胡可:《剧事文稿》,解放军文艺出版社,1998。

[42]胡经之、王岳川主编《文艺学美学方法论》,北京大学出版社,1994。

[43]胡菊彬:《新中国电影意识形态史:1949—1976》,中国广播电视出版社,1995。

[44]胡智锋:《电视美的探寻》,华中理工大学出版社,1998。

[45]皇甫宜川:《中国战争电影史》,中国电影出版社,2005。

[46]黄国柱:《苍凉的历史》,解放军文艺出版社,1990。

[47]黄国柱:《圣土并不遥远——当代军事文学新潮》,军事科学出版社,1993。

[48]黄国柱:《寂寥长天唱大风:黄国柱文学评论集》,白山出版社,2000。

[49]黄修己:《二十世纪中国文学史》,中山大学出版社,1998。

[50]黄政枢:《新时期小说的美学特征》,南京大学出版社,1991。

[51]贾磊磊:《电影学的方法与范式》,北京时代华文书局,2015。

[52]贾植芳、唐金海等编《中国当代文学研究资料:闻捷专集》,福建人民出版社,1982。

[53]金汉:《中国当代小说艺术演变史》,浙江大学出版社,2000。

[54][意]卡尔维诺:《未来千年文学备忘录》,杨德友译,辽宁教育出版社,1997。

[55][英]凯瑟琳·贝尔西:《批评的实践》,胡亚敏译,中国社会科学出版社,1993。

[56]南帆:《问题的挑战》,海峡文艺出版社,2002。

[57]南帆:《二十世纪中国文学批评99个词》,浙江文艺出版社,2003。

[58]雷达:《当前文学症候分析》,作家出版社,2009。

[59]雷达:《文学活着》,人民文学出版社,1995。

[60]李炳银:《中国报告文学的凝思》,作家出版社,2009。

[61]李朝全:《非虚构文学论》,福建人民出版社,2017。

[62]李道新:《中国电影文化史(1905—2004)》,北京大学出版社,2005。

[63]李怡:《中国现代新诗与古典诗歌传统》,北京大学出版社,2008。

[64]李劼:《中国文学史论》,青海人民出版社,1998。

[65]李道新:《影视批评学》,北京大学出版社,2002。

[66]李书磊:《1942:走向民间》,山东教育出版社,1998。

[67]王景涛、林建法主编《中国当代作家面面观——撕碎,撕碎,撕碎了是拼接》,时代文艺出版社,1991。

[68]林建法、徐连源主编《中国当代作家面面观——灵魂与灵魂的对话》,浙江文艺出版社,2004。

[69]林克欢:《戏剧表现论》,中国社会科学出版社,1993。

[70]刘金镛、陆思厚、房福贤编《中国当代文学研究资料丛书:徐怀中研究专集》,解放军文艺出版社,1983。

[71]刘晓刚、姜秀生主编《中国军事文学史》(现当代部分),解放军出版社,1996。

[72]刘小枫:《沉重的肉身》,华夏出版社,2007。

[73]柳鸣九主编《从现代主义到后现代主义》,中国社会科学出版社,1994。

[74]卢启元主编《中国当代散文史》,广西人民出版社,1990。

[75][英]卢伯克、福斯特、缪尔:《小说美学经典三种》,方土人、罗婉华译,上海文艺出版社,1990。

[76]陆文虎:《荷戈顾曲集》,解放军文艺出版社,2003。

[77]吕同六主编《二十世纪世界小说理论经典》,华夏出版社,1995。

[78]孟繁华:《1978:激情岁月》,山东教育出版社,1998。

[79]孟广来、牛运清编《中国当代文学研究资料丛书:刘白羽研究专集》,解放军文艺出版社,1982。

[80][荷]米克·巴尔:《叙述学:叙事理论导论》,谭君强译,中国社会科学出版社,1995。

[81]莫言:《小说的气味》,春风文艺出版社,2003。

[82]木心讲述,陈丹青笔录《文学回忆录》(全2册),广西师范大学出版社,2013。

[83]庞守英编《中国当代文学研究资料丛书:黎汝清研究专集》,解放军文艺出版社,1983。

[84]钱理群、黄子平、陈平原:《二十世纪中国文学三人谈·漫说文化》,北京大学出版社,2004。

[85][英]乔·艾略特等:《小说的艺术》,张玲等译,社会科学文献出版社,1999。

[86][美]乔治·布鲁斯东:《从小说到电影》,高骏千译,中国电影出版社,1981。

[87]冉淮舟、刘毅然编《三十五个文学的梦》,解放军出版社,1985。

[88]饶曙光等:《中国类型电影:历史、现状与未来》,中国电影出版社,2013。

[89]饶曙光、李国聪:《中国电影思潮流变(1978—2017)》,中国文联出版社,2017。

[90]佘树森:《中国现当代散文研究》,北京大学出版社,1993。

[91]佘树森、陈旭光:《中国当代散文报告文学发展史》,北京大学出版社,1996。

[92]沈义贞:《中国当代散文艺术演变史》,浙江大学出版社,2000。

[93]舒晓鸣:《中国电影艺术史教程》,中国电影出版社,1996。

[94]思忖:《军人的美和美的军事文学》,人民文学出版社,1984。

[95]宋贤邦编《中国当代文学研究资料丛书:魏巍研究专集》,解放军文艺出版社,1982。

[96][美]苏珊·朗格:《情感与形式》,刘大基等译,中国社会科学出版社,1986。

[97]唐小兵编《再解读——大众文艺与意识形态》(增订版),北京大学出版社,2007。

[98]童庆炳主编《文学理论教程》(第5版),高等教育出版社,2015。

[99]王光明:《现代汉诗的百年演变》,河北人民出版社,2003。

[100]王光明:《文学批评的两地视野》,北京大学出版社,2002。

[101]王庆生主编《中国当代文学史》,高等教育出版社,2003。

[102]王晓明主编《二十世纪中国文学史论》,东方出版中心,1997。

[103]王晓明:《思想与文学之间》,人民文学出版社,2004。

[104]王瑛主编《解放军文艺编年》,解放军文艺出版社,2014。

[105]王愿坚:《艺海荡桨——王愿坚谈短篇小说创作》,解放军文艺出版社,1999。

[106]王宗法、张器友编《中国当代文学研究资料丛书:贺敬之研究专集》,江苏人民出版社,1982。

[107]汪守德:《遥望星辰》,解放军文艺出版社,1996。

[108][美]勒内·韦勒克、奥斯汀·沃伦:《文学理论》,刘象愚等译,文化艺术出版社,2010。

[109]温儒敏:《中国现代文学批评史》,北京大学出版社,1993。

[110]钱理群、温儒敏、吴福辉:《中国现代文学三十年》(修订本),北京大学出版社,1998。

[111]吴开晋编《中国当代文学研究资料丛书:李英儒研究专集》,解放军文艺出版社,1984。

[112]吴素玲:《中国电视剧发展史纲》,北京广播学院出版社,1997。

[113]吴义勤:《长篇小说与艺术问题》,人民文学出版社,2005。

[114]伍蠡甫主编《西方文论选》(上、下),上海译文出版社,1979。

[115]夏衍:《写电影剧本的几个问题》,中国电影出版社,1980。

[116]谢有顺:《先锋就是自由》,山东文艺出版社,2004。

[117]谢有顺:《我们内心的冲突》,广州出版社,2000。

[118]许汝祉主编《国外文学新观念——借鉴与探索》,中国人民大学出版社,1988。

[119]杨匡汉:《中国新诗学》,人民出版社,2005。

[120]杨闻宇:《漫谈军旅散文》,解放军出版社,2002。

[121]叶鹏:《切割艺术空间》,解放军文艺出版社,1993。

[122]尹昌龙:《1985:延伸与转折》,山东教育出版社,1998。

[123]余秋雨:《戏剧理论史稿》,上海文艺出版社,1983。

[124]余秋雨:《戏剧审美心理学》,四川人民出版社,1985。

[125]孙露茜、王凤伯编《中国当代文学研究资料:茹志鹃研究专集》,浙江人民出版社,1982。

[126]张东:《荧屏绿色风景线:中国军事题材电视剧概观》,解放军文艺出版社,2001。

[127]张炯、邓绍基、樊骏主编《中华文学通史》,华艺出版社,1997。

[128]张炯:《新时期文学格局》,陕西人民教育出版社,1991。

[129]张炯主编《新中国文学五十年》,山东教育出版社,1999。

[130]张鹰:《反思中国当代军事小说》,解放军文艺出版社,2001。

[131]张恩和:《郭小川评传》,重庆出版社,1993。

[132]张聚宁编《文学评说朱向前》,解放军出版社,2003。

[133]章罗生:《中国报告文学新论——从新时期到新世纪》,湖南大学出版社,2012。

[134]张桃洲:《现代汉语的诗性空间——新诗话语研究》,北京大学出版社,2005。

[135]张婷婷、杜书瀛:《新时期文艺学反思录》,山东文艺出版社,2001。

[136]张振金:《中国当代散文史》,人民文学出版社,2003。

[137]张钟、洪子诚、佘树森、赵祖谟、汪景寿:《当代文学概观》,北京大学出版社,1980。

[138]张志忠:《执剑的维纳斯——军事文学纵横谈》,解放军文艺出版社,1991。

[139]张志忠主编《中国当代文学艺术主潮》,中国社会科学出版社,1994。

[140]张志忠:《天涯觅美》,北岳文艺出版社,1995。

[141]张志忠:《当代长篇小说论略》,解放军文艺出版社,2000。

[142]章柏青、张卫:《电影观众学》,中国电影出版社,1994。

[143]赵学勇主编《中国新时期报告文学研究资料》,山东文艺出版社,2006。

[144]郑敏:《诗歌与哲学是近邻:结构—解构诗论》,北京大学出版社,1999。

[145]仲呈祥:《"飞天"与"金鸡"的魅力》,中国戏剧出版社,1992。

[146]中国电影资料馆、中国艺术研究院电影研究所编《中国艺术影片编目(1949—1979)》(上、下),文化艺术出版社,1982。

[147]中国作家协会创作研究部编《报告文学艺术论》,作家出版社,2012。

[148]周靖波主编《西方剧论选》,北京广播学院出版社,2003。

[149]周宪:《中国当代审美文化研究》,北京大学出版社,1997。

[150]周政保:《军事文学的观照》,解放军文艺出版社,1987。

[151]周政保:《独特的精神家园》,解放军文艺出版社,1991。

[152]周政保:《战争目光》,解放军出版社,1998。

[153]周政保:《"非虚构"叙述形态:九十年代报告文学批评》,解放军文艺出版社,1999。

[154]周徐:《英雄在途:祛魅·消解·重构——新时期以来军旅小说英雄形象嬗变论》,解放军文艺出版社,2011。

[155]朱寨主编《中国当代文学思潮史》,人民文学出版社,1987。

[156]朱栋霖、王文英:《戏剧美学》,江苏文艺出版社,1991。

[157]朱光潜:《悲剧心理学》,人民文学出版社,1983。

[158]朱向前:《寻找合点——朱向前军旅文学批评选集》,解放军出版社,1994。

[159]朱向前:《军旅文学史论》,东方出版社,1998。

[160]朱向前:《初心与正觉》,作家出版社,1999。

[161]朱向前:《朱向前文学理论批评选》,人民文学出版社,2003。

[162]朱向前:《黑白斋读书录》,中国青年出版社,2009。

[163]朱向前:《听松楼 读书录》,解放军文艺出版社,2014。

[164]朱向前主编《中国军旅文学50年》,解放军文艺出版社,2007。

[165]朱向前主编《新世纪军旅文学概观——2000—2010》,解放军文艺出版社,2017。

[166]朱子南:《中国报告文学史》,百花洲文艺出版社,1995。

[167]卓伯棠:《香港新浪潮电影》,复旦大学出版社,2011。

[168]《电影艺术》编辑部、中国电影出版社本国电影编辑部编《再创作——电影改编问题讨论集》,中国电影出版社,1992。

中国军旅文学作家小传

B

巴金(1904—2005),原名李尧棠,字芾甘。四川成都人。1921年肄业于成都外语专门学校。1927年赴法国留学,1928年回国后曾任《文学季刊》编委,文化生活出版社、平明出版社总编辑,《文季月刊》主编,《烽火》主编,中华全国文艺界抗敌协会理事。1949年后历任中国文联第三、四届副主席,中国作家协会第二、三届副主席及第四、五、六届主席,中国作家协会上海分会主席,上海市文联主席,《文艺月报》《上海文学》《收获》主编。中国文联第二、三、四届委员,中国作家协会第一、二、三、四届理事,第五届全国人大常委会委员,第六、七、八届全国政协副主席。1928年开始发表作品。主要作品有长篇小说"激流三部曲"(《家》《春》《秋》)、"爱情三部曲"(《雾》《雨》《电》)、"人间三部曲"(《寒夜》《憩园》《第四病室》),中篇小说《春天里的秋天》,散文集《随想录》(5卷)等,译著长篇小说《父与子》《处女地》,回忆录《往事与随想》。著有《巴金文集》(14卷)、《巴金全集》(26卷)、《巴金译文全集》(10卷)等。

白桦(1930—2019),原名陈佑华。河南信阳人。1947年参加解放军,历任宣传员、俱乐部主任,昆明军区创作员,总政治部创作员,武汉军区创作员,上海海燕电影制片厂编剧,上海作家协会副主席。专业作家,文学创作一级。1946年开始发表作品。主要作品有诗集《金沙江的怀念》《热芭人的歌》《白桦的诗》《我在爱和被爱时的歌》《白桦十四行抒情诗》,长诗《鹰群》《孔雀》,话剧剧本集《白桦剧作选》,中短篇小说集《白桦小说选》,电影文学剧本《山间铃响马帮来》《今夜星光灿烂》《苦恋》《孔雀公主》,话剧《曙光》等十数种。曾获全国新诗奖等多种奖项。

毕淑敏(1952—   ),女。山东文登人。1991年毕业于北京师范大学研究生院中文系,硕士。1969年应征入伍,历任西藏阿里军分区卫生科卫生员、军医,北京铜厂主治医师、卫生所所长,中国有色金属工业总公司研究室专业作家。文学创作一级。1987年开始发表作品。著有长篇小说《红处方》,中短篇小说集《女人之约》《昆仑殇》《预约死亡》,散文集《婚姻鞋》《素面朝天》《保持惊奇》《提醒幸福》,短篇小说集《白杨木鼻子》等。曾获百花文学奖、青年文学奖、《小说月报》百花奖、《昆仑》文学奖等多种文学奖项。

C

蔡椿芳(1964—),笔名于斯。湖北新洲人。1980年考入郑州高射炮兵学院,1983年7月大学毕业后赴藏。曾任西藏军区政治部文学创作员,中国作家协会西藏分会副主席。著有诗集《岗仁布钦及其它》《降临》和中篇小说若干部。现转业在四川成都某厂从事宣传工作。长诗《南殇》获《解放军文艺》优秀作品奖。

蔡桂林(1960—),江苏金坛人。1990年毕业于华中师范大学中文系。1978年应征入伍,历任文书、班长、新闻干事、宣传干事、政治教导员,济南军区政治部创作室专业作家。文学创作二级。1978年开始发表作品。1992年加入中国作家协会。著有评论集《文学的当代思考》《苦恋的激情》《蔡桂林文学评论选》,长篇纪实文学《中国流失生纪实》,理论专著《冲浪:在军事文学的海面》等。其作品曾获1992年山东省社会科学优秀成果奖、山东省作家协会首届文学评论奖。

曹岩(1962—),广西南宁人,1989年毕业于解放军艺术学院文学系。1976年入伍,历任七六五医院战士、电影组组长、俱乐部主任,政治处干事,总后勤部政治部专业作家。1979年开始发表作品。1992年加入中国作家协会。著有小说集《棕色雪天》《阡陌人树》《红痣》,报告文学《世纪之约》《太阳之火》,长篇报告文学《中国文物大走私》(合作)、《北中国的太阳》(合作)等。曾获首届鲁迅文学奖、首届报告文学学会奖等。

曹宇翔(1957—),山东兖州人。1976年入伍。1991年毕业于解放军艺术学院文学系,历任北京卫戍区战士、《人民武警报》编辑、副处长。大校警衔。1974年开始发表作品。1993年加入中国作家协会。著有诗集《家园》《青春歌谣》《纯粹阳光》，散文集《天赋》等。曾获全军文艺新作品奖、第二届鲁迅文学奖等多种奖项。

陈道阔(1948—   )，湖北天门人。1968年参加解放军，1986年毕业于解放军艺术学院文学系，广州军区专业作家。主要作品有长篇小说《一梦三千年》《长河落日：武汉会战纪实》，长篇报告文学《香港驻军十年》(合作)、《淮海之战》(合作)，中篇小说《人味》，短篇小说《好人王德贵》等。曾获中宣部"五个一工程"奖、国家图书奖。

陈登科(1919—1998)，江苏涟水人。1940年参加涟水县抗日游击队，历任《盐阜大众报》、新华通讯社合肥分社记者，安徽省文联副主席，安徽省作协主席，《清明》主编，中国作家协会第三、四届理事，中国文联第四届委员，中共八大代表，第三、五、六、七届全国人大代表。1938年开始发表作品。著有中篇小说《活人塘》《杜大嫂》等，长篇小说《风雷》、《赤龙与丹凤》、《破壁记》(合作)等，短篇小说集《百岁图》，散文集《坎坷集》《俯仰集》，电影文学剧本《柳湖新颂》、《卧龙湖》(合作)、《风雪大别山》(合作)、《柳暗花明》、《徐悲鸿》(合作)等。

陈怀国(1963—   )，湖北谷城人。1991年毕业于解放军艺术学院文学系。1980年应征入伍，历任国防科工委某部战士、文书、干事，国防科工委文艺创作室专业作家、副主任、主任。著有长篇小说《遍地葵花》，小说集《毛雪》《黄军装黄土地》，报告文学《洞天风雷》，电影文学剧本《横空出世》等。曾获《人民文学》奖、青年文学奖、《人民文学》45周年小说新人奖、《昆仑》优秀小说奖、中国人民解放军文艺奖、中宣部"五个一工程"奖、夏衍电影文学剧本奖。

陈力(1979—   )，山东黄县人，国家一级导演，八一电影制片厂导演，中国电影家协会会员，河北省影视家协会副主席，中国文学艺术界联合会第十届全委会委员。代表作品有《少年毛泽东》《声震长空》《谁主沉浮》《湘江北去》《周恩来的四个昼夜》《血战湘江》，曾获华表奖优秀导演奖、金鸡奖最佳导演奖、中宣部"五个一工程"奖、金鹰奖最佳导演奖。

陈鲁民(1954—   )，笔名齐人、路夫。山东济宁人。1970年应征入伍。1981年毕业于解放军测绘学院航测系。历任解放军信息工程大学讲师、副教授、教授。郑州市作协副主席、市杂文学会副会长。1982年开始发表作品。著有杂文随笔集《冷眼热风》《大愚若智》《生正逢时》《思路花语》。作品多次获奖，收入多部文集和中小学教材。

陈其通(1916—2001)，笔名陈然。祖籍湖北麻城，生于四川巴中。1927年参加革命工作，历任地下少先队队长、团区委书记、四川省地下党省委常委、巴中县委书记。红军长征期间任连长、营长、团长、师长、师政委，抗日战争和解放战争期间任宣传股长、科长，武装部部长。新中国成立后任总政文工团团长，总政文化部副部长，解放军艺术学院副院长，中国第二、三届文联委员，中国戏剧家协会理事，中国作家协会理事，第二、三、五届全国政协委员，第四届全国人大代表，《人民文学》编委，中国社会科学院学部委员等。著有活报剧剧本《红岩》《保卫延安》，歌剧剧本《柯山红日》等，话剧剧本《二万五千里长征记》《炮弹是怎样造成的》等。话剧剧本《二万五千里长征记》改为《铁流二万五千里》，再改为《万水千山》。《万水千山》《柯山红日》《井冈山》等曾获优秀作品奖。

陈曦(1966—   )，广东潮州市人。2000年7月毕业于北京师范大学中文系，获博士学位。现为国防大学军事文化学院教授。曾任解放军艺术学院文学系史论教研室主任、《解放军艺术学院学报》主编、中国《史记》研究会副会长兼常务副秘书长。主要作品有专著《〈史记〉与周汉文化探索》《中国古代军事文学研究》，译注《孙子兵法》《六韬》《吴子司马法》等，合著《至圣先师孔子》《史记笺证》《读诗入境》等。

陈先义(1951—   )，河南兰考人。1983年毕业于北京师范大学汉语言文学专业。1978年后历任济南军区某师宣传干事，解放军后勤学院教员、秘书，《解放军报》文艺部副刊编辑、文艺部副主任，主任编辑。1972年开始发表作品。1992年加入中国作家协会。兼任解放军铁军书画院艺术顾问。担任多部电视剧文学顾问。著有报告文学集《战神之恋》，长篇报告文学《统帅部参谋的追怀》《横槊东海》《1978·历史在这里转折》，文艺随笔集《未入楼台》等。文艺评论集《走出象牙之塔》获1997年全军文艺创作新作品一等奖。

程步涛(1946—   )，河北广宗人。1984年毕业于山西师范大学中文系。1963年应征入伍，历任战士、排长、干事、股长，《解放军文艺》编辑，《昆仑》编辑部主任，解放军文艺出版社政治委员、社长，副编审。1972年开始发表作品。著有诗集《三叶集》《爱·生·死》《笑容在黎明前凝固》《乡思》《鹰群》，散文集《瞬息沧桑》《阅读土地》等。曾获中国人民解放军文艺奖。

川妮(1966—   ),女。本名刘春凤,四川夹江人。1981年应征入伍,1995年毕业于解放军艺术学院文学系。历任成都军区战旗话剧团编剧、四川省巴金文学院创作员。中国作家协会会员。1990年开始发表作品,主要作品有长篇小说《时尚动物》,中篇小说《我与拉萨有个约会》《软肋》《雾月霜天》,短篇小说《幸福派对》《任它流血》等。曾获全军文艺新作品奖、中国戏剧文学奖铜奖。

D

党益民(1963—   ),陕西富平人。诉讼法学研究生,武警少将。两次荣立二等功,十一次荣立三等功。中国作家协会会员,中国报告文学学会理事,六所高校客座教授。出版长篇小说《喧嚣荒塬》《一路格桑花》《石羊里的西夏》《阿宫》《父亲的雪山 母亲的河》《根据地》《雪祭》,长篇报告文学《用胸膛行走西藏》《守望天山》等十余部文学著作。《一路格桑花》改编成20集电视连续剧,在央视一套黄金时段播出;《守望天山》改编成电影和歌剧。作品曾获全军文艺新作品奖一等奖、北京文学奖、中国作家年度大奖、徐迟文学奖、柳青文学奖、第四届鲁迅文学奖、中宣部"五个一工程"奖等多种奖项。部分作品被译介到国外。

邓一光(1956—   ),原名邓渝光。蒙古族。重庆人。华中师大文学院文艺学硕士。曾赴乡村插队务农,后历任工人,新闻记者,文学编辑,武汉市文联专业作家。文学创作一级。1981年开始发表作品。著有长篇小说《家在三峡》《走出西草地》《我是太阳》《红雾》《组织》《我是我的神》《人,或所有的士兵》,小说集《红色贝雷帽》《孽犬阿格龙》《遍地菽麦》,诗集《命运风》等。作品曾获首届鲁迅文学奖、中宣部"五个一工程"奖、飞天奖、《人民文学》奖、《小说选刊》奖、屈原文学奖等。

邓友梅(1931—   ),山东平原人。1945年参加革命,历任八路军鲁中军区通讯员,新四军、华东野战军文工团团员,北京市文联专业作家,中央文学研究所第二期学员,北京第三建筑公司支部书记,北京市文联书记处书记、党组成员,中国作家协会第四届书记处书记、第五届副主席。专业作家,文学创作一级。第八、九届全国政协委员。1946年开始发表作品。著有《邓友梅自选集》(5

卷)、《京城内外》、《烟壶》、《那五》、《追赶队伍的女兵》、《我们的军长》、《话说陶然亭》、《散文杂拌》等。曾获全国优秀短篇小说奖、全国优秀中篇小说奖。

丁临一(1953—　　),安徽肥东人。1982年毕业于吉林大学中文系。1972年应征入伍,历任空军86215部队战士、班长、排长、代理干事,《解放军文艺》编辑,《昆仑》副主编,副编审。曾任武警总部电视艺术中心主任,大校警衔。1990年加入中国作家协会。著有长篇报告文学《长风破浪会有时》《走向未来》,发表理论批评文章五十余万字。理论批评集《踏波推澜》获1993年中国当代文学研究成果奖。

丁玲(1904—1986),原名蒋伟。女。湖南临澧人。1926年毕业于上海大学中文系。1930年参加中国左翼作家联盟,任左联《北斗》主编。1936年到达陕北保安,历任中央警卫团政治部副主任,苏区中国文协主任,西北战地服务团团长,《解放日报》副刊主编,陕甘宁边区文协副主任。1949年后历任《文艺报》主编,中央文学研究所所长,中宣部文艺处处长,中国文联副主席,中国作家协会党组书记、副主席,《文艺报》《中国》《人民文学》主编。全国政协委员、常委,全国人大代表。1927年开始发表作品。著有小说《韦护》《母亲》《莎菲女士的日记》《梦珂》,报告文学《田保霖》,中短篇小说集《水》《我在霞村的时候》《在黑暗中》《自杀日记》,剧本《重逢》《窑工》,散文集《陕北风光》《访美散记》等。长篇小说《太阳照在桑干河上》曾获1951年斯大林文学奖。

丁一三(1931—1996),原名薄殿辅,笔名丁力。河北宁河人。1948年参加中国人民解放军,历任宣传队员、文工队员,空军政治部创作员、创作室副主任,中国作家协会会员,中国戏剧家协会常务理事。1951年发表处女作独幕话剧剧本《永远的战友》。著有电影文学剧本《英雄虎胆》,话剧剧本《女飞行员》,歌舞剧剧本《长山火海》(合作)、论文《关于戏剧创作的信》等。话剧剧本《陈毅出山》获庆祝新中国成立三十周年演出创作一等奖。

董玉方(1984—　　),山东梁山人。2002年12月入伍,曾任成都军区战旗文工团专业创作员。出版诗集《一路锋芒如血》。诗歌《鹰的高度》获首届全军网络文学大奖赛一等奖。

都梁(1954—　　),原名杨湛,江苏盱眙人。出身于知识分子家庭,少年参军,曾服役于坦克部队。复员回京后,做过教师、公务员、公司经理、石油勘探技术研究所所长,现为自由撰稿人。主要作品有长篇小说《亮剑》《血色浪漫》《狼烟北平》《大崩溃》等,《亮剑》等改编成电视剧产生广泛影响。

杜鹏程(1921—1991),笔名司马君、普诚。陕西韩城人。大学毕业。1937年参加中华民族解放先锋队,任延安抗大、鲁迅师范学校学员,参加过陕甘宁边区农村工作和整风、大生产运动,历任西北野战军新华社随军记者、分社主编。1949年后历任新华社新疆分社社长,陕西作家协会副主席,专业作家。第二、三届全国政协委员,中国文联第四届委员,中国作家协会第二、三、四届理事。二十世纪四十年代开始发表作品。著有长篇小说《保卫延安》,中篇小说《在和平的日子里》《历史的脚步声》,小说集《年轻的朋友》《平凡的女人》《杜鹏程小说选》,散文集《杜鹏程散文选》《杜鹏程散文特写选》,评论集《我与文学》等。

杜志民(1944—   ),河北清河人。1968年毕业于河北师范大学外语系。1970年应征入伍,历任北京军区战友歌舞团编导室干部,《解放军报》编辑、高级编辑。1968年开始发表作品。著有诗集《哨所风雪夜》《阵地上的小花》《山地风》,散文集《和平之子》,小说集《心系》《杜志民自选集》等。

F

范咏戈(1948—   ),籍贯山东即墨。复旦大学中文系毕业,后参军至原昆明军区。1973年调任总政解放军文艺社担任《解放军文艺》评论编辑。1983年加入中国作家协会。1988年至1990年为莫斯科大学新闻—文艺学系研究生。1991年获授大校军衔。1994年担任解放军文艺出版社副社长兼副总编辑。1998年后先后担任《中国国门时报》社、中国作家协会《文艺报》社社长、总编辑等职。享受国务院特殊津贴。现为中国作协影视文学委员会副主任,中国报纸副刊研究会副会长。著有文艺评论集《在戎谈文》《新时期军事文学发展概观》《蓝禾儿 红樱桃》《化蛹为蝶》《观荧点评》等。曾获中宣部"五个一工程"奖。

方纪(1919—1998),原名冯骥,笔名公羊子。河北束鹿人。历任延安陕北公学教师,《大众文艺》编辑,延安《解放日报》社副刊编辑,热河省文联副主任,冀中文联委员,《天津日报》社编委、文艺部主任,天津市文化局局长、宣传部副部长,天津市文联党组书记、名誉主席。中国文联委员,中国作家协会理事,第一至七届天津市政协常委,中共天津市委第二届候补委员。著有中篇小说《老桑树底下的故事》《不连续的故事》,评论集《学剑集》,散文集《长江行》,诗集《不尽长江滚滚来》,散文《挥手之间》等。

方南江(1943—2018),湖南平江人。军人家庭出身。高中毕业入伍,先后服役于解放军和武警部队。曾任大军区组织部长,省武警总队政治委员,武警部队政治部副主任。少将警衔。二十世纪八十年代初始发表小说,短篇小说《最后一个军礼》(合作)获1980年全国优秀短篇小说奖、解放军文艺奖,并改编为同名电影和电视剧。长篇小说《中国近卫军》曾获中宣部"五个一工程"奖,结集有《方南江中篇小说选》。

冯德英(1935—   ),山东乳山人。1949年参加解放军,历任空军报务员、电台台长、排长、助理员、空军政治部创作室创作员。山东省作家协会副主席,中国作家协会第四届理事。1953年开始发表作品。主要作品有长篇小说《苦菜花》《迎春花》《山菊花》等。

冯骥(1981—   ),天津人。解放军艺术学院艺术硕士。历任排长、干事、海军政治部文工团电视艺术中心编剧。中国作家协会会员。2005年开始发表作品,主要作品:长篇小说《蝴蝶飞过》《特警犬王》《火蓝刀锋》《我雷了》,短篇小说集《谁能看见白衣的寂寞》,编剧《红海行动》《永不磨灭的番号》等。曾获中宣部"五个一工程"奖、飞天奖、金鹰奖、金星奖、白玉兰奖、华鼎奖、解放军图书奖、解放军文艺奖等。

冯牧(1919—1995),笔名冯先植。北京人。大学毕业。1936年参加"一二·九"学生运动。1938年到延安抗大、鲁艺文学系学习,毕业后留校在文艺理论研究室工作,后历任延安《解放日报》文艺编辑,陈谢纵队和四兵团新华社记者,十三军文化部长,云南军区文化部副部长,《新观察》主编,《文艺报》副主编、主编,文化部文艺研究院院长,中国文联党组书记,中国作家协会副主席、书记处书记。第六、七届全国政协委员。1940年开始发表作品。著有文艺评论集《繁花与草叶》《激流小集》《耕耘文集》《文学十年风雨路》,小说散文《新战士时来亮》《冯牧散文选萃》《滇云揽胜记》等,出版有6卷本《冯牧文集》。

冯志(1923—1968),原名冯禄祥。河北静海(今属天津)人。1938年春参加抗日人民自卫军(八路军第三纵队),曾任勤务员、警卫员、班长、排长、武工队小队长、文工队长、剧社社员。1947年到华北大学中文系学习,后历任《河北日报》记者,河北人民广播电台编辑、记者、文艺部副主任。1945年开始发表作品。主要作品有长篇小说《敌后武工队》《保定外围神八路》。

傅铎(1917—2005),河北博野人。1940年毕业于华北联合大学文学院戏剧系。历任火线剧社秘书、副社长、社长,总政治部文化部创作员,总政文工团副团长,总政话剧团团长,八一电影制片厂正军职政治委员。全国文联第四届委员,中国戏剧家协会第一至第五届理事。1940年发表处女作独幕话剧剧本《顽固派的真面目》。1949年加入中国戏剧家协会。著有话剧剧本《冲破黎明前的黑暗》《地下长城》《海防前线》《首战平型关》和歌剧剧本《王秀鸾》等,电影文学剧本《冲破黎明前的黑暗》,作品集《傅铎剧作选》(及续集)等。《冲破黎明前的黑暗》获第一届全国话剧观摩会演剧本二等奖、演出一等奖。

傅逸尘(1983—),本名傅强。辽宁鞍山人。解放军艺术学院文学硕士。曾任解放军报社记者部记者、文化部编辑。中国作家协会会员、中国现代文学馆客座研究员。著有文学评论集《重建英雄叙事》,专著《英雄话语的涅槃——21世纪初年军旅长篇小说创作论》,编著《"新生代军旅作家"面面观》,长篇纪实文学《远航记》。曾获中国文联文艺评论奖、全军文艺新作品奖。

G

高平(1932—),山东济南人。1949年肄业于山东省立济南师范学校。历任第一野战军战斗剧社、战斗文工团创作室研究生,西藏军区文工团创作组副组长、文艺创作员,甘肃省歌剧团编剧,甘肃省文联第二、三届委员,甘肃省作家协会第二届常务理事、第三届主席。专业作家,文学创作一级。中国作家协会全国委员会会员。1947年开始发表作品。著有诗集《珠穆朗玛峰》《拉萨的黎明》《大雪纷飞》《古堡》《帅星初生》《冬雪》《山水情》《心摇集》《百吻集》《了然斋诗词选》《高平诗选》《中国情节》,文艺论集《致诗友》《文海浅涉》,散文集《从西藏到东欧》等。

公刘(1927—2003),原名刘仁勇、刘耿直。江西南昌人。1939年开始写诗。1946年半工半读于中正大学法学院。1948年赴香港参加革命工作。1949年参加解放军，随军赴大西南，当过见习编辑和文艺助理员。发表反映西南边疆的诗歌《西盟的早晨》等。1955年调总政治部创作室任创作员。1958年被划为"右派"，遣送至山西工地服劳役。1979年平反。主要诗作有《五月一日的夜晚》《运杨柳的骆驼》《上海夜歌（一）》《沉思》《星》《十二月二十六日》《读罗中立的油画〈父亲〉》，长诗《阿诗玛》《尹灵芝》，诗集《神圣的岗位》《黎明的城》《在北方》《白花·红花》《离离原上草》《仙人掌》《母亲——长江》《骆驼》《大上海》《夜梦钞》《刻骨铭心》，短篇小说集《国境一条街》，散文集《酒的怀念》等。诗集《仙人掌》曾获全国第一届新诗诗集一等奖。

宫玺（1932—　　），笔名莞尔非玉。山东青岛人。1950年初中毕业参加军干校，历任航空预科总队学员，炮兵连文化教员、俱乐部主任，南京军区空军创作组创作员，文化部文化科副科长，上海文艺出版社二编室副主任，副编审。1956年开始发表作品。著有诗集《我爱连队我爱家乡》《蓝蓝的天空》《花漫长征路》《空军诗页》《银翼闪闪》《无声的雨》《抒情的草原》《宫玺诗稿》《冷色与暖色》等。

顾工（1928—　　），上海人。毕业于北京汇文高中。1945年参加新四军，历任军部文工团团员，八一电影制片厂编剧，《解放军报》编辑、记者，总后勤部政治部创作室专业作家。1946年开始发表作品。著有长篇小说《红军的后代》《疯人院》，中篇小说集《被遗弃的天使》，诗集《喜马拉雅山下》《成熟的季节》《军歌、礼炮和长城》《战神和爱神》《爱情交响诗》，散文集《风雪高原》《大海的子孙》《鲜花和乐器》《寄远方》《火光中的歌》《光荣的脚印》，小说集《重逢》《霸珑的末日》《情如山水》，话剧剧本《捕匪记》，电影文学剧本《冰山雪莲》《遥远的旅程》等三十余种。

谷海慧（1973—　　），女。辽宁昌图人。国防大学军事文化学院基础部教授，军事文化理论教研室主任。北京师范大学现当代文学专业博士，并完成艺术学博士后科研工作。主要研究领域为中国当代军旅文学、中国当代话剧。参与国家重大、重点课题多项，出版《接续与断裂——中国当代文学现象研究》等专著，获中国戏剧奖、田汉戏剧奖、全军院校"育才奖"银奖等奖项。

郭建英（1935—　　），女。江苏徐州人。1960年毕业于江苏徐州师范学院。1950年参军，历任二十四军文工团团员，解放军艺术学院教师，北京军区五七干校学员,河北省军区文化干事,北京军区文化部干事,解放军艺术学院文学系教员、研究室研究员。1972年开始发表作品。著有长篇小说《吴起》《荆轲》,散文集《长城望不断》《关山集》《战争的碎片》,散文诗集《流星雨》等。曾获电视文艺星光杯奖等多种奖项。

郭小川(1920—1976),原名郭恩大。曾用笔名郭苏、湘云、马铁丁等。河北丰宁人。1937年参加八路军,从事政治工作。1941年入延安马列学院文艺理论研究室学习,历任冀察热辽分局机关报《群众日报》副总编辑,《天津日报》编委,中南局宣传部理论宣传处副处长、文艺处副处长,中国作家协会理事、书记处书记、秘书长,《人民日报》特约记者。1936年开始发表作品。著有诗集《平原老人》、《投入火热的斗争》、《致青年公民》、《甘蔗林—青纱帐》、《鹏程万里》、《白雪与山谷》、《将军三部曲》、《一个和八个》、《诗歌作品选》、《昆仑行》、《月下集》、《两都颂》、《郭小川诗选》(上、下集)、《郭小川诗选续集》,杂文集《思想杂谈录集》,电影文学剧本《土地》《合作》等。

H

海波(1950—   ),江苏灌南人。1976年毕业于四川大学中文系。1968年参加工作,历任北京青云仪器厂钳工,沈阳军区空军战士,空军副指导员、干事,解放军文艺出版社《昆仑》编辑部副主任,八一电影制片厂文学部主任兼党委书记、副编审。1973年开始发表作品。著有长篇小说《铁床》,短篇小说集《幻鸟》,中篇小说《黑草》《眉姑》,电视系列片撰稿《少奇同志》等。短篇小说《母亲与遗像》获全国第七届优秀短篇小说奖,《彩色的鸟,在哪里飞徊?》获首届中国人民解放军文艺奖。

寒风(1918—2003),满族。河北易县人。毕业于易县师范。1938年参加八路军,历任青训班学员,太岳军分区宣传队员,陈赓部队某团教育股长,第二野战军四兵团新华分社记者、报道科科长,西南军区创作组、总政创作室专业作家,八一电影制片厂文学部主任,副军级。1950年开始发表作品。著有长篇小说《东线》《淮海大战》《上党之战》《中原夺鹿》《战将陈赓》《邯郸战役》,中短篇小说《大巴山的骄子》《海与浪》《歌手》,长篇叙事诗《雪乡》。

韩静霆(1944—　　)，吉林东辽人。1968年毕业于中国音乐学院民族器乐系。1973年应征入伍，历任北京军区炮兵政治部干事，军委空军政治部文艺创作室创作员、副主任、主任。中国作家协会全国委员会委员，农工民主党东方书画社社长。1973年开始发表作品。著有长篇小说《孙武》《凯旋在子夜》《大出殡》，散文集《花魂》《幽谷鹿笛》，中篇小说《市场角落的皇帝》，歌词《今天是你的生日，中国》，并出版画集四册等。曾获全国优秀中篇小说奖、全国图书金钥匙奖、中宣部"五个一工程"奖、中国人民解放军文艺奖、飞天奖、金鹰奖等。

韩瑞亭(1939—　　)，1961年山东大学中文系毕业后分配入伍，至解放军文艺出版社从事文学编辑工作，历任助理编辑，编辑，编辑组副组长、组长，副社长，编审。著有评论集《推涛集》、《艺廊探胜》、《大叙事品格论》(合著)、《长篇的辉煌》(合编)、《躁动与蝉蜕》、《长桅浮出水面》，诗集《绿色情思》。《推涛集》获首届当代文学研究成果奖。《大叙事品格论》(合著)获第五届当代文学研究成果奖。

韩笑(1929—1994)，吉林人。1946年就读于东北大学。后历任吉林军区报社记者，十二兵团《部队生活画刊》主编，广州军区政治部干事、创作员和文化部副部长、研究员，正师职。1941年开始发表作品。著有诗集《韩笑诗选》《韩笑抒情诗精选》《松江浪》《珠江美人》等。

韩作荣(1947—2013)，笔名何安、星宇。黑龙江海伦人。1968年参加工作，历任拖拉机修造厂工人，工程兵战士、排长、干事，《诗刊》编辑，《人民文学》编辑、副主任、主任、主编、编审。1972年开始发表作品。著有诗集《万山军号鸣》《六角的雪花》《北方抒情诗》《静静的白桦林》《爱的花环》《少女和紫丁香》《裸体》《玻璃花瓶》《瞬间的野菊》，诗论集《感觉·智慧与诗》等。

何冀平(1951—　　)，北京人。作家、编剧、制作人，毕业于中央戏剧学院戏剧文学系。代表作品有编剧作品《天下第一楼》《德龄与慈禧》《投名状》《龙门飞甲》《明月几时有》《邪不压正》。曾获华语电影年度编剧奖、香港六艺卓越女性奖、北京人艺荣誉编剧奖、海南岛国际电影节年度编剧奖。

何继青(1957—　　)，江苏常州人。1986年毕业于解放军艺术学院文学系。曾赴鄂西北山区插队务农，1976年应征入伍，历任侦察兵、侦察排长，广州军区政治部创作组创作员、主任，广东作家协会理事。1982年开始发表作品。

著有短篇小说集《遥远的黎明》，中篇小说《绿色南方雨》《死亡不属于我们》《兵道》，长篇小说《哭歌》等。《横槊捣G城》获《昆仑》优秀中篇小说奖，《兵道》获中国人民解放军文艺奖。

何况（1961—　　），原名何光喜。江西婺源人。1979年底入伍，毕业于解放军艺术学院文学系。现为厦门市纪委监委宣传部部长。中国作家协会会员、中国报告文学学会会员、厦门市作家协会副主席。先后出版《开埠》（合作）、《拥抱阿里山》、《火柴大王刘鸿生》、《把名字写在水上》、《文园读书记》等著作十余部，曾获首届鲁迅文学奖、第十一届中国图书奖、中国人民解放军文艺奖、福建省优秀文学作品奖等。

贺东久（1951—　　），安徽宿松人。1989年毕业于解放军艺术学院文学系，1969年应征入伍，历任战士、文书、干事，南京军区前线歌舞团创作员，总政歌舞团创作员。1973年开始发表作品。著有诗集《带刺的爱神》《相思林》《暗示》，歌剧《党的女儿》等。还创作有《中国、中国，鲜红的太阳永不落》《太湖美》等大量歌词。曾获中国人民解放军文艺奖等奖项。

贺捷生（1935—　　），湖南桑植人。先后在军事科学院、中国人民解放军总政治部、武警部队等单位从事研究和宣传工作。曾任军事科学院军事百科研究部部长，1996年授少将军衔。1984年开始发表文学作品，曾获人民文学奖优秀散文奖，散文集《父亲的雪山母亲的草地》获第六届鲁迅文学奖。

贺敬之（1924—　　），笔名艾漠、荆直。山东枣庄人。1942年毕业于延安鲁艺。历任文工团创作组成员，华北联大文学院教师，中央戏剧学院创作室主任，《人民日报》文艺部副主任，文化部副部长兼文学艺术研究院院长，中共中央宣传部副部长，文化部代部长。中国文联第四届委员，中国作家协会第一、二、三、四届理事及第三届副主席、书记处书记、第五届名誉副主席，中国戏剧协会第三、四届常务理事，中共第十二、十三届中央委员，第七届全国人大常委会委员。二十世纪四十年代开始发表作品。著有诗集《放歌集》《贺敬之诗选》，评论集《贺敬之文艺论集》，长诗《回延安》《放声歌唱》《雷峰之歌》《中国的十月》等。歌剧剧本《白毛女》（参加执笔，马可作曲）获1951年斯大林文学奖金。

胡可（1921—　　），满族，山东青州人。1937年参加革命，历任晋察冀军区抗敌剧社戏剧队副队长，文艺组副组长，创作组副组长、组长，华北军区文化部创作组组长,总政治部创作室创作员,石家庄军分区副政治委员,北京军区宣传部、总政治部文化部副部长,解放军艺术学院院长。中国戏剧家协会主席,中国话剧艺术研究会顾问,中国少数民族戏剧学会名誉会长。1924年发表处女作《清明节》。著有话剧剧本《英雄的阵地》《战线南移》《槐树庄》,剧作集《胡可剧作选》,论文集《习剧笔记》《胡可论剧》《读剧杂识》《剧事文稿》等。《战斗里成长》获全国第一届话剧汇演剧作甲等奖,并译为俄、英、日、朝等国文字。

胡昭(1933—2004),满族。吉林舒兰人。1953年毕业于中央文学研究所。1947年参军,历任东北民主联军四纵队团宣传队员,《吉林日报》副刊组编辑,《作家》杂志编辑,吉林省作家协会专业作家、副主席、顾问。文学创作一级。中国作家协会第四届理事、第五届全国委员会委员及少数民族文学工作委员会第四、五届成员。1949年开始发表作品。著有诗集《光荣的星云》《小白桦树》《人生之旅》《从早霞到晚霞》《草原夜景》《生命行旅》《山的恋歌》《瀑布与虹》,散文集《绿的记忆》《怀念与祝福》等。曾获全国首届新诗奖。

黄传会(1949—　　),浙江苍南人。1969年入伍。毕业于南开大学中文系。1977年调入海军政治部创作室。中国报告文学学会常务副会长,中国作家协会第七届全委会委员,海军政治部创作室原主任,享受国务院政府特殊津贴。著有长篇报告文学《中国一个县》《托起明天的太阳——希望工程纪实》《中国山村教师》《龙旗——北洋海军纪实》《逆海——民国海军纪实》《雄风——人民海军纪实》《大国行动:中国海军也门撤侨》等。曾获庄重文文学奖,第十三届中国图书奖,第一、三届徐迟报告文学奖,第六、九、十三届中宣部"五个一工程"奖,第六届鲁迅文学奖等。

黄定山(1959—　　),湖南长沙人。1979年考入解放军艺术学院戏剧系,1983年毕业后留校任教。历任长沙歌舞剧院演员,解放军艺术学院戏剧系教员、系主任,解放军歌剧团团长。代表作品有话剧《情感守望》《我在天堂等你》,歌剧《太阳雪》。曾获中宣部"五个一工程"奖、曹禺戏剧奖优秀剧目奖、曹禺戏剧奖优秀导演奖、中国话剧金狮奖编剧奖、中国话剧金狮奖导演奖、国家舞台艺术精品工程剧目、全军新剧目展演优秀剧目奖等。

黄国荣(1947—　　),笔名箫簧、秋野。江苏宜兴人。毕业于山东师范大学语言文学系。1968年应征入伍,历任战士、排长、文化干事、副处长,师政治部副主任,解放军文艺出版社副社长、副编审,大校军衔。1978年开始发表作品。著有长篇小说《兵谣》《乡谣》《街谣》,小说集《蓝色的梦》,中篇小说集《蓝海之恋》,中篇小说《陌生的战友》《尴尬人》《履带》,电视连续剧剧本《兵谣》等。曾获中国人民解放军文艺奖等奖项。

黄国柱(1952—   ),江苏泰兴人。1982年毕业于吉林大学汉语言文学系。1972年应征入伍,历任战士、文书、文化干事、宣传干事,解放军报社文化处编辑、政工科科长,新华社军分社社长,解放军南京政治学院政治部主任,解放军电视宣传中心主任,《解放军报》社社长等职。1975年开始发表作品。1988年加入中国作家协会。著有评论集《困惑与选择》《北国的辉煌》《苍凉的历史》《圣土并不遥远》《寂寥长天唱大风》,散文报告文学集《苦海的帆》等。《圣土并不遥远》获第三届中国人民解放军文艺奖。

J

纪鹏(1927—2006),笔名季石、何雨。吉林九台人。1948年肄业于长春学院。历任松江军区前进指挥部宣传队队员,战车师《战车报》编辑,《人民装甲兵》《解放军战士》编辑,《解放军文艺》编辑组长,解放军文艺出版社研究员、特约编审。中国散文诗学会副会长、中外散文诗研究会名誉会长、中日歌词研究中心、毛泽东诗词研究中心常务理事。1942年开始发表作品。著有长诗《铁马骑士》,诗集《蓝色的海疆》《爱的交响曲》《北国江南》《山情水韵》,汉俳《拾贝集》,散文诗集《淡色的花束》《献给祖国的花环》,诗论集《诗林漫步》等。

简嘉(1954—   ),河南新野人。1987年毕业于北京大学中文系。1970年应征入伍,历任战士、干部,成都军区政治部创作组创作员。文学创作一级。1981年开始发表作品。著有长篇小说《兵家常事》《好男当兵》,中短篇小说集《拉岔大桥》《守狱者》等。《女炊事班长》获1981年全国优秀短篇小说奖。

简宁(1963—   ),原名叶流传。安徽潜山人。1984年毕业于中国科技大学工程热物理系,1991年毕业于鲁迅文学院研究生班。历任空军第十三飞行学院教师,《解放军文艺》编辑部特约编辑,《空军报》特约记者,空军政治部创作室专业作家。1982年开始发表作品。著有诗集《天真》《倾听阳光》,长篇报告文学

《摇撼光之树》，中篇小说《第二击》，长诗《升腾》，组诗《一步步》，译著长篇小说《女先知》，短篇小说《插曲》《大水河》《沐浴》等。

江奇涛（1954—　），安徽无为人。1989年毕业于解放军艺术学院文学系。1971年应征入伍，历任战士、营部书记及侦察排长，《人民前线》报记者、编辑，南京军区政治部文艺创作室专业作家，文学创作一级。中国电影家协会江苏分会理事。1973年开始发表作品。著有中篇小说集《马蹄声碎》《雷场上的相思树》，电影文学剧本《马蹄声碎》《红樱桃》，报告文学《神秘王国领衔主刀》等。曾获第二届中国人民解放军文艺奖、第七届金鸡奖特别奖和1990—1992年全国优秀报告文学奖，参与编剧电视剧《亮剑》《人间正道是沧桑》《汉武大帝》。

江宛柳（1952—　），女。山东人。1970年后历任第二炮兵工程技术总队战士，文工团创作室创作员，解放军文艺出版社《解放军文艺》编辑，《昆仑》编辑，《军营文化天地》副主编。1973年开始发表作品。著有报告文学集《我在寻找那颗星》，小说《新任编辑》等。报告文学《蓝色太平洋》获1990—1991年全国优秀报告文学奖。

姜安（1951—　），生于辽宁抚顺，长在陕西。1969年入伍，1971年毕业于兰州大学中文系，现为兰州军区文艺创作室二级作家。著有长篇小说《走出硝烟的女神》，撰写电视文化片《从帐圈走来》等十二部，发表小说、报告文学、散文、论文计200万字。中篇小说《远去的骑士》曾获全军文艺新作品二等奖。

蒋晓勤（1950—　），江苏常州人。历任福州空军创作组创作员，南京军区前线话剧团编剧、编导室主任、业务副团长。一级编剧。江苏省戏剧家协会理事，江苏省影协会员，中国戏剧家协会会员。著有话剧剧本《带血的谷子》《"厄尔尼诺"报告》，音乐话剧剧本《迷人的海湾》等。曾获第二届解放军文艺奖、首届庄重文文学奖、曹禺戏剧文学奖剧本奖、第六届中国艺术节大奖等多种奖项。

金辉（1954—　），笔名晓今。河北唐山人。1986年毕业于解放军艺术学院文学系。1973年应征入伍，历任河北省军区独立师战士、报道员、见习干事，北京军区政治部文化部干事，北京军区政治部文艺创作室专业作家。文学创作一级。1975年开始发表作品。著有纪实文学《中越战争秘录》（合作）、报告文学《恸问苍冥——日军侵华暴行备忘录》、长篇散文《西藏墨脱的诱惑》等。曾获鲁迅文学奖、1995—1996年全国优秀报告文学奖、中国人民解放军文艺奖。

金敬迈(1930—　　　)，江苏南京人。1949年参加解放军，曾任中南军区军械学校文工团团员，广州军区战士话剧团演员、创作员，军区政治部创作组创作员。1968年遭迫害入狱，1975年在农场劳动，1978年平反，后任广州军区文化部创作组专业作家。1958年开始发表作品。著有长篇小说《欧阳海之歌》，话剧剧本《双桥会》(合作)，电影文学剧本《铁甲008》等。话剧剧本《神州风雷》(合作，已公演)获庆祝新中国成立30周年文艺调演创作奖。

金一南(1952—　　　)，江西吉安人。1972年入伍。国防大学战略教研部战略研究所所长、教授、博士研究生导师，国防大学"杰出教授"，少将军衔。长期从事国家安全战略、国际危机管理研究，战略问题研究专家。先后担任《人民日报(海外版)》《解放军报》《学习时报》特约撰稿人，《中国军事科学》特邀编委，中央电视台和中央人民广播电视台特约军事评论员和主持人。全军首届"杰出专业技术人才奖"获奖者，全国模范教师，全军优秀教师。曾赴美国国防大学、英国皇家军事科学院进修、讲学。主要著作有《苦难辉煌》《浴血荣光》《军人生来为战胜》《心胜》《胜者思维》等。

峻青(1923—2019)，原名孙俊卿。山东海阳人。1941年参加革命工作，历任胶东《大众报》记者，新华社前线分社随军记者，昌维地区武工队小队长，《中原日报》编辑组长，中南人民广播电台编委兼宣传科长，中国作家协会上海分会副主席、代理党组书记，《文学报》主编。中国作家协会第二、三、四届理事。二十世纪四十年代开始发表作品。著有长篇小说《海啸》，短篇小说集《黎明的河边》《最后的报告》《怒涛》《海燕》，散文集《欧行书简》《秋色赋》《雄关赋》《沧海赋》《三峡赋》《梅魂》，评论集《峻青谈创作》等。出版有《峻青文集》(6卷)。

K

康桥(1964—　　　)，山西汾阳人。1980年考入济南军区军医学校并入伍。1995年毕业于解放军艺术学院文学系。历任护士、政治处干事、工管处助理、济南军区政治部创作室创作员。1988年开始发表作品。著有诗集《寸草心》《火中舞者》(合著)、《血缘之源》《飞翔，向着太阳》《征途》等。曾获第四届全军文艺新作品奖等。

柯岗(1915—2003),原名张柯岗,笔名葛岗。河南巩义人。1937年毕业于上海大夏大学,1939年毕业于延安抗日军政大学。历任八路军一二九师宣传部干部、情报站长,晋冀鲁豫中央局《人民日报》编委,新华社记者,十二军宣传部副部长,西南军政委员会文教部文化处副处长,西南作家协会理事,国务院文化部剧本委员会办公室主任。1940年开始发表作品。著有长篇小说《刘伯承传》《金桥》《逐鹿中原》《三战陇海》,诗集《小诗集》,散文集《因为我们是幸福的》(合作),短篇小说集《八朗里和五里河》《柳雪岚》,长诗《长着翅膀的朱银马》,多幕话剧剧本《针锋相对》,电影文学剧本《中央突破》(合作)等。出版有《柯岗文集》(5卷)。

柯原(1931—2016),笔名路苇、夏季。侗族。湖南新晃人。1949年毕业于华北大学第一部。1949年参军,历任第四野战军南下工作团会计、文书、组长。广州军区文化部文艺处副处长、处长。广东省文联委员,广东省作家协会第三、四、五届理事,中国散文诗研究会第二、三、四届会长,世界华文诗人协会理事。1946年开始发表作品。著有诗集《露营曲》《一把炒面一把雪》《雪莲、珊瑚、岁月》《岭南红桃歌》《白云深处有歌声》《椰寨歌》《浪花岛》《相柳集》《送你一缕月光》《金三角之恋》《现代求索者》《南海秦鸣曲》《枫叶的爱情》《少女与雪季》《柯原抒情诗精选》,散文诗集《爱的国土》《野玫瑰》《南方的爱情》《微笑的事业》等。

柯仲平(1902—1964),原名柯维翰。云南广南人。1924年肄业于北京政法大学。1927年后历任陕西省立中学国文教师,上海建设大学国文教授,上海工作纠察队总部秘书兼上海工会联合会纠察队秘书,中共中央《红旗日报》采访员,中央宣传部文化工作训练班班长,陕甘宁边区文协副主任、主任,民众剧团团长,全国文协副主席,西北文联主席,西北军政委员会文教委副主任兼西北艺术学院院长。中国文联第一届常委及第二、三届委员,中国作家协会第一、二届理事,第一、二届全国人大代表,第一届全国政协代表。1924年开始发表作品。著有诗集《从延安到北京》,诗剧剧本《风火山》,歌剧剧本《无敌民兵》,长诗《海夜歌声》《边区自卫军》《毛主席的小英雄》《平汉路工破坏大队》《浪中人》等。

L

兰宁远(1975—   ),内蒙古呼和浩特人。1998年毕业于北京师范大学中文系后参军入伍。现为解放军总装备部文艺创作室创作员,《神剑》杂志社编辑。1990年开始发表作品。著有散文集《守望天堂》《霓虹烈焰》,影视评论集《花儿为什么这样红》,话剧剧本《莫道桑榆晚》《顶天立地》《古都春晖》等。曾获冰心散文奖、全军文艺新作品奖等。

兰晓龙(1973—   ),湖南邵阳人。1997年毕业于中央戏剧学院,入伍北京军区战友话剧团,任职业编剧。代表作有话剧《红星照耀中国》《爱尔纳突击》等,电视剧《石磊大夫》《士兵突击》《我的团长我的团》《生死线》等。曾获老舍文学奖、曹禺戏剧奖、全军新剧目展演编剧一等奖、全军电视剧金星奖优秀编剧奖、中国电视剧飞天奖优秀编剧奖等。

雷达(1943—2018),甘肃天水人。1965年毕业于兰州大学中文系。历任《文艺报》编辑,《中国作家》副总编,中国作家协会创作研究部主任,研究员,享受国务院特殊津贴。中国作家协会全国委员会委员,中国当代文学研究会副会长,中国小说学会常务副会长。第四、五、六届茅盾文学奖评委,第一、二届鲁迅文学奖评委,兰州大学博士生导师。著有论文集《小说艺术探胜》《文学的青春》《蜕变与新潮》《传统的创化》《民族灵魂的重铸》《文学活着》,散文集《缩略时代》《雷达散文选》,电影文学剧本《赵武灵王》(合作)等。曾获鲁迅文学奖等多项理论评论奖项。

雷铎(1950—2017),原名黄彦生。广东潮州人。1986年毕业于解放军艺术学院文学系。1968年应征入伍,任广州军区政治部创作组专业创作员。1974年开始发表作品。著有长篇小说《男儿女儿踏着硝烟》,报告文学《从悬崖到坦途》,短篇系列小说《人生组曲》等。曾获首届《昆仑》优秀作品奖、全国首届优秀报告文学奖、首届中国人民解放军文艺奖。

雷抒雁(1942—2013),陕西泾阳人。西北大学中文系毕业。1970年应征入伍,历任六十二师政治部宣传干事,《解放军文艺》编辑,《人才》杂志负责人,工人出版社文艺编辑室副主任、主任、办公室主任,《五月》文学主编,《诗刊》副主编、编审，鲁迅文学院常务副院长。著有诗集《沙海军歌》《漫长的边境线》《时间在惊醒》《小草在歌唱》《春神》《云雀》《绿色的交响乐》《父母之河》《跨世纪的桥》《掌上的心》《雷抒雁抒情诗百首》，散文集《悬肠草》等。曾获全国第二届新诗奖。

黎汝清（1928—2015），山东博兴人。1944年毕业于耀南中学。1944年参加革命工作，历任会计、缮写员、小报编辑、上海警备区宣传副股长、医院副政委、党委秘书、教导员、十五师直工科副科长，第六届江苏省政协委员。著有长篇小说《海岛女民兵》《冬蕾》《万山红遍》《叶秋红》《雨雪霏霏》《生与死》《深谷英魂》《湘江之战》《碧血黄沙》《皖南事变》《漠野烟尘》《丛林战争》《安娜一家》《故园暮色》《故园夜雨》《芳茗园之夜》《滴血的夕阳》，儿童文学集《秘密联络站》，诗歌散文集《战斗集》《在祖国的土地上》《青凤岩》《战马奔驰》，中篇小说《我守卫在桃花河畔》《自由》《作家的童年》《云霞岭》，电影文学剧本《小号手》《海霞》等。曾获全国第二届图书奖金钥匙奖、全军文艺新作品奖一等奖、1988年华表奖。

李斌奎（1946—　　），陕西合阳人。大学文化。1968年应征入伍。历任战士、副班长、排长、新疆军区话剧团创作员，兰州军区政治部创作室副主任。专业作家，文学创作一级。1964年开始发表作品。著有长篇小说《山鬼》《樱花大道》，话剧剧本《草原珍珠》《塔里木》《天神》《昆仑雪》等。《天山深处的大兵》获第三届全国优秀短篇小说奖，话剧剧本《天山深处》获全国优秀剧本奖。

李存葆（1946—　　），山东五莲人。1986年毕业于解放军艺术学院文学系。1964年应征入伍，历任战士、班长、排长、新闻干事，济南军区文工团编导，济南军区政治部创作室主任，解放军艺术学院副院长。少将军衔，文学创作一级。全国政协委员，中国作家协会理事及全国委员会委员，中国作家协会副主席，中国报告文学学会副会长。著有中篇小说《高山下的花环》《山中，那十九座坟茔》，长篇报告文学《大王魂》、《沂蒙九章》（与王光明合作），散文集《大河遗梦》，电影剧本《高山下的花环》《百年老屋》。曾获全国第二、三届优秀中篇小说奖，中国潮和全国报告文学奖，韩愈杯一等奖，中国人民解放军文艺奖，《十月》文学奖，全国第五届电影金鸡奖及最佳编剧奖，全国优秀电影剧本奖，鲁迅文学奖，等等。

李栋恒（1944—　　），河南南阳人。1963年8月进入上海交通大学船舶动力系学习。1968年12月在部队农场当兵。曾任武警部队党委常委、政治部主任。中将军衔。中国人民解放军总装备部副政委,中华诗词学会、《诗词之友》顾问。出版《李栋恒将军诗词书法集》。

李钢(1951—　　),陕西韩城人。1968年应征入伍,历任海军南海舰队训练团中队战士、重庆铁路分局九龙坡机务段工人、重庆工业管理学院干部。中国作家协会四川分会理事。1979年开始发表作品。著有诗集《白玫瑰》《无标题之夜》《蓝水兵》等。曾获全国第二届优秀新诗奖。

李海江(1964—　　),河南商丘人。编剧。中国电影家协会会员,中国电视家协会会员。创作电影剧本《血战睢阳》《我不是王毛》《信仰者》。获英国万像国际电影节最佳编剧奖。

李浩(1971—　　),河北沧州人。1996年入伍。一级作家,中国作家协会会员,河北省作协理事,河北省有突出贡献的中青年专家。曾先后在《人民文学》《十月》《当代》《花城》《钟山》《北京文学》《文艺报》《小说评论》《诗刊》《中国作家》等报刊发表小说、诗歌、文学评论等260余万字。部分作品被译成英文、法文、日文、韩文。曾获第四届鲁迅文学奖短篇小说奖,第十二届庄重文文学奖,第九、十一届河北省文艺振兴奖。

李季(1922—1980),原名李振鹏。河南唐河人。初中肄业。1938年到陕北抗大学习,历任八路军总部特务团连指导员、中共中央北方局党校支书、《三边报》社社长、延安《群众日报》副刊编辑。1949年后历任中南文联编辑出版部长,中南局宣传部文艺处副处长,《长江文艺》主编,甘肃玉门油矿党委宣传部长,中国作家协会创委会副主任,中国作家协会兰州分会主席,《诗刊》主编,《人民文学》主编,中国文联第一、四届委员,中国作家协会副主席、党组副书记。第五届全国政协委员。1943年开始发表作品。著有诗集《短诗十七首》《玉门诗抄》《生活之歌》《致以石油工人的敬礼》《西苑诗草》,长诗《王贵与李香香》《菊花石》《五月端阳》《当红军的哥哥回来了》《石油之歌》,小说散文集《戈壁旅伴》等。出版有《李季文集》(4卷)。

李骏(1974—　　),湖北红安人。先后戍守新疆、西藏,曾就读于解放军军事交通学院、解放军艺术学院和鲁迅文学院,现为某部副政委兼纪委书记。大校军衔。中国作家协会会员。发表各类作品400余万字,出版《谛观生命》《仰望苍穹》《生死大营救》《住进新营盘》《黄安红安》《穿越荒原的温暖》《待风吹》等著作。作品曾获第十一届《小说月报》百花奖,冰心散文奖,第六至十届全军文艺新作品奖一等奖。

李美皆(1969—　　),女。山东潍坊人。苏州大学文学博士。1998年入伍,空军指挥学院科研部副教授,中国作家协会会员,中国当代文学研究会理事,中国丁玲研究会理事。著有评论集《容易被搅浑的是我们的心》《为一只金苹果所击穿》。曾获庄重文文学奖、第五届中国文联文艺评论奖、第十一届全军文艺新作品奖等。

李鸣生(1956—　　),原名李明生。四川简阳人。1991年毕业于解放军艺术学院文学系。1973年应征入伍,历任西昌卫星发射基地战士,解放军出版社编辑、军事科技编辑部副主任。中国报告文学学会理事,军事文学委员会委员。1981年开始发表作品。著有长篇纪实文学《走出地球村》《飞向太空港》《澳星风险发射》《远征三万六》《飞天梦》《徐海东》《天路迢迢》《挺进太空》《中国863》《国家大事》,另外创作电视剧本多部。曾获首届鲁迅文学奖、全国优秀报告文学奖、中国人民解放军文艺奖、中宣部"五个一工程"奖、中国图书奖等。

李荃(1955—　　),山东济宁人。1972年应征入伍,1986年毕业于解放军艺术学院文学系,历任文艺宣传员、排长、副指导员、宣传干事、济南军区政治部创作室专业作家、主任。1976年开始发表作品。著有长篇报告文学《中华之门》等。短篇小说《最后一个军礼》(合作)获全国第三届短篇小说奖,中篇小说《路魂》获1983年《昆仑》优秀作品奖,纪录片《中华之门》《中华之盾》《中华之剑》获中宣部"五个一工程"奖等多种奖项。

李松涛(1950—　　),原名李荣阁,笔名源桥父。辽宁昌图人。1981年毕业于中国作家协会文学讲习所。1968年插队务农,后历任抚顺市文化局创作评论室干部、沈阳空军政治部文工团专业作家、沈阳空军政治部创作组组长。文学创作一级,大校军衔。辽宁省作家协会副主席。1965年开始发表作品。著有诗集《第一缕炊烟》《诗的脚印》《云影与松风》《凝固的涛声》《坠果》《荧灯》《无倦沧桑》《李松涛诗选》《晴空》《没有完成的爱》《女性插翅的浪漫》《幸有娲石》《李松涛自选诗》,小说集《夕域》,散文集《走出碑影》,报告文学集《大道存高远》。曾获首届鲁迅文学奖等。

李西岳(1959—   ),河北献县人。1976年入伍,1991年毕业于解放军艺术学院文学系。历任战士、司务长、指导员、干事,北京军区文化工作站编辑,创作室副主任、主任。著有长篇小说《百草山》《戎装之恋》,长篇报告文学《大国仪仗》(合作)、《青春在这里延伸》、《天地之间》,中篇小说《战友》《生命线》《农民父亲》《人活在世》《遍地胡麻》等。曾获中国人民解放军文艺奖、《小说月报》百花奖。

　　李晓桦(1955—   ),笔名晓桦。北京人。1969年毕业于北京外语学校日语专业。1970年应征入伍,历任班长、排长、代理副指导员,辽宁大学中文系学生,《昆仑》编辑。1976年开始发表作品。著有组诗《军人走进大西北》《剑·钢盔·女兵墓》等。诗集《蓝色高地》获全国新诗奖。

　　李心田(1929—2019),江苏睢宁人。1950年毕业于华东军政大学,参加解放军。长期从事部队文化教育和文艺工作,济南军区创作室创作员,享受政府特殊津贴。著有长篇小说《闪闪的红星》《两个小八路》《寻梦三千年》《结婚三十年》《梦中的桥》《跳动的火焰》《十幅自画像》,中篇小说《人的质量》《沙场春点兵》《蓝军发起冲击》及话剧剧本等。

　　李亚(1971—   ),安徽亳州人。1990年3月入伍,1996年毕业于解放军艺术学院文学系,现就职于海军创作室。主要作品有小说集《幸福的万花球》《亚丁湾的午后时光》,短篇小说《早醒的机关兵》,中篇小说《水生物》《动物管理员》《旅游奇遇记》《发痒的肋骨》《全家福》,长篇小说《流芳记》《金色大雨》《花好月圆》等。曾获全军文艺新作品奖一等奖。

　　李瑛(1926—2019),河北丰润人。1949年毕业于北京大学文学院中国语言文学系。1947年在校读书期间从事地下革命工作,1949年参军,历任第四野战军政治部南下新闻队队长,四野新华总分社记者,总政治部文化部秘书,解放军文艺出版社编辑组组长、副总编、总编辑、社长,总政治部文化部部长。中国作家协会第三、四、五届理事及第四、五届主席团委员,中国文联第五、六届委员及副主席,国际友人研究会常务理事,国际笔会中国中心理事等。1942年开始发表作品。著有诗集和诗论集《枪》《野战诗集》《战场上的节日》《天安门上的红灯》《寄自海防前线的诗》《静静的哨所》《花的原野》《献给火的年代》《枣林村集》《红花满山》《北疆红似火》《站起来的人民》《进军集》《难忘的1976》《早春》《李瑛诗选》《江和大地》《李瑛国际题材诗歌选》《日本之旅》《对诗的思考》《多梦的西高原》《山草青青》《睡着的山和醒着的河》《我的中国》等六十余部。曾获第一届中国人民解放军文艺奖、全国首届优秀诗集奖一等奖、全国第二届优秀诗集奖等。

李延国(1943—)，山东牟平人。1964年入伍，历任炮手、新闻干事，济南军区政治部创作室创作员。著有长篇报告文学《废墟上站起来的年轻人》《敢立军令状》《穆铁柱出山记》《不灭的剑光》《中国农民大趋势》《在这片国土上》等。曾多次获全国报告文学奖。

李英儒(1914—1989)，笔名黎莺、李家侨。河北清苑人。三十年代初在保定中学就读。1938年参加八路军，曾任《火星报》编辑、主任，战斗部队步兵团长，晋察冀军区政治部敌工科长。平津解放后，历任医院政委，总后文化部干部，总后宣传部副部长，总政创作室专业创作员兼创作组长，八一电影制片厂顾问，《八一电影》主编。中国作家协会第四届理事，中国书协委员，文化部电影委员会委员。1954年开始发表作品。著有长篇小说《战斗在滹沱河上》《野火春风斗古城》《还我河山》《魂断秦城》《女游击队长》，小说集《李英儒短篇小说集》《上一代人》等。

李忠效(1955—)，辽宁丹东人。1989年毕业于解放军艺术学院文学系。1969年应征入伍，历任潜艇轮机兵、轮机班长、轮机军士长，宣传干事，北海舰队政治部创作室创作员，海军航空兵创作室主任，海军政治部创作室创作员。一级作家，中国作家协会会员。1974年开始发表作品。主要作品有长篇纪实文学《我在美国当律师》《联合国的中国女外交官》，长篇小说《酒浴》《翼上家园》《海天之恋》，作品集《升起潜望镜》等。曾获中国潮报告文学征文奖等。

廖建斌(1968—)，江西九江人。文学硕士，毕业于解放军艺术学院文学系，原解放军艺术学院文学系副主任、副教授。中国作家协会会员，大校军衔。1988年开始发表作品。著有长篇小说《灵朽》，40集电视连续剧《红旗如画》、25集电视连续剧《八一南昌起义》（合著）等。参与撰写《中国军旅文学50年》《新世纪军旅文学概观》的有关章节等。电影文学剧本《穿越蘑菇云》获国家广电总局第七届"夏衍杯"优秀电影剧本奖。

林雨(1929—1995)，原名林锡寿。山东掖县人。初中毕业。1945年参加八路军,历任胶东西海分区、滨北分区及军大胶东分校宣传队员、中心文化教员,志愿军政治部俘虏处宣教干事,东北军区归管处、华东军区俘虏处宣教干事,福州军区文化部创作组长,《胶东文学》主编,山东省作家协会副主席。1956年开始发表作品。著有短篇小说集《刀尖》《您喜欢谁》《五十大关》等。

凌仕江(1973—),四川荣县人。1993年入伍,历任西藏军区战士,西藏军区文工团创作室、成都军区战旗歌舞团专业创作员。现为成都市文化局专业作家。巴金文学院签约作家,文学创作二级。出版散文集《你知西藏的天有多蓝》《飘过西藏上空的云朵》《西藏的天堂时光》《说好一起去西藏》《西藏时间》《天空坐满了石头》《藏地圣境》等十余部。曾获第四届冰心散文奖、第六届老舍散文奖。

凌行正(1930—),河南潢川人。1949年毕业于河南省立潢川高中。高中毕业后志愿入伍,历任某军政治部宣传队创作员,《志愿军一日》编辑部编辑,成都军区政治部文化科创作员、科长,解放军文艺出版社小说戏剧组组长、副社长,《昆仑》主编,解放军文艺出版社社长兼总编辑,《解放军文艺》主编,编审。中国出版工作者协会第二届理事。1954年开始发表作品。1979年加入中国作家协会。著有长篇小说《九号干休所》,诗集《高原短歌》(合作),叙事诗集《洛桑丹增颂》(合作),散文集《关山情》《江河赋》《神圣的珊瑚礁——南沙纪行》《岁月留痕》《感念西藏》《初踏疆场》《铁血记忆》等。《感念西藏》获第十届中国人民解放军文艺奖。

刘白羽(1916—2005),北京人。1941年参加革命工作,历任延安文抗支部书记,重庆《新华日报》副刊编辑部主任,新华社总社军事记者,总政文化部副部长,中国作家协会党组副书记、书记、副主席、书记处书记,国务院文化部副部长,总政文化部部长,《人民文学》杂志社主编,大军区副职。第一届全国政协代表,第一、二、三、五、六届全国人大代表,第七届全国政协委员,中共八大代表,国际笔会中国笔会中心副主席,中国传记文学学会会长,中国作家协会第五届名誉副主席。1936年开始发表作品。著有长篇小说《风风雨雨太平洋》《第二个太阳》,散文集《红玛瑙集》《海天集》《秋阳集》《腊叶集》《风霜集》,短篇小说集《草原上》《兰河上》《五台山下》《太阳》《幸福》《扬着灰尘的道路上》《晨光集》,报告文学集《刘白羽东北通讯集》《环行东北》,短篇小说《无敌三勇士》《政治委员》，散文《长江三日》《日出》，电影文学剧本《中国人民的胜利》，长篇回忆录《心灵的历程》等。曾获1950年斯大林文艺奖一等奖、1989年中国作家协会优秀散文奖、第三届茅盾文学奖、1995年优秀传记文学奖。

刘常(1981—   )，河北石家庄人。文学硕士、国家安全战略学硕士、军事学博士。2000年考入解放军艺术学院文学系，著有《高适诗选》《中国古代军事思想两次高峰比较研究》《中国整体国家安全观评估》，参与编著《诗史合一——毛泽东诗词的另一种解读》《你了解红军长征吗》《中国军旅文学50年》《新世纪军旅文学概观：2000—2010》。

刘川(1926—   )，笔名黎弘。四川成都人。小学毕业。1943年从艺，历任重庆中华剧艺社演员，苏北军区文工团研究室研究员，苏南军区文工团编导股长，南京军区前线话剧团编剧、创作室创作员。中国文联第四届全国委员会委员，中国戏剧家协会理事，江苏省戏剧家协会副主席、顾问，江苏戏剧文学学会会长，中国戏剧文学学会顾问。1945年发表处女作。1965年加入中国戏剧家协会。主要著作有话剧剧本《红旗飘飘》《生者与死者》《灵魂的代价》《潮涌黄浦江》，评论《第四种剧本》等。《第二个春天》获1964年军委、总政及国家文化部优秀创作奖，并被改编拍摄成电影。

刘恒(1954—   )，本名刘冠军。北京人。1969年入伍，在海军服役。1979年调到《北京文学》，先任小说编辑，后任北京作家协会驻会作家，并兼任中国作家协会副主席、北京市作家协会主席、《北京文学》主编。1977年开始发表作品。著有长篇小说《黑的雪》《逍遥颂》《苍河白日梦》，中篇小说《白涡》《伏羲伏羲》《虚症》《天知地知》等。1988年开始撰写或改编影视剧本，代表作品有《菊豆》《秋菊打官司》《张思德》《云水谣》《集结号》《铁人》。曾获全国优秀短篇小说奖、首届鲁迅文学奖、金鸡奖最佳编剧奖、金马奖最佳编剧奖、华表奖优秀编剧奖。

刘宏伟(1955—   )，女。山东海阳人。1986年毕业于解放军艺术学院文学系。历任解放军第二炮兵某基地气象室报务员、报务组组长，基地政治部文工队创作组副组长，基地后勤部政治处新闻干事，八一电影制片厂文学部编辑。1979年开始发表作品。1992年加入中国作家协会。著有长篇小说《寻寻觅觅》《大断裂》《地产魅影》，中篇小说《白云的笑容，和从前一样》，长篇报告文学《从汉城到北京》(合作)、《军事大动脉》(合作),长篇纪实小说《中国恋情——赛珍珠的故事》《美国密码大王秘密潜入中国战区》等。

刘静(1961—2019),女。笔名刘政。山东烟台人。1993年毕业于解放军艺术学院文学系。1979年应征入伍,历任总参第三通信团班长、分队长、副教导员,解放军文艺出版社编辑,八一电影制片厂文学部编辑。1985年开始发表作品。1997年加入中国作家协会。著有长篇小说《戎装女人》《尉官正年轻》,散文集《走好你的路》。中篇小说《父母爱情》获1996年全军新作品一等奖。《父母爱情》《尉官正年轻》改编成电视剧影响广泛。

刘克(1928—2002),安徽合肥人。毕业于西南人民艺术学院文学系。1949年参加解放军,历任西藏军区文工队员、政治部干事,合肥市文化局专业作家、市文联副主席,一级编剧。1954年开始发表作品。著有短篇小说集《央金》,大型话剧剧本《1904年的枪声》,电影文学剧本《达赖六世的传说》,中篇小说《飞天》《康巴阿公》《古碉堡》《采桑子》《暮巴拉,雾山》等。

刘立云(1954—   ),笔名厉云、刘沛。江西宁冈人。1982年毕业于江西大学哲学系。1972年应征入伍,历任营部书记,江西省军区政治部宣传处干事,东乡县武装部副科长,《解放军文艺》编辑部主任、主编。1975年开始发表作品。著有诗集《红杜鹃·紫杜鹃》《黑罂粟》《红色沼泽》《沿火焰上升》《烤蓝》,中篇报告文学《生死簰洲湾》(合作),长篇纪实小说《瞳人》,长篇纪实文学《上海隐秘角》《莫斯科落日》(合作)、《1949:净化大上海》、《血满弓刀》等。曾获鲁迅文学奖、全军文艺新作品奖一等奖。

刘流(1914—1977),原名刘其庚。河北河间人。1932年参加东北抗日义勇军,历任晋察冀军区第五支队侦察科长,晋察冀军区军政学员,晋察冀军区司令部侦察参谋,军政学校区队长,白求恩学校军事教官、政治教员、大队长,抗战剧社演员,平绥铁路局生产科长、物资运输站站长。1949年后历任河北保定市文化馆宣传科长、市文联秘书及创作部部长、市文化宫主任,河北省委文艺处干事,《戏剧战线》编辑部主任,河北文化艺术专科学校干部。1942年开始发表作品。著有长篇小说《烈火金刚》,长篇评书《红芽》等。

刘猛(1977—   ),河北邯郸人。2007年入伍。集导演、编剧、作家于一身。代表作品有《狼牙》《最后一颗子弹留给我》《冰是睡着的水》《刺客》《危机四伏》《特战先锋》《我是特种兵》等。曾获全军电视剧金星奖优秀导演奖、华鼎奖、飞天奖、全军文艺优秀作品奖等。

刘笑伟(1971—   ),河北石家庄人。1995年毕业于解放军南京政院新闻系。1990年入伍,历任干事、科长、秘书等职务,现任《解放军报》文化部主任,大校军衔。中国作协全委会委员。1987年开始发表作品。著有诗集《歌唱》《强军强军》,长篇纪实文学《世纪重任》《震撼世界的和平进驻》,长篇纪实散文《又见紫荆花儿开》《情满香江》,长篇政论体散文《中国道路》等。曾获第七、九届全军文艺新作品奖等,2009年被《诗选刊》评为首届"中国十佳军旅诗人"。

刘醒龙(1956—   ),湖北黄州人。曾任英山县水利局施工员、阀门厂工人,黄冈地区群艺馆文学部主任。历任湖北省作家协会副主席、湖北省文联主席。1984年开始发表作品。著有长篇小说《威风凛凛》《生命是劳动与仁慈》《痛失》《弥天》《圣天门口》《天行者》《黄冈秘卷》,以及长篇散文《一滴水有多深》。出版有多卷本《刘醒龙文集》等。曾获首届中国当代文学学院奖,首届鲁迅文学奖中篇小说奖,第四、五、六届《小说月报》百花奖,第七届庄重文学奖,首届青年文学创作成就奖等。2011年获第八届茅盾文学奖。

刘亚洲(1952—   ),安徽宿县人。1975年毕业于武汉大学英文系。1968年应征入伍,历任战士、班长、排长,空军政治部联络部干事,中央军委办公厅干事,装甲兵装备技术研究所政治委员、党委书记,北京军区空军政治部主任,成都空军政委,国防大学政委。空军上将军衔。1978年开始发表作品。著有长篇小说《陈胜》《两代风流》,报告文学集《恶魔导演的战争》,作品集《一个女人和一个半男人的故事》《刘亚洲军事作品经典》《刘亚洲文选》等。曾获第一届中国人民解放军文艺奖、全国第三届报告文学奖等多项奖项。

刘英学(1957—   ),吉林长春人。1986年毕业于解放军艺术学院文学系。曾任连指导员,八一电影制片厂文学部编剧。中国电影家协会会员,中国影协创作委员会委员,中国作家协会会员。创作电影《惊沙》《夜袭》《徐海东喋血町店》《大进军》等。曾获夏衍文学奖、中宣部"五个一工程"奖。

刘兆林(1949—   ),笔名纪兵、鲍红。黑龙江巴彦人。1987年毕业于鲁迅文学院作家班。1968年应征入伍,历任战士、新闻干事,沈阳军区政治部创作室专业作家,辽宁省作家协会专职副主席、党组副书记,辽宁省作家协会主席。

文学创作一级,中国作家协会全国委员会委员、主席团委员,辽宁省政协委员。曾被评为辽宁省优秀专家。1972年开始发表作品。著有长篇小说《绿色青春期》《不悔录》,散文集《高窗听雪》,中篇小说《黑土地》《因为无雪》《妻子请来的客人》《黄豆生北国》,中短篇小说集《刘兆林小说选》《违约公布的日记》《三角形太阳》《船的陆地》《啊,索伦河谷的枪声》《父亲记》《雪国热闹镇》等。曾获全国优秀短篇小说奖、全国优秀中篇小说奖、中国人民解放军文艺奖、首届东北文学奖、第六届庄重文文学奖等。

刘真(1930—),原名刘清莲。女。山东夏津人。1939年参加八路军,历任冀南第六军分区宣传员,冀南军区文工团团员、分队长,二野某部文工团团长、创作室主任,东北鲁艺、中国作家协会文学讲习所学员,中国作家协会武汉分会专业创作员,中国作家协会河北分会副主席。中国作家协会第三、四届理事。1951年开始发表作品。著有短篇小说集《长长的流水》《英雄的乐章》,散文集《山刺玫》,小说集《刘真短篇小说选》等。

刘震云(1958—),河南新乡人。中国作家协会全国委员会委员、北京市青联委员、文学创作专业技术一级,中国人民大学文学院教授。1973年入伍,1978年复员,在家乡当中学教师,同年考入北京大学中文系,1988年至1991年曾到北京师范大学、鲁迅文学院读研究生。1982年开始创作,1987年后陆续发表中篇小说《塔铺》《新兵连》《头人》《单位》《官场》《一地鸡毛》《官人》,长篇小说《温故一九四二》《一句顶一万句》等作品,创作电影剧本《一九四二》《手机》《我不是潘金莲》。曾获茅盾文学奖、柏林国际电影节亚洲璀璨之星最佳编剧奖、中国电影导演协会年度编剧奖、金鸡奖最佳改编剧本奖。

刘知侠(1917—1991),笔名知侠。河南汲县人。1938年入陕北抗大学习,1939年冬随抗大一分校东迁沂蒙山区,历任抗大一分校文工团文学队长、支部书记,山东省文协《山东文学》副主编、文化工作团团长及文协总支书记,济南市文联主任,山东省文联编创部部长、秘书长,华东作家协会副秘书长,山东省文联副主席,中国作家协会山东分会主席,《山东文学》主编。中国文联、作家协会理事,山东省政协委员。1940年开始发表作品。著有长篇小说《铁道游击队》《沂蒙飞虎》《淮海战役风云录》,短篇小说集《铺草集》《沂蒙山故事集》《一次战地采访》《知侠中短篇小说集》等。

柳建伟(1963—   ),河南镇平人。1983年毕业于解放军信息工程学院计算机工程系,1997年毕业于北京师范大学中文系,研究生,鲁迅文学院学员。历任干事,解放军艺术学院文学系学员,助理工程师,成都军区政治部创作员,八一电影制片厂文学部编剧、主任、副厂长、厂长,中国作家协会全国委员、主席团委员。1985年开始发表作品。著有长篇小说《北方城郭》《突出重围》《英雄时代》,长篇报告文学《红太阳白太阳》《日出东方》,电视剧本《突出重围》《英雄时代》,电影剧本《惊涛骇浪》等。曾获《昆仑》文学奖、《当代》文学奖、中国第十届图书奖、中宣部"五个一工程"奖、冯牧文学奖、夏衍电影文学奖一等奖、第六届茅盾文学奖等。

龙一(1961—   ),本名李鹏。河北盐山人。毕业于南开大学汉语言文学专业,文学创作一级,中国作家协会会员。现为天津市作家协会文学院作家。曾长期研究中国古代生活史、近代城市史和中国革命史。著有短篇小说《潜伏》等。曾获中国作家大红鹰文学奖、中国作家百丽小说奖等奖项。

卢一萍(1972—   ),四川南江人。毕业于解放军艺术学院文学系。1990年入伍,曾任新疆军区文艺创作室创作员,成都军区文艺创作室副主任,《青年作家》杂志副主编。2002年加入中国作家协会,已出版长篇小说《白山》《激情王国》《我的绝代佳人》,小说集《帕米尔情歌》《天堂湾》《父亲的荒原》《银绳般的雪》,长篇报告文学《八千湘女上天山》《天堑》《祭奠阿里》等。曾获中国人民解放军文艺奖,中宣部"五个一工程"奖。

陆文虎(1950—   ),甘肃兰州人。1982年毕业于厦门大学中文系。1968年后历任福州军区空军司令部战士、直属政治部干事,厦门大学中文系硕士研究生班学员,解放军文艺出版社编辑,总政治部文化部干事、副处长、副局长、局长,解放军艺术学院院长。少将军衔。1986年加入中国作家协会。著有专著《围城内外——钱锺书的文学世界》,学术论文集《论〈管锥编〉的比较艺术》《风格与魅力——陆文虎文学评论选》《荷戈顾曲集》,主编《钱锺书研究》《钱锺书研究采辑》《中国当代军事文学作品选》等。曾获全军文艺新作品奖一等奖。

陆颖墨(1964—   ),江苏常州人。1984年毕业于海军工程学院。现供职于海军某部。著有小说集《寻找我的海魂影》《白手绢,黑飘带》,电影文学剧本《中国月亮》,短篇小说《军法,已在战前执行》等。话剧剧本《远岛之光》获第六届全军文艺汇演剧本一等奖,短篇小说《海军往事》获第五届鲁迅文学奖。

陆柱国(1928—　　),河南宜阳人。1948年毕业于河南洛阳高级师范学校。历任解放军中原野战军第四纵队前线记者,总政治部文化部创作员,《解放军文艺》编辑,八一电影制片厂副厂长、一级电影编剧。中国文联全委会委员,中国电影家协会理事。1950年开始发表作品。著有长篇小说《踏平东海万顷浪》,中篇小说《风雪东线》《上甘岭》,电影文学剧本《上甘岭》《黑山阻击战》《海鹰》《战火中的青春》《雷锋》《独立大队》《南海风云》《道是无情胜有情》《花枝俏》《分水岭》《闪闪的红星》《大进军——南线大追歼》《大进军——席卷大西南》等。曾获文化部优秀影片奖、全国少年儿童文艺作品奖二等奖、中国电影华表奖金鸡奖最佳剧本奖等。

路翎(1923—1994),原名徐嗣兴。江苏南京人。1940年代曾任国民政府经济部矿冶研究所职员、煤焦办事处职员,南京中央大学文学系讲师。1949年后历任中国青年艺术剧院创作组组长,中国剧协剧本创作室专业作家,1955年因受胡风冤案牵连,错划为"反革命"集团成员。1980年平反,后任中国戏剧出版社编审。中国作家协会第二、四届理事。1937年开始发表作品。著有长篇小说《财主底女儿们》,中篇小说《洼地上的"战役"》《饥饿的郭素娥》,短篇小说集《朱桂花的故事》《初雪》《求爱》,话剧剧本《英雄母亲》《祖国在前进》等。

罗广斌(1924—1967),四川成都人。大学毕业。1945年在昆明参加中共地下党外围组织民青社,任昆明西南联大附中罢课委员会主席、重庆西南学院系联会主席,曾参加重庆中共地下党外围组织六一社,任重庆民建中学理化教师、秀山县理化教师。1948年被国民党逮捕,囚于重庆中美合作所,解放前夕越狱。1949年后历任重庆团市委委员、常委、统战部长,重庆市青联副主席,中国青联委员,重庆市文联专业作家。1950年开始发表作品。著有长篇小说《红岩》,报告文学《圣洁的血花》,回忆录《在烈火中永生》(以上均为合作)等。

M

马烽(1922—2004),笔名阎志吾、孔华联。山西孝义人。1953年毕业于中央文学研究所。1938年参加革命工作,历任战士、班长、宣传员,《晋绥大众报》

记者、编辑、主编,晋绥出版社总编辑,中央文学研究所副秘书长,中国作家协会青年部副部长,山西省文联第二、三届副主席,中国作家协会山西分会主席,中共山西省委宣传部副部长,全国文联第四届副主席,中国作家协会理事,山西省第五、六届政协副主席,中国作家协会党组书记、副主席。中共十一、十四大代表,第六、七届全国人大代表。1992年中共山西省委、省政府曾授予其"人民作家"荣誉称号。1942年开始发表作品。著有长篇小说《吕梁英雄传》(与西戎合作)、《玉龙村纪事》,短篇小说集《村仇》《太阳刚刚出山》《中国当代作家选集丛书·马烽》《三年早知道》《马烽小说选》《彭成贵老汉》,电影剧本《马烽、孙谦电影剧本选》,长篇纪实文学《刘胡兰》,电影文学剧本《我们村里的年轻人》、《泪痕》、《扑不灭的火焰》(与西戎合作)等。曾获全国短篇小说奖、文化部优秀影片奖、第三届百花奖最佳故事片奖、广电部优秀影片奖、金鸡奖等。

马合省(1954—   ),河南清丰人。1988年毕业于哈尔滨师范大学中文系。1972年应征入伍,历任战士、宣传干事,北方文艺出版社编辑、编辑室主任,副编审。1983年开始发表作品。著有长诗《走向河流》《过去的火焰》《老墙》,诗集《问津草》《逃跑的马车》《苦难风流》《莫愁》《过去的爱情》等。曾获中国人民解放军文艺奖等多项奖项。

马萧萧(1970—   ),湖南隆回人。1989年特招入伍,历任炮兵、排长、干事、编辑、创作员等,曾任《西北军事文学》主编,中国作家协会会员。著有长诗《中国地名手记》、诗集《马萧萧军旅诗选》等。曾获首届十佳军旅诗人奖、第九届全军文艺新作品奖、《飞天》十年文学奖等。

马晓丽(1954—   ),女。辽宁沈阳人。1970年入伍,历任炊事员、话务员、通讯员、护理员、护士、干事、沈阳军区政治部创作室创作员。1995年开始从事专业创作。中国作家协会会员、辽宁省作家协会理事。长篇小说《楚河汉界》获第二届全国女性文学奖、第十届全军文艺新作品奖一等奖、第六届辽宁省曹雪芹文学奖,中篇小说《云端》获第十一届全军文艺一等奖及辽宁文学奖,短篇小说《舵链》获第六届全军一等奖,短篇小说《俄罗斯陆军腰带》获第六届鲁迅文学奖。

麦家(1964—   ),浙江富阳人。小说家、编剧。1981年考入军校,毕业于解放军工程技术学院无线电系和解放军艺术学院文学系。现任浙江省作家协会主席。主要作品有长篇小说《解密》《暗算》《风声》《风语》《刀尖》《人生海海》，电视剧《暗算》、《风语》、《刀尖上行走》（编剧），电影《风声》《听风者》等。曾获第七届茅盾文学奖、第六届国家图书奖、第六届华语文学传媒大奖、《人民文学》2007年度长篇小说奖。作品被译成三十多种语言。

毛建福（1962—　　），湖北罗田人。1981年入伍，先后在部队任排长、宣传干事、编辑、记者等职，毕业于解放军艺术学院文学系。著有短篇小说《连长正步走》，中篇小说《孤独的铜号》《檀木教鞭》，长篇小说《花送十里》等。参与电视剧《我亲爱的祖国》《星火》《毛泽东寻乌调查》《山高水长》的创作。曾获中国人民解放军文艺奖、《十月》优秀作品奖等。

孟冰（1956—　　），北京人。解放军总政治部话剧团原团长，中国戏剧家协会副主席，一级编剧。代表作品有话剧《红白喜事》《黄土谣》《郝家村的故事》《圣地之光》《绿荫里的红塑料桶》《这是最后的斗争》《生命档案》《毛泽东在西柏坡的畅想》《寻找李大钊》《谁主沉浮》等，歌剧《野火春风斗古城》，京剧《红沙河》，电视剧《八路军》《走出硝烟的男人》等。作品多次获中宣部"五个一工程"奖、中国曹禺戏剧奖、中国戏剧节优秀剧目奖、文华剧目奖、文华大奖等。

孟伟哉（1933—2015），山西洪洞人。1948年入伍，1951年赴朝参战，1953年负伤回国，1958年毕业于南开大学中文系。历任人民文学出版社社长，中央宣传部文艺局局长，中国文联党组副书记兼秘书长，中国作协理事、名誉全国委员。1950年开始发表作品。著有长篇小说《明天的战争》《访问失踪者》，中短篇小说集《归途》《旅人蕉》《孟伟哉小说选》，散文集《人在风云幻化中》，诗集《孟伟哉诗选》，文论集《典型共性及其他》《作家的头脑怎样工作》，画集《我的画》等。曾获中国人民解放军文艺奖等奖项。

苗长水（1953—　　），山东沂南人。1986年毕业于解放军艺术学院文学系。1970年应征入伍，历任班长、营部书记、师报道组报道员，《前卫报》文艺编辑，济南军区政治部创作室专业作家、主任。文学创作一级。山东省作家协会理事。著有中篇小说集《犁越芳冢》《染坊之子》，中篇小说《非凡的大姨》《冬天与夏天的区别》，长篇小说《超越攻击》《忠诚》等。曾获全国优秀中篇小说奖、第三届《十月》文学奖、《昆仑》文学奖。

莫言（1955—　　），原名管谟业。山东高密人。1986年毕业于解放军艺术学院文学系,后又毕业于鲁迅文学院研究生班,文学硕士。1976年应征入伍,历任战士、班长、教员、干事、专业作家,最高人民检察院《检察日报》记者,文化部文化艺术研究院文学院院长,中国作家协会副主席。1981年开始发表作品。著有短篇小说《枯河》《白狗秋千架》《拇指铐》《倒立》《冰雪美人》,中篇小说《透明的红萝卜》《红高粱》《球状闪电》《金发婴儿》,长篇小说《天堂蒜薹之歌》《酒国》《十三步》《丰乳肥臀》《四十一炮》《檀香刑》《蛙》《生死疲劳》等。作品被译成英、法、德、意、俄、日等多种外文发行。曾获全国中篇小说奖、首届大家文学奖、冯牧文学奖、茅盾文学奖、日本福冈17届亚洲文化奖。2012年获诺贝尔文学奖。

P

庞天舒(1964—   ),女。满族。辽宁沈阳人。1989年毕业于解放军艺术学院文学系。1978年应征入伍,历任沈阳军区前进歌舞团舞蹈学员、沈阳军区政治部创作室专业作家。文学创作二级。中国满学文化研究委员会理事,中国地质科学院客座研究员。1980年开始发表作品。著有长篇小说《最后的家园》《落日之战》《生命河》《白桦树小屋》,长篇纪实文学《1949,最后的角逐》《探险神秘之地》,专著《最深的颜色》等。作品曾获中国人民解放军文艺奖、全国少数民族骏马奖等。

庞泽云(1949—   ),四川南充人。1989年毕业于解放军艺术学院文学系。曾任沈阳军区话剧团艺术室主任。国家一级编剧。中国作家协会会员、中国戏剧家协会会员。1984年开始文学创作。著有《夫妻粉》《炮震》《中国:与贫困决战》《黄颜色·绿颜色》等小说、报告文学、戏剧、影视作品四百多万字。曾获全国优秀短篇小说奖、曹禺戏剧文学奖、文华奖等。荣立一等功一次、二等功二次、三等功四次。

裴指海(1974—   ),原名裴志海。河南南召人。1992年入伍,1998年毕业于解放军艺术学院文化工作管理系,曾任新闻报道员、排长、干事,南京军区政治部文艺创作室创作员。中国作家协会会员。1995年开始发表作品。主要作品有短篇小说《麦城叛》,中篇小说《亡灵的歌唱》《勇士》,长篇小说《往生》《锅盖头》,长篇纪实文学《冷的冬,热的雪——刘邓大军在1947年那个寒冬》等。

曾获全军文艺新作品奖一等奖、《小说选刊》优秀作品奖。

彭荆风(1929—2018)，江西萍乡人。1950年毕业于第二野战军军政大学四分校。1949年参加解放军，历任云南军区文化部编辑、连队文化教员，昆明军区创作员，昆明军区宣传部副部长，成都军区创作室主任。专业作家，文学创作一级。第六届全国人大代表，中国作家协会第四届理事，云南省作家协会副主席。1946年开始发表作品。著有长篇小说《鹿衔草》《断肠草》《绿月亮》《伴随白花蛇》《孤城日落》《太阳升起》，短篇小说集《当芦笙吹响的时候》《边寨亲人》《佧佤部落的火把》《驿路梨花》《绿色的网》《红指甲》《巫山一段云》，中篇小说集《爱与恨的边界》《师长在向士兵敬礼》《蛮帅部落的后代》《雾茫茫》《云里雾里》《秋雨》《红指甲的女人》，长篇传记文学《秦基伟将军》，长篇纪实文学《解放大西南》《挥戈落日》《中国远征军》，散文集《泸沽湖水色》《九月衣裳》，电影文学剧本《边寨烽火》、《芦笙恋歌》(合作)、《绿色的网》等。曾获全国第八届优秀短篇小说奖、鲁迅文学奖、首届金盾奖、全国当代军人风貌奖。

蒲逊(1969—   )，女。四川成都人。1992年毕业于中央戏剧学院戏文系。1997年特招入伍。曾在中国戏剧家协会理论研究室工作，现为广州军区战士文工团一级编剧。代表作品有话剧《生在"八一"》《家园》《绿十字星座》、《天籁》(与唐栋合作)、《红帆》(与唐栋合作)、《共产党宣言》(与唐栋合作)、《支部建在连上》(与唐栋合作)。曾获中国话剧金狮奖优秀编剧奖等。

Q

钱钢(1953—   )，浙江杭州人。1986年毕业于解放军艺术学院文学系。1969年应征入伍，历任战士、排长、干事，《解放军报》记者、记者处副处长，《地震报》干部，全国记者协会理事，香港大学新闻及传媒研究中心中国传媒研究计划主任。1972年开始发表作品。著有报告文学《裂变》、《军魂》、《火药发明者的子孙》、《奔涌的潮头》(合作)、《"蓝军司令"》(合作)、《唐山大地震》、《海葬》等。曾获全国第二届优秀报告文学奖、第一届中国人民解放军文艺奖、1987年金钥匙奖。

乔良(1955—   )，河南杞县人。1988年毕业于鲁迅文学院和北京大学作家班。1972年应征入伍,历任放映员、地勤机械员、兰州空军专业作家、空军政治部创作室创作员、空军指挥学院战略教研室教授、国防大学原战略教研部教授,空军少将军衔。1974年开始发表作品。著有长篇小说《末日之门》,中篇小说《雷,在峡谷中回响》《远天的风》《大冰河》《灵旗》,长篇报告文学《城市与老板的编年史》,军事理论专著《超限战》(合作)、《帝国之弧》等。曾获第二届中国人民解放军文艺奖、第四届全国优秀中篇小说奖。

峭岩(1941—),河北唐山人。1958年入伍,历任战士、班长、文化干事,《解放军画报》社副社长,解放军艺术学院文学系政委,解放军出版社副社长。著有短诗集《放歌井冈山》《星星,母亲的眼睛》《绿色的情诗》《峭岩情诗70首》,长篇叙事诗《高尚的人》《红星与黑浪》《静静的白桦林》《遵义诗笔记》,散文诗集《士兵的情愫》,传记文学《走向燃烧的土地》等。

裘山山(1958—),女。祖籍浙江。1976年入伍。1983年毕业于四川师范大学中文系。成都军区创作室主任,《西南军事文学》主编。中国作协全委委员,中国作协军事文学委员会委员。1984年开始发表作品。已出版长篇小说《我在天堂等你》《春草》,长篇散文《遥远的天堂》《家书》,以及中篇小说《琴声何来》等作品。曾获鲁迅文学奖、解放军文艺奖、中宣部"五个一工程"奖、冰心散文奖、《小说月报》百花奖、《小说选刊》年度奖、夏衍电影剧本奖等。部分作品在海外翻译出版。

曲波(1923—2002),山东龙口人。毕业于胶东公学抗大。历任胶东五旅及军区文化教员、指导员、大队政委,牡丹江军区二团副政委,东北一纵团政治处主任,大连海军学校政治委员,齐齐哈尔机车车辆制造厂党委书记、第一机械设计院副院长,德阳重机厂副厂长,解放军总政治部专职作家,铁道部工业总局副总局长,中国作家协会第三、四届理事,铁路文联副主席。1957年开始发表作品。著有长篇小说《林海雪原》《桥隆飙》《山呼海啸》《戎萼碑》等。

R

饶阶巴桑(1935—),藏族。云南德钦人。1951年参加解放军,历任战士、翻译、文化教员、干事,昆明军区政治部创作员,兰州军区政治部创作员。中国作家协会云南分会副主席。1955年开始发表作品。著有诗集《草原集》《石烛》《爱的花瓣》《对生叶之恋》等。组诗《棘叶集》获全国首届少数民族文学创作奖。

任斌武(1928—   ),山东平度人。1946年参加八路军,历任宣传队员、文化干事、文化科长,南京军区政治部创作组组长。专业作家,文学创作一级。江苏省作家协会理事。1958年开始发表作品。著有长篇小说《浪淘天涯》《没有消逝的梦》,长篇报告文学《中国有个雅戈尔》,短篇小说集《开顶风船的角色》《红山人》《猎手的歌》《女儿寨》,报告文学集《女儿国内的宇宙》等。曾获全军优秀作品奖、全国第一届优秀报告文学奖等。

茹志鹃(1925—1998),女。浙江杭州人。1943参加新四军,历任二分区文工团、一师服务团演员,苏中公学俱乐部戏剧干事,苏中军区前线话剧团团员、组长,中国作家协会上海分会《文艺日报》编辑、作品组长,专业作家。中国作家协会上海分会理事,上海市第四届人大代表。1948年开始发表作品。著有中篇小说《延河》《高高的白杨树》《静静的产院》,短篇小说选集《百合花》,话剧剧本《不带枪的战士》、《八〇〇机车出动了》(合作)等。曾获南京军区文艺创作二等奖、全国优秀短篇小说奖。

S

邵钧林(1949—2016),笔名肖哨。浙江人。1968年入伍。历任战士、班长、排长、政治辅导员、文化干事、文化处副处长,南京军区前线话剧团编剧、团长。一级编剧。浙江省音协、作协理事。1983年发表处女作。1985年加入中国作家协会。著有话剧剧本《虎踞钟山》《抗天歌》,婺剧剧本《昆仑山》,独幕剧剧本《人间重晚情》《人约黄昏后》《在那桃花盛开的地方》,电视剧《井冈山》等。《虎踞钟山》获第八届文化大奖、解放军文艺奖、全国优秀剧本奖、曹禺戏剧文学奖等。

绍武(1933—   ),山西左权人。1940年随母参加八路军129师,1952年入北京师大工农速成中学,1955年保送北京师范大学中文系,1958年提前毕业留校任教。1978年开始发表作品。著有电影剧作《梅岭星火》《彭德怀在西线》,

多幕话剧《故都春晓》《爱的牺牲》，长篇小说《骄子传》《黑洞·炼狱·流火——母亲三部曲》，电视专题片《窃火者之歌——夏衍八章》，另有短篇小说、散文、合作研究论著等百余万字。作品获中国优秀教学图书奖、中国人口文化奖等。

沈石溪（1952—　　），原名沈一鸣。生于上海，祖籍浙江慈溪。1968年下放西双版纳傣族地区，1975年应征入伍。1985年9月加入中国作协。1986年毕业于解放军艺术学院文学系。1992年调任成都军区创作室任创作员。文学创作一级。沈石溪最擅长写动物小说，被称为"中国动物小说大王"。著有《猎狐》《第七条猎狗》《再被狐狸骗一次》《狼王梦》《白象家族》《斑羚飞渡》《最后一头战象》《一只猎雕的遭遇》《和乌鸦做邻居》《野犬女皇》《鸟奴》《混血豺王》《雪豹悲歌》《退役军犬黄狐》等。多次获全国优秀儿童文学奖。

沈西蒙（1918—2006），笔名沈西门。上海人。1939年参加革命工作。历任新四军皖南军部教导总队俱乐部干事，一师服务团戏剧副主任，华中军区文工团团长，第三野战军文工团副团长、团长及宣传部文艺科长，华东军区解放军艺术剧院院长，南京军区文化部副部长、部长，总政治部文化部副部长，上海警备区副政委。中国戏剧家协会副主席，中国作家协会会员。1938年发表处女作。著有歌剧剧本《买卖公平》，话剧剧本《重庆交响乐》、《甲申记》（合作）、《杨根思》，话剧和电影文学剧本《霓虹灯下的哨兵》（合作）、《南征北战》（合作）等。

石祥（1939—　　），河北清河人。1956年毕业于河北省清河县中学。1958年应征入伍，历任战士、班长、排长，北京军区战友歌舞团专业创作员、政治部文艺创作室主任。专业作家，专业技术三级（军级），文学创作一级。第五届全国人大代表，中国音乐文学学会副主席，中国诗歌学会理事。1958年开始发表作品。著有诗集《兵之歌》《新的长征》《骆驼草》，词论集《月下词话》，歌词集《战斗的歌》（合作）、《日月星》等。歌词《十五的月亮》获第二届中国人民解放军文艺奖，《八一军旗高高飘扬》获第三届中国人民解放军文艺奖。

石言（1924—2002），原名胡庆坻、胡石言。浙江平湖人。肄业于上海法政学院。1942年参加新四军，历任一师三旅七团文化教员、报社编辑、宣教干事、股长，南京军区政治部文化科副科长，南京军区前线歌剧团团长，话剧团团长，南京军区创作室主任，《陈毅传》编写组组长。专业技术三级，文学创作一级。中国作家协会江苏分会副主席，中国作家协会理事，江苏省文联委员。1943年开始发表作品。主要作品有小说集《柳堡的故事》《小研究》《秋雪湖之恋》,主编传记文学《决战淮海》《百万雄师下江南》《新四军故事集》《陈毅传》《陈毅文学传记》等。《秋雪湖之恋》《漆黑的羽毛》曾获全国优秀短篇小说奖。

石钟山(1964—),辽宁沈阳人。1981年入伍,毕业于解放军艺术学院文学系。武警总部创作室创作员。1985年开始发表作品。著有长篇小说《白雪家园》《飞越盲区》等多部,中篇小说《父亲进城》等三十余部,短篇小说多篇。作品曾获《十月》《人民文学》《上海文学》等刊物奖。短篇小说《国旗手》获第八届《小说月报》百花奖。

思忖(1934—),原名陈适存。福建泉州人。1952年毕业于华东军政大学福建分校。1950年参加解放军,历任文化教员、编辑、记者、干事,解放军文艺出版社编辑、副编审。中国当代文学研究会首届理事。1961年开始发表作品。1979年加入中国作家协会。著有文学评论集《军人的美和美的军事文学》、电影评论集《声与光的潮汐》等。《军人的美和美的军事文学》获中国首届当代文学研究表彰奖。

斯妤(1954—),原名詹少娟。女。福建厦门人。大学毕业。1973年插队务农,后历任厦门郊区教育科干事,全国青联教育科干事,《青年文学》编辑、编委。文学创作一级。中国散文学会常务理事。1979年开始发表作品。著有长篇小说《竖琴的影子》,散文集《两种生活》《某年某月》《风妖》《斯妤散文精选》,小说集《出售哈欠的女人》《寻访乔里亚》等。出版有《斯妤文集》(4卷)。曾获鲁迅文学奖、庄重文文学奖。

宋学武(1947—),辽宁康平人。1986年毕业于解放军艺术学院文学系。曾赴农村插队务农,1970年应征入伍,历任战士、班长、文书、干事,解放军艺术学院讲师、副教授、教授、系主任。1982年开始发表作品。著有长篇小说《黄昏的土地》、短篇小说集《第五个房客》等。短篇小说《敬礼,妈妈》《干草》分获全国第五、七届优秀短篇小说奖。

孙晶岩(1956—),女。山东荣成人,生于北京。毕业于解放军艺术学院文学系。1970年应征入伍,历任文书、报务员、实验员、军医学校学员、宣传干事,解放军后勤指挥学院讲师。1971年开始发表作品。文学创作一级。著有长篇报告文学《五环旗下的中国》《中国动脉》《山脊——中国扶贫行动》《中国金融黑洞》《中国女子监狱调查手记》《女监档案》,报告文学集《女作家眼中的世界》,散文集《海梦》,电视连续剧《女监档案》等。曾获中宣部"五个一工程"奖等。

所云平(1928—　　),原名所如义。山东掖县人。1940年参加革命工作,历任胶东孩子剧团演员,小学教师、战士、班长、文工团员。南京部队前线话剧团编剧,总政文工团创作员。武汉作家协会副主席,中国戏剧家协会理事。改编电影剧本《哥俩好》,著有电影剧本《东进序曲》(合作)、《战斗的山村》、《黄桥决战》,话剧剧本《我是一个兵》(合作)、《水往高处流》(合作)、《针锋相对》、《东进!东进!》等。《东进序曲》《我是一个兵》均获1962年总政治部优秀剧作奖,《东进!东进!》获庆祝新中国成立30周年演出一等创作奖等。

T

唐栋(1951—　　),陕西岐山人。1988年毕业于北京大学中文系。1969年应征入伍,历任战士、班长、文书,新疆军区话剧团创作员,兰州军区文艺创作室创作员、副主任,广州军区战士话剧团团长。专业作家,文学创作一级,技术二级。广东省戏剧家协会副主席。1975年开始发表作品。著有长篇小说《无人之境》,小说集《大漠草青青》《沉默的冰山》《冰山,爱的四重奏》《孤烟》《雪岛》《红鞋》,长篇纪实文学《西域劫踪》等。话剧剧本《天山深处》获全国优秀话剧剧本创作奖,《祁连山下》获第六届全军文艺汇演优秀话剧奖,《宋王台》获第五届戏剧节曹禺戏剧优秀剧目奖,《岁月风景》获全军第七届文艺汇演优秀剧目奖,话剧《柳青》获第十六届文华奖,《兵车行》获1983年全国优秀短篇小说奖等。

唐韵(1968—　　),女。本名耿力。湖南常德人。1989年毕业于长春白求恩医科大学,1997年获得西安第四军医大学医学硕士学位,2000年获得解放军艺术学院文学硕士学位。历任西安第四军医大学教师,解放军艺术学院教师、学报编辑。著有短篇小说集《棉桃》,散文集《我们的蜗居与飞鸟》《一个人的藏地》《北中国的另一种时间》《人文青海》《秘境青海》,长篇散文《左岸的黄河》,译著《思维世界的语言》。曾获全军文艺新作品奖一等奖。

陶纯(1964—　　),本名姚泽春。山东东阿人。1980年入伍。先后就读于解放军艺术学院文学系、鲁迅文学院首届高研班。1988年开始发表作品。著有长篇小说《一座营盘》《浪漫沧桑》,中篇小说《秋莲》《天佑》,短篇小说《小推车》,电影剧本《横空出世》等。曾两次获得中国人民解放军文艺奖,两次获得中宣部"五个一工程"奖,三次获得全军文艺新作品奖一等奖,两次获得中国图书奖。2003年后转向影视剧本创作,影视作品先后五次获中宣部"五个一工程"奖,三次获中国电视剧飞天奖。

田间(1916—1985),原名童天鉴。安徽无为人。肄业于上海光华大学。1933年参加左联,任《新诗歌》《文学丛报》编辑,1938年参加八路军,曾任西北战地服务团记者,参加过百团大战、大龙华战斗,后任陕甘宁边区文协副主任,中共孟平县委宣传部长,雁北地委宣传部长、秘书长。1949年后历任中国作家协会创作办公室主任,中央文学艺术研究所秘书长,中央文学讲习所主任,河北省文联主席、名誉主席。河北省人大常委,中国文联全委,中国作家协会理事、党组成员,第五届全国人大代表。1933年开始发表作品。著有诗集《赶车传》《一杆红旗》《未名集》《短歌》《抗战诗抄》《清明》《太阳和花》《马头琴歌集》《中国牧歌》《中国农村的故事》《向日葵》《我的短诗选》《誓辞》,散文集《板门店纪事》《欧游札记》,小说集《拍碗图》,长诗《给战斗者》《他也要杀人》《戎冠秀》等。

W

汪守德(1953—),安徽定远人。1973年应征入伍,历任海军东海舰队航空兵俱乐部战士、文化部干事,总政治部文化部文艺局干事,宣传部艺术局干事,副局长、局长。1982年毕业于北京大学中文系。著有文艺评论集《遥望星辰》《军旅诗情》《寻梦军旅》,散文集《岁月的风铃》,散文诗集《倾听阳光》,旧体诗词集《吾山伊水》等。曾获全军文艺新作品奖等。

王宝社(1962—),山东菏泽人。1977年入伍,1984年毕业于解放军艺术学院戏剧系。历任济南军区话剧团编剧,中国武警文工团编剧、导演、艺术指导、一级编剧,中国话剧研究会理事。曾任央视《综艺大观》栏目策划撰稿、央视春晚语言类节目总统筹,在央视创作播出了喜剧小品《鞋钉》《王爷与邮差》《美好时代》等小品五十余个。编剧兼导演的大型喜剧作品有《让你离不成》《托儿》《亲戚朋友好算帐》《独生子当兵》《独生女当兵》以及大型音乐剧《一路寻找》等。

曾获得中央电视台春节晚会小品创作一等奖与导演一等奖、戏剧白玉兰大奖、中国话剧编剧金狮奖、曹禺戏剧文学编剧一等奖、文华奖、中宣部"五个一工程"奖等奖项。

王炳根(1951—   ),江西进贤人。1975年毕业于南京大学中文系。1969年应征入伍,历任福州军区文化部干事、创作员,福建省文联《当代文艺探索》常务副主编,《福建文学》副主编。曾任冰心研究会秘书长、冰心文学馆常务副馆长、福建省文联理论研究室主任。文学创作一级,研究员。1985年加入中国作家协会。著有评论集《特性与魅力》《逃离惯性》,理论专著《侦探文学艺术寻访》,传记文学《永远的爱心·冰心》《冰心与吴文藻》《少女万岁:诗人蔡其矫》《郭风评传》,电视连续剧《我亲爱的祖国》(编剧之一)等多次获解放军文艺奖、福建省优秀文学作品奖等。

王朝柱(1941—   ),河北吴桥人。1966年毕业于中央音乐学院作曲系。历任总政歌剧团作曲、总政话剧团编剧、全军艺术指导委员会委员。1988年加入中国作家协会。编剧作品《开国领袖毛泽东》《长征》《张学良》《延安颂》《解放》等多次获得中国电视剧飞天奖优秀编剧奖、中国电视金鹰奖最佳编剧奖、全军电视剧金星奖优秀编剧奖等奖项。

王海鸰(1952—   ),女。山东济南人。1986年毕业于解放军艺术学院文学系。历任通信兵、卫生兵、业余宣传队队员、总政话剧团编剧。1980年开始发表作品。1997年加入中国作家协会。主要作品有长篇小说《爱你没商量》(与王朔合作)、《牵手》、《大校的女儿》、《不嫁则已》、《中国式离婚》、《成长》,中篇小说集《她们的路》,话剧《洗礼》《我想跟你说句话》《送你一枝玫瑰花》,电视剧剧本《爱你没商量》(合作)、《妈妈今晚去远航》、《牵手》、《不嫁则已》、《中国式离婚》,电影剧本《小岛》《走过严冬》。曾获飞天一、二等奖,金鹰一、二等奖,曹禺戏剧文学奖,文华奖,全军文艺会演一等奖,华表奖,等等。

王宏甲(1953—   ),福建建阳人。1969年1月插队,毕业于西北大学中文系、北京师范大学、鲁迅文学院研究生班。曾任解放军总后勤部专业作家。文学创作一级,享受政府特殊津贴。代表作有《无极之路》《智慧风暴》《新教育风暴》《塘约道路》等。曾获中国文联表彰的"德艺双馨"艺术家荣誉。2004年入选首批全国宣传文化系统"四个一批"人才。作品曾获鲁迅文学奖、中国图书奖、中宣部"五个一工程"奖、全军文艺新作品奖等奖项。

王俭（1958— ），江苏南京人。1984年被空军政治部话剧团（现为空军政治部电视艺术中心）特招入伍任专业编剧，曾任空军政治部电视艺术中心编导室主任。国家一级编剧。中国戏剧家协会理事，中国戏剧文学学会理事等。话剧代表作有《特殊军营》《大漠魂》《战地玉人魂》《爱你不容易》《北街南院》《雷霆·玫瑰》等，电视剧代表作有《幸福里九号》《决战黎明》《海峡往事》《我的父亲是板凳》等。曾获全国优秀剧本奖、文华剧作奖、曹禺戏剧奖剧本奖、话剧编剧金狮奖、中宣部"五个一工程"奖。

王久辛（1959— ），陕西西安人。1991年毕业于解放军艺术学院文学系。1977年插队务农，1978年应征入伍，历任高炮营战士、排长、新闻干事，兰州军区政治部文化干事，《西北军事文学》执行副主编，《中国武警》杂志编辑部主任、副编审。大校警衔。1979年开始发表作品。1993年加入中国作家协会。著有诗集《狂雪》《狂雪Ⅱ集》《致大海》《香魂金灿灿》《初恋杜鹃》《灵魂颗粒》，散文集《绝世之鼎》《冷冷的鼻息》《他们的光》，文论集《情致·格调与韵味》，报告文学集《东方红霄》等。曾获首届鲁迅文学奖、全军文艺新作品奖一等奖等。

王筠（1962— ），生于安徽宿县，祖籍安徽灵璧。毕业于解放军艺术学院文学系，中国作家协会会员。历任侦察班战士，团政治处通讯报道员，师政治部宣传科报道干事，军分区政治部宣传科干事、科长、县委常委、武装部政委，预备役师政治部副主任，济南军区政治部创作室专业作家、创作员。著有中篇小说《北方乙种》《季风地带》《蓝色城墙》《金色果园》《似水流年》等；长篇小说《刺破青天》等多部。近年来致力于抗美援朝战争战史研究和抗美援朝战争长篇小说创作，已出版《长津湖》《交响乐》两部抗美援朝战争长篇小说120万余字。其中《长津湖》获中宣部第十二届"五个一工程"奖、中国人民解放军文艺奖等。

王凯（1975— ），陕西绥德人。1992年考入空军工程学院，历任学员、技术员、排长、参谋、干事、政治指导员、空军政治部干事、空政文艺创作室创作员。中国作家协会会员，第九届全国委员。2000年开始发表作品。主要作品有长篇小说《全金属青春》《瀚海》，中篇小说《终将远去》，短篇小说《魏登科同志先进事迹》等。曾获全军文艺优秀作品奖一等奖、全军中短篇小说评比一等奖、第三届人民文学新人奖、第六届鲁迅文学奖中篇小说提名奖。

王棵(1972—   ),江苏南通人。1991年入伍,历任报务学兵、宣传干事,成都军区创作员,《西南军事文学》编辑、副主编等职。主要作品有小说集《守礁关键词》等。中国作家协会会员,鲁迅文学院第七届中青年作家高级研修班学员。2005年入选"21世纪文学之星"。曾获《小说选刊》2003—2006全国优秀小说奖、第六届华语文学传媒大奖"最具潜力新人奖提名"、全军文艺新作品奖一等奖。

王龙(1976—   ),四川射洪人。1995年参军,1999年毕业于昆明陆军学院。历任某技术单位翻译、参谋,成都军区宣传部文化处干事,成都军区政治部文艺创作室创作员,《西南军事文学》编辑。出版有《天朝向左,世界向右——近代中西交锋的十字路口》《远去的身影——大国精英沉浮录》《国运拐点——中西精英大对决》等作品集。多次获全国、全军文学大赛奖。

王甜(1976—   ),女。四川渠县人。1998年毕业于四川师范大学文学院,同年入伍,曾任成都军区政治部文艺创作室创作员兼《西南军事文学》编辑部编辑。中国作家协会会员。鲁迅文学院第十五届高研班学员。主要作品有短篇小说《昔我往矣》、中篇小说《集训》,出版小说集《火车开过冬季》《毕业式》和长篇小说《同袍》。曾获全军文艺新作品奖、四川省文学奖。

王秋燕(1960—   ),女。浙江云和人。1978年入伍,1989年毕业于解放军艺术学院文学系,2000年加入中国作家协会。现供职于战略支援部队军事航天系统部文艺创作室。代表作有《远离发射场的地方》《女人出海》《纯金时光》《向天倾诉》《将军令》《正在发射》等。小说《远离发射场的地方》改编成电视剧获飞天奖,长篇小说《向天倾诉》获中华第三届优秀出版图书奖。

王群生(1935—2006),重庆人。1935年生于日本,1937年归国,1951年参加志愿军赴朝作战。历任文化教员、排长、文工团团员、军区创作员,三等乙级革命伤残军人,重庆市文联专业作家、市作家协会副主席、市政府文史研究馆副馆长。文学创作一级。享受政府特殊津贴。1951年开始发表作品。著有长篇小说《蓝宝石花》《朋友,我爱你》,叙事长诗《火凤》《红缨》《新兵之歌》,中篇小说集《彩色的夜》等。曾获1981年全国优秀短篇小说奖、中国人民解放军文艺奖等。

王树增(1952—   ),北京人。1968年赴山西省临汾市乡村插队务农。

1970年应征入伍,历任空降兵某部战士、班长,武汉军区空军政治部创作室专业作家,鲁迅文学院教师,广州军区战士话剧团编剧,曾任武警部队政治部创作室主任。专业技术三级。1972年开始发表作品。1991年毕业于北京师范大学研究生院作家研究生班。文学创作一级。享受政府特殊津贴。全军艺术委员会委员,中国作家协会全国委员会委员。代表作有中篇小说《红鱼》《黑峡》《鸽哨》等,"非虚构中国革命史系列"(包括《远东朝鲜战争》《长征》和《解放战争》《抗日战争》在内的"战争四部曲"),以及"非虚构中国近代史系列"(包括《1901》《1911》《1921》)。曾获第二、四届鲁迅文学奖,中宣部"五个一工程"奖,中国人民解放军文艺奖等奖项。

王苏红(1948—),女。河南郑州人。1968年入伍,毕业于解放军艺术学院文学系。历任载波员、排长,南京空军政治部创作员,中国作家协会会员。1972年开始发表作品。主要作品有长篇小说《惊蛰》(合作)、《风云汉武》、《漠北雄风》,长篇报告文学《满江红》(合作)、《中国大空战》(合作)、《空战在朝鲜》(合作)、《邓小平兵法》(合作),电影剧本《大转折》(合作),电视剧剧本《长空铸剑》,五幕话剧剧本《飞行员的妻子》及中短篇小说等数百万字。曾获中宣部"五个一工程"奖,中国人民解放军文艺奖,全军文艺新作品奖,全国图书金钥匙奖,电影华表奖、金鸡奖、百花奖。

王兴东(1951—),辽宁大连人。1968年应征入伍,在吉林省延边军分区边防担任二团战士,军分区宣传队演员、创作员。1975年,考入长春电影制片厂,开始从事编辑工作。现任中国电影家协会副主席、中国电影文学学会会长、中国作家协会影视委员会委员、北京电影学院客座教授。代表作品有《离开雷锋的日子》《建国大业》《辛亥革命》《蒋筑英》《孔繁森》《黄克功案件》。曾获国家文化部优秀影片奖、金鸡奖最佳编剧奖、华表奖最佳编剧奖、日本东京国际电影节大奖、飞天奖、中宣部"五个一工程"奖。

王玉彬(1950—),天津人。1968年应征入伍,1986年毕业于南京师范大学历史系。历任南京空军航空兵师教练机中队仪表员、特种设备工程师,南京空军政治部文工团创作室主任。中国作家协会会员。1972年开始发表作品。主要作品有长篇小说《天吻》《惊蛰》(均为合作),短篇小说《遥远的蓝眼睛》,长篇报告文学《中国大空战》《大势中原》(均为合作),电影文学剧本《大转折》(合作)、电视剧剧本《花太阳》等。曾获《昆仑》优秀作品奖、全国图书金钥匙奖、空军蓝天文艺奖等。

王愿坚(1929—1991),山东诸城人。1944年入山东滨海干部学校学习。1945年参加八路军,曾任华东野战军第三纵队文工团分队长、政治部报社编辑及新华支社记者、编辑室副主任,1949年后历任七兵团文艺干事,《解放军文艺》编辑,大型回忆录《星火燎原》编辑,八一电影制片厂编剧、文学部主任,解放军艺术学院文学系主任。1954年开始发表作品。著有短篇小说集《党费》《七根火柴》《后代》《普通劳动者》《珍贵的纪念品》,电影文学剧本《四渡赤水》、《闪闪的红星》(合作)等。《足迹》获1978年全国优秀短篇小说奖。

王中才(1940—2019),笔名老宁。山东宁津人。1964年毕业于天津财经学院。1961年应征入伍。历任战士、副班长、军机关干事、秘书,《解放军文艺》散文组编辑、副组长,沈阳军区政治部创作室主任。专业作家,文学创作一级。中国作家协会第五届理事,辽宁省作家协会第五、六届副主席。1964年开始发表作品。著有散文诗集《晓星集》《光斑集》,散文集《何处觅天涯》《朔方履痕》,中篇小说集《龙凤砚传奇》《希里兔克的传说》,中短篇小说集《三角梅》,长篇报告文学《战神的橄榄树》,长卷散文《黑色旅程》等。短篇小说《三角梅》《最后的堑壕》获全国优秀短篇小说奖、中国人民解放军文艺奖。

王宗仁(1939—   ),笔名戈阳、柳山。陕西扶风人。1958年入伍,历任团政治处见习干事、书记,青藏兵站部宣传处新闻干事,总后勤部宣传部新闻干事,总后勤部创作室创作员、主任。文学创作一级。1954年开始发表作品。著有文学作品集《雪山采春》《鲜花开在山那边》《历史,在北平拐弯》《青藏风景线》《荒原与人》《地平线》《周冠五与首钢》《睡狮怒醒》《日出昆仑》《季节河没有名字》《情断无人区》《太阳有泪》《藏地兵书》《可可西里的动物精灵》《与青藏线同行》《藏羚羊的那些事儿》等。曾获全国第一届优秀报告文学奖、中宣部"五个一工程"奖、第五届鲁迅文学奖。

未央(1930—   ),原名章开明。湖南临澧人。1949年毕业于师范学院。后参加解放军,从事文艺宣传工作,历任武汉作家协会专业创作员,中国作家协会湖南分会主席,第四、五、六届湖南省政协委员。1950年开始发表作品。著有诗集《祖国,我回来了》《假如我重活一次》,长诗《杨秀珍》,短篇小说集《巨鸟》

《桂花飘香的时候》等。曾获1980年全国中青年诗歌奖。

魏巍(1920—2008),河南郑州人。毕业于延安抗大。1937年加入八路军,历任晋察冀军区部队宣传科长、团政委,全国青联副主席,《解放军文艺》副主编,总政创作室副主任,总政文化部文艺处副处长,北京军区政治部宣传部副部长、文化部部长,《聂荣臻传》写作组组长,《中流》主编,北京军区政治部顾问。中国作家协会第四届理事,全国第一、二、三届人大代表。三十年代开始发表作品。著有长篇小说"革命战争三部曲"(《地球的红飘带》《火凤凰》《东方》),诗集《黎明风景》《不断集》《红叶集》《魏巍诗选》,散文集《谁是最可爱的人》《壮行集》《话说毛泽东》《魏巍杂文选集》《魏巍散文选》等。《东方》曾获首届茅盾文学奖、中国人民解放军文艺奖。

魏远峰(1971—   ),河南武陟人。1990年应征入伍,历任战士、班长、排长、副连长、连长,2001年起任广州军区政治部文艺创作室创作员。1996年开始发表作品。2009年加入中国作家协会。著有长篇小说《钱是个什么东西》《东山少爷》《大清河防》《兵者》《雪落长河》,中篇小说《皇道长治河》《三多塘的哨声》等。发表文学作品三百余万字。曾获全军军事题材中短篇小说评奖一等奖。

温亚军(1967—   ),陕西岐山人。1984年底参军至新疆武警部队,历任战士、保密员、干事、编辑、主编、出版社副社长。1992年开始发表作品。主要作品有长篇小说《西风烈》,短篇小说《驮水的日子》,中篇小说《地软》等。曾获第三届鲁迅文学奖、第十一届庄重文文学奖以及《小说选刊》《中国作家》《十月》等刊物奖。

文清丽(1968—   ),女。陕西长武人。1986年入伍,毕业于解放军艺术学院文学系、北京大学艺术系和鲁迅文学院高研班。现任《解放军文艺》副编审、主编。曾在《人民文学》《十月》《中国作家》《北京文学》等刊物发表作品一百余万字。出版有散文集《瞳孔·湾湖》《月子》《爱情总是背对着我》,小说集《纸梦》《回望青春》《我爱桃花》,长篇非虚构作品《渭北一家人》,长篇小说《爱情底片》。

闻捷(1923—1971),原名赵文节。江苏丹徒人。高小毕业。1938年参加革命工作,曾任抗敌演剧队第四队演员,延安陕北公学学员,西北文艺工作团演员、团创作组主任,陕甘宁边区《群众报》记者、副刊编辑,1949年后历任新华社西北总社记者、采访部主任及新疆分社社长、总社文教组组长,中国作家协会兰州分会副主席、上海分会专业作家。上海作家协会第二届理事。1945年开始发表作品。著有歌剧剧本《翻天覆地的人》,组诗《吐鲁番情歌》《博斯腾湖滨》《子沟山谣》《水兵的心》《撒在十字路口的传单》《天山牧歌》《伊犁河谷的春天》,长诗《复仇的火焰》(三部曲)、《哈萨克人夜送千里驹》,诗集《第一声春雷》《我们插遍红旗》《祖国,光辉的十月》《东风催动黄河浪》《生活的赞歌》《天山牧歌》等。

吴伯箫(1906—1982),笔名山屋、天荪。山东莱芜人。1931年毕业于北平师范大学英语系。1938年在延安抗大学习,任八路军总政治部抗战文艺工作组第三组组长,陕甘宁边区文化协会秘书长兼中国女子大学国文教师,陕甘宁边区政府教育厅中等教育科科长,延安大学教员,华北联大教育部国文系副主任,佳木斯东山大学教育学院院长兼班主任、图书馆长,吉林市东北大学文艺美术系主任,长春东山大学文艺美术系主任,东北师范大学副教务长,沈阳东北教育学院副院长,北京人民教育出版社副社长兼副总编辑,中央文学讲习所所长,中国社会科学院文学研究所副所长。中国文联第三届委员,中国作家协会第一、三届理事。1926年开始发表作品。著有散文集《街头夜》《羽书》《黑红点》《出发集》《烟尘集》《北极星》,散文报告文学集《潞安风物》,译著《波罗的海》等。

吴国平(1956—   ),笔名子羽。江西鹰潭人。1976年入伍,1991年毕业于解放军艺术学院文学系。中国作家协会会员、江苏省作家协会理事、中国书法家协会会员。南京军区暨前线文工团文艺创作室主任,国家一级编剧。先后发表诗集《山海交响曲》《隐退的风景》《我的田亩或迷宫》,长篇散文《八百年的村落》《瓣香起湄州》,报告文学集《跨世纪抉择》,大型舞剧《牡丹亭》(编剧),电视剧《长征从这里开始》《井冈星火》,歌曲(作词)《神圣使命》《响当当的连队呱呱叫的兵》等。曾获中宣部"五个一工程"奖、文化部群星奖金奖等。

吴强(1910—1990),笔名吴蔷、叶如桐。江苏涟水人。河南大学肄业。1933年在上海参加左联。1938年参加新四军,曾任新四军政治部宣传部文艺干事,抗敌剧社秘书,军政治部文艺科科长,苏中第二分区政治部敌工部副部长,华中军区、华东野战军第六纵队、第十兵团政治部宣教部部长。1949年后历任华东军区政治部文化部副部长,华东局宣传部文艺处副处长,上海文艺工作委员会秘书长,华东文联党组成员,上海作家协会代理党组书记、副主席、书记处书记。中国文联第四届委员,中国作家协会第二、三、四届理事,第一、二、三、四、五、六届上海市政协委员及第一、五、六届政协常委。1933年开始发表作品。著有长篇小说《红日》《堡垒》(上部),散文集《咆哮的烟苇港》,话剧剧本《逮捕》《黄桥决战》,中篇小说集《养马的人》《他高高举起雪亮的小马枪》,小说散文集《心潮集》,评论集《文艺生活》,报告文学《淮海前线纪事》等。

吴然(1958—),安徽庐江人。1984年毕业于西北大学中文系,研究生。历任解放军西安政治学院教师、教研室主任,总政治部文化部文艺局副局长,总政话剧团代团长,八一电影制片厂副厂长。全国美国文学研究会理事。1998年加入中国作家协会。著有专著《海明威评传》《天堂与地狱的使者》《西洋文学小史》,评论集《西部的回声》《走向高原的境界》,译著长篇小说《爱情机器》《我的哥哥海明威》等。

X

西戎(1922—2001),原名席诚正。山西蒲县人。1944年毕业于延安鲁艺。1938年参加革命工作,历任保德县第四区抗日联合会文化部长,《晋绥大众报》编辑科长,中央文学研究所学员。1949年后历任《川西农民报》编辑部主任,《川西文艺》主编,山西省文联副主席,《火花》《汾水》主编。中国作家协会第三、四届理事,中国作家协会山西分会主席、名誉主席,山西省人大常委会第六、七届委员,中国作家协会第五届名誉委员。1992年中共山西省委、省政府授予其"人民作家"荣誉称号。1943年开始发表作品。著有长篇小说《吕梁英雄传》(合作),短篇小说集《宋老大进城》,散文集《寄语文学青年》,电影文学剧本《叔伯兄弟》《扑不灭的火焰》(合作)《黄土坡的婆姨们》等。

西元(1976—),黑龙江巴彦人。1994年考入解放军南京政治学院,同年入伍,历任排长、干事、代理组织科长、营教导员。就读于中国人民大学、北京大学,获文学博士学位。现为解放军战略支援部队航天系统部文艺创作室创作员,主要从事军旅题材小说创作。曾获《中篇小说选刊》全国优秀中篇小说奖、《钟山》文学奖、中华文学基金会"茅盾文学新人奖"、华语青年作家奖中篇小说提名奖、《小说选刊》年度最受读者欢迎中篇小说奖、第七届鲁迅文学奖中篇小说奖提名。

项小米（1952— ），女。福建连城人。1983年毕业于北京大学分校中文系。1971年应征入伍，历任武汉军区一五三医院医务处统计助理员，解放军文艺出版社第一图书编辑部主任、副编审。1987年开始发表作品。著有长篇小说《英雄无语》《小轮和海》，中篇小说集《丑娃娃》，散文《小小世界》《伊甸之子》，电视连续剧剧本《我要做好孩子》《虎斑贝》等。曾获《昆仑》优秀作品奖、《解放军文艺》优秀作品奖、中国人民解放军文艺奖。

辛茹（1965— ），女。陕西天水人。1993年毕业于解放军艺术学院文学系。1982年应征入伍，历任话务员、兰州军区军医学校学员、兰州军区军事医学研究所技士、《人民军队报》编辑、第二炮兵第三研究所宣传干事、第二炮兵文工团创作室专业作家，文学创作二级。1996年开始发表作品。著有诗集《寻觅光荣》《纪念》，长诗《火箭碑》《杨业功之歌》等，长篇传记文学《百年一梦》，散文集《送你一弯新月》等。曾获首届鲁迅文学奖、全军文艺新作品奖。

邢军纪（1952— ），笔名沉钟、钟秋。河南漯河人。1995年毕业于华中师范大学中文系，硕士研究生。1969年应征入伍，历任放映员、电影组长、宣传干事、教员，解放军艺术学院文学系教研室主任、副教授、教授。中国报告文学学会理事。1978年开始发表作品。著有长篇报告文学《中国税收之战》《商战在郑州》（合作）、《锦州之恋》（合作）、《文物大走私》《北中国的太阳》（合作）、《中国精神》《风雅大郑州》，中篇报告文学《都市之魂》《第一种危险》《最后的大师》等。曾获全国优秀报告文学奖、鲁迅文学奖、全军文艺新作品奖一等奖、《十月》文学奖、中宣部"五个一工程"奖等。

徐光耀（1925— ），笔名越风。河北雄县人。1947年毕业于华北联合大学文学系，1953年毕业于中央文学讲习所。1938年参加八路军，历任战士、干事、书记，新华分社记者，中央文学研究所第一期研究生，华北军区文化部文艺科专业作家，解放军总政治部文化部创作室专业作家，保定市文联编辑，河北省文联、作家协会副主席。河北省文联党组书记、主席，文学创作一级。中国作家协会第三、四届理事，中国文联第五届委员，河北省作家协会第三届名誉主席。1947年开始发表作品。著有长篇小说《平原烈火》，中篇小说《小兵张嘎》，短篇小说集《望日莲》《我的喜剧》《跳崖壮士》《我的第一个未婚妻》《徐光耀小说选》，电影文学剧本《望日莲》《乡亲们呐……》《小兵张嘎》等。曾获全国第二届鲁迅文学奖、电影一等奖、河北省关汉卿奖等。

徐贵祥（1959—   ），安徽六安人。中国作家协会副主席，中国作家协会军事文学委员会主任。1978年12月参军，曾任排长、连政治指导员、集团军政治部组织处干事、师政治部宣传科长、解放军出版社编辑、解放军出版社总编室主任、解放军艺术学院文学系主任、国防大学军事文化学院文艺创演系主任等职。先后参加广西边境对越自卫还击作战、云南边境轮战。著有中篇小说《潇洒行军》《弹道无痕》《年根》，长篇小说《仰角》《历史的天空》《高地》《八月桂花遍地开》《明天战争》《特务连》《马上天下》《四面八方》《对阵》等。获第七、九、十一届全军文艺奖，第四、九、十一届中宣部"五个一工程"奖，第三届《人民文学》奖，第六届茅盾文学奖。

徐怀中（1929—   ），河北邯郸人。1945年毕业于太行联合中学。1945年参加八路军。历任前方政治部前线剧团团员，晋冀鲁豫野战军及第二野战军政治部文工团团员、美术组长，西南军区政治部文工团研究员、创作员，云南军区政治部文化部干事、秘书，《解放军报》副刊编辑、记者，解放军总政治部文化部创作员，昆明军区政治部创作员、宣传部副部长、文化部副部长，八一电影制片厂编剧，解放军艺术学院文学系主任，解放军总政治部文化部副部长、部长。少将军衔。第八、九届全国政协委员，中国作家协会理事、第四届主席团委员、第五届副主席，全国文联委员。1954年开始发表作品。著有长篇小说《我们播种爱情》《牵风记》，长篇非虚构文学作品《底色》，中篇小说《地上的长虹》，短篇小说《西线轶事》，电影文学剧本《无情的情人》，中篇小说集《没有翅膀的天使》《徐怀中小说选》《徐怀中代表作》等。曾获1980年全国优秀短篇小说奖、第六届鲁迅文学奖、第十届茅盾文学奖等。

徐剑（1958—   ），云南昆明人。1982年毕业于第二炮兵指挥学院政治系。1974年应征入伍，历任报道员、书记、新闻干事，第二炮兵政治部政研室干事、二炮党委秘书，第二炮兵政治部创作室副主任、主任。专业作家，文学创作一级。1999年被中国文联评为全国百名优秀青年文艺家。著有长篇报告文学《大国长剑》《鸟瞰地球》《东方哈达》，散文集《岁月之河》，散文《沉默的远山》《剑光,在古烽火台闪烁》《大国重器——中国火箭军的前世今生》等。曾获中国人民解放军文艺奖、中宣部"五个一工程"奖、鲁迅文学奖、2018年度中国好书奖等。

徐艺嘉(1987—   ),女。吉林长春人。文艺学硕士。2010年入伍。1997年开始发表作品,2018年加入中国作家协会。著有长篇小说《横格竖格》《我们都缺伴儿》,创作文学剧本《打工三代》被拍成电影,另发表有短篇小说和文艺评论作品若干。长篇小说《我们都缺伴儿》获"人民文学·紫金之星"年度长篇小说奖。

徐志耕(1946—   ),笔名越民、子牛。浙江绍兴人。1989年毕业于南京大学中文系。1964年应征入伍,历任战士、宣传干事、《解放军报》记者、《人民前线报》编辑,南京军区政治部文艺创作室创作员、副主任。专业作家,文学创作一级。江苏省作家协会理事。1966年开始发表作品。著有报告文学《南京大屠杀》《情海望不断》《莽昆仑》《忧乐万家》《步鑫生十年沉浮记》《是是非非李庆霖》等。曾获全国优秀报告文学奖、全国金钥匙图书奖、《昆仑》优秀作品奖等。

Y

严歌苓(1958—   ),女。上海人。用中、英双语创作小说。代表作品有《小姨多鹤》《第九个寡妇》《赴宴者》《扶桑》《穗子物语》《天浴》《寄居者》《金陵十三钗》《铁梨花》《妈阁是座城》《归来》《芳华》等。好莱坞编剧协会会员,中国作家协会会员和奥斯卡最佳编剧奖评委。作品被翻译为英、法、日、泰、荷、西等多国文字并改编为电影。

阎连科(1958—   ),河南嵩县人。1985年毕业于河南大学政教系。1991年毕业于解放军艺术学院文学系。1978年应征入伍,历任济南军区战士、排长、干事、秘书、创作员,第二炮兵电视艺术中心编剧。专业作家,文学创作一级。1980年开始发表作品。著有长篇小说《情感狱》《最后一名女知青》《生死晶黄》《日光流年》《坚硬如水》,小说集《和平寓言》《乡里故事》《黄金洞》《阎连科小说选》《横活》《朝着天堂走》《欢乐家园》,散文集《回望乡土》,随笔集《桎梏》,中短篇小说《天宫图》《年月日》等。曾获《解放军文艺》作品奖、《小说月报》百花奖、

《十月》优秀奖、《中篇小说选刊》奖、上海市中篇小说大奖以及第一、二届鲁迅文学奖等。

阎欣宁(1952—   ),山东曲阜人,生于青岛。曾在部队服役17年,后转业到厦门某杂志社供职。著有小说集《枪手沉沦》《枪族》,长篇小说《金帆船》《追水营》,纪实文学《岛城戍兵录》等。部分中短篇小说曾获《解放军文艺》和《昆仑》等刊优秀作品奖。

杨庆春(1965—   ),笔名谢人、秦春。安徽安庆人。1983年入伍,1989年毕业于空军电讯工程学院计算机系。历任战士,空军第一航空学院教员,空军第一航空学院校报文学副刊编辑,《空军报》社编辑、副社长。1988年开始发表作品。出版杂文随笔集《一种逻辑常有理》《理性的魅力》《醒后吐真言》等。曾获"三峡风"全国杂文征文特等奖、全国晚报征文一等奖、北京杂文奖等。

杨朔(1913—1968),原名杨毓瑨。山东蓬莱人。1929年毕业于哈尔滨英文学校。1939年参加八路军,从事文艺工作,后到延安,在中央党校三部学习,解放战争时期任华北野战军第十九兵团战地记者。1949年后随铁路工人组成的志愿军入朝,回国后历任中国作家协会外国文学委员会副主任、中国保卫世界和平委员会副秘书长、亚非团结委员会副主席、亚非人民团结理事会常设书记处书记、中国亚非作家常设局联络委员会秘书长。全国政协委员,中国作家协会第二届理事。1937年开始发表作品。著有长篇小说《三千里江山》,中篇小说《洗兵马》《红石山》《锦绣河山》,短篇小说《月黑夜》,散文集《亚洲日出》《万古长春》《铁骑兵》《东风第一枝》《杨朔散文选》等。

杨闻宇(1943—   ),陕西西安人。1969年毕业于西北大学中文系。1976进入兰州军区政治部从事专业文学创作。历任兰州军区政治部创作室专业作家,文学创作一级。1964年开始发表作品。著有报告文学集《罗盛教》、《不惑的人生》(合作)、《丙子·双十二》(合作)、《圣地风景》(合作),散文集《灞桥烟柳》《白云短笺》《日月行色》《野旷天低树》《江清月近人》《绝景》《不肯过江东》《大风起兮云飞扬》《明月松间照》《只有香如故:历史上那些动人的女人们》等。曾获全军文艺新作品奖等。

杨献平(1973—   ),河北沙河人。1991年入伍至巴丹吉林沙漠,2000年毕业于空军政治学院,2011年调至成都军区政治部文艺创作室,任专业作家兼

《西南军事文学》编辑。1995年开始发表作品,文体涵盖诗歌、散文、小说和文学批评。已出版《沙漠之书》《匈奴帝国》《生死故乡》等多部作品,并主编《笔尖下的西藏》及《散文中国》系列书籍。曾获得冰心散文奖、全军文艺优秀作品奖、首届林语堂散文奖等。

杨星火(1925—2000),笔名星火。女。四川威远人。1949年大学毕业。1949年参加解放军,历任二野文工团团员、西南军区文工团团员、西藏军区创作组创作员、成都军区创作室创作员。1953年开始发表作品。著有诗集《雪松》《拉萨的山峰》《送你一串红》,长诗《波梦达娃》《波拉团长》,叙事诗选集《月亮姑娘》,散文集《雪山红杜鹃》《查果拉的故事》《唱给春天的歌》等。曾获中宣部"五个一工程"奖等。

杨益言(1925—2017),四川武胜人。毕业于同济大学电机系。早年参加革命工作,1948年被捕,囚于重庆中美合作所渣滓洞集中营。1949年后历任重庆《团刊》编辑、科长,共青团重庆市委常委、办公室主任,中共重庆市委《支部生活》总编辑,专业作家,文学创作一级。第四、五届四川省政协委员,全国文联第四届全委,中国作家协会第三、四届理事,四川省重庆市文联副主席、作家协会副主席。1951年开始发表作品。著有长篇小说《红岩》(合作)、《大后方》、《秘密世界》,报告文学《在烈火中永生》(合作)、《红岩的故事》、《雾都空劫》等。

姚雪垠(1910—1999),河南邓州人。1929年考入河南大学政法学院。因参加中共地下活动被捕,出狱后辗转北平等地,以卖文为生。1937年逃出北京,在开封创办抗战刊物《风雨》,后历任第五战区文化工作委员会工作人员,重庆全国文艺界抗敌协会理事、创研部副部长,上海大夏大学副教务长、文学院院长、教授,河南省作家协会、湖北省作家协会专业作家,中国作家协会专业作家。第五、六、七届全国政协委员,湖北文联第三、四届主席,中国作家协会第四届顾问、第五届名誉副主席。1929年开始发表作品。著有长篇小说《李自成》(3卷),中、长篇小说《牛全德与红萝卜》《春暖花开的时候》《戎马恋》《长夜》等。曾获首届茅盾文学奖。

姚远(1944—   ),山东济南人。1979年考取南京大学中文系戏剧专业硕士研究生,师从陈白尘。1982年入伍,任南京军区政治部创作室专业作家。代表剧作有《下里巴人》、《商鞅》、《李大钊》、《伐子都》(合作)、《天堂里来的士兵》、

《青春涅槃》(合作)、《"厄尔尼诺"报告》(合作)、《马蹄声碎》、《裁军进行时》、《沦陷》等。曾获中国曹禺戏剧文学奖、文华奖、首批国家舞台艺术精品工程"十大精品剧目"等。

叶楠(1930—2003),河南信阳人。1951年毕业于海军学校机械工程系,1954年毕业于苏联太平洋艇学习队机电军官大学班。1947年参加革命,历任土改工作队队员,桐柏军区军政干校学员、区队长、参谋、工程师、创作员,海军政治部创作室主任。专业作家,文学创作一级。中国文联第六届委员,中国作家协会第五届理事、第六届名誉委员,中国电影家协会第四、五届理事。1948年开始发表作品。著有长篇小说《花之殇》,中短篇小说集《海之屋》《一帆风顺,燕鸥》《叶楠小说集》《血红的雪》,散文集《苍老的蓝》《浪花集》《海殇》,电影文学剧本集《白桦叶楠电影剧本选》(合集),电影文学剧本《傲雷一兰》《绿海天涯》《金锚飘带》《姐姐》《鸽子树》《巴山夜雨》,电视连续剧剧本《唐明皇》(后10集)等。曾获政府奖最佳影片奖、中国首届金鸡奖最佳编剧奖等。

叶文福(1944—),笔名叶蛮、叶蛮牛。湖北蒲圻人。1963年毕业于蒲圻师范学校。曾任蒲圻附小教师,1964年应征入伍,历任战士、区队长、文艺宣传队员,工程兵政治部文工团专业作家,北京煤炭管理干部学院干部。1969年开始发表作品。著有诗集《山恋》《天鹅之死》《苦恋与墓碑》《牛号》,诗歌《将军,不能这样做》《夙愿》等。《祖国啊!我要燃烧》获1981年中国新诗奖,诗集《雄性的太阳》获全国1986—1987年新诗集奖。

衣向东(1964—),山东栖霞人。1983年入伍。1991年毕业于解放军艺术学院文学系。历任武警北京总队使馆警卫部队新闻干事、《橄榄绿》主编。现为北京市签约作家。著有小说集《我是一个兵》《老营盘》,长篇报告文学《首都卫士》,电视剧本《我们的连队》(合作),长篇小说《我们的连队》(合作)。曾获鲁迅文学奖、老舍文学奖、中国人民解放军文艺奖等。

尤凤伟(1943—),山东牟平人。历任战士、工人,青岛市专业作家,中国作家协会山东分会副主席。1976年开始发表作品。著有短篇小说集《月亮知道我的心》《爱情从这里开始》,长篇小说《中国一九五七》《泥鳅》《色》,中篇小说《生存》等。电影文学剧本《布谷催春》获1982年文化部优秀影片奖,短篇小说《白莲莲》获全国第二届儿童文学奖。

余戈（1968—　　），陕西人。1985年考入国防科工委装备指挥技术学院入伍。1994年起在解放军出版社任编辑、副编审，曾任《军营文化天地》杂志主编。2018年12月调入军事科学院任副研究员、专业技术大校，从事军战史研究工作。2000年起，开始收藏抗战文物，致力于"微观战史"的研究写作。已在三联书店出版"滇西抗战三部曲"——《1944：松山战役笔记》（2009）、《1944：腾冲之围》（2014）、《1944：龙陵会战》（2017），获得国家图书馆第六届文津图书奖、第六届中华优秀出版物图书奖、2014年度"中国好书"等奖项。

喻林祥（1945—　　），湖北应城人。1961年入伍。曾任南京军区组织部长、总政治部组织部长、新疆军区政治委员、兰州军区政治委员、中国人民武装警察部队政治委员、武装警察部队党委书记。武警上将警衔。出版旧体诗词集《戍楼诗草》。

袁厚春（1945—　　），黑龙江富裕人。1987年毕业于武汉大学中文系。1963年应征入伍，历任铁道兵文化部干事，解放军文艺出版社编辑、副社长，总政治部文化部文艺局副局长、局长，解放军艺术学院副院长。专业作家，文学创作一级、技术三级。中国文联第六届全委，中国报告文学学会副会长，中国纪实文学研究会副会长。1965年开始发表作品。著有散文集《1979年之战目击记》，长篇报告文学《省委第一书记》《百万大裁军》《陨石之歌》，报告文学《河那边升起一颗星》（合作），长篇传记文学《大投资家胡应湘传》《司徒眉生传奇》等。曾获全国优秀报告文学奖、第一届中国人民解放军文艺奖、《昆仑》文学奖等。

袁静（1914—1999），原名袁行规、袁行庄。女。江苏武进人。肄业于北平艺专。1930年参加革命工作，历任延安陕北公学学员，中国作家协会天津分会、中国作家协会专业作家，天津市文联副主席，中国作家协会天津分会副主席，中国文联第四届委员。1946年开始发表作品。著有长篇小说《新儿女英雄传》（与孔厥合作）、《红色交通线》《伏虎记》，中篇小说《朱小星的童年》，话剧剧本《减租》，电视连续剧剧本《精豆子外传》（合作）、《翡翠岛》（合作）。曾获天津市鲁迅文学艺术优秀作品奖、全国少儿文艺创作一等奖。

Z

曾凡华(1947—   ),湖南溆浦人。1983年毕业于中国人民大学新闻系。1968年应征入伍,历任《解放军报》编辑、主任编辑,文化部副主任、主任,大校军衔。中国报纸副刊研究会副会长,中国报告文学学会理事,中国诗歌学会副会长,中国纪实文学研究会理事。1969年开始发表作品。著有诗集《洞庭军号》《辽远的地平线》《士兵的维纳斯》,散文诗集《绿雪》(与晓桦合作),散文集《月蚀》,长篇报告文学《最后一战》《牺盟·牺盟》《蓝色三环》,长篇小说《碧血黄花》等。曾获全国优秀报告文学奖、中国人民解放军文艺奖、中宣部"五个一工程"奖。

曾皓(1978—   ),曾用名曾浩,笔名菜刀。四川宣汉人。1997年12月入伍,毕业于解放军艺术学院文学系,历任战士、特战分队长、政治指导员及干事等职务,现为北京军区政治部文艺创作室创作员,系中国作家协会会员。2001年开始发表作品。主要作品有中短篇小说集《奇迹发明家》、中篇小说《连长树》、长篇小说《魔鬼连》等。曾获第七届全军文艺新作品奖一等奖、全军军事题材中短篇小说二等奖。

曾剑(1972—   ),湖北红安人。1990年3月入伍。先后就读于解放军艺术学院、鲁迅文学院高研班及鲁迅文学院与北京师范大学联办现当代文学创作方向硕士研究生。中国作家协会会员。曾任沈阳军区政治部创作室创作员。先后在《人民文学》《当代》《十月》《解放军文艺》等发表中短篇小说三百余万字,出版长篇小说《枪炮与玫瑰》、小说集《冰排上的哨所》等。获全军军事题材中短篇小说评奖一等奖、全军文艺新作品奖、辽宁文学奖等多种奖项。

张波(1954—   ),辽宁锦州人。1986年毕业于解放军艺术学院文学系。1970年应征入伍,历任武汉军区通信团战士、技师、排长、副指导员、宣传干事,广州军区政治部创作室主任。专业作家,文学创作一级。1980年开始发表作品。著有长篇小说《平常人家》,长篇报告文学《广州城外城》《1997,驻军香港》,报告文学集《就业迪斯科》,中篇小说集《白纸船》,电视连续剧剧本《和平年代》(合作),小说集《白纸船》《太阳方队》等。曾获中宣部"五个一工程"奖、中国电视飞天奖一等奖、中国电视金鹰奖、中国人民解放军文艺奖影视作品一等奖及优秀编剧奖、庄重文文学奖等。

张慧敏(1961—   ),女。江苏南京人。16岁考入军校学医,1993年毕业于解放军艺术学院文学系。1983年开始发表作品。主要作品有长篇小说《美丽行旅》《叙述的森林》《回家》,小说集《孤旅》,报告文学《大捷孟良崮》,中篇小说《困马》《早年往事》,短篇小说《紫色故事》等。曾获中宣部"五个一工程"奖、全军文艺新作品奖、武警文艺奖等。

张倩(1986—   ),女。河北保定人。文艺学硕士,毕业于解放军艺术学院文学系,现为火箭军特色医学中心干事。全军军事科研"十二五"计划课题"21世纪军旅文学十年概观"完成人,国家艺术基金舞台剧目《万物生》撰稿人,舞剧农村女性三部曲《回家》编剧。在《文艺报》《芳草》《解放军报》等报刊发表理论文章数十篇。

张廷竹(1950—   )。湖南安乡人。1989年毕业于解放军艺术学院文学系。1964年参加工作,历任造船厂工段长、科长、厂长助理,济南军区创作室创作员,浙江省军区后勤部副部长,台州行署副专员。文学创作一级。1963年开始发表作品。著有长篇小说《阿波罗踏着硝烟逝去》、《黑太阳》(三部曲),短篇小说《中国无被俘空军》《他在拂晓前死去》,中篇小说《五十四号墙门》等。曾获中国人民解放军文艺奖、全国优秀短篇小说奖。

张卫明(1950—   ),山西榆社人。1967年毕业于北京第九中学。1968年应征入伍,历任战士、报道员、宣传干事、指导员,军政治部新闻干事,北京军区创作室专业作家。文学创作一级。1983年开始发表作品。著有小说集《爱与恨的交织》,中短篇小说《双兔傍地走》《城门》《英雄圈》《铁盾零二》《儿子睡中间》,长篇报告文学《中越战争秘录》(合作)、《血对西藏说》(合作)、《雪域战神》、《统帅部中国最大军事演习秘录》,电影文学剧本《英雄圈》等。曾获全国优秀报告文学奖、中国人民解放军文艺奖、夏衍电影文学奖。

张西南(1952—   ),山东广饶人。1985年毕业于中央广播电视大学中文专业。1969年插队务农。1970年应征入伍,历任战士、排长,第二炮兵政治部宣传部干事,文化部副部长、部长,总政宣传部副部长,二炮政治部副主任。少将军衔。1980年开始发表作品。1985年加入中国作家协会。著有论文集《审美意识：创作和批评的双向变革》《艺苑徜徉录》《军事文艺备忘录》等。曾获全国青年电影评论一等奖等。

张心阳（1959—　　），安徽桐城人。《解放军报》高级编辑，北京杂文学会副秘书长。1979年参加南疆作战，荣立三次三等功。二十世纪九十年代从事杂文创作。著有《带毒的亲吻》《站着说话也腰痛》等多部杂文、随笔专著。数十篇文章获全国报纸副刊作品奖。

张鹰（1963—　　），女。湖南株洲人。1992年考入南京大学攻读博士学位，1995年毕业并获得文学博士学位。同年参军入伍，历任解放军文艺出版社编辑、编审、编辑部主任。发表中国现当代文学、戏剧学论文多篇，著有学术专著《反思中国当代军事小说》，另有译著《诺桑爵修道院》《梦影流年》《易位》等，传记小说《五月端阳红》。曾获中国人民解放军文艺奖。

张永枚（1932—　　），笔名黄桷树。四川万县人。1949年参军。历任文工团团员、文化干事，广州军区战士歌舞团创作员，广州军区创作组创作员，借调到中国京剧团编剧10年。第四届全国人大代表，广东省作家协会历届理事。1952年开始发表作品。著有诗集《新春》《海边的诗》《三勇士》《神笔之歌》《南海渔歌》《骑马挂枪走天下》《檀香女》《椰树的歌》《将军柳》《英雄篇》《雪白的哈达》《海鸥》《螺号》《红缨枪》《西沙之战》《宝马》《梅语》《张永枚故事诗选》《张永枚诗选》《张永枚作品选萃》，诗论集《张永枚诗话》，大型歌舞剧剧本《五朵红云》（集体创作，执笔），独幕歌舞剧剧本《红松店》《平原作战》（中国京剧团集体创作，执笔）等。

张雨生（1952—　　），湖北黄梅人。1964年入伍。先后在石家庄陆军学院、《解放军报》文化部、保定军分区任职。著有《坞城札记》《槛外人语》《察风虑雨》《痴人说梦》及《张雨生随笔选集》等文集。曾获中国新闻奖一等奖，全国报纸副刊作品金奖。

张者（1967—　　），本名张波。河南人。曾就读于西南师范大学中文系、北京大学法律系，获法律学硕士学位。中国作家协会会员，重庆市作家协会签约作家。曾任新华社、《南方周末》等多家新闻媒体记者。先后在《收获》《人民文学》《十月》《大家》等文学刊物发表作品，有中篇小说"老家系列""西部系列""校园系列"二十余部。出版长篇小说《桃李》《零炮楼》《老风口》，经济学访谈录

《谏言》,中篇小说集《朝着鲜花去》《或者张者》,文化访谈录《文化自白书》等。2003年被评为最具潜质的青年作家。

张志忠(1953—   ),山西文水人。曾先后就读于山西大学、北京大学,分别获文学学士、文学硕士学位,主要从事中国当代文学研究及教学工作。曾任解放军艺术学院文学系副主任,首都师范大学教授、博士生导师。中国当代文学研究会理事。1974年开始发表作品。1992年加入中国作家协会。著有专著及论文集《莫言论》《执剑的维纳斯——军事文学纵横谈》《中国当代文学艺术主潮》《迷茫的跋涉者——中国当代知识分子心态录》《天涯觅美——部队作家论稿》《1993:世纪末的喧哗》《九十年代的文学地图》《求真之道》,译著长篇小说《卑微的神灵》([印度]罗易著,合译)等,另有文学论文及译作100余篇。曾获当代文学研究成果奖、庄重文文学奖、中国人民解放军文艺奖等。

张子影(1967—   ),女。安徽肥东人。空军政治工作部专业作家。文职二级。中国作家协会会员,中国报告文学学会会员。已出版《女兵一号》《一朵云响亮地飘动》《大上海沦陷》《守望光明》《飞越驼峰》《走向文明》《三日长过百年》《洪学智》等多部文学作品,编剧《甘巴拉》《生死之间》等多部话剧影视剧和《蓝猫特工队》等400余集动画剧。作品荣获中宣部"五个一工程"奖、曹禺戏剧文学奖、徐迟报告文学奖、冰心散文奖等。

赵寰(1925—   ),原名赵子辅。辽宁丹东人。毕业于燕京大学中文系。1949年参加解放军,历任军文工团创作员,广州军区战士话剧团创作组长、团长、创作指导员。中国文联第四届委员,中国剧协理事。1948年开始发表作品。著有电影文学剧本《董存瑞》(合作),话剧剧本《南海长城》《十年一觉神州梦》《马克思流亡伦敦》等。电影文学剧本《董存瑞》获国家文化部优秀剧本奖、莫斯科电影节奖。

赵峻防(1952—   ),河北丰南人。1970年入伍后,在北京军区守备一师三团六连当战士。1974年内蒙古人民出版社出版了他的第一个短篇小说集《奶茶飘香》。1978年12月调入八一电影制片厂。中国电影家协会会员。代表作有《乡魂》《迷雾中搏斗》《冲出亚马逊》。出版《明天》《二月大搏斗》《邓小平在1976》《白宫突围》等30余部中长篇小说。曾获夏衍优秀剧本奖、优秀电影剧本奖。

赵琪（1960— ），黑龙江双城人。大学毕业。1978年应征入伍，历任战士、文书，解放军艺术学院文学系学员，广州军区政治部文化部干事、创作室专业作家。1984年开始发表作品。著有中短篇小说《琴师》《穷阵》《四海之内皆兄弟》《苍茫组歌》《援军》《民间兵阵》《木鱼童谣》《登陆》《营盘》《告别花都》《骑马挎枪走天涯》，长篇纪实文学《粟裕大将》《壮哉黄埔》《八月一日》，电视连续剧剧本《和平年代》（合作）、《塔山阻击战》、《新四军》、《特赦1959》。曾获中国人民解放军文艺奖等。

中夙（1952— ），辽宁开原人。1970年应征入伍，历任战士、干事、宣传科长、司令部秘书，沈阳军区政治部创作室专业作家。文学创作一级，专业技术三级。1981年开始发表作品。主要作品有长篇小说《走向死地》，中篇小说《大瘟疫》《我们去打仗》《死光》，短篇小说《有这样一个小女兵》《恶象》。曾获"中国潮"百家征文一等奖、中国人民解放军文艺奖、中国图书金钥匙奖、电影百花奖、电视飞天奖、辽宁文学奖等。

周大新（1952— ），笔名普度。河南邓州人。1985年毕业于西安解放军政治学院。1970年应征入伍，历任济南军区战士、班长、排长、副指导员、干事，总后勤部政治部创作室主任，专业作家，文学创作一级，专业技术三级。中国作家协会第五届全国委员会委员。1979年开始发表作品。著有长篇小说《走出盆地》《第二十幕》《21大厦》《预警》《曲终人在》《天慢慢变黑》，中篇小说集《汉家女》《香魂女》《银饰》《左朱雀右白虎》《向上的台阶》，散文集《去看战场》，文集《周大新文集》等。曾获全国优秀短篇小说奖、《中篇小说选刊》优秀作品奖、人民文学奖等。

周建（1964— ），女。江苏沭阳人。空军政治工作部宣传文化中心创作室专职作家，中国作家协会会员。主要作品有长篇小说《鹰族》《苏北往事》《太阳掠过桑田》《谁偷走了我们的爱情》《说好我们不结婚》《在爱的尽头等你来》，长篇纪实文学《呼啸天疆》《芬芳满天：共和国女飞行员成长录》《从天而降》，中篇小说集《紫英藤》等。获中华优秀出版物奖，全军文艺新作品奖一等奖。

周立波（1908—1979），原名周绍仪。湖南益阳人。大学肄业。1929年就读于上海劳动大学，因参加革命活动被开除。后任上海神州国立社校对，又因参加工人罢工而被捕。1934年参加左联。历任八路军前线司令部和晋察冀边区战地记者、延安鲁艺教师、《解放日报》文艺副刊副主编、八路军三五九旅司令部秘书、《中原日报》社副社长、北平军调部中共代表团翻译、中共松江省委宣传部宣传处长、沈阳鲁艺研究室主任、《人民文学》编委、湖南省文联主席、中国作家协会湖南分会主席。第一、二、三届全国人大代表，第五届全国政协委员，中国文联第一、二、三届委员，中国作家协会第一、二届理事。1934年开始发表作品。著有长篇小说《苏联札记》《铁水奔流》《山乡巨变》，报告文学《晋察冀边区印象记》《战地日记》《南下记》《纪念及其他》，译著《被开垦的处女地》（第Ⅰ部）、《秘密的中国》、《多布罗夫斯基》，文论集《思想文学短论》，以及《周立波选集》（7卷）。长篇小说《暴风骤雨》获斯大林文学奖，彩色影片《解放了的中国》（合作）获斯大林文学奖，《湘江一夜》获1979年全国短篇小说一等奖。

周良沛（1933— ），江西永新人。1949年参加解放军，历任战士、文化教员、宣传队队员。1958年被错划为"右派"，1979年平反，后任中国作家协会云南分会专业作家。1952年开始发表作品。著有诗集《枫叶集》《红豆集》《饮马集》《雪兆集》《雨窗集》《拼命迪斯科》《铁窗集》，散文集《白云深处》《流浪者》《香港香港》等。

周涛（1946— ），山西榆社人。1969年毕业于新疆大学中语系。历任新疆喀什市共青团委干事，喀什地区团委干事，乌鲁木齐军区文化部创作员、副组长，兰州军区政治部创作室副主任，新疆军区政治部创作室主任。文学创作一级，专业技术二级。新疆作家协会副主席，中国作家协会第四届理事、全国委员。1972年开始发表作品。著有诗集《神山》《八月的果园》《牧人集》《周涛自选集》《野马群》，长篇散文《游牧长城》，散文集《稀世之鸟》《兀立荒原》《深夜倾听海》《天地一书生》《山河判断》《战雪围牧》《一个人的新疆——周涛自述》，长篇小说《西行记》等。曾获全国第二届新诗奖、第三届中国人民解放军文艺奖、鲁迅文学奖。

周政保（1948— ），江苏常熟人。1982年毕业于新疆大学中文系，研究生。历任新疆塔里木农场农工、报社记者、财贸干部，新疆大学中文系研究生班学员，兰州军区政治部创作组专业作家，八一电影制片厂文学部研究员，《八一电影》主编。1979年开始发表作品。著有评论集《闻捷的诗歌艺术》《小说与诗的艺术》《军事文学的观照》《小说世界的一角》《战争目光》等。曾获中国当代文学研究成果奖,中国人民解放军文艺奖等。

朱春雨(1939—2004),原名朱子澄,笔名迟犀。满族。辽宁盖县人。1959年参加工作,历任长春电影制片厂场记、文学编辑、译制片翻译,二炮政治部创作室主任。中国作家协会第四届理事。1958年开始发表作品。著有长篇小说《亚细亚瀑布》《血菩提》《在人海里》《橄榄》,中篇小说《深深的井》《沙海的绿荫》,短篇小说《陪乐》等。曾获全国第八届优秀短篇小说奖、全国第二届优秀中篇小说奖等。

朱寒汛(1983—　　　),江西萍乡人。先后就读于武警北京指挥学院、解放军艺术学院文学系,硕士研究生。曾任解放军文化艺术中心影视部创作室副主任兼《中外军事影视》杂志主编。第十届中国电影家协会理事。参与编撰《新世纪军旅文学概观》,曾在《人民文学》《中国作家》《散文》《美文》《中华文学选刊》《解放军报》等报刊发表散文、评论数十万字。

朱旻鸢(1978—　　　),江西赣州人。1996年12月入伍,历任战士、学员、排长、副连长、连长、作训参谋、宣传干事,北京军区文艺创作室创作员。中国作家协会会员。2006年开始文学创作。在军内外文学刊物发表小说及报告文学若干。主要作品有短篇小说《天涯·明月·刀》,中篇小说《坝上行》《拉练》。曾获全军军事题材中短篇小说一等奖、第十二届全军文艺优秀作品奖一等奖、第五届鲁迅文学奖中篇小说提名。

朱苏进(1953—　　　),笔名苏进。江苏涟水人。初中毕业。1969年应征入伍,历任厦门某部班长、排长,福州军区政治部创作室创作员。南京军区政治部创作室主任,中国作家协会第三、四届理事、全国委员。1971年开始发表作品。著有长篇小说《在一个夏令营里》《炮群》《醉太平》,中篇小说《引而不发》《凝眸》《绝望中诞生》,中篇小说集《射天狼》《金色叶片》《接近无限透明》《孤独的炮手》,散文集《天圆地方》《朱苏进文集》,电影剧本《鸦片战争》(合作)、《让子弹飞》(合作),电视连续剧剧本《康熙王朝》(合作)、《我的兄弟叫顺溜》(合作)、《江山风雨情》(合作)等。曾获全国少儿读物优秀作品一等奖,全国第二、三届优秀中篇小说奖,中国人民解放军文艺奖等。

朱向前(1954—　　　),祖籍江西萍乡,出生于江西宜春。1970年入伍,1986年毕业于解放军艺术学院首届文学系。历任军艺文学戏剧系副主任,训练部副部长、部长，副院长。全军优秀教师，国务院特殊津贴获得者。专业技术三级，文职一级。中国毛泽东诗词研究会副会长，中国作家协会全国委员，军事文学委员会副主任，《文学评论》编委，中国书法家协会会员。曾任鲁迅文学奖评委、茅盾文学奖评委、国家图书奖评委、国家出版基金项目评审专家、中宣部"五个一工程"奖评委、中央电视台主讲嘉宾。已出版论文集和专著《寻找合点》《朱向前文学理论批评选》《中国军旅文学50年》《毛泽东诗词的另一种解读》《莫言：诺奖的荣幸》以及小说集《漂亮女兵》（与张聚宁合著）等。曾获青年文学创作奖、鲁迅文学奖、全国社科基金项目优秀成果奖、中国人民解放军文艺奖。

朱秀海（1954—　　），满族。河南鹿邑人。1985年毕业于武汉大学中文系。1972年应征入伍，历任战士、班长、副指导员、新闻干事、协理员，武汉军区创作室创作员、海军政治部创作室班主任。文学创作一级，技术三级。1978年开始发表作品。著有长篇小说《痴情》《穿越死亡》《波涛汹涌》《音乐会》《乔家大院》《天地民心》《客家人》《赤水河》《诚忠堂》，短篇小说集《在密密的丛林中》，长篇纪实文学《黑的土　红的雪》《赤土狂飙》，中篇小说《深夜十一点钟的火车》《维也纳森林的故事》，电视连续剧剧本《波涛汹涌》《乔家大院》《天地民心》《客家人》《诚忠堂》，报告文学《河那边升起一颗星》（合作）等。曾获全国第二届优秀报告文学奖、中国人民解放军文艺奖、中宣部"五个一工程"奖、中国电视剧金鹰奖优秀长篇电视剧奖、首届首尔国际电视艺术节最佳长篇电视剧奖、中国电视艺术五十周年全国优秀电视剧编剧奖、冯牧文学奖、中国第十届图书奖、2017年中国好书奖等。

朱增泉（1939—　　），江苏无锡人。1959年应征入伍，历任战士、班长、排长、副指导员、干事、教导员、科长、处长，军政治部副主任、主任，集团军政委，总装备部副政委。中将军衔。1986年开始发表作品。著有诗集《奇想》《国风》《黑色的辉煌》《前夜》《世纪的玫瑰》《世纪风暴》《地球是一只泪眼》，散文集《秦皇驰道》《边地散记》，历史随笔《战争史笔记》等。作品曾获河北省第三届文艺振兴奖、全军文艺新作品奖一等奖、中国人民解放军文艺奖、鲁迅文学奖等。

中国军旅文学编年(1949—2019)

1949 年

10月　中国作家协会主管刊物《人民文学》创刊。

同月　刘白羽的中篇小说《火光在前》发表在《人民文学》1949年创刊号。

同月　马烽、西戎的长篇小说《吕梁英雄传》由新华书店发行。

12月　孙犁的短篇小说《山地回忆》发表在《小说》1949年第12期。

本年　电影《中华女儿》上映,该片由凌子风执导,颜一烟编剧。

1950 年

1月　话剧《战斗里成长》由华北军区政治部文工团首演。

2月　陈涌的评论《刘白羽近年的小说》发表在《人民文学》1950年第4期。

3月　石言的短篇小说《柳堡的故事》发表在《文艺》1950年第3期。

9月22日　孙犁的长篇小说《风云初记》开始在《天津日报》连载。

10月　总政治部文化部向总政治部主任罗荣桓呈报"《解放军文艺》出版计划草案"和"动员全军创作草案"。28日,罗荣桓批示:"同意两项草案。"

11月　总政治部任命《解放军文艺》编委会成员:傅钟、陈沂、宋之的、刘白羽、陈荒煤、吴强、马楠、张光、鲁直、陈斐琴、张致祥、王南希、王永年。傅钟为编委会主任,宋之的为总编辑。

本年　电影《赵一曼》上映,该片由沙蒙执导,于敏编剧。

本年　电影《钢铁战士》上映,该片由成荫执导兼编剧。

1951 年

1月10日　总政治部将即将出版的文艺月刊正式定名为《解放军文艺》。

4月11日　魏巍的成名作《谁是最可爱的人》发表在《人民日报》。

5月4日　总政治部副主任萧华向中央军委副主席刘少奇呈送报告："为供给部队干部及文艺工作者以读物，指导全军文艺活动，鼓励部队文艺创作，总政治部拟出版《解放军文艺》月刊，并对外公开发售，是否适当，请予批示。"12日，刘少奇批示："同意。定一、乔木、周扬阅后退萧华。"

同月　丁玲的评论《读魏巍的朝鲜通讯》发表在《文艺报》1951年第4卷第3期。

6月15日　《解放军文艺》创刊号出版。朱德题写刊名，并为《解放军文艺》创刊题词。陈荒煤的评论《创造伟大的人民解放军的英雄典型》发表在《解放军文艺》1951年第1期。

7月　陈登科的长篇小说《活人塘》由人民文学出版社出版。

同月　杨朔的散文集《鸭绿江南北》由天下出版社出版。

8月　刘白羽的散文集《朝鲜在战火中前进》由新文艺出版社出版。

10月　孙犁的长篇小说《风云初记》由人民文学出版社出版。

同月　魏巍的散文集《谁是最可爱的人》由人民文学出版社出版。

本年　电影《新儿女英雄传》上映，该片由史东山、吕班执导，史东山、袁静、孔厥编剧。

本年　电影《翠岗红旗》上映，该片由张骏祥执导，杜谈编剧。

1952 年

1月　胡耀邦的评论《表现新英雄人物是我们的创作方向》发表在《解放军文艺》1952年第1期。

同月　《解放军文艺》主编宋之的与副主编马楠、编辑许以、作者魏巍等赴朝鲜前线战地组稿。

2月　宋之的、丁毅、魏巍的歌剧剧本《消灭侵略者》发表在《解放军文艺》1952年第2期。

5月　高平的诗歌《打通雀儿山》发表在《解放军文艺》1952年第5期。

6月　张立云的评论《关于写英雄人物和写"落后到转变"的问题》发表在《解放军文艺》1952年第6期。

7月　陆柱国的长篇小说《风雪东线》由人民文学出版社出版。

同月　李瑛的诗歌集《战场上的节日》由上杂出版社出版。

8月　朱德的文章《八路军新四军的英雄主义》发表在《解放军文艺》1952年第8期。

9月　峻青的短篇小说集《马石山上》由武汉通俗出版社出版。

同月　大型专辑《朝鲜通讯报告选》由人民文学出版社出版。

同月　丁玲的文章《谈谈与创作有关的问题》、欧阳予倩的文章《珍爱部队文艺的每一成就》发表在《解放军文艺》1952年第9期。

11月　中央人民政府、人民革命军事委员会、总政治部《关于创作军歌的通知》刊登在《解放军文艺》1952年第11期。

本年　电影《南征北战》上映，该片由汤晓丹、成荫执导，沈西蒙、沈默君、顾宝璋编剧。

1953年

3月　杨朔的长篇小说《三千里江山》由人民文学出版社出版。

同月　陆柱国的中篇小说《上甘岭》开始在《解放军文艺》1953年第3期连载。

4月　胡征的《大进军》由人民文学出版社出版。

5月　宋之的的文章《对改善领导创作组创作活动的一些意见》、白桦的短篇小说《边疆的声音》发表在《解放军文艺》1953年第5期。

6月　陈沂的文章《如何领导当前的战士创作》、刘白羽的短篇小说《路标》发表在《解放军文艺》1953年第6期。

7月　蔡其矫的诗歌《肉搏》发表在《解放军文艺》1953年第7期。

9月　刘白羽的散文集《为祖国而战》由新文艺出版社出版。

同月　傅铎的话剧剧本《冲破黎明前的黑暗》发表在《解放军文艺》1953年第9期。

11月　沈默君的电影文学剧本《渡江侦察记》发表在《解放军文艺》1953年第11期。

1954年

2月　巴金的特写《一个英雄连队的生活》发表在《解放军文艺》1954年第2期。

3月　公刘的短篇小说《荣誉》、王愿坚的报告文学《东山岛》发表在《解放军文艺》1954年第3期。

同月　路翎的短篇小说《洼地上的"战役"》发表在《人民文学》1954年第3期。

同月　傅铎的小说《冲破黎明前的黑暗》由人民文学出版社出版。

5月　魏巍的短篇小说《老烟筒》发表在《解放军文艺》1954年第5期。

6月　杜鹏程的长篇小说《保卫延安》由人民文学出版社出版。

同月　菡子的散文集《和平博物馆》由新文艺出版社出版。

同月　艾煊的散文集《朝鲜五十天》由江苏人民出版社出版。

同月　胡可的话剧剧本《战线南移》、徐怀中的诗歌《骑兵巡逻队》发表在《解放军文艺》1954年第6期。

8月　韩笑的诗集《歌唱韶山》由湖北人民出版社出版。

同月　刘亚楼的散文《渡乌江》、彭雪枫的散文《娄山关前夜》、徐怀中的中篇小说《地上的长虹》发表在《解放军文艺》1954年第8期。

9月　刘白羽的散文集《对和平宣誓》由作家出版社出版。

10月　陈其通的话剧剧本《万水千山》发表在《解放军文艺》1954年第10期。

11月　傅钟的文章《当前部队的文艺创作问题》、顾工的散文《从澜沧江到雅鲁藏布江》发表在《解放军文艺》1954年第11期。

12月　王愿坚的短篇小说《党费》、彭荆风的短篇小说《喜期》、魏巍的长诗《高粱长起来吧》发表在《解放军文艺》1954年第12期。

同月　刘知侠的长篇小说《铁道游击队》由新文艺出版社出版。

同月　张永枚的诗集《新春》、未央的诗集《祖国，我回来了!》由湖北人民出版社出版。

同月　杨朔的散文集《万古青春》由中国青年出版社出版。

同月　公刘的叙事长诗《阿诗玛》由云南人民出版社出版。

同月　徐怀中的中篇小说《地上的长虹》由人民文学出版社出版。

同月　公刘组诗《西盟的早晨》发表在《人民文学》1954年第12期。

本年　电影《渡江侦察记》上映，该片由汤晓丹执导，沈默君编剧。

1955年

1月　老舍的中篇小说《无名高地有了名》开始在《解放军文艺》1955年第1期连载。

2月　峻青的短篇小说《黎明的河边》、陈荒煤的评论《论正面人物形象的创造》发表在《解放军文艺》1955年第2期。

3月　高平的诗集《珠穆朗玛》由新文艺出版社出版。

同月　公刘的诗集《边地短歌》由湖北人民出版社出版。

4月　张永枚的长诗《还乡曲》发表在《解放军文艺》1955年第4期。

5月　张永枚的诗集《海边的诗》由湖北人民出版社出版。

6月　胡昭的诗集《光荣的星云》由作家出版社出版。

同月　公刘的诗集《神圣的岗位》由湖北人民出版社出版。

同月　寒风的长篇小说《接防》选载在《解放军文艺》1955年第6期。

8月　白桦的诗集《金沙江的怀念》由中国青年出版社出版。

10月　郭沫若的文章《寄志愿军战士》发表在《解放军文艺》1955年第10期。

11月　顾工的诗集《喜马拉雅山下》由中国青年出版社出版。

同月　严寄洲的电影文学剧本《脚印》发表在《解放军文艺》1955年第

11 期。

本年　电影《董存瑞》上映，该片由郭维执导，丁洪、赵寰、董晓华编剧。

本年　电影《平原游击队》上映，该片由苏里、武兆堤执导，邢野、羽山编剧。

1956 年

2 月　李乔的长篇小说《欢笑的金沙江》由作家出版社出版。

同月　陆柱国的报告文学《北大荒人》、傅铎的话剧剧本《有这样一个人》发表在《解放军文艺》1956 年第 2 期。

3 月 1 日　举办全国话剧观摩演出会，参演的军队戏剧有多幕剧 30 个，独幕剧 19 个，其中，《万水千山》《战斗里成长》《保卫和平》《冲破黎明前的黑暗》《杨根思》等获得演出一等奖。

同月　宋之的的话剧剧本《保卫和平》发表在《解放军文艺》1956 年第 3 期。

4 月 28 日　毛泽东提出"百花齐放、百家争鸣"的文艺方针。

同月　陈沂的文章《欢迎青年作家写现代化军队》、陆柱国的长篇小说《对虾岛》（选载）发表在《解放军文艺》1956 年第 4 期。

5 月　茅盾的文章《您永远活在我们的记忆中》、魏巍的文章《悼宋之的同志》发表在《解放军文艺》1956 年第 5 期。

6 月　散文集《志愿军英雄传》由人民文学出版社出版。

同月　蔡其矫的诗集《回声集》由作家出版社出版。

同月　白桦的长诗《鹰群》选载在《解放军文艺》1956 年第 6 期。

8 月　萧平的短篇小说《三月雪》发表在《人民文学》1956 年第 8 期。

同月　未央的长诗《杨秀珍》由中国青年出版社出版。

同月　郭沫若的文章《序"志愿军一日"》发表在《解放军文艺》1956 年第 8 期。

9 月　散文集《志愿军一日》由人民文学出版社出版。

同月　茅盾的文章《为"志愿军一日"而欢呼》、巴金的文章《人间最美好的感情》、陈沂的文章《一个成功的群众性的创作运动》、沈西蒙的话剧剧本《杨根思》发表在《解放军文艺》1956 年第 9 期。

11月　高玉宝自传体小说《高玉宝》由人民文学出版社出版。

12月　公刘的诗集《黎明的城》由中国青年出版社出版。

同月　刘白羽的散文集《火炬与太阳》由作家出版社出版。

同月　徐怀中的长篇小说《我们播种爱情》开始在《解放军文艺》1956年第12期连载。

本年　电影《铁道游击队》上映,该片由赵明执导,刘知侠编剧。

本年　电影《上甘岭》上映,该片由沙蒙、林杉执导,林杉、沙蒙、曹欣、肖予编剧。

1957年

1月　公刘的诗集《望夫云》由中国青年出版社出版。

4月　周恩来的《诗一首》、陈毅的《诗四首》、王愿坚的小说《妈妈》发表在《解放军文艺》1957年第4期。同期选载吴强的长篇小说《红日》,刊登时题为《吐丝口》。

同月　雁翼的诗集《胜利的红星》由作家出版社出版。

同月　玛拉沁夫的长篇小说《茫茫的草原》由人民文学出版社出版。

5月　《红旗飘飘》由中国青年出版社开始出版。

同月　周良沛的诗集《枫叶集》由作家出版社出版。

6月　陈毅的文章《江南抗战之春》、路野的短篇小说《不好领导的人》发表在《解放军文艺》1957年第6期。

7月　吴强的长篇小说《红日》由人民文学出版社出版。

同月　李月润的短篇小说《温床上的霉菌》发表在《解放军文艺》1957年第7期。同期选载白刃的长篇小说《战斗到明天》,刊登时题为《五月的鲜花》。

8月　顾工的诗集《这是成熟的季节啊》由作家出版社出版。

同月　高平的诗集《拉萨的黎明》由重庆人民出版社出版。

同月　陈毅的文章《人民解放军如何教育了我》、孙继先的文章《大渡河上》、萧华的文章《红旗漫卷西风》、史超的电影文学剧本《五更寒》发表在《解放军文艺》1957年第8期。

9月　曲波的长篇小说《林海雪原》由作家出版社出版。

同月　公刘的诗集《在北方》由作家出版社出版。

同月　朱德的《诗二首》、林伯渠的《纪念建军三十周年——八一南昌起义》、董必武的《庆祝人民解放军建军三十周年》、陈毅的《赣南游击词》、叶剑英的《西游杂咏》发表在《解放军文艺》1957年第9期。

10月　徐怀中的长篇小说《我们播种爱情》由中国青年出版社出版。

同月　白桦的长诗《孔雀》由中国青年出版社出版。

11月　梁斌的长篇小说《红旗谱》由中国青年出版社出版。

同月　白桦的诗集《热芭人的歌》、长诗《鹰群》由中国青年出版社出版。

同月　蔡其矫的诗集《涛声集》由新文艺出版社出版。

同月　石言的小说集《柳堡的故事》由新文艺出版社出版。

12月　张永枚的诗集《骑马挂枪走天下》由中国青年出版社出版。

本年　电影《柳堡的故事》上映，该片由王苹执导，石言、王宗江编剧。

1958年

1月　冯德英的长篇小说《苦菜花》由解放军文艺社出版。

同月　管桦的中篇小说《辛俊地》发表在《收获》1958年第1期。

同月　刘克的短篇小说《央金》发表在《解放军文艺》1958年第1期。

2月　彭德怀的文章《"志愿军一日"再版序》发表在《解放军文艺》1958年第2期。

3月　顾工的诗集《军歌·礼炮·长虹》由重庆人民出版社出版。

同月　茹志鹃的短篇小说《百合花》发表在《延河》1958年第3期。

4月　王群生的叙事长诗《红缨》由解放军文艺社出版。

同月　孙犁的文集《白洋淀纪事》由中国青年出版社出版。

同月　郭沫若的诗歌《欢迎志愿军凯旋》、陈毅的诗《访问朝鲜诗录》、魏传统的词《欢迎志愿军词录》、巴金的文章《欢迎，最可爱的人！》发表在《解放军文艺》1958年第4期。

5月　蔡其矫的诗集《回声续集》由作家出版社出版。

同月 《解放军文艺》在1958年第5期刊登"中朝友谊"征文启事。

6月 高平的诗集《大雪纷飞》由作家出版社出版。

同月 王愿坚的短篇小说《七根火柴》发表在《人民文学》1958年第6期。

同月 冯德英的文章《我怎样写出了"苦菜花"》发表在《解放军文艺》1958年第6期。

7月 王愿坚的短篇小说《普通劳动者》发表在《北京文艺》1958年第7期。

8月 何长工的文章《伟大的会师》、冯德英的短篇小说《南海空战》、林斤澜的短篇小说《喜事》发表在《解放军文艺》1958年第8期。

9月 《星火燎原》由人民文学出版社开始出版。

同月 夏衍的《写电影剧本的几个问题》开始在《中国电影》1958年第9期连载。

10月 石言的文章《党·集体·作者("柳堡的故事"创作的体会)》发表在《中国电影》1958年第10期。

同月 李大我的短篇小说《同心结》发表在《解放军文艺》1958年第10期。

11月 叶圣陶的评论《"普通劳动者"是一篇好小说》发表在《人民文学》1958年第11期。

同月 顾工的诗集《寄远方》由上海文艺出版社出版。

同月 散文故事集《凯歌声中话友谊》由解放军文艺社出版。

12月 王愿坚的小说集《党费》由人民文学出版社出版。

同月 陆柱国的长篇小说《踏平东海万顷浪》由解放军文艺社出版。

1959年

1月 冯牧的评论《有声有色的共产党员形象》发表在《文艺报》1959年第1期。

2月 刘白羽的散文集《万炮震金门》由作家出版社出版。

同月 罗广斌、杨益言的革命回忆录《在烈火中永生》由中国青年出版社出版。

4月 王愿坚的小说集《亲人》由人民文学出版社出版。

同月　杨星火的诗集《雪松》由上海文艺出版社出版。

同月　邓洪的文章《潘虎》、傅绍堂的文章《钢枪队》、吴华夺的文章《我跟父亲当红军》、茅盾的文章《〈潘虎〉等三篇作品读后感》、群立的电影文学剧本《战上海》发表在《解放军文艺》1959年第4期。

6月　总政治部举行全军第二届文艺汇演，涌现出话剧《槐树庄》《东进序曲》《南海战歌》《将军当兵》《年轻的鹰》《遥远的勐垅沙》《三八线上》及歌剧《柯山红日》等一批优秀剧目。

同月　峻青的短篇小说集《黎明的河边》由上海文艺出版社出版。

7月23日　吕兴臣的报告文学《南京路上好八连》发表在《解放日报》。

同月　魏巍的散文集《春天漫笔》由作家出版社出版。

同月　蔡葵的评论《重读〈谁是最可爱的人〉》发表在《文学知识》1959年第7期。

同月　未央的诗集《大地春早》由湖南人民出版社出版。

8月　峻青的自选集《胶东纪事》由人民文学出版社出版。

同月　李瑛的诗集《寄自海防前线的诗》由解放军文艺社出版。

同月　闻捷的叙事长诗《复仇的火焰》第一部《动荡的年代》由作家出版社出版。

同月　茅盾的文章《在部队短篇小说创作座谈会上的讲话》、张勤的短篇小说《磨炼》发表在《解放军文艺》1959年第8期。

9月　韩笑的抒情长诗《我歌唱祖国》由广东人民出版社出版。

同月　未央的诗集《革命干劲歌》由湖南人民出版社出版。

同月　冯德英的长篇小说《迎春花》、周纲的诗集《山山水水》由解放军文艺社出版。

同月　菡子的《前线的颂歌》由人民文学出版社出版。

同月　刘白羽的散文集《早晨的太阳》、陆峻超的中篇小说《九级风暴》由作家出版社出版。

同月　胡可的话剧剧本《槐树庄》发表在《解放军文艺》1959年第9期。

10月　王愿坚的小说集《普通劳动者》由人民文学出版社出版。

同月　傅钟的文章《把部队文艺工作领导好》，顾宝璋、所云平的话剧剧本

《东进序曲》,峻青的短篇小说《交通站的故事》,王愿坚的短篇小说《早晨》,发表在《解放军文艺》1959年第10期。

12月 刘真的短篇小说《英雄的乐章》发表在《蜜蜂》1959年第23期。

本年 电影《万水千山》上映,该片由华纯、成荫执导,孙谦、成荫编剧。

本年 电影《战火中的青春》上映,该片由王炎执导,王炎、陆柱国编剧。

1960年

2月 傅钟的文章《和部队电影剧作者谈谈创作问题》发表在《解放军文艺》1960年第2期。

3月 冰心的评论《〈依依惜别的深情〉读后》发表在《语文学习》1960年第3期。

同月 杜烽的长篇小说《清风店》、张永枚的长诗《康巴人》发表在《解放军文艺》1960年第3期。

5月 柳杞的长篇小说《长城烟尘》(连载),杜鹏程的短篇小说《瀚海新歌》,潘旭澜、曾华鹏的评论《论峻青短篇小说的艺术特色》,发表在《解放军文艺》1960年第5期。

6月 雪克的长篇小说《战斗的青春》由上海文艺出版社出版。

同月 老舍的大鼓词《活武松》发表在《解放军文艺》1960年第6期。同期选载李英儒的长篇小说《野火春风斗古城》,刊登时题为《金环送信》。

7月 中国作家协会召开第三次理事会(扩大会议),增选刘白羽为副主席。

8月 吉悌的评论《战斗热情最可贵——漫谈魏巍同志的抗美援朝时期的散文》发表在《解放军文艺》1960年第8期。

9月 傅钟的文章《歌颂我们的伟大人民 歌颂我们的英雄军队》、陈亚丁的文章《革命军事文学——革命英雄主义的文学》发表在《解放军文艺》1960年第9期。

10月 周扬的文章《我国社会主义文学艺术的道路》发表在《解放军文艺》1960年第10期。

11月 巴金的短篇小说《回家》发表在《解放军文艺》1960年第11期。

本年　电影《林海雪原》上映，该片由刘沛然执导，刘沛然、马吉星编剧。

1961 年

2 月　罗应怀的长篇小说《淮上拂晓》（选载）、浩然的短篇小说《人强马壮》、张勤的短篇小说《静静的小屋》发表在《解放军文艺》1961 年第 2 期。

3 月　杜鹏程的中篇小说《难忘的摩天岭》、李瑛的诗歌《血在燃烧》发表在《解放军文艺》1961 年第 3 期。

4 月　李希凡的评论《典型、个性和群像》发表在《解放军文艺》1961 年第 4 期。同期选载梁斌的长篇小说《播火记》，刊登时题为《锁井风云》。

5 月　浩然的短篇小说《太阳当空照》、蓝华增的评论《谈饶阶巴桑的诗》发表在《解放军文艺》1961 年第 5 期。

6 月　峻青的短篇小说集《海燕》由作家出版社出版。

7 月　战士话剧团编导组集体创作、赵寰执笔的话剧剧本《红缨歌》发表在《解放军文艺》1961 年第 7 期。

9 月　马识途的短篇小说《接关系》与吴自立、未央、郑洪的电影文学剧本《怒潮》发表在《解放军文艺》第 8、9 期合刊。

10 月　李英儒的短篇小说《三进五窑村》、张勤的短篇小说《三人》、张长弓的短篇小说《选举》发表在《解放军文艺》1961 年第 10 期。同期选载韩笑的长诗《毛泽东颂》。

11 月　闻捷的叙事长诗《复仇的火焰》第二部《叛乱的草原》由作家出版社出版。

同月　任斌武的短篇小说《黑浪山的主人》、易征的评论《兵的诗意和美——论张永枚诗歌创作的若干艺术特色》发表在《解放军文艺》1961 年第 11 期。

12 月　罗广斌、杨益言在革命回忆录《在烈火中永生》基础上创作的长篇小说《红岩》由中国作家出版社出版。

同月　慕湘的长篇小说《晋阳秋》选载在《解放军文艺》1961 年第 12 期。

1962 年

1月　周立波的短篇小说《调皮角色》、林豆豆的散文《董叔叔》发表在《解放军文艺》1962年第1期。

2月　赵树理的短篇小说《"杨老太爷"》，刘克的短篇小说《铁匠和他的女儿》，所云平、白文的电影文学剧本《哥俩好》，李瑛的诗歌《天山上下》，发表在《解放军文艺》1962年第2期。

3月　茹志鹃的短篇小说《给我一支枪》发表在《解放军文艺》1962年第3期。同期选载谢雪畴的中篇小说《如火如风》，选载蓝曼的长诗《铁甲骑士》，刊登时题为《第一次上阵》。

5月　徐光耀的中篇小说《小兵张嘎》由中国少年儿童出版社出版。

同月　魏巍的文章《生活再深些，站得再高些》、李瑛的文章《在生活的激流中锻炼成长》发表在《解放军文艺》1962年第5期。

6月　李英儒的长篇小说《野火春风斗古城》由人民文学出版社出版。

同月　李瑛的诗歌《海防战士抒情诗》、韩笑的诗歌《巡逻归来》、韦君宜的短篇小说《还乡》发表在《解放军文艺》1962年第6期。

7月　郭小川的诗歌《如鼓的浪声》、王愿坚的短篇小说《征途上》、张勤的短篇小说《友爱》发表在《解放军文艺》1962年第7期。

8月　朱德的诗歌《庆祝中国人民解放军建军三十五周年》、张爱萍的诗歌《人民解放军颂歌》、阮章竞的诗歌《不老的樟树》发表在《解放军文艺》1962年第8期。同期选载吴强的长篇小说《堡垒》。

9月　陈其通的话剧剧本《井冈山》、李英儒的短篇小说《政治委员》、管桦的短篇小说《酒》、宋垒的评论《谈诗意和李瑛的诗》发表在《解放军文艺》1962年第9期。

10月　峭石的短篇小说集《沸腾的军营》由解放军文艺社出版。

同月　梁信的电影文学剧本《碧海丹心》（连载）、魏巍的中篇小说《江水不尽流》、浩然的短篇小说《红枣林》发表在《解放军文艺》1962年第10期。

11月　石言、冠潮的短篇小说《狂风暴雨日》，刘克的短篇小说《看门人》，周纲的诗歌《在前线》，发表在《解放军文艺》1962年第11期。

12月　刘克的短篇小说集《央金》由解放军文艺社出版。

同月　峻青的中篇小说《怒涛》、郭小川的长诗《秋歌》、饶阶巴桑的诗歌《密林鹰歌》发表在《解放军文艺》1962年第12期。

本年　电影《哥俩好》上映，该片由严寄洲执导，所云平、白文编剧。

1963年

1月　任斌武的短篇小说《开顶风船的角色》、冯牧的评论《战士生活的真实写照》、李瑛的诗歌《世纪的云》、严阵的诗歌《田野上的雷雨》发表在《解放军文艺》1963年第1期。同期选载曲波的长篇小说《桥隆飙》。

同月　《解放军文艺》编辑部在北京召开峭石小说座谈会。

2月　《解放军文艺》编辑部邀请驻京部队、沈阳部队、济南部队的青年作家举办报告会，特邀《文艺报》副主编侯金镜做"短篇小说创作问题"的讲座。

3月　李瑛的诗集《静静的哨所》由解放军文艺社出版。

同月　张光年的评论《李瑛的诗》发表在《文艺报》1963年第3期。

同月　罗瑞卿的文章《学习雷锋》，沈西蒙、漠雁、吕兴臣的话剧剧本《霓虹灯下的哨兵》，峭石的短篇小说《下棋》，蓝曼的诗歌《巡逻兵诗草》，发表在《解放军文艺》1963年第3期。同期选载《雷锋日记摘抄》。

4月　吴伯箫的散文集《北极星》由人民文学出版社出版。

同月　柳杞的中篇小说《山径崎岖》、张勤的短篇小说《急行军》、邹荻帆的长诗《一个洪湖渔民的梦》发表在《解放军文艺》1963年第4期。

同月　《解放军文艺》编辑部召开任斌武短篇小说《开顶风船的角色》座谈会。

5月　张永枚的诗集《螺号》由作家出版社出版。

同月　刘白羽的散文集《红玛瑙集》由文化艺术出版社出版。

6月　冯牧的评论《战士作家张勤和他的创作》发表在《文艺报》1963年第6期。

7月　抗敌话剧团创作组集体创作、贾六执笔的话剧剧本《雷锋》发表在《解放军文艺》1963 年第 7 期。

8 月　周立波的短篇小说《参军这一天》、李钧龙的短篇小说《胭脂寨》、张立云的评论《谈几篇反映部队现实生活的短篇小说》发表在《解放军文艺》1963 年第 8 期。

9 月　李瑛的诗集《红柳记》、方纪的散文集《挥手之间》由作家出版社出版。

同月　萧华的文章《加强部队文化艺术工作》、傅钟的文章《部队文化工作的基本经验》、字心的短篇小说《岩鹰换翅》、张勤的短篇小说《军号声声》发表在《解放军文艺》1963 年第 9 期。

10 月　郭小川的诗集《甘蔗林——青纱帐》由作家出版社出版。

同月　王愿坚的短篇小说《理财》发表在《解放军文艺》1963 年第 10 期。同期选载李英儒的长篇小说《春到人间》。

11 月　梁斌的长篇小说《播火记》由作家出版社出版。

同月　傅铎、白云亭的话剧剧本《首战平型关》、林斤澜的短篇小说《限三天》发表在《解放军文艺》1963 年第 11 期。

本年　电影《野火春风斗古城》上映，该片由严寄洲执导，严寄洲、李英儒编剧。

本年　电影《小兵张嘎》上映，该片由崔嵬、欧阳红樱执导，徐光耀编剧。

本年　电影《红日》上映，该片由汤晓丹执导，瞿白音编剧。

1964 年

1 月　朱德的诗《悼罗荣桓同志》、林彪的诗《挽荣桓同志》、董必武的诗《悼荣桓同志》、李季的长诗《向昆仑》、陈其通的独幕话剧剧本《青梅》发表在《解放军文艺》1964 年第 1 期。

2 月　林雨的短篇小说《五十大关》、齐平的短篇小说《沉船礁》、任斌武的短篇小说《迎春曲》发表在《解放军文艺》1964 年第 2 期。同期刊登毛泽东的《诗词十首》。

3 月　连云山、甘耀稷、刘家驹的报告文学《郭兴福和他的战士们》发表在《解放军文艺》1964 年第 3 期。

4月　张勤的短篇小说集《军营晨曲》由解放军文艺社出版。

同月　白岚、孙辑六、廖永铭、王伟、陈培斜、段雨生的报告文学《欧阳海》发表在《解放军文艺》1964年第4期。

5月　赵寰的话剧剧本《南海长城》、峭石的报告文学《老射手和新射手》、任斌武的短篇小说《路标》发表在《解放军文艺》1964年第5期。

6月　叶楠的报告文学《在蓝色的航道上》发表在《解放军文艺》1964年第6期。同期选载丁秋生的长篇小说《源泉》。

8月　艾克恩的评论《为革命英雄唱赞歌——喜读"四好连队、五好战士、新人新事"征文》发表在《文艺报》1964年第8、9期合刊。

同月　徐怀中的短篇小说《四月花泛》发表在《解放军文艺》1964年第8期。

9月　萧华的文章《新人物新思想新风尚的颂歌》、峭石的短篇小说《责任》发表在《解放军文艺》1964年第9期。

10月20日　柯仲平逝世。

同月　贺敬之的诗歌《祖国颂》，莎色、傅铎、马融、李其煌的话剧剧本《南方来信》，发表在《解放军文艺》1964年第10期。

本年　电影《英雄儿女》上映，该片由武兆堤执导，毛烽、武兆堤、巴金编剧。

1965年

1月　字心的短篇小说《拉虎部长》、林雨的短篇小说《刀尖》、胡可的独幕话剧剧本《接班》发表在《解放军文艺》1965年第1期。

3月　王群生的叙事长诗《新兵之歌》由人民文学出版社出版。

同月　周纲的诗歌《中国战士的声音》、胡世宗的诗歌《北国兵歌》发表在《解放军文艺》1965年第3期。

4月　李瑛的诗歌《枣林村集》发表在《解放军文艺》1965年第4期。

5月　蓝曼的叙事长诗《坦克奔驰》由作家出版社出版。

同月　傅钟的文章《行动起来，力争全军的文艺创作大有进展》发表在《解放军文艺》1965年第5期。

6月　金敬迈的长篇小说《欧阳海之歌》选载在《解放军文艺》1965年第

6期。

7月　萧华的组诗《红军不怕远征难》发表在《解放军文艺》1965年第7期。

12月　金敬迈的《欧阳海之歌》由解放军文艺社出版。

1966年

1月　叶剑英的《诗词二首》,黎汝清的散文《海岛民兵纪事》,李心田、朱渭的独幕话剧剧本《青春红似火》,发表在《解放军文艺》1966年第1期。

4月　《林彪同志委托江青同志召开的部队文艺工作座谈会纪要》发表。

同月　黎汝清的长篇小说《海岛女民兵》由人民文学出版社出版。

1967年

2月10日　罗广斌逝世。

5月　毛泽东的《在延安文艺座谈会上的讲话》、江青的文章《谈京剧革命》发表在《解放军文艺》1967年第7期。

6月　《解放军文艺》在1967年第8、9期合刊上推出《革命现代京剧样板戏剧本特辑》,刊登中国京剧院集体改编京剧剧本《红灯记》、上海京剧院《智取威虎山》创作组改编京剧剧本《智取威虎山》、北京京剧一团集体改编京剧剧本《沙家浜》、山东省京剧团集体创作京剧剧本《奇袭白虎团》。

1968年

5月　《解放军文艺》停刊。

8月3日　杨朔逝世。

11月2日　冯志逝世。

1971 年

1月10日　闻捷逝世。

1972 年

4月　李瑛的诗集《枣林村集》由北京人民出版社出版。

5月　《解放军文艺》复刊。

同月　高玉宝的报告文学《换了人间》,袁厚春、石学海、马怀金的报告文学《为祖国造大梁》,王石祥的诗歌《塞上铁骑》,发表在《解放军文艺》1972年第1期(5月号)。

同月　郑直的长篇小说《激战无名川》、李心田的长篇小说《闪闪的红星》由人民文学出版社出版。

6月　窦孝鹏、王耀成、王中才的报告文学《风华正茂》,刘兆林的散文《乌兰哈达》,李瑛的诗歌《我们时代的巨流》,发表在《解放军文艺》1972年第2期(6月号)。

7月　王宗仁的散文《昆仑铃声》、思忖的评论《喜读三本部队短篇小说集》发表在《解放军文艺》1972年第3期(7月号)。

8月　张澄寰的诗歌《井冈山诗草》、纪鹏的诗歌《海疆军号》、管桦的短篇小说《惩罚》、李存葆的短篇小说《青山望不断》发表在《解放军文艺》1972年第4期(8月号)。

9月　纪鹏的叙事长诗《铁马骑士》由天津人民出版社出版。

同月　贺敬之的诗集《放歌集》由人民文学出版社出版。

11月　李瑛的诗歌《红花满山》发表在《解放军文艺》1972年第7期(11月号)。

12月　雷抒雁的报告文学《沙漠战歌》、张力生的诗歌《写在波山浪谷间》发表在《解放军文艺》1972年第8期(12月号)。

1973 年

1 月　李瑛的诗集《红花满山》由人民文学出版社出版。

2 月　纪鹏的诗歌《写在世界屋脊上》、雷抒雁的诗歌《沙海练兵抒怀》发表在《解放军文艺》1973 年第 2 期。同期选载陈广声、崔家骏的报告文学《雷锋的故事》。

4 月　任斌武、孙吴、倪梅林的报告文学《拒腐蚀 永不沾——"南京路上好八连"纪事》，叶文福的诗歌《战斗在深山》，顾工的诗歌《我们握枪》，发表在《解放军文艺》1973 年第 4 期。

7 月　宫玺的诗集《银翼闪闪》由江苏人民出版社出版。

同月　张力生的诗歌《潜艇组曲》、张登魁的短篇小说《带响的弓箭》发表在《解放军文艺》1973 年第 7 期。

8 月　王致远的叙事长诗《胡桃坡》由人民文学出版社出版。

同月　刘兆林的短篇小说《流水清清》、毛英的短篇小说《十八天》、杨星火的诗歌《雪山儿女》、谢冕的评论《战斗前沿的红花》发表在《解放军文艺》1973 年第 8 期。

9 月　胡世宗的诗集《北国兵歌》由吉林人民出版社出版。

11 月　李瑛的诗歌《献给火的年代》、石顺义的诗歌《浪里练兵歌》发表在《解放军文艺》1973 年第 11 期。

12 月　张永枚的诗歌《井冈新诗》、雷抒雁的诗歌《军训号角》发表在《解放军文艺》1973 年第 12 期。

1974 年

2 月　朱苏进的短篇小说《铁流奔腾》、张勤的短篇小说《大海小考》发表在《解放军文艺》1974 年第 2 期。

4 月　张永枚的长篇诗报告《西沙之战》发表在《解放军文艺》1974 年第 4 期。

5月　王宗仁、窦孝鹏的散文集《春满青藏线》由天津人民出版社出版。

同月　元辉的散文《西沙群岛散记》发表在《解放军文艺》1974年第5期。

6月　浩然的中篇小说《西沙儿女》选载在《解放军文艺》1974年第6期。

7月　张永枚的诗集《西沙之战》由人民文学出版社出版。

同月　朱苏进的短篇小说《镇海石和瞄准点》发表在《解放军文艺》1974年第7期。

8月　杨佩瑾的长篇小说《剑》由江西人民出版社出版。

9月　成平的短篇小说《促进》、钱钢的诗歌《战斗的年华》发表在《解放军文艺》1974年第9期。

11月　浩然的中篇小说《西沙儿女——奇志篇》选载在《解放军文艺》1974年第11期。

12月　王愿坚、陆柱国执笔，集体改编的电影文学剧本《闪闪的红星》发表在《解放军文艺》1974年第12期。

本年　电影《闪闪的红星》上映，该片由李昂、李俊执导，王愿坚、陆柱国编剧。

1975年

2月　刘兆林的短篇小说《特殊合金钢》发表在《解放军文艺》1975年第2期。

3月　叶文福的诗歌《天山哨兵》发表在《解放军文艺》1975年第3期。

4月　钱钢、袁学道、侯阜晨的报告文学《来自南京路的战报》发表在《解放军文艺》1975年第4期。

7月　李瑛的诗集《北疆红似火》、郭澄清的长篇小说《大刀记》由人民文学出版社出版。

10月　张天民执笔，集体创作的电影文学剧本《创业》发表在《解放军文艺》1975年第10期。

本年　电影《海霞》上映，该片由钱江、陈怀皑、王好为执导，谢铁骊编剧。

1976 年

2 月　韩作荣的诗集《万山军号鸣》由黑龙江人民出版社出版。

同月　李瑛的长诗《从澜沧江畔寄北京》、郭建英的报告文学《打冲锋的战士》发表在《解放军文艺》1976 年第 2 期。

5 月　郭建英的散文集《长城望不断》由河北人民出版社出版。

7 月　李瑛的诗集《进军集》由人民文学出版社出版。

9 月 9 日　毛泽东逝世。

同月　集体创作、孙吴执笔的报告文学《开顶风船的战斗集体》发表在《解放军文艺》1976 年第 9 期。刘战英、韩静霆的报告文学《蓝天飞架连心桥》发表在《解放军文艺》1976 年第 9 期增刊。

10 月 18 日　郭小川逝世。

同月　"南京路上好八连"的文章《红太阳永照南京路》、苏方学的诗歌《西沙战士的悼念》、王石祥的诗歌《更响亮地吹起冲锋号》发表在《解放军文艺》1976 年第 10 期。

11 月　刘白羽的散文《伟大的洪流》，王愿坚、黎汝清、肖穆的电影文学剧本《映山红》，发表在《解放军文艺》1976 年第 11 期。

12 月　司史武的长篇报告文学《特级英雄黄继光》选载在《解放军文艺》1976 年第 12 期。

1977 年

1 月　陈其通重新修订的十幕话剧剧本《万水千山》发表在《解放军文艺》1977 年第 1 期。

2 月　刘流逝世。

3 月　朱德的诗《喜读主席词二首》发表在《解放军文艺》1977 年第 2、3 期合刊。

5 月　沈阳部队政治部话剧团《雷锋》创作组创作的话剧剧本《雷锋》发表在

《解放军文艺》1977 年第 5 期。

8 月　毛英的短篇小说《路标的故事》、秦牧的散文《红旗初卷英雄城》、叶文福的诗歌《我们的师长》发表在《解放军文艺》1977 年第 8 期。

9 月　张爱萍的诗歌《建军五十周年颂》、朱向前的诗歌《古田抒情》发表在《解放军文艺》1977 年第 9 期。

10 月　徐志耕的报告文学《土地》发表在《解放军文艺》1977 年第 10 期。同期选载孟伟哉的长篇小说《兵团司令员》。

11 月　雷抒雁的诗歌《北疆边防线》、刘白羽的短篇小说《静静的激流》发表在《解放军文艺》1977 年第 11 期。

12 月　孙犁的散文《关于散文》、范咏戈的评论《生命与诗》发表在《解放军文艺》1977 年第 12 期。同期选载梁斌的长篇小说《翻身纪事》。

1978 年

1 月　匡满的诗歌《怀念》、袁鹰的散文《一声绣金匾》、刘兆林的短篇小说《新兵老贺尝到的滋味》发表在《解放军文艺》1978 年第 1 期。同期刊登《毛主席给陈毅同志谈诗的一封信》；选载姚雪垠的长篇小说《李自成》，刊登时题为《张献忠破襄阳》。

3 月　张欣的短篇小说《"差错"三评》、孟伟哉的评论《形象思维二题》、孙犁的评论《创新的准备》、叶文福的诗歌《青铜峡》发表在《解放军文艺》1978 年第 3 期。

5 月　魏巍的长篇小说《东方》由人民文学出版社出版。

同月　廖西岚的短篇小说《好尖的眼睛》、朱秀海的短篇小说《指导员和"猜不透"》发表在《解放军文艺》1978 年第 5 期。

6 月　刘兆林的报告文学《神枪手之歌》、朱秀海的短篇小说《摽上了》、石言的短篇小说《珍珠》、任斌武的评论《提高创作质量的重要前提》发表在《解放军文艺》1978 年第 6 期。

7 月　傅钟的文章《火一样的生命》、李瑛的文章《读〈女神〉》、王中才的散文《风雨三章》、林雨的短篇小说《静静的黎明》发表在《解放军文艺》1978 年第

7期。

8月　魏巍的长篇小说《东方》选载在《解放军文艺》1978年第8期,刊登时题为《征服"死亡地带"》。

9月　彭荆风的散文集《驿路梨花》由云南人民出版社出版。

同月　萧华的文章《英烈浩气万古存》发表在《解放军文艺》1978年第9期。

10月　公刘的诗歌《大军行》、秦牧的散文《奇迹泉》、王愿坚的报告文学《香甜的事业》发表在《解放军文艺》1978年第10期。

11月　李松涛的诗集《第一缕炊烟》由上海文艺出版社出版。

同月　刘兆林的短篇小说《小杨和他的三个熟人》、王朔的短篇小说《等待》、叶文福的诗歌《情满山峡》发表在《解放军文艺》1978年第11期。

12月　齐平的短篇小说《看守日记》、廖西岚的短篇小说《盼铁成钢》发表在《解放军文艺》1978年第12期。

1979年

1月　孟伟哉的长篇小说《昨天的战争(第二部)》由人民文学出版社出版。

同月　杜鹏程的长篇小说《保卫延安》选载在《解放军文艺》1979年第1期,刊登时题为《沙家店》。

2月　冯德英《山菊花(上集)》由山东人民出版社出版。

3月　广西、云南边境自卫还击战结束。总政治部文化部发起组织全军大批专业和业余作家如李瑛、徐怀中、彭荆风、金敬迈、朱春雨、李存葆、刘亚洲、雷铎、朱秀海、朱向前、庞天舒等人深入前线做战地采访。

同月　曾凡华的诗集《洞庭军号》由湖南人民出版社出版。

4月　周涛的诗集《八月的果园》由新疆人民出版社出版。

同月　黎汝清的短篇小说《放下武器的人》、李瑛的诗歌《战地的春天》、雷抒雁的诗歌《真实》、思忖的评论《讴歌新长征的先锋战士　探索大转移的崭新课题》发表在《解放军文艺》1979年第4期。

同月　邓友梅的中篇小说《追赶队伍的女兵们》发表在《十月》1979年第1期。

5月　韩静霆的散文集《太阳宫赋》由吉林人民出版社出版。

同月　王春元的评论《关于写英雄人物理论问题的探讨》发表在《文学评论》1979年第5期。

同月　徐怀中的报告文学《母亲站在我们背后》、韩作荣的诗歌《黎明,丛林静悄悄》发表在《解放军文艺》1979年第5期。

6月8日　雷抒雁的诗歌《小草在歌唱》发表在《光明日报》。

同月　李存葆的报告文学《"战争之神"的眼睛》、雷铎的报告文学《从悬崖到坦途》、朱向前的诗歌《总攻之前》、朱秀海的短篇小说《第一次战斗》发表在《解放军文艺》1979年第6期。

同月　廖代谦的诗集《雪山云海》由甘肃人民出版社出版。

7月　丁玲的评论《我读〈东方〉——给一个文学青年的信》发表在《文艺报》1979年第7期。

同月　李存葆的报告文学《将门虎子》、袁厚春的报告文学《别有洞天》发表在《解放军文艺》1979年第7期。

8月　王宗仁的散文集《青藏线上》由西藏人民出版社出版。

同月　傅钟的文章《把歌颂新一代英雄的创作提高一步》,胡可的文章《时代的课题》,赵鹜、李存葆的评论《努力描绘新一代英雄的风采》,李瑛的诗歌《战地的春天》,纪鹏的诗歌《战火中纪事》,发表在《解放军文艺》1979年第8期。

同月　叶文福的诗歌《将军,不能这样做》发表在《诗刊》1979年8月号。

9月25日　周立波逝世。

同月　周而复的长篇小说《长城万里图》由人民文学出版社出版。

同月　李斌奎的短篇小说《休假》、王中才的散文《古战场风情》发表在《解放军文艺》1979年第9期。

同月　刘克的中篇小说《飞天》发表在《十月》1979年第3期。

10月　杨星火的散文集《雪山红杜鹃》由西藏人民出版社出版。

同月　齐平的短篇小说《拆墙》、秦牧的散文《北国边城一日》发表在《解放军文艺》1979年第10期。

11月　陆柱国的报告文学《菠萝地》、马合省的诗歌《深山战士情》发表在《解放军文艺》1979年第11期。

同月　中国作家协会召开第三次全国代表大会,军队作家刘白羽连任副主席。

12月　贺敬之的诗集《贺敬之诗选》由山东人民出版社出版。

同月　魏巍的文章《解放思想　团结向前》发表在《解放军文艺》1979年第12期。

本年　1978年全国优秀短篇小说奖评选结果公布,《我们的军长》(邓友梅)、《湘江一夜》(周立波)、《足迹》(王愿坚)、《墓场与鲜花》(萧平)、《看守日记》(齐平)等20部作品获奖。

本年　电影《曙光》上映,该片由沈浮、天然执导,白桦、王蓓编剧。

本年　电影《从奴隶到将军》上映,该片由王炎执导,梁信编剧。

本年　电影《吉鸿昌》上映,该片由李光惠、齐兴家执导,陈立德编剧。

本年　电影《啊！摇篮》上映,该片由谢晋执导,徐庆东、刘青编剧。

本年　电影《归心似箭》上映,该片由李俊执导,李克异编剧。

本年　电影《小花》上映,该片由张铮执导,前涉编剧。

1980年

1月　寒风的长篇小说《淮海大战》由山西人民出版社出版。

同月　徐怀中的短篇小说《西线轶事》发表在《人民文学》1980年第1期。

同月　肖玉的长篇小说《大风口》选载在《解放军文艺》1980年第1期,刊登时题为《横祸临头》。同期选载周良沛的叙事长诗《黑雪》,刊登时题为《风雪》。

2月　魏巍的散文集《壮行集》由河北人民出版社出版。

同月　韦国清的文章《在全军文化工作会议上的讲话》、刘白羽的文章《努力把部队文化工作提高到一个新的水平,为建设四化、保卫四化而奋斗!》、孟伟哉的短篇小说《一个参谋和三个将军》发表在《解放军文艺》1980年第2期。

3月8日　李季逝世。

同月　袁静的长篇小说《伏虎记》选载在《解放军文艺》1980年第3期,刊登时题为《绝壁边上的溜冰人》。

4月　金敬迈、李宝林、桑坪的电影文学剧本《心灵之火》、陆柱国的评论《扎根于生活的土壤中》,发表在《解放军文艺》1980年第4期。

5月　李延国的报告文学《敢立"军令状"》发表在《解放军文艺》1980年第5期。

6月　莫应丰的长篇小说《将军吟》由人民文学出版社出版。

7月　程步涛的诗歌《三月,碧蓝的海》、徐怀中的评论《创作准备三题》发表在《解放军文艺》1980年第7期。同期选载李英儒的中篇小说《为了新生命》。

同月　陈骏涛的评论《军事题材文学创作的新突破(评〈西线轶事〉)》发表在《文艺报》1980年第7期。

8月　叶楠的散文集《浪花集》由河南人民出版社出版。

同月　张波的短篇小说《"虎"打"武松"》发表在《解放军文艺》1980年第8期。

9月　李斌奎的《天山深处的"大兵"》发表在《解放军文艺》1980年第9期。

10月　思忖的评论《透过硝烟弥漫的帷幕》发表在《解放军文艺》1980年第10期。

11月　方南江、李荃的短篇小说《最后一个军礼》,贾平凹的短篇小说《鲤鱼杯》,孟伟哉的评论《作家素养三题》,发表在《解放军文艺》1980年第11期。

12月　王愿坚的评论《军人・历史・诗情》、孟伟哉的短篇小说《尊严》发表在《解放军文艺》1980年第12期。

本年　1979年全国优秀短篇小说奖评选结果公布,《小镇上的将军》(陈世旭)、《剪辑错了的故事》(茹志鹃)、《战士通过雷区》(张天民)等25部作品获奖。

本年　电影《今夜星光灿烂》上映,该片由谢铁骊执导,白桦编剧。

本年　电视剧《敌营十八年》播出,该剧由王扶林执导,唐佩琳编剧。

1981年

1月　徐怀中的中篇小说《阮氏丁香》发表在《十月》1981年第1期。

2月　石祥的诗集《骆驼草》由河北人民出版社出版。

同月　刘白羽的文章《新时代文学的新收获》发表在《解放军文艺》1981年第2期。

3月　王海鸰的短篇小说《她们的路》发表在《解放军文艺》1981年第3期。

5月　朱春雨的中篇小说《沙海的绿荫》发表在《十月》1981年第3期。

同月　张力生的诗集《初航集》由解放军文艺社出版。

同月　《解放军文艺》1980年优秀作品获奖名单刊登在《解放军文艺》1981年第5期,短篇小说《天山深处的"大兵"》（李斌奎）、《最后一个军礼》（方南江、李荃）、《一个参谋和三个将军》（孟伟哉）等14篇作品获奖。

7月　孟伟哉的中篇小说《一座雕像的诞生》发表在《芒种》1981年第7期。

8月　江永红、钱钢的报告文学《"蓝军司令"》发表在《解放军文艺》1981年第8期。

同月　李延国的报告文学《废墟上站起来的年轻人》发表在《泉城》1981年第8期。

同月　简嘉的短篇小说《女炊事班长》发表在《青春》1981年第8期。

9月　胡世宗的诗集《鸟儿们的歌》由春风文艺出版社出版。

10月　王中才的散文集《晓星集》由花城出版社出版。

12月　朱秀海、袁厚春的报告文学《河那边升起一颗星》发表在《解放军文艺》1981年第12期。

本年　1977—1980年全国优秀中篇小说奖评选结果公布,《追赶队伍的女兵们》（邓友梅）获二等奖。

本年　1980年全国优秀短篇小说奖评选结果公布,《西线轶事》（徐怀中）、《天山深处的"大兵"》（李斌奎）、《最后一个军礼》（方南江、李荃）等30部作品获奖。

本年　电影《南昌起义》上映,该片由汤晓丹执导,李洪辛、吴安萍、徐海秋、周大功编剧。

本年　电影《西安事变》上映,该片由成荫执导,郑重、成荫编剧。

1982年

1月　王宗仁的散文集《雪山采春》由四川人民出版社出版。

同月　方南江的短篇小说《唐主任搬家》、张永枚的诗歌《海防的诗》发表在

《解放军文艺》1982年第1期。

同月　马畏安的评论《回首向来萧瑟处——评王愿坚的十个短篇》发表在《北京师院学报》1982年第1期。

2月　魏巍的散文集《魏巍散文集》由河北人民出版社出版。

同月　朱秀海的短篇小说《钓鱼》、任斌武的报告文学《山连水来水依依》发表在《解放军文艺》1982年第2期。

3月　大型军旅文学刊物《昆仑》创刊。朱苏进的中篇小说《射天狼》发表在《昆仑》创刊号。

同月　燕燕的短篇小说《女兵连第一个男家属》发表在《解放军文艺》1982年第3期。

4月5日　范咏戈的评论《从〈地上的长虹〉到〈西线轶事〉——谈徐怀中对当代军事题材小说的艺术探索》发表在《光明日报》。

4月19—28日　由中国作家协会和总政治部文化部联合召开的军事题材文学创作座谈会在北京举行。刘白羽做《努力建设我国新的历史时期的社会主义军事文学》的发言，21日发表在《人民日报》。

同月　冯德英《山菊花（下集）》由山东人民出版社出版。

同月　黄济人的报告文学《将军决战岂止在战场》由解放军文艺社出版。

同月　陆柱国的短篇小说《壮士一去兮……》、李存葆的短篇小说《瞧，这些导弹兵》发表在《解放军文艺》1982年第4期。

5月　1981年《解放军文艺》优秀作品获奖名单刊登在《解放军文艺》1982年第5期，短篇小说《她们的路》（王海鸰）、《啊！兵》（海波），报告文学《河那边升起一颗星》（朱秀海、袁厚春）、《"蓝军司令"》（江永红、钱钢）等16篇作品获奖。同期刊登陈沂的文章《坚定对党和社会主义的信念》、海波的短篇小说《彩色的鸟，在哪里飞徊？》。

同月　雷铎的中篇小说《男儿女儿踏着硝烟》开始在《昆仑》1982年第2期开始连载。

6月　王中才的短篇小说《三角梅》、程童一的诗歌《我，中国现代的士兵》发表在《解放军文艺》1982年第6期。

8月10日　吴伯箫逝世。

同月　柯岗的文章《刘帅印象记》、成平的短篇小说《相撞的都是年轻的心》、李斌奎的短篇小说《猜不透》、思忖的评论《情满天山塑新人》发表在《解放军文艺》1982年第8期。

同月　朱秀海的短篇小说《在密密的森林中》发表在《人民文学》1982年第8期。

同月　朱向前、张聚宁的短篇小说《一个女兵的来信》发表在《星火》1982年第8期(《小说选刊》1982年第10期转载)。

9月　李本深的短篇小说《昨夜琴声昨夜人》、王朔的短篇小说《海鸥的故事》发表在《解放军文艺》1982年第9期。

同月　宋学武的短篇小说《敬礼,妈妈》发表在《海燕》第9期。

10月　李存葆的报告文学《金银梦》、袁厚春的报告文学《陨石之歌》、陆建华的评论《从〈我们播种爱情〉到〈西线轶事〉》发表在《解放军文艺》1982年第10期。

11月　韩瑞亭的评论文章《〈东方〉在军事题材创作中的地位》发表在《文学评论》1982年第6期。

同月　李存葆的中篇小说《高山下的花环》、创作谈《〈高山下的花环〉篇外缀语》,冯牧的评论《最瑰丽的和最宝贵的——读中篇小说〈高山下的花环〉》发表在《十月》1982年第6期。

12月　马识途的短篇小说《大事和小事》发表在《解放军文艺》1982年第12期。

本年　第一届茅盾文学奖评选结果公布,《许茂和他的女儿们》(周克芹)、《东方》(魏巍)、《将军吟》(莫应丰)、《李自成(第二卷)》(姚雪垠)、《芙蓉镇》(古华)、《冬天里的春天》(李国文)6部作品获奖。军队作家、评论家刘白羽任评委。

本年　1981年全国优秀短篇小说奖评选结果公布,《女炊事班长》(简嘉)等20部作品获奖。军队作家、评论家刘白羽、魏巍任评委。

1983年

1月5—9日　《高山下的花环》《射天狼》《第三代开天人》等作品研讨会由

解放军文艺社和济南军区政治部宣传部在济南联合举办。

同月　权延赤的中篇小说《第三代开天人》、李存葆的短篇小说《晚霞落进青纱帐》发表在《解放军文艺》1983年第1期。

同月　刘宏伟的中篇小说《白云的笑容,和从前一样》发表在《昆仑》1983年第1期。

同月　朱向前、张聚宁的短篇小说《一个将军的遗嘱》发表在《福建文学》1983年第1期(《作品与争鸣》1983年第7期转载),引发近半年的讨论争鸣。

2月　梁斌的长篇小说《烽烟图》由中国青年出版社出版。

同月　徐志耕、程童一、陶正明的报告文学《"两用人才"的开发者们》、刘兆林的中篇小说《爱情线·事业线·生命线》发表在《解放军文艺》1983年第2期。

3月　程童一的诗歌《时代与士兵》、乔良的诗歌《士兵随想曲》、雷达的评论《军营改革者的雄姿》发表在《解放军文艺》1983年第3期。

同月　丁玲的评论《我读〈高山下的花环〉》发表在《红旗》1983年3月。

同月　总政治部文化部就全军获第二届全国优秀新诗奖、优秀报告文学奖、优秀长篇小说奖、优秀中篇小说奖的作品召开研讨会。

4月　王中才的散文集《光斑集》由湖南人民出版社出版。

同月　刘林的短篇小说《瞎老胡》、权延赤的短篇小说《三个副师长》发表在《解放军文艺》1983年第4期。

5月31日　顾骧的评论《军事题材文学的人性描写》发表在《文汇报》。

同月　唐栋的短篇小说《兵车行》发表在《人民文学》1983年第5期。

同月　1982年《解放军文艺》优秀作品获奖名单刊登在《解放军文艺》1983年第5期,短篇小说《彩色的鸟,在哪里飞徊?》(海波)、《三角梅》(王中才),评论《用爱去谱写乐章》(王愿坚)等19篇作品获奖。同期刊登徐志耕、程童一的报告文学《"两用人才"的开发者们(续篇)》,刘亚洲的报告文学《恶魔导演的战争》,王颖的报告文学《毛岸英之死》,黎汝清的笔谈《解脱束缚　才有突破》,王中才的笔谈《要写出真实的英雄》,方南江的笔谈《揭示新人形象的时代印记》。

同月　1982年《昆仑》优秀作品奖获奖篇目刊登在《昆仑》1983年第3期,中篇小说《射天狼》(朱苏进)、《雷,在峡谷中回响》(乔良)、《男儿女儿踏着硝烟》(雷铎)、《蒲剑》(刘绍棠)、《深深的井》(朱春雨),报告文学《爱,你是太阳》(张正隆)等8篇作品获奖。同期刊登成平的中篇小说《干杯,女兵们》。

6月　郭建英的散文集《关山集》由花山文艺出版社出版。

同月　叶剑英的《诗词九首》、权延赤的中篇小说《第三代开天人(续篇)》发表在《解放军文艺》1983年第6期。

7月27日　中国人民解放军总政治部在人民大会堂小礼堂举行首届中国人民解放军文艺奖(1977—1982)授奖大会。长篇小说《东方》(魏巍),中篇小说《高山下的花环》(李存葆)、《射天狼》(朱苏进)、《一座雕像的诞生》(孟伟哉)、《沙海的绿荫》(朱春雨),短篇小说《西线轶事》(徐怀中)、《天山深处的"大兵"》(李斌奎)、《湘江一夜》(周立波)、《最后一个军礼》(方南江、李荃)、《彩色的夜》(王群生)、《彩色的鸟,在哪里飞徊?》(海波),诗集《在燃烧的战场》(李瑛)、《边区的山》(张志民),报告文学《"蓝军司令"》(江永红、钱钢)、《将军决战岂止在战场》(黄济人)、《威震峡谷七勇士》(理由)、《从悬崖到坦途》(雷铎)、《河那边升起一颗星》(朱秀海、袁厚春),多幕话剧《陈毅出山》《宋指导员的日记》《彭大将军》《曙光》《东进!东进!》《祖国屏峰》《平津决战》,电影《吉鸿昌》《归心似箭》《西安事变》《从奴隶到将军》《风雨下钟山》《奋起还击》等作品获奖。胡乔木、余秋里、周扬、贺敬之、华楠、刘白羽、傅钟、朱子奇、李存葆、艾煊等600余人参加。

同月　彭荆风的中篇小说《云里雾里》发表在《昆仑》1983年第4期。

同月　刘兆林的短篇小说《雪国热闹镇》、钱钢的诗歌《战争,寂静如水》、周涛的诗歌《鹰之击》、艾煊的散文《西海水兵》发表在《解放军文艺》1983年第7期。

同月　思忖的评论《军人的美与美的军事文学》发表在《文学评论》1983年第4期。

8月　刘兆林的中篇小说《啊,索伦河谷的枪声》,孟伟哉的中篇小说《望郢》,徐志耕、程童一、陶正明的报告文学《"两用人才"的开发者们(续篇的续篇)》,发表在《解放军文艺》1983年第8期。

同月　阎纲的评论《军事文学与〈花环〉》发表在《鸭绿江》1983年第8期。

9月　胡乔木的《在"中国人民解放军文艺奖"首届授奖大会上的讲话》、缪俊杰的评论《到生活中去发现和开掘美》发表在《解放军文艺》1983年第9期。

同月　由解放军文艺出版社主办的刘兆林作品讨论会在北京召开。

同月　王炳根的评论《浅谈军事文学的现状与未来》发表在《当代文艺思潮》1983年第5期。

10月　李延国的报告文学《在这片国土上》,江永红的报告文学《骄子》,刘亚洲的报告文学《这就是马尔维纳斯》,朱春雨、陈骏涛的评论《关于军事题材创作的通信》,发表在《解放军文艺》1983年第10期。

11月　王海鸰的中篇小说《尘旅》、丁小琦的中篇小说《女儿楼》、肖于的中篇小说《绵亘的红土地》发表在《昆仑》1983年第6期。

同月　李准、李存葆的电影文学剧本《高山下的花环》,张卫明的短篇小说《铁盾零二》,发表在《解放军文艺》1983年第11期。

本年　1981—1982年全国优秀中篇小说奖评选结果公布,《高山下的花环》(李存葆)、《射天狼》(朱苏进)、《沙海的绿荫》(朱春雨)等作品获奖。

本年　1982年全国优秀短篇小说奖评选结果公布,《敬礼！妈妈》(宋学武)、《三角梅》(王中才)等20部作品获奖。

本年　1981—1982年全国优秀报告文学奖评选结果公布,《"蓝军司令"》(江永红、钱钢)、《共产党人》(陈祖芬)等作品获奖。

本年　电视剧《高山下的花环》播出,该剧由滕敬德、席与明执导,李德顺、于景编剧。

本年　电视剧《道是无情却有情》播出,该剧由罗捷执导,金德顺、孙炳悉编剧。

本年　电视剧《紧急起飞》播出,该剧由尤小刚执导,孙志远、尤小刚编剧。

1984年

1月　李瑛的诗集《在燃烧的战场》由花城出版社出版。

同月　骆飞的评论《论徐怀中小说的诗意美》发表在《昆仑》1984年第1期。

同月　刘兆林的中篇小说《黄豆生北国》、黄国柱的评论《探求自己的创作个性》发表在《解放军文艺》1984年第1期。

2月　王中才的散文集《何处觅天涯》由解放军文艺出版社出版。

同月　李钢的诗集《白玫瑰》由重庆出版社出版。

同月　刘亚洲的报告文学《关于格林纳达的对话》、周涛的诗歌《猛士》发表在《解放军文艺》1984年第2期。

3月　李松涛的诗集《云影与松风》、马合省的诗集《问津草》、杜志民的诗集《阵地上的小花》、周鹤的诗集《云里落下笑声响》由解放军文艺出版社出版。

同月　何继青的中篇小说《横槊捣G城》发表在《昆仑》1984年第2期。

4月　孙中明的诗集《绿树与花》、贺东久的诗集《带刺刀的爱神》由解放军文艺出版社出版。

同月　李延国的长篇报告文学《在这片国土上》由解放军文艺出版社出版。

同月　王蒙的散文《南海三章》、江奇涛的散文《兵在秋山画中行》、范咏戈的散文《在戎谈文》发表在《解放军文艺》1984年第4期。

5月　1983年《昆仑》优秀作品奖评选结果刊登在《昆仑》1984年第3期,中篇小说《引而不发》(朱苏进)、《干杯,女兵们!》(成平)、《路魂》(李荃)、《旅人蕉》(孟伟哉)、《白云的笑容,和从前一样》(刘宏伟)、《非常的日子》(胡正言)、《晚露》(朱春雨)、《沙漠蜃楼》(李本深)、《云里雾里》(彭荆风)、《绵亘红土地》(肖于)、《桂古达尔的早晨》(宫魁斌)、《旷野的阳光》(李占恒),报告文学《军长》(钱钢、江永红),短篇小说《行将而立之年》(简嘉),诗歌《带韵的边风》(李松涛)、《战场上的回声》(程步涛),散文《我的第二个故乡》(杜鹏程),评论《步履坚实的文学进军》(韩瑞亭)、《点燃社会主义精神文明的火焰》(张炯、王淑秧)等23篇作品获奖。同期刊登钱钢、江永红的报告文学《奔涌的潮头》,王炳根的评论《新时期军事文学英雄人物初探》。

同月　1983年《解放军文艺》优秀作品获奖名单刊登在《解放军文艺》1984年第5期,中篇小说《啊,索伦河谷的枪声》(刘兆林)、《第三代开天人》(权延赤),短篇小说《雪国热闹镇》(刘兆林)、《铁盾零二》(张卫明)、《瞎老胡》(刘林),报告文学《在这片国土上》(李延国)、《恶魔导演的战争》(刘亚洲)、《这就是马尔维纳斯》(刘亚洲),电影文学剧本《高山下的花环》(李准、李存葆)等34篇作品获奖。同期刊登郭米克的中篇小说《穿迷彩服的儿子在微笑》。

同月　韩瑞亭的评论《既脱艰窘 迭出新奇——读刘兆林近作》发表在《文学评论》1984年第3期。

6月　程童一、徐志耕、张学法的报告文学《士兵的天国》,钱钢的散文《火箭总设计师速写像》,发表在《解放军文艺》1984年第6期。

7月　郑赤鹰的报告文学《祖国,我为你燃烧》、莫言的中篇小说《黑沙滩》、崔京生的中篇小说《神岗四分队》发表在《解放军文艺》1984年第7期。

同月　简嘉的中篇小说《没有翅膀的鹰》、王树增的中篇小说《鸽哨》、唐栋的中篇小说《沉默的冰山》、袁厚春的报告文学《省委第一书记》、韩瑞亭的评论《淳厚质朴的统帅形象》发表在《昆仑》1984年第4期。

同月　徐怀中的中篇小说《一位没有战功的老军人》发表在《收获》1984年第4期。

8—10月　总政组织部队作家采访团赴老山深入战场体验生活。团长叶楠,团员刘亚洲、朱春雨、周涛、朱秀海、乔良、庞天舒等30余人参加。

8月　周涛的散文《巩乃斯的马》、黄国柱的评论《大气磅礴的改革壮歌》、李松涛的诗歌《心与枪的奏鸣曲》发表在《解放军文艺》1984年第8期。

同月　海波的长篇小说《铁床》发表在《小说家》1984年第3期。

9月1日　解放军艺术学院首届文学系开学,徐怀中任主任,招收李存葆、宋学武、钱钢、朱向前、莫言等35名学员。文学系前10年(1984—1994)主要招收了学制两年的5届干部大专班(含10余名战士),共近200人。自1997年开始本科和研究生教育。先后培养和输出了(主要是干部大专班,以届别为序)李存葆、莫言、宋学武、钱钢、朱向前、苗长水、李荃、王海鸰、沈石溪、李本深、刘宏伟、王苏红、江奇涛、贺东久、张廷竹、庞泽云、庞天舒、邢军纪、阎连科、徐贵祥、麦家、陈怀国、赵琪、石钟山、衣向东、李鸣生、王久辛、曹宇翔、李西岳、屈原、柳建伟、刘静、陶纯、王筠、高军、辛茹、史一帆、张慧敏、毛建福、王曼玲、文清丽、李亚、卢一萍、傅逸尘、董夏青青等军旅文学不同阶段的领军人物或中坚力量。

同日　刘白羽的评论《奔涌的浪潮——三中全会以来的军事题材文学鸟瞰》发表在《光明日报》。

同月　刘亚洲的长篇小说《两代风流》、马云鹏的长篇小说《最后一个冬天》由解放军文艺出版社出版。

同月　朱秀海的短篇小说《啊,无名谷》、李镜的短篇小说《在那一片浓荫下》发表在《解放军文艺》1984年第9期。

同月　朱苏进的中篇小说《凝眸》发表在《昆仑》1984年第5期。

10月13日　解放军文艺出版社《昆仑》编辑部召开朱苏进作品讨论会。

同月　钱钢的报告文学《裂变》、刘亚洲的报告文学《攻击，攻击，再攻击》、马合省的诗歌《为士兵雕像》、江永红的散文《名将之奇》、孟伟哉的散文《在军事分界线上》发表在《解放军文艺》1984年第10期。

同月　《解放军文艺》编辑部在北京西山举办全军诗歌创作座谈会，纪鹏、柯原、喻晓、周涛、程步涛、李晓桦、李松涛等参加。

11月　周涛的诗集《神山》由解放军文艺出版社出版。

同月　思忖的理论批评集《军人的美和美的军事文学》由人民文学出版社出版。

同月　李存葆的中篇小说《山中，那十九座坟茔》、李本深的中篇小说《吼狮》发表在《昆仑》1984年第6期。

同月　王中才短篇小说《最后的堑壕》发表在《鸭绿江》1984年第11期。

12月22日　解放军文艺出版社《昆仑》编辑部在北京召开部队作家李存葆中篇小说《山中，那十九座坟茔》讨论会，冯牧、唐因、徐怀中、吴泰昌、缪俊杰、张炯、张澄寰、陈骏涛、何镇邦、雷达等参加，刘白羽、李瑛给出书面发言。

同月　解放军文艺出版社在北京召开部队青年作家刘亚洲作品讨论会。

同月　饶阶巴桑的诗集《爱的花瓣》由人民文学出版社出版。

同月　贾鲁生、王光明的报告文学《古老的东方有一条龙》发表在《解放军文艺》1984年第12期。

本年　1983年全国优秀短篇小说奖评选结果公布，短篇小说《秋雪湖之恋》（石言）、《兵车行》（唐栋）、《雪国热闹镇》（刘兆林）等20部作品获奖。

本年　电影《喋血黑谷》上映，该片由吴子牛执导，蔡再生、林庆生编剧。

本年　电影《猎场札撒》上映，该片由田壮壮执导，江浩编剧。

本年　电影《一个和八个》上映，该片由张军钊执导，张子良、王吉呈编剧。

本年　电影《高山下的花环》上映，该片由谢晋执导，李准、李存葆编剧。

本年　电视剧《夜幕下的哈尔滨》播出，该剧由任豪执导，任豪、焦乃积、王悦佥编剧。

1985 年

1月　江奇涛的中篇小说《诞生与衰落》、刘兆林的中篇小说《船的陆地》、王炳根的评论《将战争描写引向"纵深地带"》、黄国柱的评论《革命英雄主义内蕴的丰富和深化》、周政保的评论《论刘兆林小说的艺术魅力》发表在《解放军文艺》1985年第1期。

同月　刘白羽的评论《创作具有强大艺术魅力的军事文学》发表在《昆仑》1985年第1期。

2月　张正隆的报告文学《一代哀兵》、管谟业的评论《天马行空》、乔良的散文《高原,我的中国色》发表在《解放军文艺》1985年第2期。

同月　刘亚洲的短篇小说《将军的泪》发表在《小说月报》1985年第2期。

同月　李存葆的创作谈《文学不会给历史留下空白》发表在《小说选刊》1985年第2期。

3月　常青的中篇小说《白色高楼群》、李本深的中篇小说《沉醉的大漠》发表在《解放军文艺》1985年第3期。

同月　韩静霆的中篇小说《凯旋在子夜》、王炳根的评论《诗情与力度的律动——谈王中才的艺术个性》发表在《昆仑》1985年第2期。

同月　徐怀中的评论《虽然历史是一面镜子——读〈山中,那十九座坟茔〉》发表在《文学评论》1985年第2期。

同月　为纪念中国工农红军长征胜利50周年,《解放军文艺》编辑部与《昆仑》编辑部共同举办长征笔会,刘立云、乔良、江奇涛等参加。

4月　冯牧的评论《震撼人心的历史足音》、思忖的评论《李存葆论》发表在《解放军文艺》1985年第4期。

5月　1984年《解放军文艺》优秀作品获奖名单刊登在《解放军文艺》1985年第5期,短篇小说《穿迷彩服的儿子在微笑》(郭米克)、《神岗四分队》(崔京生)、《黑沙滩》(莫言),报告文学《古老的东方有一条龙》(贾鲁生)、《攻击,攻击,再攻击》(刘亚洲),散文《巩乃斯的马》(周涛),诗歌《猛士和山》(周涛)、《在深蓝色的疆域》(陈云其),评论《慧眼向洋看世界》(曾镇南)等34篇作品获奖。同期刊登李延国的报告文学《中国农民大趋势》。

同月　1984年《昆仑》优秀作品奖获奖篇目刊登在《昆仑》1985年第3期，中篇小说《山中，那十九座坟茔》(李存葆)、《凝眸》(朱苏进)、《雪线》(唐栋)、《候鸟》(刘富道)、《横槊捣G城》(可人)、《吼狮》(李本深)、《蒲叶溪磨坊》(古华)、《战斗部接近目标》(鲁克)、《没有翅膀的鹰》(简嘉)、《远天的风》(乔良)，长篇小说《两代风流》(刘亚洲)、《彭总》(《东方》新增部分)(魏巍)，短篇小说《第100个婴儿》(沈石溪)，传记文学《元帅外交家》(何晓鲁)，报告文学《省委第一书记》(袁厚春)、《奔涌的潮头》(钱钢、江永红)、《共青畅想曲》(贺捷生)、《雨林中的山群》(王中才)，诗歌《光荣三重奏》(贺东久)，评论《新时期军事文学英雄人物特征初探》(王炳根)、《论徐怀中小说的诗意美》(骆飞)等24篇作品获奖。同期刊登朱秀海的中篇小说《维也纳森林的故事——老山笔记》，金辉与韩宝章的评论《当代军人的爱与知——朱苏进论》。

同月　刘亚洲短篇小说《一个女人和半个男人的故事》发表在《小说月报》1985年第5期。

6月　海波的长篇小说《铁床》、韩作荣的诗集《北方抒情诗》由百花文艺出版社出版。

同月　李斌奎的小说《啊，昆仑山》由人民文学出版社出版。

同月　宋学武短篇小说《山上山下》发表在《人民文学》1985年第6期。

同月　权延赤的中篇小说《失足未成千古恨》发表在《解放军文艺》1985年第6期。

7月　周涛、李松涛、贺东久、刘立云等创作的同题诗《界碑》发表在《解放军文艺》1985年第7期。

同月　周政保的评论《超越具象——论周涛的诗歌艺术》发表在《昆仑》1985年第4期。

同月　徐怀中的评论《无须等待托尔斯泰——关于战争文学的自言自语》、谢冕的评论《一个独特的诗歌世界——论当代中国军旅诗》发表在《当代作家评论》1985年第4期。

8月30日　田间逝世。

同月　孙犁的评论《对当前小说创作的几点看法》、黄柯的评论《哲学的命运》、袁厚春的散文《战场风物三题》、艾煊的散文《夜宿双堆集》发表在《解放军文艺》1985年第8期。

9月　周涛的散文《过河》发表在《解放军文艺》1985年第9期。

同月　江奇涛的中篇小说《雷场上的相思树》发表在《昆仑》1985年第5期。

11月　张廷竹的短篇小说《他在拂晓前死去》、建丰的报告文学《三十三座山峰和一寸土》、莫言的散文《马蹄》发表在《解放军文艺》1985年第11期。

同月　韩瑞亭的评论《灵魂褶皱镌刻的历史》发表在《昆仑》1985年第6期。

同月　陈骏涛与徐怀中的对谈《透过弥漫的眼睛——答陈骏涛同志》发表在《十月》1985年第6期。

12月　李松涛的诗集《凝固的涛声》由人民文学出版社出版。

同月　李本深的长篇小说《唐林上校》由花山文艺出版社出版。

同月　刘兆林的短篇小说《一江黑水向东流》、张勤的短篇小说《泥碑》、雷达的评论《徐怀中风格论》发表在《解放军文艺》1985年第12期。

本年　第二届茅盾文学奖评选结果公布,《黄河东流去》(李准)、《沉重的翅膀》(张洁)、《钟鼓楼》(刘心武)3部作品获奖。军队作家、评论家刘白羽任评委。

本年　1983－1984年全国优秀中篇小说奖评选结果公布,《山中,那十九座坟茔》(李存葆)、《凝眸》(朱苏进)、《啊,索伦河谷的枪声》(刘兆林)等作品获奖。

本年　1983－1984年全国优秀短篇小说奖评选结果公布,《最后的堑壕》(王中才)等作品获奖。军队作家王愿坚、徐怀中任评委。

本年　1983－1984年全国优秀报告文学奖评选结果公布,《省委第一书记》(袁厚春)、《在这片国土上》(李延国)、《"两用人才"的开发者们》(徐志耕、程童一、陶正明)、《恶魔导演的战争》(刘亚洲)、《古老的东方有一条龙》(贾鲁生、王光明)、《奔涌的潮头》(钱钢、江永红)等作品获奖。

本年　电影《血战台儿庄》上映,该片由杨光远、翟俊杰执导,田军利、费林军编剧。

本年　电影《黄土地》上映,该片由陈凯歌执导,张子良、柯蓝、陈凯歌编剧。

1986 年

1月　《西南军事文学》创刊。

同月　莫言的报告文学《美丽的自杀》、江奇涛的报告文学《侦察兵与他的"老弟"》发表在《解放军文艺》1986年第1期。

2月　严歌苓的长篇小说《绿血》由解放军文艺出版社出版。

同月　张廷竹的短篇小说《警戒阵地请求放弃》、陈道阔的短篇小说《南疆雾》、李存葆的创作谈《在变化中寻找自己》发表在《解放军文艺》1986年第2期。

3月4日　丁玲逝世。

同月　朱向前的评论《天马行空——莫言小说艺术点评》发表在《小说评论》1986年第2期。

同月　莫言的中篇小说《红高粱》发表在《人民文学》1986年第3期。

同月　钱钢的长篇报告文学《唐山大地震》、徐怀中的评论《凝神于北纬40度线的思考》发表在《解放军文艺》1986年第3期。

同月　王炳根的评论《更新战争描写的艺术观念——对军事文学长篇小说创作的思考》发表在《文艺研究》1986年第3期。

4月18日　朱向前的评论《〈红高粱〉:穿透历史的悠长召唤》发表在《解放军报》。

同月　何继青的短篇小说《遥远的黎明》、黄国柱的评论《张卫明小说艺术特色漫谈》发表在《解放军文艺》1986年第4期。

同月　朱苏进的中篇小说《第三只眼》发表在《青春丛刊》1986年第2期。

5月　1985年《昆仑》优秀作品奖获奖篇目刊登在《昆仑》1986年第3期,中篇小说《雷场上的相思树》(江奇涛)、《凯旋在子夜》(韩静霆)、《明天,还有一个太阳》(李镜)、《潜艇今天挂满旗》(周冠宁),短篇小说《仙游》(李云良),传记文学《霜重色愈浓》(铁竹伟),报告文学《他们当年多年轻》(何晓鲁),评论《超越具象》(周政保)、《论石言的小说》(方全林)、《朱春雨军事题材创作初探》(张西南)等17篇作品获奖。同期刊登李镜的中篇小说《冷的边山热的血》。

同月　1985年《解放军文艺》优秀作品获奖名单刊登在《解放军文艺》1986

年第5期,中篇小说《船的陆地》(刘兆林)、短篇小说《他在拂晓前死去》(张廷竹)、报告文学《中国农民大趋势》(李廷国)、散文《高原,我的中国色》(乔良)、《马蹄》(莫言)、评论《徐怀中风格论》(雷达)、《单调和华美的和谐》(谢冕)等27篇作品获奖。同期刊登王树增的中篇小说《红鱼》,周涛的散文《哈拉沙尔随笔》。

同月　崔京生的中篇小说《第Ⅵ部门》发表在《收获》1986年第3期。

6月　刘白羽的文章《以新的姿态面对新的时代》、王蒙的文章《攀登艺术高峰无捷径》、朱苏进的短篇小说《轻轻地说》、莫言的短篇小说《苍蝇·门牙》、李镜的短篇小说《那一仗留下个守墓人》发表在《解放军文艺》1986年第6期。

7月　杨闻宇的散文集《灞桥烟柳》由百花文艺出版社出版。

同月　莫言的中篇小说《高粱酒》、公刘的诗歌《海之沫》、韩作荣的诗歌《在血与火之间》发表在《解放军文艺》1986年第7期。

同月　韩瑞亭的评论《战争烈焰里淬炼诗情——魏巍论》发表在《昆仑》1986年第4期。

同月　韩静霆的中篇小说《太阳万岁》发表在《北京文学》1986年第7期。

同月　朱向前的评论《莫言论——在传统堤岸与现代潮流之间构筑自己的世界》发表在《当代作家评论》1986年第4期。

8月　徐怀中的短篇小说集《没有翅膀的天使》由昆仑出版社出版。

同月　苗长水的中篇小说《季节桥》、阿城的短篇小说《遍地风流》、周大新的短篇小说《汉家女》、张卫明的短篇小说《儿子睡中间》、周政保的评论《寻觅的思考与苦闷》、汪守德的评论《文学应给战争中的智性描写一席之地》、简宁的诗歌《倾听阳光》发表在《解放军文艺》1986年第8期。

9月　石言的评论《"中子星"——关于发展和深化中国军事文学创作的对话》、张廷竹的中篇小说《黑太阳》、马原的短篇小说《拉萨生活的三种时间》发表在《解放军文艺》1986年第9期。

同月　第二届中国人民解放军文艺奖获奖篇目刊登在《昆仑》1986年第5期,长篇小说《亚细亚瀑布》(朱春雨)、《最后一个冬天》(马云鹏)、《两代风流》(刘亚洲),中篇小说《山中,那十九座坟茔》(李存葆)、《啊,索伦河谷的枪声》(刘兆林)、《雷场上的相思树》(江奇涛)、《凝眸》(朱苏进)、《凯旋在子夜》(韩静霆)、

《大冰河》（乔良），短篇小说《兵车行》（唐栋）、《秋雪湖之恋》（石言）、《最后的堑壕》（王中才），诗集《镌刻在焦土上的诗行》（昆明军区政治部选编）、《神山》（周涛），报告文学《在这片国土上》（李延国）、《"两用人才"的开发者们》（徐志耕、程童一、陶正明）、《奔涌的潮头》（钱钢、江永红），多幕话剧《火热的心》《强台风从这里经过》《未完成的攀登》，故事片《高山下的花环》《索伦河谷的枪声》《咱们的退伍兵》等作品获奖。

10月　乔良的中篇小说《灵旗》、江奇涛的中篇小说《马蹄声碎》、程东的中篇小说《夕阳红》发表在《解放军文艺》1986年第10期。

同月　《西北军事文学》创刊。

11月　朱向前、张聚宁的小说集《漂亮女兵》由江西人民出版社出版。

同月　由《解放军文艺》编辑部主办的革命历史题材小说创作座谈会在北京召开，徐怀中、石言、叶楠、王愿坚、王中才、朱苏进、刘兆林、刘亚洲、乔良、江奇涛、苗长水、张廷竹、金辉、张西南、黄国柱、王必胜、曾镇南、雷达、朱向前、凌行正、韩瑞亭、陶泰忠、丁临一等参加。

同月　王炳根的评论《自我·道德·人道——我看近年战争文学中英雄主义的描写》发表在《解放军文艺》1986年第11期。

同月　周梅森的中篇小说《军歌》发表在《钟山》1986年第6期。

12月8日　朱向前的评论《深情于那方小小的邮票——莫言小说漫评》发表在《人民日报》。

同月　喻晓的诗集《青春与海》由解放军文艺出版社出版。

同月　朱春雨的长篇小说《亚细亚瀑布》由人民文学出版社出版。

同月　江永红的报告文学《一军之长》发表在《解放军文艺》1986年第12期。

同月　柳建伟的中篇小说《煞庄亡灵》发表在《西南军事文学》1986年第6期。

本年　电视剧《凯旋在子夜》播出，该剧由尤小刚执导，韩静霆编剧。

本年　电视剧《朱德》播出，该剧由郝伟光执导，张新、宋华文、彭碧珠编剧。

本年　电视剧《黄兴》播出，该剧由柳小满执导，曾德厚、孙明黎编剧。

1987 年

1月　黎汝清的长篇小说《皖南事变》由上海文艺出版社出版。

同月　王安忆的短篇小说《她的第一》发表在《解放军文艺》1987年第1期。同期刊登革命历史题材小说创作座谈会纪要《书库·1986·关于战争文学的对话》。

同月　大鹰的报告文学《志愿军战俘记事》、雷达的评论《历史的灵魂与灵魂的历史——论红高粱系列小说的艺术独创性》发表在《昆仑》1987年第1期。

同月　管卫中的评论《军事文学中的人道主义》发表在《当代文艺思潮》1987年第1期。

2月　宋学武的短篇小说《两个士兵》、苏童的短篇小说《黑脸家林》、周政保的评论《小说描写的此岸与彼岸》发表在《解放军文艺》1987年第2期。

同月　朱向前的短篇小说《地牯的屋·树·河》、徐怀中的评论《探索性的，又是深思熟虑的——评〈地牯的屋·树·河〉》发表在《青年文学》1987年第2期。

同月　雷铎的短篇小说《半面阿波罗》发表在《上海文学》1987年第2期。

3月　蓝曼的诗集《蓝曼诗选》由解放军文艺出版社出版。

同月　解放军红叶诗社成立，出版《红叶》《中华军旅诗词研究》等诗词创作、理论刊物。

同月　阎欣宁的短篇小说《枪手沉沦》、蔡椿芳的诗歌《红雪》发表在《解放军文艺》1987年第3期。

4月　周涛的散文《蠕动的屋脊》发表在《解放军文艺》1987年第4期。

同月　周大新的短篇小说《小诊所》发表在《河北文学》1987年第4期。

5月4日　张承志长篇小说《金牧场》恳谈会在北太平庄解放军文艺出版社书库会议室举办，凌行正、韩瑞亭、叶楠、乔良、周政保、张志忠等近30人参加。

同月　莫言的长篇小说《红高粱家族》由解放军文艺出版社出版，李占恒的长篇小说《中尉们的婚事》由解放军出版社出版。

同月　朱春雨的长篇小说《橄榄》由上海文艺出版社出版。

同月 1986年《昆仑》优秀作品奖获奖篇目刊登在《昆仑》1987年第3期，中篇小说《冷的边山热的血》(李镜)、《逐日》(鲁克)、《红色森林》(尹卫星)、《虹》(王愿坚)、《第七个春天》(张廷竹)，短篇小说《奔驰的美神》(张承志)，诗歌《黄种族》(乔良)，评论《突进在战争文学的纵深地带》(思忖)、《十年树文——新时期军事题材小说掠影》(张志忠)等14篇作品获奖。同期刊登周大新的中篇小说《走廊》，袁厚春的报告文学《百万大裁军》。

同月 张正隆的报告文学《那一片处女地》、周政保的评论《观照眼光与现代意识》发表在《解放军文艺》1987年第5期。

6月 魏巍的散文集《怀人集》由文化艺术出版社出版。

同月 简嘉的中篇小说《士官生》、周政保的评论《军事文学作家的"乡土"》发表在《解放军文艺》1987年第6期。

7月 毕淑敏的中篇小说《昆仑殇》发表在《昆仑》1987年第4期。

同月 苗长水的短篇小说《攻城地道》、周大新的短篇小说《风水塔》、蔡椿芳的诗歌《环形堑壕》、朱向前的评论《急需一双理论的翅膀》发表在《解放军文艺》1987年第7期。

同月 丁临一的评论《"军人是人"：一个永恒的创作命题》发表在《当代作家评论》1987年第4期。

8月 严歌苓的长篇小说《一个女兵的悄悄话》由解放军文艺出版社出版。

同月 《解放军文艺》杂志社组织一批诗人奔赴南方前线，收获《解放军文艺》1987年第8期"战壕诗会"，包括蔡椿芳的组诗《南殇》、刘立云的组诗《红色沼泽》以及简宁的长诗《麻栗坡》。同期刊登中夙的报告文学《兴安岭大山火》。

9月 刘川的话剧剧本《生者与死者》、王中才的中篇散文《黑记》发表在《解放军文艺》1987年第9期。

10月 周政保的评论《战争文学的价值问题》、汪守德的评论《悲与喜交织出的青春之歌——评严歌苓的长篇小说〈绿血〉》发表在《解放军文艺》1987年第10期。

同月 乔瑜的中篇小说《少将》发表在《当代》1987年第5期。

11月 刘白羽的长篇小说《第二个太阳》由人民文学出版社出版。

同月 张廷竹的中篇小说《酋长营》发表在《解放军文艺》1987年第11期。

同月 格非的中篇小说《迷舟》发表在《收获》1987年第6期。

同月 尹卫星的报告文学《中国体育界》开始在《花城》1987年第6期连载。

同月 徐志耕的报告文学《南京大屠杀》发表在《昆仑》1987年第6期。

同月 朱向前的评论《"农村"包围"城市"——二十世纪中国文学一种现象的跛脚比喻》发表在《上海文论》1987年第6期。

同月 季红真的评论《忧郁的土地,不屈的精魂——莫言散论之一》发表在《文学评论》1987年第6期。

12月 刘琦的长篇小说《去意徊徨》由解放军文艺出版社出版。

同月 张廷竹的长篇小说《阿波罗踏着硝烟逝去》由时代文艺出版社出版。

本年 1985—1986年全国优秀中篇小说奖评选结果公布,《军歌》(周梅森)、《红高粱》(莫言)、《灵旗》(乔良)等作品获奖。

本年 1985—1986年全国优秀短篇小说奖评选结果公布,《汉家女》(周大新)、《他在拂晓前死去》(张廷竹)等19部作品获奖。军队作家王愿坚任评委。

本年 电视剧《远离发射场的地方》播出,该剧由高方正、骆嘉玺执导,骆嘉玺编剧。

本年 电视剧《乌龙山剿匪记》播出,该剧由宋昭执导,水运宪编剧。

1988年

1月 李延国的报告文学《走出神农架》、金辉的散文《黄河启示录》、丁临一的评论《凝眸:1987》发表在《解放军文艺》1988年第1期。

同月 王玉彬、王苏红的报告文学《中国大空战》、朱兵的评论《命运交响曲》发表在《昆仑》1988年第1期。

同月 朱向前的论文《寻找"合点":新时期两类青年军旅作家的互参观照》发表在《文学评论》1988年第1期。

同月 刘震云的中篇小说《新兵连》发表在《青年文学》1988年第1期。

2月 李镜的中篇小说《重山》《逃离天使》、周政保的评论《作为小说创造的机智选择》、黄国柱的评论《军事文学的现实主义道路及前途》发表在《解放军文艺》1988年第2期。

3月　高建国的报告文学《本世纪无大战》、何继青的短篇小说《边地晚风》《兵爸爸们》、周涛的诗歌《遥远》《人杰》、雷达的评论《周大新小说中的善与恶》发表在《解放军文艺》1988年第3期。

同月　何晓鲁的报告文学《江西苏区悲喜录》发表在《昆仑》1988年第2期。

同月　周梅森的中篇小说《国殇》发表在《花城》1988年第2期。

4月　峭岩的散文集《士兵的情愫》由解放军出版社出版。

同月　苗长水的中篇小说《冬天与夏天的区别》、朱苏进的散文《焦灼的爱》、朱增泉的诗歌《战争·雨季·地球的又一个受孕期》、周政保的评论《军人职业意识与文学创造》发表在《解放军文艺》1988年第4期。

5月　1987年《昆仑》优秀作品奖获奖篇目刊登在《昆仑》1988年第3期,长篇小说《金牧场》(张承志)、《去意徊徨》(刘琦),中篇小说《走廊》(周大新)、《昆仑殇》(毕淑敏),报告文学《志愿军战俘记事》(大鹰)、《百万大裁军》(袁厚春)、《南京大屠杀》(徐志耕),诗歌《山岳山岳 丛林丛林》(周涛),理论《历史的灵魂与灵魂的历史》(雷达)等10篇作品获奖。同期刊登中夙的报告文学《侨乡步兵师》。

同月　魏巍的长篇小说《地球的红飘带》由人民文学出版社出版。

同月　所云平、刘星、王朝柱的话剧剧本《决战淮海》,江奇涛的中篇小说《杂货店》,张承志的散文《木石守密》,发表在《解放军文艺》1988年第5期。

6月　1986年《解放军文艺》优秀作品获奖篇目刊登在《解放军文艺》1988年第6期,小说《遥远的黎明》(何继青)、《红鱼》(王树增)、《轻轻地说》(朱苏进)、《那一仗留下个守墓人》(李镜)、《高粱酒》(莫言)、《汉家女》(周大新)、《黑太阳》(张廷竹)、《灵旗》(乔良),报告文学《唐山大地震》(钱钢),散文《哈拉沙尔随笔》(周涛),诗歌《倾听阳光》(简宁),评论《中子星》(石言)等22篇作品获奖。报告文学《唐山大地震》(钱钢)获1986－1987年《解放军文艺》特别奖。同期刊登1987年《解放军文艺》优秀作品获奖篇目,小说《酋长营》(张廷竹)、报告文学《兴安岭大山火》(中夙)、散文《蠕动的屋脊》(周涛)、诗歌《南殇》(蔡椿芳)等22篇作品获奖。同期刊登谌容的中篇小说《懒得离婚》、朱增泉的诗歌《猫耳洞奇想》、周良沛的评论《诗的生命与诗的价值》。

7月　王树增的组合短篇小说《我的小驮马》、张廷竹的中篇小说《支那河》

发表在《解放军文艺》1988年第7期。

8月2日　朱向前的评论《困境与突围——我看当前的军旅文学》发表在《人民日报》。

同月　李存葆、王光明的报告文学《大王魂》发表在《人民文学》1988年第8期。

同月　大鹰的报告文学《谁来保卫2000年的中国》、蔡椿芳的诗歌《南高原》发表在《解放军文艺》1988年第8期。

同月　萧克的长篇小说《浴血罗霄》、尚方的诗集《红沙漠》由解放军文艺出版社出版。

同月　李晓桦的长诗《蓝色高地》由上海文艺出版社出版。

9月　李尔重的长篇小说《新战争与和平》由武汉出版社出版。

10月29日　徐怀中的评论《理性激情的开发——序〈红·黄·绿〉》发表在《文艺报》。

同月　周大新的短篇小说《老辙》、阎连科的短篇小说《雪天里》发表在《解放军文艺》1988年第10期。

11月　韩笑的自传体长诗《松江浪》发表在《东北作家》1988年第4期。

12月　峭岩的散文集《被遗忘的爱》由北岳文艺出版社出版。

同月　晓桦的诗集《白鸽子，蓝星星》由解放军文艺出版社出版。

本年　电影《巍巍昆仑》上映，该片由郝光、景慕逵执导，东生编剧。

本年　电影《彭大将军》上映，该片由刘斌、李育才、刘浩学执导，郑重编剧。

本年　电影《红高粱》上映，该片由张艺谋执导，莫言、陈剑雨、朱伟编剧。

本年　电视剧《重返沂蒙山》播出，该剧由王大安执导，王厚强、梁祖国编剧。

本年　电视剧《汉家女》播出，该剧由方南执导，龙泰岭编剧。

1989年

1月　董汉河的报告文学《西路军女战士蒙难记》由解放军文艺出版社出版。

同月　杜志民的诗集《山地风》由漓江出版社出版。

同月　钱钢的报告文学《海葬》发表在《解放军文艺》1989年第1期。

2月6日　李英儒逝世。

同月　苗长水的中篇小说《染房之子》、朱苏进的散文《鸟与鸟们》、莫言的散文《打靶歌》、周涛的散文《老游击队员的红星》发表在《解放军文艺》1989年第2期。同期刊登"中国潮"报告文学征文优秀作品获奖篇目。

同月　朱向前的文论集《红·黄·绿——朱向前新军旅文学批评》由解放军出版社出版。

3月　阎连科的中篇小说《祠堂》，周涛的散文《吉木萨尔纪事》，肖玉、朱春雨、王石祥、叶楠、王中才、朱苏进、韩静霆、贺晓风等撰写的《军事文学创作随想与漫笔》，发表在《解放军文艺》1989年第3期。

同月　杜守林的报告文学《瘦虎雄风》发表在《昆仑》1989年第2期。

同月　苗长水的中篇小说《非凡的大姨》发表在《时代文学》1989年创刊号。

4月　周纲的诗集《黄金马蹄》由中国工人出版社出版。

同月　饶洪桥的报告文学《大炮与对虾》发表在《解放军文艺》1989年第4期。

5月　朱秀海的长篇小说《痴情》由解放军文艺出版社出版。

同月　1988年《昆仑》优秀作品奖获奖篇目刊登在《昆仑》1989年第3期，报告文学《中国大空战》（王苏红、王玉彬）、《江西苏区悲喜录》（何晓鲁）、《侨乡步兵师》（中夙）、《城市与老板的编年史》（乔良）、《毛泽东以后的岁月》（王立新），中篇小说《两程故里》（阎连科）、《战后纪事》（苗长水）、《净界》（阎欣宁）、《人生百慕大》（阿浒）、《永远的太阳》（张卫明），诗歌《老墙》（马合省），理论《拥有自己的一方圣土》（谢望新）等14篇作品获奖。

6月　1988年《解放军文艺》优秀作品获奖篇目刊登在《解放军文艺》1989年第6期，小说《冬天与夏天的区别》（苗长水）、《杂货店》（江奇涛）、《我的小驮马》（王树增），报告文学《本世纪无大战》（高建国）、《谁来保卫2000年的中国》（大鹰），诗歌《遥远·人杰》（周涛）、《猫耳洞奇想》（朱增泉），评论《军事文学的现实主义道路及前途》（黄国柱）等20篇作品获奖。报告文学《走出神农架》（李延国）和中篇小说《懒得离婚》（谌容）获特别奖。

7月　施放的长篇小说《伤悼》由解放军出版社出版。

8月　王宗仁的散文集《昆仑山上的爱情》由四川大学出版社出版。

同月　黎汝清的长篇小说《湘江之战》由解放军出版社出版。

同月　李松涛的诗集《无倦沧桑》由中国华侨出版社出版。

9月　彭荆风的散文集《泸沽湖水色》、马合省的诗集《老墙》由上海文艺出版社出版。

同月　刘兆林的长篇小说《绿色的青春期》、喻晓的诗集《翠绿的星》由解放军文艺出版社出版。

同月　朱春雨的长篇小说《血菩提》由作家出版社出版。

同月　周梅森的中篇小说《大捷》发表在《收获》1989年第5期。

同月　朱苏进的中篇小说《绝望中诞生》发表在《钟山》1989年第5期。

同月　"我们的队伍向太阳"征文获奖篇目刊登在《昆仑》1989年第5期，报告文学《瘦虎雄风》（杜守林）、《大炮与对虾》（饶洪桥）、《大势》（中夙），中篇小说《杂货店》（江奇涛）等9部作品获奖。

同月　成平的报告文学《这里面对太平洋》、喻季欣的评论《思考与重构：军事文学走向探索》发表在《解放军文艺》1989年第9期。

10月　陈沂的长篇小说《辽沈战役三部曲》由吉林人民出版社出版。

11月　纪学的诗集《东欧·东欧》由解放军出版社出版。

同月　刘星的话剧剧本《中国1949》、陈怀国的短篇小说《北纬41度线》、韩笑的诗歌《开国大典》、蔡桂林的评论《呼唤英雄》发表在《解放军文艺》1989年第11期。

12月　张力生的诗集《扬波集》由长征出版社出版。

同月　曹岩的中篇小说《棕色雪天》、张永枚的诗歌《蹈海》发表在《解放军文艺》1989年第12期。

本年　1987—1988年全国优秀短篇小说奖评选结果公布，《小诊所》（周大新）、《陪乐》（朱春雨）等11部作品获奖。

本年　电影《晚钟》上映，该片由吴子牛执导，吴子牛、王一飞编剧。

本年　电影《开国大典》上映，该片由李前宽、肖桂云执导，张天民、张笑天、刘星、郭晨编剧。

本年　电视剧《忻口战役》播出,该剧由白夫今执导,董耀章、郭秋池编剧。

1990 年

1 月　张波的中篇小说《白纸船》发表在《解放军文艺》1990 年第 1 期。

2 月　阎连科的中篇小说《乡难》发表在《解放军文艺》1990 年第 2 期。

3 月　石钟山的中篇小说《大风口》发表在《十月》1990 年第 2 期。

同月　陈怀国的中篇小说《毛雪》发表在《人民文学》1990 年第 3 期。

同月　黄国柱的评论《军事文学地域特色的追求与超越》发表在《解放军文艺》1990 年第 3 期。

4 月 10 日　吴强逝世。

同月　陆颖墨的组合短篇《寻找我的海魂衫》、李云良的中篇小说《靠在你的右舷》、黄传会的报告文学《男儿男儿走西沙》发表在《解放军文艺》1990 年第 4 期。

同月　由解放军文艺出版社和第二炮兵宣传部联合主办的朱秀海长篇小说《痴情》作品研讨会召开,凌行正、雷达、张西南、朱向前等参加。

5 月　庞天舒的中篇小说《蓝旗兵巴图鲁》、黄柯的评论《中国战争戏剧一瞥》发表在《昆仑》1990 年第 3 期。

同月　权延赤的中篇小说《狼毒花》发表在《十月》1990 年第 3 期。

6 月　周涛的散文《稀世之鸟》由解放军文艺出版社出版。

同月　朱增泉的长诗《国风》由作家出版社出版。

同月　李松涛的报告文学《响亮》、韩静霆的评论《瞬间的辉煌》发表在《解放军文艺》1990 年第 6 期。

同月　陈怀国的短篇小说《荒原》发表在《小说月报》1990 年第 6 期。

7 月　陈怀国的中篇小说《农家军歌》发表在《昆仑》1990 年第 4 期。

同月　朱秀海的中篇小说《空山》、尹卫星的中篇小说《兵道》、朱向前的评论《空山·兵道·岩石岁月》发表在《解放军文艺》1990 年第 7 期。

8 月　李炳银的评论《北疆军人的"不等式"》发表在《解放军文艺》1990 年第 8 期。

同月　彭荆风的中篇小说《师长在向士兵敬礼!》发表在《中国作家》1990年第4期。

9月　杜守林的中篇小说《紫藤》、黄国柱的评论《呼唤军事文学的辉煌》发表在《解放军文艺》1990年第9期。

同月　喻季欣的评论《新时期军事文学的"英雄情结"》发表在《文学评论》1990年第5期。

10月　杨闻宇的散文集《野旷天低树》由百花文艺出版社出版。

11月　李镜的中篇小说《我们这样告别》发表在《解放军文艺》1990年第11期。

12月　郭小晔的诗集《隔河之吻》、陈知柏的诗集《九级浪》由解放军文艺出版社出版。

同月　朱增泉的长诗《黑色的辉煌》由文化艺术出版社出版。

同月　周大新的长篇小说《走出盆地》由百花文艺出版社出版。

1991年

1月25日　王愿坚逝世。

同月　陈怀国的中篇小说《无岸的海》、朱向前的评论《艰难行进中的"农家军歌"——陈怀国的小说成长暨意义》、汪守德的评论《女儿有才便是诗——王秋燕小说创作析》、朱苏进的评论《自然之子的痴笑》发表在《解放军文艺》1991年第1期。

3月29日　第三届茅盾文学奖评选结果公布,《平凡的世界》(路遥)、《少年天子》(凌力)、《都市风流》(孙力、余小惠)、《第二个太阳》(刘白羽)、《穆斯林的葬礼》(霍达)5部作品获奖,《浴血罗霄》(萧克)获荣誉奖。军队作家、评论家刘白羽、韩瑞亭等任评委。

同月　张志忠的专著《莫言论》由中国社会科学出版社出版。

同月　杨闻宇的散文集《白云短笺》由敦煌文艺出版社出版。

同月　朱苏进的长篇小说《炮群》发表在《昆仑》1991年第2期。

同月　朱向前的评论《魅人的梦想:星空乡愁与航天文学——兼序李鸣生

长篇报告文学《飞向太空港》发表在《神剑》1991年第2期。

同月 阎欣宁的短篇小说《枪圣》《枪队》《枪族》、石钟山的短篇小说《六千米》《班长》《那遥远的地方》《花轿》、柳建伟的短篇小说《一个老兵的黄昏情绪》发表在《解放军文艺》1991年第3期。

4月27日 由人民文学出版社举办的《飞向太空港》讨论会在北京举行。

同月 陈怀国的短篇小说《疏勒河故道的赶驼人》发表在《人民文学》1991年第4期。

同月 范军昌的中篇小说《明天从今夜开始》发表在《小说月报》1991年第4期。

5月 刘烈娃的散文集《听雪》由新疆青少年出版社出版。

同月 1989—1990年《昆仑》优秀作品评选获奖篇目刊登在《昆仑》1991年第3期,中篇小说《白色潮汐》(陆颖墨)、《蓝兵巴图鲁》(庞天舒)、《零师》(阎欣宁)、《南十字星座》(张卫明),报告文学《中华之门》(李荃)、《虎贲之旅》(梁梁),诗歌《无尽沧桑》(李松涛)、《面影》(贺东久)、《京都》(朱增泉)、《戈壁海》(李瑛),散文《父母大人》(裘山山),理论《军事题材报告文学的精神与品格》(李炳银)、《将军本色是诗人》(张同吾)等20篇作品获奖。同期发表徐贵祥的中篇小说《潇洒行军》。

同月 王中才的散文集《战神的橄榄树》由春风文艺出版社出版。

同月 1989—1990年《解放军文艺》优秀作品获奖篇目刊登在《解放军文艺》1991年第5期,中篇小说《染坊之子》(苗长水)、《祠堂》(阎连科)、《白纸船》(张波),短篇小说《北纬41度线》(陈怀国),报告文学《大炮与对虾》(饶洪桥),诗歌《独牧西风》(屈塬),评论《不可失去历史性的文学机遇》(徐怀中)、《军旅文学新风景》(朱向前)等24篇作品获奖。杨白冰的文章《坚持军队文艺工作的正确方向》获荣誉奖。周涛的散文《吉木萨尔纪事》,石言、吴克斌、罗英才等的小说《陈毅元帅的故事》获特别奖。

6月 朱苏进的长篇小说《炮群》由江苏文艺出版社出版。

同月 魏巍的散文集《这才是青春花开处》由石油工业出版社出版。

7月 黎汝清的长篇小说《碧血黄沙》由作家出版社出版。

同月 徐志耕的报告文学《莽昆仑》发表在《解放军文艺》1991年第7期。

8月　简宁的诗集《天真》由华艺出版社出版。

同月　江永红的报告文学《看不见的回归线》发表在《解放军文艺》1991年第8期。

9月3日　刘知侠逝世。

10月26日　杜鹏程逝世。

同月　简宁的诗集《倾听阳光》由华艺出版社出版。

11月　李存葆和王光明合作的报告文学《沂蒙九章》发表在《人民文学》1991年第11期。

同月　陈怀国的报告文学《西部痕迹》发表在《解放军文艺》1991年第11期。

12月　杨闻宇的散文集《江清月近人》由解放军文艺出版社出版。

同月　黄献国的长篇小说《灵性俑》由北岳文艺出版社出版。

同月　周清的散文集《秋风旧雨集》由解放军文艺出版社出版。

本年　系列电影《大决战》三部曲上映,该片由李俊、李光远、翟俊杰执导,王军、史超、李平分编剧。

本年　电影《烈火金刚》上映,该片由何群、江浩执导,刘流编剧。

本年　电视剧《中国神火》播出,该剧由苏丹执导,程蔚东编剧。

1992年

1月　李鸣生的报告文学《飞向太空港》由作家出版社出版。

同月　朱向前的文论集《灰与绿》由解放军文艺出版社出版。

同月　周涛的散文集《人生与幻想》由上海文艺出版社出版。

同月　朱向前的评论《战争巨片的探索与推进——电影〈大决战〉第一、二部观后》发表在《八一电影》1992年第1期。

2月　李松涛的诗集《晴空》由蓝天出版社出版。

同月　王蒙的评论《我看朱向前论文——序〈灰与绿〉》发表在《解放军文艺》1992年第2期。

3月　程童一、陈光明、何光喜的《鼓浪世界》发表在《解放军文艺》1992年第 3 期。

  同月 朱苏进的中篇小说《祭奠星座》发表在《时代文学》1992 年第 2 期。

  同月 阎欣宁的中篇小说《座子》发表在《昆仑》1992 年第 2 期。

  同月 朱向前的评论《半部杰作的咏叹——朱苏进和〈炮群〉联想录》发表在《当代作家评论》1992 年第 2 期。

  5 月 李钢的诗集《无标题之夜》由上海文艺出版社出版。

  同月 江奇涛的中篇小说《戏剧人生》、简宁的中篇小说《第二击》、史一帆的诗歌《生命的悬崖只有鹰能描述》发表在《解放军文艺》1992 年第 5 期。

  6 月 裘山山的散文集《女人心情》由四川文艺出版社出版。

  同月 江永红的报告文学《江淮大水》、刘兆林的报告文学《青春十八盘》发表在《解放军文艺》1992 年第 6 期。

  7 月 周纲的诗集《绿帆》由解放军文艺出版社出版。

  同月 天宝的中篇小说《记住汤米》、张慧敏的短篇小说《红雨》《寻找辉煌》《紫色故事》、朱向前的评论《短有短的难处——评张慧敏短篇三题兼谈短篇艺术》发表在《解放军文艺》1992 年第 7 期。

  同月 阎连科的中篇小说《和平雪》发表在《花城》1992 年第 4 期。

  8 月 朱增泉的长诗《世纪的玫瑰》由北方文艺出版社出版。

  同月 苗长水的中篇小说《共赴天涯》发表在《解放军文艺》1992 年第 8 期。

  同月 朱增泉的长诗《前夜》由解放军文艺出版社出版。

  9 月 张慧敏的中篇小说《困马》、周政保的评论《军旅小说杂述》发表在《解放军文艺》1992 年第 9 期。

  10 月 周涛的散文集《周涛自选集》由新疆人民出版社出版。

  同月 纪学的诗集《窗口风景》由军事谊文出版社出版。

  同月 曹宇翔的诗集《家园》由解放军文艺出版社出版。

  同月 徐怀中的散文《五百里井冈高高耸立》、师永刚的中篇小说《极顶》发表在《解放军文艺》1992 年第 10 期。

  11 月 吴国平的诗集《山海交响曲》由百花洲文艺出版社出版。

  同月 周涛的散文集《游牧长城》由作家出版社出版。

  同月 徐贵祥的中篇小说《弹道无痕》发表在《解放军文艺》1992 年第

11 期。

同月　叶鹏的评论《历史的纪实与悲剧的再现》发表在《文学评论》1992 年第 6 期。

同月　阎连科的中篇小说《夏日落》发表在《黄河》1992 年第 6 期。

12 月　贺东久的诗集《面影》由解放军文艺出版社出版。

本年　电视剧《潮起潮落》播出，该剧由金滔执导，周振天、崔京生编剧。

本年　电视剧《北洋水师》播出，该剧由冯小宁执导兼编剧。

本年　电视剧《张培英》播出，该剧由宋昭执导，宋伟建、宁海强、王建国编剧。

1993 年

1 月 8 日、15 日　朱向前的评论《1993：商海滔滔中的文学之舟——卷入市场以后的文学景观与前瞻》发表在《中国青年报》。

同月　1991—1992 年《昆仑》优秀作品评选获奖篇目刊登在《昆仑》1993 年第 1 期，长篇小说《炮群》(朱苏进)，中篇小说《潇洒行军》(徐贵祥)、《真纯依旧》(张欣)、《遥远的三色槿》(项小米)、《黄军装黄土地》(陈怀国)、《天补》(涛涛)，短篇小说《短篇九题》(张惠生)，报告文学《空战在朝鲜》(王苏红、王玉彬)、《长空铸剑》(张嵩山)、《生命只有一次》(大鹰)，散文《峡谷日短　江水流长》(王中才)，诗歌《前夜》(朱增泉)，理论《爱国主义：永不熄灭的圣火》(黄国柱)、《故事的意义和小说的风度》(王必胜)等 24 篇作品获奖，报告文学《千日养兵》(傅剑仁、张国明)、《人民子弟》(陈道阔、江深)获荣誉奖。

同月　阎欣宁的中篇小说《第一列兵》、张慧敏的中篇小说《早年往事》、柯原的诗歌《1927：枪杆子里的中国》发表在《解放军文艺》1993 年第 1 期。

同月　唐栋的中篇小说《快速反应》发表在《人民文学》1993 年第 1 期。

2 月　殷实的诗集《妥协之举》由北方文艺出版社出版。

同月　何继青的中篇小说《军营里的股民》发表在《当代》1993 年第 2 期。

同月　李存葆、王光明的电影文学剧本《百年老屋》，天宝的中篇小说《副连级浪漫》，发表在《解放军文艺》1993 年第 2 期。

3月　张正隆的报告文学《血情》发表在《解放军文艺》1993年第3期。

4月　周大新的散文集《捧给你们的都是爱》由黄河出版社出版。

同月　何继青的中篇小说《文戏》、黄国荣的短篇小说《晚潮》发表在《解放军文艺》1993年第4期。

同月　陶纯的中篇小说《坐到天亮》发表在《人民文学》1993年第4期。

同月　陈云其的诗集《低下头并且记住》由解放军文艺出版社出版。

同月　阮晓星的诗集《天使》由长城出版社出版。

5月　1991—1992年《解放军文艺》优秀作品获奖篇目刊登在《解放军文艺》1993年第5期,中篇小说《无岸的海》(陈怀国)、《记住汤米》(天宝)、《困马》(张慧敏)、《弹道无痕》(徐贵祥),短篇小说《期待永恒》(王秋燕)、《枪圣》《枪队》《枪族》(阎欣宁),报告文学《莽昆仑》(徐志耕)、《鼓浪世界》(程童一、陈光明、何光喜)、散文《旧稿记忆》(徐怀中)、《浪漫往事》(王中才),诗歌《凝视》(韩作荣)、《寻找火种》(辛茹),评论《寻找新的抛物线》(雷达)、《短有短的难处》(朱向前)等34篇作品获奖。同期刊登张正隆的报告文学《血情》(续部)。

6月24日　由《当代》杂志和《中华文学选刊》杂志联合举办的《澳星风险发射》研讨会在北京文采阁举行。

同月　王久辛的诗歌《云游的红兜兜》、温亚军的短篇小说《请你戴上变色镜》《请你多说一句话》《请你伸出一双手》发表在《解放军文艺》1993年第6期。

7月　王宗仁的散文集《荒原与人》由解放军文艺出版社出版。

同月　王火的长篇小说《战争和人》由人民文学出版社出版。

同月　赵琪的短篇小说《走一遍》、刘静的短篇小说《女儿楼婚事》、汪守德的评论《生活,军旅文学的五味瓶》发表在《解放军文艺》1993年第7期。

同月　何继青的中篇小说《兵道》发表在《莽原》1993年第4期。

同月　丁临一的评论《阎连科创作散论》发表在《文学评论》1993年第4期。

8月　毕淑敏的中篇小说《阿里》、简宁的诗歌《在暴风中奔走》发表在《解放军文艺》1993年第8期。

同月　韩静霆的散文集《纯情》由海峡文艺出版社出版。

9月　李鸣生的报告文学《澳星风险发射》由作家出版社出版。

同月　朱向前的评论《新军旅作家"三剑客"——莫言、周涛、朱苏进平行比较论纲》发表在《解放军文艺》1993年第9期。

同月　朱向前的评论《我为什么反对"下海"——关于当前文人、文学的答问》发表在《昆仑》1993年第5期。

10月　阎欣宁的短篇小说《拔河队》、朱秀海的短篇小说《码头歌唱家》发表在《解放军文艺》1993年第10期。

11月　张廷竹的中篇小说《换季》发表在《解放军文艺》1993年第11期。

12月　周涛的散文集《兀立荒原》由华艺出版社出版。

同月　朱向前的文论集《黑与白——朱向前文学批评集》由八一出版社出版。

1994年

1月　任斌武的短篇小说《洁白的并蒂莲》、杨闻宇的报告文学《别成境界》发表在《解放军文艺》1994年第1期。

2月　苗长水的中篇小说《苗家庄传奇》、江奇涛的报告文学《生命的这一端》发表在《解放军文艺》1994年第2期。

3月　何继青的长篇小说《生命乐园》由八一出版社出版。

同月　蔡桂林的专著《冲浪：在军事文学的海面》由山东文艺出版社出版。

同月　张波的报告文学《一个时代和一个连队》、徐志耕的报告文学《云峰之歌》、刘静的中篇小说《无法温柔》、黎汝清的评论《铁马冰河入梦来》发表在《解放军文艺》1994年第3期。

同月　周涛的问答访谈《〈游牧长城〉答问》发表在《昆仑》1994年第2期。

同月　柳建伟的中篇小说《苍茫冬日》发表在《收获》1994年第2期。

同月　毛建福的中篇小说《孤独的铜号》发表在《昆仑》1994年第2期。

4月　陶纯的中篇小说《野原》发表在《解放军文艺》1994年第4期。

5月　朱苏进的长篇小说《醉太平》由上海文艺出版社出版。

同月　刘白羽的长篇纪实文学《心灵的历程》由中国青年出版社出版。

同月　张卫明的中篇小说《英雄圈》、李良的中篇小说《"臭弹事件"始末》发表在《昆仑》1994年第3期。

6月8日　路翎逝世。

同月　李松涛的报告文学《不惑之师》、杜守林的报告文学《雪冷血热》、师永刚的诗歌《巨炮》发表在《解放军文艺》1994年第6期。

7月　尤凤伟的中篇小说《生命通道——抗日战争胜利半世纪祭》发表在《当代》1994年第4期。

9月　刘白羽的散文《心灵的历程》、李瑛的诗歌《刘公岛的涛声》、纪鹏的诗歌《高歌唱大风》、周政保的评论《现时的五位散文家》发表在《解放军文艺》1994年第9期。

同月　朱向前的评论《乡土中国与农民军人——新时期军旅文学一个重要主题的相关阐释》发表在《文学评论》1994年第5期。

同月　朱苏进的评论《最优美的最危险》发表在《钟山》1994年第5期。

同月　姜安的中篇小说《远去的骑士》发表在《昆仑》1994年第5期。

同月　陈骏涛的评论《在理论与创作之间——谈朱向前〈黑与白〉》发表在《当代作家评论》1994年第5期。

10月　刘静的中篇小说《父母爱情》发表在《解放军文艺》1994年第10期。

12月6—8日　全军长篇小说研讨会在北京召开,徐怀中、朱苏进、莫言、朱向前、海波、乔良、朱秀海、黄国柱、周大新等50余人参加。

同月　朱向前的评论《农民之子与农民军人——阎连科军旅小说创作的定位》发表在《当代作家评论》1994年第6期。

同月　庞天舒的长篇小说《落日之战》由人民文学出版社出版。

同月　朱向前的文论集《寻找合点——朱向前军旅文学批评选集》由解放军出版社出版。

本年　电影《弹道无痕》上映,该片由宁海强执导,徐贵祥、方天民编剧。

本年　电视剧《三国演义》播出,该剧由王扶林、蔡晓晴、张绍林、孙光明、张中一、沈好放执导,杜家福、朱晓平、刘树生、叶式生、周锴、李一波编剧。

本年　电视剧《雪震》播出,该剧由杨韬、舒崇福执导,舒崇福、都爱国编剧。

1995 年

1月　叶楠的散文集《苍老的蓝——南沙群岛浮想录》由群众出版社出版。

同月　王久辛的诗集《狂雪》、韩静霆的长篇小说《孙武》由解放军文艺出版社出版。

同月　赵琪的短篇小说《木鱼童谣》《失我所爱》《登陆》、周涛的散文《沙场秋点兵》发表在《解放军文艺》1995 年第 1 期。

同月　汪守德的评论《对战争与和平生活的拥抱求索》发表在《昆仑》1995 年第 1 期。

同月　黄国柱的评论《接近周涛》发表在《文学评论》1995 年第 1 期。

同月　尤凤伟的中篇小说《五月乡战》发表在《当代》1995 年第 1 期。

同月　裘山山的中篇小说《男婚女嫁》发表在《中国作家》1995 年第 1 期。

同月　朱向前的评论《生命的沉入与升腾——关于〈金牧场〉及张承志精神现象评价》发表在《当代作家评论》1995 年第 1 期。

2月　王伏焱的中篇小说《次生林》、张卫明的中篇小说《双兔傍地走》、莫言的散文《漫长的文学梦》发表在《解放军文艺》1995 年第 2 期。

同月　邓一光的中篇小说《战将》发表在《青年文学》1995 年第 2 期。

3月　江永红的报告文学《好梦将圆时》、朱增泉的诗歌《麾下》发表在《解放军文艺》1995 年第 3 期。

4月　阎欣宁的短篇小说《古堡》《魔包》《迷雾》发表在《解放军文艺》1995 年第 4 期。

5月24日　朱向前的评论《散文的"散"与"文"——我看当前的"散文热"》发表在《光明日报》。

同月　1993—1994 年《昆仑》优秀作品获奖篇目刊登在《昆仑》1995 年第 3 期，中篇小说《王金栓上校的婚姻》（柳建伟）、《尴尬人》（黄国荣）、《英雄圈》（张卫明）、《"臭弹事件"始末》（李良）、《远去的骑士》（姜安），诗歌《想念毛泽东》（朱增泉），散文《蜀道随笔》（元辉），报告文学《余秋里与中国石油》（陈道阔）、《最后一战》（曾凡华）、《侨乡海防师》（李镜），评论《我为什么反对"下海"——关于当前文人、文学的答问》(朱向前)、《"军艺作家群"变奏曲》(张志忠)等14篇作品获奖。

6月　金辉的报告文学《恸问苍冥》由解放军文艺出版社出版。

同月　《解放军文艺》1993—1994年度优秀作品获奖篇目刊登在《解放军文艺》1995年第6期,中篇小说《第一列兵》(阎欣宁)、《阿里》(毕淑敏)、《父母爱情》(刘静),短篇小说《晚潮》(黄国荣)、《走一遍》(赵琪),报告文学《血情》(张正隆),诗歌《云游的红兜兜》(王久辛),评论《新军旅作家"三剑客"——莫言、周涛、朱苏进平行比较论纲》(朱向前)、《现时的五位散文家》(周政保)等30篇作品获奖。

同月　柳建伟的报告文学《红太阳 白太阳——第二次国共合作启示录》由解放军文艺出版社出版。

7月28日　第四届中国人民解放军文艺奖颁奖大会在北京举行。长篇小说《炮群》(朱苏进)、《落日之战》(庞天舒),中篇小说《弹道无痕》(徐贵祥)、《英雄圈》(张卫民)、《父母爱情》(刘静)、《"臭弹事件"始末》(李良)、《阿里》(毕淑敏),短篇小说《走一遍》(赵琪),诗歌《前夜》(朱增泉),评论集《寻找合点——朱向前军旅文学批评选集》(朱向前)等作品获奖。

同月　郭晓晔的报告文学《东方大审判》由解放军文艺出版社出版。

同月　周梅森的长篇小说《沦陷》由海峡文艺出版社出版。

同月　柳溪的长篇小说《战争启示录》由北京出版社出版。

同月　赵琪的中篇小说《穷阵》发表在《昆仑》1995年第4期。

同月　朱秀海的长篇纪实文学《黑的土,红的雪》由解放军文艺出版社出版。

8月　朱苏进的散文集《天圆地方》由江苏文艺出版社出版。

同月　朱秀海的长篇小说《穿越死亡》由中国工人出版社出版。

同月　乔良的长篇小说《末日之门》由昆仑出版社出版。

同月　刘立云的诗歌《黄土岭》、王久辛的诗歌《肉搏的大雨》发表在《解放军文艺》1995年第8期。

同月　邓一光的中篇小说《父亲是个兵》发表在《上海文学》1995年第8期。

9月5日　冯牧去世。

同月　金辉的报告文学《西藏墨脱的诱惑》由东方出版社出版。

同月　赵琪的中篇小说《四海之内皆兄弟》、张慧敏的中篇小说《红色顶礼》发表在《解放军文艺》1995年第9期。

同月　张惠生的中篇小说《旱舟》、吴然的评论《选择中的"农家军歌"及其面临的挑战》发表在《昆仑》1995年第5期。

同月　韩瑞亭的评论《华采流溢的心灵咏叹》发表在《文学评论》1995年第5期。

10月　李镜的中篇小说《从金沙江到大渡河》发表在《解放军文艺》1995年第10期。

11月22日　朱向前的评论《长篇小说的三个"误区"——我看当前的"长篇热"》发表在《光明日报》。

同月　王曼玲的中篇小说《梦中的鸟》发表在《解放军文艺》1995年第11期。

同月　马蓥伯的评论《魏巍创作谈》发表在《文学评论》1995年第6期。

同月　由海政文化部和中国工人出版社联合主办的朱秀海长篇小说《穿越死亡》作品研讨会在北京举行，雷达、吴泰昌、叶楠、曾镇南、高洪波、朱向前、丁临一等参加。

同月　由解放军文艺出版社与广州军区文化部联合召开的赵琪小说创作讨论会在北京召开，张炯、陈建功、吴泰昌、朱向前、周政保、丁临一、朱晖等参加。

12月　李鸣生的报告文学《走出地球村》由人民文学出版社出版。

同月　高洪波的散文集《高洪波军旅散文选》由解放军出版社出版。

同月　辛茹的诗集《寻觅光荣》由百花文艺出版社出版。

同月　张品成的小说集《赤色小子》由少年儿童出版社出版。

本年　电视剧《军校毕业生》播出，该剧由姜戈执导，大鹰编剧。

1996年

1月　杨闻宇的散文集《绝景》由中国工人出版社出版。

同月　尤凤伟的中篇小说《生存》发表在《当代》1996年第1期。

同月　朱向前的评论《九十年代：长篇军旅小说的潮动》发表在《文学评论》1996年第1期。

同月　朱向前的评论《"飞翔在历史缝隙间的快乐之鸟"——读韩静霆春秋人物长篇系列之一〈孙武〉》发表在《小说评论》1996年第1期。

同月　朱向前的评论《旋转在当代文学天空中的"雷达"——关于雷达评论的提纲》发表在《当代作家评论》1996年第1期。

2月　阎欣宁的中篇小说《横月带三星》、朱向前的评论《中国军旅诗：1949－1994》发表在《解放军文艺》1996年第2期。

3月　刘烈娃的散文集《菩提花》由文化艺术出版社出版。

5月　"军旗之光"征文优秀作品获奖篇目刊登在《解放军文艺》1996年第5期。

同月　程童一、江奇涛、江前明、何光喜、葛逊的长篇报告文学《开埠》发表在《昆仑》1996年第3期。

6月　徐剑的报告文学《大国长剑》由作家出版社出版。

7月　刘静中篇小说《寻找大爷》、周政保的评论《赵琪小说的"逸"与"不逸"》发表在《解放军文艺》1996年第7期。

同月　朱向前的评论《中国军旅小说：1949－1994》（上）发表在《当代作家评论》1996年第4期。

9月28日　第五届中国人民解放军文艺奖评选结果公布，长篇小说《穿越死亡》（朱秀海）、《孙武》（韩静霆），中篇小说《四海之内皆兄弟》（赵琪）、《旱舟》（张惠生），长篇报告文学《大国长剑》（徐剑）、《忉问苍冥》（金辉），诗集《鹰群》（程步涛），评论集《天涯觅美》（张志忠），话剧《女兵连来了个男家属》《最危险的时候》，电影《士兵的荣誉》，电视剧《天路》《黄土岭1939》《士兵今年十八九》等作品获奖。第一届全军文艺新作品奖评选结果公布，长篇小说《末日之门》（乔良），中篇小说《父母爱情》（刘静），长篇报告文学《锦州之恋》（曹岩、邢军纪），中篇报告文学《好梦将圆时》（江永红）、《最后十九个小时》（胡世宗），散文集《天圆地方》（朱苏进），散文《我为捕虎者说》（李存葆），组诗《麾下》（朱增泉）等作品获一等奖。

同月　姜宝才的散文集《今日长缨在手》由解放军文艺出版社出版。

同月　邓一光的长篇小说《走出西草地》由中国青年出版社出版。

同月　沈卫平的报告文学《炮击金门》发表在《解放军文艺》1996年第9期。

同月　苗长水的中篇小说《等待》、吴然的评论《论现代军人意识与现实军事文学创作》发表在《昆仑》1996年第5期。

同月　朱向前的评论《中国军旅小说:1949—1994》(下)发表在《当代作家评论》1996年第5期。

10月　叶楠的散文集《海祭》由湖南文艺出版社出版。

同月　赵琪的中篇小说《苍茫组歌》发表在《解放军文艺》1996年第10期。

11月　师永刚的长篇小说《西北望》、黄国荣的长篇小说《兵谣》、简嘉的长篇小说《兵家常事》、刘增新的长篇小说《美丽人生》、柳建伟的纪实文学《日出东方》由解放军文艺出版社出版。

同月　柳建伟的评论《文化背景·个性视角·时代精神——朱向前论》发表在《西南军事文学》1996年第6期。

同月　邓一光的中篇小说《大妈》发表在《人民文学》1996年第11期。

同月　王曼玲的中篇小说《如花似玉》发表在《昆仑》1996年第6期。

同月　黄国荣的中篇小说《履带》发表在《芙蓉》1996年第6期。

12月　朱增泉的散文集《秦皇驰道》由解放军出版社出版。

同月　朱向前的文论集《沉入生命》由北岳文艺出版社出版。

同月　赵琪的短篇小说《骑马挎枪走天涯》《告别花都》、徐志耕的报告文学《我是一个兵》、朱向前的散文《初心》发表在《解放军文艺》1996年第12期。

本年　电影《红河谷》上映,该片由冯小宁执导兼编剧。

本年　电影《离开雷锋的日子》上映,该片由康宁、雷献禾执导,王兴东编剧。

本年　电视剧《长征岁月》播出,该剧由石学海执导,石学海、赵冬苓编剧。

本年　电视剧《大漠丰碑》播出,该剧由宁海强执导,魏金虎编剧。

1997 年

1月2日　雷达的评论《创造真诚的文学批评——由〈沉入生命〉所想到的》发表在《解放军报》。

同月　陈怀国的短篇小说《恋歌》《营盘》《述说》、张志忠的评论《寻找军事文学新的生长点》发表在《解放军文艺》1997年第1期。

同月　张鹰的评论《世纪之交军事文学的历史进路》发表在《昆仑》1997年第1期。

2月　李鸣生的报告文学《远征三万六》由福建人民出版社出版。

同月　邓一光的长篇小说《我是太阳》由人民文学出版社出版。

同月　燕燕的散文集《女人独自上路》由解放军文艺出版社出版。

同月　李亚的中篇小说《越过一片泥沼》、周政保的评论《不可淡忘战争》发表在《解放军文艺》1997年第2期。

3月　简宁的诗集《简宁的诗》由人民文学出版社出版。

同月　王伏焱的中篇小说《鲜花盛开》、黄国柱的评论《军事文学会不会消亡？》、朱秀海的文章《书到今生读已迟》发表在《解放军文艺》1997年第3期。

同月　朱向前的评论《文学生长点：在世纪之交的寻找与定位——以九十年代的文学实践为主要背景》发表在《文学评论》1997年第2期。

4月　程步涛的散文集《阅读土地》由北方文艺出版社出版。

同月　谢雪畴的报告文学《中国空军击落 U-2 纪实》、刘静的中篇小说《怀念连队》发表在《解放军文艺》1997年第4期。

5月　1995—1996年《昆仑》优秀作品获奖篇目刊登在《昆仑》1997年第3期，中篇小说《寻找驳壳枪》（涛涛）、《穷阵》（赵琪）、《旱舟》（张惠生）、《平常岁月》（黄国荣）、《没有掌声的征途》（江宛柳），报告文学《开埠》（程童一等），理论《对战争与和平的拥抱与求索》（汪守德）、《关于报告文学的六封信》（周政保）等22篇作品获奖。

6月　柳建伟的长篇小说《北方城郭》由人民文学出版社出版。

同月　任真的报告文学《边关》发表在《解放军文艺》1997年第6期。同期刊登《解放军文艺1995—1996年度优秀作品获奖篇目》。

同月 《解放军文艺》编辑部与总政宣传部艺术局、兰州军区某边防团共同主办的任真报告文学《边关》作品研讨会在北京举行。

7月25日 第六届中国人民解放军文艺奖评选结果公布，中篇小说《苍茫组歌》（赵琪）、报告文学《没有掌声的征途》（江宛柳）、散文《西藏墨脱的诱惑》（金辉）、电影《大转折》、电视剧《大漠丰碑》《大渡桥横铁索寒》等作品获奖。第二届全军文艺新作品奖评选结果公布，长篇小说《兵谣》（黄国荣）、《美丽人生》（刘增新）、《兵家常事》（简嘉），中篇小说《西行兵车》（赵伟），报告文学《开埠》（程童一、江奇涛、江前明、何光喜、葛逊）、《炮击金门》（沈卫平），诗歌《青铜手》（王鸣久），散文《秦皇驰道》（朱增泉），评论《走出象牙之塔》（陈先义）等作品获一等奖。

同月 朱向前主编的"长篇军旅小说'金戈'丛书"由北岳文艺出版社出版，包括《遍地葵花》（陈怀国）、《飞越盲区》（石钟山）、《风卷旗》（赵建国）等5部作品。

同月 阎欣宁的短篇小说《神兵》《隆重推出》《术》、朱增泉的散文《聆听钟声》、汪守德的散文《队列》发表在《解放军文艺》1997年第7期。

同月 柳建伟的评论《孤独玄想创作道路的终结——评朱苏进兼与朱向前商榷》发表在《当代作家评论》1997年第4期。

8月 朱秀海的长篇纪实文学《赤土狂飙》由解放军文艺出版社出版。

同月 赵琪的中篇小说《英雄》、陶纯的短篇小说《遍地英雄下夕烟》发表在《解放军文艺》1997年第8期。

9月 徐贵祥的中篇小说《决战》、李骏的短篇小说《梦回吹角连营》发表在《解放军文艺》1997年第9期。

同月 朱向前的文章《〈昆仑〉和我们——写在第一百期〈昆仑〉上面》、黄国柱的评论《英雄长在 崇高永存》发表在《昆仑》1997年第5期。

同月 黄国荣的中篇小说《陌生的战友》发表在《上海文学》1997年第9期。

同月 海政文化部、中国青年出版社、中国作协创研部联合主办以朱秀海的长篇小说《波涛汹涌》为代表的"金锚文学丛书"研讨会，何振邦、汪守德、黄国柱、张志忠等参加。

10月　汪守德的散文集《倾听阳光》由解放军出版社出版。

同月　徐剑的报告文学《鸟瞰地球》由作家出版社出版。

11月　朱秀海的长篇小说《波涛汹涌》由中国青年出版社出版。

同月　刘烈娃的散文《好大一颗心》、项小米的散文《记忆洪荒》发表在《解放军文艺》1997年第11期。

同月　周大新的中篇小说《碎片》发表在《当代》1997年第6期。

同月　"纪念中国人民解放军建军70周年征文"获奖篇目刊登在《昆仑》1997年第5期，中篇小说《沙盘》（杜守林）、《红闪》（郭继卫）、《少小离家》（张惠生）、《草地纪事》（王玉彬、王苏红），报告文学《解读黎鳌》（余戈）、《集团军长》（陶克）、《驻军香港》（张波），诗歌《险途之光》（纪学）等15篇作品获奖。同期《昆仑》杂志宣布停刊。

本年　电影《大转折》上映，该片由韦廉执导，姚远、王玉彬、王苏红、韦廉、李宝林编剧。

本年　电视剧《英雄孟良崮》播出，该剧由石伟执导，李传第、梁泉编剧。

本年　电视剧《驱逐舰舰长》播出，该剧由姜若瑾执导，周振天、朱振凯编剧。

本年　电视剧《和平年代》播出，该剧由李舒、张前执导，张波、赵琪、何继青、文新国编剧。

本年　电视剧《坐标》播出，该剧由林达信执导，秦方编剧。

本年　电视剧《红十字方队》播出，该剧由文杰执导，马继红、高军编剧。

1998年

1月　朱苏进的散文集《独自散步》、王中才的长篇小说《遥远女儿岛》由解放军文艺出版社出版。

同月　王伏焱的中篇小说《远在天边》、张惠生的中篇小说《突围》发表在《解放军文艺》1998年第1期。

2月9日　第一届鲁迅文学奖评选结果公布，中篇小说《父亲是个兵》（邓一光），报告文学《锦州之恋》（邢军纪、曹岩）、《恸问苍冥》（金辉）、《大国长剑》

(徐剑)、《走出地球村》(李鸣生)、《开埠》(程童一、江奇涛、江前明、何光喜、葛逊),诗歌《生命是一片叶子》(李瑛)、《狂雪》(王久辛)、《寻觅光荣》(辛茹),散文《中华散文珍藏本·周涛卷》(周涛)、《两种生活》(斯妤)等作品获奖。

2月25日　朱向前的评论《文学:在继承与借鉴中修炼正果——'97中国文坛回眸》发表在《中华读书报》。

同月　王中才的散文集《朔方履痕》、阎欣宁的长篇小说《追水营》、杨闻宇的散文集《不肯过江东》由解放军文艺出版社出版。

同月　唐韵的散文集《我们的蜗居与飞鸟》由中国青年出版社出版。

同月　阎连科的中篇小说《大校》发表在《解放军文艺》1998年第2期。

同月　石钟山的短篇小说《国旗手》发表在《长江文艺》1998年第2期。

3月　杨星火的散文集《唱给春天的歌》由四川民族出版社出版。

同月　杨闻宇的散文集《大风起兮云飞扬》由解放军出版社出版。

同月　柳建伟的长篇小说《突出重围》选载在《当代》1998年第2期。

4月20日　第四届茅盾文学奖评选结果公布,《战争和人》(王火)、《白鹿原》(陈忠实)、《白门柳》(刘斯奋)、《骚动之秋》(刘玉民)4部作品获奖。军队作家、评论家魏巍、刘白羽、韩瑞亭任评委。

4月29日　方纪逝世。

同月　王宗仁的报告文学集《日出昆仑》、散文集《季节河没有名字》由解放军文艺出版社出版。

同月　庞天舒的中篇小说《再生》、姜念光的诗歌《看着我的眼睛》发表在《解放军文艺》1998年第4期。

5月　邵钧林、嵇道青的话剧剧本《虎踞钟山》,邓一光的短篇小说《闪电》,李瑛的诗歌《假如我忘记你》,发表在《解放军文艺》1998年第5期。同期刊登《1996—1997年度"军旗之光"征文优秀作品获奖篇目》。

6月26日　第七届中国人民解放军文艺奖评选结果公布,中篇小说《决战》(徐贵祥),短篇小说《营盘》(陈怀国)、《小推车》(陶纯),散文《天似穹庐》(周涛),诗歌(空缺),报告文学《鸟瞰地球》(徐剑)、《边关》(任真),电影《大进军》(解放大西北、南线大追歼、席卷大西南),电视剧《和平年代》《驱逐舰长》,话剧《虎踞钟山》等作品获奖。第三届全军文艺新作品奖评选结果公布,长篇小说

《生命河》(庞天舒)、《遥远的女儿岛》(王中才),中篇小说《兵庙》(柳江南)、《碎片》(周大新)、《旧属纳斯丁》(王有才),短篇小说《期待》(何继青)、《爬墙瓜》(徐锁荣),诗歌《简宁的诗》(简宁),散文《女人独自上路》(燕燕),报告文学《天界》(张林)、《黄洋界上》(黎汝清)、《中国863》(李鸣生)等作品获一等奖。

同月　周涛的散文集《周涛散文》(三卷本)由东方出版中心出版。

同月　叶楠的散文集《无梦时节》由海天出版社出版。

同月　朱增泉的散文《长平之战》、阎欣宁的短篇小说《浸满油的枪》、李亚的短篇小说《被胡琴燃烧》发表在《解放军文艺》1998年第6期。

7月　李鸣生的报告文学《中国863》由山西教育出版社出版。

同月　周大新的长篇小说《第二十幕》由人民文学出版社出版。

同月　江宛柳的报告文学《穿过白云 穿过巨浪》发表在《解放军文艺》1998年第7期。

8月8日　朱苏进的评论《岁月的证明》发表在《中国文化报》。

8月30日　朱向前的评论《农民军人与农家军歌——一个军旅小说主题的发展与变奏》发表在《文艺报》。

9月　朱向前的专著《军旅文学史论》由东方出版社出版。

同月　詹文冠的长篇小说《恕我违命》由解放军文艺出版社出版。

同月　衣向东的中篇小说《老营盘》、周政保的评论《拒绝"小说化"描写》发表在《解放军文艺》1998年第9期。

同月　张西南的评论《仅仅仰仗土地文化是不够的——关于长篇小说〈生死晶黄〉致阎连科》发表在《小说评论》1998年第5期。

10月7日　茹志鹃逝世。

10月12日　陈登科逝世。

同月　江宛柳的报告文学集《没有掌声的征途》由解放军文艺出版社出版。

同月　蔡椿芳的诗集《岗仁布钦及其它》由西藏人民出版社出版。

同月　丁晓平的诗集《写在浪上》由海潮出版社出版。

同月　李占恒的报告文学《最后的辉煌》、程步涛的诗歌《生命之泉》、刘立云的诗歌《铁血三千里》发表在《解放军文艺》1998年第10期。

11月　小叶秀子的诗集《天囚:小叶秀子诗歌集》、柳建伟的长篇小说《突出重围》由人民文学出版社出版。

同月　阎连科的长篇小说《日光流年》由花城出版社出版。

同月　李亚、赵建国、刘立云的报告文学《生死簰洲湾》、陶纯的中篇小说《营地之光》，发表在《解放军文艺》1998年第11期。

同月　徐贵祥的中篇小说《天下》发表在《莽原》1998年第6期。

12月　莫言的散文集《会唱歌的墙》由人民日报出版社出版。

同月　庞天舒的长篇小说《生命河》、苗长水的长篇小说《等待》、姜安的长篇小说《走出硝烟的女神》由解放军文艺出版社出版。

同月　师永刚的短篇小说《枪魂》《左眼高　右眼低》《老枪》《弹道》《狙击》发表在《解放军文艺》1998年第12期。

同月　曹宇翔的诗集《纯粹阳光》由明天出版社出版。

同月　张品成的长篇小说《北斗当空》由少年儿童出版社出版。

本年　电视剧《天路》播出，该剧由王文杰执导，马继红、高军、刘毅然编剧。

本年　电视剧《雪太阳》播出，该剧由宁海强执导，黄恩诚、梁巨才编剧。

本年　电视剧《虎踞钟山》播出，该剧由郑方南执导，江深编剧。

本年　电视剧《济南战役》播出，该剧由郑方南执导，龙泰岭、丛正里、殷习华、孙颖编剧。

本年　电视剧《有这么一群兵》播出，该剧由王艺执导，王强、张锐编剧。

本年　电视剧《昆仑女神》播出，该剧由宁海强执导，雷献和、杨虎编剧。

本年　电视剧《西藏风云》播出，该剧由翟俊杰执导，黄志龙、王声、徐永亮编剧。

1999年

1月5日　徐怀中的评论《两个车轮一起转——读〈军旅文学史论〉》发表在《解放军报》。

同月　朱增泉的散文集《边地散记》由文化艺术出版社出版。

同月　阎连科的散文集《褐色桎梏》由百花文艺出版社出版。

同月　徐怀中的短篇小说《来也匆匆，去也匆匆》发表在《人民文学》1999年第 1 期。

  同月 朱向前的评论《突出重围的"文学推土机"——柳建伟创作道路的回溯与前瞻》发表在《当代作家评论》1999 年第 1 期。

  2 月 简宁的短篇小说《布谷三叠》、王宗仁的散文《情断无人区》、朱向前的评论《从建构辉煌到对抗消解——转型期的军旅小说》发表在《解放军文艺》1999 年第 2 期。

  3 月 3 日 朱向前的评论《长篇小说:新的文学风向标——以 1998 年的几部作品为主要考察个案》发表在《中华读书报》。

  同月 项小米的长篇小说《英雄无语》由作家出版社出版。

  同月 韩静霆的散文集《男人和男人的巢》由时代文艺出版社出版。

  同月 毕淑敏的作品集《毕淑敏文集》由群众出版社出版。

  4 月 29 日 姚雪垠逝世。

  同月 李镜的短篇小说《高台之恋》、李亚的中篇小说《金色课堂》、韩瑞亭的评论《50 年军旅长篇小说回眸》发表在《解放军文艺》1999 年第 4 期。

  同月 朱向前的评论《是大作,但不是精品——三谈〈北方城郭〉及其它》发表在《当代》1999 年第 2 期。

  5 月 张卫明的中篇小说《城门》、简宁的诗歌《屈原》发表在《解放军文艺》1999 年第 5 期。

  6 月 《解放军文艺》1997—1998 年度优秀作品获奖篇目刊登在《解放军文艺》1999 年第 6 期,中篇小说《决战》(徐贵祥)、《大校》(阎连科)、《营地之光》(陶纯),短篇小说《恋歌》(陈怀国)、《怀念连队》(刘静),报告文学《边关》(任真)、《生死簰洲湾》(李亚、赵建国、刘立云),散文《记忆洪荒》(项小米)、《长平之战》(朱增泉),评论《不可淡忘战争》(周政保)、《对历史的另一种读法》(汪守德)等 30 篇作品获奖。

  同月 张志忠的评论《军事文学视野与"农家军歌"问题》、张鹰的评论《英雄神话的解构与重建——对中国当代军事文学一个现象的剖析》发表在《西南军事文学》1999 年第 3 期。

  同月 杨庆春的杂文集《一种逻辑常有理》由黄河出版社出版。

  7 月 裘山山的中篇小说《结婚》发表在《解放军文艺》1999 年第 7 期。

同月　朱向前的评论《平凡军旅 真实人生——作为晚生代军旅小说家的石钟山》发表在《战士文艺》1999年第4期。

同月　李西岳的中篇小说《农民父亲》发表在《清明》1999年第4期。

8月5日　朱向前的评论《"军事文学"与"军旅文学"辨——兼论当代军旅文学的三个阶段》发表在《光明日报》。

同月　朱增泉的诗集《地球是一只泪眼》由解放军文艺出版社出版。

同月　江永红的报告文学《弯弓蓝天》、邓一光的短篇小说《西沙》、王伏焱的短篇小说《遥望》《弹孔》《月圆》发表在《解放军文艺》1999年第8期。

9月4日　袁静逝世。

9月9日　朱向前的评论《军旅散文：迟开的花朵——军旅散文五十年述略》发表在《文艺报》。

同月　王愿坚的文论集《艺海荡桨》、裘山山的长篇小说《我在天堂等你》、卢一萍和王族的长篇报告文学《神山圣域》由解放军文艺出版社出版。

同月　卢一萍的长篇报告文学《雪山不相信眼泪》由河北人民出版社出版。

同月　白桦的作品集《白桦文集》由长江文艺出版社出版。

同月　朱向前主编的《九十年代文学潮流大系·军旅人生小说》由北京师范大学出版社出版。

10月8日　朱向前的评论《铁板铜琶唱大风——军旅诗歌五十年述略》发表在《解放军报》。

同月　新疆军区政治部与解放军文艺出版社在北京联合召开卢一萍和王族的报告文学《神山圣域》研讨会。

同月　丁晓平的报告文学集《大路朝东》由中国文联出版社出版。

11月　王伏焱的短篇小说《高雪部队》、温亚军的中篇小说《苦水塔尔拉》发表在《解放军文艺》1999年第11期。

12月7日　第八届中国人民解放军文艺奖评选结果公布，故事片《大进军·席卷大西南》，纪录片《挥师三江》，电视剧《红十字方队》《济南战役》《昆仑女神》，长篇小说《英雄无语》（项小米）、《突出重围》（柳建伟），中篇小说《营地之光》（陶纯）、《大校》（阎连科），短篇小说《金蝴蝶结儿》（刘烈娃），报告文学《8·23炮击金门》（沈卫平）、《九江狂澜》（徐志耕、葛逊、汪沉）等作品获奖。第四届全军文艺新作品奖评选结果公布,长篇小说《走出硝烟的女神》(姜安)、《第二十幕》(周大新),中篇小说《老营盘》(衣向东),短篇小说《零点哨兵》(李镜)、《老枪》(师永刚),诗歌《沿火焰上升》(刘立云)、《肉搏的大雨》(王久辛),散文《我们的蜗居和飞鸟》(唐韵),报告文学《摊牌》(张嵩山)等作品获一等奖。

  同月 朱向前的文论集《初心与正觉》、王秋燕的长篇散文《女人出海》由作家出版社出版。

  同月 徐贵祥的长篇小说《仰角》由解放军文艺出版社出版。

  同月 徐怀中的散文《乐观千禧年》、李瑛的散文《期待思想的闪电》、胡可的散文《世纪感言》、李存葆的散文《千禧感怀》、莫言的散文《故地重游》、朱苏进的散文《感觉》、周涛的散文《一年又一年》、刘亚洲的散文《新世纪还有多远》发表在《解放军文艺》1999年第12期。

  本年 电影《黄河绝恋》上映,该片由冯小宁执导兼编剧。

  本年 电影《冲天飞豹》上映,该片由王瑞执导,曹保平编剧。

  本年 电影《横空出世》上映,该片由陈国星执导,陈怀国、彭继超编剧。

  本年 电视剧《光荣之旅》播出,该剧由王文杰执导,马继红、高军编剧。

  本年 电视剧《兵谣》播出,该剧由张新建执导,黄国荣编剧。

  本年 电视剧《中国命运的决战》播出,该剧由王进执导,张天民、徐萌、李平分编剧。

2000 年

1月 阎连科的作品集《朝着东南走》由作家出版社出版。

  同月 李亚的长篇小说《金色大雨》、凌行正的散文集《感念西藏》、都梁的长篇小说《亮剑》由解放军文艺出版社出版。

  同月 徐怀中的短篇小说《或许你看到过日出》发表在《人民文学》2000年第1期。

  同月 衣向东的中篇小说《吹满风的山谷》发表在《橄榄绿》2000年第1期。

  同月 徐光耀的散文《昨夜西风凋碧树》发表在《长城》2000年第1期。

  同月 裘山山的中篇小说《正当防卫》发表在《小说家》2000年第1期。

2月　川妮的中篇小说《雾月霜天》发表在《解放军文艺》2000年第2期。

3月　马晓丽的短篇小说《舵链》发表在《解放军文艺》2000年第3期。

4月4日　朱向前的评论《中国军魂的回溯与前瞻——从〈突出重围〉与〈亮剑〉谈军旅文学创作的几点启示》发表在《文艺报》。

同月　徐贵祥的长篇小说《历史的天空》由人民文学出版社出版。

同月　张慧敏的长篇小说《美丽行旅》由解放军文艺出版社出版。

5月　柳建伟的中篇小说集《苍茫冬日》由长征出版社出版。

同月　周政保的评论《〈亮剑〉的价值及创作启示》发表在《解放军文艺》2000年第5期。

同月　海政宣传部和解放军文艺出版社联合举办朱秀海长篇小说《音乐会》作品研讨会，王兆海、凌行正、朱向前、路侃、张志忠、张鹰等与会。

6月　陶纯的中篇小说《子弹穿过头颅》、衣向东的短篇小说《小镇邮递员》《来吧嫂子》发表在《解放军文艺》2000年第6期。

同月　张品成的小说集《永远的哨兵》由南海出版公司出版。

7月　陈歆耕的报告文学《战争大趋势》发表在《解放军文艺》2000年第7期。

同月　严歌苓的中篇小说《谁家有女初长成》发表在《当代》2000年第4期。

9月　李骏的中篇小说《营区的光线》，朱增泉、程步涛、李松涛、郭晓晔、王久辛、尚方的同题诗《操场》发表在《解放军文艺》2000年第9期。

同月　石钟山的中篇小说《父亲离休》发表在《青年文学》2000年第9期。

同月　温亚军的中篇小说《生物带》发表在《小说家》2000年第5期。

10月11日　第五届茅盾文学奖评选结果公布，长篇小说《抉择》（张平）、《尘埃落定》（阿来）、《长恨歌》（王安忆）、《茶人三部曲》（第一、二部，王旭烽）4部作品获奖。

10月23日　杨星火逝世。

同月　刘烈娃的散文集《在雪地上跳舞》由百花文艺出版社出版。

同月　周涛的散文集《山河判断：大西北札记》由学林出版社出版。

同月　王宗仁的散文集《情断无人区》由军事谊文出版社出版。

同月　赵琪的短篇小说《援军》、周政保的评论《怎么办？这样办还是那样办?》发表在《解放军文艺》2000年第10期。

11月13日　第九届中国人民解放军文艺奖评选结果公布,电影《大进军·大战宁沪杭》,电视剧《突出重围》《壮志凌云》《波涛汹涌》,长篇小说《仰角》(徐贵祥)、《我在天堂等你》(裘山山),中篇小说《我的天空》(姜凡振),短篇小说《列兵的回忆》(衣向东),诗集《纪念》(辛茹),散文集《边地散记》(朱增泉),报告文学《远东朝鲜战争》(王树增)、《神山圣域》(王族、卢一萍),理论《非虚构叙述形态》(周政保)等作品获奖。第五届全军文艺新作品奖评选结果公布,中篇小说《幸福花儿开满地》(王曼玲),短篇小说《老照片》(李镜),诗集《飞翔,向着太阳》(康桥)、《隐退的风景》(吴国平),散文《祖槐》(李存葆),报告文学《中国海雄风》(黄传会、舟欲行)等作品获一等奖。

同月　徐怀中的散文《陈斐老素描》、孟伟哉的散文《王六六》、朱增泉的诗歌《黄河之水天上来》、唐韵的评论《英雄主义写作,或几个关键词》发表在《解放军文艺》2000年第11期。

同月　中国军旅作家代表团访问俄罗斯,汪守德任团长,朱苏进、朱秀海、周大新、乔良、裘山山、项小米、庞天舒、徐贵祥等任团员。

12月　朱向前的评论《"中篇合为时而著"略论当代(军旅)中篇小说的沉浮演变》发表在《解放军艺术学院学报》2000年第4期。

本年　电影《鬼子来了》上映,该片由姜文执导,姜文、史建全、述平、尤凤伟编剧。

本年　电视剧《壮志凌云》播出,该剧由宁海强执导,陈立德、张嵩山、宿聚生编剧。

本年　电视剧《突出重围》播出,该剧由舒崇福、马进、杨新洲执导,钱滨、马进、柳建伟编剧。

本年　电视剧《女子特警队》播出,该剧由陈胜利执导,谭力编剧。

本年　电视剧《日出东方》播出,该剧由王进、马润生执导,黄亚洲编剧。

2001年

1月6日　西戎逝世。

同月　陈先义的批评文集《寻觅真诚》、张鹰的专著《反思中国当代军事小说》由解放军文艺出版社出版。

同月　胥得意的小说集《不逝的兵群》由白山出版社出版。

2月　徐光耀的散文集《昨夜西风凋碧树》由北京十月文艺出版社出版。

3月　唐韵的散文集《左岸的黄河》、徐剑的报告文学《砺剑灞上》由中国青年出版社出版。

同月　柳建伟的长篇小说《英雄时代》发表在《中国作家》2001年第3期,同月由人民文学出版社出版。

同月　邢军纪的报告文学《第一种危险》发表在《报告文学》2001年第3期。

4月　朱向前的文论集《黑白斋序跋》由解放军文艺出版社出版。

同月　石钟山的长篇小说《父亲进城》由群众出版社出版。

同月　纪学的诗集《生命体验》由华文出版社出版。

同月　衣向东的中篇小说《初三初四看月亮》发表在《解放军文艺》2001年第4期。

5月　李骏的短篇小说《英雄表》《春风划破冰丛》《祝你幸福》发表在《解放军文艺》2001年第5期。

6月　王伏焱的中篇小说《雪原无垠》发表在《解放军文艺》2001年第6期。

7月　燕燕的散文集《灵性的芬芳》由解放军出版社出版。

同月　陶纯的短篇小说《余音缭绕》《彩蝶飞舞》《雪落无声》,纪学、王燕生、郭晓晔、王久辛、史一帆、刘立云等的同题诗《红旗飘飘》发表在《解放军文艺》2001年第7期。

8月　阎欣宁的中篇小说《人间正道》发表在《解放军文艺》2001年第8期。

同月　李西岳的中篇小说《战友》发表在《小说月报》2001年第8期。

9月22日　陈其通逝世。

同月　裘山山的中篇小说《洪湖水,浪打浪》发表在《神剑》2001年第5期。

同月　第二届鲁迅文学奖评选结果公布,中篇小说《吹满风的山谷》(衣向东),报告文学《远东朝鲜战争》(王树增)、《中国863》(李鸣生),诗歌《地球是一只泪眼》(朱增泉)、《纯粹阳光》(曹宇翔),散文《昨夜西风凋碧树》(徐光耀)等作品获奖。军队作家、评论家李瑛、朱向前等担任评委。

同月　裘山山的短篇小说集《白罂粟》由长江文艺出版社出版。

同月　党益民的报告文学《川藏线上生死劫》发表在《报告文学》2001年第9期。

10月　曾皓的短篇小说《篝火燃烧的地方》《看不见的军功章》发表在《解放军文艺》2001年第10期。

11月　黄国荣的中篇小说《苍天亦老》、王中才的报告文学《三千万里云和月》发表在《解放军文艺》2001年第11期。

同月　柳建伟的长篇小说《时代三部曲》(《北方城郭》《突出重围》《英雄时代》)由人民文学出版社出版。

12月13日　莫言的评论《部长·教授·批评家》发表在《中国文化报》。

12月24日　第十届中国人民解放军文艺奖评选结果公布,纪录片《世纪大阅兵》《东方巨响》,电视剧《光荣之旅》《惊涛》《女子特警队》,长篇小说《历史的天空》(徐贵祥),散文《感念西藏》(凌行正)、《营区词语》(北乔),报告文学《协商新中国成立》(郝在今)、《张爱萍传》(东方鹤),话剧《桃花谣》等作品获奖。第六届全军文艺新作品奖评选结果公布,长篇小说《金色大雨》(李亚)、《乡谣》(黄国荣),中篇小说《吹满风的山谷》(衣向东)、《营区的光线》(李骏),短篇小说《舵链》(马晓丽),诗集《青春军旅》(周瑞峰)、《一朵云响亮地飘动》(张子影),散文《千禧笔记》(任真),评论《当代长篇小说论略》(张志忠)等作品获一等奖。

同月　项小米的中篇小说《葛定国同志的夕阳红》发表在《解放军文艺》2001年第12期。

本年　电影《紫日》上映,该片由冯小宁执导兼编剧。

本年　电视剧《长征》播出,该剧由唐国强、金韬、陆涛、舒崇福执导,王朝柱编剧。

本年　电视剧《激情燃烧的岁月》播出,该剧由康洪雷执导,陈枰编剧。

本年　电视剧《誓言无声》播出,该剧由毛卫宁执导,钱滨、易丹编剧。

本年　电视剧《DA师》播出,该剧由郑方南、石伟执导,王维、邵钧林、嵇道青、郑方南编剧。

本年　电视剧《导弹旅长》播出,该剧由谷锦云执导,张锐、徐剑编剧。

本年　电视剧《炊事班的故事》播出,该剧由尚敬执导,陈满秋、陈保生、徐君东、赵建潮编剧。

本年　电视剧《张学良》播出,该剧由宋业明执导,王朝柱编剧。

本年　电视剧《军歌嘹亮》播出,该剧由李舒执导,朱秀海、石钟山、王兴浦编剧。

2002 年

1 月　周大新的散文集《去看战场》、李存葆的散文集《大河遗梦》、陈先义的专著《军旅小说 50 年》由解放军出版社出版。

同月　王海鸰的长篇小说《大校的女儿》由人民文学出版社出版。

同月　王伏焱的短篇小说《一去千万里》《可堪回首的往事》《你走以后我就成了你》、莫言的评论《战争文学随想》发表在《解放军文艺》2002 年第 1 期。

同月　李亚的中篇小说《激流中的岛屿》发表在《西南军事文学》2002 年第 1 期。

2 月　朱秀海的长篇小说《音乐会》由解放军文艺出版社出版。

同月　张心阳的杂文集《带毒的亲吻》由文化艺术出版社出版。

3 月　麦家的中篇小说《军中一盘棋》发表在《西南军事文学》2002 年第 2 期。

同月　温亚军的短篇小说《驮水的日子》发表在《天涯》2002 年第 3 期。

4 月　陶纯的中篇小说《雨中玫瑰》、朱苏进的评论《清晰度》发表在《解放军文艺》2002 年第 4 期。

同月　石钟山的中篇小说《父亲和他的警卫员》发表在《小说月报》2002 年第 4 期。

5 月 22 日　石言逝世。

同月　彭荆风的报告文学《滇缅铁路祭》由云南人民出版社出版。

同月　王宗仁的散文集《太阳有泪》由百花文艺出版社出版。

同月　庞天舒的长篇小说《白桦树小屋》由解放军文艺出版社出版。

同月　衣向东的中篇小说《我们的战友遍天下》、程步涛的诗歌《在沙漠中行走》发表在《解放军文艺》2002 年第 5 期。

7月　卢一萍的中篇小说集《生存之一种》由新疆人民出版社出版。

同月　唐韵的历史文化随笔《谁为暴力屈膝》发表在《散文》2002年第7期。

8月　郭富文的长篇小说《战争目光》由人民文学出版社出版。

同月　中夙的中篇小说《利斧之刃》发表在《解放军文艺》2002年第8期。

9月　周涛的散文集《蘸雪为墨》由河南文艺出版社出版。

同月　王玉彬、王苏红的小说《惊蛰》由解放军文艺出版社出版。

同月　王维、邵钧林、嵇道青、郑方南的小说《DA师》由长江文艺出版社出版。

同月　张慧敏的中篇小说《寻找陶鲁娜》发表在《西南军事文学》2002年第5期。

同月　周大新的中篇小说《浪进船舱》发表在《北京文学》2002年第9期。

10月　麦家的长篇小说《解密》由中国青年出版社出版。

同月　柳建伟的长篇小说《惊涛骇浪》由人民文学出版社出版。

11月25日　第十一届中国人民解放军文艺奖评选结果公布，电影《冲出亚马逊》，电视剧《激情燃烧的岁月》《中国仪仗兵》，长篇小说《音乐会》（朱秀海）、中篇小说《战友》（李西岳）、《苍天亦老》（黄国荣），诗歌《东方神话》（张庞、卜宝玉），散文《大河遗梦》（李存葆），报告文学《铁打的营盘》（马泰泉、赵雁、王虎群）、《游牧天界》（公丕才、李宗林），理论《反思中国当代军事小说》（张鹰），评论《寂寥长天唱大风》（黄国柱）等作品获奖。第七届全军文艺新作品奖评选结果公布，长篇小说《英雄时代》（柳建伟）、《21大厦》（周大新），中篇小说《洪湖水，浪打浪》（裘山山）、《让我看看你》（王曼玲），短篇小说《余音缭绕》（陶纯）、《篝火燃烧的地方》（曾洁）、《风中的叙述》（温亚军），诗歌《为生命弹奏》（苏玉光）、《血色和平》（张国领），散文《英雄杨靖宇》（老姜），报告文学《党代表之旅》（张为）、《飞越驼峰》（张子影）等作品获一等奖。

同月　邢军纪的报告文学《中国精神》由解放军文艺出版社出版。

同月　王曼玲的中篇小说《钢铁温柔》发表在《解放军文艺》2002年第11期。

同月　朱向前的评论《炮火硝烟中的人性观照——读朱秀海战争长篇小说》发表在《西南军事文学》2002年第6期。

12月　陶纯、陈怀国、衣向东的长篇小说《我们的连队》由云南人民出版社出版。

同月　马晓丽的长篇小说《楚河汉界》由解放军文艺出版社出版。

同月　翟晓光的长篇小说《红海洋》由作家出版社出版。

本年　电影《枪手》上映,该片由沈东执导,司马未韬编剧。

本年　电影《冲出亚马逊》上映,该片由宋业明执导,赵峻防、王戈洪编剧。

2003 年

1月7日　公刘逝世。

同月　石钟山的中篇小说《父亲和他的草原青》、卢一萍的报告文学《八千湘女上天山》发表在《解放军文艺》2003年第1期。

同月　石钟山的中篇小说《父亲和他的儿女们》发表在《十月》2003年第1期。

2月　中夙的中篇小说《嘴衔雪茄》、朱增泉的散文《朱可夫雕像》发表在《解放军文艺》2003年第2期。

3月　北乔的长篇小说《当兵》由人民武警出版社出版。

同月　阎欣宁的中篇小说《谋事在人》发表在《解放军文艺》2003年第3期。

4月5日　叶楠逝世。

同月　李骏的短篇小说《英雄血》《英雄泪》《英雄魂》发表在《解放军文艺》2003年第4期。

5月　流云的中篇小说《大风起兮云飞扬》发表在《解放军文艺》2003年第5期。

同月　麦家的中篇小说《让蒙面人说话》发表在《山花》2003年第5期。

同月　朱秀海的中篇小说《出征夜》发表在《战士文艺》2003年第3期。

6月　史一帆的诗集《生命的悬崖只有鹰能描述》由解放军文艺出版社出版。

7月　张春燕的散文集《张春燕西部纪实散文选》由解放军文艺出版社出版。

同月　麦家的长篇小说《暗算》由世界知识出版社出版。

8月　裘山山的散文集《一个人的远行》由远方出版社出版。

同月　柳建伟的长篇小说《SARS危机》由作家出版社出版。

同月　温亚军的中篇小说《咱们都是同龄人》发表在《解放军文艺》2003年第8期。

同月　石钟山的中篇小说《一人当兵 全家光荣》发表在《小说选刊》2003年第8期。

9月　张聚宁主编的评论集《文学评说朱向前》由解放军出版社出版,其中收录王蒙、徐怀中、雷达、莫言、周涛、朱苏进、朱秀海、柳建伟、阎连科等人文章40余篇。

同月　朱向前的文论集《朱向前文学理论批评选》由人民文学出版社出版。

同月　庞天舒的中篇小说《特战营》、刘立云的诗歌《为风暴而生》发表在《解放军文艺》2003年第9期。

10月　汪守德的散文集《秋天的和弦》、中夙的长篇小说《士兵志》由解放军文艺出版社出版。

同月　李鸣生的报告文学《风雨长征号》由人民文学出版社出版。

同月　毛建福的短篇小说《连长正步走》、中夙的短篇小说《往事如烟》发表在《解放军文艺》2003年第10期。

12月4日　第十二届中国人民解放军文艺奖评选结果公布,电影《惊涛骇浪》,电视剧《DA师》《导弹旅长》,长篇小说《惊蛰》(王玉彬、王苏红)、《战争目光》(郭富文),中篇小说《利斧之刃》(中夙),短篇小说《三月桃花雪》(赞歌),话剧《爱尔纳·突击》等作品获奖。第八届全军文艺新作品奖评选结果公布,长篇小说《红海洋》(翟晓光)、《天路上的红飘带》(占修萍),中篇小说《雨中玫瑰》(陶纯)、《谁去谁留》(赵建国),短篇小说《上校的女儿》(徐广泽)、《心要和你一起飞》(周建),报告文学《南疆故事》(王有才),诗歌《制高点》(王小未),散文《五道梁落雪,五道梁天晴》(王宗仁)等作品获一等奖。

同月　周大新的长篇小说《战争传说》由长江文艺出版社出版。

本年　电影《惊涛骇浪》上映,该片由翟俊杰执导,柳建伟编剧。

本年　电影《举起手来》上映,该片由冯小宁执导兼编剧。

本年　电影《惊心动魄》上映,该片由王珈、沈东执导,王戈洪、李平分编剧。

本年　电视剧《延安颂》播出,该剧由宋业明、董亚春执导,王朝柱编剧。

本年　电视剧《新四军》播出,该剧由宁海强、张玉中执导,赵琪、方雅森编剧。

本年　电视剧《归途如虹》播出,该剧由刘岩执导,蒲逊、宇龙、刘岩编剧。

2004 年

1月31日　马烽逝世。

同月　李西岳的长篇小说《百草山》由解放军文艺出版社出版。

同月　凌仕江的散文集《你知西藏的天有多蓝》由花城出版社出版。

同月　王甜的中篇报告文学《作点》、王宗仁的散文《唐古拉山和一个女人》发表在《解放军文艺》2004年第1期。

2月　中夙的长篇小说《士兵志》选载在《解放军文艺》2004年第2期。

3月　川妮的中篇小说《我和拉萨有个约会》发表在《解放军文艺》2004年第3期。

4月　李镜的长篇小说《女兵营》由解放军文艺出版社出版。

同月　陈先义的批评文集《仰望崇高》由金盾出版社出版。

同月　"《解放军文艺》出刊600期纪念会"在北京举办。

5月　首届中国人民解放军文艺大奖在京西宾馆颁发,长篇报告文学《远东抗美援朝战争》(王树增)、电影《惊涛骇浪》(柳建伟)、电视剧《突出重围》(柳建伟)等9部文学艺术作品获奖。

同月　黄献国的长篇小说《炮兵家园》、刘健的长篇小说《战士》由作家出版社出版。

同月　凌行正的散文集《铁血记忆》由解放军文艺出版社出版。

同月　2003年度《解放军文艺》优秀作品奖获奖篇目刊登在《解放军文艺》2004年第5期,小说《英雄血》(李骏)、《连长正步走》(毛建福),散文《春天,红柳也别开花》(王宗仁)等14篇作品获奖。同期刊登李骏的短篇小说《北京再见》《月亮走我也走》《典型沉默》。

6月　《解放军文艺600期纪念文集》、郭继卫的长篇小说《赌下一颗子弹》由解放军文艺出版社出版。

同月　杨新华的中篇小说《野百合盛开的时候》发表在《解放军文艺》2004年第6期。

7月　徐贵祥的长篇小说《明天战争》由人民文学出版社出版。

8月　朱向前的评论《关于徐怀中先生的三个比喻》《李存葆的过去和现在》发表在《北京文学》2004年第8期。

9月　燕燕的长篇小说《去日留痕》由中国文联出版社出版。

10月　裘山山的散文集《百分之百纯棉》由四川大学出版社出版。

同月　王宗仁的报告文学《美丽的唐古拉》、丁临一的评论《别具一格 气象非凡》发表在《解放军文艺》2004年第10期。

同月　李浩的短篇小说《将军的部队》发表在《朔方》2004年第10期。

11月　胥得意、雷从俊的报告文学集《雪城兵阵》由解放军文艺出版社出版。

12月12日　朱春雨逝世。

12月27日　第三届鲁迅文学奖评选结果公布,短篇小说《驮水的日子》(温亚军)、散文《大河遗梦》(李存葆)、文学评论集《朱向前文学理论批评选》(朱向前)等作品获奖。

本年　电影《曾克林出关》上映,该片由安澜执导,徐宝琦编剧。

本年　电影《张思德》上映,该片由尹力执导,刘恒编剧。

本年　电影《可可西里》上映,该片由陆川执导兼编剧。

本年　电视剧《历史的天空》播出,该剧由高希希执导,蒋晓勤、姚远、邓海南、徐贵祥编剧。

本年　电视剧《国家使命》播出,该剧由舒崇福、杨新州执导,姚远、高翎、刘红焰编剧。

2005年

1月6日　第九届全军文艺新作品奖评选结果公布,长篇小说《战争传说》

(周大新)、《士兵志》(中夙),中篇小说《美丽嘉年华》(黄雪蕻)、《大风起兮云飞扬》(流云)、短篇小说《连长正步走》(毛建福)、诗集《生命的悬崖只有鹰能描述》(史一帆)、散文《大风歌与垓下歌》(王文杰),报告文学《现代师长》(康纲联)、《圆梦之旅——中国海军舰艇编队首次环球远航纪实》(钱晓虎、袁华智),评论集《荷戈顾曲集》(陆文虎)等作品获一等奖。

同月 凌仕江的散文集《飘过西藏上空的云朵》由暨南大学出版社出版。

同月 方南江的长篇小说《中国近卫军》、李亚的短篇小说集《幸福的万花球》由解放军文艺出版社出版。

同月 王久辛的诗歌《蓝月上的黑石桥》发表在《解放军文艺》2005年第1期。

同月 党益民的报告文学《用胸膛行走西藏》由解放军出版社出版。

同月 孙晶岩的报告文学《中国动脉》由人民文学出版社出版。

同月 张雨生的散文集《山水文脉》由福建人民出版社出版。

2月 徐贵祥的长篇小说《八月桂花遍地开》由北京十月文艺出版社出版。

同月 刘笑伟的报告文学《紫荆作证》、刘立云的诗歌《父亲们！父亲们！》、莫言的散文《我写〈红高粱家族〉》发表在《解放军文艺》2005年第2期。同期选载徐贵祥的长篇小说《明天战争》,刊出时题为《沙场秋点兵》。

3月 柳江南的中篇小说《凤姑》、陈道阔的中篇小说《连队纪实》、冯德英的散文《我与"三花"》发表在《解放军文艺》2005年第3期。

同月 朱向前的评论《中国当代军旅文学的"第四次浪潮"——军旅长篇小说十年估衡》发表在《南方文坛》2005年第2期。

4月10日 第六届茅盾文学奖评选结果公布,《张居正》(熊召政)、《无字》(张洁)、《历史的天空》(徐贵祥)、《英雄时代》(柳建伟)、《东藏记》(宗璞)5部作品获奖。军队作家、评论家朱向前担任评委。

同月 刘猛的长篇小说《狼牙》由大众文艺出版社出版。

同月 方南江的长篇小说《中国近卫军》选载在《解放军文艺》2005年第4期。

5月 兰宁远的散文集《霓虹烈焰巴林石》由海潮摄影艺术出版社出版。

同月 丁晓平的纪实文学《感动中国:与毛泽东接触的国际抗日友人》由中

央文献出版社出版。

同月　丁晓平的长篇小说《爱着》由解放军文艺出版社出版。

6月　陈思广的专著《战争本体的艺术转化——二十世纪下半叶中国战争小说创作论》由巴蜀书社出版。

8月24日　刘白羽、傅铎逝世。

同月　刘猛的长篇小说《最后一颗子弹留给我》由大众文艺出版社出版。

同月　张者的长篇小说《零炮楼》由作家出版社出版。

同月　丁旸明的长篇小说《悲日》由济南出版社出版。

同月　彭荆风的报告文学《挥戈落日——中国远征军滇西大战》由云南人民出版社出版。

同月　李镜的长篇小说《出关》选载在《解放军文艺》2005年第8期，刊出时题为《血战槐阳》。

9月　2004年度《解放军文艺》优秀作品奖获奖篇目刊登在《解放军文艺》2005年第9期，小说《我和拉萨有个约会》（川妮）、散文《在高原上行走》（汪守德）等14篇作品获奖。

10月17日　巴金逝世。

11月10日　中国作家协会和解放军总政治部在中国现代文学馆举行刘白羽追思会暨手稿、文物捐赠仪式，刘永治、金炳华、王蒙、胡可、贺敬之、邓友梅、孟伟哉、袁鹰、严阵、朱向前等300余人参加。

同月　王凯的中篇小说《沉默的中士》发表在《当代》2005年第6期。

12月　辛茹的长诗《火箭碑》由解放军文艺出版社出版。

同月　刘醒龙的长篇小说《圣天门口》由人民文学出版社出版。

同月　徐剑的报告文学《东方哈达》由百花洲文艺出版社出版。

同月　朱秀海的长篇小说《乔家大院》由上海辞书出版社出版。

本年　朱向前等人主编的《新中国军事文艺大系（1949－1999）》由解放军文艺出版社出版。

本年　电影《太行山上》上映，该片由韦廉、沈东、陈健执导，陆柱国编剧。

本年　电视剧《暗算》播出，该剧由柳云龙执导，杨健、麦家编剧。

本年　电视剧《八路军》播出，该剧由宋业明、董亚春执导，王朝柱、孟冰、王元平编剧。

本年　电视剧《吕梁英雄传》播出,该剧由何群、刘进、伟克执导,张石山、梦妮、张挺编剧。

本年　电视剧《江塘集中营》播出,该剧由金韬执导,兰之光编剧。

本年　电视剧《水兵俱乐部》播出,该剧由崔琳、王晓莹、刘文虎执导,真田、尚伟、段连民、赵玉莹、王智编剧。

本年　电视剧《亮剑》播出,该剧由张前、陈健执导,都梁、江奇涛编剧。

2006 年

1 月　卢一萍的长篇纪实文学《八千湘女下天山》由北京十月文艺出版社出版。

同月　柳建伟、杨海蒂的长篇小说《石破天惊》由解放军文艺出版社出版。

同月　温亚军的长篇小说《鸽子飞过天空》由河南文艺出版社出版。

同月　石钟山的中篇小说《文官武将》发表在《十月》2006 年第 1 期。

同月　李鸣生的报告文学《军委令——酒泉卫星发射基地上马秘录》发表在《中国作家·纪实》2006 年第 1 期。

2 月　何存中的中篇小说《门前一棵槐》发表在《解放军文艺》2006 年第 2 期。

4 月 28 日　沈西蒙逝世。

同月　王棵的短篇小说《守礁关键词》《对鱼说话》《码头俱乐部》、金敬迈的散文《他是这样一个人》发表在《解放军文艺》2006 年第 4 期。

5 月　周涛的散文集《漫步艺海拾贝》由新疆人民出版社出版。

6 月　凌行正的长篇纪实散文《初踏疆场》、裘山山的散文集《遥远的天堂》、张卫明的长篇小说《城门》由解放军文艺出版社出版。

同月　徐贵祥的长篇小说《高地》由长江文艺出版社出版。

同月　杨闻宇的历史文化随笔《历史文化大散文:明月松间照》由京华出版社出版。

同月　2005 年度《解放军文艺》优秀作品奖获奖篇目刊登在《解放军文艺》

2006年第6期,小说《铁马冰河入梦来》(流云)、散文《高地上的风景》(张国领)、报告文学《紫荆作证》(刘笑伟)等14篇作品获奖。

7月　龙一的短篇小说《潜伏》发表在《人民文学》2006年第7期。

同月　徐贵祥的长篇小说《高地》选载在《解放军文艺》2006年第7期。

9月　康桥的长诗《征途》由解放军文艺出版社出版。

同月　黄亚洲的诗集《行吟长征路》由浙江文艺出版社出版。

同月　王树增的报告文学《长征》由人民文学出版社出版。

同月　凌行正的长篇纪实文学《初踏疆场》、张磊的中篇小说《永不磨灭的番号》发表在《解放军文艺》2006年第9期。

同月　张品成的长篇小说《出征在即》由明天出版社出版。

10月13日　中国作家协会重点作品扶持办公室、第二炮兵政治部宣传部、解放军文艺出版社在中国现代文学馆联合举办了辛茹抒情长诗《火箭碑》研讨会,邓天生、陈建功、高洪波、汪守德、吴秉杰、范咏戈、雷达、雷抒雁、朱向前等40余人参加。

同月　丁晓平的传记文学《毛泽东的亲情世界》由中央文献出版社出版。

同月　郭建英的散文集《战争的碎片》、苗长水的长篇小说《超越攻击》由解放军文艺出版社出版。

同月　唐栋、蒲逊的话剧剧本《天籁》发表在《解放军文艺》2006年第10期。

11月10—14日　中国作家协会召开第七次全国代表大会,军队作家李存葆连任副主席。

11月16日　朱向前的评论《向着广度和深度的文学长征——"长征文学"与王树增的〈长征〉》发表在《文艺报》。

同月　全国青年作家创作会在北京召开,部队代表李骏、温亚军、陶纯、康桥、陈涌、马萧萧、黄雪蕻、王棵、李美皆、文清丽、曾皓、宁明参加。

12月22日　第十届全军文艺新作品奖评选结果公布,长篇小说《出关》(李镜)、《楚河汉界》(马晓丽)、《中国近卫军》(方南江),长诗《生命的呼吸》(康桥),诗集《远山沉寂》(梁梁),散文集《荒火》(兰草)、《英雄记忆》(姜宝才),长篇报告文学《东方哈达》(徐剑)、《中国新教育风暴》(王宏甲)、《用胸膛行走西藏》(党益民),史论专著《中国人民解放军音乐史》(李双江、李诗原、柴志英)等作品获等奖。

12月26日　吕先富对朱向前的访谈《毛泽东诗词的传世价值和中华文化的恒久魅力——关注朱向前对毛泽东诗词的解读》发表在《文艺报》。

同月　祁建青的散文集《玉树临风》由解放军文艺出版社出版。

同月　朱增泉的诗集《享受和平》由河北教育出版社出版。

同月　王霞的长篇小说《家国天下》由华艺出版社出版。

本年　电影《东京审判》上映，该片由高群书执导，唐灏、张思涛、张弛、胡坤编剧。

本年　电影《我的长征》上映，该片由翟俊杰总导演，王珈、杨军执导，陆柱国编剧。

本年　电影《云水谣》上映，该片由尹力执导，刘恒、张克辉编剧。

本年　电视剧《沙场点兵》播出，该剧由孙晓光执导，黄国荣、李心安、郑方南编剧。

本年　电视剧《诺尔曼·白求恩》播出，该剧由杨阳执导，刘志钊、贾鸿源编剧。

本年　电视剧《雄关漫道》播出，该剧由张玉中执导，王元平编剧。

本年　电视剧《陈赓大将》播出，该剧由叶大鹰执导，钟晶晶、姚远、邓海南、徐远翔编剧。

本年　电视剧《士兵突击》播出，该剧由康洪雷执导，兰晓龙编剧。

本年　电视剧《红领章》播出，该剧由李俊岩、刘居冠执导，陈怀国、陶纯、李心安编剧。

2007 年

1月　朱向前主编的《中国军旅文学50年》、刘静的长篇小说《戎装女人》由解放军文艺出版社出版。

同月　苗长水的长篇小说《超越攻击》选载在《解放军文艺》2007年第1期。

同月　张品成的长篇小说《可爱的中国》由上海文艺出版社出版。

2月11日　由中国作协重点作品扶持办公室、总政治部宣传部艺术局、济南军区政治部、解放军文艺出版社联合举办的苗长水长篇小说《超越攻击》作品研讨会在北京举行,邓友梅、陈建功、杨新贵、汪守德等近40人参加。

同月　兰晓龙的长篇小说《士兵突击》由花山文艺出版社出版。

同月　海存的中篇小说《大雪满弓刀》发表在《解放军文艺》2007年第2期。

3月　柳建伟的小说集《上校的婚姻》由中国社会出版社出版。

4月　凌行正、黎品纯的长篇纪实散文《大决战:纵横中南》,阎欣宁的长篇小说《来复线》,冯骥的长篇小说《火蓝刀锋》,由解放军文艺出版社出版。

5月　王凯的中篇小说《时间的河流》发表在《西南军事文学》2007年第3期。

6月　刘静的长篇小说《戎装女人》选载在《解放军文艺》2007年第6期。

7月28日　朱向前、傅逸尘的评论《爱国主义、英雄主义是军旅文学的价值追求》发表在《文艺报》。

同月　权延赤的长篇小说《狼毒花》、辛茹的长诗《杨业功之歌》由解放军文艺出版社出版。

同月　徐贵祥的长篇小说《特务连》由作家出版社出版。

同月　兰宁远的散文集《守望天堂》由中国文联出版社出版。

同月　凌仕江的散文集《西藏的天堂时光》由地震出版社出版。

同月　杨新华的中篇小说《月光寒》发表在《解放军文艺》2007年第7期。

同月　温亚军的中篇小说《母亲来队》发表在《西北军事文学》2007年第4期。

8月　王久辛的长诗《大地夯歌》发表在《解放军文艺》2007年第8期。

9月　2006年度军旅优秀文学作品奖获奖名单刊登在《解放军文艺》2007年第9期,长篇小说《高地》(徐贵祥)、《戎装女人》(刘静),长篇纪实文学《长征》(王树增)、《初踏疆场》(凌行正),中篇小说《门前一棵槐》(何存中),短篇小说《飞鱼》(王棵)等15篇作品获奖。

10月　第四届鲁迅文学奖评选结果公布,短篇小说《将军的部队》(李浩),报告文学《用胸膛行走西藏》(党益民)、《长征》(王树增),诗歌《行吟长征路》(黄亚洲),散文《遥远的天堂》(裘山山)等作品获奖。军队评论家朱向前、汪守德担任评委。

同月　麦家的长篇小说《风声》、柳建伟的长篇小说《爱在战火纷飞时》由南海出版公司出版。

同月　兰晓龙的长篇小说《士兵突击》选载在《解放军文艺》2007年第10期。

12月　朱向前在中央电视台军事频道《周末开讲》开讲《诗人毛泽东》系列节目。

本年　魏远峰的长篇小说《兵者》《雪落长河》由花城出版社出版。

本年　电影《八月一日》上映,该片由宋业明、董亚春执导,陆柱国、赵琪、刘星、李平分编剧。

本年　电影《集结号》上映,该片由冯小刚执导,刘恒编剧。

本年　电视剧《恰同学少年》播出,该剧由龚若飞、嘉娜·沙哈提执导,盛和煜、黄晖编剧。

本年　电视剧《井冈山》播出,该剧由金韬执导,邵钧林编剧。

本年　电视剧《狼毒花》播出,该剧由黄文利执导,赵智江、张玉华编剧。

本年　电视剧《彭雪枫》播出,该剧由贾钢执导,顾保孜编剧。

本年　电视剧《血色湘西》播出,该剧由龚若飞执导,黄晖、李树型编剧。

本年　电视剧《炊事班的故事》播出,该剧由尚敬执导,陈保生、毛毛编剧。

2008 年

1月　邓一光的长篇小说《我是我的神》由北京出版社出版。

同月　李燕子的长篇小说《寂静的鸭绿江》、温燕霞的长篇小说《红翻天》、张品成的长篇小说《红刃》由解放军文艺出版社出版。

同月　丁晓平的历史文学《解谜〈毛泽东自传〉》由中国青年出版社出版。

同月　朱向前的专著《诗史合一——毛泽东诗词的另一种解读》由人民出版社出版。

同月　曾皓的中篇小说《连长树》、王久辛的诗歌《致大海》发表在《解放军文艺》2008年第1期。

2月　凌仕江的散文集《说好一起去西藏》由中央党校出版社出版。

同月　朱向前主编的《中国军旅文学50年》入选"国家社科基金成果文库",由学习出版社再版。

同月　刘宏伟的长篇小说《大断裂》由长征出版社出版。

4月　王宗仁的散文集《藏地兵书》、何存中的长篇小说《姐儿门前一棵槐》由解放军文艺出版社出版。

同月　王锦秋、刘慧的长篇小说《雪落花开》由时代文艺出版社出版。

5月　徐剑的报告文学《冰冷血热》由中国电力出版社出版。

同月　丁晓平的长诗《汶川九歌》由解放军文艺出版社出版。

同月　裴指海的中篇小说《锅盖头》发表在《西南军事文学》2008年第3期。

同月　川妮的中篇小说《蒲草的天空》发表在《当代》2008年第3期。

同月　朱寒汛的评论《青年沈从文军旅小说略论》发表在《解放军艺术学院学报》2008年第2期。

同月　裴指海的中篇小说《勇士》、刘跃清的中篇小说《连队之河》发表在《解放军文艺》2008年第5期。

6月　王棵的长篇小说《幸福打在头上》、戴立的散文集《清风舞动白杨树》由解放军文艺出版社出版。

同月　董玉方的诗集《一路锋芒如血》由四川美术出版社出版。

7月　周涛的散文集《天地一书生》由上海人民出版社出版。

同月　王宗仁的散文集《可可西里的动物精灵》由中国友谊出版社出版。

同月　王秋燕的长篇小说《向天倾诉》由解放军文艺出版社出版。

同月　王凯的中篇小说《塞上曲》发表在《西南军事文学》2008年第4期。

8月24日　魏巍逝世。

同月　李骏的报告文学《生死大营救》由解放军出版社出版。

9月　张正隆的报告文学《枪杆子:1949》由人民出版社出版。

同月　海存的中篇小说《风景在彼岸》发表在《解放军文艺》2008年第9期。

10月27日　第七届茅盾文学奖评选结果公布,《秦腔》(贾平凹)、《额尔古纳河右岸》(迟子建)、《湖光山色》(周大新)、《暗算》(麦家)4部作品获奖。军队作家、评论家李存葆、汪守德担任评委。

同月　王伏焱的中篇小说《青春树》发表在《解放军文艺》2008年第10期。

11月27日　丁临一的评论《三十年军事题材长篇小说漫评》发表在《文艺报》。

同月　2007年度军旅优秀文学作品奖获奖名单刊登在《解放军文艺》2008年第11期。同期刊登侯健飞的中篇小说《远山的钟声》。

同月　阎欣宁的中篇小说《鹰翼》发表在《中篇小说选刊》2008年第6期。

12月　陈先义的批评文集《为英雄主义辩护》由蓝天出版社出版。

本年　电视剧《周恩来在重庆》播出，该剧由董亚春执导，王朝柱编剧。

本年　电视剧《战争目光》播出，该剧由桑华执导，赵琪编剧。

本年　电视剧《旗舰》播出，该剧由巴特尔执导，段连民编剧。

本年　电视剧《天啸》播出，该剧由谷锦云执导，陈可非编剧。

2009年

1月　徐贵祥的长篇小说《马上天下》由人民文学出版社出版。

同月　徐贵祥的长篇小说《四面八方》由安徽文艺出版社出版。

同月　杨闻宇的历史文化随笔《只有香如故：历史上那些动人的女人们》由崇文书局出版。

同月　李存葆的散文集《最后的野象谷》由学林出版社出版。

同月　陈可非的长篇小说《红菩提》、西元的长篇小说《秦武卒》、汪守德的专著《中国战争诗歌》、卢一萍的散文集《世界屋脊之书》、李骏的纪实文学《住进新营盘》由解放军文艺出版社出版。

同月　王宗仁的散文集《与青藏线同行》由黄河出版社出版。

同月　周涛的散文集《我醉欲眠》由作家出版社出版。

同月　朱向前的文论集《黑白斋读书录》由中国青年出版社出版。

同月　金一南的专著《苦难辉煌》由华艺出版社出版。

同月　张艳荣的中篇小说《父亲情深 母亲意浓》发表在《解放军文艺》2009年第1期。

同月　裴指海的中篇小说《伤花怒放》发表在《西南军事文学》2009年第1期。

2月　中夙的中篇小说《军代表》发表在《解放军文艺》2009年第2期。

3月　冯骥的长篇小说《我雷了》由作家出版社出版。

同月　李鸣生的报告文学《千古一梦》由江西人民出版社、百花洲文艺出版社出版。

4月　石钟山的长篇小说《天下姐妹》由东方出版社出版。

同月　阎欣宁的长篇小说《地平线》由鹭江出版社出版。

同月　傅逸尘的批评文集《重建英雄叙事》由作家出版社出版。

同月　王树增的报告文学《远东朝鲜战争》《解放战争》、朱增泉的历史文化随笔《战争史笔记(上古—秦汉)》由人民文学出版社出版。

同月　张品成的长篇小说《少年方志敏》由山东文艺出版社出版。

5月22日　由中国作协创研部、江西出版集团联合主办的李鸣生报告文学《千古一梦》作品研讨会在中国现代文学馆举行。

同月　彭荆风的报告文学《解放大西南》由云南美术出版社出版。

同月　裘山山的散文集《亲历五月》由人民文学出版社出版。

同月　陆颖墨的短篇小说《海军往事》发表在《解放军文艺》2009年第5期。

同月　王凯的中篇小说《蓝色沙漠》发表在《西南军事文学》2009年第3期。

同月　李鸣生的报告文学《震中在人心》发表在《中国作家·纪实版》2009年第5期。

6月　裴指海的长篇小说《锅盖头》由新世界出版社出版。

同月　何存中的长篇小说《太阳最红》由解放军文艺出版社出版。

同月　王宗仁的报告文学《滴水中的大海》、汪守德的评论《穿透历史的巨大想象空间》发表在《解放军文艺》2009年第6期。

同月　党益民的报告文学《守望天山》发表在《北京文学》2009年第6期。

7月　王凯的长篇小说《全金属青春》由解放军文艺出版社出版。

8月　余戈的报告文学《1944:松山战役笔记》由生活·读书·新知三联书店出版。

同月　王甜的中篇小说《集训》发表在《人民文学》2009年第8期。

同月　曾剑的短篇小说《士官的白天和夜晚》发表在《解放军文艺》2009年第8期。

同月　王甜的短篇小说《昔我往矣》发表在《文学界》2009年第8期。

9月　周大新的长篇小说《预警》由北京十月文艺出版社出版。

同月　王玉彬、王苏红的长篇小说《黑鹰基地》,党益民的长篇小说《父亲的雪山 母亲的河》,凌行正的长篇小说《九号干休所》,王筠的长篇小说《刺破青天》,曾剑的长篇小说《枪炮与玫瑰》,由解放军文艺出版社出版。

同月　朱旻鸢的中篇小说《坝上行》发表在《解放军文艺》2009年第9期。

10月23日　由全国社科基金项目规划办公室、中国作协重点作品扶持办公室、解放军总政治部宣传部艺术局、解放军出版社和解放军艺术学院联合举办的朱向前主编的《中国军旅文学50年》暨当代军旅文学研讨会在解放军艺术学院召开,铁凝、张炯、胡可、刘继贤、朱增泉、李存葆、梁鸿鹰、雷达、胡平、白烨、潘凯雄、陈晓明等40余人参加。

同月　徐亚东的专著《继承·突破·超越——20世纪80、90年代军旅小说论》由中国社会科学出版社出版。

同月　辛茹的长诗《洞天》、丁朗的长篇小说《突围》由解放军文艺出版社出版。

同月　裴指海的纪实文学《1949解放》由江苏文艺出版社出版。

同月　兰宁远的长篇报告文学《飞天梦》由湖南科学技术出版社出版。

11月　刘立云的诗集《烤蓝》由解放军文艺出版社出版。

12月22日　《解放军文艺》杂志获中国期刊协会和中国出版科学研究所授予的"新中国60年有影响力的期刊"称号。

同月　裘山山的散文集《从往事门前走过》由西藏人民出版社出版。

同月　唐韵的散文集《北中国的另一种时间》由中国旅游出版社出版。

同月　卢一萍的短篇小说《快枪手黑胡子》发表在《上海文学》2009年第12期。

本年　电影《南京！南京！》上映,该片由陆川执导兼编剧。

本年　电影《拉贝日记》上映,该片由佛罗瑞·加仑伯格执导兼编剧。

本年　电影《可爱的中国》上映,该片由胡雪杨执导,钟韧、胡雪杨编剧。

本年　电影《天安门》上映,该片由叶大鹰执导,叶大鹰、王兵编剧。

本年　电影《斗牛》上映,该片由管虎执导兼编剧。

本年　电影《建国大业》上映,该片由韩三平、黄建新执导,王兴东、陈宝光编剧。

本年　电影《惊天动地》上映,该片由王珈、沈东执导,柳建伟、马维干、康丽雯、王戈洪编剧。

本年　电视剧《沧海》播出,该剧由赵浚凯执导,翟晓光编剧。

本年　电视剧《解放》播出,该剧由唐国强、董亚春执导,王朝柱编剧。

本年　电视剧《潜伏》播出,该剧由姜伟、付玮执导,姜伟编剧。

本年　电视剧《人间正道是沧桑》播出,该剧由张黎执导,江奇涛编剧。

本年　电视剧《我的兄弟叫顺溜》播出,该剧由花箐执导,朱苏进编剧。

本年　电视剧《大秦帝国之裂变》播出,该剧由黄健中执导,孙皓晖编剧。

本年　电视剧《今生欠你一个拥抱》播出,该剧由李三林执导,苏润娟、钱占刚编剧。

本年　电视剧《在那遥远的地方》播出,该剧由俞钟执导,雷献和、仲跻敏编剧。

2010 年

1月　周大新的散文集《我们会遇到什么》、李晓敏的长篇小说《遍地狼烟》由江苏文艺出版社出版。

同月　朱增泉的历史文化随笔《战争史笔记(三国—隋唐)》由人民文学出版社出版。

同月　张慧敏的长篇小说《回家》由解放军文艺出版社出版。

同月　张者的长篇小说《老风口》由作家出版社出版。

同月　杨献平的长篇历史小说《匈奴帝国:刀锋上的苍狼》由甘肃人民美术出版社出版。

同月　裴指海的中篇小说《亡灵的歌唱》发表在《西南军事文学》2010年第1期。

2月　李亚的长篇小说《流芳记》由作家出版社出版。

同月　王龙的历史文化随笔《天朝向左,世界向右——近代中西交锋的十字路口》由华文出版社出版。

同月　全军军事题材中短篇小说获奖篇目刊登在《解放军文艺》2010年第2期。

3月　凌行正的长篇小说《九号干休所》选载在《解放军文艺》2010年第3期。

4月26日　朱向前的评论《单刃剑还是双刃剑——我看当下军旅长篇小说的影视化趋向》发表在《人民日报》。

同月　王宗仁的散文集《藏羚羊的那些事儿》由学林出版社出版。

5月　杨献平的散文集《中国的匈奴》由花城出版社出版。

同月　柳建伟的长篇小说《寂寞英雄》由河南文艺出版社出版。

同月　李骏的长篇小说《城市阴谋》由新华出版社出版。

同月　铁凝的《在〈中国军旅文学50年〉暨当代军旅文学研讨会上的讲话》及《〈中国军旅文学50年〉暨当代军旅文学研讨会发言纪要》发表在《解放军艺术学院学报》2010年第2期。

同月　杨利伟的长篇纪实文学《天地九重》发表在《解放军文艺》2010年第5期。

同月　张品成的长篇小说《偷枪的人》由山东文艺出版社出版。

6月　王棵的短篇小说《营门望》发表在《人民文学》2010年第6期。

7月　杨宣强的散文集《带着氧气上路》由解放军文艺出版社出版。

同月　李鸣生的报告文学《发射将军》、邢军纪的报告文学《最后的大师》由北京十月文艺出版社出版。

同月　李骏的中篇小说《机关楼》发表在《西北军事文学》2010年第4期。

同月　王凯的中篇小说《换防》发表在《西南军事文学》2010年第4期。

8月　杨献平的散文集《沙漠之书》由天津人民出版社出版。

同月　王凯的中篇小说《终将远去》发表在《解放军文艺》2010年第8期。

9月14日　由中国作协创研部、北京十月文艺出版社联合主办的李鸣生报告文学《发射将军》研讨会在北京召开。

同月　2008—2009年度《解放军文艺》优秀作品奖获奖篇目刊登在《解放军文艺》2010年第9期,中篇小说《勇士》(裴指海)、《风景在彼岸》(海存)、《坝上行》(朱旻鸢),散文《家是你出生的地方》(唐栋)等20篇作品获奖。同期刊登王伏焱的中篇小说《士兵的天空》。

10月19日　第五届鲁迅文学奖评选结果公布,短篇小说《海军往事》(陆颖墨)、报告文学《解放大西南》(彭荆风)、诗歌《烤蓝》(刘立云)、散文《藏地兵书》(王宗仁)等作品获奖。军队作家、评论家朱向前等出任评委。

11月　海存的中篇小说《男儿如山脉》、曾剑的中篇小说《花开四季》发表在《解放军文艺》2010年第11期。

12月　阎欣宁的长篇小说《美国来鹰》由中国青年出版社出版。

本年　电视剧《黎明之前》播出,该剧由刘江执导,黄珂编剧。

本年　电视剧《金婚风雨情》播出,该剧由郑晓龙执导,王宛平、丁丁编剧。

本年　电视剧《借枪》播出,该剧由姜伟执导,林黎胜编剧。

2011年

1月　峭岩的长诗《遵义诗笔记》、歌兑的长篇小说《坼裂》、裴指海的长篇小说《往生》由解放军文艺出版社出版。

同月　朱增泉的历史文化随笔《战争史笔记(五代—宋辽金夏)》由人民文学出版社出版。

同月　李墨泉对朱向前的访谈《军旅文学三十年》收录于王能宪、陈骏涛主编的《足迹:著名文学家采访录》,由中国工人出版社出版。

同月　王瑞胜的中篇小说《父亲破耳》发表在《解放军文艺》2011年第1期。

同月　张品成的长篇小说《红药》由百花洲文艺出版社出版。

2月　卢一萍的中篇小说《索狼荒原》发表在《上海文学》2011年第2期。

3月　殷实的批评文集《当小说成为哲学的仆役》由解放军文艺出版社出版。

4月　朱向前的文论集《"黄金时代"的文学记忆》收录于"中国当代文学研究与批评书系",由作家出版社出版。

同月　朱向前、朱寒汛的评论《面对〈惊沙〉:20年中国电影的反思和启示——关于〈惊沙〉的对话》发表在《中国作家·影视版》2011年第4期。

同月　张正隆的报告文学《雪冷血热》由长江文艺出版社出版。

同月　朱秀海的散文集《行色匆匆》由春风文艺出版社出版。

5月　朱旻鸢的短篇小说《参军记》发表在《解放军文艺》2011年第5期。

6月　曾皓的长篇小说《魔鬼连》由凤凰出版社出版。

同月　丁晓平的传记文学《中共中央第一支笔〈胡乔木传〉》由中国青年出版社出版。

7月　海飞的长篇小说《向延安》由浙江文艺出版社出版。

同月　董夏青青的长篇小说《年年有鱼》发表在《十月》2011年第4期。

8月20日　第八届茅盾文学奖评选结果公布,《你在高原》(张炜)、《天行者》(刘醒龙)、《蛙》(莫言)、《推拿》(毕飞宇)、《一句顶一万句》(刘震云)5部作品获奖。铁凝任评委会主任,军队作家、评论家朱向前、汪守德、周大新、柳建伟等任评委。

同月　海飞的长篇小说《花满朵》由重庆出版社出版。

同月　傅逸尘的长篇纪实文学《远航记》由解放军出版社出版。

9月　程步涛的诗集《记住那些地方》由解放军文艺出版社出版。

同月　张正隆的报告文学《一将难求》由白山出版社出版。

同月　朱增泉的历史文化随笔《战争史笔记(元—明)》《战争史笔记(清)》由人民文学出版社出版。

10月　胥得意的小说集《城市里的农村兵》由河南文艺出版社出版。

同月　王甜的中短篇小说集《火车开过冬季》由大众文艺出版社出版。

同月　柳建伟的作品集《柳建伟作品》(共十一卷)由湖南文艺出版社出版。

11月7日　朱向前的评论《"取势宏远　用事精微"——序蒲阳将军〈戍楼诗草〉》发表在《光明日报》。

同月　叶华的散文集《江南色》由作家出版社出版。

12月12日　朱向前的评论《朱增泉长篇历史散文〈战争史笔记〉诗语、史识与使命感》发表在《文艺报》。

同月　周徐的专著《英雄在途:祛魅·消解·重构——新时期以来军旅小说英雄形象嬗变论》由解放军文艺出版社出版。

本年　电影《飞天》上映,该片由王珈、沈东执导,柳建伟、刘宏伟、王强、赵峻防、梁水宝编剧。

本年　电影《一九四二》上映,该片由冯小刚执导,刘震云编剧。

本年　电影《金陵十三钗》上映,该片由张艺谋执导,刘恒、严歌苓编剧。

本年　电视剧《辛亥革命》播出,该剧由唐国强、李伟执导,王朝柱编剧。

本年　电视剧《开天辟地》播出,该剧由胡玫执导,邵钧林、张国擎编剧。

本年　电视剧《我是特种兵》播出,该剧由刘猛执导兼编剧。

2012 年

1月　侯建飞的长篇散文《回鹿山》由人民文学出版社出版。

同月　王甜的长篇小说《同袍》由解放军文艺出版社出版。

同月　海飞、王彪、曾凡华的长篇小说《大西南剿匪记》由沈阳出版社出版。

同月　朱旻鸢的中篇小说《拉练》发表在《解放军文艺》2012年第1期。

2月　洪芳的专著《中国当代军旅诗歌论》由世界图书出版公司出版。

3月16日　由中国作协创研部、成都军区政治部宣传部与解放军文艺出版社联合主办的王甜长篇小说《同袍》作品研讨会在北京召开。

4月9日　朱向前的评论《"喜闻乐见""民族风格""中国气派"——从毛泽东诗词看毛泽东的文化自信与自觉》发表在《中国艺术报》。

5月9日　朱向前的评论《重说一只失衡的"车轮"——当代军旅文学理论批评轨迹的回望与反思》发表在《文艺报》。

5月23日　朱向前的评论《这才是一等一的大诗人大手笔——毛泽东诗词的三个艺术特点》发表在《中国艺术报》。

同日　"纪念毛泽东同志《在延安文艺座谈会上的讲话》发表70周年"座谈会在北京人民大会堂举行,朱向前在会上做《努力为当下中国奉献中锋正笔之文　黄钟大吕之音》的发言。

同月　张品成的长篇小说《红币》由山东文艺出版社出版。

6月　2010—2011年度《解放军文艺》优秀作品奖获奖篇目刊登在《解放军文艺》2012年第6期,中篇小说《终将远去》(王凯)、《父亲破耳》(王瑞胜),短篇小说《多远才叫远》(李骏)、《一路同行》(曾剑)、《参军记》(朱旻鸢),报告文学《灿烂阳光》(曹岩)等28篇作品获奖。

7月20日　中国作家协会专门委员会组成人员公告刊发在《文艺报》。其中,军事文学委员会由李存葆出任主任,朱向前、姜秀生、周大新出任副主任。

7月24日　朱向前的评论《"孤岛"与"坦克"及其他——老话新说徐贵祥兼序〈徐贵祥战争小说精选〉》发表在《光明日报》。

8月　刘春光的长篇小说《那时满地霜红》由解放军文艺出版社出版。

10月　中国军旅作家代表团访问俄罗斯,姜秀生任团长,朱秀海、徐贵祥、陈怀国、陈可非、刘烈娃、李亚平等任团员。

11月26日　朱向前的评论《深刻的历史洞见与丰富的性格塑造——话剧〈支部建在连上〉的两点主要贡献》发表在《中国艺术报》。

11月28日　徐艺嘉的评论《新世纪文学语境中的审美"新质"》发表在《文艺报》。

同月　莫言获得诺贝尔文学奖。

12月　朱向前的文论集《莫言:诺奖的荣幸》由百花洲文艺出版社出版。

本年　电影《钱学森》上映,该片由张建亚执导,陈怀国、孙毅安、陶纯编剧。

本年　电视剧《我们的法兰西岁月》播出,该剧由康洪雷执导,李克威编剧。

本年　电视剧《焦裕禄》播出,该剧由李文岐执导,何香久、陈新编剧。

本年　电视剧《延安爱情》播出,该剧由曹保平、冯自立执导,俞白眉编剧。

本年　电视剧《火蓝刀锋》播出,该剧由张国庆执导,冯骥、徐速编剧。

本年　电视剧《悬崖》播出,该剧由刘进执导,全勇先编剧。

本年　电视剧《刘伯承元帅》播出,该剧由张玉中执导,傅建文、尹东鸿编剧。

2013年

1月　朱增泉的诗集《生命穿越死亡》《忧郁的科尔沁草原》《中国船》由四川

文艺出版社出版。

同月　周大新的散文集《你能拒绝诱惑》、卢一萍的中短篇小说集《帕米尔情歌——卢一萍中短篇小说选》由解放军文艺出版社出版。

同月　西元的中篇小说《锻炼锻炼》发表在《解放军文艺》2013年第1期。

同月　李亚的长篇小说《李庄传》发表在《十月·长篇小说》2013年第1期。

2月14日　雷抒雁逝世。

同月　李亚的中篇小说《将军》发表在《中国作家·文学版》2013年第2期。

3月29日　朱向前的评论《我与同学管谟业——从莫言获诺贝尔文学奖谈起》发表在《文艺报》。

3月30日　朱向前的评论《遥远而深邃的"底色"——跋徐怀中先生非虚构长篇〈底色〉》发表在《中国艺术报》。

同月　刘春光的长篇小说《成都老鬼》由解放军文艺出版社出版。

同月　张心阳的杂文集《中国杂文（百部）卷二：张心阳集》由吉林出版集团有限责任公司出版。

4月　汪守德的文论集《点燃与盛开》由解放军文艺出版社出版。

同月　徐怀中的纪实文学《底色》由人民文学出版社出版。

6月　杨庆春的杂文集《"醒"后吐真言》由商务印书馆出版。

同月　曾剑的短篇小说《穿军装的牧马人》发表在《解放军文艺》2013年第6期。

7月　傅逸尘的评论《"新生代"军旅小说整体观》发表在《南方文坛》2013年第4期。

8月30日　朱向前、西元的《重铸具有时代特色的中国军旅文学美学风范》发表在《文艺报》。

同月　《中国军事文学年选·2012》由解放军文艺出版社出版。

同月　李骏的散文集《穿越荒原的温暖》由花山文艺出版社出版。

9月　朱秀海的诗集《升虚邑诗存》由辽宁人民出版社出版。

同月　海飞的中篇小说《麻雀》发表在《人民文学》2013年第9期。

同月　西元的中篇小说《遭遇一九五〇年的无名连》发表在《当代》2013年第5期。

11月12日　韩作荣逝世。

同月　傅逸尘的评论集《叙事的嬗变——新世纪军旅小说的写作伦理》由云南人民出版社出版。

12月　丁晓平的传记文学《光荣梦想：毛泽东人生七日谈》由学习出版社出版。

本年　电视剧《全家福》播出，该剧由付宁执导，袁大举、付宁编剧。

2014年

1月　朱向前的文论集《听松楼 读书录》由解放军文艺出版社出版。

同月　张正隆的报告文学《中国1946》由白山出版社出版。

同月　王甜的中短篇小说集《毕业式》由四川文艺出版社出版。

同月　朱旻鸢的中篇小说《红炉一点雪》发表在《解放军文艺》2014年第1期。

2月　海飞的小说集《青烟》《麻雀》由新世界出版社出版。

3月　海飞的长篇小说《回家》由浙江文艺出版社出版。

5月　余戈的报告文学《1944：腾冲之围》由生活·读书·新知三联书店出版。

同月　喻林祥的诗集《戍楼诗草集》由中国书籍出版社出版。

6月　胥得意的长篇报告文学《生态近卫军》由解放军文艺出版社出版。

同月　傅逸尘的专著《英雄话语的涅槃——21世纪初年军旅长篇小说创作论》由北京大学出版社出版。

7月　西元的中篇小说《界碑》发表在《解放军文艺》2014年第7期。

8月11日　第六届鲁迅文学奖评选结果公布，报告文学《底色》（徐怀中）、散文《父亲的雪山 母亲的草地》（贺捷生）、《回鹿山》（侯建飞）等作品获奖。军旅作家、评论家李存葆、邢军纪、朱向前、汪守德等人担任评委。

同月　《中国军事文学年选·2013》由解放军文艺出版社出版。

同月　王凯的短篇小说《对白》、王甜的中篇小说《毕业式》发表在《人民文学》2014年第8期。

10月　李栋恒的诗集《李栋恒诗词选》由解放军文艺出版社出版。

12月　傅逸尘的评论集《叙事的嬗变——新世纪军旅小说的写作伦理》获中国当代文学研究优秀成果奖。

同月　姜念光的诗集《白马》由解放军文艺出版社出版。

同月　朱向前任团长率中国作家代表团访问俄罗斯。

本年　电影《智取威虎山》上映，该片由徐克执导，黄欣、李杨、徐克、吴兵、董哲、林启安编剧。

本年　电视剧《父母爱情》播出，该剧由孔笙执导，刘静编剧。

本年　电视剧《历史转折中的邓小平》播出，该剧由吴子牛执导，张强、魏人、龙平平、黄亚洲编剧。

本年　电视剧《舰在亚丁湾》播出，该剧由舒崇福执导，宋树根、尚伟、董明侠、成孝湜、周振天编剧。

本年　电视剧《北平无战事》播出，该剧由孔笙、李雪执导，刘和平编剧。

2015年

1月　朱秀海的散文集《山在山的深处》由人民文学出版社出版。

同月　裴指海的散文集《私生活》由中国书籍出版社出版。

同月　西元的中篇小说《Z日》发表在《西南军事文学》2015年第1期。

同月　西元的中篇小说《死亡重奏》发表在《钟山》2015年第1期。

2月25日　黎汝清逝世。

2月26日　孟伟哉逝世。

5月　杨献平的散文集《生死故乡》由中国人民大学出版社出版。

6月　《中国军事文学年选·2014》由解放军文艺出版社出版。

同月　杨献平的散文集《沙漠里的细水微光》由当代中国出版社出版。

8月16日　第九届茅盾文学奖评选结果公布,《江南三部曲》(格非)、《这边风景》(王蒙)、《生命册》(李佩甫)、《繁花》(金宇澄)、《黄雀记》(苏童)5部作品获奖。铁凝任评委会主任,军旅作家、评论家朱向前、周大新等任委员。

8月26日　中国作协军事文学委员会、总政治部宣传部艺术局、成都军区政治部宣传部、广东人民出版社在北京西直门宾馆联合举办了王龙《刺刀书写的谎言》作品研讨会。

同月　王龙的长篇纪实文学《刺刀书写的谎言》由广东人民出版社出版。

同月　徐贵祥的中篇小说《三尺布》发表在《人民文学》2015年第8期。

9月30日　中国作家协会在北京召开第九届茅盾文学奖获奖作品座谈会,王蒙、格非、苏童、李佩甫、金宇澄等获奖作家,中共中央政治局委员、书记处书记、中宣部部长刘奇葆,中国作协主席铁凝、党组书记钱小芊等约40人出席会议,朱向前代表评委做汇报发言。

同月　张正隆的报告文学《无上光荣》由中国青年出版社出版。

同月　周建的长篇小说《在爱的尽头等你来》由湖南文艺出版社出版。

同月　裴指海的纪实文学《大别山岁月》由北岳文艺出版社出版。

同月　李亚的长篇小说《李庄传》由湖南文艺出版社出版。

同月　杨献平的诗集《命中》由四川文艺出版社出版。

同月　徐贵祥的中篇小说《识字班》发表在《十月》2015年第5期。

11月　杨献平的散文集《在沙漠》由北岳文艺出版社出版。

12月　朱向前、傅逸尘的评论《一篇读罢头飞雪——新世纪以来抗战题材长篇小说综述》获《当代作家评论》优秀论文奖。

本年　《新儿女英雄传》(袁静、孔厥)、《平原枪声》(李晓明、韩安庆)、《吕梁英雄传》(马烽、西戎)、《战争和人》(王火)、《东藏记》(宗璞)、《平原烈火》(徐光耀)、《四世同堂》(老舍)、《战斗的青春》(雪克)、《大国之魂》(邓贤)、《敌后武工队》(冯志)、《野火春风斗古城》(李英儒)、《铁道游击队》(刘知侠)、《苦菜花》

（冯德英）、《风云初记》（孙犁）、《生死场》（萧红）、《烈火金钢》（刘流）、《马本斋》（马国超、张明）、《烽烟图》（梁斌）、《长城烟尘》（柳杞）、《夜幕下的哈尔滨》（陈玙）、《虎贲万岁》（张恨水）、《战争启示录》（柳溪）、《八月桂花遍地开》（徐贵祥）、《回家》（海飞）、《音乐会》（朱秀海）、《慰安妇血泪》（孙逊）入选"百种经典抗战图书"目录。

本年　电影《战狼》上映，该片由吴京执导，吴京、刘毅、董群（纷舞妖姬）、高岩（最后的卫道者）编剧。

本年　电视剧《东北抗日联军》播出，该剧由李文岐执导，刘彦武、乔万民、苗若木编剧。

本年　电视剧《彭德怀元帅》播出，该剧由宋业明执导，马继红、高军、徐江编剧。

本年　电视剧《少帅》播出，该剧由张黎执导，江奇涛编剧。

本年　电视剧《长沙保卫战》播出，该剧由董亚春执导，钱林森编剧。

本年　电视剧《太行山上》播出，该剧由李伟执导，王朝柱、张森林编剧。

2016 年

1月8日　由中国作协创研部、中国作协报告文学委员会、文艺报社、天地出版社共同主办的李鸣生"航天七部曲"作品研讨会在北京举行，20余位专家、学者与会研讨。

同月　朱向前的专著《诗史合一——另解文化巨人毛泽东》由湖南文艺出版社出版。

同月　李骏的长篇小说《黄安·红安》由解放军文艺出版社出版。

同月　西元的中篇小说《色魔》发表在《钟山》2016年第1期。

同月　朱秀海的长篇小说《赤水河》由团结出版社出版。

2月　王甜的纪实散文集《被一粒硝烟洞穿》、卢一萍的随笔集《不灭的书》由百花文艺出版社出版。

4月27日　邵钧林逝世。

同月　朱秀海的长篇小说《客家人》由百花洲文艺出版社出版。

同月　王龙的思想随笔《壮丽的荒芜时代》由百花文艺出版社出版。

同月　王甜的短篇小说《雾天的行军》发表在《上海文学》2016年第4期。

同月　张品成的长篇小说《红戏》由明天出版社出版。

5月　卢一萍的中短篇小说集《天堂湾》由花城出版社出版。

6月　张品成的长篇小说《陌生地带》由上海文艺出版社出版。

同月　彭荆风的报告文学《旌旗万里——中国远征军在缅印》由云南人民出版社出版。

同月　西元的中篇小说集《界碑》由中国言实出版社出版。

7月　陶纯的中篇小说《天佑》发表在《人民文学》2016年第7期。

10月　丁晓平的报告文学《世界是这样知道长征的:长征叙述史》由中国青年出版社出版。

同月　陶纯的中篇小说《秋莲》发表在《解放军文艺》2016年第10期。

11月　《中国军事文学年选·2015》由解放军文艺出版社出版。

11月30—12月3日　中国作家协会召开第九次全国代表大会,军队作家徐贵祥当选为副主席。

12月　朱法元的散文集《沉默的军号》由解放军文艺出版社出版。

同月　朱旻鸢的中篇小说《马桶》发表在《解放军文艺》2016年第12期。

本年　电影《我不是王毛》上映,该片由赵小溪执导,李海江编剧。

本年　电影《罗曼蒂克消亡史》上映,该片由程耳执导兼编剧。

本年　电视剧《好家伙》播出,该剧由简川訸执导,兰晓龙编剧。

本年　电视剧《三八线》播出,该剧由梦继执导,王海平编剧。

本年　电视剧《麻雀》播出,该剧由金琛、周远舟执导,海飞编剧。

本年　电视剧《海棠依旧》播出,该剧由陈力执导,张法纯、周秉德编剧。

本年　电视剧《绝命后卫师》播出,该剧由董亚春执导,钱林森编剧。

2017 年

1月　兰宁远的散文集《蓝色苍穹》由敦煌文艺出版社出版。

同月　张品成的长篇小说《一个人的长征》由安徽少年儿童出版社出版。

2月　徐贵祥的长篇小说《对阵》由中国文史出版社出版。

同月　张子影的报告文学《试飞英雄》由安徽文艺出版社出版。

3月　王甜的中篇小说《笑脸兵》发表在《解放军文艺》2017年第3期。

4月　董夏青青的小说集《你比海天更美丽》由北京联合出版公司出版。

5月19日　杨益言逝世。

同月　朱秀海的长篇小说《乔家大院（第二部）》由中国青年出版社出版。

同月　王凯的中短篇小说集《沉默的中士》由北京十月文艺出版社出版。

同月　海飞的长篇小说《惊蛰》由花城出版社出版。

同月　西元的中篇小说《壁下录》发表在《解放军文艺》2017年第5期。

同月　李亚的长篇小说《花好月圆》发表在《当代》2017年第3期。

7月17日　王久辛的长诗《蹈海索马里》发表在《解放军报》。

7月18日　王传洪逝世。

7月22日　朱向前主编的《新世纪军旅文学概观——2000—2010》研讨会在北京召开，徐怀中、高洪波、李敬泽、姜秀生、徐贵祥、朱增泉、雷达、白烨、汪守德及该书编撰人员等出席会议。

同月　朱向前主编的"向前——新锐军旅小说家丛书"由北岳文艺出版社出版，包括中短篇小说集《白月梅与白毛女》（裴指海）、《冰排上的哨所》（曾剑）、《待风吹》（李骏）、《父亲的荒原》（卢一萍）、《红炉一点雪》（朱旻鸢）、《塞上曲》（王凯）、《死亡重奏》（西元）、《万里奔袭》（魏远峰）、《雾天的行军》（王甜）、《营门望》（王棵）、《追赶影子的将军》（曾皓）11部作品。

同月　胥得意的长篇小说《炮兵连爱情往事》由漓江出版社出版。

8月　王凯的长篇小说《导弹和向日葵》由北京十月文艺出版社出版。

同月　余戈的报告文学《1944：龙陵会战》由生活·读书·新知三联书店出版。

9月6日　雷铎逝世。

同月　朱秀海的诗集《升虚邑诗存续编》由中国青年出版社出版。

同月　曾皓的中篇小说《会飞的将军》发表在《四川文学》2017年第9期。

同月　卢一萍的长篇小说《白山》由上海文艺出版社出版。

10月　杨献平的散文集《河西走廊北151公里》由成都时代出版社出版。

同月　傅逸尘的评论《悲剧意识的觉醒与悲剧精神的建构——21世纪初年军旅长篇小说的审美超越》获第二届"啄木鸟杯"中国文艺评论年度优秀作品奖。

11月　姜念光的诗集《我们的暴雨星辰》由解放军文艺出版社出版。

同月　西元的中篇小说《炸药婴儿》发表在《钟山》2017年第6期。

同月　李亚的长篇小说《花好月圆》由湖南文艺出版社出版。

12月　卢一萍的长篇纪实文学《天堑：西藏和平解放纪实》由现代出版社出版。

同月　卢一萍的短篇小说集《银绳般的雪》由四川文艺出版社出版。

本年　电影《血战湘江》上映，该片由陈力执导，柳建伟、白铁军、项小米编剧。

本年　电影《明月几时有》上映，该片由许鞍华执导，何冀平编剧。

本年　电影《战狼Ⅱ》上映，该片由吴京执导，吴京、刘毅、董群（纷舞妖姬）编剧。

本年　电影《芳华》上映，该片由冯小刚执导，严歌苓编剧。

本年　电视剧《热血军旗》播出，该剧由张多福执导，彭景泉、陈玉福、蒋卫岗、陈学军、刘晓波编剧。

2018年

1月　王愿坚的文集《王愿坚文集》由春风文艺出版社出版。

3月31日　雷达逝世。

同月　朱向前、徐艺嘉主编的《2017年军事文学选粹》由北岳文艺出版社出版。

4月　朱秀海的长篇小说《乔家大院(第二部)》入选"2017年度中国好书"。

5月7日　江永红的报告文学《蓝军旅长》发表在《解放军报》。

同月　王玉珏的中篇小说《孤芳》发表在《解放军文艺》2018年第5期。

同月　杨献平的散文集《作为故乡的南太行》由花城出版社出版。

6月　汪守德的诗集《吾山伊水》由解放军文艺出版社出版。

同月　徐贵祥的中篇小说《司令还乡》发表在《解放军文艺》2018年第6期。

7月24日　彭荆风逝世。

同月　文清丽的长篇小说《爱情底片》由中国文史出版社出版。

同月　傅逸尘编著的《"新生代军旅作家"面面观》由作家出版社出版。

同月　西元的中篇小说《胴寺》发表在《江南》2018年第4期。

同月　徐剑的报告文学《大国重器》发表在《中国作家·纪实版》2018年第7期。

8月　第七届鲁迅文学奖评选结果公布，军队作家、评论家周大新、刘立云、朱向前等任评委。

同月　兰宁远的长篇报告文学《挺进太空》由河南文艺出版社出版。

同月　曾剑的短篇小说《一个人的战斗》发表在《芒种》2018年第8期。

10月3日　方南江逝世。

10月10日　由中国作协创研部、中国作协军事文学委员会、作家出版社联合主办的傅逸尘编著的《"新生代军旅作家"面面观》研讨会在中国现代文学馆举行,李敬泽、徐贵祥、朱向前、黄宾堂、何向阳、王干、岳雯、李蔚超等出席。

同月　文清丽的中篇小说《咱那个》发表在《作品》2018年第10期。

11月　彭荆风的长篇小说《太阳升起》、肖亦农的长篇小说《穹庐》由作家出版社出版。

12月4日　许旸对徐怀中的访谈《90岁作家徐怀中捧出〈牵风记〉:尽最大

力量完成精彩一击》发表在《文汇报》。

12月12日　由文艺报社、中国作协创研部、作家出版社、云南省委宣传部、云南省文联共同主办的彭荆风长篇小说《太阳升起》研讨会在北京举行，铁凝、李勇、白庚胜、柳建伟、叶梅、白烨、吴义勤、梁鸿鹰等近30人参加。

12月24日　中国作家协会在北京召开首都文学界庆祝改革开放40周年纪念大会，朱向前、黄传会代表部队发言。

同月　徐怀中的长篇小说《牵风记》发表在《人民文学》2018年第12期，同时配发朱向前、西元的评论《弥漫生命气象的大别山主峰——关于徐怀中长篇小说〈牵风记〉的对话》。

本年　电影《红海行动》上映，该片由林超贤执导，冯骥、陈珠珠、林明杰编剧。

本年　电影《信仰者》上映，该片由杨虎执导，李海江编剧。

本年　电视剧《换了人间》播出，该剧由倪祖铭、杨晶、迟旭、姜瑞林执导，王朝柱编剧。

本年　电视剧《初心》播出，该剧由宋业明、靳滨林执导，雷献和、王杉、季明杰编剧。

2019年

1月11日　《牵风记》新书发布会在北京举行，徐怀中、陆文虎、朱向前、潘凯雄等出席仪式。

1月15日　白桦逝世。

同月　朱向前、徐艺嘉主编的《2018年军事文学选粹》由北岳文艺出版社出版。

同月　徐贵祥的中篇小说《红霞飞》发表在《解放军文艺》2019年第1期。

同月　丁晓原的评论《有思想的非虚构——李鸣生报告文学论》发表在《广播电视大学学报》2019年第1期。

2月20日　饶翔的访谈《徐怀中：人如松柏 牵风而行》发表在《光明日报》。

3月11日　中国作家协会军事文学委员会成员名单公布,徐贵祥任主任,朱向前、周大新任副主任。

3月28日　李瑛逝世。

3月30日　刘静逝世。

4月22日　史超逝世。

同月　麦家的长篇小说《人生海海》由北京十月文艺出版社出版。

5月17日　《光明日报》开辟纪念新中国成立70周年专栏《新中国文学记忆》,朱向前发表开栏文章《这个诗人的诗魂,正是新中国的诗魂》。

同月　石钟山的长篇小说《春风十里》由江苏凤凰文艺出版社出版。

同月　中国军事文化研究会主编的《将军文化典藏·散文卷》由中版集团数字传媒有限公司出版。丛书由迟浩田将军作序,峭岩主编,收录朱增泉、杨子才、李存葆、吴传玖、邓高如、卢江林、贾凤山、谢玉久等将军的散文。丛书于7月26日在北京召开首发座谈会,中国军事文化研究会会长程宝山,作者代表朱增泉、卢江林等和评论家朱向前等出席。

同月　刘笑伟的诗集《强军 强军》由华艺出版社出版,7月31日《文艺报》发表了谢冕的诗评《诗中的风云之气》。

6月　李西岳的长篇小说《戎装之恋》由江苏凤凰文艺出版社出版。

同月　张品成的长篇小说《殉道者》由天地出版社出版。

7月3日　李心田逝世。

7月31日　朱向前的评论《一条壮阔的大河——军旅文学70年回望》发表在《文艺报》。

同月　朱秀海的短篇小说《永不妥协》发表在《解放军文艺》2019年第7期。

同月　邓一光的长篇小说《人,或所有的士兵》由四川人民出版社出版。

同月　刘静的三部曲《戎装女人》《尉官正年轻》《父母爱情》由长江文艺出版社出版。

同月　汪守德的评论集《青铜对面》由安徽文艺出版社出版。

同月　徐贵祥的中短篇小说集《司令还乡》由长江文艺出版社出版。

同月　张子影的文学传记《洪学智》由人民出版社出版。

同月　《中国当代文学研究》第 4 期推出"新中国 70 年军旅文学研究专辑",辑入朱向前的《只知诗到苏黄尽,沧海横流却是谁?——军旅文学 70 年》,朱航满、西元的《筚路蓝缕的守正开拓之路——军旅文学理论与批评 70 年》,张鹰、谷海慧的《从传统到创新:军旅话剧 70 年》。

8 月 16 日　徐怀中的长篇小说《牵风记》获第十届茅盾文学奖。

8 月 19 日　峻青逝世。

同月　王筠长篇小说《交响乐》由北京十月文艺出版社出版。

同月　《人民文学》推出军旅文学专辑,集中发表了贺捷生、李鸣生、丁小炜、东来、董夏青青、艾蔻、朴耳等老中青三代军旅作家的散文、报告文学、小说、诗歌等作品。

同月　《东吴学术》第 4 期推出"军旅文学研究专辑",辑入朱向前、傅逸尘的《新世纪军旅长篇小说的回望与省察》,廖建斌的《静水流深　波澜不惊——新世纪以来军旅中篇小说创作略论》,谷海慧的《渐次开放的神圣空间——新世纪军旅话剧概观》。

9 月 3 日　王中才逝世。

同月　《南方文坛》第 5 期推出"70 年中国军旅文学专辑",辑入朱向前、刘立云的《匣中宝剑作雷吼——关于〈中国军旅文学经典大系·诗歌卷〉》,谷海慧的《历史与现实平分秋色——新世纪军旅散文创作纵览》,徐艺嘉的《新世纪军旅短篇小说回望》。

同月　人民文学出版社、学习出版社联合 8 家出版社推出"新中国 70 年 70 部长篇小说典藏"丛书。这套丛书收录了从 1949 年至今的 70 部原创长篇小说精品力作。丛书邀请中国作家协会副主席、文学评论家李敬泽担任编委会主任,朱向前、丁帆、吴义勤、陈思和、孟繁华、南帆、梁鸿鹰、谢有顺、潘凯雄等著名评论家担任编委。其中军旅文学作品有:《风云初记》(孙犁)、《铁道游击队》(知侠)、《保卫延安》(杜鹏程)、《红日》(吴强)、《红旗谱》(梁斌)、《林海雪原》

（曲波）、《苦菜花》（冯德英）、《野火春风斗古城》（李英儒）、《红岩》（罗广斌、杨益言）、《大刀记》（郭澄清）、《万山红遍》（黎汝清）、《东方》（魏巍）、《第二个太阳》（刘白羽）、《红高粱家族》（莫言）、《浴血罗霄》（萧克）、《突出重围》（柳建伟）、《李自成》（姚雪垠）、《历史的天空》（徐贵祥）、《亮剑》（都梁）、《日出东方》（黄亚洲）、《暗算》（麦家）、《我是我的神》（邓一光）。

  本年 电影《八子》上映，该片由高希希执导，董哲编剧。

  本年 电视剧《可爱的中国》播出，该剧由吴子牛执导，张强、廖欣、杨子耀、温燕霞、王伟军编剧。

  本年 电视剧《特赦·1959》播出，该剧由董亚春执导，赵琪编剧。

  本年 电视剧《伟大的转折》播出，该剧由李伟执导，欧阳黔森编剧。

后　记

朱向前

屈指一算,我差不多在25年来的业余时间里,一直与当代军旅文学史纠缠不休。其实,我原本是一个创作男,从20世纪70年代中期到80年代中期,先写诗歌后写散文、小说,基本上是一个有作家梦想的追梦者,甚至有几次差点梦圆(比如1982年、1987年两次入围全国优秀短篇小说评选最后一轮)。1985年,在军艺文学系遭遇莫言同学天才级的打击或者诱惑从而改写评论一发不可收,这一写就是十年。到了1995年,我开始不满足一篇一篇地写,而是想写一本(《中国军旅小说20年》)了。正当此时,我收到了中国社科院文学研究所的信函,盛情邀我加入《中华文学通史》编委会(好家伙,我一看,钱锺书、刘再复诸公均赫然在列),并明确我负责撰写当代卷的军旅小说和军旅诗歌两章。当时于我而言,这不啻一种巨大的压力和激励。历经半年,我尝试着写出《中国军旅诗(1949—1994)》和《中国军旅小说(1949—1994)》两章并分别发表于《解放军文艺》1996年第2期和《当代作家评论》1996年第4、5期。二文引起了一定的反响,并顺利纳入《中华文学通史·当代文学编》(华艺出版社1997年版),继而又成为我第一部专著《军旅文学史论》(东方出版社1998年版)的重要组成部分。紧接着,老前辈张炯先生又礼贤下士邀我入伙,督促我在前述两章的基础上继续扩写散文、报告文学、理论批评等,遂成《军旅文学:光荣与梦想》,收入《新中国文学五十年》(张炯主编,山东教育出版社1999年版)。这些可能就是当代军旅文学作为独立的一支纳入当代中国文学版图最初的尝试吧。

到了1999年,我已由解放军艺术学院文学系主任调任训练部副部长,分管科研工作。我正好将从文学系带出来而未完成的教材——《中国军旅文学50年(1949—1999)研究》申报国家社科基金课题并获准立项,这也成为解放军艺术学院历史上第一个国家社科基金项目。然后就是"七年之痒",个中艰辛难与外人道。差可告慰的是,该项目2006年结题并被评为国家社科基金优秀成果,2007由解放军文艺出版社作为庆祝建军80周年重点图书隆重推出,随后又入选《国家社科基金成果文库》由学习出版社再次推出精装版(2008年)……

说话间,新世纪第一个十年又过去了。不知是责任感还是使命感抑或是预感使然,我又申请了"21世纪军旅文学十年概观"的全军课题并获准立项。我当时的潜意识就是要为可能即将结束的军旅文学的既往模式画上一个句号。真是神一样的预感啊!中国作家协会纪念建军90周年主场活动——《新世纪军旅文学概观——2000—2010》研讨会召开五天之后,2017年8月1日,解放军艺术学院摘牌,正式更名为国防大学军事文化学院。我将其视为一个标志,它标志着一段辉煌历史的终结——以解放军艺术学院这个全军文学艺术家摇篮的摘牌,昭示着过往那样一种军队文艺运作模式的转型。近三年过去了,艰难的转型渐渐尘埃落定。现在回头再看新世纪十年的军旅文学总结,真是太及时了!与此同理,当江西教育出版社找到我提议出一部《中国军旅文学史(1949—2019)》庆祝新中国成立70周年时,我岂有不应之理?在我看来,这是庆祝,更是回顾、总结和缅怀,为过去70年在军旅文学这个战线上冲锋陷阵、攻城略地的英雄们打扫战场,立此存照。虽然囿于我们的能力和近年军队文艺单位撤并整改导致基本文档搜集困难,《中国军旅文学史(1949—2019)》的浅陋、欠缺(比如附录部分"作家小传"的某些遗漏或不周,特别是纷繁庞杂的"编年"的挂一漏万等等)甚至谬误,肯定都在所难免,但是,我们尽力了,至少为后来者保存了一份资料,它可能成为后来者前行道路上的一块砖——这大概也就是我们今天的宿命吧。

本书的分工是:导言(朱向前),短篇小说(朱红、徐艺嘉),中篇小说(朱向前、王永贵、廖建斌),长篇小说·上(程倩),长篇小说·中(廖建斌),长篇小说·下(傅逸尘),诗歌(朱向前、洪芳、张林民、刘常),散文(朱向前、祝建伟、房雷、谷海慧)，报告文学(龚帆、张倩)，理论批评(朱航满、刘常、西元)，戏剧(张鹰、谷海慧)，电影(吕益都、朱寒汛、陈雨薇)，电视剧(边国立、朱寒汛、陈雨薇)，作家小传(房雷、刘常辑录整理)，编年(聂眸书辑录整理)。最后由我统一润色定稿。

说到我的团队，我首先要感谢特邀的边国立教授、张鹰博士、谷海慧博士、西元博士、洪芳博士和吕益都编辑、陈雨薇编辑，他们丰厚的学养、灵动的艺术直觉和严谨的学术规范，从某种意义上保证和提升了本书的学术质量。除了这几位之外，其他18位多是我在文学系带出来的研究生，看到他们跟着我在完成课题的攻坚克难中茁壮成长，我打心眼里高兴。为他们，为课题，也为文学系——文学系一开始就以创作名世，但近20年来，它也开始搞研究、做批评了，其中几位已经在全军乃至全国崭露头角，做得风生水起，俨然当下军旅文学理论批评的中坚。我感谢他们，我祝福他们。

我还要真诚地感谢江西教育出版社桂梅总编辑和她的同仁张明明。没有他们超常的决策魄力和精湛的业务水准，这样一个庞大的设想不可能如此迅速地变成一本精美的图书。

最后，我要隆重感谢的是我的恩师、军艺文学系首任主任徐怀中先生，他以耄耋高龄为本书作序，再一次鼓励我这个老学生。35年前，他改变了我的命运，今天，他仍然在指引着我的前行方向。所有的这一切，我将终生铭记。

己亥仲夏五月十一日于江右袁州春山阁